DAVID LODGE

Therapie
&
Denkt

ZWEI ROMANE
AUS DEM ENGLISCHEN
VON
RENATE ORTH-GUTTMANN
UND
MARTIN RUF

GERD HAFFMANS
BEI ZWEITAUSENDEINS

Die englischen Originalausgaben
»Therapy« und »Think« erschienen
1995 und 2001 bei Secker & Warburg in London.

Die deutschen Erstausgaben erschienen 1995 und 2001
im Haffmans Verlag Zürich.

Exklusiv genehmigte Sonderausgabe für Zweitausendeins, Postfach,
D-60381 Frankfurt am Main.

Lektorat von Gerd Haffmans.
Umschlagbild von Andy Wildi © Edition Tiramisù, CH-6989 Novaggio.

Umschlag, Produktion und Gestaltung von Urs Jakob,
Werkstatt im Grünen Winkel, CH-8400 Winterthur.
Satz: Fotosatz Amann, Aichstetten.
Druck und Bindung: Ebner & Spiegel, Ulm.
Printed in Germany.

Dieses Buch gibt es nur bei Zweitausendeins im Versand,
Postfach, D-60381 Frankfurt am Main, Telefon 069-420 8000, Fax 069-415 003. Internet www.Zweitausendeins.de, E-Mail info@Zweitausendeins.de.
Oder in den Zweitausendeins-Läden in Berlin, Düsseldorf,
Frankfurt am Main, Freiburg, 2 x in Hamburg, in Hannover,
Köln, Mannheim, München, Nürnberg und Stuttgart.

In der Schweiz über buch 2000, Postfach 89, CH-8910 Affoltern a. A.

ISBN 3-86150-568-1

Inhalt

Therapie

ROMAN

Aus dem Englischen von
Renate Orth-Guttmann

THERAPIE

»Die Behandlung körperlicher, geistiger oder sozialer Defekte oder Erkrankungen.« *Collins English Dictionary*

»Weißt du was, Søren? Dir fehlt überhaupt nichts, das liegt alles nur an deiner schlechten Haltung. Mach den Rücken gerade und steh auf, dann ist deine Krankheit vorbei.«
Søren Kirkegaards Onkel Christian Lund

»Schreiben ist eine Form von Therapie.« *Graham Greene*

Für meinen lieben Dad

Vorbemerkung des Autors

Viele Leute haben mir freundlicherweise bei der Vorbereitung und bei der Niederschrift dieses Romans geholfen, indem sie meine Fragen beantwortet und/oder den Text gelesen und kommentiert haben. Besonderen Dank schulde ich Marie Andrews, Bernard und Anne Begonzi, Izak Winkel Holm, Michael Paul und Martin Shardlow.

Die Schauplätze der Ereignisse in diesem Roman sind wie immer eine Mischung aus tatsächlichen und erfundenen, die Figuren und ihre Handlungen sind gänzlich fiktiv, mit der möglichen Ausnahme des Autors und Sprechers eines Fernseh-Dokumentarfilms, kurz erwähnt in Teil IV.

D. L.

TEIL I

Also, gehen wir's an.

Montag morgen, 15. Februar. Ein milder Februartag hat die Eichhörnchen aus der Winterruhe gelockt. Die unbelaubten Bäume im Garten bieten ihnen einen idealen Abenteuerspielplatz. Zwei spielen in den Kastanien vor dem Fenster meines Arbeitszimmers Fangen; sie schrauben sich an einem Stamm hoch, jagen sich zwischen den Zweigen, rennen an einem Ast entlang, wechseln mit einem Satz zum nächsten Baum und hetzen an dessen Stamm kopfüber nach unten. Auf halber Höhe ein jäher Stopp, wie Klettband haften die Pfötchen an der rauhen Rinde, dann huschen sie, schnell wie der Blitz, über den Rasen, wobei das erste durch Ausweichmanöver und Hakenschlagen und Kreiseldrehungen den Verfolger abzuschütteln versucht, bis zu einer Pappel, auf deren dünnen schwankenden Zweigen sie sitzen bleiben und sich zufrieden anblinzeln. Alles nur aus Jux und Tollerei, Bewegungsübungen aus Spaß an der Freud. Sollte es so etwas wie eine Wiedergeburt geben, hätte ich nichts dagegen, das nächste Mal als Eichhörnchen auf die Welt zu kommen. Sie müssen Kniegelenke wie aus Edelstahl haben.

Zum erstenmal spürte ich den Schmerz vor etwas über einem Jahr. Weil ich unbedingt noch den Zug um 18.10 Uhr ab Euston erwischen wollte, lief ich wie aufgezogen zwischen den vier Räumen meiner Londoner Wohnung hin und her, um Skripts und schmutzige Socken in die Aktentasche zu stopfen, Fenster zu schließen und das Licht auszumachen, die Zeitschaltuhr der Zentralheizung umzustellen, den Inhalt halbvoller Milchkartons in die Spüle zu leeren, WC-Reiniger ins Klo zu schütten, mit einem Wort, um sämtliche Punkte der Checkliste abzuhaken, die Sally für mich geschrieben und mit gelben Smiley-Magneten an der Kühlschranktür befestigt hatte – da passierte es: Ein stechender Schmerz schoß durch mein rechtes Knie. Ein Schmerz wie von einer glühenden Nadel, die gleich wieder zurückgezogen wird und einen rasch verklingenden Nachschmerz hinterläßt. Ich schrie kurz auf und plumpste aufs Bett (ich war gerade im Schlafzimmer). »Verdammt«, sagte ich laut, obgleich ich allein war. »Was ist denn das für ein Scheiß?«

Ich stand auf, belastete das rechte Knie, machte vorsichtig ein paar Schritte (mehr als vorsichtig, eher schon fürsichtig, wie man früher sagte, ›mit voraussicht sorge tragend, in hinsicht auf zukommendes sorgsam thätig‹, steht in meinem Lexikon, ich habe es gerade nachgesehen, die Adverbialform hieß ›fürsichtiglich‹), und als sich nichts weiter tat, sagte ich mir, was soll's, wahrscheinlich hat irgendein Nerv verrückt gespielt. So was passiert einem manchmal, wenn man im Auto beim Umdrehen eine dumme Bewegung macht, um etwas von der Rückbank zu angeln. Ich sauste zum Bahnhof, bekam glücklich meinen Zug und vergaß die ganze Geschichte.

Als ich eine Woche später in meinem Arbeitszimmer saß und unter dem Schreibtisch die Beine übereinanderschlug, war er wieder da, dieser elende Schmerz an der Innenseite des rechten Knies, so daß ich nach Luft schnappen mußte, tief einatmete und mit einem lauten *»Auahhh!«* die Luft wieder ausstieß. Danach kam er immer öfter, fast nie in Situationen, in denen ich ihn erwartet hätte, beim Golf- oder Tennisspielen etwa, oft aber gleich danach, an der Klubhaus-

Bar oder beim Heimfahren oder auch, wenn ich still im Arbeitszimmer saß oder im Bett lag. Nachts war er manchmal so stark, daß ich aufschrie und Sally dachte, ich hätte einen Albtraum, dabei gehören Albträume zu den wenigen Heimsuchungen, von denen ich nicht geplagt werde. Ich leide an Depressionen, Angst, Panikanfällen, Nachtschweiß, Schlaflosigkeit – aber nicht an Albträumen. Ich habe nie viel geträumt – oder besser gesagt, ich erinnere mich nicht an meine Träume, denn angeblich träumen wir ja unentwegt beim Schlafen, es ist, als wenn die ganze Zeit ein Bildschirm in unserem Kopf flimmert, auch wenn keiner hinsieht. Traumkanal. Schade, daß man das, was dort läuft, nicht als Video aufnehmen kann, dann wüßte ich jetzt vielleicht schon, was mit mir los ist. Nicht mit meinem Knie. Mit meinem Kopf. Meinem Gemüt. Meiner Seele.

Daß ich zu allem anderen nun noch eine rätselhafte Kniegeschichte bekommen hatte, fand ich ausgesprochen unfair. Gewiß, es gibt Schlimmeres. Krebs, multiple Sklerose, Emphysem, Alzheimer und Aids. Ganz zu schweigen von angeborenen Leiden wie Muskeldystrophie, Schüttellähmung, die Bluterkrankheit und Epilepsie. Und von Krieg, Pestilenz und Hungersnöten. Komisch, aber die Schmerzen im Knie sind deswegen kein bißchen leichter zu ertragen.

Vielleicht liegt das an einer weitverbreiteten ›Mitleidsübersättigung‹ – an dem Phänomen, daß die Medien uns tagtäglich mit so viel menschlichem Leid zuschütten, daß wir keine Reserven an Mitgefühl, Zorn und Empörung mehr haben und nur daran denken können, daß uns das Knie weh tut. Ganz habe ich diesen Zustand wohl noch nicht erreicht, aber die Vorstellung ist mir natürlich nicht fremd. Ich bekomme jede Menge Bettelbriefe von Wohlfahrtsorganisationen, es muß da einen regen Austausch von Namen und Adressen geben, man braucht nur einmal irgendwo zu spenden, und schon erstickt man geradezu in Bittbriefen auf Recyclingpapier – Oxfam, Cafod, Unicef, Kindernothilfe, Blindenwerk, Rotes Kreuz, Krebshilfe, Selbsthilfegruppe für Muskeldystrophie, Obdachloseneinsatz undundund – und Bergen von Broschüren, die Schwarzweißfotos von verhungerten schwarzen Babys mit stockdünnen Armen und Beinen und Greisenköpfen, von jungen Leuten im Rollstuhl, verzweifelten Flüchtlingen oder Amputierten auf Krücken zieren. Wie soll man diese Flut menschlichen Elends je eindämmen? Ich für meinen Teil überweise tausend Pfund im Jahr an eine Organisation, die mir dafür eine Art Scheckbuch schickt, so daß ich meine Spenden verteilen kann, wie ich es für richtig halte. Diese Organisation holt sich auch die Steuern zurück, die man auf die gespendete Summe gezahlt hat, so daß in meinem Fall aus den tausend Pfund vierzehnhundert werden. Und die verteile ich dann in kleinen Portionen: £ 50 für die hungernden Babys in Somalia, £ 30 für vergewaltigte Frauen in Bosnien, £ 45 für eine Wasserpumpe in Bangladesh, £ 25 für ein Drogenprojekt in Basildon, £ 30 für Aidsforschung und so weiter, bis das Geld alle ist. Es ist ein bißchen so, als wollte man alle Meere der Welt mit einer Schachtel Kleenex trockentupfen, aber die Mitleidsübersättigung hält sich in Grenzen.

Natürlich könnte ich es mir leisten, viel mehr zu spenden. Bei meinem derzeitigen Einkommen würden mir auch zehntausend im Jahr nicht sehr weh tun. Und wenn ich alles verschenken würde, was ich besitze, wäre es doch nicht mehr als eine Schachtel Kleenex. Deshalb behalte ich mein Geld lieber und verwende es unter anderem darauf, meine Kniegeschichte privat behandeln zu lassen.

Zuerst war ich bei meinem praktischen Arzt, der mich zur Physiotherapie schickte. Nach einer Weile meinte der Physiotherapeut, ich sollte doch mal zu einem Spezialisten gehen. Der Spezialist empfahl eine Arthroskopie. Das ist eine neue Art von High-Tech-Mikrochirurgie, bei der eine Fernsehkamera und Glasfiberoptik eingesetzt werden. Der Chirurg pumpt einem Wasser ins Bein, wodurch dort eine Art Studio entsteht. Dann sticht er drei nadeldünne Instrumente hinein, eins hat an einem Ende eine Kamera, das zweite ist ein Schneidwerkzeug, das dritte ein Pümpchen, um alles Überflüssige abzusaugen. Mit bloßem Auge kann man sie kaum auseinanderhalten, so winzig sind sie, und hinterher braucht nichts genäht zu werden. Der Chirurg bewegt das Knie ein bißchen hin und her und guckt es sich auf einem Monitor an, und dann schnippelt er den abgerissenen Knorpel, das störende Gewebe oder Knochenstück einfach weg. Es gibt Patienten, die lassen sich nur eine Lokalanästhesie machen und verfolgen die eigene Operation auf dem Monitor, aber das fand ich nicht so gut und sagte das auch ganz offen. Nizar (mein Orthopäde; ich nenne ihn ›Knees 'R Us‹, aber natürlich nur hinter seinem Rücken; er kommt aus dem Nahen Osten, aus dem Libanon oder Syrien oder einem der Länder da unten und kann sich freuen, daß er da nicht mehr ist) lächelte milde und sagte, er würde mir eine Vollnarkose geben und den Eingriff für mich auf Videofilm aufnehmen. Daß bei Hochzeiten und Taufen und im Urlaub heutzutage nicht mehr Fotografieren, sondern Videofilmen angesagt ist, wußte ich natürlich, aber daß es so was jetzt auch bei Operationen gibt, war mir neu. Man könnte sich ein paar Leute zu einer Wein-und-Häppchen-Party einladen und sie bitten, ihre Videos mitzubringen. »Das ist meine Appendektomie, 1984, oder '85? … Sauber, was? … Und das meine Operation am offenen Herzen, hoppla, bißchen verwackelt... Und jetzt kommt Dorothys Ausschabung...« (Memo: Eine Idee für *Die Leute von nebenan?*) »Das wäre doch noch ein lohnender Nebenjob für Sie«, sagte ich zu Nizar. »Videoverleih für Partygäste, die selber noch nicht mit Operationen aufwarten können.« Er lachte. Das mit der Arthroskopie sah er ganz locker. Fünfundneunzigprozentige Erfolgsquote, angeblich. Aber wenn man Pech hat, gehört man eben zu den restlichen fünf Prozent.

Ich ließ mich im Rummidge General operieren. Als Privatpatient wäre ich normalerweise ins Abbey gegangen, aber dort hatten sie Terminschwierigkeiten – ich glaube, einer der OP-Säle wurde gerade renoviert –, und Nizar meinte, er bekäme im General, wo er einmal in der Woche für den Staatlichen Gesundheitsdienst arbeitet, schneller ein Bett für mich. In einem Einzelzimmer, betonte er. Und weil sie mich sowieso nur eine Nacht dabehalten wollten, stimmte ich zu. Ich wollte es so schnell wie möglich hinter mir haben.

An einem Wintermorgen um neun fuhr ich mit dem Taxi vor, tat einen Blick auf das alte Gemäuer und wünschte von Herzen, ich hätte auf ein Bett im Abbey gewartet. Das General Hospital ist ein großer, düsterer viktorianischer Backsteinbau. Räume und Gänge sind in gleichförmigem Schleimgrün und Beige gehalten. Die Aufnahme war schon überfüllt. Über den Wartenden, die auf den langen Reihen von Plastiksitzen hockten, hing eine Atmosphäre resignierter Hoffnungslosigkeit, die nach meiner Erfahrung typisch für staatliche Krankenhäuser ist. Aus dem Kopfverband eines Mannes sickerte Blut. Ein Baby brüllte wie am Spieß.

Nizar hatte mir ein Blatt Millimeterpapier mitgegeben, auf das er seinen Namen und meinen Termin gekrakelt hatte. Eine lächerlich unangemessene Einweisung, wie ich fand, aber die junge Frau am Empfang wußte offenbar Bescheid und sagte, ich müsse in den dritten Stock. Ich nahm den Aufzug. Im ersten Stock stieg eine Krankenschwester zu, die tadelnd bemerkte, dieser Aufzug sei nur für Personal. »Wo wollen Sie denn hin?« fragte sie. »Station 3 J. Ein kleiner Eingriff. Mr. Nizar.« – »Soso. Privatpatient, was?« fragte sie mit leichter Häme. Ich hatte den Eindruck, daß sie die Behandlung von Privatpatienten in staatlichen Krankenhäusern mißbilligte. »Nur für eine Nacht«, sagte ich friedfertig. Sie ließ ein bellendes Lachen hören, das mich erheblich verunsicherte. Später stellte sich heraus, daß dies die Stationsschwester von 3 J war, und manchmal frage ich mich, ob ich den eineinhalbstündigen Leidensweg, der nun vor mir lag, vielleicht ihr zu verdanken hatte.

Vor dem Eingang zur Station stand eine Reihe schwarzer Plastiksessel an der Wand. Nachdem ich dort etwa zwanzig Minuten gewartet hatte, erschien eine magere, abgekämpfte junge Asiatin im weißen Assistenzarztkittel. Sie nahm meine Daten auf, fragte, ob ich Allergien hätte, und band mir eine Hundemarke mit meinem Namen ans Handgelenk. Dann brachte sie mich zu einem kleinen Zweibettzimmer. In einem der Betten lag ein Mann in gestreiftem Pyjama. Er hatte das Gesicht zur Wand gedreht. Ich wollte gerade protestieren und sagen, daß man mir ein Einzelzimmer versprochen hatte, als er sich umdrehte und ich sah, daß es ein Karibe war, und weil ich nicht als Rassist dastehen wollte, schluckte ich meinen Protest hinunter.

Die Ärztin sagte, ich solle das Krankenhausnachthemd anziehen, das auf dem freien Bett lag, und Gebiß, Glasaugen, künstliche Glieder und dergleichen ablegen. Dann verschwand sie. Ich schlüpfte in mein wallendes Gewand, wobei der Schwarze mir neidisch zusah. Er sei vor drei Tagen zu einer Bruchoperation gekommen, erzählte er, aber bisher habe sich noch niemand um ihn gekümmert. Offenbar war er glatt durch die Maschen des Systems gefallen.

Ich setzte mich auf die Bettkante. Von unten wehte kalte Luft an meine Beine. Der Karibe drehte sich wieder zur Wand und verfiel in einen leichten Schlaf.

Hin und wieder hörte ich ihn wimmern und stöhnen. Die junge asiatische Ärztin kam wieder herein, verglich den Namen auf meiner Hundemarke mit ihren Notizen, als sei ich ihr völlig fremd, und erkundigte sich erneut nach meinen Allergien. Mein Vertrauen ins Rummidge General sank rapide. »Mein Zimmergenosse sagt, daß er seit drei Tagen hier ist und sich bisher niemand um ihn gekümmert hat«, sagte ich. »Aber er kann sich wenigstens ausschlafen«, erwiderte die Ärztin, »während ich seit sechsunddreißig Stunden auf den Beinen bin.« Dann war sie wieder weg.

Die Zeit schlich dahin. Das Licht der tiefstehenden Wintersonne fiel durch das schmutzige Fenster. Ich sah zu, wie der Schatten des Fensterrahmens über den Linoleumboden wanderte. Endlich kamen eine Schwester und ein Pfleger mit einer fahrbaren Krankentrage, um mich zum OP zu bringen. Der Pfleger war unverkennbar ein Hiesiger, ein junger Mann mit blassem, unbewegtem Pokerspielergesicht, die Schwester eine dralle Irin, deren gestärkte Tracht aussah, als sei sie eine Nummer zu klein. Der Pfleger begrüßte mich mit dem hier üblichen »Na wie?« und der Aufforderung, auf die Trage zu hüpfen.

»Ich könnte mir auch einen Bademantel überziehen und zu Fuß gehen«, sagte ich. »Akute Schmerzen habe ich ja nicht.« Seit einer Woche spürte ich keine Schmerzen mehr im Knie, aber das kennt man ja: Sobald man sich zu einer Behandlung durchgerungen hat, sind die Symptome wie weggeblasen.

»Nein, wir müssen Sie fahren«, sagte er. »Vorschrift.«

Ich raffte meine Robe wie eine Dame der Jahrhundertwende und legte mich auf die Trage.

Ob ich nervös sei, wollte die Schwester wissen.

»Habe ich Grund dazu?«

Sie kicherte und blieb mir die Antwort schuldig. Der Pfleger warf noch einen Blick auf meine Hundemarke.

»Ja, richtig, Passmore … Beinamputation, ne?«

Ich fuhr entsetzt hoch. »Nein nein! Nur eine Kleinigkeit am Knie.«

»Der will Sie bloß auf die Rolle nehmen«, sagte die Schwester. »Hör auf damit, Tom.«

»War ja man bloß Spaß«, sagte er, ohne eine Miene zu verziehen.

Sie legten mir eine Decke über und stopften sie rechts und links fest, so daß ich die Arme nicht mehr bewegen konnte. »Damit Sie sich nicht stoßen, wenn wir durch die Pendeltüren rollen«, erläuterte Tom. Der Schwarze wachte auf, rappelte sich hoch und sah mir nach. »Bis später«, sagte ich. Ich habe ihn nie wiedergesehen.

Man fühlt sich sonderbar hilflos, wenn man ohne Kissen unter dem Kopf auf einer fahrbaren Trage liegt. Man weiß nicht, wo man ist oder wohin die Reise geht. Man sieht nur Decken, und die Decken im General Hospital waren kein erbaulicher Anblick: Putzrisse, abblätternde Emulsionsfarbe, Spinnweben in den Ecken und Fliegenleichen in den Beleuchtungskörpern. Die Gänge dehnten sich meilenweit, wie mir schien.

»Heut is ’ne kleine Rundfahrt angesagt«, ließ sich Tom hinter meinem Kopf vernehmen. »Der Bühnenaufzug ist kaputt, ne? Wir bringen Sie also mit dem Lastenaufzug in den Keller, rollen bis zum nächsten Flügel und fahren da mit dem Aufzug wieder hoch.«

Der Lastenaufzug, ein trüb beleuchtetes Ungetüm, in

dem es nach Kohl und Wäsche müffelte, hätte auch gut in eine veraltete Fabrik gepaßt. Als sie mich hineinschoben, blieben die Räder irgendwo hängen, und ich konnte in dem Spalt zwischen Aufzugkabine und Aufzugschacht das schwarzölige Kabelgewirr und das Räderwerk einer museumsreifen Maschinerie erkennen. Es war wie in einem dieser künstlerisch wertvollen Filme, wo alle Blickwinkel schief und krumm sind. Dann knallte Tom die Aufzugtür zu, die Schwester drückte auf einen Knopf, und knirschend und stöhnend setzte sich der Aufzug in Bewegung. Seine Decke war noch niederdrückender als die in den Krankenhausgängen.

Meine Begleiter unterhielten sich ungeniert über meinen Kopf hinweg.

»Haste was zu rauchen?« fragte die Schwester.

»Nein«, sagte Tom. »Hab's aufgegeben. Seit Donnerstag.«

»Warum?«

»Gesundheit.«

»Was machste statt dessen?«

»Jede Menge Sex.«

Die Schwester kicherte.

»Aber weißte was?« sagte Tom. »Ich hab überall im Krankenhaus Zigaretten versteckt, als eiserne Ration sozusagen.«

»Welche Sorte?«

»Benson. Kannste haben, wennde willst.«

»Is gut. Danke.« Mit einem Ruck hielt der Aufzug.

Durch die Heizkessel war die Luft hier unten heiß und trocken, und als Tom mich an hochgetürmten Pappkartons und Tonnen mit Krankenhausbedarf vorbeirollte, kam ich kräftig ins Schwitzen. Dick wie Fledermausscheiße hingen die Spinnweben von der gewölbten Decke. Die Räder holperten über den Steinfußboden und malträtierten meine Wirbelsäule. Zwischendurch wurde haltgemacht, weil Tom nach seinen Zigaretten suchen wollte. Er verschwand mit der Schwester hinter einem Berg von Wäscheballen, und ich hörte Schurren und Quieksen, ganz umsonst hatte die dralle Irin ihre Benson demnach nicht bekommen. Ich war fassungslos. Wie konnte man einem Privatpatienten so etwas zumuten? Mir war, als hätte man mir für mein Club-Class-Ticket einen durchgesessenen Platz in der Holzklasse direkt am Klo angewiesen, wo einem die Raucher ins Gesicht husten (das zumindest passierte mir hier nicht, die Schwester hatte offenbar doch Hemmungen, sich die Zigarette an Ort und Stelle anzuzünden). Besonders ärgerlich war, daß ich von Sally kein Mitleid zu erwarten hatte. Sie lehnt Privatbehandlungen grundsätzlich ab und ist deshalb auch nicht bei der BUPA versichert.

Weiter ging es in Kurven und Schlangenlinien durch das unterirdische Labyrinth bis zu einem zweiten, ebenso altertümlichen Aufzug, der uns ächzend wieder ans Tageslicht beförderte. Noch eine längere Fahrt durch endlose Gänge – und dann war mit einem Schlag alles ganz anders. Nur eine Pendeltür trennte das 19. vom 20. Jahrhundert, viktorianischen Grusel von der High-Tech-Moderne. Es war, als beträte man eine sorgfältig ausgeleuchtete, elegant dekorierte Bühne, nachdem man dahinter im Dunkeln zwischen den Kabeln herumgestolpert war. In gedämpftem Licht sah ich auf Weiß und Silber und Edelstahl, das Personal begrüßte mich freundlich lächelnd, die Stimmen waren leise und kultiviert. Behutsam wurde ich von meiner Trage auf ein sehr viel vornehmeres rollendes Bett gehoben und in einen Vorraum gebracht, wo der Anästhesist mich erwartete. Er bat mich, die linke Hand zur Faust zu ballen, und sagte beruhigend, während er eine Kanüle in die Armvene einführte, es könne ein wenig pieksen. Nizar, der jetzt gemessen hereinkam, sah in seinem hellblauen OP-Overall und mit der Haube über dem Haar wie eine füllige Hausfrau aus, die gerade erst aufgestanden ist und die Lockenwickel noch nicht herausgenommen hat.

»Morgen, alter Junge«, begrüßte er mich. »Alles tipptopp?«

Nizars Englisch ist einwandfrei, aber ich habe den Eindruck, daß er irgendwann mal sehr viel P. G. Wodehouse gelesen hat. Ich hätte ihm gern gesagt, daß von tipptopp keine Rede sein könne, aber eine Reklamation war vielleicht in diesem Augenblick doch fehl am Platz, zumal mich allmählich ein angenehm schläfriges Wohlgefühl überkam.

Nizar hielt die Röntgenaufnahme von meinem Knie ans Licht. »Ah ja«, sagte er halblaut, als habe er den Schnappschuß eines flüchtigen Bekannten vor Augen, den er lange nicht mehr gesehen hatte. Dann stellte er sich neben den Anästhesisten, und beide lächelten wohlwollend auf mich herunter. Die Decke hatte man mir weggenommen, und weil ich nicht wußte, wo ich meine Hände lassen sollte, hatte ich sie über dem Bauch gefaltet. »Ein Händefalter«, stellte der Anästhesist fest und tätschelte mich beruhigend. »Gut so. Sehr gut. Manche Patienten ballen die Fäuste und knabbern an den Nägeln.« Nizar lüpfte den Saum meines Gewandes und drückte an meinem Knie herum, und ehe ich noch etwas über sexuelle Belästigung sagen konnte, war ich auch schon weg.

Als ich zu mir kam, lag ich wieder in meinem Zweibettzimmer, aber der Schwarze war verschwunden, und niemand konnte mir sagen, wo er abgeblieben war. Mein dick verbundenes rechtes Bein sah aus wie eine Elefantenhaxe. Sally, die auf dem Heimweg von der Uni vorbeikam, fand den Anblick sehr komisch und als ich ihr meine Erlebnisse schilderte, reagierte sie so gefühllos, wie ich es erwartet hatte.

»Das kommt davon, wenn man sich vordrängelt«, sagte sie. »Tante Emily wartet schon zwei Jahre auf eine Hüftoperation.«

Später kam Nizar vorbei und bat mich, das Bein behutsam ein paar Zentimeter anzuheben, was ich vorsichtig – um nicht zu sagen fürsichtiglich – und ohne üble Nachwirkungen tat. Er war offenbar zufrieden.

»Famos«, sagte er. »Pyramidal.«

Nachdem ich ein paar Tage auf Krücken herumgelaufen war, das Abklingen der Schwellung abgewartet und mehrere Wochen Physiotherapie und vorsichtige Bewegung zur Stärkung des Quadriceps hinter mich gebracht hatte, kam der Schmerz wieder. *Auahhh!* Ich konnte es nicht fassen. Nizar konnte es nicht fassen. Er habe die Ursache meiner Beschwerden – eine in mein Kniegelenk eingeklemmte Gewebefalte – nach bestem Wissen und Gewissen ermittelt und beseitigt. Wir setzten uns vor seinen Fernseher und ließen die Videoaufnahme meiner Operation laufen; allein hatte ich das bisher noch nicht fertiggebracht. Es war ein hell ausgeleuchtetes, farbiges, kreisrundes Bild, als wenn man einen starken Scheinwerfer auf das Bullauge eines U-Bootes richtet.

»Da, sehen Sie?« rief Nizar.

Ich sah einen schlanken, silbrigen Aal, der Stücke aus dem weichen Bauch eines Schalentiers biß. Die kleinen stählernen Kiefer bewegten sich gefräßig, und Schnipsel aus meinem Knie trieben davon und wurden von dem Pümpchen aufgesaugt. Lange konnte ich nicht hinschauen. Bei Gewalt im Fernsehen wird mir sehr schnell blümerant.

»Ja, und nun?« fragte ich, nachdem Nizar das Videogerät ausgeschaltet hatte.

»Also ganz ehrlich, altes Haus: Ich bin baff«, sagte er. »Sie sehen ja selber, daß sich das Gewebe eingeklemmt hatte und daß ich es weggeschnitten habe. Der Meniskus ist intakt. Keine arthritische Degeneration des Gelenks. Warum das Knie Ihnen nach wie vor Ärger macht, ist überhaupt nicht einzusehen.«

»Macht es aber.«

»Ja, eben. Sehr, sehr ärgerlich.«

»Besonders für mich.«

»Es muß eine idiopathische habituelle Patellarluxation sein«, sagte er und erläuterte: »Habituelle Patellarluxation heißt wiederkehrender Schmerz im Knie und idiopathisch heißt, daß er ohne erkennbare Ursache in Ihrem Körper entstanden ist, altes Haus.« Er strahlte, als habe er mir soeben einen Preis verliehen.

Auf meine Frage, was man denn da machen könne, sagte er – und das klang lange nicht mehr so aufgeräumt –, man könnte eine zweite Arthroskopie machen und feststellen, ob er vielleicht doch beim erstenmal etwas übersehen hatte. Oder ich könnte es mit Aspirin und Physiotherapie versuchen. Dann lieber Aspirin und Physiotherapie, sagte ich.

»Natürlich würde ich den Eingriff beim nächstenmal im BUPA-Krankenhaus machen«, sagte er. Inzwischen wußte er, daß ich das Ambiente im General nicht gerade optimal fand.

»So schnell laß ich mich nicht noch mal operieren«, sagte ich.

Als ich Roland – so heißt mein Physiotherapeut – als ich Roland von diesem Gespräch erzählte, sagte er mit seinem schiefen Grinsen: »Sie haben ein Kniegelenksyndrom. So nennen das die Orthopäden unter sich. KGS KannichGarnixzuSagen.«

Roland ist übrigens blind. Auch eine Sache, die schlimmer ist, als wenn einem das Kine weh tut.

Dienstag nachmittag 16. Februar. Nachdem ich den letzten Absatz geschrieben hatte, kam mir die Idee, mal eine Weile mit geschlossenen Augen herumzulaufen, um eine Vorstellung davon zu bekommen, wie es ist, blind zu sein, und um mir klarzumachen, wie gut ich im Vergleich mit dem armen alten Roland dran bin. Ich setzte mir – wenn schon, denn schon! – sogar eine Schlafmaske auf, die ich mal bei einem Rückflug von Los Angeles mit British Airways bekommen hatte, und beschloß, mir eine Tasse Tee zu machen, eine für Sehende sehr simple und alltägliche Angelegenheit. Lange hielt ich das Experiment nicht durch. Bei dem Versuch, mich aus dem Arbeitszimmer in die Küche zu tasten, stieß ich mit dem Knie – natürlich dem rechten – an eine offene Schublade. Ich riß mir die Schlafmaske vom Gesicht und hüpfte so gotteslästerlich fluchend im Zimmer herum, daß meine eigenen Blasphemien mich zum Verstummen brachten. Nun war das Knie bestimmt endgültig hin. Nach einer Weile ließ der Schmerz nach, und heute früh ging es mir kniemäßig nicht schlechter als vorher. Aber natürlich auch nicht besser.

Einen Vorteil hat ein Kniegelenksyndrom: Wenn jemand anruft und sich erkundigt, wie es einem geht und man seinen Zustand nicht unumwunden als total parterre und wimmerig bezeichnen will, aber auch keine Lust hat, sonnigen Optimismus zu verbreiten, kann man immer über sein Knie jammern.

Mein Agent, Jake Endicott, hat mich gerade telefonisch daran erinnert, daß wir morgen zum Mittagessen verabredet sind, und mußte sich eine lange Tirade über mein Knie anhören. Er sitzt heute nachmittag mit den Leuten von Heartland zusammen, weil wir herausbekommen wollen, ob sie eine neue Staffel von *Die Leute von nebenan* planen. Das Buch für die letzte Folge der laufenden Staffel habe ich erst vor ein paar Wochen abgegeben, aber bei Serien muß man langfristig planen, weil die Schauspielerverträge demnächst zur Erneuerung anstehen. Jake glaubt, daß Heartland mindestens noch eine, wahrscheinlich sogar zwei Staffeln in Auftrag geben will.

»Wäre ja noch schöner! Bei diesen Einschaltquoten ...«

Er versprach, mir morgen beim Essen zu erzählen, wie es gelaufen war. Wir gehen zu Groucho. Wie immer.

Die Arthroskopie war vor einem Jahr, und das Knie tut immer noch weh. Soll ich eine zweite Operation riskieren? Ich kann mich einfach nicht entscheiden. Entscheidungen fallen mir neuerdings überhaupt unheimlich schwer. Heute früh zum Beispiel wußte ich nicht, welche Krawatte ich umbinden sollte. Wie kann ich in einer so wichtigen Sache wie einem zweiten chirurgischen Eingriff ja oder nein sagen, wenn ich mich schon bei so einer Lappalie nicht entscheiden kann? Lange stand ich ratlos vor dem Krawattenhalter und wäre fast zu spät zu meinem Termin bei Alexandra gekommen. Zunächst mußte ich die Grundsatzfrage klären: Dunkel und konservativ? Oder bunt und schrill? Schließlich waren bei meinem Auswahlverfahren ein schlichter bordeauxfarbener Strickbinder von Marks & Spencer und ein handbemaltes italienisches Kunstwerk in Orange-, Braun- und Rottönen übriggeblieben. Beide paßten aber nicht zu dem Hemd, das ich anhatte, so daß ich mich noch mal umziehen mußte. Die Zeit wurde knapp. Ich band den Seidenschlips um und stopfte vorsichtshalber den Strickbinder in die Jackentasche. Auf der Fahrt zu Alexandras Praxis kamen mir tatsächlich Bedenken, und vor einer roten Ampel tauschte ich die beiden Krawatten aus.

Dr. Alexandra Marple ist mein aktueller Seelenheini (gibt es dazu eigentlich eine weibliche Form? Muß ich mal nachschlagen). Eigentlich heißt sie Marbles, aber Miss Marple hat ja auch gern in der menschlichen Seele herumgestochert, deshalb finde ich den Namen passender. Sie weiß nicht, daß ich sie so nenne, würde es mir aber bestimmt nicht übelnehmen. Übelnehmen würde sie mir das mit dem Seelenheini. Mit Analyse und dergleichen hat sie nämlich als kognitive Verhaltenstherapeutin nichts am Hut. Ich gehe in eine Menge Therapien. Montags in die Physiotherapie bei Roland, dienstags kognitive Verhaltenstherapie bei Alexandra, und freitags habe ich abwechselnd Aromatherapie und Akupunktur. Am Mittwoch und Donnerstag bin ich eigentlich immer in London, um mich dort mit Amy zu treffen. Aber das kommt auch auf eine Therapie raus.

Was der Unterschied zwischen einem Psychiater und einem kognitiven Verhaltenstherapeuten ist? So wie ich es verstanden habe, versucht der Psychiater die verborgene Ursache einer Neurose aufzuspüren, während der kognitive Verhaltenstherapeut die Symptome behandelt, die dem Patienten das Leben schwermachen. Wenn man beispielsweise an Platzangst in Bussen und Zügen leidet, wird ein Psychiater versuchen, als Ursache dafür eine traumatische Erfahrung im früheren Leben des Patienten zu finden. Nehmen wir an, Sie sind als Kind bei einer Bahnfahrt sexuell belästigt worden, der Mann neben Ihnen hat an Ihnen herumgefummelt, als es plötzlich im Abteil dunkel wurde, weil der Zug durch einen Tunnel fuhr. Und Sie waren so geschockt und beschämt, daß Sie nichts gesagt haben, als der Zug aus dem Tunnel kam, daß Sie niemandem, nicht mal den Eltern, davon erzählt, sondern die Erinnerung daran total verdrängt haben. Gelänge es dem Psychiater, die Erinnerung an dieses Erlebnis zu wecken und Sie zu der Erkenntnis zu bringen, daß es ja nicht Ihre Schuld war, wären Sie von Ihrer Platzangst befreit. Theoretisch jedenfalls. Das Dumme ist nur, wie die kognitive Verhaltenstherapie sehr richtig bemerkt, daß es sehr, sehr lange dauern kann, bis man das verdrängte traumatische Erlebnis aufgespürt hat. Amy zum Beispiel geht jetzt seit drei Jahren täglich zur Analyse, montags bis freitags von neun Uhr bis neun Uhr fünfzig, und daß sie dabei eine schöne Stange Geld los wird, kann man sich ja vorstellen. Ich habe sie gefragt, woran sie merkt, wann sie geheilt ist.

»Wenn ich das Gefühl habe, Karl nicht mehr zu brauchen.«

Karl ist ihr Psychiater. Dr. Karl Kiss. Wenn Sie mich fragen – der gute Karl wird schon wissen, was er an ihr hat.

Ein kognitiver Verhaltenstherapeut würde vermutlich versuchen, Sie allmählich an Fahrten mit öffentlichen Verkehrsmitteln zu gewöhnen, mit der U-Bahn zum Beispiel. Erst eine Station auf dem Inner Circle, dann zwei, dann drei, erst in der ruhigen Zeit, dann in der Rush-hour, und jedesmal, wenn Sie es eine Station weiter schaffen, haben Sie sich eine Belohnung verdient, einen Drink oder ein leckeres Essen oder eine nette Krawatte, und Sie sind so begeistert über die eigenen Fortschritte und diese kleinen Geschenke, die Sie sich selber machen, daß Sie Ihre Platzangst total vergessen und eines Tages erkennen, daß es nichts gibt, wovor Sie Angst haben müßten. Theoretisch jedenfalls. Amy ist da eher skeptisch.

»Aber wenn du nun eines Tages auf dem Inner Circle an einen Sittenstrolch gerätst?«

Amy nimmt alles immer so wörtlich.

Allerdings ist es heutzutage immer drin, daß man auf dem Inner Circle an einen Sittenstrolch gerät. Sogar als Mann.

Alexandra ist mir von meinem Hausarzt empfohlen worden. »Sie ist sehr gut«, sagte er. »Sehr pragmatisch. Vertrödelt keine Zeit damit, in Ihrem Unbewußten herumzustochern oder zu fragen, wann Sie als Kind stubenrein geworden sind oder ob Sie Ihre Eltern mal haben bumsen sehen und dergleichen.«

Das sprach für sie, fand ich. Und Alexandra hat mir echt geholfen. Die Atemübungen sind sehr wirksam, allerdings hält die Wirkung meist nicht länger als fünf Minuten an. Und wenn ich bei ihr war, bin ich viel ruhiger. Zumindest für die nächsten zwei Stunden. Ihre Spezialität ist eine sogenannte rational-emotive Therapie, deren Ziel es ist, den Patienten zu der Erkenntnis zu bringen, daß seine Ängste oder Phobien auf einer falschen oder ungerechtfertigten Auslegung der Fakten beruhen. Manchmal sehne ich mich allerdings nach einer richtig schön altmodischen Wiener Analyse, und dann könnte ich Amy um ihren täglichen Kiss fast beneiden. (Eigentlich spricht sich der Typ ›Kish‹ aus, er ist Ungar, aber ich nenne ihn Kiss.) Die Sache ist die, daß ich nicht immer unglücklich war. Ich erinnere mich an eine Zeit des Glücks. Oder zumindest leidlicher Zufriedenheit. Oder sagen wir, an eine Zeit, als ich nicht glaubte, unglücklich zu sein – was wohl dasselbe ist, wie glücklich (oder leidlich zufrieden) zu sein. Aber irgendwo und irgendwann habe ich verlernt, einfach in den Tag hinein zu leben, ohne Angst, ohne Depressionen. Wie das kam?

KannichGarnixzuSagen.

»Wie geht's denn heute?« fragte Alexandra.

Das fragt sie immer, wenn ich komme. Wir sitzen uns in etwa drei Meter Abstand in Sesseln gegenüber, die auf einem hochflorigen hellgrauen Teppichboden stehen. Das schöne Sprechzimmer mit der hohen Decke ist bis auf den antiken Schreibtisch am Fenster und einen nüchternen Aktenschrank mehr wie ein Salon eingerichtet. Zwischen den Sesseln ist ein Kamin, in dem im Winter ein munteres Gasfeuer aus künstlichen Kohlen flackert und im Sommer eine Vase mit frischen Blumen steht. Alexandra ist groß und schlank und trägt immer anmutig fließende Sachen, Seidenblusen und plissierte Röcke aus feiner Wolle, die züchtig das Knie bedecken. Sie hat ein schmales, zartknochiges Gesicht mit einem sehr langen, schlanken Hals, das Haar ist zu einem strengen Knoten – oder nennt man das Chignon? – geschlungen, man muß sie sich etwa so vorstellen wie eine von Walt Disney gezeichnete schöne langwimprige Giraffendame.

Ich erzählte ihr von meiner pathologischen Unentschlossenheit bei der Krawattenwahl.

»Pathologisch?« sagte sie. »Weshalb haben Sie dieses Wort gewählt?«

Sie hakt immer nach, wenn ich mich so negativ ausdrücke.

»Himmel noch mal, es ging doch bloß um eine Krawatte. Eine halbe Stunde meines Lebens habe ich damit vertan, mich zu nerven wegen einer … Also wenn das nicht lachhaft ist …«

Warum mir die Entscheidung so schwer gefallen sei, wollte Alexandra wissen.

»Wenn ich die schlichte unifarbene nehme, habe ich mir gesagt, denken Sie vielleicht, daß ich deprimiert bin oder mich in meiner Depression vergrabe, statt gegen sie anzukämpfen. Und wenn ich die bunte nehme, glauben Sie womöglich, daß ich meine Depression überwunden habe, und das stimmt ja nicht. So oder so würde ich irgendwie lügen müssen.«

Alexandra lächelte, und ich hatte dieses High, das einen oft in der Therapie überkommt, wenn man wie ein braver Schüler die richtige Antwort gegeben hat.

»Sie hätten ja auch ganz auf einen Schlips verzichten können.«

»Das habe ich mir auch überlegt. Aber zu den Terminen bei Ihnen trage ich immer Krawatte, das hat man mir von klein auf eingebleut: Wenn du zum Doktor gehst, ziehst du gefälligst was Anständiges an. Wäre ich plötzlich ohne Krawatte gekommen, hätten Sie das als Geringschätzung, als Unzufriedenheit deuten können – und ich bin nicht unzufrieden. Oder nur mit mir selbst.«

Vor ein paar Wochen habe ich von Alexandra eine Aufgabe bekommen: Ich sollte aufschreiben, wie ich mich selbst sehe. Es war eine interessante Übung und hat mich wohl auf die Idee gebracht, diesen Text zu verfassen, von dem ich nicht recht weiß, wie ich ihn nennen soll (Tagebuch? Beichte?). Bisher habe ich immer nur Texte für Schauspieler geschrieben – Sketche, Drehbücher für Film und Fernsehen. Natürlich geht es auch bei TV-Drehbüchern nicht ganz ohne Beschreibungen, man braucht Bühnenanweisungen, Hinweise fürs Casting (›Judy ist eine gutaussehende künstlich geblondete Mittzwanzigerin‹), aber das wird alles eher grob skizziert, geht nicht in die Tiefe. Fernsehen besteht im wesentlichen aus Zeilen. Zeilen, die von den Darstellern gesprochen, Zeilen, die von der Braunschen Röhre erzeugt werden und sich zu einem Bild zusammensetzen. Seine Informationen bezieht der Zuschauer aus dem Bild, das ihm sagt, wo er gerade ist, oder aus den Dialogen, die ihm sagen, was die Figuren denken und fühlen, und oft sind dazu noch nicht mal Worte nötig, es genügt, wenn einer die Schultern zuckt oder die Augen aufreißt. Wenn man dagegen ein Buch schreibt, muß man alles – Verhaltensweisen, Aussehen, Gedanken, Gefühle, das ganze Drum und Dran – mit Worten ausdrücken, anders geht es nicht. Ich ziehe meinen Hut vor Leuten, die Bücher schreiben können. Ehrlich.

Laurence Passmore
Eine Selbstbeschreibung

Ich bin achtundfünfzig Jahre alt, eins dreiundsiebzig groß und wiege sechsundachtzig Komma eins Kilo, also zwölf Kilo mehr, als unser zerlesenes *Gesundheitsbuch für die ganze Familie* mir als Normalgewicht zubilligt. Den Spitznamen Tubby, Dickerchen, habe ich erst beim Wehrdienst bekommen, weil ich so rund und knubbelig war, aber danach ist er an mir hängengeblieben. Ich war immer ein bißchen zu gewichtig für meine Größe, schon zu meiner Fußballerzeit als Halbwüchsiger und junger Erwachsener, mit einem faßförmigen Rumpf, der sich von der Brust bis zu der Stelle, wo man normalerweise das Trikot in die Shorts steckt, leicht nach außen wölbte. Damals war mein Bauch bretthart und bestand nur aus Muskeln, was mir bei Zweikämpfen gute Dienste tat, später aber verwandelten sich die Muskeln trotz regelmäßiger Bewegung in Fettschichten, die inzwischen auch auf Hüften und Hintern sitzen, so daß meine Figur jetzt eher einer Birne als einem Faß gleicht. Es heißt ja, daß in jedem dicken Menschen ein dünner steckt, der ins Freie will, und jedesmal, wenn ich in den Badezimmerspiegel gucke, höre ich sein klägliches Gewimmer. Aber das mit der Figur wäre ja vielleicht noch zu ertragen, wenn da nicht noch was wäre. Auf meiner Brust wuchert ein Wust von Haaren, der aussieht wie ein überdimensionierter Stahlwollschwamm und bis an den Adamsapfel reicht. Der drahtige Bewuchs, den man in meinem Ausschnitt sieht, wenn ich ein offenes Hemd anhabe, erinnert an die schnell wachsenden Pilze aus dem All in einer dieser alten Science-Fiction-Serien. Aber wie es das grausame genetische Geschick so will: Oberhalb des Adamsapfels habe ich praktisch überhaupt keine Haare mehr. Mein Schädel ist blank und glatt wie eine Glühbirne – bei meinem Vater war es genauso – , nur um die Ohren herum und im Nacken habe ich noch ein paar Fransen, die ich sehr lang trage, bis über den Kragen. Es sieht ein bißchen pennermäßig aus, aber das Haareschneiden tut mir immer in der Seele weh. Jede einzelne Strähne ist so kostbar, daß mir das Herz blutet, wenn ich sie beim Friseur auf dem Boden liegen sehe. Am liebsten würde ich sie mir einpacken lassen und mit nach Hause nehmen. Ich habe es auch mal mit einem Schnurrbart probiert, aber der sah so komisch aus, grau auf der einen, rötlich-braun auf der anderen Seite, daß ich ihn schnell wieder abgenommen habe. Einen Kinnbart habe ich schon in der Planung wieder verworfen, weil der wohl allzusehr nach einer Fortsetzung der Stahlwolle auf meiner Brust ausgesehen hätte. Es gibt also nichts, wohinter ich mein Dutzendgesicht verstecken könnte, ein dickliches rosa Oval, gefältelt und verknittert wie ein Ballon, dem langsam die Luft ausgeht, mit Hängebacken, fleischiger, leicht knolliger Nase und ziemlich traurig blickenden wasserblauen Augen. Auch mit meinen Zähnen ist nicht viel Staat zu machen, aber es sind meine eigenen, jedenfalls die, die man sieht (unten links habe ich eine Brücke, da fehlen ein paar Backenzähne). Ich habe einen Stiernacken und ziemlich kurze Arme, so daß ich immer Schwierigkeiten mit den Hemden habe. Lange mußte ich mich damit abfinden, daß mir die Manschetten bis an die Fingerspitzen gingen, wenn ich nicht einen Langarmpullover übers Hemd zog oder die Ärmel mit Gummibändern in Zaum hielt. Dann kam ich nach Amerika, wo sich inzwischen herumgesprochen hatte, daß manche Männer kürzere Arme haben als der Durchschnitt (bei uns darf es komischerweise nur Männer geben, die längere Arme haben als der Durchschnitt), und kaufte bei Brooks Brothers ein Dutzend Hemden mit 58er Ärmeln. Wenn ich jetzt Nachschub brauche, bestelle ich bei einem amerikanischen Versandhaus, das seit ein paar Jahren auch in England vertreten ist. Natürlich könnte ich mir heutzutage Maßhemden leisten, aber die feinen Läden am Piccadilly finde ich irgendwie abschreckend, und die gestreiften Popelinhemden, die sie im Schaufenster haben, sind mir zu brav. Außerdem habe ich eine Einkaufsphobie. Ich bin ein ungeduldiger Mensch; allerdings war das wohl nicht immer so. Schlangestehen zum Beispiel gehörte in meiner Jugend zum Alltag, ich fand überhaupt nichts dabei. An der Bushaltestelle, vor dem Kino, in Geschäften – ohne Anstehen lief nichts. Heutzutage fahre ich kaum noch mit dem Bus, Filme schaue ich mir zu Hause auf Video an, und wenn in einem Geschäft zwei Leute vor mir sind, gehe ich prompt wieder raus und verzichte auf das, was ich hatte kaufen wollen. Banken und Postämter mit diesen abgeteilten Laufgängen wie bei der Paßkontrolle auf dem Flughafen sind mir besonders verhaßt, die Schlange schiebt sich nur schrittweise vor, und wenn du glücklich vorn bist, mußt du ständig nach rechts und links peilen, ob ein Schalter frei ist, meist kriegst du das aber nicht mit, und der Klugscheißer hinter dir verpaßt dir einen freundschaftlichen Knuff und sagt: »Ej, Kumpel, du bist dran.« Meine Bankgeschäfte wickle ich nach Möglichkeit per Computer ab, statt Briefe zu schreiben, schicke ich Faxe, und meine Drehbücher lasse ich von einem Kurierdienst bei mir zu Hause abholen. Ab und zu braucht der Mensch aber doch mal Briefmarken, und wenn ich dann in einer dieser langen Schlangen stehe, zwischen alten Mütterchen, die ihre Rente, und alleinerziehenden Eltern mit rotznäsigen Kindern, die ihre Unterhaltszahlungen abholen wollen, würde ich am liebsten schreien: »Warum gibt es eigentlich keinen Schalter für Leute, die nur schnell ein paar Briefmarken kaufen oder einen Brief abgeben wollen? Wo sind wir denn hier? Immer noch auf einem Postamt, denke ich...« Natürlich spielt sich das nur in meinem Kopf ab, ich kann mich sehr gut beherrschen, es würde mir nie einfallen, in der Öffentlichkeit herumzuschreien. Ich lasse mir meine Gefühle selten anmerken. Die meisten Leute, die mich kennen, besonders die vom Fernsehen, würden energisch bestreiten, daß ich ungeduldig bin, bei denen gelte ich als eher phlegmatisch, unerschütterlich, ein Fels in der Brandung. Auch daß ich mit meiner Figur so unzufrieden bin, würde sie überraschen. Sie denken, daß ich gern Tubby heiße. Zarte Andeutungen, ich hätte nichts dagegen, wenn sie mich Laz nennen würden, kamen nicht an. Nur über meine Hände und Füße kann ich eigentlich nicht klagen. Ich habe kleine Füße, Größe sieben, schmal und mit hohem Spann; in den italienischen Schuhen, die ich öfter kaufe, als nötig wäre, sehen sie sehr gut aus. Trotz meines Gewichts war ich immer sehr leichtfüßig, ein flinker Dribbler und durchaus passabler Tänzer. Wenn ich durchs Haus gehe, hört man mich kaum, meine Frau erschrickt manchmal, wenn sie sich umdreht und ich direkt hinter ihr stehe. Auch meine Hände sind klein, aber die Finger sind lang und schmal. Pianistenfinger. Spielen kann ich allerdings nur auf der Tastatur meines Computers.

»Ist das alles?« fragte Alexandra, als ich meine Auftragsarbeit ablieferte. Es sei das längste Stück Prosa, das ich seit Jahren geschrieben hätte, sagte ich. »Warum hat es keine Absätze?«

Ich habe keine Übung mit Absätzen, weil ich normalerweise Dialoge schreibe, deshalb war mir die Selbstbeschreibung zu einer Art Monolog geraten. »Ich kann nur schreiben, wenn ich mir vorstelle, ein Gespräch zu führen«, sagte ich.

Alexandra legte meine fliegenden Blätter in eine Schublade, und bei unserem nächsten Termin sagte sie, der Text sei interessant, aber sehr negativ. »Sie stellen vor allem Ihre körperlichen Mängel heraus oder das, was Sie für Mängel halten, und selbst Ihre Vorzüge, Hände und Füße, relativieren Sie durch die Einschränkung, daß Sie mehr Schuhe kaufen, als nötig wäre, und nicht Klavier spielen können.«

Alexandra findet, daß mein Selbstwertgefühl unterentwickelt ist, womit sie wahrscheinlich recht hat, nur ist diese Tendenz nach dem, was ich täglich in der Zeitung lese, offenbar weit verbreitet, zumal bei uns in England. Vielleicht hat es etwas mit der Rezession zu tun. Allerdings nicht bei mir.

Ich bin ein wohlhabender, ja, fast reicher Mann. *Die Leute von nebenan* läuft seit fünf Jahren, Woche für Woche schalten 13 Millionen britischer Zuschauer die Serie ein. Es gibt eine ebenso erfolgreiche amerikanische Version und weltweit Fassungen in vielen verschiedenen Sprachen. Von all diesen Unternehmungen fließt Geld auf mein Konto wie Wasser aus einem Hahn. Was also ist mit mir los? Warum bin ich nicht glücklich und zufrieden?

KannichGarnixzuSagen.

Weil ich ein Perfektionist bin, meint Alexandra. Weil ich zu hohe Ansprüche an mich stelle und dann zwangsläufig enttäuscht werde, und das ist natürlich nicht von der Hand zu weisen. Im Showbusiness gibt es jede Menge Perfektionisten. Sie wissen ganz genau, daß sie Schund produzieren, Schund spielen oder Schund schreiben, aber dann soll es doch wenigstens perfektionierter Schund sein.

Das ist eben der Unterschied zwischen uns und anderen Berufen. Wenn man auf die Post geht, um Briefmarken zu kaufen, bemüht sich der Mann am Schalter nicht um einen perfekten Service. Wenn man Glück hat, arbeitet er zuverlässig und kompetent, aber von Perfektionismus kann keine Rede sein. Wozu auch? Schließlich ist eine Briefmarke wie die andere, und die Möglichkeiten, sie abzureißen und über den Tresen zu schieben, lassen sich nur in engen Grenzen variieren. Der Mann macht tagaus, tagein, jahraus, jahrein die gleichen Bewegungen, kommt nie aus seiner Tretmühle heraus. Jede Folge einer Sitcom aber ist – so banal und vorgestanzt sie auch sein mag – etwas Besonderes, und zwar aus zwei Gründen: Erstens braucht kein Mensch die Sitcom, so wie er früher oder später Briefmarken braucht, sie ist einzig und allein zur Unterhaltung da, und deshalb darf sie sich von einer Woche zur anderen nicht wiederholen. Und zweitens haben alle Beteiligten den ersten Punkt fest im Blick und wissen, daß sie sich mächtig anstrengen müssen, weil sie sonst ohne Job dastehen. Erstaunlich, wieviel kollektive Mühe und Gedankenarbeit in jeder Zeile, jeder Geste, jeder Einzelaufnahme stecken. Bei den Proben überlegen alle bis zuletzt: Wie können wir hier noch feilen, da was verbessern, einen Lacher mehr unterbringen ... Und dann machen einen die Kritiker in zwei kurzen, pampigen Sätzen fertig. Der Pferdefuß des Fernsehens ist die Fernsehkritik. Daß ich ein unterentwickeltes Selbstwertgefühl habe, bedeutet nämlich noch lange nicht, daß ich leichten Herzens auf Anerkennung verzichten könnte, ganz im Gegenteil: Wenn die Anerkennung ausbleibt, bin ich total down. Ich möchte, daß alle mich für perfekt halten, auch wenn ich selbst das von mir nicht glaube. Warum?

KGS.

Zu Beginn der Therapie sagte Alexandra, ich solle in einer Spalte alle guten und in einer zweiten Spalte alle schlechten Sachen in meinem Leben auflisten. Unter ›Gut‹ schrieb ich:

1. Beruflich erfolgreich
2. Finanziell gesichert
3. Gesund
4. Stabile Ehe
5. Den Kindern einen guten Start ins Leben ermöglicht
6. Schönes Haus
7. Toller Wagen
8. Urlaub nach Lust und Laune

Unter ›Schlecht‹ stand zunächst nur:

1. Fühle mich meist unglücklich

Ein paar Wochen danach kam dann noch ein Punkt dazu:

2. Knie tut weh

Was mich fertigmacht, sind nicht so sehr die Schmerzen als die eingeschränkte Bewegungsfreiheit. Früher war Sport für mich die beste Therapie, auch wenn ich das damals noch nicht so nannte. Schon als Kind in London hatte ich unheimlichen Spaß daran, in den Nebenstraßen zu werfen, zu kicken und zu dribbeln. Irgendwie fand ich es wohl toll, den Leuten zu zeigen, daß ich mich mit meinem plumpen Knubbelkörper erstaunlich wendig, ja elegant bewegen konnte, wenn ich einen Ball zur Verfügung hatte (ohne Ball war ich ein ausgesprochenes Trampeltier). Bekanntlich ist ja Sport eine harmlose Möglichkeit, Spannungen abzubauen, weil er Adrenalin freisetzt. Das Beste daran aber ist, daß man danach so gut schläft. Ich kenne nichts Schöneres als diese herrliche Erschöpfung nach einer rasanten Partie Squash oder achtzehn Loch Golf oder fünf Sätzen Tennis, das Wohlgefühl, sich im Bett auszustrecken und zu wissen, daß man mühelos ein- und lange und tief durchschlafen wird. Sex wirkt lange nicht so gut, danach ist man allenfalls ein paar Stunden weg, aber dann geht die ganze Quälerei wieder von vorn los. Gestern abend haben Sally und ich uns geliebt (die Initiative geht jetzt meist von ihr aus), und sie lag noch nackt in meinen Armen, da schlief ich auch schon wie nach einem K. o. Um halb drei war ich wieder hellwach und fror wie ein Schneider. Sally lag in einem der Maxi-T-Shirts, die sie als Nachthemden trägt, neben mir und atmete tief und regelmäßig. Ich zog mir einen Pyjama an und ging aufs Klo, konnte aber nicht wieder einschlafen. Ich lag da, und meine Gedanken drifteten immer tiefer in die Dunkelheit ab. Üble Gedanken. Morbide Gedanken. Mein Knie pochte – es hatte wohl unsere Bettgymnastik übelgenommen –, und ich überlegte, ob das womöglich die ersten Symptome von Knochenkrebs waren und wie ich es wohl verkraften würde, ein Bein zu verlieren, wenn ich mich schon bei einem ganz gewöhnlichen Kniegelenksyndrom so anstellte.

Das sind so die Sachen, die mir bei diesen unfreiwilligen Nachtwachen durch den Kopf gehen, während Sally friedlich neben mir liegt und schläft, und ich überlege, ob ich die Nachttischlampe anmachen und eine Weile lesen, nach unten gehen und etwas Warmes trinken oder mir mit einer Schlaftablette ein paar Stunden Vergessen erkaufen soll –

um den Preis, daß ich am nächsten Morgen das Gefühl habe, als hätte mir in der Nacht jemand das Mark aus den Knochen gesaugt und statt dessen Blei hineingepumpt. Alexandra hat mir geraten, einfach zu lesen, bis ich wieder müde werde, aber ich scheue mich, Licht zu machen, weil das Sally stören könnte, und außerdem hat Alexandra es so gemeint, daß ich aufstehen und mich zum Lesen irgendwo hinsetzen soll, aber nachts käme ich mir in dem leeren, schweigenden Wohnzimmer vor wie ein Eindringling in meinem eigenen Haus. Meist bleibe ich deshalb – wie letzte Nacht – einfach liegen, wälze mich herum und hoffe inständig, irgendwann wieder einzuschlafen. Zuerst kuschelte ich mich an Sally, aber dann wurde es ihr zu warm, und sie schubste mich im Schlaf weg. Danach kreuzte ich die Arme über der Brust und faßte mit den Händen meine Schultern wie ein Mann in einer Zwangsjacke, in die ich ja vielleicht auch gehöre.

Mittwoch, 17. Februar, 2.05 Uhr. Heute abend gab es keinen Sex, und ich wachte schon um 1.40 Uhr auf, sah verzweifelt auf die rot leuchtenden Zahlen meines Weckers, und dann richtete ich mich entschlossen auf und angelte mir, ehe ich es mir anders überlegen konnte, meine Hausschuhe unter dem Bett hervor. Unten zog ich einen Jogginganzug über den Pyjama, brühte mir eine Kanne Tee und setzte mich im Arbeitszimmer an den Computer. Wo war ich gestern stehengeblieben? Ja, richtig: beim Sport.

Roland sagt, ich soll keinen Sport machen, bis die Symptome – mit oder ohne zweite Operation – abgeklungen sind. Das eine oder andere Gerät im Fitnessraum hat er mir genehmigt, und auch schwimmen darf ich, aber Brustschwimmen ist verboten, der Grätschstoß ist nicht gut fürs Knie. Nur mache ich mir nicht viel aus Fitnessgeräten, in meinen Augen verhalten die sich zum richtigen Sport wie Masturbation zum richtigen Sex. Und Brustschwimmen ist die einzige Schwimmart, die ich ganz ordentlich beherrsche. Mit Squash ist es aus naheliegenden Gründen vorbei und mit Golf leider auch, die seitliche Drehung beim Durchschwung kann mein rechtes Knie einfach nicht mehr verkraften. Mit Tennis habe ich noch nicht ganz aufgehört, auf dem Platz trage ich eine Schiene, so daß ich das rechte Bein nachziehen muß wie Long John Silver, aber es ist besser als gar nichts. Der Klub hat eine Tennishalle, und neuerdings sind die Winter so mild, daß man sowieso fast das ganze Jahr über draußen spielen kann. Irgendwo hat der Treibhauseffekt eben auch sein Gutes.

Zum Tennisspielen habe ich mich mit drei ebenfalls mehr oder weniger lädierten Typen meines Alters zusammengetan. Joe hat schwere Rückenprobleme, trägt ständig ein Stützkorsett und kriegt kaum einen Aufschlag mit gestrecktem Arm zustande. Rupert war vor Jahren in einen schweren Verkehrsunfall verwickelt und hinkt auf beiden Beinen (wenn man das so sagen kann), und Humphrey hat Arthritis in den Füßen und ein künstliches Hüftgelenk. Jeder beutet die Behinderung des anderen gnadenlos aus. Wenn Joe am Netz gegen mich spielt, kriegt er von mir einen hohen Return, weil ich weiß, daß er das Racket nicht über den Kopf heben kann, und wenn ich an der Grundlinie stehe, pfeffert er seine Returns mal auf die eine, mal auf die andere Seite, weil er weiß, daß ich mit meiner Schiene nicht so schnell nachkomme. Wenn man uns so sieht, können einem die Tränen kommen. Vor allem Lachtränen natürlich.

Gemischte Doppel mit Sally kommen nicht mehr in Frage, und das ist schade, denn wir haben bei den Seniorenturnieren immer ganz schön abgesahnt, und auch Einzel spielt sie nicht mehr gern mit mir. Ich würde mir nämlich, um zu gewinnen, bedenkenlos mein Knie kaputtmachen, sagt sie, und damit hat sie wahrscheinlich recht. Früher habe ich sie meistens besiegt, aber jetzt wird sie immer besser, während ich zurückfalle. Als ich neulich mit meiner Krüppelclique in der Halle war, tauchte sie zu meiner Verblüffung mit Brett Sutton, unserem Coach, auch dort auf. Ich wußte nicht, daß sie den Termin gemacht hatte, oder aber sie hatte es mir gesagt, und ich hatte nicht zugehört. Das ist auch so eine Sache, die mich neuerdings zum Grübeln bringt: Irgend jemand redet mit mir, und ich tue aufmerksam und interessiert, aber hinterher merke ich, daß ich kein Wort mitgekriegt habe, weil ich mit meinen Gedanken woanders war. Muß auch irgendein Syndrom sein. Sally ist verständlicherweise sauer, wenn sie mich dabei erwischt, und als sie mir lässig durchs Netz zuwinkte, winkte ich lässig zurück, weil ich das mit der Trainingsstunde vielleicht hätte wissen müssen. Zuerst hatte ich sie gar nicht erkannt, sondern nur eine große, gutaussehende Blondine registriert. Sie hatte einen Freizeitanzug in Pink und Weiß an, den ich nicht kannte, und an ihr neues Haar habe ich mich immer noch nicht gewöhnt. Eines Tages kurz vor Weihnachten ging sie graugesträhnt aus dem Haus und kam nachmittags erblondet zurück. Als ich sie fragte, warum sie mich nicht vorgewarnt hatte, antwortete Sally, sie habe meine spontane Reaktion sehen wollen. Sieht super aus, sagte ich mit erheblich gebremstem Schaum. Purer Neid wahrscheinlich, denn ich für meinen Teil habe erfolglos schon die verschiedensten Glatzenkuren ausprobiert. Bei der letzten mußte man sich minutenlang mit dem Kopf nach unten aufhängen – eine sogenannte Inversionstherapie –, weil das angeblich die Durchblutung der Kopfhaut fördert. Als ich begriffen hatte, daß die Blondine in der Tennishalle Sally war, empfand ich angesichts ihrer geschmeidigen Figur und der wippenden blonden Haare leisen Besitzerstolz. Auch die anderen hatten sie gesehen.

»Deine bessere Hälfte ist ja enorm gut drauf, Tubby«, sagte Joe beim Seitenwechsel. »Wenn du wieder fit bist, steckt die dich glatt in die Tasche, paß mal auf.«

»Meinst du?«

»Als Coach ist der Typ große Klasse. Und auch sonst, nach dem, was man so hört …« Joe zwinkerte den anderen beiden zu, und Humphrey setzte prompt noch einen drauf.

»Das Zeug dazu hat er. Ich hab ihn neulich in der Dusche gesehen. Muß ein Zehnzöller sein.«

»Armer Tubby.«

»Dagegen kommst du nicht an, was?«

»Laß dich bloß nicht erwischen, Humphrey«, sagte ich. »Ich seh schon die Schlagzeilen vor mir: ›Spanner im Tennisklub.‹« Die anderen johlten.

Diese Frotzeleien sind normal bei uns und völlig harmlos. Humphrey ist Junggeselle, er wohnt bei seiner Mutter und hat keine Freundin, aber keiner glaubt, daß er schwul ist, sonst würden wir ihn nicht damit aufziehen. Und so ist es auch mit der Bemerkung über unseren Tenniscoach und Sally. Daß die Frauen alle nasse Höschen kriegen, wenn er im Klub auftaucht – er ist groß und brünett, ein gutaussehender Bursche, dem man sogar den Pferdeschwanz verzeiht –, ist ein alter Witz, aber im Ernst glaubt keiner, daß sich da was abspielt.

Komischerweise mußte ich heute abend, als wir uns hinlegten, an dieses Gespräch denken, und ich erzählte Sally davon. Sie zog die Nase hoch. »Ist es nicht ein bißchen spät, dir Kummer wegen deines Pimmels zu machen?«

Für einen überzeugten Kümmerer, sagte ich, sei es nie zu spät.

Eins aber hat mir nie Kummer gemacht, und das ist Sallys eheliche Treue. Inzwischen sind wir fast dreißig Jahre verheiratet, da gibt es natürlich immer mal Höhen und Tiefen, aber wir sind beide nie fremdgegangen. Nicht aus Mangel an Gelegenheit, jedenfalls was mich betrifft, die Medienszene ist in dieser Beziehung nicht ganz ungefährlich, bei Sally waren die beruflichen Versuchungen wohl nicht ganz so groß, ihre Kollegen an der Fachhochschule (die inzwischen eine Uni ist, wird langsam Zeit, daß ich mich daran gewöhne) scheinen mir sexmäßig nicht gerade das Gelbe vom Ei zu sein, aber das nur nebenbei.

Warum ich ihrer so sicher bin? Schwer zu sagen. Sally war noch unberührt, als ich sie kennenlernte, bei anständigen Mädchen war das damals so, und meine sexuellen Erfahrungen hätten in einem sehr schmalen Bändchen Platz gehabt: die eine oder andere Garnisonsnutte während meiner Wehrdienstzeit; ein, zwei angedudelte junge Frauen auf Partys von der Schauspielschule; einsame Zimmervermieterinnen auf unseren Tourneen. Mit keiner habe ich es mehr als zweimal gemacht, immer im Schnelldurchgang und immer in der Missionarsstellung. Um Genuß am Sex zu haben, braucht man Komfort – saubere Bettwäsche, feste Matratzen, warme Schlafzimmer – und Kontinuität. Sally und ich haben die Liebe gemeinsam erlernt und dabei mehr oder weniger bei Null angefangen. Wenn sie was mit einem anderen Mann hätte, wüßte ich das, ich würde es an ihrem Verhalten erkennen, einer ungewohnten Stellung, einer neuen Art von Zärtlichkeit. Ich habe immer so meine Probleme mit Ehebruchsgeschichten, besonders wenn ein

Partner den anderen angeblich seit Jahren betrügt. Wie kann man so was nicht merken? Von der Sache mit Amy weiß Sally nichts. Aber mit Amy habe ich ja auch kein Verhältnis. Was dann?

KGS.

Ich kenne Amy seit sechs Jahren, damals war gerade die erste Staffel von *Die Leute von nebenan* in Vorbereitung, Heartland hatte sie für das Casting verpflichtet, und sie meisterte ihre Aufgabe bravourös. Es gibt Leute in der Branche, die behaupten, daß der Erfolg einer Sitcom zu neunzig Prozent von der Besetzung der Rollen abhängt. Als Autor bin ich mit dieser Behauptung natürlich nicht ganz einverstanden, aber daß man mit dem besten Drehbuch der Welt keinen Blumentopf gewinnen kann, wenn die falschen Schauspieler eingekauft werden, steht nun mal fest. Und die richtige Besetzung ist nicht immer die naheliegendste. Es war Amys Idee, Priscilla – so heißt die Mutter in der Mittelstandsfamilie – mit Deborah Radcliffe zu besetzen, einer Schauspielerin mit klassischer Bühnenausbildung, die vom Royal Shakespeare Theatre kam und noch nie in einer Sitcom gespielt hatte. Auf so was konnte nur Amy kommen. Deborah war als Priscilla sofort in ihrem Element, inzwischen kennt jedes Kind ihren Namen, und sie bekommt fünftausend Pfund für einen Dreißig-Sekunden-Werbespot.

Casting ist eine Begabung wie Wahrsagen oder Wasseradern aufspüren, aber ohne geschultes Gedächtnis kann man in diesem Beruf nichts werden. In Amys Gehirn geht es zu wie in einer Rolodex-Datei. Will man in einer Besetzungsfrage ihren Rat haben, sieht sie zur Decke, und man hört geradezu das Klickern, mit dem sie in ihrem Kopf die Karteikarten aller Schauspieler und Schauspielerinnen durchlaufen läßt, die sie je gesehen hat. Wenn Amy ins Theater geht, sieht sie die Darsteller nicht nur in ihrer derzeitigen Rolle, sondern stellt sie sich ständig in anderen Rollen vor, und zum Schluß hat sie nicht nur absorbiert, wie sie an diesem Abend gespielt haben, sondern weiß auch, wie sie sich in anderen Stücken machen würden. Wenn man mit Amy in den *Macbeth* geht und auf dem Heimweg zu ihr sagt: »War Deborah Radcliffe nicht eine großartige Lady Macbeth?«, bekommt man zu hören: »Ja, sicher, aber ich würde sie gern mal als Judith Bliss in *Hay Fever* sehen.« Manchmal frage ich mich, ob sie sich dadurch nicht viel von dem unmittelbaren Genuß eines Stückes entgehen läßt. Vielleicht verstehen wir uns auch deshalb so gut, weil wir beide nie ganz unbeschwert in der Gegenwart leben können, sondern immer eine geheime Sehnsucht nach einem Phantom der Vollkommenheit im Herzen tragen.

Etwas in diesem Sinne habe ich auch mal zu ihr gesagt, aber davon wollte sie nichts wissen. »Sei mir nicht böse, mein Schatz, aber *c'est de la merde.* Ab und zu gelingt es mir nämlich, Schauspieler und Rolle perfekt zur Deckung zu bringen, und dann genieße ich das Stück und nur das Stück. Für diese Augenblicke lebe ich. Dir geht es übrigens genauso. Wenn in einer Folge alles gut läuft, sitzt du vor dem Fernseher und hältst den Atem an und denkst, das können sie nicht durchhalten, gleich kippt es, aber sie können es, und es kippt nicht, und darauf kommt es doch an, *n'est-ce pas?*«

»Ich kann mich an keine Folge erinnern, die so gut gelaufen wäre.«

»Nicht mal die mit dem Kammerjäger?«

»Die war nicht schlecht.«

»Sie war ein absoluter Knaller.«

Das habe ich so gern an Amy – daß sie mein Selbstwertgefühl aufmöbelt. Sally macht das mehr auf die burschikose Art, so nach dem Motto: Hör auf zu jammern und reiß dich zusammen. Die beiden sind überhaupt totale Gegensätze. Sally ist eine blonde, blauäugige englische Rose, groß, geschmeidig, sportlich. Amy ist ein mediterraner Typ (ihr Vater war griechischer Zypriote), brünett, klein und rundlich, mit krausen schwarzen Locken und blanken schwarzen Augen. Sie raucht, schminkt sich stark, geht ungern zu Fuß und vor allem nicht schnell. Wir wollten mal in Euston unbedingt noch einen bestimmten Zug bekommen, ich rannte voraus und hielt ihr die Tür auf, und als sie wie eine verstörte Ente über den Bahnsteig gewatschelt kam, mit wild schaukelnden Ketten und Ohrringen und Schals und Taschen und sonstigen weiblichen Paraphernalien, prustete ich los, ich konnte nicht anders. Worüber ich mich so amüsiere, wollte Amy wissen, während sie sich atemlos hochhievte, und als ich es ihr sagte, sprach sie auf der ganzen Fahrt kein Wort mit mir. (Ich habe gerade ›Paraphernalien‹ nachgeschlagen, weil ich nicht wußte, ob ich es richtig geschrieben hatte, und stelle fest, daß es vom lateinischen *paraphema* kommt, der ›persönlichen Habe einer Frau außer ihrer Mitgift‹. Interessant.)

Es war einer unserer seltenen Kräche, normalerweise verstehen wir uns nämlich bestens. Wir tauschen Branchenklatsch aus, erzählen uns private Kümmernisse, trösten uns gegenseitig und reden über unsere Therapien.

Amy ist geschieden und hat das Sorgerecht für ihre vierzehnjährige Tochter Zelda, die gerade dabei ist, die Jungs zu entdecken, und Amy das Leben schwermacht, weil sie ständig neue Klamotten will, spät nach Hause kommt, in zweifelhafte Discos geht undundund. Amy schwebt in tausend Ängsten, daß Zelda demnächst auf Sex und Drogen abfährt, und mißtraut Saul, ihrem Geschiedenen, der am Theater ist, einmal im Monat Zelda übers Wochenende bei sich haben darf und laut Amy mit Moral und Sitte nichts am

Hut hat. Trotzdem hat sie schwere Schuldgefühle, weil die Ehe in die Brüche gegangen ist und Zelda mangels einer Vaterfigur im Haus womöglich auf die schiefe Bahn kommen könnte. Mit der Analyse hat Amy hauptsächlich deshalb angefangen, weil sie wissen wollte, was zwischen ihr und Saul schiefgelaufen ist, auch wenn ihr das im Grunde damals schon klar war: Es lag am Sex. Saul wollte Sachen mit ihr machen, die ihr gegen den Strich gingen, und da hat er sich dann eben eine andere gesucht, die sich nicht so anstellte. Amy bemüht sich aber nach wie vor herauszubekommen, ob das Ganze nun seine oder ihre Schuld war, und ist einer Lösung offenbar noch nicht nähergekommen. Bei der Analyse dröselt sich leicht das ganze Ich auf – je länger man an dem Faden zieht, desto mehr Fehler kommen zum Vorschein.

Ich sehe Amy fast jede Woche, wenn ich in London bin. Manchmal gehen wir ins Theater, meist aber machen wir uns einen gemütlichen Abend in meiner Wohnung und/oder essen eine Kleinigkeit irgendwo in der Nähe. Sex ist kein Problem in unserer Beziehung, weil Amy keinen Wert darauf legt und ich damit zu Hause reichlich versorgt bin. Sallys erotischer Appetit ist zur Zeit enorm. Es muß an den Hormonpillen liegen, die sie wegen der Wechseljahre bekommt. Manchmal schlage ich ihr, um meine etwas träge Libido anzukurbeln, irgendwas von dem vor, was Saul nicht mit Amy hatte treiben dürfen, und bisher hat Sally noch kein einziges Mal gepaßt. Wenn sie mich fragt, woher ich diese Ideen habe, sage ich, aus Zeitschriften und Büchern, und damit gibt sie sich zufrieden. Wenn Sally erfahren würde, daß jemand mich mit Amy in London in einem Lokal gesehen hat, würde sie das nicht weiter stören, denn ich mache gar keinen Hehl daraus, daß wir uns hin und wieder treffen; Sally glaubt, daß wir berufliche Dinge zu besprechen haben, und zum Teil stimmt das ja auch.

Eigentlich bin ich also fein raus. Ich habe das Monogamie-Problem – das im Grunde ein Monotonie-Problem ist – ohne Seitensprung gelöst. Zu Hause erwartet mich eine vor Sex sprühende Ehefrau, in London eine platonische Geliebte. Was gibt es da eigentlich zu meckern?

KannichGarnixzuSagen.

Es ist halb vier, mal sehen, ob ich vor dem Wecken noch ein paar Augen voll Schlaf bekomme.

Mittwoch, 11.00 Uhr. Ich schlief dann tatsächlich noch ein paar Stunden, wachte aber total zerschlagen auf, wie damals in der Army, wenn ich Wachdienst hatte: Zwei Stunden Wache, vier Stunden frei, die ganze Nacht über und wenn Wochenende war, auch noch den Tag drauf. Jetzt, beim Schreiben, ist das plötzlich alles wieder da. Die kurzen, flachen Schlafphasen in voller Montur auf dem Feldbett, im Licht der nackten Glühbirne, Stiefel, die an den Knöcheln scheuern und ein Kampfanzug, der einem den Nacken wundreibt, rüdes Wecken, ein Schluck süßer, lauwarmer Tee und – wenn du Glück hast – gummiartig-erkaltetes Setzei mit Baked Beans, gähnend und schaudernd hinaus in die Nacht, zwei Stunden Herumstehen am Kasernentor oder einsamer Streifengang vorbei an Baracken und Lagerhäusern mit heruntergelassenen Rouleaus. Horchen auf die eigenen Schritte, während dein Schatten unter den Bogenlampen länger und wieder kürzer wird. Ich versuche jetzt mal, mich einen Moment ganz fest auf diese miese Zeit zu konzentrieren. Vielleicht kann ich mich ja dann echt darüber freuen, wie gut es mir heute geht.

Versuch abgebrochen. Hat nicht funktioniert.

Ich schreibe auf dem Laptop, während ich mit der Bahn nach London fahre. Erster Klasse natürlich. Woran erkennt man einen Typ, der viel Kohle hat? Daran, daß er die Fahrkarte Erster Klasse aus eigener Tasche bezahlt. Natürlich kann ich sie von der Steuer absetzen, aber trotzdem ... Die meisten Mitreisenden fahren auf Spesen: Geschäftsmänner mit Zahlenschloß-Aktenkoffern und Mobilfunktelefon, Geschäftsfrauen mit breitschultrigen Jacken und dicken Filofax-Mappen, dazu immer mal wieder ein pensionierter Landjunker in Tweed. Wegen des Essens bei Groucho habe ich heute auch einen Anzug an, aber wenn ich in Jeans und Lederjacke bin, gucken die Leute ein bißchen komisch auf meine Pennerfransen und denken wohl, ich bin im falschen Wagen. Nur nicht die Zugbegleiter, die kennen mich. Ich fahre schließlich oft genug diese Strecke.

Nicht unbedingt deshalb, weil ich vom Intercity-Service der British Rail bedingungslos begeistert wäre. *Au contraire*, wie Amy sagen würde (die ihre Gespräche gern mit fremdländischem Wortgut spickt). Es gibt sehr vieles daran, was mir mißfällt: Der Geruch nach Frühstücksspeck-und-Tomaten-Baguette, der die Luft verpestet, wenn sich ein Fahrgast so ein Ding geholt und den Behälter aufgemacht hat, in dem es aus der Mikrowelle kam. Die schwefligen, angeblich nicht gesundheitsschädlichen Schwaden, die von den Bremsbelägen des rollenden Materials hochsteigen, in die Wagen ziehen und sich mit dem Baguettegeruch vermischen. Der pappige Geschmack dieser berüchtigten Intercity-Spezialität, auf die ich immer wieder hereinfalle, weil ich von einem zum anderen Mal verdränge, wie scheußlich sie ist. Weitere Mißfallensgründe: Daß man im Bistrowagen automatisch eine große Portion Kaffee bekommt, wenn man nicht ausdrücklich eine normale verlangt, und die Schaukelbewegungen des Zuges beim Beschleunigen den

Kaffee überschwappen lassen, der einem prompt die Finger verbrennt und womöglich auch noch edlere Teile, sofern man ihn auf den Schoß kriegt. Daß man nicht lüften kann, wenn die Klimaanlage ausfällt (was nicht selten geschieht), weil es keine Möglichkeit gibt, die Fenster aufzumachen. Daß häufig – aber nie dann, wenn die Klimaanlage ausfällt – die automatischen Türen am Wagenende offenstehenbleiben und sich nicht mit der Hand schließen lassen oder aber langsam wieder aufgehen, ohne daß sich irgend jemand darum kümmert – wozu sind die Dinger schließlich automatisch? –, so daß man entweder alle paar Minuten aufspringen und sich um die verdammte Tür kümmern oder ständig im Durchzug sitzen muß. Daß die Federhalterung der Klodeckel häufig lose oder kaputt ist, so daß der Sitz immer dann, wenn man sich mit einer Hand festhält und mit der anderen zielt, bei einer heftigen Schaukelbewegung des Zuges nach vorn schnellt, direkt in den Strahl hinein und einem alles auf die Hose spritzt. Daß der Zug, wenn er parallel zur M1 fährt, sämtliche Autos und Laster überholt, um die Überlegenheit der Bahn zu demonstrieren, und wenig später bei Rugby auf freier Strecke hält, weil ein Signal kaputt ist.

Au! Autsch! Auiih! Aus heiterem Himmel ein heftiger Stich im Knie.

Das ist eben dein Pfahl im Fleisch, hat Sally mal gesagt, und ich habe daraufhin die Redensart nachgeschlagen. (Ich schlage andauernd was nach, weil ich so viel Bildungslücken habe. Mein Arbeitszimmer steht voller Nachschlagewerke, und ich kaufe ständig neue, es ist ein regelrechter Tick.) Aha, aus der Zweiten Epistel des Paulus an die Korinther: »Und auf daß ich mich nicht der hohen Offenbarungen überhebe, ist mir gegeben ein Pfahl ins Fleisch, nämlich des Satans Engel, der mich mit Fäusten schlage, auf daß ich mich nicht überhebe.« Sehr mit mir zufrieden ging ich zu Sally in die Küche und las ihr den Vers vor. Sie sah mich groß an.

»Aber das sagte ich doch gerade.«

Da war mir offenbar wieder mal was entgangen.

»Jaja, Paulus, ich weiß«, schwindelte ich. »Aber was ist die Nutzanwendung für mein Knie? Ein bißchen obskur, der Text.«

»Das ist ja der springende Punkt. Keiner weiß, was für einen Pfahl Paulus im Fleisch hatte. Die Sache ist rätselhaft. Wie dein Knie.«

Wenn es um Religion geht, kennt sie sich besser aus als ich. Ihr Vater war Pfarrer.

Wieder mal hält der Zug aus unerfindlichen Gründen auf freiem Feld. Auf der anderen Gangseite sitzt ein hemdsärmeliger Mann mit einem Handy. In der plötzlich eingetretenen Stille wirkt sein Gesabbel über Lagerhausregale aufdringlich und ärgerlich. An sich würde ich ja lieber mit dem Wagen nach London fahren, aber sobald man von der M1 runtergeht – von der M1 selbst ganz zu schweigen –, ist der Verkehr mörderisch und die Parkplatzsuche im West-End so stressig, daß es sich einfach nicht lohnt. Ich fahre deshalb mit dem Wagen nur bis Rummidge Expo – das ist von uns aus eine Viertelstunde – und lasse ihn dort auf dem Parkplatz stehen. Wenn ich aus London komme, bin ich immer ein bißchen nervös, weil es ja sein könnte, daß ihn jemand angekratzt oder gar geklaut hat, auch wenn er mit den modernsten Sperren und Alarmanlagen gesichert ist. Es ist ein fantastischer Wagen, Dreiliter-V6-Maschine, Automatikgetriebe, Servolenkung, Klimaanlage, ABS, Audiosystem mit sechs Lautsprechern, elektrisches Schiebedach und alles, was man sich sonst noch an Spielereien wünschen kann. Er ist schnell und bequem und unglaublich leise. Es ist diese geräuschlose Kraft, die mich so fasziniert. Für die lärmenden Brrmm-brrmm-Sportwagen habe ich mich nie so recht begeistern können, und warum meine Landsleute so sehr an der Handschaltung hängen, ist mir unverständlich. Ob dieses endlose Herumfummeln an dem Knopf des Schalthebels, das ständige Treten der Kupplung so was wie eine Sex-Ersatzhandlung ist? Angeblich bringt die Automatik im mittleren Bereich nicht die gleiche Beschleunigung, aber wenn man einen so starken Motor hat wie ich, reicht es allemal. Und schön ist der Wagen … Bildschön geradezu! Es war Liebe auf den ersten Blick, als ich ihn vor dem Ausstellungsraum stehen sah, ein schnittiges, stromlinienförmiges Gefährt mit einer Karosserie aus ganz zartem, perlmuttglänzendem Silbergrau – wie Nebel, durch den die Sonne scheint. Ich fand immer neue Vorwände, um an dem Ausstellungsraum vorbeizufahren und ihn mir anzusehen, und jedesmal durchfuhr mich die Begehrlichkeit wie ein Stich. Mit dieser Begehrlichkeit stand ich vermutlich nicht allein, nur wußte ich eben, daß ich hingehen und den Wagen kaufen konnte, ohne auch nur einen Blick auf meinen Kontoauszug zu tun. Trotzdem zögerte und zauderte ich. Warum? Als ich sie mir noch nicht leisten konnte, habe ich solche Autos abgelehnt. Die Raser, die Protzer, die Energiefresser, die – Japaner. Ich würde nie einen japanischen Wagen kaufen, hatte ich überall verbreitet – nicht so sehr aus wirtschaftlich-patriotischen Erwägungen (früher fuhr ich Ford, und meist stellte sich heraus, daß mein Wagen in Belgien oder Deutschland gebaut worden war) als aus moralischen Gründen. Ich bin alt genug, um mich noch an den Zweiten Weltkrieg zu erinnern. Ein Onkel von mir ist als Kriegsgefangener beim Bau der Eisenbahn in Siam umgekommen. Wenn du dir diesen Wagen kaufst, dachte ich, passiert garantiert irgendwas Schlimmes, oder zumindest sitzt du mit permanent schlechtem Gewissen am Steuer. Und trotzdem hätte ich ihn natürlich wahnsinnig gern gehabt. Auch das gehörte nun zu den Dingen, die ich nicht entscheiden, aber auch nicht vergessen, nicht auf sich beruhen lassen konnte. Die mir endlos im Kopf herumgingen, wenn ich nachts wachlag.

Ich kaufte stoßweise Autozeitschriften und suchte eifrig nach negativen Beurteilungen. Manche Testberichte waren ein bißchen herablassend – sie benutzten Adjektive wie ›gefällig‹, ›folgsam‹, ja sogar ›unaufgeregt‹ –, aber so richtig was auszusetzen an meinem Traumwagen hatte keiner. Eine Woche schlief ich wegen dieser Sache noch schlechter als sonst. Ist das zu fassen? In Jugoslawien tobte der Krieg, in Afrika starben täglich Tausende an Aids, in Nordirland gingen Bomben hoch, in England stiegen die Arbeitslosenzahlen steil an, und ich hatte nur eine Sorge: Sollte ich den Wagen kaufen oder nicht?

So langsam ging ich Sally damit auf den Geist.

»Herrgott, geh hin und mach eine Probefahrt, und wenn er dir gefällt, kauf ihn«, sagte sie. (Sie selbst fährt Escort, alle drei Jahre kauft sie sich nach einem Zwei-Minuten-Telefongespräch mit ihrem Händler einen neuen, und damit ist der Fall für sie erledigt.) Ich machte eine Probefahrt. Und fand den Wagen natürlich große Klasse. Fantastisch. Hinreißend. Ich würde es mir überlegen, sagte ich zu dem Verkäufer. »Was heißt hier überlegen?« fragte Sally, als ich nach Hause kam. »Der Wagen gefällt dir, du kannst ihn dir leisten, warum kaufst du ihn dann nicht?« Ich wollte einfach noch mal drüber schlafen, gab ich zurück. Und lag prompt die ganze Nacht wach. Ich sei zu einer Entscheidung gekommen, verkündete ich beim Frühstück.

»Nämlich?« Sally sah noch nicht mal von ihrem ›Independent‹ hoch.

»Ich nehme ihn nicht. Natürlich sind meine Bedenken irrational, aber so ganz werde ich mich davon doch nie freimachen können.«

»Okay«, sagte Sally. »Was willst du dir dann kaufen?«

»Eigentlich gar nichts. Der Wagen, den ich jetzt habe, tut's noch ein, zwei Jahre. «

»Na bestens«, sagte Sally, aber es klang enttäuscht, und meine Entschlossenheit kam schon wieder ins Wanken.

Zwei Tage später fuhr ich an dem Ausstellungsraum vorbei, und der Wagen war weg. Ich knöpfte mir den Verkäufer vor, zog ihn buchstäblich an den Jackenaufschlägen hoch wie in einem schlechten Film. Jemand hatte meinen Wagen gekauft! Ich konnte es nicht fassen, es war, als hätte man mir am Abend vor der Hochzeit die Braut geraubt. Ich will den Wagen haben, sagte ich, *ich muß den Wagen haben.* In zwei, drei Wochen könne er mir einen anderen besorgen, sagte der Verkäufer, aber als er seinen Computer befragte, stellte sich heraus, daß in ganz England kein genau gleiches Modell in dieser Farbe zu haben war. Der japanische Hersteller hatte noch keine Fertigung in Großbritannien und importierte nach einem Quotensystem. Irgendwo auf hoher See sei einer, sagte der Verkäufer, in einem Containerschiff, aber ein, zwei Monate würde ich mich schon gedulden müssen. Um es kurz zu machen: Ich mußte auf den Listenpreis noch 1000 Pfund drauflegen, damit der Käufer meinen Wagen wieder rausrückte.

Ich habe es nie bereut. Das Fahrgefühl ist unvergleichlich. Schade, daß Mum und Dad das nicht mehr erlebt haben, ich hätte sie gern darin spazierengefahren. Sehr schade, daß niemand meinen Besitzerstolz nachvollziehen kann. Mit Sally kann ich nicht rechnen, für sie ist ein Auto schlicht und einfach ein Gebrauchsgegenstand. Amy hat das gute Stück noch gar nicht gesehen, weil ich nie mit dem Wagen nach London komme.

Meine Kinder haben auf die Neuerwerbung mit einer Mischung aus Spott und Ablehnung reagiert. Jane nennt den Wagen das ›Plutokratomobil‹, und Adam meint, er sei wohl eine Kompensation für Haarverlust. Was ich bräuchte, wäre eine anteilnehmende Beifahrerin. Wie Maureen Kavanagh, meine erste Freundin. Damals konnte sich weder ihre noch meine Familie einen Wagen leisten. Eine Autofahrt war eine seltene Sache, ein großes Abenteuer, das man in vollen Zügen auskostete. Maureen war selig, als mein Onkel Bert uns an einem Bankfeiertag in seinem Vorkriegs-Singer, der nach Benzin und Leder roch und wie ein Kinderwagen schaukelte, mit nach Brighton nahm. Ich stelle mir vor, wie ich in meinem stromlinienförmigen Superschlitten bei ihr vorfahre. Sie steht am Fenster und macht große Augen, und dann rennt sie aus dem Haus und die Stufen herunter, springt in den Wagen, rutscht aufgeregt auf dem Beifahrersitz hin und her, spielt an allen Knöpfen und Hebeln, zieht lachend das Näschen kraus und sieht anbetend zu mir auf. Ja, tatsächlich, Maureen sah anbetend zu mir auf, und das habe ich danach bei keiner Frau mehr erlebt, weder bei Sally noch bei Amy oder Louise oder einer der anderen, die gelegentlich versucht haben, mich anzumachen. Ich habe Maureen seit fast vierzig Jahren nicht mehr gesehen, ich ahne nicht, wo sie ist oder was sie macht oder wie sie jetzt aussieht. Wenn sie neben mir im Auto sitzt, ist sie immer noch süße sechzehn und trägt ihr bestes Sommerkleid, rosa Rosen auf weißem Grund, ich aber bin mein heutiges Ich, dick und kahl und achtundfünfzig. Bar jeder Vernunft, diese Vorstellungen, gewiß – aber Wunschbilder sind nun mal so.

Unser Zug nähert sich Euston. Der Fahrdienstleiter hat sich über Lautsprecher für die Verspätung entschuldigt ›wegen einer Signalstörung bei Tring‹. Ich war ein entschiedener Verfechter der Privatisierung von British Rail, bis der Verkehrsminister seine Absicht kundtat, die Instandhaltung und den eigentlichen Bahnbetrieb getrennten Unternehmen zu übertragen. Daß so was auf die Dauer nicht gutgehen kann und man damit faulen Ausreden für die ständigen Verspätungen Tür und Tor öffnet, kann man sich ja an fünf Fingern abzählen. Sind die verrückt geworden? Es scheint sich um ein staatliches Pannensyndrom zu handeln.

Übrigens habe ich irgendwo gelesen, daß John Major was mit dem Knie haben soll und deshalb nicht mehr Cricket spielen kann. Da wird einem manches klar.

Mittwoch, 22.15 Uhr. Amy ist gerade gegangen. Wir waren nach dem Essen noch mal bei mir und haben uns auf meinem kleinen Sony die Zehn-Uhr-Nachrichten angesehen, um uns über die weltweite Katastrophensituation zu informieren (Kriegsverbrechen in Bosnien, Überschwemmungen in Bangladesh, Dürre in Zimbabwe, bevorstehender Zusammenbruch der russischen Wirtschaft, schlimmstes britisches Handelsdefizit aller Zeiten), danach habe ich sie in ein Taxi gesetzt, mit dem sie nach St. John's Wood zurückgefahren ist. Sie bleibt wegen Zelda abends nicht gern allzulange weg, auch wenn sich ihre Untermieterin Miriam, eine erfreulich häusliche Sprachtherapeutin, dann immer ein bißchen um die Tochter kümmert.

Jetzt bin ich allein in der Wohnung, ja, vielleicht sogar im ganzen Haus. Die anderen Besitzer – eine Stewardess, die Langstrecken fliegt, ein Schweizer Geschäftsmann, der in Begleitung seiner Sekretärin und/oder Geliebten zwischen

London und Zürich pendelt, und zwei schwule amerikanische Akademiker, die ihre Semesterferien in England verbringen – sind genau wie ich nur zeitweise hier. Zwei Wohnungen sind wegen der Rezession noch gar nicht verkauft. Ich habe heute keine Menschenseele im Lift oder unten im Flur getroffen, fühle mich aber hier nie einsam wie manchmal tagsüber in Rummidge, wenn Sally an der Uni ist und in den Vorstadtstraßen tiefe Stille herrscht. Hier ist es nie still, nicht mal nachts. Das vibrierende Brummen der Busse und Taxis, die sich im zweiten Gang die Charing Cross Road hochquälen, dringt gedämpft durch die Verbundglasfenster, hin und wieder unterbrochen von dem durchdringenden Jaulen eines Streifen- oder Krankenwagens. Wenn ich mich ans Fenster stelle, sehe ich unter mir die Menschenmassen, die aus den Theatern, Kinos, Restaurants und Pubs quellen oder einfach herumstehen, Fastfood-Fraß mampfen oder Bier und Cola aus der Dose in sich hineinschütten, während ihr Atem in weißen Wölkchen in der kalten Nachtluft steht. Nur selten sieht jemand vom Erdgeschoß, wo ein Pizza- und Pastarestaurant ist, am Haus hoch, registriert die sechs Luxuswohnungen und den Mann, der am Fenster steht, den Vorhang zur Seite geschoben hat und auf sie herunterschaut.

Daß in dieser Gegend tatsächlich Leute *wohnen*, erwartet man nicht so ohne weiteres, und dreihundertfünfundsechzig Tage im Jahr möchte ich das auch nicht, dazu ist es zu laut und zu schmutzig. Vor dem Haus rauscht ein ständiger Verkehrsstrom vorbei, hinten rauscht Tag und Nacht die Entlüftung des Pizzaschuppens, und der Schmutz ist nicht nur in der Luft, die einen schwarzen Schmierfilm in der Wohnung hinterläßt, obwohl ich meist die Fenster geschlossen halte, sondern auch auf dem Gehsteig, eine schleimig-kleistrige Patina aus Dreck und Speichel und verschütteter Milch und Bierresten und Erbrochenem, überall liegen zerdrückte Hamburgerschachteln herum, zusammengetretene Bier- und Coladosen, Plastik- und Papiertüten, schmutzige Papiertaschentücher und abgefahrene Busfahrscheine. Die Straßenreinigung von Westminster Borough ist mit der Zahl der müllproduzierenden Fußgänger einfach überfordert. Dazu kommt der menschliche Bodensatz: Betrunkene, Penner, Verrückte und Kriminelle, wohin das Auge sieht. Ständig wird man angebettelt, und bis um zehn hat jeder Ladeneingang seinen Schlafgast. ›Suspekt‹ hat Amy die Atmosphäre genannt, als ich zum erstenmal mit ihr hier war, und wenn sie damit ›anrüchig‹ meint, stimmt das in mehr als einer Beziehung. Eine halbe Meile weiter ist die Porno- und Peepshow-Szene, in meinem Viertel findet man Antiquariate und berühmte Theater neben Fastfood-Schuppen und Multikinos. Von einer ›bel. Wohngegend‹, wie es in den Immobilienanzeigen heißt, kann natürlich nicht die Rede sein, aber als Stützpunkt für jemanden von außerhalb ist die Lage ideal. London ist sowieso ein Misthaufen. Wenn man schon hier leben muß, ist man ganz oben auf dem noch frischen, dampfenden Stock besser dran, als wenn man sich jeden Morgen und jeden Abend mühsam durch viele Lagen verhärteter Scheiße quälen muß. Ich weiß, wovon ich rede. Schließlich bin ich lange genug nach London gependelt.

Als wir vor zwölf Jahren wegen Sallys Job von London nach Rummidge zogen, betrachteten mich alle meine Bekannten mit schlecht verhohlenem Mitleid, als ginge es in die Verbannung nach Sibirien. Ehrlich gesagt hatte ich auch so meine Bedenken, denn ich hatte noch nie nördlich von Palmer's Green gewohnt (abgesehen von der Wehrdienst-Grundausbildung in Yorkshire und ein paar Tourneen als junger Schauspieler), aber ich fand es nur fair, wenn Sally ihre Chance bekam, von der Schule in die Erwachsenenbildung zu wechseln. Sie hatte, als sie schon Konrektorin an einer Grundschule in Stoke Newington war, schwer geschuftet, um in einem Teilzeitstudium ihren Master in Pädagogik zu machen. Für die ausgeschriebene Dozentenstelle an der Fachhochschule von Rummidge waren genau ihre Studienschwerpunkte gefragt, Psycholinguistik und Spracherwerb (keine Ahnung, was das im einzelnen ist). Sie bewarb sich und bekam den Job, und nachdem die Fachhochschule zur Universität avanciert ist, kann sie dort irgendwann sogar eine Professur bekommen. Professor Sally Passmore. Klingt gut. Nur das mit dem Namen für die Hochschule ist ein bißchen schiefgelaufen. University of Rummidge ging nicht, die gibt es schon, deshalb heißt sie jetzt James Watt University nach dem großen Erfinder, der hier zu Hause war. Daß irgendwann aus diesem Wortungetüm die Watt-Uni wird, ist abzusehen, und bei der hiesigen Sprechweise könnte das zu Konfusionen führen.

»Wo haben Sie studiert?«

»Watt.«

Lauter: »Wo Sie studiert haben, wollte ich wissen.«

»Watt.«

Sehr laut: »Wo – haben – Sie – studiert...« Und so weiter.

Ja, wie gesagt, wir hatten bei dem Umzug seinerzeit alle unsere Bedenken, auch die Kinder, die ja nur den Südosten kannten. Aber dann stellte sich dreierlei heraus: Erstens bekamen wir für die Summe, die man uns für unsere ziemlich bescheidene, zwischen den Kriegen erbaute Doppelhaushälfte in Palmer's Green zahlte, eine geräumige Jahrhundertwendevilla mit fünf Schlafzimmern in einer guten Gegend von Rummidge, so daß ich endlich das ersehnte eigene

Arbeitszimmer bekam und beim Schreiben auf Rasen und alte Bäume sah statt wie früher aus dem Erkerfenster unseres Wohnzimmers auf eine schäbige Doppelhaushälfte, die der unseren glich wie ein Ei dem anderen. Zweitens kamen Sally und die Kinder mit fünfzig Prozent weniger Stress und in der Hälfte der Zeit, die sie in London gebraucht hatten, in die Uni beziehungsweise zu ihren Schulen. Und drittens waren in dieser Gegend zivilisierte Umgangsformen noch nicht ausgestorben. Verkäuferinnen sagten »Wie nett!«, wenn man ihnen das Geld passend gab, Taxifahrer freuten sich sichtlich über ein Trinkgeld, und die Handwerker, die einem die Waschmaschine reparierten, das Haus renovierten oder das Dach dichteten, waren höflich, tüchtig und zuverlässig. Daß außerhalb von London ein erheblicher Zugewinn an Lebensqualität zu haben war, galt damals noch als Geheimtip, und Sally und ich lachten uns ins Fäustchen, wenn wir an unsere Bekannten in der Metropole dachten, die uns bemitleideten, während sie im Stau steckten, in überfüllten Pendlerzügen an den Haltegriffen hingen oder vergeblich versuchten, am Wochenende telefonisch einen Klempner zu erreichen. Der Umzug nach Rummidge brachte uns auch in anderer Beziehung Glück. Wer weiß, ob *Die Leute von nebenan* je das Licht des Studios erblickt hätten, wenn ich nicht bei einem städtischen Empfang, zu dem Sally eingeladen war, just in dem Moment Ollie Silver kennengelernt hätte, als Heartland eine neue Idee für eine Sitcom suchte ...

Als Jane und Adam zum Studium aus dem Haus gingen, zogen wir nach Hollywell, einem noch fast ländlichen Vorort am Südrand von Rummidge – ein Gegenstück zum ›Börsenmaklergürtel‹ im Südosten Englands, nur sind Börsenmakler in den Midlands eher dünn gesät. Unsere Nachbarn sind meist Führungskräfte in der Industrie oder Steuerberater, Ärzte und Anwälte. Die Häuser sind modern, weit von der Straße zurückgesetzt und schwer einbruchgesichert. Es gibt viel Grün, viele Bäume, viel Ruhe. An Wochentagen ist das lauteste Geräusch das Surren des Milchwagens, der fettarme Milch, organischen Joghurt und Eier von freilaufenden Hühnern ins Haus liefert. Am Wochenende hört man manchmal Ponyhufe klappern oder Range-Rover-Reifen über den Asphalt schnurren. Bis zum Country Club mit seinem Achtzehn-Loch-Golfplatz, Tennisplätzen, Swimmingpool, Hallenbad und Sauna sind es nur zehn Minuten. Vor allem deshalb sind wir nach Hollywell gezogen. Und weil man schnell am Bahnhof Rummidge Expo ist.

Der Bahnhof ist vor noch nicht allzu langer Zeit entstanden, um das Ausstellungsgelände und den Flughafen anzubinden, er ist hochmodern und voller High-Tech – bis auf das Herrenklo. Inmitten von so viel Marmor und Glas und Chrom steht wie ein liebevoll ausgeführter Nachbau ein Uraltklo von British Rail mit Zinkurinalen, angeschlagenen weißen Kacheln und müffelnden Abflußrohren. Ansonsten aber ist der Bahnhof sehr viel angenehmer als der in der Innenstadt, und ich bin von dort zwölf Minuten eher in London. Denn wenn man im Showbusiness tätig ist, kann man auf London natürlich nie ganz verzichten. Heartland produziert in Rummidge, weil ihnen das zur Auflage gemacht worden ist – Arbeitsplätze fürs Umland und so weiter –, aber sie haben Büros in London, und da wird normalerweise auch geprobt, weil die meisten Schauspieler und Regisseure in und um London wohnen. Deshalb pendle ich ständig mit der guten alten British Rail zwischen Rummidge Expo und Euston hin und her. Die Wohnung habe ich vor drei Jahren gekauft, einmal als Geldanlage (inzwischen sind allerdings die Immobilienpreise kräftig gefallen), hauptsächlich aber, weil es auf die Dauer zu anstrengend wurde, an einem Tag hin und zurück zu fahren und ich es zu umständlich fand, für eine Nacht ins Hotel zu gehen. Und im Hinterkopf hatte ich dabei wohl auch den Gedanken, daß es dann weniger auffällt, wenn ich mit Amy zusammen bin.

Die Unauffälligkeit und Anonymität meiner kleinen Bleibe ist einer ihrer größten Vorzüge. Die da unten auf der Straße ahnen nichts von meinem gemütlichen, zentralbeheizten Horst. Und wenn ich mir mal eine Zeitung hole oder einen halben Liter Milch bei dem Asiaten an der Ecke, der rund um die Uhr auf hat, und mich unter die Touristen und die Penner mische, die jungen Streuner und die Kids aus den Vororten auf Erlebnistour, die Angestellten, die eigentlich nur auf einen Drink nach Feierabend hergekommen waren und beschlossen haben, die Nacht durchzumachen, die Schauspieler und die Kellner, die Straßenmusikanten und Polizisten und Bettler und Zeitungsverkäufer, streifen mich ihre Blicke nur flüchtig, ohne zu verweilen. Keiner kennt mich, keiner grüßt oder fragt, wie es mir geht, und ich brauche nicht so zu tun, als ob ich glücklich wäre.

Amy kam direkt aus dem Büro zu mir, und wir stärkten uns mit einem Gin Tonic, ehe wir uns auf den Weg zu Gabrielli machten. Wenn sie vorher noch zu Hause war, bringt sie mir manchmal etwas Selbstgekochtes aus dem Tiefkühlschrank mit, Moussaka oder geschmortes Rindfleisch mit Oliven oder *Coq au vin*, das machen wir dann in der Mikrowelle warm, meist aber gehen wir essen. Ab und zu bin ich auch bei ihr, dann gibt es ein üppiges Festmahl, aber das ist dann ein richtiges Dinner mit anderen Gästen.

Amy möchte nicht, daß Zelda denkt, wir hätten eine engere Beziehung, allerdings kann ich mir nicht vorstellen, daß die Kleine nichts wittert, wenn ihre Mutter abends fein herausgeputzt, eine Plastikdose in der edel behandschuhten Hand, das Haus verläßt.

»Die habe ich doch in der Handtasche, *stupido*«, sagte Amy, als ich sie einmal darauf ansprach.

Ihre Handtasche, so ein weicher italienischer Lederbeutel, hat tatsächlich beachtliche Ausmaße, und unter den vielen weiblichen Paraphernalien (oder reicht Paraphernalien?) – Lippenstift und Kajal, Puder und Parfüm, Zigaretten und Feuerzeug, Kugelschreiber und Bleistifte, Notizbücher und Kalender, Aspirin und Hansaplast, Tampax und Slipeinlagen, ein richtiger Überlebenskit – fällt ein Behälter mit tiefgefrorener Moussaka tatsächlich nicht weiter auf.

Ich wechselte gerade eine Glühbirne aus, als unten der Summer ging, und es dauerte deshalb einen Augenblick, bis ich den Knopf drücken konnte und ihr komisch verzerrtes Gesicht – nur Mund und Nase und Augen – auf dem Videoschirm in meiner winzigen Diele erschien.

»Dalli, dalli, Lorenzo«, sagte sie. »Ich brauch dein Klo und einen Drink. In dieser Reihenfolge.«

Ich rechne es Amy hoch an, daß sie nie Tubby zu mir sagt. Bei unserer freundschaftlichen Umarmung spürte ich ihre kühle Wange und roch ihr Lieblingsparfüm, Givenchy, das sie sich hinter die Ohren und in die Halsgrube gesprüht hatte. Ich hängte ihren Mantel auf und machte die Drinks, während sie im Badezimmer verschwand. Ein paar Minuten später war sie mit frisch gestrichenen Lippen wieder da, ließ sich in einen Sessel sinken, schlug die kurzen, stämmigen Beine übereinander und nahm mir ihr Glas ab.

»Cheers, mein Schatz. Was macht das Knie?«

Im Zug hätte es sich wieder sehr unangenehm bemerkbar gemacht, erzählte ich.

»Und was macht die *angst*?«

»Was soll denn das sein?«

»Komm, stell dich nicht dümmer, als du bist. Ein deutsches Lehnwort für Sorgen, Beklemmungen … Wie geht's dir sonst, abgesehen von dem Knie?«

»Ziemlich mies.« Ich beschrieb ausführlich meinen Seelenzustand in den letzten Tagen.

»Das kommt daher, daß du nicht schreibst.« Sie meinte meine Drehbücher.

»Ich schreibe Tagebuch.«

Amy klapperte erstaunt mit den Augendeckeln. »Wozu denn das?«

Ich zuckte die Schultern. »Weiß ich auch nicht genau. Angefangen hat es mit einer Sache, die ich für Alexandra schreiben sollte.«

»Das ist doch auch nur Nabelschau. Du müßtest was schreiben, was dich aus deinem Schneckenhaus rausholt. Läuft die Serie denn weiter?«

»Erzähl ich dir später. Ich habe mit Jake gegessen. Wie ist es dir ergangen?«

Sie schnitt ein Gesicht. »Grauenvoll. Ganz grauenvoll.«

Amys Arbeitstage sind immer grauenvoll, anders würde sie sich wahrscheinlich gar nicht wohl fühlen.

»Beim Frühstück großer Krach mit Zelda, ihr Zimmer sieht mal wieder aus wie ein Augiasstall. Na schön, *c'est normal.* Aber dann hat Karls Sekretärin meinen Termin für heute abgesagt, angeblich ist er heiser, deshalb hätte er allerdings nicht abzusagen brauchen, manchmal spricht er nämlich die ganze Zeit kein Wort, aber seine Sekretärin sagt, daß er auch Fieber hatte. Und natürlich hab' ich mich den ganzen Tag gefühlt wie ein Junkie auf Entzug. Und Michael Hinchcliffe, dessen Agent mir gesagt hat, daß er für diese BBC-Spionageserie ›praktisch frei‹ ist, hat sich statt dessen für eine Filmrolle entschieden, der Armleuchter. Von Harriets neuestem Heuler ganz zu schweigen.«

Harriet ist Amys Teilhaberin in der Casting-Agentur. Ihre langjährige Beziehung zu einem gewissen Norman ist gerade auseinandergegangen, sie kann sich deshalb auf nichts konzentrieren und bricht, wenn sie mit Klienten telefoniert, immer wieder in Tränen aus. Amy versprach, mir von Harriets neuestem Heuler zu erzählen, sobald ich ihr von meinem Essen mit Jake berichtet hatte, und wir machten es uns an unserem Stammtisch bei Gabrielli bequem.

Jake Endicott ist mein erster und einziger Agent. Nachdem er – lang, lang ist's her – einen Sketch von mir im Radio gehört hatte, bot er mir an, mich unter seine Fittiche zu nehmen. Jahrelang tat sich nicht viel, aber dann stieß ich mit *Die Leute von nebenan* auf eine Goldader, und ich würde mich nicht wundern, wenn ich jetzt sein wichtigster Klient wäre.

Er hatte einen Tisch im Hinterzimmer reserviert, unter dem Glasdach. Bei Groucho fühlt er sich zu Hause. Hierher kommt man – ob man es zugibt oder nicht –, um zu sehen und gesehen zu werden. Die Stammgäste haben einen speziellen Blick, den ich den Groucho-Schwenk nenne und mit dem sie unter halb gesenkten Lidern eilig den Raum nach Prominenten absuchen, während sie herzhaft eine vielleicht gar nicht so komische Bemerkung ihrer Begleitung belachen.

Ich hatte mich auf eins der üblichen Arbeitsessen eingestellt, ein bißchen Klatsch, ein bißchen gegenseitiges Schulterklopfen, aber nein – Jake hatte mir etwas Wichtiges mitzuteilen.

Als wir bestellt hatten (ich nahm die geräucherte Entenbrust auf warmem Rukola- und Lollorossosalat und hinterher die zu neuen Ehren gelangte Bratwurst auf Kartoffelbrei zu einem Preis, bei dem meine armen alten Eltern der Schlag getroffen hätte), sagte Jake: »Die gute Nachricht ist, daß Heartland zwei weitere Staffeln in Auftrag geben möchte.«

»Und die schlechte?«

»Debbie will aussteigen.« Er wartete auf meine Reaktion.

Ganz überraschend traf mich das nicht. Ich wußte, daß Debbies Vertrag mit der letzten Folge der Staffel auslief, und konnte mir gut vorstellen, daß sie es satt hatte, ein halbes Jahr nichts anderes zu machen als *Die Leute von nebenan*.

Sitcom ist eine Schinderei für die Schauspieler. Der Arbeitsplan sieht so aus: Am Dienstag Leseprobe, Mittwoch bis Freitag Proben in London, Samstag Fahrt nach Rummidge, Sonntag Kostümprobe und Aufzeichnung, Montag frei. Am Dienstag geht es mit dem nächsten Drehbuch wieder von vorn los. Die Schauspieler haben kein Wochenende, und wenn Außenaufnahmen gemacht werden müssen, kommen sie manchmal auch noch um ihren freien Tag. Es gibt gutes Geld dafür, aber die Arbeit ist unheimlich anstrengend, und Krankwerden ist nicht drin. Außerdem dürfte für eine Schauspielerin wie Deborah Radcliffe die Figur der Priscilla Springfield schon lange ausgereizt sein. Gewiß, sie könnte zwischen den einzelnen Staffeln drei, vier Monate Theater spielen, aber für eine West-End-Inszenierung ist das zu kurz, und meist ist es tückischerweise dann auch noch so, daß die Rollen, die sie gern hätte, nicht mit ihrer fernsehfreien Zeit zusammenfallen. Jake sah das natürlich anders.

»Schrecklich, der Undank in diesem Beruf.« Er schüttelte kummervoll den Kopf und tunkte mit der Gabel ein Stück Graved-Lachs in die Dillsauce. »Wer hat vor *Die Leute von nebenan* je was von Deborah Radcliffe gehört – abgesehen von einigen wenigen Fans der Royal Shakespeare Company? Wir haben sie zum Star gemacht, und jetzt läßt sie uns fallen. Gibt es denn gar keine Loyalität mehr auf der Welt?«

»Red keinen Unsinn, Jake. Wir können froh sein, daß wir sie so lange hatten.«

»Dafür kannst du dich bei mir bedanken, mein Junge.« (Jake ist zehn Jahre jünger als ich, sieht sich aber in unserer Beziehung gern als Vaterfigur.) »*Ich* hab' Heartland dazu gebracht, sie für vier Jahre einzukaufen, als ihr Vertrag nach der ersten Staffel zur Erneuerung anstand. Die hätten sich auch auf drei Jahre eingelassen.«

»Ich weiß, Jake, das hast du sehr gut gemacht. Und du glaubst nicht, daß ihr Agent nur auf eine Honorarerhöhung aus ist?«

»Das war natürlich mein erster Gedanke, aber sie sagt, sie würde es nicht mal für die doppelte Summe machen.«

»Die Serie ist ohne Debbie undenkbar«, sagte ich. »Eine andere Darstellerin würden die Zuschauer nicht akzeptieren. Debbie ist für sie Priscilla.«

Jake ließ den Ober nachschenken, dann beugte er sich vor und senkte die Stimme. »Ich hab' mit den Leuten von Heartland darüber gesprochen. Mit David Treece, Mel Spacks und Ollie. Das ist streng vertraulich, Tubby. Bist du morgen auf der Probe? Kein Wort darüber, ist das klar? Die anderen wissen noch nicht, daß Debbie geht. Heartland möchte, daß du das letzte Drehbuch umschreibst.«

»Was mißfällt ihnen denn daran?«

»Darum geht es nicht. Du sollst Debbie aus der Serie rausschreiben.«

»Priscilla umbringen, meinst du?«

»Um Himmels willen! Hier geht's um eine Comedyserie und nicht um eine Seifenoper. Nein, Priscilla muß Edward verlassen.«

»Verlassen? Wieso denn das?«

»Dafür bist du zuständig, alter Junge. Vielleicht steht sie plötzlich auf einen anderen Typ.«

»Mach dich nicht lächerlich, Jake. Priscilla würde Edward nie verlassen, das liegt ihr einfach nicht.«

»Frauen sind zu allem fähig. Margaret hat mich ja auch verlassen.«

»Weil du ein Verhältnis mit Rhoda hattest.«

»Edward könnte doch ein Verhältnis anfangen, damit Priscilla sich von ihm scheiden läßt, damit bekommst du dann automatisch eine neue Figur.«

»Edward liegt so was auch nicht. Er und Priscilla sind das archetypische monogame Paar, die gehen ebensowenig auseinander wie Sally und ich.«

Wir redeten eine Weile hin und her. Ich wies darauf hin, daß die Springfields trotz ihrer zeitgeistliberalen Ansichten und ihrer kulturellen Weltläufigkeit im Grunde ihres Herzens total konventionell sind. Die Familie Davis von nebenan ist, so ordinär und philistermäßig sie sich gibt, in Wirklichkeit sehr viel toleranter und freizügiger. Natürlich erzählte ich damit Jake nichts Neues.

»Na schön«, sagte er schließlich. »Was schlägst du vor?«

»Vielleicht sollten wir Schluß machen«, sagte ich spontan. Jake blieb fast das sautierte Bries im Hals stecken.

»Mit der Serie, meinst du?«

»Vielleicht ist das Thema einfach ausgelutscht.« Ich wunderte mich selbst, wie wenig mich diese Vorstellung erschütterte, aber Jake regte sich schrecklich auf. Er tupfte sich den Mund mit der Serviette ab.

»Das kannst du mir nicht antun, Tubby. Sag, daß es nur ein Witz war. *Die Leute von nebenan* sind noch mindestens für drei Staffeln gut, eine Gans, die uns noch so manches goldene Ei legen kann. Du schneidest dir ins eigene Fleisch.«

»Damit hat er recht«, sagte Amy, als ich ihr beim Essen von diesem Gespräch erzählte (nach der Völlerei bei Groucho beschränkte ich mich brav auf Spinat-Cannelloni, nassauerte aber dafür von Amys Dessert, einem üppigen Tiramisu). »Oder hast du eine neue Idee?«

»Das nicht«, räumte ich ein. »Aber mit dem, was ich mit *Die Leute von nebenan* verdient habe, könnte ich mir ein schönes Leben machen.«

»Du willst dich doch nicht etwa zur Ruhe setzen? Da wirst du verrückt.«

»Werde ich sowieso.«

»Red kein Blech. Du weißt ja gar nicht, was Verrücktsein bedeutet.«

Als wir das Für und Wider einer Fortsetzung der Serie ohne Deborah Radcliffe gründlich und von allen Seiten beleuchtet und ausdiskutiert hatten, erstattete Amy Bericht, aber zu meiner Schande muß ich gestehen, daß mir kaum etwas davon in Erinnerung geblieben ist. Harriets neuester Heuler bestand darin, daß sie die falsche Schauspielerin zu einem Vorstellungsgespräch bei der BBC geschickt und damit verständlicherweise alle Beteiligten verärgert hatte, aber sehr bald schweiften meine Gedanken ab, so daß ich den Nachnamen der Schauspielerin nicht mitbekam, und als ich Amy dann sagen hörte, Joanna sei stinksauer gewesen, wußte ich nicht, von welcher Joanna die Rede war, und traute mich auch nicht, danach zu fragen, weil sie dann gemerkt hätte, daß ich gar nicht zugehört hatte. Ich beschränkte mich deshalb auf weises Nicken oder Kopfschütteln, mitfühlende Geräusche und vage Gemeinplätze. Was sie danach von Zelda erzählte, ist mir total entfallen, aber das bekäme ich notfalls ohne weiteres wieder zusammen, denn Amys Klagen über Zelda bleiben sich mehr oder minder immer gleich.

Ich erzählte Amy nicht alles, worüber ich mit Jake gesprochen hatte. Während wir auf den Ober warteten, der mit der Rechnung und Jakes Platinkarte verschwunden war, sagte er beiläufig, nachdem er mit gekonntem Groucho-Schwenk Stephen Fry gesichtet und ihm diskret zugewinkt hatte: »Ob ich wohl nächste Woche mal deine Wohnung haben könnte, Tubby?«

Vielleicht will er einen Klienten aus dem Ausland dort unterbringen, dachte ich, aber da setzte er hinzu: »Nur für einen Nachmittag. Wann es dir paßt.« Er grinste durchtrieben. »Bettwäsche bringen wir mit.«

Ich war schockiert. Vor noch nicht mal zwei Jahren war die Ehe von Jake und Margaret mit einer sehr häßlichen Scheidung zu Ende gegangen, und er hatte seine damalige Sekretärin Rhoda geheiratet. Margaret war im Laufe der Jahre fast so was wie eine Freundin, auf jeden Fall zu einem Fixpunkt in meinem Leben geworden, und ich hatte mich nur mit Mühe daran gewöhnen können, daß Jake statt dessen nun mit Rhoda auf Partys erschien oder hin und wieder auf ein Wochenende zu uns kam. Er merkte, daß mir die Sache gegen den Strich ging.

»Wenn es dir nicht paßt...«

»Ich könnte Rhoda nie wieder ins Gesicht sehen, Jake.«

»Rhoda bleibt da ganz außen vor«, sagte er treuherzig. »Es ist keine Affäre. Wir sind beide glücklich verheiratet und haben einfach beide Spaß am Sex als Freizeitvergnügen.«

»Damit möchte ich lieber nichts zu tun haben.«

»Kein Problem. Vergiß es.« Und etwas besorgt schob er nach: »Du wirst es doch Sally nicht sagen?«

»Nein. Aber findest du nicht, daß du mit diesen Spielchen allmählich Schluß machen solltest?«

»Sie halten mich jung«, sagte er selbstzufrieden.

Er sieht tatsächlich sehr jung aus. Um nicht zu sagen unreif. ›Jungenhaft‹ nennt man solche Gesichter: Pausbacken, leichte Glupschaugen, Stupsnase, lausbubenhaftes Grinsen. Weiß Gott kein Adonis. Wie er das mit den Frauen hinkriegt, weiß ich nicht. Mir kommt er immer vor wie ein aufgeregt schwänzelnder junger Hund mit einem unerschöpflichen Vorrat an Energie. Vielleicht gefällt ihnen das ja.

»Solltest du auch mal versuchen, Tubby«, sagte er. »Du siehst in letzter Zeit ein bißchen angeschlagen aus.«

Als wir zusammen auf dem Sofa saßen und die Zehn-Uhr-Nachrichten guckten, legte ich meinen Arm um Amy, und sie lehnte ihren Kopf an meine Schulter. Es ist das Äußerste an körperlicher Intimität, was wir uns erlauben. Nur zum Abschied küssen wir uns auf die Lippen; beim Auseinandergehen ist das irgendwie gefahrlos. Ich habe noch nie versucht, sie unterhalb des Ausschnitts zu streicheln oder zu drücken. Manchmal, das muß ich zugeben, überlege ich, wie Amy wohl nackt aussehen mag. Dabei muß ich immer an eine etwas übergewichtige Version des berühmten Aktbildes von diesem Spanier denken, wie hieß er noch, einer der alten Meister. Er hat die Frau zweimal auf einem Sofa gemalt, einmal bekleidet, einmal nackt, muß ich unbedingt nachschlagen. Amy ist immer so angezogen, so vollständig zugeknöpft und mit Reißverschlüssen festgezurrt und in so viele Schichten farblich geschmackvoll aufeinander abgestimmter Kleidungsstücke gehüllt, daß ich sie mir eigentlich gar nicht hüllenlos vorstellen kann, allenfalls in der Badewanne, und auch da bedeckt sie ihre Blößen bestimmt mit Schaum. Amy aus ihren Kleidern zu schälen wäre bestimmt eine langwierige und aufregende Angelegenheit – so, als wenn man im Dunkeln ein teuer und raffiniert eingewickeltes Geschenk auspackt und das duftende

Seidenpapier rascheln hört. (Dunkel müßte es schon sein, eins ihrer Probleme mit Saul war, daß er beim Sex unbedingt das Licht anlassen wollte.) Sallys Sachen dagegen sind so locker und lässig, daß sie in zehn Sekunden einen kompletten Strip hinlegen kann. Das macht sie übrigens oft, wenn sie von der Uni kommt, dann läuft sie, während sie Betten abzieht oder Wäsche sortiert, splitternackt im Haus herum.

Diese Überlegungen, so reizvoll sie auch sind, bringen mir gar nichts, weil Sally nicht hier ist, um meine Lust zu stillen, und ich von Amy in dieser Richtung nichts zu erwarten habe. Warum habe ich neuerdings diese aufrichtenden Gedanken immer in London, wo ich eine zufrieden keusche Partnerin habe, und fast nie bei meiner besseren Hälfte in Rummidge mit ihrem unersättlichen sexuellen Appetit?

»Solltest du auch mal versuchen, Tubby.« Woher will Jake wissen, daß ich es nicht probiert habe? Irgendwie muß man es an meiner Körpersprache sehen. Oder an meinem Gesicht, meinen Augen. Jakes Augen leuchten auf wie ein Infrarotsender, wenn ein hübsches Mädchen in seine Reichweite kommt.

Somit die einzige echte Versuchung hieß Louise und liegt drei oder vier Jahre zurück. Ich war als Berater für die amerikanische Version von *Die Leute von nebenan* nach L. A. geflogen. Louise gehörte als Vice President zur Führungsspitze der amerikanischen Produktionsgesellschaft. Das ist zwar nicht so großartig, wie unsereins nach dem Titel denken könnte, aber für eine Frau Anfang Dreißig doch ein recht beachtlicher Posten. Sie fungierte als meine Betreuerin und Kontaktfrau zum Drehbuchteam. Für den Pilotfilm hatten sie sage und schreibe acht Autoren verpflichtet, die an einem langen Tisch saßen, Kaffee und Diet Coke tranken und verbissen an Gags herumfeilten. Da die Gesellschaft die Rechte gekauft hatte, konnte sie mit meinen Drehbüchern machen, was sie wollte, und das nützte sie hemmungslos aus. Der größte Teil der Handlung und der Dialoge mußte dran glauben. Was blieb, war das Grundkonzept von Nachbarn, die ihre Probleme miteinander haben.

Ich hatte den Eindruck, daß ich im Grunde Tausende von Dollar für nichts und wieder nichts kassierte, aber das sagte ich nicht laut. Zuerst ging ich brav zu allen Drehbuchbesprechungen und Brainstorming-Sessions, aber nach einer Weile hatte ich den Eindruck, daß es diese grimmig-ernsthaften Leute nur störte und in Verlegenheit brachte, wenn ich dabeisaß, also packte ich mich auf eine Liege am Pool des Beverly Wilshire und beschränkte mich darauf, die Entwürfe zu lesen, die Louise Lightfoot mir in ihrer flotten Manuskriptenmappe brachte. Gegen Abend kam sie dann in ihrem kleinen japanischen Sportwagen noch einmal vorbei, um meine Notizen abzuholen und einen Cocktail mit mir zu trinken, und oft aßen wir hinterher noch zusammen. Sie hatte kürzlich eine Beziehung gelöst und noch keinen neuen Partner, und weil ich mir da draußen in Beverly Hills doch ein bißchen wie auf einer einsamen Insel vorkam, freute ich mich, wenn sie mir Gesellschaft leistete. Sie besuchte mit mir die In-Lokale von Hollywood, zeigte mir die wichtigsten Produzenten und Agenten, nahm mich mit zu Pressevorschauen und Premieren von Kinofilmen, in Kunstgalerien und kleine Theater. Weil sie meinte, es sei hilfreich zum Verständnis des amerikanischen Fernsehens, führte sie mich auch in volkstümlichere Vergnügungstempel, in Drive-in-Burger-Kings und Donut Delites und Bowlinghallen, und einmal waren wir bei einem Baseball-Spiel.

Louise war klein, aber gut gebaut. Glattes braunes Haar,

zu einem Pagenkopf geschnitten, das immer glänzte und federte wie frisch gewaschen. Wunderschöne Zähne. Gibt es in Hollywood Leute, die keine wunderschönen Zähne haben? Für Louise waren sie besonders wichtig, weil sie viel lachte. Es war ein herzhaftes Lachen aus dem Bauch, das man bei einer so zierlichen Person, vor allem aber einer so entschlossenen Karrierefrau, irgendwie nicht erwartet hätte. Sie warf dabei den Kopf zurück und schüttelte ihre Mähne. Ich hatte oft Gelegenheit, diesen Effekt zu bewundern, denn meine kleinen britischen Spitzen über Sitten und Gebräuche in Hollywood und die Eigenheiten des kalifornischen Sprachstils amüsierten Louise sehr. Für einen Drehbuchautor ist es äußerst schmeichelhaft, wenn eine gutaussehende, intelligente junge Frau bei seinen Witzen regelmäßig einen Lachkoller bekommt.

An einem warmen Abend – mein Monat in Amerika war fast um – fuhren wir nach Venice und aßen dort in einem Fischrestaurant am Wasser. Wir saßen auf der Terrasse, sahen die Sonne in kitschigster Technicolorpracht im Pazifik versinken und blieben bei Kaffee und einer zweiten Flasche Napa Valley Chardonnay in der heraufziehenden Dunkelheit sitzen. Zwischen uns auf dem Tisch flackerte nur ein Öllämpchen. Diesmal versuchte ich nicht, sie zum Lachen zu bringen, sondern sprach ernsthaft über meinen Werdegang als Schriftsteller und wie aufregend der Durchbruch mit *Die Leute von nebenan* gewesen war. Dann unterbrach ich mich und fragte, ob ich noch Kaffee bestellen solle.

Sie lächelte. »Nein. Weißt du, was ich jetzt möchte? Ich möchte dich mit zu mir nehmen und dich bumsen, daß es nur so kracht.«

»Wirklich?« Ich war heilfroh, daß es dunkel war und sie mein Gesicht nicht erkennen konnte.

»Yep. Was dagegen, Mr. Passmore?« Das ›Mr. Passmore‹ war natürlich ein Witz, wir hatten uns vom ersten Tag an beim Vornamen genannt. Aber Dritten gegenüber sprach sie immer so von mir. »Mr. Passmore meint, es sei ein Fehler, aus den Davises eine Latino-Familie zu machen, aber er überläßt es uns. Mr. Passmore findet die Szene auf Seite zweiunddreißig des zwölften Entwurfs etwas zu sentimental.« Das sei ein Zeichen von Hochachtung in der Branche, sagte sie.

»Es ist sehr lieb von dir, Louise«, sagte ich. »Natürlich würde ich gern mit dir ins Bett gehen. Aber wie heißt es so schön: Ich liebe meine Frau.«

»Das kann sie doch nicht kratzen. Sie würde es nie erfahren.«

»Sie würde mir wahrscheinlich anmerken, daß ich ein schlechtes Gewissen habe. Oder ich würde eines Tages damit herausplatzen.« Ich seufzte. »Tut mir wirklich leid.«

»Ist doch kein Drama, Tubby. Nicht, daß ich mich in dich verknallt hätte oder so. Komm, laß dir die Rechnung geben.«

Auf der Rückfahrt in mein Hotel fragte sie plötzlich: »Bin ich die erste Frau, bei der du diese Hemmungen hast?«

Nein, sagte ich, die hätte ich bei allen.

»Immerhin ein Trost«, stellte sie fest.

Ich schlief nicht viel in dieser Nacht. Unruhig wälzte ich mich auf meinem Luxuslager und überlegte, ob ich Louise anrufen und ihr sagen sollte, ich hätte es mir anders überlegt. Wir waren danach noch ein paarmal zusammen, aber so wie vorher wurde es nicht mehr, sie zog sich immer mehr zurück. Am letzten Tag brachte sie mich zum Flughafen und gab mir einen Kuß auf die Wange.

»Tschüs, Tubby, war toll mit dir.«

Ja, bestätigte ich feurig, ich fände sie auch ganz toll, und auf dem Rückflug fragte ich mich unentwegt, was ich mir wohl hatte entgehen lassen.

Zeit zum Schlafengehen. Was wohl im Traumkanal läuft? Blue Movies wahrscheinlich.

Donnerstag vormittag, 18. Februar. Der Türöffner mit der Fernsehüberwachung ist an eine Kamera im Eingangsbereich angeschlossen und bietet zwei Wahlmöglichkeiten: Eine Nahaufnahme des Besuchers vor der Tür und eine Weitwinkelaufnahme des überdachten Eingangsbereichs mit der Straße im Hintergrund. In müßigen Augenblicken hole ich mir manchmal die Straße heran und besehe mir die Leute, die dort vorbeigehen oder herumstehen. Dadurch bekomme ich neue Ideen für meine Serie, und es liegt wohl auch so etwas wie kindlich-voyeuristische Lust darin, an dem Ding herumzuspielen. Es ist wie ein Periskop mit umgekehrten Vorzeichen. Aus meiner behaglichen Kabine beobachte ich das Leben und Treiben da unten: Touristen, die stirnrunzelnd ihre Stadtpläne studieren; eitle junge Frauen, die keinen Mantel über ihre dünnen Fummel gezogen haben und frierend die Arme übereinanderschlagen; knuffende und rangelnde Halbwüchsige in Lederjacken; verliebte Paare, die so unvermittelt zum Knutschen stehenbleiben, daß sie Gefahr laufen, von ungeduldigen, aktentaschenbewehrten Herren auf dem Weg zu ihrem Zug in Charing Cross über den Haufen gerannt zu werden.

Als ich gestern abend vor dem Schlafengehen den Knopf drückte, sah ich einigermaßen fassungslos, daß sich vor der Haustür jemand zum Übernachten zurechtgelegt hatte. Irgendwann mußte das ja wohl mal kommen, allerdings ist das überdachte Stück vor der Haustür so klein, daß ein Erwachsener, wenn er sich langlegt, mit den Beinen auf den Gehsteig hinausragt. Dieser Typ – offenbar ein ganz junger Bursche – hatte sich in seinem Schlafsack in sitzender Stellung mit dem Rücken an die eine Wand gelehnt und die Beine an die Wand gegenüber gestemmt. Der Kopf war ihm auf die Brust gesunken. Er hatte ein scharfes, verschlagenes Gesicht und langes, strähniges Haar, das ihm über die Augen fiel.

Ich war erst geschockt, dann wütend. So eine Frechheit! Der Kerl versperrte den ganzen Eingang. Wer ins Haus herein- oder aus dem Haus hinauswollte, mußte über ihn wegsteigen. Nun wollte ich zwar weder herein noch hinaus, aber schließlich wohnten hier ja noch andere Leute, und außerdem macht es keinen guten Eindruck, wenn vor einem Haus mit Luxusapartments ein Penner kampiert. Am liebsten wäre ich nach unten gegangen und hätte ihn verjagt, aber in Schlafrock und Puschen wollte ich dort nicht auftreten, und mich nur deswegen wieder anziehen mochte ich auch nicht. Die Polizei würde wegen so einer Lappalie wahrscheinlich gar nicht kommen, die hat in unserer Gegend andere Sorgen, und außerdem wäre dann vermutlich ihre erste Frage, ob ich selbst schon versucht hätte, den Mann wegzuschicken. Ich starrte auf das unscharfe Schwarzweißbild und fand es sehr schade, daß man durch die Anlage zwar Bilder, aber keine Töne schicken kann. »Hey, verpiß dich«, hätte ich dann schnauzen und seine Reaktion auf dem Videoschirm beobachten können. Ich grinste mir eins und fand mich gleich darauf ziemlich gemein.

Es ist schon ein Kreuz mit diesen jungen Leuten, die einen in London anbetteln und nachts auf der Straße schlafen. An die üblichen Berber und Alkis, die stinkenden, dreckstarrenden Lumpengestalten hat man sich ja längst gewöhnt, aber diese neue Abart von Vagabunden hat meist ganz anständige Klamotten, ziemlich neue Anoraks und Jeans und Springerstiefel, und ihre gefütterten Schlafsäcke könnten auf jedem Abenteuerurlaub bestehen. Während die alten Penner wie Käfer in dunklen Winkeln herumkriechen, unter Eisenbahnbrücken oder am Rande von Müllhalden, suchen sich die jungen Burschen Ladeneingänge in hell erleuchteten West-End-Straßen, wo sie nicht zu übersehen sind. Wenn sie da herumliegen, ist das wie ein Vorwurf – aber was haben sie uns vorzuwerfen? Sie sehen so normal, so anständig aus, fragen so höflich nach ein bißchen Kleingeld, daß man sich unwillkürlich fragt, warum sie keine Unterkunft oder Arbeit haben, bestimmt würden sie was finden, wenn sie sich darum bemühten. Vielleicht nicht im West End, aber schließlich kann ja nicht jeder eine Wohnung im West End haben. Ich habe eine, aber für die habe ich auch hart arbeiten müssen.

Während solcher und ähnlicher rechtfertigender Selbstgespräche legte ich mich ins Bett und schlief auch glücklich ein.

Um vier wachte ich auf und ging zur Toilette. Ehe ich mich wieder hinlegte, drückte ich auf den Videoknopf; mein Penner hatte sich auf dem gekachelten Bereich vor der Haustür in seinem Schlafsack zusammengerollt wie ein Hund im Körbchen. Im Hintergrund sah man einen Streifenwagen vorbeifahren, das durchdringende Jaulen der Sirene drang durch das Verbundfenster des Wohnzimmers, aber der Junge rührte sich nicht. Als ich um halb acht in der Frühe noch mal nachsah, war er weg.

Donnerstag nachmittag. Ich schreibe im Zug. 17.10 ab Euston. Eigentlich wollte ich den um 16.40 nehmen, aber mein Taxi blieb in einem gewaltigen Stau stecken, der sich nach einem Bombenalarm im Centre Point gebildet hatte. Die Polizei hatte die Kreuzung Tottenham Court Road und Oxford Street gesperrt, dort lief nichts mehr.

»Wer will denn den Kasten hochgehen lassen? Die IRA oder Prinz Charles?«

Mein Taxifahrer hatte den Witz nicht kapiert oder konnte nicht darüber lachen. Wegen der ständigen Bombendrohungen bleiben die Touristen weg, und das ist nicht gut fürs Geschäft.

Ich war, wie meist am Donnerstag, vormittags auf der Probe gewesen. Anfangs, als die Serie sich noch nicht durchgesetzt hatte, war ich praktisch täglich bei den Proben, aber jetzt läuft sie wie auf Schienen (oder so, wie unsere Züge auf ihren Schienen eigentlich laufen müßten, meiner macht plötzlich auf Bummelzug, wir sind noch nicht mal in Watford Junction), und ich schaue nur noch einmal in der Woche nach dem Rechten.

Geprobt wird in einem umfunktionierten Gemeindesaal in Pimlico. Auf dem Boden ist mit Strichen das Szenenbild des Studios in Rummidge markiert. Der Anblick der Probenbühne an einem trüben Wintertag beraubt einen aller Illusionen, leichte Fernsehunterhaltung habe etwas mit Glanz und Glamour zu tun. (Ich glaube, ›beraubt‹ habe ich noch nie benutzt. Klingt irgendwie edel.) Die Backsteinwände sind in einem schleimigen Grün und einem kränklichen Beige gestrichen – wie die im Rummidge General Hospital –, die vergitterten Fenster haben schmutzige Riffelglasscheiben. An der Wand oder in den ›Zimmern‹ stehen ausrangierte Möbel: Kunststofftische mit dünnen Beinen, Stapelsessel aus Plastik, kaputte Polstergarnituren, Betten mit verdächtig aussehenden Matratzen. Wäre da nicht in einer Ecke der lange Tisch mit Kaffeemaschine, Erfrischungsgetränken, Obst und einem kleinen Imbiß, könnte man meinen, in einem Asyl der Heilsarmee oder einem Trödelkeller zu sein.

Die Schauspieler tragen alte, bequeme Klamotten – bis

auf Debbie, die immer aussieht, als ob sie hinterher noch einen Fototermin bei ›Vogue‹ hat –, und wenn sie nicht gebraucht werden, sitzen sie in den kaputten Sesseln, lesen ihre Zeitungen und Taschenbücher, lösen Kreuzworträtsel und stricken. Debbie stickt.

Alle aber sehen lächelnd auf und begrüßen mich vergnügt, als ich hereinkomme. »Hi, Tubby. Wie geht's, wie steht's?« Schauspieler nehmen es damit sehr genau. Die meisten Produzenten und Regisseure sehen insgeheim auf ihre Autoren herab, die sind für sie nur ein notwendiges Übel, Beschaffer von Rohmaterial, an dem sie ihre Kreativität beweisen können, Typen, die man besser gar nicht erst hochkommen läßt. Schauspieler begegnen ihrem Autor mit Hochachtung, ja, sogar mit einer gewissen Ehrfurcht. Sie wissen, daß er ihnen die Dialoge liefert, ohne die sie nichts vermögen; und sie wissen auch, daß es bei Serien mit langer Laufzeit in seiner Macht steht, ihre Rolle auszubauen oder mehr oder weniger unter den Tisch fallen zu lassen. Deshalb sind sie meist besonders nett zu ihm.

Bei der Begrüßung verraten weder ihre Augen noch ihre Körpersprache Besorgnis. Nur mit Debbie, die in einem alten Sessel über ihrer Stickerei sitzt, tausche ich einen raschen, verständnisinnigen Blick, als ich ihr einen Kuß auf die Wange gebe. Sie weiß, daß ich weiß, daß sie aussteigen will. Ansonsten scheint noch nichts durchgesickert zu sein. Nicht mal Hal Lipkin, der Regisseur, weiß Bescheid. Er kommt mit gekrauster Stirn auf mich zu und kaut an seinem Kugelschreiber, aber er hat eine Frage wegen des Drehbuchs.

Sitcom – die Situationskomödie und in dieser Form nur im Fernsehen vorstellbar – lebt von der Kontinuität und vom Überraschungseffekt. Die Kontinuität ist durch die Grundsituation gegeben – in unserem Fall zwei benachbarte

Familien mit völlig unterschiedlicher Lebensweise. Als die leichtlebigen, munter beim Sozialstaat schmarotzenden Davises überraschend ein Haus in einem luxussanierten Innenstadtbezirk erben, entscheiden sie sich gegen einen Verkauf und ziehen selbst dort ein. Das ist ein schwerer Schlag für ihre Nachbarn, die Springfields, die eine gehobene Mittelstandskultur pflegen und den ›Guardian‹ lesen. Nach kurzer Zeit sind die Zuschauer mit den Figuren vertraut und freuen sich von Woche zu Woche auf die beiden Familien, in denen es ganz ähnlich zugeht wie bei ihnen zu Hause.

Der Überraschungseffekt ergibt sich aus den Geschichten, die in den einzelnen Folgen erzählt werden. In der Sitcom besteht die Kunst darin, jede Woche innerhalb des vertrauten Rahmens etwas Neues zu bringen, was aber nicht allzu kompliziert sein darf, weil nur fünfundzwanzig Minuten zur Verfügung stehen und sich aus finanziellen wie auch aus technischen Gründen die Handlung hauptsächlich in einem Szenenbild abspielt.

Ich war auf die heutige Folge besonders gespannt, weil wir uns damit dem Bereich des ernsten Fernsehspiels annäherten. Im Grunde ist die Sitcom leichte Unterhaltung für die ganze Familie, die nichts anderes will, als die Zuschauer abzulenken und zum Lachen zu bringen. Probleme und bohrende Fragen sind dabei unerwünscht. Wenn man aber nicht hin und wieder – und sei es noch so flüchtig – auch die dunklen Seiten des Lebens anspricht, werden die Figuren unglaubwürdig und verlieren für den Zuschauer an Interesse.

Im Mittelpunkt dieser Folge steht Alice, die sechzehnjährige Springfield-Tochter. Als die Serie vor fünf Jahren anlief, war sie fünfzehn. Phoebe Osborne, die sie spielt, war damals vierzehn und ist jetzt neunzehn, aber zum Glück ist sie nicht sehr gewachsen, und es ist erstaunlich, was man mit Make-up und Frisur alles machen kann. Die Erwachsenen werden in Serien mit langer Laufzeit nie älter, aber bei den Jugendlichen muß man eine gewisse Entwicklung berücksichtigen und ins Drehbuch einbauen. Als Mark Harrington (er spielt Robert, den jüngsten Springfield-Sohn) in den Stimmbruch kam, zog sich dieses Ereignis als Gag durch eine ganze Folge.

In der heutigen Folge nun schweben Edward und Priscilla in tausend Ängsten, Alice könnte möglicherweise schwanger sein, weil sie sich ständig übergeben muß. Die etwa gleichaltrige Cindy Davis von nebenan ist ledige Mutter, ihre Mum betreut das Baby, wenn sie in der Schule ist, und die dramatische Pointe dieser Folge ist, daß die Springfields sich im Falle von Cindy unheimlich liberal gegeben haben, während sich jetzt, da es ihrer Tochter womöglich ebenso gehen könnte, Katastrophenstimmung bei ihnen breitmacht. Erschwerend kommt hinzu, daß als Vater eigentlich nur Nachbarssohn Terry Davis in Frage kommt, dem die Springfields den Umgang mit Alice ausdrücklich – wenn auch zähneknirschend – erlaubt haben. Natürlich ist Alice gar nicht schwanger und hat Terry bisher überhaupt noch nicht an sich herangelassen, sondern übergibt sich ständig, weil der sexuell gefrustete Terry ein angebliches Aphrodisiakum (in Wirklichkeit ein leichtes Brechmittel) in die Ziegenmilch gibt, die eigens für die auf Kuhmilch allergisch reagierende Alice angeliefert wird. Die Sache fliegt auf, als Priscilla aus Versehen von der Milch trinkt, die für Alice bestimmt ist, worauf ihr fürchterlich schlecht wird. (EDWARD: *entsetzt* Sag bloß nicht, daß du auch schwanger bist.) Vorher aber gibt es jede Menge komische Effekte, weil Edward und Priscilla einen wahren Eiertanz aufführen, um ihren finsteren Verdacht nicht allzu unverblümt aussprechen zu müssen, und weil zwischen ihrer öffentlich zur Schau getragenen Toleranz und ihrer privaten Mißbilligung alleinerziehender Mütter ein so eklatanter Widerspruch besteht.

»Wird ein bißchen lang, Tubby«, nuschelte Hal, der sich den Kugelschreiber zwischen die Zähne geklemmt hatte, und blätterte in seinem Drehbuch. Aus seinem drahtigen Haarwust über dem rechten Ohr (beneidenswert, der Mann!) ragte ein zweiter Kugelschreiber hervor, den er irgendwann dort geparkt und vergessen hatte.

»Vielleicht könnten wir ein paar Zeilen einsparen.«

Er blätterte. Ich brauchte gar nicht hinzusehen, denn ich wußte, welche Zeilen gemeint waren.

EDWARD: Wenn sie schwanger ist, muß sie eben einen Abbruch machen lassen.

PRISCILLA: *böse* Und du glaubst, damit sind alle Probleme gelöst?

EDWARD: Moment mal ... Ich denke, du bist dafür, daß die Frau diese Entscheidung selbst trifft?

PRISCILLA: Sie ist keine Frau, sondern ein Kind. Und wenn sie das Baby nun haben will?

Pause. Dieser Gedanke ist EDWARD *offenbar noch gar nicht gekommen.*

EDWARD: *leise, aber fest* Dann halten wir natürlich zu ihr.

PRISCILLA: *gibt nach* Ja, natürlich. *Sie nimmt* Edwards *Hand und drückt sie.*

Wegen dieser Zeilen hatte es schon Zoff mit Ollie Silvers, meinem Produzenten, gegeben. Eigentlich ist er inzwischen viel mehr als mein Produzent, er ist zum Leiter der Serienproduktionen bei Heartland aufgestiegen, aber da meine

Serie gewissermaßen sein Baby und nach wie vor der größte Quotenbringer für die Firma ist, kann er sich nicht von ihr trennen und findet nach wie vor Zeit, sich in sämtliche Einzelheiten hineinzuhängen. Von Abtreibung dürfe in einer Sitcom nicht die Rede sein, nicht mal nach neun, wenn die Jüngsten theoretisch schon im Bett liegen, das sei zu kontrovers und zu problematisch, sagte er. Es sei unrealistisch zu glauben, ein gebildetes Ehepaar aus dem Mittelstand würde dieses Thema aussparen, wenn es glaubt, seine Tochter sei schwanger, hielt ich dagegen. Die Zuschauer kennen die Spielregeln der Sitcom, sagte Ollie, und akzeptieren sie. Es gibt eben Sachen, die darin nichts zu suchen haben. Früher, wandte ich ein, seien alle möglichen Sachen in einer Sitcom tabu gewesen, die heute ganz normal seien. Aber nicht Abtreibung, sagte Ollie. Einmal muß jeder mal anfangen, sagte ich. Aber warum gerade in unserer Serie, sagte er. Warum nicht, sagte ich. Da gab er nach. Glaubte ich damals. Ich hätte mir denken können, daß er irgendwann einen neuen Anlauf machen würde, mir die Zeilen rauszustreichen.

Als ich Hal fragte, ob die Kürzung Ollies Idee sei, wirkte er etwas betreten.

»Ollie war gestern da«, räumte er ein, »und meinte, die Zeilen seien nicht unbedingt nötig für die Handlung.«

»Unbedingt nötig sind sie nicht. Aber ein Stück Wirklichkeit.«

Hal machte ein unglückliches Gesicht. Wir könnten ja noch mal mit Ollie darüber sprechen, meinte er, der wolle nach dem Essen sowieso vorbeikommen, aber ich sagte, für ein Hickhack in so einer Grundsatzangelegenheit sei es zu spät, es würde die Schauspieler verunsichern. Hal atmete auf und sagte Suzie, seiner Produktionsassistentin, sie solle das Drehbuch entsprechend ändern. Inzwischen begreife ich gar nicht mehr, warum ich mich nicht entschlossener gewehrt habe.

Der Zugbegleiter hat gerade durchgesagt, daß wir uns Rugby nähern. »Nächster Stationshalt Rugby.« Den Stationshalt hat British Rail erst vor kurzem erfunden, wohl um einen planmäßigen Halt auf Bahnhöfen von unplanmäßigem Halten auf freier Strecke zu unterscheiden. Vielleicht fürchtet man, die in mangelhaft klimatisierten Wagen durch die stinkenden Schwaden der Baguettes und Bremsbeläge desorientierten Fahrgäste könnten sonst aus Versehen unterwegs aussteigen und überfahren werden.

Donnerstag abend. Gegen halb acht war ich zu Hause. Der Zug hatte dann doch nur zwölf Minuten Verspätung zusammengebracht, und mein Wagen wartete, von Dieben und Vandalen unberührt, auf mich wie ein treues Haustier. Als ich ihn mit meiner Fernbedienung am Schlüsselbund anpeilte, blinzelte er mir mit seinem roten Licht zu, piepste dreimal und löste klickend die Zentralverriegelung.

Fernbedienungen sind für mich ein unerschöpflicher Quell kindlicher Freuden. Auch für unser Garagentor habe ich eine, die ich immer schon von der Ecke aus betätige, so daß ich ohne Aufenthalt weiterfahren kann, bis der Wagen unter Dach und Fach ist. Heute abend stand Sallys Escort nicht da. In der Küche fand ich einen Zettel von ihr: Sie sei im Klub zum Schwimmen und zu einem Saunagang. Für mich war das eine große Enttäuschung, denn ich brannte darauf, ihr von der Debbie-Radcliffe-Krise und dem Zoff um die gestrichenen Zeilen zu erzählen. Nicht, daß sie sich das mit atemlosem Interesse anhören würde. *Au contraire.*

Nach meiner Erfahrung gibt es zwei Sorten von Schriftsteller-Ehefrauen. Die eine ist eine Kreuzung aus Kindermädchen, Sekretärin und Fanklub-Vorsitzender. Sie liest die Werke des Autors, während sie entstehen, und geizt dabei nicht mit Lob; sie sieht sich seine Sendungen im Fernsehen an und lacht über jeden Gag; sie leidet unter schlechten Kritiken und freut sich ebensosehr wie er über gute Besprechungen; sie registriert aufmerksam seine Stimmungen und seinen Arbeitsausstoß und schwebt auf Zehenspitzen in sein Arbeitszimmer, um ihm Tee und Kaffee zu kredenzen; sie geht ans Telefon, beantwortet Briefe, schirmt ihn vor lästigen und unergiebigen Einladungen, Forderungen und Vorschlägen ab; führt seinen Terminkalender und erinnert ihn rechtzeitig an seine Verabredungen; fährt ihn zum Bahnhof oder Flughafen und holt ihn wieder ab und gibt Cocktailpartys und Abendessen für seine Bekannten und Mäzene aus der Branche. Die andere Sorte ist wie Sally, der so was nie einfallen würde, weil sie selbst einen Beruf hat, den sie für ebenso wichtig hält wie den ihres Mannes. Wenn nicht für wichtiger.

Allerdings ist Sally bisher die einzige Schriftsteller-Ehefrau der anderen Sorte, die ich kenne. Ich will aber nicht ausschließen, daß es noch mehr davon gibt.

Deshalb erwartete ich auch weder mitfühlende Ratschläge noch kundige Hinweise, aber ich hätte es eben doch schön gefunden, mir etwas von dem, was mich bedrückte, von der Seele zu reden. Während ich vom Bahnhof nach Hause fuhr, kam ich immer mehr zu der Überzeugung, daß es falsch gewesen war, die Streichung so ohne weiteres hinzunehmen. Sollte ich den Fall noch einmal aufrollen, vielleicht Ollie und Hal zu Hause anrufen? Natürlich wußte ich, daß ich in einer ziemlich schwachen Position war, da ich ja heute vormittag damit einverstanden gewesen war, die Zeilen wegzulassen, und daß ein Rückzieher von mir nur böses Blut machen und im Grunde nichts ändern würde, denn wahrscheinlich war es inzwischen zu spät, das Drehbuch noch einmal umzukrempeln. Ganz fest stand das allerdings nicht. Die Schauspieler probten zwar heute nachmittag die gekürzte Fassung, aber das kleine Stück konnte man morgen notfalls wieder einfügen.

Nervös lief ich in dem leeren Haus herum, griff ein paarmal zum Hörer und legte ihn wieder hin. Ich machte mir ein Schinkenbrot, aber der Schinken schmeckte, direkt aus dem Kühlschrank, nach nichts. Von dem Bier, das ich dazu trank, kriegte ich Blähungen. Ich machte den Fernseher an, erwischte eine Sitcom der Konkurrenz, die ich viel witziger und treffender fand als *Die Leute von nebenan*, und schaltete sie nach zehn Minuten wieder aus. Schließlich ging ich in mein Arbeitszimmer und setzte mich an den Computer.

Mein Selbstwertgefühl lief davon wie Wasser aus einem kaputten Eimer. Ich verachtete mich wegen meiner Feigheit und Unentschlossenheit. Mein Knie pochte wie ein rheumageplagtes Gelenk, wenn schlechtes Wetter im Anzug ist. Eine Depression wetterleuchtete am Himmel, und schon baute sich im Hintergrund eine Flutwelle auf, um mich zu verschlingen.

Gott sei Dank, die Haustür klappt, Sally ist gerade gekommen, ich höre ihre vergnügte Stimme in der Diele.

Freitag vormittag, 19. Februar. In meiner Post war heute früh ein Spendenaufruf von MIND. Wahrscheinlich haben sie meine Adresse von einer anderen Wohlfahrtsorganisation bekommen. In dem Umschlag steckte ein Brief und ein blauer Luftballon. Zu Beginn des Briefes hieß es: »Bitte blasen Sie den Ballon auf, ehe Sie weiterlesen, aber knoten Sie ihn nicht zu.« Ich blies. In weißen Umrissen erschien auf der Rundung ein Männerkopf im Profil, der mir übrigens ein bißchen ähnlich sah, ein haarloser Kopf mit Stiernacken, und in den Schädel waren übereinander die Worte gepackt: SCHMERZLICHER VERLUST, ARBEITSLOS, GELD, GETRENNT, HYPOTHEK, GESCHIEDEN, GESUNDHEIT. »Für Sie«, hieß es in dem Brief, »sind die Worte auf dem Ballon einfach nur – Worte. Aber durch eins dieser Ereignisse hat ein Mensch einen Nervenzusammenbruch erlitten.«

Es klingelte. Sally war in der Uni, und ich ging zur Tür, den Ballonschwanz weisungsgemäß zwischen Daumen und Zeigefinger festhaltend, damit die Luft nicht entweichen konnte.

Es war der Milchmann, der kassieren wollte. Grinsend besah er sich den Ballon.

»Feiern Sie 'ne Party?« Es war halb zehn. »Wohl Geburtstag heute? Herzlichen Glückwunsch.«

»Ist gerade mit der Post gekommen«, sagte ich etwas lahm. »Was macht's denn?« Ich angelte mit der freien Hand eine Zehnpfundnote aus der Brieftasche.

»Klasse Sendung neulich«, sagte der Milchmann und gab mir das Wechselgeld. »Wie Pop Davis überall im Haus die Zigaretten versteckt, ehe er mit dem Rauchen aufhört … zum Brüllen.«

»Freut mich, daß es Ihnen gefallen hat.« Unsere Geschäftsleute wissen alle, daß ich die Drehbücher für *Die Leute von nebenan* schreibe, da kann ich Zuschauerbefragungen direkt an meiner Haustür durchführen.

Ich ging mit dem Ballon zurück ins Arbeitszimmer und nahm mir den Brief von MIND wieder vor.

»So wie die Worte wachsen, wenn der Ballon aufgeblasen wird, kann auch ein Mensch, der unter Druck gerät, den Eindruck haben, daß sein Problem immer größer wird.«

Ich sah mir noch einmal an, was in dem Schädel stand.

Einen schmerzlichen Verlust habe ich lange nicht mehr erlitten (Mum ist vor vier Jahren, Dad vor sieben Jahren gestorben), ich bin nicht arbeitslos, Geld habe ich reichlich, ich bin weder getrennt noch geschieden und könnte meine Hypothek morgen abzahlen, wenn ich wollte, aber mein Steuerberater ist aus steuerlichen Gründen dagegen. Das mit dem Nervenzusammenbruch könnte nur unter der Überschrift Gesundheit akut werden, aber MIND dachte wohl an lebensbedrohlichere Sachen als ein lächerliches Kniegelenksyndrom.

Ich überflog den restlichen Text: »... Selbstmord ... Psychose ... Übergangsheim ... Hilfsdienste ...« Dann kam noch einmal die Bitte um Geld und ein PS: »Sie können jetzt die Luft herauslassen. Und bedenken Sie dabei bitte, wie leicht es ist, mit der Zuwendung und Pflege, die Ihre Spende ermöglicht, einem Problem etwas von seinem Druck zu nehmen.«

Ich ließ den Ballon los, der ein paar Sekunden wie ein wildgewordener Brummer durchs Zimmer surrte, an eine Fensterscheibe stieß und zu Boden fiel. Dann holte ich mein Spendenscheckbuch heraus und überwies £ 36 an MIND für vier Stunden geschulter psychischer Betreuung.

Die könnte ich heute selbst gebrauchen.

Gestern abend setzten wir uns zum Reden in die Küche, Sally machte sich eine Tasse heiße Schokolade, und ich trank einen Scotch. Das heißt, ich redete, und sie hörte etwas geistesabwesend zu. Nach der Sauna war sie wohlig müde und euphorisch, und es schien ihr noch schwerer als sonst zu fallen, sich auf meine beruflichen Probleme zu konzentrieren. Als ich sagte, sie hätten die Hinweise auf die Abtreibung gestrichen, sagte sie: »So? Ist ja bestens«, und obgleich sie mir ansah, daß das die falsche Reaktion war, blieb sie dabei und meinte, *Die Leute von nebenan* seien zu oberflächlich für ein so schwieriges Thema, womit ja auch Ollie argumentiert hatte. Als ich ihr erzählte, daß die Zukunft der Serie bedroht war, weil Debbie aussteigen wollte, meinte sie: »Ist doch schön für dich. Dann kannst du mit einem anderen, risikofreudigeren Produzenten neu anfangen.« Was durchaus logisch, aber nicht sehr hilfreich war, denn ich habe keine Idee für eine neue Serie und rechne in meinem derzeitigen Zustand auch nicht damit, eine zu bekommen.

Sally fuhr mit dem Finger an der Innenseite ihrer Tasse entlang und leckte ihn ab. »Wann gehen wir ins Bett?« fragte sie, ihre übliche Formulierung, wenn sie meint, es sei mal wieder Zeit für Sex. Also gingen wir nach oben, und bei mir klappte es nicht. Ich hatte eine Erektion, aber keinen Erguß. Vielleicht lag es an dem Scotch nach dem Bier, jedenfalls war es beängstigend. Als wenn man einen Pumpenschwengel hin- und herbewegt, und der Wasserstrahl bleibt aus. Sally ist gekommen. Glaube ich jedenfalls. Neulich habe ich eine Sendung gesehen, in der lauter Frauen über Sex redeten, und alle hatten irgendwann mal einen Orgasmus nur gespielt, entweder ihrem Partner zuliebe oder weil sie es schnell hinter sich bringen wollten. Vielleicht macht Sally es auch so. Jedenfalls schlief sie sofort ein, ich hörte sie tief und regelmäßig atmen, ehe ich auch abtauchte.

Um 2.35 Uhr wachte ich mit naßgeschwitztem Pyjamakragen und dem beunruhigenden Gefühl auf, daß ich etwas sehr Wichtiges vergessen hatte. Dann fiel es mir wieder ein: Zu allem Überfluß hatte ich jetzt auch noch ein Gonadensyndrom. Ich stellte mir ein Leben ohne Sex, ohne Tennis, ohne eigene Fernsehserie vor und spürte, wie ich ins Leere trudelte. Verzweiflung stelle ich mir immer vor wie eine Trudelbewegung ins Nichts – wie bei einem Flugzeug, das eine Tragfläche verloren hat und gleich einem Blatt im Wind nach unten sinkt, während der Pilot sich in der Kanzel vergeblich mit den Instrumenten müht, die Triebwerke aufjaulen und die Nadel des Höhenmessers wild kreist, bis die Nadel auf Null steht. Als ich diesen Eintrag noch mal durchlas, fiel mir Amys Frage von gestern ein: »Was macht die *angst*?« Ich schlug das Wort nach und fand es erstaunlicherweise tatsächlich in meinem englischen Wörterbuch: »1. Ein akutes, aber unspezifisches Gefühl der Unruhe oder der Zerknirschung. 2. (im Existentialismus) Die Furcht, die den Menschen ergreift, wenn er erkennt, daß seine Zukunft nicht vorherbestimmt ist, sondern mit seinem eigenen Willen gestaltet werden muß.« Die zweite Definition kapierte ich nicht ganz, Philosophie ist ein besonders großer weißer Fleck auf meiner Bildungslandkarte. Das Wort ›Furcht‹ aber hatte einen irgendwie vertrauten Klang, es scheint mir das, was ich habe, besser zu bezeichnen als ›Unruhe‹. Unruhe klingt irgendwie zu harmlos. Man ist unruhig, wenn man einen Zug nicht kriegt oder eine bestimmte Briefkastenleerung versäumt. Deshalb haben wir uns wohl bei den Deutschen die *angst* ausgeliehen. *Angst* klingt sonor und düster, man verzieht irgendwie schmerzlich das Gesicht, wenn man das Wort ausspricht. Und Furcht ist gut. Furcht ist das, was ich empfinde, wenn ich in den frühen Morgenstunden schweißgebadet aufwache. Akut, aber unspezifisch. Natürlich fallen mir dann sehr bald auch etliche spezifische Sachen dazu ein. Impotenz zum Beispiel.

Irgendwann passiert das natürlich jedem Mann.

Achtundfünfzig scheint mir ein bißchen früh, aber unmöglich ist es sicher nicht. Früher oder später muß es ein letztes Mal geben. Das Dumme ist, daß man das erst weiß, wenn man merkt, daß es nicht mehr geht. Es ist nicht wie bei der letzten Zigarette, ehe man das Rauchen aufgibt, oder dem letzten Fußballmatch, ehe man die Stiefel an den Nagel hängt. Man kann das letzte Bumsfallera nicht feiern, weil man ja in dem Moment nicht weiß, daß nichts mehr nachkommt, und wenn man es merkt, kann man sich wahrscheinlich gar nicht mehr erinnern, wie es war.

Ich habe ›Existentialismus‹ in einem Taschenbuch nachgeschlagen, das *Denken in unserer Zeit* heißt. »Eine philosophische Richtung, die auf dramatische Weise den Gegensatz zwischen der menschlichen Existenzform und der Existenzform von Gegenständen in der Natur herausarbeitet. Der mit Wille und Bewußtsein begabte Mensch findet sich in einer ihm fremden Welt, in der beides nichts gilt.« Nichts Besonderes, dachte ich, das weiß ich schon lange. »Der Existentialismus wurde von Kierkegaard als Gegenreaktion zu dem allumfassenden, absoluten Idealismus Hegels begründet.« Kierkegaard also ... Ich blätterte, bis ich ihn gefunden hatte. »Kierkegaard, Søren. Dänischer Philosoph, 1813–55. Siehe unter ...«

Ich nahm mir ein anderes Buch vor, ein biographisches Lexikon. Søren Kierkegaard war der Sohn eines Kaufmanns, der es als Selfmademan zu Wohlstand gebracht hatte und seinem Sohn ein beträchtliches Vermögen hinterließ, das dieser auf das Studium der Philosophie und Theologie verwandte. Der junge Kierkegaard war mit einer jungen Frau namens Regine verlobt, löste aber die Verlobung, weil er meinte, für die Ehe nicht geeignet zu sein. Er ließ sich zum Pfarrer ausbilden, wurde aber nie ordiniert, und schrieb gegen Ende seines Leben etliche kontroverse Essays, mit denen er sich gegen das Kirchenchristentum wandte. Abgesehen von zwei Besuchen in Berlin hat er Kopenhagen nie verlassen. Sein Leben scheint einförmig und kurz gewesen zu sein. Am Ende des Artikels aber waren einige seiner Schriften aufgeführt. Mir wurde ganz anders, als ich die Titel las. Wären meine Haare im Nacken kürzer gewesen, hätten sie sich bestimmt gesträubt. *Furcht und Zittern. Die Krankheit zum Tode. Der Begriff Angst.* Die Titel klangen nicht nach philosophischen Werken, sondern bezeichneten meinen Zustand so zielgenau wie Pfeile, die mit einem dumpfen Laut ins Schwarze treffen. Selbst die, unter denen ich mir nichts vorstellen konnte, wie *Entweder – Oder* und *Die Wiederholung* schienen einen verborgenen, nur für mich bestimmten Sinn zu haben. Und ein Tagebuch hat er auch geschrieben. Das muß ich mir beschaffen, und von den anderen Büchern auch ein paar.

Freitag abend. Heute nachmittag Akupunktur in der Wellbeing Clinic. Wie gewohnt fühlte Miss Wu mir zuerst den Puls, wobei sie mein Handgelenk so behutsam zwischen ihren kühlen, feuchten Fingern hielt, als sei es der Stengel einer zarten, kostbaren Blume, und fragte mich nach meinem Befinden. Ich hätte ihr gern von meinem Ejakulationsproblem erzählt, aber dann war ich doch zu feige dazu. Miss Wu, in Hongkong geboren, aber in Rummidge aufgewachsen, ist sehr scheu und züchtig. Sie geht immer aus dem Zimmer, während ich mich bis auf die Unterhose ausziehe und auf die hohe gepolsterte Liege klettere. Und ehe sie wieder hereinkommt, klopft sie an. Ich dachte mir, das mit meinem Aussetzer könnte ihr womöglich peinlich sein, und offen gesagt war mir auch die Vorstellung, Nadeln ins Skrotum zu bekommen, nicht sehr sympathisch. Meist sticht sie ja nicht dahin, wo man es erwartet, aber man kann nie wissen. Ich erwähnte also nur meine üblichen Symptome, und sie setzte die Nadeln an Händen und Füßen, wie immer. Sie sehen ein bißchen aus wie die Markierstifte mit bunten Köpfen, die man für Wandkarten und fürs Schwarze Brett benützt. Man spürt eine Art stechendes Prickeln, wenn sie genau den Punkt trifft, fast wie einen schwachen elektrischen Stromstoß. Irgendwas ist an dieser Akupunktur bestimmt dran; ob sie auf Dauer hilft, ist natürlich eine andere Frage.

Eigentlich war ich wegen meines Kniegelenksyndroms zu Miss Wu gegangen, aber sie hatte mir offen gesagt, dagegen könne sie nicht viel tun, sie könne allenfalls durch Verbesserung meines körperlichen und seelischen Allgemeinzustands den Heilungsprozeß unterstützen, und damit gab ich mich dann zufrieden. Am Tag der Behandlung fühle ich mich meist besser und am nächsten Morgen auch noch, aber danach verfliegt die Wirkung ziemlich schnell. Die Behandlung hat etwas von einer Bußübung – ein bißchen weh tun die Nadeln eben doch, und am Behandlungstag soll man keinen Alkohol trinken (wahrscheinlich fühle ich mich deshalb immer so gut), aber Miss Wus sanfte Art tut mir einfach wohl. Sie entschuldigt sich immer, wenn ich bei einer besonders starken Reaktion zusammenzucke, und wenn sie (was sehr selten vorkommt) den Punkt nicht findet und es ein paarmal versuchen muß, ist sie ganz unglücklich. Neulich, als ein bißchen Blut kam, schämte sie sich in Grund und Boden.

Während der Behandlung unterhalten wir uns. Meist über meine Familie. Sie interessiert sich sehr für Adam und Jane. An ihren Fragen und daran, daß ich sie nicht immer zufriedenstellend beantworten kann, erkenne ich, wie selten ich mich mit meinen Kindern beschäftige, und ein bißchen schlägt mir dann schon das Gewissen, aber sie haben schließlich ihr eigenes Leben und sind beruflich und finanziell unabhängig. Für den Fall, daß sie doch mal knapp bei Kasse sind, wissen sie, daß sie sich immer an mich wenden können. Adam arbeitet für eine Softwarefirma in Cambridge, und seine Frau Rachel hat eine Teilzeitdozentur für Kunstgeschichte an der University of Suffolk. Sie haben ein Kleinkind und sind vollauf mit der komplizierten Logistik ihres Privat- und Berufslebens beschäftigt. Jane hat einen Abschluß in Archäologie gemacht und mit viel Glück einen Job am Museum von Dorchester ergattert. Sie wohnt mit ihrem Freund Gus, einem Steinmetz, in Swanage. In diesem faden kleinen Urlaubsort führen sie ein ruhiges, von keinem Ehrgeiz umgetriebenes vegetarisches New-Age-Leben und scheinen auf ihre Art ganz glücklich zu sein. Beide Kinder zusammen sehen wir nur zu Weihnachten, wenn sie mit Anhang nach Hollywell kommen. Ein leichter Schatten ging über Miss Wus Gesicht, als sie begriff, daß Jane und Gus nicht verheiratet sind. Ihre Leute hätten das wohl nicht akzeptiert. Ich fände es auch schön, wenn Jane eines Tages heiraten würde – es muß ja nicht gerade Gus sein, obwohl sie es andererseits sicher auch schlechter treffen könnte. Heute fragte ich Miss Wu kühn, ob sie selbst mal heiraten wolle, und sie lächelte und schlug errötend die Augen nieder und sagte: »Die Ehe ist eine große Verantwortung.« Dann fühlte sie mir noch einmal den Puls, sagte, er sei schon viel besser, und machte sich eine Notiz. Danach entschwand sie, damit ich mich wieder anziehen konnte.

Den Scheck legte ich in einem neutralen Umschlag auf das Tischchen mit ihren Nadeln und sonstigen Gerätschaften. Bei der ersten Behandlung hatte ich den Fehler gemacht, meine Brieftasche zu zücken und ihr ordinäre Geldscheine in die Hand zu drücken. Es war ihr sehr peinlich und mir auch, nachdem ich meinen Fauxpas begriffen hatte. Die Bezahlung von Therapeuten ist immer ein bißchen heikel. Alexandra macht alles per Post. Von Amy weiß ich, daß sie am letzten Freitag jeden Monats auf der Couch im Sprechzimmer von Karl Kiss einen Umschlag mit ihrer

Rechnung vorfindet, den sie wortlos in ihrer Handtasche verschwinden läßt. Beide sprechen nie darüber. Im Grunde ist diese Zurückhaltung nicht überraschend. Heilen dürfte nichts mit Geld zu tun haben, Jesus hat für seine Wunder nie was genommen. Aber Therapeuten müssen auch leben. Miss Wu berechnet mir nur fünfzehn Pfund für eine einstündige Behandlung. Einmal habe ich einen Scheck über £ 20 geschrieben, aber das machte alles nur noch peinlicher, denn sie lief mir bis auf den Parkplatz nach und sagte, ich hätte mich geirrt.

Als ich angezogen war, kam sie wieder herein, und wir legten einen Termin in vierzehn Tagen fest. Am nächsten Freitag habe ich Aromatherapie, aber davon weiß Miss Wu nichts.

Ich mache an Therapien fast alles mit, nur bei Chemotherapie, will sagen bei Tranquilizern, Antidepressiva und dergleichen, streike ich. Vor langen Jahren – 1979, um genau zu sein – habe ich es mal probiert.

Meine erste eigene Sitcom, *Von der Rolle*, war bei Estuary in Vorbereitung; im Mittelpunkt stand ein mit einer frisch emanzipierten Karrierefrau verheirateter Hausmann. Ich arbeitete an dem Pilotfilm, als Jake mich anrief. BBC bot mir an, am Drehbuch einer neuen Comedy-Serie mitzuwirken. Freiberufliche Schriftsteller kennen solche Situationen. Nach jahrelangem Kampf, etwas im Fernsehen unterzubringen, war ich plötzlich gleich bei zwei Sendern gefragt. Beide konnte ich nicht bedienen. Jake war anderer Meinung, aber er brauchte ja auch nur zwei Verträge zu schreiben und zwei Hände aufzuhalten, um die Provision zu kassieren. Ich sagte also der BBC ab, weil *Von der Rolle* offenkundig das wichtigere Projekt war. Statt Jake einfach anzurufen, schrieb ich ihm einen langen Brief, in dem ich –

wohl mehr zu meiner als zu seiner Beruhigung – meine Gründe in allen Einzelheiten aufführte (wahrscheinlich hat er ihn gar nicht zu Ende gelesen). Aber der Pilotfilm war ein Flop, Estuary verzichtete darauf, ihn auszustrahlen, und es sah aus, als würde die Sitcom nie in Serie gehen. Natürlich bereute ich jetzt, daß ich das BBC-Angebot ausgeschlagen hatte. ›Bereute‹ ist sehr milde ausgedrückt. Ich war fest davon überzeugt, daß ich meine Laufbahn ein für allemal zerstört, beruflichen Selbstmord begangen, die beste Chance meines Lebens vertan hatte undundund.

Wenn ich zurückblicke, zeigte sich da mein Seelenqualsyndrom zum erstenmal in voller Stärke. Ich konnte nur noch an meine verhängnisvolle Entscheidung denken. Ich konnte nicht arbeiten, nicht entspannen, nicht lesen, nicht fernsehen, mit niemandem und über nichts länger als ein paar Minuten reden, danach kehrten meine Gedanken wie der Tonarm eines verhexten Plattenspielers unerbittlich in dieselbe Rille zurück, und das Grübeln über mein verpfuschtes Leben ging weiter. Ich bekam nervöse Darmstörungen, ständig grummelte es in meinem Bauch, abends um halb elf fiel ich erschöpft ins Bett, wachte zwei Stunden später schweißgebadet wieder auf und verbrachte die restlichen Nachtstunden damit, meinen Brief an Jake umzuschreiben und ihm mit glasklarer Logik zu beweisen, daß ich sehr wohl gleichzeitig für die BBC und Estuary arbeiten konnte. Oder ich erfand andere Szenarien, in denen ich die Uhr zurückdrehte und mich in der Fantasie den Folgen meiner Entscheidung entzog: Mein Brief an Jake war verlorengegangen oder ungeöffnet an mich zurückgekommen, weil die Adresse nicht stimmte; die BBC flehte mich an, meine Entscheidung noch einmal zu überdenken und so weiter.

Nach einer Woche schickte Sally mich zu meinem Hausarzt, einem wortkargen Schotten namens Patterson (inzwischen habe ich einen anderen). Ich erzählte ihm von dem Grummeln im Bauch und meiner Schlaflosigkeit und räumte vorsichtig ein, ich stünde ein wenig unter Stress (noch war ich nicht bereit, Dritten einen Blick auf mein heillos gestörtes Innenleben zu gestatten). Patterson hörte zu, grunzte und schrieb mir Valium auf.

Ich hatte keinerlei Erfahrung mit Valium, deshalb war wohl die Wirkung so durchschlagend. Es war nicht zu fassen: Innerhalb von Minuten war ich in Friede und Entspannung eingehüllt wie in eine warme Decke. In dieser Nacht schlief ich zehn Stunden durch. Am nächsten Morgen war ich irgendwie lasch und ein bißchen down und spürte, daß irgendwo hinter dem Horizont meines Bewußtseins etwas Dunkles, Böses lauerte, aber die nächste grüne Pille ließ die Bedrohung verschwinden und packte mich wieder in watteweiche Wurstigkeit. Ich konnte in dieser Zeit beruflich und in Gesellschaft nicht gerade Bäume ausreißen, hielt mich aber leidlich, solange ich die Pillen schluckte. Als aber die erste Packung leer war, kamen die Obsessionen zurück wie von der Leine gelassene tollwütige Rottweiler, und ich war sehr viel schlechter drauf als vorher.

Daß Valium süchtig macht, hatte sich damals noch nicht allgemein herumgesprochen, und ich hatte es auch noch nicht lange genug genommen, um wirklich abhängig zu werden, aber während ich gegen die Versuchung ankämpfte, mir eine neue Packung verschreiben zu lassen, machte ich fast so etwas wie einen Cold Turkey durch. Ich wußte genau, daß ich nach der zweiten Packung von dem Zeug nicht mehr loskommen würde. Mehr noch: Ich wußte, daß ich nie mehr würde schreiben können, solange ich Valium nahm. In meinem damaligen Zustand konnte ich auch ohne Valium nicht schreiben, hatte aber das dunkle Gefühl, der Albtraum würde irgendwann von selbst vorbeigehen. Was auch der

Fall war – zehn Sekunden, nachdem Jake mir durchgegeben hatte, Estuary habe die Serie neu besetzt und wolle einen zweiten Pilotfilm machen. Die Reaktion war ermutigend, und sie gaben eine ganze Staffel in Auftrag. Die Serie wurde mein erster bescheidener Erfolg, während die BBC-Comedy durchfiel.

Ein Jahr später konnte ich gar nicht mehr begreifen, wie ich an der Richtigkeit meiner ersten Entscheidung hatte zweifeln können. Die Entzugserscheinungen nach der letzten Valiumpille aber hatte ich noch deutlich in Erinnerung und beschloß, mir so was nie wieder anzutun.

Samstag abend, 20. Februar. Heute habe ich im Klub eine überraschende und recht bestürzende Geschichte erfahren.

Sally und ich hatten früh gegessen, weil wir Tennis spielen wollten. Es war ein wunderschöner Wintertag, trocken, sonnig und kalt, aber windstill. Sally spielte in einem Doppel mit drei anderen Frauen, ich spielte mit meiner Krüppelclique. Wir brauchen wegen unserer vielen Bandagen, Schienen, Stützen und Prothesen immer ewig lange zum Umziehen – wie die Rittersleute im Mittelalter, wenn sie vor dem Turnier die Rüstung anlegten. Sally und ihre Freundinnen waren schon beim ersten Satz, als wir angehumpelt kamen. Ruperts Frau Betty war Sallys Partnerin, und in diesem Moment gelang ihr eine besonders gute Rückhand. Wir klatschten.

»Nimmt Betty nicht auch Unterricht, Rupert?« fragte Joe grinsend.

»Ja«, sagte der kurz angebunden.

»Unser Mr. Sutton kann's wirklich mit den Damen«, sagte Joe. »Ich weiß ja nicht genau, wie –«

»Komm, hör auf mit dem Gesabbel, Joe«, sagte Rupert

gereizt und ging ein bißchen schneller. Joe schnitt ein Gesicht und feixte, sagte aber nichts weiter.

Ich spielte mit Humphrey, und wir schlugen die anderen beiden in fünf Sätzen 6:2, 7:8, 6:4, 3:6 und 8:7. Es war ein harter Kampf, auch wenn er für Außenstehende vielleicht eher wie Unterwassertennis ausgesehen hat. Meine Rückhand funktionierte tadellos, und ich schlug ein paar tolle Returns knapp über die Netzkante, mit denen ich Rupert total überrumpelte. Es gibt nichts Schöneres als eine gute Rückhand, sie wirkt so mühelos. Das Match gewann ich dann durch einen schlecht getimten Volley, den ich mit dem Racketrahmen abfing, was eigentlich mehr unserem Niveau entspricht. Trotzdem, es hatte großen Spaß gemacht. Joe hätte gern die Partner gewechselt und noch mal drei Sätze gespielt, aber weil mein Knie wieder spannte und Rupert meinte, daß die Wirkung seiner Schmerztabletten nachließ (vor einem Match schluckt er immer zwei), sagten wir, die anderen beiden sollten ruhig noch ein Einzel spielen, und gingen unter die Dusche. Danach verzogen wir uns in eine ruhige Ecke der Bar. Auch wenn das Knie sich ab und zu meldete, fühlte ich mich unheimlich gut, fast wie in alten Zeiten, und schluckte genüßlich mein kühles Bitter, während Rupert in sein Bier starrte wie in einen Pott voll Mäuse.

»Peinlich ist das, wie ausdauernd Joe auf Brett Sutton herumhackt«, sagte er. »Nein, mehr als peinlich. Widerlich. Als wenn einer an einem Schorf herumpuhlt.«

Ich sah ihn verständnislos an. Er senkte die Stimme.

»Hast du das von Jean noch nicht gehört?«

»Jean?«

»Richtig, du warst nicht dabei«, sagte Rupert. »Joes Jean. Sie hat's bei der Silvesterfeier mit dem jungen Ritchie getrieben.«

Der junge Ritchie ist Alistair, der Sohn von Sam Ritchie,

unserem Golflehrer. Er ist im Laden, wenn sein Vater unterrichtet, gibt auch gelegentlich Anfängerstunden und ist höchstens fünfundzwanzig.

»Das kann doch nicht dein Ernst sein«, sagte ich.

»Ehrenwort. Jean war sauer, weil Joe nicht mit ihr tanzen wollte, und schon ziemlich angedudelt, da hat sie den jungen Ritchie geholt und sich ihm kichernd an den Hals gehängt. Und plötzlich waren die beiden weg. Joe hat sie dann in einer kompromittierenden Situation im Sanitätsraum gefunden, der wird wohl öfter mal für so was benutzt. Sie hatten abgeschlossen, aber weil Joe im Komitee ist, hat er einen Schlüssel.«

Woher er das alles wisse, fragte ich Rupert.

»Betty weiß es von Jean, und ich weiß es von Betty.«

Ich schüttelte einigermaßen fassungslos den Kopf und fragte, warum Joe ständig Witze über Brett Sutton machte, wenn ihm selbst doch gerade der junge Ritchie Hörner aufgesetzt hatte.

»Ablenkungsmanöver«, meinte Rupert. »Damit die Leute noch über was anderes tratschen können als über Ritchie und Jean.«

»Aber was ist denn bloß in den jungen Ritchie gefahren? Jean könnte seine Mutter sein.«

»Vielleicht war's Mitleid«, vermutete Rupert. »Jean hat ihm gesagt, daß sie es seit Joes Rückenoperation nicht mehr gehabt hat.«

»Was gehabt hat?«

»Es. Sex. Du bist heute ein bißchen schwer von Begriff, Tubby.«

»Tut mir leid, aber ... bei so was bleibt mir einfach die Spucke weg.«

Ich dachte an unser Gespräch in der Tennishalle. Daß Joes scheinbar ganz harmlose Frotzelei einen so traurigen

Hintersinn hatte, fand ich beunruhigend. Und jetzt fiel mir auch ein, daß Rupert dabei nicht mitgemacht hatte.

»Weiß Humphrey Bescheid?« fragte ich.

»Glaub ich nicht. Er hat ja keine Frau, die in der Gerüchteküche mitmischt. Mich wundert, daß Sally noch nichts davon hat läuten hören.«

Vielleicht, dachte ich, hat sie es mir nur nicht erzählt.

Als ich sie später fragte, ob sie irgendwelche Klatschgeschichten über Jean Wellington gehört hatte, verneinte sie.

»Aber das ist auch kein Wunder, so was ist immer ein Geschäft auf Gegenseitigkeit. Wenn man selbst keinen Tratsch in Umlauf bringt, wird einem auch keiner zugetragen.« Und damit war für sie das Thema erledigt.

Sally ist in dieser Beziehung sehr diszipliniert. Vielleicht interessiert sie sich aber auch nicht für das Privatleben anderer Leute. Sie ist im Augenblick beruflich sehr eingespannt, nicht nur mit Forschung und Lehre, sondern im Zuge des Umbaus der Fachhochschule zu einer richtigen Uni auch mit Verwaltungskram. Sie können jetzt eigene Diplomstudiengänge anbieten, Sally hat den Vorsitz im Planungsausschuß für ein interdisziplinäres Postgraduiertenstudium Angewandte Linguistik und ist in Komitees, die so abartige Namen haben wie AQUAFOL (Ausschuß Qualitätssicherung in Forschung und Lehre) und RESFAHO (Rat für Englische Studien auf Fachhochschul- und Hochschulebene), außerdem kümmert sie sich um die Ausbildung der hiesigen Grundschullehrer nach den neuen Richtlinien der Schulbehörde. Ich habe den Eindruck, daß sie sich von ihrem Fachbereichsleiter ausbeuten läßt, er packt ihr die schwierigsten Fälle auf den Tisch, weil er weiß, daß sie bei ihr am besten aufgehoben sind, aber wenn ich ihr das sage, meint sie nur schulterzuckend, das seien anerkannte Managermethoden. Außerdem bringt sie noch stoßweise öde Tagesordnungen und Sitzungsberichte mit nach Hause, die sie abends und an den Wochenenden durchackert. Dann sitzen wir stumm am Kamin, sie mit ihren Papieren, ich durch die Nabelschnur des Kopfhörers mit dem Fernseher verbunden.

Bei den Nachrichten hundsgemeine Schmerzen im Knie. »Scheiße!« Sally sieht fragend von ihrem Papierkram hoch. Ich nehme kurz den Kopfhörer ab. »Knie.« Sally nickt und liest weiter. Ich gucke Nachrichten. Der Aufmacher ist eine neue Entwicklung im Mordfall James Bulger, der die Medien seit Tagen beherrscht. Letzte Woche war ein Zweijähriger, als die Mutter mal kurz weggesehen hatte, von zwei älteren Jungen vor einem Metzgerladen in einem Einkaufszentrum in Bootle entführt worden. Später hatte man ihn tot und schrecklich zugerichtet an einer Bahnlinie gefunden. Eine Überwachungskamera hatte die Entführung aufgezeichnet, und in jeder Zeitung, in allen Fernsehnachrichten begegnete man dem erschütternden Standbild des kleinen Jungen, der vertrauensvoll einem der Älteren die Hand gibt und mit den beiden mitgeht. Es sieht aus wie eine Werbung für Kinderschuhe. Danach hatten noch mehrere Erwachsene die drei gesehen, sie sagten aus, der Kleine habe geweint und einen unglücklichen Eindruck gemacht, aber niemand hatte eingegriffen. Heute wird gemeldet, daß zwei Zehnjährige unter Mordanklage gestellt worden sind. »Und da muß man sich doch fragen«, sagt der Fernsehreporter vor dem Einkaufszentrum von Bootle, »in was für einer Gesellschaft wir leben, in der solche Dinge passieren können.« In einer verdammt kaputten, kann ich da nur sagen.

Sonntag, 21. Februar, 18.00 Uhr. Ich schreibe auf meinem Laptop in einer Pause zwischen Generalprobe und Aufzeichnung an einem Kantinentisch des Studios. Um mich herum stehen jede Menge schmutzige Teller und Tassen und Gläser, die das recht lässige Kantinenpersonal nach einem frühen Abendessen der Darsteller und des Produktionsteams noch nicht abgeräumt hat. Die Aufzeichnung beginnt – nach einer halben Stunde Einstimmung für die Zuschauer – um halb acht. Die Schauspieler sind in der Maske oder ruhen sich in der Garderobe aus. Hal überprüft anhand seines Bildmixers noch einmal das Kamerascript. Ollie hat sich mit David Treese, dem Comedy-Controller von Heartland (toll, der Titel!) auf einen Drink zusammengesetzt, und ich habe mich gerade den Aufmerksamkeiten von Mark Harringtons Anstandsdame Samantha entziehen können und habe nun eine Stunde Zeit für mich. Samantha Handy hat einen Abschluß in Theaterwissenschaften an der Exeter University gemacht und diesen Job bei Heartland *faute de mieux* übernommen, wie Amy sagen würde. Daß sie es nicht als ihre Berufung ansieht, einen Zwölfjährigen, der nur über Computerspiele reden kann, in der Freizeit und bei den Hausaufgaben zu beaufsichtigen, leuchtet ein. Sie möchte gern fürs Fernsehen schreiben und glaubt wohl, ich könnte ihr zu einem Auftrag verhelfen. Samantha ist eine gutaussehende Rothaarige mit enormen Titten, und andere Männer, Jake Endicott zum Beispiel, würden sie vielleicht in diesem Glauben bestärken, aber ich habe ihr offen gesagt, ich hielte es für vielversprechender, wenn sie sich von Ollie zunächst mal ein paar Drehbücher zur Beurteilung geben ließe. Sie schmollte ein bißchen.

»Ich hab da eine tolle Idee für eine ausgeflippte Seifenoper, eine Art englisches *Twin Peaks.* Wenn ich nicht schnell zum Zuge komme, schnappt sie mir noch irgend jemand weg, ich könnt mich sonstwohin beißen, wenn ich nur dran denke.«

»Worum geht's denn?« fragte ich, wandte meinen Blick von Samanthas Zwillingsgipfeln ab und setzte rasch hinzu: »Nein, erzählen Sie lieber nichts, gehen Sie zu Ollie damit. Ich möchte mir nicht eines Tages vorwerfen lassen, ich hätte Ihnen was geklaut.«

Sie lächelte. Für mich sei das sowieso nichts. Viel zu schrill.

»Was ist schrill?« fragte Mark, der seine zweite Portion Glibberpudding vertilgte.

»Geht dich nichts an.« Samantha streifte mit einem langen, spitzen Fingernagel sein Ohr und wollte von mir wissen, ob sie sich einen Agenten zulegen sollte. Schaden könne es nichts, sagte ich, bot ihr aber nicht an, den Kontakt zu Jake Endicott zu vermitteln, was im Grunde nur in ihrem Interesse war. Offenbar aber wußte sie meine ritterlichen Motive nicht recht zu würdigen und verzog sich etwas vergnatzt mit ihrem Schützling in die Maske.

Die Aufzeichnung am Sonntag lasse ich mir eigentlich nie entgehen. Nicht, daß ich zu diesem Zeitpunkt noch viel machen könnte, aber weil mit Publikum gedreht wird, herrscht immer so was wie Premierenstimmung. Fans der Serie bemühen sich meist schriftlich um Karten und lachen normalerweise an den richtigen Stellen, aber weil die Karten kostenlos sind, kommt es schon mal vor, daß der eine oder andere sie verfallen läßt. Um das Haus voll zu bekommen, lädt Heartland deshalb häufig Firmenfreizeitklubs und Geselligkeitsvereine aus dem Umland ein, die sich gern für wenig Geld einen vergnügten Abend machen, und stellt ihnen Busse für die An- und Abfahrt zur Verfügung. Manchmal haben wir Altersheim-Gruftis, die so gaga sind, daß sie die Handlung nicht verstehen, so schwerhörig, daß sie die Dialoge nicht mitkriegen, oder so kurzsichtig, daß sie das Monitorbild nicht erkennen, und einmal kam eine Gruppe von Japanern, die kein Wort Englisch sprachen und den ganzen Abend stumm und höflich lächelnd auf ihren Plätzen saßen. Dann wieder hat man Cliquen, die in Bombenstimmung sind und das Ensemble gewissermaßen auf Lachwellen zum Erfolg tragen. Weil das Publikum so unberechenbar ist, sind TV-Sitcoms fast wie richtiges Theater, und wahrscheinlich bin ich deshalb an den Drehtagen so angetörnt.

Die Studios von Heartland TV sind in einer riesigen Halle untergebracht, die von außen ein bißchen wie ein Flughafenterminal aussieht – überall freitragende Glaswände und Stahlrohrgerüste. Sie steht seit drei Jahren zwei Meilen vor der Stadt auf einem aufgelassenen Industriegelände zwischen einem Kanal und einer Eisenbahnlinie. Gedacht war sie als Mittelpunkt eines Mediaparks mit Studios, Kunstgalerien, Druckereien und Werbeagenturen, nur ist wegen der Rezession der schöne Plan geplatzt. Abgesehen von dem glitzernden Heartland-Monolithen und seinem umweltfreundlich gestalteten Parkplatz herrscht auf dem Gelände gähnende Leere. *Die Leute von nebenan* werden in Studio C aufgezeichnet, dem größten, das sie haben, es hat aufsteigende Sitzreihen für dreihundertsechzig Personen und könnte gut und gern ein Luftschiff aufnehmen. Vor den Zuschauerreihen ist das ständige Szenenbild aufgebaut, das besonders groß und besonders kompliziert ist, weil alles zweimal da sein muß: zwei Wohnzimmer, zwei Küchen, zwei Dielen und zwei Treppenhäuser, alles getrennt durch eine Brandmauer. Mein ursprünglicher Arbeitstitel für die Serie war *Brandmauer*, und der geteilte Bildschirm, mit dem wir in manchen Szenen arbeiten, wenn die Handlung in beiden

Familien gleichzeitig spielt, ist das visuelle Markenzeichen der Serie und – unter uns gesagt! – das einzig Innovative daran. An der Decke hängen Tausende von Scheinwerfern an metallenen Stengeln wie ein umgekehrtes Sonnenblumenfeld, und wenn sie nicht eingeschaltet sind, ist es wegen der Klimaanlage unangenehm kühl. Ich trage hier sogar im Sommer immer einen dicken Pullover. Hal Lipkin und seine Leute haben fast alle *Die-Leute-von-nebenan*-Sweatshirts an, sie sind dunkelblau, und der Titel zieht sich in gelben Kursivbuchstaben quer über die Vorderseite.

Der Sonntag ist für alle hart und lang, besonders aber für Hal. Alles lastet auf ihm, er hat die volle Verantwortung. Als ich am frühen Vormittag ankam, sprach er auf dem Set gerade mit Ron Deakin, der mit einem Black-&-Decker-Bohrer auf einer Leiter stand. Es ist eine geteilte Küchenszene. Pop Davis bemüht sich, Wandbretter anzubringen, eine Tätigkeit, die Dolly Davis mit sarkastischen Bemerkungen begleitet, während nebenan Priscilla und Edward ein besorgtes Gespräch wegen Alice führen, wobei das Jaulen des Bohrers sie erheblich nervt. Der Gag dieser Szene ist, daß Pop Davis mit dem Bohrer durch die Wand kommt und einen Kochtopf trifft, der Edward beinah auf den Kopf fällt, ein heikler Moment, der haarscharfes Timing erfordert. Natürlich haben sie es schon geprobt, aber mit den richtigen Requisiten arbeiten sie heute zum erstenmal. Die Schnur von Rons Black & Decker reicht nicht bis zur Steckdose, und es dauert, bis der Elektriker mit der Verlängerungsschnur wieder da ist. Die Kameraleute gähnen, sehen auf die Uhr und zählen die Minuten bis zur nächsten Kaffeepause. Die Schauspieler strecken sich und gehen ein bißchen auf und ab. Phoebe Osborne übt vor dem Spiegel Ballettschritte. Fernsehaufzeichnungen bestehen vor allem aus Wartezeiten.

Schritt für Schritt wird der Tagesplan abgespult. Hal läßt vom Rand des Sets aus eine Szene spielen, unterbricht und korrigiert, bis er mit allem zufrieden ist. Dann überprüft er im Kontrollraum, wie sie sich auf dem Schirm macht. Fünf Kameras sind in verschiedenen Winkeln auf das Set gerichtet, die jeweils verschiedene Figuren oder Figurengruppen aufs Korn nehmen, und jede Kamera übermittelt ihr Bild an einen Schwarzweißmonitor im Kontrollraum. Ein Farbmonitor in der Mitte zeigt, was heute abend auf dem Masterband aufgenommen werden soll – eine Auswahl, die der Bildmischer nach einem von Hal verfaßten Kameraskript trifft, in dem jeder Shot numeriert und einer bestimmten Kamera zugeordnet ist.

Die Produktionsassistentin ruft die jeweiligen Nummern einem Techniker zu, und der drückt den entsprechenden Knopf. Wenn man im Publikum sitzt, sieht man an einem roten Licht im Kameragehäuse, welche Kamera gerade aufzeichnet. Bei der Probe verständigt sich Hal über Kopfhörer mit seiner Assistentin, die seine Instruktionen ans Ensemble weiterleitet. Manchmal – erstaunlich selten – muß er einen Shot austauschen oder noch einen einschieben. Er hat die ganze Folge mehr oder weniger im Kopf.

Diese sogenannte Multikameratechnik gibt es nur im Fernsehen. In den Anfangsjahren des Mediums wurde nur so aufgezeichnet, und zwar live (man kann sich den Stress vorstellen, wenn die Schauspieler abgingen, hinten um das Set herumliefen und sich für die nächste Szene in Positur stellten). Heutzutage werden Fernsehspiele und die meisten Sitcoms wie Kinofilme gemacht, jede Szene wird mehrmals aus verschiedenen Blickwinkeln gedreht und hinterher nachgearbeitet. Den Regisseuren ist das lieber, weil sie sich dann wie echte Künstler fühlen. Die Jüngeren rümpfen die Nase über die gute alte Multikameratechnik, aber die meisten könnten damit gar nicht umgehen, sondern würden furchtbar auf die Nase fallen. Wenn nachgearbeitet wird, lassen sich Fehler leicht ausbügeln, bei der Multikameratechnik muß im entscheidenden Augenblick alles laufen wie geschmiert. Es ist eine aussterbende Kunst, und Hal ist einer der wenigen, der sie noch beherrscht.

Später kam Ollie in seinem Boss-Anzug und setzte sich neben mich. Er muß einen ganzen Schrank davon haben, wahrscheinlich kauft er sie wegen des Namens. Im Sitzen reichten die breiten Schultern des Jacketts fast bis an seine großen roten Ohren. Wegen dieser Ohren und der gebrochenen Nase sieht er aus wie ein abgehalfterter Boxer, und es wird gemunkelt, daß er seinen Berufsweg tatsächlich als Boxpromoter im Londoner East End begonnen hat.

»Wir müssen reden«, sagte er.

»Über Debbie?«

Er legte erschrocken einen Finger an die Lippen. »Nicht so laut! Wände haben Ohren.«

Wir saßen ganz allein in einer der Zuschauerreihen, und die nächste Wand war mindestens dreißig Meter weit weg.

»Lunch?« fragte ich. »Dinner?«

»Nein, ich möchte Hal dabeihaben, und die Schauspieler könnten auf dumme Gedanken kommen, wenn wir uns absetzen. Kannst du nach der Aufzeichnung noch auf einen Drink bleiben?«

Ja, sagte ich, das ginge. In diesem Moment hörte ich auf dem Set zu meiner Überraschung Lewis Parker sagen: »Wenn sie schwanger ist, muß sie eben einen Abbruch machen lassen.« Und Debbies Antwort: »Und du glaubst, damit sind alle Probleme gelöst?«

Ich sah Ollie an. »Ich denke, die Zeilen sind gestrichen.«

Ollie grinste breit. »Eine Verbeugung vor deiner künstlerischen Integrität, Tubby.«

Als ich in einer Kaffeepause Hal darauf ansprach, sagte er, sie hätten in einer anderen Szene etwas straffen können, aber ich habe den Verdacht, daß sie dieses Zugeständnis nur gemacht haben, um mich später in der viel wichtigeren Frage von Priscillas Rolle weichklopfen zu können.

Fünf vor sieben, ich muß nach unten. Bin gespannt, was wir heute für ein Publikum haben.

Montag vormittag, 22. Februar. Das Publikum war grauenvoll. Es fing schon damit an, daß eine Irre Lache dabei war, eine dieser gefürchteten Zuschauertypen, die geräuschvoll über einen Witz lachen, gackern und prusten, wenn alle anderen damit längst aufgehört haben, oder unvermittelt zwischen zwei Gags damit anfangen. So was lenkt die Zuschauer ab – nach einer Weile lachen sie nicht mehr über die Folge, die gerade aufgezeichnet wird, sondern über die Irre Lache –, und bringt die Schauspieler aus dem Takt. Billy Barlow, unser Stimmungsmacher, hatte das natürlich sofort gemerkt und versuchte, die Frau (komischerweise ist es immer eine Frau) mit ein paar ironischen Bemerkungen abzuservieren, aber einer Irren Lache ist mit Ironie nicht beizukommen.

»Hab ich was Komisches gesagt?« fragte er, als sie plötzlich losgackerte, während er staubtrocken irgendeine technische Einzelheit erläuterte. »Wir sind hier in einer Familienserie, Verehrteste. Keine Innuendos, bitte. Sie wissen doch, was ein Innuendo ist? Suppositorium auf Italienisch.« In dem Lachen der anderen ging das Gegacker zunächst unter, aber Billy hat für diesen Witz schon ein dankbareres Publikum gehabt.

Der Stimmungsmacher ist für eine erfolgreiche Aufzeichnung unverzichtbar. Er ist nicht nur dazu da, das Publikum einzustimmen, ehe es richtig losgeht, sondern muß auch die

Wartezeiten zwischen den einzelnen Szenen überbrücken, wenn die Kameras auf dem Set hin- und hergerollt werden, und die Pausen nach den Takes füllen, wenn die Techniker das Band checken, und wenn ein Retake nötig ist, muß er das Publikum so bei Laune halten, daß sie über dieselben Gags noch mal lachen. Billy ist der Beste in der Branche, aber Wunder kann auch er nicht bewirken. Das Publikum ging heute einfach nicht mit. Statt herzhafter Lacher lieferte es nur Gegicker, und da, wo es zumindest hätte gickern müssen, blieb es stumm. Je öfter die Pointen danebengingen, desto nervöser wurden die Schauspieler, es gab Hänger und Versprecher, und die Zuschauer schlafften noch mehr ab. Billy kam ins Schwitzen, während er mit seinem Handmikrophon vor den Zuschauerreihen auf und ab ging, die Jacketkronen bleckte und Witze erzählte wie ein Weltmeister. Ich lachte hyänengleich, um die Leute zu animieren, obgleich ich die Witze alle kannte, und zwang mich sogar, meine eigenen Pointen zu belachen, was ich sonst nie tue. Es kann nicht nur am Publikum liegen, dachte ich, irgendwas stimmt mit dem Drehbuch nicht. Es war wohl doch keine gute Idee, die Folge an Alices angeblicher Schwangerschaft aufzuhängen. Ollie und Sally haben recht, das Thema ist den Leuten peinlich. Und als die bewußte Stelle kam und nach Priscillas Frage: »Wenn sie aber das Kind nun will?« eine dramatische Pause eintrat, gellte die irre Lache durch den Raum. Ich schlug die Hände vors Gesicht.

Fünf nach neun war die Folge endlich im Kasten. Ich kann mich nicht erinnern, daß es bei dieser Serie schon mal so viele Retakes gegeben hätte. Billy dankte mit verzerrtem Gesicht seinem ›wunderbaren Publikum‹, und dann liefen alle auseinander. Die Schauspieler winkten mir matt lächelnd zu und verschwanden. Am Sonntagabend haben sie es immer eilig, weil sie noch eine lange Fahrt vor sich haben oder den letzten Zug nach London bekommen wollen, und heute hatten sie wahrhaftig keinen Grund, sich länger als nötig im Studio aufzuhalten. Ich hätte mich am liebsten auch verzogen, aber ich hatte ja das Palaver mit Ollie und Hal noch vor mir. Im Kontrollraum fuhr sich Hal mit den Händen durch seinen Haarwust.

»Herrgott, Tubby, wer waren denn diese Zombies?«

»Vielleicht lag's am Drehbuch«, sagte ich unglücklich. In diesem Augenblick stürmte Ollie herein.

»Und wenn du eine Kreuzung aus Shakespeare, Oscar Wilde und Groucho Marx wärst, Tubby – diese Ärsche hätten jedes Drehbuch plattgemacht. Wo haben wir die denn her? Aus dem Leichenschauhaus?«

Suzie, seine Sekretärin, meinte, das größte Kontingent sei ein Freizeitklub einer hiesigen Firma gewesen.

»Gleich morgen früh erkundige ich mich, wer sie sind und wer sie eingeladen hat. Die kommen mir nie wieder ins Studio. Ab an die Bar, heute haben wir's nötig.«

Ollie ist als Knicker verschrien, er versucht sich regelmäßig vor seiner Runde zu drücken und wartet immer so lange, bis alle, die noch fahren müssen, auf Orangensaft umgestiegen sind oder gar nichts mehr wollen. Hal und ich machen uns meist einen Jux daraus, die erste Runde ihm zuzuspielen. Hal, dem plötzlich einfällt, daß er was im Kontrollraum vergessen hat, ruft seine Bestellung über die Schulter und geht noch mal zurück, ich biege rasch zum Klo ab und mache es genauso. Gestern aber waren wir nicht zu Späßen aufgelegt, und Hal spendierte ohne Ziererei die erste Runde.

»Prost«, sagte er lustlos. Wir tranken und sahen einen Augenblick stumm vor uns hin.

»Ich hab Hal das von Debbie erzählt«, sagte Ollie.

Hal nickte bedrückt. »Blöde Situation.«

Ich wußte, daß ich von ihm nicht viel Beistand zu erwarten hatte. In einer kritischen Situation würde er sich immer auf Ollies Seite schlagen.

»Hat Jake dich schon informiert, Tubby?« fragte Ollie.

In diesem Augenblick kam Suzie herein und sah sich um.

»Kein Wort über die Sache«, sagte Ollie leise.

Ich bot ihr meinen Platz an, aber sie schüttelte den Kopf.

»Danke, aber ich kann mich nicht aufhalten. Ich hab mich draußen ein bißchen unter die Leute gemischt, als sie auf ihre Busse warteten. Die meisten kommen aus einer Firma für Elektroteile in West Wallsbury, die Ende nächsten Monats dichtmacht. Sie haben am Freitag zusammen mit dem Lohnzettel die Kündigung bekommen.«

Wir sahen uns an. »Dann ist ja alles klar«, sagte ich.

»Pech«, meinte Hal.

»Damit hätten die Ärsche von der Geschäftsleitung auch ruhig bis morgen warten können«, knirschte Ollie.

Die Arbeiter taten mir leid, aber für mich war diese Erklärung gewissermaßen die Rettung in letzter Sekunde. Demoralisiert, wie ich war, hätte ich sonst wahrscheinlich zu jedem Vorschlag von Hal und Ollie ja und amen gesagt. Jetzt brauchte ich mir keine Vorwürfe mehr zu machen und beschloß, für meine Grundsätze notfalls auf die Barrikaden zu gehen.

»Jake hat mir ein paar Andeutungen gemacht«, sagte ich zu Ollie. »Du möchtest Priscilla aus der Serie rausschreiben, nicht?«

»Wir denken an eine freundschaftliche Trennung«, erklärte Ollie, »mit der Priscilla am Ende dieser Staffel von der Bildfläche verschwindet, so daß man in der nächsten eine neue Partnerin für Edward einführen kann.«

»Freundschaftliche Trennung? Es wäre für beide ein furchtbares Trauma.«

»Gewiß, schmerzlich wäre es natürlich«, sagte Ollie. »Aber Edward und Priscilla sind reife Menschen. Menschen unserer Zeit. Sie wissen, daß heutzutage jede dritte Ehe geschieden wird. Und unsere Zuschauer wissen das auch. Du sagst doch selbst, daß auch in der Sitcom die Schattenseiten des Lebens nicht zu kurz kommen dürfen.«

»Aber nur, wenn es dem Charakter der Figuren entspricht. Weshalb sollte Priscilla Edward verlassen?«

Mit Vorschlägen – einer immer grotesker als der andere – waren sie schnell bei der Hand: Priscilla stellt fest, daß sie lesbisch ist, und tut sich mit einer Freundin zusammen; sie geht in einen Ashram und meditiert; sie bekommt einen Traumjob in Kalifornien; sie verliebt sich in einen unwiderstehlichen Ausländer. Ob sie ernsthaft der Meinung wären, auch nur eine dieser Entwicklungen sei a) glaubhaft oder b) in einer Folge rüberzubringen, wollte ich wissen.

»Möglich, daß du zwei oder drei Folgen umschreiben müßtest, um die Zuschauer einzustimmen«, räumte Ollie ein.

»Ich habe eine Idee für den Schluß«, sagte Hal.

»Hör sie dir ruhig mal an, Tubby, sie ist echt Klasse«, beteuerte Ollie.

Hal beugte sich vor. »Nachdem Priscilla ihn verlassen hat, sucht Edward per Anzeige eine Haushälterin, und plötzlich steht diese tolle Puppe vor der Tür, und Edward fallen fast die Augen aus dem Kopf. Es ist der letzte Shot der Folge. Damit verkraften die Leute die Trennung der beiden besser, und wir machen ihnen Appetit auf die nächste Staffel. Wie findest du das?«

»Beschissen«, sagte ich.

»Natürlich würden wir uns honorarmäßig nicht lumpen lassen«, sagte Ollie. Er musterte mich listig unter halb gesenkten Lidern und wartete. Mir ginge es nicht um Geld, sagte ich, sondern um eine glaubhafte Charakterzeichnung und Motivation. Ob ich was Besseres wüßte, fragte Hal.

»Es gibt nur eine plausible Möglichkeit, Priscilla aus der Serie herauszunehmen. Wir müssen sie umbringen.«

Ollie und Hal wechselten einen bestürzten Blick.

»A-abmurksen meinst du?« sagte Hal.

Ich hätte eher an einen Verkehrsunfall gedacht, sagte ich, oder eine schnelle tödliche Krankheit. Oder eine kleine Operation, bei der wider Erwarten was schiefgeht.

»Ich hab wohl was an den Ohren, Tubby«, sagte Ollie. »In einer Sitcom kannst du die Hauptdarstellerin nicht sterben lassen, das ist einfach nicht drin.«

Einmal müsse jeder mal anfangen, erklärte ich.

»Das hast du bei dieser Abtreibungsgeschichte auch behauptet, und was dabei rausgekommen ist, siehst du ja.«

»Du hast selbst gesagt, daß es am Publikum lag«, protestierte ich.

»Wenn in einer Comedy-Serie eine Ehefrau und Mutter in den besten Jahren abkratzt, macht selbst das beste Publikum der Welt den Kasten aus«, versicherte Ollie, und Hal nickte bestätigend. »Wir wissen ja, wie schwer das für dich ist, Tubby. Vielleicht sollten wir da mal einen anderen Autor ranlassen.«

»Kommt nicht in Frage!«

»In Amerika ist das gang und gäbe«, sagte Ollie. »Da haben sie für solche Serien ein ganzes Autorenteam.«

»Ja«, sagte ich, »aber dafür sind das auch Fließbandproduktionen aus der Gagfabrik. Apropos Amerika: In New York gibt es Straßenschilder, auf denen steht: HIER KANNST DU DIR DAS PARKEN ABSCHMINKEN! Das, was ihr da eben vorgeschlagen habt, könnt ihr euch ganz genauso abschminken.«

»Es war ein langer Tag«, sagte Hal. »Wir sind alle müde.«

»Ja, wir reden noch mal in aller Ruhe drüber«, sagte Ollie.

»Nicht über das, was du vorhin gesagt hast. Lieber versenke ich das Schiff, als daß ich mich vom Ruder verdrängen lasse. Ich denke nicht daran, mich zu prostituieren.« Damit, fand ich, hatte ich mir einen achtbaren Abgang verschafft und fuhr nach Hause.

Ich hatte gerade nachgesehen, wie man ›prostituieren‹ schreibt, da fiel mein Blick beim Blättern auf das Schlagwort ›Dover-Pulver‹. »Ein Präparat aus Opium und Brechwurz«, las ich, »früher als Mittel gegen Schmerzen und Spasmen eingesetzt. Benannt nach dem englischen Wundarzt Thomas Dover (1660–1742).« Ob es das noch gibt? Wäre vielleicht was für mein Knie.

Erstaunlich, was man so alles rein zufällig aus einem Lexikon erfahren kann. Auch deshalb benutze ich nie mein Computer-Rechtschreibprogramm. Außerdem ist es viel zu begrenzt. Wenn es ein Wort nicht erkennt, schlägt es ein anderes vor, und das kann manchmal ganz amüsant sein. Als ich mal ›Freud‹ eingegeben hatte, fragte mich der Computer: ›-enhaus?‹ Amy fand das überhaupt nicht komisch.

Heute früh rief ich Jake an und berichtete über mein Gespräch mit Ollie und Hal.

»Ich an deiner Stelle würde da möglichst flexibel reagieren«, sagte er. »Heartland will die Serie unbedingt fortsetzen, es ist ihr Comedy-Flaggschiff.«

»Auf wessen Seite stehst du eigentlich, Jake?« fragte ich.

»Auf deiner natürlich, Tubby.«

Natürlich. Aber im Grunde ist auch Jake ein Anhänger von Ollie Silvers Motto: ›Kunst ist Kunst, und Schnaps ist

Schnaps.‹ Ich sagte, ich würde am Donnerstag mal vorbeikommen.

Unruhige Nacht. Sally schlief schon, als ich von der Aufnahme kam. Ich legte mich in der Löffelchenstellung zu ihr und schlief sehr schnell ein, aber um halb drei weckte mich mein KGS. Danach lag ich stundenlang wach, grübelte und wartete auf den nächsten Stich im Knie. Heute früh tat mir beim Rasieren der Ellbogen weh. Es wäre doch ein Witz, wenn ich mich noch mal operieren lassen würde, nur um festzustellen, daß ich mit dem Spielen aufhören muß, weil ich einen Tennisarm habe. Bloß gut, daß ich heute zur Physiotherapie gehe.

Montag abend. Ich fragte Roland nach dem Dover-Pulver, aber der hatte davon noch nie was gehört. Dafür kennt er sämtliche entzündungshemmenden Salben und Gels wie Mobilat und Traxam und Amolan (»I hab amol an Rausch gehabt...«), mit denen er nach der Ultraschallbehandlung mein Knie einreibt. (»I hob amol an KGS gehabt...«) Die moderne Physiotherapie ist weitgehend automatisiert. Wenn ich mich ausgezogen und auf die Couch gelegt habe, rollt Roland seine elektronische Trickkiste herein, oder er bestrahlt die schmerzende Stelle mit einer Lampe oder einem Laser. Ich kann nur immer wieder staunen, wie geschickt er mit diesen Apparaten umgeht. Nur ein Gerät muß ich selbst bedienen. Es gibt elektrische Stromstöße ab, die den Streckmuskel stimulieren sollen. Ich kann die Höhe der Spannung selbst bestimmen und komme mir vor wie ein Flagellant. Wer fit sein will, muß leiden. Von meiner Couch aus kann ich, mit Drähten und Elektroden gefesselt, über einen kleinen Hof in eine verglaste Fitnesshalle sehen, wo schweißtriefende männliche Wesen mit vor Anstrengung verzerrten Gesichtern an Maschinen trainieren, die – wenn man einmal von dem hochmodernen Styling absieht – direkt aus einer mittelalterlichen Folterkammer kommen könnten: Streckbänke, Riemen und Flaschenzüge, Gewichte, Tretmühlen. Roland fragte, ob ich schon die Geschichte von der transsexuellen Forelle gehört hätte. Nein, sagte ich, erzählen Sie mal. Dieser Roland ist ein wandelndes Lexikon. Seine Frau liest ihm interessante Sachen aus der Zeitung vor, und er merkt sich alles. Den Forellenmännern droht demnach eine Geschlechtsumwandlung, weil durch Kontrazeptiva und Hormontherapien so viele weibliche Hormone ins Abwasser kommen. Man fürchtet, daß in den befallenen Flüssen alle männlichen Fische Hermaphroditen werden und keine Nachkommen mehr zeugen können.

»Bringt einen ganz schön ins Grübeln, nicht?« sagte Roland. »Wir trinken schließlich alle das gleiche Wasser. Dauert nicht mehr lange, bis die Männer Busen kriegen.«

Ich überlegte, ob Roland mich vielleicht auf die Rolle nehmen wollte. Unter meinem Stahlwollschwamm habe ich nämlich einiges an Fett auf den Rippen.

Vielleicht hat es neulich nicht geklappt, weil ich zweigleisig geworden bin. Hormonstörungssyndrom.

Dienstag abend, 23. Februar. Heute habe ich in dem größten *Boots* von Rummidge nach Dover-Pulver gefragt, aber der Apotheker kannte es nicht und konnte es auch in seinem schlauen Buch nicht finden.

»Wahrscheinlich haben sie es verboten«, sagte ich. »Wegen des Opiums.«

Er sah mich ziemlich komisch an, und ich verzog mich, ehe er die Drogenfahnder holen konnte.

Eigentlich war ich in die Stadt gefahren, um mich mit

Kierkegaard-Büchern zu versorgen, hatte aber damit nicht viel Glück. Bei Waterstone konnte ich nur die Penguin-Ausgabe von *Furcht und Zittern* kaufen. Dann zog ich weiter zu Dillons, die auch nur diesen Band hatten, woraufhin sich bei mir prompt die Symptome des Shoppingsyndroms, nämlich unvernünftige Wut und Ungeduld, bemerkbar machten, eine niedrige Frustrationstoleranz, wie Alexandra das nennt. Ich ließ meinen Frust an einer unschuldigen Verkäuferin aus, die gedacht hatte, ›Kierkegaard‹ seien zwei Worte, und im Computer nach ›Gaard‹ fahndete. Zum Glück war die Stadtbibliothek besser ausgestattet. Ich holte mir *Der Begriff Angst* und zwei andere Titel, die mich interessierten, *Entweder – Oder* und *Wiederholung*. Die Tagebücher waren ausgeliehen.

Ich war lange nicht mehr in der Bibliothek gewesen und hätte sie von außen kaum wiedererkannt. Sie ist ein typisches Stück Sechziger-Jahre-Architektur, ein brutaler Betonklotz, von dem der Prince of Wales mal gesagt hat, er sähe aus wie die städtische Müllverbrennungsanlage. Vor der Bibliothek war mal ein kleines Wasserbecken mit einem häufig als Abfallbehälter mißbrauchten, nur selten funktionierenden Springbrunnen. Der Platz – eigentlich als städtischer Sammel- und Anziehungspunkt gedacht – wirkte so kalt und bedrückend, daß die Bürger von Rummidge ihn besonders in den Abend- und Nachtstunden nach Möglichkeit mieden. Vor kurzem hat man ihn nun verglast und gefliest, mit viel Grün und Hängepflanzen und neoklassizistischen Fiberglasfiguren garniert. Ein pinkfarbiger Neonschriftzug weist ihn als RIALTO aus, es gibt dort kleine Läden, fliegende Händler und italienisch angehauchte Restaurants. Aus verborgenen Lautsprechern rieseln Opernmusik und neapolitanischer Pop. Ich setzte mich an einen der kleinen Tische *vor* Guiseppes Café (was in dieser studioähnlichen Umgebung nicht unter freiem Himmel bedeutet) und bestellte einen Cappuccino, der eher zum Inhalieren als zum Trinken gedacht schien, denn er bestand hauptsächlich aus Schaum.

In der Innenstadt hat man überall ähnliche Schönheitsoperationen vorgenommen – gutgemeinte Versuche, den Touristen und Geschäftsleuten, die unsere Stadt besuchen, etwas zu bieten. Als die traditionellen Industrien in dieser unwiderruflich am Ende waren, versuchten die Stadtväter durch die Ansiedlung von Dienstleistungsunternehmen Arbeitsplätze zu schaffen. Gegenüber der Bibliothek stehen jetzt ein riesiges Tagungszentrum und ein hochmodernes Konzerthaus. Hotels, Weinlokale, Nachtklubs und Restaurants sind wie Pilze aus dem Boden geschossen. Die Kanäle sind in Schuß gebracht, die Treidelpfade zwecks Erkundung von Industriedenkmälern wiederhergestellt worden. Es war ein typisches Projekt der letzten Thatcher-Jahre, als zwischen der Rezession der frühen Achtziger und der Rezession der frühen Neunziger kurz Wohlstand und Optimismus angesagt waren. Jetzt stehen die Neubauten mit ihren blinkenden Rolltreppen, ihren gläsernen Aufzügen und ihrer Säuselmusik erwartungsvoll und fast leer da wie ein Freizeitpark vor der Eröffnung oder eine dieser utopischen Metropolen eines Drittweltlandes, die von den Eingeborenen mit offenem Mund bestaunt werden, in die sich aber nur selten mal ein Ausländer verirrt. Tagsüber trifft man im Rialto hauptsächlich arbeitslose Jugendliche, Schulschwänzer und Mütter mit kleinen Kindern, die an den Winternachmittagen gern hier sitzen, weil es warm und die Umgebung freundlich ist. Und hin und wieder einen privilegierten alten Wichser wie mich.

Das Wort ›Rezession‹ kenne ich erst seit ein paar Jahren. Woher kommt es und was bedeutet es? Diesmal hilft das Lexikon nicht weiter. »Eine vorübergehende Depression im Konjunkturverlauf (Wirtsch.).« Wie lange muß eine Rezession gehen, bis sie zur Depression wird? Selbst die Wirtschaftskrise der dreißiger Jahre war auf lange Sicht ›vorübergehend‹. Vielleicht haben die psychologischen Depressionen so überhandgenommen, daß man den Leuten für die wirtschaftliche Variante einen anderen Ausdruck bieten wollte. Rezession-Depression, Rezession-Depression – die Worte dröhnen in meinem Kopf wie das Stampfen einer Dampflokomotive. Natürlich gibt es da einen Zusammenhang. Die Leute sind depressiv, weil sie keinen Job kriegen oder ihre Firma pleite macht oder ihnen das Haus gepfändet wird. In einer heute veröffentlichten Gallup-Umfrage steht, daß fünfzig Prozent aller Briten auswandern würden, wenn sie könnten. Heute nachmittag in der Innenstadt hätte man meinen können, sie wären schon weg.

Mein jüngerer Bruder Ken ist Anfang der siebziger Jahre nach Australien gegangen, damals war das noch leichter als heute, es war die beste Entscheidung seines Lebens. Er ist Elektriker von Beruf. In London war er bei einem der großen Kaufhäuser im West End beschäftigt und verdiente nie genug, um sich einen anständigen Wagen zu kaufen oder ein Haus, das groß genug für seine Familie war. Jetzt hat er eine eigene Firma in Adelaide und einen großen Bungalow in einem Vorort mit Doppelgarage und Swimmingpool. Bis zu dem Erfolg von *Die Leute von nebenan* ging es ihm viel besser als mir. Allerdings war er, auch als er noch sehr zu knabbern hatte, immer vergnügter als ich. Er hat ein eher heiteres Naturell. Komisch, manche Leute haben es und manche nicht, auch wenn ihre Gene von demselben Lieferanten kommen.

Ich ging gleich vom Rialto aus zu meinem Termin bei Alexandra, und als ich ihr meine Eindrücke schilderte, rutschte mir auch der ›privilegierte alte Wichser‹ heraus.

»Warum sagen Sie das?« wollte sie wissen.

»Weil ich vormittags dort herumgesessen und Kaffee getrunken habe.«

»Haben Sie mir nicht erzählt«, fragte Alexandra, »daß Sie, wenn Sie an Ihrer Serie schreiben, sehr intensiv, manchmal bis zu zwölf Stunden am Tag, arbeiten?«

Ich nickte.

»Haben Sie dann nicht auch Anspruch auf Freizeit und Entspannung?«

»Ja, natürlich. Nur ist eben der Unterschied zwischen mir und diesen negativen Hoffnungsträgern so unheimlich groß.«

»Woher wollen Sie wissen, daß die Leute negative Hoffnungsträger sind?«

Das wußte ich natürlich nicht.

»Sahen sie hoffnungslos aus?«

Ich mußte zugeben, daß das keineswegs der Fall war, ja, daß sie auf einen neutralen Beobachter vermutlich vergnügter wirkten als ich, wie sie da herumsaßen, frotzelten, rauchten und mit den Füßen den Takt zu der Musikberieselung schlugen.

»Aber jetzt, in der Rezession«, sagte ich, »habe ich das Gefühl, daß bei mir ständig mehr Geld reinkommt, während um mich herum alle ärmer werden, und das bedrückt mich.«

»Fühlen Sie sich für die Rezession persönlich verantwortlich?«

»Nein, natürlich nicht.«

»Haben Sie mir nicht erzählt, daß Sie beträchtliche Einnahmen aus dem Ausland haben?«

»Ja.«

»Sie leisten demnach einen positiven Beitrag zur Handelsbilanz unseres Landes.«

»Ja, so könnte man es wohl sehen.«

»Wer ist Ihrer Meinung nach schuld an der Rezession?«

Ich überlegte einen Augenblick. »Kein einzelner natürlich. Es ist ein ganzer Komplex von Faktoren, die im Grunde niemand beeinflussen kann, aber ich denke, die Regierung könnte mehr tun, um die Auswirkungen abzumildern.«

»Haben Sie diese Regierung gewählt?«

»Nein, ich wähle immer Labour. Aber ...« Ich zögerte. Plötzlich ging es um sehr viel.

»Aber was?«

»Aber insgeheim war ich erleichtert, daß die Tories gesiegt haben.«

Das hatte ich noch nie zugegeben, nicht mal mir selbst gegenüber, und neben der Scham empfand ich plötzlich auch Erleichterung, weil ich endlich einen echten Grund für meinen Mangel an Selbstwertgefühl gefunden hatte. So muß Freuds Patienten zumute gewesen sein, wenn er sie so lange bearbeitet hatte, bis sie zugaben, daß sie schon immer mit Mummy und Daddy hatten schlafen wollen.

»Warum?« fragte Alexandra sachlich.

»Weil ich nun keine höheren Steuern zu zahlen brauche«, sagte ich.

»So wie ich es verstehe«, sagte Alexandra, »hatte die Labour Party eine Erhöhung der Einkommenssteuer in ihr Wahlprogramm geschrieben, die Wähler haben dieses Programm abgelehnt, und inzwischen ist die Partei von dieser Forderung abgegangen. Sehen Sie das auch so?«

»Ja.«

»Weshalb haben Sie dann ein schlechtes Gewissen?«

»Das weiß ich nicht.«

Alexandras Talent ist an mich vergeudet. Sie sollte im Londoner Stadtrat sitzen und die Leute davon überzeugen, daß Habgier eine gute Sache ist.

Heute abend habe ich mir *Der Begriff Angst* vorgenommen, weil mich dieser Titel am meisten reizte, aber das Buch war eine herbe Enttäuschung. Schon das Inhaltsverzeichnis wirkte abschreckend.

Ich bin kein frommer Mensch. Irgendwie glaube ich schon an Gott, das heißt, ich glaube daran, daß es ein Etwas (nicht so sehr einen Jemand) jenseits unseres Verstehens gibt, das erklärt – oder erklären würde, wenn wir es fragen könnten –, warum wir hier sind und worum es in diesem Dasein eigentlich geht. Und irgendwie glaube ich auch, daß wir nach dem Tod weiterleben, um die Antwort auf diese Frage zu finden, einfach weil mir die Vorstellung unerträglich ist, daß wir sie womöglich nie finden könnten, daß unser Bewußtsein bei unserem Tod erlischt wie eine ausgeknipste Lampe. Ich achte Jesus als sittlich denkenden Menschen, als einen, der nicht den ersten Stein wirft und die andere Wange hinhält und so weiter, aber einen Christen würde ich mich nicht nennen. Als ich ein kleiner Stöpsel war, haben mich meine

Eltern zur Sonntagsschule geschickt, obgleich sie selbst eine Kirche allenfalls zu Hochzeiten und Beerdigungen von innen sahen. Zuerst ging ich gern hin, weil wir eine sehr hübsche Betreuerin hatten. Miss Willow hatte gelbe Locken und blaue Augen und ein reizendes Grübchenlächeln und ließ uns Geschichten aus der Bibel aufführen – meine erste Erfahrung mit dem Theater. Ihr folgte Mrs. Turner, eine gestrenge Dame mittleren Alters mit einem Muttermal am Kinn, aus dem Haare wuchsen, die uns erzählte, unsere Seelen seien schwarz und sündhaft und müßten im Blut des Lammes gewaschen werden. Daraufhin träumte ich nachts, daß Mrs. Turner mich in eine blutgefüllte Badewanne tunkte, und brauchte nicht mehr zur Sonntagsschule.

Viel später, als Halbwüchsiger, besuchte ich einen katholischen Jugendklub, weil Maureen Kavanagh hinging, und ab und zu schleppte sie mich zum Rosenkranz in den Gemeindesaal oder in die Kirche zur Sonntagsandacht, eine merkwürdige Veranstaltung mit lateinischen Gesängen und Weihrauchwolken, bei der ein Priester etwas hochhielt, was aussah wie ein goldener Fußballpokal. Mir waren diese Besuche immer sehr peinlich, weil ich nicht wußte, wann ich sitzen, stehen oder knien sollte. Es wäre mir nie eingefallen, katholisch zu werden, auch wenn Maureen es sicher gern gesehen hätte. Ihre Religion hatte es zu sehr mit der Sünde, fand ich. Was ich mit Maureen gern hätte machen wollen (und sie mit mir), war in den meisten Fällen sündig und deshalb verboten.

Deshalb waren mir auch die Kapitelüberschriften in *Der Begriff Angst* so suspekt, und der Text selbst bestätigte meine Bedenken. Er war schnarchlangweilig und sehr schwer zu verstehen. Angst definiert Kierkegaard zum Beispiel als »der Freiheit Erscheinen vor sich selber als Möglichkeit«. Da blickt doch kein Mensch durch. Ich muß gestehen, daß ich das Buch nur diagonal las, ich pickte mir mal hier, mal da was raus, verstand aber meist nur Bahnhof. Das einzig Interessante kam ziemlich am Schluß:

»Zu lernen, die Angst zu erkennen, ist ein Abenteuer, dem sich jeder Mensch stellen muß, der nicht in sein Verderben gehen will, weil er entweder nie die Angst kennengelernt hat oder ihr erliegt. Wer also recht gelernt hat, in Angst zu leben, hat das Wichtigste gelernt.«

Aber wie lernt man recht, in Angst zu leben, und wieso ist es etwas anderes, als der Angst zu erliegen? Das soll mir mal einer erklären.

Drei Spasmen im Knie, einen beim Autofahren, zwei am Schreibtisch.

Mittwoch, 24. Februar, 23.30 Uhr. Heute ist Bobby Moore gestorben. An Krebs. Er war einundfünfzig. Die Medien wußten offenbar von seiner Krankheit, denn die BBC hat heute abend in Sportsnight schon einen Nachruf gebracht. Das Interview mit Bobby Charlton war aber wohl live oder zumindest von heute, denn er weinte. Ich hätte auch am liebsten geheult.

Ich erfuhr es, als Amy und ich gegen acht aus einem Kino am Leicester Square kamen. Wir hatten uns in der Nachmittagsvorstellung *Reservoir Dogs* angesehen, einen Film, der ebenso genial wie abstoßend ist – die Szene, in der einer der Gangster einen hilflosen Polizisten foltert, ist das Widerwärtigste, was ich je gesehen habe – und in dem alle Leute, die dem Zuschauer vorgeführt werden, eines gewaltsamen Todes sterben (die Polizisten, die zum Schluß den Mann abknallen, den Harvey Keitel spielt, hört man nur im Off). Amy schien sich an der Metzelei nicht zu stören, viel mehr beschäftigte sie die Frage, wo sie einen der Darsteller schon mal gesehen hatte.

»*House of Games?*« murmelte sie vor sich hin. »Nein. *Taxi Driver*? Auch nicht. Oder vielleicht ...«, bis ich sie anflehte, endlich aufzuhören.

Als wir aus dem Kino kamen, sagte sie triumphierend: »Jetzt ist es mir eingefallen. Es war gar kein Kinofilm, sondern eine Folge aus *Miami Vice*.«

In diesem Moment sah ich die Zeitung mit der Schlagzeile. Die Toten in *Reservoir Dogs* waren plötzlich bedeutungslos geworden. Schon beim Essen konnte ich es kaum noch erwarten, mich vor den Fernseher zu setzen, und Amy sagte, sie würde gleich von Gabrielli aus nach Hause fahren. »Damit du mit deinem Schmerz allein sein kannst«, sagte sie, es war ironisch gemeint, aber im Grunde durchaus treffend.

Die Fernsehbilder zeigten noch einmal Bobby Moore zu seinen besten Zeiten. Der Höhepunkt war natürlich die Weltmeisterschaft von 1966 mit der unvergeßlichen Szene, als Moore sich sorgfältig die Handflächen am Hemd abwischt, um von der Queen den Pokal entgegenzunehmen, sich dann umdreht und die Trophäe hochhebt, damit das ganze Wembley-Stadion, ja, das ganze Land, ihr zujubeln kann. Was für ein Tag! England–Deutschland 4:2 nach Verlängerung. Wer hätte das zu Beginn der Weltmeisterschaft gedacht: Nach Jahren der Demütigung durch Südamerikaner und Osteuropäer hatten wir endlich mal wieder in jener Sportart gesiegt, die wir erfunden hatten. Die ganze Elf – eine Schar von Helden! Noch heute kann ich die Namen herunterbeten: Bank, Wilson, Cohen, Moore (Kapitän), Stiles, Jack Charlton, Ball, Hurst, Hunt, Peters und Bobby Charlton. Ich glaube, daß er damals auch geweint hat.

Bobby Moore nicht. Der war immer ein Mannschaftskapitän wie aus dem Bilderbuch, ruhig, sicher, ausgeglichen. Sein Timing war perfekt und machte seine etwas langsamen Bewegungen wett. Bei den alten Aufnahmen fiel mir alles wieder ein: Wie sich im letztmöglichen Moment das lange Bein streckte und einem Gegner den Ball von der Schuhspitze nahm, ohne ihn zu foulen. Und wie Bobby Moore mit dem Ball von hinten aus der Abwehr zum Angriff ansetzte – den Kopf hoch erhoben, den Rücken gerade, wie bei einer Kavallerieattacke. Er glich einem griechischen Gott mit seiner schönen, straffen Figur und den kurzen goldenen Locken. Bobby Moore. Solche wie ihn gibt es heute nicht mehr. Die Fußballhelden unserer Tage sind bierschluckende Brutalos, wandelnde Werbeplakate, die auf dem Platz herumspucken und derart fluchen, daß gehörlose Zuschauer, die sich aufs Lippenlesen verstehen, Beschwerdebriefe an die BBC loslassen.

(Eine erfreuliche Ausnahme ist Ryan Riggs, eine der Sturmspitzen von Manchester United. Er ist ein wunderbarer Spieler, es verschlägt einem den Atem, wenn er, ohne den Ball auch nur eine Sekunde vom Fuß zu lassen, auf die Abwehrspieler zuläuft und die auseinanderstieben wie die Hühner. Und er hat gewissermaßen seine Unschuld noch nicht verloren, ist noch nicht mißtrauisch und zynisch geworden, noch nicht durch zu viele Spiele zu schnell hintereinander verbraucht, hat sich den Kopf noch nicht vom Starrummel verdrehen lassen. Sein Spiel hat etwas jungenhaft Unbeschwertes. Und er hat eine Angewohnheit, die ich besonders liebenswert finde. Wenn er eine wirklich gute Leistung gebracht, ein Tor geschossen oder einen Querpaß gemacht hat oder dribbelnd an drei Spielern vorbeigezogen ist und danach unter dem Jubel der Zuschauer zur Mittellinie zurückläuft, runzelt er die Stirn und macht ein ganz ernstes Gesicht wie ein kleiner Junge, der sich bemüht, besonders erwachsen zu wirken, weil er vor lauter Aufregung viel lieber Purzelbäume schlagen oder mit den Fäusten auf seine Brust trommeln oder aus vollem Hals schreien würde.)

Aber zurück zu Bobby Moore und diesem unvergeßlichen Julitag im Jahre 1966. Selbst Sally, die sich noch nie viel aus Fußball gemacht hat, ließ, sich von der allgemeinen Aufregung anstecken, legte Jane in den Kinderwagen und setzte sich zu mir und Adam vor den Fernseher. Unser Sohn war noch zu klein, um wirklich zu begreifen, worum es ging, aber daß etwas Wichtiges im Gange war, muß er gespürt haben, denn er ließ, den Daumen im Mund, das Schmusetuch an die Wange gedrückt und den Blick nicht auf den Fernseher, sondern auf mich gerichtet, das ganze Spiel geduldig über sich ergehen. Es war unser erster Farbfernseher. Das englische Team trug rote Hemden statt der üblichen weißen Trikots. Erdbeerrote Hemden. Wahrscheinlich hatten sie mit den Deutschen um die Farbe gelost und verloren, aber das Rot hat uns Glück gebracht, wir hätten uns auch später daran halten sollen. Das dritte Tor war echter Dusel, und deshalb war es ja eine so unheimliche Genugtuung, daß wir dann noch das vierte in den gegnerischen Kasten brachten. Als der Ball ins Netz ging, hörte man den Jubel aus den offenen Fenstern der Nachbarn, und nach dem Spiel liefen alle ins Freie, in die Gärten oder auf die Straße, und kamen mit Leuten ins Gespräch, denen sie bis dahin allenfalls guten Tag und guten Weg gewünscht hatten.

Es war eine Zeit der Hoffnung, in der man sich plötzlich traute, patriotische Gefühle zu zeigen, ohne fürchten zu müssen, als Tory und Spießer zu gelten. Die Blamage von Suez lag hinter uns, jetzt waren wir gut in Sachen, die für ganz normale Leute wichtig waren – im Sport und in der Popmusik, in der Mode und im Fernsehen. Großbritannien – das waren die Beatles und Miniröcke und *That Was The Week That Was* und die siegreiche englische Mannschaft. Was mag wohl die Queen empfunden haben, wenn sie heute abend ferngesehen hat? Bestimmt auch ein bißchen Nostalgie. »Das waren noch Zeiten, Philipp.« Damals brauchte sie, wenn sie morgens aufwachte, noch nicht zu fürchten, in der Presse wieder ausführliche Berichte über die sexuellen Verfehlungen ihrer Sippe zu lesen: Dianagate, Camillagate, Squidgey-Tonbänder, Charles' Tamponfantasien, Fergies Zehenlutscherei. Ich hatte mit der königlichen Familie nie viel am Hut, aber irgendwie kann einem die arme alte Queen schon leid tun. Monarchieverfallssyndrom.

Wobei mir einfällt, daß ich heute früh etwas Komisches erlebt habe. Als ich in Rummidge Expo auf meinen Zug nach London wartete, entdeckte ich Nizar auf dem Bahnsteig. Ich hatte mir zu seiner Begrüßung schon ein passendes Lächeln zurechtgelegt, als ich die junge Frau neben ihm sah. So jung, daß sie seine Tochter hätte sein können, war sie allerdings nicht. Und seine Frau konnte es auch nicht sein, die kannte ich von dem silbergerahmten Foto auf seinem Schreibtisch: eine füllige, ziemlich streng blickende Dame im Blümchenkleid, flankiert von drei Kindern. Nizar stand dicht vor der hochgewachsenen, schlanken Frau mit dem glänzenden, schulterlangen, schwarzen Haar im modischen dunklen Wollmantel, redete eifrig auf sie ein, strich – besitzergreifend und devot zugleich, wie ein Stargarderobier – mit schlanken Chirurgenfingern über ihren Mantelkragen, richtete ihr Haar, zupfte an den Ärmeln. Dann flüsterte er ihr etwas ins Ohr, sie lächelte geschmeichelt und neigte ein wenig den Kopf, denn er ist fünf, sechs Zentimeter kleiner als sie. In dem Moment, als bei mir der

Groschen gefallen war, sah sie auf, aber zum Glück kannte sie mich ja nicht. Ich drehte mich auf dem Absatz um, verzog mich in den Warteraum und versteckte mich hinter dem ›Guardian‹, bis der Zug kam.

Ehebruch scheint hierzulande zu grassieren: Jake, Jean Wellington, die königliche Familie, Nizar. Nur – warum ist es *mir* peinlich, daß ich Nizar mit seiner Gespielin gesehen habe? Warum bin *ich* geflüchtet, habe *ich* mich versteckt?

KannichGarnixzuSagen.

Sally und ich haben seit Donnerstag nicht mehr zusammen geschlafen. Ich gehe entweder früher oder später ins Bett als sie oder klage über Sodbrennen oder eine beginnende Erkältung, um sie gar nicht erst auf einschlägige Gedanken zu bringen. Wer weiß, vielleicht klappt es ja wieder nicht. Ich könnte es mal mit Masturbieren versuchen, dann weiß ich wenigstens, ob mit der Mechanik noch alles in Ordnung ist.

Donnerstag vormittag, 25. Februar. Gesagt, getan. Ich zog mich aus, legte mich, ein Handtuch griffbereit, aufs Bett und versuchte, mir einen runterzuholen. Ich hatte das an die fünfunddreißig Jahre nicht mehr gemacht und war aus der Übung. Ich hatte keine Vaseline im Badezimmer, und das Olivenöl aus der Küche war alle, so daß ich mich zum Schmieren mit Paul Newmans Salatdressing behelfen mußte. Das war ein Fehler. Erstens hatte die Flasche im Kühlschrank gestanden, und der Inhalt hatte deshalb zunächst eine eher adstringierende Wirkung; zweitens brannten der Essig und der Zitronensaft in dem Dressing wie der Teufel; und drittens roch ich nach einer Weile, als sich durch die Reibung die Kräuterbestandteile erwärmt hatten, wie das *pollo alla cacciatore* bei Gabrielli. Das Schlimmste aber war, daß meine Fantasie mir nicht die richtigen Wunschvorstellungen lieferte. Statt erotischer Bilder sah ich ständig Bobby Moore vor mir, der triumphierend den Jules-Rimet-Pokal hochreißt, oder Tim Roth aus *Reservoir Dogs* in einer Blutlache, dessen Hemd sich mit seinem Lebenssaft vollsaugt, bis es aussieht wie das England-Trikot von 1966.

Ob ich es mal mit einer dieser Telefon-Sexlines versuchen soll, von denen neuerdings so viel die Rede war? Aber wo bekomme ich die Nummer her? In den Gelben Seiten würden sie kaum stehen, und bei der Auskunft mochte ich deswegen nicht anrufen. Dann fiel mir ein, daß ich irgendwo noch ein altes Anzeigenblatt herumliegen hatte, und ganz hinten fand ich tatsächlich spaltenweise einschlägige Angebote. Ich wählte eine Nummer, die mir »100%ige Live-Erotik, heißes Liebesgeflüster, keine Tabus« versprach. In einer Fußnote erfuhr ich, daß »wir dank der neuen EG-Richtlinien jetzt europaweit operieren«. Zehn Minuten hörte ich mir an, wie eine junge Frau ausführlich und unter lustvollem Keuchen und Stöhnen das Schälen und Verspeisen einer Banane beschrieb. Ob in der Fußnote vielleicht die neuen EG-Landwirtschafts-Richtlinien gemeint waren? Es war eine ausgesprochen müde Nummer, und die anderen beiden, die ich ausprobierte, machten mich ebensowenig an.

Dann fiel mir ein, daß mich nur wenige Minuten Fußweg von der dichtesten Konzentration an Pornoläden in ganz England trennten und daß einige auch jetzt, nach Mitternacht, bestimmt noch auf waren. Daß ich mich wieder anziehen mußte, war lästig, aber jetzt wollte ich es wissen. Ehe ich die Wohnung verließ, peilte ich noch kurz die Lage unten an der Haustür. Da hatte sich mein Penner von letzter Woche behaglich in seinen Schlafsack gerollt und schlief.

Die spitze Nase, das kantige Kinn, das strähnige Haar, das ihm über die Augen fiel – unverkennbar! Ich sah gebannt hin, bis die Kamera sich automatisch abschaltete und mir auf dem Monitor nur noch mein eigenes schwärzlichgraues Spiegelbild entgegensah. Wenn ich jetzt mit dem Lift nach unten fuhr, mußte ich ihn entweder wecken und zusammenstauchen oder über ihn hinwegsteigen, und zwar einmal beim Rausgehen und kurz darauf mit einem Arm voller Pornohefte noch mal, um wieder ins Haus zu kommen. Schwer gefrustet zog ich mich wieder aus und legte mich hin. Nachdem ich mich gehörig abgeplagt hatte, kriegte ich doch noch eine Ladung zustande, die Rohrleitungen funktionierten also, aber mein Schwanz ist scheußlich wund, und für meinen Tennisarm war die Übung nicht das Wahre.

Donnerstag nachmittag. Ich sitze in der Pullman-Lounge von Euston Station und warte auf den Zug um 17.10 Uhr. Eigentlich wollte ich schon um 16.40 fahren, aber das habe ich nicht mehr geschafft. Der Bahnsteigschaffner sah mich kommen und schloß Punkt 16.39, als ich zehn Meter davor war, die Schranke. Auf dem Bahnhof sind überall Schilder angebracht, auf denen steht, daß die Bahnsteige IM INTERESSE EINER PNKTLICHEN ZUGFOLGE UND DER SICHERHEIT DER REISENDEN eine Minute vor der planmäßigen Abfahrt eines Zuges geschlossen werden, aber er hätte mich trotzdem noch durchlassen können. Außer der Aktentasche mit meinem Laptop hatte ich kein Gepäck, bis zum letzten Wagen waren es nur zwanzig Meter, und der Aufsichtsbeamte stand noch da und wartete auf das Signal zur Abfahrt. Ich hätte es bequem geschafft, aber der Typ an der Schranke, ein grimmig entschlossener, wichtigtuerischer kleiner Asiate, ließ sich nicht erweichen. Ich versuchte, mich an ihm vorbeizudrängeln, aber er drängelte zurück, eine ganze Minute rangelten wir miteinander, dann fuhr der Zug los, und ich zog wütend ab und stellte ihm einen Beschwerdebrief in Aussicht, der sich gewaschen hatte – eine leere Drohung, denn wenn er bösartig ist, kann er mich wegen tätlicher Beleidigung drankriegen.

Ich zittere noch ein bißchen, das macht wohl der Adrenalinstoß, und habe mir möglicherweise einen Rückenmuskel gezerrt. Und wozu das alles? Früher oder später wird mir dämmern, daß die ganze Aufregung im Grunde für die Katz war, und dann wird ein neuerliches Tiefdruckgebiet mit starker Bewölkung und Nieselregen die Passmore-Psyche heimsuchen. Der nächste Zug geht in einer halben Stunde, und in der Pullman-Lounge sitzt man sehr angenehm. Sie ist ein bißchen wie ein Bordell – oder so, wie ich mir ein Bordell vorstelle –, nur ohne Sex. Man geht die Treppe hoch, und ehe man zum Restaurant und den Superklos kommt, bleibt man vor einer diskret-unauffälligen Tür mit Gegensprechanlage stehen und klingelt. Eine weibliche Stimme erkundigt sich, ob man eine Fahrkarte Erster Klasse hat, und wenn man diese Frage bejaht, geht die Tür auf wie bei einem summenden, klickenden Sesam-öffne-dich. Am Empfang sitzt ein hübsches Mädchen, das einem mit freundlichem Lächeln eine kostenlose Tasse Tee oder Kaffee offeriert, während man seine Fahrkarte vorzeigt und sich ins Besucherbuch einträgt. Der Raum, in dem wohltuende Stille herrscht, ist klimatisiert, hat weichen Teppichboden sowie bequeme Sessel und Polsterbänke in nervenberuhigenden Blau- und Grautönen und bietet den Fahrgästen Zeitungen, Telefon und einen Fotokopierer. Das einfache Volk muß unten auf Koffern oder auf dem Fußboden hocken (Sitzgelegenheiten gibt es in der gewaltigen Bahnhofshalle nicht) oder sich in die Fast-Food-Schuppen flüchten – Upper Crust, Casey Jones, Hot Croissant, Pizza Hut usw. –, die wie ein Schnellimbiß-Themenpark alle an einem Ende der Halle –

Ich habe mich so in Schwung geschrieben, daß ich nun auch den Zug um 17.10 Uhr nicht mehr erwischen werde, das heißt, ich hätte nur noch zwei Minuten, und wenn ich mir vorstelle, daß mir mein aggressiver Fahrkartenknipser noch einmal die Schranke vor der Nase zuschlägt wie in einem Traum, der die Schrecknisse des Tages wiederholt, versuche ich es gar nicht erst. Weil ich nun doch auf den nächsten Zug warten muß, kann ich gleich noch aufschreiben, warum ich so knapp dran war:

Ich war vorhin noch kurz bei Jake. Sein Büro besteht aus zwei kleinen Räumen über einem Billigladen für T-Shirts und Souvenirs in der Carnaby Street. In dem winzigen Vorzimmer wirkt Linda, seine neue Sekretärin. Sie ist groß und schlank und hatte ein sehr enges, sehr kurzes schwarzes Kleid an, das knapp ihren Po bedeckte. Sobald ich mit Jake allein war, sagte er: »Ich weiß, was du denkst. Es ist nicht diejenige welche.« Er feixte. »Aber was nicht ist, kann ja noch werden. Hast du die Beine gesehen?«

»Das war bei den Abmessungen deines Vorzimmers und ihres Rockes kaum zu vermeiden.«

Jake lachte.

»Was gibt's Neues bei Heartland?« fragte ich.

Jake hörte auf zu lachen und lehnte sich in seinem Drehsessel vor. »Du mußt eine annehmbare Lösung finden, Priscilla aus der Serie rauszuschreiben, Tubby. Eine für alle Beteiligten annehmbare Lösung, meine ich. Wenn du dir Mühe gibst, fällt dir bestimmt was ein.«

»Und wenn nicht?«

Jake spreizte die Hände. »Dann holen sie sich jemand anders.«

»Ohne meine Zustimmung?«

»Leider ja.«

Jake machte sich an einer Schublade zu schaffen und mied meinen Blick. »Ich hab mir mal den ersten Vertrag angesehen.« Er schob mir einen Vorgang über den Schreibtisch. »Paragraph vierzehn.«

Als ich den Vertrag für die erste Staffel unterschrieben hatte, war ich ein kleiner Drehbuchautor ohne jede Möglichkeit der Einflußnahme gewesen. Paragraph vierzehn besagte, daß Heartland im Falle meiner Ablehnung, weitere Folgen zum gleichen Thema zu schreiben, andere Autoren damit beauftragen konnte. Für die Originalidee standen mir dann Tantiemen zu. Damals habe ich diesem Paragraphen bestimmt keine besondere Aufmerksamkeit geschenkt und wundere mich nicht, daß ich ihn akzeptiert habe. Mir konnte ja nichts Besseres passieren als eine weitere Staffel der Serie, und es wäre mir gar nicht in den Sinn gekommen, daß ich aus irgendeinem Grund die Drehbücher nicht selbst würde schreiben wollen. Nur war in dem bewußten Paragraphen nicht von einer zweiten Staffel, sondern von ›Staffeln‹ die Rede, und das bedeutete, daß ich mit einem Federstrich auf mein Copyright an der Story und den Figuren verzichtet hatte. Ich warf Jake vor, daß er diese Gefahr offenbar nicht erkannt hatte, und fragte ihn, warum er nicht in späteren Verträgen neue Bedingungen ausgehandelt hatte, aber er meinte, da hätte Heartland bestimmt nicht mitgemacht. Ich bin anderer Meinung. Zwischen der zweiten und der dritten Staffel hätten wir ihnen vermutlich die Pistole auf die Brust setzen können, weil sie so wild darauf waren, die Serie fortzuführen. Daß sie einen anderen Autor einsetzen würden, kann ich immer noch nicht so recht glauben. Es ist mein Baby. Niemand sonst kriegt das so gut hin.

Oder?

Solche Überlegungen sind nicht gut fürs Selbstwertgefühl. Schluß jetzt, sonst bekomme ich auch den Zug um 17.40 nicht.

Freitag, 26. Februar, 20.00 Uhr. Heute vormittag rief Jake an. Ollie Silvers hat ihm einen Brief geschickt, ›eine Zusammenfassung unseres Gespräches mit Tubby am Sonntag, nur damit es keine Mißverständnisse gibt‹. Damit kommt Paragraph vierzehn zum Tragen, was bedeutet, daß ich zwölf Wochen Zeit habe, um zu entscheiden, ob ich bereit bin, Priscilla selbst aus der Serie zu schreiben, oder ob ich das Feld anderen überlassen will.

Heute nachmittag Aromatherapie bei Dudley, Dudley Neil-Hutchinson, um ihm seinen vollen Namen zu gönnen. Er sieht ein bißchen aus wie Lytton Strachey als Hippie – groß, schlaksig, mit einem langen Rauschebart, der aussieht, als wäre er an seine runde Omabrille angewachsen. Er trägt Jeans und Turnschuhe, Hemden und Westen mit ethnischen Mustern aus dem Oxfam-Shop. Den Bart steckt er beim Massieren in die Weste, damit er einen nicht kitzelt. Er behandelt mich bei sich daheim, in einer modernen kleinen Doppelhaushälfte am Flughafen, die Zimmer sind dreifachverglast, damit man den Lärm der startenden und landenden Maschinen nicht hört. Wenn man auf der Massagecouch liegt, merkt man manchmal, wie ein Schatten über einen hinweggeht, und wenn man schnell genug aufsieht, erkennt man noch die gewaltige Düsenmaschine, die geräuschlos über die Dächer schwebt und so nah ist, daß man die blassen Gesichter der Passagiere an den Fenstern erkennen kann – ein beunruhigender Anblick, an den man sich erst gewöhnen muß. Dudley ist auch zweimal die Woche in der Wellbeing Clinic, aber ich gehe lieber zu ihm, weil Miss Wu nicht wissen soll, daß ich nicht nur Akupunktur, sondern auch Aromatherapie mache. Weil sie so sensibel ist, könnte sie das als Mißtrauensvotum auffassen. Ich sehe förmlich den Blick stummen Vorwurfs in ihren braunen Augen, wenn ich ihr nach einem Termin bei Dudley über den Weg laufe. Alexandra weiß, daß ich zu Miss Wu gehe, aber von Dudley habe ich ihr nichts erzählt. Nicht weil ich denke, daß sie sich an der Konkurrenz stören würde, sondern weil sie dann womöglich von mir enttäuscht wäre. Akupunktur ist für sie eine seriöse Sache, aber von Aromatherapie hält sie bestimmt nicht viel.

Mich hat June Mayfield darauf gebracht. Sie arbeitet bei Heartland in der Maske und sitzt während der Aufnahmen zu *Die Leute von nebenan* sprungbereit hinter den Kulissen, um jederzeit Debbies Frisur richten oder einem anderen Darsteller die Nase pudern zu können. In der Kantine hatte sie mir mal erzählt, daß die Aromatherapie ihr Leben verändert und sie von ihrer quälenden Migräne geheilt hat, und mir Dudleys Karte gegeben, und weil ich gerade wegen meines Kniegelenksyndroms mit Yoga aufgehört hatte, war bei mir ein Therapietermin frei. Bis dahin war ich alle vierzehn Tage zu Miss Flynn gegangen, einer agilen Fünfundsiebzigjährigen mit Gummigelenken, die Unterricht in Pranayama-Yoga gibt. Das ist nicht die Variante, bei der man stundenlang auf dem Kopf steht oder sich derart verknotet, daß sie einen auf der Unfallstation wieder auseinandersortieren müssen, sondern eine Spielart, bei der es hauptsächlich um Atmungs- und Entspannungsübungen geht. Der Lotussitz – oder zumindest ein Halblotussitz – wird allerdings auch dabei verlangt, und weil Miss Flynn meinte, der täte meinem Knie nicht so gut, habe ich es erstmal aufgesteckt. Sehr weit war ich sowieso nicht gekommen. Eine der entscheidenden Übungen ist ja, den Kopf ganz leer zu machen und an gar nichts zu denken, und das habe ich nie geschafft. Miss Flynn hat versucht, mir beizubringen, wie man sich Stufe für Stufe diesem Punkt annähert: Erst denkt man nicht mehr an die Arbeit, dann nicht mehr an Familie und Freunde, schließlich nicht mehr an sich selbst. Über die erste Stufe bin ich aber nie hinausgekommen. Sobald ich mir das Wort ›Arbeit‹ vorsagte, drängten sich in meinem Kopf Gedanken über Drehbuchänderungen und Besetzungsfragen und Zuschauerquoten und alle möglichen Sachen, über die ich mir bisher überhaupt noch nicht den Kopf zerbrochen hatte. Bei der Aromatherapie hat man es leichter. Man liegt nur da und läßt sich von dem Therapeuten mit sogenannten ätherischen Ölen einreiben. Die Theorie dahinter ist ganz einfach – vielleicht zu einfach –, Dudley hat sie mir bei meinem ersten Termin erklärt.

»Was machen Sie instinktiv, wenn Sie sich weh getan haben? Sie reiben die betroffene Körperstelle.«

Ich fragte, wie man sich die Seele reibt.

»Eben dafür brauchen wir die ätherischen Öle.«

Die Verfechter der Aromatherapie glauben, daß die Öle über die Haut ins Blut gehen und von da aufs Gehirn wirken und daß das Einatmen der unterschiedlichen Düfte anregend oder beruhigend für das Nervensystem ist. Auch in der Aromatherapie gibt es Uppers und Downers oder Kopf- und Grundnoten. Laut Dudley ist es ein sehr altes Heilverfahren, das schon in China und Ägypten bekannt war. Heute aber läuft auch auf diesem Gebiet nichts ohne EDV. Ich schildere Dudley meine Symptome, und er gibt sie in mein persönliches Aromatherapieprogramm ÄCHZ ein (nur ein kleiner Scherz, die Datei heißt ATP), drückt eine Taste, und der Computer spuckt eine Liste aus: Wacholder, Jasmin, Pfefferminz undundund. Dann läßt Dudley mich schnuppern und mixt aus den Sachen, die mir am besten gefallen, einen Cocktail mit einem ›Trägeröl‹ als Grundlage.

Dudley gegenüber habe ich, wenn es um Sexprobleme geht, weniger Hemmungen als bei Miss Wu, und als er fragte, wie es mir ginge, erzählte ich ihm von meiner Sprinklerpanne. Bei den Mystikern des Orients, meinte er, gilt es als hohe Kunst, den Geschlechtsakt auszuüben, ohne zu ejakulieren. Geschenkt, sagte ich. Er tippte etwas in seinen Apple-Computer ein, der als Rückmeldung Bergamotte, Ylang-Ylang und Rose lieferte.

»Haben Sie mir nicht beim letztenmal Rosenöl gegen Depressionen gegeben?« fragte ich etwas argwöhnisch.

»Es ist ein sehr vielseitiges Öl«, sagte Dudley geschmeidig, »das man nicht nur bei Depressionen, sondern auch bei Impotenz und Frigidität einsetzen kann. Auch bei Kummer und Wechseljahrbeschwerden.«

Ob das auch für Beschwerden der männlichen Menopause gelte, wollte ich wissen, und er lachte.

Samstag, 27. Februar. Also ... ganz erfolglos war es nicht. Gestern abend bin ich gekommen. Sally nicht, glaube ich, aber sie war auch nicht in Stimmung. Ich hatte sie offenbar überrumpelt. Für mich war es auch nicht gerade welterschütternd, aber immerhin habe ich ejakuliert. Bei Impotenz hat sich demnach das gute alte Rosenöl bewährt, nicht aber bei Depressionen, Kummer und Beschwerden der männlichen Menopause.

Als ich fünf nach drei aufwachte, ging es in meinem Kopf zu wie in einer Betonmischmaschine. In der Trommel drehte sich unentwegt eine graue Pampe diffuser Furcht, die mit sehr konkreten Ängsten durchsetzt war wie mit spitzen kleinen Kieseln. Die nächsten Stunden döste ich vor mich hin, schlief hin und wieder ein und fuhr hoch mit dem unbestimmten Gefühl, etwas geträumt zu haben, ohne zu wissen, was es war. Meine Träume sind wie silberne Fische. Ich versuche sie am Schwanz zu packen, aber sie glitschen weg und verschwinden in dunklen Tiefen, und dann wache ich keuchend und mit hämmerndem Herzen auf wie ein Taucher, der wieder an die Wasseroberfläche kommt. Schließlich warf ich eine Schlaftablette ein und verfiel in ein traumloses Koma, aus dem ich um halb zehn benommen und mit trockenem Mund erwachte.

Sally hatte mir einen Zettel hingelegt, sie war zum Einkaufen zu Sainsbury's gefahren. Weil ich auch das eine oder andere zu besorgen hatte, ging ich in die High Street und stand wieder mal im Postamt Schlange, als ich eine Frau hinter mir sagen hörte: »Ist es denn wirklich so schlimm?« Ich fuhr herum, aber nicht ich war gemeint, sondern ihr kleiner Sohn.

»Hat es nicht Zeit, bis wir zu Hause sind?« fragte sie. Der Kleine schüttelte kläglich den Kopf und drückte die Schenkel zusammen.

Später. Bei mir war es immerhin so schlimm, daß ich mir noch mal den alten Kierkegaard vornahm, und als ich mich diesmal an *Entweder–Oder* wagte, weil ich den Titel so spannend fand, brachte mir das bedeutend mehr als der erste Anlauf. Ein Riesenwälzer, zwei Bände, und sehr verwirrend geschrieben, ein Mischmasch aus Essays, Erzählungen, Briefen undundund, verfaßt von zwei fiktiven Figuren A und B und herausgegeben von einem Dritten, einem gewissen Victor Eremita, hinter denen sich wohl sämtlich Kierkegaard verbirgt. Besonders interessant fand ich ›Der Unglücklichste‹, einen kurzen Essay im ersten Band. Beim Lesen hatte ich – wie damals, als ich zum erstenmal die Titel von Kierkegaards Werken gesehen hatte – das Gefühl, daß er unmittelbar meinen Zustand ansprach.

Nach Kierkegaard ist der Unglückliche »allezeit abwesend von sich selbst, niemals sich selber gegenwärtig«.

Meine erste Reaktion war: Falsch, Søren, alter Junge, der Haken ist ja gerade, daß ich unentwegt nur an mich selbst denke. Nur ist das wohl nicht dasselbe, wie sich selbst gegenwärtig zu sein. Sally ist sich selbst gegenwärtig, weil sie sich so akzeptiert, wie sie ist, und nie – oder jedenfalls nie lange – an sich zweifelt. Sie ist mit sich selbst im Einklang. Ich dagegen bin wie eine Figur in einem dieser billigen Comics, bei denen das Raster nicht stimmt, so daß die Farben immer ein bißchen verrutscht sind und entweder nicht ganz an die Begrenzungslinie reichen oder über sie hinausgehen.

Der Unglückliche, sagt Kierkegaard, ist niemals sich selber gegenwärtig, weil er immer in der Vergangenheit oder in der Zukunft, in der Erinnerung oder Hoffnung lebt. Er denkt entweder, daß es früher besser war, oder er hofft, daß es in Zukunft besser sein wird, aber das *Jetzt* ist immer schlecht. So weit das ganz gewöhnliche Feld-Wald-und-Wiesen-Unglücklichsein. Der Unglückliche ›im strengen Sinne‹ aber ist nicht einmal dann sich selbst gegenwärtig, wenn er sich erinnert oder hofft. Als Beispiel führt Kierkegaard einen Mann an, der sehnsüchtig auf die Freuden der Kindheit zurückblickt, die er selbst (vielleicht dachte er da an seine eigene Jugend) nie erfahren hat. Auch der unglücklich Hoffende ist nie sich selbst gegenwärtig, und das leuchtete mir so richtig erst ein, als ich folgenden Absatz las: »Die unglücklich Hoffenden haben nie das Schmerzliche an sich wie die unglücklichen Erinnerer. Den unglücklich Hoffenden ist immer mehr eine fröhliche Enttäuschung eigen ...«

Eine fröhliche Enttäuschung – das ist mir aus der Seele gesprochen. Ich tue mir schwer mit Entscheidungen, weil ich zu vermeiden versuche, daß etwas schlecht ausgeht. Ich *hoffe*, daß es gut ausgeht, aber wenn das der Fall ist, merke ich es kaum, weil ich mich mit der Vorstellung verrückt gemacht habe, daß es schlecht ausgehen könnte, und wenn die Dinge überraschend eine ungünstige Wendung nehmen (wie im Falle von Paragraph vierzehn in meinem Heartland-Vertrag), bestätigt das nur meine geheime Überzeugung, daß die ärgsten Schicksalsschläge immer überraschend kommen. Als unglücklich Hoffender glaubt man im Grunde nicht, daß es später mal besser werden könnte (sonst wäre man ja nicht unglücklich). Und wenn es dann tatsächlich nicht besser wird, ist das der Beweis dafür, daß man von Anfang an recht gehabt hat. Deshalb die mehr fröhliche Enttäuschung. Elegant, was?

Ich habe auch ständig das Gefühl, daß früher alles besser war, daß ich irgendwann mal glücklich gewesen sein muß, sonst wüßte ich ja jetzt nicht, daß ich unglücklich bin. Irgendwann und irgendwie ist mir das Glücklichsein abhanden gekommen, und ich kann mich nur an ganz flüchtige Glücksmomente erinnern – wie damals die Übertragung der Fußballweltmeisterschaft 1966. Ich war immer niedergeschlagen, weil ich immer ein unglücklich Hoffender war. Und paradoxerweise wäre ich somit auch ein unglücklich Erinnernder.

Wie kann man beides gleichzeitig sein? Gemach! Genau das ist die Definition des ›Unglücklichsten‹.

»Das liegt einerseits daran, daß er immerfort auf das hofft, woran er sich erinnern sollte ... andererseits erinnert er sich immerfort an das, worauf er hoffen sollte ... das, worauf er hofft, liegt also hinter ihm, und das, woran er sich erinnert, liegt vor ihm ... Er ist dem Ziele immer wieder ganz nah, und im selben Augenblick ist er fern von ihm, er entdeckt also, daß das, was ihn jetzt unglücklich macht, weil er es hat, oder weil er so ist, gerade das ist, was ihn vor einigen Jahren glücklich gemacht haben würde, falls er es gehabt hätte, während er unglücklich wurde, weil er es nicht hatte.«

Tatsächlich, der alte Knabe hat mich total durchschaut. Der Unglücklichste ... Und warum strahle ich dann beim Lesen übers ganze Gesicht?

Sonntag nachmittag, 28. Februar. Heute nicht ins Studio. Wollte Heartland mal zeigen, daß ich mich so nicht behandeln lasse. Sally war sehr einverstanden. Vormittags hinterließ ich auf dem Anrufbeantworter, daß ich nicht kommen würde, ohne Angabe von Gründen, aber Ollie und Hal werden es sich denken können. Es ist das erstemal seit September, daß ich eine Aufzeichnung ausgelassen habe, damals hatte ich eine Darmgrippe. Natürlich ist es für mich eine größere Strafe als für sie. Hal hat zu viel um die Ohren, um über mein Wegbleiben groß grübeln zu können, und Ollie ist kein Grübler, während ich nichts anderes mache, als dazusitzen und zu grübeln, während der Tag sich quälend langsam dahinschleppt. Ständig sehe ich auf die Uhr und rechne mir aus, wie weit sie jetzt mit der Probe sind.

Inzwischen ist es fünf nach vier und schon dunkel.

Draußen herrscht bittere Kälte, es hat etwas geschneit. In der Zeitung steht, daß in anderen Landesteilen mit Schneestürmen zu rechnen ist.

Die hochgestochenen Sonntagszeitungen sind voll von Gejammer und Selbstvorwürfen, das Land stecke in einer tiefen Vertrauenskrise. Volksseelenstörungssyndrom. Laut Gallup-Umfrage von letzter Woche sind achtzig Prozent der Wähler mit den Leistungen der Regierung unzufrieden. Eine andere Umfrage besagt, daß vierzig Prozent aller jungen Leute mit einer Verschlechterung der Lebensbedingungen in England in den nächsten zehn Jahren rechnen. Was für sie entweder bedeutet, daß Labour es wieder nicht schafft oder daß es so oder so egal ist. Wir sind ein Land unglücklich Hoffender geworden.

Und unglücklicher Erinnerer: Ich war nämlich nicht der einzige, der den Eindruck hatte, daß der Tod von Bobby Moore uns einmal mehr gezeigt hat, wie weit unser Niedergang schon fortgeschritten ist. Die Zeitungen sind voll von nostalgischen Artikeln über ihn und die Weltmeisterschaft von 1966. Daß wir zum drittenmal hintereinander bei den Cricketmeisterschaften gegen Indien verloren haben, war auch nicht gerade förderlich fürs nationale Selbstwertgefühl. *Indien!* In meiner Jugend waren die Testspiele gegen Indien immer berüchtigt wegen ihrer Ereignislosigkeit, weil sie für England ein Spaziergang waren.

Zehn nach fünf. Inzwischen ist die Probe vorbei, und die Schauspieler sitzen in der Kantine und stärken sich; danach geht es in die Maske. Ron Deakin ißt immer Bratwurst, Eier und Fritten. Er beteuert, daß er so was zu Hause nie anrühren würde, aber Bratwurst, Eier und Fritten passen eben zu der Figur des Pop Davis. Er hat einen regelrechten Tick in dieser Hinsicht; als der Küche mal die Bratwürste ausgegangen waren, gab es einen Riesenzoff. Hoffentlich wird er nicht nervös, weil ich heute nicht da bin. Die Schauspieler haben mich bei der Aufnahme gern dabei. Es beruhigt sie.

Je mehr ich daran denke, desto elender wird mir zumute. Ich versuche, mich gegen die Erkenntnis zu wehren, daß ich die falsche Entscheidung getroffen habe, spüre aber, daß es mich unerbittlich, wie mit der Anziehungskraft eines Schwarzen Loches, zu dieser Folgerung zieht. Wie soll ich bloß diesen Abend überstehen? HELP! lese ich auf dem Bildschirm meines Computers. Schön wär's ja ...

Montag vormittag, 1. März. Um Viertel vor sieben – Sally deckte gerade den Tisch zum Abendessen – hielt es mich nicht mehr. Ich stürmte aus dem Haus, fuhr das Plutokratomobil rückwärts aus der Garage, rutschte und schlitterte über die Einfahrt, was mich um ein Haar eine Delle am Kotflügel gekostet hätte, bretterte nach Rummidge und kam gerade noch zurecht, um mich unter die Zuschauer zu mischen.

Alles lief wie am Schnürchen. Ein großartiges Publikum – schnell, schlagfertig, hellwach – und ein gelungenes Buch (auch wenn man sagt, daß Eigenlob stinkt): Die Springfields wollen ihr Haus verkaufen, um die Davises loszuwerden, aber weil sie ein schlechtes Gewissen haben, erzählen sie den lieben Nachbarn nichts von ihren Plänen, und die in ihrer Ahnungslosigkeit bringen das Projekt zum Scheitern, indem sie immer dann plötzlich auf der Bildfläche erscheinen oder etwas Schreckliches anstellen, wenn die Springfields Interessenten durchs Haus führen.

Das traf genau den Nerv der Zuschauer. Viele würden vielleicht auch gern ihr Haus verkaufen, können es aber nicht, weil es einen negativen Vermögenswert darstellt. Ein negativer Vermögenswert entsteht, wenn die Hypothek höher ist als der Wert des Hauses, und das gibt es heutzutage oft. Eine Art Immobilienmarktstörungssyndrom und im Grunde überhaupt nicht lustig, aber vielleicht amüsieren sie sich gerade deshalb so köstlich über Edwards und Priscillas Dilemma. Oder anders ausgedrückt: Die Prüfungen und Heimsuchungen der Springfields, über die man zumindest lachen kann, sind ein gewisser Trost, wenn man selbst einen negativen Vermögenswert hat – zumal die Folge damit endet, daß die Springfields sich wohl oder übel damit abfinden, das Haus zu behalten. Eine Sitcom hat eben manchmal auch therapeutische Wirkung.

Das Ensemble spürte die guten Vibrations aus dem Publikum und war in Hochform. Es gab kaum Retakes. Um halb neun war die Folge im Kasten, und alle strahlten.

»Hi, Tubby«, sagte Ron Deakin, »wir haben dich heute bei der Probe vermißt.«

Ich murmelte etwas von einer unaufschiebbaren Verpflichtung. Hal sah mich ein bißchen schief an, sagte aber nichts. Ich könne froh sein, daß ich nicht dabeigewesen sei, sagte Isabel, die Produktionsassistentin. Bei der Probe hätten sie jede Menge Mist gebaut.

»Aber das ist immer so«, sagte sie. »Wenn bei der Probe alles klappt, ist die Aufnahme bestimmt ein Reinfall.« (Isabel ist eine unglücklich Hoffende.)

Ollie war nicht da, er hatte Bescheid sagen lassen, die Straßenverhältnisse seien in seiner Gegend katastrophal. Von den Schauspielern wollten wegen des Wetters mehrere in Rummidge übernachten, deshalb zogen wir alle an die Bar. Die Atmosphäre war nach der erfolgreichen Aufzeichnung herzlich und entspannt, alle frotzelten und spendierten Runden. Ich empfand große Zuneigung für all diese

Menschen. Sie sind wie eine große Familie, und ich bin gewissermaßen ihr Vater. Ohne meine Drehbücher wären sie sich nie begegnet.

Als ich schon im Begriff war zu gehen, kam Samantha Handy in die Bar, die ihren Schützling Mark in einem nahegelegenen Hotel ins Bett gesteckt hatte. Sie lächelte mich nett an, und ich lächelte nett zurück und freute mich, daß sie mir wegen unseres letzten Gesprächs vor einer Woche offenbar nichts nachtrug.

»Sie wollen schon gehen?« fragte sie. »Spielverderber!«

»Tut mir leid, aber ich muß. Was macht die Schreiberei?«

»Ich will mal mit einem Agenten über meine Idee sprechen«, sagte sie. »Für nächste Woche habe ich einen Termin bei Jake Endicott. Der ist doch auch Ihr Agent, nicht? Ich hab' gesagt, daß ich Sie kenne. Sie haben doch nichts dagegen?«

»Aber nein«, sagte ich und dachte: Ganz schön unverfroren. »Achten Sie ein bißchen darauf, was Sie anhaben.«

Sie sah mich etwas besorgt an. »Wieso? Steht er so sehr auf Klamotten?«

»Er steht auf gutaussehende junge Frauen. Ich würde einen gefällig-formlosen Müllsack empfehlen.«

Sie lachte. Keiner kann sagen, ich hätte sie nicht gewarnt. Wenn Jake diese Titten sieht, flippt er aus. Auch das Gesicht ist hübsch, rund und sommersprossig mit einer Andeutung von Doppelkinn. Sie hatte meinen Rat befolgt und sich von Ollie Drehbücher zur Beurteilung geben lassen. Eine in mehr als einer Beziehung beachtenswerte junge Frau.

Langsam und vorsichtig fuhr ich über die eisglatten, verlassenen Straßen nach Hause. Sally schlief schon. Irgendwie signalisierten ihre Haltung – sie lag flach auf dem Rücken –

und ihr Mund, daß sie mir böse war. Was hatte sie mir übelgenommen? Meinen Entschluß, doch noch zur Probe zu gehen? Meinen überstürzten Aufbruch just in dem Moment, als sie das Essen auf den Tisch bringen wollte? Die Autofahrt bei diesem gefährlichen Wetter? Oder alles miteinander? Am nächsten Morgen stellte sich heraus, daß es etwas ganz anderes war. Nachdem ich ihr gesagt hatte, daß ich nicht ins Studio fahren würde, hatte sie ein Ehepaar aus der Nachbarschaft auf einen Drink nach dem Abendessen eingeladen. Sie schwört Stein und Bein, daß sie es mir gesagt hat, also muß es wohl stimmen, aber ich kann mich beim besten Willen nicht mehr daran erinnern. Jetzt mußte sie noch mal bei den Websters anrufen und absagen. Peinlich, peinlich. Sie sind Torywähler und schlimme Spießer, aber sie laden uns immer zu ihrer Weihnachtsparty ein, und wir haben uns noch nie revanchiert. (Wenn wir, was selten genug vorkommt, eine Party geben, brüte ich stundenlang über der Gästeliste in der Hoffnung, die Quadratur des Kreises zu finden und nur geistreich-brillante, ideal miteinander harmonierende Menschen um mich zu scharen. Die Websters gehören natürlich nicht zu dieser Kategorie, aber auch wenn sie nicht eingeladen sind, habe ich mich, bis die ersten Gäste eintreffen, regelmäßig in eine hysterische Nervosität hineingesteigert, die ich, wenn die Gäste dann da sind, sofort mit reichlichen Gaben von Alkohol zu dämpfen versuche.) Gestern abend hätten wir deshalb an den beiden einiges gutmachen können. Jetzt, sagt Sally, müssen wir sie mindestens zum Abendessen einladen, aber vielleicht ist das ja auch nur eine leere Drohung. So oder so – ich bin in Ungnade gefallen. Von meiner gestrigen Euphorie ist kein Hauch mehr geblieben, mein Knie spielt verrückt, und ich habe mir tatsächlich einen Rückenmuskel gezerrt.

Montag nachmittag. Komme gerade von der Physiotherapie. Ich habe Roland das mit der Rückenzerrung erzählt, nicht aber, daß ich sie mir beim Gerangel mit einem mickrigen pakistanischen Fahrkartenknipser geholt habe. Er dachte, es wäre beim Tennis passiert. Dabei habe ich letzte Woche gar nicht gespielt. Wegen des Wetters, aber auch deshalb, weil ich nach dem, was Rupert mir von Joe und Jean erzählt hatte, gewisse Hemmungen hatte, meinen Partnern zu begegnen. Roland verpaßte mir eine richtig schöne, altmodische Rückenmassage und Ultraschall für das Knie. Seine Hände sind seine Augen, er tastet sich bis zum Kern der Schmerzen vor und streicht sanft, aber fest, die Entzündung weg. Dudley kann ihm nicht das Wasser reichen.

Rolands Frau hat ihm heute beim Frühstück vorgelesen, daß in Australien schon wieder Auszüge aus den Diana-Squidgey-Tonbändern aufgetaucht sind. Daß diese Gespräche versehentlich mitgehört wurden, sagte ich, könne ich mir kaum vorstellen. Er schon, erwiderte Roland und erzählte, daß er nachts oft auf seinem Sony-Weltempfänger den Polizeifunk abhört. »Im Bett. Stundenlang manchmal. Mit Kopfhörern. Gestern nacht war eine Drogenrazzia in Angleside, richtig aufregend.« Also leidet Roland auch unter Schlaflosigkeit. Nachts wachzuliegen muß besonders quälend sein, wenn man blind ist, innen und außen von Dunkel umgeben.

Besonders deprimierend an Depressionen ist die Erkenntnis, daß viele Leute bedeutend mehr Grund haben, deprimiert zu sein, als man selber, und daß einen dieses Wissen nicht etwa aus der eigenen Depression heraus-, sondern einem deutlicher denn je vor Augen führt, was für ein jämmerlicher Wicht man ist, so daß man danach noch tiefer durchhängt. Die reinste Erscheinungsform der Depression ist die, bei der man absolut keinen Grund dafür angeben kann. Wie B in *Entweder–Oder* sagt: »Wer Leid trägt oder Kummer hat, der weiß, weshalb er leidet oder Kummer hat. Fragt einen Schwermütigen, welchen Grund er dazu habe, was ihn belaste, dann wird er antworten, ich weiß es nicht, ich kann es nicht erklären. Darin liegt die Unendlichkeit der Schwermut.«

So langsam bekomme ich bei diesem eigenartigen Buch ein bißchen Durchblick. Der erste Teil besteht aus den Unterlagen von A – Notizen, Essays wie ›Der Unglücklichste‹ – und dem sogenannten ›Tagebuch des Verführers‹, das angeblich von A herausgegeben, aber von einem gewissen Johannes geschrieben worden ist. A ist ein junger intellektueller Tagedieb, der an Depressionen leidet, die er Melancholie nennt und zum Kult erhebt. In dem Tagebuch schildert Johannes, wie er ein schönes, unschuldiges Mädchen namens Cordelia verführt, nur weil er wissen will, ob es ihm gegen alle Chancen gelingt, und als er es geschafft hat, läßt er sie eiskalt fallen:

»Jetzt ist es vorbei, und ich will sie nie wiedersehen ... Jetzt ist jeder Widerstand zwecklos, und nur wenn sich ein solcher erhebt, ist es herrlich zu lieben; ist er einmal verschwunden, ist Liebe nur Schwäche und Gewohnheit.«

Es wird nicht klar, ob wir denken sollen, daß das ›Tagebuch des Verführers‹ etwas ist, was A gefunden oder erfunden hat, oder ob es in Wirklichkeit eine getarnte Beichte ist. Jedenfalls liest es sich unheimlich spannend, auch wenn kein Sex darin vorkommt. Kein Bumsen jedenfalls; von sexuellen Empfindungen ist sehr viel die Rede. Hier zum Beispiel:

»Heute ruhten meine Augen zum erstenmal auf ihr. Es heißt, der Schlaf könne die Lider so schwer machen, daß sie sich von selbst schließen; vielleicht hatte mein Blick eine ähnliche Wirkung. Ihre Augen schließen sich, und dennoch regen sich in ihr dunkle Kräfte. Sie sieht nicht, daß ich sie ansehe, aber sie spürt es, spürt es mit ihrem ganzen Körper. Ihre Augen schließen sich, und es ist Nacht, aber in ihr ist heller Tag.«

Vielleicht ist das Jakes Technik bei den Frauen.

Der zweite Teil von *Entweder–Oder* besteht aus mehreren langen Briefen von B an A, in dem dieser die Lebenseinstellung von A attackiert und ihn drängt, seine Schwermut aufzugeben und sich zusammenzureißen. B scheint Anwalt oder Richter zu sein und ist glücklich verheiratet. Ein ziemlicher Pedant, aber nicht dumm. Das, was ich vorhin zitiert habe, von der Unendlichkeit der Schwermut, ist aus seinem zweiten Brief mit dem Titel ›Das Gleichgewicht zwischen dem Ästhetischen und dem Ethischen in der Herausarbeitung der Persönlichkeit‹, aber das Buch handelt an sich von dem *Gegensatz* zwischen dem Ästhetiker und dem Ethiker. B ist der Ethiker, falls es dieses Wort gibt (gibt es, habe gerade nachgeschlagen). A sagt: Entweder-oder, egal, wofür du dich entscheidest, du wirst es bereuen. »Heirate, und du wirst es bereuen, heirate nicht, und du wirst es bereuen; heirate oder heirate nicht – du wirst beides bereuen ...« und so weiter. Deshalb ist A so interessiert an dem Phänomen der Verführung (ob Cordelias Verführung tatsächlich oder nur in der Fantasie stattgefunden hat, bleibt offen, jedenfalls ist A – und demnach auch der alte Søren – offenkundig fasziniert von der Vorstellung), weil die Ehe für ihn eine Wahl erforderlich macht (die er zwangsläufig bereuen wird), während bei der Verführung jemand anders die Wahl trifft und er seine Freiheit behält. Indem er Cordelia verführte, bewies sich Johannes, daß sie es nicht wert war, sie zu haben, er ist nun frei, sie fallenzulassen und sich wieder seiner Schwermut hinzugeben. »Meine Schwermut ist die treueste Geliebte, die ich kenne«, schreibt er. »Kein Wunder, daß ich ihre Liebe erwidere.«

B sagt, daß man eine Wahl treffen muß. Wählen bedeutet, sich ethisch zu verhalten. Er verteidigt die Ehe und wendet sich gegen die Schwermut. »Schwermut ist Sünde, eine genauso große Sünde wie alle anderen, denn es ist die Sünde, nicht tief und innig zu wollen, und dies ist die Mutter aller Sünden.« Entgegenkommenderweise setzt er dann noch hinzu: »Ich will gern zugeben, daß die Schwermut in gewisser Weise kein schlechtes Zeichen ist, denn in der Regel sind nur die begabtesten Menschen mit ihr geschlagen.« B läßt aber keinen Zweifel daran, daß das ethische Leben dem ästhetischen überlegen ist. »Wer ein ethisches Leben führt, sieht sich selbst, kennt sich selbst, durchdringt sein ganzes Wesen mit diesem Bewußtsein, läßt keine unbestimmten Gedanken in sich herumgeistern und sich von den Tücken und Kniffen verlockender Möglichkeiten ablenken ... Er kennt sich selbst.« Sally ist der ethische, ich bin der ästhetische Typ, nur mit dem Unterschied, daß ich an die Ehe glaube, so daß der Schuh nicht so recht paßt. Und wo steht Kierkegaard selbst? Ist er A oder B oder beide oder keiner von beiden? Sagt er, daß man zwischen der Philosophie von A und B wählen muß oder daß man seine Wahl – so oder so – bereuen wird?

Kierkegaard zu lesen ist wie durch dichte Wolken zu fliegen. Hin und wieder reißen sie auf, unten liegt in strahlendem Glanz die Erde hingebreitet, aber gleich darauf steckt man schon wieder in wirbelndem grauen Nebel und hat keinen Schimmer, wo man eigentlich ist.

Montag abend. Nach einem Lexikon, in dem ich gerade nachgeschlagen habe, kam Kierkegaard zu der Ansicht, daß das Ästhetische und das Ethische nur Stationen auf dem Weg zur vollen ›religiösen‹ Aufklärung sind. Das Ethische scheint dem Ästhetischen überlegen zu sein, aber letztlich stellt sich heraus, daß es durchaus keine solidere Basis hat, und dann muß man sich der Gnade Gottes überantworten. Das schmeckte mir nicht so recht. Mit diesem ›Sprung‹ aber ›wählt der Mensch letztlich sich selbst‹. Ein gespenstisch quälender, rätselvoller Satz: Wie kann man sich selbst wählen, wenn man schon man selber ist? Auf den ersten Blick blühender Unsinn, aber allmählich dämmert mir, was er damit gemeint haben könnte.

Sally signalisiert, daß sie noch sauer auf mich ist, indem sie sich heute abend nicht mit mir *Die Leute von nebenan* angesehen hat. Angeblich wegen Arbeitsüberlastung. Es ist ein Montagabendritual, daß wir uns zusammen vor die Glotze setzen. Komisch, aber auch wenn man eine Sendung noch so gut kennt, weil man das Drehbuch geschrieben hat, auf den Proben und bei der Aufzeichnung war und ein Videoband der endgültigen Fassung gesehen hat, ist es immer noch ein eigenartiges und sehr aufregendes Gefühl – so ähnlich, wenn auch ein bißchen abgeschwächt, wie die Premiere eines Theaterstücks, das man selbst geschrieben hat –, die Folge dann über den Fernsehschirm flimmern zu sehen. Man weiß, daß in diesem Moment Millionen von Zuschauern sie mit einem sehen (die aber zum erstenmal), daß man nichts mehr ändern, nichts mehr stoppen kann. Wenn am Montagabend der letzte Werbespot vor der Sendung ausgeblendet wird, die vertraute Kennmelodie erklingt und der Titel über den Schirm läuft, kriege ich regelmäßig Herzklopfen, ich ertappe mich dabei, daß ich mit den Schauspielern mitgehe wie bei einer Live-Übertragung, bei allen Dialogen, allen Gags um die Wirkung zittere, obgleich ich natürlich vom Kopf her weiß, daß jede Silbe und jede Pause, jede Nuance in Stimme und Bewegung, jede Reaktion der Studiogäste bereits unabänderlich festgehalten ist.

Sally hat es schon vor Jahren aufgegeben, meine Drehbücher zu lesen, oder ich habe es – was mehr oder weniger auf dasselbe herauskommt – aufgegeben, sie ihr zu zeigen. Sie hat sich für die Grundidee der Serie nie so recht begeistern können und glaubte nicht an einen großen Erfolg. Als dann der Durchbruch kam, freute sie sich natürlich für mich, und auch daß das Geld sprudelte, als hätten wir im Garten eine Ölquelle entdeckt, war ihr durchaus willkommen, von ihrem ursprünglichen Urteil aber ist sie – typisch Sally – trotzdem nicht abgegangen. Als sie dann in ihren Job so eingespannt war, mochte ich sie nicht mehr mit Drehbüchern nerven. Eigentlich ist es mir auch lieber, wenn sie die Serie ganz unbeeinflußt im Fernsehen guckt. Ihre Reaktion mal acht genommen ist für mich der Gradmesser für die Akzeptanz bei den übrigen zwölf Millionen neunhundertneunundneunzig Zuschauern. Wenn Sally verhalten kichert, fällt das englische Fernsehvolk reihenweise von den Stühlen vor Lachen. Heute aber war ich solo und fand das überhaupt nicht lustig.

Dienstag nachmittag, 2. März. Alexandra hatte Schnupfen, und wenn sie sich schneuzte, hörte sie sich an wie ein Anfänger auf dem Kornett. »Nehmen Sie's mir nicht übel«, sagte ich, »aber wenn Sie so weitermachen, kriegen Sie noch was mit den Nebenhöhlen. Ich hatte mal eine Yogalehrerin, die hat mir gezeigt, wie man sich richtig die Nase schneuzt.« Ich machte es vor, indem ich einen Finger erst an den einen, dann an den anderen Nasenflügel drückte. Alexandra bedankte sich matt lächelnd für den guten Rat. Das ist so mit das einzige, was bei mir vom Yoga-Unterricht hängengeblieben ist: Wie man sich die Nase schneuzt.

Alexandra fragte, wie es mir in der letzten Woche ergangen sei, und ich erzählte ihr von der ungewissen Zukunft von *Die Leute von nebenan.* Sie wollte wissen, was ich machen würde.

»Keine Ahnung. Ich weiß nur, daß ich es – so oder so – bereuen werde. Wenn ich Priscilla aus der Serie herausschreibe, werde ich es bereuen, wenn ich das jemand anderem überlasse, werde ich es bereuen. Ich habe Kierkegaard gelesen«, setzte ich hinzu in der geheimen Hoffnung, damit bei ihr Eindruck zu schinden, aber sie reagierte gar nicht. Vielleicht hatte sie es auch nicht mitgekriegt, bei dem Wort ›Kierkegaard‹ hatte sie sich gerade die Nase geputzt.

»Sie präjudizieren die Entscheidung«, sagte sie. »Sie fordern den Fehlschlag geradezu heraus.«

»Ich sehe das ganz realistisch. Mein Wankelmut ist unheilbar.« Und dann erzählte ich ihr von der Aufzeichnung am Sonntag, zu der ich dann doch noch gefahren war.

»Immerhin war das eine Entscheidung, die Sie durchgezogen haben«, stellte Alexandra fest. »Bedauern Sie das?«

»Ja, weil ich mich damit Sally gegenüber ins Unrecht gesetzt habe.«

»Da wußten Sie ja noch nicht, daß sie die Nachbarn eingeladen hatte.«

»Nein, aber ich hätte besser zuhören können. Außerdem wußte ich, daß sie es auch wegen der Straßenverhältnisse nicht gern sah, wenn ich ins Studio fuhr, und deshalb bin ich losgebraust, ehe sie es mir ausreden konnte. Sonst hätte ich das mit den Websters vielleicht doch noch mitgekriegt.«

»Und wären Sie dann zu Hause geblieben?«
»Natürlich.«
»Und wünschten Sie, daß es so gekommen wäre?«
Ich überlegte einen Augenblick. »Nein.«
Wir lachten beide ziemlich hoffnungslos.

Bin ich hoffnungslos und verzweifelt? Nein, so dramatisch würde ich es nicht ausdrücken. Ich bin eher im Zweifel, wie B das nennt. Er macht einen Unterschied zwischen Zweifel und Verzweiflung. Verzweiflung ist besser, weil sie einen zu einer Wahl zwingt. »Wähle denn die Verzweiflung; denn die Verzweiflung selbst ist eine Wahl. Man kann zweifeln, ohne den Zweifel zu wählen, aber man kann nicht verzweifeln, ohne die Verzweiflung zu wählen. Man wählt sich selbst – doch nicht in seiner Unmittelbarkeit, nicht als dieses zufällige Individuum, sondern in der ewigen Bedeutung seiner Persönlichkeit.« Hört sich ziemlich hochgestochen an, aber kann man die Verzweiflung wählen, ohne sich früher oder später umzubringen? Kann man die Verzweiflung akzeptieren, mit ihr leben, auf sie stolz sein, über sie frohlocken?

In einem Punkt, sagt B, ist er mit A einer Meinung: Daß man als Dichter zwar immer unglücklich sein wird, weil ›das Dichterdasein als solches sich in jener Obskurität vollzieht, die sich aus einer nicht bis zur letzten Konsequenz gelebten Verzweiflung ergibt und darin, daß die Seele ständig in Verzweiflung fröstelt und der Geist nicht seine wahre Transparenz zu finden vermag‹. Demnach kann man in Verzweiflung frösteln, ohne sie gewählt zu haben. Ist das mein Zustand? Gilt das für Drehbuchschreiber ebenso wie für Dichter?

Philip Larkin kannte diese Art der Verzweiflung. Ich habe gerade noch mal ›Mr. Bleany‹ gelesen:

Aber als er so da stand und sah
Den eiskalten Wind die Wolken zerzausen,
In muffigem Bett liegend ja
Zugeben mußte, sehr kläglich zu hausen,
Grienend und fröstelnd ohne die Angst zu verlieren,
So gemessen zu werden, wie wir vegetieren
Und er in seinem Alter nur ein schäbiges Zimmer
Vorweisen konnte: da wurde er immer
Überzeugter, er verdient's wohl nicht besser …
Ich weiß nicht, ob's wirklich ein Wertemesser?

Es kam mir vor wie ein Echo: »Fröstelnd … Angst … weiß nicht …«

Auf Larkin hat mich etwas gebracht, was heute in der Zeitung stand. Angeblich kommt er in Andrew Motions Biographie noch schlechter weg als in der Ausgabe seiner Briefe, die vor kurzem herausgekommen ist. Die *Briefe* habe ich nicht gelesen und will es auch gar nicht. Und mit der Biographie geht es mir genauso. Larkin ist mir von den modernen Lyrikern der liebste (und so mit der einzige, den ich verstehe), und ich denke nicht daran, mir die Freude an ihm verderben zu lassen. Wenn er mit Kingsley Amis telefonierte, soll er zum Schluß immer gesagt haben: »Scheiß auf Oxfam.« Nun gibt es weiß Gott Schlimmeres – ich denke da an die bewaffneten Banden in Somalia, die Oxfam und andere Hilfsorganisationen noch viel übler bescheißen, indem sie die für hungernde Frauen und Kinder bestimmten Spenden stehlen –, aber die Bemerkung war trotzdem dumm und überflüssig, und er hätte es nicht zu sagen brauchen. Ich holte mein Scheckbuch heraus und überwies 50 Pfund an Oxfam. Für Philip Larkin. So wie Maureen früher Ablässe sammelte und sie ihrem toten Großvater gutschreiben ließ. Sie hat mir die Sache mit Buße und Fegefeuer und so weiter mal ausführlich erklärt, total bescheuertes Zeug. Maureen Kavanagh. Was wohl aus ihr geworden ist? Und wo mag sie jetzt sein?

Mittwoch, 3. März, spät. Heute abend habe ich den Penner vor meiner Haustür kennengelernt. Und das kam so:

Amy und ich hatten uns im National Theatre *Ein Inspektor kommt* angesehen. Eine glänzende Inszenierung mit einem großartigen surrealistischen Bühnenbild, ohne Pause durchgespielt, wie ein Traum, den man am anderen Morgen noch glasklar in Erinnerung hat. Priestley war eigentlich nie so recht mein Fall, aber heute abend kam er mir vor wie ein zweiter Sophokles. Sogar Amy war hin- und hergerissen und hat beim Essen nicht ein einziges Mal versucht, das Stück umzubesetzen. Wir waren ins *Ovations* gegangen und hielten uns an die Vorspeisen, weil die immer besser sind als der Hauptgang, Amy nahm zwei und ich drei, dazu tranken wir eine Flasche Sancerre. Gesprächsstoff hatten wir genug: Das Stück. Meinen Ärger mit Heartland. Amys neuesten Zoff mit Zelda. Amy hat beim Waschen in Zeldas Schulbluse eine Pille gefunden, die sie für Ecstasy oder aber eine Antibabypille hält – was ihrer Meinung nach schlimmer wäre, läßt sie offen –, traut sich aber nicht, ihre Tochter darauf anzusprechen, weil die natürlich sauer ist, wenn Amy in ihren Sachen herumschnüffelt. Sie angelte die Pille, sorgfältig in einem Luftpostumschlag verwahrt, aus ihrer voluminösen Handtasche und legte sie mir zur Begutachtung auf den Brotteller. Sieht aus wie ein Tic-Tac, sagte ich und erbot mich, daran zu lutschen. Tatsächlich, ein Pfefferminzbonbon für frischen Atem. Nach der ersten Erleichterung runzelte Amy die Stirn.

»Wozu braucht sie denn was gegen schlechten Mundgeruch? Sie knutscht wohl mit Jungs rum.«

»Hast du das in ihrem Alter nicht gemacht?« fragte ich.

»Ja, aber wir haben uns nicht gegenseitig die Zunge in den Hals gesteckt wie die Jugend von heute.«

»Wir schon. Französisch küssen hieß das bei uns.«

»Heutzutage kann man Aids davon kriegen«, sagte Amy, was ich heftig bestritt, obgleich ich mich da nicht auskenne.

Dann erzählte ich ihr von Paragraph vierzehn. Es sei eine Schande, fand sie, ich solle Jake in die Wüste schicken und vom Schriftstellerverband den Vertrag anfechten lassen. Mit einem Agentenwechsel, sagte ich, sei das Problem nicht gelöst, und Jakes Anwalt habe den Vertrag schon geprüft und festgestellt, daß er wasserdicht sei.

»Merde«, sagte Amy. Wir spielten die verschiedensten Ideen durch, Priscilla aus der Serie hinauszuschreiben, die um so schwachsinniger wurden, je tiefer der Pegel in unserer Weinflasche sank: Bei Priscilla meldet sich ein früherer Ehemann, den sie für tot gehalten und Edward gegenüber nie erwähnt hat; Priscilla läßt sich eine Geschlechtsumwandlung machen; Priscilla wird von Außerirdischen entführt... Ich bin ja immer noch der Meinung, die beste Lösung wäre, Priscilla in der letzten Folge dieser Staffel sterben zu lassen. Daß Ollie und Hal dagegen sind, wunderte Amy gar nicht.

»Der Tod hat in einer Comedy-Serie nichts zu suchen«, befand sie.

Das sei eine ziemlich extreme Reaktion, sagte ich.

»O Himmel, du redest genau wie Karl«, stöhnte Amy.

Sie spricht nur selten von dem, was sich zwischen ihr und diesem Kiss abspielt, in dieser Hinsicht ist sie nicht sehr redselig. Ich weiß nur, daß sie sich jeden Wochentag Punkt neun in seiner Praxis einstellt, dann kommt er ins Wartezimmer und sagt guten Morgen, sie geht mit ihm ins

Sprechzimmer und legt sich auf die Couch, er setzt sich hinter sie, und sie redet fünfzig Minuten lang. Man soll sich vorher kein Thema zurechtlegen, sondern das rauslassen, was einem gerade durch den Kopf geht. Ich habe Amy mal gefragt, was passiert, wenn einem nichts einfällt, und sie sagt, dann hält man eben den Mund. Theoretisch kann man das fünfzig Minuten machen und muß trotzdem blechen, aber bei Amy ist das natürlich noch nie vorgekommen.

Gegen elf kamen wir aus dem Restaurant, ich setzte Amy in ein Taxi und ging zu Fuß nach Hause, weil das angeblich gut für mein Knie ist. Roland sagt, ich soll jeden Tag mindestens eine halbe Stunde laufen. Ich gehe immer gern über die Waterloo Bridge, besonders nachts, wenn Big Ben und das Parlament im Westen, die Kuppel von St. Paul's und die nadelspitzen Türme anderer Wren-Kirchen im Osten angestrahlt sind und am Horizont das rote Licht der Canary Wharf leuchtet. Von der Waterloo Bridge aus wirkt London immer noch überwältigend. Die Ernüchterung setzt ein, wenn man auf den Strand einbiegt und in allen Ladeneingängen dunkle Gestalten in ihren Schlafsäcken liegen sieht wie Mumien im Museum.

Und auch mein Penner war schon da. Er steckte bis zu den Hüften in seinem Schlafsack, lehnte an der Wand und rauchte eine Selbstgedrehte.

»Hey, was soll denn das? Hier können Sie nicht schlafen«, sagte ich.

Er sah hoch und strich sich die strähnigen roten Haare aus den Augen. Siebzehn, würde ich sagen. Schwer zu schätzen. Am Kinn hat er einen Anflug von dünnen rötlichen Bartstoppeln.

»Ich schlaf doch gar nicht«, sagte er.

»Ich hab Sie hier aber schon schlafen sehen«, sagte ich. »Hauen Sie ab.«

»Warum? Ich tu ja keinem was.« Er zog in seinem Schlafsack die Knie an, damit ich vorbeikam, ohne auf ihn zu treten.

»Das hier ist Privateigentum.«

»Eigentum ist Diebstahl«, sagte er mit einem verschlagenen Lächeln, als wollte er mich auf die Probe stellen.

»Sieh mal an!« In meiner Verblüffung flüchtete ich mich in die Ironie. »Ein Penner, der Marx zitiert. Was es nicht alles gibt ...«

»Das war nicht Marx«, sagte er. »Es war dieser Prudeltyp.«

»Prudeltyp?«

Sein Blick verschwamm, und er schüttelte ein bißchen ratlos den Kopf. »Oder so ähnlich. Marx war es nicht. Ich hab's mal nachgeschlagen.«

»Alles in Ordnung, Sir?«

Ich fuhr herum. Hinter mir standen – wie bestellt – zwei Polizisten. Nur konnte ich sie jetzt gar nicht gebrauchen. Noch nicht jedenfalls. Irgendwie widerstrebte es mir, den Jungen unseren Ordnungskräften zu überantworten. Wahrscheinlich hätten sie ihn nur ein Haus weitergeschickt, aber für solche Überlegungen hatte ich in diesem Moment keine Zeit. »Ja, danke, alles klar. Ich kenne den jungen Mann.«

Der junge Mann hatte sich aufgerappelt und rollte eilfertig seinen Schlafsack zusammen.

»Wohnen Sie hier, Sir?« fragte mich der Polizist. Beflissen zückte ich meinen Hausschlüssel. Das Funkgerät seines Kollegen quakte – irgendwas von einem Einbruch in der Lisle Street –, die beiden wechselten noch ein paar Worte mit mir und zogen dann im Gleichschritt ab.

»Danke«, sagte der Junge.

Schon bedauerte ich meine Entscheidung. (»Wenn du ihn verpfeifst, wirst du es bedauern, wenn du ihn nicht verpfeifst, wirst du es bedauern, verpfeife ihn oder verpfeife ihn nicht, bedauern wirst du beides …«) Am liebsten hätte ich ihn mit ein paar deutlichen Worten zum Teufel geschickt, aber als ich mich umdrehte, sah ich, daß die beiden Polizisten mich von der nächsten Ecke aus beobachteten. »Also kommen Sie meinetwegen ein paar Minuten rein«, sagte ich.

Er beäugte mich argwöhnisch unter seinem strähnigen Haar. »Wenn Sie nicht vom anderen Ufer sind …«

»Um Himmels willen, nein.« Als wir im Aufzug nach oben fuhren, begriff ich, warum ich das wundersame Eingreifen der beiden Polizisten nicht genutzt hatte. Das Sätzchen ›Ich hab's mal nachgeschlagen‹ hatte mich verunsichert und für ihn gewonnen. Mir war, als wäre ich vor der Haustür einer jüngeren, weniger privilegierten Ausgabe meiner selbst begegnet.

»Sauber«, sagte er anerkennend, als ich aufgeschlossen und Licht gemacht hatte. Er ging ans Fenster und sah auf die Straße herunter. »Von dem Verkehr hört man kaum was. Ein echter Hammer.«

»Doppelverglasung«, sagte ich. »Jetzt hören Sie mal zu. Ich hab Sie nur mit nach oben genommen, damit die Polizei kein Theater macht. Sie können einen Tee haben, wenn Sie wollen –«

»Bestens.« Er setzte sich prompt aufs Sofa.

»– aber dann ziehen Sie Leine und lassen sich hier nie mehr blicken, ist das klar?« Er nickte, wenn auch nicht besonders überzeugend, und holte eine Büchse Tabak aus der Tasche. »Und geraucht wird hier nicht«, setzte ich hinzu.

Seufzend steckte er die Büchse wieder ein. Er trug die übliche Kluft des jungen West-End-Penners: gefütterter Anorak, Jeans und Springerstiefel, dazu einen schmuddeligen braunen Strickschal, der ihm fast bis zu den Knöcheln reichte.

»Kann ich das ausziehen?« Er schälte sich, ohne meine Antwort abzuwarten, aus dem Anorak. »Hier ist es nämlich ein Stück wärmer, als ich es gewöhnt bin.« Ohne die Vermummung, nur in einem abgetragenen Pulli mit durchlöcherten Ärmeln, wirkte er schmal und schutzlos. »Sie sind nicht oft hier, was? Wo wohnen Sie denn sonst?« Ich sagte es ihm. »Das ist irgendwo im Norden, nicht? Wozu brauchen Sie denn zwei Buden?«

Seine Neugier machte mich etwas nervös, deshalb drehte ich den Spieß um und fragte ihn ein bißchen aus. Er heißt Grahame mit *e*, wie er betonte, als sei dieses stumme Anhängsel so was wie ein Adelsprädikat –, kommt aus Dagenham und aus den für diese jungen Leute typischen Verhältnissen: kaputte Familie, Vater längst über alle Berge, Mutter Alkoholikerin. Der Junge schwänzt die Schule, bekommt mit zwölf zum erstenmal Ärger mit der Polizei. Wird in eine Pflegefamilie gesteckt, haut dort ab, kommt ins Heim, haut wieder ab und taucht im West-End unter. Lebt vom Betteln und Gelegenheitsjobs wie Werbezettelverteilen am Leicester Square, Autowaschen in Soho. Warum er sich nicht um einen regulären Job bemühe, wollte ich wissen, worauf er feierlich sagte: »Weil ich meine Freiheit liebe.« Der Junge ist eine erstaunliche Mischung aus Naivität und auf der Straße erworbener Weltgewandtheit, die mit überraschenden Wissensbrocken gespickt ist. Er griff nach Kierkegaards *Wiederholung* – ich hatte das Buch heute in einem Antiquariat in der Charing Cross Road gekauft – und besah sich den Band mit gefurchter Stirn.

»Kierkegaard. Der erste Existentialist ...«

Ich lachte laut heraus. »Was wissen denn Sie von Existentialismus?«

Wahrscheinlich hat er so was wie ein fotografisches Gedächtnis. Irgendwo hatte er den Satz gelesen und sich gemerkt, ohne zu wissen, was er bedeutete. Woher er den Namen Kierkegaard denn habe, wollte ich wissen.

»Aus der Bibliothek. Weil der Typ sich so komisch schreibt. Wie in den Comics. *Aarrgh!*« Er sei oft in der Westminster Reference Library am Leicester Square und blättere in den Nachschlagewerken. »Wenn du nur hingehst, um dich zu wärmen, schmeißen sie dich raus. Aber wenn du in ihren Büchern liest, können sie nichts machen.«

Je länger wir redeten, desto schwerer fiel es mir, ihn wieder in die Kälte hinauszuschicken.

»Wo werden Sie denn heute schlafen?« fragte ich.

»Weiß nicht. Kann ich nicht da unten schlafen?«

»Nein«, sagte ich energisch. Er seufzte. »Schade. Netter Platz, zieht so gut wie gar nicht. Na ja, ich find schon was.«

»Wieviel kostet das billigste Bett in dieser Gegend?«

Er taxierte mich. »Fünfzehn Pfund.«

»Wer's glaubt, wird selig ...«

»Ich geh doch nicht ins Asyl«, sagte er aufgebracht, »oder zur Heilsarmee, wo die schmierigen alten Männer die ganze Nacht rumhusten und rumfurzen und dir auf dem Klo an die Wäsche gehen. Da schlaf ich lieber auf der Straße.«

Schließlich gab ich ihm die fünfzehn Pfund und brachte ihn nach unten. Er bedankte sich lässig, schlug den Kragen hoch und machte sich in Richtung Trafalgar Square davon. Ob er den unerwarteten Segen wirklich für eine Übernachtung ausgeben wird, wage ich zu bezweifeln – er könnte zwei, drei Tage davon leben –, aber mein Gewissen ist beschwichtigt. Oder?

Ehe ich ins Bett ging, versuchte ich, mit Hilfe des Lexikons dem Geheimnis des ›Prudeltyps‹ auf die Spur zu kommen. Prud ... Praud ... Tatsächlich, da war er. »Proudhon, Pierre Joseph, 1809–65, französischer Sozialist. Sein Pamphlet

›Was ist Eigentum‹ (1840) postulierte, Eigentum sei Diebstahl.« Man lernt doch nie aus ...

Donnerstag abend, 4. März. Seit ein paar Monaten ist die Rolltreppe zwischen dem Taxistand im Untergeschoß von Euston Station und der Bahnhofshalle nicht mehr in Betrieb. Vorher wurde im Schutze einer Bretterwand wochenlang daran herumrepariert, und die Fahrgäste oder ›Kunden‹, wie wir neuerdings bei British Rail heißen, die sich mit Gepäck, Babys, Kinderkarren oder alten und fußkranken Verwandten die Behelfstreppe hinaufquälten, hörten hinter dieser Hürde das Hämmern und Klopfen der Monteure, die sich mit dem altersschwachen Räderwerk abmühten. Dann verschwand die Bretterwand, die Rolltreppe rollte – um nach wenigen Tagen erneut den Geist aufzugeben. Inzwischen steht sie schon lange still, und kein Monteur läßt sich mehr blicken. Mit typisch britischem Gleichmut benutzen die Fahrgäste sie nun wie eine normale Treppe, auch wenn die Stufen unbequem hoch sind. Irgendwo ist auch ein Aufzug, aber wenn man den nehmen will, braucht man einen Gepäckträger, und Gepäckträger sind am Taxistand weit und breit nicht zu sehen.

Neuerdings ist an dem maroden Fahrgastbagger ein Zettel angebracht:

GUTE NACHRICHT: NEUE ROLLTREPPE FÜR EUSTON. ZU UNSEREM BEDAUERN IST DIESE ROLLTREPPE AUSSER BETRIEB. IHRE ZEIT IST ABGELAUFEN (SIC!). HERSTELLUNG UND EINBAU EINER NEUEN ROLLTREPPE SIND IN VORBEREITUNG. MIT DER FERTIGSTELLUNG UND INBETRIEBNAHME WIRD FÜR AUGUST 1993 GERECHNET.

Intercity-Geschäftsführer Instandhaltung

Heute mittag habe ich mit Jake im Groucho gegessen und mit ihm zusammen zwei Flaschen Beaujolais Village geleert, was ich später bitter bereute. Von dort aus war ich gleich nach Euston gefahren. Ich war ziemlich früh dran und nutzte die Wartezeit, um mir leicht schwankend und leise kichernd die Bekanntmachung an der kaputten Rolltreppe abzuschreiben, was mir schräge Blicke von Fahrgästen einbrachte, die ihren mühseligen Aufstieg überhaupt nicht zum Lachen fanden.

›Ihre Zeit ist abgelaufen ...‹ – ein schönes Motto für British Rail im Schlagschatten der Privatisierung.

Im Zug schlief ich ein. Als ich mit trockenem Mund und dröhnendem Schädel aufwachte, fuhr er gerade in Rummidge Expo wieder ab. Auf dem Parkplatz schimmerte das Plutokratomobil bleich im Licht der Bogenlampen. Auf Rummidge Central mußte ich eine halbe Stunde auf den Gegenzug warten und trieb mich, um die Zeit totzuschlagen, eine Weile in der Einkaufspassage herum. An den Schaufensterscheiben klebten Ausverkaufsschilder, oder man sah in Ladenräume, die nach der Pleite des Inhabers oder Pächters nur noch Staub und Leere feilboten. Ich kaufte mir eine Abendzeitung und las die Schlagzeilen MAJOR MACHT FRONT GEGEN WELTUNTERGANGSPROPHETEN und 900 000 BÜROKRÄFTE OHNE ARBEIT. Aus versteckten Lautsprechern rieselte besänftigende Konservenmusik.

Dann stieg ich wieder in die unterirdische Düsternis der Bahnsteige hinab. Der Zug hatte Verspätung. Wartende Fahrgäste kauerten, die Hände in den Taschen, auf den Holzbänken, ihr Atem stand weißen Wölkchen gleich in der feuchten, frostigen Luft. Sehnsüchtig blickten sie an den Gleisen entlang zur Tunnelöffnung, wo ein rotes Signallicht leuchtete. Eine näselnde Stimme entschuldigte sich für die Verspätung ›aufgrund einer Betriebsstörung‹.

Ihre Zeit ist abgelaufen ... Am Dienstag war Samantha bei Jake.

»Ausgeschlafener Typ, die Kleine«, sagte er. »Schönen Dank, daß du sie zu mir geschickt hast.«

»Geschickt ist gut! Ich habe sie ausdrücklich vor deiner lockeren Moral gewarnt.«

Er lachte. »Keine Sorge, alter Junge. Nicht mein Typ. Zu formlose Knöchel.«

»So weit nach unten ist mein Blick noch gar nicht gekommen.«

»Beine sind mir sehr wichtig«, sagte Jake. »Meine Linda zum Beispiel ...«

Er verbreitete sich minutenlang über die schwarz bestrumpften Beine seiner neuen Sekretärin, die wie Scherenblätter unter dem taschentuchgroßen Röckchen auf- und zuklappen, wenn sie zwischen Vorzimmer und Chefbüro hin- und hergeht. »Ich muß sie haben«, sagte er. »Es ist nur eine Frage der Zeit.« Da war die zweite Flasche schon zur Hälfte leer. Ich fragte ihn, ob er wegen seiner Frauengeschichten nicht manchmal ein schlechtes Gewissen habe.

»Aber klar. Das ist ja gerade der Witz bei der Sache. Der Reiz des Verbotenen. Ich will dir eine Geschichte erzählen (Jake schenkte erst mir, dann sich nach), die ich letzten Sommer erlebt habe. Ich saß an einem Sonntagnachmittag im Garten – Rhoda hatte in der Küche zu tun – und las Zeitung, und nebenan spielten Kinder in einem dieser aufblasbaren Planschbecken. Es war ein heißer Tag. Die Nachbarn hatten Besuch, hinter der Hecke waren zwei Jungen und zwei Mädchen so im Alter von vier bis sechs. Sie waren nicht zu überhören, du weißt ja, wenn Kinder Wasser zum Spielen haben, sind sie noch lauter als sonst. Das Gekreische und Gequieke und Geplansche ging mir allmählich auf den Geist. Im letzten Sommer war es selten so warm, daß man an den Wochenenden draußen sitzen konnte, und die Gören verdarben mir den heiligen Sonntag. Ich hievte mich also aus meinem Liegestuhl und ging zur Hecke, weil ich sie bitten wollte, den Ton ein bißchen leiser zu stellen. Und da hörte ich eins der kleinen Mädchen sagen – offenbar zu einem der kleinen Jungen: ›Ihr dürft uns nicht die Schlüpfer runterziehen, das macht man nicht.‹ Eine sehr klare, gebildete Mittelstandskinderstimme. Mich hat's fast umgehauen, ich mußte mir die Faust in den Mund stecken, um nicht laut herauszuprusten. Natürlich hatte die Kleine das nicht sexuell gemeint, aber für mich war mit diesem Satz alles zum Thema gesagt. Die Welt ist voll von schönen Frauen, und wir dürfen ihnen nicht die Schlüpfer runterziehen – es sei denn, wir sind mit ihnen verheiratet, und dann macht es keinen Spaß. Nur ab und zu läßt uns eine ran – wenn wir Glück haben. Unter den Schlüpfern ist es natürlich überall dasselbe – anatomisch, meine ich – aber auch immer wieder anders. Eben wegen der Schlüpfer. ›Ihr dürft uns nicht die Schlüpfer runterziehen.‹ Trifft genau ins Schwarze.« Jake leerte sein Glas.

Freitag abend, 5. März. In die Wellbeing Clinic zur Akupunktur. Heute abend fühle ich mich irgendwie positiver als sonst, aber ob das vom Akupunktieren kommt oder von der alkoholischen Enthaltsamkeit, könnte ich nicht sagen. Miss Wu hat mich heute nicht mit Nadeln, sondern mit Hitze behandelt. An den Druckpunkten legt sie Kügelchen auf, die wie Weihrauch aussehen, und zündet sie mit einem brennenden Wachslicht an. Sie glühen rot auf, und ein leicht parfümierter Rauch steigt hoch. Ich komme mir vor wie ein wandelndes Räucherstäbchen. Beim Verbrennen gibt das Kügelchen Hitze ab, die Wirkung ist ganz ähnlich wie beim Nadeln, aber sie muß die Reste rasch mit einer

Pinzette wegnehmen, damit es keine Brandblasen gibt. Ich muß ihr genau sagen, wann es anfängt weh zu tun, sonst riecht es nicht nur nach Weihrauch, sondern auch nach verbranntem Fleisch. Das ist eine spannende Sache.

Miss Wu erkundigte sich nach meiner Familie. Etwas beschämt mußte ich gestehen, daß ich nichts Neues zu berichten hatte. Ich erinnere mich dunkel, daß Sally vor ein paar Tagen mit Jane telefoniert hat, aber ich habe nicht mitgekriegt, worum es ging, und mich nicht getraut, Sally später danach zu fragen, weil sie immer noch sauer wegen der Websters ist. In der letzten Zeit war ich wohl wirklich ein bißchen daneben. Ich habe viel Kierkegaard gelesen und eine Biographie über ihn von Walter Lowrie. Auch dieses Tagebuch kostet eine Menge Zeit, ich habe es mal ausgedruckt und staune, wie viele Seiten es schon sind. Kierkegaards Tagebücher umfassen ungekürzt zehntausend Seiten, ich habe mir in der Charing Cross Road eine Auswahl als Taschenbuch gekauft. Ziemlich am Anfang fand ich einen Abschnitt über einen Arztbesuch, der mich aufhorchen ließ. Kierkegaard fragte den Arzt, ob er meine, Schwermut ließe sich durch Willenskraft besiegen. Er bezweifle es, antwortete der Arzt, schon der Versuch könne gefährlich sein. Kierkegaard fand sich damit ab, mit seiner Depression zu leben:

»In diesem Moment war meine Wahl getroffen. Diese schwere Deformation und die sich daraus ergebenden Leiden (die andere zweifellos zum Selbstmord getrieben haben würden, sofern ihnen noch genug Elan geblieben wäre, diese Qualen in ihrem ganzen Umfang zu begreifen) betrachte ich nun als meinen Pfahl im Fleisch, meinen Makel, mein Kreuz …«

Der Pfahl im Fleisch? Nicht zu glauben …

Søren Kierkegaard. Schon der Name auf dem Titelblatt hat für ein englisches Auge etwas sehr Fremdes, fast Exotisches. Dieses merkwürdige durchgestrichene o wirkt – gleich der Null auf dem Computerschirm – wie aus einer von einem Science-Fiction-Autor erdachten synthetischen Sprache. Und auch das doppelte a im Nachnamen ist für uns ungewöhnlich. Soviel ich weiß, gibt es kein Wort mit englischer Wurzel, das zwei a hintereinander hat, und wohl auch kaum Lehnwörter. Ich könnte mich schwarzärgern über diese Typen, die vor ihre Kleinanzeigen in der Zeitung eine Reihe sinnloser AAAs setzen, nur damit sie ganz an den Anfang der Spalte kommen: »AAAA Escort zu verkaufen, EZ 89, 50 000 Meilen, £ 3000 VB.« So was müßte verboten werden. Ich habe gerade die erste Seite meines Lexikons aufgeschlagen: aa, aardvark, Aarhus … Aa ist ein hawaiisches Wort für einen vulkanischen Felsen; aardvark ist Afrikaans und bedeutet Ameisenbär. »Aardvark-grauer Escort zu verkaufen« – das wäre mal ein Blickfang (bei Nacht sind alle aardvarks grau).

Wenn man erst mal angefangen hat, in einem Lexikon zu blättern, gibt es bald kein Halten mehr. Aarhus, eine dänische Hafenstadt, kann man auch Århus schreiben. Lebte Kierkegaard heute, würde er sich Kierkegård schreiben. Noch mehr aber erstaunte mich, daß ich die ganze Zeit seinen Namen falsch ausgesprochen hatte, nämlich so ähnlich wie ›Keikegaad‹. Nachdem ich etwas tiefer in die Geheimnisse der dänischen Aussprache eingedrungen war, stellte ich fest, daß es eigentlich ›Sören Kirgegor‹ heißen müßte. Trotzdem – ich bleibe lieber bei der englischen Version.

Das å erinnert mich an etwas, aber ich weiß nicht an was. Frustrierend. Nicht dran denken, dann fällt es mir irgendwann bestimmt wieder ein.

Ich habe inzwischen auch *Die Wiederholung* gelesen. Der Untertitel lautet *Ein Versuch in der experimentierenden Psychologie.* Ein wunderliches Buch, aber wunderlich sind sie ja alle, jedes auf seine Art. In allen tauchen die gleichen Themen, die gleichen Obsessionen auf: Werbung, Verführung, Unentschlossenheit, Schuldgefühle, Depression, Verzweiflung. *Die Wiederholung* ist von einem fiktiven Constantin Constantius geschrieben, dem Freund und Vertrauten eines namenlosen jungen Mannes, der ein bißchen wie A in *Entweder–Oder* ist. Der junge Mann verliebt sich in ein Mädchen, das seine Gefühle erwidert, und sie verloben sich. Statt sich aber darüber zu freuen, verfällt der Mann sofort in eine fürchterliche Depression. (Constantius sagt ›Schwermut‹ dazu, wie Kierkegaard in seinen *Tagebüchern.*) Ausgelöst wird diese Reaktion durch ein Versfragment (der junge Mann würde auch gern Dichter werden), das ihm ständig im Kopf herumgeht:

Im Lehnstuhl mich ein Traum beschlich
Aus meiner Jugend Frühlingswonne.
Nach dir erfüllt ein Sehnen mich
Du aller Frauen Licht und Sonne.

Der junge Mann ist der klassische Fall des Unglücklichsten. Statt in der Gegenwart zu leben und seine Verlobung zu genießen, erinnert er sich an die Zukunft. Das heißt, er stellt sich vor, wie er gleich dem Sprecher in dem Gedicht von der Warte des enttäuschten Alters auf seine Jugendliebe zurückblickt, und nun erscheint ihm eine Ehe völlig sinnlos. »Er war tief und innerlich verliebt, das war klar, und doch war er imstande, gleich an einem der ersten Tage sich an seine Liebe zu erinnern. Im Grunde war er mit dem ganzen Verhältnis fertig. Indem es beginnt, hat er einen so erschreckenden Schritt getan, daß er das Leben übersprungen hat.« Constantius faßt zusammen: »So sehnt er sich nach dem Mädchen, er muß sich selbst Gewalt antun, um nicht den ganzen Tag an ihr zu hängen, und doch ist er im ersten Augenblick ein alter Mann geworden im Hinblick auf das ganze Verhältnis … Daß er unglücklich werden würde, das war wohl klar, daß das Mädchen dies gleichfalls würde, war nicht weniger klar.« Aber wie soll er das anstellen, ohne seine Verlobte zutiefst zu verletzen?

Constantius rät ihm, einem Ladenmädchen eine Wohnung einzurichten und so zu tun, als sei es seine Geliebte, damit seine Verlobte ihn verachtet und selbst die Verlobung löst. Der junge Mann schickt sich an, den Rat zu befolgen, verliert aber im letzten Moment die Nerven und setzt sich aus Kopenhagen ab. Nach einiger Zeit meldet er sich brieflich bei Constantius und analysiert in seinen Briefen sein Verhalten und seine Empfindungen dem Mädchen gegenüber. Natürlich ist er noch immer völlig besessen von ihr. Er wird zu einem unglücklichen Erinnerer: »Was ich jetzt mache? Ich beginne von vorne, und danach beginne ich von rückwärts. Ich fliehe jede äußere Erinnerung an das Ganze, während meine Seele Tag und Nacht im Wachen oder im Träumen sich unablässig damit beschäftigt.« Er vergleicht sich mit Hiob. (Habe zum erstenmal das Buch Hiob gelesen. Glänzend geschrieben und erstaunlich spannend.) Wie Hiob beklagt der junge Mann seine mißliche Lage. »Mein Leben ist zum Äußersten gebracht, ich ekle mich am Dasein, es ist geschmacklos, ohne Salz und Sinn.« Aber während Hiob Gott die Schuld gibt, weiß der junge Mann, der nicht an Gott glaubt, nicht recht, wem er die Schuld geben soll: »Wieso wurde ich Teilhaber in der großen Unternehmung, die man Wirklichkeit nennt? Warum soll ich Teilhaber sein? Ist das keine freiwillige Sache? Und falls ich genötigt werden soll, es zu sein, wo ist da der Dirigent?« Der junge Mann sehnt eine plötzliche Wende herbei, eine Offenbarung, einen ›Sturm‹ wie am Ende des Buches Hiob, wo Gott dem Hiob richtig die Leviten liest und sagt: »Kannst du tun, was ich kann? Wenn nicht, reiß dich gefälligst zusammen«, und Hiob sich fügt und Gott ihn belohnt, indem er ihm zwiefältig so viele Schafe und Kamele und Eselinnen gibt, wie er vorher hatte. »Hiob ist gesegnet und hat alles doppelt wiederbekommen«, sagt der junge Mann. »Das nennt man eine Wiederholung.« Dann liest er in der Zeitung, daß das Mädchen einen anderen geheiratet hat, und er schreibt an Constantius, daß ihn diese Nachricht von seiner Obsession befreit hat: »Ich bin wieder ich selbst ... die Spaltung, die in meinem Wesen war, ist aufgehoben; ich schließe mich wiederum zusammen ... Ist das nicht eine Wiederholung? Bekam ich nicht alles doppelt? Bekam ich mich nicht selber wieder, gerade so, daß ich die Bedeutung davon doppelt fühlen mußte?« Sein letzter Brief endet mit einem innigen Dank an das Mädchen und einem glühenden Bekenntnis zum Leben des Geistes: »Doch zuerst eine Trankspende für sie, die eine Seele erlöste, welche in der Einsamkeit der Verzweiflung saß: Gepriesen sei die weibliche Hochherzigkeit! – es lebe der Flug des Gedankens, es lebe die Lebensgefahr im Dienste der Idee, es lebe die Not des Kampfes, es lebe der festliche Jubel des Sieges, es lebe der Tanz im Wirbel des Unendlichen, es lebe der Wellenschlag, der mich im Abgrunde birgt, es lebe der Wellenschlag, der mich emporschleudert über die Sterne!«

Wer sich ein bißchen in Kierkegaards Leben auskennt, der weiß, daß er in dieser Geschichte mehr oder weniger sein eigenes Leben nacherzählt hat. Kurz nach der Verlobung mit Regine kamen ihm Zweifel, ob sie in Anbetracht seines

Temperaments je miteinander würden glücklich werden können. Er löste deshalb die Verlobung, obgleich er Regine noch liebte und sie und ihr Vater ihn inständig gebeten hatten, es nicht zu tun. Kierkegaard reiste nach Berlin, wo er *Entweder–Oder* schrieb, eine lange, umständliche Entschuldigung und Erklärung für sein Verhalten Regine gegenüber. Später sagte er, das Buch sei für sie geschrieben worden, und insbesondere das ›Tagebuch eines Verführers‹ habe ihr helfen sollen, ›das Boot vom Ufer abzustoßen‹, das heißt, ihre emotionale Bindung an ihn zu lösen, weil sie einen Mann, der eine Figur wie Johannes hatte schaffen können, zwangsläufig für einen fischblütigen, selbstsüchtigen Burschen halten mußte. Indem er das ›Tagebuch eines Verführers‹ schrieb, verhielt sich Kierkegaard so, wie der junge Mann in *Die Wiederholung*, der vorgab, eine Geliebte zu haben, und in *Die Wiederholung*, die er unmittelbar nach Abschluß von *Entweder–Oder* in Angriff nahm, griff er das gleiche Thema, diesmal noch mehr auf seine eigenen Erfahrungen zugeschnitten, erneut auf. Dann kam er nach Kopenhagen zurück und erfuhr, daß Regine inzwischen mit einem anderen verlobt war. War er nun glücklich? Fühlte er sich befreit und wieder eins mit sich selbst wie der Held von *Die Wiederholung*? Weit gefehlt. Er war niedergeschmettert. In den *Tagebüchern* gibt es um diese Zeit einen Eintrag, der offenkundig seine eigenen Empfindungen beschreibt:

»Das Schrecklichste, was einem Mann passieren kann, ist, daß er in seinen Augen lächerlich wird im Hinblick auf etwas grundlegend Wichtiges – daß er zum Beispiel entdecken muß, daß die Summe und die Substanz seines Lebens Blödsinn ist.«

Offenbar hatte er insgeheim gehofft, seine Entscheidung, die Verlobung zu lösen, würde wie durch ein Wunder ohne sein eigenes Zutun rückgängig gemacht werden, und er würde Regine doch heiraten. Noch auf der Seereise nach Deutschland notierte er in seinem Tagebuch: »Auch wenn es meinem Seelenfrieden nicht förderlich ist, kann ich nicht umhin, an den unbeschreiblichen Augenblick zu denken, da ich vielleicht zu ihr zurückkehren werde.« *Das* war die Wiederholung, die er im Sinn hatte: Er würde Regine zweimal bekommen. Wie Hiob würde er gesegnet sein und alles doppelt wiederbekommen. Er erfuhr von ihrer Verlobung, als er an *Die Wiederholung* arbeitete, und verwarf daraufhin das ursprünglich geplante Ende, bei dem der Held Selbstmord begeht, weil er den Gedanken an das Leid, das er seiner Geliebten angetan hat, nicht ertragen kann.

All das hochgestochene Gerede über weibliche Hochherzigkeit und den Wirbel des Unendlichen war also nur der Versuch, über seine Enttäuschung hinwegzukommen, daß Regine sich einem anderen zugewandt hatte, der Versuch, ihre Entscheidung als Triumph und Rechtfertigung seines Verhaltens zu sehen und nicht als Entlarvung seiner Torheit. Doch der Versuch mißlang. Er hat nie aufgehört, sie zu lieben, an sie zu denken, direkt oder indirekt über sie zu schreiben, und hat ihr alles vermacht, was er besaß (viel war nicht mehr übrig, als er starb, aber man sah doch den guten Willen …). Was für ein Narr. Ein liebenswerter, zutiefst menschlicher Narr.

Die Wiederholung ist ein typischer Kierkegaard-Titel, ein irrlichternder Begriff, der einen nicht mehr losläßt. Normalerweise ist eine Wiederholung für uns etwas Langweiliges – wie Fließbandarbeit –, das man nach Möglichkeit meidet. In diesem Buch aber ist sie etwas ungeheuer Kostbares und Begehrenswertes und bedeutet zum einen die Wiedererlangung von etwas Verlorenem (z.B. Hiobs Wohlstand, der Glaube des jungen Mannes an sich selbst), zum anderen aber die Freude an dem, was man hat im Sinne des Im-Hier-und-Jetzt-Lebens. »Sie hat jene beseligende Gewißheit des Augenblicks.« Das heißt, daß der Fluch des unglücklichen Hoffens und des unglücklichen Erinnerns von ihm genommen ist. »Hoffnung ist eine bezaubernde Jungfer, die einem durch die Finger schlüpft, Erinnerung eine schöne alte Frau, die einem in diesem Augenblick zu nichts nütze ist, Wiederholung ist eine geliebte Ehefrau, derer man nie müde wird.«

Diese letzte Metapher könnte man natürlich auch umdrehen: Nicht die Wiederholung ist eine geliebte Ehefrau, sondern eine geliebte Ehefrau (oder ein geliebter Ehemann) ist eine Wiederholung. Um den wahren Wert der Ehe schätzenzulernen, muß man die oberflächliche Vorstellung ablegen, Wiederholung sei etwas Langweiliges und Negatives, sondern sie als befreiend und positiv, nicht mehr und nicht weniger als das Geheimnis des Glücklichseins sehen. Deshalb beginnt B in *Entweder–Oder* seinen Angriff auf die ästhetische Lebenseinstellung von A (und die damit einhergehende Schwermut) damit, daß er die Ehe verteidigt und A zum Heiraten drängt. (Wie aufregend: Seit Jahren habe ich nicht mehr so intensiv nachgedacht.)

Man kann das am Beispiel Sex festmachen. Sex in der Ehe ist die Wiederholung einer Handlung, und dabei hat die Wiederholung mehr Gewicht als etwaige Variationen. Auch wenn man noch so viel erotische Technik und Sexspielzeug und visuelle Hilfen anwendet, bleibt sich der Geschlechtsakt, weil man immer nur die eine Partnerin hat, essentiell (oder meine ich existentiell?) gleich. Bei den meisten Paaren bilden sich früher oder später bei der Liebe gewisse Muster heraus, die, weil sie beiden entgegenkommen, ständig wiederholt werden. Wie oft kommt es in einer langen Ehe zum Geschlechtsakt? Tausende von Malen. Manchmal ist er schön, manchmal nicht ganz so schön, aber die Erinnerung macht da letztlich keinen Unterschied. Deshalb glauben Weiberhelden wie Jake, Sex in der Ehe müsse zwangsläufig langweilig sein. Sie suchen die Abwechslung, und früher oder später wird dann die Jagd nach Abwechslung wichtiger als der eigentliche Sex. Der Reiz der Sache liegt für sie in der Vorfreude, im Taktieren und Finassieren, im Begehren und Werben, der Geheimnistuerei, den Täuschungen und heimlichen Treffen. Mit seiner Ehefrau braucht man sich nicht klammheimlich zu treffen, man kann mit ihr Sex haben, wann man will, und wenn ein Partner mal keine Lust hat, weil er müde ist oder Schnupfen hat oder Fernsehen gucken will, ist das nicht weiter schlimm, denn es gibt ja immer ein nächstes Mal. Das Schöne am ehelichen Sex ist (besonders in den mittleren Jahren, wenn man sich nicht mehr mit der Verhütung zu nerven braucht), daß einen der Gedanke daran nicht ständig verfolgt. Ich stelle mir vor, daß Jake unentwegt an Sex denkt, auch wenn er mit Kunden telefoniert und Verträge aufsetzt, und vermutlich nur dann nicht, wenn es echt zur Sache geht (denn beim Orgasmus ist es so ähnlich wie beim Yoga, er macht den Kopf für Sekunden total leer), aber ich wette, sobald Jake kommt, denkt er schon wieder dran.

Was ich von der Ehe gesagt habe, gilt nicht nur für den Sex, sondern auch für alles andere. Für die Arbeit, die Freizeit, das Essen undundund. Alles ist Wiederholung. Je länger man zusammenlebt, desto weniger ändert man sich und desto mehr Wiederholungen gibt es im Alltag. Man kennt die Gedanken und Gewohnheiten des Partners, weiß, wer auf welcher Seite des Betts schläft, wer morgens zuerst aufsteht, wer zum Frühstück Kaffee und wer Tee trinkt, wer in der Zeitung zuerst das Aktuelle und wer die Rezensionen lesen möchte und so weiter. Man redet immer weniger miteinander, und auf Außenstehende wirkt das wie Langeweile und Entfremdung. Daß man auf den ersten Blick sieht, welche Paare in einem Restaurant miteinander verheiratet sind, weil sie beim Essen nicht miteinander reden, ist ja bekannt. Führen diese Paare nun eine unglückliche Ehe? Keineswegs. Sie benehmen sich nur so wie in ihrem häuslichen Alltag. Nicht, daß sie einander nichts zu sagen hätten; es ist einfach nicht mehr nötig, daß sie es aussprechen. Glücklich verheiratet zu sein bedeutet, daß man Ehe nicht spielt, sondern lebt, daß man sich in ihr wohl fühlt wie ein Fisch im Wasser. Das Erstaunliche ist, daß Kierkegaard das instinktiv begriff, auch wenn er nie verheiratet war und die große Chance, diese Erfahrung zu machen, ein für allemal verspielt hat.

Eben war Sally da, um mir zu eröffnen, daß sie eine Trennung will. Sie habe es mir heute beim Abendessen schon mal gesagt, aber da hätte ich nicht zugehört. Diesmal habe ich zugehört. Aber begreifen kann ich es nicht.

TEIL II

Brett Sutton

Aussage von .... Michael Brett Sutton
Alter des Zeugen .... über 21
Beruf des Zeugen .... Tenniscoach
Anschrift .... 41 Upton Road
Rummidge R27 9 LP

Die vorliegende, von mir eigenhändig unterschriebene Aussage (fünf Seiten) habe ich nach bestem Wissen und Gewissen wahrheitsgemäß gemacht. Mir ist bekannt, daß ich mit Strafverfolgung zu rechnen habe, falls sich im Lauf der Beweisaufnahme vor Gericht herausstellen sollte, daß ich bewußt etwas zu Protokoll gegeben habe, was nicht den Tatsachen oder nach meinen Erkenntnissen nicht der Wahrheit entspricht.

21. März 1993

Daß Mr. Passmore sich mir gegenüber eigenartig verhielt, fiel mir vor etwa zwei Wochen zum erstenmal auf. Seine Frau unterrichte ich seit einigen Monaten, aber ihn kenne ich nur flüchtig, wir grüßen uns, wenn wir uns im Klub begegnen, aber das ist auch schon alles. Mrs. Passmore hatte mir von seinem chronischen Knieleiden erzählt, das sich durch eine Operation nicht gebessert hat und ihn beim Tennisspielen erheblich behindert. Auf dem Platz trägt er eine Schiene und kommt damit erstaunlich gut zurecht, aber es muß sehr frustrierend sein, wenn man nicht richtig herumlaufen kann. Vielleicht ist er deshalb auf diese abartige Idee gekommen. Für jemanden, der gern Sport treibt, gibt es nichts Schlimmeres als eine Langzeitverletzung. Ich hatte selber schon jede Menge Meniskusprobleme und Sehnenverletzungen und ähnliches, spreche also aus Erfahrung. So was macht einen ganz fertig. Man sieht die Welt nur noch grau in grau, und alles geht einem schief. Wenn dann noch eine persönliche Krise dazukommt, dreht man durch. Auf den ersten Blick wirkt Mr. Passmore nicht sehr athletisch, aber Sport ist ihm bestimmt wichtig. Von Mrs. Passmore weiß ich, daß sie vor seiner Knieverletzung viel zusammen gespielt haben, aber jetzt macht sie das nicht mehr gern, weil er es nicht ertragen kann, wenn sie gewinnt, und wenn sie ihn schont, ist er böse. Inzwischen könnte sie ihn wahrscheinlich sogar dann schlagen, wenn er völlig fit wäre, sie hat enorme Fortschritte gemacht, den Winter über habe ich regelmäßig zweimal die Woche mit ihr trainiert.

Daß Mr. Passmore sich eigenartig verhielt, fiel mir zum erstenmal, wie gesagt, vor etwa zwei Wochen auf, das war im Umkleideraum, und ich habe es gar nicht so richtig zur Kenntnis genommen, erst hinterher hat es mir zu denken gegeben. Ich hatte meine Tennissachen ausgezogen, weil ich duschen wollte, blickte hoch und merkte, daß Mr. Passmore, der vollständig bekleidet war, mich anstarrte. Als er sah, daß ich ihn anschaute, guckte er weg und machte sich an seinem Schrankfach zu schaffen. Ich hätte mir weiter nichts dabei gedacht, wenn er nicht so auffällig auf meine Geschlechtsteile gesehen hätte. Ich will nicht behaupten, daß mir das noch nie passiert ist, aber bei Mr. Passmore habe ich doch gestaunt. Vielleicht, sagte ich mir, hast du es dir auch nur eingebildet, es ging ja so schnell, und danach habe ich den Vorfall sehr bald wieder vergessen.

Ein paar Tage danach spielte ich abends mit Mrs. Passmore in der Halle. Mr. Passmore kam herein, setzte sich und sah zu. Ich dachte, vielleicht hat er sich mit seiner Frau verabredet und ist ein bißchen zu früh dran, und lächelte ihm zu, aber er lächelte nicht zurück. Mrs. Passmore schien es zu stören, daß er dort saß. Sie machte Fehler und verschlug Bälle. Dann ging sie zu Mr. Passmore und sprach mit ihm, sie bat ihn wohl zu gehen, aber er schüttelte nur den Kopf und lächelte irgendwie höhnisch. Dann kam sie wieder zu mir und sagte, es täte ihr leid, aber wir müßten für heute Schluß machen. Sie wirkte verärgert und verstört. Sie hat mir die ganze Trainingsstunde bezahlt, obgleich wir erst dreißig Minuten gespielt hatten. Ohne noch einmal Mr. Passmore anzusehen, der mit hochgezogenen Schultern, die Hände in den Manteltaschen, auf der Bank hockte, ging sie weg, und ich lief ein bißchen verlegen hinter ihr her. Daß bei den beiden der Haussegen schiefhing, war mir schon klar, aber daß es was mit mir zu tun haben könnte, wäre mir nicht im Traum eingefallen.

Ein paar Tage danach fing das mit den Anrufen an. Es läutete, ich nahm ab und meldete mich, aber im Hörer blieb es still. Nach einer Weile klickte es, der Anrufer hatte aufgelegt. Den ganzen Tag ging das so, auch abends und manchmal mitten in der Nacht. Die von der Telecom sagten, sie könnten nichts machen, ich sollte nachts einfach den Apparat am Bett abschalten, und das habe ich dann auch getan. Den Anrufbeantworter unten ließ ich laufen. Am nächsten Morgen waren zwei Anrufe, aber keine Nachricht aufgezeichnet. Abends gegen neun sagte mal eine piepsige Stimme: »Ich möchte gern Sally sprechen. Hier ist ihre Mutter.« Da sei sie falsch verbunden, sagte ich, aber sie hatte gar nicht hingehört und sagte noch einmal, sie wolle Sally sprechen, es sei dringend. Hier gäbe es keine Sally, sagte ich. Auf die Idee, daß damit Mrs. Passmore gemeint sein könnte, kam ich überhaupt nicht, obgleich wir uns mit Vornamen anreden. Die Stimme klang zwar ein bißchen komisch, aber ich wäre nie darauf gekommen, daß sie verstellt war.

Wieder vergingen ein paar Tage, und dann wachte ich mitten in der Nacht von einem Geräusch auf. Sie wissen ja, wie das geht – bis man richtig wach ist, weiß man nicht mehr, woher das Geräusch kam, weil es inzwischen aufgehört hat, und denkt, daß man es vielleicht nur geträumt hat. Ich zog mir einen Jogginganzug über – ich schlafe nämlich immer nackt – und ging nach unten, aber soweit ich feststellen konnte, hatte niemand versucht, bei mir einzubrechen. Draußen startete ein Auto, und als ich die Haustür aufmachte, sah ich einen weißen Wagen um die Ecke biegen. Das heißt, in der Straßenbeleuchtung sah er weiß aus, er könnte auch silbrig gewesen sein. Die Automarke konnte ich nicht erkennen. Am nächsten Morgen stellte sich heraus, daß jemand im Garten gewesen war und mehrere Glasscheiben umgeworfen hatte, die am Werkzeugschuppen lehnten – ich baue mir nämlich gerade ein Frühbeet. Drei Scheiben waren kaputt. Das muß das Geräusch gewesen sein, das ich gehört hatte.

Zwei Tage später lehnte morgens meine Leiter, die ich immer zwischen Garage und Gartenzaun stehen habe, an der Hauswand unter dem Schlafzimmerfenster. Einbruchspuren fand ich nicht, aber nun war mir doch der Schreck in die Glieder gefahren, und ich ging aufs Revier, um die Vorfälle zu melden. Ihr Kollege Roberts kam vorbei und sagte, ich sollte mir eine Alarmanlage einbauen lassen. Ich war noch dabei, Angebote einzuholen, als meine Hausschlüssel verschwanden. Tagsüber habe ich sie meist in meiner Tennistasche, weil mich das Gewicht im Jogginganzug stört, aber am Freitag waren sie plötzlich weg. Inzwischen hatte ich das bestimmte Gefühl, daß jemand bei mir einbrechen wollte, und ich konnte mir auch denken, wer.

Jemand vom Platzpersonal im Klub, ich möchte keine Namen nennen. Ich habe zu Hause eine Reihe von Pokalen, und derjenige hat mich mal gefragt, wieviel sie wert sind. Ich bestellte für den nächsten Tag einen Mann, der meine Schlösser auswechseln sollte.

Nachts gegen drei weckte mich Nigel und flüsterte mir ins Ohr: »Ich glaube, es ist jemand im Zimmer.« Er schlotterte vor Angst. Ich machte die Nachttischlampe an, und vor mir auf dem Bettvorleger stand Mr. Passmore, in der einen Hand eine Taschenlampe, in der anderen eine große, bösartig aussehende Schneiderschere. Ich schlafe, wie gesagt, immer nackt, und Nigel auch, und hatte nichts in Griffweite, womit ich mich hätte verteidigen können. Also versuchte ich, ganz ruhig zu bleiben, und fragte Mr. Passmore, was er hier zu suchen hatte. Er gab keine Antwort, sondern starrte total verdattert Nigel an. Nigel sprang aus dem Bett und lief nach unten, um die Polizei zu verständigen. Mr. Passmore sah sich einigermaßen benommen um und sagte: »Da habe ich mich wohl geirrt.« – »Scheint mir auch so«, sagte ich. »Ich suche nämlich meine Frau«, sagte er. »Die ist nicht hier. Und sie war auch nie hier.« Schlagartig wurde mir alles klar, und ich mußte lachen, weil ich so erleichtert war und auch, weil er so albern aussah mit der Schere in der Hand. »Was wollten Sie denn mit dem Ding?« fragte ich. »Mich kastrieren?« – »Ich wollte Ihnen den Pferdeschwanz abschneiden«, sagte er.

Ich verzichte auf Erstattung einer Strafanzeige. Wenn ich vor Gericht aussagen müßte, käme es vielleicht in die Zeitung, und das wäre beruflich nicht günstig für mich. Manche Klubmitglieder haben leider noch gewisse Vorurteile. Ich schäme mich nicht, schwul zu sein, aber ich hänge es auch nicht an die große Glocke. Ich wohne relativ weit weg vom Klub, und von meinem Privatleben weiß hier niemand etwas. Ich glaube nicht, daß mir Mr. Passmore noch

Schwierigkeiten machen wird, und er will mir auch die zerbrochenen Scheiben bezahlen.

Amy

Also ... etwas ganz Schlimmes ist passiert. Die Frau von Laurence will eine Trennung. Gestern abend hat er mich angerufen und es mir erzählt. Ich wußte gleich, daß es etwas *catastrophique* sein mußte, weil ich ihm gesagt hatte, er soll mich nur im äußersten Notfall zu Hause anrufen, denn wenn ich da ungestört telefonieren will, muß ich ins Schlafzimmer gehen, und hinterher will Zelda immer wissen, wer angerufen hat und worum es ging, dabei hört sie womöglich unten mit, das traue ich ihr durchaus zu. Normalerweise ruft Laurence mich in der Mittagspause im Büro oder ich ihn in seiner Wohnung an. Ich weiß, Sie möchten, daß ich Zelda gegenüber offener bin, was meine Beziehung zu Laurence angeht, aber – Nein, nein, *ausgesprochen* haben Sie das nie, Karl, aber so was merke ich. Ja, natürlich, wenn Sie es sagen, muß ich es glauben, aber es könnte doch sein, daß Sie meine Haltung *unbewußt* mißbilligen. Ich werde ja wohl nicht die Einzige sein, die ab und zu mal was verdrängt. Oder sind Sie immer ein hundert- oder hundertfünfzigprozentiger Vernunftmensch? Ja, tut mir leid, ich bin ziemlich durcheinander, ich habe heute nacht kein Auge zugetan. Nein, es kam völlig überraschend, er ist total am Boden zerstört. Offenbar ist sie am Freitagabend in sein Arbeitszimmer gekommen und hat ihn vor vollendete Tatsachen gestellt. Sie könne es nicht mehr mit ihm aushalten, hat sie gesagt, er sei wie ein Zombie, ja, wörtlich. Gewiß, er ist manchmal ein bißchen *distrait*, aber das hat man oft bei Schriftstellern, eigentlich müßte sie sich daran mittlerweile gewöhnt haben, aber nein, sie sagt, es gäbe keine Kommunikation mehr zwischen ihnen, keine Gemeinsamkeiten, und nachdem die Kinder erwachsen und aus dem Haus seien, wäre es sinnlos, weiter nebeneinander herzuleben.

Lorenzo hat das ganze Wochenende über vergeblich versucht, ihr das auszureden. Zuerst hat er sich wohl auf den Standpunkt gestellt, die Ehe sei überhaupt nicht kaputt, sondern so wie jede andere Ehe auch, er hat irgendwas von Wiederholung und Kierkegaard erzählt, so ganz habe ich das nicht mitgekriegt, er war kaum zu verstehen, der Ärmste. Ja, er hat aus unerfindlichen Gründen neuerdings einen Kierkegaard-Tick. Als das nicht zog, gelobte er Besserung, versprach, sie zum Essen auszuführen, sich mehr für ihre Arbeit zu interessieren, Wochenendtrips mit ihr zu machen und dergleichen, aber sie sagt, dazu sei es zu spät.

Sally, ja, Sally heißt sie. Ich bin ihr ein paarmal begegnet, meist bei Heartland-Partys. Ziemlich zugeknöpft. Eine von denen, die sich einen ganzen Abend an einem Drink festhalten und stocknüchtern bleiben, während sich um sie herum alle fröhlich vollaufen lassen. Irgendwie wollte sie sich damit wohl bestätigen, was für eine verkommene Bande wir Fernsehleute doch sind. Ja, sie sieht recht gut aus, ein bißchen *noli me tangere.* Hohe Wangenknochen, energisches Kinn. Typ Patricia Hodge, aber sportlicher, mehr wettergegerbt. Richtig, Sie gehen ja nie ins Theater und gucken nicht fern. Was machen Sie bloß in Ihrer Freizeit? Ach so, ja … hätte ich mir denken können. Lesen Sie auch Kierkegaard? Scheint nicht mein Ding zu sein. Daß Laurence neuerdings so auf ihn steht, wundert mich. Nein, Laurence hat sie gefragt, ob sie einen anderen hat, und das hat sie verneint. Ob er glaubt, daß Sally den Verdacht hat, zwischen uns wäre irgendwas, wollte ich von Laurence wissen. Ich meine: Mehr, als wirklich zwischen uns ist, die Beziehung ist völlig harmlos, das wissen Sie ja, aber er sagte, das könne er sich nicht vorstellen. Sie weiß, daß wir beruflich miteinander zu tun haben, aber wohl nicht, daß wir uns so oft sehen, auch wenn nichts Berufliches anliegt, es hätte ja sein können, daß ihr jemand Klatsch zugetragen oder ihr einen anonymen Brief geschrieben hat, aber Laurence sagt, daß von mir nicht die Rede war. *Quel cauchemar!*

Na hören Sie mal, liegt das nicht auf der Hand? Laurence ist mein bester Freund, es geht mir nah, wenn er so elend ist. Ich sehe förmlich Ihr zynisches Lächeln, Karl. Schön, ich gebe ja zu, daß ich auch ein bißchen an mich denke. Von mir aus gesehen war es eine ideale Beziehung. Eine enge Beziehung ohne ... gut, sagen wir mal ohne Sex. Obgleich es das nicht ganz trifft. Eher ohne Besitzansprüche. Das Sexuelle war ja nie ganz ausgeklammert. So wie sich Laurence mir gegenüber verhielt, das hatte durchaus etwas von Galanterie. Weil er aber glücklich verheiratet ist – oder glücklich verheiratet war – und wir das beide akzeptierten, gab es keine Spannungen. Wir konnten es nett zusammen haben, ohne miteinander ins Bett zu gehen, ohne zu überlegen, ob einer von uns das von dem anderen erwartete ... Sie wissen schon, wie ich es meine. Es hat mir Spaß gemacht, mich für Laurence hübsch anzuziehen – das ist doch ganz was anderes, als wenn man mit einer Freundin ausgeht – und zu wissen, daß ich mich hinterher nicht würde ausziehen brauchen. Wenn man als alleinstehende Frau mit einem Mann ausgeht, muß man entweder ständig darauf bestehen, seinen Anteil selber zu zahlen, oder man hat das unbehagliche Gefühl, daß man so was wie erotische Schulden auflaufen läßt, die der Mann jederzeit eintreiben kann.

Nein, ich habe keine Ahnung, wie es sexmäßig bei ihm und Sally lief, darüber haben wir nie gesprochen. Ja, natürlich weiß er das von mir und Saul, aber von sich aus hat er nie was aus diesem Bereich erzählt, und fragen mochte ich nicht. Nein, aus Schamhaftigkeit wahrscheinlich. Sie waren schließlich und endlich verheiratet, es wäre aufdringlich gewesen … Na gut, meinetwegen: Vielleicht wollte ich gar nicht wissen, ob sie zu diesen Frauen gehört, die einen multiplen Orgasmus mit links schaffen und das ganze Kamasutra im Kopfstand abhaken. Was ist daran so komisch? Beim Kamasutra steht man nicht auf dem Kopf? Sie wissen schon, wie ich es meine … Mir ist durchaus klar, daß ich in Sachen Sex nicht viel drauf habe, daraus habe ich nie ein Hehl gemacht – weshalb liege ich denn die ganze Zeit bei Ihnen auf der Couch –, aber ich habe Sally nie beneidet, sie konnte von mir aus diesen Teil seines Lebens – und diesen Teil von ihm – gern haben, ich wollte gar nichts darüber hören. Ich hätte die Vergangenheitsform benutzt, sagen Sie? Ja, das ist richtig. Nein, ich bin durchaus nicht der Meinung, daß die Beziehung zu Ende ist, ich fürchte nur, daß sie sich ändern wird. Geht doch zu einem Eheberater, habe ich zu Laurence gesagt, aber er hat nur gestöhnt: »Da sagen sie bloß, daß ich eine Therapie brauche, und in der bin ich ja schon.« Woher er das wüßte, fragte ich, und da sagte er: »Aus Erfahrung.« Demnach ist es nicht ihre erste Ehekrise. Einmal war Sally ein ganzes Wochenende verschwunden, erst als er schon den Hörer in der Hand hielt, um die Polizei zu verständigen, tauchte sie wieder auf. Tagelang kriegte er kein Wort aus ihr raus. Sie hatte eine Kehlkopfentzündung, weil sie in strömendem Regen durch die Malverns geirrt war, aber als sie wieder sprechen konnte, bestand sie auf einem Besuch in der Eheberatung, und daraufhin hat Laurence mit der Psychotherapie angefangen. Das hatte ich nicht gewußt, und es war schon ein kleiner Schock für mich. Aber man erzählt wohl anderen Leuten nie alles von sich. Nur seinem Psychiater natürlich …

Also … gestern abend war ich bei Laurence in der Wohnung. Er rief mich im Büro an, er käme nach London, habe aber keine Lust zum Ausgehen, und da wußte ich natürlich, was auf mich zukam und daß es sehr anstrengend werden würde. Ich ging nach Büroschluß bei Fortnum's vorbei und kaufte eine Quiche und Salat. Laurence aß nicht viel, trank aber dafür um so mehr. Er ist sehr deprimiert. Das heißt, deprimiert war er vorher schon, aber jetzt weiß er wenigstens warum. Ja, ich denke, daß ihm die Ironie schon bewußt ist.

Chez Passmore ist die Situation nicht besser geworden. Sally ist ins Gästezimmer gezogen. Sie geht morgens ganz früh in die Uni und kommt abends spät nach Hause, damit sie nicht mit Laurence zu reden braucht. Am Wochenende sei sie zu einer Aussprache bereit, sagt sie, aber seine Probleme und ihren Job könne sie nun mal nicht gleichzeitig bewältigen. Bedenklich, daß sie ›*seine* Probleme‹ sagt, nicht? Dabei kann ich ihr sogar nachfühlen, daß sie sich um ein Gespräch mit Laurence zur Zeit nicht gerade reißt, er ist in einem schrecklichen Zustand. Ich war gestern nach vier Stunden völlig *finito*. Wie ein Schwamm, der sich so oft mit Wasser vollgesogen hat und wieder ausgedrückt worden ist, daß er total die Spannkraft verloren hat. Und als ich dann sagte, jetzt müsse ich aber wirklich gehen, fragte er, ob ich nicht bei ihm übernachten könne. Nicht um Sex zu haben, sondern nur so. Er hat seit Freitag nicht mehr richtig geschlafen und sieht mächtig elend aus, der arme Kerl. »Vielleicht könnte ich schlafen«, sagte er, »wenn ich dich in den Armen hätte.«

Daran war natürlich gar nicht zu denken. Mal abgesehen davon, wie ich selbst dazu stehe und ob sich daraus dann nicht womöglich doch mehr entwickelt – ich kann unmöglich ohne Voranküdigung einfach eine ganze Nacht wegbleiben. Zelda würde sich wahnsinnige Sorgen machen, und hätte ich sie angerufen und ihr irgendeine fadenscheinige Geschichte aufgetischt, wäre ihr sofort klar gewesen, daß da was nicht stimmt. Sie weiß immer, wann ich schwindle, geradezu unheimlich ist das. Im übrigen hat es heute früh wieder Zoff mit ihr gegeben. Ja, beim Frühstück. Es ging um das Müsli. Nein, natürlich nicht nur um das Müsli. Weil bei Safeways ihre Sorte ausgegangen war, hatte ich eine andere mitgenommen und heute die neue Packung auf den Tisch gestellt. Sie hat das Zeug nicht angerührt. Weil Zucker drin ist, eine winzige Menge Zucker und noch dazu der gesunde braune, aber da war nichts zu machen, sie ist mit leerem Magen zur Schule gegangen und hat mir damit wieder mal erfolgreich ein schlechtes Gewissen gemacht. Zum Abschied hat sie noch gesagt, daß ich ihr Zucker einreden will, weil sie schlank ist und ich dick, ›widerlich dick‹, wie sie sagte. Was meinen Sie, kann das sein? Nein, nicht, daß ich widerlich dick bin, ich finde mich überhaupt nicht dick, wenn ich auch gern ein paar Pfund weniger hätte, ich meine – kann es sein, daß ich unbewußt neidisch auf Zeldas Figur bin? Wie ich das sehe, wollen Sie wissen … Daß Sie auch immer mit einer Gegenfrage antworten müssen … Ich kann es nicht sagen. Ein bißchen vielleicht. Aber ehrlich, daß in dem blöden Müsli Zucker ist, hab' ich nicht gewußt.

Wo war ich stehengeblieben? Richtig, Laurence … Ich mußte es ihm abschlagen, so leid er mir auch tat mit seinem flehentlich kummervollen Blick. Wie ein naßgeregneter Hund, der ins Haus will. Ob er nicht eine Schlaftablette nehmen könne, fragte ich, und er sagte, das wolle er nicht, weil er dann so deprimiert sei, wenn er aufwache. Wenn ich noch mehr durchhänge, sagte er, tu' ich mir am Ende doch was an. Er lächelte, um mir zu zeigen, daß es nur Spaß war, aber ich mache mir doch Sorgen. Am Montag war er bei seiner Verhaltenstherapeutin, aber viel scheint dabei nicht rausgekommen zu sein. Vielleicht liegt es auch an Laurence, denn gestern wußte er schon nicht mehr, was sie zu ihm gesagt hatte. Und auch gestern abend bei mir hat er wohl gar nicht richtig hingehört, er will sich nur alles von der Seele reden, an konstruktiven Ratschlägen liegt ihm gar nichts. Fast hätte ich zu ihm gesagt: Versuch's mal mit der Analyse, Schatz, da geht das fünf Tage in der Woche so. Ich rede und rede, aber konkret bringt es mir nichts. Nur ein kleiner Scherz, Karl. Ja, natürlich weiß ich, daß Scherze eine verdeckte Form der Aggression sind …

Also … die Sache wird offenbar ernst. Sally ist ausgezogen, und Laurence sitzt jetzt ganz allein in diesem großen Haus in einer ruhigen Wohnstraße am Rande von Rummidge. Ich war nie da, aber er hat mir Fotos gezeigt. ›Ein modernes Haus mit Charakter‹ nennen die Immobilienfritzen so was. Eine Kreuzung aus französischem Bauernhaus und Golfklub, nicht mein Geschmack, aber komfortabel und solide. Von der Straße zurückgesetzt, lange Auffahrt, viele Bäume und Büsche drum herum. Sehr ruhig. Er hat mal zu mir gesagt: »In dieser Stille könnte ich meine Haare wachsen hören. Wenn ich welche hätte.« Ja, er hat eine Glatze, habe ich das noch nie erzählt? Er macht Witze drüber, aber ich glaube, es geht ihm doch nah. Jedenfalls tut er mir leid, wenn er so einsam und allein in seinen vier Wänden hockt.

Das Wochenende muß anstrengend gewesen sein. Sie sei bereit, mit ihm zu reden, aber nicht länger als zwei Stunden auf einmal und nur eine Sitzung pro Tag, hat Sally gesagt. Ich fand das ganz vernünftig, aber Laurence mochte sich darauf zunächst nicht einlassen. Die Uni hat sie neulich auf einen Managementkurs geschickt, sagt er, und jetzt meint sie wohl, mit einer Ehekrise könnte man so umgehen wie mit einem Arbeitskampf. Schließlich hat er nachgegeben, aber als dann die zwei Stunden um waren, wollte er nicht Schluß machen. Und da hat sie gesagt, wenn er nicht sofort aufhört, sie zu nerven, zieht sie aus, bis er zur Vernunft gekommen ist. Und da hat er dummerweise gesagt: »Dann geh doch, ist mir auch egal« oder etwas in der Art, und da ist sie Knall auf Fall weg, ohne ihm zu sagen, wohin.

Laurence ist davon überzeugt, daß doch ein anderer Mann dahintersteckt und sie den Krach inszeniert hat, damit sie zu dem Neuen ziehen kann. Er glaubt auch zu wissen, wer es ist – der Tenniscoach aus ihrem Klub. Hätte ich Sally nicht zugetraut, aber da steckt man eben nie drin. Saul hat damals, als er die Scheidung wollte, auch Stein und Bein geschworen, er hätte keine andere, und dann stellte sich heraus, daß er seit Monaten mit Janine rummachte, das habe ich Ihnen ja erzählt. Laurence sagt, daß Sally vor ein paar Monaten angefangen hat, Tennisstunden zu nehmen, und kurz danach hat sie sich die Haare färben lassen. Nein, klingt nicht sehr überzeugend, aber er ist nicht davon abzubringen, zur Zeit kann man mit ihm einfach nicht reden. Diese Woche kommt er nicht nach London, er hat zuviel zu tun, sagt er. Wahrscheinlich spioniert er dem Tenniscoach nach. Ich finde das gar nicht gut, aber im Grunde bin ich natürlich ganz froh, daß ich heute abend nicht schon wieder vier Stunden Lebenshilfe zu betreiben brauche.

Andauernd beschäftigen wir uns neuerdings mit Laurence! Können Sie mich nicht irgendwie von dem Thema wegbringen? Wie wär's mit freier Assoziation? Das macht Spaß, und wir haben es schon lange nicht mehr gemacht.

Also gut. Mutter. Meine Mutter. In der Küche in Highgate. Die Nachmittagssonne scheint durch das Küchenfenster mit der Milchglasscheibe und zeichnet ein Tupfenmuster auf den Tisch und über ihre Arme und Hände. Sie trägt eine dieser geblümten Küchenschürzen mit Trägern, die über den Rücken gehen und vorn gebunden werden. Wir schneiden Gemüse für einen Eintopf oder eine Suppe. Ich bin dreizehn oder vierzehn und habe seit kurzem meine Periode. Sie klärt mich auf. Wie schnell man schwanger werden kann und wie sehr ich bei den Männern aufpassen muß. Und dabei schneidet sie Möhren, als wären es Männerpimmel... Wie komme ich gerade darauf? Wohl, weil ich mir Sorgen wegen Zelda mache. Natürlich habe ich sie aufgeklärt, aber soll ich dafür sorgen, daß sie verhütet, oder ermuntere ich sie damit, mit jedem x-beliebigen Typen zu schlafen? Das ist es gar nicht, meinen Sie? Was dann? Kommen Sie, Karl, lassen Sie sich ein einziges Mal erweichen und geben Sie mir eine Deutung. Nein, nicht nötig, ich weiß schon ... es geht in Wirklichkeit um mich und Laurence, nicht? O Gott...

Also ... Sally hat sich jetzt einen Anwalt genommen, ja, er hat geschrieben, Laurence solle seinem Anwalt Vollmacht für Verhandlungen über die finanziellen Einzelheiten der Trennung geben. Und dann war noch ein Brief von Sally dabei, in dem sie vorschlägt, daß sie immer umschichtig in den Klub gehen, um Peinlichkeiten für alle Beteiligten zu vermeiden. Offenbar hat Laurence ihr beim Tennisspielen mit dem Coach zugesehen, und das lenkt sie ab, schreibt Sally. Kann ich mir vorstellen. Natürlich ist er jetzt erst recht davon überzeugt, daß sie was mit dem Typen hat. Laurence hat seinem Anwalt gesagt, er soll Sallys Anwalt ausrichten, bei einer Trennung könne sie nur mit dem rechnen, was sie zu den gemeinsamen Ersparnissen beigetragen hat, und das ist natürlich nicht viel im Vergleich zu dem, was Laurence in den letzten Jahren verdient hat. Ein schlechtes Zeichen, daß sie sich schon wegen des Geldes streiten und nur noch über Anwälte miteinander verkehren. Ich kenne das ja, in dieser Phase wurde es zwischen Saul und mir so richtig unangenehm.

Also … es wird immer schlimmer. Sie haben Laurence eine einstweilige Verfügung zugestellt, daß er nicht mehr in die Fachhochschule darf, in der Sally arbeitet, das heißt, inzwischen ist es eine Uni, die Volt University oder Watt University, irgendwas Elektrisches jedenfalls. Ihr Anwalt meint sie könne die Hälfte der gemeinsamen Ersparnisse beanspruchen, weil sie jahrelang, als er noch ein kleiner Drehbuchschreiber war, hauptsächlich von ihrem Lehrerinnengehalt gelebt haben. Daraufhin ist Laurence stinkwütend zur Uni gefahren, hat Sally vor ihrem Büro abgefangen und ihr in aller Öffentlichkeit eine Szene gemacht. Du tickst wohl nicht mehr richtig, hat sie gesagt, und damit hat sie ja leider gar nicht mal so unrecht. Und da hat dann sie diese einstweilige Verfügung erwirkt, und wenn er sich dort noch mal sehen läßt, können sie ihn verhaften lassen. Nicht mal im Umkreis von einer Meile von der Uni darf er sich aufhalten, was ihn besonders wurmt, weil er ihr jetzt nicht nachfahren kann, um rauszubekommen, wo sie wohnt. Er hat sich vor dem Haus von dem Tenniscoach auf die Lauer gelegt, aber bisher ist nichts dabei rausgekommen. Es ist nur eine Frage der Zeit, sagt er, bis er die beiden *in flagranti* ertappt. Aber was will er dann machen? Körperlich wäre Laurence einem Tenniscoach wohl kaum gewachsen …

Also … Sally hat offenbar doch kein Verhältnis, jedenfalls nicht mit dem Tenniscoach. Der ist nämlich schwul. Ja. Ich muß zugeben, daß ich mir auch das Lachen verbeißen mußte, als Laurence es mir erzählt hat. Wie er darauf gekommen ist, weiß ich nicht genau, er hat am Telefon ein bißchen herumgedruckst, aber es steht wohl fest. Er scheint ziemlich down zu sein, der Ärmste. Solange er den Tenniscoach verdächtigen konnte, hatte er ein Ventil für seinen Zorn, aber wenn man keine bestimmte Person im Visier hat, läuft jeder Haß ins Leere. Sehr frustrierend. Jedenfalls habe ich den Eindruck, daß er langsam begreift, daß Sally die Trennung tatsächlich deshalb will, weil sie das Leben mit ihm nicht mehr ertragen kann, und so was ist natürlich nicht gerade förderlich fürs Selbstwertgefühl. Als ich das mit Janine erfuhr, war ich natürlich stinkwütend, aber insgeheim sogar eine Spur erleichtert, weil ich mir nun keine – oder fast keine – Vorwürfe zu machen brauchte, daß unsere Ehe schiefgegangen war.

Deprimierend für Laurence ist auch, daß seine Kinder jetzt von dem Bruch wissen. Für ihn ist das wohl so eine Art Rubikon. Solange sie es nicht wußten, gab es noch die Chance einer Versöhnung ohne Peinlichkeit und Gesichtsverlust, ehe allzuviel kaputtgegangen war. Als Sally wegfuhr, ist er ihrem Wagen nachgelaufen, hat ans Fenster gewummert und sie gebeten: »Sag's Jane und Adam nicht.« Natürlich mußten sie es früher oder später erfahren. Sally hat es ihnen vermutlich gleich gesagt, aber Laurence hat erst jetzt erfahren, daß sie es wissen, weil sie ihn angerufen haben. Sie bemühen sich sehr, neutral zu bleiben, aber aufgefallen ist ihm vor allem, daß sie nicht sonderlich betroffen, ja, nicht mal sonderlich überrascht sind. Für mich ist klar, daß Sally schon vor einiger Zeit offen mit ihnen gesprochen hat. Das scheint jetzt auch Laurence zu dämmern. »Mir ist, als hätte ich in einem Traum gelebt. Jetzt bin ich aufgewacht und merke, daß ich mich in einem Albtraum bewege ...« Armer Lorenzo! Apropos Träume, ich hab heute nacht was ganz Komisches geträumt ...

Also … jetzt ist eingetreten, was ich befürchtet habe: Laurence will mit mir schlafen. Das Tier mit den zwei Rücken machen. So hat Saul immer gesagt, tun Sie bloß nicht so, als hätten Sie das noch nie gehört, Karl. Es ist Shakespeare, ich weiß nicht mehr, aus welchem Stück, aber Shakespeare ist es bestimmt. Nein, nicht alberner als manche andere Redensart, finde ich. ›Mit jemandem schlafen‹ zum Beispiel. Ich hatte mal eine Bekannte, Muriel hieß sie, die sagte immer, sie schlafe mit meinem Boss, dabei machten sie es auf dem Rücksitz von seinem Jaguar in Epping Forest während der Mittagspause, von Schlafen kann da wohl kaum die Rede sein.

Laurence fing gestern abend beim Essen davon an. Er ging mit mir zu Rules und nicht in unsere übliche *trattoria*, und redete mir zu, den Hummer zu bestellen, da hätte mir eigentlich schon was schwanen müssen. Bloß gut, daß das Restaurant halb leer war, an den Nachbartischen hätten sie sonst bestimmt lange Ohren gemacht. Er habe nur deshalb nicht mit mir geschlafen, sagte er, weil er sich der ehelichen Treue verpflichtet fühlte, und ich erklärte *tout de suite*, gerade das schätzte ich ja so sehr an ihm. Sehr lieb von mir, sagte er, aber er habe das Gefühl, mich irgendwie ausgenützt zu haben, weil er einfach gern mit mir zusammen sei, ohne irgendwelche Verpflichtungen einzugehen, aber so, wie Sally sich benommen habe, brauchten wir schließlich auch keine Opfer mehr zu bringen. Ich fühlte mich keineswegs ausgebeutet und auch nicht als Opfer, sagte ich und versuchte ihm klarzumachen, daß für mich der Wert unserer Beziehung gerade darin liegt, daß sie nicht mit sexuellen Verpflichtungen verbunden und deshalb frei von Spannungen, Nervosität und Eifersucht ist.

Er machte ein tief bekümmertes Gesicht und fragte: »Soll das heißen, daß du mich nicht liebst?«

»Ich habe mir immer verboten, dich auf diese Art zu lieben, mein Schatz.«

»Aber jetzt darfst du es.«

»Und wenn ihr wieder zusammenfindet, Sally und du?«

Danach sähe es nicht aus, sagte er düster.

Es wird immer schlimmer mit den beiden. Es sieht nun doch nach Scheidung aus, weil Laurence über finanzielle Regelungen bei einer einvernehmlichen Trennung nicht mit sich reden läßt, was sehr kurzsichtig von ihm ist. Sein Anwalt hat ihm gesagt, daß Sally bei einer Scheidung die Hälfte des gemeinsamen Vermögens und bis zu einem Drittel des gemeinsamen Einkommens als Unterhalt bekommen würde. Laurence findet, daß sie überhaupt nichts bekommen dürfte, weil sie ihn verlassen hat. Die Briefe der Anwälte gehen hin und her wie Pingpongbälle. Und jetzt will er mit mir schlafen.

Was soll ich machen? Ja, ich weiß, Sie sagen es mir sowieso nicht, es ist ja auch nur eine rhetorische Frage. Nur ist bei einer rhetorischen Frage die Antwort impliziert, und ich weiß die Antwort nicht. Ich würde es mir überlegen, habe ich zu Laurence gesagt, seit gestern abend denke ich praktisch an nichts anderes mehr, aber ehrlich – ich weiß nicht, was ich machen soll. Ich mag Laurence sehr und würde ihm gern durch diese Krise helfen. Mir ist völlig klar, daß er nur Trost sucht, und leider bin ich nun mal keine dieser Frauen mit dem goldenen Herzen, dieser Erdmuttertypen aus dem Kino, die netten Männern großherzig ihren Körper schenken. Zum Glück ist Laurence immer noch so bezaubernd *galant*. Als es bei Rules nach Theaterschluß unangenehm voll geworden war, sind wir zu ihm in die Wohnung gegangen, aber er hat keinen Annäherungsversuch gemacht. Er bringt mich immer im Aufzug nach unten und setzt mich in ein Taxi. Gestern lag vor der Haustür in einem

Schlafsack einer dieser jungen Obdachlosen, die man heute überall sieht. Wir mußten praktisch über ihn wegsteigen. Ich ignorierte ihn, das schien mir das Sicherste, aber Laurence sagte ›Hallo‹ wie zu einem alten Bekannten. »Wer ist denn das?« flüsterte ich Laurence zu. »Grahame«, sagte er. Als wäre es ein Nachbar oder so was. Dann kam ein Taxi, und ich konnte nicht weiterfragen. Ich glaube, ich habe heute nacht davon geträumt …

Also … wenn ich Sie recht verstehe, könnte es aufschlußreich sein, daß ich beim letztenmal Sauls Formulierung ›das Tier mit den zwei Rücken machen‹ benutzt habe, und zwar im Hinblick auf Laurence. Es könnte bedeuten, daß ich Angst habe, Sex mit Laurence zu haben, weil der Sex mit Saul so katastrophal war … Aber ist das nun Feigheit oder gesunder Menschenverstand?

Ich weiß, Sie finden es unnatürlich, daß ich seit der Scheidung keinen Sex mehr hatte. Nein, ausdrücklich haben Sie das nicht gesagt – wann sagen Sie schon mal was ausdrücklich? –, aber ich habe ein gutes Ohr für Untertöne. Sie haben meine Beziehung zu Laurence mal als eine Art *mariage blanc* bezeichnet. Doch, ich bin ziemlich sicher, daß Sie das gesagt haben und nicht ich. Auf jeden Fall haben Sie anklingen lassen, daß ich meine Beziehung zu Laurence als eine Art Alibi sehe. Und ich habe gesagt, daß Laurence und ich uns jetzt so nahestehen, daß es mir vorkäme wie ein Seitensprung, mit einem anderen Mann zu schlafen, und das stimmt ja auch.

Ja, natürlich hat es auch etwas mit Zelda zu tun. Könnte ich es ihr überhaupt verheimlichen, falls ich mich entschließen würde, mit Laurence ins Bett zu gehen? Würde meine Entscheidung sie in die Arme irgendeines geilen Pickeljünglings treiben? Sie haben mal angedeutet, ich könnte nicht mit der Vorstellung umgehen, daß sie auch mal sexuelle Erfahrungen machen wird. Solange sie noch nicht volljährig ist – so haben Sie es wohl gemeint –, könne ich zwar vom Kopf her begründen, daß ich für sie verantwortlich bin und deshalb aufpassen muß, daß sie unberührt bleibt, später aber könne ich doch nichts machen, wenn sie mit Männern schläft, aber das würde ich solange nicht akzeptieren, wie ich selbst keine befriedigende sexuelle Beziehung hätte. Demnach müßte ich also die Chance, dank Laurence wieder eine vollgültige Frau zu werden, mit beiden Händen ergreifen.

Und noch was. Wie heißt es immer in den Anzeigen: ›Heirat nicht ausgeschlossen …‹ Wenn Sally sich von Laurence scheiden läßt, wäre es irgendwie logisch, daß wir beide uns zusammentun. Nein, das glaube ich nicht, sonst hätte er neulich schon was davon gesagt. Vielleicht ist er mit mir zu Rules gegangen, weil die *padrona* in unserem italienischen Stammlokal ständig ein Loblied auf die Ehe singt und Laurence zusetzt, er solle endlich eine ehrbare Frau aus mir machen. Sie weiß nämlich nicht, daß er verheiratet ist. Heimlich oder unbewußt hofft er wohl immer noch auf eine Versöhnung mit Sally. Er beklagt sich bitter über sie, aber wenn sie sich entschließen würde, es noch mal mit ihm zu versuchen, würde er sofort zu Kreuze kriechen, da mache ich mir gar keine Illusionen. Wenn sie aber endgültig Schluß macht, würde er bestimmt wieder heiraten wollen, er ist der typische Ehemann.

Ich habe versucht, mir das mal vorzustellen. Zelda würde sich wahrscheinlich zuerst ein bißchen auf die Hinterbeine stellen, aber früher oder später würde sie ihn wahrscheinlich akzeptieren. Es wäre gut für sie – gut für uns beide –, einen Mann im Haus zu haben. Ich sehe uns zu dritt in der Küche sitzen – sanftes Licht, viel Weichzeichner! –, Laurence hilft Zelda bei den Hausaufgaben, und ich betrachte die beiden von meinem hochmodernen Herd aus mit gütigem Lächeln. Ich habe keinen hochmodernen Herd, demnach würde ich wohl gern umziehen. Laurence wäre auch nach der Scheidung finanziell sehr gut gestellt, und man weiß ja, wie das mit solchen Tagträumen ist: Eben denkt man noch ganz vage an eine mögliche Heirat, und unversehens sucht man schon den Vorhangstoff für das Ferienhaus in der Dordogne aus. Und wenn Laurence mir wirklich eines Tages einen Antrag machen würde, wäre es vielleicht ganz gut zu wissen, ob wir ... wie soll ich sagen ... physisch kompatibel sind, nicht?

Allzu schlimm kann es eigentlich nicht werden, Laurence ist so lieb und sanft. Saul war immer ein Tyrann im Bett. Mach das, mach jenes, schneller, langsamer. Er führte Regie wie bei einem Pornofilm. Laurence würde von mir bestimmt nichts Abartiges verlangen. Sagen wir: Höchstwahrscheinlich nicht. Ja, Karl, ich weiß, das ist alles relativ ...

Also ... haben Sie den Artikel in ›Public Interest‹ gelesen? Richtig, Sie nicht, aber alle meine Bekannten verschlingen das Mistblatt und tun dabei so, als würden sie es nicht mal mit der Feuerzange anfassen. Es hat auch eine Medienklatschkolumne, sie heißt ›Hinter der Kamera‹. Irgendwie haben sie die Geschichte von Laurence und dem Tenniscoach rausgekriegt. Ja. Laurence ist offenbar mitten in der Nacht bei dem Typ eingestiegen in der Hoffnung, ihn mit Sally zu überraschen, statt dessen lag der mit einem anderen Mann im Bett. Das muß man sich mal vorstellen ... Nein, ich hatte keine Ahnung, Harriet hat mir den Artikel gestern kommentarlos auf den Schreibtisch gelegt. Mich hätte fast der Schlag getroffen. Dann habe ich Laurence angerufen, aber der wußte schon Bescheid, sein Agent hatte es ihm gesagt. Der Artikel stimmt mehr oder weniger, sagt er, nur hatte er nicht einen Schraubenschlüssel in der Hand, sondern eine Schere. Gute Frage. Er wollte ihm den Pferdeschwanz abschneiden. Ein Glück, daß der Klatschkolumnist wenigstens das nicht rausgekriegt hat. Der Ton war natürlich so richtig schön süffisant. ›Tubby Passmore, haarmäßig unterprivilegierter Fernsehautor und Verfasser der Heartland-Sitcom *Die Leute von nebenan*, geriet vor kurzem in eine Situation, die komödienhafter war als alles, was in seinen Drehbüchern steht …‹ So in der Art. Und als Zugabe noch eine Karikatur: Laurence als griechischer Gott, wie heißt er noch gleich, der Typ, der mit Venus verheiratet war und sie mit Mars im Bett erwischt hat – genau, Vulkan. ›Im Stil eines alten Meisters‹ stand darunter, nach Tizian oder Tintoretto oder so. Der arme Lorenzo, fett und glatzig, in einer Tunika, der Tenniscoach und sein Freund liebevoll verschlungen und splitterfasernackt auf dem Bett, und alle furchtbar verlegen. Ganz witzig, wenn man nicht persönlich betroffen ist. Wie sie es rausgekriegt haben? Laurence kann sich das nicht erklären. Der Tenniscoach hat keine Anzeige erstattet, weil er sein Privatleben nicht an die große Glocke hängen möchte, er kann von Glück sagen, daß er in dem Artikel nicht namentlich genannt ist. Sie mußten beide eine Aussage bei der Polizei machen, wahrscheinlich hat einer der Beamten die Geschichte an P. I. verkauft. Laurence ist total am Boden zerstört. Er denkt, daß sich die ganze Welt über ihn kaputtlacht und geht nirgendwohin, nicht ins Groucho und nicht in den Tennisklub, am liebsten würde er keinen Fuß mehr vor die Tür setzen, er hat ja überall Bekannte. Die Karikatur hat ihn besonders tief getroffen. Er hat die Geschichte von Venus und Mars und Vulkan nachgeschlagen, dieser Vulkan hatte offenbar ein lahmes Bein, ein besonders tückischer Touch, hat er gesagt, aber vielleicht war es auch unbeabsichtigt. Ja, Laurence hat was mit dem Knie, hab ich das noch nie erzählt? Stechende Schmerzen im Kniegelenk, er hat es operieren lassen, aber es ist wiedergekommen. Bestimmt psychosomatisch. Ich habe ihn gefragt, ob er sich an irgendein Kindheitstrauma erinnert, bei dem was mit seinem Knie war. Mir ist da übrigens eine Sache eingefallen, die ich als kleines Mädchen erlebt habe …

Also … ich habe Laurence gesagt, daß ich es machen will. Mit ihm schlafen natürlich. Ja. Seit der Sache mit ›Public Interest‹ ist er derart down, daß ich das Gefühl habe, ihn irgendwie aufheitern zu müssen. Nein, natürlich ist das nicht mein einziger Grund. Ja, wahrscheinlich stand meine Entscheidung schon so gut wie fest, und der Artikel in P. I. hat nur den letzten Anstoß gegeben. Wir wollen uns ein schönes langes Wochenende machen. Ja, übernächste Woche. Von Donnerstag abend bis Montag nachmittag, ich muß also den Termin am Freitag und den am Montag ausfallen lassen. Ja, ich weiß, daß ich blechen muß, Karl, das haben Sie mir ja schon bei der ersten Sitzung so nett auseinandergesetzt. Eine gewisse Feindseligkeit im Ton? Mag sein. Nachdem ich in drei Jahren so gut wie keinen Termin versäumt habe, hätten Sie mir gut und gern diese beiden mal schenken können, es ist schließlich eine Art Notfall. Um Laurence vor dem Durchdrehen zu retten. Wahrscheinlich würde er Ihnen die Termine zahlen, wenn ich ihn darum bitte, aber das wäre Ihnen wohl auch nicht recht …

Das weiß ich noch nicht, Laurence kümmert sich darum. Irgendwo im Ausland, habe ich gesagt, möglichst in einer warmen Gegend. Bei mir zu Hause geht es natürlich nicht, und in seiner Wohnung wäre es mir auch nicht recht, jedenfalls nicht beim erstenmal. Sie ist sehr klein und das schmierige West-End mit seinen Essensgerüchen, dem Verkehrslärm, den Touristen und Pennern sehr nah … Ja, ich habe ihn nach dem Kerl vor seiner Tür gefragt. Er kampiert dort seit ein paar Wochen. Laurence hat zuerst versucht, ihn loszuwerden, aber das Ende vom Lied war, daß er ihn auf eine Tasse Tee mit zu sich genommen hat. Schon schlimm. Dann hat er ihm Geld gegeben, damit er irgendwo übernachten kann. Noch schlimmer. Prompt kam der Junge wieder und hat die Hand aufgehalten. Laurence behauptet, daß er ihm nichts gegeben hat, aber er hat auch nicht mehr versucht, ihn loszuwerden. Warum er nicht die Polizei verständigt, habe ich ihn gefragt. »Er tut ja keinem was«, hat er gesagt. »Und er hält uns die Einbrecher vom Leibe.« Da ist natürlich was dran, die Wohnungen stehen ja oft lange leer. Ich habe den Verdacht, daß Laurence ihn nicht wegschickt, weil er einsam ist. Laurence, meine ich. Daß er es einfach schön findet, wenn jemand ihm freundlich gute Nacht sagt. Jemand, der nicht ›Public Interest‹ liest. Übrigens habe ich heute von dieser Karikatur geträumt. Ich war Venus, Saul war Mars und Laurence war Vulkan. Was sagen Sie dazu?

Also … wir fliegen nach Teneriffa. Ja, leider. Laurence war im Reisebüro und hat gesagt, er will etwas in der Sonne, aber nicht zu weit weg. Inzwischen denke ich schon, ich hätte mich selber damit befassen sollen. Laurence ist mit so was überfordert, für die Urlaubsplanung war bei ihnen immer Sally zuständig. Die Kanarischen Inseln … Klingt eigentlich ganz hübsch, aber ich habe von keinem, der schon mal da war, je was Gutes darüber gehört. Und Sie? Ob Sie mal da waren, meine ich. Nein, kann ich mir vorstellen. Harriet war mal in Gran Canaria und sagt, es war schlimm, gestern hat sie es allerdings abgestritten. Vielleicht ist Teneriffa besser.

Es sind ja auch nur ein paar Tage, und zumindest ist es dort warm.

Zu Zelda habe ich gesagt, daß ich geschäftlich hin muß, weil eine Folge seiner Serie auf den Kanaren spielt und wir ein paar Rollen vor Ort besetzen müssen. Ziemlich unglaubhaft. Nicht die Kanaren an sich, hin und wieder machen sie auch Außenaufnahmen, und Laurence ist in diesem Zusammenhang sogar eine gute Idee gekommen – die Springfields buchen eine Pauschalreise nach Teneriffa, und als sie am ersten Tag in ihrem Hotelzimmer aufwachen und sich freuen, daß sie auf zwei Wochen die Davises vom Hals haben, sitzen die auf dem Nachbarbalkon beim Frühstück –, sondern daß ich wegen der Besetzung hin muß. Zelda hat es geschluckt, ohne eine Miene zu verziehen. Sehr verdächtig. Sie war richtig lieb und hat mir beim Packen geholfen. Übers Wochenende darf sie zu ihrer Freundin Serena, vielleicht war sie auch deshalb gnädig gestimmt. Serenas Mutter ist eine vernünftige Frau, da kann eigentlich nicht viel passieren. Alles in allem freue ich mich auf ein paar Tage *dolce vita* in der Sonne.

Also … als unmoralisches Wochenende war es gelinde gesagt ein Desaster. Und als Urlaub ließ es sich zuerst auch nicht sehr vielversprechend an. Waren Sie schon mal auf Teneriffa? Nein, stimmt, das sagten Sie schon. Wenn ich die Wahl zwischen einem sibirischen Salzbergwerk und einem Viersternehotel in Playa de las Americas hätte, würde ich mich nach diesen Erfahrungen sofort für Sibirien entscheiden. Playa de las Americas ist der Ort, in dem wir waren. Laurence hatte ihn nach dem Prospekt im Reisebüro ausgesucht, weil er nah am Flughafen ist und wir spätabends ankamen, was ja theoretisch eine ganz vernünftige Überlegung war, aber eben nur theoretisch. *Playa* ist das spanische Wort für Strand, aber das, was sie dort Strand nennen, ist nur ein schwarzer Schlammstreifen. Sie müssen sich die ganze Insel wie einen riesigen Koksklumpen und die Strände wie pulverisierten Koks vorstellen. Es ist alles Lavagestein, im Zentrum der Insel steht ein gewaltiger Vulkan, der leider nicht mehr spuckt. Hätte er Playa de las Americas unter Lavamassen begraben, würde sich ein Besuch wieder lohnen, wie in Pompeji: Malerische Betonruinen mit Touristen in nassen T-Shirts, die es gerade in dem Moment erwischt hat, als sie sich mit *sangria* vollaufen ließen.

Vor ein paar Jahren war hier nur kahle, steinige Küste, dann haben ein paar clevere Baulöwen einen Urlaubsort aus dem Boden gestampft, und jetzt kommt man sich vor wie in Blackpool. Die Hauptstraße heißt Avenida Litoral, dort kommen die Autos nur im Schrittempo vorwärts, links und rechts sind Bars und Cafés und Discos der übelsten Sorte, dröhnende Musik und bunte Lichter und der Geruch nach vergammeltem Fritierfett rund um die Uhr, und dahinter stehen Hotels und Hochhäuser mit Ferienwohnungen. Eine Betonwüste, weit und breit kaum ein Baum oder Strauch.

Zuerst haben wir gar nicht so gemerkt, wie furchtbar es ist, weil es dunkel war und das Taxi, soweit ich das beurteilen konnte, einen ziemlichen Umweg machte, aber vielleicht wollte uns der Fahrer am ersten Abend nicht gleich mit der Avenida Litoral schocken. Die Fahrt verlief ziemlich schweigsam. Wir stellten nur fest, wie warm und feucht es war, danach gab es eine Weile überhaupt nichts zu sehen und dann nur Sachen, zu denen uns nichts einfiel. Jedenfalls nichts Positives. Im kränklich gelben Licht der Straßenbeleuchtung zogen verlassene Baustellen und Kräne und Wohnblocks mit einigen wenigen erleuchteten Fenstern und *De-Venta*-Schildern vor dem Eingang an uns vorbei, dann kam eine lange Durchgangsstraße mit Hotels rechts und links. Alles machte den Eindruck, als wäre es erst vorletzte Woche und so billig wie möglich hochgezogen worden. Laurence sank in seiner Wagenecke immer mehr in sich zusammen. Wir wußten beide, daß wir am Arsch der Welt gelandet waren, mochten es aber nicht zugeben, weil dieses Wochenende doch unbedingt ein Erfolg werden sollte.

Ich tröstete mich mit dem Gedanken, daß wir immerhin ein gutes Hotel hatten. Vier Sterne, hatte Laurence stolz erklärt. Aber vier Sterne in Teneriffa sind nicht dasselbe wie vier Sterne in England, sondern Pauschalreise-Niveau oder nur knapp darüber. Als wir in die Halle mit der Neonbeleuchtung, Plastikboden, Plastiksofas und verstaubten Gummibäumen kamen, wurde mir ganz anders. Laurence erledigte die Anmeldung, und ein Page brachte uns im Lift nach oben. Unser Zimmer war schmucklos-nüchtern, aber einigermaßen sauber und roch nach Desinfektionsmittel. Es hatte zwei Einzelbetten. Laurence hatte extra ein Zimmer mit Doppelbett bestellt, aber Doppelbetten gab es offenbar in diesem Hotel überhaupt nicht, und Laurence knickte noch ein bißchen mehr ein. Als der Page weg war, entschuldigte er sich wortreich und schwor dem Reisebüro schreckliche Rache. Ich versicherte tapfer, das sei alles nicht so schlimm, und trat auf den kleinen Balkon. Unter uns lag der Swimmingpool wie einer dieser verlaufenen Flecken beim Rorschach-Test zwischen künstlichen Felsen und Palmen und schimmerte, von unten angeleuchtet, in grellem Blau. Der Pool war das einzig auch nur annähernd Romantische, was wir bis dahin gesehen hatten, aber der kräftige Chlorgeruch und das Dröhnen der Bässe von der Pool-Disco verdarben den Effekt. Laurence versuchte, die Betten zusammenzuschieben, und machte dabei einen Höllenlärm, und jetzt sahen wir, daß das Zimmer doch nicht so sauber war, hinter und unter den Nachttischen lag Staub, und wenn man die Betten zusammenstellte, reichte die Schnur der Nachttischlampen nicht mehr bis an die Steckdose, deshalb machten wir die ganze Sache wieder rückgängig, worüber ich gar nicht so böse war, denn nun konnte ich guten Gewissens vorschlagen, gleich schlafen zu gehen. Es war spät, ich war hundemüde und fühlte mich so sexy wie ein alter Turnschuh, und Laurence ging es wohl ähnlich, denn er war gleich einverstanden. Wir benutzten sittsam nacheinander das Badezimmer, gaben uns einen keuschen Kuß und gingen ins Bett – jeder in seins. Das Laken war sehr dünn, und ich spürte die Plastikfolie darunter. Das muß man sich mal vorstellen! Demnach werfen sie dort Pauschaltouristen mit Babys und inkontinenten Grufties in einen Topf. Nicht so ungeduldig, Karl! Sie wollen wissen, ob wir irgendwann doch noch zur Sache gekommen sind. Aber das ist meine Geschichte, die müssen Sie mich schon auf meine Art erzählen lassen. Ach, ist es schon wieder soweit? Na gut, dann bis morgen.

Also ... was glauben Sie, was passiert ist? Das raten Sie nie. Sally ist wieder da. Sie will im Haus bleiben, in einer getrennten Lebensgemeinschaft, so heißt das bei den Juristen. Während die Scheidung läuft, bleiben beide in der ehelichen Wohnung, aber sie machen nichts mehr gemeinsam, natürlich auch keinen Sex. Als Laurence gestern aus London zurückkam, hatte Sally schon genau aufgeschrieben, wer welches Schlafzimmer kriegt und wer wann Küche und Waschmaschine benutzen darf. Auf keinen Fall würde sie Laurence die Wäsche machen, hat sie geschrieben. Sie hatte sich das bisher gemeinsame Schlafzimmer mit Bad genommen, das Türschloß auswechseln lassen und seine Anzüge und Hemden und so weiter ins Gästezimmer gebracht. Er ist stocksauer, aber sein Anwalt sagt, er kann gar nichts machen. Sally hat das sehr geschickt abgepaßt. Ob sie sich am Wochenende ein paar Sachen holen könnte, hatte sie gefragt, und er hatte gesagt, ja, natürlich, jederzeit, er sei sowieso nicht da. Und sie habe ja einen Schlüssel. Nein, daß er mit mir in Teneriffa war, weiß sie nicht, das soll sie auch nicht erfahren.

Wie? Ja, wo war ich stehengeblieben? In der ersten Nacht passierte wie gesagt überhaupt nichts, wir schliefen gut und ziemlich lange trotz der Inkontinenzmatratzen, weil wir so kaputt waren. Dann bestellten wir uns das Frühstück aufs Zimmer: Orangensaft aus der Dose, pappige Croissants, Marmelade in Plastikdöschen: Fortsetzung der Bordverpflegung mit anderen Mitteln. Eigentlich hatten wir auf dem kleinen Balkon frühstücken wollen, aber es war schon so heiß, daß wir wieder ins Zimmer flüchteten, der Balkon geht nach Osten, er hatte keine Markise, und ein Sonnenschirm war auch nicht da. Laurence las den ›Evening Standard‹, den er in London gekauft hatte, zum zweitenmal, er wollte mir ein Stück abgeben, aber ich fand Zeitunglesen beim Frühstück unter den gegebenen Umständen nicht ganz das Wahre und versuchte das mit einem kleinen Witz rüberzubringen, da runzelte er ganz verblüfft die Stirn und sagte: »Aber ich lese immer beim Frühstück die Zeitung«, als wäre das ein Naturgesetz. Erstaunlich, was für Sachen einen plötzlich an einem Mann stören, wenn man auf engem Raum mit ihm zusammenlebt. Dabei fielen mir die ersten Monate meiner Ehe mit Saul ein und wie entsetzt ich war, weil er offenbar nicht wußte, wozu man eine Klobürste nimmt, aber ihm das zu sagen, habe ich mich erst nach Jahren getraut. Das Klo auf Teneriffa war übrigens auch eine Katastrophe, na ja, Schwamm drüber … Wir wollten uns einen faulen Vormittag am Pool – Das wollen Sie jetzt aber ganz genau wissen? Hätte ich mir denken können. Ja, also das Bad hatte kein Fenster, in den modernen Hotels ist das heutzutage leider üblich, und die Entlüftung war offenbar nicht in Ordnung, jedenfalls hörte man sie nicht, deshalb richtete ich es so ein, daß ich nach dem Frühstück zuerst ins Badezimmer konnte. Wir haben ja oft genug über solche Sachen gesprochen, mein Stuhl ist … wie soll ich sagen … klein und hart. Soll ich wirklich weiter – Na gut, wenn Sie meinen. Und die Wasserspülung in Teneriffa wurde damit einfach nicht fertig. Wenn ich zog, tanzten die Köteln wie kleine braune Gummibälle im Wasser herum, ich konnte machen, was ich wollte – sie kamen immer wieder hoch. Ich kriegte eine richtige Panik, es ist schließlich nicht sehr angenehm, auf dem Klo anderer Leute Hinterlassenschaft vorzufinden, romantische Gefühle gehen da im wahrsten Sinne des Wortes den Bach runter. Aber sprechen konnte ich mit Laurence auch nicht darüber, für so was muß man gut und gern fünf Jahre verheiratet sein. Ich hätte einen Eimer Wasser zum Nachspülen gebraucht, aber im Badezimmer stand nur ein Abfallkorb aus geflochtenem Plastik. Zum Schluß habe ich dann die Köteln nacheinander mit der Klobürste durch den Knick im Abfallrohr geschoben, aber so was möchte ich nicht noch mal erleben.

Wir wollten uns, wie gesagt, einen faulen Vormittag am Pool machen, aber als wir hinkamen, waren sämtliche Liegen und Schirme schon in festen Händen. Laurence hat eine enorm behaarte Brust und sehr helle Haut, die Sonnencreme aufsaugt wie Löschpapier, aber alle schädlichen Strahlen durchläßt. Ich werde schnell braun, aber nach all dem Hautkrebshorror, den die Frauenzeitschriften verbreiten, lasse ich am liebsten keinen Sonnenstrahl an mich heran. Nur an der Hotelmauer, meilenweit vom Pool entfernt, fanden wir noch ein bißchen Schatten. Da saßen wir dann eine Weile ziemlich unglücklich auf unseren Handtüchern im struppigen Gras, und ich kriegte eine Mordswut auf die Leute, die ihr Zeug auf einer Liege deponiert hatten und dann in aller Ruhe zum Frühstück gegangen waren. Wir könnten uns doch zwei von diesen Liegen schnappen, sagte ich zu Laurence, aber weil Männer bekanntlich in dieser Hinsicht furchtbar feige sind, mußte ich alles allein machen. Ich nahm einfach das Handtuch von einer Liege, die schön schattig unter einer Palme stand, und machte es mir bequem. Nach zwanzig Minuten kam eine Frau und glotzte böse, aber ich tat, als ob ich schlief, und nach einer Weile griff sie sich ihr Handtuch und ging weg, und Laurence kam ziemlich bedeppert an und streckte sich auf der Liege nebenan aus, die sie auch freigehalten hatte.

Durch den kleinen Sieg hatte sich meine Laune gebessert, aber lange hielt das nicht an. Wir wollten uns ein bißchen abkühlen, aber der Pool, der vom Balkon aus so hübsch ausgesehen hatte, eignete sich wegen seiner komischen Form nicht recht zum Schwimmen, außerdem war er von kreischenden Kindern bevölkert und stank nach Chlor. Irgendwo habe ich gelesen, daß der Geruch nicht vom Chlor kommt, sondern von der chemischen Reaktion mit Urin. Klar, die Kids hatten auf Teufel komm raus in den Pool gepinkelt, der Getränkeautomat zum Auftanken war ja ganz in der Nähe. Nach dem Baden konnte man eigentlich nur herumliegen und lesen, aber die Liegen waren Billigausgaben, die sich nicht verstellen ließen, man konnte zum Lesen den Kopf nicht richtig abstützen und hatte nach fünf Minuten das Gefühl, daß einem die Arme abfallen. Ich hatte mir *Besessen* von A. S. Byatt mitgebracht, und Lorenzo was von Kierkegaard, *Furcht und Zittern*. Läßt tief blicken, dachte ich mir. Was die anderen so lasen, sprach Bände: Danielle Steel und Jeffrey Archer und die ganze Palette der englischen Regenbogenpresse, die im Lauf des Vormittags aus der Heimat eingeflogen worden war. Die meisten Hotelgäste sahen aus wie biedere Werktätige aus einer Autofabrik – aber das sagte ich nicht laut, Laurence hat was gegen Großstadtsnobismus.

Wir hatten uns beide keine Badetücher von zu Hause mitgebracht, weil wir ja schließlich ein gutes Hotel gebucht hatten, aber die Ausstattung mit Handtüchern in unserem Bad war mehr als dürftig, und wir beschlossen, uns ein bißchen die Beine zu vertreten und welche zu kaufen. Wir brauchten auch Sonnenhüte und Gummilatschen, der Asphalt rund um den Pool war inzwischen glühend heiß. In der größten Nachmittagshitze machten wir uns auf den Weg in Richtung Meer, das nach unserem Plan nur zwei Ecken weit weg war und wo es ja auch so was wie einen Strandladen geben mußte, aber wir fanden weder Strand noch Laden, sondern hinter einer Mauer nur einen schmalen Streifen von diesem bröseligen schwarzen Zeugs, an das die Wellen schlugen. Wir machten kehrt und gingen zur Hauptstraße. Dort stießen wir auf ein aus unerfindlichen Gründen im Untergrund angesiedeltes tristes kleines Einkaufszentrum mit Touristenbedarf und billigen Souvenirs. Auf allem – natürlich auch auf den Handtüchem – prangte in Riesenbuchstaben der Name ›Teneriffa‹ oder ein Umriß der Insel, und weil man sich mit so was zu Hause ja nun wirklich nicht sehen lassen kann, gingen wir weiter in Richtung Stadt. Wir liefen gut und gern eine Meile, es gab keinen Schatten, dafür aber viel zu sehen. Meist Unerfreuliches. Ein besonders scheußlicher Abschnitt der Avenida Litoral heißt Las Veronicas. Dort häufen sich die Bars und Klubs und Eßlokale, in denen es ›Paella und Fritten‹ gibt und ›Bohnen auf dem Toast‹. Aus den Ladeneingängen dröhnt Discomusik als Kundenfang, und auf Fernsehern laufen in höchster Lautstärke alte englische Comedyserien. Damit ist eigentlich alles über die groteske Situation des sogenannten Urlaubsortes Playa de las Americas gesagt: Da sitzen diese Briten auf einem zweitausend Meilen von der Heimat entfernten erloschenen Vulkan mitten im Meer und bestellen sich überteuerte Drinks, nur um alte Folgen ihrer geliebten Uraltserien sehen zu können. »Zum Heulen, was?« sagte ich zu Laurence. Dann kamen wir zur nächsten Pinte, und da gab es *Die Leute von nebenan*. Der Zulauf hielt sich in Grenzen. Genau genommen waren es nur vier Figuren, die die Serie guckten, ein Mann und eine Frau mittleren Alters, die aussahen wie gekochte Krebse, und zwei verdrossene junge Mädchen mit Punkerfrisur, aber Laurence mußte natürlich rein. Ich habe noch keinen Drehbuchautor erlebt, der es fertiggebracht hätte, nicht zu gucken, wenn seine Serie läuft. Laurence bestellte ein Bier für sich und einen Gin Tonic für mich und starrte mit verklärtem Lächeln auf die Glotze wie ein junger Vater, der die ersten Schritte seines Erstgeborenen auf Schmalfilm gebannt hat. Sosehr ich Lorenzos Sachen auch schätze – ich war schließlich nicht hergekommen, um mir in einer heruntergekommenen Kneipe angejahrte Folgen von *Die Leute von nebenan* anzutun. Ich kippte entschlossen meinen Gin Tonic und bestellte noch einen. Einen doppelten. Laurence trank noch ein Bier. Dann teilten wir uns eine Pizza aus der Mikrowelle und leisteten uns zum Kaffee noch einen Cognac, und dann fragte Laurence, ob wir nicht zu einer kleinen Siesta ins Hotel zurückfahren wollten. Im Taxi legte er mir einen Arm um die Schulter, und da war natürlich klar, was er sich von der Siesta erhoffte. Ach, schon wieder soweit? Ja, dann bis morgen. Doch, natürlich habe ich schon mal was von Scheherazade gehört. Warum?

Also ... es war vielleicht ganz gut, daß ich so bedudelt war, sonst wäre es einfach zu peinlich gewesen. Ich meine, die ganze Geschichte war entweder zum Lachen oder zum Heulen, und mein Alkoholpegel sorgte dafür, daß ich es eher von der heiteren Seite nahm. Schon als Laurence zur Siesta seine Kniestütze anlegte, mußte ich kichern. Sie ist aus Neopren wie die Taucheranzüge und knallrot mit einem Loch für die Kniescheibe, und weil er sonst nichts anhatte, war die Wirkung unwiderstehlich. Er war ganz verblüfft über meine Reaktion, offenbar trug er das Ding immer, wenn er mit Sally geschlafen hat. Als er sich dann noch eine elastische Binde um den Ellbogen wickelte, weil er neuerdings einen Tennisarm hat und kein Risiko eingehen wollte, konnte ich schon fast nicht mehr vor Lachen und fragte, ob er nicht auch noch Beinschienen und einen Sturzhelm mitgebracht hätte. Der Sturzhelm wäre gar nicht verkehrt gewesen, denn das Bett war so schmal, daß er beim Vorspiel fast rausgefallen wäre. Ich machte die Augen zu und ließ ihn ausgiebig knutschen und knuddeln, aber weil ich so kitzlig bin, mußte ich ein paarmal lachen, wo ein lustvolles Stöhnen wohl angebrachter gewesen wäre. Dann wollte er, daß ich ihn besteige, wegen des Knies, und erwartete von mir, daß – ich will es mal so sagen – daß ich die Sache in die Hand nahm. Eine Schauspielerin hat mir erzählt, daß sie immer wieder einen Traum hat, in dem sie auf der Bühne steht und nicht weiß, welches Stück gespielt wird. Ich kam mir vor wie die zweite Besetzung für Sally unter ähnlichen Bedingungen. Wie sie mit der Rolle fertig wird, weiß ich natürlich nicht, ich jedenfalls fühlte mich halb wie eine Nutte, halb wie eine Schwester von der Orthopädie, gab aber mein Bestes und ruckelte brav auf und ab, und dann stöhnte er, und ich rollte von ihm runter. Und dann stellte sich heraus, daß er gestöhnt hatte, weil er nicht kommen konnte. »Vielleicht hast du zum Mittagessen ein bißchen zuviel getrunken, Schatz«, sagte ich. »Vielleicht«, sagte er matt. »War's denn für dich wenigstens schön?« Ganz wundervoll war es, sagte ich, aber ehrlich: Ein genüßliches Bad nach Feierabend oder eine Brüsseler Edelpraline mit einer Tasse frisch gebrühtem kolumbianischen Kaffee ist mir lieber.

Danach schliefen wir eine Stunde, duschten, tranken Tee auf dem Balkon, der jetzt im Schatten lag, und lasen, bis es Zeit zu einem Drink an der Bar und zum Abendessen war. Die ganze Zeit waren wir ziemlich schweigsam. Was hätten wir auch sagen können? Daß das Hotel grauenvoll und die Reise eine einzige Katastrophe war und wir auf drei Tage hier festsaßen? Wir hatten Halbpension gebucht und am Empfang Gutscheine bekommen, die wir am Eingang zum Restaurant abgeben mußten. In dem Riesensaal saßen vierhundert Leute und mampften wie beim Essen gegen die Uhr in einer Spielshow. Vorspeisen und Nachtisch gab es am Büffet, den Hauptgang bekam man am Tisch, entweder Huhn mit Jägersoße oder paniertes Fischfilet. Das Essen war etwa so wie in der BBC-Kantine, genießbar, aber fade. Wir hatten eine Flasche Rotwein bestellt, aber davon trank ich das meiste, weil Laurence sich ja noch einiges vorgenommen hatte und sich deshalb zurückhielt. So richtig locker-flockige Stimmung kam unter diesen Umständen natürlich nicht auf. Wir machten unseren Abendspaziergang zu dem sogenannten Strand mit dem wellenumspülten schwärzlichen Gebrösel, und danach hatten wir die Wahl, ins Bett oder in den Ort zu gehen, und weil wir uns lebhaft vorstellen konnten, was um diese Zeit im Ort abging, versuchten wir es wieder mit der Liebe, und es war alles wie gehabt. Er hatte eine Erektion, aber es kam, wie sagt man, nicht zum Erguß. Mir machte das eigentlich nichts, ich mag es sowieso nicht, wenn einem hinterher das Nachthemd unten naß wird. »Es liegt nicht an dir, sondern an diesem schauderhaften Hotel und dem unmöglichen Ort«, tröstete ich ihn, »da muß man ja impotent werden.«

Das traf ihn tief.

»Ich habe mir die größte Mühe gegeben«, sagte er beleidigt.

»Natürlich, *chéri*, du kannst ja auch nichts dafür, das hat uns dieses dämliche Reisebüro eingebrockt, aber warum fahren wir eigentlich nicht woanders hin, wenn es uns hier nicht gefällt?«

»Ausgeschlossen, ich habe die Reise schon komplett bezahlt.«

Auf die Idee, das Geld einfach sausenzulassen, wäre er von sich aus wahrscheinlich überhaupt nicht gekommen, dabei traf es schließlich keinen Armen. Es war, als ob er die Geister seiner Eltern vor sich sah, die ob solcher Verschwendung die Hände über dem Kopf zusammenschlugen. Und dann fiel ihm noch was ein.

»Außerdem gibt es in Playa de las Americas nur ein Fünfsternehotel, und das ist ausgebucht.«

»Kein Wunder. Wer in Playa de las Americas ein Fünfsternehotel gebucht hat, schließt sich vermutlich in seinem Zimmer ein und kommt bis zum Abflug nicht mehr wieder raus. Aber es muß doch noch andere Fünfsternehotels auf Teneriffa geben.«

»Und wie sollen wir da hinkommen?«

»Mit dem Leihwagen, mein Schatz«, sagte ich geduldig wie eine Kindergartentante.

Um es kurz zu machen: Ich sorgte dafür, daß wir gleich nach dem Frühstück diesen Ort des Schreckens verlassen konnten. Laurence hätte sich am liebsten möglichst unauffällig abgesetzt, aber weil wir noch ein paar Extras zahlen mußten, nutzte ich die Gelegenheit, dem Typen am Empfang sehr deutlich die Meinung zu sagen, was den allerdings nicht weiter kratzte. Wir mieteten bei Avis einen klimatisierten Wagen und fuhren an der Küste entlang nach Santa Cruz. Die Gegend ist unglaublich kahl und öde, wie eine Mondlandschaft in einer Hitzewelle, aber Santa Cruz, die Hauptstadt von Teneriffa, ist ganz nett, ein bißchen vergammelt, aber zivilisiert. Sie haben ein wirklich erstklassiges Hotel, der Pool ist in einem gepflegten, schattigen Garten und das Restaurant durchaus annehmbar. Übrigens hat Robert Maxwell dort zum letztenmal gegessen, ehe er sich von seiner Jacht gestürzt hat. Wäre er in Playa de las Americas zum Essen gewesen, hätte es nicht so viele Spekulationen um seinen Selbstmord gegeben.

In Santa Cruz wurde es dann noch recht nett. Wir bekamen eine geräumige Suite mit hoher Decke, Marmorbad und riesigem Doppelbett. In dem kuschelten wir uns aneinander und schliefen wunderbar. Sonst spielte sich darin nichts ab. Bloß kein Risiko, Schatz, wo gerade alles so harmonisch läuft, sagte ich, und ihm war es offenbar ganz recht so. Für mich stand inzwischen fest, daß ich Laurence nicht heiraten und auch keinen Sex wollte – weder mit ihm noch mit sonstwem. Da habe ich nun jahrelang meine Beziehung zu Saul analysiert, mir den Kopf darüber zerbrochen, warum sie schiefgelaufen ist und ich ihn nicht habe glücklich machen können, dabei hätte ich lieber an mich und mein Glück denken sollen – und das finde ich bestimmt nicht dadurch, daß ich nach all den Jahren meinen Körper einem anderen Mann zur Verfügung stelle. Ich würde mich freuen, wenn Laurence und ich wieder zu unserer platonischen Freundschaft zurückfinden könnten, aber wenn das nicht geht, *tant pis*… Genaugenommen war also mein unmoralisches Wochenende überhaupt kein Desaster. Ich sehe jetzt vieles klarer, habe begriffen, daß ich gar keine Macke habe, und kann mich so akzeptieren, wie ich bin. Ich *brauche* keinen Sex, ich *brauche* keinen Mann. Und ich brauche auch Sie nicht mehr, Karl. Nein, ganz recht. Es hat sich zu Ende analysiert. Sie haben mir vorausgesagt, daß ich es merken würde, wenn ich Sie nicht mehr brauche. Sie hatten recht. Ja, Karl, das war unsere letzte Sitzung. Ja. Der große Abschied. Ich bin geheilt.

Louise

Stella? … Hier Louise … Hi! … Danke, bestens. Und dir? … Ach je, hab' ich mir schon gedacht, deine Stimme auf dem Anrufbeantworter klang so … Ich hätte mich schon eher gemeldet, aber ich bin zur Zeit voll im Stress … Eine Sitzung nach der anderen … ja, immer noch derselbe Film, aber jetzt heißt er *Switchback*. Du weißt ja, wie das in Hollywood ist, du kriegst ein Projekt entweder in fünf Minuten durch, oder es dauert fünf Jahre, und diesmal sieht's aus, als ob ich es fünf Jahre am Hals habe. Und warum bist du so down? … Hm … aha … Hab ich irgendwie geahnt … Hör mal, Schätzchen, das kommt vielleicht in diesem Augenblick nicht so gut an bei dir, aber ganz ehrlich: Sei froh, daß du ihn los bist … Stimmt, ich konnte ihn von Anfang an nicht leiden, aber hab ich recht gehabt oder nicht? Na also … Kettchen-mit-Goldkreuz-Typen ist nicht zu trauen, hab ich gesagt … Er hat dich ausgenommen, Schätzchen … Erst zahlst du ihm die Wurzelbehandlung und den Schauspielunterricht, und jetzt läßt er dich fallen wie eine heiße Kartoffel … Klar ist dir jetzt mies, aber da kommst du drüber weg, ich spreche aus Erfahrung. Moment, ich hab ein Gespräch auf der anderen Leitung, leg nicht auf …

Das war Nick, wollte sich mal eben aus New York melden … Ja, nur für ein paar Tage. Einer seiner Klienten bringt gerade ein Stück in einem Off-Broadway-Theater raus. Hör mal, wenn du willst, erzähle ich dir was wahnsinnig Komisches, was ich gestern erlebt habe, das wird dich ablenken … Okay, zieh die Schuhe aus, leg die Füße hoch und leih mir dein geneigtes Ohr …

Gestern abend gegen sechs, ich kam gerade von einer Sitzung bei Global Artists, hatte geduscht und mich umgezogen und überlegte, ob ich mir was zu essen machen oder bei Sushi Express anrufen sollte, läutet das Telefon, und eine sehr britische Stimme sagt: »Hallo, Louise, hier Laurence Passmore.«

Laurence Passmore? Zuerst habe ich weder den Namen noch die Stimme erkannt.

»Ja?« sage ich sehr reserviert, und der Typ lacht irgendwie nervös und sagt:

»Es ist ja auch schon eine Weile her …«

»Kennen wir uns?« frage ich.

Eine leicht pikierte Pause, und dann: »*Die Leute von nebenan* … vor vier Jahren.« Da hat's bei mir natürlich geklingelt. Es war der Typ, von dem die Vorlage zu *Zoff im Nachbarhaus* stammt. Genau. Drüben heißt die Serie *Die Leute von nebenan.* Damals war ich noch bei Mediamax, die hatten die Rechte gekauft, und als er herkam, um sie bei dem Pilotfilm zu beraten, habe ich ihn betreut. Daß ich den Namen nicht gleich erkannt hatte, lag wohl auch daran, daß er ›Laurence‹ gesagt hatte.

»Ich hab' dich unter einem anderen Namen in Erinnerung«, sagte ich.

»Tubby vielleicht?«

»Tubby Passmore, natürlich …« Jetzt sah ich ihn auch wieder vor mir: Um die fünfzig, hohe Stirn, ziemlich rundlich. Netter Typ. Bißchen schüchtern, aber nett.

»Ich finde Tubby ehrlich gesagt nicht so toll«, meint er, »aber irgendwie ist der Spitzname an mir hängengeblieben.«

»Nett, daß du anrufst«, sage ich. »Was für Geschäfte bringen dich denn diesmal nach Los Angeles?«

»Ich bin nicht geschäftlich hier.«

»Urlaub?« Vielleicht ist er auf der Durchreise nach Hawaii oder so, denke ich mir.

»So was Ähnliches. Hättest du Zeit, heute abend mit mir zu essen?«

Es war purer Zufall, daß ich nichts vorhatte, letzte Woche waren wir jeden Abend weg, aber gestern war Nick verreist, und ich dachte mir, warum eigentlich nicht, passieren kann schließlich nicht viel. Damals hatte ich ihn angemacht, du weißt ja, die Sache mit Jed war gerade aus, und ich war ein bißchen einsam und er auch. Trotzdem hat er mir einen Korb gegeben, wenn auch auf sehr nette Art, er liebe seine Frau, hat er gesagt … Ja, solche Männer gibt es tatsächlich noch, jedenfalls in England … Also sage ich, ja gern, und er sagt, er wohnt im Beverly Wilshire und freut sich sehr, und ich denke, mein lieber Mann, von einem, der sich privat das Beverly Wilshire leistet, kannst du dich getrost einladen lassen, und überlege gerade, welche Beziehungen ich spielen lassen kann, um noch kurzfristig einen Tisch bei Morton zu kriegen, da sagt er: »Ich würde gern in Venice essen, in diesem Fischrestaurant am Strand, wo wir damals waren.« Ich wußte nicht mehr, welches es war, und er wußte nicht mehr, wie es hieß, meinte aber, er würde es wiedererkennen, also mußte ich anstandshalber sagen, ich würde mit ihm hinfahren. Ich kann mir was Schöneres vorstellen als Venice, aber wer weiß, wozu es gut ist, wenn ich mich nicht mit einem obskuren englischen Fernsehautor ins Morton setze; schließlich ist der Typ ja nicht Tom Stoppard oder Christopher Hampton.

Also zog ich was Lässiges an und fuhr ins Beverly Wilshire, um Tubby Passmore abzuholen. Er wartete schon draußen, ich stieg deshalb nicht aus, sondern hupte nur und winkte, aber er brauchte ungefähr zehn Minuten, bis er mich entdeckt hatte. Er sah genauso aus, wie ich ihn in Erinnerung hatte, vielleicht hatte er noch ein paar Pfund zugelegt, großes kartoffeliges Gesicht, Glatze und im Nacken ein Kranz heller Flaumhaare bis auf den Nacken. Nettes Lächeln. Aber irgendwie kein Mann fürs Bett. Schon komisch, auf was für Ideen man manchmal kommt ... Er stieg ein, und ich sagte: »Willkommen in L.A.« und streckte ihm die Hand hin, aber da beugte er sich schon vor, um mir einen Kuß auf die Wange zu geben, es war fast ein bißchen peinlich, aber wir lachten beide, und damit war die Sache überspielt. Fast vorwurfsvoll sagte er: »Du hast einen neuen Wagen.« – »Allerdings! Seit deinem letzten Besuch gut und gern den fünften ...« Nein, ein Mercedes, ich hab den BMW gegen einen weißen Mercedes mit roter Lederpolsterung eingetauscht. Toller Schlitten. Moment, da kommt schon wieder ein Anruf ...

Scheißescheißescheiße ... Entschuldige, war nur laut gedacht. Das war Lou Renwick von Global Artists. Unser Star unterschreibt nur, wenn sein Kumpel Regie führt, und der letzte Film von dem war eine absolut dicke Keule. Fürchterliche Armleuchter, diese Leute, aber keine Sorge, ich lasse nicht locker ... Ja, ich hab eine Option auf das Buch ... Wo war ich stehengeblieben? Ja, richtig. Also, wir fuhren nach Venice und liefen am Strand zwischen den Joggern und Surfern und Rollschuhfahrern und Frisbeetypen und Hundehaltern auf und ab und suchten das Restaurant, und dann meinte er, da ist es ja, aber es war der falsche Name und überhaupt kein Fischrestaurant, sondern ein Thai-Lokal. Auf Befragen sagten die Leute, sie hätten es erst seit einem Jahr, also war es vielleicht doch das richtige, mir kam es auch irgendwie bekannt vor.

Tubby wollte draußen essen, obgleich es ziemlich kühl und ich dafür nicht richtig angezogen war … Was? Ein ärmelloses Top und den schwarzen Baumwollrock, den ich bei dir gekauft habe. Den mit den Goldknöpfen. Ja, genau. Tubby sagte, damals wäre in Venice ein fantastischer Sonnenuntergang gewesen, gestern war es bewölkt, aber es half alles nichts, wir mußten uns auf die Terrasse setzen. Der Ober fragt, ob wir was trinken wollen, und Tubby sieht mich an und sagt: »Whisky Sour. Richtig?« Und ich lache und sage, daß ich keine Cocktails mehr trinke, für mich bitte Mineralwasser, und er ist richtig enttäuscht. »Aber Wein trinkst du doch?« fragt er ganz besorgt, und ich sage, vielleicht ein Glas. Er bestellt eine Flasche Napa Valley Chardonnay, was ich einen Tick knickerig finde für einen, der im Beverly Wilshire logiert, aber das behielt ich für mich.

Auf der Fahrt nach Venice hatte ich ihn mit meinem Filmprojekt vollgeschwallt, weil mich das zur Zeit so beschäftigt und wohl auch, damit er merkt, daß ich keine kleine Angestellte mehr bin, sondern eine richtige Filmproduzentin. Als wir bestellt hatten, kam er dran. »Und was hast du so erlebt?« fragte ich. Es war wie der Moment in einem Katastrophenfilm, wo jemand ahnungslos eine Tür im Schiff aufmacht und die Wasserfluten rausgeschossen kommen und ihn umreißen. Er seufzte abgrundtief, und dann kam der ganze Jammer dieser Welt auf mich zu. Seine Frau will sich scheiden lassen, außerdem laboriert er erfolglos an einer chronischen Knieverletzung herum. Offenbar hat ihn seine Frau Knall auf Fall verlassen, zwei Wochen später ist sie wiedergekommen, und jetzt wohnen sie in dem gemeinsamen Haus zusammen, aber juristisch getrennt – nicht nur mit getrennten Schlafzimmern, sondern umschichtiger Benutzung von Küche und Waschmaschine, die britischen Scheidungsrichter nehmen es offenbar mit der schmutzigen Wäsche sehr genau. Ja. Wenn sie freiwillig seine Socken wäscht, ist die Scheidungsklage gefährdet, sagt er. Aber da ist wohl nichts zu befürchten. Wenn sie sich auf der Treppe begegnen, sprechen sie kein Wort, sie verkehren nur schriftlich miteinander, wie Nord- und Südkorea. Nein. Er vermutet, daß sie einen anderen hat, aber sie sagt, sie will nur nicht mehr mit ihm verheiratet sein. Die Kinder sind aus dem Haus, sie ist an einer Hochschule. Es hat ihn umgehauen, als sie es ihm gesagt hat ... Fast dreißig Jahre, nicht zu fassen, was? Ich hätte nie geglaubt, daß es – außer im Altersheim – irgendwo noch Leute gibt, die dreißig Jahre mit ein und demselben Partner verheiratet sind. Besonders ärgert ihn jetzt, daß er sich keinen einzigen Seitensprung geleistet hat. »Nicht, daß ich keine Gelegenheit dazu gehabt hätte«, sagt er. »Das weißt du ja, Louise.« Und dann sieht er mich aus seinen hellblauen, rotgeränderten Augen lange und seelenvoll an.

Ich kriegte eine richtige Gänsehaut, sag ich dir, aber nicht vom Seewind, denn jetzt war mir klar, worum es ihm ging. In diesem Lokal hatte ich damals versucht, ihn zu verführen ... Ja. Ich sah alles wieder ganz deutlich vor mir, es war wie eine dieser Rückblenden in einem alten *film noir*. Wir hatten nett gegessen und eine Flasche Wein getrunken, und ich war zwischendurch mal aufs Klo gegangen, um einen zu sniefen ... Ja, damals stand ich auf Drogen ... hatte immer was in der Handtasche. Schnee vom Besten. Tubby war in der Beziehung völlig unbeleckt. Coke war für ihn nur Coca-Cola, und beim Wort Sniefen hätte er wahrscheinlich nur an Schnupfen gedacht und mir ein Taschentuch angeboten. Schon bei Hasch wäre er bestimmt ausgeflippt, deshalb hatte ich ihm nie verraten, daß ich harte Sachen nahm. Ein bißchen hat es mich schon gewundert, daß er überhaupt nichts gemerkt hat, schließlich hätte sich ja über seine lahmen englischen Witze ein Mädel im Normalzustand nicht halbtot gelacht... Ich war also verdammt high und verdammt geil, und mir gegenüber saß dieser nette saubere Engländer, der offenbar Lust auf mich hatte, aber zu anständig oder zu schüchtern war, um den ersten Schritt zu tun. Also sagte ich beherzt, ich würde ihn gern mit zu mir nehmen und ihn bumsen, daß es nur so kracht... Ja, er wußte es noch, Wort für Wort. Die ganze Sache hatte er bewußt so inszeniert: Das Restaurant in Venice, der Tisch auf der Terrasse, der Napa Valley Chardonnay... Deshalb war er so verunsichert, weil ich einen anderen Wagen hatte und aus dem Fischrestaurant jetzt ein Thai-Lokal geworden war und ich keinen Whisky Sour mehr trank. Alles mußte so sein wie damals. Nur eins hatte sich geändert... Genau. Jetzt, wo seine Frau ihn sitzengelassen hat, ist er extra aus England eingeflogen, um auf mein Angebot zurückzukommen. Daß sich auch in meinem Leben inzwischen was geändert haben könnte, ist ihm offenbar überhaupt nicht eingefallen. Er hat sich das wohl so vorgestellt, daß ich seit damals unentwegt an dem bewußten Tisch auf der Terrasse gesessen, gedankenvoll aufs Meer geblickt und darauf gewartet habe, daß er endlich kommt, um mich in die Arme zu nehmen. Moment, der nächste Anruf...

Hi, da bin ich wieder. Das war Gloria Fawns Agent, sie will bei *Switchback* nicht mitmachen. Schätze, daß er ihr nicht mal das Drehbuch gezeigt hat. Die sollen mich alle gern haben. Ja, also ich war natürlich total geplättet. Das ist, als wenn du sagst, kann ich mal das Salz haben, und vier Jahre später kommt einer mit dem Salzstreuer angedüst. Es hatte ja keinen Zweck, lange um den heißen Brei rumzureden, und als er mir nachschenken wollte, legte ich die Hand über das Glas und sagte, ich hätte meinen Alkoholkonsum eingeschränkt, weil ich ein Baby haben wollte, und wenn es klappte, würde ich ganz mit dem Trinken aufhören ... Ja, ich denke mir, einmal muß es ja sein, die biologische Uhr bleibt nicht stehen, und Nick möchte es gern ... Dank dir schön, Stella, wenn ich schicke Umstandsmode brauche, weiß ich ja, an wen ich mich zu wenden habe ... Tubby Passmore war wie vom Donner gerührt, aber so richtig geschnallt hatte er es immer noch nicht, er hat wohl zuerst gedacht, ich wollte ein Kind von *ihm* ... Ja, lach nur, aber der Typ ist echt tierisch. Also hab ich ihm gesagt, daß ich mit Nick verheiratet bin, und er fiel vor meinen Augen in sich zusammen, ich hab gedacht, gleich heult er in seine Zitronengrassuppe. »Was ist denn?« fragte ich, obgleich ich es natürlich ganz genau wußte, und er zitierte Kierkegaard ... Nein, das ist kein Knäckebrot, sondern ein dänischer Philosoph. »Das Schlimmste, was einem Mann passieren kann, ist in seinen Augen in einer Sache von wesentlicher Bedeutung lächerlich zu werden.« Wortwörtlich. Ich hab's mir hinterher gleich aufgeschrieben.

Danach war der Abend natürlich nicht mehr zu retten. Ich vertilgte das ganze Essen und er den ganzen Wein, und das Reden besorgte ich. Und weil er mir so leid tat, habe ich ihm von Prozac erzählt, und stell dir vor, er hatte noch nie was davon gehört. Er nimmt nie Tranquilizer. »Ich habe mal schlechte Erfahrungen mit Valium gemacht«, sagte er. Valium! Der Mann lebt ja drogenmäßig noch in der Steinzeit! Ich machte ihm klar, daß Prozac kein Tranquilizer ist und auch kein normales Antidepressivum, sondern eine nagelneue Wunderdroge, richtig Reklame hab ich für das Zeugs gemacht... Aber ja, Schätzchen, du etwa nicht? Nimmt doch jeder in Hollywood ... Nick und ich schwören drauf. Echt. In unserer Küche hängt eine Tabelle, da steht drauf, wann wir die grünen und wann die weißen Pillen nehmen müssen ... Das Zeugs hat mein Leben umgekrempelt... Nein, ich war nicht deprimiert, es ist ja nicht nur gegen Depressionen, sondern toll fürs Selbstwertgefühl. Ohne Prozac hätte ich mich nie getraut, bei Mediamax aufzuhören ... Ja, hab ich auch gelesen, stand in ›Time‹, aber mir ist so was nie passiert... Solltest du mal probieren, Stella... Schön, eine Nebenwirkung hat es, man kommt schwerer zum Orgasmus. Aber wo du im Augenblick sowieso ohne Lover bist, hast du ja nichts zu verlieren. Natürlich nicht, Stella, aber mit Prozac überwindest du es leichter ... Schon gut, Schätzchen, von mir aus kann jeder nach seiner Fasson selig werden ... Wie? Ja, ich hab ihn ins Beverly Wilshire zurückgefahren, und im Auto ist er eingeschlafen, vom Alkohol oder vom Jetlag oder von der Enttäuschung oder von allem miteinander. Der Portier hat die Wagentür aufgemacht, und ich habe Tubby noch einen Kuß auf die Wange gegeben, und dann ist er in die Halle gestolpert. Ein bißchen leid tat er mir schon, aber ich konnte ihm ja auch nicht helfen ... Weiß ich nicht, er wird wohl nach London zurückfliegen. Ich kann ihn ja mal fragen, wenn du willst... Glaubst du, das ist eine gute Idee? ... Ja, wenn du meinst... Aber ich hab dich gewarnt, ein Adonis ist er nicht... Ja, clean ist er, da brauchst du dir keine Sorgen zu machen. Ich ruf ihn gleich mal an und sag ihm, daß ich da diese tolle, zur Zeit völlig ungebundene Freundin habe, die ihn wahnsinnig gern kennenlernen möchte ... Bis bald, Stella ...

Hallo, George, wie geht's in der Nachrichtenredaktion? Freut mich. Na ja, man lebt. Danke, kann ich gebrauchen. Dunkles vom Faß bitte. Eine Halbe. Danke. Ja, heute vormittag waren mal wieder alle Puppen am Tanzen. Meine Sekretärin ist krank, unser Faxgerät ist im Eimer, die BBC hat mir eine kanadische Seifenoper weggeschnappt, und so ein Arschloch von Anwalt will uns verklagen, weil er denselben Namen hat wie der krumme Hund in der letzten Folge von *Motorway Patrol* – hast du die gesehen? Nein, vorletzte Woche. Dank dir schön, Gracie. Und eine Tüte Chips, Räucherspeckaroma. Nein, nein, George, die Chips zahl ich. Na gut, wenn du unbedingt willst. Danke, Gracie. Prost, George. Ah, das tut gut. Was? Ich denke, wir kaufen uns mit ein paar Tausendern los, kommt auf lange Sicht billiger. Setzen wir uns? Da drüben, in der Ecke, ich sitz gern an der Wand, da kann so leicht keiner was aufschnappen. Mag sein, aber du weißt ja: Feind hört mit, haha. So, da wären wir. Ich würd dir von den Chips anbieten, aber ich krieg die verdammte Tüte nicht auf. Sie sollten für diese blödsinnigen Plastiktüten ein Dingsbums erfinden, so was wie einen Zigarrenabschneider, wenn du dir das patentieren läßt, kannst du ein Vermögen machen. Hoppla ... da haben wir schon die Schweinerei. Entweder geht das Ding überhaupt nicht auf, oder es platzt, und das ganze Zeug landet auf deinem Schoß. Bedien dich. Neulich hab ich einen Typ im Pub gesehen, und ehrlich, du, der hat sich vielleicht mit seinen Chips abgeschafft, da war alles dran. Hat sich einen Fingernagel abgebrochen bei dem Versuch, die Tüte aufzureißen, dann hat er versucht, sie aufzubeißen, dabei ist fast ein Zahn zu Bruch gegangen, und dann hat er sie in seiner Verzweiflung mit dem Feuerzeug angezündet. Nein, ohne Quatsch. Er wollte wohl nur eine Ecke abschmelzen, aber das ganze Ding ging in Flammen auf und hat ihm die Brauen versengt, und das kokelnde Fett stank zum Himmel. Ehrlich. Wenn so was im Fernsehen käme, würden wir den Markennamen unterschlagen, weil sonst die Firma Schadenersatz verlangt, klar, ist ihr gutes Recht, aber wo kommen wir denn hin, wenn wir für so eine lächerliche Krimiserie die Namen sämtlicher Anwälte überprüfen müssen? Gutes Bier, alles was recht ist.

Ja, wie gesagt, alle Puppen am Tanzen. Und zu allem Überfluß noch ein Gespräch mit Tubby Passmore. Echte Nervensäge, der Mann. Macht mir im Moment jede Menge Scherereien. Das mit Debbie Radcliffe weißt du? Ach, ich dachte, Davie Treece hätte dich informiert. Behalt es bitte für dich, aber sie will bei *Die Leute von nebenan* aussteigen. Ernste Situation? Kannst du wohl laut sagen. Ihr Vertrag läuft mit dem Ende dieser Staffel aus, und sie will um keinen Preis verlängern, die blöde Kuh. Weiß ich nicht, angeblich will sie wieder Theater spielen. So? Also da kann ich nicht mitreden, mich bringen keine zehn Pferde mehr ins Theater, das ist ja, als wenn sie dich in deinem Fernsehsessel festschnallen, und in der Glotze läuft nur ein Programm. Im Theater kannst du nicht reden, nicht essen, nicht trinken, zwischendurch nicht aufs Klo gehen, nicht mal die Beine übereinanderschlagen kannst du, dazu ist gar kein Platz. Und dann kostet der Mist noch zwanzig Pfund. Sie will ums Verrecken nicht mehr, und deshalb müssen wir ihre Rolle aus der Serie rausschreiben. Du weißt ja, die Zuschauerquoten sind immer noch sagenhaft. Ja, unbedingt. Eine Staffel auf jeden Fall, wahrscheinlich sogar zwei oder drei. Und da soll eben Tubby die letzten ein, zwei Folgen so umschreiben, daß wir Priscilla loswerden, das ist die Rolle, die Debbie spielt, damit in der nächsten Staffel

Edward zu einer neuen Frau kommt. Wir haben Tubby ein paar Tips gegeben, aber er beißt nicht an. Es geht nur, sagt er, wenn sie richtig stirbt, bei einem Autounfall oder auf dem Operationstisch oder so. Nicht zu glauben, was? Da heulen sich doch unsere Zuschauer die Augen aus. Debbies Abgang muß so sein, daß alle ein gutes Gefühl dabei haben, ist doch klar. Leicht ist es nicht, wem sagst du das, aber eins habe ich in siebenundzwanzig Jahren beim Fernsehen gelernt: Ob's Probleme mit dem Drehbuch gibt oder mit der Besetzung oder den Außenaufnahmen oder den Kosten – eine Lösung gibt es immer, man muß sich nur was einfallen lassen. Bloß sind die meisten Leute dazu einfach zu faul. Tubby sagt, er macht lieber Schluß mit der ganzen Serie, als daß er die Integrität seiner Figuren gefährdet. Scharf, was? Wir reden schließlich von einer Comedy-Serie und nicht von Ibsen. Echter Fall von Größenwahn. Das Neueste ist, daß – Wie meinst du? Ja, zum Glück hat sich herausgestellt, daß wir vertraglich das Recht haben, uns einen anderen Autor zu suchen, wenn Tubby nicht mehr mitmachen will. Ja. Nein, natürlich liegt uns daran gar nichts, am liebsten wär's uns, wenn Tubby es weitermachen würde. Scheiß auf sein moralisches Recht, George. Der springende Punkt ist, daß er es besser macht als jeder andere, er muß sich nur am Riemen reißen. Im Augenblick treten wir auf der Stelle. Er hat von uns einen Termin gekriegt, bis dahin soll er eine annehmbare Idee vorlegen, sonst sehen wir uns nach einem anderen Autor um, habe ich ihm gesagt. Schwer zu sagen, viel Hoffnung hab ich nicht. Er ist neuerdings irgendwie weggetreten, hat privat unheimlichen Ärger. Hast du gewußt, daß seine Frau ihn verlassen hat? Einmal hat er mich spätabends zu Hause angerufen, schien mir etwas angedudelt … schwere Atemzüge, lange Pausen zwischen den Worten, du kennst das ja. Er hat eine Idee, wie man Debbie aus der Serie rausschreiben kann, sagt er. »Mal angenommen, Priscilla verläßt Edward eines Tages Knall auf Fall. Angenommen, sie sagt ihm in der letzten Folge, daß sie nicht mehr mit ihm zusammenleben will. Es gibt keinen Nebenbuhler, sie liebt ihn einfach nicht mehr, er ist ihr nicht mal mehr sympathisch. Sie sagt, er ist wie ein Zombie, und deshalb verläßt sie ihn.« – »Entschuldige, Tubby«, sag ich. »Das ist als Motiv denn doch etwas dünn. Kein Mensch nimmt dir das ab.« – »Ach nein?« sagt er und legt auf. Und dann höre ich, daß seine Frau auf und davon ist. Hast du den Artikel in ›Public Interest‹ gelesen? Ja, eben. Es gibt keinen anderen Mann. Der Typ, den er in Verdacht hatte, ist schwul. Tubbys Frau ist offenbar wirklich deshalb weg, weil sie ihn nicht mehr ertragen kann. Er nimmt es sehr schwer. Natürlich, würde anderen auch so gehen. Noch ein Glas? Dasselbe? Den Hauswein? Ach so, den Saint Emilion. Ist der seinen Preis wirklich wert? Nein, nein, du kriegst deinen Saint Emilion, George, ich versteh nichts von Wein. Kleines oder großes Glas? Ich nehm nur ein kleines Bier, muß heute nachmittag noch was tun. Okay. Ich hol mir eine Pie. Und du? Huhn und Champignon, in Ordnung.

So, da wären wir. Großes Glas Saint Emilion. Sie sagen Bescheid, wenn die Pies fertig sind. Wir haben Nummer neunzehn. Ich war neulich mal in einem Pub, da geben sie dir Spielkarten statt der üblichen Marken mit Nummern, und das Mädchen an der Theke ruft Pik As oder Kreuz Zehn, gute Idee. Diese fitzeligen kleinen Zettel verlege ich immer, oder ich vergesse die Nummer. Deine Pie kostet übrigens ein Pfund fünfundzwanzig. Wie? Ja, danke. Mehr Kleingeld hab ich nicht, kriegst du noch zehn Pence von mir, okay? Prost. Ja, er hatte sich heute vormittag mit mir verabredet, und ich hatte schon gehofft, er hätte vielleicht eine geniale Idee wegen Debbies Rolle, aber von wegen … Ob du's glaubst oder nicht, George, er möchte sich an einer richtigen ernsten Fernsehserie versuchen. Über einen gewissen Kikkigor. Ach, so spricht man den aus? Du kennst den Mann? Ja, ganz recht, dänischer Philosoph. Was weißt du noch über ihn? Mir war er total unbekannt, und als Passmore sich über den Typ verbreitete, blieb mir buchstäblich die Spucke weg. Erstens, weil er sich für das Thema überhaupt interessierte, und zweitens, weil er sich einbildete, es wäre was für uns. »Du willst also für Heartland Television eine Fernsehserie über einen dänischen Philosophen schreiben?« fragte ich sicherheitshalber noch mal nach. Er nickte, und ich mußte mir das Lachen verbeißen. Ich hab ja meine Erfahrungen mit Drehbuchautoren, eines Tages heben sie alle ab, einer will keine Zuschauer im Studio mehr, ein anderer hat's plötzlich mit sozialen Problemen … Neulich hat Tubby was über Abtreibung gebracht. Abtreibung in einer Sitcom ist ja nun wirklich das Allerletzte. An dem Punkt mußt du dann entweder auf Mister Schmusebacke machen oder sie abservieren. Und weil ich immer noch hoffe, daß Tubby zur Vernunft kommt, hab ich ihm Honig ums Maul geschmiert und gesagt: »Okay, Tubby. Dann laß mal deine Story hören.«

Von Story konnte im Grunde keine Rede sein. Dieser … wie heißt er gleich … dieser Kierkegaard – die ganze Geschichte spielt Mitte des 19. Jahrhunderts – war der Sohn eines reichen Kaufmanns in Kopenhagen, der muffig und voller Schuldgefühle war und seine Kinder entsprechend erzog. Sehr strenger Protestant. In seiner Jugend hat Jung-Kierkegaard sich wohl ein bißchen ausgetobt.

»Es heißt, er sei mal in einem Bordell gewesen«, erzählte Tubby.

»Was, nur einmal?«

»Ja, aber das hat ihn sehr belastet, es scheint seine einzige sexuelle Erfahrung gewesen zu sein. Später hat er sich mit einer gewissen Regine verlobt, die Verlobung aber dann wieder gelöst.«

»Warum?« frage ich.

»Er hatte den Eindruck, daß sie miteinander nicht glücklich werden könnten. Er litt an starken Depressionen, genau wie sein Vater.«

»Eine Comedy-Serie scheint mir das ja wirklich nicht zu sein, Tubby«, sage ich.

»Nein«, bestätigt der, ohne eine Miene zu verziehen. »Es ist eine sehr traurige Geschichte. Nachdem er die Verlobung gelöst hatte, ohne daß jemand wußte warum, ging er eine Weile nach Berlin und schrieb ein Buch, das er *Entweder–Oder* nannte. Dann kam er zurück nach Kopenhagen in der heimlichen Hoffnung, sich mit Regine zu versöhnen, die sich aber inzwischen mit einem anderen verlobt hatte.« Er unterbricht sich und sieht mich seelenvoll an, als sei das die größte Tragödie in der Geschichte der Menschheit.

»Aha«, sage ich nach einer Weile. »Und was hat er dann gemacht?«

»Viele Bücher geschrieben. Von seiner Ausbildung her hätte er Pfarrer werden können, aber er mißbilligte es, die Religion zum Beruf zu machen. Zum Glück hatte er von seinem Vater ein nicht unbeträchtliches Vermögen geerbt.«

»Scheint der einzige Glücksfall in seinem Leben gewesen zu sein«, sage ich.

Hat sie eben ›neunzehn‹ gerufen, George? Hierher, Schätzchen, das sind wir. Eine Steak-and-Kidney-Pie, eine Huhn-und-Champignon-Pie, genau. Bestens. Schönen Dank. Ging ja schnell. Natürlich aus der Mikrowelle, paß ein bißchen auf, die Dinger sind heißer, als sie aussehen. Nicht schlecht. Wie ist deine? Gut. Ja, also ... Tubby Passmore. Ich frage ihn, ob Kierkegaard zu Lebzeiten ein berühmter Mann gewesen ist.

»Nein«, sagt er. »Seine Bücher galten als wunderlich und unverständlich. Er war seiner Zeit voraus. Kierkegaard gilt als Begründer des Existentialismus, er wandte sich gegen den damals alles beherrschenden Hegelschen Idealismus.«

»Klingt nicht nach einem Knüller für die beste Sendezeit in einem kommerziellen Fernsehsender, Tubby«, sage ich.

»Die Bücher würde ich nur streifen«, sagt er. »Hauptsächlich geht es um Kierkegaards Liebe zu Regine. Er hat ihr nie verzeihen können, auch nicht, nachdem sie geheiratet hatte.«

»Wie ging es denn weiter mit den beiden?« frage ich ihn. »Hatten sie eine Affäre?« Er sieht mich richtig schockiert an.

»Aber nein. Sie sind sich hin und wieder in Kopenhagen begegnet – es war damals eine relativ kleine Stadt –, haben aber nie ein Wort gewechselt. Einmal standen sie sich in der Kirche gegenüber, und er dachte, sie würde etwas zu ihm sagen, aber sie blieb stumm und er auch. Es wäre eine tolle Szene. Sehr bewegend, ohne ein Wort. Nur Nahaufnahmen. Und natürlich Musik.«

Dabei ist es offenbar geblieben. Als Kierkegaard den Ehemann fragte, ob er ihr schreiben dürfe, lehnte der ab.

»Aber er hat nie aufgehört, sie zu lieben«, sagt Tubby. »Er hat ihr sein ganzes Vermögen hinterlassen. Allerdings war nicht mehr viel übrig, als er starb.«

Woran er gestorben ist, will ich wissen.

»An einem Schlaganfall. Aber in Wirklichkeit wohl an gebrochenem Herzen. Er wollte einfach nicht mehr leben. Niemand hat begriffen, wie sehr er litt. Als er im Sterben lag, hat sein Onkel noch zu ihm gesagt, er brauche nur den Rücken gerade zu machen, dann würde es schon wieder werden. Er war erst achtundvierzig.«

Was der alte Knabe denn außer Bücherschreiben noch gemacht hat, will ich wissen.

Nicht sehr viel, sagt Tubby, nur ab und zu sei er mit der Kutsche über Land gefahren.

»Wo bleibt da das Knistern, Tubby? Wo bleibt die Spannung?«

Er guckt ganz verdattert. »Das soll doch kein Thriller werden.«

»Aber ohne die eine oder andere gefährliche Situation für deinen Helden geht es nun mal nicht.«

»Eine satirische Zeitschrift hat ihn mal heftig angegriffen«, sagt er. »Sie haben sich über seine Hose lustig gemacht.«

»Seine Hose?« Ich kann dir sagen, George, ich hatte unheimliche Mühe, ernst zu bleiben.

»Ja, sie druckten Karikaturen von ihm, auf denen ein Hosenbein kürzer war als das andere.«

Und da hat es natürlich bei mir geklingelt. Die Karikatur in ›Public Interest‹ ... Ja, genau. Der Typ identifiziert sich irgendwie mit diesem Kierkegaard. Hat wohl was mit seinen Eheproblemen zu tun. Aber ich laß mir nichts anmerken, sondern fasse noch mal zusammen.

»Okay, Tubby, mal sehen, ob ich das alles richtig mitbekommen habe. Dieser dänische Philosoph aus dem 19. Jahrhundert verlobt sich, was keiner so recht begreifen kann, seine Verlobte heiratet einen anderen und spricht kein Wort mehr mit ihrem früheren Typen, der lebt noch etwas über zwanzig Jahre, schreibt Bücher, die kein Mensch versteht, dann stirbt er, und hundert Jahre später wird er als Vater des Existentialismus gefeiert. Glaubst du wirklich, das gibt genug für eine Fernsehserie her?«

Er überlegt einen Augenblick.

»Vielleicht wäre ein Fernsehspiel günstiger.«

»Viel günstiger«, sage ich. »Aber dafür bin ich nicht zuständig, das mußt du mit Alec Woosnam besprechen.«

Ich fand es taktisch sehr geschickt von mir, ihn mit dieser Kierkegaardsache an Alec zu verweisen. Wie? Natürlich kann er bei Alec damit nicht landen, aber mir zu Gefallen hält der ihn schon eine Weile hin. Läßt ihn ein Treatment schreiben, schickt ihn zu den Leuten vom Vierten Programm, tut so als ob. Wenn wir bei Kierkegaard mitspielen, läßt er sich vielleicht wegen Debbies Rolle was einfallen. Nein, wir haben keine Drehbuchredaktion für die Serie, die hatten wir nur für die erste Staffel, danach lief es so gut, daß wir sie eingespart haben. Tubby liefert seine Manuskripte bei mir und Hal ab, und wir setzen uns zusammen und arbeiten sie durch. Er wäre bestimmt nicht begeistert, wenn wir ihm einen Redakteur verordnen würden, aber es ist keine dumme Idee, George. Gar keine dumme Idee. Noch ein Glas? Also eigentlich dürfte ich ja nicht, aber nach der Pie hab ich einen Mordsdurst, bißchen versalzen vielleicht. Eine Halbe, wenn schon, denn schon. Danke.

Samantha

Hetty, Schätzchen, wie geht's dir denn? Ach je, du Ärmste, blöde Frage ... Dein Gesicht sieht aus wie ein Kürbis. Ja, da staunst du, was? Ich hab bei dir zu Hause angerufen und von deiner Wohnungsgenossin erfahren, wo du bist, und da hab ich gedacht, gehst du einfach mal vorbei, auch wenn eigentlich keine Besuchszeit ist, die nehmen das hier wahrscheinlich nicht so genau. Kannst du gar nicht sprechen? Ein Jammer, ich hatte mich so auf einen ausführlichen Schwatz gefreut. Na gut, dann mußt du eben nicken und den Kopf schütteln und alles andere mit Blicken machen, du kennst das ja aus dem Fernsehen. Ich hab dir ein paar Weintrauben mitgebracht, wo soll ich sie hinstellen? Sie sind gewaschen, greif ruhig zu. Nein? Kannst du *gar nichts* essen? Weisheitszähne sind wirklich eine Plage. Vereitert, ja? Gleich *zwei*? Kein Wunder, daß du so elend aussiehst. Du, die sind wirklich gut. Keine Kerne. Und wenn ich dir eine schälen würde … Nein? Na gut, da kann man nichts machen. Tut es sehr weh? Na ja, wahrscheinlich haben sie dir was gegen die Schmerzen gegeben. Wenn die Wirkung nachläßt, mußt du Nachschub verlangen, im Krankenhaus sind sie in dieser Beziehung oft richtig gemein, die denken offenbar, Schmerz veredelt den Menschen. Tja, dann muß ich wohl die Unterhaltung allein bestreiten. Zum Glück hab' ich einiges zu erzählen. Ich hab nämlich gerade ein total durchgeknalltes Wochenende hinter mir und muß das irgendwo loswerden. Ich hab einen neuen Job bei Heartland, einen richtigen Job in der Drehbuchredaktion. Seit letzter Woche. Wir müssen die ersten Entwürfe lesen, Kommentare geben, Vorschläge machen und zwischen Autor, Produzent und Regisseur vermitteln. Ein ideales Sprungbrett, wenn man selbst mal was schreiben und beim Fernsehen unterbringen will … Du weißt ja, daß ich Mark Harrington betreut habe, diesen unleidlichen Bengel, der in *Die Leute von nebenan* spielt. Jetzt arbeite ich mit dem Autor der Serie, mit Tubby Passmore. Rümpf du nur die Nase, Hetty, aber dreizehn Millionen Fernsehzuschauer können sich nicht irren. Tubby hat mich höchstpersönlich angefordert. Irgendwo muß ich diesem Mark Harrington wohl noch dankbar sein, ohne ihn hätte ich Tubby nämlich nicht kennengelernt, wir haben uns oft bei den Proben getroffen und in der Kantine und so. Er war immer sehr nett, aber ziemlich schüchtern, typisch Pflanzenfresser. Es gibt zwei Sorten von Männer, sag ich immer, Pflanzenfresser und

Fleischfresser, man merkt es daran, wie sie dich angucken. Weil ich diese großen Titten habe und auch sonst ganz gut aussehe, werde ich ziemlich oft angeglotzt. Ich weiß, in der Schule hast du immer gesagt, daß du für die sonstwas geben würdest, Hetty, aber ehrlich gesagt, hätte ich lieber deine Figur. Bei einem flachen Busen sitzen die Klamotten viel besser. Nein, Schätzchen, natürlich bist du kein Bügelbrett, du weißt schon, wie ich es meine. Also wie gesagt – es gibt Männer, die gucken dich voller Bewunderung an, als wenn du eine Statue wärst oder so was, das sind die Pflanzenfresser, die wollen dich nur mal ganz vorsichtig anfassen, und andere gucken, als wenn sie dir am liebsten die Kleider vom Leib reißen und dich auf der Stelle verschlingen würden, das sind die Fleischfresser. So einer ist Jake Endicott, mein Agent und auch der Agent von Tubby Passmore. Ollie Silvers, der Produzent von *Die Leute von nebenan*, ist auch ein Fleischfresser. Als ich Tubby mal erzählt habe, daß ich gern selber was schreiben würde, hat er gesagt, ich soll Ollie bitten, mir Manuskripte zur Beurteilung zu geben, Heartland kriegt die andauernd unaufgefordert zugeschickt, meist ist es Schrott, aber man kann eben nie wissen. Ich hatte mein beigefarbenes Leinenkostüm an und keine Bluse drunter, und während des Gesprächs hat er mir andauernd in den Ausschnitt geguckt, weil er wissen wollte, ob ich noch was unter der Jacke anhabe, und wenn, was, und dann hat er mir jede Menge Manuskripte mitgegeben. Das schmeckt dir nicht, Hetty, ich seh's dir an, aber in dieser Beziehung bin ich total postfeministisch. Ich finde, die Frauen machen einen großen Fehler, wenn sie unentwegt von sexueller Belästigung labern. Das ist wie mit einseitiger Abrüstung. In einer Männerwelt müssen wir alle Waffen nutzen, die uns zur Verfügung stehen. Ich glaube, du solltest nicht so heftig den Kopf schütteln, Schätzchen, sonst gehen am Ende noch deine Nähte auf. Kann ja sein, daß es im öffentlichen Dienst anders ist. Also wie gesagt, ich war fest davon überzeugt, daß Tubby ein eingefleischter Pflanzenfresser ist, haha. In der Kantine oder an der Bar hat er immer väterlich mit mir geplaudert und nie versucht, mich anzumachen. Im übrigen ist er tatsächlich alt genug, um mein Vater zu sein. Ziemlich rundlich, wie schon der Name sagt. Spiegelnde Platte, Eierkopf. Er erinnert mich immer an die Bilder von Humpty Dumpty in der Ausgabe von *Alice im Wunderland*, die ich als Kind hatte. Ich gebe zu, daß ich ihn aus purem Eigennutz ein bißchen gepflegt habe. Himmel, ich darf nicht deine ganzen Trauben aufessen. Na schön, eine noch ...

Ja, wie gesagt, ich hatte den Eindruck, daß Tubby gegen meinen weiblichen Charme total immun war, und fand es sogar ein bißchen ätzend, daß er so gar keine Wirkung zeigte, aber urplötzlich hat sich dann das Blatt gewendet. Inzwischen war seine Ehe den Bach runtergegangen – richtig, das hatte ich noch nicht erzählt, seine Frau hat ihn vor ein, zwei Monaten verlassen. Es gab die wildesten Gerüchte – sie hätte sich als Lesbierin geoutet oder wäre in einen Ashram gezogen oder hätte Tubby mit ihrem Tenniscoach im Bett erwischt. Alles völlig aus der Luft gegriffen, wie ich später erfuhr. Eine Weile machte er sich ziemlich rar, und dann erschien er eines Tages in dem miesen Schuppen in Pimlico, den Heartland angemietet hat und in dem wir proben, und fiel ohne jede Vorwarnung über mich her. Er kam rein, blieb auf der Schwelle stehen und sah sich um, und als er mich entdeckt hatte, marschierte er geradewegs auf mich zu und setzte sich zu mir. Hal Lipkin, das ist der Regisseur, und die anderen hat er nur sehr nebenbei begrüßt, auch Deborah Radcliffe, ich kriegte mit, daß sie uns giftige Blicke zuwarf. Tubby sah entsetzlich aus. Rotgeränderte Augen, zerknautscht und unrasiert. Er war gerade aus Los Angeles gekommen und von Heathrow aus direkt zur Probe gefahren. Das nenne ich Pflichtbewußtsein, sagte ich. Er sah mich verständnislos an. »Ich meine, zur Probe zu kommen, wo Sie doch bestimmt hundemüde sind«, sagte ich. »Scheiß auf die Proben«, sagte er und lud mich im gleichen Atemzug zum Abendessen ein. Eigentlich war ich ja mit James verabredet, wir wollten ins Kino, aber so was ist für mich kein Hinderungsgrund. Ich meine, wenn ein berühmter Autor – ein berühmter Fernsehautor – ein kleines Nichts wie mich zum Abendessen einlädt, gehst du hin, sofern du nicht dein Leben lang ein kleines Nichts bleiben willst. So läuft das, Schätzchen, kannst es mir glauben. Übrigens denkt James, daß ich am Wochenende bei meiner Oma in Torquay war, behalt das bitte im Kopf für den Fall, daß du ihn zufällig triffst, ja?

Tubby ging mit mir zu Gabrielli, ein kleines italienisches Lokal in Soho, das ich nicht kannte, aber er war offenbar dort Stammgast. Ihn empfingen sie wie den verlorenen Sohn, aber mich musterte die Frau des Besitzers entschieden feindselig. Tubby genoß es sehr, daß sie so ein Getue um ihn machten, aber dann kam die Frau an unseren Tisch, stellte uns Grissini hin und fragte: »Ist das Ihre Tochter, Signor Passmore?« Tubby wurde knallrot und sagte nein, und die Frau fragte: »Und wie geht es der Signora Amy?«, da wurde Tubby womöglich noch röter und sagte, er wüßte es nicht, er hätte sie eine Weile nicht gesehen, und die aufdringliche Alte lächelte sehr zufrieden und verschwand in der Küche. Tubby sah jetzt aus wie Humpty Dumpty, als er von der Mauer gefallen war, und murmelte, er sei manchmal mit Amy Porteus hier, die das Casting für *Die Leute von nebenan* macht. Ich kenne sie flüchtig, eine pummelige kleine Brünette um die vierzig, immer ein bißchen zu sehr aufgetakelt und in Parfümschwaden gehüllt. Seine jüngeren Freundinnen habe er bisher offenbar noch nicht hierher eingeladen, sagte ich scherzend, und er guckte sauer und fragte, ob ich was trinken wolle. Ich nahm einen Campari Soda und er ein Mineralwasser. Ich erzählte ihm von meiner Idee für eine Seifenoper, und er nickte und sagte, das sei ja sehr interessant, aber so richtig hatte er gar nicht hingehört. Ich fragte, ob er geschäftlich oder zum Vergnügen in L.A. gewesen sei, und er sagte ›Teils, teils‹, aber mehr ließ er nicht raus. Das Essen war recht anständig, dazu gab es eine Flasche angeblich ganz besonderen Chianti, aber er trank kaum etwas, weil er sonst wegen des Jetlags vielleicht eingeschlafen wäre, wie er sagte. Beim Nachtisch brachte er das Gespräch ziemlich ungeschickt auf Sex. »Sie haben ja keine Ahnung«, sagte er, »wie verklemmt wir in dieser Beziehung waren. Es wimmelte in England von fünfundzwanzigjährigen jungen Leuten – auch jungen Männern – ohne jede Erfahrung. Wahrscheinlich können Sie sich das kaum vorstellen. Sie hätten doch bestimmt keine Bedenken, mit einem Mann ins Bett zu gehen, der Ihnen gefällt, nicht?« Ich sagte – wie meinst du? Ja, gut, ich spreche ein bißchen leiser, die Betten stehen wirklich ziemlich eng zusammen. Was hat sie denn? Sag's in Zeichensprache. Blinddarm? Nein. Hysterektomie? Ach so ... Gut gemacht, Schätzchen. Das könnte man zu einem tollen Gesellschaftsspiel ausbauen.

Ich sagte also, es käme darauf an, wie sympathisch mir derjenige wäre, und er sah mich seelenvoll an und fragte: »Bin ich Ihnen denn sympathisch, Samantha?« Ich war ganz schön geplättet, denn das war ja nun wirklich schnell gegangen. Es war, als wenn du in einem GTI sitzt, der aussieht wie eine brave Familienkutsche und in drei Sekunden von Null auf sechzig kommt. Ich lachte also glockenhell und fragte, ob das eine Suggestivfrage sein sollte. Er machte ein tieftrauriges Gesicht und sagte: »Also nicht?« Im Gegenteil, sagte ich, ich fände ihn sehr sympathisch, aber ich hätte den Eindruck, er wäre im Moment total erledigt, und so eine Situation wolle ich nicht ausnützen. Er runzelte die Stirn und überlegte kurz, und ich dachte, jetzt hast du es vermasselt, Samantha, aber dann ging zu meiner Erleichterung ein Lächeln über sein Humpty-Dumpty-Gesicht, und er sagte: »Natürlich, da haben Sie recht. Nachtisch? Das Tiramisu ist hier recht gut.« Er schenkte sich ein Glas Wein ein, kippte es in einem Zug, als hätte er einiges nachzuholen, und bestellte noch eine Flasche. Danach redete er nur noch über Fußball, nicht gerade mein Lieblingsthema, aber zum Glück waren wir sowieso mit dem Essen so gut wie fertig. Vor dem Restaurant setzte er mich in ein Taxi, gab dem Fahrer zehn Pfund und mir einen onkelhaften Kuß auf die Wange. Ach, hier kommt der Tee. Kannst du aus einer Tasse trinken? Ja? Na wunderbar, sonst hätte ich deinen getrunken. Soll ich mir deine Kekse nehmen? Wäre schade drum. Tolle Cremefüllung … eß ich für mein Leben gern.

Wo war ich stehengeblieben? Richtig … Ein paar Tage später bat mich Ollie Silvers in das Londoner Büro von Heartlands. Den ganzen Vormittag war ich hin und her gerissen, was ich anziehen und was ich weglassen sollte, aber das hätte ich mir in diesem Fall sparen können. Hal Lipkin und er saßen auf einem langen Sofa, jeder in einer Ecke, und redeten immer abwechselnd.

»Vielleicht ist Ihnen schon aufgefallen, daß sich Mr. Passmore in letzter Zeit ein bißchen eigenartig benimmt«, sagte Ollie.

»Seine Ehe ist gescheitert«, sagte Hal.

»Er nimmt es sehr schwer«, sagte Ollie.

»Wir machen uns Sorgen um ihn«, sagte Hal.

»Und auch um die Serie«, sagte Ollie.

»Wir würden gern noch eine Staffel machen«, sagte Hal.

»Aber es gibt da eine Schwierigkeit«, sagte Ollie.

Was für eine Schwierigkeit das ist, kann ich dir nicht sagen, Schätzchen, ich habe schwören müssen, daß ich nichts rauslasse. Ja, ich weiß, daß du keinen Kontakt mit Medienjournalisten hast, aber trotzdem … Ich hätte das nicht mal andeuten dürfen, es ist alles furchtbar geheim. Sie wollen, daß Tubby die letzten Folgen umschreibt, damit sie in der nächsten Staffel was Neues anfangen können.

»Aber Tubby kann sich im Augenblick auf nichts konzentrieren«, sagte Hal.

»Und deshalb sind wir der Meinung, daß er Hilfe braucht«, sagte Ollie.

»Eine Kreuzung aus Betreuerin und Dramaturgin«, sagte Hal.

»Jemand, der dafür sorgt, daß er keine Faxen macht, sondern sich verdammt noch mal für uns den Arsch aufreißt«, sagte Ollie.

»Wir haben mit Tubby darüber gesprochen«, sagte Hal.

»Und er will Sie haben«, sagte Ollie.

Die ganze Zeit hatte ich nur von einem zum anderen gesehen wie ein Zuschauer in Wimbledon, aber jetzt hielten sie beide die Luft an und warteten offenbar auf meine Reaktion.

Das wäre eine große Ehre für mich, sagte ich.

»Ist es auch«, sagte Ollie.

»Wir hätten lieber jemanden mit etwas mehr Erfahrung gehabt«, sagte Hal.

»Aber wie Sie diese Manuskripte beurteilt haben, das hat uns imponiert«, sagte Ollie.

»Und da Sie ja ständig bei den Proben waren, kennen Sie bestimmt mittlerweile die Serie in- und auswendig«, sagte Hal.

»Deshalb will mich Mr. Passmore wohl auch für den Job haben«, sagte ich.

Ollie schenkte mir sein Fleischfressergrinsen. »Ja, das wird's wohl sein.«

Daß Tubby mich vor ein paar Tagen zum Abendessen ausgeführt und angesoftet hatte, wußte er natürlich nicht.

Natürlich dachte ich mir schon, daß die Sache mit dem Job von Tubby aus ein etwas raffinierterer zweiter Anlauf war, und wunderte mich deshalb nicht, als er mich postwendend zu einer Wochenendreise einlud. Ich saß in meinem neuen Büro – oder vielmehr an meinem Schreibtisch in dem Büro, in dem noch zwei Frauen von der Drehbuchredaktion sitzen, komischerweise sind in diesem Geschäft fast nur Frauen tätig, wie in der Geburtshilfe – und rief ihn an.

»Hallo, hier Samantha. Daß ich Ihre neue Drehbuchredakteurin bin, wissen Sie wohl schon.«

»Ja«, sagte er, »ich freue mich sehr, daß Sie den Job angenommen haben.«

»Wann treffen wir uns?« fragte ich, und er sagte:

»Kommen Sie übers Wochenende mit mir nach Kopenhagen.«

»Wozu?« fragte ich, und er sagte:

»Ich muß da was recherchieren.«

»Was hat Kopenhagen mit *Die Leute von nebenan* zu tun?«

»Gar nichts. Ich schreibe das Drehbuch zu einem Kierkegaard-Film, hat Ollie Ihnen das nicht erzählt?«

Nein, sagte ich, nicht so direkt, aber natürlich sei ich gern bereit, ihm zu helfen, soweit ich könnte. Er würde sich um die Hotelzimmer und die Flüge kümmern und mir dann Bescheid sagen, versprach er, und ich registrierte zufrieden, daß er ›die Hotelzimmer‹ gesagt hatte. Natürlich wußte ich, worauf ich mich da eingelassen hatte, aber man hat ja schließlich auch seinen Stolz, du brauchst mich gar nicht so anzusehen, Hetty.

Danach rief ich Ollie an und erzählte ihm, daß Tubby sich offenbar einbildete, ich sollte ihm bei einem Film über Kierkegaard helfen. Du weißt doch, wer Kierkegaard ist oder vielmehr war, Schätzchen? Ja, natürlich, du hast das ja in Oxford studiert, entschuldige! Für mich, das muß ich zugeben, war er vor diesem Wochenende nur ein Name, aber inzwischen weiß ich mehr über ihn, als mir lieb ist. Du wirst zugeben, daß er als Thema für einen Fernsehfilm nicht so ganz das Wahre ist. Übrigens habe ich gelernt, daß man dänisch Kiekegott sagt, wie in ›Ohgottogott!‹, das sagte nämlich Ollie, als ich ihm erzählte, daß und warum Tubby mit mir nach Kopenhagen fliegen wollte.

Ich hörte ihn stöhnen und brabbeln und an seinem Feuerzeug herumklicken, mit dem er seine Zigarre anzündete, und dann sagte er: »Jetzt hör mal gut zu, Samantha. Laß ihm den Willen, hilf ihm bei seinem Kierkegaard, und wenn sich eine günstige Gelegenheit ergibt, erinnerst du ihn immer wieder mal an *Die Leute von nebenan*, okay?«

»Okay«, sagte ich.

Warst du schon mal in Kopenhagen? Ich auch nicht. Hübsche Stadt, aber einen Tick fade. Sehr sauber, sehr ruhig, im Vergleich zu London so gut wie kein Verkehr. Sie hatten die erste Fußgängerzone Europas, irgendwie typisch für die Dänen, sie sind wahnsinnig grün und umweltbewußt. Wir waren in einem Luxushotel, aber die Heizung war so weit hinuntergedreht, daß es schon fast ungemütlich war, und im Bad lag eine Karte, auf der stand, man sollte die Schätze der Erde bewahren helfen und keine Wäsche verschwenden. Die Karte ist auf der einen Seite rot und auf der anderen grün, und wenn du die grüne Seite nach oben drehst, beziehen sie das Bett nur alle drei Tage neu, und die

Handtücher wechseln sie nur, wenn du sie auf dem Boden liegenläßt. Natürlich sehr vernünftig und verantwortungsbewußt, aber irgendwie verdirbt einem das den Spaß an der Sache. Ich meine, ich bin auch grün und kaufe mein Shampoo immer in biologisch abbaubaren Flaschen, aber das Schöne an einem Luxushotel ist ja gerade, daß man jeden Abend in frischer, duftender Bettwäsche schläft und jedesmal beim Duschen ein frisches Handtuch nehmen kann. Ich muß leider gestehen, daß ich das ganze Wochenende über meine Karte mit der roten Seite nach oben habe liegenlassen, und wenn ich dem Zimmermädchen auf dem Gang begegnet bin, habe ich einfach weggeguckt.

Wir flogen am Freitag abend von Heathrow – Club Class natürlich (vornehm geht die Welt zugrunde!), eine warme Mahlzeit mit richtigem Besteck und soviel Alkohol, wie man in zwei Stunden runterkriegen kann. Ich schluckte ziemlich viel Champagner und habe wohl deswegen auch ein bißchen zuviel geredet, die Frau vor mir hat sich andauernd umgedreht und mir giftige Blicke zugeworfen, aber Tubby hat sich sichtlich amüsiert. Als wir ins Hotel kamen, war ich dann allerdings ziemlich müde und fragte, ob er mir böse wäre, wenn ich mich gleich hinlegen würde. Er schien ein bißchen enttäuscht, aber dann sagte er ritterlich, neinnein, das sei eine gute Idee, er würde es genauso machen, und dann wären wir morgen früh bereit zu neuen Taten. Wir trennten uns also sehr züchtig auf dem Gang vor meinem Zimmer, ich fiel ins Bett und war sofort weg.

Der nächste Tag war hell und sonnig, ideal für eine Erkundung von Kopenhagen zu Fuß. Tubby war auch noch nie dagewesen. Er wollte ein Gefühl für die Stadt bekommen und sich nach möglichen Drehorten umsehen. Gut erhaltene Häuser aus dem 18. und 19. Jahrhundert gibt es jede Menge, aber das Problem sind die Verkehrsschilder und das ganze moderne Drum und Dran. Sie haben auch einen malerischen Hafen, der Nyhavn heißt und in dem echte alte Schiffe liegen, aber die echten alten Häuser drum herum sind als Restaurants und Touristenhotels aufgemotzt. »Wahrscheinlich werden wir den Film ganz woanders drehen müssen«, sagte Tubby. »An der Ostsee vielleicht oder am Schwarzen Meer.« Zum Mittagessen aßen wir Smörgasbord in einem Lokal in Nyhavn, und dann gingen wir ins Museum, wo sie einen Kierkegaard-Saal haben.

Tubby freute sich wahnsinnig darauf, aber ich fand ihn ziemlich enttäuschend. Der Raum war für ein Museum relativ klein, etwa 30 Quadratmeter, ein paar alte Möbel standen darin und fünf, sechs Vitrinen mit Erinnerungsstücken von Kierkegaard – seine Pfeifen, sein Vergrößerungsglas, ein paar Bilder und alte Bücher. In Antiquitätengeschäften hätte man das Zeugs gar nicht weiter beachtet, aber Tubby bestaunte jedes einzelne Stück wie eine Reliquie. Besonders interessierte ihn ein Bild von Kierkegaards Verlobter Regine. Ein Jahr waren sie verlobt, dann hat er Schluß gemacht und es, wie Tubby sagt, sein Leben lang bereut. Die junge Frau auf dem kleinen Ölbild trug ein tief ausgeschnittenes grünes Kleid und hatte einen dunkelgrünen Schal um die Schultern. Fünf Minuten starrte er das Bild an, ohne eine Miene zu verziehen.

»Sie sieht Ihnen ähnlich«, sagte er schließlich.

»Finden Sie?« sagte ich. Sie hatte dunkelbraune Augen und braunes Haar, deshalb dachte ich, er hätte die großen Titten gemeint. Aber ich will nicht ungerecht sein – Mund und Kinn hatten wirklich was von mir. Sie sah auch ganz heiter aus mit ihrem angedeuteten Lächeln und dem verschmitzten Blick, was man von Kierkegaard beim besten Willen nicht sagen kann, wenn die Zeichnung, die in derselben Vitrine war, auch nur einigermaßen ähnlich ist. Auf der sieht man nämlich einen dürren alten Kerl mit krummen Schultern und langer Nase, der eine Angströhre auf dem Kopf und einen zusammengerollten Schirm wie eine Flinte unter den Arm geklemmt hat.

Das sei eine Karikatur aus einer Zeitung, erklärte Tubby, und damals sei Kierkegaard schon um die vierzig gewesen, und dann zeigte er mir eine Zeichnung, die ein Freund von dem jungen Kierkegaard gemacht hatte, auf der sah er richtig gut aus, aber irgendwie wirkte sie nicht so überzeugend wie die Karikatur. Die schlechte Haltung kam angeblich von einer Rückgratverkrümmung, deshalb schrieb er meist an einem Stehpult, und das war auch in diesem sogenannten Kierkegaard-Saal. Tubby stellte sich einen Augenblick an das Pult, um sich was aufzuschreiben, und ein kleines deutsches Mädchen, das gerade mit den Eltern hereingekommen war, machte große Augen und fragte ihren Vater: »Ist das Herr Kierkegaard?« Ich mußte lachen, und Tubby sah sich um. »Was ist?« Als ich es ihm erzählte, wurde er ganz rot, so sehr freute er sich. Er ist wie besessen von Kierkegaard und besonders von dessen Beziehung zu dieser Regine. Am anderen Ende des Saals stand noch ein kleiner, knapp zwei Meter hoher Schrank. Dem Museumsführer entnahm Tubby, daß Kierkegaard ihn extra hatte machen lassen, um Erinnerungen an Regine darin aufzubewahren. Offenbar hatte sie ihn angefleht, die Verlobung nicht zu lösen, und gesagt, sie würde gern den Rest ihres Lebens mit ihm verbringen, und wenn sie in einem kleinen Schrank leben müßte, die dumme Pute. »Deshalb sind keine Zwischenböden drin«, sagte Tubby. »Damit sie hineinpaßt.« Und was soll ich dir sagen – plötzlich standen ihm doch tatsächlich Tränen in den Augen.

Abends aßen wir im Hotelrestaurant, die Gerichte waren einfach, aber die Zutaten ausgezeichnet, der Fisch war sagenhaft. Ich nahm gebratenen Heilbutt. Langweile ich dich,

Schätzchen? Nein? Ich dachte nur, weil du einen Moment die Augen zugemacht hast… Ja, und während des Essens versuchte ich dann auftragsgemäß, das Gespräch auf *Die Leute von nebenan* zu bringen, aber er fing immer wieder von Kierkegaard und Regine an, und die hingen mir allmählich zum Hals raus. Ich hätte auch gern nach dem Essen ein bißchen was vom Kopenhagener Nachtleben gesehen, es heißt ja, daß Kopenhagen eine enorm freizügige Stadt ist, jede Menge Sexshops und Peep-Shows und dergleichen. Bisher hatte ich davon noch nichts gesehen, aber ich dachte mir, irgendwo muß das ja sein. Ich wollte auch ein bißchen für meine Seifenoper recherchieren, *Die Westender* soll sie heißen, aber als ich diskret mit dem Zaunpfahl winkte, war Tubby erstaunlich schwer von Begriff, fast, als ob er mich nicht verstehen wollte. Vielleicht hat er eine private Sexshow eingeplant, dachte ich, aber nein, um Viertel nach zehn fing er an zu gähnen und sagte, es sei ein langer Tag gewesen und wohl langsam Zeit, sich aufs Ohr zu legen. Ich war ziemlich verdattert und offen gesagt ein bißchen sauer. Ich meine, auch wenn er nicht gerade der Mann meiner Träume ist, hätte er gern deutlicher zeigen können, daß ich ihn anmache, denn daß er mich nur nach Kopenhagen mitgenommen hatte, um mich mit Kierkegaard vollzuschwallen, konnte ich mir eigentlich nicht vorstellen.

Dann kam der Sonntag, und Tubby bestand darauf, mit mir zur Kirche zu gehen, weil Kierkegaard das immer so gehalten hatte, der auf seine exzentrische Art offenbar sehr fromm gewesen ist. Wir mußten also in diesen unglaublich tristen lutheranischen und obendrein natürlich noch dänischen Gottesdienst, er war noch verschnarchter als früher unsere Schulandachten, und das will was heißen. Nach dem Mittagessen gingen wir zu Kierkegaards Grab. Er liegt auf einem Friedhof, der etwa zwei Meilen vom Stadtzentrum entfernt ist. Kierkegaard ist das dänische Wort für ›Kirchhof‹, und Tubby stellte fest, wir gingen Kierkegaard auf dem *kierkegaard* besuchen – aber bei diesem Joke blieb es an dem Nachmittag dann auch. Der Friedhof war ganz hübsch, mit Blumenbeeten und baumbestandenen Alleen, und im Reiseführer steht, daß die Kopenhagener bei schönem Wetter hierherkommen wie in einen Park und picknikken, aber als wir da waren, regnete es. Nach langem Suchen fanden wir glücklich das Grab, aber es war fast so enttäuschend wie der Kierkegaard-Saal: Eine kleine Grabstelle mit einem Eisengitter drumherum, in der Mitte ein Grabstein zur Erinnerung an Kierkegaards Vater, und an dem lehnen zwei steinerne Tafeln mit den eingravierten Namen seiner Frau und der Kinder, unter anderem auch von Søren. So heißt Kierkegaard mit Vornamen, Søren mit diesem komischen durchgestrichenen dänischen ø. Aber das wußtest du wohl schon. Entschuldige, Schätzchen. Wir standen ein paar Minuten in ehrfurchtsvollem Schweigen da, Tubby hatte den Hut abgenommen, und der Regen rann ihm über den kahlen Schädel und übers Gesicht und troff ihm von Nase und Kinn. Wir hatten keinen Schirm mit, und mir wurde bald sehr ungemütlich, aber Tubby wollte unbedingt noch zu Regines Grab. Er hatte irgendwo gelesen, sie sei auf demselben Friedhof begraben. Auf einer Tafel am Eingang war eine Art Wegweiser, aber Tubby war entfallen, wie Regine nach ihrer Heirat hieß, er mußte also unheimlich viele Spalten mit Namen durchsehen, bis er eine Regine Schlegel fand. »Das ist sie«, stieß er hervor und rannte los, um nach Grabstelle 58 D zu suchen, aber er fand sie nicht. Die Stellen sind nicht sehr gut ausgezeichnet, und fragen konnten wir niemanden, weil Sonntag war und es in Strömen goß, und ich hatte es langsam satt, in triefenden Sachen herumzupatschen und das ganze Wasser von den Bäumen hinten in den Hals zu kriegen.

Ich wolle zurück ins Hotel, sagte ich.

»Dann gehen Sie doch«, sagte er ziemlich muffig und drückte mir Geld für ein Taxi in die Hand.

Also zog ich los, nahm ein schönes heißes Bad, trocknete mich mit *zwei* Handtüchern ab, ließ sie beide auf dem Boden liegen, bestellte beim Zimmerservice Tee, trank ein Fläschchen Cherry Brandy aus der Minibar dazu und kriegte wieder bessere Laune. Zwei Stunden später kam Tubby, naß bis auf die Haut. Und untröstlich, weil er Regines Grab nicht gefunden hatte und morgen früh keine Zeit mehr war, noch mal hinzugehen, unsere Maschine ging ziemlich früh.

Der Abend verlief wie gehabt: Wir aßen im Hotelrestaurant, und dann sagte Tubby, wir sollten uns zeitig hinlegen – jeder in sein Bett! Nicht zu fassen. Ich überlegte, ob ihn vielleicht irgendwas an mir abstieß, schlechter Atem womöglich, und ich checkte das in meinem Zimmer, aber es war alles in Ordnung. Dann zog ich mich aus, stellte mich vor den Spiegel und fand, daß mit meiner Figur auch alles in Ordnung war. Wenn ich ein Mann wäre, sagte ich mir, würde ich mir so was nicht entgehen lassen. Aus lauter Frust war ich inzwischen ganz schön geil und nicht ein bißchen müde und beschloß mir einen Porno reinzuziehen. Ich holte mir eine halbe Flasche Champagner aus der Minibar und setzte mich im Morgenrock vor den Fernseher. Ich weiß nicht, ob du dir solche Filme schon mal in einem britischen Hotel angesehen hast. Nein? Da hast du nichts versäumt. Ich hab ab und zu mal reingeguckt, als ich Mark betreut und im Rummidge Post House übernachtet habe. Ihm hatten sie zu seinem großen Ärger den Bumskanal gesperrt. In diesen Filmen geht es nicht wilder zu als in vielen ganz normalen TV-Filmen, vielleicht sogar weniger wild, die sogenannten Pornos bestehen praktisch nur aus Sexszenen, sie sind unglaublich billig gemacht und schlecht gespielt und haben eine idiotische Handlung, außerdem sind sie sehr kurz und voll blödsinniger Schnitte, weil die richtig guten Stellen beim Verleih an die Hotels rausfliegen. Ich hatte mir zwar gedacht, daß die dänischen Filme ein bißchen handfester sein würden, aber auf eine so harte Tour war ich nicht gefaßt. Ich kam mitten in einen Film rein, in dem zwei Männer und eine Frau nackt auf einem Bett lagen. Die beiden Männer hatten riesige Erektionen, und einer ließ sich von der Frau lutschen, während der andere sie von hinten nahm. Ich traute meinen –

Wie? Mit Ihnen spreche ich doch gar nicht... Ungewöhnlich gutes Gehör? Was kann ich denn dafür? Wenn Sie anderer Leute Privatgespräche nicht hören wollen, würde ich Ihnen vorschlagen, die Kopfhörer aufzusetzen, vielleicht gibt's was Schönes im Radio.

Frechheit! Sie tut mir ja leid mit ihrer Hysterektomie, aber so unverschämt brauchte sie nun auch nicht gleich zu werden. Hab ich denn so laut gesprochen? Schon gut, Hetty, ich rücke noch ein Stück näher und flüstere dir ins Ohr, ja? Da lutschten und fickten also diese drei Typen wie die Verrückten, und nach zehn Minuten hatten sie alle einen ungeheuerlichen Orgasmus – nein, einen echten, Hetty. Jedenfalls die Männer, man sah den Samen durch die Gegend spritzen, die Frau schmierte sich das Zeug ins Gesicht wie eine Pflegecreme. Alles in Ordnung, Schätzchen? Du siehst ein bißchen blaß aus. Wie spät... Himmel, schon halb vier, ich muß gleich gehen, aber die Geschichte will ich dir noch zu Ende erzählen. In diesem Stil ging der Film dann weiter. In der nächsten Szene traten zwei nackte Frauen auf, eine schwarze und eine weiße, die sich gegenseitig leckten, aber sie waren offenbar nicht richtig lesbisch, denn die Männer aus der vorigen Szene standen am Fenster und guckten zu, und dann kamen sie herein, und die nächste Orgie ging ab. Inzwischen war ich total naß vor Aufregung und eine einzige Hitzewelle vom Kopf bis zu den Zehen. Ich habe mich in meinem ganzen Leben noch nie so geil gefühlt, in diesem Moment hätte ich *jeden* gefickt, und wozu saß denn eigentlich dieser nette saubere englische Drehbuchautor im Nebenzimmer, der mich ja wohl eigens deshalb nach Kopenhagen mitgenommen hatte? Wahrscheinlich ist er nur schüchtern, dachte ich und beschloß ihn anzurufen, ihm von dem tollen Video zu erzählen und ihn zu fragen, ob er es nicht mit mir zusammen ansehen wollte, dann würde ihm die Schüchternheit schon vergehen. Weil ich den Schampus inzwischen ausgetrunken hatte, war ich nicht nur geil, sondern auch ziemlich mutig. Es dauerte eine Weile, bis er abnahm, und ich sagte, ich hätte ihn hoffentlich nicht geweckt. Nein, sagte er, er habe am Fernseher gesessen und erst den Ton leiser stellen müssen – allerdings wohl nicht leise genug, denn die blecherne Discomusik und das Keuchen und Stöhnen im Hintergrund kamen mir bekannt vor. Dialoge gibt es in solchen Filmen kaum, eine Drehbuchredakteurin hätte da nicht viel zu tun.

Ich lachte und sagte: »Irre ich mich, oder sehen wir beide denselben Film?« Er brabbelte etwas und war furchtbar verlegen, und ich sagte: »Kommen Sie doch rüber, in Gesellschaft macht so was doch viel mehr Spaß.« Pause.

»Ich glaube, das wäre keine gute Idee«, sagte er dann, und ich fragte: »Warum nicht?« und er sagte: »Darum nicht«, und so ging das eine Weile hin und her, bis mir der Geduldsfaden riß.

»Herrgott noch mal, was ist eigentlich mit Ihnen los, Tubby? Letzte Woche beim Italiener hätten Sie mich am liebsten sofort vernascht, und plötzlich wollen Sie nicht mehr. Wozu haben Sie mich dann überhaupt mitgenommen?« Wieder eine Pause.

Dann: »Genau dazu, das stimmt schon, aber als ich dann hier war, habe ich gemerkt, daß es nicht geht.«

Warum nicht, wollte ich wissen.

»Wegen Kierkegaard«, sagte er.

Ich mußte schrecklich lachen, und dann sagte ich: »Wir brauchen es ihm ja nicht zu verraten.«

»Nein, im Ernst. Vielleicht am Freitag abend, wenn Sie nicht so müde gewesen wären …«

»Bedudelt, meinen Sie wohl.«

»Na ja, Sie wissen schon … Als wir dann anfingen, Kopenhagen zu erkunden, und ich über Kierkegaard nachdachte und besonders im Museum … also plötzlich war mir, als spürte ich seine Gegenwart wie die eines guten Geistes oder Engels, und dieser gute Geist sagte: ›Mißbrauche diese junge Frau nicht!‹«

»Aber ich bin ganz scharf darauf, mißbraucht zu werden«, sagte ich. »Komm rüber und mißbrauch mich, Tubby. Guck mal, was die im Fernseher gerade treiben, würde dir das gefallen? Ich mach's mit dir.«

Ich verrat dir nicht, was es war, Schätzchen, ich will dich nicht schockieren.

»Sie wissen nicht, was Sie sagen«, sagte er. »Morgen früh würden Sie es bereuen.«

»Blech«, sagte ich. »Und wieso schaust du dir diesen Pornostreifen an, wenn du so ein Tugendpinsel bist? Wäre Kierkegaard denn damit einverstanden?«

»Wahrscheinlich nicht«, sagte er, »aber zumindest schädige ich damit keinen anderen.«

»Tubby«, sagte ich mit meiner verführerischsten Stimme, »ich will dich. Ich brauche dich. Jetzt. Komm. Nimm mich.«

Er seufzte abgrundtief und sagte: »Ich kann nicht. Ich habe mir gerade ein Handtuch aus dem Badezimmer geholt.«

Es dauerte einen Augenblick, ehe der Groschen bei mir gefallen war.

»Hoffentlich läßt du es auf dem Boden liegen, damit der nächste Gast es nicht kriegt«, sagte ich wütend und knallte den Hörer auf die Gabel. Ich machte den Fernseher aus, schluckte eine Schlaftablette und eine Miniflasche Scotch und war gleich darauf hinüber. Als ich am nächsten Morgen aufwachte, konnte ich über die ganze Geschichte schon wieder lachen, aber Tubby hatte mein Ticket am Empfang hinterlegt und dazugeschrieben, er sei noch mal auf den Friedhof gefahren, um nach Regines Grab zu suchen, und würde eine spätere Maschine nehmen. Was sagst du dazu? Richtig, du kannst ja nichts sagen. Macht nichts, ich muß jetzt sowieso weg. O Himmel, jetzt hab ich dir alle Trauben weggegessen. Egal, ich komme morgen wieder und bring dir neue. Nein? Du meinst, bis dahin haben sie dich entlassen? Wirklich? Gut, dann rufe ich dich zu Hause an. Tschüs, Schätzchen, war wirklich ein netter Schwatz.

Sally

Zunächst, Dr. Marbles, möchte ich das Grundsätzliche klären, damit es keine Mißverständnisse gibt. Ich habe mich bereit erklärt, mit Ihnen zu sprechen, weil Tubby endlich akzeptieren muß, daß unsere Ehe zu Ende ist, und weil Sie ihm helfen sollen, mit dieser Tatsache fertig zu werden. Von einer Versöhnung kann keine Rede sein, ich hoffe, das ist Ihnen klar. Deshalb habe ich geschrieben, daß ich nur allein mit Ihnen sprechen würde. Mit Eheberatung kommen wir jetzt nicht mehr weiter. Nein, da bin ich mir ganz sicher. Ja, wir haben es schon mal versucht, hat Tubby Ihnen das nicht erzählt? Vor vier, fünf Jahren. Ich weiß nicht mehr, wie sie hieß. Nach ein paar Wochen riet sie Tubby wegen seiner Depressionen zu einer Psychotherapie, aber das hat er Ihnen doch wohl gesagt? Ja, Dr. Wilson. Er war ein halbes Jahr bei ihm, und danach lief es eine Weile besser, wir haben dann auch mit der Eheberatung aufgehört. Aber nach einem knappen Jahr war es schlimmer denn je, und ich habe mir gesagt, das wird nie anders, du mußt dir dein Leben so einrichten, daß seine Launen dich nicht mehr fertigmachen. Und dann habe ich mich in die Arbeit gestürzt, zu tun gab es ja genug. Unterricht, Forschung, Verwaltung – Ausschüsse, Arbeitsgruppen, Lehrplangestaltung und dergleichen. Meine Kollegen beklagen sich über den vielen Papierkram, aber mir macht es Spaß, wenn ich damit etwas erreichen kann. In der wissenschaftlichen Arbeit werde ich nie an die Spitze kommen, dafür habe ich zu spät angefangen, aber in der Verwaltung bin ich wirklich top. Mein Gebiet ist Psycholinguistik, Spracherwerb bei Kindern, ich habe auch ein paar Sachen veröffentlicht ... Hat er das? Na ja, er versteht kein Wort davon und läßt sich deshalb leicht beeindrucken. Tubby ist kein Intellektueller, er hat ein gutes Ohr für Sprache, aber er kann nicht abstrakt denken, er macht alles intuitiv.

Also wie gesagt – ich stürzte mich in die Arbeit. Damals dachte ich noch nicht daran, mich scheiden zu lassen. Ich bin sehr konventionell erzogen, mein Vater war anglikanischer Pfarrer, Scheidung war für mich immer auch ein Eingeständnis eigenen Versagens, und ich mochte mir nicht eingestehen, daß ich etwas, was ich mir vorgenommen hatte, nicht durchziehen konnte. Ich weiß, daß es für Außenstehende – Freunde, Verwandte, ja, sogar für unsere Kinder –

so aussah, als führten wir eine besonders gute Ehe, wir waren schließlich schon viele Jahre verheiratet, ohne daß irgendwas von Krächen oder Spannungen nach außen gedrungen war, und dank Tubbys beruflichem Erfolg ging es uns auch materiell immer besser. Wir hatten das große Haus in Hollywell, die Wohnung in London und zwei Autos, machten Urlaub in Luxushotels und so weiter. Die Kinder hatten das Studium hinter sich und gingen ihre eigenen Wege. Die meisten Leute, die wir kannten, haben uns wohl beneidet. Es wäre bitter gewesen zuzugeben, daß das nur der äußere Schein war. Und ich scheute wohl auch vor dem Zank und Streit zurück, die mit einer Scheidung einhergehen, wir hatten das verschiedentlich im Bekanntenkreis miterlebt. Wenn du dich im Beruf voll einbringst, sagte ich mir, kannst du Tubbys Launen besser verkraften. Ich nahm auch noch Arbeit mit nach Hause, das war wie eine Mauer, hinter der ich mich verschanzen konnte. Solange wir ein paar gemeinsame Interessen haben, Tennis und Golf und regelmäßig auch Sex, kommen wir bestimmt einigermaßen über die Runden, dachte ich. Ja, ich habe mal irgendwo einen Artikel gelesen, der mich sehr beeindruckt hat und in dem stand, daß das Scheitern einer Ehe in den Fünfzigern – ich meine bei Paaren in den Fünfzigern, nicht in den fünfziger Jahren – fast immer auch etwas damit zu tun hat, daß einer der Partner kein Interesse mehr am Sex hat. Deshalb habe ich mir auf diesem Gebiet sehr viel Mühe gegeben und oft von mir aus den ersten Schritt getan. Nach dem Sport, wenn wir uns beide verausgabt hatten und uns besonders gut fühlten, das war immer eine günstige Zeit. Sport und Sex und ein angenehmes Leben: Ich dachte, damit würden wir einigermaßen ungeschoren durch die schwierigen Fünfziger kommen, so hieß der Artikel, jetzt fällt es mir wieder ein – ›Die schwierigen Fünfziger‹.

Aber das reichte eben nicht. Dann kam Tubbys Kniegeschichte, da wurde es schwierig mit dem Sport, weil er keine Konkurrenz mehr für mich war, und mit dem Sex lief es auch nicht mehr so, Wochen und Monate nach der Operation wollte er überhaupt nichts riskieren, und danach hatte ich immer den Eindruck, daß er mehr an sein Knie dachte als daran, sich und mir Lust zu verschaffen. Als sich dann herausstellte, daß die Operation nichts gebracht hatte, hing er noch mehr durch. Im letzten Jahr war überhaupt nichts mehr los mit ihm, er hat sich total abgekapselt und hört nicht zu, wenn jemand mit ihm spricht. Das heißt, bei seinem Agenten und dem Produzenten und diesen Leuten muß er wohl zuhören, sonst kommt er ja mit seiner Arbeit nicht weiter, aber von dem, was ich ihm so erzählt habe, hat er kein Wort aufgenommen. Sie können sich gar nicht vorstellen, wie rasend es einen machen kann, wenn man minutenlang mit so einem Mann redet, und er nickt und gibt zustimmende Laute von sich, und dann stellt sich heraus, daß er überhaupt nichts mitgekriegt hat, man kommt sich vor wie die letzte Idiotin. Als wenn Sie im Klassenzimmer stehen und etwas erklären und an die Tafel schreiben, und dann drehen Sie sich um, und die Schüler sind alle leise rausgegangen, und Sie haben die ganze Zeit ein Selbstgespräch geführt. Ganz aus war es dann bei mir, als ich ihm erzählte, Jane habe angerufen und gesagt, daß sie schwanger ist und ihren Freund heiraten wird. »So? Freut mich«, hat er nur geknurrt und weiter in seinem verdammten Kierkegaard gelesen. Und Sie werden es kaum glauben, als ich mich endlich dazu aufgerafft hatte, ihm zu sagen, daß ich es satt hätte und eine Trennung wollte, hat er zuerst auch nicht hingehört.

Nein, tut mir leid, die Sache mit Kierkegaard kann ich einfach nicht ernst nehmen. Ich hab Ihnen doch gesagt, daß Tubby kein Intellektueller ist. Das ist nur Imponiergehabe. Vielleicht will er damit bei mir Eindruck schinden. Oder seine alberne kleine Depression zur existentiellen Angst hochstilisieren. Nein, ich habe ihn nie gelesen, aber ich weiß in etwa, worum es geht, mein Vater hat ihn gelegentlich in der Predigt zitiert. Nein, jetzt nicht mehr, aber als Kinder mußten wir natürlich hin, jeden Sonntag, morgens und abends, deshalb finde ich Tubbys Kierkegaard-Tick wohl auch so grotesk. Tubby ist total weltlich erzogen worden, er hat keine Ahnung von Religion, während ich das alles durchgemacht und bewußt hinter mir gelassen habe. Einfach war das nicht. Jahrelang habe ich meinem Vater verheimlicht, daß ich nicht mehr an Gott glaube. Als ich es ihm schließlich gestand, hat es ihm fast das Herz gebrochen. Vielleicht habe ich zu lange gewartet. Wie bei Tubby und unserer Ehe.

Also … eigentlich geht Sie das ja nun wirklich nichts an. Nein, ich habe keinen anderen Partner. Offenbar hat Tubby seine paranoiden Fantasien bei Ihnen abgeladen. Sie wissen, daß er meinen Tenniscoach in Verdacht hatte? Lächerlich natürlich, ich habe dem armen Kerl seither nicht mehr ins Gesicht sehen können, dabei war er ein so guter Lehrer. Ich weiß wirklich nicht, weshalb Tubby urplötzlich den wilden Mann spielen mußte, das heißt, ich kann es mir denken, er konnte nicht akzeptieren, daß er das eigentliche Problem in unserer Ehe war, und suchte die Schuld bei anderen – bei mir oder einem eingebildeten Liebhaber. Es wäre für alle Beteiligten viel besser gewesen, wenn er sich ganz nüchtern mit der Situation hätte abfinden können. Ich wollte ja nur eine freundschaftliche Trennung und eine vernünftige finanzielle Regelung. Daß daraus ein regelrechter Krieg mit Anwälten und einstweiligen Verfügungen und gerichtlich geregeltem Getrenntleben geworden ist, hat er sich selber zuzuschreiben. Und er könnte sich immer noch sehr viel Geld und Ärger sparen, wenn er in die Scheidung einwilligen und mich fair abfinden würde. Nein, er ist in seiner Londoner Wohnung, nehme ich an, ich habe ihn schon seit ein paar Wochen nicht mehr gesehen. Die Unkosten für das Haus laufen natürlich weiter, ich schicke die Rechnungen an ihn, aber weil er nichts unternimmt, mußte ich sie selber zahlen, sonst hätten sie mir Strom und Gas abgestellt, und das finde ich gemein. Nachdem ich ausgezogen war, hat er sofort unser gemeinsames Bankkonto abgeräumt, und die Girokonten laufen nur auf seinen Namen, ich muß alles, einschließlich der Anwaltskosten, von meinem Gehalt bestreiten, da muß ich wirklich jeden Penny dreimal umdrehen.

Nein, ich hasse ihn nicht, obgleich er sich so unmöglich benommen hat, er tut mir leid, aber helfen kann ich ihm nicht mehr, ich muß selber sehen, wo ich bleibe. Ich bin nicht das hartherzige Biest, als das er mich jetzt hinstellt. Das mit den Anwälten und so weiter war für mich ja auch nicht einfach. Aber jetzt sind die Weichen gestellt, da muß ich einfach durch. Es ist meine letzte Chance, mir ein eigenes Leben aufzubauen, vom Alter her kann ich es gerade noch packen. Ja, ein paar Jahre jünger als Tubby.

Es ist so lange her. Wir waren damals irgendwie völlig andere Menschen. Ich machte mein Praktikum in einer Grundschule in Leeds, da kreuzte er eines Tages mit seiner Theatergruppe in unserer Schule auf, fünf junge Leute, die mit der Schauspielschule fertig waren, kein Engagement bekommen hatten und nun in einem alten Dormobile und einem Anhänger voller Requisiten durchs Land fuhren. Sie hatten verschlankte Shakespeare-Fassungen für höhere Schulen im Repertoire und Märchenstücke für die Kleinen. Also ehrlich – besonders gut waren sie nicht, aber die Begeisterung, mit der sie spielten, machte die fehlende Technik wett. Nach der Aufführung in der Aula, als die Kids nach Hause gegangen waren, luden wir sie zu Tee und Keksen ins Lehrerzimmer ein. Ich fand sie, wenn ich mir mein eigenes bieder-behütetes Leben betrachtete, unheimlich bohemehaft und abenteuerlich. Ich habe am Royal Holloway studiert, einem provinziellen Ableger der London University. Wenn ich nicht in Leeds studieren wollte, mußte es ein College für Frauen sein, darauf hatten meine Eltern bestanden, und weil ich die Aufnahmeprüfung für Oxford und Cambridge nicht geschafft hatte, kam da eben nur Holloway in Frage, denn ich wollte unbedingt weg von zu Hause. Meine Referendarzeit habe ich dann wieder in Leeds verbracht, um Geld zu sparen. Danach bin ich an eine Grundschule gegangen, im Gegensatz zu den meisten meiner Kollegen, damals gingen viele alte Gymnasien ein, statt dessen entstanden staatliche Gesamtschulen, und an denen ging es ziemlich rüde zu. Damals trug ich pastellfarbene Twinsets und wadenlange Faltenröcke und flache Schuhe und kaum Make-up. Die jungen Schauspieler hatten schmuddelige dunkle Pullis mit Löchern an und langes fettiges Haar und rauchten wie die Schlote. Es waren drei Männer und zwei Frauen, meist schliefen sie im Dormobile, weil das billiger war. Einmal hatte Tubby es auf einem Hügel geparkt und die Handbremse nicht richtig angezogen, da war es langsam den Hang hinuntergerollt und in einem Polizeirevier gelandet. Er erzählte das so komisch, daß ich laut lachen mußte. Das hat mir gleich so an ihm gefallen, daß er mich spontan zum Lachen bringen konnte. Bei uns zu Hause wurde höflich zurückhaltend oder unter uns Kindern höhnisch und sarkastisch gelacht. Ich glaube, das war überhaupt das Schlimmste in den letzten Jahren unserer Ehe – daß er mich nicht mehr zum Lachen brachte. Eine

Ironie des Schicksals, wenn man bedenkt, daß Woche für Woche Millionen von Zuschauern über seine Fernsehserie Tränen lachen. Nein, ich nicht, ich finde sie überhaupt nicht komisch.

An diesem ersten Tag bat er mich frech und gottesfürchtig um meine Telefonnummer, und ich habe sie ihm leichtsinnigerweise auch gegeben. Wir trafen uns ein paarmal im Pub, solange er mit seiner Truppe in der Gegend war, bis dahin kannte ich Pubs eigentlich fast nur von außen. Nach Hause nahm ich ihn nicht mit, ich wußte, daß meine Eltern nicht mit ihm einverstanden sein würden, weil er ungepflegt war und nicht gebildet genug und einen Cockney-Akzent hatte, aber das hätten sie natürlich nie zugegeben. Wußten Sie, daß er mit sechzehn von der Schule abgegangen ist? Mit einem ziemlich miesen Abschlußzeugnis, er war auf dem Gymnasium einfach nicht zurechtgekommen. Woran es lag? An seinem Temperament, schlechten Lehrern, mangelnder Unterstützung zu Hause – oder allem miteinander. Seine Eltern kamen aus der Arbeiterklasse, durchaus vernünftige Leute, aber mit Bildung hatten sie nicht viel am Hut. Nach der Schule hat Tubby als Bürobote bei einem Theateragenten angefangen, das hat ihn wohl auf den Geschmack gebracht. Nach dem Wehrdienst ist er auf eine Schauspielschule gegangen und hat dann versucht, sich als Schauspieler durchzuschlagen, er spielte in seiner Truppe alle komischen Rollen und schrieb die Drehbücher für die Märchenstücke. Sehr bald merkte er, daß er besser schreiben als spielen konnte. Nachdem die Truppe Yorkshire verlassen hatte, blieben wir in Kontakt. Im Sommer fuhr ich nach Edinburgh, wo sie im Beiprogramm der Festspiele eins ihrer Stücke gaben, und verteilte Programme und Flugblätter, wovon meine Eltern natürlich nichts wissen durften. Dann bewarb ich mich gegen ihren Willen um eine Lehrerstelle in London, weil ich wußte, daß Tubby dort war. Die Dormobiletruppe war pleite gegangen, und er hatte einen nicht sehr lukrativen Bürojob. In seiner Freizeit schrieb er Witze für Varietékomiker. Als es dann ernster mit uns beiden wurde, mußte ich ihn an einem Wochenende doch mit nach Hause nehmen. Für mich war das eine ganz schöne Nervenprobe.

Die Pfarrstelle meines Vaters lag in einem der Innenstadtbezirke von Leeds, der mit den Jahren immer mehr heruntergekommen war. Die Kirche war ein riesiges neogotisches Gemäuer aus verrußtem Backstein, ich habe kein einziges Mal erlebt, daß sie zu einem Gottesdienst voll gewesen wäre. Reiche Fabrikanten und Kaufleute hatten sie auf einen Hügel bauen und rund um die Kirche ihre großen Villen errichten lassen. Von dort konnten sie auf ihre Fabriken und Lagerhäuser und die Reihenhäuschen der Arbeiter hinuntersehen. Als mein Vater dort anfing, wohnten in diesen großen Häusern noch ein paar Leute aus dem Mittelstand, die meisten aber waren in einzelne Wohnungen aufgeteilt oder in den fünfziger Jahren von asiatischen Großfamilien übernommen worden. Mein Vater war ein ernsthafter, wohlmeinender Mann, der den ›Guardian‹ las, als er noch ›Manchester Guardian‹ hieß, und sich nach Kräften bemühte, mit seiner Kirche den Bedürfnissen der innerstädtischen Bevölkerung gerecht zu werden, die aber wollte im Grunde von der Kirche – abgesehen von Hochzeiten, Taufen und Beerdigungen – herzlich wenig wissen. Meine Mutter hielt tapfer zu ihm und sparte und knapste an allen Ecken und Enden, um uns Kinder von seinem schmalen Pfarrergehalt so zu erziehen, wie es im Mittelstand üblich war. Wir waren zwei Mädchen und zwei Jungen – ich war die Zweitälteste – und gingen alle aufs Gymnasium, aber kulturell lebten wir wie in einem Vakuum. Mit Gleichaltrigen gab es kaum Kontakte, einen Fernseher hatten wir nicht, weil Vater grundsätzlich vom Fernsehen nichts hielt, aber auch, weil wir uns keinen leisten konnten, ins Kino kamen wir so selten, daß ich bei jedem Film in fürchterliche Aufregung geriet und als Kind gar nicht so gern hinging. Wir hatten ein Grammophon, aber nur klassische Platten. Wir spielten alle ein Instrument, auch wenn keins der Kinder wirklich Talent hatte, und gelegentlich setzte sich die ganze Familie zu einer Hausmusik zusammen, die so schauerlich klang, daß die Hunde in der Nachbarschaft zusammenliefen und jaulten. Wir waren – auch wieder nicht nur aus Prinzip, sondern aus Geldgründen – Abstinenzler. Und wir waren groß im Diskutieren und darin, im Gespräch – besonders bei Tisch – die anderen niederzumachen. Das war unsere liebste Freizeitbeschäftigung.

Tubby konnte damit überhaupt nichts anfangen. Schon das gemeinsame Essen war ihm fremd. Bis auf das Mittagessen am Sonntag und an hohen Feiertagen setzte er sich selten einmal zusammen mit den Eltern und seinem Bruder zu Tisch. Er und sein Vater und sein Bruder aßen, wann es sich gerade ergab. Wenn sie abends von der Arbeit oder der Schule kamen, fragte Mrs. Passmore sie, was sie haben wollten, und dann machte sie es fertig und brachte es ihnen an den Tisch, wie in einem Speiselokal, und beim Essen hatte jeder eine Zeitung oder ein Buch vor der Nase. Ich konnte es kaum fassen, als ich zum erstenmal bei ihnen war.

Unser Familienleben fand er genauso grotesk, ›archaisch wie die Forsyte-Saga‹, sagte er einmal zu mir. Zwei oder drei gemeinsame Mahlzeiten pro Tag, Tischgebet vor und nach dem Essen, Tuchservietten, für jeden einen eigenen Serviettenring, und richtiges Besteck, wenn auch verkratzt und angelaufen, Suppenlöffel für die Suppe, Fischbesteck für den Fisch und so weiter. Unser Essen war ziemlich mies, und wenn es mal was Gutes gab, reichte es meist nicht für alle, aber aufgetragen wurde es so, wie Sitte und Anstand das verlangten. An dem bewußten Wochenende geriet Tubby sehr bald ins Schwimmen. Er fing an zu essen, ehe alle etwas auf dem Teller hatten, nahm den Dessertlöffel für die Suppe und den Suppenlöffel fürs Dessert und beging auch sonst einen Fauxpas nach dem anderen, was meine Geschwister mit ständigem Kichern hinter vorgehaltener Hand quittierten. Total fassungslos war er über die erbitterten Wortgefechte bei Tisch. Eine echte Diskussion konnte man es nicht nennen, Vater bildete sich zwar ein, uns damit zu selbständigem Denken zu erziehen, aber die Grenzen des Erlaubten waren doch sehr eng gezogen. Wir hätten zum Beispiel nie die Existenz Gottes oder die Wahrheit der christlichen Lehre oder die Unauflöslichkeit der Ehe in Frage stellen dürfen. Das hatten wir Kinder bald begriffen und betrachteten die Tischgespräche mehr als ein Spiel, bei dem es um Punkte ging und man die Geschwister in den Augen der übrigen Familie diskreditieren konnte. Wenn man zum Beispiel ein Wort falsch verwendete oder einen faktischen Fehler beging, machten einen die anderen gnadenlos nieder. Tubby kam da nicht mit. Viel später hat er sich aus diesen Erinnerungen Material für *Die Leute von nebenan* geholt, die Springfields und die Davises sind unseren Familien nachempfunden. Die Springfields sind zwar eine ganz weltliche Familie, aber diese Mischung aus hehrer Gesinnung und Zanksucht, der uneingestandene Snobismus, die Vorurteile – das alles geht zurück auf Tubbys ersten Besuch bei uns. Die Davises sind eine chaotischere, leicht sentimentalisierte Version seiner Familie plus Onkel Bert und Tante Dolly. Kann sein, daß ich die Serie deshalb nicht mag. Weil sie zu viele schmerzliche Erinnerungen weckt. Unsere Hochzeit war ein Albtraum, zwischen den beiden so völlig verschiedenen Familien knirschte und krachte es ganz fürchterlich.

Warum ich ihn geheiratet habe? Weil ich glaubte, in ihn verliebt zu sein, und vielleicht war ich das ja auch. Ich hätte mich gern gegen meine Eltern aufgelehnt, wußte aber nicht wie. Wenn ich Tubby heiratete, war das zumindest ein Beweis, daß ich auf eigenen Füßen stehen konnte. Und wir wollten beide Sex – ganz normalen Sex, wie er unter jungen Leuten üblich ist –, aber Sex ohne Trauschein war eben damals für mich trotz aller Auflehnungsgelüste nicht drin. Und damals hatte Tubby entschieden Charme. Er glaubte an sich und seine Begabung und steckte mich damit an. Vor allem aber machte das Zusammenleben mit ihm Spaß. Er brachte mich zum Lachen.

TEIL III

Dienstag, 25. Mai. Die Platanen vor meinem Fenster haben junges Laub, die Blätter sind schwächlich und blutleer und die Blüten unauffällig, überhaupt nicht zu vergleichen mit den phallischen cremefarbenen Kastanienkerzen vor meinem Arbeitszimmer in Hollywell. In den Platanenzweigen tollen – was Wunder! – auch keine Eichhörnchen herum. Angesichts der Luftverschmutzung in der Londoner Innenstadt müßte ich froh sein (und bin es auch), daß hier überhaupt noch Bäume stehen. Es gibt eine schmale, unauffällige Abkürzung zwischen der Brewer und der Regent Street, die Air Street heißt. Ich muß immer grinsen, wenn ich das Straßenschild lese, weil sich dort unweigerlich der Verkehr staut und die Autos jede Menge krebserregende Abgase in die Atmosphäre entlassen, am liebsten würde man überhaupt nicht den Mund aufmachen. Luftstraße ... Ich weiß nicht, woher sie ihren Namen hat, aber mit Luft in Flaschen könnte man dort wahrscheinlich ein Vermögen verdienen.

Jetzt, wo ich ständig hier in London lebe, bekomme ich Platzangst in meiner kleinen Wohnung. Ich sehne mich nach der sauberen Luft in Hollywell, nach den Eichhörnchen, die im Garten Fangen spielen, nach der Stille der Vorortstraßen, in denen man tagsüber allenfalls das diskrete Surren eines Rasenmähers oder das Pock-pock von Tennisbällen hört. Aber der Stress, mit Sally unter einem Dach zu leben, war einfach nicht mehr auszuhalten. Starr und stumm gingen wir auf der Treppe oder in der Diele aneinander vorbei und schrieben uns böse kleine Zettel (»Wenn Du schon die Wäsche einweichen mußt, räume sie bitte weg, ehe ich den Hausarbeitsraum benutze.« – »Den letzten Weichspüler habe ich gekauft, da bist Du wohl bitte so nett, für Nachschub zu sorgen.«). Wenn eine Nachbarin vor der Tür stand oder ein Lieferant, mußte ich mich verstecken, denn wir durften ja offiziell nicht miteinander sprechen. Wollte ich ein Telefongespräch führen, ließ ich den Hörer fallen wie eine heiße Kartoffel, wenn ich merkte, daß Sally in der Leitung war, dabei zuckte es mir in allen Fingern, ihn wieder aufzunehmen, um zu hören, was sie anderen Leuten zu sagen hatte ... Die Regelung vom Getrenntleben unter einem Dach kann nur ein Sadist erfunden haben oder ein Mensch mit total verkorkstem Sinn für Humor. Als ich Jake davon erzählte, sagte er: »Riesige Idee für eine Sitcom, findest du nicht?« Seither spreche ich nicht mehr mit ihm.

Es ist ein ganz eigenartiges Gefühl, wieder an diesem Tagebuch zu schreiben, in dem eine erhebliche Lücke klafft. Nachdem an jenem Abend Sally ihre Bombe hatte platzen lassen (Wie läßt man eigentlich eine Bombe platzen, ohne sich selbst in die Luft zu sprengen? Und handelt es sich um eine Granate, ein Mörsergeschoß oder eine der primitiven Fliegerbomben, die aus den offenen Cockpits der alten zweimotorigen Flugzeuge fielen; das Lexikon hilft mir in diesem Punkt nicht viel weiter), nachdem Sally mir eröffnet hatte, daß sie eine Trennung wünschte, konnte ich wochenlang nichts schreiben, auch kein Tagebuch. Ich war außer mir vor Eifersucht und Wut und Selbstmitleid. (Ein gutes Klischee, dieses ›außer mir‹ – so erfüllt von negativen Empfindungen, daß man gewaltsam eine Trennung zwischen

Körper und Seele herbeiführt und eines den Schmerz des anderen nicht artikulieren kann.) Ich war nur noch darauf aus, mich an Sally zu rächen: indem ich sie finanziell so kurz wie möglich hielt, indem ich versuchte, den Liebhaber, den sie unweigerlich haben mußte, aufzuspüren, und indem ich selbst ein Verhältnis anfing, wobei sie letzteres wohl kaum gekratzt hätte. Außerdem hätte ich es ihr gar nicht sagen können, denn dann wäre mit der Begründung der Untreue die Scheidung sehr schnell durchsetzbar gewesen. Im Grunde – und es fällt mir im nachhinein schwer, die konfusen und ineinander verknäulten Motive zu entwirren – war es wohl so, daß ich nach einer Entschädigung für entgangene Seitensprünge suchte.

Am schlimmsten für mich war, daß Sallys Entscheidung sich offenbar gegen mich persönlich richtete. Demnach waren für sie dreißig gemeinsame Jahre weitgehend wert- und bedeutungslos geworden. Nach ihrem Auszug setzte ich mich mit unseren Fotoalben, die ich seit Jahren nicht mehr hervorgeholt hatte, auf den Fußboden und heulte beim Anblick der vertrauten Schnappschüsse wie ein Schloßhund. Sally und die Kinder, die aus Liegestühlen und Kinderwagen, von Schaukeln, Sandburgen, Planschbecken, Swimmingpools, Fahrrad- und Ponysätteln, Kanalfähren und den Innenhöfen französischer *gîtes* in die Kamera lächelten. Kinder, die von Jahr zu Jahr größer und kräftiger wurden. Eine Ehefrau, deren Gesicht allmählich schmaler, deren Haar grauer wurde, die aber immer gesund und glücklich wirkte. Jawohl, glücklich, denn wie heißt es so schön: Die Kamera lügt nicht. Ich schniefte und wischte die Tränen ab und schnaubte mir die Nase und fahndete in Sallys Gesicht nach Zeichen der Unzufriedenheit. Doch die bunten Bilder waren zu klein, um die Augen der darauf abgelichteten Personen richtig zu erkennen, und nur die Augen können unsere Gedanken nicht verbergen. Vielleicht war unsere ›glückliche Ehe‹ wirklich nur eine Illusion gewesen, ein Lächeln für die Kamera.

Wenn man an seiner Ehe zu zweifeln beginnt, entgleitet einem allmählich die Wirklichkeit. Ich hatte mir eingebildet, Sally zu kennen, und hatte jählings feststellen müssen, daß sie ein mir völlig unbekanntes Wesen war. Vielleicht wußte ich auch von mir nicht, wer ich war. Was wußte ich überhaupt? Das war eine so schwindelerregende Überlegung, daß ich mich vor ihr in den Zorn flüchtete. Ich dämonisierte Sally. Es war allein ihre Schuld, daß unsere Ehe gescheitert war. Gewiß, vielleicht hatte sie nicht ganz ohne Grund bewegte Klage über meine Selbstbezogenheit, meine Launen, meine Zerstreutheit geführt (und daß ich nicht hingehört hatte, als sie mir von Janes Schwangerschaft erzählte, ist wirklich sehr peinlich), aber das war noch lange kein Grund, mich zu verlassen. Da mußte noch etwas anderes sein. Oder vielmehr: jemand anders. Entsprechende Vorbilder gab es genug in unserem Bekanntenkreis. Und das Leben, das wir führten, nachdem die Kinder aus dem Haus waren, hätte es Sally sehr leicht gemacht, ein Verhältnis anzufangen, denn ich war zwei Tage in der Woche in London, und ihr beruflicher Tagesablauf war mir ein Buch mit sieben Siegeln. Besonders ärgerte mich, daß ich diese Situation nicht genutzt hatte. ›Ärgern‹ ist vielleicht nicht der richtige Ausdruck, es war eher ein tiefer Kummer, ein *chagrin*, wie Amy sagen würde, oder besser noch ein zähneknirschender Groll. Ich trauerte all den Frauen nach, die ich im Lauf meines Berufslebens – besonders in den letzten Jahren – so leicht hätte haben können, wenn ich nicht entschlossen gewesen wäre, Sally treu zu bleiben: Schauspielerinnen und Produktionsassistentinnen und PR-Frauen und Sekretärinnen, die alle anfällig für das Mana eines erfolgreichen Autors waren. Laut Freud – das hat mir Amy mal erzählt – treibt alle Schriftsteller die Sehnsucht nach Ruhm, nach Geld und nach Liebe um (zu einer Frau oder einem Mann, je nachdem, auch wenn Freud dabei an Schriftstellerinnen oder Schwule wohl weniger gedacht hat). Die ersten beiden Ambitionen hatte ich auch, das gebe ich gern zu, aber mit fremden Frauen habe ich mich grundsätzlich nicht eingelassen. Und was war der Lohn? Daß man mich, als ich meine Schuldigkeit getan hatte und meine sexuellen Kräfte nachließen, aufs Abstellgleis schob.

Diese Überlegung versetzte mich in panische Angst. Wie viele Jahre standen mir noch zur Verfügung, um das Versäumte nachzuholen? Ich dachte an das, was ich vor ein paar Wochen in meinem Tagebuch notiert hatte: *Man kann das letzte Bumsfallera nicht feiern, weil man ja in dem Moment nicht weiß, daß nichts mehr nachkommt, und wenn man es merkt, kann man sich wahrscheinlich gar nicht mehr erinnern, wie es war.* Vergeblich überlegte ich, wann Sally und ich zum letztenmal miteinander geschlafen hatten, und schlug in meinem Tagebuch nach. Da stand es: Am Samstag, dem 27. Februar. Ohne Einzelheiten, nur daß Sally überrascht und ziemlich lustlos reagiert hatte. Das weckte meinen Argwohn. Ich blätterte zurück zu dem Gespräch mit den Jungs von meiner Tennisclique: *Deine bessere Hälfte ist ja enorm gut drauf, Tubby … als Coach ist der Typ große Klasse … und auch sonst, nach dem, was man so hört … das Zeug dazu hat er …* Natürlich, das war des Rätsels Lösung: Brett Sutton, wer sonst! Die Tennisstunden, die neuen Sportklamotten, die plötzliche Entscheidung, sich das Haar färben zu lassen … es paßte alles zusammen. Mein Kopf wurde zum Pornokino, ich sah Sally nackt auf der Couch im Erste-Hilfe-Zimmer des Klubs liegen und beseelt den Kopf zurückwerfen, während Brett Sutton mit seinem gewaltigen Gemächt in sie eindrang.

Das mit Brett Sutton stellte sich dann sehr schnell als Fehlschuß heraus, aber der Wunsch, jetzt endlich auch mal mit einer anderen Frau zu schlafen – aus Rache, zum Ausgleich und Trost –, trieb mich nun unablässig um und ließ mich nicht mehr los. Natürlich dachte ich zuerst an Amy. Über mehrere Jahre war unsere Beziehung im Grunde ein regelrechtes Verhältnis gewesen – heimliche Treffen, Essen in diskreten Restaurants, Telefongespräche, die niemand mithören durfte, verbale Zärtlichkeiten –, nur auf den Geschlechtsverkehr hatte ich aus mißverstandener Loyalität Sally gegenüber stets verzichtet. Jetzt bist du moralisch nicht mehr zur Zurückhaltung verpflichtet, argumentierte ich in dieser ersten Zeit nach dem Platzen der Bombe. Ob ich Amy wirklich begehrte oder sie mich – mit dieser Frage setzte ich mich gar nicht auseinander. Wie sich in Teneriffa herausstellte, war die Antwort in beiden Fällen ein klares Nein.

Mittwoch, 26. Mai. Heute vormittag Briefe von Jane und Adam. Ich hätte sie am liebsten gar nicht aufgemacht – schon als ich die Schrift sah, wurde mir ganz flau –, aber natürlich fand ich keine Ruhe, bis ich wußte, was sie mir zu sagen hatten. Sie faßten sich kurz, fragten, wie es mir ging, und drängten mich, sie mal wieder zu besuchen. Ich vermute ein freundschaftliches Komplott. Daß beide Briefe an einem Tag kamen, kann eigentlich kein Zufall sein.

Ich hatte, nachdem Sally ausgezogen war, mit beiden Kindern Gespräche geführt. Mit Adam hatte ich mich in London zum Essen verabredet, anschließend wollte ich auf ein Wochenende zu Jane und Gus nach Swanage fahren. Beide Treffen waren nicht recht befriedigend. Für das Essen mit Adam hatte ich, um nicht erkannt zu werden, ein Restaurant ausgesucht, in dem ich noch nie gewesen war und in dem drangvolle Enge herrschte, so daß wir – selbst wenn wir das gewollt hätten – nicht offen miteinander sprechen konnten, sondern genötigt waren, uns in einer Art Code zu verständigen. Wenn jemand unser Gespräch mitgehört hat, muß er den Eindruck gewonnen haben, daß nicht vom Scheitern einer dreißigjährigen Ehe, sondern von einer verunglückten Abendeinladung die Rede war. Noch weit mehr aber nervte mich das Wochenende in Swanage, wo Gus immer wieder Jane und mich diskret allein ließ, damit wir uns ›aussprechen‹ konnten – worauf wir beide nicht den geringsten Wert legten. Janes Umgangston mir gegenüber ist gekennzeichnet durch ständige scherzhafte Zurechtweisungen. Sie gelten dem Umweltmuffel, der Mineralwasser in Plastikflaschen, bunte Büroklammern und Bücherbretter aus Tropenholz kauft, oder dem Chauvi, der in *Die Leute von nebenan* sexistische Witze abläßt. Es ist eine Art Komödie, die wir vor allem auch zur Belustigung unserer Umwelt aufführen.

Am Sonntag nachmittag machten Jane und ich mit dem Hund einen Strandspaziergang. Wir sprachen über das Wetter, die Flut, die Windsurfer in der Bucht. Das Baby kommt im Oktober, ich fragte, wie sie sich fühlte, und sie antwortete, die Phase der Morgenübelkeit sei zum Glück überstanden. Auch dieses Thema hatte sich bald totgelaufen – vielleicht weil wir beide wußten, daß die Nachricht von ihrer Schwangerschaft einer der Auslöser für meinen letzten Krach mit Sally gewesen war. Dann machten wir kehrt, und als wir schon fast wieder am Haus waren, fragte Jane unvermittelt: »Warum gibst du nicht Mummy, was sie haben will? Dir bleibt doch bestimmt trotzdem noch genug zum Leben.« Das, sagte ich, sei eine Frage des Prinzips. Wenn Sally mich verlassen hatte, nur weil ihr das Zusammenleben mit mir zu schwierig geworden war, und nun von mir erwarte, daß ich ihr weiter den gewohnten Lebensstil ermöglichte, sei das einfach eine Zumutung. »Demnach hast du sie bezahlt, um deine Launen zu ertragen?« – »Nein«, sagte ich, »natürlich nicht.« Dabei hat Jane gar nicht mal so unrecht – auch wenn ich es wohl nicht so formuliert hätte. Sie ist nicht dumm, meine Tochter. »Ich glaube, das viele Geld, das du mit *Die Leute von nebenan* verdienst, war nicht gut für euch. Früher, als ihr noch rechnen mußtet, war bei euch alles viel unkomplizierter. Und Mummy ist neidisch geworden.« Auf den Gedanken, daß Sally mir meinen Erfolg neiden könnte, war ich noch nie gekommen.

Jane und Adam gaben sich zwar große Mühe, neutral zu bleiben, aber ich hatte doch den Eindruck, daß sie mehr auf Sallys Seite standen, und war deshalb von mir aus nicht mehr auf sie zugegangen. Außerdem stand damals gerade die Teneriffareise mit Amy an, und ich mußte vermeiden, daß sie Wind davon bekamen und es Sally erzählten.

Natürlich hätten wir uns für unser Wochenende nie Teneriffa aussuchen dürfen, aber das Unternehmen war in jedem Fall von Anfang an zum Scheitern verurteilt. Solange ich Amy nur angezogen kannte und unsere Annäherungen sich auf freundschaftliche Küßchen oder Umarmungen beschränkten, hatte sie für mich den Reiz des Verbotenen. Als ich sie nackt auf dem Bett sah, war sie nur noch eine kleine, dickliche Person mit ziemlich behaarten Beinen, was mir erst jetzt auffiel, weil sie bisher immer Strümpfe oder Strumpfhosen angehabt hatte, und wabbeliger Figur. Im Vergleich mit Sally kam sie nicht gut weg, und ich konnte mir nicht verhehlen, daß irgendwas an meiner Strategie nicht stimmen konnte. Was um Himmels willen tat ich hier, in diesem schäbigen Hotelzimmer, in diesem unmöglichen Urlaubsort, mit einer Person, die entschieden weniger begehrenswert war als die Ehefrau, die mich hatte sitzenlassen und an der ich mich rächen wollte? Kein Wunder, daß Teneriffa für mich erotisch zur Katastrophe wurde. Gleich nach der Rückkehr – ja, eigentlich schon vorher – ging ich meinen weiblichen Bekanntenkreis durch. Da mußte es doch die eine oder andere geben, die jünger und attraktiver als Amy war? Ja, natürlich: Louise.

Wenige Tage später saß ich erneut im Flugzeug, diesmal auf dem Wege nach Los Angeles. Und wieder wurde es ein Fiasko, sogar ein doppeltes Fiasko, wenn man das von Louise arrangierte Treffen mit Stella mitrechnet, das wohl von ihr als eine Art Trostpflaster gedacht war. Dabei hatte ich wohl schon in dem Moment, als ich den Flug nach L.A. buchte (Rückflug offen, Business Class, sündhaft teuer, aber ich wollte ausgeruht ankommen), genau gewußt, daß die Wahrscheinlichkeit, Louise nach so vielen Jahren frei und ungebunden anzutreffen, nicht eben groß war. Doch diese Überlegungen hatte ich verdrängt, weil ich den Gedanken an einen neuerlichen Fehlschlag einfach nicht ertragen konnte. Darin ging es mir wie Kierkegaard, der ein Jahr nach der gelösten Verlobung in der festen Überzeugung, Regine warte sehnsüchtig auf ihn, nach Kopenhagen zurückkam und feststellen mußte, daß sie sich inzwischen mit Schlegel verlobt hatte. Das Verlockende an Louise war eben die Tatsache, daß ich sie einmal hätte haben können und so töricht gewesen war, mir diese Freude zu versagen. Was mich lockte, war die Wiederholung; die Vorstellung, daß Louise sich mir erneut anbieten würde und es dadurch doppelt süß wäre, sie zu besitzen.

Stella war für mich nur eine potentielle Übergangslösung für die vierundzwanzig Stunden, die ich vor dem Rückflug nach London noch in L.A. totschlagen mußte. Wir trafen uns in der Halle des Beverly Wilshire, und ich ging zum Essen mit ihr ins Hotelrestaurant, das nebenbei bemerkt gepfefferte Preise hat. Auf den ersten Blick war Stella durchaus attraktiv. Sie war blond und schlank und sehr gepflegt, alles an ihr strahlte und spiegelte: blitzende Zähne, haarlackgefestigte Frisur, glänzender Nagellack, glitzernder Modeschmuck. Aber ihr Lächeln war immer eine Sekunde zu lang, und trotz des dicken Make-ups hatte man den Eindruck, daß das Gesicht geliftet war. Als wir an der Bar unsere Margaritas tranken, kam sie sofort zur Sache: »Ich weiß von Louise, daß wir gewisse Gemeinsamkeiten haben. Wir sind beide mit unserem Partner reingefallen, und wir wollen beide ins Heu, stimmt's?« Ich lachte verlegen und fragte nach ihrem Beruf. Sie hat eine Boutique auf dem Rodeo Drive, in der Louise manchmal kauft. Als wir dann an unserem Tisch saßen, überrumpelte sie mich mit der Frage, ob ich einen HIV-Test hätte machen lassen. Nein, sagte ich, das habe sich bisher erübrigt, denn ich sei meiner Frau immer treu gewesen. »Ja, das hat Louise mir erzählt. Und war deine Frau dir treu?« Ja, sagte ich, das glaubte ich schon, und fragte, was sie essen wollte.

»Den Cäsarsalat und *filet mignon*, sehr blutig. Nichts für ungut, Tubby – aber nach meinen Erfahrungen ist es am besten, wenn man solche Sachen gleich klärt, dann kann man das andere ganz locker angehen. Hast du mit jemandem geschlafen, nachdem deine Frau dich verlassen hat?«

»Nur einmal. Mit einer guten Bekannten.«

»Und du nimmst natürlich Kondome?«

»Aber ja«, schwindelte ich. Amy hatte ein Diaphragma benutzt, aber ich glaube, Stella war durchaus klar, daß ich mich nicht strikt an die Wahrheit gehalten hatte.

»Hast du Kondome dabei?« wollte sie wissen, als der Cäsarsalat vor uns stand.

»Vielleicht sind welche in der Minibar«, witzelte ich, »die bietet einem ja sonst alles.«

Stella verzog keine Miene. »Spielt keine Rolle, ich hab was in der Handtasche.«

Als sie beim *filet mignon* auf Latexhandschuhe und Zahnfleischbluten zu sprechen kam, wurde ich nervös. Wenn sie so sehr auf Safer Sex bedacht ist, dachte ich, wird sie ihre Gründe haben. Zum erstenmal in meinem Leben tat mir mein Kniegelenksyndrom gute Dienste. Ich simulierte einen akuten Schmerzanfall und wand mich so überzeugend auf meinem Sessel, daß mich von den Nachbartischen mitfühlende Blicke trafen und zwei Ober mir auf einen Wink des Geschäftsführers hin in die Halle halfen. Ich entschuldigte mich bei Stella und verzog mich auf mein Zimmer. Ich solle sie doch am nächsten Tag anrufen, sagte Stella, aber am nächsten Tag saß ich in der ersten Maschine nach Heathrow.

Irgendwo über dem Pol tauchte wie eine sexuelle Verheißung Samanthas Bild vor mir auf. Warum war sie mir nicht schon eher eingefallen? Sie war jung, begehrenswert und hatte sich unübersehbar um meine Bekanntschaft bemüht. Bei der kerngesunden, hygienebewußten und blitzgescheiten Samantha konnte ich mir beweisen, daß ich noch ein Mann war. Ich fieberte förmlich der Landung entgegen, schnappte mir ein Taxi und fuhr mit rotgeränderten Augen, ungewaschen und unrasiert direkt ins Studio.

Daß mein erster ungeschickter Verführungsversuch nicht zum Ziel führte, war nicht weiter verwunderlich, zumal Signora Gabrielli sich nach Kräften bemühte, mir das Konzept zu verderben. Als aber Ollie ein paar Tage später den Vorschlag machte, mir jemanden für die Drehbuchredaktion zur Seite zu stellen, erkannte ich meine Chance und verlangte Samantha. Sie wußte natürlich, daß ich ihr damit einen großen Gefallen tat, und war bereit, in der gängigen Währung des Showbusiness dafür zu zahlen. Und dann machte ich einen großen Fehler: Ich wählte Kopenhagen als Ort des Geschehens. Dabei hatte ich es mir so schön vorgestellt, zwei Fliegen mit einer Klappe zu schlagen: Ich konnte in Sachen Kierkegaard recherchieren und gleichzeitig zu meiner lang ersehnten außerehelichen Nummer kommen. Ich hätte mir von vornherein sagen müssen, daß zwei so verschiedenartige Unternehmungen sich nicht miteinander vertrugen, daß die Eindrücke in Kopenhagen nicht ohne Wirkung auf mich bleiben würden: Der Gang durch eben jene Straßen, durch die vor hundertfünfzig Jahren Kierkegaard gegangen war; der Anblick der Plätze und Häuser, die für mich vorher bloß Namen gewesen waren – Nytorv, Norregade, Borgerdydskloe – und die rührend alltäglichen Erinnerungsstücke im Stadtmuseum, Søren Kierkegaards Pfeifen, seine Geldbörse, sein Vergrößerungsglas und das Futteral, das Regine dafür gemacht hatte; die grausame Karikatur im ›Corsair‹ und das Porträt einer drallen, fröhlichen jungen Frau mit einem Lächeln auf den vollen Lippen, ein Bild aus glücklicheren Tagen, ehe Kierkegaard die Verlobung gelöst hatte; das unbeschreibliche Gefühl, an Kierkegaards Pult zu stehen, mir Notizen zu machen und ihn fast leiblich im Raum zu spüren.

Ich merkte, daß ich plötzlich Hemmungen hatte, das eher handfeste zweite Ziel dieser Reise weiterzuverfolgen, und deshalb nützte es mir auch nichts, als Samantha mir ungeniert alle Wonnen ihres barocken Körpers anbot. Was mich zurückhielt, war nicht Angst vor Impotenz oder die Sorge um mein Knie, sondern – ja, wie soll ich es nennen? Mein Gewissen? Kierkegaard? Inzwischen deckte sich wohl das eine mit dem anderen. Es ist fast, als sei Kierkegaard der dünne Mensch in meinem dicken Körper, der immer ins Freie wollte, und als habe er es in Kopenhagen geschafft.

Nachdem Kierkegaard erfahren hatte, daß Regine mit Schlegel verlobt und unwiderruflich für ihn verloren war, schrieb er in sein Tagebuch: »Ich hatte nun zwei Möglichkeiten: mich in wilde Ausschweifungen zu stürzen oder mich bedingungslos der Religion zuzuwenden.« Meine hektische sexuelle Odyssee, der verzweifelte Versuch, bei Amy, Louise, Stella und Samantha zu landen, war meine Version wilder Ausschweifungen. Die Religion aber war für mich keine Alternative. Als Trost blieb mir nur das Wichsen – und das Schreiben. Auch Kierkegaard blieb zunächst nur das Schreiben (und möglicherweise auch das andere). Allein die letzten unter seinem eigenen Namen veröffentlichten Werke kann man als ›bedingungslos religiös‹ bezeichnen, und die finde ich ehrlich gesagt nicht so toll. Die meisten nennt er ›Erbauliche Schriften‹, und wenn man das hört, kann einem schon der Appetit vergehen … Die sogenannten pseudonymen Werke, besonders diejenigen, die er unmittelbar nach seinem Bruch mit Regine als Victor Emeritus, Constantin Constantius, Johannes de Silentio oder unter ähnlich wunderlichen Decknamen schrieb, sind sehr viel spannender, weil er darin versucht, auf indirektem Wege, durch Fiktionen und hinter Masken verborgen, seine Erfahrungen zu verarbeiten und die Konsequenzen der von ihm getroffenen Wahl zu akzeptieren. Ganz ähnliche Motive liegen wohl auch meinen zuletzt verfaßten Texten zugrunde. Aus dem Englischunterricht erinnere ich mich dunkel, daß man so was ›dramatische Monologe‹ nennt, weil sie eine Art Zwiesprache mit einer anderen Person sind, deren Anteil am Gespräch aber nur angedeutet wird. In der Oberstufe mußten wir ein Gedicht von Browning auswendig lernen. Es hieß ›Meine letzte Herzogin‹, und ich erinnere mich noch an zwei Zeilen daraus:

Meiner letzten Herzogin Bild das Auge entzückt,
Das wie lebendig von der Wand dort blickt...

Der Herzog ist ein eifersüchtiger Ehemann, der, wie sich im Lauf des Gedichts herausstellt, seine Frau umgebracht hat. Umgebracht hätte ich Sally natürlich nie, aber es gab Zeiten, da hätte ich sie ohne weiteres verprügeln können.

Es war ursprünglich Alexandras Idee; allerdings hat sie bestimmt nicht geahnt, welche Wortfluten sie mit ihrem Vorschlag auslösen würde. Als ich eine Woche nach meiner Rückkehr aus Kopenhagen zu ihr kam, war ich in einem Zustand dumpfer Verzweiflung. Die Ausschweifungen hatte ich eingestellt, die Depressionen waren geblieben. Das war wie mit der Wirtschaft: An dem Tag, als ich aus Dänemark zurückkam (mit der letzten Maschine, erst nach stundenlangem Suchen hatte ich Regines Grab gefunden, einen enttäuschend bescheidenen, überwucherten Stein, aber dafür hat ihr ja Kierkegaard in seinen Werken das schönste Denkmal gesetzt), gab die Regierung offiziell bekannt, die Rezession sei zu Ende. Gemerkt hatte bis dahin niemand was davon. Trotz des Anstiegs der Produktion um 0,2% gab es noch immer Millionen von Arbeitslosen und Hunderttausende von Menschen mit negativen Vermögenswerten.

Ich verkroch mich in meiner Wohnung, um nichts zu hören und niemanden zu sehen. (Wenn die Einsamkeit ganz unerträglich wird, hole ich mir Grahame und trinke mit ihm einen Becher Tee oder Kakao. Abends ab neun ist er immer da und manchmal auch tagsüber, er hat jetzt seinen Stammplatz vor unserer Haustür.) Für mich stand fest, daß meine Freunde und Bekannten sich pausenlos mit mir beschäftigten und an der Karikatur in ›Public Interest‹ delektierten. Nach Rummidge fuhr ich Zweiter Klasse und mit Sonnenbrille, um von den Zugbegleitern nicht erkannt zu werden. Vielleicht hatten die ja auch ›Public Interest‹ gelesen.

Ich fragte Alexandra nach Prozac. »Ich dachte, Sie sind gegen eine Therapie mit Drogen«, sagte sie erstaunt. »Das soll aber was ganz Neues sein. Macht nicht abhängig, hat keine Nebenwirkungen. In den Staaten nehmen es auch Leute, die es eigentlich gar nicht nötig haben, weil sie dann so gut drauf sind.« Natürlich wußte Alexandra bestens über Prozac Bescheid und erklärte mir die angebliche Wirkung in allen Einzelheiten, Neurotransmitter und Serotonin-Rückaufnahmehemmer und -defizite. So richtig kriegte ich das alles nicht auf die Reihe und sagte, Defizite hätte ich eigentlich schon genug, aber das war offenbar nicht gemeint. Alexandra steht Prozac ziemlich skeptisch gegenüber.

»Das Mittel ist durchaus nicht frei von Nebenwirkungen«, sagte sie. »Selbst seine Anhänger räumen ein, daß es die Orgasmusfähigkeit beeinträchtigt.«

»*Die* Nebenwirkung hab ich schon«, sagte ich. »Da kann ich auch gleich das Mittel nehmen.«

Ich habe Alexandra noch nie so herzhaft lachen sehen. Allerdings hatte sie es dann sehr eilig, wieder eine ernste, professionelle Miene aufzusetzen.

»Es gibt auch unbestätigte Berichte über schwerwiegendere Nebenwirkungen«, sagte sie. »Halluzinationen, Selbstverstümmelungen. Ein Mörder hat behauptet, er habe seine Tat unter dem Einfluß von Prozac begangen.«

»Davon hat meine Bekannte nichts gesagt. Nur, daß man sich danach fantastisch fühlt.«

Alexandra sah mich einen Augenblick nachdenklich aus ihren sanften braunen Augen an.

»Wenn Sie wollen, verschreibe ich es Ihnen. Aber Sie müssen sich über die Folgen im klaren sein. Ich rede nicht über Nebenwirkungen, sondern über *Wirkungen*. Diese neuen SRI-Drogen verändern die Persönlichkeit, sie sind für die Seele das, was plastische Chirurgie für den Körper ist. Kann sein, daß Ihnen Prozac zu einem besseren Selbstwertgefühl verhilft – aber das wird nicht ohne Wirkung auf Ihr Selbst bleiben.«

Ich überlegte.

»Was können wir denn sonst noch machen?«

Alexandra schlug mir vor, ich solle genau aufschreiben, was meine Mitmenschen meiner Meinung nach über mich sagen und denken. Natürlich durchschaute ich die Strategie. Sie glaubt, daß nicht die tatsächliche Meinung meiner Umwelt mich so elend macht, sondern meine Angst vor dem, was die Leute über mich denken. Würde ich mir ganz eindeutig die Frage stellen: »Was denken die Leute wirklich über mich?« und mich um eine ehrliche Antwort bemühen, statt meinen Mangel an Selbstwertgefühl auf andere zu projizieren, was ja wiederum auf mich selbst zurückhallt, käme ich zu der Erkenntnis, daß meine Mitmenschen mich keinesfalls hassen und verachten, sondern mir Achtung, Sympathie, ja, sogar Zuneigung entgegenbringen. Aber ganz so, wie sie sich das gedacht hatte, lief es nicht.

Ich kann mich nicht einfach hinsetzen und aufschreiben, wie andere Leute mich sehen, mit dieser Technik kann ich nicht umgehen, ich muß sie in ihren eigenen Worten erzählen lassen. Und was sie sagten, war nicht gerade schmeichelhaft. »Sie sind sehr streng mit sich ins Gericht gegangen«, sagte Alexandra. Ich hatte mehrere Wochen zum Schreiben gebraucht und ihr das dicke Paket erst letzte Woche geschickt. Gestern war ich in Rummidge, um ihr Urteil zu hören. Sie blätterte den Packen mit einem leisen Lächeln auf den ungeschminkten Lippen durch. »Sehr komisch geschildert und glänzend beobachtet. Aber sich selbst gegenüber waren Sie wirklich sehr rigoros.« Ich hätte nur versucht, mich so zu sehen, wie andere mich sehen würden, sagte ich schulterzuckend. »Vieles ist doch aber bestimmt frei erfunden«, meinte sie. So viel nun auch wieder nicht, sagte ich.

Natürlich mußte ich manchmal meine Fantasie spielen lassen. Brett Suttons Aussage kenne ich nicht, aber weil ich bei der Polizei auch eine Aussage hatte machen müssen und sie mir einen Durchschlag des Protokolls mitgegeben hatten, wußte ich, wie so was abgefaßt wird, und wie Brett Sutton die Sache sah, war nicht schwer zu erraten. Amy hat mir zwar nie viel über ihre Sitzungen bei Karl Kiss erzählt, aber es war klar, daß sie mit ihm ausführlich über unsere Beziehung gesprochen hatte, und ihre Denk- und Redeweise kenne ich ja inzwischen zur Genüge. Das meiste von dem, was sie in meinem Text zu Karl sagt, hatte sie mir irgendwann mal erzählt – die Erinnerung an ihre Mutter, die in der Küche Möhren schnipselt, während sie die Tochter aufklärt, ebenso wie den Traum von der Karikatur in ›Public Interest‹ mit mir als Vulkan und Saul als Mars. Daß sie in Playa de las Americas gewisse Probleme mit der Entsorgung gehabt hatte, folgerte ich daraus, daß sie endlos im Bad geblieben war und unentwegt spülte. Der Schluß klingt vielleicht ein bißchen zu sehr nach Happy-End, aber als wir nach England zurückkamen, war Amy tatsächlich sehr selbstsicher und aufgekratzt und meinte, nun brauche sie Karl nicht mehr. Soweit ich weiß, liegt sie allerdings inzwischen wieder bei ihm auf der Couch. Amy und ich haben uns noch ein-, zweimal zum Essen getroffen, aber wegen der peinlichen Erinnerungen an Teneriffa wollte sich das unbefangen-freundschaftliche Verhältnis von früher nicht wieder einstellen.

Ob Louise ihrer Freundin Stella wirklich so ausführlich

über unser Wiedersehen berichtet hat, weiß ich nicht, aber mit Sicherheit hat sie es telefonisch gemacht. Louise mag das Rauchen und das Trinken und die Drogen (bis auf Prozac) aufgegeben haben, aber an Telefonitis leidet sie nach wie vor. Beim Essen in Venice hatte sie ihr japanisches Handy griffbereit neben sich auf dem Tisch liegen, und ich war genötigt, meine Herzensergüsse immer wieder zu unterbrechen, weil sie Gespräche wegen ihres Films führen mußte. Ollie fiel mir leicht, schließlich hatte ich mir im Pub oft genug seine hemmungslosen Monologe anhören müssen. Bei Samantha habe ich mir ein paar dichterische Freiheiten erlaubt. Irgendwann sprach sie mal von einer Freundin mit einem impaktierten Weisheitszahn, aber der Krankenhausbesuch ist frei erfunden. Mich reizte einfach die Figur der hilf- und sprachlosen Zuhörerin, die keine Möglichkeit hat, Samanthas Erzählung über unser schiefgelaufenes unmoralisches Wochenende zu stoppen. Samantha ist eine gescheite Person, aber Diskretion ist nicht ihre Stärke.

Am schwersten habe ich mir mit Sallys Text getan, und weil Alexandra es mir vielleicht übelgenommen hätte, daß sie darin auftritt, habe ich ihr diesen Teil auch nicht gezeigt. Ich weiß, daß sie Sally gebeten hatte, zu einem Gespräch zu ihr zu kommen, denn sie hatte mich gefragt, ob ich etwas dagegen hätte (hatte ich nicht), und ich glaube, Sally ist auch hingegangen. Da Alexandra mir aber nie erzählt hat, was dabei herausgekommen ist, muß die Unterredung wohl eher unergiebig gewesen sein. Es tat fast körperlich weh, den Bruch noch einmal aus Sallys Sicht zu erleben. Deshalb ist der Text zum Schluß auch nicht mehr ein gedachter Dialog mit Alexandra, sondern eine Erinnerung an die Zeit unserer jungen Liebe. Aber auch die Rückschau auf die Tage der Hoffnung, der Erwartungen, des Lachens war schmerzlich. An jenem langen Wochenende voller Vorwürfe und Streitereien hatte mich ein Satz von ihr besonders tief getroffen: »Du bringst mich nicht mehr zum Lachen!« In diesem Moment wußte ich wohl, daß ich sie endgültig verloren hatte.

Donnerstag, 27. Mai, 10.00 Uhr. Für den Eintrag von gestern brauchte ich den ganzen Tag. Ich habe mir nur fünf Minuten Pause gegönnt, um mir im Pret A Manger ein Krabben-und-Avocado-Sandwich zu holen, das ich dann beim Schreiben gegessen habe. Ich hatte viel nachzuholen.

Gegen sieben machte ich Schluß. Ich war müde, hungrig und durstig, und auch das Knie spielte wieder mal verrückt, ständiges Sitzen tut ihm nicht gut. Ich ging aus dem Haus, um mir ein bißchen die Beine zu vertreten und mich zu stärken. Es war ein schöner, warmer Abend. Am Leicester Square wimmelte es wie immer von jungen Leuten. Sie sprudeln aus der U-Bahn wie aus einer unerschöpflichen Quelle, stehen leicht und lässig angezogen vor dem Hippodrome herum und sehen sich erwartungsvoll um. Was erwarten sie wohl? Die meisten wüßten das wahrscheinlich gar nicht zu sagen. Ein Abenteuer, eine Begegnung, eine wundersame Verwandlung ihres Alltags? Einige warten natürlich auf den Partner, mit dem sie verabredet sind, und strahlen, wenn sie ihn kommen sehen. Sie fallen sich in die Arme, ohne auf den dicken Glatzkopf in der Ledejacke zu achten, der, die Hände in den Taschen, an ihnen vorüberschlendert, und gehen eng umschlungen weiter, in ein Restaurant oder ins Kino oder in eine der Pinten mit dröhnender Rockmusik. Als wir jung und verliebt waren, Sally und ich, haben wir uns immer an dieser Ecke getroffen. Jetzt kaufe ich mir den ›Standard‹ und gehe zum Chinesen in der Lisle Street.

Wenn man allein essen geht, bestellt man meist zuviel und ißt zu schnell. Als ich rülpsend und übersatt zurückkam, war es erst halb neun und noch hell. Grahame saß schon vor der Haustür. Ich nahm ihn mit nach oben, und wir sahen uns die zweite Halbzeit des Europapokalspiels AC Mailand gegen Marseille an. Marseille gewann 1:0. Ein gutes Spiel, auch wenn ich für ein Match ohne britische Beteiligung nur mäßige Begeisterung aufbringen kann. Ich mußte an den Europapokalsieg von Manchester United mit George Best denken. Wahnsinn! Weißt du noch? sagte ich zu Grahame, und dann fiel mir ein, daß er damals ja noch gar nicht auf der Welt war.

Grahame kann von Glück sagen, daß er den Schlafplatz vor unserer Haustür noch hat. Herr Bohl, der Schweizer Geschäftsmann aus Nummer 5, war schon drauf und dran, die Polizei zu holen. Ich wies darauf hin, daß Grahame unse ren Eingangsbereich pieksauber hält und verhindert, daß ihn Passanten als Abfalleimer und Betrunkene als Klo nutzen, was sie früher häufig und ausgiebig taten. Der Appell an den Schweizer Sauberkeitsfimmel tat seine Wirkung. Herr Bohl mußte zugeben, daß es vor unserer Haustür sehr viel besser riecht, seit Grahame sich dort eingerichtet hat, und zog seine Drohung zurück.

Positiv für meine Sache war auch, daß Grahame selbst immer sauber aussieht und nicht den leisesten Geruch verbreitet. Eines Tages nahm ich all meinen Mut zusammen und fragte ihn, wie er das anstellte. Er grinste durchtrieben, und am Tag darauf ging er mit mir zum Trafalgar Square. Dort gibt es eine Tür mit einer elektronischen Schließanlage, an der ich bestimmt schon hundertmal vorbeigegangen bin, ohne sie zu bemerken. Grahame tippte eine Nummernfolge ein, die Tür öffnete sich mit leisem Summen, und wir betraten ein Labyrinth von Räumen zum Essen, Spielen,

Duschen und Wäschewaschen, ein Refugium für jugendliche Obdachlose. Sogar Bademäntel gibt es, so daß einer, der keine Sachen zum Wechseln hat, sich hinsetzen und zusehen kann, wie sich seine Klamotten in der Waschmaschine und im Trockner drehen. Unwillkürlich mußte ich an die Pullman Lounge auf Euston Station denken. Ich habe der Organisation, die diese Einrichtung betreibt, eine Spende geschickt. Nachdem ich weiß, daß es so eine Stelle gibt, habe ich kein ganz so schlechtes Gewissen mehr, daß Grahame vor unserer Haustür schläft. Der Reiche in seinem Schloß, der Arme vor dem Tor …

Dabei müßte ich eigentlich überhaupt kein schlechtes Gewissen haben. Für das Leben auf der Straße hat sich Grahame aus freien Stücken entschieden. Zugegeben, es ist wohl nur die beste von mehreren miesen Möglichkeiten, aber zumindest führt er ein freies Leben, ein Leben ohne Zwänge. »Sein Schicksal schafft sich selbst der Mann«, sagte er mal ganz ernsthaft zu mir. Auch so eine Zeile, die er sich irgendwo angelesen hat. Ich habe sie in meinem Zitatenlexikon gefunden, in einem Gedicht von W. E. Henley:

Sei auch der Tugend Pfad nicht breit,
Sei groß die Schuld im Buch der Zeit,
Sein Schicksal schafft sich selbst der Mann,
Der seine Seele lenken kann.

Schön wär's ja …

11.11 Uhr. Jake hat eine Nachricht auf dem Anrufbeantworter hinterlassen, aber ich habe nicht zurückgerufen. Er wollte mich wieder zu Groucho zum Essen locken. Allmählich wird er nervös, weil der Termin näher rückt. Sollen die von Heartland doch machen, was sie wollen! Im Augenblick interessieren mich Søren und Regine viel mehr als Priscilla und Edward, und weil ich weiß, daß Ollie Silvers gar nicht daran denkt, eine Sendung über Kierkegaard zu machen, denke ich gar nicht daran, mich für *Die Leute von nebenan* krummzulegen. Als Grahame erfuhr, daß ich Drehbücher fürs Fernsehen schreibe, war er zuerst richtig beeindruckt, aber als er dann hörte, welche Serie es ist, sagte er ziemlich wegwerfend: »Ach, die … Na ja, wenn man so was mag …«

Ganz schön unverschämt, dachte ich und sah zu, wie er genüßlich meinen Tee trank und Möhrentorte von Pret A Manger mampfte. Warum er selbst ›so was‹ nicht mochte, wollte ich wissen.

»Ist doch alles getürkt. Jede Woche gibt's in einer der Familien Knatsch, aber zum Schluß ist alles wieder Friede, Freude, Eierkuchen. Wirklich ändern tut sich nichts. Keinem passiert ernsthaft was. Keiner prügelt auf den anderen ein, keins von den Kindern haut ab.«

»Alice ist mal abgehauen«, wandte ich ein.

»Ja, aber bloß zehn Minuten.«

Zehn Minuten Sendezeit, hätte ich dagegenhalten können, aber ich wußte schon, wie er es meinte.

14.15 Uhr. War im Pub, um einen Happen zu essen. Auf dem Anrufbeantworter erwartete mich eine Nachricht von Samantha. Sie habe eine mögliche Lösung für das Debbie-Priscilla-Problem, die sie mit mir besprechen wolle. Um drei sei sie wieder an ihrem Platz, was auf eine recht ausgedehnte Mittagspause schließen läßt. Mir war das ganz recht so, denn nun konnte ich ihr meinerseits eine Nachricht hinterlassen: Sie möge mir ihre Idee schriftlich schicken. Ich verkehre mit meinen Mitmenschen nur noch brieflich oder per Anrufbeantworter und vermeide so die gefürchtete Frage: »Wie geht's dir denn?« Manchmal, wenn ich besonders einsam bin, lasse ich mir von meiner Bank die Kontostände durchgeben. Vom Band läuft dann die freundliche Stimme einer jungen Frau, die mir die notwendigen Anweisungen für die elektronische Abfrage gibt und nicht wissen will, wie es mir geht. Wenn ich aber beim Abfragen einen Fehler mache, sagt sie: »Pardon, da haben wir offenbar ein Problem ...« Wie wahr, mein Schatz, sage ich dann zu ihr.

»Nur beim Schreiben fühle ich mich wohl. Dann vergesse ich alle Ärgernisse, alle Leiden dieses Lebens, dann bin ich in meinen Gedanken geborgen und glücklich.« Kierkegaards Tagebuch, 1847. Beim Schreiben der Monologe war ich – nein, vielleicht nicht glücklich, aber beschäftigt, vertieft, gefesselt. Es war eine Auftragsarbeit wie das Drehbuchschreiben, eine durchaus befriedigende Arbeit, die aber jetzt abgeschlossen ist. Auch mein Tagebuch ist nachgetragen, ich bin nervös und kribbelig und kann mich auf nichts konzentrieren. Ich habe kein Ziel, auf das ich hinarbeiten könnte, kann es allenfalls Sally so schwer wie möglich machen, an mein Geld zu kommen, und auch da ist irgendwie die Luft raus. Wenn ich morgen nach Rummidge zu meinem Anwalt fahre, könnte ich ihn anweisen, die Scheidung so schnell wie möglich durchzuziehen und Sally zu geben, was sie verlangt. Wäre mir danach wohler? Nein. Es ist wieder eine *Entweder-Oder*-Situation. Was ich auch tue, ich würde es bereuen. *Laß dich scheiden, und du wirst es bereuen, laß dich nicht scheiden, und du wirst es bereuen, laß dich scheiden oder nicht – bereuen wirst du es so und so.*

Vielleicht habe ich immer noch die Hoffnung, Sally und

ich könnten wieder zusammenfinden, ich könnte mein gewohntes Leben wieder aufnehmen, alles wäre wieder so wie früher. Kann es sein, daß ich trotz meiner Wutanfälle und Tränen und Rachepläne – oder vielleicht gerade deswegen – noch immer ein bißchen Hoffnung für unsere Ehe habe? B schreibt an A: »Um wahrlich zu verzweifeln, muß man es ehrlich wollen, doch wenn man die Verzweiflung ehrlich herbeiwünscht, ist man schon darüber hinweg. Wenn man die Verzweiflung wählt, hat man das gewählt, was die Verzweiflung wählt, nämlich sich selbst in seiner ewigen Validität.« Vielleicht ist es wirklich so, daß ich mich in dem Moment selbst gewählt habe, als ich es ablehnte, mir von Alexandra Prozac verschreiben zu lassen, aber damals sah ich das nicht als einen Akt existentieller Selbstbestätigung. Ich kam mir eher vor wie ein geschnappter Verbrecher, der die Arme ausstreckt, um sich Handschellen anlegen zu lassen.

17.30 Uhr. Da ich sowieso nach Rummidge muß, versuche ich noch den einen oder anderen Therapietermin unterzubringen. Roland war ausgebucht, aber Dudley konnte mich nachmittags einschieben. Bei Miss Wu habe ich mich nicht gemeldet. Seit jenem Freitag, als Sally ihre Bombe platzen ließ, war ich nicht mehr bei ihr. Miss Wu kann nichts dafür, aber Akupunktur und die große Katastrophe meines Lebens – das ist für mich eine inzwischen zwangsläufige Gedankenverbindung.

21.30 Uhr. Beim Inder gegessen und die großstädtische Luftverschmutzung um explosive, aromatisch duftende Darmwinde bereichert. Als ich gegen neun nach Hause kam, berichtete Grahame, bei mir habe ein Typ geklingelt, der eigentlich nur Jake sein konnte.

»Ein Freund von Ihnen?« fragte Grahame.

»Sozusagen.«

»Wollte wissen, ob ich Sie in letzter Zeit mal gesehen habe. Hat Sie nicht gerade schmeichelhaft beschrieben. Dicklich, glatzig, runder Rücken.«

Runder Rücken? Davon hatte ich bisher noch nichts gemerkt und war ziemlich betroffen. Muß an den Depressionen liegen. Man sieht so aus, wie man sich fühlt. Kierkegaards schlechte Haltung war sicher auch nicht nur auf den Unfall in seiner Jugend zurückzuführen.

»Und was hast du ihm erzählt?«

»Überhaupt nichts.«

»Sehr gut«, sagte ich zufrieden.

Freitag, 28. Mai, 19.45 Uhr. Komme gerade aus Rummidge. War mit dem Wagen dort, das Plutokratomobil brauchte Bewegung. Es steht in einer Garage bei King's Cross, und ich nehme es nur noch selten. Die Fahrt auf der M1 war allerdings keine reine Freude. Sie war mit rotweißen Hütchen vollgestellt, die aussahen wie Pickel, und weil zwischen den Ausfahrten 9 und 11 der Verkehr nur einspurig lief, hatte sich ein fünf Meilen langer Stau gebildet. Weiter vorn war außerdem noch ein Wohnwagenanhänger in einen Laster gedonnert. Infolgedessen kam ich zu spät zu meinem Termin bei Dennis Shorthouse, seines Zeichens Anwalt für Scheidungs- und Familienrecht, den mir mein Rechtsanwalt Dobson McKitterick empfohlen hat. Shorthouse – hochgewachsen, graue Haare und zerknittertes Gesicht mit Adlernase – kommt nur selten hinter seinem großen, unheimlich ordentlichen Schreibtisch hervor. So wie es Ärzte gibt, die geradezu fanatisch auf Sauberkeit und Hygiene bedacht sind, um Infektionen keine Chance zu geben, benutzt Shorthouse anscheinend seinen Schreibtisch als eine Art *cordon sanitaire*, um sich die Nöte seiner Mandanten vom Leibe zu halten. Auf der Schreibtischplatte stehen ein Eingangs- und ein Ausgangskorb (beide leer), eine fleckenlose Schreibtischunterlage und eine Digitaluhr, deren Zifferblatt dem Mandanten zugewandt ist, so daß er – wie auf einem Taxameter – ablesen kann, wieviel die juristische Beratung ihn jeweils kostet.

Sallys Anwälte haben mit einer Scheidungsklage wegen seelischer Grausamkeit gedroht. »Bekanntlich sind Ehebruch und seelische Grausamkeit die einzigen Gründe für eine unverzügliche Scheidung«, sagte er. Was unter seelischer Grausamkeit zu verstehen sei, wollte ich wissen.

»Eine sehr gute Frage.«

Er legte die Fingerspitzen aneinander, lehnte sich vor und setzte zu einer längeren Erklärung an. Meine Gedanken schweiften ab, und plötzlich merkte ich, daß er verstummt war und mich erwartungsvoll ansah.

»Entschuldigen Sie, würden Sie das bitte wiederholen?« sagte ich.

Sein Lächeln war etwas gezwungen. »Was wiederholen?«

»Nur die letzten Sätze.«

Ich hatte keine Ahnung, wie lange er gesprochen hatte.

»Ich fragte, was Mrs. Passmore unter Eid als unzumutbares Benehmen anführen könnte.«

Ich überlegte kurz.

»Daß ich nie zugehört habe, wenn sie mit mir gesprochen hat ... würde das darunter fallen?«

»Vielleicht. Es käme auf den Richter an.« Bei Shorthouse hätte ich wahrscheinlich keine Chance.

»Sind Sie Ihrer Frau gegenüber jemals gewalttätig geworden?«

»Aber nein!«

»Trunkenheit, Verbalinjurien, Eifersuchtsanfälle – irgend etwas in der Art?«

»Erst, nachdem sie mich verlassen hatte.«

»Das will ich nicht gehört haben.«

Er legte eine kleine Pause ein, dann faßte er zusammen. »Ich glaube nicht, daß Mrs. Passmore es riskieren wird, Klage wegen seelischer Grausamkeit zu erheben. Sie hat keinen Anspruch auf Rechtshilfe, und falls sie verliert, könnten erhebliche Kosten auf sie zukommen. Außerdem müßte sie dann, was die Scheidung betrifft, noch einmal ganz von vorn anfangen. Es ist nur ein Versuch, Sie unter Druck zu setzen.« Shorthouse lächelte geschmeidig.

»Sie meinen, daß sie wegen der Scheidung nichts machen kann?« fragte ich.

»Früher oder später wird die Ehe wegen unheilbarer Zerrüttung natürlich doch geschieden. Die Frage ist nur, wie lange Sie Mrs. Passmore hinhalten wollen.«

»Und wieviel ich Ihnen dafür zahle.«

»Ganz recht.«

Shorthouse warf einen Blick auf die Uhr. Er solle sie weiter hinhalten, sagte ich.

Danach fuhr ich zu Dudley und dachte sehnsüchtig an die Zeit zurück, als ich bei meinen Besuchen nur über ein allgemeines, vages Mißbefinden zu klagen hatte. In dem Moment, als ich klingelte, donnerte ein Düsenriese über das Haus hinweg. Ich duckte mich und hielt mir die Ohren zu. Ein neuer Linienflug nach New York, sagte Dudley. »Bestimmt praktisch für Sie. Dann brauchen Sie nicht mehr den Umweg über Heathrow zu machen.« Dudley stellt sich das Leben eines Drehbuchschreibers entschieden zu glamourös vor. Ich sagte ihm, daß und warum ich jetzt ständig in London wohne. »Ein ätherisches Öl für gescheiterte Ehen haben Sie wohl nicht?« wollte ich wissen. »Ich kann Ihnen was gegen Stress geben.« Ich fragte, ob er auch was für mein Knie tun könne, mit dem ich auf der M1 mal wieder Schwierigkeiten gehabt hatte. Er konsultierte seinen Computer und entschied sich dann für Lavendel, der sei gut gegen Schmerzen aller Art und auch gegen Stress. Er nahm ein Fläschchen aus seinem großen messingbeschlagenen Kasten und ließ mich schnuppern.

Ich glaube nicht, daß Dudley schon mal Lavendel bei mir eingesetzt hat, denn der Geruch, der mir in die Nase stieg, löste sofort eine erstaunlich lebhafte Erinnerung an Maureen Kavanagh, meine erste Freundin, aus. Seit ich mit diesem Tagebuch angefangen habe, geistert sie in meinem Kopf herum wie eine Gestalt, die man undeutlich an einem fernen Waldrand auftauchen und wieder zwischen den Bäumen verschwinden sieht. Der Lavendelduft hatte sie herausgelockt. Der Lavendel und Kierkegaard. Ich weiß jetzt, woran mich das *a* erinnert, das in der modernen dänischen Schreibweise das früher übliche doppelte *å* ersetzt. Maureen setzte statt der i-Punkte kleine Kringel über ihre *is*, die wie Bläschen über ihrer großen runden Schrift schwebten. Wir schrieben uns oft, auch wenn wir uns jeden Morgen an der Straßenbahnhaltestelle sahen, weil wir es so aufregend fanden, Briefe zu bekommen. Maureen antwortete auf meine leidenschaftlichen Ergüsse kurz und meist enttäuschend nüchtern. »Nach dem Abendessen habe ich meine Hausaufgaben gemacht und dann Mum beim Bügeln geholfen. Hast Du Dir Tony Hancock angehört? Wir haben uns schiefgelacht.« Sie schrieb mir auf malvenfarbenem Briefpapier von Woolworth, das auch nach Lavendel roch. Die kleine Duftwolke aus Dudleys Fläschchen hatte nicht nur die Erinnerung an Maureens Schrift zurückgebracht, sondern an Maureen, wie sie leibte und lebte. Meine erste Liebe. Meine erste Frauenbrust.

In meinem Briefkasten fand ich Samanthas Problemlösung für meine Serie. In der letzten Folge wird Priscilla von einem Laster angefahren, stürzt vom Fahrrad und ist sofort tot, kehrt aber als nur für Edward sichtbarer Geist zurück und drängt ihn, sich eine neue Partnerin zu suchen. Nicht sehr originell, aber ausbaufähig, nur kann ich mich im Augenblick nicht damit befassen. Meine Gedanken sind bei Maureen. Ich muß mich einfach hinsetzen und etwas über sie schreiben.

Maureen
Eine Reminiszenz

Zum erstenmal sah ich Maureen Kavanagh, als ich fünfzehn war. Danach verging noch fast ein Jahr, ehe ich mit ihr ins Gespräch kam und ihren Namen erfuhr. Ich sah sie jeden Morgen, wenn ich auf die Straßenbahn wartete, um meinen langen, mit dreimaligem Umsteigen verbundenen Schulweg anzutreten. Ich ging in die sehr angesehene Lambeth Merchant's Grammar School, in der ich leider durch Vermittlung eines wohlmeinenden Grundschullehrers gelandet war. Ich sage leider, weil ich mich auf einer weniger feinen und hochgelobten Oberschule wahrscheinlich wohler gefühlt und infolgedessen auch mehr gelernt hätte. An der Intelligenz haperte es nicht, aber gesellschaftlich und kulturell war ich in Lambeth Merchant's, die sich sehr viel auf ihre lange Geschichte und Tradition zugute hielt, neben begabten Stipendiaten aus staatlichen Grundschulen auch zahlende Privatschüler hatte und ganz nach dem Muster einer klassischen englischen Privatschule geführt wurde, fehl am Platz. Die Schule war, auch wenn Lambeth Merchant's kein Internat war, in »Häuser« eingeteilt, es gab eine Kapelle, eine lateinische Schulhymne und die verschiedensten geheimnisvollen Rituale und Privilegien. Die verrußten Backsteingebäude zierten neogotische Türmchen und Zinnen, in der Kapelle und der Aula waren bunte Glasfenster, und die Lehrer trugen Talare. Meist war ich der Letzte in meiner Klasse. Meine Eltern konnten mir bei den Hausaufgaben nicht helfen und drückten ein Auge zu, wenn ich es damit nicht so genau nahm. Viel lieber saß ich abends vor dem Radio und hörte Sendungen, in denen es was zu lachen gab, oder ich spielte mit meinen Freunden aus der Nachbarschaft Fußball oder Cricket. Sport galt auch an meiner Schule als wichtiges Fach, aber im Winter wurde dort Rugby gespielt, das mir von Herzen verhaßt war, und beim Cricket nahm mir das pompöse Gehabe den Spaß an der Sache. Ein Erfolgserlebnis hatte ich nur einmal im Jahr, wenn ich in der Schulaufführung eine der Lachnummern übernahm, ansonsten galt ich als beschränkt und ungehobelt, wurde zum Klassenclown und zur Zielscheibe ironischer Bemerkungen seitens der Lehrerschaft, bezog häufig Hiebe und war fest entschlossen, nach der mittleren Reife abzugehen.

Maureen ging in die Klosterschule Sacred Heart in Greenwich. Ihr Schulweg war ebenso umständlich, führte aber in die andere Richtung. Hatchford, wo wir beide wohnten, hatte bei seiner Entstehung Ende des 19. Jahrhunderts eine begehrte Vorortlage am Rande von London gehabt, wo die Themse-Ebene in die Hügellandschaft von Surrey übergeht, aber als wir zur Welt kamen, war es schon fast Teil der mehr und mehr verkommenden Innenstadt. Maureens Familie bewohnte oben auf dem Hang Souterrain und Erdgeschoß einer großen viktorianischen Villa. Wir wohnten unten, in einem kleinen Reihenhaus in der Albert Street, einer Querstraße der breiten Hauptverkehrsader, durch die die Straßenbahn rumpelte. Mein Vater war Straßenbahnfahrer.

Es war ein schwerer Beruf. Acht Stunden oder länger stand er hinter seinem Bedienpult auf einer seitlich offenen Plattform, wo er Wind und Wetter ausgesetzt war, und brauchte besonders zum Bremsen viel Kraft. Im Winter kam er immer völlig erschöpft und durchgefroren nach Hause und setzte sich gleich vor das Kohlenfeuer im Wohnzimmer. Bis er wieder aufgetaut war, konnte er kaum sprechen. In anderen Londoner Bezirken sah ich hin und wieder schon die moderneren, stromlinienförmigen und ganz geschlossenen Straßenbahnwagen, aber Dad wurde nur auf den alten klapprigen Vorkriegsstraßenbahnen eingesetzt, die an beiden Enden offen waren und quietschend, ratternd und stöhnend von Haltestelle zu Haltestelle schaukelten. Diese roten Doppeldeckerstraßenbahnen mit nur einem Scheinwerfer, der wie ein trübes Auge durch den Nebel leuchtete, mit ihrem schrillen Klingeln, den Messingstangen und den von unzähligen Händen und Hintern blankgescheuerten Holzbänken, den nach Zigarettenrauch und Erbrochenem riechenden Oberdecks, den dick eingemummelten graugesichtigen Fahrern und warm behandschuhten, schlagfertig-frechen Schaffnern sind untrennbar mit meinen Erinnerungen an Kindheit und Jugend verbunden.

An den Wochentagen wartete ich nicht an der Haltestelle Hatchford Five Ways auf meine Straßenbahn, sondern vor dem Blumenladen an der Ecke, wo man die Bahn kommen sah, sobald sie schwankend wie eine Galeone auf hoher See weit hinten an der Ecke auftauchte. Wenn ich meinen

Blickwinkel um dreißig Grad verschob, konnte ich auch die ansteigende Gerade von Beecher's Road sehen. Fünf vor acht – immer um dieselbe Zeit – tauchte dort oben Maureen auf, drei Minuten später kam sie an mir vorbei, überquerte die Straße und ging noch ein paar Schritte weiter bis zu der Straßenbahnhaltestelle in der Gegenrichtung. Ich betrachtete sie kühn, sobald sie noch fern war, und eher diskret, wenn sie näher kam, wobei ich ostentativ nach meiner Bahn Ausschau hielt. Während sie auf der anderen Straßenseite wartete und mir dabei den Rücken zuwandte, ging ich langsam zu meiner Haltestelle. Manchmal drehte ich, wenn sie zur Ecke kam, in gespielter Langeweile oder Ungeduld den Kopf und schaute wie zufällig zu ihr hin. Meist sah sie züchtig zu Boden, aber einmal trafen sich unsere Blicke, sie wurde dunkelrot und schlug rasch die Augen nieder. Ich konnte noch fünf Minuten danach nicht richtig atmen.

Monatelang ging das so. Ohne auch nur das mindeste von ihr zu wissen, war ich hoffnungslos in sie verliebt. Sie war wunderschön. Ein weniger leicht entflammbarer Betrachter hätte sie vielleicht als hübsch bezeichnet oder gesagt, sie sei nett anzusehen, denn ihr Hals war ein wenig zu kurz und die Taille ein wenig breit geraten, aber für mich war sie schlicht und einfach schön, selbst in der tristen graublauen Schuluniform, die aus Topfhut, Gabardine-Regenmantel und Trägerrock bestand. Der Hut saß immer ein bißchen schief, flott sah das aus und mag Absicht gewesen sein, vielleicht war aber auch das dichte, natürlich gelockte kastanienfarbene Haar schuld daran, daß er einfach nicht gerade sitzen wollte. Es umrahmte ein herzförmiges Gesicht mit großen dunkelbraunen Augen, einer niedlichen kleinen Nase, einem schön geschwungenen Mund und Grübchenkinn. Die langen, welligen Haare hielt im Nacken eine Spange zusammen, den Regenmantel trug sie offen, die Ärmel hochgekrempelt, so daß man die Manschetten der weißen Bluse sah, den Gürtel hinten geknotet. Später erfuhr ich, daß sie und ihre Schulfreundinnen stundenlang herumprobierten, um die eine oder andere Kleinigkeit an der Uniform zu ändern und damit die strengen Kleidervorschriften der Nonnen zu unterlaufen. Ihre Bücher hatte sie in einer Art Einkaufstasche, das sah fraulich und erwachsen aus, mein großer lederner Ranzen wirkte dagegen ausgesprochen kindlich.

Mein letzter Gedanke vor dem Einschlafen und mein erster Gedanke am Morgen galt ihr. Wenn sie – was selten geschah – später als gewöhnlich oben an der Beecher's Road in Sicht kam, ließ ich meine Straßenbahn wegfahren und riskierte, zu spät zur Schule zu kommen (zwei Stockhiebe), um mir ihren Anblick nicht entgehen zu lassen. Es war eine durch und durch romantische, völlig selbstlose Verehrung – Dante und Beatrice in der Vorstadt. Niemand kannte mein Geheimnis, und selbst auf der Folter hätte ich es mir nicht entlocken lassen. Ich mußte mich zu dieser Zeit mit den üblichen hormonellen Umstellungen herumschlagen, wurde überschwemmt und geschüttelt von körperlichen Veränderungen und Empfindungen, mit denen ich nicht umgehen, die ich nicht benennen konnte – Erektionen und nächtliche Ergüsse und Körperbehaarung und vieles andere mehr. Aufklärung war im Lehrplan unserer Schule nicht vorgesehen, und Mum und Dad sprachen, ganz der puritanisch-repressiven Tradition der Arbeiterklasse verhaftet, nie über das Thema. Natürlich kursierten auf dem Schulhof die üblichen schmutzigen Witze und Großtuereien, dazu gab es entsprechende Illustrationen an den Wänden der Klos, aber den Wissenden Informationen zu entlocken, ohne die eigene beschämende Ahnungslosigkeit zu enthüllen, war nicht ganz einfach. Meine Aufklärung besorgte ein Mitschüler in der Mittagspause, als wir von einem verbotenen Besuch in einem Fish-and-Chips-Shop zurückkamen. »Wenn dein Pimmel steif wird, steckst du ihn in den Schlitz von dem Mädchen und spritzt dir einen ab.« Das war nun zweifellos eine reizvolle und aufregende Vorstellung, aber in Verbindung mit dem Engel, der jeden Tag die Beecher's Road herabschwebte, um sich an meiner stummen Anbetung zu freuen, verbot ich mir solche Gedanken als unrein, ja schmutzig.

Ich zerbrach mir den Kopf darüber, wie ich wohl mit ihr ins Gespräch kommen könnte. Am einfachsten wäre es natürlich, zu lächeln und zu grüßen, wenn sie vorbeiging, denn ganz fremd waren wir uns ja mittlerweile nicht mehr. Was konnte schon passieren? Allenfalls übersah sie meinen Gruß und ging weiter, ohne zu reagieren. Ja, aber dieses ›allenfalls‹ war doch eine recht beunruhigende Möglichkeit. Wie sollte ich mich dann am nächsten Morgen verhalten? Und all die Tage danach? Solange ich sie nicht ansprach, konnte sie mich nicht zurückweisen, und meine Liebe blieb ungefährdet, wenn auch unerwidert. Genüßlich malte ich mir aufregendere und dramatischere Möglichkeiten aus, ihre Bekanntschaft zu machen. Ich stellte mir vor, wie ich sie vor einer heranrasenden Straßenbahn zurückriß und damit vor dem sicheren Tod rettete oder gegen einen Schurken verteidigte, der ihr ans Geld oder an die Ehre wollte. Doch sie sah sich immer sehr vor, wenn sie die Straße überquerte, und Schurken waren morgens um acht in Hatchford eher Mangelware (man schrieb das Jahr 1951, als ›Handtaschenraub‹ noch ein Fremdwort war und Frauen, die allein unterwegs waren, sich auf den gut beleuchteten Londoner Straßen selbst nachts sicher fühlen konnten).

Der Vorfall, der uns schließlich zusammenbrachte, war

weniger heroisch als diese Tagträume, aber fast genauso wundersam. Es war, als habe eine freundliche Gottheit eines Tages ob meiner Schüchternheit die Geduld verloren, das Objekt meiner Sehnsucht ergriffen und mir vor die Füße geworfen. Sie war an diesem Tag spät dran und kam rasch den Hang herunter. Hin und wieder legte sie diesen für Mädchen typischen rührenden Zuckeltrab ein, bei dem sich die Beine hauptsächlich aus den Knien heraus bewegen und die Füße rechtwinklig nach hinten geworfen werden, den sie aber, behindert durch die schwere Büchertasche, nie lange durchhalten konnte. In diesem gehetzten, halb aufgelösten Zustand erschien sie mir reizvoller denn je. Der Hut war ihr vom Kopf in den Nacken gerutscht, die lange Mähne schwang hin und her, und unter der weißen Bluse und dem Trägerrock sah ich herzklopfend ihren Busen wippen. Ich behielt sie länger als sonst im Blick, schließlich aber mußte ich doch wegsehen und so tun, als hielte ich nach meiner Straßenbahn Ausschau.

Dann hörte ich einen Aufschrei, und da lag sie zu meinen Füßen. Die Bücher waren auf dem Gehsteig verstreut. Sie war mit der Schuhspitze an einem vorstehenden Pflasterstein hängengeblieben und hingefallen. Gleich darauf hatte sie sich schon wieder aufgerappelt, aber ich konnte ihr immerhin helfen, die Bücher aufzulesen.

»Alles in Ordnung?« fragte ich.

»Mmmm«, murmelte sie und lutschte an einem aufgeschürften Knöchel. »Zu dumm …«

Das galt offenbar ihr selbst oder vielleicht dem Pflasterstein, aber nicht mir. Die Straßenbahn bog quietschend um die Ecke.

»Da kommt deine Bahn«, sagte sie.

»Laß nur«, erwiderte ich beglückt, denn aus dieser Bemerkung schloß ich, daß sie mich in den letzten Monaten ebenso aufmerksam beobachtet hatte wie ich sie. Ich sammelte sorgfältig die Bogen wieder ein, die aus einer Mappe gefallen und mit einer großen runden Handschrift bedeckt waren, wobei jedes *i* statt des Punktes einen kleinen Kringel hatte, und überreichte sie ihr.

»Danke«, sagte sie leise und ging leicht hinkend weiter.

Sie erwischte gerade noch ihre Bahn, ich sah sie auf dem Oberdeck, als sie Sekunden später an mir vorbeifuhr. Meine Bahn war ohne mich abgefahren, aber das störte mich nicht. Ich hatte mit ihr gesprochen, hatte sie fast berührt. Es ärgerte mich sehr, daß ich nicht schnell genug gewesen war, um ihr beim Aufstehen zu helfen, aber immerhin ein erster Kontakt war hergestellt, Worte waren gewechselt worden, ich hatte ihr einen kleinen Gefallen getan. Jetzt konnte ich bedenkenlos lächeln und grüßen, wenn wir uns morgens sahen. In diesem Moment sah ich etwas im Rinnstein blitzen. Es war der Clip eines Kugelschreibers, der ihr offenbar aus der Tasche gefallen war. Ich hob ihn triumphierend auf und barg ihn an meinem Herzen.

Damals waren Kugelschreiber eine Neuerung und unverhältnismäßig teuer, bestimmt war sie heilfroh, wenn sie ihn zurückbekam. Ich legte ihn nachts unter mein Kopfkissen (er war undicht und hinterließ blaue Flecken auf Laken und Kopfkissen, wofür ich von meiner Mutter einen Anpfiff und von meinem Vater einen Katzenkopf bekam) und bezog am nächsten Morgen fünf Minuten früher als sonst vor dem Blumenladen Posten. Auch sie war früher dran und kam besonders langsam und vorsichtig den Hang herunter – nicht, weil sie Angst gehabt hätte, wieder hinzufallen, sondern weil sie wußte, daß ich sie beobachtete und auf sie wartete. Spannungsreiche Minuten vergingen, bis sie bei mir angekommen war – wie in der unvergeßlichen Szene am Ende vom *Dritten Mann*, als Harry Limes' Freundin sich auf dem verschneiten Friedhof Holly Martins nähert. Nur geht sie an ihm vorbei, ohne ihm einen Blick zu gönnen, während ich einen wunderbaren Vorwand hatte, die Besitzerin des Kugelschreibers anzusprechen.

Auf dem Weg den Hang herunter beobachtete sie interessiert einen über der Konsumbäckerei kreisenden Starenschwarm, aber als wir nur noch wenige Schritte voneinander entfernt waren, sah sie mich an und lächelte schüchtern.

»Ich glaube, du hast gestern was verloren«, stotterte ich und holte den Kugelschreiber aus der Tasche.

Sie strahlte mich an und blieb stehen.

»Dank dir schön. Ich hab gestern nachmittag hier gesucht, aber er war weg.«

»Ja, weil ich ihn hatte«, sagte ich, und wir lachten beide ziemlich albern. Beim Lachen zog sie die Nase kraus wie ein Kaninchen.

»Ja, also dann schönen Dank«, sagte sie noch einmal und setzte sich wieder in Bewegung.

»Ich hätte ihn dir auch gebracht, ich weiß nur nicht, wo du wohnst«, sagte ich in dem verzweifelten Bemühen, sie zurückzuhalten.

»Hauptsache, er ist wieder da. Ich hab mich noch gar nicht getraut, Mum was davon zu sagen.« Sie lächelte mir noch einmal mit gekraustem Näschen zu, drehte sich um und verschwand um die Ecke.

Ich wußte immer noch nicht, wie sie hieß.

Aber das sollte ich nun bald erfahren. Nach ihrem schicksalhaften Sturz zu meinen Füßen lächelte und grüßte ich nun morgens, und sie errötete und lächelte und grüßte zurück. Bald fügte ich meinem Gruß noch den einen oder anderen sorgsam geprobten Satz über das Wetter an, eine Frage nach dem Kugelschreiber oder eine Klage über die wieder mal verspätete Straßenbahn – alles Bemerkungen, die in irgendeiner Form eine Antwort erforderten –, und eines Tages blieb sie an der Ecke vor dem Blumenladen stehen, und es kam zu einer richtigen Unterhaltung. Ich hatte sie nach ihrem Namen gefragt.

»Maureen.«

»Und ich heiße Laurence.«

»Dreht mich um«, sagte sie und kicherte, als ich sie verständnislos ansah.

»Kennst du nicht die Geschichte vom heiligen Laurentius?«

Ich schüttelte den Kopf.

»Sie haben ihn auf einem Rost langsam zu Tode gemartert. Und da hat er gesagt: ›Dreht mich um, diese Seite ist gar.‹«

Ein mitfühlender Schauer überlief mich. »Wann war denn das?«

»Weiß ich nicht genau. Irgendwann in der Römerzeit.«

Diese ganz arglos erzählte bizarre und etwas morbide Anekdote war für mich der erste Hinweis darauf, daß Maureen katholisch war, was sich am nächsten Tag bestätigte, als sie mir den Namen ihrer Schule nannte. Ich hatte das in Rot und Gold gestickte Herz auf ihrem Blazer natürlich schon gesehen, ohne dabei aber an etwas Religiöses zu denken.

»Das ist das heilige Herz Jesu«, sagte sie und neigte ganz automatisch ein wenig den Kopf.

Diese frommen Bemerkungen über Roste und Herzen, bei denen ich unwillkürlich an Küche und Innereien denken mußte, waren mir nicht ganz geheuer, ich erinnerte mich an die Drohung meiner Sonntagsschullehrerin, mich im Blut des Lammes zu waschen, trotzdem aber war ich entschlossen, Maureen als meine Freundin zu gewinnen.

Ich hatte noch nie eine Freundin gehabt und wußte

nicht, wie man so was anpackt. Daß aber befreundete Paare häufig miteinander ins Kino gingen, wußte ich, denn ich hatte sie in der Schlange vor unserem Odeon stehen und in den hinteren Reihen miteinander knutschen sehen. Als ich mit Maureen wieder einmal vor dem Blumenladen stand, nahm ich meinen ganzen Mut zusammen und fragte, ob sie am Wochenende mit mir ins Kino gehen wolle. Sie wurde rot und wußte offenbar nicht recht, ob sie erschrecken oder sich freuen sollte.

»Da muß ich Mum und Dad fragen.«

Als sie am nächsten Morgen oben an der Beecher's Road erschien, war sie in Begleitung eines Mannes, der mindestens eins achtzig groß und so breit wie unser Reihenhaus war. Das mußte Maureens Vater sein, der in einer Baufirma unseres Viertels als Polier arbeitete. Einigermaßen besorgt sah ich ihm entgegen. Ich fürchtete nicht so sehr Tätlichkeiten als eine Szene auf offener Straße, und Maureen hatte offenbar ähnliche Befürchtungen, denn sie ging mit schleppenden Schritten und ließ den Kopf hängen. Ich sah auf die Hauptstraße mit den blinkenden, sich scheinbar in der Unendlichkeit verlierenden Straßenbahnschienen und dachte mit einem letzten Fünkchen Hoffnung, Mr. Kavanagh würde, wenn ich nicht grüßte, vielleicht einfach an mir vorbeigehen. Doch so glimpflich kam ich natürlich nicht davon.

Der bullige Kerl in der blauen Arbeitsjacke baute sich bedrohlich vor mir auf.

»Bist du der junge Lump, der meine Tochter belästigt hat?« fragte er mit starkem irischen Akzent.

»Wie meinen Sie?« Ich spielte auf Zeit und sah Maureen an, aber sie mied meinen Blick. Sie war dunkelrot geworden und sah aus, als hätte sie geweint. »Dad«, sagte sie kläglich. Die junge Verkäuferin, die vor dem Laden Blumen in Kübeln anordnete, unterbrach ihre Tätigkeit, um das Schauspiel in vollen Zügen genießen zu können.

Mr. Kavanagh stieß mir mit einem dicken Zeigefinger, der schwielig verhornt und hart wie ein Gummiknüppel war, gegen die Brust.

»Meine Tochter ist ein anständiges Mädchen. Ich dulde nicht, daß sie mit fremden Burschen an Straßenecken rumsteht, verstanden?«

Ich nickte.

»Dann ist ja alles klar. Ab in die Schule.« Das galt Maureen, die mir einen letzten flehentlichen Blick zuwarf und dann mit hängenden Schultern abzog. Indessen hatte Mr. Kavanagh mit zusammengekniffenen Augen meinen Schulblazer gemustert, ein auffallendes, scharlachrotes Kleidungsstück mit Silberknöpfen, das mir von Herzen zuwider war, und das verschnörkelte Wappen mit dem lateinischen Motto auf der Brusttasche.

»Was isn das für 'ne Schule?« fragte er und schien wider Willen beeindruckt, als ich es ihm sagte.

»Daß du dich benimmst, ist das klar? Sonst meld ich es deinem Direktor«, sagte er und stapfte wieder den Hang hinauf.

Ich blieb, wo ich war und sah auf die Hauptstraße, bis meine Straßenbahn kam und mein Herz wieder ruhiger schlug.

Natürlich kamen wir uns durch diesen Zwischenfall nur noch näher. Jetzt waren wir die unglücklichen Liebenden, die sich kühn über das Verbot von Maureens Vater hinwegsetzten. Wir wechselten weiter morgens ein paar Worte – allerdings bezog ich jetzt vorsichtshalber um die Ecke Posten, so daß man mich vom oberen Teil der Beecher's Road nicht sehen konnte –, und dann bettelte Maureen so lange, bis ihre Mutter mir erlaubte, sie an einem Samstag nachmittag zu besuchen (da war der Vater aus dem Haus, weil er Überstunden machte). Mrs. Kavanagh sollte sich selbst davon überzeugen, daß ich kein ordinärer Straßenlümmel war. »Zieh deinen Schulblazer an«, riet Maureen mir listig.

Zur Verblüffung meiner Eltern und zum Ärger meiner Kumpane ließ ich ein Heimspiel in Charlton sausen, warf mich in den Blazer, den ich sonst am Wochenende nie trug, und ging hügelan zu den Kavanaghs. Mrs. Kavanagh bewirtete mich in der großen, dunklen chaotischen Souterrainküche mit Tee und einer Scheibe selbstgebackenem Sodabrot und taxierte mich, während sie ein Baby auf den Arm nahm und Bäuerchen machen ließ. Sie war eine hübsche Frau um die vierzig mit einer durch zahlreiche Geburten ruinierten Figur. Das schon ergraute Haar hatte sie im Nacken zu einem unordentlichen Knoten zusammengenommen. Sie sprach wie ihr Mann mit irischem Akzent, während Maureen und ihre Geschwister den gleichen Südlondoner Tonfall hatten wie ich. Maureen war die Älteste und der Liebling der Eltern. Besonders stolz waren sie darauf, daß die Tochter ein Stipendium für die Klosterschule bekommen hatte. Daß ich aufs Gymnasium ging, sprach offenbar zu meinen Gunsten. Gegen mich sprach, daß ich ein Junge und nicht katholisch und damit zwangsläufig eine Bedrohung von Maureens Tugend war.

»Du machst einen vernünftigen Eindruck«, sagte Mrs. Kavanagh. »Aber ihr Vater meint, daß Maureen zu jung ist, um sich mit Jungs rumzutreiben, und ich bin ganz seiner Ansicht. Wenn sie aus der Schule kommt, soll sie ihre Hausaufgaben machen.«

»Aber nicht jeden Abend, Mum«, protestierte Maureen.

»Sonntags hast du schon den Jugendklub«, sagte Mrs. Kavanagh. »Das ist in deinem Alter genug Geselligkeit.«

Ich fragte, ob ich da Mitglied werden könnte.

»Der Klub gehört zu unserer Gemeinde, dazu muß man katholisch sein.«

»Muß man nicht, Mum. Pater Jerome hat gesagt, daß auch Nichtkatholiken kommen können, wenn sie sich für die Kirche interessieren.« Maureen sah mich an und wurde rot.

»Ich interessiere mich sehr für die Kirche«, beteuerte ich.

»So?« Mrs. Kavanagh bedachte mich mit einem skeptischen Blick, aber sie hatte wohl begriffen, daß da nichts mehr zu machen war. »Na ja, wenn Pater Jerome meint, daß es geht, habe ich nichts dagegen.«

Natürlich interessierte ich mich im Grunde weder für den Katholizismus noch überhaupt für Religion. Meine Etern gingen nicht zur Kirche und heiligten den Sonntag nur insofern, als sie mich und meinen Bruder an diesem Tag nicht auf der Straße spielen ließen. Lambeth Merchant's war nominell anglikanisch, aber die Gebete und Kirchenlieder bei der Morgenandacht und gelegentliche Gottesdienste in der Kapelle waren in meinen Augen nicht so sehr Ausdruck irgendwelcher moralischer oder theologischer Überzeugungen, sondern Teil der dort ebenso unentwegt wie ungeniert betriebenen Traditionspflege. Daß manche Leute – Maureen und ihre Familie zum Beispiel – sich Sonntag für Sonntag freiwillig etwas so Ödes antun konnten, statt mal richtig auszuschlafen, war mir unbegreiflich. Aber wenn man als Preis für das Zusammensein mit Maureen von mir verlangte, höfliches Interesse an ihrer Religion zu heucheln – bitte, damit konnte ich dienen!

Am Sonntag abend hatte ich mich mit Maureen vor der römisch-katholischen Kirche verabredet, einem gedrungenen Backsteinbau mit einer überlebensgroßen Marienstatue vor dem Portal, in deren Sockel die Worte eingemeißelt waren: ICH BIN DIE UNBEFLECKTE EMPFÄNGNIS. Die Messe war noch nicht zu Ende, und ich drückte mich in der Vorhalle herum und horchte den unbekannten Chorälen und leiernden Gebeten zu, während mir ein starker, süßlicher Geruch in die Nase stieg, der wohl Weihrauch sein mußte. Plötzlich hörte ich aus dem Kirchenschiff aufgeregtes Geklingel. Ich wagte einen Blick durch die Tür. Auf dem Altar brannten Dutzende hoher, dünner Kerzen. Der in eine schwere, bestickte weißgoldene Robe gehüllte Priester hielt etwas hoch, was im Licht der Kerzen blitzte und blinkte, eine weiße Scheibe in einem Glaskasten mit goldenem Strahlenkranz, den er von unten mit dem gestickten Tuch, das von seinen Schultern herabhing, anfaßte, als sei das Ding zu heiß oder radioaktiv. Die erstaunlich zahlreichen Gläubigen lagen auf den Knien und hielten den Kopf gesenkt. Maureen erklärte mir später, daß die weiße Scheibe eine geweihte Hostie und nach ihrem Glauben der Leib Jesu war, aber für mich hatte die ganze Geschichte einen eher heidnischen Anstrich. Statt der rhythmisch flotten Choräle, die ich von der Schule her kannte, ertönten schleppende Klagegesänge in lateinischer Sprache, aber die Stimmung, das mußte ich zugeben, war im Gegensatz zu den Schulandachten seltsam bewegend.

Was mir an den Katholiken gleich gefiel, war das Fehlen jeder Frömmelei. Sie kamen aus der Kirche wie aus dem Kino oder aus dem Pub, begrüßten sich vergnügt, frotzelten und boten sich gegenseitig Zigaretten an. Dann sah ich Maureen und ihre Mutter. Beide trugen Kopftücher. Mrs. Kavanagh begrüßte eine Frau mit Hut und begann ein Gespräch mit ihr, und Maureen kam freudestrahlend auf mich zu.

»Du hast also hergefunden!«

»Wenn nun dein Dad uns sieht...« sagte ich etwas besorgt.

»Der geht nie zur Sonntagabendmesse«, sagte sie, band das Kopftuch ab und schüttelte das Haar aus.

»Gott sei Dank.«

Ich hatte Maureen noch nie mit offenen Haaren gesehen, und sie schien mir schöner denn je. Als sie merkte, daß ich sie anstarrte, wurde sie rot und sagte, nun müsse ich aber Pater Jerome kennenlernen. Mrs. Kavanagh war inzwischen gegangen.

Pater Jerome war der jüngere der beiden Gemeindepfarrer, aber jung war in diesem Zusammenhang ein eher relativer Begriff. Er sah ganz anders aus als unser Schulpfarrer und auch nicht mehr so wie vor dem Altar, sondern entpuppte sich als ein hagerer, angegrauter Dubliner mit nikotingelben Fingern, der sich offenbar beim Rasieren geschnitten und das Blut mit Toilettenpapier gestillt hatte. Er trug eine schwarze Soutane, die ihm bis zu den abgetretenen Schuhen reichte und in deren tiefen Taschen er das Zubehör für seine selbstgerollten Zigaretten verwahrte. Eine dieser Selbstgestrickten zündete er gerade mit pyrotechnischem Funkenflug an.

»Du möchtest also in unseren Klub eintreten, mein Junge?« fragte er und streifte glühende Tabakkrümel von der Soutane.

»Ja, bitte, Sir.«

»Dann fängst du am besten gleich damit an, daß du nicht ›Sir‹, sondern ›Pater‹ sagst.«

»Ja, Sir … Pater, meine ich.«

Pater Jerome bleckte lächelnd das gelb verfärbte, lückenhafte Gebiß, ließ sich meine Adresse geben und fragte nach meiner Schule. Wieder tat der Name Lambeth Merchant's seine Wirkung, und ich wurde auf Probe in den Jugendklub der Gemeinde aufgenommen.

Zuallererst mußte Maureen mir den Namen ihrer Kirche

erklären. Ich hatte gedacht, mit der Unbefleckten Empfängnis sei gemeint, daß Maria den Herrn Jesus als Jungfrau zur Welt gebracht hatte, aber offenbar bedeutete es, daß Maria selbst ›ohne den Makel der Erbsünde‹ empfangen worden war. Die Ausdrucksweise der Katholiken fand ich sehr befremdlich, besonders die freizügige Verwendung von Worten wie ›Jungfrau‹, ›empfangen‹ und ›Leib‹ in ihren Andachten, die man in einem normalen Gespräch – jedenfalls in meiner Familie – peinlichst vermieden hätte. Als Maureen sagte, sie müsse am Neujahrstag zur Messe, es sei doch das Fest der Beschneidung, wollte ich meinen Ohren nicht trauen.

»Wessen Beschneidung?«

»Der Beschneidung unseres Herrn Jesus natürlich. Als er noch ganz klein war, haben die Mutter Maria und Joseph ihn in den Tempel gebracht und ihn beschneiden lassen. Das ist bei den Juden wie eine Taufe.«

Ich guckte skeptisch und lachte. »Weißt du überhaupt, was Beschneidung ist?«

Maureen wurde rot und krauste die Nase. »'türlich.«

»Was denn?«

»Sag ich nicht.«

»Weil du's nicht weißt.«

»Weiß ich doch.«

»Weißt du nicht.«

Ich ließ nicht locker, bis sie verlegen damit herausrückte, daß man ›dem Baby ein Stück Haut vom Zipfel‹ abschneidet. Inzwischen stand mein Zipfel wie der Stab eines Staffelläufers in meiner grauen Flanellhose. Zum Glück hatte ich einen Regenmantel an.

Der Jugendklub traf sich zweimal wöchentlich in den Räumen der Gemeinde-Vorschule. Am Mittwochnachmittag wurde meist Tischtennis gespielt, am Sonntag gab es einen ›geselligen Abend‹ mit Tanz nach Schallplatten, dazu belegte Brote, die umschichtig von einer Gruppe der Mädchen gemacht wurden, sowie Limo und Tee. Die Jungen mußten zu Beginn des Abends die Schulmöbel an die Wand stellen. Wir benutzten zwei Klassenräume und klappten die Zwischenwand zurück. Auf dem Fußboden lag abgetretenes Parkett, an den Wänden hingen Kinderzeichnungen und belehrende Schaubilder, und die Beleuchtung war kalt und streng sachlich, auf dem Koffergrammophon drehten sich zerkratzte 78er Schellackplatten. Für mich aber, der ich gerade erst den Schritt vom Kind zum jungen Mann getan hatte, war der Jugendklub eine Stätte unbekannter, weltläufiger Freuden.

Tanzen lernte ich bei einer freundlichen Matrone aus der Gemeinde, die am Mittwoch (für den Maureen von ihren Eltern nur selten Ausgang bekam) kostenlosen Unterricht gab. Bald konnte ich es erstaunlich gut. »Immer die Partnerin schön festhalten«, mahnte Mrs. Gaynor unermüdlich, und das ließ ich mir nicht zweimal sagen, besonders wenn ich am Sonntagabend mit Maureen tanzte. Natürlich hätte ich am liebsten nur mit ihr getanzt, aber feste Paarbindungen waren verpönt, und wegen meiner sauberen Beinarbeit war ich ein begehrter Partner bei der Damenwahl. Wir tanzten Quickstep, Foxtrott und Walzer und zur Abwechslung hin und wieder ein paar Oldtimer von Victor Sylvester, aufgelockert durch beliebte Schlager von Nat King Cole, Frankie Laine, Guy Mitchell und anderen Sängern jener Zeit. Besonders beliebt war der ›Twelfth Street Rag‹ von Pee Wee Hunt, aber der Jive war nicht erlaubt, ja er war von Pater Jerome ausdrücklich verboten worden, und die Drehungen und Zuckungen ohne Partner, die heutzutage das richtige Tanzen verdrängt haben, ruhten noch tief im Schoß der Zeit.

Wenn ich mir heute die jungen Leute in den Discos oder Nachtklubs betrachte, fällt mir immer der Gegensatz zwischen dem erotischen Ambiente – fahles Halbdunkel der Beleuchtung, orgasmisches Hämmern der Musik, aufreizendes hautenges Outfit – und der fehlenden Körpernähe beim Tanzen selbst auf. Wahrscheinlich kann die Jugend von heute darauf verzichten, weil Kontakte mit dem anderen Geschlecht jederzeit und überall zu haben sind.

Bei uns war es genau umgekehrt. Beim Tanzen durfte man sogar im Jugendklub einer Kirchengemeinde ein Mädchen in aller Öffentlichkeit in den Armen halten oder ein Mädchen, das man vielleicht noch nie gesehen hatte, zum Tanz auffordern. Man spürte ihre Schenkel unter den raschelnden Petticoats und die Wärme ihrer Brüste, roch das Parfüm hinter ihren Ohren oder die frisch gewaschenen Haare, die das Gesicht des Partners streiften. Natürlich mußte man so tun, als ginge es einem im Grunde gar nicht darum, man mußte vom Wetter sprechen oder von der Musik, aber nirgendwo sonst waren unsere Körper sich so nah. Man denke sich eine Cocktailparty, auf der alle Gäste masturbieren, während sie vorgeblich damit beschäftigt sind, ihren Weißwein zu genießen und über die neuesten Bücher und Theaterstücke zu diskutieren, und man hat eine gewisse Vorstellung davon, was Tanzen für Heranwachsende Anfang der fünfziger Jahre bedeutete.

Pater Jerome bemühte sich redlich, das Feuer der Lust einzudämmen, indem er zu Beginn zehnmal hintereinander den Rosenkranz beten ließ (das Geheimnis des heiligen Rosenkranzes, wie er sagte, und für mich war es tatsächlich ein Geheimnis, wie einem dieses leiernde Gebrabbel geistig etwas geben konnte) und noch eine Weile bei uns blieb, um die tanzenden Paare zu beobachten, damit nur ja alles mit rechten Dingen zuging. Es gab eine Klausel in der Klubsatzung – die berühmte Klausel fünf, die den Klubmitgliedern immer wieder Anlaß zu schüchternen Scherzen bot –, die besagte, zwischen den tanzenden Paaren müsse immer Licht zu sehen sein, doch wurde diese Vorschrift nie strikt durchgesetzt oder eingehalten. Weit vor dem letzten Walzer verzog sich Pater Jerome (um mit ein paar Kumpanen im Pfarrhaus Whisky zu trinken und Whist zu spielen, wie es hieß), und dann drehten wir ein paar Lichter aus, und die Wagemutigeren unter uns tanzten Wange an Wange oder zumindest Brust an Brust. Natürlich sorgte ich stets dafür, daß dann Maureen meine Partnerin war. Sie tanzte nicht besonders gut, und wenn ich sie mit anderen Jungen sah, wirkte sie sogar manchmal recht plump. Von mir aber ließ sie sich willig führen und lachte hell auf, wenn ich sie am Ende eines Tanzes herumwirbelte, daß die Röcke flogen. Zu den geselligen Abenden trug sie einen schwarzen Taftrock mit verschiedenen Blusen oder ein weißes Kleid mit Rosenmuster, das ihren schönen, für ihr Alter gut entwickelten Busen eng umspannte.

Bald war ich im Klub voll akzeptiert, zumal ich auch in die Fußballmannschaft eingetreten war, die am Sonntagnachmittag gegen andere Südlondoner Kirchengemeinden mit ähnlich bizarren Namen spielte, so daß es zu Ergebnissen kam wie ›Unbefleckte Empfängnis – Blut Christi 2:1‹ oder ›Immerwährender Beistand – Vierzig Märtyrer 3:0‹. Ich spielte Rechtsaußen, und zwar so erfolgreich, daß wir uns die Ligameisterschaft holten. Mit sechsundzwanzig Toren war ich der beste Torschütze. Der Spielführer eines Konkurrenzteams kriegte raus, daß ich nicht katholisch war, und legte hoch offiziell Beschwerde ein, und es sah fast so aus, als müßten wir den Pokal wieder herausgeben, aber nachdem wir drohten, aus der Liga auszutreten, durften wir ihn behalten.

Wir spielten auf höckerigen, abfallenden Plätzen in öffentlichen Parks, zu denen wir mit der Straßenbahn oder dem Bus fuhren, und zogen uns in feuchten, düsteren Baracken um, in denen es – wenn wir Glück hatten – eine Toilette und ein Handwaschbecken mit kaltem Wasser, aber keine Bäder oder Duschen gab. Der Dreck an meinen Knien trocknete auf der Heimfahrt, und wenn ich später in der Badewanne saß, streckte ich langsam die Beine aus und tat, als wären meine Knie im Meer versinkende vulkanische Inseln. Wenn sie verschwunden waren, erhob sich aus dem trüben, dampfenden Wasser mein Penis wie eine bösartige Seeschlange, denn dann dachte ich an Maureen, die sich zur gleichen Zeit für den geselligen Abend die Haare wusch. Sie hatte mir erzählt, daß sie das meist in der Badewanne machte, weil es so schwierig war, das lange Haar im Waschbecken auszuspülen. Ich stellte mir vor, wie sie in dem warmen, seifigen Wasser saß und einen Krug mit Wasser über ihrem Kopf leerte, so daß sich die langen Haarsträhnen an die Rundung ihrer Brüste schmiegten wie auf dem Bild von der Nixe, das ich mal gesehen hatte.

Maureen und noch ein paar Mädchen aus dem Jugendklub kamen oft zu unseren Fußballspielen, um uns den Rücken zu stärken. Wenn ich ein Tor geschossen hatte, sah ich mich am Spielfeldrand nach ihr um, während ich beherrscht und ohne mir meinen Triumph anmerken zu lassen – eine Haltung, die ich Charlie Vaughan, dem Mittelstürmer von Charlton Athletic abgeguckt hatte – in den Mittelkreis zurücklief, und freute mich über ihr anbetendes Lächeln. Ich erinnere mich besonders an ein Kopfballtor, das ich in einem Spiel gegen Unsere Liebe Frau vom Immerwährenden Beistand in der Nachbargemeinde Brickley erzielte, aus reinem Dusel, denn im Kopfball war ich nie stark. Es waren nur noch wenige Minuten bis zum Abpfiff, das Spiel stand 2:2, als der Torwart mir den Ball zuspielte und ich an zwei gegnerischen Spielern vorbeizog und ans Mittelfeld abgab. Dort stand Jenkins – Jenksy genannt –, ein kleiner, schon merkwürdig alt wirkender Typ mit runden Schultern, der nicht nur vor und nach dem Match, sondern auch in der Halbzeit Woodbines qualmte und auch schon mal in einer ruhigen Minute des Spiels einem der Zuschauer die Zigarette abnahm und einen Zug machte. So dröge er auch aussah, Jenksy war erstaunlich fix, besonders wenn es, wie in diesem Fall, bergab ging. Er sauste auf die Eckfahne zu und flankte wie gewöhnlich, ohne hinzusehen, um den Ball wieder loszuwerden, ehe der Linksaußen von der Gegenseite ihn eingeholt hatte. Ich kam in dem Moment im Strafraum an, als der Ball direkt vor mir hereinflog, machte einen Satz, erwischte ihn mit der Stirn und donnerte ihn ins Netz, während der Torwart hilflos zusah. Daß überhaupt ein Netz da war, machte die Sache natürlich noch eindrucksvoller, denn auf den von uns bespielten Plätzen waren bei weitem nicht alle Tore so komplett ausgestattet. Die Spieler von der Gegenseite standen mit offenem Mund da und glotzten. Meine Mannschaftskameraden zogen mich hoch und schlugen mir auf den Rücken. Maureen und die anderen Mädchen von der Unbefleckten Empfängnis hopsten herum wie Gummibälle und jubelten. Nie wieder habe ich einen Augenblick so reinen Glücks erlebt. Und als ich an diesem Abend Maureen vom Jugendklub nach Hause brachte, berührte ich zum erstenmal ihre nackte Brust.

Fast ein Jahr war vergangen, seit ich sie angesprochen hatte. Daß wir uns körperlich so langsam näherkamen, lag einmal an Maureens Unerfahrenheit und Unschuld und zum zweiten an der argwöhnischen Überwachung durch ihre Eltern. Mr. und Mrs. Kavanagh waren selbst für damalige Verhältnisse sehr streng. Sie konnten nichts dagegen machen, daß wir uns im Jugendklub trafen, und auch daß ich Maureen hinterher nach Hause brachte, konnten sie mir schlecht verbieten. Gemeinsame Kinobesuche oder ähnliches aber kamen nicht in Frage. Samstag abends mußte sie, während die Eltern in einen irischen Klub in Peckham gingen, die kleineren Geschwister hüten, aber wenn die Eltern nicht im Haus waren, durfte ich nicht zu ihr. Umgekehrt durfte auch sie mich nicht zu Hause besuchen. Wir trafen uns natürlich weiter morgens an der Haltestelle, an der nun keine Straßenbahnen mehr, sondern Busse hielten. Die Londoner Straßenbahnen waren nach und nach ausgemustert worden, und Dad hatte einen Job im Depot bekommen (worüber er nicht traurig war). Wir gingen morgens immer etwas früher los, damit wir uns ein bißchen unterhalten konnten. Ich brachte Maureen Liebesbriefe mit, die sie dann auf dem Schulweg las. Nach Hause durfte ich sie nicht schicken, das hatte sie sich verbeten, weil ihre Eltern diese Korrespondenz früher oder später bestimmt abgefangen hätten. Auf meine Bitte schickte sie mir ihre Antwort mit der Post, es war ein wunderbar erwachsenes Gefühl, fand ich, eigene Briefe zu bekommen, zumal Maureens Briefe in malvenfarbenen Umschlägen steckten, die nach Lavendel dufteten und meinen neugierigen Bruder sehr frustrierten. Von meinen Eltern waren keine Schnüffelaktionen zu befürchten, im übrigen war das, was Maureen mir in ihrer großen runden Mädchenschrift und mit den Kringeln über dem *i* mitteilte (ich glaube, auf die Idee war sie durch eine Anzeige für Kugelschreiber gekommen), von rührender Harmlosigkeit. So blieb uns – abgesehen von unseren kurzen morgendlichen Treffen – zum Zusammensein nur der Jugendklub mit den Fußballspielen und den geselligen Abenden am Sonntag, den Tischtennisnachmittagen am

Mittwoch und im Sommer gelegentlichen Ausflügen nach Kent und Surrey.

Vielleicht hatte unsere Liebe gerade deshalb so lange Bestand. Wir waren nie so oft zusammen, daß wir uns gegenseitig hätten langweilen können, und weil wir wußten, daß Maureens Eltern unsere Freundschaft ziemlich skeptisch betrachteten, empfanden wir sie als besonders prickelnd und romantisch. Wenn Nat King Cole sich in seinem Song ›Too young‹ zu süßlichen Streicherklängen und den getragenen Akkorden des Klaviers die Vokale im Mund zergehen ließ wie Bonbons, sprach oder vielmehr sang er uns aus dem Herzen:

They try to tell us we're too young,
Too young to really be in love.
They say that love's a word
A word we've only heard
But can't begin to know the meaning of.
And yet
We're not too young to know,
This love will last though years may go …

Es war unser Lieblingslied, und jedesmal, wenn die Platte aufgelegt wurde, beeilte ich mich, Maureen zum Tanz zu holen.

Allein zusammen waren wir eigentlich nur, wenn ich sie Sonntag abends nach Hause brachte. Zuerst ging ich dabei ziemlich ratlos neben ihr her, die Hände in den Taschen, dreißig Zentimeter Anstand zwischen uns, der neuen Situation noch nicht gewachsen. An einem kalten Abend aber rückte sie näher an mich heran und hakte sich bei mir unter. Stolzgeschwellt schritt ich dahin. Jetzt war sie wirklich meine Freundin. An meinem Arm zwitscherte sie wie ein

Kanarienvogel im Käfig, sie verbreitete sich über unsere Bekannten im Jugendklub, über Freundinnen, Lehrerinnen, ihre Familie und deren ausgedehnte Verwandtschaft in Irland und bis nach Amerika, über Gott und die Welt. Maureen hatte immer Neuigkeiten, Klatsch und Geschichten auf Lager, ihre Unterhaltung war ohne Tiefgang, aber für mich eine große Freude. Da ich in der Freizeit möglichst wenig an die Schule denken mochte und meine Familie mir weit uninteressanter erschien als die von Maureen, überließ ich ihr gern den Löwenanteil am Gespräch. Ab und zu aber, wenn sie mich nach meinen Eltern und meiner Kindheit fragte, kam auch ich zum Zuge, und immer wieder mußte ich ihr erzählen, wie lange ich morgens an der Ecke Hatchford Five Ways sehnsüchtig auf sie gewartet und nicht gewagt hatte, sie anzusprechen.

Danach dauerte es noch Wochen, bis ich mir ein Herz faßte und Maureen vor ihrem Haus einen Gutenachtkuß gab. Es war ein ungeschickter Versuch, der halb auf ihrem Mund, halb auf ihrer Wange landete, aber nach der ersten Verblüffung erwiderte sie meinen Kuß sehr liebevoll und lief mit einem leisen ›Gute Nacht!‹ die Stufen hoch zur Haustür. Am nächsten Morgen stand ein neuer Glanz in ihren Augen, ihr Lächeln war weich und verträumt, und ich wußte, daß der Kuß auch für sie ein großes Ereignis gewesen war.

Mit dem Küssen ging es mir so wie mit dem Tanzen: Ich mußte es erst lernen. In unserem männerdominierten Haushalt waren körperliche Berührungen oder Zärtlichkeiten verpönt. In Maureens Familie dagegen war es üblich, daß alle Kinder, auch die Jungen, ihren Eltern einen Gutenachtkuß gaben. Natürlich war das etwas ganz anderes als das, was zwischen Maureen und mir geschah, es erklärte aber, warum Maureen mir so selbstverständlich ihr Gesicht entgegenhob und so locker und entspannt in meinen Armen lag. Die erste Umarmung, der erste Kuß eines Heranwachsenden – sie sind wohl deshalb etwas so Großes und Beglückendes, weil sie ihm ein Vorgefühl der eigentlichen Vereinigung vermitteln, denn Lippen und Mund des Mädchens sind so rosarot, so feucht und sensibel wie das, was sich tief in ihrem Körper verbirgt. Und das französische Küssen, wie wir es nannten, war ja tatsächlich eine Art mimischer Vereinigung. Aber so weit waren Maureen und ich zunächst noch nicht. Viele Monate lang war es berauschend genug, einander Lippe an Lippe minutenlang in den Armen zu halten, ohne Luft zu holen.

Wir standen dabei in der dunklen Nische vor dem Souterrain von Maureens Haus und nahmen, weil wir in diesem Versteck ungestört waren, auch das Müffeln der Mülltonnen direkt neben uns in Kauf. Wenn es regnete, hielt Maureen ihren Schirm über uns beide, wenn es kalt war, machte ich meinen Dufflecoat mit den Knebeln (eine Neuerwerbung für die Freizeit, die mich sehr stolz machte) und ihren Regenmantel auf, so daß eine Art Zelt entstand, in dessen Schutz ich sie an mich zog. Einmal fehlte an dem Kleid mit dem Rosenmuster hinten ein Knopf. Ich schob meine Hand durch den Spalt und legte sie auf die nackte Haut zwischen Maureens Schulterblättern. Ein Schauer überlief sie, und sie öffnete die Lippen ein wenig weiter. Wochen später wagte ich mich vorn in ihre Bluse und streichelte durch den glatten Satinunterrock hindurch ihren Bauch. Zoll für Zoll dehnte ich meine Erkundungsreise auf das in jeder Beziehung jungfräuliche Terrain weiter aus. Maureen war zärtlich und nachgiebig in meinen Armen, sie ließ sich gern und ohne jede Befangenheit streicheln und liebkosen. Oft mußte sie dabei meinen erigierten Penis gespürt haben, aber sie verlor nie ein Wort darüber. Vielleicht glaubte sie, bei Erwachsenen sei der Zipfel immer so hart. Für mich waren Erektionen problematischer. Wenn wir uns trennten (länger als eine Viertelstunde konnten wir in unserem Versteck nicht bleiben, denn Mr. Kavanagh wußte, wann die geselligen Abende im Jugendklub zu Ende waren, und hielt manchmal von der Schwelle aus nach seiner Tochter Ausschau, während wir zwischen Angst und Lachlust hin- und hergerissen direkt unter ihm standen), wartete ich, bis die Haustür hinter Maureen zugefallen war, und ging dann steif und leicht gebückt wie ein Mann auf Stelzen meiner Wege.

Auch Maureen muß an diesen Abenden gewisse Lustgefühle gehabt haben, aber es kann sein, daß sie diese Empfindungen gar nicht klar erkannte. Sie besaß eine natürliche Reinheit. Auf unanständige Witze reagierte sie mit ungeheuchelter Verständnislosigkeit. Wenn sie groß sei, sagte sie, wolle sie heiraten und Kinder haben, aber der Gedanke an Sexualität kam ihr in diesem Zusammenhang offenbar gar nicht. Dabei ließ sie sich gern küssen und drücken und schnurrte in meinen Armen wie ein Kätzchen. Mit dieser gewissermaßen unschuldigen Sinnlichkeit ist es wohl heute, bei der Flut sexueller Reize und Bilder, der unsere Teenager ausgesetzt sind, ein für allemal vorbei. Dabei denke ich noch gar nicht mal an die Softporno-Videos und die einschlägigen Zeitschriften, die man an jeder Ecke bekommt, sondern an normale, für Jugendliche über fünfzehn zugelassene Kinofilme mit Szenen und Ausdrücken, die vor fünfzig Jahren Filmemachern und Verleihern zu einem längeren Aufenthalt im Knast verholfen hätten. Kein Wunder, daß die Kids von heute so früh wie möglich Sex haben wollen. Vielleicht halten sie sich gar nicht erst mit Küssen auf, sondern gehen gleich aufs Ganze.

Ich war nicht so reinen Sinnes wie Maureen, von der Sache selbst aber verstand ich auch nicht viel mehr als sie.

Ich stellte mir zwar – besonders vor dem Einschlafen – häufig vor, wie es wohl wäre, Sex mit ihr zu haben, und hatte infolgedessen oft feuchte Träume, aber auf den Gedanken, sie zu verführen, wäre ich nie gekommen und hätte wohl bei dem Versuch auch kläglich versagt. Mein höchstes Ziel und sehnlichster Wunsch war es damals, ihre nackte Brust zu berühren.

Ich war immerhin schon so weit, daß ich beim Küssen meine Hand unter ihrer Bluse sanft um eine Brust legen durfte, wobei ich die Nähte ihres BHs wie Brailleschrift auf den Fingerspitzen spürte, als ihr gutkatholisches Gewissen sich meldete, ausgelöst durch die in ihrer Schule abgehaltenen sogenannten Einkehrtage, eine Bezeichnung, die ich wegen ihrer eher kulinarischen Assoziationen etwas befremdlich fand – mit den Predigten, Andachten und Schweigestunden, die diese drei Tage ausfüllten, war wohl der Tisch für die Seele tatsächlich reich gedeckt, womit allerdings noch nichts über die Bekömmlichkeit des Gebotenen gesagt ist. Der Priester, der diese erbauliche Veranstaltung leitete (Maureen beschrieb ihn als groß und graubärtig, wie Gottvater auf den Bildern, mit durchdringenden Augen, die einem bis in die Seele blicken konnten), hatte den halbwüchsigen Mädchen in Anwesenheit der grimmig nickenden Mutter Oberin einen Vortrag zum Thema heilige Reinheit gehalten und ihnen Schreckliches in Aussicht gestellt für den Fall, daß sie ihren ›Tempel des Heiligen Geistes‹ entweihten. »Wenn sich in diesem Raum ein Mädchen befindet«, donnerte er, und Maureen behauptete, er habe sie dabei ganz besonders scharf angesehen, »das durch ihr Verhalten oder ihre Kleidung einen Jungen dazu gebracht hat, sich in Gedanken, Worten oder Taten gegen ihre Reinheit zu versündigen, hat sie ebensoviel Schuld auf sich geladen wie er. Mehr sogar, denn der Mann vermag seine Begierden nicht so gut zu beherrschen wie die Frau.« Hinterher mußten die Schülerinnen bei ihm beichten und in allen Einzelheiten die Freiheiten schildern, die sie diesem oder jenem Jungen erlaubt hatten. Aus heutiger Sicht steht für mich fest, daß da ein lüsterner alter Kerl eine böse Freude daran hatte, in den sexuellen Gefühlen und Erfahrungen sensibler junger Mädchen herumzustochern, bis sie in Tränen ausbrachen. Bei Maureen hatte er sein Ziel erreicht, und auch ich mußte schlucken, als sie mir sagte, ich dürfe sie ›da‹ nicht mehr anfassen.

Eins vor allem schreckte mich am katholischen Glauben und bewog mich, Protestant zu bleiben oder aber Atheist (ich wußte selbst nicht so recht, woran ich glaubte), und das war die Beichte. Von Zeit zu Zeit machte Maureen einen Anlauf, mein Interesse an ihrem Glauben zu wecken, und ich wußte, daß es sie sehr glücklich gemacht hätte, zum Werkzeug meiner Bekehrung zu werden. Damit sie zufrieden war und ich einen Grund hatte, im Jugendklub zu bleiben, ging ich hin und wieder mit ihr zur Sonntagabendmesse, aber um das Hochamt drückte ich mich nach ein, zwei Versuchen stets erfolgreich. Die Messe wurde in lateinischer Sprache gelesen (mit Latein hatte ich mir in der Schule besonders schwer getan, mir war ein Stein vom Herzen gefallen, als ich es zugunsten von Kunsterziehung hatte abwählen können), und der Priester murmelte mit dem Rücken zu uns Unverständliches, was nicht nur mich zu langweilen schien, denn viele Gottesdienstbesucher beteten dabei den Rosenkranz, den ich allerdings noch öder fand, der aber leider fester Bestandteil der Sonntagabendmesse war. Die aufgeräumte Stimmung nach dem Gottesdienst mit Schwatzen, Frotzeln und Zigarettenanbieten wunderte mich inzwischen überhaupt nicht mehr. Sie war offenbar schiere Erleichterung nach der gerade durchlittenen harten Geduldsprobe. Erträglich war nur die weihnachtliche Mitternachtsmesse, die vertrauten Lieder lockerten die Stimmung, und daß man so spät noch aus sein durfte, hatte einen ganz besonderen Reiz. Andere Komponenten des Katholizismus – die gruselig realistischen Bilder und Skulpturen der Kreuzigung, die terrassenförmig angeordneten Reihen flackernder Votivkerzen, der Verzicht auf Fleisch am Freitag und auf Süßigkeiten in der Fastenzeit, die Gebete zum heiligen Antonius, wenn man etwas verloren hatte, der Erwerb von Ablässen als eine Art Jenseitsversicherung – waren für mich allenfalls abergläubische Absonderlichkeiten. Die Beichte aber war ein ganz anderes Kapitel.

Als wir mal allein in der Kirche waren – ich glaube, Maureen wollte eine Kerze für irgendwas, vielleicht meine Bekehrung, anzünden –, sah ich mir die Beichtstühle genauer an. Es waren wuchtige Kästen, die aussahen wie zu groß geratene Kleiderschränke, mit einer Tür an einer Seite, auf der der Name des Priesters stand, und einem Vorhang an der anderen; dahinter sah man eine gepolsterte Kniebank und ein Stück Maschendraht. Durch den Maschendraht flüsterte man dem Priester seine Sünden zu. Schon bei dem Gedanken daran grauste mir, was im Hinblick auf meine spätere Abhängigkeit von Psychotherapeuten nicht einer gewissen Ironie entbehrt, aber für einen Heranwachsenden gibt es eben nichts Schrecklicheres als die Vorstellung, einem Erwachsenen seine geheimsten Gedanken anvertrauen zu müssen.

Maureen gab sich die größte Mühe, mir meine Vorurteile auszureden. Religion war ihr bestes Fach. Daß sie das Stipendium bekommen und sich in der Klosterschule auch gehalten hatte, verdankte sie nicht so sehr ihrer Intelligenz als ihrem großen Fleiß, und diese Fähigkeit kam ihr im

Religionsunterricht, bei dem es ja viel um Auswendiggelerntes geht, sehr zustatten.

»Du vertraust sie ja nicht dem Priester an, sondern Gott.«

»Warum kann man sie dann nicht gleich in einem Gebet bei Gott selber loswerden?«

»Weil es dann kein Sakrament wäre.«

Ich knurrte skeptisch; mit so was war ich theologisch überfordert.

»Außerdem weiß der Priester ja nicht, wer du bist, weil es dunkel ist«, fuhr Maureen fort.

»Und wenn er deine Stimme erkennt?«

Maureen räumte ein, daß sie deshalb nach Möglichkeit nicht zu Pater Jerome zur Beichte ging, aber selbst wenn der Priester die Stimme erkannte, versicherte sie, dürfe er nichts verraten, deshalb gebe es ja das Beichtgeheimnis.

»Selbst wenn du einen Mord begangen hast?«

Ja, auch dann. Ein Haken war allerdings dabei.

»Er gibt dir keine Absolution, wenn du nicht versprichst, dich freiwillig zu stellen.«

Natürlich fragte ich nun, was Absolution sei und ob es was mit Absolutismus zu tun habe, worüber Maureen lachen mußte, doch dann erzählte sie mir lang und breit von Vergebung und Gnade und Buße und Fegefeuer und zeitlicher Buße, bis ich nur noch Bahnhof verstand. Zu Beginn unserer Beziehung hatte ich sie mal gefragt, was für Sünden sie so beichtete, aber das wollte sie mir natürlich nicht sagen. Nach den Einkehrtagen aber gestand sie mir, der Priester habe ihr in der Beichte gesagt, es sei eine Sünde, sie ›da‹ anzufassen, und um jede Möglichkeit neuer Sündenfälle auszuschließen, dürften wir nicht mehr in unserer dunklen Nische schmusen, sondern sollten uns zum Abschied nur die Hand und allenfalls einen keuschen Kuß geben.

Ich setzte alles daran, sie zu erweichen. Ich disputierte, ich argumentierte, ich protestierte. Ich versuchte es mit Eloquenz, mit Pathos, mit Tricks. Und natürlich setzte ich mich letztlich durch. Bei solchen Diskussionen gewinnt immer der Mann – sofern das Mädchen es nicht fertigbringt, ihn aufzugeben. Maureen hatte mir sicherlich vor allem deshalb ihr Herz geschenkt, weil es vor mir noch niemand hatte haben wollen. Außerdem aber war ich damals auch ein recht gutaussehender Bursche mit einem üppigen Schopf blondgewellter Haare, die ich mit Brylcreme bändigte, noch nicht mit dem Spitznamen Tubby geschlagen, der beste Tänzer im Jugendklub und Star des Fußballteams. Solche Qualitäten haben für junge Mädchen mehr Gewicht als Prüfungsergebnisse und Berufsaussichten. Wir hatten in diesem Jahr beide die mittlere Reife gemacht. Maureens Zeugnis war mäßig ausgefallen, ermöglichte ihr aber den Übergang in die Oberstufe, während ich in allen Fächern außer Englisch und Kunsterziehung durchgefallen war und mit der Schule Schluß machte. Ich bewarb mich auf eine Anzeige im ›Evening Standard‹, mit der eine große Theateragentur im West End einen Mitarbeiter suchte, und bekam den Job. Im Grunde war ich in der Agentur, die ihre Räume über einem Theater in der Shaftesbury Avenue hatte, nur ein besserer Bürobote, der Briefe frankierte und zur Post trug, den Kollegen belegte Brote holte und dergleichen, aber ein bißchen vom Glanz und Glamour der Branche bekam ich doch mit. Berühmte Schauspieler und Schauspielerinnen passierten auf dem Weg ins Zimmer des Chefs unser schäbiges kleines Büro und sagten lächelnd ein paar Worte zu mir, wenn ich ihnen den Mantel abnahm oder eine Tasse Kaffee holte. Sehr schnell hatte ich die Sprache des Showbusiness gelernt und bekam ein gutes Gefühl für seine fiebrigen Stimmungsschwankungen, das Auf und Ab von Erfolgen und Flops.

Maureen hatte wohl erkannt, daß ich in diesem neuen Umfeld schnell erwachsen wurde, und witterte die Gefahr einer Entfremdung. Manchmal bekam ich Freikarten für irgendeine Aufführung, aber Maureen durfte ich nie mitnehmen, da waren Mr. und Mrs. Kavanagh unerbittlich. Morgens trafen wir uns nicht mehr an der Haltestelle, denn ich fuhr jetzt mit dem Zug von Hatchford Station nach Charing Cross, dadurch wurden unsere Begegnungen am Sonntag, wurde der Heimweg von den geselligen Abenden noch kostbarer. Sie konnte mir ihre Küsse nicht lange versagen. Ich lockte sie wieder in unsere Nische und stellte ganz allmählich den früheren Zustand wieder her.

Ich weiß nicht, wie sie sich mit dem lieben Gott oder mit ihrem Gewissen arrangiert hatte, und fragte wohlweislich nicht nach. Ich wußte, daß sie einmal im Monat zur Beichte und jede Woche zur Kommunion ging und daß ihre Eltern Verdacht geschöpft hätten, wenn sie von dieser Gewohnheit abgewichen wäre. Und ich wußte – sie hatte es mir mal erklärt –, daß man die Absolution nur erhielt, wenn man versprach, die begangene Sünde nicht zu wiederholen, und noch größere Schuld auf sich lud, wenn man im Stand der Sünde die geweihte Hostie entgegennahm. Es gab große Sünden und kleine Sünden, und vielleicht boten die ihr ja ein Schlupfloch. Große Sünden hießen Todsünden. Wie die kleinen hießen, weiß ich nicht mehr, aber man durfte zur Kommunion gehen, auch wenn man von ihnen nicht losgesprochen war. Ich vermute allerdings, daß es in ihren Augen eine Todsünde für einen Mann war, den Busen einer Frau anzufassen, und daß sie ehrlich glaubte, sie sei, sollte sie plötzlich und unvorbereitet zu Tode kommen, zu ewigem Höllenfeuer verdammt.

In dieser Zeit änderte sie sich, wenn auch so sacht und unmerklich, daß wohl nur ich es merkte. Sie war nicht mehr so lebhaft und ausgelassen, ihr Blick war nachdenklicher, das Lächeln matter. Ihre Haut reagierte auf die neue Situation mit einem gelegentlichen Ausbruch kleiner Pickel um den Mund. Besonders eins aber ließ tief blicken: Sie gestattete mir mehr Freiheiten als vorher, als sei es nun, da sie sich ohnehin nicht mehr im Stand der Gnade befand, sinnlos geworden, ihre Keuschheit zu verteidigen. Als ich an einem warmen Septemberabend ihre Bluse aufknöpfte und ihr behutsam wie ein Einbrecher, der ein Türschloß öffnet, den BH aufhakte, traf ich auf keinen Widerstand, keinen Protest. Wie ein Opferlamm stand sie neben den Mülltonnen. Mit angehaltenem Atem befreite ich die linke Brust aus dem Körbchen, die mir wie eine reife Frucht entgegenrollte. Nichts, was ich seither erfahren habe, ist dem Gefühl vergleichbar, mit dem ich zum erstenmal Maureens junge Brust spürte – so weich, so glatt, so zart, so fest, so federnd und scheinbar allen Gesetzen der Schwerkraft spottend. Ich hob sie leicht an, spürte ihr Gewicht in meiner hohlen Hand, ließ die Hand wieder sinken. Daß ihre Brust ohne Unterstützung stolz und fest an ihrem Platz blieb, schien mir so wundersam wie die Tatsache, daß die Erde im All schwebt. Ich faßte wieder fester zu, und die Brust lag in meiner Handfläche wie ein nackter Cherub. Ich weiß nicht, wie lange wir wortlos, atemlos in der Dunkelheit standen. Schließlich sagte sie leise: »Ich muß gehen«, hakte den BH wieder zu und lief rasch die Stufen hinauf.

Von diesem Abend an war das Berühren ihrer nackten Brüste der Höhepunkt unseres abendlichen Rituals – gleich der Erhebung der glitzernden Monstranz durch den Priester bei der Sonntagabendmesse. Ich kannte die Konturen ihrer Brüste zum Schluß so gut, daß ich sie blind in Gips hätte nachformen können. Es waren fast makellose Halbkugeln mit spitzen kleinen Brustwarzen, die sich bei meiner

Berührung verhärteten wie winzige Erektionen. Ich hätte sie zu gern nicht nur berührt, sondern auch gesehen, ich sehnte mich danach, an ihnen zu lutschen und zu saugen, meinen Kopf in das warme Tal zwischen ihnen zu betten. Auch die untere Hälfte ihrer Anatomie reizte mich jetzt mehr und mehr, lüstern überlegte ich, wie ich es wohl anstellen könnte, mit der Hand in ihren Schlüpfer zu fahren. Im Stehen, in unserer feuchten, dunklen Nische ließ sich das alles natürlich nicht bewerkstelligen. Irgendwie mußte ich es so einrichten, daß ich mal irgendwo mit ihr allein war, wo wir ein Dach über dem Kopf hatten, und ich wälzte diesbezüglich eifrig Pläne, als es einen unerwarteten Rückschlag gab.

An einem Abend blieb sie ein Stück vor ihrem Haus unter der Straßenlaterne stehen, zog verlegen eine Haarsträhne durch die Finger und verkündete, mit dem Küssen und allem, was dazugehörte, müsse erst einmal Schluß sein. Zu verdanken hatte ich diese unwillkommene Eröffnung dem Krippenspiel im Jugendklub.

Die Idee stammte von Bede Harrington, dem Vorsitzenden des Klubkomitees. Als ich ihn zu Beginn unserer Bekanntschaft ganz unschuldig nach der Schreibweise seines Namens fragte, den ich noch nie gehört hatte, dachte er offenbar, ich wollte ihn verulken, und erklärte ziemlich gespreizt, Beda Venerabilis, der Ehrwürdige Beda, sei ein hochgeachteter britischer Heiliger gewesen. Auch Bede Harrington genoß zumindest bei den erwachsenen Gemeindemitgliedern große Hochachtung. Er war ein, zwei Jahre älter als Maureen und ich, ging auf die katholische St. Aloysius Grammar School und leistete dort Beachtliches. Er hatte es bis zum Schulsprecher gebracht und für das kommende Jahr einen Studienplatz in Oxford bekommen.

Er war sehr groß und hatte ein hageres, langgezogenes Gesicht, dessen Blässe durch die dicke Hornbrille und das struppige schwarze Haar, das ständig hochstand oder ihm über die Augen fiel, noch betont wurde. Auf den Gebieten, die im Jugendklub höher im Kurs standen als schulische Leistungen, war er eher schwach. Er tanzte nicht, spielte nicht Fußball und trieb auch sonst keinen Sport (in der Schule war er wegen seiner Kurzsichtigkeit vom Turnunterricht befreit). Er behauptete, daß Tanzen ihn nicht interessierte. Ich denke, daß ihn diese Möglichkeit, Körperkontakt zu Mädchen zu bekommen, durchaus reizte, weil er aber wußte, daß er mit seinen schlaksigen Gliedern, unkoordinierten Bewegungen und großen Füßen dabei wohl keine gute Figur machen würde, versuchte er es gar nicht erst. Bede Harrington strebte in allem, was er tat, Höchstleistungen an. Im Jugendklub ließ er sich zum Vorsitzenden wählen und kommandierte die anderen genüßlich herum. Er gab ein auf Matrizen geschriebenes und auf schlechtem Papier abgezogenes Nachrichtenblättchen heraus, dessen Beiträge fast ausschließlich von ihm stammten, und organisierte hin und wieder intellektuell höherwertige Veranstaltungen wie Debatten und Quiz-Abende, die von den Klubmitgliedern eher lustlos hingenommen wurden, bei denen er aber glänzen konnte. Während wir am Sonntag tanzten, führte er ernsthafte Gespräche mit Pater Jerome, prüfte stirnrunzelnd die Abrechnungen oder saß allein da, den Stuhl an die Wand gekippt, die Hände in den Taschen, die langen Beine ausgestreckt, und betrachtete die wirbelnde Menge mit dem überlegenen Lächeln eines Lehrers, der seine Schülerschar in ihrem kindlichen Treiben gewähren läßt. Doch in seinem Blick stand auch eine gewisse Begehrlichkeit, und besonders begehrlich, so schien mir, betrachtete er Maureen, wenn sie sich in meinen Armen wiegte.

Das Krippenspiel war eine typische Bede-Harrington-Selbstdarstellung. Er hatte es nicht nur höchstpersönlich verfaßt, sondern führte auch Regie, spielte selbst mit, entwarf die Bühnenbilder und wählte die passenden Schallplatten aus. Nur das Nähen der Kostüme überließ er seiner bewundernden Mutter und seinen unglückseligen Schwestern. Das Stück sollte an drei Abenden der Vorweihnachtswoche in der Vorschule und am 6. Januar, dem Dreikönigstag, in einem konfessionellen Altersheim aufgeführt werden.

An einem Mittwoch Anfang November war Rollenverteilung. Ich ging mit Maureen hin. Am Sonntag abend hatte Bede Harrington sie beiseite genommen, als ich mit einer anderen Partnerin tanzte, und ihr nahegelegt, sich um die Rolle der Jungfrau Maria zu bewerben. Sie fand diesen Vorschlag schmeichelhaft und sehr aufregend, und da ich sie nicht dazu bringen konnte, einen Rückzieher zu machen, hatte ich beschlossen, auch mitzuspielen. »Was willst du denn hier?« fragte Bede unangenehm berührt. »Ich hätte nicht gedacht, daß dir so was liegt. Und ehrlich gesagt, fände ich es auch nicht ganz richtig, einen Nichtkatholiken beim Krippenspiel der Gemeinde mitmachen zu lassen. Da müßte ich Pater Jerome fragen.«

Daß Bede sich von vornherein die Rolle des Joseph gesichert hatte, überraschte keinen von uns. Am liebsten hätte er wohl gleichzeitig noch den Engel Gabriel und alle drei Heiligen Könige gespielt. Maureen wurde prompt die Rolle der Maria zugesprochen. Ich blätterte das Drehbuch nach einer geeigneten Rolle für mich durch. »Wie wär's denn mit Herodes?« fragte ich. »Der muß doch bestimmt kein Katholik sein.«

»Du kannst es ja mal versuchen«, sagte Bede ziemlich ungnädig.

Ich las die Szene, in der Herodes begreift, daß die Heiligen Drei Könige nicht noch einmal zurückkommen werden, um ihm zu melden, wo sie den neugeborenen Heiland gefunden haben, woraufhin er erbarmungslos den Kindermord von Bethlehem anordnet. In der Schule war ich, wie gesagt, nur bei den jährlichen Schulaufführungen positiv aufgefallen, und auch mit meiner Herodes-Kostprobe legte ich Ehre ein. Zum Schluß gab es spontanen Beifall von den anderen Bewerbern, und Bede mußte mir wohl oder übel die Rolle geben. Maureen betrachtete mich anbetend: Nun war ich nicht nur der beste Tänzer und Torschütze des Klubs, sondern offenbar auch noch ein begnadeter Schauspieler! Sie selbst war kein großes Licht, ihre Stimme trug nicht, und ihre Körpersprache war zu gehemmt, um etwas über die Rampe zu bringen (natürlich hatten wir weder Rampe noch Scheinwerfer, sondern nur eine Batterie von Schreibtischlampen mit bunten Birnen). Da ihr die Rolle der Maria aber nur Demut und sanfte Schönheit abverlangte, ging es auch ohne Sprechtechnik und routinierte Bewegungen.

Die ersten Proben waren für mich ein großer Spaß. Mit Vorliebe vergnügte ich mich damit, Bede Harrington auf die Rolle zu nehmen und seine Autorität zu untergraben. Ich stellte seine Regieanweisungen in Frage, machte Verbesserungsvorschläge für den Text, improvisierte auf Teufel komm raus und warf mit technischen Ausdrücken wie Horizont und Hintergrundprospekt um mich, die ich bei meinem Impresario aufgeschnappt hatte und mit denen Bede nichts anfangen konnte. Ich las die Rolle des Herodes mit den Stimmen von Tony Hancock, Bluebottle und Pater Jerome, so daß die übrigen Darsteller sich bogen vor Lachen. Bede fand das natürlich überhaupt nicht komisch, und als es ihm zu bunt wurde, drohte er, mich auszuschließen, aber da machte ich schnell einen Rückzieher und entschuldigte mich. Ich wollte weiter mitspielen – nicht nur, weil es mir Spaß machte, sondern weil ich dadurch häufiger die Möglichkeit hatte, mit Maureen zusammenzusein und sie nach Hause zu bringen. Außerdem hätte mir Bede ohne Aufsicht womöglich gefährlich werden können. In seiner Rolle nutzte er nämlich auf der Reise nach Bethlehem und während der Flucht nach Ägypten jede Gelegenheit, seiner Maria fürsorglich einen Arm um die Schulter zu legen. Wenn ich ihn dabei erwischte, reagierte ich mit einem leisen, hinterhältigen Lächeln, was ihm prompt den Spaß an der Sache nahm und meinen Genuß an dem abendlichen Heimweg mit Maureen noch erhöhte.

Dann bekam Bede plötzlich die Windpocken und fiel zwei Wochen aus. Er ließ ausrichten, wir sollten unter der Regie von Peter Marello weiterproben, der den Ersten Schäfer spielte. Peter war gleichzeitig Kapitän des Fußballteams und ein guter Kumpel von mir, der sich ebenso wie die anderen Darsteller bereitwillig meiner Theatererfahrung unterordnete, so daß ich praktisch die Regie übernahm, was meiner Ansicht nach der Inszenierung ausnehmend gut bekam. Doch als Bede mit abheilenden Pusteln und Narben im Gesicht wiederkam, war er über die Ergebnisse gar nicht glücklich.

Ich hatte T. S. Eliots Gedicht ›Die Reise der Magi‹, die Bede in ganzer Länge einem der Drei Könige in den Mund gelegt hatte, ersatzlos gestrichen und nach meinen Erinnerungen an die biblischen Geschichten aus der Sonntagsschule und dem Religionsunterricht zwei neue Szenen für Herodes geschrieben. In der einen, bei der dem sterbenden Herodes von Würmern übel mitgespielt wird, hatte ich eine Dose Spaghetti in Tomatensoße als Requisite vorgesehen, die andere war eine Art ›Vorausblende‹ auf den Tod von

Johannes dem Täufer, der auf Betreiben von Salome durch Herodes enthauptet wird. Josie hatte sich grundsätzlich bereit erklärt, in einem Trikot den Tanz der Sieben Schleier vorzuführen. Josie war eine muntere Wasserstoffblondine, die bei Woolworth arbeitete und in dem Ruf stand, kein Kind von Traurigkeit zu sein. Leider hatte ich drei verschiedene Herodes-Figuren aus dem Neuen Testament durcheinandergebracht, so daß Bede einen guten Grund hatte, diese ›Auswüchse‹, wie er sich ausdrückte, wieder zu streichen. Doch auch danach war die Rolle des Herodes in unserem Stück noch weit gewichtiger, als es sonst in Krippenspielen üblich war.

Mitte Dezember wollte Pater Jerome, der uns bis dahin mehr oder weniger freie Hand gelassen hatte, das Stück mal im Zusammenhang sehen. Es war sicher gut, daß Salomes Schleiertanz schon gestrichen war, denn auch ohne diese Einlage fand Pater Jerome unser Stück nicht ehrerbietig genug. Bede Harrington – das muß ich fairerweise sagen – hatte sich große Mühe gegeben, die üblichen frömmelnden Klischees zu vermeiden und das Stück moderner oder – wie es in einem späteren Jahrzehnt heißen sollte – ›relevanter‹ zu gestalten. So hatte zum Beispiel nach der Verkündigung die Jungfrau Maria in Nazareth mit den in England damals weit verbreiteten Vorurteilen gegenüber ledigen Müttern zu kämpfen, und die Schwierigkeit, in Bethlehem Raum in der Herberge zu finden, wurde indirekt mit der damaligen Wohnungsnot in Verbindung gebracht. Auf Pater Jeromes Geheiß mußten diese unbiblischen Anspielungen unterbleiben. Was ihn aber vor allem betrübte, war der seiner Meinung nach zu weltliche Geist der Inszenierung.

»Das ist kein Krippenspiel mehr, sondern eine ganz gewöhnliche Weihnachtsrevue«, sagte er und bleckte mit freudlosem Lächeln sein Trümmergebiß. »Nehmt nur mal euren Herodes. Der spielt ja die ganze Heilige Familie an die Wand.« Bede sah mich vorwurfsvoll an, aber sein langes Gesicht wurde noch länger, als Pater Jerome fortfuhr: »Laurence kann nichts dafür, er gibt als Schauspieler sein Bestes. Aber von euch, die ihr im wahren Glauben aufgewachsen seid, hätte ich mehr erwartet. Wo bleibt die Andacht? Überlegt doch mal, worum es in diesem Stück geht. Das Wort ist Fleisch geworden, Gott selbst ist als hilfloses Kind vom Himmel gekommen, um unter den Menschen zu wohnen. Überlegt mal, was es für Maria bedeutete, als Muttergottes auserwählt zu werden...« – an dieser Stelle sah er forschend zu Maureen hinüber, die dunkelrot wurde und die Augen niederschlug – »... überlegt mal, was es für den heiligen Joseph bedeutete, die Verantwortung für die Muttergottes und ihren neugeborenen Sohn zu übernehmen. Überlegt mal, wie den Schäfern, diesen armseligen Menschen, die wenig besser lebten als ihre Tiere, zumute gewesen sein muß, als ihnen der Engel des Herrn erschien und zu ihnen sagte: ›Siehe, ich verkündige euch große Freude, denn euch ist heute der Heiland geboren, welcher ist Gott der Herr...‹ So etwas kann man nicht spielen, das muß man fühlen – mit ganzem Herzen und mit ganzer Seele. Ihr solltet jede Probe mit einem Gebet beginnen.«

In dieser Tonart ging es noch eine Weile weiter. Es war eine Leistung, die eines Stanislawskij würdig gewesen wäre. Bei unseren Proben, die er von da an regelmäßig besuchte, herrschte nun ein völlig anderer Ton. Die Darsteller gestalteten ihre Rollen mit neuer Ernsthaftigkeit und Hingabe. Pater Jerome hatte sie davon überzeugt, daß hier geistliche Inspiration gefragt sei und daß man sich, wenn man sie nicht schon besaß, gefälligst darum zu bemühen habe. Für meine Beziehung mit Maureen war das ein schwerer Schlag. Nach seiner öffentlichen Moralpredigt hatte Pater Jerome sie sich noch einmal allein vorgenommen. Voll böser Vorahnungen beobachtete ich, wie sie in Büßerpose, mit niedergeschlagenen Augen, die Hände im Schoß gefaltet, neben ihm saß und gefügig nickte, während er auf sie einredete.

Als ich sie heimbrachte, blieb sie an der Ecke vor ihrem Haus stehen und sagte: »Es ist spät geworden, Laurence. Laß uns gleich hier Gutenacht sagen.«

»Aber hier können wir uns nicht richtig küssen«, wandte ich ein.

Sie schwieg einen Augenblick und spielte mit einer Haarsträhne.

»Ich denke, wir sollten das erst mal lassen. Zumindest so lange, wie ich die Muttergottes bin.«

Vielleicht war Pater Jerome aufgefallen, daß Maureen und ich uns sehr nahegekommen waren. Vielleicht hatte er den Verdacht, daß ich ihrem ›Tempel des Heiligen Geistes‹ gefährlich zu werden drohte, und hatte ihr deshalb an diesem Abend so ernsthaft ins Gewissen geredet. Er hatte ihr erneut vor Augen geführt, welche Ehre es für ein junges Mädchen sei, die Muttergottes zu spielen, und sie daran erinnert, daß ihr Name eine irische Form von Maria war. Wie froh und stolz, sagte er, müßten ihre Eltern sein, daß sie die Rolle bekommen hatte. Nun müsse sie sich dieser Ehre auch in Gedanken, Worten und Taten als würdig erweisen. Ich bemühte mich zunächst, die ganze Geschichte ins Lächerliche zu ziehen. Als das nicht verfing, versuchte ich es mit Vernunftgründen, dabei hielt ich ihre Hände und sah ihr ernsthaft in die Augen, aber auch das half nicht. Schließlich spielte ich den Beleidigten.

»Also dann gute Nacht«, sagte ich und steckte die Hände in die Manteltaschen.

»Einen Kuß könntest du mir ja vielleicht geben«, sagte

Maureen kläglich. Ihr Gesicht schimmerte bläulich unter der Straßenlaterne.

»Unter Klausel fünf, was?« sagte ich höhnisch.

»Bitte nicht …«

Ihre Lippen zitterten, ihre Augen füllten sich mit Tränen.

»Mach dich nicht lächerlich, Maureen«, sagte ich, drehte mich auf dem Absatz um und ging davon.

Ich schlief sehr schlecht in dieser Nacht, und am nächsten Morgen kam ich zu spät ins Büro, weil ich nicht meinen üblichen Zug nahm, sondern Ecke Hatchford Five Ways auf Maureen wartete. Sie sah mich schon von weitem. Natürlich hatte auch sie schlecht geschlafen, sie war blaß und hatte geschwollene Augen. Noch ehe meine Entschuldigung ganz heraus war, hatten wir uns schon wieder vertragen, und sie machte sich beschwingt und strahlend auf den Weg in die Schule.

Ich dachte bestimmt, daß es mir auch diesmal gelingen würde, nach und nach ihre Bedenken zu besiegen, aber für Maureen war das inzwischen keine Sache mehr, die allein sie und ihr Gewissen betraf, sondern unsere gewohnten Zärtlichkeiten waren, solange sie die Muttergottes spielte, eine Art Sakrileg, und der Zorn Gottes würde nicht nur sie, sondern das Stück und alle Mitwirkenden treffen. Sie liebte mich nach wie vor, es war eine Qual für sie, mir etwas zu versagen, aber ihr Entschluß, in dieser Zeit Verzicht zu leisten, stand fest. An dem Wochenende nach Pater Jeromes erstem Auftritt bei der Probe war sie zur Beichte (beim alten Pater Malachi) und zur Kommunion gegangen und hatte sich feierlich dazu verpflichtet.

Am gescheitesten wäre es natürlich gewesen, wenn ich mich zunächst damit abgefunden und in Geduld gefaßt hätte, aber ich war jung, hochfahrend und selbstsüchtig. Weihnachten und Neujahr keusch und züchtig zu verbringen, während sich alle anderen in diesen Tagen eher mehr als weniger Freiheiten erlaubten, wollte mir gar nicht schmecken. Bis zum 6. Januar war es noch lange hin. Ich schlug ihr einen Kompromiß vor: Verzicht auf Schmusen bis nach den ersten drei Aufführungen, aber gelockerte Vorschriften zwischen Weihnachten und Neujahr. Maureen schüttelte den Kopf.

»Bitte nicht«, flüsterte sie. »Bei so etwas darf man nicht feilschen.«

»Und wie hast du dir das weiter vorgestellt?« fragte ich brutal. »Wann können wir uns wieder normal benehmen?«

»Ich weiß nicht… War das denn normal, wie wir uns benommen haben?«

»Willst du damit sagen, daß wir es nie mehr machen sollen?«

Daraufhin brach sie in Tränen aus, und wir versöhnten uns, aber natürlich fing ich immer wieder davon an.

Inzwischen liefen die Vorbereitungen für die Premiere auf Hochtouren, so daß wir notgedrungen ständig zusammen waren, aber bei der allgemeinen Nervosität merkten die anderen wohl nicht, daß es zwischen Maureen und mir Spannungen gab – mit Ausnahme von Josie, die eine kleine Rolle als Frau des Herbergswirtes spielte. Daß Josie ein Auge auf mich geworfen hatte, war mir nicht verborgen geblieben, denn wenn Damenwahl war, forderte sie mich häufig auf. Ich wußte auch, daß sie Maureen ihren bescheidenen Ruhm neidete. Außer Herodes war Josie die einzig wirklich negative Figur in unserem Stück, und das verband uns ebenso wie der Widerstand gegen die neuerdings eher frömmlerische Atmosphäre bei den Proben, die uns den Spaß verdarb. Wenn die anderen zu Beginn der Probenarbeit unter Leitung von Pater Jerome oder Bede Harrington feierlich einen Rosenkranz beteten, sah ich Josie an und versuchte, sie zum Lachen zu bringen. Ich lobte ihre Leistungen und hörte ihren Text ab. Bei den geselligen Abenden tanzte ich jetzt öfter mit ihr.

Maureen merkte das natürlich. Wenn ich den stummen Gram in ihrem Blick sah, schlug mir natürlich ein bißchen das Gewissen, aber ich hielt an meinem grausamen Plan fest, sie durch Eifersucht vom Pfad der Tugend abzubringen.

Vielleicht war es unbewußt ein Versuch, unsere Beziehung zu beenden und nicht nur in ihr, sondern auch in mir etwas zu zerstören, was ich Kinderei, Beschränktheit, Naivität nannte, ebensogut aber auch als Unschuld hätte bezeichnen können. Als Maureen mich im Jugendklub eingeführt hatte, empfand ich die Stimmung dort als locker und aufgeschlossen, jetzt kam mir dort alles spießig und rückständig vor, zumal ich in meinem Job inzwischen eine andere Welt kennengelernt hatte. Der Büroklatsch um Schauspieleraffären, Spielchen auf der ›Besetzungscouch‹ und Theaterpartys vermittelte mir eine farbige und spannende, wenn vielleicht auch nicht immer zutreffende Vorstellung davon, wie Erwachsene es mit dem Sex hielten. Daß eine kleine Klosterschülerin mir verbieten wollte, ihre Titten anzufassen, erschien mir vor diesem Hintergrund geradezu grotesk. Ich wollte jetzt unbedingt so schnell wie möglich zum Mann werden, aber mit Maureen war das natürlich nicht zu machen – oder allenfalls dann, wenn wir verheiratet waren, und diese Möglichkeit schien so fern wie ein Flug zum Mond. Im übrigen wußte ich aus meinem Elternhaus, wie schwer es ist, mit wenig Geld eine Familie zu ernähren. So wollte ich nicht leben. Ich strebte ein freieres, ungebundeneres Dasein an – auch wenn ich noch nicht wußte, wie das aussehen sollte.

Die Krise kam nach der letzten Aufführung vor Weihnachten. Wir spielten vor vollem Haus. In der Gemeinde hatte sich herumgesprochen, daß das Stück einen Besuch lohnte, und in unserem Lokalblättchen war sogar eine kurze, aber positive Besprechung erschienen. Sie war unsigniert, und zunächst hatte ich Bede Harrington im Verdacht, sie selbst geschrieben zu haben. Dagegen sprach allerdings, daß der Rezensent meine Leistung besonders herausgestrichen hatte. Ich denke mir, daß die starke Spannung, unter der Maureen und ich standen, auch in unserem Spiel spürbar wurden. Mein Herodes war gedämpfter als zu Beginn der Proben, aber überzeugender in seiner Grausamkeit. Ich merkte, wie ein Schauer durchs Publikum ging, wenn ich den Befehl zum Kindermord von Bethlehem gab. Und Maureens Jungfrau hatte – sogar in der Verkündigungsszene – etwas Tragisches, ›als habe sie‹, so hieß es in der Besprechung, ›ahnungsvoll Mariä sieben Schmerzen vorausgesehen‹. (Wenn ich es mir recht überlege, könnte die Besprechung auch Pater Jerome geschrieben haben.)

Peter Marellos Freundin Anne, unsere Inspizientin, hatte eine kleine Feier organisiert. Nachdem wir unsere Kostüme ausgezogen, uns abgeschminkt, die Kulissen abgebaut und für die letzte Aufführung zu Dreikönig gelagert hatten, gab es für alle Kakao, Schokokekse und Kartoffelchips. Pater Jerome gratulierte uns, spendete allen seinen Segen und ließ uns dann allein. Wir waren müde, aber glücklich, sogar Maureen strahlte. Ihre Eltern und Geschwister hatten sich das Stück zum zweitenmal angesehen, und sie hatte von hinten ihren Vater ›Bravo!‹ rufen hören. Ich hatte meinen Eltern gesagt, sie brauchten nicht hinzugehen, aber meine Mutter war trotzdem zur Premiere gekommen und fand das Stück ›ganz nett, aber ein bißchen laut‹ (sie meinte die Musik, vor allem den Walkürenritt, der sich zur Flucht nach

Ägypten auf dem Plattenteller drehte), und mein Bruder, den sie mitgenommen hatte, betrachtete mich am nächsten Morgen fast mit Hochachtung. Bede Harrington, dem der Erfolg ziemlich zu Kopf gestiegen war, plante für Ostern bereits ein Passionsspiel. In Blankversen, wenn ich mich recht erinnere, mit Sprechrollen für das Kreuz, die Nägel, die Dornenkrone und dergleichen. Großmütig bot er mir die Rolle der Geißel an. Ich würde es mir überlegen, sagte ich.

Wir kamen auf unsere Pläne für Weihnachten zu sprechen, und ich erzählte, daß ich von meinem Chef für den zweiten Weihnachtsfeiertag vier Freikarten für seine Weihnachtsrevue bekommen hatte. Eigentlich waren sie für mich und meine Familie gedacht, aber ein böser Geist gab mir den Gedanken ein, der Runde mit einer großzügigen Geste zu imponieren und gleichzeitig Maureen auf die Probe zu stellen. Ich fragte Peter und Anne, ob sie Lust hätten, mit mir und Maureen hinzugehen. Die beiden waren natürlich gleich dabei, aber Maureen sagte erwartungsgemäß, ihre Eltern würden es nicht erlauben.

»Nicht mal zu Weihnachten?«

Sie sah mich an. Ihre Augen baten mich stumm, sie nicht in aller Öffentlichkeit bloßzustellen.

»Du kennst sie doch«, sagte sie.

»Schade. Sonst noch jemand interessiert?«

»Au ja, ich liebe Revuen«, sagte Josie prompt.

»Es macht dir doch nichts aus, Maureen?«

»Nein, es macht mir nichts aus«, flüsterte sie und sah aus, als hätte ich ihr das Schwert des Herodes mitten ins Herz gestoßen.

Es gab eine peinliche kleine Pause, die ich mit der Geschichte von der Beinah-Katastrophe überbrückte, als in der Krippenszene der Prospekt zu verrutschen drohte, und dann stürzten wir uns alle in eine ausführliche Manöverkritik. Maureen beteiligte sich nicht am Gespräch, und als ich wieder zu ihr hinsah, war sie gegangen. Verdrossen kickte ich eine leere Blechdose vor mir her, während ich ganz gegen meine Gewohnheit allein nach Hause ging. Natürlich wußte ich, daß ich mich schäbig benommen hatte, gab aber trotzdem Maureen die Schuld daran, daß mir nun ›Weihnachten verdorben‹ war, und ging deshalb auch nicht mit ihr zur Mitternachtsmesse. Der Weihnachtstag schleppte sich schläfrig-dumpf wie immer dahin. Dann kam der zweite Weihnachtsfeiertag. Meinen Eltern hatte ich erzählt, daß ich nur eine Karte hätte. Ich traf mich mit Josie, Peter und Anne am Bahnhof Charing Cross. Josie war aufgetakelt wie eine Nutte und roch durchdringend nach billigem Parfüm. In der Pause verlangte sie dreist einen Gin Tonic, womit sie fast meine Finanzen ruinierte, und lachte zur peinlichen Verlegenheit von Peter und Anne schallend über alles, besonders aber über die nicht ganz stubenreinen Witze. Hinterher brachte ich sie heim – sie wohnte noch bei den Eltern in einer Sozialwohnung – und umarmte sie in einer dunklen Ecke im Treppenhaus, zu der sie mich ohne weitere Vorrede führte. Sie steckte mir die Zunge in den Hals und bedeutete mir, eine Hand auf eine ihrer Brüste zu legen, die in einem sperrigen Drahtbügel-BH steckte. Bestimmt hätte sie mir auch noch mehr erlaubt, aber ich hatte keine Lust. Unter ihrem Parfüm stieg mir der abgestandene Schweißgeruch aus ihren Achselhöhlen in die Nase, und ihr albernes Geplapper und grelles Lachen nervten mich.

Am nächsten Tag kam ein Brief von Maureen, den sie am Weihnachtsabend aufgegeben hatte. Es sei wohl das beste, wenn wir uns – bis auf die letzte Aufführung des Krippenspiels – eine Weile nicht mehr sehen würden, schrieb sie in ihrer runden Mädchenschrift auf dem vertrauten malvenfarbenen und lavendelduftenden Briefpapier. Über jedem i stand ein normaler Punkt und kein lustiger Kringel. Ich antwortete nicht auf ihren Brief, dafür schrieb ich an Bede Harrington, ich könne es zeitlich nicht einrichten, zur letzten Aufführung zu kommen, er solle doch Peter Marello zusätzlich den Herodes spielen lassen. Weder im Jugendklub noch in der Fußballmannschaft habe ich mich je wieder sehen lassen. Durch die fehlende Bewegung setzte ich Fett an, zumal ich Geschmack am Bier gefunden hatte. Ich befreundete mich mit Nigel, einem jungen Mann, der in dem Theater unter unserer Agentur an der Kasse saß und der mich in verschiedene Soho-Pubs einführte. Wir waren viel zusammen, und es dauerte Monate, bis ich dahinterkam, daß er homosexuell veranlagt war. Die Mädchen im Büro glaubten natürlich, ich hätte die gleichen Neigungen, deshalb konnte ich bei ihnen nicht landen. Erst im Wehrdienst verlor ich meine Unschuld – in einer kurzen, schmierigen Nummer mit einer bedudelten Nachrichtenhelferin an einer Parkplatzmauer.

In den Monaten nach dem Krippenspiel sah ich Maureen gelegentlich auf der Straße oder an der Bushaltestelle, aber ich sprach sie nicht an, und sie ließ nicht erkennen, ob sie mich bemerkt hatte. In ihrem graublauen Regenmantel und mit der immer gleichen Frisur kam sie mir zunehmend unfertig und kindlich vor. Ich hatte gerade meine Einberufung zum Wehrdienst bekommen, als wir uns unvermutet vor der Apotheke gegenüberstanden – ich wollte hinein, sie wollte heraus. Befangen wechselten wir ein paar Worte. Ich fragte sie nach der Schule. Sie habe vor, in die Krankenpflege zu gehen, sagte Maureen und fragte mich nach meiner Arbeit. Ich sei gerade einberufen worden, sagte ich, und hoffe auf einen Auslandseinsatz, um ein bißchen was von der Welt zu sehen.

Die Army bildete mich zum Schreiber aus und schickte mich nach Norddeutschland, wo die Rübenfelder bis an den Horizont reichten und es im Winter so kalt war, daß ich einmal auf Patrouille anfing zu heulen und die Tränen mir an den Wangen gefroren. Ich bin wohl nur deshalb nicht an Langeweile gestorben, weil ich die Möglichkeit bekam, Texte für Revuen, Transvestitenshows und ähnliche von der Standortleitung veranstaltete Lustbarkeiten zu schreiben und darin auch selbst mitzuspielen. Nach der Rückkehr ins zivile Leben kam für mich nur noch ein Beruf im Showbusiness in Frage. Mit Hilfe eines kleinen Stipendiums, das ich durch abendliches Jobben in einem Pub aufbesserte, konnte ich an einer der weniger prominenten Londoner Schauspielschulen studieren. Wenn ich die Eltern in Hatchford besuchte, bekam ich Maureen nicht zu Gesicht. Einmal traf ich zufällig Peter Marello, der mir erzählte, sie habe eine Ausbildung als Krankenschwester angefangen und wohne nicht mehr zu Hause. Das ist jetzt fünfunddreißig Jahre her. Seither habe ich von ihr nichts mehr gehört oder gesehen.

Für diesen Text habe ich fast eine ganze Woche gebraucht. Gestern abend um zehn waren die letzten Seiten ausgedruckt. Danach ging ich endlich mal wieder aus dem Haus, um mir die Beine zu vertreten und die Sonntagszeitungen zu kaufen, die gerade mit einem Laster druckfrisch vor Leicester Square Station angekommen waren. Die Zeitungsfahrer rissen eilig die Packen auf und legten die einzelnen Teile – Aktuelles, Sport, Wirtschaft, Kultur – an Ort und Stelle zusammen, während die Kunden ihnen schon das Geld hinstreckten. Die Zeitung von morgen bereits heute zu kaufen, hat für mich immer einen besonderen Reiz und verschafft mir die Illusion, einen Blick in die Zukunft zu tun. An den Verhältnissen in der großen weiten Welt hatte sich in der vergangenen Woche wenig geändert. Elf Menschen waren beim Beschuß eines Fußballstadions in Sarajevo durch Mörsergeschosse bosnischer Serben umgekommen, fünfundzwanzig UN-Soldaten in Somalia gefallen, als sie in einen Hinterhalt von General Aidids Truppen geraten waren. John Major hat die niedrigste Beliebtheitsrate für einen britischen Premierminister, seit es Umfragen gibt. Inzwischen tut er mir schon fast leid. Vielleicht wollen aber die Torys mit diesem Trick nur Wähler mit geringem Selbstwertgefühl anlocken. Die ganze Woche hatte ich mir, um nicht abgelenkt zu werden, keine Zeitung gekauft, kaum Radio gehört oder Fernsehen geschaut. Nur zum Spiel England–Norwegen am Mittwoch hatte ich den Kasten angeschaltet – und es hinterher bitter bereut. Diese Demütigung! Zwei zu null besiegt von halben Amateuren! Damit ist wahrscheinlich die Qualifikation für die Weltmeisterschaft futsch. Von Rechts wegen hätte der Fußballverband einen Tag Nationaltrauer anordnen und Graham Taylor zur Zwangsarbeit ins Bergwerk schicken müssen – da könnte er dann seinen Sträflingstrupp zu einem 3-5-2-System zusammenstellen und ein komplettes Chaos verursachen, so wie er es mit der englischen Mannschaft gemacht hat. Noch einen halben Tag nach dem Spiel konnte ich nicht vernünftig arbeiten.

Ob ich jetzt doch zum Bücherschreiber werde? Etwas in dieser Art habe ich bisher noch nie gemacht. Statt meine Geschichte wie gewohnt zu erzählen – als hätte ich einen Freund vor mir oder eine Zufallsbekanntschaft im Pub –, habe ich versucht, meine damaligen Erlebnisse so wahrhaftig wie möglich wiederzugeben, habe mich mit Formulierungen gequält und viel umgeschrieben. Das Umschreiben bin ich von meinen Drehbüchern her zwar gewohnt, aber da mache ich es meist auf Wunsch Dritter. Diesmal war ich der einzige Leser und der einzige Kritiker – und änderte trotzdem ständig an meinem Text herum. Und zum erstenmal, seit ich meine Texte auf einer elektrischen Schreibmaschine und jetzt auf dem Computer schreibe, habe ich einen handschriftlichen Entwurf gemacht. Irgendwie lag es näher, sich mit einem Stift in der Hand auf die Suche nach der Vergangenheit zu machen. Der Stift ist wie ein Werkzeug, das sich durch das Wurzelwerk hindurch bis auf den Grund der Erinnerungen gräbt. Natürlich habe ich mir bei den Dialogen gewisse Freiheiten erlaubt, schließlich ist das alles vierzig Jahre her, und ich habe mir damals keine Notizen gemacht, aber ich denke, daß ich die Emotionen richtig getroffen habe, und darauf kommt es schließlich an. Ich komme von meinem Text nicht los, immer wieder lese ich die ausgedruckten Seiten, feile und ändere – dabei müßte ich dringend die Wohnung aufräumen.

Die Küche sieht aus wie eine Müllkippe, in der ganzen Wohnung stehen schmutzige Teller und leere Fastfood-Behälter herum, auf dem Couchtisch liegt ein Stoß ungeöffneter Briefe, und der Anrufbeantworter streikt, weil das Band voll ist. Grahame war ganz entsetzt, als er hochkam, um sich mit mir das Englandspiel anzusehen. Er ist in dieser Beziehung viel pingeliger als ich. Ab und zu leiht er sich von mir Kehrichtschaufel und Handfeger und macht sein Stück Marmor im Eingangsbereich sauber. Möglicherweise sind aber seine Tage hier gezählt. Die beiden amerikanischen Akademiker aus Nummer 5 sind angekommen und nicht erbaut darüber, daß ihre zahlreichen Besucher ständig über einen Schlafgast vor der Haustür steigen müssen. Gestern im Aufzug haben sie mir gesagt, daß sie die Polizei verständigen würden, ich konnte ihnen nicht begreiflich machen, daß Grahame kein gewöhnlicher

Penner ist. Daß er die beiden als ›diese Ami-Schwuchteln‹ bezeichnet, ist natürlich nicht gerade günstig für seine Sache.

Das vorherrschende Gefühl beim Durchlesen dieser Erinnerungen ist Trauer um Verlorenes. Nicht nur um Maureens verlorene Liebe, sondern um unsere verlorene Unschuld. Wenn ich früher an sie dachte (was nicht oft vorkam), tat ich das mit einem irgendwie nachsichtigen Lächeln: Nettes Mädchen, erste Freundin, Gott, was waren wir naiv, Schnee von gestern ... so in der Art. Erst beim Aufschreiben unserer Geschichte wurde mir klar, daß ich damals etwas sehr Schlimmes getan hatte. Ich hatte gefühllos, selbstsüchtig und mutwillig einem jungen Mädchen das Herz gebrochen.

Diese Erkenntnis hat sicher auch etwas damit zu tun, daß ich vor kurzem Kierkegaard entdeckt habe. Es ist ja eine sehr kierkegaardsche Geschichte. Sie ähnelt dem ›Tagebuch eines Verführers‹ und K.s Beziehung zu Regine. Maureen – Regine: Im Englischen reimt sich das fast.

Allerdings hat Regine sich nicht kampflos ergeben wie Maureen. Als K. ihr den Ring zurückschickte, ging sie sofort zu ihm. Er war nicht zu Hause, und sie hinterließ ihm eine Nachricht, in der sie ihn anflehte, sie nicht zu verlassen ›im Namen Christi und im Gedenken an Deinen verewigten Vater‹. Der Hinweis auf den verewigten Vater war ein geschickter Schachzug. Søren glaubte fest daran, daß er – wie so viele seiner Geschwister – vor seinem Vater sterben würde, dieses Schicksal lag wie ein Fluch auf der Familie. Als der Alte dann doch zuerst das Zeitliche segnete, meinte Søren, der Vater sei in einem mystischen Sinne *für ihn* gestorben. Auf diesen Zeitpunkt führt er seine Bekehrung zur Religion zurück. Regines mahnende Worte trafen ihn deshalb tief. Trotzdem gab er sich weiter kalt und zynisch, brach ihr das Herz und hielt stur an der Überzeugung fest, er könne ›im Unglück glücklicher ohne sie als mit ihr‹ sein. Ich habe gerade nachgelesen, was er über ihr letztes Gespräch schrieb:

»Ich kam und redete vernünftig mit ihr. Sie fragte mich: Willst du nie heiraten. Ich entgegnete: Doch, in zehn Jahren, wenn ich mich ausgetobt habe, dann muß ich ein junges Blut haben, um mich zu verjüngen. Sie sagte: Vergib mir, was ich dir angetan habe. Ich erwiderte: Ich wäre es doch, der so bitten müßte. Sie sagte: Küß mich. Das tat ich – aber ohne Leidenschaft. Barmherziger Gott.«

Dieses ›Küß mich!‹ war Regines letzter Versuch. Als auch das nicht half, gab sie auf.

Ich sah wieder Maureen vor mir, wie sie mir das im Licht der Straßenlaterne bläulich schimmernde Gesicht entgegenhob, hörte sie sagen: »Einen Kuß darfst du mir schon geben …«, sah mich davongehen. Habe ich sie danach noch einmal in den Armen gehalten oder auf den angebotenen keuschen Gutenachtkuß weiter dankend verzichtet? Ich habe ihren letzten Brief nicht aufgehoben und weiß nicht mehr genau, was darinstand, aber etwas sehr Gewichtiges dürfte es nicht gewesen sein. Nicht das, was sie sagte und schrieb, ist mir in Erinnerung geblieben, sondern ihr Aussehen, ihre Ausstrahlung: Das schwingende Haar, die leuchtenden Augen, wie sie beim Lachen die Nase krauste … Zu schade, daß ich kein Foto von ihr zur Hand habe. Damals hatte ich immer eine Schwarzweißaufnahme von ihr in der Brieftasche, auf dem Bild war sie fünfzehn, lehnte an einer Trockenmauer und sah lächelnd und mit zusammengekniffenen Augen in die Sonne, während der Wind ihr den Baumwollrock um die Beine wehte. Weil ich das Foto immer wieder herausnahm und ansah, hatte es zum Schluß überall Kniffe und Eselsohren. Nach unserer Trennung habe ich es weggeworfen. Ich spüre noch, wie leicht es unter meinen Händen zerriß – das Papier war mürbe geworden und hatte allen Glanz verloren –, sehe die Schnitzel auf den Boden des Papierkorbs flattern. Was ich sonst noch an Fotos von ihr habe, steckt mit anderen Erinnerungsstücken aus meiner Jugend in einem Schuhkarton, und der steht irgendwo auf dem Dachboden in Hollywell. Viele sind es nicht – wir hatten damals beide keinen Fotoapparat –, ein paar Schnappschüsse von Wanderungen mit der Jugendgruppe, ein Gruppenfoto des Ensembles bei unserem Krippenspiel. Wüßte ich, daß Sally nicht zu Hause ist, hätte ich nicht übel Lust, morgen nach Hollywell zu fahren und danach zu suchen.

18.30 Uhr. Ich hatte gerade den letzten Satz getippt, den Computer ausgeschaltet und die Ärmel hochgekrempelt, um mich an den Abwasch zu machen, als mir der glorreiche Gedanke kam, statt nach Fotos von Maureen nach Maureen selbst zu suchen. Je länger ich darüber nachdenke – und ich habe den ganzen Nachmittag kaum an etwas anderes gedacht –, desto mehr Gefallen finde ich an der Idee. Wie sie reagieren wird, wenn ich sie finde, ahne ich natürlich nicht, und so ist dieses Projekt zwar spannend, aber auch etwas beängstigend. Nach unserer Begegnung vor der Apotheke von Hatchford habe ich sie völlig aus den Augen verloren. Vielleicht lebt sie im Ausland (macht nichts, notfalls würde ich ihr bis Neuseeland nachreisen), vielleicht ist sie auch tot. Das wäre schlimm, aber denkbar ist es natürlich. Krebs. Ein Autounfall. Es gibt tausend Möglichkeiten ... Aber irgendwie habe ich das Gefühl, daß sie noch lebt. Wahrscheinlich verheiratet. Was heißt wahrscheinlich ...

Eine Frau wie Maureen könnte ich mir überhaupt nicht unverheiratet vorstellen. Vermutlich hat sie, wie so viele hübsche Krankenschwestern, einen Arzt geheiratet, und weil sie eine überzeugte Katholikin ist, dürfte die Ehe noch bestehen. Falls sie nicht vom Glauben abgefallen ist. So was gibt's. Oder sie ist Witwe.

Stopp! Ich darf mich nicht in Wunschträumen verlieren! Wahrscheinlich ist sie eine sehr reputierliche, ziemlich langweilige, glücklich verheiratete Frau, füllig und in Ehren ergraut, die in einem behaglichen Vororthaus wohnt, dessen Wohnzimmervorhänge aus dem Stoff der Polstergarnitur sind, die sich hauptsächlich mit ihren Enkeln beschäftigt und sich schon auf ihre Rentner-Bahncard freut, weil sie die lieben Kleinen dann öfter besuchen kann. An mich hat sie bestimmt seit Jahrzehnten nicht mehr gedacht und würde mich, stünde ich unvermutet vor ihrer Tür, wohl kaum erkennen. Eines Tages aber werde ich vor ihrer Tür stehen. Wenn es mir gelingt, sie zu finden.

Montag, 7. Juni, 16.30 Uhr. Puh! Ich bin total fertig, und mein Knie tut weh. Heute war ich in Hatchford. *Hatchford mon amour!*

Kurz nach neun fuhr ich in Charing Cross los, gegen Ströme von Pendlern mit käsig-bleichen Montagmorgengesichtern ankämpfend, die auf den Bahnsteig schwappten, um die Geschäfte von Tie Rack, Knickerbox und Sockshop herumstrudelten und gurgelnd in den Zugängen zur U-Bahn verschwanden. Mein Zug hinaus in die Vororte war fast leer. Früher hieß die Strecke Southern Electric, heute heißt sie Network Southeast, aber Wesentliches hat sich nicht geändert, nur daß es mehr und dank der Erfindung des Filzstifts farbige Graffiti an den Wagenwänden gibt. Vorsprung durch Technik. Ich setzte mich in den zweiten Wagen von vorn, weil das zum Aussteigen in Hatchford am günstigsten ist, und schaffte mir zwischen dem Unrat, der den Boden bedeckte, einen kleinen Freiraum für meine Füße, während mir aus den Polstern der vertraute Geruch nach Staub und Haaröl in die Nase stieg. Ein Zugbegleiter ging an der Reihe der Wagen entlang und knallte die Türen zu, daß es nur so schepperte. Der Zug fuhr mit einem Ruck an, rumpelte über die Hungerford Bridge, durch deren Gitterwerk die Themse glitzerte, und schlingerte über die Weiche zwischen Waterloo East und London Bridge. Von da ab verläuft die Strecke meilenweit schnurgerade, man sieht auf die Dächer von Fabrik- und Lagerhallen und Garagen, auf Schrottplätze und Schulhöfe und Reihenhäuser, zwischen die sich hin und wieder eine vielstöckige Wohnmaschine schiebt. Landschaftliche Schönheiten suchte man hier seit jeher vergebens.

Seit Jahren war ich diese Strecke nicht mehr gefahren, seit Jahrzehnten nicht mehr in Hatchford ausgestiegen. 1962 hatte Dad das Glück (die einzige glückliche Wendung in seinem Leben, abgesehen von der Begegnung mit Mum), zwanzigtausend Pfund im Fußballtoto zu gewinnen. Damals war das viel Geld, er konnte vorzeitig in Rente gehen und sich einen kleinen Bungalow in Middleton-on-Sea bei Bognor kaufen. Danach zog mich nichts mehr nach Hatchford. Mein heutiger Ausflug kam mir vor wie einer dieser Träume, in denen sich Fremdes und Vertrautes auf fast gespenstische Weise mischen. Äußerlich ist um die Five Ways herum alles erstaunlich unverändert. In dem früheren Blumenladen an der Ecke ist jetzt ein Videoverleih, in der Konsumbäckerei ein Heimwerkergeschäft, auf der Fahrbahn gibt es Pfeile und Schraffierungen und einen angedeuteten Kreisverkehr, aber die Konturen der Straßen und

Gebäude sind im wesentlichen so, wie ich sie in Erinnerung habe. Soziologisch ist vieles anders geworden. In den Nebenstraßen mit den Reihenhäuschen wohnen jetzt, wie ich in der Albert Straße feststellte, als ich nach unserem früheren Haus suchte, hauptsächlich karibische und asiatische Familien.

Die Schiebefenster sind durch moderne Fenster mit Alu-Rahmen ersetzt, und vor der Haustür steht ein kleiner verglaster Windfang, ansonsten aber ist das Haus ganz so wie früher: Graugelber Backstein, Schieferdach, handtuchgroßer Vorgarten. Auf der steinernen Fensterbank zur Straßenseite sieht man immer noch den Einschlag eines Granatsplitters aus dem letzten Krieg. Ich klopfte, und ein braunhäutiger Mann mit grauem Krisselhaar guckte mißtrauisch durch den Türspalt. Ich hätte hier mal gewohnt, sagte ich, und wollte mich nur einen Augenblick im Haus umschauen. Er sah recht skeptisch drein, hielt mich vielleicht für einen Schnüffler von der Behörde oder gar für einen Trickdieb, dann aber tauchte hinter ihm eine junge Frau auf, die ihn als Dad ansprach, sich die Hände an der Schürze abwischte und mich freundlich hereinbat. Abgesehen von den exotischen Küchengerüchen fiel mir besonders auf, wie eng und dunkel es bei geschlossener Haustür in der Diele und auf der Treppe zum Obergeschoß war. Licht, Luft und Sonne waren in diesen Reihenhäuschen seit jeher Mangelware. Doch die Trennwand zwischen Vorder- und Hinterzimmer war herausgenommen worden, und von der Diele aus betrat man ein helles, geräumiges Wohnzimmer. Warum waren darauf eigentlich nicht wir schon gekommen? Wir hatten meist im Hinterzimmer gehockt, wo man bei jeder Bewegung mit einem Familienmitglied zusammen- oder schmerzhaft gegen Möbelkanten stieß. Der Grund war wohl, daß wir nicht von der Gewohnheit abzubringen waren, uns immer etwas – einen Anzug, ein Teeservice, ein Zimmer – ›für gut‹ zu lassen.

Das vergrößerte Wohnzimmer war fröhlich, wenn auch ein bißchen grell, in Gelb und Lila und Grün tapeziert. Vor dem Fernseher saßen etwa dreijährige Zwillinge auf dem Fußboden, lutschten am Daumen und guckten einen Zeichentrickfilm. Die beiden Kamine waren mit Brettern vernagelt und übertapeziert, die Kaminsimse verschwunden, und unter dem vorderen und hinteren Fenster standen Heizkörper. Das Zimmer hatte so wenig Ähnlichkeit mit früher, daß sich trotz größter Mühe keine Erinnerungen einstellen wollten. Das hintere Gartenstück war weitgehend gepflastert und mit einer Plexiglaskonstruktion überdacht. Durchs Fenster sah ich einen roten Gartengrill und eine moderne Wäschespinne. Damals hatten wir nur eine schlappe Wäscheleine gehabt, die sich, durch eine gespaltene Stange gehalten, schräg von einem Ende des Gartens zum anderen zog. Die junge Frau erzählte, daß ihr Mann einen Reisebus fuhr, und ich erwiderte, froh über das Bindeglied zur Vergangenheit: »Mein Dad war Straßenbahnfahrer«, aber was eine Straßenbahn ist, mußte ich ihr erst erklären. Die Schlafzimmer bekam ich nicht zu sehen. Ich drückte jedem der kleinen Mädchen ein Pfund in die Hand, bedankte mich bei Mutter und Großvater und ging.

Die besseren Wohnlagen von Hatchford sind – wohl seit dem Immobilienboom der achtziger Jahre – fest in Yuppie-Hand. Viele der alten Villen, in denen zu meiner Zeit mehrere Familien lebten, sind inzwischen wieder gepflegte Einfamilienhäuser mit Messingklinken an den Haustüren, Blumenampeln im Windfang und Kübelpflanzen im Souterrain. In den Räumen sah man Ethno-Teppiche, moderne Drucke, gut gefüllte Bücherregale aus dunkler Esche, Winkellampen, modernste Hi-Fi-Anlagen.

Inzwischen war ich schon sehr gespannt auf das Haus, in dem Maureens Familie gewohnt hatte. Die Beecher's Road hinauf, erste Straße links, erste rechts und noch eine rechts – dann war man in der Treglowan Road. War es die Steigung, die mein Herz schneller schlagen ließ, oder die Erwartung? Daß Maureens Eltern – sollten sie noch am Leben sein – noch immer hier wohnen, ist recht unwahrscheinlich, sagte ich mir, und noch unwahrscheinlicher ist es, daß sie ausgerechnet heute die Tochter zu Besuch haben. Ich wartete einen Augenblick, bis mein Herz wieder einigermaßen zur Ruhe gekommen war. Doch der Schock, der mich hinter der nächsten Ecke erwartete, traf mich unvorbereitet.

Da, wo Maureens Haus gewesen war, hatten Abrißkolonnen ganze Arbeit geleistet. An einer neu angelegten, leicht gekrümmten Sackgasse stand eine Reihe von Einfamilienhäusern, lieblos-billige Backsteinkästen – so schmal, daß sie aussahen wie durchgesägte Doppelhaushälften – mit Bleiglasfenstern und Balkenimitation an der Fassade. Von der imposanten viktorianischen Villa, in der die Kavanaghs gewohnt hatten, war nichts geblieben. Die dunkle Nische, in der wir uns geküßt, wo ich Maureens Brüste berührt hatte, war aufgefüllt und eingeebnet und unter einer Asphaltschicht begraben. Ich war verunsichert, desorientiert und ganz unverhältnismäßig wütend.

Zumindest die Kirche zur Unbefleckten Empfängnis war noch an ihrem alten Platz. Die Jungfrau Maria in der Vorhalle erwartete die Gläubigen mit weit ausgebreiteten Armen, die dunklen Bänke, die kleiderschrankähnlichen Beichtstühle an einer Wand, die Votivkerzen mit ihren wächsernen Stalaktiten waren unverändert. Vorn aber, am ›heiligen Ende‹, wie Philip Larkin diesen Teil der Kirche zu nennen pflegte, vor dem geschnitzten Schnörkelaltar, auf dem bei der Sonntagabendmesse immer die vielen Kerzen gebrannt hatten, stand ein schlichter steinerner Tisch, und vor den Altarstufen war kein Geländer mehr. Eine ältere Frau machte sich dort mit einem Staubsauger zu schaffen. Ich fragte nach Pater Jerome. Sie kannte ihn nur noch dem Namen nach. Er habe wohl schon lange vor ihrer Zeit die Gemeinde verlassen, sagte sie, irgendwo habe sie gehört, er sei von seinem Orden zur Missionsarbeit nach Afrika geschickt worden. Und Pater Malachi, meinte ich, sei wohl tot. Sie nickte und deutete auf eine Gedenktafel an der Wand. Der jetzige Gemeindepfarrer sei Pater Dominic, ich solle es doch einfach mal im Pfarrhaus versuchen. Ein etwa dreißigjähriger Mann in Pulli und Jeans öffnete. Ich fragte nach Pater Dominic. »Das bin ich. Kommen Sie herein.« Er führte mich in ein ziemlich chaotisches Wohnzimmer. Auf einem Schreibtisch in der Ecke leuchtete ein Computerschirm. »Verstehen Sie was von Bilanzen?« Nein, gestand ich, nicht das mindeste. »Ich versuche, die Gemeindebuchhaltung auf EDV umzustellen«, sagte er, »aber ohne Windows tut man sich schwer damit. Was kann ich für Sie tun?«

Als ich sagte, daß ich nach einer Frau suchte, die vor vierzig Jahren zu dieser Gemeinde gehört hatte, wiegte er zweifelnd den Kopf. »Der Orden, der damals die Gemeinde betreute, war mit dem Bürokram eindeutig überfordert. Außer den Unterlagen über Taufen, Erstkommunionen, Konfirmationen und Trauungen haben wir hier überhaupt keine Akten vorgefunden.«

Ob ich das Trauregister mal sehen könnte, fragte ich. Er ging mit mir in einen kleinen Raum hinter dem Altar, in dem es nach Weihrauch und Möbelpolitur roch, und holte einen ledergebundenen Folianten aus einem Schrank. Ich fing in dem Jahr an, in dem ich Maureen zum letztenmal gesehen hatte, arbeitete mich von da nach vorn vor und wurde schnell fündig. Am 16. Mai 1959 hatte Maureen Teresa Kavanagh, Treglowan Road 94, Bede Ignatius Harrington, Hatchford Rise 103, geheiratet. »Ach du Scheiße«, sagte ich gedankenlos und bat Pater Dominic zerknirscht um Verzeihung, der aber hatte das offenbar nicht krumm genommen. Ich fragte nach der Familie Harrington. »Auf Anhieb sagt mir der Name nichts«, meinte er, »aber ich schaue gern mal in meiner Datenbank nach.« Wir gingen zurück ins Pfarrhaus, aber sein Computer hatte weder Harringtons noch Kavanaghs gespeichert. »Vielleicht weiß Annie Mahoney was, die war damals hier Pfarrköchin«, sagte Pater Dominic. »Ich versorge mich selbst, eine Hilfe kann ich mir nicht leisten. Sie wohnt zwei Häuser weiter, aber reden Sie schön laut, Annie ist ziemlich schwerhörig.« Ich bedankte mich und fragte, ob ihm mit einem Zuschuß für den Software-Fundus der Gemeinde geholfen sei, den er dankbar annahm.

Annie Mahoney war ein verhutzeltes Weiblein in grasgrünem Jogginganzug und Reebok-Laufschuhen mit Klettverschluß. Knöpfe und Schnürsenkel, erklärte sie, seien nichts mehr für ihre arthritischen Finger. Sie lebte allein und freute sich offenbar über den Besuch. Zuerst hielt sie mich für einen Mitarbeiter der Stadtverwaltung und dachte, ich sei wegen der Haushaltshilfe gekommen, die sie beantragt hatte, aber nachdem dieses Mißverständnis aufgeklärt war, erzählte sie mir bereitwillig alles, was sie von den Kavanaghs wußte.

»Ein Riese, der Mr. Kavanagh, wenn man den einmal gesehen hat, vergißt man ihn nie mehr, und seine Frau war so nett, fünf Kinder hatten sie, reizende Kinder, besonders die Älteste, wie hieß sie doch gleich...«

»Maureen«, half ich nach.

»Richtig, Maureen...«

Sie erinnerte sich an die aufwendige Hochzeitsfeier. Bräutigam und Brautführer waren im Frack gekommen, zwei Nobelkarossen hatten die Gäste zum Empfang gebracht. »Ich glaube, das hat alles Dr. Harrington bezahlt, wenn schon, denn schon, wird er sich gesagt haben«, erinnerte sich Annie. »Vor zehn Jahren ist er gestorben, Gott sei seiner armen Seele gnädig. Herzgeschichten.«

Über Bede und Maureen aber konnte sie mir nichts sagen, weder wo sie wohnten noch was Bede für einen Beruf ergriffen hatte.

»Maureen ist Lehrerin geworden, glaube ich ...«

Sie habe früher mal in die Krankenpflege gehen wollen, sagte ich.

»Genau! Nicht Lehrerin, sondern Krankenschwester«, verbesserte sich Annie. »Das war auch das Richtige für sie. So ein liebes Mädchen ... Ich weiß noch, wie sie im Krippenspiel des Jugendklubs die Jungfrau Maria gespielt hat. Langes, offenes Haar bis über die Schultern, bildschön sah sie aus.«

Ich konnte mir die Frage nicht verkneifen, ob sie sich auch an den Herodes erinnerte, aber der war ihr nicht im Gedächtnis geblieben.

Ich ging an der klotzigen Villa vorbei, in der früher die Harringtons gewohnt hatten. Die zwei Torpfosten mit den fußballgroßen Steinkugeln waren nicht mehr da, der Vorgarten war asphaltiert und wurde von den Zahnärzten, die jetzt in diesem Haus eine Gemeinschaftspraxis betreiben, und ihren Patienten als Parkplatz genutzt. Ich fragte die Sprechstundenhilfe nach dem früheren Hausbesitzer, aber sie konnte oder wollte mir nicht weiterhelfen. Inzwischen war ich müde, hungrig und ziemlich melancholisch gestimmt und fuhr mit dem nächsten Zug nach Charing Cross zurück.

Bede Harrington ist also mein Schlegel. Ich hatte ja schon immer den Eindruck, daß er ein Auge auf Maureen geworfen hatte, aber daß sie ihn geheiratet hat, wundert mich doch. Kann man einen Bede Harrington *lieben*? (Wenn man nicht selbst Bede Harrington ist, meine ich ...) Leider scheint es nicht so, als hätte sie ihn aus Kummer über unsere Trennung genommen. Er hat offenbar mehrere Jahre gebraucht, um sie rumzukriegen oder aber sich zu einem Antrag aufzuraffen. Irgendwas muß sie also wohl doch an ihm gefunden haben. Ich empfand eine völlig sinnlose, absurde Eifersucht und war fester denn je entschlossen, sie zu finden. Aber wie?

19.06 Uhr. Nachdem ich etliche komplizierte Pläne gewälzt hatte (zum Beispiel konnte ich versuchen, den Makler ausfindig zu machen, der das Haus Hatchford Rise 103 an die Zahnärzte verkauft hatte, und mir von ihm die Adresse der Harrington-Witwe geben lassen), kam ich darauf, daß es wahrscheinlich auch einfacher ging. Wenn Bede und Maureen noch in London wohnten, standen sie vermutlich im Telefonbuch. Harrington ist kein allzu häufiger Name. Tatsächlich fand ich nur zweimal den Eintrag B. I. Harrington. Bei dem, der in SW 19 wohnte, stand ein OBE hinter dem Namen. Wenn Bede den Order of the British Empire bekommen hat, dachte ich, läßt er sich bestimmt keine Chance entgehen, um damit anzugeben. Deshalb versuchte ich es zuerst unter dieser Nummer. Ich erkannte seine Stimme sofort.

BEDE: Harrington.
ICH: Der Bede Harrington, der früher mal in Hatchford gewohnt hat?
BEDE: *sehr reserviert* Ja, da habe ich mal gewohnt.

ICH: Und Sie haben Maureen Kavanagh geheiratet?

BEDE: Ja. Wer spricht denn da?

ICH: Herodes.

BEDE: Wie meinen Sie?

ICH: Laurence Passmore.

BEDE: Tut mir leid, ich … Sagten Sie Parsons?

ICH: Passmore. Das Krippenspiel im Jugendklub. Ich war der Herodes.

Pause.

BEDE: Das gibt's doch gar nicht …

ICH: Wie geht's Ihnen denn so?

BEDE: Danke, gut.

ICH: Und Maureen?

BEDE: Auch gut, denke ich.

ICH: Kann ich sie mal sprechen?

BEDE: Sie ist nicht da.

ICH: Ach so. Wann kommt sie denn wieder?

BEDE: Das weiß ich nicht genau. Sie ist im Ausland.

ICH: Ja dann … Wo denn da?

BEDE: Inzwischen vermutlich in Spanien.

ICH: Kann ich sie dort erreichen?

BEDE: Nicht daß ich wüßte.

ICH: Sie macht dort wohl Urlaub?

BEDE: Nicht direkt. Was wollen Sie denn von ihr?

ICH: Ich wollte sie nur mal wiedersehen … weil … ich schreibe gerade was über diese Zeit.

BEDE: Sind Sie Schriftsteller geworden?

ICH: Ja.

BEDE: Was schreiben Sie denn so?

ICH: Hauptsächlich Sachen fürs Fernsehen. Vielleicht kennen Sie die Serie *Die Leute von nebenan.*

BEDE: Nein, nie gehört.

ICH: Ach …

BEDE: Ich sehe nicht oft fern. Hören Sie, ich mache mir gerade was zu essen ...

ICH: Das tut mir leid, ich ...

BEDE: Geben Sie mir Ihre Nummer, ich sag Maureen, daß Sie angerufen haben.

Ich gab ihm meine Adresse und Telefonnummer, und dann fragte ich noch, wofür er seinen Orden bekommen habe. »Für meine Leistungen bei der Vereinheitlichung der Lehrpläne.« Er ist ein ziemlich hohes Tier im Bildungsministerium gewesen.

Ich bin ganz aufgewühlt nach diesem Gespräch, das so verheißungsvoll und so frustrierend zugleich war. An einem einzigen Tag bin ich Maureen ein gutes Stück näher gekommen, und doch ist sie noch immer schrecklich fern. Wie dumm, daß ich Bede nicht nach Einzelheiten gefragt habe. Tage, Wochen oder gar Monate auf einen Anruf von ihr warten zu müssen ist eine schreckliche Vorstellung. Und wer weiß, ob Bede ihr überhaupt ausrichtet, daß ich mich gemeldet habe. ›Inzwischen vermutlich in Spanien ... Sie macht dort wohl Urlaub? ... Nicht direkt ...‹ Ja, was denn dann? Eine Bildungsreise? Eine Kreuzfahrt?

21.35 Uhr. Ich wählte noch einmal Bedes Nummer, entschuldigte mich für die Störung und fragte, ob wir uns nicht mal treffen könnten. Natürlich wollte er wissen, was ich mir davon verspräche, und ich wiederholte, daß ich an einem Stück schriebe, das im Hatchford der fünfziger Jahre spiele. Diesmal reagierte er lange nicht so ablehnend, im übrigen sprach er ein bißchen undeutlich, fast so, als habe er beim Essen einen über den Durst getrunken. Ich wohnte ganz in der Nähe seines Ministeriums in Whitehall, sagte ich, und würde ihn gern irgendwann in dieser Woche zum Mittagessen einladen. Es sei wohl besser, wenn ich zu ihm nach Hause käme, meinte er, seit Ende letzten Jahres sei er nämlich pensioniert. Er wohnt in Wimbledon. Ob ich gleich morgen kommen könne, fragte ich, und zu meiner großen Freude sagte er ja. Dann brachte ich schnell noch eine Frage wegen Maureen an.

»Macht sie in Spanien eine Studienreise?«

»Nein. Eine Wallfahrt.«

Demnach ist sie noch immer überzeugte Katholikin. Na ja …

Dienstag, 8. Juni, 14.50 Uhr. Schon wieder setzte ich mich heute in einen Zug der Network Southeast, diesmal aber in Waterloo, und der Wagen war, wie sich das für einen Zug gehört, der eine gehobene Pendlerschicht befördert, relativ sauber.

Bede und Maureen wohnen in einer der stillen, baumbestandenen Straßen in der Nähe des All England Club. Bede hat sich, solange er in Wimbledon wohnt, noch nicht ein einziges Tennisturnier angesehen (typisch!), die Championship ist für ihn nur ein jährlich wiederkehrendes verkehrsbehinderndes Ärgernis. Ich war durch Heartland ein paarmal nach Wimbledon gekommen (ihre VIPs werden in einem der Zelte mit Champagner und Erdbeeren bewirtet und bekommen Freikarten für den Centre Court) und muß dabei ahnungslos in hundert Metern Entfernung an Maureens Haus oder gar an ihr selbst vorbeigekommen sein. Ein eigenartiges Gefühl …

Das Haus, eine Doppelhaushälfte aus der Zeit zwischen den Kriegen mit langem, schmalem Garten nach hinten hinaus, haben sie kurz nach der Hochzeit bezogen und später, als die Familie größer wurde, durch An- und Umbauten erweitert. Die Garage ist überbaut, nach hinten gibt es einen weiteren Anbau, und auch im Dachgeschoß sind noch Zimmer. Die vier Kinder sind inzwischen alle ausgeflogen. Als ich einmal nach oben auf die Toilette ging, machte ich ein paar Türen auf. Überall sah es fast unnatürlich sauber und ordentlich aus, als ob die meisten Räume seit dem letzten Besuch der Putzfrau niemand mehr betreten hätte. Im Elternschlafzimmer standen zwei Einzelbetten. Aha, kein Sex mehr, sagte ich mir zufrieden – was natürlich nicht zu stimmen braucht.

Bede sieht nicht wesentlich anders aus als früher, nur das struppige Haar ist weiß geworden und das Gesicht hagerer. Er trägt nach wie vor eine Hornbrille mit dicken Gläsern. Dagegen muß ich mich wohl stark verändert haben, denn als ich zur verabredeten Zeit vor der Tür stand, begrüßte er mich etwas unsicher.

»Sie haben ganz schön zugelegt«, sagte er, als ich mich zu erkennen gab.

»Ja, dafür sind fast alle meine Haare futsch.«

»Stimmt, die waren damals ziemlich üppig«, meinte er, führte mich ins Wohnzimmer (die Vorhänge waren tatsächlich aus dem Stoff der Polstergarnitur) und bat mich ziemlich steif, Platz zu nehmen. Irgendwie sah man ihm an, daß er den größten Teil seines Lebens im Anzug herumgelaufen ist und nun nicht recht weiß, wie er sich im Ruhestand anziehen soll. Er trug eine Tweedjacke mit Lederflicken, ein kariertes Hemd mit Wollbinder, graue Kammgarnhose und dunkelbraune Straßenschuhe, alles ein bißchen zu warm für die Jahreszeit, auch wenn es ein kühler, windiger Tag war.

»Ich muß mich bei Ihnen entschuldigen«, sagte er in seiner gespreizten Art. »Als ich heute vormittag mit meiner

Tochter telefonierte, hat sie mir erzählt, wie beliebt Ihre Serie ist … wie heißt sie noch gleich …«

»*Die Leute von nebenan.* Ihre Tochter sieht sie also auch.«

»Sie sieht wahllos alles, was im Fernsehen läuft. Als die Kinder kleiner waren, hatten wir keinen Fernseher, ich war der Meinung, daß er von den Hausaufgaben ablenkt. Teresa war kaum aus dem Haus, da hat sie sich so einen Kasten zugelegt und ist jetzt geradezu süchtig. Ich bin zu der Erkenntnis gekommen, daß jeder Versuch, anderer Menschen Leben lenken zu wollen, von vornherein zum Scheitern verurteilt ist.«

»Gilt das auch für eine Lenkung durch den Staat?«

»Dafür erst recht.« Offenbar betrachtet er seine Arbeit im öffentlichen Dienst trotz OBE als Mißerfolg. »Mit unserem Bildungssystem ist es, als ich im Ministerium war, stetig bergab gegangen. Natürlich ist das nicht meine Schuld, aber ich habe es nicht ändern können. Wenn ich denke, wie viele Stunden ich in Ausschüssen und Arbeitskreisen, mit dem Abfassen von Berichten und Aktennotizen verbracht habe … alles völlig sinnlos. Sie sind zu beneiden, Passmore. Ich wünschte, ich wäre Schriftsteller geworden. Oder Professor. Nach meinem Einserexamen hätte ich promovieren können, statt dessen bin ich in den öffentlichen Dienst gegangen. Damals schien mir das sicherer, ich wollte schließlich heiraten.«

Jetzt, im Ruhestand, sagte ich, hätte er ja Zeit genug zum Schreiben.

»Ja, das habe ich mir früher auch immer gesagt. Als junger Mann habe ich sehr viel geschrieben. Gedichte, Essays …«

»Theaterstücke.«

»Ganz recht.« Bede gestattete sich ein leicht melancholisches Lächeln. »Aber die Kreativität verdorrt wie eine

Pflanze, die nicht ständig gehegt und gepflegt wird. Neulich habe ich versucht, etwas zu schreiben. Etwas sehr Persönliches … eine Art Trauerarbeit. Der Text las sich wie ein Weißbuch der Regierung.«

Er ging in die Küche, um Kaffee zu machen, und ich ging auf die Suche nach Spuren von Maureen. Einige Familienfotos, die offenbar neueren Datums waren, standen herum, auf einem waren Bede und Maureen vor dem Buckingham Palace abgelichtet, er im Stresemann, sie sichtlich stolz, eine Matrone mit grauem, kurzgeschnittenen Haar, aber einem noch immer reizvollen herzförmigen Gesicht. Begierig betrachtete ich diese Bilder und versuchte, mit ihrer Hilfe jene Jahre aus Maureens Leben zu rekonstruieren, die mir fehlten. Auf dem Kaminsims entdeckte ich eine Postkarte von St. Jean Pied de Port in den französischen Pyrenäen. »Lieber Bede«, las ich, »ruhe mich hier ein paar Tage aus, ehe es in die Berge geht. Bis auf die Blasen alles in Ordnung. Liebe Grüße Maureen.« Die runde, mädchenhafte Schrift war unverkennbar, auch wenn über den *i*s keine Bläschen schwebten, sondern normale Punkte standen. Die Karte war vor drei Wochen abgestempelt. Als ich Bedes Schritte in der Diele hörte, stellte ich sie rasch an ihren Platz zurück und setzte mich wieder.

»Und wie geht es Maureen?« fragte ich, als er mit einem Tablett hereinkam. »Was hat sie so gemacht, während Sie im Bildungsministerium die Karriereleiter hochgeklettert sind?«

»Als wir heirateten, war sie examinierte Krankenschwester.« Er drückte den Kolben in dem Glasgefäß mit beiden Händen hinunter wie ein Sprengmeister, der eine Detonation auslöst. »Dann kam sehr bald das erste Kind, da hat sie aufgehört und sich um die Familie gekümmert. Als unser Jüngster in die Schule kam, hat sie wieder angefangen und es bis zur Stationsschwester gebracht, aber der Beruf ist sehr anstrengend, und sobald wir es uns finanziell leisten konnten, hat sie ihn aufgegeben. Sie arbeitet sehr viel ehrenamtlich, für die Kirche und so.«

»Sie gehen also beide noch zur Kirche?«

»Ja«, sagte er knapp. »Milch? Zucker?«

Der Kaffee war grau und flau, die Kekse pappig. Bede wollte wissen, ob man eine besondere Technik braucht, um fürs Fernsehen zu schreiben, was dabei zu beachten ist und dergleichen, aber nach einer Weile brachte ich das Gespräch wieder auf Maureen.

»Was ist denn das für eine Wallfahrt, die sie macht?«

Er bewegte sich unruhig auf seinem Sessel und sah aus dem Fenster, vor dem ein stürmischer Wind die Bäume zauste und Blüten wie Schneeflocken durch die Luft wehte.

»Der Jakobsweg nach Santiago de Compostela in Nordwestspanien. Ein sehr alter Pilgerweg, der schon im Mittelalter benutzt wurde. Der Apostel Jakob ist angeblich dort begraben. Maureen hat irgendwo – in einem Buch aus der Bibliothek, glaube ich – von der Wallfahrt gelesen und wollte sie unbedingt machen.«

»Zu Fuß«, sagte ich.

»Ja, zu Fuß.« Bede sah mich an. »Woher wissen Sie das?«

Ich gestand, daß ich die Karte gelesen hatte.

»Natürlich absurd«, sagte er. »In ihrem Alter … Absolut absurd.« Er nahm die Brille ab und rieb sich die Stirn, als habe er Kopfschmerzen. Ohne den Schutz der dicken Gläser wirkten seine Augen nackt und verletzlich.

»Wie weit ist es denn?« fragte ich.

»Kommt drauf an, wo man anfängt.« Er setzte die Brille wieder auf. »Es gibt verschiedene Startpunkte, die alle in Frankreich liegen. Maureen hat in Le Puy angefangen, das ist in der Auvergne. Von dort sind es etwa tausend Meilen.«

Ich stieß einen leisen Pfiff aus. »Wandert sie denn auch sonst viel?«

»Überhaupt nicht. Ein Sonntagnachmittagsspaziergang über den Wimbledon Common war für sie schon ein ausgedehnter Fußmarsch. Es ist eine völlig verrückte Idee. Ehrlich gesagt, staune ich, daß sie es ohne ernsthafte Verletzungen bis in die Pyrenäen geschafft hat. Und ohne daß sie Sittenstrolchen oder Mördern in die Hände gefallen ist.« Zuerst, erzählte er, sei er sogar bereit gewesen, sie zu begleiten, aber er wollte den Wagen nehmen, und so leicht mochte sie es sich nicht machen. Die Pilger im Mittelalter hätten auch kein Auto gehabt. Offenbar hat es deswegen im Hause Harrington einen bösen Ehekrach gegeben. Vor zwei Monaten ist sie dann allein losgezogen, mit Rucksack und Schlafrolle, und seither hat er von ihr nur zwei Karten bekommen, zuletzt die auf dem Kaminsims. Bede macht sich, auch wenn er immer noch sauer auf Maureen ist, offenbar ehrlich Sorgen um sie, aber er kann nichts machen außer hoffen, daß sie wohlbehalten in Santiago ankommt. Ich hörte mir das alles fasziniert und nicht ohne Schadenfreude an, aber so ein überspanntes Verhalten hätte ich ihr eigentlich nicht zugetraut, und das sagte ich auch zu Bede.

»Stimmt. Aber sie hat … wir beide haben eine schwere Zeit hinter uns. Im November haben wir unseren Sohn Damien verloren.«

Ich stammelte ein paar mitfühlende Worte und fragte nach den näheren Umständen. Bede holte ein gerahmtes Foto aus einer Schublade. Ein gutaussehender, braungebrannter junger Mann in T-Shirt und Shorts lehnte vor einem blauen Himmel und bräunlichem Buschwerk an dem vorderen Kotflügel eines Land Rovers und lachte in die Kamera.

»Es ist in Angola passiert«, sagte Bede, »und stand auch

in der Zeitung. Er arbeitete für eine katholische Hilfsorganisation, die Lebensmittel an Flüchtlinge verteilt. Wie es sich genau abgespielt hat, ist nie herausgekommen. Es scheint, daß ein versprengter Trupp von Aufrührern den Laster angehalten hat. Sie hatten es auf die Lebensmittel und Medikamente abgesehen, und als er sich weigerte, die Ladung herauszugeben, haben sie ihn und seinen afrikanischen Fahrer herausgeholt und erschossen. Damien war erst fünfundzwanzig.«

»Wie schrecklich«, sagte ich hilflos.

»Auch wieder so was Sinnloses«, sagte Bede und sah wieder aus dem Fenster. »Er liebte Afrika, und er liebte seine Arbeit, war enorm engagiert... Wir haben die Leiche zurückfliegen und ein Requiem halten lassen, zu dem sind viele Leute gekommen, die wir noch nie gesehen hatten, Mitarbeiter aus der Hilfsorganisation, Freunde von der Uni, er war sehr beliebt. Einen modernen Märtyrer hat der Pfarrer ihn genannt...« Er verstummte, und weil ich auch nichts zu sagen wußte, saßen wir einen Augenblick schweigend beieinander.

»Man denkt, in so einer Situation würde einem der Glaube helfen«, sagte er dann. »Aber das stimmt nicht. Nichts hilft. Unser Arzt schickte uns zu einer sogenannten Trauerberaterin, einer dummen, aufdringlichen Person. Wir dürften keine Schuldgefühle haben, hat sie zu uns gesagt. Wieso Schuldgefühle, habe ich gefragt. Weil Sie noch leben und er nicht. Der größte Blödsinn, den ich je gehört habe. Damien hätte den Banditen das Zeug geben, losfahren und bis nach England nicht mehr vom Gas gehen sollen.«

Vor Zorn war er ganz blaß um die Nase geworden.

Ich fragte, wie Maureen es verkraftet hatte.

»Eigentlich noch gar nicht. Damien war ihr Lieblingssohn, es war ein furchtbarer Schlag für sie. Deshalb macht sie ja diese verrückte Wallfahrt.«

»Als Therapie gewissermaßen?«

»So könnte man es nennen.«

Ich müsse allmählich gehen, sagte ich.

»Aber wir haben ja noch gar nicht richtig darüber gesprochen, wie es früher in Hatchford war«, wandte er ein.

Vielleicht ein andermal, sagte ich.

»Soll mir recht sein. Rufen Sie mich einfach an. Komisch ... früher hab ich Sie nie leiden können, Passmore, ich hatte den Eindruck, daß Sie damals im Jugendklub mit Maureen nichts Gutes im Schilde führten ...«

»Der Eindruck war völlig richtig«, bestätigte ich, was ihm wieder ein schmales Lächeln abnötigte.

»Aber heute bin ich ganz froh, daß Sie gekommen sind. Man fühlt sich doch ein bißchen einsam ...«

»Spricht Maureen manchmal über mich?« fragte ich.

»Nein. Nie.« Das sagte er ganz nüchtern, ohne Böswilligkeit und ohne Genugtuung. Ob ich Kinder hätte, wollte er noch wissen.

Ja, sagte ich, zwei, der Sohn sei verheiratet, die Tochter lebe mit ihrem Freund zusammen.

»Das machen sie heutzutage alle. Nehmen Sie sich's nicht zu Herzen. In unserer Jugend hätte es so was nicht gegeben.«

»Nein, wirklich nicht ...«

»Und was macht Ihre Frau?«

»Sie ist Dozentin für Pädagogik an einer der neuen Hochschulen. Sie berät die Lehrer, die wegen der Vereinheitlichung der Lehrpläne einen Nervenzusammenbruch bekommen.«

»Verständlicherweise. Im Augenblick geht da alles drunter und drüber. Ich würde Ihre Frau gern mal kennenlernen.«

»Sie hat mich gerade verlassen.«

»So? Na ja, warum soll's nur mir so gehen ...« Humor war noch nie seine Stärke, aber er hatte es wohl gut gemeint.

Der Taxifahrer, der mich zum Bahnhof brachte, redete wie aufgezogen und ging mir damit furchtbar auf den Geist. Ich hatte nicht die geringste Lust, über das Wetter oder über die mutmaßlichen Ergebnisse des nächsten Tennisturniers zu sprechen, denn ich war vollauf damit beschäftigt, das zu verarbeiten, was ich an diesem Vormittag erfahren hatte. Ich habe einen Plan im Hinterkopf, ein Vorhaben, das so aufregend und abartig ist, daß ich noch nicht mal wage, es aufzuschreiben.

Freitag, 11. Juni. Jetzt steht es fest: Ich werde Maureen nachreisen und versuchen, sie auf dem Weg nach Santiago de Compostela aufzuspüren. Der Platz auf der Fähre ist gebucht, grüne Versicherungskarte, Reiseführer, Straßenkarten, Reiseschecks undundund sind besorgt, die aufgelaufene Post und die Nachrichten auf dem Anrufbeantworter durchgeforstet und das Dringendste erledigt. Von Dennis Shorthouse fand ich eine Nachricht vor, daß Sally eine gerichtliche Verfügung gegen mich auf Zahlung der laufenden Kosten für das Haus beantragt hat. Er bittet dringend um Anweisungen. Ich habe ihm gesagt, daß ich mich nicht mehr gegen die Scheidung sperre, er soll eine angemessene Unterhaltszahlung und eine vernünftige finanzielle Aufteilung aushandeln. Was ich unter vernünftig verstehe, wollte er wissen. Von mir aus kann sie das Haus behalten, sagte ich, dann nehme ich die Wohnung, und das übrige Vermögen geht dann eben jeweils zur Hälfte an sie und an mich. »Das ist nicht vernünftig«, meinte Shorthouse, »sondern überaus großzügig. Das Haus ist sehr viel mehr wert als die

Wohnung.« Ich würde demnächst für ein paar Wochen ins Ausland fahren, sagte ich, und wolle die Sache endlich vom Tisch haben.

Wie lange meine Suche nach Maureen dauern wird oder was ich tun werde, wenn ich sie gefunden habe, weiß ich noch nicht, ich weiß nur, daß ich nach ihr suchen muß. Den ganzen Sommer über in der Wohnung auf ihren Anruf zu warten und mit Leuten zu reden, an denen mir überhaupt nichts liegt, nur weil ich wieder mal den Hörer abgenommen hatte in der Hoffnung, es könnte Maureen sein – das ist ein unerträglicher Gedanke.

Bede habe ich nichts von meinem Vorhaben erzählt, ich möchte nicht, daß er irgendwas in die falsche Kehle kriegt. Denn ... was will ich eigentlich von Maureen? Nicht ihre Liebe. Für eine Wiederholung ist es in diesem Fall zu spät (auch wenn ich die Indizien für ein Erkalten der Beziehung zwischen ihr und Bede – die Einzelbetten, den Krach wegen der Wallfahrt, den kühlen Ton der Postkarte – aufmerksam zur Kenntnis genommen habe). Ja, aber wenn nicht Liebe, was dann? Absolution vielleicht. Verzeihung dafür, daß ich sie damals vor allen Darstellern des Krippenspiels verraten habe. Es war im Grunde nur eine Kinderei – aber eine Kinderei mit unabsehbaren Konsequenzen, die mein ganzes späteres Leben bestimmte und möglicherweise der Ursprung meiner jetzigen Angst ist. Ich hatte eine Wahl getroffen, ohne mir dessen bewußt zu sein. Oder vielmehr – ich tat so (und das ist schlimmer), als sei es Maureens Wahl gewesen, die letztlich zu dem Bruch zwischen uns geführt hatte. Mir scheint jetzt, als hätte ich die Folgen dieser schnöden Handlungsweise nie verwunden. Jetzt ist auch klar, warum ich keine Entscheidung treffen kann, ohne sie gleich darauf zu bereuen.

Das muß ich unbedingt Alexandra erzählen, auch wenn

sie es vielleicht gar nicht so gern hört. Mir scheint, ich habe die Ursache für meine Probleme nicht auf verhaltenstherapeutischem Wege, sondern mit Hilfe der guten alten Psychoanalyse in einer lange verdrängten Erinnerung gefunden. Es täte mir gut, mit Maureen über diese Erinnerung sprechen zu können und zu erfahren, wie sie inzwischen darüber denkt. Jetzt, da ich weiß, daß sie selbst schwer an einem Kummer trägt, ist es mir noch wichtiger, sie zu finden und meinen Frieden mit ihr zu machen.

Beim Wühlen in den Poststapeln stieß ich auf einen Drehbuchentwurf von Samantha. Gar nicht schlecht, diese Gespensterlösung für den letzten Teil der Staffel! In einem Anfall von Kreativität überarbeitete ich Samanthas Entwurf, schickte ihn zurück und schrieb dazu, sie solle ihn Ollie zeigen. Dann rief ich Jake an, der mir bittere Vorwürfe machte, weil ich so lange auf Tauchstation gegangen war. Ich ließ ihn zehn Minuten zetern und erzählte ihm dann von Samanthas Idee und dem von mir überarbeiteten Drehbuch, was ihn etwas milder stimmte. Als ich ihm aber sagte, ich würde morgen ins Ausland fahren, und er könne mich dort weder telefonisch noch per Fax erreichen, rastete er wieder aus. Gleich nach meiner Rückkehr würde ich mich um die Sache mit dem Drehbuch kümmern, versprach ich.

»Bis dahin hat Heartland womöglich die Geduld verloren, und wir sind den Auftrag los«, maulte er.

»Das muß ich eben riskieren.«

»Was ich dabei riskiere, ist dir offenbar egal. Wo willst du denn überhaupt hin?«

»Auf eine Wallfahrt«, sagte ich und legte schnell auf.

Seit ich mich dazu durchgerungen habe, auf die Suche nach Maureen zu gehen, geht es mir bedeutend besser. Ich habe keine Entscheidungsprobleme mehr und finde mich auch in der Beschreibung des ›Unglücklichsten‹ nicht mehr wieder. Vielleicht traf sie ja nie so recht auf mich zu, ich habe mir neulich den Essay noch mal vorgenommen; kann sein, daß ich da einiges falsch verstanden hatte. Fest steht, daß ich immer ganz besonders mir selbst gegenwärtig bin, wenn ich mich an Maureen erinnere oder mir Hoffnungen mache, sie zu finden.

Als ich einen Augenblick von meinem Computer aufblickte, sah ich ein regelmäßig blinkendes bläuliches Licht, das sich in meinen Fensterscheiben spiegelte. Es war gegen zehn und schon ganz dunkel, aber ich hatte die Vorhänge nicht vorgezogen. Unmittelbar vor dem Haus hielt ein Streifenwagen. Ich schaltete den Videomonitor in der Diele ein. Unter den wachsamen Blicken von zwei Polizisten rollte Grahame gerade seinen Schlafsack zusammen. Ich fuhr mit dem Lift nach unten.

»Haben Sie vorhin bei uns angerufen, Sir?« fragte einer der Polizisten. Ich verneinte.

Grahame sah mich an. »Kann ich raufkommen?«

»Meinetwegen, aber nur ganz kurz.«

Die Polizisten waren sichtlich verblüfft. »Ich will Ihnen ja nicht reinreden, Sir«, sagte der Ältere mißbilligend, »aber mir käme so ein asoziales Geschmeiß nicht ins Haus.«

»Ich bin nicht asozial«, widersprach Grahame empört.

»Werd bloß nicht unverschämt, du Schmeißfliege«, fuhr der Polizist ihn an. »Und wenn ich dich noch mal vor dieser Haustür pennen sehe, kannst du dich auf was gefaßt machen.« Dann kriegte ich mein Fett. »Ich könnte Sie wegen Behinderung der Staatsgewalt drankriegen, aber heute will ich noch mal ein Auge zudrücken. Man ist ja kein Unmensch ...«

Ich machte Grahame einen Tee. »Du mußt dir wirklich was anderes suchen, Grahame. Ich kann nichts mehr für dich tun, die nächsten Wochen bin ich im Ausland.«

Er sah mich unter seiner schlappen Haarsträhne von unten herauf an. »Ich könnte ja hierbleiben und auf die Wohnung aufpassen.«

Ich mußte über seine Unverfrorenheit lachen. »Besten Dank, aber für diese kleine Wohnung brauche ich keinen Aufpasser.«

»Das sagen Sie so! Aber hier gibt's genug Typen, die räumen Ihnen in Null Komma nichts die Bude aus.«

»Früher stand die Wohnung oft viel länger leer als jetzt, und da hat sie auch niemand ausgeräumt.«

»Ich meine ja auch bloß zum Schlafen. Nicht in Ihrem Bett. Auf dem Fußboden. Ich würde alles sauber und ordentlich halten.« Grahame sah sich um. »Ordentlicher als jetzt.«

»Glaub ich dir gern, Grahame, aber trotzdem … das lassen wir lieber.«

Er schüttelte seufzend den Kopf. »Wenn Sie das mal nicht bereuen …«

»Schlimmstenfalls zahlt die Versicherung den Schaden.«

Ich brachte ihn nach unten. Es nieselte. Ich fühlte mich ziemlich schäbig, als er den Kragen hochschlug und seinen Schlafsack schulterte, aber was sollte ich machen? Es wäre heller Wahnsinn gewesen, ihm die Schlüssel zu geben. Wenn ich zurückkam, fand ich in meiner Wohnung womöglich eine fröhliche Penner-WG vor. Ich drückte ihm ein paar Scheine in die Hand und sagte, er solle sich für die Nacht ein Zimmer nehmen. »Is gut«, sagte er und verschwand in der warmen, feuchten Nacht. Ich kenne niemanden, der erwiesene Wohltaten so nonchalant wegsteckt wie Grahame. Irgendwie habe ich das Gefühl, daß ich ihn zum letztenmal gesehen habe.

Donnerstag, 17. Juni. Ich kam nicht so schnell weg, wie ich wollte. Shorthouse rief an und bat mich, noch ein paar Tage zu warten, bis er mit der Gegenseite alle Einzelheiten ausgehandelt hatte. Ich willigte ein, aber es kostete mich eine ganze Woche. In dieser Zeit las ich alles, was die Buchhandlungen in der Charing Cross Road über die Wallfahrt nach Santiago hergaben. Heute früh fuhr ich nach Rummidge, leistete die nötigen Unterschriften und nahm den nächsten Zug zurück nach London. Abends – ich war beim Packen – rief völlig überraschend Sally an. Wir hatten seit Wochen kein Wort mehr miteinander gewechselt.

»Ich wollte dir nur sagen, daß ich das sehr großzügig von dir finde. Tut mir leid, wenn da manches so unerfreulich gelaufen ist. Die Schuld lag wohl auch bei mir.«

»Ganz ohne Verwundungen geht so was wohl nie ab. Bei einer Scheidung zeigt sich niemand von seiner besten Seite.«

»Na ja, wie gesagt – ich wollte mich nur bedanken«, sagte Sally und legte auf.

Eine nicht ganz ungefährliche Situation. So wie ich mich kenne, gehört nicht viel dazu, um meine Entscheidung wieder ins Wanken zu bringen. Wird Zeit, daß ich wegkomme. Morgen früh geht es los.

Santiago, ich komme!

TEIL IV

21. September Der entscheidende Unterschied zwischen Bücher- und Drehbuchschreiben liegt nicht so sehr darin, daß ein Drehbuch weitgehend aus Dialog besteht, sondern ist eine Frage der Zeitebene. Ein Drehbuch ist durchgehend Gegenwart. Nicht buchstäblich, sondern ontologisch. (Gut, nicht? Habe ich mir wohl in einem dieser Bücher von Kierkegaard angelesen.) In einem Theaterstück oder im Film passiert alles *jetzt*. Deshalb schreibt man Regieanweisungen auch immer in der Gegenwart. Selbst wenn eine Figur einer anderen etwas erzählt, was sich in der Vergangenheit abgespielt hat, erleben die Zuschauer die Erzählung in der Gegenwart. Bei Beschreibungen in Büchern aber ist alles Vergangenheit. Selbst wenn man sich hinsetzt und reihenweise schreibt: »Ich schreibe, ich schreibe, ich schreibe«, ist der Schreibakt selbst erledigt und abgetan, bis jemand das Ergebnis zu Gesicht bekommt.

Ein Tagebuch hält etwa die Mitte zwischen diesen beiden Formen, es ist wie ein Selbstgespräch, eine Mischung aus Monolog und Autobiographie. Gewiß, man kann schreiben: »Die Platanen vor meinem Fenster haben junges Laub ...«, aber damit hat man das »Ich schreibe, ich schreibe, ich schreibe ...« nur ein bißchen aufgemotzt, denn so ein Satz bringt einen nicht weiter. Sobald man anfängt, eine Geschichte aufzuschreiben – und das gilt für eine frei erfundene ebenso wie für die Geschichte des eigenen Lebens –, bedient man sich wie selbstverständlich der Vergangenheit, weil man Ereignisse schildert, die bereits geschehen sind. Das Besondere an einem Tagebuch ist es, daß der Verfasser nicht weiß, wohin seine Geschichte treibt und wie sie endet, sie spielt gewissermaßen in einem permanenten Präsens, auch wenn einzelne Vorgänge in der Vergangenheit geschildert werden. Romane schildern bereits Geschehenes oder tun jedenfalls so. Mag sein, daß der Autor, wenn er anfängt zu schreiben, noch nicht weiß, wie seine Geschichte ausgehen wird, aber dem Leser wird stets der Eindruck vermittelt, als wüßte er es. Die Vergangenheitsform des ersten Satzes impliziert, daß die Geschichte, die erzählt werden soll, sich bereits ereignet hat. Gewiß, es gibt Romane, die durchgehend im Präsens geschrieben sind, aber solche Machwerke sind oft recht befremdlich und artifiziell, sie lesen sich wie Drehbücher. Im Roman wirkt die Gegenwart irgendwie unnatürlich. Noch befremdlicher wäre eine im Präsens geschriebene Autobiographie. Autobiographien sind immer bereits Geschehenes, sind eine Vergangenheitsform. Wie meine Reminiszenz über Maureen. Und wie der Text, den ich gerade abgeschlossen habe.

Ich habe auf meiner Reise eine Art Tagebuch geführt, aber in den Bergen von León streikte mein Laptop, und weil ich weder Zeit noch Gelegenheit hatte, ihn reparieren zu lassen, habe ich mich danach mit handschriftlichen Notizen beholfen. Inzwischen habe ich die Disketten ausgedruckt und die Tagebuchnotizen in den Computer eingegeben, aber es ist ein sehr holpriger und weitschweifiger Bericht daraus geworden. Zum Schreiben waren die Bedingungen oft nicht günstig, und manchmal war ich abends so erledigt oder hatte so viel *vino* geschluckt, daß es nur noch zu ein paar Stichworten reichte. Deshalb habe ich meine Geschichte, da ich nun weiß, wie sie ausgeht, noch einmal zusammenhängender und systematischer erzählt. Ja, ich habe das unabweisbare Gefühl, daß ich an einem Endpunkt stehe. Und hoffentlich zugleich vor einem Neubeginn.

Von London nach St. Jean Pied de Port kam ich locker in zwei Tagen. Dabei hatte ich nur ein Problem: mit dem Plutokratomobil auf der *autoroute* unter dem Tempolimit zu bleiben. Der Tempostat hat mir dabei gute Dienste geleistet, und auch die Klimaanlage konnte ich gut gebrauchen. In dem flachen Marschland südlich von Bordeaux flimmerte die Hitze auf dem Asphalt. An den Ausläufern der Pyrenäen wurde es dann merklich kühler, und in St. Jean regnete es. St. Jean ist ein hübscher kleiner Marktflecken mit roten Giebeldächern und murmelnden Bächen, der sich in die Falten einer Patchworkdecke aus Feldern in verschiedensten Abstufungen von Grün schmiegt. Er hat ein Hotel mit zwei Michelinsternen. Ich hatte Glück und konnte mich dort einquartieren. Etwas später im Jahr, sagte man mir, hätte ich ohne Reservierung nichts mehr bekommen. Schon jetzt sah man in dem beliebten Urlaubsort viele kurzbehoste Wanderer, die in traurig triefenden Regencapes herumliefen oder in den Cafés auf besseres Wetter warteten. Kennzeichen der Santiagopilger sind die Muschelschalen, die sie an ihren Rucksäcken befestigt haben.

Die Schale der Kamm- oder Jakobsmuschel (die *Coquilles St. Jacques* in meinem Hotel waren vorzüglich!) ist das traditionelle Symbol der Wallfahrt nach Santiago. Warum das so ist, liegt – wie fast alles, was mit diesem Heiligen zu tun hat – im Dunkeln. Eine Legende will wissen, daß ein durch das Eingreifen des heiligen Jakob vor dem Ertrinken Geretteter über und über mit Muschelschalen bedeckt war, als man ihn aus dem Wasser zog. Wahrscheinlicher ist, daß wir es hier mit einer genialen mittelalterlichen Marketingidee zu tun haben: Wenn die Pilger glücklich in Santiago angekommen waren, suchten sie nach Souvenirs für ihre Lieben daheim, und Kammuscheln gibt es an der galizischen Küste in Hülle und Fülle. Die Stadt schaffte sich damit einen hübschen Nebenverdienst, zumal der Erzbischof von Santiago Vollmacht hatte, jeden zu exkommunizieren, der außerhalb der Stadtmauern Muschelschalen an Pilger verkaufte. Heutzutage erstehen die Wallfahrer ihre *coquilles* allerdings schon auf dem Hinweg.

Schon hier in St. Jean Pied de Port herrschte lebhaftes Pilgertreiben. In meiner Fantasie hatte ich Maureen immer als eine auf längst von der Welt vergessenen Pfaden dahinwandelnde Einzelgängerin gesehen. Natürlich war das ein völlig falsches Bild. Dank einer mächtigen Interessenverbindung zwischen der katholischen Kirche, dem Spanischen Fremdenverkehrsverband und dem Europarat, der den *Camino de Santiago* vor einigen Jahren zum Europäischen Erbe erklärt hat, ist die Wallfahrt zum heiligen Jakob zu neuer Blüte gelangt. Zehntausende folgen jeden Sommer den blau-gelben Wegweisern mit der Muschelschale, die der Europarat hat aufstellen lassen. In einer Bar traf ich ein deutsches Ehepaar, das zu Fuß von Arles gekommen war, dem südlichsten der vier herkömmlichen Ausgangspunkte der Pilgerreise. Sie führten einen von einer Jakobsgesellschaft herausgegebenen Pilgerpaß mit, der an bestimmten Stationen gestempelt werden muß. In Santiago kann man ihn dann in der Kathedrale vorlegen und bekommt dafür seine ›compostela‹, ein Dokument, das einem – wie den Wallfahrern früherer Jahrhunderte – die Teilnahme an der Pilgerreise bescheinigt. Ob Maureen wohl auch so einen Paß hat? Das würde mir die Suche nach ihr erleichtern. Die Deutschen wiesen mir den Weg zu der örtlichen Kustodin der Wallfahrt und gaben mir den guten Rat, nicht mit dem Wagen bei ihr vorzufahren. Echte Wallfahrer kommen zu Fuß, mit dem Fahrrad oder zu Pferde.

Ich ging die schmale, steil ansteigende, kopfsteingepflasterte Straße hinauf, verzichtete aber von vornherein auf die Pilgerrolle, sondern erklärte in einer Mischung aus Pidgin-Englisch, gebrochenem Französisch und Zeichensprache, mein Name sei Bede Harrington und ich sei auf der Suche nach meiner Frau, die aus wichtigen Gründen sofort nach England zurückkehren müsse. Die gestrenge Dame hatte mich zunächst angesehen, als habe sie nicht übel Lust, diesem Pilger, der sie so spät abends noch heimsuchte, kurzerhand den Kopf abzureißen, aber nachdem ich meine Geschichte vorgebracht hatte, wurde sie merklich hilfsbereiter. Ja, sie hatte Maureen einen Stempel in den Paß gedrückt und erinnerte sich deutlich an sie: *»... une femme très gentille...«* Böse Blasen an den Füßen habe sie gehabt. Wie weit wohl Maureen ihrer Meinung nach inzwischen gekommen sein könnte, fragte ich. *»Ça dépend...«*, sagte sie schulterzuckend. Natürlich hätte man dazu Maureens tägliche Wanderstrecke wissen müssen. Von St. Jean Pied de Port nach Santiago sind es etwa 800 Kilometer. Ein junger Wanderer mit guter Kondition kann bis zu 30 km pro Tag schaffen, aber Maureen konnte von Glück sagen, wenn sie die Hälfte bewältigte.

In meinem Hotelzimmer holte ich die Karte heraus und rechnete. Sie konnte an jedem beliebigen Punkt auf der Strecke zwischen Logrono und Villafranca sein – das sind 300 km –, aber nicht mal das war einigermaßen sicher. Vielleicht hatte sie eine Woche Pause eingelegt, um etwas gegen ihre Blasen zu tun – und dann war sie natürlich noch lange nicht so weit. Wenn sie dagegen ein Stück mit öffentlichen Verkehrsmitteln gefahren war, konnte sie schon in Santiago sein. Aber so, wie ich Maureen einschätzte, würde sie nie schummeln. Sie würde die Zähne zusammenbeißen und sich bis zur Schmerzgrenze weiterschleppen.

Am nächsten Tag überquerte ich die Pyrenäen. Ich stellte die Automatik auf SLOW, um den Motor auf der kurvenreichen Straße nicht zu überfordern, und erreichte mühelos die Val-Carlos-Paßhöhe. Unterwegs überholte ich immer wieder Pilger, die sich mit ihren schweren Trekkingrucksäcken bergan quälten.

Das Wetter war schön geworden, die Landschaft atemberaubend: Bis zu den Gipfeln begrünte Berge, lächelnde Täler, milchkaffeefarbene Kühe mit Bimmelglocken um den Hals, Schafherden, Geier, die auf Augenhöhe in der Luft zu hängen schienen. Val Carlos ist laut Reiseführer das Tal Karls des Großen. Auf der spanischen Seite liegt Roncesvalles, wo, wie man im Rolandslied nachlesen kann, eine große Schlacht zwischen dem Heer Karls des Großen und den Sarazenen stattgefunden hat. In Wirklichkeit waren es gar keine Sarazenen, sondern Basken aus Pamplona, die sauer waren, weil Karls Mannen in ihrer Stadt gehaust hatten wie die Vandalen. Alles, was mit dem Jakobsweg zusammenhängt, ist eine undurchschaubare Mischung aus Dichtung und Wahrheit. Der Schrein in Santiago scheint glatter Schwindel zu sein, es gibt keinerlei Beweise dafür, daß der Apostel dort wirklich begraben ist. Es heißt, nach dem Tod von Jesus soll der Apostel Jakobus nach Spanien gegangen sein, um dort die Heiden zu bekehren. Viel Erfolg scheint er nicht gehabt zu haben, denn er kam mit nur zwei Jüngern nach Palästina zurück und wurde prompt von Herodes (ich weiß nicht, von welchem) einen Kopf kürzer gemacht. Den beiden Jüngern wurde in einem Traum befohlen, die sterblichen Überreste des Heiligen nach Spanien zurückzubringen, was sie auch taten, und zwar in einem steinernen Boot (kein Druckfehler!), das auf wundersame

Weise durchs Mittelmeer und die Straße von Gibraltar bis an die Westküste der Iberischen Halbinsel getragen wurde und in Galizien landete. Etliche hundert Jahre danach sah ein Eremit dort einen Stern über einem Hügel funkeln, unter dem angeblich die sterblichen Überreste des Heiligen und seiner Jünger zum Vorschein kamen. Es können auch irgendwelche anderen Gebeine gewesen sein, aber das christliche Spanien konnte zur Stärkung im Kampf gegen die Mauren ein paar Reliquien und einen Schrein gut gebrauchen, und so wurde Jakob zum Schutzheiligen Spaniens und ›*Santiago!*‹ der spanische Schlachtruf. Eine weitere Legende will wissen, daß der heilige Jakobus höchstselbst im Jahre 834 in der entscheidenden Schlacht von Clavijo das ermattete christliche Heer angefeuert und mit eigener Hand siebzigtausend Mauren erschlagen habe. Die Erzdiözese von Santiago besaß die Unverfrorenheit, dem übrigen Spanien eine Sondersteuer als Dankopfer für den heiligen Jakob aufzuerlegen, auch wenn es keine Anhaltspunkte dafür gibt, daß (mit oder ohne das Eingreifen eines Heiligen) die Schlacht von Clavijo je stattgefunden hat. In den Kirchen am Jakobsweg sieht man überall Standbilder des ›*Santiago Matamoros*‹, des Heiligen als Maurentöter. Sie zeigen ihn hoch zu Roß, wie er schwertschwingend auf den Leichen krausköpfiger Ungläubiger mit dicken Lippen herumtrampelt. Sollte irgendwann mal das Prinzip der politischen Korrektheit auch in Spanien Einzug halten, dürften sie mit diesen Darstellungen einige Probleme bekommen.

Weshalb früher Millionen von Menschen – oft unter unglaublichen Entbehrungen und Gefahren – durch halb Europa gezogen sind, um den zweifelhaften Schrein eines zweifelhaften Heiligen aufzusuchen, konnte ich nur schwer nachvollziehen, und noch unbegreiflicher war mir zunächst, warum noch heute eine doch recht beachtliche Zahl von

Zeitgenossen diese Wallfahrt unternimmt. Eine Antwort auf die zweite Frage fand ich in der Augustinerabtei von Roncesvalles, die seit dem Mittelalter Pilger betreut. Aus der Ferne wirkt der Gebäudekomplex aus grauem Stein inmitten der grünen Hügel, auf deren Dächern die Sonne glänzt, durchaus eindrucksvoll. Wenn man näher kommt, sieht man allerdings, daß das Dach aus Wellblech und architektonisch mit den Bauwerken nicht viel Staat zu machen ist. Ein Mann in schwarzer Hose und roter Strickjacke – ein für den Pilgerdienst abgestellter Mönch, wie sich herausstellte – kam auf mich zu und begrüßte mich, als er das GB-Schild sah, auf Englisch. Ich erzählte wieder meine Bede-Harrington-Geschichte, und er bat mich in sein kleines Büro. Erinnern konnte er sich an Maureen nicht, aber wenn sie ihren Paß hier vorgelegt hatte, mußte es auch einen von ihr ausgefüllten Fragebogen geben. Er holte ihn aus einem Aktenschrank. Maureens große, runde Schrift sprang mir sofort ins Auge.

NAME: Maureen Harrington
ALTER: 57
NATIONALITÄT: Britisch
RELIGION: Katholisch
WELCHE GRÜNDE BEWOGEN SIE ZU DIESER PILGERREISE (BITTE EINEN ODER MEHRERE ANKREUZEN): 1. RELIGIÖSE; 2. SPIRITUELLE; 3. FREIZEITGESTALTUNG; 4. KULTURELLE; 5. SPORTLICHE

Maureen hatte nur *spirituelle* angekreuzt. Interessant …

Don Andreas führte mich durchs Kloster. Im *refugio*, sagte er bedauernd, könne ich nicht übernachten, da ich mit dem Wagen unterwegs sei, aber als ich den kargen, aus Schlakkensteinen hochgemauerten Schlafsaal mit den nackten Glühbirnen an der Decke und den primitiven Betten sah, war ich darüber nicht allzu traurig. Der Saal war leer, das tägliche Pilgerkontingent noch nicht eingetroffen. Ich suchte mir ein kleines Hotel im Dorf, das knarrende Dielen und papierdünne Wände hatte, ansonsten aber sauber und ordentlich war, dann ging ich zurück ins Kloster. Don Andreas hatte mich zu der allabendlich um sechs stattfindenden Pilgermesse eingeladen. Ich hätte es schlicht unhöflich gefunden, seine Einladung auszuschlagen. Außerdem fand ich es reizvoll, etwas zu tun, was Maureen vor etlichen Wochen bestimmt auch gemacht hatte. Mir war, als könnte ich auf diese Weise ihre Gedanken erfühlen, vielleicht sogar sie selbst über eine Art Fernkontakt aufspüren.

Seit unserer Trennung war ich nicht mehr in einem katholischen Gottesdienst gewesen, und die Pilgermesse hatte nur noch entfernte Ähnlichkeit mit dem Ritual, das ich aus der Kirche der Unbefleckten Empfängnis in Erinnerung hatte. Mehrere Priester zelebrierten sie gleichzeitig, sie standen in einer Insel von Licht inmitten der allgemeinen Düsternis der weiträumigen Kapelle an einem schlichten Altar, ähnlich dem in Hatchford, so daß man genau verfolgen konnte, was sie mit den goldenen Kelchen und Tellern machten. Von den bunt zusammengewürfelten Gottesdienstbesuchern – alle Altersstufen waren vertreten, Männlein und Weiblein, groß und klein, dick und dünn, und alle trugen sie lässige Freizeitkleidung, Pullis und Shorts, Sandalen oder Laufschuhe – waren offenbar die wenigsten katholisch, so daß ihnen der Ablauf der Messe noch unverständlicher gewesen sein muß als mir. Vielleicht glaubten sie, die Teilnahme am Gottesdienst sei Pflicht, wenn man kostenlos im Kloster übernachten wollte, vielleicht war aber das Gemurmel der Liturgie, die wie seit vielen Jahrhunderten in den Gewölben widerhallte, für manche auch wie ein geistig-seelischer Kick. Zur Kommunion gingen nur ein paar Leute. Als aber abschließend alle zum Altar gebeten wurden, um sich in drei Sprachen – Spanisch, Französisch und Englisch – segnen zu lassen, gingen zu meiner Überraschung alle nach vorn, und ziemlich befangen schloß ich mich an. Als der Segen gesprochen wurde, bekreuzigte ich mich sogar, eine lang vergessene Gewohnheit, die ich damals von Maureen angenommen hatte, und schickte ein Stoßgebet gen Himmel, man möge mir bei der Suche nach ihr helfen.

In den nächsten zwei Wochen rollte ich kreuz und quer durch Nordspanien und sah mir jede Wallfahrerin, die auch nur die entfernteste Ähnlichkeit mit Maureen hatte, genau an. Dabei driftete ich manchmal gefährlich zur Straßenmitte ab, wenn ich im Fahren schnell über die Schulter schaute, um einer Frau in Wanderkleidung ins Gesicht zu sehen, die mir von hinten irgendwie bekannt vorgekommen war. Die Pilger waren zwar an ihren Muschelschalen und dem langen Wanderstab leicht zu erkennen, aber je weiter ich kam, desto mehr Wallfahrern begegnete ich, und ich hatte für meine Suche ja so gut wie keine Anhaltspunkte. Meine gestrenge Kustodin in St. Jean hatte mir nur sagen können, daß Maureen mit einem Rucksack und aufgeschnallter Isomatte unterwegs war, aber welche Farbe Rucksack oder Matte hatten, das wußte sie nicht mehr. Ständig quälte mich der Gedanke, daß ich womöglich an Maureen vorbeifuhr, während sie in einer Kirche oder einem Café Rast machte oder über eins der schmalen Sträßchen des Jakobswegs wanderte, auf denen selbst ein vierrädriges Fahrzeug (oder zumindest mein dekadentes, tiefergelegtes Gefährt) keine Chance hat. Ich hielt an jeder Kirche (sie waren an dieser Strecke besonders zahlreich) und an jedem *refugio*. Die meisten dieser kostenlosen Pilgerherbergen waren allerdings so primitiv – wenig mehr als eine Art Stall mit Steinfußboden –, daß ich mir Maureen dort nur schlecht vorstellen konnte. Trotzdem hörte ich mich dort gern um, weil ich mir sagte, daß einer der Pilger möglicherweise Maureen unterwegs getroffen hatte.

Ich lernte die verschiedensten Pilgertypen kennen. Am häufigsten begegnete man spanischen Jugendlichen, die mit der Wallfahrt einen wunderbaren Vorwand hatten, der elterlichen Aufsicht zu entkommen und in gemischter Gesellschaft zusammenzusein. In den *refugios* gibt es keine Geschlechtertrennung. Nicht, daß es dort zu Liebesabenteuern käme (dazu spielt sich alles zu öffentlich ab), aber abends spürte ich bisweilen dieses erwartungsvolle Knistern, das ich von früher aus dem Jugendklub in Erinnerung hatte. Auch viele weltläufigere Rucksackreisende aus dem Ausland waren unterwegs, muskulöse, braungebrannte junge Leute, bei denen sich herumgesprochen hatte, daß Santiago ein echt cooler Trip war: tolle Landschaft, billiger Wein und Herbergen, in denen du kostenlos deinen Schlafsack ausrollen kannst. Die Radsportvereine aus Frankreich und Holland in ihren gleichfarbigen T-Shirts und knallengen Radlerhosen waren bei den übrigen Pilgern nicht gern gesehen, weil ihnen das Gepäck im Kleinlaster nachreiste. Da nötigten ihnen einzelne Radler mit den dicken Fahrradtaschen an ihren schnellen Mountainbikes schon mehr Respekt ab, und auch Verheiratete und unverheiratete Paare wurden toleriert, die einfach gern wanderten oder sich für spanische Geschichte oder romanische Architektur interessierten und jedes Jahr gemächlich eine Etappe des *camino* hinter sich brachten. Für diese Einzelwanderer oder Gruppen war die Wallfahrt in erster Linie ein Alternativ- oder Abenteuerurlaub.

Dann aber gab es auch zielstrebige Pilger mit ganz persönlichen Motiven: ein junger Mann, der eine gesponserte Radtour machte, um Geld für eine Krebsstation zusammenzubekommen; ein holländischer Künstler, der unbedingt zu seinem vierzigsten Geburtstag in Santiago sein wollte; ein sechzigjähriger Belgier, der mit der Wallfahrt seinen Ruhestand einleitete; ein arbeitsloser Fabrikarbeiter aus Nancy, der über seine Zukunft nachdenken wollte; alles Menschen, die einen Wendepunkt in ihrem Leben erreicht hatten, die Frieden suchten oder Erleuchtung oder auch nur eine Atempause im täglichen Trott. Viele dieser Pilger waren schon seit Monaten unterwegs. Die Gesichter waren sonnenverbrannt, die Kleidung verwittert, sie wirkten in sich gekehrt und distanziert, als sei ihnen auf dem langen Marsch die Einsamkeit zur Gewohnheit geworden, so daß sie die manchmal lärmend-joviale Gesellschaft anderer Pilger als eher lästig empfanden. Ihr Blick ging in die Ferne, als hätten sie nur noch Santiago im Visier. Es gab auch Katholiken unter ihnen, die meisten aber hatten keine speziellen religiösen Bindungen. Für manche, die ihre Pilgerreise anfangs wie ein unterhaltsames Experiment betrachtet hatten, war sie zu einer tiefen innerlichen Erfahrung geworden, aber es gab natürlich auch Typen, die schon zu Beginn der Reise ein bißchen wunderlich waren. Auf diese heterogene Gruppe konzentrierte ich mich bei meinen Nachforschungen, denn daß jemand aus diesen Kreisen Maureen unterwegs gesehen und in Erinnerung behalten hatte, war noch am wahrscheinlichsten.

Ich beschrieb sie nach bestem Vermögen, aber ohne Erfolg, bis ich in das Dörfchen Cebrero kam. Es liegt in den Bergen von León, von dort sind es bis Santiago nur hundertfünfzig Kilometer. Es ist ein wunderlicher Ort, halb Museumsdorf, halb Schrein. Die Behausungen sind uralte steinerne Rundhütten mit konischen Strohdächern, in denen – vermutlich bezuschußt vom spanischen Staat – noch immer Bauern wohnen. In der Kirche gibt es Reliquien eines blutrünstigen mittelalterlichen Mirakels, bei dem sich Brot und Wein bei der Kommunion in echtes Fleisch und Blut verwandelt haben, und angeblich spielt auch eine Legende um den Heiligen Gral hier in der Gegend. Für meine Suche war Cebrero die entscheidende Station. In dem einfachen Lokal neben der Kirche kam ich mit einem älteren holländischen Radfahrer ins Gespräch, der behauptete, vor einer Woche eine englische Wallfahrerin namens Maureen in einem *refugio* bei León getroffen zu haben. Sie habe ein schlimmes Bein gehabt und hatte ihm erzählt, daß sie sich ein paar Tage in León ausruhen wolle. Dort war ich zwar gerade erst gewesen, setzte mich aber sofort wieder in den Wagen und brauste los, fest entschlossen, sämtliche Hotels der Stadt nach ihr abzusuchen.

Ich rollte in östlicher Richtung zwischen Astorga und Orbigo über die N 120, eine viel befahrene Hauptverkehrsader, als ich sie am Straßenrand auf mich zukommen sah – eine füllige Frau in formloser Kleidung und einem breitrandigen Strohhut. Bei meiner Geschwindigkeit von 100 km/h hatte mein Blick sie nur flüchtig gestreift, ich stieg also auf die Bremse und wurde prompt von einem riesigen Tanklaster angehupt, der fast an meiner Stoßstange hing. In beiden Richtungen herrschte dichter Verkehr, so daß ich erst nach einigen Kilometern auf dem unbefestigten Parkplatz eines Cafés in einer Staubwolke wenden konnte.

Hatte ich das mit Maureen vielleicht nur geträumt? Nein, auf der anderen Straßenseite ging sie – oder vielmehr eine durch einen großen Campingrucksack mit aufgeschnallter Isomatte und Strohhut weitgehend unkenntliche weibliche

Gestalt – vor mir her. Ich nahm Gas weg, was erneut ein lautes Hupkonzert provozierte, und wandte den Kopf, um ihr beim Vorbeifahren ins Gesicht zu sehen. Kein Zweifel – es war Maureen. Als sie das wilde Hupen hörte, sah sie flüchtig in meine Richtung, aber wer hinter dem getönten Glas des Plutokratomobils saß, konnte sie ja nicht erkennen, und ich konnte nicht anhalten. Ein paar hundert Meter weiter war der Seitenstreifen breit genug zum Parken. Ich stieg aus und überquerte die Fahrbahn. Maureen kam auf der an dieser Stelle leicht abfallenden Straße langsam und leicht hinkend auf mich zu und stützte sich dabei schwer auf ihren Wanderstab. Trotzdem war ihr Gang unverkennbar. Mir war, als habe man meine Lebensuhr um vierzig Jahre zurückgedreht. Ich stand wieder in Hatchford vor dem Blumenladen und sah sie in ihrer Schuluniform die Beecher's Road herunterkommen.

In einem Fernsehskript hätte ich einen romantischeren Rahmen gewählt: ein kühles dunkles Kirchenschiff etwa oder einen von bunten Blumen gesäumten und von einem leichten Wind umfächelten Feldweg, auf dem als lautestes Geräusch das Blöken der Schafe zu hören war, und dazu natürlich auch Hintergrundmusik eingespielt (vielleicht eine Instrumentalfassung von ›Too Young‹). Statt dessen begegneten wir uns am Rande einer häßlichen Landstraße in einer der reizlosesten Gegenden von Kastilien, betäubt vom Motorenlärm und Reifenzischen, halb erstickt von Auspuffgasen und von dem Dreck, den die vorüberfahrenden Laster aufwirbelten. Erst als ich auf sie zuging, schien sie mich zu bemerken, verhielt den Schritt, blieb schließlich stehen. Ich lachte und streckte die Arme nach ihr aus, aber sie deutete die Geste falsch. Offenbar hielt sie mich für einen gefährlichen Irren oder einen Sittenstrolch, denn sie wich zurück und hob wie zur Verteidigung ihren Stab.

»Maureen! Hab keine Angst ... Ich bin's. Laurence.«

Sie zuckte zusammen. »Wie? Was für ein Laurence?«

»Laurence Passmore. Erkennst du mich nicht?«

Es war schon enttäuschend, daß sie mich nicht erkannte, daß nicht einmal mein Name ihr etwas sagte. Aber schließlich hatte sie ja, wie sie mir später sehr vernünftig erklärte, seit einer halben Ewigkeit nicht mehr an mich gedacht, während ich mich schon seit Wochen in Gedanken fast nur noch mit ihr beschäftigte. Während ich ganz Nordwestspanien abgeklappert und an jeder Wegbiegung gehofft hatte, sie zu finden, war für sie mein Auftauchen auf der N 120 so bizarr und unvermutet, als wäre ich dort mit einem Fallschirm gelandet oder plötzlich aus der Erde gewachsen.

»Wir waren früher mal befreundet«, überschrie ich den Lärm der donnernden Fahrzeuge. »In Hatchford.«

Aus Maureens Gesicht wich die Angst. Sie kniff wie kurzsichtig oder von der Sonne geblendet die Augen zusammen und tat einen Schritt auf mich zu. »Das darf ja nicht wahr sein! *Laurence Passmore?* Was machst du denn hier?«

»Ich suche dich.«

»Warum?« fragte sie erschrocken. »Ist zu Hause was passiert?«

»Nein, nein. Bede sorgt sich zwar um dich, aber ansonsten geht es ihm gut.«

»Bede? Wann hast du Bede gesehen?«

»Neulich erst. Als ich versucht habe, dir auf die Spur zu kommen.«

»Wozu?« Wir standen uns jetzt dicht gegenüber.

»Es ist eine lange Geschichte. Steig ein, dann erzähle ich dir alles.« Ich deutete auf die andere Straßenseite.

Sie sah flüchtig zu meinem silbernen Liebling hin, dann schüttelte sie den Kopf. »Ich bin auf einer Wallfahrt.«

»Ich weiß.«

»Da fährt man nicht Auto.«

»Heute kannst du mal eine Ausnahme machen. Es täte dir bestimmt gut.«

Sie sah schlimm aus. Diese Frau war nicht mehr die Maureen meiner Erinnerungen und Wunschträume. Frauen in ihrem Alter sehen nun mal nicht mehr aus wie Schönheitsköniginnen. Sally ist noch nicht ganz so weit, und Amy hat noch ein paar gute Jahre vor sich, außerdem wehren sich beide mit allen Mitteln (oder mit fast allen, denn einen Schönheitschirurgen würden sie wohl nicht an sich heranlassen) gegen den Alterungsprozeß, den Maureen offenbar mehr oder weniger akzeptiert hatte. In den Augenwinkeln saßen Krähenfüße und unter den Augen Tränensäcke. Die früher so straffen, runden Wangen waren schlaff, der Hals zerknittert und die Figur aus der Form geraten. Natürlich hatten auch die langen Wochen, ja Monate der Wanderschaft sie gezeichnet. Die Nase schälte sich, das Haar war strähnig und ungepflegt, die Hände schmutzig, die Nägel abgebrochen, die Kleidung verdreckt und verschwitzt. Auf so etwas hatten mich die gestellten und sorgfältig retuschierten Fotos in Bedes Wohnzimmer nicht vorbereitet. Umgekehrt dürfte Maureen auch an mir zahlreiche wenig schmeichelhafte Spuren des Alters registriert haben, nur hatte sie kein verklärtes Bild ihrer Jugendliebe mit sich herumgetragen.

Sie zögerte und beugte sich in ihren abgetretenen Laufschuhen ein bißchen vor, um das Gewicht des Rucksacks auszugleichen. Unter die Schulterriemen hatte sie sich Schaumgummistreifen geschoben – ein irgendwie rührender Versuch, ihre Schlüsselbeine vor dem Wundwerden zu schützen. Mich überkam eine große Zärtlichkeit und der Drang, sie von dieser Selbstquälerei zu erlösen.

»Nur bis zum nächsten Ort«, sagte ich, »da setzen wir uns hin und trinken was Kühles.« Die Sonne brannte auf meine Glatze, Schweiß lief mir in prickelnden Strömen am Körper herunter. »Der Wagen ist klimatisiert«, fügte ich als zusätzlichen Anreiz hinzu.

Maureen lachte und krauste dabei ganz wie früher die sonnenverbrannte Nase. »Das will ich hoffen. In deinem Interesse. Ich stinke bestimmt zum Himmel.«

Wohlig seufzend reckte sie sich auf dem Beifahrersitz. »Große Klasse. Was ist es für eine Marke?«

Ich sagte es ihr.

»Wir haben einen Volvo. Wegen der Sicherheit, sagt Bede.«

»Sicherheit ist nicht alles.«

Sie lachte kurz auf. »Da hast du recht.«

»Für mich ist heute ein Traum wahr geworden«, sagte ich. »Seit Monaten stelle ich mir vor, daß ich dich in diesem Wagen spazierenfahre.«

»So?« Sie lächelte schüchtern und ein bißchen verwundert. Daß sie in meinen Wunschträumen immer süße siebzehn gewesen war, sagte ich ihr nicht.

Nach ein paar Kilometern kam ein kleines Lokal in Sicht, wir setzten uns an einen Tisch im Schatten einer alten Eiche, wo wir fern von dem Geschnatter des Fernsehers und dem Zischen der Espressomaschine in Ruhe reden konnten. Bei Bier und Zitronenlimonade führten wir das erste von vielen Gesprächen, mit denen wir versuchten, die fünfunddreißig Jahre der Trennung zu überbrücken. Verständlicherweise wollte Maureen zuallererst wissen, warum ich nach ihr gesucht hatte. Ich erzählte ihr in einer Kurzfassung das, was ich hier ausführlich aufgeschrieben habe: daß ich privat und beruflich aus dem Tritt geraten war, daß ich in den letzten Monaten ständig an unsere Freundschaft und an mein schäbiges Verhalten gedacht hatte und daß ich sie unbedingt hatte wiedersehen wollen. »Um Absolution zu bekommen«, sagte ich.

Maureen errötete unter ihrem Sonnenbrand. »Das wäre doch wirklich nicht nötig gewesen, Laurence. Es ist fast vierzig Jahre her. Wir waren praktisch noch Kinder.«

»Aber es muß damals weh getan haben.«

»Ja, natürlich. Ich habe mich noch lange danach abends in den Schlaf geweint.«

»Siehst du ...«

»Aber das machen alle jungen Mädchen so. Du warst der erste, aber nicht der letzte, dem ich nachgeweint habe.« Sie lachte. »Das überrascht dich?«

»Meinst du Bede?«

»Aber nein«, sagte sie belustigt. »Kannst du dir vorstellen, daß jemand Bede nachweinen würde? Zuerst war da dieser unheimlich gutaussehende Krankenhausarzt, in den ich hoffnungslos verliebt war – wie alle anderen Schwesternschülerinnen auch. Vermutlich hat er nicht mal gewußt, wie ich heiße. Und dann, nach dem Examen, hat es noch einen Pfleger gegeben, mit dem hatte ich ein Verhältnis.«

»Mit ... mit allem, was dazugehört?« Ich sah sie einigermaßen fassungslos an.

»Ich habe mit ihm geschlafen, wenn du das meinst. Warum erzähle ich dir eigentlich diese intimen Einzelheiten? Ich glaube, je älter man wird, desto weniger stört einen, was andere Leute von einem denken. Mit der Einstellung zum eigenen Körper ist es genauso. Im Krankenhaus sind die jungen Patienten beim Waschen, beim Umgang mit der Ente und solchen Sachen immer am genierlichsten. Den Alten ist das schnuppe.«

»Aber ... wie hast du das mit deiner Religion vereinbart?«

»Mir war bewußt, daß es eine Todsünde war, aber ich liebte ihn und dachte, er würde mich heiraten. Er hatte es versprochen, aber dann hat er es sich anders überlegt, oder vielleicht hatte er mir auch nur was vorgemacht. Nachdem ich mich von dem Schock erholt hatte, habe ich dann Bede geheiratet.«

Ich wußte, daß die Frage taktlos war, aber ich mußte es einfach wissen. »Hast du vorher mit ihm geschlafen?«

Maureen schüttelte sich vor Lachen. »Aber nein! Schon beim Gedanken daran hätte Bede einen Nervenzusammenbruch gekriegt.«

Ich brauchte ein paar Minuten, um mit diesen überraschenden Enthüllungen fertig zu werden. »Du warst mir also nicht die ganze Zeit böse?«

»Natürlich nicht. Ehrlich gesagt habe ich eine halbe Ewigkeit überhaupt nicht mehr an dich gedacht.«

Das sollte mich wohl trösten, aber es traf mich doch sehr.

»Du hast also nicht verfolgt, was aus mir geworden ist?«

»Nein. Warum? Bist du schrecklich berühmt?«

»Das nicht gerade, aber ich hatte ein paar schöne Erfolge als Fernsehautor. Kennst du *Die Leute von nebenan*?«

»Ist das eine dieser Comedy-Serien, in denen man immer Leute lachen hört, die man nicht sieht? So was schauen wir uns im allgemeinen nicht an, aber jetzt, wo ich weiß, daß du dafür schreibst ...«

»Die Serie war meine Idee, ich schreibe alle Drehbücher. Als Tubby Passmore.«

Maureen zog lachend die Nase kraus. »Tubby? Du, das gefällt mir.«

Zu dumm, daß mir das rausgerutscht war ... »Sag ruhig Laurence zu mir. Wie früher.«

Doch das Unglück war schon geschehen. Sie bekam den Namen nicht mehr aus dem Kopf. »Ich will dich ja Laurence nennen, ehrlich, aber statt dessen kommt immer Tubby raus«, sagte sie später.

An diesem Tag hatte Maureen bis Astorga kommen wollen. Trotz der Schmerzen im Bein lehnte sie es ab, sich von mir hinfahren zu lassen, aber ich durfte ihren Rucksack mitnehmen. Übernachten wollte sie im *refugio* von Astorga, das im Pilgerführer lapidar als ›Turnhalle mit Einfachstausstattung‹ beschrieben war. Maureen schnitt ein Gesicht. »Also keine Duschen …« An diesem Fest- und Feiertag müßten wir abends unbedingt zusammen essen, sagte ich, vorher könne sie dann bei mir im Hotel duschen. Sie nahm das Angebot bereitwillig an, und wir machten als Treffpunkt das Domportal aus. Dann suchte ich mir ein Hotel, reservierte vorsichtshalber zwei Zimmer (Maureen ließ sich tatsächlich überreden, auf die Einfachstausstattung des *refugio* zu verzichten) und erkundete die Sehenswürdigkeiten der Stadt. Der Dom ist innen gotisch und außen barock (soviel konnte inzwischen sogar ich erkennen), der Bischofspalast sieht aus wie ein Märchenschloß. Ich mußte an Gaudí und seine sonderbare Kirche in Barcelona denken, die nie fertig wird und deren Türme aussehen wie riesige Luffaschwämme. Astorga besitzt auch zahlreiche Reliquien, unter anderem einen Span vom wahren Kreuz und den Rest einer Fahne aus der sagenhaften Schlacht von Clavijo.

Drei Stunden, nachdem wir uns getrennt hatten, stellte sich Maureen an unserem Treffpunkt ein. Sie war bester Laune. Ohne den schweren Rucksack, sagte sie, sei es der reinste Spaziergang gewesen. Ich ließ mir das schmerzende Bein zeigen, das mir gar nicht recht gefallen wollte. Die Wade war blau verfärbt und das Knöchelgelenk geschwollen. Ein Arzt in León hatte eine Bänderzerrung diagnostiziert, Ruhe empfohlen und Maureen eine Salbe verschrieben, die auch etwas geholfen hatte. Doch trotz der viertägigen Rast hatte sie immer noch Beschwerden. »In vier Tagen kriegst du das auch nicht weg«, sagte ich. »Dazu brauchst du eher vier Monate, ich habe da meine Erfahrungen. Wenn du mit dieser Wallfahrt nicht Schluß machst, wird es nie besser.«

»So kurz vor dem Ziel? Kommt überhaupt nicht in Frage!«

Weil ich ganz genau wußte, daß gutes Zureden völlig zwecklos gewesen wäre, überlegte ich mir lieber, ob es keine Möglichkeit gab, ihr den letzten Teil der Pilgerreise ein bißchen leichter zu machen, und schlug vor, jeden Tag mit ihrem Rucksack zu einem vereinbarten Treffpunkt vorauszufahren, Zimmer in einem bescheidenen Gasthaus oder einer Pension mit Frühstück zu reservieren und dort auf sie zu warten. Maureen hatte grundsätzlich nichts gegen solche Unterkünfte, denn je näher sie Santiago kam, desto mehr Gedränge und Unerfreulichkeiten gab es in den *refugios*, nur war sie inzwischen ziemlich knapp bei Kasse und hatte Bede nicht um Geld bitten wollen. Wir verabredeten, daß ich vorläufig die Zimmer zahlen und sie mir ihren Anteil in England zurückgeben würde, und sie führte genau Buch über unsere Ausgaben.

Langsam und in kurzen Etappen arbeiteten wir uns an Santiago heran. Auch ohne Rucksack konnte Maureen täglich nicht mehr als zehn, zwölf Kilometer bewältigen, und selbst für diese Strecke brauchte sie bis zu vier Stunden. Nachdem ich mich um unsere Unterkunft gekümmert hatte, ging ich ihr meist ein Stück entgegen. Selbst auf steilen und unebenen Strecken machte mein Knie willig mit, und erst jetzt wurde mir bewußt, daß ich seit St. Jean keine Beschwerden mehr gehabt hatte. »Bedank dich beim heiligen Jakob«, sagte Maureen, als ich es ihr erzählte. »Als ich naß bis auf die Haut die Paßstraße hochkletterte und so fertig war, daß ich mich am liebsten zum Sterben in den Straßengraben gelegt hätte, spürte ich so was wie eine Hand im Kreuz, die mich anschob, und im Handumdrehen war ich oben.«

Ob sie wirklich daran glaube, daß der Apostel Jakobus in Santiago begraben war, wollte ich wissen. Maureen zuckte die Schultern.

»Mit absoluter Sicherheit kann das wohl niemand sagen.«

»Stört es dich nicht, daß seit Jahrhunderten Millionen von Menschen womöglich nur wegen eines Druckfehlers hierher gepilgert sind?«

Das hatte ich aus einem meiner Reiseführer. Daß man den heiligen Jakob überhaupt mit Spanien in Verbindung bringt, geht angeblich auf den Irrtum eines Skribenten zurück, der als Wirkungsfeld des Apostels ›Hispaniam‹ statt ›Hierusalem‹ (d. h. Jerusalem) geschrieben hat.

»Nein«, sagte sie, »denn ich habe ganz stark das Gefühl, daß er bei uns ist. Er muß sich doch ein bißchen um die vielen Menschen kümmern, die eigens ihm zu Ehren nach Santiago pilgern.« Aber solche Sachen sagte sie immer mit einem Augenzwinkern, so daß ich nie genau wußte, woran ich war.

Die Wallfahrt selbst aber nahm sie sehr ernst. »Natürlich absurd. Absolut absurd«, hatte Bede gesagt, und für mich klang das nach Kierkegaard, aber so hatte er es bestimmt nicht gemeint. In der mittelalterlichen Stadt Villafranca gibt es eine Jakobuskirche. Gelang es im Mittelalter einem erkrankten Pilger, sich noch bis zu deren Portal, der *Puerta del Perdón*, zu schleppen, konnte er guten Gewissens wieder heimwärts ziehen, das Ziel der Wallfahrt galt als erreicht. Auf diese Weise, sagte ich zu Maureen, als wir nach Villafranca kamen, könne doch auch sie sich mit Anstand aus der Affäre ziehen. Erst lachte sie darüber, aber als ich nicht lockerließ, wurde sie fast böse, und ich schnitt das Thema nicht mehr an.

Ehrlich gesagt, wäre wohl auch ich enttäuscht gewesen, wenn Maureen es nicht geschafft hätte. Obwohl ich ganz banal mit dem Auto unterwegs war, begann die Pilgerreise mich in ihren Bann zu ziehen, und auch ich spürte einen Hauch von dem, was Maureen auf ihrem langen Fußmarsch erlebt und erfahren hatte.

»Es ist, als wenn du aus der Zeit hinausfällst. Aktuelle Ereignisse interessieren dich nicht mehr. Was du in Bars und Cafés auf dem Fernsehschirm siehst – Bilder von Politikern und Autobomben und Radrennen –, nimmst du nur noch für Sekunden wahr. Allein wichtig sind jetzt die elementarsten Bedürfnisse: Satt zu werden, nicht auszutrocknen, deine Blasen zu pflegen, die nächste Raststätte zu erreichen, ehe es zu heiß oder zu kalt oder zu naß geworden ist. Zu überleben. Erst hast du Angst, den Verstand zu verlieren in deiner Einsamkeit und Erschöpfung, aber nach einer Weile empfindest du die anderen Leute nur noch als störend und möchtest viel lieber mit deinen Gedanken und deinen schmerzenden Füßen allein sein.«

»Demnach wärst du lieber ohne mich hier?«

»Unsinn, Tubby. Ohne dich hätte ich es nie bis hierher geschafft.«

Ich runzelte die Stirn wie Ryan Giggs, wenn er mit einem seiner fantastischen Schlenzer ein Tor geschossen hat, aber Maureen holte mich ganz schnell wieder auf den Boden der Tatsachen zurück.

»Es war wie ein Wunder. Bestimmt hatte da auch wieder der heilige Jakob seine Hand im Spiel.«

Auch über Damiens Tod konnte sie nun mit mir sprechen. »Schlimm ist das, wenn der Sohn vor den Eltern stirbt. Geradezu widernatürlich. Man denkt unwillkürlich an all das, was er nun nie erleben wird – Ehe, Kinder, Enkel. Die

Liebe aber hat Damien wohl erfahren, das ist ein Trost. Er hatte eine Freundin in Afrika, sie arbeitete auch für seine Organisation. Auf den Fotos macht sie einen sehr netten Eindruck. Nach seinem Tod hat sie uns einen ganz lieben Brief geschrieben. Ob sie auch miteinander geschlafen haben? Hoffentlich ...«

Davon, meinte ich, könne sie wohl ausgehen.

»Während seines Studiums in Cambridge hat er mal ein Mädchen mitgebracht und gefragt, ob sie zusammen in seinem Zimmer schlafen könnten. Nein, habe ich damals gesagt, nicht in meinem Haus. Hätte ich gewußt, daß er nur noch so kurze Zeit zu leben hat, hätte ich anders reagiert.«

Sie dürfe sich keine Vorwürfe machen, sagte ich, damals sei das eine für sie durchaus verständliche Entscheidung gewesen.

»Das tu ich auch nicht. Bede ist da anders, er quält sich mit schrecklichen Selbstvorwürfen, auch wenn er es nicht zugibt. Er denkt, er hätte Damien den Job bei der Hilfsorganisation energischer ausreden müssen. Nach dem Abschluß an der Uni hatte Damien ein soziales Jahr im Ausland gemacht und wollte später wieder zurück nach Cambridge, um zu promovieren, aber dann ist er doch in Afrika geblieben. Er liebte die Leute dort, er liebte seine Arbeit. Er hat sehr intensiv gelebt in der kurzen Zeit, die ihm zur Verfügung stand. Und er hat viel Gutes getan. Das habe ich mir nach seinem Tod immer wieder gesagt. Für Bede war das keine Hilfe. Nachdem er im Ruhestand war, hat er den ganzen Tag nur im Haus herumgesessen und Löcher in die Luft gestarrt. Als ich in einer Zeitschrift einen Artikel über die Wallfahrt las, spürte ich sofort: Das ist das Richtige für dich – eine Herausforderung, ein Ziel, das zwei, drei Monate den ganzen Menschen beansprucht. Ich las die Geschichte des Jakobsweges nach und war fasziniert. Millionen von

Menschen sind im Laufe der Jahrhunderte auf dieser Strecke nach Santiago gezogen, zu Fuß oder zu Pferde, und es muß ihnen ungeheuer viel gegeben haben, sonst hätten sich nicht immer wieder neue Pilger auf den Weg gemacht. Ich holte mir bei der Jakobsgesellschaft einen Pilgerführer und kaufte in einem Campingladen in der Wimbledon High Street Rucksack, Schlafsack und was man sonst so braucht. Meine Familie hielt mich natürlich für übergeschnappt und versuchte, mir die Sache auszureden. Bekannte dachten, es sei eine gesponserte Wanderung für irgendeinen guten Zweck. Nein, habe ich zu ihnen gesagt, das hier mache ich für mich, für andere Leute habe ich schon genug getan. Ich habe Kranke gepflegt, ich arbeite für die Telefonseelsorge, ich …«

»Telefonseelsorge? Davon hat Bede gar nichts erzählt.«

»Bede sah es auch nicht gern. Er dachte, das ganze Elend würde aus dem Telefonhörer schwappen und mich anstecken.«

»Du machst das bestimmt sehr gut«, sagte ich.

»Ich hatte in sechs Jahren nur einen Verlust. Einen Anrufer, der sich wirklich umgebracht hat, meine ich. Keine schlechte Bilanz. Nach Damiens Tod habe ich mich allerdings schwerer getan. Im Vergleich zu dem, was ich erlebt hatte, kamen mir die Probleme mancher Anrufer fast trivial vor. Weißt du, wann wir am meisten zu tun haben?«

»Über die Weihnachtsfeiertage.«

»Nein, Weihnachten kommt an zweiter Stelle. An der Spitze steht der Valentinstag. Gibt einem zu denken, was?«

Oft überholten uns auf unseren gemächlichen Fußmärschen jüngere, frischere oder geübtere Wanderer. Je näher wir Santiago kamen, desto mehr wurden es. Am 25. Juni war Jakobstag, der Höhepunkt der Wallfahrt, bis dahin – das waren noch zwei Wochen – wollten alle ihr Ziel erreichen. Von einem hochgelegenen Wegstück aus konnte man manchmal das Band der Straße meilenweit übersehen; einzelne Pilger, Paare und größere Gruppen waren bis zum Horizont auf dem Jakobsweg aufgereiht wie Perlen auf einer Schnur – ein Bild wie aus dem Mittelalter.

In Cebrero liefen wir einem britischen Fernsehteam in die Arme, das einen Dokumentarfilm über die Wallfahrt drehte. Die Fernsehleute lauerten vor der kleinen Kirche den Wallfahrern auf und fragten sie nach den Gründen für ihre Pilgerreise. Maureen weigerte sich entschieden, ihnen Rede und Antwort zu stehen. Der Regisseur, ein großer blonder Typ in Shorts und T-Shirt, versuchte vergeblich, sie umzustimmen.

»Wir brauchen dringend eine ältere, Englisch sprechende Frau. Vor jungen Spaniern und belgischen Radfahrern können wir uns kaum retten. Sie wären die ideale Besetzung.«

»Nein, danke«, sagte Maureen. »Ich will nicht ins Fernsehen.«

Der Regisseur guckte verdattert. Medienmenschen können nicht begreifen, daß normale Leute andere Prioritäten haben.

Er wandte sich hoffnungsvoll an mich.

»Ich bin kein wahrer Wallfahrer.«

Sein Gesicht erhellte sich. »Und wer ist ein wahrer Wallfahrer?«

»Jemand, für den die Wallfahrt ein existentieller Akt der Selbstdefinition ist«, sagte ich. »Ein Sprung in die Absurdität im Sinne Kierkegaards. Was wäre ...«

»Stopp! Das will ich drehen«, unterbrach mich der Regisseur und wandte sich an eine rothaarige, sommersprossige junge Frau mit Klemmbrett. »Hol David, Linda!« Wie sich herausstellte, war David, Autor und Sprecher der Sendung, zur Zeit unauffindbar. »Wahrscheinlich nimmt er übel, daß er heute mal ein paar Schritte laufen mußte«, brummelte der Regisseur, der verwirrenderweise auch David hieß. »Hier muß man aber auch alles selber machen!«

Es gab das übliche Hin und Her um die Position der Kamera, um Linsen und Filter und Reflektoren. Hintergrundgeräusche mußten eliminiert, Zuschauer davon abgehalten werden, ins Bild zu laufen, und dann sprach ich meine existentialistische Deutung der Wallfahrt in die Kamera. (Maureen, der das Herumstehen zu langweilig geworden war, besichtigte inzwischen die Kirche.) Ich umriß die drei Stadien der persönlichen Entwicklung nach Kierkegaard – das ästhetische, das ethische und das religiöse Stadium – und unterschied dementsprechend auch drei Wallfahrertypen. Dem ästhetischen Typ, sagte ich, geht es hauptsächlich um Zerstreuung, er freut sich an den landschaftlichen und kulturellen Schönheiten, die der Jakobsweg ihm bietet. Der ethische Typ will mit seiner Pilgerreise sein Durchhaltevermögen und seine Selbstdisziplin unter Beweis stellen, er kennt die Regeln einer Pilgerreise genau (weiß beispielsweise, daß man auf gar keinen Fall im Hotel übernachten darf) und sieht andere Wallfahrer gewissermaßen als Konkurrenz. Der wahre Wallfahrer aber ist der (im kierkegaardschen Sinne) religiöse Wallfahrer. Für Kierkegaard ist die christliche Lehre ›absurd‹. Wäre sie ausschließlich rational bestimmt, wäre der Glaube kein Verdienst. Der entscheidende Punkt ist ja eben, daß nicht rationale Zwänge einen zum Glauben bringen, sondern daß man einen Sprung ins Nichts tut und damit die Wahl für sich selbst trifft. Über Tausende von Meilen zum Schrein in Santiago zu pilgern, ohne zu wissen, ob dort tatsächlich jemand begraben liegt, das ist so ein Sprung. Der ästhetische Wallfahrer nimmt für sich gar nicht erst in Anspruch, ein wahrer Wallfahrer zu sein. Der ethische Wallfahrer denkt ständig darüber nach, ob er einer ist. Der wahre Wallfahrer denkt nicht nach, er tut es.

»Schnitt!« sagte der Regisseur. »Vielen Dank! Laß dir die Freigabe unterschreiben, Linda.«

Linda zückte ihren Kugelschreiber. »Sie bekommen fünfundzwanzig Pfund, wenn wir die Aufnahme verwenden. Sie heißen ...?«

»Laurence Passmore.«

Der Tontechniker sah rasch hoch. »*Tubby* Passmore?« Ich nickte, und er schlug sich auf die Schenkel. »Ich wußte doch, daß ich Sie schon mal irgendwo gesehen habe. Hey, David«, rief er dem Regisseur zu, der sich schon nach seinem nächsten Opfer umsah, »rat mal, wer das ist: Tubby Passmore. *Die Leute von nebenan*, du weißt schon ...« Er wandte sich wieder an mich. »Klasse, die Serie. Laß ich mir nie entgehen, wenn ich zu Hause bin.«

»Das darf ja nicht wahr sein!« Der Regisseur hielt sich den Zeigefinger an die Schläfe wie einen Revolverlauf. »Da haben Sie uns ja ganz schön verscheißert.«

»Ich habe Sie nicht verscheißert«, sagte ich, aber ich glaube, das nahm er mir nicht ab.

Die Tage vergingen in einem langsamen, gleichbleibenden Rhythmus. Wir standen früh auf, damit Maureen die kühlen Morgenstunden für ihren Fußmarsch nutzen konnte. Meist erreichte sie gegen Mittag unseren Treffpunkt. Nach einem langen, gemächlichen spanischen Mittagsmahl gingen wir zur Siesta auf unsere Zimmer und verschliefen den heißen Nachmittag. Abends mischten wir uns zum Luftschnappen unters Volk und probierten in den Bars die *tapas* und die örtlichen Weine. Ich fühlte mich unbeschreiblich wohl in Maureens Gesellschaft, und es war ganz erstaunlich, wie rasch sich die frühere Vertrautheit wieder einstellte. Wir führten viele und lange Gespräche miteinander, konnten aber auch gut in freundschaftlichem Schweigen beisammensitzen wie zwei Menschen, die nach einer langen glücklichen Partnerschaft nun den gemeinsamen Lebensabend genießen. Außenstehende hielten uns bestimmt für Eheleute oder zumindest für ein Paar, und in den Hotels wunderten sie sich immer ein wenig über unsere Einzelzimmer.

An einem Abend hatte Maureen lange und scheinbar unbeschwert über Damien gesprochen und lachend von einem seiner Jungenstreiche erzählt. Später aber hörte ich sie durch die dünne Wand unserer einfachen Bleibe leise weinen. Ich ging zu ihr hinüber. Eine Straßenlaterne warf durch die Vorhänge ein wenig Licht ins Zimmer. Ich sah Maureen als dunklen Umriß auf dem Bett.

»Bist du das, Tubby?«

»Du hast geweint.« Ich tastete mich vorwärts, stolperte über einen Stuhl am Bett und setzte mich.

»Ja. Wegen Damien. Ich bin eben immer noch nicht drüber weg.« Sie fing wieder an zu weinen. Ich nahm ihre Hand, die sie dankbar drückte.

»Soll ich dich in den Arm nehmen?«

»Nein, nein, es geht schon wieder …«

»Ich täte es aber gern. Nur ein bißchen schmusen, nichts weiter. Damit du besser einschläfst.«

Ich legte mich neben sie aufs Bett, sie drehte sich zur Seite, und ich schmiegte mich an ihre breite, weiche Hinterseite. Nach einer Weile verstummte das Weinen, ich hörte ihre tiefen, gleichmäßigen Atemzüge, und dann waren wir beide eingeschlafen.

Als ich mitten in der Nacht aufwachte, waren meine Füße eiskalt. Ich setzte mich auf und versuchte, sie wieder warmzurubbeln. Maureen regte sich. »Was ist?«

»Nichts weiter, ich friere nur ein bißchen. Kann ich unter die Decke kommen?«

Ich rückte dicht an sie heran. Sie trug ein dünnes, ärmelloses Baumwollnachthemd und verströmte einen wunderschönen warmen Duft nach frischem Brot. Kein Wunder, daß ich eine Erektion hatte.

»Es ist wohl besser, wenn du wieder in dein eigenes Bett gehst«, sagte Maureen.

»Warum?«

»Weil ich dir einen Schock ersparen möchte.«

Sie lag jetzt auf dem Rücken, und ich massierte durch ihr Nachthemd hindurch mit den Fingerspitzen sehr behutsam ihren Bauch, das hatte Sally immer so gern gehabt, wenn sie schwanger war. Mein Kopf lag auf einer von Maureens großen runden Brüsten. Ganz langsam, mit angehaltenem Atem, hob ich die Hand, um die andere Brust zu umfassen wie damals in unserer dunklen Nische.

Aber da war keine Brust.

»Ich habe dich gewarnt«, sagte Maureen.

Es war wirklich ein Schock. Ein Gefühl, als wenn man im Dunkeln eine Treppe hochsteigt, die eine Stufe weniger hat als erwartet. Rasch legte ich meine Hand, die ich erst instinktiv zurückgezogen hatte, wieder an die Stelle, wo keine weiche Wölbung mehr war. Unter dem dünnen Nachthemd fühlte sich die Zickzacklinie der Narbe an wie eine Sternbildzeichnung.

»Es stört mich nicht«, sagte ich.

»Natürlich stört es dich.«

»Nein, ehrlich nicht.« Ich knöpfte das Nachthemd auf und küßte die verrunzelte Haut.

»Das ist sehr lieb von dir, Tubby.«

»Willst du mit mir schlafen?«

»Nein.«

»Bede würde es nie erfahren.« Der Satz klang mir in den Ohren wie ein geisterhaftes Echo aus der Vergangenheit.

»Es wäre nicht recht. Nicht auf einer Wallfahrt.«

Ich gab ihr einen verständnisvollen Kuß und stieg aus dem Bett. Sie richtete sich auf, umarmte mich und küßte mich liebevoll auf die Lippen. »Danke, Tubby. Du bist ein Schatz.«

In meinem Zimmer lag ich noch eine ganze Weile wach. Ich will nicht behaupten, daß meine eigenen Schwierigkeiten und Enttäuschungen nun im Vergleich zu Maureens Problemen bis zur Bedeutungslosigkeit geschrumpft wären, aber die Perspektive hatte sich doch verändert. Maureen hatte nicht nur einen geliebten Sohn verloren, sondern auch eine Brust, die ja augenfälliger als alles andere weibliche Sexualität definiert. Maureen hätte sicher den ersten Verlust als schwerer bezeichnet, mir aber ging der zweite näher. Vielleicht lag es daran, daß ich Damien nie kennengelernt hatte; ihre Brust aber hatte ich gekannt und geliebt – und beschrieben. Meine Reminiszenz war zur Elegie geworden.

Die letzte Strecke legten wir Seite an Seite zurück. Ich packte ein paar Sachen für die Nacht in ihren Rucksack, und wir trugen ihn abwechselnd. Den Wagen hatte ich in Labacolla, einem Weiler etwa zwölf Kilometer vor Santiago, in der Nähe des Flughafens, stehenlassen. Dort hatten sich früher die Pilger gewaschen, ehe sie sich zum Schrein begaben. Wörtlich übersetzt heißt Labacolla ›Wasch dir den Schwanz‹, und nach der weiten Reise werden die mittelalterlichen Pilger das wohl auch nötig gehabt haben.

Es war ein warmer, sonniger Vormittag. Zuerst führte der Weg durch ein Wäldchen und über Felder, links lag offenes Gelände, das dem Auge wohltat, von rechts wehte der Verkehrslärm der Hauptstraße zu uns herüber. Dann ging es durch ein Dorf, und am Ende des Dorfes lag der Monte el Gozo, der ›Berg der Freude‹. Von seinem Gipfel aus haben die Pilger Santiago zum erstenmal leibhaftig vor Augen. Früher gab es innerhalb der einzelnen Gruppen fast so etwas wie kleine Wettläufe den Berg hinauf, weil jeder zuerst das heißersehnte Ziel sichten wollte. Der heutige Wanderer ist, wenn er oben ankommt, eher ernüchtert. Ein riesiges Amphitheater nimmt fast die ganze Bergkuppe ein, und Santiago mit den Schnellstraßen, Industrieansiedlungen und Hochhäusern an seinem äußeren Rand sieht von dort oben nicht anders aus als jede andere moderne Stadt. Nur wenn man sehr genau hinschaut oder sehr gute Augen hat, kann man die Türme der Kathedrale erkennen.

Trotzdem war es ein gutes Gefühl, zu Fuß in Santiago einzuziehen, ich hatte dadurch mehr Verständnis für Maureens Glück und Bewegung, als sie endlich die Ziellinie ihres Marathonlaufs erreicht hatte, ja, ich empfand sogar selbst so etwas wie Glück und Bewegung. Der Fußgänger nimmt ja viel mehr wahr als der Autofahrer, und die langsame Fortbewegungsart erzeugt dadurch, daß sie die Vollendung der Reise verzögert, eine Art dramatischer Spannung. Nach dem langen Anmarsch durch häßliche moderne Vororte sind Freude und Erleichterung um so größer, wenn sich das schöne alte Zentrum mit seinen schattigen, gewundenen Straßen, geheimnisvollen Winkeln und malerischen Giebeln vor einem auftut. Dann biegt man um eine Ecke – und steht unvermittelt auf der riesigen *Plaza del Obradoira* und vor der Kathedrale.

Es war der 24. Juli, und Santiago platzte aus allen Nähten. Die viertägige *fiesta* hatte bereits begonnen, auf Schritt und Tritt begegneten einem Blaskapellen, große Puppen, unter denen sich Stelzenläufer verbargen, und einzelne Straßenmusikanten. Die wahren Wallfahrer wie Maureen verschwanden in der nach Hunderttausenden zählenden Menge weltlicher Touristen und frommer Katholiken, die mit dem Flugzeug, mit der Bahn oder im Auto angereist waren. Der Andrang war in diesem Jahr besonders groß, weil es sich um ein sogenanntes heiliges Jahr handelt, in dem das Fest des Heiligen auf einen Sonntag fällt, was angeblich mit ganz besonderen Segnungen und Wohltaten verknüpft ist. Da müßten wir uns wohl sofort um eine Unterkunft bemühen, sagte ich zu Maureen, aber sie wollte unbedingt zuerst in die Kathedrale, und ich ließ ihr den Willen. In der Altstadt bekamen wir vermutlich sowieso nichts mehr, und ich hatte mich schon damit abgefunden, zum Übernachten wieder nach Labacolla zurückzugehen.

Die Kathedrale ist architektonisch ein wildes Stilgemisch, das aber durchaus reizvoll wirkt. Die überreich verzierte Fassade ist reiner Barock, zwischen den beiden Türmen liegt eine imposante Treppe, dahinter ist der Portikus des romanischen Teils. Der *Portico de la Gloria* wurde von einem mittelalterlichen Genie namens Maestro Matteo geschaffen. Detailgetreu und mit viel Sinn für Humor hat er dort zweihundert Figuren in Stein gehauen, unter anderem Jesus, Adam und Eva, die vier Evangelisten Matthäus, Markus, Lukas und Johannes, vierundzwanzig alte Knaben mit Musikinstrumenten aus der Offenbarung und eine Auswahl der Geretteten und Verdammten vom Jüngsten Gericht. Der heilige Jakob hat einen Ehrenplatz auf einer Säule zu Füßen Jesu. Es ist Sitte, daß die Besucher der Kathedrale vor der Säule niederknien, um die Finger in die von andächtigen Fingern über die Jahrhunderte in den Marmor gegrabenen Vertiefungen zu legen, die aussehen wie Löcher in einem Schlagring.

Die in langer Schlange Wartenden – darunter auch viele Gläubige aus dem Umland – traten respektvoll zurück, um die mit Rucksack und Wanderstab sehr pilgermäßig aussehende Maureen vorzulassen. Sie schüttelte errötend den Kopf, aber ich redete ihr gut zu. »Komm, das ist dein großer Auftritt!«

Zögernd trat sie vor, kniete nieder, legte eine Handfläche an die Säule und die Finger der anderen Hand in die Vertiefungen und betete einen Augenblick mit geschlossenen Augen.

Auf der anderen Seite der Säule hat Maestro Matteo sich selbst mit einer Büste verewigt. Wenn du an die den Kopf legst, so heißt es, wirst du weise wie er. Diese Art von Hokuspokus lag mir schon eher. Bereitwillig legte ich meine Stirn an das Marmorhaupt. Nicht alle Besucher waren sattelfest in diesen Ritualen. Hin und wieder schlug einer mit dem Kopf gegen die Säule unter dem Standbild des heiligen Jakob, während er die Finger in die Vertiefungen legte, und dann folgten die anderen prompt seinem Beispiel. Ich hätte gern gewußt, ob bei einem bayerischen Schuhplattler dieser Nachahmungseffekt auch eingetreten wäre, war aber dann doch zu feige, die Probe aufs Exempel zu machen.

Die nächste Schlange bildete sich am Hochaltar. Das ›heilige Ende‹ der Kathedrale ist eine überbordende Barockfantasie aus Marmor, Blattgold und bunt bemaltem Schnitzwerk. Über den Baldachin, der von vier kräftigen Posaunenengeln gehalten wird, stürmt ein heiliger Jakob Matamoros mit gezogenem Schwert, gekleidet wie ein Renaissancefürst zu Pferde. Der heilige Apostel Jakobus, der gold-, silber- und juwelengeschmückt auf dem Altar thront, sieht eher aus wie ein heidnischer Götze, zumal er vom Kirchenschiff aus wirkt, als habe er zwei zusätzliche Arme, doch die gehören zu den Gläubigen, die ihn von der kleinen

Plattform hinter dem Altar aus umarmen und ein Gebet für alle Menschen sprechen, die ihnen auf ihrer Pilgerreise geholfen haben. Unter dem Altar ist eine Krypta mit dem kleinen Silbersarg, der die Gebeine des Heiligen birgt – oder auch nicht.

»Wundervoll, nicht?« sagte Maureen, als wir aus der Kathedrale auf die von fröhlichen Menschen wimmelnde, sonnenbeschienene Plaza hinaustraten.

»Ja«, sagte ich. »Wundervoll.« Unwillkürlich aber verglich ich Pomp und Gedränge dieses Schreins mit dem kargen Raum im Stadtmuseum von Kopenhagen, mit den bescheidenen Gebrauchsgegenständen, Büchern und Bildern in den fünf, sechs Schaukästen und dem schlichten Grabstein auf dem *Assistens Kierkegaard.* Hätte man einen katholischen Kierkegaard inzwischen wohl heiliggesprochen, hätte man eine Basilika über seinem Grab errichtet? Er wäre ein guter Schutzpatron aller Neurotiker.

»Jetzt müssen wir uns aber wirklich nach einer Bleibe für die Nacht umsehen«, sagte ich.

»Das läuft uns nicht weg«, beschwichtigte mich Maureen. »Erst muß ich mir meine *compostela* abholen.«

Man wies uns zu einem kleinen Büro an der Rückseite der Kirche, wo braungebrannte junge Deutsche in Lederhosen sich gegenseitig mit triumphierend hochgereckten *compostelas* fotografierten. Der junge Priester bewunderte die vielen Stempel in Maureens zerknittertem und beflecktem Pilgerpaß, überreichte ihr die begehrte Bescheinigung und schüttelte ihr feierlich die Hand.

»Und jetzt das Hotel«, verlangte ich.

Maureen lachte ein bißchen verlegen. »Ja, weißt du ... Ich habe nämlich von England aus ein Zimmer in den *Reyes Catolicos* bestellt.«

Das *Hostal de los Reyes Catolicos* ist der prunkvolle Renaissancebau linker Hand auf der *Plaza del Obradoira*, wenn man in Richtung Kathedrale sieht. Das von König Ferdinand und Königin Isabella einst als Pilgerquartier gegründete *refugio* ist heute eine der schönsten Nobelherbergen Spaniens, wenn nicht der Welt.

»Das ist doch großartig! Warum hast du das nicht gleich gesagt?«

»Weil ... es ist eben nur ein Zimmer und auf Mr. und Mrs. Harrington gebucht. Damals hatte ich noch gedacht, Bede könnte vielleicht nachkommen, aber er hat sich wegen der Wallfahrt so unmöglich angestellt, daß ich es ihm gar nicht mehr angeboten habe.«

»Dann muß ich eben wieder mal Bede Harrington spielen.«

»Es macht dir also nichts aus, mit mir das Zimmer zu teilen?«

»Kein bißchen.«

»Es sind sowieso Einzelbetten. Die sind Bede lieber.«

»Schade«, sagte ich und freute mich, als sie rot wurde.

Der Türsteher in Livree und weißen Handschuhen, der gerade einem elegant gekleideten älteren Paar in eine Luxuslimousine mit Chauffeur geholfen und das Trinkgeld eingesteckt hatte, ohne eine Miene zu verziehen, betrachtete uns ziemlich von oben herab.

»Wenn ich meine *compostela* vorzeige, habe ich hier Anrecht auf eine kostenlose Mahlzeit«, sagte Maureen. »Aber das Essen soll ziemlich mies sein, und sie füttern die Pilger in einem Kabuff neben der Küche ab.«

Der Türsteher sagte etwas wohl nicht eben Schmeichelhaftes auf Spanisch und deutete unmißverständlich auf den Hintereingang. Verdenken konnte man ihm das bei unserem abenteuerlichen Aufzug vielleicht nicht, aber ein kleiner Dämpfer konnte ihm nichts schaden. »Wir wohnen hier«, erklärte Maureen mit liebenswürdigem Lächeln und schob sich durch die Drehtür. Ein Page hastete hinter uns her. Ich übergab ihm unseren Rucksack und ging zum Empfang. »Mr. und Mrs. Harrington«, sagte ich unerschrokken. Der Empfangschef, ein großer, gebeugter Mann mit weißem Haar und dicker Brille, der viel Ähnlichkeit mit Bede hatte, tippte auf seiner Computertastatur herum und schob mir dann beflissen das Anmeldeformular hin. Maureen hatte das Zimmer für drei Nächte bestellt und eine ziemlich hohe Anzahlung geleistet.

»Wie konntest du denn sicher sein, daß du genau heute hier ankommen würdest?« fragte ich sie, während wir dem Pagen folgten, der einige Mühe hatte, den Rucksack nach Art eines Koffers zu tragen.

»Glaubenssache«, sagte sie schlicht.

Das Hotel ist um vier wunderschöne, nach den vier Evangelisten benannte Innenhöfe mit Kreuzgängen, Blumenrabatten und Brunnen herumgebaut. Unser großes, luxuriöses Zimmer mit superbreiten Einzelbetten ging auf Matthäus hinaus. Samantha wäre hier in ihrem Element gewesen: In dem marmorgefliesten Bad lagen und hingen sechzehn flauschige Handtücher in den verschiedensten Größen, und keine lästige rote Karte erinnerte an Wassersparen und Umweltschutz. Maureen schnurrte geradezu vor Vergnügen, als sie die vielen Hähne und Düsen, den verstellbaren Spiegel und den Haartrockner entdeckte, und verkündete, sie würde auf der Stelle baden und sich die Haare waschen. Ganz unten im Rucksack lag, kleingefaltet wie ein Fallschirm, ein sauberes Baumwollkleid in einer Plastikhülle, das sie sich für diesen Anlaß aufgehoben hatte. Sie gab es zum Bügeln, und ich fuhr mit dem Taxi nach Labacolla zurück und holte den Wagen, in dem ein noch ungetragener Leinenanzug war, so daß wir uns abends in dem vornehmen Hotelrestaurant durchaus sehen lassen konnten. Das Essen war sündhaft teuer, aber sehr gut.

Später sahen wir uns, in der Menge auf der Plaza stehend, das Feuerwerk an, die Hauptattraktion der Fiesta. Spanier haben einen Heidenspaß an Krach und Krawall, man hatte fast den Eindruck, als ob sie sich mit dieser Schau über die entgangene Teilnahme am Zweiten Weltkrieg hinwegtrösten wollten. Der Höhepunkt des pyrotechnischen Geschehens nahm sich wie ein Bombenangriff auf die Kathedrale aus, das ganze Bauwerk schien in Flammen zu stehen. Schwarz standen Skulpturen und Mauerwerk vor dem wabernden Rot, und über unseren Köpfen explodierten mit ohrenbetäubendem Radau ganze Raketensalven. Der Zusammenhang mit dem heiligen Jakob leuchtete mir nicht ganz ein, aber den Zuschauern gefiel es. Ein tiefer, vielstimmiger Seufzer erhob sich aus der Menge, als die Lichter auf der imposanten Bühne erloschen und die Straßenbeleuchtung eingeschaltet wurde. Man hörte Klatschen und Beifallrufe. Langsam verlief sich die Menge, und wir gingen zurück zu den *Reyes Catolicos.* »Gute Nacht, Señor, Señora«, sagte der Türsteher und hielt uns diensteifrig die Tür auf.

Wir gingen nacheinander ins Bad. Als ich herauskam, lag Maureen schon im Bett. Ich wollte ihr einen Gutenachtkuß geben, aber sie legte mir die Arme um den Hals und zog mich zu sich hinunter. »Was für ein Tag«, sagte sie.

»Zu schade, daß Wallfahrer keinen Sex haben dürfen.«

»Meine Wallfahrt ist vorbei. Ich bin am Ziel.«

Wir liebten uns in der Missionarsstellung, und es klappte tadellos. Kein Problem. Auch nicht mit dem Knie. »Wozu so ein alter Heiliger doch gut ist«, sagte ich hinterher.

»Was meinst du?« murmelte Maureen schläfrig.

»Nicht weiter wichtig«, sagte ich.

Als ich am nächsten Morgen aufwachte, fand ich einen Zettel von Maureen vor: Sie sei frühzeitig zur Kathedrale gegangen, um noch einen Platz für das feierliche Hochamt zu ergattern. Doch als ich noch beim Frühstück saß, war sie schon wieder da, die Kirche war rammelvoll, was den Vorteil hatte, daß wir uns die Messe in aller Ruhe zusammen im Fernsehen ansehen konnten, während die Gottesdienstbesucher vom langen Warten und von der Hitze ziemlich mitgenommen wirkten.

Der Höhepunkt des Gottesdienstes ist das Schwenken des *botafumeiro*, eines riesigen sputnikähnlichen Weihrauchgefäßes, das von sechs kräftigen Männern mit Hilfe eines komplizierten Seilzugs bis unter das Dach der Kathedrale gehievt wird und dabei gewaltige Weihrauchschwaden freisetzt. Sollte es sich bei so einem Anlaß mal selbständig machen, wären die gesamte königliche Familie und diverse spanische Kardinäle und Bischöfe in akuter Lebensgefahr.

Nach der Messe schlenderten wir durch die Altstadt, aßen zu Mittag und zogen uns dann zur Siesta in unser Hotelzimmer zurück. Vor dem Mittagsschlaf liebten wir uns, und abends noch einmal.

»Das ist wie mit dem Verzicht auf Süßigkeiten vor Ostern«, sagte Maureen. »Wenn die Fastenzeit vorbei ist, schlägt man ganz schrecklich zu.«

Bei Maureen hatte die Fastenzeit fünf Jahre gedauert. Bede war mit ihrer Brustoperation nicht fertig geworden.

»Er hat es nicht böse gemeint. Nachdem die Diagnose feststand und auch noch im Krankenhaus war er unheimlich lieb. Es war wohl ein Fehler, daß ich ihm die Narbe gezeigt habe, als ich wieder zu Hause war. Nie werde ich sein Gesicht vergessen. Er wurde das Bild einfach nicht mehr los. Nach einem halben Jahr kam er mit dem Vorschlag, Einzelbetten anzuschaffen. Angeblich, weil er wegen seines

Rückens eine Spezialmatratze brauchte. Danach war es mit dem Sex vorbei.«

»Das ist ja schrecklich«, sagte ich. »Warum verläßt du ihn nicht und heiratest mich?«

»Mach keine Witze.«

»Es ist mein voller Ernst«, sagte ich mit Nachdruck.

Dieses Gespräch führten wir am Rand einer Klippe mit Blick auf den Atlantischen Ozean. Es war unser dritter Abend in Santiago und unser letzter gemeinsamer Abend in Spanien. Den Rückflug nach London hatte Maureen schon vor Monaten gebucht. Ich würde sie zum Flughafen bringen, mit dem Plutokratomobil nach Santander fahren und mit der Fähre nach England übersetzen.

Nachmittags waren wir – nach einer besonders leidenschaftlichen Siesta – aufs Land hinausgefahren, weil wir ein bißchen Ruhe und Frieden haben wollten. Selbst Maureen hatte mittlerweile genug von den lärmenden Menschenmassen auf allen Straßen. Als ein Wegweiser nach Finisterre auftauchte, folgte ich ihm. Den Namen hatte ich in Wettermeldungen für die Seefahrt und Sturmwarnungen oft genug im Radio gehört, mir dabei aber nie klargemacht, daß sich hinter dem Namen ein richtiger Ort in Spanien verbirgt und daß er ›Ende der Welt‹ bedeutet. Die Strecke war länger, als ich nach der Karte gedacht hatte. Die bewaldeten Hügel um Santiago lagen hinter uns, wir fuhren durch eine karge Heidelandschaft mit windgezaustem Gras und grauen Findlingen, in der sich hier und da trotzig ein windschiefer Baum behauptete. Zur Spitze der Halbinsel hin stieg die Straße an wie eine Rampe, so daß man weit und breit nur Himmel sah. Man hatte wirklich das Gefühl, daß hier die Welt – oder zumindest irgend etwas – zu Ende war. Wir stellten den Wagen am Leuchtturm ab, folgten dem kleinen Fußweg, der um den Leuchtturm herumführte – und dann lag still und blau das Meer vor uns, das am dunstigen Horizont fast unmerklich in den Himmel überging. Wir setzten uns auf einen warmen, flachen Stein zwischen struppigem Gras und wilden Blumen und sahen zu, wie die Sonne, einer riesigen Hostie gleich, hinter einem dünnen Wolkenschleier langsam der leicht gewellten Wasserfläche entgegensank.

»Den armen alten Bede im Stich lassen?« sagte Maureen. »Das könnte ich nie. Was soll er ohne mich machen? Da dreht er doch durch.«

»Aber du hast ein Recht auf Glück. Von mir gar nicht zu reden …«

Maureen lächelte. »Um dich mach ich mir eigentlich keine Sorgen, Tubby.«

»Na, du bist gut! Ich bin ein berüchtigter Neurotiker.«

»Mir kommst du völlig normal vor.«

»Nur weil ich wieder mit dir zusammen bin.«

»Es war wunderschön«, sagte Maureen, »aber das hier mit uns … das ist wie die ganze Wallfahrt eine Ausnahmesituation, bei der die üblichen Regeln aufgehoben sind. Wenn ich nach Hause komme, bin ich wieder Bedes Frau.«

»In einer Ehe ohne Liebe!«

»Ohne Sex vielleicht, aber nicht ohne Liebe. Und ich habe schließlich versprochen, ihm die Treue zu halten alle Tage meines Lebens, bis daß der Tod uns scheidet.«

»Hast du nie daran gedacht, ihn zu verlassen?«

»Nein, nie. Damals war eine Scheidung für Katholiken undenkbar. Ich weiß, daß diese Einstellung viele Menschen sehr unglücklich gemacht hat. Mir hat sie eher geholfen. Sie vereinfacht vieles.«

»Man hat eine Entscheidung weniger zu treffen.«

»Genau.«

Wir schwiegen eine Weile. Maureen zupfte einen Grashalm ab und kaute daran. »Hast du mal daran gedacht, zu deiner Frau zurückzugehen?«

»Völlig sinnlos. Sie hat sich entschieden.«

Ich hatte natürlich Maureen ausführlich von meinem Bruch mit Sally erzählt, und sie hatte teilnahmsvoll zugehört, ohne die eine oder die andere Seite zu verurteilen.

»Wann hast du sie zuletzt gesehen?« fragte Maureen.

Ich überlegte. Es war ein Vierteljahr her.

»Inzwischen hast du dich vielleicht stärker verändert, als du glaubst«, sagte Maureen. »Du hast ja selber zugegeben, daß du im Frühjahr ein bißchen daneben warst. Es könnte doch sein, daß auch Sally sich geändert hat und nur darauf wartet, daß du den ersten Schritt tust.«

»Die Briefe ihres Anwalts klingen nicht danach …«

»Das will nichts heißen. Anwälte werden fürs Windmachen bezahlt.«

Ich dachte an Sallys überraschenden Anruf vor meiner Abreise, ihren fast versöhnlichen Ton. »Da hast du auch wieder recht«, sagte ich nachdenklich.

Wir blieben auf unserem Stein sitzen, bis die Sonne versunken war. In einem kleinen Lokal am Strand, von dem man hätte meinen können, es sei aus Treibholz zusammengenagelt, durften wir uns Fische aus einem großen Salzwasser-Fischbecken selbst aussuchen, die dann über Holzkohle für uns gegrillt wurden. Sie schmeckten uns besser als alles, was uns die *Reyes Catolicos* geboten hatten. Als wir heimfuhren, war es dunkel geworden. Irgendwo auf der Heide hielt ich und machte die Scheinwerfer aus. Wir sahen zu den Sternen hoch. Weit und breit war kein künstliches Licht zu sehen, die Luft war glasklar. Wie ein funkelnder Baldachin spannte sich die Milchstraße über das Firmament.

»Wie schön!« Maureen atmete tief aus. »So war es früher wahrscheinlich überall.«

»Die alten Griechen hielten die Milchstraße für den Weg zum Himmel.«

»Klingt sehr einleuchtend.«

»Manche Gelehrten meinen, daß hierher schon lange vor dem Christentum Wallfahrten unternommen wurden, daß die Menschen damals schon der Milchstraße gefolgt sind, soweit es eben ging.«

»Woher weißt du eigentlich all so was, Tubby?«

»Ich schlage es nach. Eine Angewohnheit von mir.«

Ich fuhr sehr schnell und ziemlich schweigsam nach Santiago zurück. In den *Reyes Catolicos* schliefen wir rasch ein. Wir hielten uns dabei in den Armen, zur Liebe aber waren wir zu müde. Oder zu traurig.

Auf der Fähre hatte ich reichlich Zeit, mir Maureens Rat durch den Kopf gehen zu lassen, und in Portsmouth stand mein Entschluß fest: Ich würde es einfach mal versuchen. Telefonisch vergewisserte ich mich, daß Sally zu Hause war, und fuhr dann ohne Pause bis Hollywell durch. Sally hatte die Reifen auf dem Kies knirschen hören und trat vor die Tür. Sie hielt mir die Wange zum Kuß hin.

»Du siehst gut aus.«

»Ich war in Spanien. Zum Wandern.«

»Und das Knie?«

»Hat sich gebessert. Wurde auch Zeit.«

»Toll! Komm rein, ich mach uns Tee.«

Es war schön, wieder zu Hause zu sein – denn so fühlte ich mich hier immer noch. Stolz sah ich mich in der modernen Küche mit der harmonischen Farbgebung um. Sally trug ein rotes Leinenkleid mit hochgeschlitztem Rock, unter dem ab und zu ein Stück gebräuntes Bein aufblitzte.

»Du siehst auch gut aus.«

»Danke. Wolltest du dir Sachen holen?«

»Nein.« Plötzlich war meine Kehle staubtrocken. Ich räusperte mich. »Ich möchte mit dir reden ... Wollen wir es nicht noch mal miteinander probieren?«

Sally sah mich entgeistert an. Ja, entgeistert, ein besseres Wort fällt mir nicht ein.

»Nein, Tubby!«

»Es muß ja nicht gleich sein. Wir könnten erst noch eine Weile auf der jetzigen Basis zusammenleben. Mit getrennten Schlafzimmern, aber ganz freundschaftlich. Mal sehen, wie es läuft.«

»Das wird nicht gehen.«

»Warum nicht?« Die Frage war eigentlich nur noch eine Formsache.

»Es gibt da einen anderen Mann ...«

»Das hast du immer abgestritten.«

»Damals gab es auch keinen.«

»Wer ist es?«

»Jemand aus der Uni, du kennst ihn nicht.«

»Das geht demnach schon eine Weile?«

»Ja, aber wir sind nicht ... wir haben nicht ...«

Ausnahmsweise war Sally um eine griffige Formulierung verlegen.

»Wir sind erst ... erst seit kurzem ein Paar. Vorher waren wir nur gute Freunde.«

»Aber erzählt hast du mir nie von ihm.«

»Du hast mir ja auch nichts von Amy erzählt.«

»Woher weißt du das von Amy?« Mir wurde ganz schwindlig.

»Das von dir und Amy wissen doch alle.«

»Es war eine platonische Beziehung. Solange wir beide noch zusammen waren jedenfalls ...«

»Nachdem ich sie kennengelernt hatte, war mir das natürlich auch klar.«

»Dein Typ aus der Uni – ist der verheiratet?«

»Geschieden.«

»Aha.«

»Wahrscheinlich werden wir heiraten. Da sparst du dann eine Menge Geld.« Sie lächelte matt.

»Scheiß auf das Geld«, sagte ich und verließ das Haus für immer.

Daß mein sorgfältig vorbereitetes Versöhnungsangebot in Bausch und Bogen verschmäht und abgeschmettert worden war, knickte mich natürlich. Aber auf der Rückfahrt über die allenthalben mit rotweißen Hütchen gespickte M 1 sah ich allmählich auch das Positive an der Sache. Seit meinem peinlichen Mißgriff in Sachen Brett Sutton hatte ich geglaubt, daß Sally mich verlassen hatte, weil sie lieber allein leben als weiter mit mir verheiratet sein wollte, aber ganz so war es, wenn sie mit dem Uni-Typ schon lange befreundet war, offenbar nicht, und das tat meinem Selbstwertgefühl wohl.

Damit aber waren die Überraschungen für diesen Tag noch nicht vorbei. Als ich die Tür zu meiner Londoner Wohnung aufmachte, empfing mich gähnende Leere. Alles, was nicht niet- und nagelfest war – Stühle, Tische, Bett, Teppiche, Geschirr und Besteck, Kleidung und Tischwäsche, sogar Glühbirnen und Vorhangstangen – hatte sich verflüchtigt. Auf dem Betonfußboden stand nur noch mein Computer. Das war ein netter Zug von Grahame. Irgendwann hatte ich ihm mal erzählt, wie wertvoll meine Festplatte für mich war. Daß ich vor meiner Abreise einen Satz Sicherungskopien bei meiner Bank deponiert hatte, konnte er ja nicht wissen. Wie er und seine Freunde hereingekommen sind, ist nach wie vor ungeklärt, die Tür war nicht beschädigt und hinterher sorgsam wieder abgeschlossen worden. Ein Ersatzschlüsselbund hing immer an einem Haken in der Küche, vielleicht hatte Grahame sich irgendwann einen Abdruck gemacht oder die Schlüssel einfach unbemerkt mitgehen lassen. Er und seine Helfer waren, wie sich später herausstellte, mit einem Umzugswagen vorgefahren und hatten die Polizeistreife gefragt, ob sie mal kurz vor dem Haus parken könnten, um meine Sachen herauszuholen. Sogar die – natürlich falsche – neue Adresse hatten sie den Polizisten genannt.

Dreißig Sekunden stand ich nur da und sah mich mit offenem Mund um. Dann fing ich an zu lachen. Ich lachte, bis mir die Tränen über die Wangen liefen, ich mich an die Wand lehnen und schließlich auf den Fußboden setzen mußte.

Ein Fernsehskript würde ich wohl damit enden lassen, daß der Abspann über den Schirm läuft, während im Hintergrund die leere Wohnung zu erkennen ist, in der irgendwo meine Wenigkeit sitzt und Tränen lacht. Aber inzwischen sind mehrere Wochen vergangen, und weil ich mein Tagebuch auf den neuesten Stand bringen möchte, muß ich doch noch einiges nachtragen.

Debbie Radcliffe war von der Gespensteridee so angetan, daß sie sich für eine weitere Staffel der Serie verpflichtet hat, und ich arbeite intensiv an den neuen Folgen. Samantha hat – zu Recht – in kürzester Zeit Karriere in der Drehbuchredaktion von Heartland gemacht. Als ich heute mit Jake beim Essen saß, habe ich mit ihm gewettet, daß sie in noch nicht mal zwei Jahren auf Ollies Stuhl sitzt.

Jake reagierte ziemlich kühl, als er von dem Einbruch bei mir hörte. Ich hätte mich nie mit diesem Grahame einlassen dürfen, sagte er. Hätte ich ihm, Jake, die Wohnung als Liebesnest überlassen, während ich weg war, hätten Grahame und seine Clique sich nie getraut, sie auszuräumen. Der Einrichtung selbst, die Sally seinerzeit ausgesucht hatte, weinte ich keine Träne nach und hatte viel Spaß daran, mich von Grund auf neu auszustatten (die Versicherung war sehr anständig), so daß auch in dieser Hinsicht ein neues Leben für mich angefangen hat. Als ständige Bleibe ist die Wohnung allerdings zu klein. Es zieht mich in die Vororte, genauer gesagt nach Wimbledon, denn ich bin jetzt öfter mit Maureen und Bede zusammen und wäre gern mehr in ihrer Nähe. Ich könnte sogar versuchen, dort in den Tennisklub zu kommen, der grüne Blazer hatte es mir schon immer angetan. Neulich habe ich im Country Club von Hollywell meinen Garderobenschrank ausgeräumt. Die leichte Melancholie, die mich dabei überkam, war schnell verflogen, als ich Joe Wellington, der mir zufällig über den Weg lief, mit 6:0, 6:0 schlug, indem ich nach jedem Service zum Netz lief und bei seinen Lobs zur Grundlinie zurückhetzte.

»Ich denke, du hast was mit dem Knie?« keuchte er. Wir hatten um einen Zehner gespielt.

»Es geschehen eben noch Zeichen und Wunder, Joe.« Das war nur halb scherzhaft gemeint, aber ich weiß nicht, ob er es gemerkt hat.

Ich habe ein nettes kleines Haus am Hang oberhalb des All England Club im Visier. Die Wohnung will ich aber trotzdem behalten. Beruflich ist eine Basis im West End für mich günstig, und hin und wieder nutzen Maureen und ich sie auch für eine kleine Siesta. Wie sie das mit ihrem Gewissen vereinbart, frage ich sie wohlweislich nicht. Ich selbst bin da ganz unbeschwert. Wir sind inzwischen alle drei gut befreundet und wollen demnächst zusammen eine herbstliche Kurzreise machen. Nach Kopenhagen. Der Vorschlag stammt von mir. Man könnte es eine Wallfahrt nennen.

Denkt

ROMAN

Aus dem Englischen von
Martin Ruf

Für Julian und Stephen

Vorbemerkung des Autors

Die University of Gloucester ist eine völlig fiktive Einrichtung. Wenigstens war sie das, als dieser Roman geschrieben wurde.

D. L.

I

Eins, zwei, drei, Test, Test … der Recorder funktioniert … Olympus Pearlcorder, hab ich im Duty-free in Heathrow gekauft auf dem Weg nach … wohin? Kann mich nicht erinnern, macht nichts … Der Sinn der Übung besteht darin, so genau wie nur möglich die Gedanken aufzuzeichnen, die mir in diesem Augenblick durch den Kopf gehen um, muß nachschauen … um dreizehn Minuten nach zehn am Sonntag morgen, dem dreiundzwanzigsten Februar – San Diego! Ich habe ihn gekauft auf dem Weg zu dieser Konferenz in … Isabel Hotchkiss. Natürlich, San Diego, *Sehen und Gehirn*. Späte Achtziger. Isabel Hotchkiss. Ich habe die Reichweite des Kondensatormikros ausprobiert … ja … Wo war ich? Aber das ist der springende Punkt, ich bin überhaupt nirgends, ich habe nicht beschlossen, über irgend etwas Bestimmtes nachzudenken, denn der Sinn der Übung besteht einfach darin, die willkürlichen Gedanken aufzuzeichnen, falls irgend etwas willkürlich sein kann, die willkürlichen Gedanken, die einem Menschen durch den Kopf gehen, na gut, mir durch den Kopf gehen, zu einem willkürlich gewählten Zeitpunkt an einem willkürlich gewählten Ort … nun, nicht völlig willkürlich, ich kam heute morgen ganz bewußt hierher, weil ich wußte, am Sonntag ist hier alles verlassen, keiner der mich stört ablenkt belauscht, niemand sonst ist da, die Telefone und die Fax-Maschinen schweigen, die Computer und Drucker in den Büros und Arbeitsräumen befinden sich im Schlafmodus. Die einzige Maschine, die abgesehen von denen im Gehirn vor sich hin summt, ist unser absolutes Spitzenmodell von einer Kaffeemaschine im Gemeinschaftsraum, wo ich mir diesen Cappuccino mit Zimt ohne Zucker gemacht habe, bevor ich mit diesem Experiment anfing, wenn das nicht ein zu großes Wort dafür ist... Der Sinn der Übung besteht darin zu versuchen, die Struktur zu beschreiben oder eher eine Stichprobe zu erstellen, soll heißen die Rohdaten, auf deren Basis man mit dem Versuch beginnen könnte, die Struktur des Denkens zu beschreiben oder aus denen man auf die Struktur des Denkens schließen könnte... Ist es ein Strom wie William James gesagt hat oder ist es wie er auch sehr schön gesagt hat wie ein Vogel, der durch die Luft fliegt und sich dann einen Augenblick niederläßt, dann sich wieder emporschwingt, ein Flug unterbrochen an bestimmten Punkten... übrigens Punkte und Kommas, wie soll die Sekretärin, die das Band abhört, die *hier* setzen? Ich muß ihr Anweisungen geben, sagen wir machen Sie drei Pünktchen bei einer kurzen Pause und einen Punkt bei einer längeren Pause, neuer Absatz bei einer wirklich langen Pause... Das Ding ist stimmaktiviert, stoppt, wenn man etwa drei Sekunden lang nichts sagt, doch unterhalb dieser Schwelle gibt es hörbare Pausen im Fluß der Wörter... Tolles kleines Gerät... Isabel Hotchkiss... Ich habe uns aufgenommen, als wir miteinander im Bett waren, um die Reichweite dieses Kondensatormikros auszuprobieren, hab's auf dem Stuhl mit meinen Sachen laufen lassen ohne daß sie's wußte... sie kam ziemlich laut ich mag das bei Frauen... Carrie nicht, außer wir sind allein im Haus, was nicht sehr oft vorkommt... Mein Gott, ich kann dieses Zeug nicht transkribieren lassen... unmöglich... selbst wenn ich es über ein Postfach in Cheltenham unter Pseudonym an eine Agentur schicke, wär's zu riskant... selbst wenn ich so tue, als sei es ein Stück Avantgarde-Literatur, sind die Namen ... es besteht immer das Risiko, daß jemand die Namen erkennt und es an ›Private Eye‹ schickt oder sogar versucht mich zu erpressen, Scheiße, ich kann die Namen nicht ändern während ich spreche, zu schwierig, lenkt zu sehr ab, ich werde dieses verdammte Ding selbst transkribieren müssen Scheiße wie lästig. Aber vielleicht ist das nur gut so, denn sonst würde ich möglicherweise wegen der Sekretärin meine Gedanken unbewußt zensieren ... und vielleicht habe ich das schon getan, als mir Isabel Hotchkiss zum ersten Mal einfiel ... schließlich besteht ein wesentliches Merkmal des Denkens darin, daß es privat ist, geheim, und das Wissen, daß ein anderer, und sei's nur eine anonyme Sekretärin, das hier anhört, würde das Experiment vollkommen zerstören, ich hätte daran denken sollen ... Aber schließlich hatte ich die Idee heute morgen im Bett, ich lag im Dunkeln wach, es war zu früh um aufzustehen, ich hatte nicht gut geschlafen, leichte Magenverstimmung, diese Vorspeise, die Marianne serviert hat, mochte ich wirklich nicht, Krabben-Mousse oder was es war ... Was ich brauche ist eins von diesen Software-Paketen zur Spracherkennung mit denen man direkt in den PC diktieren kann ... nur vermute ich man muß sehr langsam und deutlich sprechen, was einen vielleicht hemmt, die Spontaneität verdirbt wenn man so wie hier ... zwischen ... jedem ... Wort ... eine ... Pause ... machen ... muß ... Trotzdem wär's sinnvoll sich das mal anzuschauen, wenn ich noch mehr in dieser Richtung mache, kein Zweifel die Software wird laufend verbessert ... Wo war ich? Du mußt überhaupt nirgendwo sein, denk dran. Aber es war etwas Interessantes ... Isabel Hotchkiss, nein nicht sie ... nicht daß sie uninteressant wäre ... wie viele Schamhaare sie hatte, schwarz und elastisch und dicht miteinander verwoben wie ein Vogelnest, man wäre nicht überrascht gewesen, ein kleines weißes Ei warm zwischen ihren Schamlippen zu finden … James, ja, William James und der Bewußtseinsstrom oder Bewußtseinsvogel, das war es … ich frage mich wo das Band ist, hab ich's jemals gelöscht? Wäre mir gar nicht recht, wenn Carrie es fände … sie war sauer auf mich letzte Nacht wegen der Art in der ich gestern abend bei der Dinnerparty Laetitia fertiggemacht hab, sie sagte fertiggemacht, ich hätte gesagt wie ich mich mit ihr stritt, wie ich sie argumentativ in die Ecke gestellt hab … Jesus, man stelle sich vor, Laetitia zu heißen, Letty ist nicht viel besser, Laetitia Glover, ihr Scheiß über die Indianer und die Erde und Häuptling Seattle … Das war ein wunderbares Steak letzten Mittwoch … natürlich völlig unlogisch Steaks im Restaurant zu essen, auch wenn es der Savoy Grill war, sie müssen ihr Fleisch von den besten Herden bekommen … auch so ist es bescheuert, zu Hause auf Rindfleisch zu verzichten und es im Restaurant zu essen, muß ich zugeben … aber schließlich hat man zu Hause keine Speisekarte, also wird man auch nicht in Versuchung geführt … Wirklich ich liebe ein saftiges Steak, halb durchgebraten, außen die Abdrücke des Grillrosts eingebrannt, innen rosa und leicht blutig … *(seufzt)* … BSE hat mir das genommen, BSE und Aids, beide zusammen haben zwei der größten Freuden in meinem Leben, erstklassiges Rindfleisch und Muschis in freier Wildbahn, in mögliche Ursachen eines schrecklichen Todes verwandelt … traurig. Selbst die Muschi zu Hause ist nicht mehr dasselbe seit wir … Ich frage mich hat sie die Pille wirklich aus gesundheitlichen Gründen abgesetzt oder um mich dazu zu bringen, Kondome zu benutzen? Das Problem ist ich kann ihr nicht *sagen*, daß ich nicht mehr mit anderen Frauen rumvögele … natürlich muß sie geahnt haben daß ich in all den Jahren nicht hundertprozentig treu war, aber wir hatten ein stillschweigendes Übereinkonmen, daß sie kein großes Theater macht solange sie nichts davon erfährt … Als sie mich fragte, was ich mit dem Verleger zu Mittag gegessen habe sagte ich Hühnchen sie sagte »Was für ein Hühnchen?« ich sagte Hühnchen Kiew weil's mir gerade so einfiel, einigermaßen ätzend für den Savoy Grill, Carrie fand das offensichtlich auch, und mein Atem roch gar nicht nach Knoblauch, sie dachte wahrscheinlich ich hab's mit jemandem getrieben in London und das Essen mit dem Verleger sei nur eine Ausrede, was für eine Ironie … Vielleicht werden die Leute in unserer vegetarischen Zukunft Ehebruch als Alibi benutzen, wenn sie Fleisch essen wollen, man vögelt öffentlich und schleicht sich danach in heruntergekommene Rindfleischhotels, die stundenweise private Eßzimmer vermieten … Wie bin ich überhaupt auf Rindfleisch gekommen? Ich dachte an … an William James und das Bewußtsein als Strom oder das Bewußtsein als Vogel, der auffliegt und sich niederläßt, interessant ist dabei die Frage, ist dieses Sich-Niederlassen des Vogels der Abschluß eines Gedankens oder eine Unterbrechung im Denken, eine Lücke, weiße Flecken oder weißes Rauschen wäre besser weil die Gehirnaktivität die ganze Zeit über immer weitergeht wenn nicht wäre man tot … *Ich denke, also bin ich* in diesem Sinne nur allzu wahr … Muß der bekannteste Satz der Philosophiegeschichte sein. Ich frage mich, was der zweitbekannteste ist. Aber denkt man ununterbrochen, unausweichlich, oder ist es so wie jemand gegen Descartes sagte, manchmal denke ich und manchmal bin ich einfach nur … Kann es sein, daß ich nur bin ohne zu denken? Das Verb binnen … Ich bin du binst er bint sie bint wir binnen, was einfach sein ohne zu denken bedeutet … aber ist Denken dasselbe wie Bewußtsein haben? Nein … Es gibt einen Unterschied zwischen dem passiven Bewußtsein, das die über die Sinne eintreffenden Signale empfängt, identifiziert, organisiert, sich bewußt ist, am Leben zu sein, wach zu sein und auf Reize zu reagieren ... also doch nicht so passiv ... aber ohne zusammenhängende Gedanken zu formulieren ... Sagen wir also es gibt ein, keinen Unterschied, aber ein Kontinuum zwischen einem fast vegetativen Zustand, nein, streich das, Pflanzen haben kein Bewußtsein, auch wenn Prinz Charles gelegentlich ganz gerne einen Plausch mit seinen Geranien hält ... Sagen wir es gibt ein Kontinuum zwischen der bloßen Verarbeitung von Sinnesdaten, mir ist warm mir ist kalt es juckt mich, am einen Ende und dem abstrakten philosophischen Denken am anderen, mit einer unendlichen Reihe abgestufter Zustände dazwischen ... Ja aber es ist möglich, beides gleichzeitig zu tun, zum Beispiel fahren, es ist möglich Auto zu fahren, ohne sich dessen bewußt zu sein was man tut, schalten, bremsen, beschleunigen und so weiter, ganz effizient und sicher, während man über etwas völlig anderes nachdenkt, zum Beispiel über das Bewußtsein. Wo also führt uns das hin?

Ah, eine Lücke, ganz entschieden eine Lücke, für einen Augenblick, nicht länger als eine oder zwei Sekunden, hatte ich keinen Gedanken oder Sinneseindruck, der es wert gewesen wäre, aufgezeichnet zu werden, mein Kopf, wie man so sagt, war völlig leer, ich dachte an nichts, ich binnte einfach nur ... Wenn also ein Gedankengang plötzlich zu Ende ist in sich zusammenfällt, bint man einfach nur, man verfällt in eine Art Standby-Zustand, bereit zu denken aber man denkt nicht ... wie die Festplatte, die sich in einem PC dreht, der eingeschaltet ist, aber nicht benutzt wird, wie die Kaffeemaschine, die vor sich hin summt bereit Kaffee zu machen ohne daß sie welchen macht ... Natürlich ist dieses Experiment hoffnungslos künstlich, denn die Entscheidung die eigenen Gedanken aufzuzeichnen bestimmt unweigerlich die Gedanken die man hat oder beeinflußt sie wenigstens ... Zum Beispiel ist mein Nacken im Augenblick ein wenig verspannt, ich bewege meinen Kopf, ich strecke mich ... ich drehe mich auf meinem Stuhl ... ich stehe auf ... ich gehe von meinem Schreibtisch ans Fenster ... alle diese Dinge würde ich normalerweise ohne einen Gedanken machen, ich würde sie »unbewußt« machen wie man so sagt, aber heute morgen bin ich mir ihrer bewußt, denn ich habe den Kassettenrecorder in der Hand, Olympus Pearlcorder, genau zu dem Zweck weil ... Das war ein gutes Referat das Isabel über das Modellieren dreidimensionaler Objekte in San Diego gehalten hat, sie hat mir hinterher ein Exemplar geschickt, das ist mal eine Wissenschaftlerin nach deinem Geschmack, du vögelst sie in ihrem Hotelzimmer um den Verstand und dann schickt sie dir hinterher einen Sonderdruck ihres Referats von der Konferenz als Erinnerung ... Ist tot jetzt die arme Isabel Hotchkiss, Brustkrebs hat mir jemand erzählt, verdammte Schande, wer möchte da schon eine Frau sein, eins zu zwölf Chance daß deine Titten dich umbringen oder es versuchen ... Ihre waren übrigens hübsch, ich erinnere mich wie ich zu ihr gesagt habe hübsche dreidimensionale Objekte als ich ihr den BH auszog und sie in Händen hielt ... Ich muß nach diesem Band suchen, ich würde es mir gerne noch einmal anhören, wenn ich es nicht gelöscht habe und mir dabei in Erinnerung an Isabel Hotchkiss einen runterholen.

Noch ein Punkt am Schluß ... nun, der Tod ist ein Schlußpunkt ... genug davon genug davon ... der Campus ist verlassen, kaum überra ... Moment mal das ist jetzt interessant, ich habe schon eine ganze Weile aus dem Fenster geschaut, aber nicht über das nachgedacht, was ich sehe, sondern über Isabel Hotchkiss als ob der Geist eine Filmkamera wäre, bei der man Großaufnahme und Schärfentiefe nicht gleichzeitig haben kann … und als ich aufgehört habe über sie nachzudenken wurde der Campus scharf gestellt, jedenfalls so weit das möglich ist heute morgen angesichts der Regentropfen die die Fensterscheiben hinablaufen und Streifen durch den Schmutz ziehen, das ist das Problem mit einem voll verglasten Gebäude es muß unbedingt sauber gemacht werden, ich muß ein Memo an die Gebäudeverwaltung schicken Zeitverschwendung das Budget für die Instandhaltung ist äußerst knapp kalkuliert … schon wieder ein Themenwechsel … Es ist eine Frage der Aufmerksamkeit, man kann sich nicht mehr als einer Sache gleichzeitig widmen, wie beim Enten-Kaninchen-Bild man kann beide nicht wirklich im gleichen Augenblick sehen obwohl man zwischen ihnen hin und her springen kann … Nicht viele Leute unterwegs, kaum überraschend, ein verregneter Sonntagmorgen, die Dozenten blättern bei einem späten Frühstück zu Hause die Sonntagszeitungen durch die Studenten schlafen ihren Rausch aus und die Drogen und das Rumtanzen und Rumvögeln der letzten Nacht aber da ist ein Jogger, platscht durch die Pfützen … Ich sollte mehr Sport treiben, wieder mit Squash anfangen, kein Jogging, ich halt's nicht aus dieses Rennen nur um seiner selbst willen … vergiß nicht Sex wie man so sagt ist gut als Sport, ein Fick das Äquivalent zu einer Meile rennen und ein verdammt viel schönerer Anblick … Da ist jemand, wer ist das, eine Frau im Regenmantel mit Schirm, keine Studentin die tragen keine Regenmäntel die haben Anoraks oder Regenjacken an oder werden einfach naß … ein eleganter Regenmantel übrigens mit einer Art Pelerine und einem langen weit geschnittenen Rock wer ist das und hohen Stiefeln … Carrie hatte ein Paar wie die mit hohen Absätzen, sie ist damit durchs Schlafzimmer stolziert hatte sonst nichts an um mir einen Gefallen zu tun … jetzt nicht mehr, wollte nicht einmal einen Quickie gestern nacht … ich war noch immer scharf vom Knutschen mit Marianne aber nichts zu machen … sauer auf mich weil ich mich beim Essen wichtig gemacht habe aber warum müssen manche Leute auch so einen Scheiß erzählen … Wer *ist* das, der da an einem verregneten Sonntagmorgen über den Campus spaziert, es sieht nicht aus als ob sie irgendwohin ginge, geht einfach nur spazieren aber wer würde bei diesem ah gut sie klappt den Schirm zusammen der Regen muß aufgehört haben sie … es ist diese Frau, diese Schriftstellerin von der Dinnerparty gestern Russell Marsdens Vertretung Helen Wieheißtsienoch … Helen Reed natürlich, sie wohnt in einer dieser kleinen Maisonette-Wohnungen am Westrand zwischen der Severn Hall und den Squash-Plätzen, sie hat mir vor dem Essen gesagt daß sie ihr eigenes Haus dieses Semester über vermietet hat. Dann flitzen Sie also zwischen Donnerstag abend und Dienstagmorgen nicht nach London zurück wie die meisten Autoren, die als Gastdozenten hierherkommen, sagte ich. »Nein«, sagte sie, »ich habe die Boote hinter mir verbrannt oder heißt es Brücken?« und sie lächelte, aber da war ein gehetzter Ausdruck in ihren Augen wie von einem gefangenen Tier als sie das sagte, hübsche Augen tief dunkelbraune Pupillen, hübsches Gesicht perfekt geformte schön geschwungene Lippen mit einem zarten ganz zarten Flaum über der Oberlippe ein langer zierlicher Hals schwer zu sagen was für eine Figur sie hat oder was für Beine, sie trug einen langen Rock und ein weites Oberteil, aber nicht mager nicht dick … wie alt würdest du sagen, muß wenigstens vierzig sein eins ihrer Kinder geht auf die Universität das andere ist gerade mit der Schule fertig, sie sieht aber nicht danach aus … Und was ist mit Ihrem Mann fragte ich weil ich ihren Ring bemerkt hatte, doch dummerweise nicht daran dachte daß sie gesagt hatte mein Haus nicht unser Haus. »Er ist tot«, sagte sie, »er ist vor etwa einem Jahr gestorben«, gerade als Marianne in die Hände klatschte und uns zum Essen rief und ich hatte keine Gelegenheit mehr mit ihr zu sprechen denn wir saßen an den entgegengesetzten Enden des Tisches … Marianne hatte die Sitzordnung arrangiert, wollte nicht daß ich mit dieser attraktiven neuen Frau allzu vertraulich würde, einer Witwe zu allem Überfluß, er starb an einer Hirnblutung hat mir Marianne später zugeflüstert: »Ganz plötzlich sehr tragisch nur vierundvierzig er war Rundfunkproduzent bei der BBC …« Da geht sie um die Ecke der Metallurgie ich frage mich wo sie hingeht was sie macht an einem verregneten Sonntagmorgen um halb elf, muß verdammt einsam sein hier ganz alleine zu leben. »Sie müssen mal an einem Sonntag zu uns zum Essen kommen«, hatte Carrie gestern abend zu ihr gesagt als wir gingen und sie sagte das wäre nett, sie schienen sich zu mögen, Marianne hat eine Bemerkung darüber gemacht … das war eine nette Knutscherei in der Küche zwischen Hauptgang und Dessert, ich hatte meine Zunge tief in ihr und sie knetete meinen Hintern ich krieg eine Erektion wenn ich nur daran denke … es ist sehr aufregend dieses wortlose Knutschen das wir auf Partys veranstalten seit dieser Vorweihnachtsparty bei den Glovers als wir beide betrunken waren und jetzt machen wir es jedesmal wenn wir uns treffen obwohl wir nie darüber sprechen, es gibt da ein stillschweigendes Einverständnis zwischen uns, daß wir eine Gelegenheit finden müssen es zu tun, es ist eine Art Spiel … ein gefährliches Spiel aber genau das macht es ja so aufregend … Marianne hat das gestern abend sehr sicher und geschickt organisiert indem sie mich bat ihr zu helfen das schmutzige Geschirr hinauszubringen als wolle sie dafür sorgen daß ich Laetitia Glover in Ruhe lasse aber mir fiel auf daß Carrie etwas überrascht aussah als ich da so bereitwillig gehorchte und irgend jemand, Annabelle Riverdale, sagte im Scherz zu ihr »Du hast ihn aber gut erzogen« … Ich frage mich ob Marianne wirklich dazu bereit ist. Nein, ich glaube nicht, ich glaube, es gefällt ihr einfach, nur darüber zu fantasieren, daß wir ein Verhältnis haben, Jasper ist ein völlig vertrockneter Typ wahrscheinlich braucht sie etwas zum Fantasieren wenn er sie stößt, und sollte ich jemals irgend etwas sagen während wir knutschen, und sei es auch nur »Liebling«, würden die Alarmglocken schrillen sie würde davor zurückschrecken und die Sache wär zu Ende denn es würde ernst, nicht nur ein Spiel … auch gut, sowieso nicht weit genug von zu Hause entfernt.

Noch eine Pause noch eine Lücke … der Olympus Pearlcorder ich frage mich warum er so heißt. Sicher nicht weil er die Perlen unserer Weisheit aufnehmen soll, zu schmalzig um wahr zu sein, aber was könnte es sonst bedeuten? Ich gehe zurück an meinen Schreibtisch setze mich auf meinen Drehstuhl schaue zum Fenster ausgefüllt von einem leeren grauen Himmel wie ich dieses beschissene englische Klima hasse, stell dir vor wie's jetzt in Boston wäre frische kalte klare Luft strahlend blauer Himmel Schnee auf dem Boden der in der Sonne funkelt, oder besser noch Pasadena, Orangen und Zitronen an den Zweigen im Garten hinter dem Haus oder eher im Hof wie sie das dort nennen selbst wenn er mehrere Morgen groß ist wie Daddy Thurlows Land bei Palm Springs … Soll ich meine E-Mail ansehen? Nein, die Idee war, überhaupt nicht zu arbeiten, keine Aufgabe zu erledigen, die ihre eigene Struktur dem Bewußtseinsstrom aufzwingen würde, wenn es wirklich ein Strom ist, in deinem Fall wohl eher ein Abwasserkanal würde Carrie sagen … Denn es ist leicht, menschliches Denken zu simulieren, sofern es aufgabenorientiert, auf ein Ziel gerichtet ist, zum Beispiel eine Partie Schach zu gewinnen oder ein mathematisches Problem zu lösen, aber wie baut man die Willkürlichkeit die Unvorhersagbarkeit des gewöhnlichen nicht spezialisierten Denkens, des müßigen Denkens, wie baut man die ein in die Architektur, das ist das wirkliche Problem der KI, wobei dieses Experiment möglicherweise zu einer Lösung beitragen könnte ...

Ich könnte ihr jetzt nachgehen so tun als ob ich sie zufällig wiedergetroffen habe oder sagen: *Ich habe Sie zufällig vom Fenster meines Büros aus gesehen, Sie sahen so einsam aus...* Nein, sag das nicht, die Leute mögen es nicht, wenn man ihnen sagt, daß sie ... *Ich hab gerade gesehen, wie Sie vorbeigingen*, ja, so, *dachte, vielleicht möchten Sie eine Tasse Kaffee, wir hatten gestern abend ja wirklich kaum Gelegenheit, uns zu unterhalten*... warum nicht? *(Ende der Aufnahme)*

Es ist drei nach elf. Ich ging nach draußen um sie noch einzuholen doch sie hatte sich in Luft aufgelöst, fast eine halbe Stunde lang lief ich auf dem Campus herum, keine Spur von ihr, nirgends, nicht im Laden am See, die Bibliothek macht erst am Nachmittag auf, vielleicht ist sie in eines der Studentenwohnheime gegangen, vermutlich, um mit einem ihrer Studenten einen Kaffee zu trinken, aber das klingt nicht sehr wahrscheinlich, möglicherweise ist sie zu ihrem Haus zurückgegangen, aber mir ist nicht danach, bei ihr anzuklopfen, selbst wenn ich herausfinden könnte, welches ihr Haus ist, um sie zu bitten, daß sie auf einen Kaffee hierher zurückkommt, es hätte eine spontane oder zufällige Sache sein sollen, und so langsam kam ich mir wirklich blöd vor besonders weil es wieder angefangen hatte zu regnen also bin ich wieder hierhergekommen, gerade noch rechtzeitig um einen Anruf von Carrie zu erwischen die mich bat auf dem Weg nach Horseshoes bei einer Tankstelle etwas Milch zu besorgen. Sie sagte komm nicht zu spät zum Mittagessen ich sagte was gibt's, sie sagte Schweinebraten mit Apfelringen, ich sagte mit Kruste, sie sagte natürlich und ich sagte in dem Fall komme ich ganz bestimmt nicht zu spät … Carrie macht die beste Kruste, die ich je gegessen habe, knusprig und saftig, ich merke wie mir das Wasser im Mund zusammenläuft wenn ich bloß daran denke. Sock und Polo wollen, daß du nach dem Essen mit ihnen Mountainbike fährst. Ich sagte ich hatte gehofft die Kinder könnten sich heute nachmittag selbst beschäftigen und wir beide könnten uns zu einem kleinen Nickerchen zurückziehen. Vergiß es, sagte sie und legte auf, doch sie klang eher amüsiert als sauer. Es sollte also klappen heute nacht. Es ist nämlich so daß ich sie will weil sie letzte Nacht nein gesagt hat … das ist das einzige, was mich wirklich scharf macht, wenn sie nein sagt … sonst denke ich nicht groß darüber nach sie zu vögeln, ich meine im voraus, doch wenn mir in den Sinn kommt es ihr vorzuschlagen und sie sagt aus irgendeinem Grund nein dann hab ich keine Ruhe bis ich sie gehabt habe … Eigentlich traurig, aber so ist das Leben nun mal. Oder Männer sind so. Ich jedenfalls.

2

Montag. 17. Februar. Also gut, hier bin ich nun, ich hab mich mehr oder weniger eingelebt. Man hat mir auf dem Campus ein kleines Haus zugeteilt, eine »Maisonette«, wie sie das hier nennen (ein geziertes, pseudo-französisches Wort, das mir noch nie gefallen hat), am Ende eines aus fünf Wohnungen bestehenden Reihenhauses, das für Dauergäste oder neu eingestellte Dozenten reserviert ist. Unten das Wohnzimmer, das in die »Kitchenette« übergeht, oben eine Badezimmernette und eine Schlafzimmernette, beides verbunden durch eine offene Treppe. Für mich ist das groß genug, doch ich vermisse die geräumigen hohen Zimmer mit dem Fries unter der Decke in Bloomfield Crescent. Es wurde in einem vage skandinavischen Stil erbaut und möbliert – die Wände aus unverputztem Backstein oder weiß getüncht, nach dem Baukastenprinzip zusammengestellte Möbel aus Kiefer, ein Teppichboden aus Cordsynthetik, der mich an ein Novotel erinnert, funktional, aber trostlos. Die Tatsache, daß es mir zu Ehren gerade erst neu eingerichtet wurde, läßt alles nur noch düsterer erscheinen. Ich muß ein paar Poster kaufen, um die Wände zu beleben. Hätte ich nur daran gedacht, eines meiner Lieblingsbilder von zu Hause mitzubringen – die Lithographie von Vanessa Bell zum Beispiel. Zu Hause. Ich muß aufhören, über mein »Zuhause« nachzudenken. *Das hier* ist mein Zuhause für die nächsten sechzehn Wochen, während des Frühjahrssemesters.

»Semester«. »Campus«. Wie sehr die Universitäten seit meiner Studienzeit amerikanisiert wurden – oder vielleicht kommt mir das auch nur so vor, weil ich auf eine traditionelle Universität gegangen bin. Diese hier gab es schließlich schon, als ich nach Oxford ging. Man nennt das, glaube ich, eine Universität »auf der günen Wiese« – grün ist es hier tatsächlich, wo das Severn-Tal an die Cotswolds stößt. Die University of Gloucester – auch wenn sie in Wirklichkeit näher bei Cheltenham liegt. Vielleicht dachten die Gründer, der Name einer Stadt mit einer Kathedrale würde ihrer Einrichtung mehr Würde verleihen. »Die University of Cheltenham« würde irgendwie nicht so überzeugend klingen. Wie auch immer, hier ist sie, wie ein riesiges Betonfloß, das auf den grünen Wiesen von Gloucestershire dahintreibt – oder eigentlich zwei Flöße, die lose miteinander verbunden sind, denn die meisten Gebäude bilden zwei Gruppen, die durch Gartenanlagen und einen künstlichen See voneinander getrennt sind. Den ganzen Tag über tukkert ein Pendelbus die Zufahrtsstraßen entlang, der Leute absetzt und abholt wie auf dem Parkplatz eines Flughafens. Jasper Richmond, Leiter der Englischabteilung und Dekan der Geisteswissenschaften, erklärte mir, daß der ursprüngliche Plan aus den utopischen sechziger Jahren einen gewaltigen Campus, ähnlich dem einer staatlichen amerikanischen Universität, vorgesehen hatte, der dreißigtausend Studenten Platz bieten sollte. Sie begannen an beiden Enden des Grundstücks damit, die Geisteswissenschaften an einem Ende und die Naturwissenschaften am anderen, im Vertrauen darauf, die dazwischenliegenden Morgen Land innerhalb kurzer Zeit auffüllen zu können. Doch die Kosten stiegen, immer weniger Geld stand zur Verfügung, und in den achtziger Jahren erkannte die Regierung, daß es viel billiger wäre, alle technischen Hochschulen mit einem einzigen Federstrich in Universitäten zu verwandeln, anstatt die bestehenden auszubauen. Es ist daher unwahrscheinlich, daß die Gloucester University jemals sehr viel mehr Studenten haben wird als die achttausend, die sie jetzt hat, und das freie Gelände zwischen den Gebäuden der Geistes- und denen der Naturwissenschaften wird wahrscheinlich niemals ausgefüllt. »Ich fürchte, wir sind eine architektonische Allegorie der zwei Kulturen«, sagte Jasper Richmond schief lächelnd, als wir aus seinem Büro im zehnten Stock des Turms der Geisteswissenschaften zu den in der Ferne liegenden Gebäuden der Naturwissenschaften hinübersahen. Ich vermute, daß es nicht das erste Mal war, daß er Besuchern gegenüber diese Bemerkung gemacht hat. Eigentlich fühlt sich fast alles, was er sagt, ein wenig abgenutzt an, wie Papier, das nicht mehr glatt und fest ist, nachdem man es zu oft in der Hand gehabt hat. Vielleicht ist das unvermeidlich, wenn man Lehrer ist – sogar, wenn man Hochschullehrer ist –, weil man dieselben Dinge ständig wiederholen muß.

Ein Gedanke, bei dem mich ein kaltes, ungutes Gefühl beschleicht. Ich kann es mir nicht leisten, jetzt, da ich selbst Dozentin bin, gegenüber Hochschullehrern herablassend zu sein. Jasper Richmond zeigte mir den Eintrag im Vorlesungsverzeichnis des Fachbereichs: »MA in Kreativem Schreiben. Erzählprosa. Di. & Do., 14–16h. Tutorin: Helen Reed. (Dr. R. P. Marsden hat ein Forschungssemester.)« Russell Marsden, Kritiker, Herausgeber von Anthologien und in seiner frühreifen Jugend Autor zweier Mervyn-Peakeish-Romane, einer gut, der andere nicht so gut, der den Kurs von Anfang an abgehalten und der sich in die Dordogne in sein Cottage auf dem Land zurückgezogen hat, um einen ungeduldig erwarteten dritten Roman zu beenden oder (wie Jasper Richmond ziemlich gehässig spekulierte) anzufangen. Ich war einigermaßen bestürzt, als ich bei meiner Ankunft sah, daß Russell Marsden bereits nach Südfrankreich aufgebrochen war, denn ich hatte gehofft, von ihm einige Tips für die Gestaltung des Kurses zu bekommen. Die einzige Erfahrung, die ich bisher in dieser Richtung habe, die Abendklasse am Morley College für eine bunt gemischte Hausfrauen-Gruppe, Arbeitslose und Rentner, die nach dem Prinzip ›Wer zuerst kommt, mahlt zuerst‹ angenommen worden waren und von denen einige keinerlei formale Qualifikation mitbrachten, ist kaum eine angemessene Vorbereitung darauf, einen der angesehensten Kurse in Kreativem Schreiben im ganzen Land zu übernehmen. Die Studenten, die sorgfältig aus der Masse eifriger Bewerber ausgewählt wurden, haben sicher einen messerscharfen Verstand und wissen alles über so Sachen wie Postmoderne und Poststrukturalismus, die, als ich noch in Oxford studierte, nichts weiter als vage Gerüchte von jenseits des Meeres waren, ein entferntes Karrenrumpeln auf dem intellektuellen Kopfsteinpflaster von Paris, ein undeutliches Gebrabbel unergründlichen Jargons, das aus dikken amerikanischen Vierteljahresschriften aufstieg. Als ich Jasper Richmond gegenüber meine Bedenken erwähnte, sagte er: »Oh, na ja, ich habe immer gedacht, daß gute Studenten sich gegenseitig etwas beibringen.« Ich vermute, er wollte mich beruhigen.

Ich fragte ihn, wie lange er schon an der Gloucester University sei. Er seufzte und sagte: »So lange, daß ich gar nicht mehr dran denken mag. Ich war einer der Pioniere. Als das alles hier *(auf die Aussicht deutend)* noch eine einzige riesige Baustelle war. Zu den Sitzungen des Fachbereichsausschusses kamen wir alle in grünen Gummistiefeln.« Sein Ton war wehmütig nostalgisch.

Es scheint hier früher dunkel zu werden als zu Hause (jetzt geht das schon wieder los), obwohl das natürlich eine Illusion ist. In London wird es nie richtig dunkel. Die Millionen Straßenlaternen, Leuchtschriftzeichen und beleuchteten Schaufenster erfüllen den Himmel mit einem diffusen Glanz, so daß er nie schwarz aussieht, sondern eher wie ein pastellfarbenes Gelblich-Grau. Hier stehen die Laternen in großen Abständen an den Zufahrtsstraßen, und die Sicherheitsbeleuchtung, mit der die Fußgängerwege und die Treppen ausgestattet sind, wirkt wie ein ziemlich schwacher Versuch, die undurchdringliche Dunkelheit einer Winternacht aufzuhellen. Jenseits des Begrenzungszauns befinden sich nur dunkle Felder und noch dunklere Baumgruppen sowie verstreute Bauernhäuser, deren Lichter wie ferne Schiffe auf dem Meer schimmern.

Und es ist unheimlich still. Etwa um fünf Uhr nachmittags gab es eine Mini-Rush-hour, als die Dozenten ihre Autos aus den mehrstöckigen Parkhäusern holten (die in dieser pastoralen Umgebung unpassend und besonders häßlich aussehen) und zu ihren Cottages in den Cotswold-Dörfern oder zu ihren Stadthäusern in Cheltenham fuhren und die einfachen Universitätsangestellten und die Studenten, die nicht auf dem Campus leben, die Busse bestiegen, um in ihre Wohnungen und Zimmer zurückzukehren; aber kurz nach sechs senkte sich eine tiefe ländliche Stille auf den Campus herab. Tatsächlich kann ich, anders als beim verworrenen, unaufhörlichen Verkehrslärm in London, die Geräusche unterscheiden, die die einzelnen Fahrzeuge machen, wenn sie auf der Zufahrtsstraße vor meiner Haustür näher kommen, vorbeifahren und sich entfernen.

Mein Gott, ich fühle mich elend.

Hierherzukommen war ein schrecklicher Fehler, ich möchte davonlaufen, ich möchte nach Hause eilen, nach London – ja, nach Hause, das ist mein Zuhause, nicht diese schäbige kleine Schachtel. Soll ich's wagen? Warum nicht? Ich habe noch nicht richtig angefangen. Ich habe noch keinen einzigen Studenten getroffen und kein Geld von der Universität angenommen. Sie finden leicht jemand anderen, der diesen Job erledigt – es gibt viele ausgezeichnete Schriftsteller, die sich sofort darauf stürzen würden. Warum nicht einfach gehen, morgen, ganz früh? Ich sehe mich selbst wie ein Dieb aus dem Haus schleichen, bevor es hell wird, meine Sachen ins Auto packen, leise, leise den Kofferraumdeckel schließen, um niemanden zu alarmieren, eine Notiz für Jasper Richmond zusammen mit den Schlüsseln auf dem Tisch im Wohnzimmer hinterlassen: »Tut mir leid, es war ein schrecklicher Fehler, alles meine Schuld, ich hätte mich nie um die Stelle bewerben dürfen, bitte verzeihen Sie mir.« Und dann die Tür dieses skandinavischen Kaninchenstalls zuziehen und die leere Zufahrtsstraße entlangfahren – Schals aus Nebel hängen um die Hälse der Laternen –, an der Ausgangsschranke abbremsen, um dem Mann vom Sicherheitsdienst, der in seinem hell erleuchteten, verglasten Wachhäuschen gähnt, zuzuwinken. Er nickt zurück, schöpft keinen Verdacht, hebt die Schranke, um mich hinauszulassen, wie am Checkpoint Charlie in einem Spionagefilm aus dem kalten Krieg, und ich bin frei! Die Zufahrtsstraße hinab auf die Hauptstraße, weiter auf die M5, die M42, die M40, London, Bloomfield Crescent, zu Hause.

Außer daß Bloomfield Crescent Nr. 58 für die nächsten drei Monate an einen amerikanischen Kunsthistoriker vermietet ist, der ein Forschungssemester hat, und an seine Frau, die nächsten Freitag ankommen werden. Macht nichts, schick ihnen ein Fax: »Tut mir leid, alles abgesagt, Pläne geändert, Haus doch nicht verfügbar.« Könnten sie mich verklagen? Es gibt keinen rechtsgültigen Vertrag, aber möglicherweise würde unsere Korrespondenz als einer gelten … Ach, was soll das ganze sinnlose Spekulieren in dieser Richtung, wo wir doch alle wissen (und mit »wir« meine ich mein neurotisches Selbst und mein eher rational beobachtendes Selbst, das das hier aufschreibt), wo wir doch wissen, nicht wahr, daß das nichts als ein Tagtraum ist? Und der wirkliche Grund, warum ich morgen früh nicht davonlaufe, ist nicht der mögliche Rechtsstreit mit meinen amerikanischen Mietern (oder, was das angeht, mit der Universität Gloucester, die mich zweifellos wegen Vertragsbruch verklagen könnte, auch wenn ich große Zweifel habe, daß sie sich die Mühe machen würden), sondern weil ich nicht den Mut habe, es zu tun. Weil ich die Schuld, die Scham, die Schande nicht ertragen würde, zu wissen, daß jeder, der mich kennt, weiß, daß ich gekniffen habe, in Panik geraten, davongelaufen bin. Stell dir vor, wie es wäre, Paul und Lucy anzurufen und es ihnen sagen zu müssen, die Enttäuschung in ihren Stimmen zu hören, selbst wenn sie versuchen würden, ihrer verrückten Mutter eine Hilfe zu sein. Stell dir vor, das nur schlecht verborgene Grinsen und Lächeln der Leute auf literatischen Partys ansehen zu müssen, die einander über ihre Weißweingläser hinweg zuflüstern: »Das ist Helen Reed, wußtest du, daß sie als Autorin und Gastdozentin an die Gloucester University ging und am ersten Tag des Semesters davonlief, weil sie es nicht durchstehen konnte?« Und vielleicht fügen sie hinzu: »Nicht, daß ich ihr das vorwerfe, ich bin sicher, ich würd's auch nicht durchstehen«, und doch würden sie mich verachten, und ich würde mich selbst verachten.

Aber es war ein netter Tagtraum, solange er andauerte. Ich habe sogar das Band ausgesucht, das ich im Auto auf der M5 anhören würde, Bläserkonzerte von Vivaldi mit ihren munteren, fröhlichen Allegros.

Dienstag, 18. Feb. Heute nachmittag traf ich meine Studenten zum ersten Mal in einem ziemlich kargen Seminarraum im achten Stock des Turms der Geisteswissenschaften. Wir saßen auf stapelbaren Plastikstühlen um einen großen Tisch herum, der mit einem dünnen Film aus Kreidestaub bedeckt war. An den Wänden hingen Notizen mit stilisierten Zeichnungen und diagonalen Streifen darüber, die Verkehrsschildern glichen und Rauchen, Essen und Trinken verbieten. Muß man Studenten heutzutage ausdrücklich verbieten, während des Unterrichts zu essen und zu trinken? Meine wirken beruhigend nett, alles in allem. Natürlich konnte einen die Situation nervös machen, wir taxierten uns gegenseitig. Sie hatten den Vorteil, einander bereits gut zu kennen, da Russell Marsden sie schon ein Semester lang unterrichtet hat. Sie sind eine gut eingespielte Gruppe, in der jeder seine Rolle übernommen hat oder ihm eine Rolle zugeteilt wurde: der Extrovertierte, die Skeptikerin, der Clown, der Snob, die Nörglerin, die Mutter, das ungezogene Kind, die Geheimnisvolle und so weiter. Sie mußten sich an diesem Nachmittag nur über einen Menschen eine Meinung bilden; ich hatte eine Gruppe von zwölf, die ich mir merken und die ich auseinanderhalten mußte. Die meisten von ihnen sind Mitte zwanzig, aber nur ein paar kommen direkt, nachdem sie ihren ersten akademischen Abschluß gemacht haben. Die Mehrheit hat ein paar Jahre lang gearbeitet und die Jobs aufgegeben, um diesen Kurs zu belegen, und lebt jetzt von Ersparnissen und Darlehen, was die ganze Sache erschreckend ernst macht und nicht dazu beiträgt, meine Angst zu verringern. Wie, so frage ich mich, kann ich ihnen etwas geben für ihr Geld?

Um das Eis zu brechen, hatte ich mir vorgenommen, ihnen etwas von mir vorzulesen. Das hatte am Morley College in der ersten Sitzung des Kurses ganz gut funktioniert, doch ich weiß nicht, ob es bei dieser Gelegenheit eine gute Idee war. Ich las aus *Das Auge des Sturms*. Nicht aus einem Roman, an dem ich gerade arbeite, denn ich habe keinen. Seit Martins Tod bin ich nicht mehr in der Lage, irgend etwas außer diesem Tagebuch zu schreiben. Letzten September habe ich versucht, einen neuen Roman anzufangen, doch da kam einfach nichts. Ich wurde körperlich krank, als ich versuchte, es zu erzwingen, und so gab ich auf. Fiktive Figuren zu erfinden und sich Dinge für sie auszudenken, scheint so vergeblich, so künstlich, wenn jemand, der so real und der einem so lieb und teuer war, plötzlich brutal aus dem Leben gerissen wird, wie wenn man eine Kerzenflamme mit den Fingern ausdrückt und

(Eine Unterbrechung hier, während ich ein wenig geweint habe. Schlechtes Zeichen. Ich dachte, ich hätte zu weinen aufgehört. Aber ich entdecke immer wieder aufs neue, welche Leere sein Tod in meinem Leben hinterlassen hat, wie, so kommt es einem vor, die schockierend gewaltige Lücke, die ein gezogener Zahn hinterläßt, wenn man die Stelle, an der er sich befunden hat, mit der Zunge erkundet. Oder wie ein Phantomglied, das, wie man so sagt, noch immer schmerzhaft dazusein scheint, auch nachdem es amputiert wurde.)

Also las ich aus *Das Auge des Sturms* vor, das Kapitel über das Drachensteigenlassen. Die Studenten hörten aufmerksam zu und lächelten oder lachten leise an den richtigen

Stellen und stellten hinterher intelligente Fragen. Doch ich spürte eine gewisse Zurückhaltung, so, als wären sie gerne kritischer gewesen, trauten sich aber nicht. Vielleicht ist das nur meine Paranoia.

Mittwoch, 19. Feb. Heute traf ich einige der Studenten einzeln in Russell Marsdens Büro im zehnten Stock des Turms der Geisteswissenschaften. Man hat meinen Namen mit einer Schablone auf ein Stück Papier geschrieben und ziemlich plump über sein Namensschild an der Tür geklebt. Er hat einige Bücherregale für mich freigeräumt und die Schubladen seines Stahlschreibtischs geleert, aber den Aktenschrank abgeschlossen und seine Poster von Kunstausstellungen an den Leichtsteinwänden hängen lassen. Ohne sie wäre der Raum sicherlich recht öde und trostlos, doch umgeben von diesen demonstrativen Bekundungen von Dr. Marsdens Kunstgeschmack (Mapplethorpe, Francis Bacon, Lucien Freud) mußte ich mich gegen das mir stets vertraute Gefühl wehren, so etwas wie eine Hochstaplerin zu sein.

Simon Bellamy war der erste, der an meine Tür klopfte. Ich nutzte die Gelegenheit, ihn zu fragen, warum die Gruppe gestern im Seminar irgendwie gehemmt schien. Simon ist der Extrovertierte in der Gruppe – stattlich, fröhlich, mit lockigem Haar, redegewandt. Er wurde (stillschweigend, fast unbewußt) zum Sprecher der Gruppe gewählt, und ich fühlte mich recht sicher dabei, als ich ihm diese Frage stellte. Er erklärte mir, daß sie nicht so richtig gewußt hätten, wie sie reagieren sollten, denn Russell Marsden las ihnen nie aus seinen Arbeiten vor. »Ich vermute«, sagte er mit einem entwaffnenden Grinsen, »wir dachten, wenn wir loben, was Sie geschrieben haben, sieht das so aus, als wollten wir uns beim Dozenten einschmeicheln, und wenn wir es kritisieren, wäre das unhöflich.« Er fügte hinzu: »Ehrlich gesagt, ich fand's brillant«, und wir lachten beide darüber, wie er seine Anerkennung im voraus unterminiert hatte. Und doch habe ich ihm geglaubt. Vielleicht glauben wir jedem Lob, das wir bekommen. Selbst wenn wir wissen, daß es nicht uneigennützig ist, sind wir überzeugt, es zu verdienen.

Marianne Richmond, Jaspers Frau, rief mich heute abend an und lud mich für den Samstag zum Abendessen »mit ein paar Freunden« ein, und da habe ich etwas, worauf ich mich freuen kann. Ich fürchte mich vor dem Wochenende, besonders vor dem Sonntag – noch nie mein liebster Tag der Woche. Die Einsamkeit. Die Leere.

Es ist recht still hier in der Maisonette Row. Das Haus neben meinem steht leer. Eins weiter wohnt ein Herr aus Afrika, der früh am Morgen fortgeht und spät am Abend wiederkommt. Ich habe ihn in der Bibliothek im Lesesaal der Sozialwissenschaften gesehen, also nehme ich an, daß er dort seine Tage verbringt. Noch eins weiter lebt ein Gastprofessor der Wirtschaftswissenschaften aus Kanada, der recht angenehm ist, aber ziemlich taub. Im Haus, das von meinem am weitesten entfernt liegt, wohnt ein lächelndes, aber schüchternes Paar aus Japan, dessen Status und akademische Zugehörigkeit unklar sind. Nicht gerade viel Raum für soziale Interaktion.

Immer noch denke ich voller Sehnsucht daran, wegzulaufen, aber natürlich wird das mit jedem Tag, der vergeht, undenkbarer, die möglichen Folgen immer gravierender, und so halte ich durch und hoffe, daß ich schließlich den psychischen Punkt überschreite, an dem keine Umkehr mehr möglich ist, und mich mit meinem Schicksal versöhne. In der Zwischenzeit besteht mein Kopf darauf, die Vergangenheit noch einmal durchzugehen und sie umzuschreiben: Ich bewerbe mich um den Job, man bietet ihn mir auch an, aber nachdem ich auf dem Campus umhergegangen bin und es mir gut überlegt habe, lehne ich höflich und dankbar ab und fahre nach London zurück, während ich glücklich mit dem Radiorecorder mitsumme, um mein gewohntes Leben wieder aufzunehmen. Ich hole den aufgegebenen Roman aus der Schublade und entdecke, daß er doch noch ins Fließen kommt. Das Untergeschoß in Bloomfield Way Nr. 58 habe ich (mühelos) in eine eigenständige Wohnung verwandelt, und irgendeine reizende Frau in meinem Alter, Witwe wie ich oder geschieden, nimmt sie und wird ein guter Kumpel und meine aufrichtige Freundin. Immer wieder ertappe ich mich dabei, wie ich in diesen Tagtraum verfalle. Manchmal ist der neue Mieter ein Mann, und dann erinnern die Konsequenzen der Geschichte so sehr an eine billige Mills-und-Boon-Romanze, daß ich mich schäme, sie aufzuschreiben, sogar hier. Es ist, als sei ich zwei Menschen gleichzeitig: die Helen Reed, die andere sehen, die sich in ihren neuen Job an der Gloucester U eingewöhnt, ruhig, effizient und pflichtbewußt; und eine zweite, verrückte, sich Illusionen hingebende, körperlose Helen Reed, die irgendwo im Kopf der ersten ein paralleles Leben führt.

Die Belastung, diese beiden Leben gleichzeitig am Laufen zu halten, ist fast unerträglich. Ich sehne mich nach dem Augenblick, wenn es Zeit ist, ins Bett zu gehen, und ich beide ein paar Stunden lang ausruhen lassen kann. Der Schlaf ist ein Segen – aber leider Gottes ein Segen, den man per definitionem nicht bewußt genießen kann. Es gibt vielleicht einen kurzen Augenblick wunderbarer Mattigkeit, in dem man fühlt, wie man einnickt, wie wenn man ein Betäubungsmittel bekommt, aber schon als nächstes erlebt man, daß alles vorbei ist, daß man, möglicherweise in den frühen Morgenstunden, aufgewacht ist, und alle Sorgen und alles Bedauern sind bedrückender als je zuvor, und man kann die Erfahrung, sich ihrer nicht bewußt zu sein, nicht wiedergewinnen. Ich bin versucht, zum medizinischen Versorgungszentrum zu gehen und mir Schlaftabletten verschreiben zu lassen, aber in den Monaten nach Martins Tod wurde ich davon so abhängig und fühlte mich an den Morgen, nachdem ich sie genommen hatte, so sehr wie ein Zombie, daß ich entschlossen bin, ohne sie auszukommen, wenn ich nur kann.

Donnerstag, 20. Feb. Das zweite Treffen mit allen Studenten. Ein Workshop, was bedeutet, daß einer von ihnen aus einem Werk vorliest, an dem er gerade arbeitet (in Zukunft wird das im voraus verteilt), der Rest es verreißt und ich als Schiedsrichterin fungiere. So ist der Kurs organisiert. Am Donnerstagnachmittag gibt es immer einen Workshop. Der Inhalt des Seminars am Dienstag ist mir freigestellt: Ich kann sie Schreibübungen machen lassen, oder wir können irgendeinen Text diskutieren, den ich ihnen aufgebe.

Russell Marsden hat sie dazu ermutigt, in den Workshops offen zu sein, was ich nach der Wir-wollen-uns-alle-gegenseitig-helfen-Atmosphäre meiner Abendklassen am Morley ziemlich beunruhigend finde. Rachel McNulty las einen Ausschnitt aus dem Roman, an dem sie gerade arbeitet; es geht um ein junges Mädchen, das auf einem Bauernhof in Ulster aufwächst. Mir schien es einfühlsam und überzeugend, wenn auch noch nicht ganz durchgearbeitet, aber zwei der anderen kritisierten es, weil die Unruhen nicht erwähnt wurden. Die Frage wurde aufgeworfen: Ist es möglich, über Nordirland zu schreiben, ohne die politische Situation zu erwähnen? Ich schlug diplomatisch vor, daß man die Spannungen innerhalb der Familie, die in Rachels Roman beschrieben werden, als Symbol der verschiedenen Gruppen innerhalb der gesamten Gemeinschaft lesen könnte; doch es ehrte Rachel, wie sie diese Leerformel zur Wahrung des Gesichts zurückwies und sagte, daß es einige Dinge gibt, die von universellerer Bedeutung sind als Politik, und daß das die Dinge seien, über die sie schreiben will. Insgeheim stimmte ich ihr zu.

Freitag, 21. Feb. Soweit ich sagen kann, leben wenig oder gar keine meiner Studenten auf dem Campus. Die meisten von ihnen teilen sich Wohnungen oder haben Zimmer in Cheltenham oder Gloucester, und viele haben einen festen Wohnsitz in London oder an anderen Orten und verbringen nur drei Tage in der Woche hier, indem sie am Dienstag und am Mittwoch in B&Bs oder auf den Sofas ihrer Freunde übernachten. Dadurch habe ich das merkwürdige Gefühl, eher wie eine Studentin zu leben als sie. Nach dem Workshop gestern gingen wir alle hinüber in die Cafeteria der Geisteswissenschaften auf eine Tasse Tee, aus der dann ein früher Drink wurde, und ich hörte ihnen fast neidisch zu, als sie ihre Pläne für das Wochenende besprachen, das sie nicht auf dem Campus verbringen würden. Je mehr ich davon sehe, um so weniger erscheint er mir als ein Ort, an dem man versuchen könnte, junge Leute auf das Leben vorzubereiten. Wenn die Studenten keine eigenen Autos haben, ist es schwierig für sie, nach Cheltenham oder Gloucester zu kommen, und es gibt keinen großen Anreiz, sich die Mühe zu machen. Alles, was man zum Leben braucht, kann man auf dem Campus bekommen: Es gibt einen kleinen Supermarkt, einen Waschsalon, eine Bank, einen Damen- und Herrenfriseur, eine Buchhandlung nebst Schreibwaren, mehrere Bars, Cafés und Kantinen. Das Arts Centre organisiert ein gutes Programm aus Konzerten, Gastspielvorführungen von Theaterstücken, Kunstausstellungen und Filmen. Laut Simon Bellamy, der hier vor ein paar Jahren mit dem Studium anfing, verlassen viele Studenten den Campus vom Anfang bis zum Ende des Semesters kein einziges Mal. Wenn es um ihre Verbindungen zum normalen Leben geht, könnten sie genausogut in den Verheirateten-quartieren einer streng geheimen Luftwaffenbasis leben, die von einem elektrischen Zaun umgeben ist, oder eine riesige Weltraum-Plattform bewohnen, die um die Erde kreist. Simon versicherte mir, daß sie ganz zufrieden sind. »Vergessen Sie nicht, für die meisten von ihnen ist es das erste Mal, daß sie von zu Hause fortkommen. Sie können mit Sex, Alkohol und Dope experimentieren, ohne daß ihnen dabei allzuviel passiert. Kostenlose Verhütungsmittel aus dem medizinischen Zentrum. Kein Problem mit Alkohol am Steuer. Kein Bulle, der sie auffordert, ihre Taschen vorzuzeigen. Niemand, der ihnen sagt, wann sie ins Bett gehen, aufstehen oder ihr Zimmer saubermachen sollen. Die meisten Teenager träumen davon. Ein Paradies für Schweine.« Er grinste, als er diese Attraktionen aufzählte. Trotzdem frage ich mich, ob es ihnen nach einer gewissen Zeit nicht langweilig wird, und was dann? Einer der deprimierendsten Anblicke auf dem Campus ist der düstere, verräucherte, mit Linoleum ausgelegte Raum im Erdgeschoß des Gebäudes der Studentenvereinigung voller Flipper und Computerspiele. Er scheint vierundzwanzig Stunden am Tag geöffnet zu sein, und immer sind mehrere katatonische Gestalten darin, die konzentriert auf die Bildschirme und Displays starren und mit einem gelegentlichen Zucken die Knöpfe und Hebel bedienen. Haben sie deswegen für das Abitur gebüffelt, über den Aufnahmeformularen der Universität gebrütet und liegen ihren Eltern auf der Tasche?

Ich bin froh, daß Paul in Manchester ist und Lucy einen Platz in Oxford hat, wirkliche Orte mit wirklichen Menschen.

Mir fällt auf, welch schlechte Gewohnheiten ich annehme, weil ich hier lebe. Mein kleines Haus hat einen Fernseher, und ich habe diese Woche viel ferngesehen. Zu Hause schalte ich selten vor den Neun-Uhr-Nachrichten ein, und in der Regel ist es noch später, wenn ich eine Kunstdokumentation oder einen Spielfilm anschauen will. Diese Woche habe ich während meiner einsamen Abendessen ferngesehen, und hinterher ließ ich den Apparat laufen, denn wenn ich ihn ausschalte, wirkt die Stille tödlich, und ich kann es nicht ertragen, mit meinem blechern klingenden Transistorradio Musik zu hören. Ich habe alle möglichen Programme gesehen, die ich mir normalerweise nie anschaue, Seifenopern und Sitcoms und Krimiserien, die ich ununterbrochen und wahllos konsumiere wie ein Kind, das sich durch einen Beutel verschiedener Süßigkeiten ißt. Wenn es um simple, hirnlose Ablenkung geht, sind die Vorabendserien im Fernsehen unschlagbar. Keine Szene dauert länger als dreißig Sekunden, und die Geschichten springen so schnell von einer Figur zur anderen, daß man kaum merkt, wie klischeehaft sie sind.

Samstag, 22. Feb. Gestern kam nach den Nachrichten der Film *Ghost* im Fernsehen, und ich beschloß, ihn anzuschauen, obwohl ich ihn schon einmal gesehen hatte, mit Martin zusammen – genauer gesagt, ich schaute ihn an, weil ich ihn schon einmal mit Martin gesehen hatte. Er war ein Überraschungserfolg, als er herauskam, und jeder redete über ihn. Soweit ich mich erinnere, hatte er uns gefallen, auch wenn wir das professionelle Ausschlachten des Übernatürlichen abstoßend fanden. Ich erinnerte mich nur noch an die Grundzüge der Geschichte: Ein junger Mann wird auf der Straße ermordet, als er mit seiner Freundin nach Hause geht; er versucht, sie vor den Verschwörern zu beschützen, die ihn getötet haben, obwohl er als Geist unsichtbar ist und nur über ein Medium mit ihr sprechen kann. Die wenigen Einzelheiten, die mir im Gedächtnis geblieben waren, betrafen die Spezialeffekte, wenn eine der Figuren starb: So steht der Held zum Beispiel anscheinend unversehrt vom Boden auf und erkennt erst dann, daß er tot ist, als er sieht, wie seine verstörte Freundin seinen leblosen Körper in den Armen hält; und wenn die Bösen sterben, fallen sofort plappernde dunkle Gestalten über sie her und schleifen sie schreiend in die Hölle (was überraschend befriedigend war). Und ich erinnere mich, daß Whoopi Goldberg sehr komisch gewesen war in der Rolle des betrügerischen Mediums, als sie irritiert erkennen muß, daß sie eine echte Verbindung zur Geisterwelt besitzt. Diese Dinge waren auch beim zweiten Mal noch genauso wirkungsvoll. Ich war allerdings nicht darauf vorbereitet, daß mich die Liebesgeschichte so sehr überwältigen würde. Demi Moore, die ich immer für eine ziemlich hölzerne Schauspielerin gehalten habe, war als trauernde Heldin unglaublich bewegend. Als ihre Augen sich mit Tränen füllten, flossen meine über. Ich weinte eigentlich während des ganzen Films und lachte unter Tränen über Whoopi Goldberg. Vom Verstand her wußte ich, daß der Film billiger, sentimentaler und manipulativer Quatsch war, doch das alles änderte nichts. Ich konnte nicht widerstehen, und ich *wollte* nicht widerstehen, ich wollte einfach nur von der gewaltigen Flut der Gefühle, die er auslöste, überschwemmt werden. Als der geisterhafte Held die skeptische Heldin durch die von Whoopi Goldberg gespielte Figur an intime und warmherzige Einzelheiten aus ihrem gemeinsamen Leben erinnert, die ein Außenstehender unmöglich wissen kann, und als es Demi Moore langsam dämmert, daß ihr toter Geliebter *wirklich* mit ihr spricht, bekam ich eine Gänsehaut. Als der Held (dessen Namen ich schon vergessen habe, genauso wie den Namen des Schauspielers, der ihn spielt) die Fähigkeiten eines Poltergeists annimmt und sie dazu benutzt, dem Schläger, der Demi Moore bedroht, Angst einzujagen, jubelte ich und klatschte vor Freude in die Hände. Und als in einer selten dämlichen Szene gegen Ende Whoopi Goldberg ihm erlaubt, von ihrem Körper Besitz zu ergreifen, so daß er mit Demi Moore Wange an Wange tanzen kann, während die verträumte Melodie erklingt, zu der sie sich am Anfang geliebt haben, wurde ich fast ohnmächtig vor lauter Sehnsucht und Genuß aus zweiter Hand. Danach nahm ich ein langes, heißes Bad und trank ein Glas Wein, während ich meine Lieblingsszenen des Films noch einmal im Kopf ablaufen ließ, und bevor ich schlafen ging, masturbierte ich – etwas, das ich seit meiner Teenagerzeit nicht mehr getan habe, wobei ich mir vorstellte, daß Martins Geisterhand von meiner Besitz ergriffen hätte und er mich liebte.

Als ich in den frühen Morgenstunden erwachte, fühlte ich mich wie üblich niedergeschlagen, doch ich schämte mich nicht. Es war eine merkwürdig kathartische Erfahrung.

Sonntag, 23. Februar. Gestern zum Abendessen bei den Richmonds – der gesellschaftliche Höhepunkt meiner ersten Woche an der Gloucester U. Es war ein recht interessanter Abend. Sie haben ein hübsches Haus in einem etwa zehn Meilen entfernten Dorf – modern, aber geschmackvoll in traditionellem Stil aus Cotswold-Steinen erbaut. Ich verirrte mich auf den dunklen Landstraßen und kam als Letzte an.

Es war schwer, so viele neue Gesichter auf einmal in sich aufzunehmen, doch glücklicherweise hatte mir Jasper am Freitag beim morgendlichen Kaffee im Gemeinschaftsraum für die Dozenten einen Überblick über die Gästeliste gegeben.

Jasper selbst öffnete die Haustür und überrumpelte mich einigermaßen, indem er mir einen dicken Kuß auf die Wange drückte. Meiner Ansicht nach kennen wir uns noch nicht lange genug für eine solche Begrüßung, aber ich trug's mit Fassung. Er hatte ein Glas Weißwein in der Hand, und ich nahm an, daß es nicht das erste war, das er an diesem Abend getrunken hatte. Ein Junge im Teenageralter, der unruhig hin und her wippte und torkelte, drückte sich in der Nähe herum.

»Oliver, nimm Helen den Mantel ab«, sagte Jasper zu ihm und stellte uns vor. »Das ist mein Sohn Oliver. Oliver, das ist Helen Reed. Sie ist Schriftstellerin. Sie schreibt Romane.«

»Egg schreibt einen Roman«, sagte Oliver, ohne mich anzusehen.

»Ja?« fragte ich höflich. »Wer ist Egg?«

»Egg lebt in London, zusammen mit Milly und Anna und Miles.«

»Das sind Figuren aus einer Fernsehserie«, erklärte Jasper. Mit seiner freien Hand half er mir aus dem Mantel. »Es geht um lauter junge Anwälte, die sich ein Haus teilen.«

»Ich habe in letzter Zeit viel ferngesehen«, sagte ich, »aber die Serie muß ich verpaßt haben.«

»Ich mag Miles am liebsten«, sagte Oliver und sah über meinen Kopf hinweg.

»Hier, Oliver. Häng bitte Helens Mantel auf«, sagte Jasper und reichte ihm das Kleidungsstück. »Dann kannst du gehen und fernsehen. Es kommt niemand mehr. Auf geht's.«

Als Oliver meinen Mantel mitnahm, sagte Jasper: »Oliver ist Autist. Ich hätte Sie warnen sollen, aber ich hab's einfach vergessen.«

»Schon in Ordnung«, sagte ich.

»Er glaubt, daß die Figuren in den Seifenopern wirkliche Menschen sind.«

»Naja, ich denke, da ist er nicht der einzige«, sagte ich.

»Stimmt«, sagte Jasper mit einem Lächeln.

Er führte mich in den Salon und stellte mich Marianne vor, die in einem tadellosen kurzen schwarzen Kleid, das durch eine teuer aussehende Goldbrosche geschmückt wurde, neben der Tür stand und das Licht einstellte. Das Zimmer – es hatte stattliche Dimensionen und einen offenen Kamin, in dem ein gasbetriebenes Pseudo-Holzfeuer brannte – besitzt jede Menge High-Tech-Punktstrahler und Deckenfluter und Bodenfluter, die durch Dimmer kontrolliert werden, die Marianne immer wieder neu einstellte, so daß man sich wie auf einer Bühne fühlte, vielleicht in einem Musical von Stephen Sondheim: Man führt mit jemandem eine leise Unterhaltung in einer Ecke, und plötzlich findet man sich in Licht gebadet wieder, und die Köpfe drehen sich einem zu, als erwarteten alle, daß man jeden Augenblick ein Lied zu schmettern beginnt. Marianne hat im Verlagswesen gearbeitet, und wir fanden heraus, daß wir ein oder zwei gemeinsame Bekannte haben. Jetzt arbeitet sie als freie Lektorin zu Hause. Sie ist jünger als Jasper und vermutlich seine zweite Frau. Sie sieht auf ihre besonders zurechtgemachte Art gut aus (goldener Nagellack, der zu ihrer Brosche paßt) und wirkt zugleich lebhaft und unsicher; ihre Blicke wandern im ganzen Zimmer umher und beobachten die anderen Gäste, während sie mit einem spricht.

Die anderen Gäste waren: Reginald Glover, ein marxistischer Geschichtsprofessor mit haarigem Gesicht und einer Hornbrille, und seine Frau Laetitia, Musiktherapeutin, Vegetarierin und (wie später klar wurde) leidenschaftliche Natur-Schützerin. Colin Riverdale, ein junger Dozent aus der Englischabteilung mit rosigen Wangen, und seine Frau Annabelle. Colin scheint Jaspers Protegé zu sein und war eifrig bemüht, einen guten Eindruck zu machen. Er sagte mehrere freundliche Dinge über *Das Auge des Sturms*, die so sehr ins einzelne gingen, daß ich ziemlich sicher war, daß er das Ganze als Vorbereitung darauf, mich zu sehen, in den letzten paar Tagen durchgeackert hat. Sein eigenes Forschungsgebiet ist, wie das von Jasper, das 18. Jahrhundert. Annabelle arbeitet in der Universitätsbibliothek und wirkt verständlicherweise erschöpft von den Mühen, bei ihrer Arbeit durchzuhalten und sich um drei kleine Kinder zu kümmern, von denen das jüngste in einer Babytragetasche droben auf dem Bett der Richmonds schlief. Sie sagte den ganzen Abend über kaum etwas und nickte einmal sogar ein. Nicholas Beck, ein silberhaariger Kunstprofessor, sollte ein Paar mit mir bilden, aber nur was die Sitzordnung betraf, denn Jasper informierte mich darüber, daß er ein enthaltsam lebender Homosexueller sei, aber ich weiß nicht, worauf er seine Behauptung stützt. Er war erst vor kurzem von Cambridge nach Gloucester gekommen und beherrscht diesen an Dozententischen üblichen Trick, zu jedem beliebigen Thema kultiviert Konversation zu machen, ohne dabei irgend etwas Denkwürdiges oder Tiefschürfendes zu sagen. Jasper fragte ihn immer wieder besorgt, was er vom Wein hielt – offensichtlich hat er früher den Wein für sein College gekauft. Beck war freundlich anerkennend, doch implizit kritisch gegenüber dem, was Jasper anbot, zum Beispiel: »Australische Rotweine sind so viel besser geworden, daß man sie gar nicht wiedererkennt.«

Die bemerkenswertesten Gäste, über die mich Jasper

vorab am gründlichsten informiert hatte, waren Ralph und Caroline Messenger. Von ihm hatte ich schon gehört, natürlich, weil er oft im Radio und im Fernsehen ist, besonders im *Start in die Woche*, und weil er populäre Bücher über Naturwissenschaft und Psychologie in den Sonntagszeitungen bespricht. Er ist hier so etwas wie ein Star, Professor und Leiter des angesehenen Holt Belling Centre für Kognitionswissenschaft, eines merkwürdig aussehenden Gebäudes, das irgendwie einem Observatorium ähnelt und auf das mich Jasper am ersten Tag von seinem Bürofenster aus hinwies. Messenger ist Ende vierzig, würde ich sagen, und hat einen großen, stattlichen Kopf: dichtes, graumeliertes, aus der breiten Stirn gekämmtes Haar, eine Hakennase und ein kräftiges Kinn. Im Profil erinnert er mich an einen römischen Kaiser auf einer alten Münze. Caroline – oder Carrie, wie sie von allen genannt wird – ist Amerikanerin. Sie muß in ihrer Jugend atemberaubend schön gewesen sein; sie besitzt noch immer ein liebenswertes Gesicht mit großen Kuhaugen und blondem Haar, doch ihre Figur ist nach den heutigen strengen Maßstäben zu matronenhaft. Sie trug ein hübsches bauschiges Seidenkleid, das ihren üppigen Formen schmeichelte. Beide sind wahrhaftig ein bemerkenswertes Paar. Sie spricht ihn mit »Messenger« an, was merkwürdig und ambivalent wirkt, halb respektvoll und halb ironisch. In gewisser Weise trägt es dazu bei, ihn über die gewöhnlichen Sterblichen zu stellen, die ein privates Ich haben, das einen Vornamen besitzt, und eine berufliche Persona, die einen Nachnamen trägt; doch gleichzeitig scheint diese unpassende Förmlichkeit, mit der eine Frau ihren Ehemann mit seinem Nachnamen anspricht, seine Ansprüche zu verspotten und eine kühle Distanz zwischen ihnen zu schaffen. Ich konnte nur ein paar Worte mit ihm wechseln, bevor wir zu Tisch gerufen wurden. Er spricht in einem offenen, lebhaften Plauderton, der gelegentliche Amerikanismen mit einem leicht plebejischen Londoner Akzent vereint. Laut Jasper ist das der Grund, warum die Medien ihn lieben; er klingt nicht wie ein staubtrockener Akademiker.

Während des Essens saß ich Carrie gegenüber, und auch mit ihr zu reden fiel mir leicht, sie ist offen und freundlich, wie das bei Amerikanern häufig ist. Sie sagte, sie liebe meine Bücher, doch sie fühlte sich nicht gezwungen, die Tatsache, daß sie mit ihnen vertraut ist, dadurch zu beweisen, daß sie mich einer mündlichen Prüfung unterzog wie Dr. Riverdale. Sie gab mir nützliche Tips zum Einkaufen in Cheltenham, was sie selbst recht häufig zu tun scheint. Jasper erzählte mir, daß sie Geld hat, und fügte hinzu: »Ich vermute, das sorgt dafür, daß Ralph ihr treu ist, auf seine Art.« Ich fragte, was für eine Art das sei. »Naja, Carrie hat Marianne erzählt, daß sie die Abmachung haben, daß er sie in ihrer eigenen Umgebung nicht in Verlegenheit bringt. Er hat jede Menge Gelegenheiten, sich anderweitig zu vergnügen. Auf Konferenzen, bei seinen Ausflügen in die Welt der Medien. »Private Eye« nannte ihn einmal einen ›Medienpimmel‹.« Jasper kicherte bei dem Gedanken daran und fragte mich, ob ich Messengers Fernsehserie zum Geist-Körper-Problem gesehen hätte. »Einen Teil davon«, sagte ich.

In Wahrheit habe ich nur die letzten zehn Minuten der letzten Folge der Serie gesehen, und auch das nur durch Zufall. Für mich kamen sie zu früh am Abend, und ich neige ohnehin dazu, mich vor naturwissenschaftlichen Sendungen zu drücken, aber jetzt wäre mir lieber, ich hätte sie angeschaut. Ich erinnerte mich daran, wie er den großen römischen Kopf von einem Apparat abwendet (einem Hirnscanner oder etwas in der Art, in den ein auf dem Rücken liegender Patient hineingeschoben wurde wie jemand, der aus einer Kanone geschossen werden soll), sich der Kamera zuwendet und in einer Großaufnahme fast genüßlich sagt: »Ist Glück – oder Unglück – nichts weiter als eine Frage der Leitungen in unserem Kopf?«

Der Kopf scheint unverhältnismäßig groß, wenn man den ganzen Menschen sieht, denn seine Beine sind etwas kurz geraten. Er hat einen dicken Stiernacken und breite Hängeschultern, die den Kopf auf eine herausfordernde, irgendwie einschüchternde Art nach vorn drücken. Zweifellos besitzt er eine Art Präsenz, die kein anderer Mann am Tisch besaß – die Art, die Filmstars und Staatsmänner an sich haben. Immer wieder blickte ich verstohlen über den Tisch hinweg nach ihm und versuchte, jene Wirkung zu analysieren, die entsteht, wenn man ständig von Blitzlichtern angestrahlt wird, ohne mit der Wimper zu zucken. Einmal trafen sich unsere Blicke, und er lächelte liebenswürdig. Wir saßen zu weit voneinander entfernt, um uns zu unterhalten. Für ein einziges Gespräch war der Tisch zu lang, und es waren zu viele Gäste da. An unserem Ende, an dem Jasper den Vorsitz führte, diskutierten wir die aktuelle Manie für Filmadaptionen klassischer Romane und verglichen zwei konkurrierende Versionen von *Emma* (wobei Nicholas Beck sich pedantisch darüber beklagte, daß in beiden der Rasen deutlich sichtbar auf anachronistische Weise mit einer Maschine gemäht worden war), als die Stimmen am anderen Ende plötzlich lauter wurden. Laetitia Glover und Ralph Messenger stritten sich über Umweltschutz.

»Die Erde gehört nicht uns, wir gehören der Erde«, erklärte sie voller Ehrfurcht. »Die Indianer haben das gewußt.«

»Die Indianer?« sagte Ralph Messenger. »Du meinst diese Jungs, die eine ganze Büffelherde in einer Stampede über Bergklippen treiben, damit es zum Abendessen Steaks gibt?«

»Ich zitiere aus einer Rede, die Häuptling Seattle Mitte des neunzehnten Jahrhunderts hielt, als die amerikanische Regierung das Land seines Stammes kaufen wollte«, sagte Laetitia steif.

»Ich kenne diese Rede«, sagte Ralph. »Sie wurde 1971 vom Drehbuchautor eines amerikanischen Doku-Fernsehspiels geschrieben.«

Annabelle Riverdale, die durch diesen Wortwechsel aus ihrer Trägheit aufgeschreckt wurde, gab ein kurzes prustendes Gelächter von sich und versuchte in der darauffolgenden Stille so zu tun, als hätte sie nicht gelacht.

»Von diesem Fernsehfilm weiß ich nichts«, sagte Laetitia errötend. »Ich habe sie in einem Buch gelesen. Wahrscheinlich hat der Drehbuchautor sie daher.«

»Er hat das ganze Ding erfunden«, sagte Ralph, »und dann fingen die Leute an, es in ihren Umweltschutz-Traktätchen zu zitieren, als sei es ein historisches Dokument.«

Laetitia sah auf der Suche nach Unterstützung zu ihrem Mann, doch der hielt seinen Kopf gesenkt, vielleicht, weil er seine akademische Reputation bei einem so unsicheren Thema nicht aufs Spiel setzen wollte. Galant kam Jasper Laetitia zu Hilfe.

»Ralph, selbst wenn sie nicht historisch ist, könnten die Gedanken darin immer noch wahr sein.«

»Im Gegenteil, sie sind ziemlich falsch«, sagte Ralph. »Wir gehören der Erde nicht, die Erde gehört uns, weil wir die klügsten Tiere darauf sind.«

»Das ist so arrogant, so eurozentrisch«, stöhnte Laetitia und schloß ihre Augen, um sich von einer derart widerwärtigen Ansicht so weit wie möglich zu distanzieren.

»Was meinst du mit eurozentrisch?« wollte Ralph wissen

und stieß herausfordernd seinen Kopf nach vorn. Einer nach dem anderen schwiegen wir und hörten zu essen auf.

»Es waren die europäischen Kolonialisten, die die Erde als etwas betrachtet haben, das man kaufen, verkaufen und ausbeuten kann«, sagte Laetitia. »Die Populationen der Eingeborenen haben einen natürlichen Instinkt, ihren Lebensraum zu bewahren und mit seinen Ressourcen sparsam umzugehen.«

»Ganz im Gegenteil, nur die Grenzen ihrer Technologie haben primitive Völker davon abgehalten, ihre Umwelt in einem Maße zu zerstören, das uns entsetzen würde«, sagte Ralph.

»Ich verstehe nicht, wie du dir dessen so sicher sein kannst«, sagte sie.

»Die Polynesier haben die Hälfte der Vogelarten auf den Hawaii-Inseln ausgelöscht, lange bevor Captain Cook jemals dorthin kam«, sagte er. »In Neuseeland haben die Maori den gesamten Bestand des Moa-Riesenvogels abgeschlachtet, ohne den größten Teil des Fleisches zu essen. Bis heute fällen die Yukui-Indianer im bolivianischen Regenwald Bäume, um an die Früchte zu kommen. Naturschutz ist eine Vorstellung höher entwickelter Zivilisationen.«

»Messenger, hör auf anzugeben«, sagte Caroline, und wir alle lachten erleichtert.

»Ich versuche nur, Laetitia gegenüber ein paar Dinge richtigzustellen«, sagte er milde.

»Nein, das machst du nicht, du hältst ihr eine Predigt.«

»Ja«, sagte Marianne, die an der Spitze des Tischs saß, Ralph zu ihrer Rechten und Laetitia zwei Plätze weiter zu ihrer Linken, »laß Letty in Ruhe, Ralph, und hilf mir, das Geschirr in die Küche zu tragen.« Er grinste und folgte ihr mit einem Stapel schmutziger Teller aus dem Eßzimmer, wobei er ziemlich zufrieden mit sich aussah, wie ein ungezogener Junge, der nichts bereut, während Laetitia versicherte, daß sie sich sehr wohl selbst verteidigen könne.

Jasper öffnete noch ein paar Flaschen seines Gummibaum-Pinot-Noir (oder was immer es war), ging um den Tisch herum und füllte die Gläser. Ich nutzte die Gelegenheit, um auf die Toilette zu gehen, doch ich mußte Jasper falsch verstanden haben, als er mir den Weg beschrieb, denn die erste Tür, die ich öffnete, gehörte zu einem Besenschrank, und die zweite führte in den Garten hinter dem Haus. Ich ging nach draußen, um ein paar willkommene Züge kalter, frischer Luft zu atmen, und fand mich in einem kleinen, gepflasterten Hof wieder, von wo aus ich in die hell erleuchtete Küche sah. Ralph Messenger hatte unsere Gastgeberin in einer leidenschaftlichen Umarmung gegen die Küchentür gedrückt, und sie grub ihre goldlackierten Krallen in seine Hinterbacken. Sie hatte die Augen geschlossen, doch sie hätte mich ohnehin nicht sehen können, wie ich dort im Dunkeln stand. Es scheint, daß Jasper Richmond über Messengers »Arrangement« falsch informiert ist: Entweder gibt es keins oder es wird gerade gebrochen.

Als ich heute morgen erwachte, hatte ich einen leichten Kater und Verdauungsstörungen vom Essen und vom Wein letzte Nacht (ich fürchte, ich hatte wahrscheinlich etwas zuviel, als ich – wenn auch langsam und vorsichtig – nach Hause fuhr), also machte ich nach dem Frühstück einen Spaziergang, um etwas frische Luft zu schnappen. Der Himmel sah nicht allzu vielversprechend aus – eine graue Wolkendecke hing von Horizont zu Horizont –, und kaum hatte ich das Haus verlassen, fing es an zu regnen. An einem verregneten Sonntagmorgen über den Campus zu trotten, war nicht dazu angetan, meine Stimmung zu heben, doch ich hielt durch und verschaffte mir so die Gelegenheit, die Geographie des Ortes kennenzulernen und die Lage der verschiedenen Institute und Fachbereiche herauszufinden. Die Gebäude, die in den Sechzigern und Siebzigern errichtet wurden, sind nicht besonders wetterfest. Ihre Betonfassaden saugen den Regen auf wie Löschpapier, und die leuchtend bunten Paneele und Kacheln, mit denen sie besetzt sind und die das beherrschende Grau auflockern sollen, sind angeschlagen, haben Sprünge oder fehlen an vielen Stellen ganz. Ralph Messengers Centre für Kognitionswissenschaft sieht aus, als sei es jünger und auf einem höheren Niveau errichtet worden. Es ist ein rundes, dreistöckiges Gebäude mit einem Kuppeldach, das in der Mitte eine flache Einkerbung besitzt, die stark an ein Observatorium erinnert, nur daß es keine Öffnung für das Teleskop gibt. Laut Jasper Richmond wurde es nach einer internationalen Ausschreibung mit dem Geld der Computerleute von Holt Belling erbaut. Die Kuppel soll die beiden Hemisphären des Gehirns darstellen. Die Wände bestehen aus verspiegeltem Glas. Ich frage mich, was das darstellen soll – die Eitelkeit von Kognitionswissenschaftlern?

Kurz danach stieß ich auf ein weiteres merkwürdig geformtes Gebäude – diesmal achteckig. Es erwies sich als ökumenische Kapelle und als nicht an eine bestimmte Religion gebundener Treffpunkt, der von verschiedenen christlichen Konfessionen genutzt wurde, wie auch (ging man nach den Notizen, die in der Eingangshalle hingen) von Buddhisten, Bahaisten, Anhängern der Transzendentalen Meditation, Yoga-Enthusiasten, Tai-Chi-Anhängern und ähnlichen New-Age-Gruppen. Was mich jedoch in das Gebäude zog, waren die Klänge eines mir vertrauten Kirchenlieds, eines von denen, die wir in unserer Pfarrkirche gesungen hatten, als ich ein Mädchen war. *O Lord my God, when I in awesome wonder*... Ich sah auf der Anschlagtafel nach: Ja, eine katholische Messe hatte gerade begonnen. Impulsiv schlüpfte ich in die Kapelle und setzte mich in die hinterste Bankreihe.

Vielleicht wird es Zeit, mir selbst einzugestehen, daß mein Verhältnis zur Religion völlig verworren und widersprüchlich ist. Ich bin zutiefst dankbar dafür, daß ich katholisch erzogen wurde, auch wenn ich deswegen als Kind und als Jugendliche unter unnötigen Qualen der Schuld, der Frustration und der Langeweile gelitten habe; und rückblickend empfinde ich nichts als nostalgische Zuneigung für die Nonnen, die mich erzogen haben, selbst wenn die meisten von ihnen mehr oder weniger verrückt waren vor lauter Aberglauben und sexueller Unterdrückung, die sie auch mir nach besten Kräften einimpfen wollten. Ich hörte im ersten Semester in Oxford auf, praktizierende Katholikin zu sein, zur gleichen Zeit, als ich meine Jungfräulichkeit verlor. Beide Ereignisse waren miteinander verbunden – ich konnte etwas, das ich als so befreiend empfunden habe, weder in aller Aufrichtigkeit als Sünde beichten noch versprechen, es nie wieder zu tun. Rasch folgte die intellektuelle Ablehnung der übrigen katholischen Lehre – ob als Folge oder als Rationalisierung dieser moralischen Entscheidung könnte ich nur schwer sagen. Mit einem gewissen Maß an Schwindel und Heuchelei heiratete ich ein paar Jahre später in einer katholischen Kirche, um meinen Eltern überflüssige Schmerzen zu ersparen, aber auch, weil ich mir letzten Endes auf dem Standesamt nicht wirklich verheiratet vorgekommen wäre. Als ich eigene Kinder hatte, ließ ich sie taufen, wiederum vorgeblich, um Mummy und Daddy einen Gefallen zu tun, doch insgeheim deshalb, weil ich mich nicht wohl dabei gefühlt hätte, hätte ich es nicht getan. Und das gab uns die Möglichkeit, sie zu gegebener

Zeit auf eine katholische Grundschule zu schicken. Martin hatte nichts dagegen, obwohl er selbst nicht gläubig war, denn er erkannte, daß die örtliche katholische Grundschule besser war als die staatlichen, und zu der Zeit konnten wir uns eine private Schule nicht leisten. Seiner Meinung nach konnte es nicht schaden, daß unsere Kinder einige der freundlicheren Mythen des Katholizismus kennenlernten, wie Weihnachten, Schutzengel und Menschen, die nach ihrem Tod in den Himmel kommen, solange wir nur da waren, um einen Hang zu Morbidität und Fanatismus gar nicht erst zuzulassen, und daß sie zu gegebener Zeit aus jedem anerzogenen Glauben herauswachsen würden, was schließlich auch der Fall war. Kinder beobachten außerordentlich genau. Bereits mit fünf oder sechs Jahren schienen Paul und Lucy intuitiv zu wissen, daß sie in der Schule vorgeben mußten, Dinge zu glauben, die zu Hause nicht geglaubt wurden und vielleicht auch umgekehrt, und sie meisterten dieses Doppelleben mit bemerkenswertem Geschick. Auf den weiterführenden Schulen wurde ihnen die Religion bald ebenso gleichgültig wie den meisten ihrer Klassenkameraden, doch ich bilde mir gerne ein, daß sie durch ihre frühe Erziehung ein moralisches Bewußtsein erworben haben, das über dem Durchschnitt liegt, ganz zu schweigen von dem unbezahlbaren Schlüssel zur Literatur und Kunst der letzten zweitausend Jahre. (Ich war schokkiert zu sehen, daß einige meiner Studenten letzten Donnerstag im Seminar Rachel McNultys Anspielung auf Martha und Maria aus dem Neuen Testament nicht verstanden hatten.)

Nach Paul und Lucys Erstkommunion gingen wir nie wieder gemeinsam als ganze Familie in die Kirche, es sei denn zu Hochzeiten, Beerdigungen und, mit meinen Eltern zusammen, zur Mitternachtsmesse an Weihnachten, um der alten Zeiten willen. Doch nach Martins Tod begann ich aus einem chaotischen Wirrwarr von Motiven heraus wieder alleine in die Sonntagsmesse der örtlichen Pfarrkirche zu gehen. Ich suchte verzweifelt nach irgendeiner Art Trost und Zuspruch, und vielleicht hatte ich die abergläubische Angst, daß der katholische Gott mich für meinen Abfall vom rechten Glauben bestraft hatte und daß ich besser daran täte, mich wieder gut mit Ihm zu stellen, bevor Er mir oder meinen Kindern noch etwas Schreckliches antun würde. Aber der Trost kam nie, und für die Furcht schäme ich mich, je mehr Zeit verging. Ich war angenehm überrascht zu sehen, daß es jetzt Ministrantinnen gab, doch sonst hatte sich nicht viel verändert, seit ich zum letzten Mal in einer katholischen Kirche gewesen war. Der Gemeindepfarrer war ein Ire ohne jede Ausstrahlung, der die Messe zelebrierte, als sei sie ein eintöniger Job, den irgend jemand notgedrungen erledigen müsse, und je schneller er vorüber wäre, um so besser, und seine Predigten waren fast beleidigend schlicht. Überflüssig zu sagen, daß ich weder zur Beichte noch zur Kommunion ging, und nach ein paar Wochen hörte ich ganz auf, in die Kirche zu gehen.

Warum ging ich heute in die Kapelle? Meine Moral war ziemlich auf dem Tiefpunkt, und ich vermute, daß ich dachte, die Atmosphäre wäre anders als die in einer Gemeindekirche, und das war sie auch, aber sie war kaum inspirierender. Schon die Ausstattung des Raums war deprimierend öde und karg, da jedes Anzeichen religiöser Kunst und Symbolik beseitigt worden war, das möglicherweise bei irgendeinem der Besucher hätte Mißfallen erregen können. Ein einfacher Holztisch diente als Altar, um den herum in einem unregelmäßigen Bogen die Stühle angeordnet waren. Naheliegenderweise bestand die Gemeinde größtenteils aus jungen Leuten sowie ein paar Dozenten und ihren Familien. Ich war überrascht, wenn auch nicht gerade erfreut darüber, auf der anderen Seite des Raumes die Riverdales und ihre zwei kleinen Kinder zu sehen. Ich versuchte, mich so unauffällig wie möglich zu verhalten, erblickte jedoch Colin, wie er mir in der Mitte des Gloria zulächelte.

Der Stil der Liturgie war leger: Der Ministrant trug einen Trainingsanzug und Turnschuhe, und die Musik, die von einem Mädchen in Jeans mit Gitarre angeführt wurde, bestand vor allem aus Folkmelodien und Folkrhythmen. Die kleinen Kinder der Dozenten durften überall im Raum umherstreunen oder krabbeln, wobei sie ihre Spielzeuge vor sich herschoben oder hinter sich herzogen – oder der junge Priester, der die Messe zelebrierte, hatte nicht den Mut, die Eltern zu bitten, sie davon abzuhalten. Es war der zweite Sonntag der Fastenzeit, wie ich herausfand. (Fastenzeit! Welch vielschichtige und vergessene Gefühle und Erinnerungen dieses Wort heraufbeschwört! Fasten und Abstinenz am Aschermittwoch und der schwarze Aschefleck auf der Stirn der Mädchen und der Lehrerinnen in der Schule, der den ganzen Tag über aus Frömmigkeit nicht abgewischt wurde … Süßigkeiten und Zucker im Tee »aufgeben« … Die Freude, sich am Ostersonntag mit Schokolade vollzustopfen … Es gibt Genüsse, die nur durch Selbstverleugnung möglich sind und die viele junge Leute niemals kennenlernen werden.) Die Epistel handelte von der Geschichte Abrahams und Isaaks – eine gute, aber auch ziemlich grausige Geschichte, wie Kierkegaard gezeigt hat. Bei einer Predigt zu diesem Text hätte man in der Messe an einer Universität wohl auf eine Anspielung auf *Furcht und Zittern* hoffen dürfen, aber nein. Schön wär's. Der junge Priester legte sie als simple Geschichte über den Gehorsam gegenüber dem Willen Gottes aus und konzentrierte sich auf die »Segnungen«, die Abraham als Folge zuteil wurden. Die Lesung aus dem Evangelium betraf die Geschichte der Transfiguration und endete damit, daß die Apostel »miteinander darüber diskutierten, was mit ›Auferstehung von den Toten‹ gemeint sein könnte«. Was du nicht sagst.

Hinterher konnte ich unmöglich einem Gespräch mit den Riverdales aus dem Weg gehen.

»Ich wußte gar nicht, daß Sie Papistin sind«, sagte Colin lächelnd und setzte das vorletzte Wort in ironische Anführungszeichen. Hätte er irgendeines meiner Bücher außer *Das Auge des Sturms* gelesen, hätte er vermuten können, daß ich so erzogen wurde.

»Keine praktizierende«, sagte ich. »Ich bin ganz spontan gekommen – ich ging zufällig gerade vorbei.«

»Nun, verlorene Schäflein sind immer willkommen«, sagte er, was mir wie eine ziemliche Frechheit vorkam, auch wenn es im Scherz gesagt wurde. »Ich möchte Ihnen gerne Father Steve vorstellen, unseren Teilzeit-Kaplan«, sprach er weiter.

»Nein danke«, sagte ich kalt. »Ich muß los.« Annabelle schenkte mir ein wehmütiges, halb entschuldigendes Lächeln, als ich sie verließ.

Auf meinem Weg zurück zu *la maisonette* ging ich im Supermarkt vorbei, um drei voluminöse Sonntagszeitungen zu kaufen, und dann verbrachte ich den Nachmittag damit, voller Sehnsucht etwas über all die neuen Theaterstücke, Filme, Ausstellungen in London zu lesen. Kurz bevor es dunkel wurde, machte ich noch einen Spaziergang. Der Regen hatte aufgehört, und rot ging die Wintersonne unter. Der Drahtzaun, der den Campus begrenzt, reflektierte das schräg einfallende Licht, leuchtete kurz auf wie die Spirale in einem Toaster und erlosch, als die Sonne hinter einem entfernten Hügel unterging. Ich fühle mich immer mehr wie in einem offenen Gefängnis: Ich könnte es leicht verlassen, ich sehne mich danach, es zu verlassen, doch die vorhersehbaren Konsequenzen, die eintreten würden, täte ich es, halten mich hier, an mein Ehrenwort gebunden, fest. Ich muß meine Zeit absitzen.

3

Ralph Messenger und Helen Reed treffen sich zufällig am Mittwoch der zweiten Semesterwoche um die Mittagszeit im Personalgebäude der Universität. Helen ist in der Lobby und schaut sich die Ausstellung von Bildern eines Künstlers aus dem Ort an. Ralph sieht sie, als er durch die Drehtür kommt, und tritt von hinten an sie heran.

»Was halten Sie davon?« fragt er über ihre Schulter hinweg, worauf sie zusammenzuckt.

»Oh! Hallo ... ich habe gerade gedacht, wenn sie sehr billig sind, kaufe ich vielleicht eins, um mein Wohnzimmer etwas freundlicher zu machen.«

»Naja, sie sind ganz nett«, sagt er und betrachtet die Bilder prüfend mit zur Seite gelegtem Kopf. Es sind Landschaften, mit kühnen Strichen in grellen Acrylfarben gemalt, die man selten, wenn überhaupt, in der Natur findet.

»Ja, und sie sind auch recht billig. Aber irgendwie ...«

»Irgendwie sind sie furchtbar häßlich.«

Sie lacht. »Ich fürchte, Sie haben recht.«

»Haben Sie schon zu Mittag gegessen?«

»Ich war gerade auf dem Weg in die Cafeteria.«

»Warum essen wir nicht zusammen?«

»Gut. Das wäre nett.«

»Aber nicht in der Cafeteria.«

»Mittags esse ich üblicherweise nicht viel.«

»Ich auch nicht. Aber ich hab's gern behaglich.«

Im Speisesaal im zweiten Stock bedienen Kellnerinnen,

und die Tische sind mit Tischtüchern und kleinen Vasen mit Plastikblumen gedeckt. Sie sitzen an einem Fenster mit Blick auf den See. Helen bestellt einen Salat, Ralph den Pasta-Tagesteller und eine große Flasche Mineralwasser für beide.

»Eigentlich wollte ich Ihnen schon letzten Sonntag morgen einen Kaffee anbieten«, sagt Ralph. »Ich habe gesehen, wie Sie im Regen spazierengingen. Sie sahen etwas verloren aus ...«

»Wie konnten Sie mich sehen?« Sie wirkt erschrocken und nicht besonders erfreut.

»Vom Fenster in meinem Büro aus. Sie gingen am Centre vorbei, und zufällig sah ich nach draußen.«

»Was machen Sie an einem Sonntagmorgen in Ihrem Büro?«

»Oh ... unerledigte Arbeiten nachholen«, sagt er vage. »Ich ging hinaus, um mit Ihnen zu sprechen, aber ich konnte Sie nirgendwo finden. Es war, als hätten Sie sich in Luft aufgelöst.«

»Tatsächlich?« Sie wirkt ein wenig verlegen.

»Wo haben Sie gesteckt?«

»Ich bin in die Kapelle gegangen.«

»Wozu?«

»Warum gehen Leute üblicherweise an einem Sonntagmorgen in eine Kapelle?«

»Sie sind also religiös?« Seine Stimme klingt mißbilligend oder vielleicht enttäuscht.

»Ich wurde katholisch erzogen. Ich bin nicht mehr gläubig, aber ...«

»Oh, gut.«

»Warum sagen Sie das?«

»Naja, es ist unmöglich, mit religiösen Menschen über irgend etwas Wichtiges vernünftig zu reden. Ich vermute, deswegen hab ich nicht daran gedacht, in der Kapelle nach Ihnen zu suchen. Ich hatte Sie als intelligent und vernünftig in Erinnerung. Was haben Sie dann dort gemacht, wenn Sie nicht gläubig sind?«

»Nun, ich glaube diesen ganzen Kram nicht buchstäblich«, sagt sie, »Sie wissen schon, die Jungfrauengeburt, die Transsubstantiation, die Unfehlbarkeit des Papstes und all das. Aber manchmal denke ich, es muß irgendeine Wahrheit dahinterstecken. Oder ich hoffe, daß es so ist.«

»Warum?«

»Weil das Leben sonst so sinnlos ist.«

»Das finde ich nicht. Ich finde es hochinteressant und zutiefst befriedigend.«

»Naja, Sie haben Glück. Sie sind gesund, es geht Ihnen gut, Sie haben Erfolg mit Ihrer Arbeit –«

»Sie etwa nicht?«

»Naja, ich denke schon in gewisser Hinsicht. Aber es gibt Millionen, denen es nicht so geht.«

»Vergessen wir die mal für einen Augenblick. Wie steht es mit Ihnen? Warum ist dieses Leben nicht genug? Warum brauchen Sie die Religion?«

»Genaugenommen brauche ich sie nicht. Ich meine, fast mein ganzes Erwachsenenleben hindurch bin ich ganz gut ohne sie zurechtgekommen, doch es gibt Zeiten, da ... sehen Sie, ich habe meinen Mann verloren, vor einem Jahr etwa.«

»Ja, ich habe davon gehört.«

Sie wartet einen Augenblick, als rechne sie damit, daß er noch etwas hinzufügt wie »Das tut mir leid«, aber das macht er nicht.

»Es kam alles ganz plötzlich, ohne jede Warnung. Ein Aneurysma im Gehirn. Wir beide schienen so gut vorwärtszukommen, als es geschah. Martin war gerade befördert worden, und mein letzter Roman hatte einen Preis bekommen – wir wollten einen Teil des Geldes für eine Reise ausgeben. Genaugenommen sahen wir gerade die Prospekte durch, als ...« Sie schweigt, offensichtlich von der Erinnerung überwältigt. Ralph Messenger wartet geduldig, bis sie weiterspricht. »... als er zusammenbrach. Er fiel ins Koma und starb einen Tag später im Krankenhaus.«

»Das war hart für Sie, aber ein gutes Ende für ihn.«

»Wie können Sie nur so etwas sagen?« Sie sieht schokkiert aus, dann wütend, wütend genug, um aufzustehen. »Er war erst vierundvierzig. Er hatte noch so viele glückliche Jahre vor sich, auf die er sich freuen konnte.«

»Wer weiß? Vielleicht hätte er ein Jahr später irgend eine qualvolle degenerative Krankheit bekommen.«

»Vielleicht auch nicht.«

»Richtig. Vielleicht auch nicht«, gibt Ralph zu.

»Vielleicht hätte er lange und glücklich gelebt, noch viele brillante Radiosendungen gemacht, Enkelkinder gehabt, wäre um die Welt gereist und ... und alles mögliche.«

»Aber das weiß er jetzt nicht mehr. Und er hatte nicht mehr die Zeit, darüber nachzudenken. Er starb voller Hoffnung. Deshalb meine ich, es war ein gutes Ende.«

Die Kellnerin kommt mit dem Essen, und sie unterbrechen das Gespräch, während sie bedient werden. Das gibt Helen die Möglichkeit, sich zu beruhigen.

»Sie glauben also, wir hören einfach auf zu existieren, wenn wir sterben?« sagt sie, als die Kellnerin gegangen ist.

»Nicht im absoluten Sinn. Die Atome meines Körpers sind unzerstörbar.«

»Aber Ihr Selbst, Ihr Geist, Ihre Seele ...?«

»Für mich sind das nur Bezeichnungen für gewisse Arten von Gehirnaktivität. Wenn das Gehirn zu arbeiten aufhört, hören sie zwangsläufig ebenso auf.«

»Und das erfüllt Sie nicht mit Verzweiflung?«

»Nein«, sagt er vergnügt und dreht sahnige Tagliatelle auf seine Gabel. »Warum sollte es?« Er schiebt sich die dampfende Pasta in den Mund und kaut sie energisch und schmatzend.

»Naja, es scheint sinnlos, so viele Jahre damit zu verbringen, Kenntnisse zu erwerben, Erfahrungen anzuhäufen, zu versuchen, gut zu sein, darum zu kämpfen, etwas aus sich zu *machen*, wie man so sagt, wenn nach dem Tod nichts davon bleibt. Es ist, als ob man eine wunderschöne Sandburg unterhalb der Flutmarke baut.«

»Das ist die einzige Stelle am Strand, an der man eine Sandburg bauen *kann*«, sagt Ralph. »Aber wie auch immer, ich habe vor, der Geschichte der Kognitionswissenschaft auf Dauer meinen Stempel aufzudrücken, bevor ich abtrete. Genauso, wie Sie das ja wohl in der Literatur hoffen. Das ist eine Art Leben nach dem Tod. Die einzige.«

»Gut, ja, aber die Zahl der Autoren, die nach ihrem Tod wirklich noch *gelesen* werden, ist winzig. Die meisten von uns enden damit, daß man sie einstampft – im wörtlichen oder im übertragenen Sinn.« Helen schiebt einige schlaffe Blätter Kopfsalat mit bräunlichen Stengeln auf ihrem Teller zur Seite und schneidet dann den Rest in Stücke. »Was bedeutet Kognitionswissenschaft eigentlich genau?«

»Die systematische Erforschung des Geistes«, sagt er. »Das ist das letzte Neuland wissenschaftlicher Forschung.«

»Tatsächlich?«

»Die Physiker kennen den Kosmos inzwischen ziemlich genau. Es ist nur noch eine Frage der Zeit, bis sie eine vereinheitlichte Theorie haben. Die Entdeckung der DNS hat die Biologie ein für allemal verändert. Das Bewußtsein ist der größte weiße Fleck auf der Landkarte des menschlichen Wissens. Wußten Sie, daß dies das Jahrzehnt des Gehirns ist?«

»Nein. Wer hat das behauptet?«

»Nun, ich glaube, es war eigentlich Präsident Bush«, sagt Ralph. »Aber er sprach für die wissenschaftliche Gemeinde. Alle möglichen Leute interessieren sich seit kurzem dafür – Physiker, Soziobiologen, Zoologen, Evolutionspsychologen, Mathematiker ...«

»Und was davon sind Sie?« fragt Helen.

»Ich fing als Philosoph an. Ich habe in Cambridge Ethik unterrichtet und über die Philosophie des Geistes promoviert. Dann ging ich mit einem Fellowship nach Amerika und begann, mich mit Computern zu beschäftigen und mit KI –«

»KI?«

»Künstliche Intelligenz. Es gab einmal eine Zeit, in der sich niemand außer ein paar Philosophen für das Problem des Bewußtseins interessierte. Jetzt ist es die heißeste Sache überhaupt.«

»Und wo liegt das Problem?«

Ralph lacht leise vor sich hin. »Finden Sie die Tatsache, daß Sie ein Wesen mit einem Bewußtsein sind, gar nicht überraschend oder verwirrend?«

»Eigentlich nicht. Der Inhalt meines Bewußtseins, ja, natürlich. Empfindungen, Erinnerungen, Gefühle. Die sind sehr problematisch. Meinen Sie das?«

»Nun, die spielen mit hinein. In der Literatur heißen sie *Qualia*.«

»Qualia?«

»Die besondere Qualität unserer subjektiven Erfahrung der Welt – zum Beispiel der Geruch von Kaffee oder der Geschmack von Ananas. Sie sind unverwechselbar, aber sehr schwer zu beschreiben. Niemand hat bisher herausgefunden, wie man sie erklären kann. Niemand hat bewiesen, daß sie tatsächlich existieren.« Weil er merkt, daß sie gleich protestieren will, fügt er hinzu: »Natürlich *scheinen* sie nur allzu wirklich, aber sie könnten genausogut Implementierungen von etwas Grundlegenderem und Mechanischerem sein.«

»›Die Leitungen in unserem Kopf‹?« sagt sie.

Ralph lächelt erfreut. »Sie haben meine Fernsehserie gesehen?«

»Nur einen kleinen Teil, fürchte ich.«

»Nun, ich stimme den Neurowissenschaftlern nicht in jeder Hinsicht zu. Gut, der Geist ist eine Maschine, aber eine *virtuelle* Maschine. Ein System aus Systemen.«

»Vielleicht ist er überhaupt kein System.«

»Oh, natürlich ist er das. Wie alles im Universum. Als Wissenschaftler muß man von dieser Annahme ausgehen.«

»Ich vermute, das ist der Grund, warum ich in der Schule die naturwissenschaftlichen Fächer aufgegeben habe, sobald das möglich war.«

»Nein, ich vermute, Sie haben sie aufgegeben, weil sie Ihnen in Form von destillierter Langeweile löffelweise verabreicht wurden ... Wie auch immer, das Problem des Bewußtseins ist im wesentlichen das alte Geist-Körper-Problem, das uns Descartes hinterlassen hat. Meine graduierten Studenten nennen unser Centre »The Mind/Body Shop«. Wir wissen, daß der Geist nicht aus irgendwelchem immateriellen Spukzeugs besteht, dem Gespenst in der Maschine. Aber woraus besteht er dann? Feuernden Neuronen? Neurotransmittern, die von Synapse zu Synapse springen? In gewissem Sinne ja, denn das ist alles, was wir beobachten können. Man kann heute PET-Scans und MRS-Scans machen, die zeigen, wie die verschiedenen Hirnareale wie ein Flipper aufleuchten, wenn bei einer Versuchsperson verschiedene Gefühle und Empfindungen ausgelöst werden. Aber wie wird diese Aktivität in Denken übersetzt? Wenn übersetzen das richtige Wort dafür ist, was es wahrscheinlich nicht ist. Gibt es eine Art vorsprachliches Medium des Bewußtseins – Mentalesisch –, das ab einem gewissen Punkt zu bestimmten Zwecken durch bestimmte Teile des Gehirns, die darauf spezialisiert sind, in Sprache verwandelt wird? Das ist eine der Fragen, die mich interessieren.«

»Was ist, wenn sie unbeantwortbar sind?«

»Es gibt auf diesem Gebiet ein paar Leute, die dieser Ansicht sind. Sie heißen Mysteriker.«

»Mysteriker. Mir gefällt, wie das klingt«, sagt sie. »Ich glaube, ich bin Mysterikerin.«

»Sie glauben, daß das Bewußtsein eine irreduzible, offenkundige Tatsache in dieser Welt ist, die nicht durch andere Begriffe erklärt werden kann.«

»Oh. Ich dachte, es hätte eher etwas mit Keats' negativer Befähigung zu tun«, sagt Helen. Sie klingt enttäuscht.

»Was bedeutet das?«

»Wenn jemand fähig ist, das Ungewisse, die Mysterien, die Zweifel zu ertragen ohne alles aufgeregte Greifen nach Fakten und Verstandesgründen.«

»Nein, diese Jungs sind Wissenschaftler und Philosophen, keine Dichter. Aber ich glaube, Sie haben Unrecht damit, die Suche nach einer Erklärung aufzugeben.«

»Wie lautet Ihre?«

»Ich denke, der Geist ist wie ein Computer – Sie benutzen doch einen Computer?«

»Ich habe einen Laptop. Ich benutze ihn wie eine bessere Schreibmaschine. Ich habe keine Ahnung, wie er die Tricks fertigbringt, die er fertigbringt.«

»O.K. Ihr PC ist ein serieller Computer. Er erledigt eine Aufgabe nach der anderen mit einer irrsinnigen Geschwindigkeit. Das Gehirn ähnelt eher einem parallelen Computer, mit anderen Worten, es läßt viele Programme gleichzeitig ablaufen. Was wir »Aufmerksamkeit« nennen, ist eine besondere Interaktion zwischen verschiedenen Teilen des Gesamtsystems. Die Subsysteme und die möglichen Verbindungen und Kombinationen zwischen ihnen sind so zahlreich und komplex, daß es sehr schwierig ist, den gesamten Prozeß zu simulieren – genaugenommen unmöglich beim gegenwärtigen Stand der Technik. Aber wir kommen hin, wie British Rail immer sagt.«

»Sie meinen, Sie versuchen einen Computer zu entwickeln, der denkt wie ein Mensch?«

»Das ist im Prinzip das ultimative Ziel.«

»Und der fühlt wie ein Mensch? Ein Computer, der einen Kater hat und sich verliebt und Trauer empfinden kann?«

»Einen Kater haben heißt, eine bestimmte Art Schmerzen haben, und Schmerz war schon immer eine harte Nuß«, sagt Ralph vorsichtig. »Aber ich glaube nicht, daß es grundsätzlich unmöglich ist, einen Roboter zu entwickeln und zu programmieren, der eine symbiotische Beziehung zu einem anderen Roboter eingeht und der Anzeichen von Kummer zeigt, wenn man den anderen Roboter abschaltet.«

»Sie machen natürlich Witze.«

»Keineswegs.«

»Aber das ist absurd!« ruft Helen. »Wie können Roboter Gefühle haben? Sie sind nichts als ein Haufen Metall und Drähte und Plastik.«

»Im Augenblick sind sie das«, sagt er. »Aber es gibt keinen Grund, warum die Hardware in Zukunft nicht aus irgendeinem organischen Material bestehen sollte. In Amerika haben sie bereits synthetisches elektromechanisches Muskelgewebe für Roboter entwickelt. Oder wir könnten Computer auf Kohlenstoffbasis entwickeln, wie natürliche Organismen, statt auf Siliziumbasis.«

»Ihr Mind/Body Shop klingt wie eine moderne Version von Frankensteins Labor.«

»Wenn's doch nur so wäre«, sagt er mit einem wehmütigen Lächeln. »Wir haben nicht die Mittel, unsere eigenen Roboter zu bauen. Der größte Teil unserer Arbeit besteht aus Theorie oder Simulation. Das ist billiger aber weniger spannend. Das, womit wir Frankensteins Labor am nächsten kommen, ist Max Karinthys Wandgemälde.«

»Und was ist das?«

»Ich kann es Ihnen jetzt gleich zeigen, wenn Sie Zeit haben. Und Ihnen eine Tasse vom besten von einer Maschine gemachten Kaffee geben, den Sie je getrunken haben.«

»Gut«, sagt sie. »Danke.«

Als die Bedienung die Rechnung bringt, will Ralph sie bezahlen, aber Helen besteht darauf, ihren Anteil zu übernehmen, und er macht keine große Sache daraus.

»Es macht Ihnen nichts aus, zu Fuß zu gehen?« fragt er, als sie die Treppe in die Lobby hinabgehen.

»Nein, überhaupt nicht.«

»Es konmt ein Pendelbus in …« Er wirft einen Blick auf seine wuchtige Armbanduhr aus Edelstahl. »In etwa zehn Minuten.«

»Nein, ich gehe gern zu Fuß«, sagt sie. »Das ist der einzige Sport, den ich treibe.«

»Ich auch. Auf dem Campus gehe ich immer zu Fuß, es sei denn, es regnet.«

Draußen regnet es nicht, doch es sieht so aus, als würde es gleich anfangen. Ein feuchter Wind bläst auf dem Campus, über den graue Wolken ziehen. Sie nehmen den Weg, der am See entlangführt, wobei sie immer wieder hintereinandergehen müssen, sobald das Läuten der Klingeln sie vor näher kommenden Fahrrädern warnt. Weil es ein Mittwochnachmittag ist, gibt es Anzeichen sportlicher Aktivitäten. Schwach erklingen Rufe und Schreie von den Spielfeldern am Ostrand herüber, und ein Rugbyball steigt und fällt sich um sich selbst drehend in einem Bogen durch die Luft. Auf dem See surfen einige Studenten in Tauchanzügen. Die leuchtend bunten Scherben ihrer Segel, die mit dem dunklen Wasser kontrastieren, bieten zwar einen hübschen Anblick, doch der See ist für diese Zwecke kaum groß genug. Kaum haben die Bretter eine gewisse Geschwindigkeit erreicht, müssen die Surfer flink wenden, damit sie nicht gegen das Ufer oder ineinander fahren. Viele kentern.

»Ich weiß, woran mich dieser Ort erinnert«, sagt Helen plötzlich. »Gladeworld. Waren Sie schon mal da?«

»Nein. Was ist das?«

»Eine Art exklusives Feriendorf. Ich bin letzten Sommer mit der Familie meiner Schwester hingefahren. Es liegt in einem großen Stück Waldland, umgeben von einem Drahtzaun. Man lebt in kleinen Häusern, die direkt zwischen die Bäume gebaut wurden. In der Mitte gibt es eine mächtige Kunststoffkuppel mit einer Art Schwimmbad nebst botanischem Garten, mit vielen Wasserfällen und Whirlpools und ähnlichem. Und es gibt einen Supermarkt und Restaurants und Sporthallen – und einen künstlichen See zum Segeln und Windsurfen, der dazu nicht groß genug ist. Das hat mich daran erinnert. Das und die Fahrräder. Es ist nicht erlaubt, in Gladeworld Auto zu fahren, nachdem man das Gepäck ausgeladen hat. Jeder leiht sich Fahrräder oder geht zu Fuß. Alles, was man die Ferien über braucht, gibt es innerhalb des Zauns. Man muß nie nach draußen gehen.«

»Klingt gräßlich.«

»Ich muß zugeben, die Kinder meiner Schwester waren begeistert. Doch ein bißchen fühlte ich mich, als ob ich in der Falle sitze. Es gibt eine bewachte Sicherheitsschranke, die dafür sorgt, daß kein Unbefugter hereinkommt, doch ich kann mir nicht helfen, es kam mir so vor, als sei sie auch dazu da, uns daran zu hindern hinauszugehen.«

Eine Zeitlang gehen sie schweigend.

»Ich habe den Eindruck, Sie wären lieber nicht hierhergekommen«, sagt er.

»Ich habe wahrscheinlich Heimweh«, sagt sie. »Ich vermute, daß ich mich bald eingewöhnt habe und daß es mir gefällt.«

»Warum haben Sie sich für den Job beworben?«

»Zunächst einmal brauche ich das Geld.«

»Aber die zahlen Ihnen Peanuts!« ruft er und fügt hinzu: »Ich weiß das zufällig, weil ich im akademischen Auswahlkomitee des Senats sitze. Ich habe die Unterlagen gesehen.«

»Für Sie sind das vielleicht Peanuts, aber ich brauche sie«, sagt Helen. »Leider Gottes verdiene ich mit meinen Büchern nicht sehr viel. Und obwohl Martin eine Lebensversicherung hatte, bringt die nur eine bescheidene Jahresrente. Aber Sie haben recht. Es war nicht nur wegen des Geldes. Meine Tochter pausiert ein Jahr zwischen Schule und Universität, sie ist in Australien. Es war alles so geplant, bevor Martin starb, und ich wollte sie nicht davon abhalten. Heute macht das jeder. Und mein Sohn ist für ein Auslandsjahr in Iowa – er studiert Amerikanistik in Manchester. Ohne sie kam mir das Haus riesig und voller Echos vor. Und voll zu vieler Erinnerungen. Ich dachte, ein Tapetenwechsel würde mir gut tun ...«

Sie schweigt. Ralph gibt ein vage zustimmendes Grunzen von sich.

»Wie steht's mit Ihnen?« fragt sie. »Gefällt's Ihnen hier?«

»Es ist schon in Ordnung«, sagt er, »aber ich würde durchdrehen, wenn ich nicht von Zeit zu Zeit rauskäme.«

»Zu Konferenzen und zu Ausflügen in die Welt der Medien?«

Er blickt sie fragend an, als ob ihre Wortwahl ihn getroffen hätte. »Derlei Dinge, ja. Es gibt schlimmere Orte zum Leben, aber es ist ein wenig verschlafen und provinziell. Die Universität war in den Siebzigern in Mode, aber sie erhielt nie genug Geld, um auf eine überlebensfähige Größe anzuwachsen, jedenfalls nicht, was ernsthafte wissenschaftliche Forschung betrifft. Jetzt ist sie ehrlich gesagt auf dem absteigenden Ast. Wie ein Fußballclub, der sich verzweifelt bemüht, nicht aus der ersten Liga abzusteigen. Das war mir nicht ganz klar, als man mir anbot, Direktor des Centre zu werden. Ich war glücklich an der Cal Tech, aber das hier schien mir ein Angebot, das ich nicht ablehnen konnte – mein eigenes Ding durchzuziehen in einem eigens dafür errichteten, preisgekrönten Gebäude.« Er zeigt auf das gedrungene zylindrische Gebäude, das jetzt in ihr Blickfeld gekommen ist und das eine von einer Furche durchzogene Kuppel und undurchsichtige Glaswände besitzt.

»Ich habe gehört, daß die Kuppel die beiden Hemisphären des Gehirns darstellt«, sagt Helen.

»Das stimmt.«

»Warum bestehen die Wände aus Spiegelglas?«

»Können Sie das nicht erraten?«

Helen lächelt wie über einen privaten Witz und runzelt dann die Stirn, während sie sich konzentriert. »Weil man hinaus-, aber nicht hineinsehen kann? Wie beim Geist?«

»Gut gemacht.« Ralph nickt wie ein zufriedener Lehrer. »Das ist die eine Hälfte der Antwort. Aber wenn es dunkel ist, wenn die Lichter eingeschaltet sind, kann man alles, was im Gebäude vor sich geht, von außen sehen, was die Erklärungskraft wissenschaftlicher Forschung symbolisieren soll. Jedenfalls wollte der Architekt das ausdrücken.«

»Aber wenn man die Jalousien zuzieht ...«

»Gut beobachtet!« lacht Ralph. »Der Architekt hatte bei seinem Entwurf Jalousien und Vorhänge explizit ausgeschlossen, doch bei strahlendem Sonnenschein fanden die Leute ihre Büros unerträglich, also mußte er sie anbringen, und einige von uns ziehen sie gerne zu, wenn es dunkel wird.«

»Was die Symbolik ruiniert.«

»Eigentlich nicht. Beim Bewußtsein können Sie immer die Jalousien herunterziehen. Wir wissen niemals sicher, was andere Menschen wirklich denken. Selbst wenn sie sich entschließen, es uns mitzuteilen, können wir niemals sicher sein, ob sie die Wahrheit – oder die ganze Wahrheit – sagen. Und ebenso kann niemand unsere Gedanken kennen, so wie wir sie kennen.«

»Was vielleicht nur gut ist. Das Zusammenleben wäre schwierig, wenn's anders wäre.«

»Absolut. Stellen Sie sich bloß vor, was aus der Dinnerparty der Richmonds geworden wäre, wenn jeder wie in einem Comic eine Sprechblase über dem Kopf gehabt hätte, in der *Denkt*... steht.« Er sieht Helen direkt in die Augen, als er das sagt, als ob er darüber spekuliert, was Helen wohl über jenen Abend denkt.

Sie errötet ein wenig. »Ich vermute, das ist der Grund, warum die Leute Romane lesen«, sagt sie. »Um herauszufinden, was in den Köpfen anderer Menschen vor sich geht.«

»Aber alles, was sie wirklich herausfinden, ist, was im Kopf des Autors vor sich ging. Das ist keine echte Erkenntnis.«

»Oh. Was ist dann echte Erkenntnis?«

»Wissenschaftliche Erkenntnis. Das Problem ist, wenn man die Erforschung des Bewußtseins auf das beschränkt, was empirisch beobachtet und gemessen werden kann, verzichtet man auf das, was dabei absolut entscheidend ist.«

»Qualia.«

»Genau. Es gibt einen alten Witz, der in fast jedem Buch über das Bewußtsein auftaucht. Zwei Behavioristen haben Sex, und hinterher sagt der eine zum anderen: ›Für dich war's großartig, wie war's für mich?‹«

Helen hat diesen Witz noch nicht gehört und lacht.

»Das ist das Problem des Bewußtseins mit einem Wort«, sagt Ralph. »Wie kann man eine objektive Darstellung in der dritten Person von etwas geben, das ein subjektives Phänomen in der ersten Person ist?«

»Oh, Romanautoren machen das doch schon seit zweihundert Jahren«, sagt Helen leichthin.

»Was meinen Sie damit?«

Sie bleibt auf dem Weg stehen, hebt eine Hand, schließt die Augen und runzelt konzentriert die Stirn. Dann zitiert sie, fast ohne zu zögern oder bei einzelnen Worten zu stokken: »Sie, Kate Croy, wartete, daß ihr Vater hereinkäme, aber er ließ sie, vielleicht mit Absicht, unbillig lange warten und es gab Augenblicke, in denen sich ihr im Spiegel über dem Kamin ein Gesicht zeigte, das wirklich bleich war von jener Erregung, die sie schon zu dem Entschluß gebracht hatte, zu gehen, ohne ihn gesehen zu haben. Gerade als sie so weit war, blieb sie jedoch; sie wechselte den Platz, setzte sich von dem schäbigen Sofa auf den Sessel, der mit einem Chintz bezogen war, der ihr sofort – sie hatte es ausprobiert – das Gefühl von etwas Glattem und Klebrigem gab.«

Er starrt sie an. »Was ist denn das?«

»Henry James. Die Anfangssätze aus *Die Flügel der Taube*.« Helen geht weiter, und Ralph fällt neben ihr in Gleichschritt.

»Ist das ein Partytrick von Ihnen – dicke Brocken klassischer Romane aus dem Gedächtnis zu zitieren?«

»Ich habe eine Doktorarbeit über die Erzählperspektive bei Henry James angefangen«, sagt Helen. »Aber leider nie zu Ende geschrieben. Einige der entscheidenden Zitate sind hängengeblieben.«

»Machen Sie's noch mal.«

Helen wiederholt das Zitat und sagt: »Sehen Sie – da haben Sie Kates Bewußtsein, ihre Gedanken, ihre Gefühle, ihre Ungeduld, ihr Zögern, ob sie bleiben oder fortgehen soll, die Wahrnehmung ihrer eigenen Erscheinung im Spiegel, die scheußliche Struktur der Polsterung des Sessels, »das Gefühl von etwas Glattem und Klebrigem« – wie machen sich die als Qualia? Und doch wird alles in der dritten Person erzählt, in präzisen, eleganten, wohlgeformten Sätzen. Es ist subjektiv *und* objektiv.«

»Na ja, es ist wirkungsvoll geschrieben, soviel gebe ich zu«, sagt Ralph. »Aber es ist eine literarische Fiktion, keine Wissenschaft. James kann nur deshalb behaupten, daß er weiß, was im Kopf von Kate Wieheißtsienoch vor sich geht, weil er es dort hineingelegt hat, er hat sie erfunden. Aufgrund eigener Erfahrung und Volkspsychologie.«

»Henry James hat nichts Volkstümliches an sich.«

Er wischt ihre Spitzfindigkeit beiseite. »Volkspsychologie ist ein Begriff, den wir im Gewerbe benutzen«, sagt er. »Er bedeutet Annahmen über menschliches Verhalten und menschliche Motivation, darüber, wie Menschen ticken, aufgrund tradierter Weisheit und gesundem Menschenverstand. Das funktioniert im gewöhnlichen Zusammenleben ganz gut – wir kämen gar nicht aus ohne sie. Und es funktioniert ganz gut in Romanen und Filmen, von *Die Flügel der Taube* bis hin zu *Eastender*. Aber es ist nicht objektiv genug, um als Wissenschaft zu gelten. Wäre Kate ein richtiger

Mensch, hätte sich James niemals anmaßen können zu sagen, was sie über diesen Sessel dachte, wenn sie es ihm nicht gesagt hätte.«

»Aber wenn Kate Croy ein richtiger Mensch wäre, könnte Ihre Kognitionswissenschaft uns nichts über sie verraten, was wir wissen wollten.«

»Das Wort ›nichts‹ würde ich nicht akzeptieren. Aber Sie haben recht. Im Augenblick müssen wir uns damit zufriedengeben, weniger über das Bewußtsein zu wissen, als Romanautoren zu wissen vorgeben. Da wären wir.«

Sie haben den Eingang zum Holt Belling Centre für Kognitionswissenschaft erreicht.

Schiebetüren aus verstärktem Glas, in die groß die miteinander verschlungenen Buchstaben HB eingraviert sind, öffnen sich automatisch, als sie sich nähern, und zerschneiden leise die Luft hinter ihnen. Das Foyer ist von einem blauen Unterwasserlicht erfüllt, das durch die getönten Scheiben gefiltert wird. Von innen kann man sehen, daß das gesamte Gebäude zum größten Teil aus Stahl und Glas besteht. Von einem zentralen Atrium aus führen die Büros, Arbeitsräume und anderen Zimmer schräg nach außen. Ihre bogenförmigen inneren Wände bestehen aus Glas, so daß ein Besucher mit einem Blick die verschiedenen Aktivitäten, die in jedem Segment vor sich gehen, erkennen kann, selbst wenn die meisten Leute, die zu sehen sind, so ziemlich dasselbe tun: Sie sitzen an Schreibtischen und starren auf Computermonitore, wobei sie gelegentlich die Tastatur bedienen. Die drei Stockwerke des Gebäudes sind durch einen Liftschacht miteinander verbunden, der an der gegenüberliegenden Seite des Eingangs zum Atrium liegt, sowie durch eine offene Wendeltreppe aus Edelstahl und poliertem Holz, die sich von der Mitte des Erdgeschoßes aus nach oben windet und mit den Stockwerken darüber durch horizontale Laufgänge und Galerien verbunden ist.

»Fällt Ihnen an der Wendeltreppe irgend etwas Ungewöhnliches auf?« fragt Ralph.

»Hm. Sie ist äußerst elegant, besonders das Geländer«, sagt Helen.

»Nein, nicht das. Sie ist linksdrehend, wie die Doppelhelix der DNS. Wendeltreppen gehen in der Regel in die andere Richtung.«

»Ah, das habe ich nicht gewußt.«

Er zeigt ihr die Zimmer im Erdgeschoß: ein allgemeines Büro, eine kleine Bibliothek, ein Hörsaal mit schräg ansteigenden hochgeklappten Sitzreihen, Arbeitsräume für die postgraduierten Studenten mit identischen Computer-Terminals, die auf den Tischen aufgereiht sind, und einen klimatisierten Raum im Untergeschoß, den Ralph das Gehirn des Gebäudes nennt, voller Computer verschiedener Formen und Größen, die vor sich hin summen und blinken und auf deren Disketten und Bändern der größte Teil der Arbeit des Centre gespeichert ist. Ein Mann in einem weißen Laborkittel studiert einen Ausdruck einer dieser Maschinen. Ralph stellt ihn Helen als Stuart Phillips vor, seinen Systemverwalter. Helen bemerkt, daß alle Maschinen weiße Karten mit aufgedruckten Namen besitzen, die an den Gehäusen befestigt sind. Haddock, Thompson-Eins, Thompson-Zwei, Struppi und so weiter.

Stuart Phillips sagt: »Man macht leicht Fehler, wenn man ihre technischen Bezeichnungen – Buchstaben und Zahlen – benutzt, um über sie zu sprechen, also geben wir ihnen Spitznamen.«

»Warum Namen aus *Tim und Struppi*?« fragt Helen.

»Das war Professor Messengers Idee«, sagt Stuart Phillips und wendet sich Ralph zu.

»Meine Kinder haben sie sehr gemocht«, sagt er. »Sie mögen sie eigentlich immer noch – und ich, ehrlich gesagt, auch.«

Er führt sie in den Gemeinschaftsraum im Untergeschoß, der mit niedrigen modernen Sofas und Sesseln ausgestattet ist, die vom langen Gebrauch fleckig und abgewetzt sind, sowie mit einer strahlenden Schweizer Kaffeemaschine. Drei junge Männer in Jeans, Sporthemden und Turnschuhen unterhalten sich in einer Ecke. Ralph stellt sie Helen als Doktoranden vor: Jim, Carl (aus Deutschland) und Kenji (aus Japan). Sie fragt sie, woran sie arbeiten. Jim sagt Robotik, Carl sagt Affektmodellierung, Kenji sagt etwas Undeutliches, das Ralph ihr zuliebe wiederholt – »genetische Algorithmen«.

»Ich kann mir vorstellen, was Robotik ist«, sagt Helen, »aber was um alles in der Welt bedeuten die anderen Dinge?«

Carl erklärt, daß Affektmodellierung der Versuch ist, die Art, wie Gefühle menschliches Verhalten beeinflussen, auf dem Computer zu simulieren.

»Gefühle wie Trauer?« sagt Helen und sieht Ralph an.

»Genau das«, sagt er, »obwohl Carl eigentlich an einem Programm über die Mutterliebe arbeitet.«

»Das würde ich gerne sehen«, sagt Helen.

»Ich fürchte, ich bin nicht in der Lage, eine Demonstration durchzuführen«, sagt Carl. »Ich schreibe das Programm gerade um.«

»Ein andermal«, sagt Ralph.

»Und genetische Wieheißtdas?« fragt Helen und wendet sich an Kenji. Der junge Mann, dessen Englisch nicht so gut ist wie das von Carl, schwitzt und stammelt sich durch eine Erklärung, die Ralph taktvollerweise Helen zuliebe zusammenfaßt: Genetische Algorithmen sind Computerprogramme, die dazu entwickelt wurden, sich selbst wie biologische Lebensformen zu replizieren. »Alle Programme erhalten ein Problem, das sie lösen sollen, und diejenigen, die das am besten machen, dürfen sich für den nächsten Test reproduzieren. Mit anderen Worten, zwei finden zusammen und haben Sex« – wie Ralph das zum Vergnügen seiner Studenten nennt. »Wir zerlegen jedes Programm in zwei Teile und tauschen die Hälften aus. Wenn man das oft genug macht, hat man am Ende manchmal ein Programm, das leistungsfähiger ist als eins, das ein menschlicher Programmierer hätte erfinden können.«

»Aber sie könnten außer Kontrolle geraten«, sagt Helen, »und die Welt übernehmen.«

»Höchstwahrscheinlich würde es damit enden, daß sie in Gemeinschaftsräumen darüber diskutieren, ob Menschen Bewußtsein haben oder nicht«, sagt er.

Die jungen Männer lachen höflich. Vielleicht weil sie glauben, daß sie etwas Fleiß und Hingabe gegenüber ihrer Arbeit zeigen sollten, gehen sie und lassen Ralph und Helen allein zurück. Er fragt sie, welche Art Kaffee sie gerne trinken würde, und drückt die entsprechenden Knöpfe der Maschine. Er sieht ihr erwartungsvoll zu, als sie an ihrem mit Schokopulver bestreuten Cappuccino nippt.

»Hmm, ausgezeichnet«, sagt sie. »Nur der Styroporbecher trübt das Bild etwas.«

»Na ja, die ständigen Mitarbeiter haben welche aus Porzellan«, sagt er und geht hinüber zu einem Brett, an dem mehrere verschieden bemalte Becher an Haken hängen, die die Namen der Besitzer tragen. Er nimmt einen schwarzen Becher, auf dem in weißen Großbuchstaben das Wort BOSS geschrieben steht, und stellt ihn unter den Hahn der Kaffeemaschine, um ihn mit einem doppelten Espresso mit Zucker zu füllen.

»Sie haben also keinen speziellen Gemeinschaftsraum für die Dozenten?« kommentiert Helen. »Sehr demokratisch.«

»Naja, wir haben nur Studenten mit Abschluß. Wir bieten keine Kurse für Studienanfänger an, sehr zum Mißvergnügen der Universität.«

»Warum das denn?«

»Ich will nicht, daß meine Leute Zeit und Energie darauf verschwenden, Studienanfängern die Grundlagen des Programmierens beizubringen.«

»Nein, ich meine, warum gefällt das der Universität nicht?«

»Studentenzahlen bedeuten Geld. Die höhere Ausbildung ist ein Markt heutzutage, wissen Sie?« Er schaut sie über seinen Kaffeebecher hinweg an. »Das ist im Augenblick bei uns ein wunder Punkt. Ich könnte Sie mit dem Thema leicht zu Tode langweilen.«

»Versuchen Sie's«, sagt sie.

»Also gut, ganz kurz. Dieses Gebäude wurde mit Hilfe einer Stiftung der Holt Belling GmbH errichtet – der damalige Vizekanzler war mit dem Vorstandsvorsitzenden befreundet. Sie stellten das Kapital und die Hälfte der laufenden Kosten, die Universität bezahlt die andere Hälfte. Die Vereinbarung wird alle fünf Jahre erneuert. Nächstes Jahr gehen die zweiten fünf Jahre zu Ende, und Holt Belling will nicht erneuern. Sie sind voller Bewunderung für das, was wir hier machen, aber sie können es sich einfach nicht mehr leisten, uns weiter zu unterstützen. Ich kann ihnen keinen Vorwurf machen. Microsoft hat ihnen in letzter Zeit eine Menge Geschäfte weggeschnappt, und sie haben Finanzprobleme. Ohnehin war schon immer geplant, daß sie sich schließlich zurückziehen und daß die Universität die volle finanzielle Verantwortung für uns übernimmt. Doch auch die Universität hat nicht genügend Geld. Der neue Vizekanzler und sein Komitee für öffentliche Sicherheit – so nenne ich seinen Trupp Verwaltungsbeamter – sagen mir, daß sie nicht die Kosten für den ganzen Betrieb tragen können.«

»Und was passiert dann?«

»Im allerschlimmsten Fall wird hier dichtgemacht.« Er lächelt sardonisch, als er hinzufügt: »Vielleicht verwandeln sie das Gebäude in ein Zentrum für Kreatives Schreiben. Von Jasper Richmond weiß ich, daß dem englischen Fachbereich der Platz ausgeht. Und mit Kreativem Schreiben wäre das Komitee für öffentliche Sicherheit überaus zufrieden.«

»Tatsächlich?« Helen klingt überrascht.

»O ja. Die Kurse sind sehr beliebt, sie sprechen eine Menge Bewerber an, Studienanfänger ebenso wie solche mit Abschluß. Amerikaner entscheiden sich dafür, ihr Auslandsjahr hier zu verbringen, denn sie können Scheine in Kreativem Schreiben machen. Viele Studenten, viele Studiengebühren. Der englische Fachbereich verpflichtet verarmte Schriftsteller, sie auf der Basis von kurzfristigen Zeitverträgen zu unterrichten –«

»Für Peanuts«, wirft Helen ein.

»Für Peanuts, genau. Nur das Honorar, ohne Beiträge zur Rentenversicherung, ohne Anspruch auf ein Forschungssemester oder Mutterschaftsurlaub. Für die da oben ist es unerheblich, wer die Kurse leitet. Vom wirtschaftlichen Standpunkt aus ist es ein Unternehmen, das bei geringen Kosten viel einbringt. Ob die Welt wirklich noch mehr Romanautoren braucht, ist Ansichtssache.«

»Braucht sie mehr Kognitionswissenschaftler?«

»*Ich* bin davon überzeugt, naheliegenderweise. Die Zukunft wird von Computerwissenschaft und Gentechnik beherrscht. Dazu braucht man Leute, die die fundamentalen Probleme und Möglichkeiten dieser Dinge verstehen, nicht nur die Anwendungen. Aber unsere Herren scheinen das nicht zu begreifen. Es ist immer schwer, Gelder zu bekommen, wenn man ins Blaue hinein forschen will, gleichgültig, auf welchem Gebiet.«

»Aber Sie können doch nicht ernsthaft glauben, daß die Universität den Laden dichtmacht.«

»Nein. Naja, jedenfalls nur als letzten Ausweg. Wir sind eins der wenigen Institute von Weltrang, Platz fünf bei der letzten Forschungsevaluation. Es wäre schlechtes Management, ganz zu schweigen von der schlechten PR, wenn die Universität uns einfach den Stecker rauszieht. Wahrscheinlicher ist, daß wir aufgefordert werden, den Gürtel enger zu schnallen und Kurse für Studienanfänger anzubieten.«

»Können Sie keinen neuen Sponsor finden?«

»Das ist vertrackt. Sehen Sie, eine der Bedingungen der ursprünglichen Stiftung bestand darin, daß das Gebäude immer den Namen Holt Belling Centre trägt. Man kann sich kaum eine konkurrierende Organisation vorstellen, die damit glücklich wäre. Selbst weitere Mittel zur Finanzierung einzelner Projekte zu bekommen ist ziemlich schwierig – aus demselben Grund. Unsere größte Hoffnung ist im Augenblick das VM.«

»Das Verteidigungsministerium?«

»Sie haben an einigen unserer Arbeiten Interesse gezeigt, und natürlich ist Publicity das letzte, was sie wollen. Egal, was passiert, für mich bedeutet das noch mehr Papierkram. Doch Schluß jetzt mit diesen langweiligen Verwaltungsproblemen«, sagt er, nimmt Helens leeren Plastikbecher und seine eigene Tasse und trägt sie hinüber zum Spülbekken, um ersteren wegzuwerfen und letztere auszuspülen. »Kommen Sie, ich zeige Ihnen Karinthys Wandgemälde.«

Auf dem Weg dorthin begegnen sie in einem der Gänge Jim, einem postgraduierten Studenten, der einen kleinen, etwa sechzig Zenzimeter großen Roboter beobachtet. Er besitzt drei Räder, einen rotierenden Kopf mit Linsen als Augen und ein Paar mechanische Klauen.

»Das ist Arthur«, sagt Ralph. »Der jüngste Neuzugang zur Verstärkung des Fachbereichs. Von der Stange gekauft.«

Im Augenblick rührt sich Arthur nicht, sondern blickt in eine Ecke wie ein kleiner Junge, der dort stehen muß, weil er im Unterricht gestört hat.

»Was macht er?« fragt Helen.

»Er mißt den Raum aus«, sagt Jim. »Prägt ihn sich ein.«

Abrupt dreht sich Arthur auf seinen Rädern herum und setzt sich in Richtung der anderen Seite des Ganges in Bewegung, wo er ziemlich heftig gegen die Wand kracht.

»Autsch«, sagt Jim und runzelt die Stirn. »Irgend etwas kann nicht stimmen mit dem Programm.« Arthur rollt von der Wand zurück und betrachtet sie irgendwie sprachlos.

»Er sieht aus, als hätte er noch einen langen Weg vor sich, bevor er anfangen kann, sich mit anderen Robotern zu verabreden«, sagt Helen zu Ralph.

»Ja«, sagt Ralph. »Wir sind schon froh, wenn wir ihm beibringen können, Abfall vom Boden aufzuheben. Gehen wir weiter.«

Ralph führt Helen zum Lift. Nicht nur die Wände bestehen aus Glas, sondern auch der Boden, so daß man zwischen den eigenen Füßen auf die Kabel und die Maschinerie im Schacht hinunterblicken kann, wenn man Lust dazu hat, was bei Helen jedoch eindeutig nicht der Fall ist. Während sie leise und reibungslos in die Höhe steigen, erklärt Ralph, daß Max Karinthy ein ungarisch-amerikanischer Philosoph und Amateurmaler war, der vor ein paar Jahren als Stipendiat für ein Forschungsjahr aus Princeton ins Centre gekommen war und sich mit Ralphs Erlaubnis, ja, von Ralph geradezu ermutigt, damit beschäftigte, den zweiten Stock des Gebäudes mit einem Wandgemälde zu schmücken, das verschiedene bekannte Theorien und Gedankenexperimente aus Kognitionswissenschaft, Evolutionspsychologie und der Philosophie des Geistes illustrieren sollte.

Der Lift hält in der Galerie im zweiten Stock, und seine Glastüren öffnen sich mit einem mechanischen Seufzen. »Ach du meine Güte!« ruft Helen, als sie hinaustritt. Auf diesem Stock bestehen die Innenwände der Zimmer nicht aus Glas wie in den beiden Stockwerken darunter, sondern aus solidem verputzten Backstein, der den gewölbten Untergrund für ein Gemälde bildet, das um die ganze Kreislinie des Atriums herumführt. Eine Reihe sich überschneidender Szenen, Figuren und Vignetten, die in einem kühnen expressionistischen Stil gemalt sind, führt vom Liftschacht aus nach rechts und nach links bis zur gegenüberliegenden Seite der Galerie, wodurch eine Art Rundgemälde entsteht. Im Gegensatz zur High-Tech-Nüchternheit des übrigen Gebäudes eine Orgie von Farben und Formen.

»Ziemlich beeindruckend, nicht wahr«, sagt Ralph, der mit ihrer Reaktion zufrieden scheint. »Möchten Sie eine Führung?«

»Bitte.«

Er wendet sich nach links, und Helen folgt ihm. Das erste Bild, das ins Auge fällt, zeigt eine riesige schwarze Fledermaus, die mit ausgebreiteten Flügeln auf den Betrachter zufliegt wie ein Stealth-Bomber und die von fein gezeichneten konzentrischen Kreisen umgeben ist.

»In den frühen Siebzigern schrieb ein Philosoph namens Thomas Nagel einen berühmten Aufsatz mit dem Titel *Wie ist es, eine Fledermaus zu sein*«, erklärt Ralph. »Sein Argument war, daß es für uns absolut keine Möglichkeit gibt, zu wissen, wie es ist, eine Fledermaus zu sein – die einzige Möglichkeit, das zu wissen, besteht darin, eine Fledermaus zu *sein. Ergo* sind die Qualia unbeschreibbar, *ergo* ist die wissenschaftliche Erforschung des Bewußtseins unmöglich. Ein sehr simples Argument, meiner Meinung nach, doch zu seiner Zeit kam es überraschend gut an. Eine Fledermaus für das Gedankenexperiment zu wählen, war allerdings genial – es sind so unheimliche Kreaturen. Wußten Sie, daß sie sich mit einem Echolot orientieren, wie mit einem Radar?« Er deutet auf die konzentrischen Ringe. »Als einer der Jungs, die das entdeckt hatten, das bei einer wissenschaftlichen Konferenz beschrieb, kam hinterher irgendein alter Professor auf ihn zu und griff ihn praktisch an, so lächerlich fand er diese Idee.«

»Was machen die beiden Fledermäuse dort im Hintergrund?« fragt Helen und deutet auf ein Paar dieser Kreaturen, die sich in einer disneyartigen Parodie menschlichen Werbens zu küssen scheinen.

»Das sind Vampirfledermäuse. Die eine würgt Blut aus ihrer Kehle in die der anderen.«

»Igitt. Hätte ich bloß nicht gefragt.«

»Wenn Fledermäuse von einem nächtlichen Ausflug zurückkommen, ist es anscheinend so, daß diejenigen, die Glück hatten, manchmal ihr transportables Abendessen mit denen teilen, die keins hatten.«

»Was hat das mit dem Problem des Bewußtseins zu tun?«

»Es hat etwas mit Motivation zu tun. Auf den ersten Blick sieht es wie Altruismus aus, aber eine Fledermaus, die Glück hatte, wird ihr Blut nur mit einer Fledermaus teilen, mit der sie ein Arrangement auf Gegenseitigkeit hat, sollten genau die umgekehrten Umstände eintreten, so daß es sich also in Wirklichkeit um eine Form aufgeklärten Eigeninteresses handelt. Für Menschen gilt dasselbe – wie das Gefangenendilemma illustriert.«

Ralph deutet auf ein Bild zweier Männer in gestreiften Comic-Uniformen, die jeweils an einem Ende einer Reihe leerer Zellen in ihren eigenen Zellen sitzen und verdrießlich durch die Gitterstäbe starren. Ein Gefängniswärter hält zwischen ihnen Wache. »Die Situation ist die, daß beide eines Verbrechens angeklagt sind und beide dazu aufgefordert wurden, gegen den anderen auszusagen. Man beachte, daß sie voneinander isoliert sind und nicht miteinander sprechen können. Wenn jeder den anderen verrät, bekommen beide lange Haftstrafen. Wenn nur einer als Kronzeuge auftritt, kommt er ungeschoren davon. Wenn beide schweigen, bekommen sie aus Mangel an Beweisen kürzere Strafen. Es ist die Wahl zwischen Kooperation und Verrat. Man kann das auf alle möglichen Situationen anwenden: Wirtschaft, Politik, Fischereirechte, den Schulhof. Man kann das ganze Leben als eine Reihe von Entscheidungen zwischen Kooperation und Verrat betrachten.«

»Wirklich?«

»Nehmen Sie zum Beispiel die jüngsten Sparmaßnahmen der Universität. Die Leiter der Fakultäten und Fachbereiche stehen vor der Entscheidung, für eine möglichst breite Verteilung der Einschnitte über die ganze Universität hinweg zu stimmen – gleiches Elend für alle – oder für drastische Einschnitte in anderen Fachbereichen bevor jemand das mit ihnen macht. Kooperation oder Verrat. Mathematiker haben Tausende von Stunden darauf verwendet, um die vorteilhafteste Möglichkeit auszuarbeiten, das Spiel zu spielen. Es gab einen internationalen Wettbewerb, um die effizienteste Strategie zu entwickeln. Und wissen Sie, welche das war?«

»Welche?«

»Wie du mir, so ich dir. WIDMSID. Man kooperiert mit den anderen Spielern, aber nur solange, bis diese nicht mehr mit einem kooperieren, und beim nächsten Mal verrät man sie. Nur, solange der andere Spieler weiß, daß man genau das tun würde, braucht man es nicht zu tun. Das ist es, was die Gesellschaft zusammenhält. Das ist die Summe der menschlichen Moralität.«

»Hmm«, murmelt Helen, als könnte sie diese Behauptung anfechten, wolle es aber nicht tun. Sie geht zu einem anderen Abschnitt des Wandgemäldes. »Und was ist das?« Sie nickt in Richtung eines Mannes, der an einem Tisch sitzt, auf dem sich je ein Ablagekorb für eingehende und ausgehende Nachrichten sowie ein Stapel Bücher befinden. Ansonsten ist das Zimmer, in dem er sitzt, leer, und es hat keine Fenster. Die Körbe sind mit Schriftrollen gefüllt, die mit Ideogrammen beschrieben sind, und ähnliche Schriftrollen fallen durch eine Klappe in der Tür.

»Das ist Searles chinesisches Zimmer, ein sehr berühmtes Gedankenexperiment. Die Idee ist, daß diesem Kerl auf chinesisch Fragen gestellt werden, eine Sprache, die er weder sprechen noch lesen kann, und daß er eine Art Regelbuch hat, das die logischen Verknüpfungen enthält, die ihn in die Lage versetzen, auf chinesisch zu antworten. Er sitzt da den ganzen Tag, erhält Fragen und gibt korrekte Antworten, aber er versteht kein einziges Wort. Ist er sich dessen bewußt, was er tut?«

»Ihm wäre jedenfalls bewußt, daß er einen unglaublich langweiligen Job erledigt.«

»Gutes Argument«, sagt Ralph, »aber nicht das von Searle. Er argumentiert, daß der Mann sich der Information, die er verarbeitet, nicht bewußt sein kann, und insofern, als er sich dabei wie ein Computerprogramm verhält, kann sich auch ein Computerprogramm der Information nicht bewußt sein, die es verarbeitet. Deshalb muß Künstliche Intelligenz scheitern.«

»Ich vermute, daß Sie nicht zustimmen.«

»Nein, ich stimme nicht zu. Weil es selbst als Gedankenexperiment unmöglich ist, sich ein Computerprogramm vorzustellen, das so funktioniert, wie das hier funktionieren soll. Könnte man es, so hätte es nach allen üblichen Kriterien Bewußtsein.«

»Und ich nehme an, daß das die Chinesen sind, die die Fragen stellen und die Antworten entgegennehmen«, sagt Helen und deutet auf eine riesige Gruppe asiatisch aussehender Menschen im Mao-Look, die Schulter an Schulter stehen und an deren Ohren etwas festgeklemmt ist, das wie Handys aussieht.

»Nein. Das war das Gedankenexperiment von jemand anderem. Dazu gehörte, daß die gesamte Bevölkerung Chinas mit Zwei-Wege-Radios ausgestattet wird, um die Verbindungen zwischen den Zellen im menschlichen Gehirn zu simulieren.«

»Warum China?«

»Wahrscheinlich weil das die größte Bevölkerung mit einer gemeinsamen Sprache ist, nehme ich an. Ich glaube, es gibt etwa eine Milliarde Chinesen.«

»Aber es gibt keine Sprache, die alle Chinesen gemeinsam sprechen«, widerspricht Helen. »Mandarin ist nur eine geschriebene Sprache.«

Ralph lacht. »Stimmt das? Ich glaube nicht, daß der Kerl, der sich dieses Experiment ausdachte, das gewußt hat. Aber es gibt etwa einhundert Milliarden Neuronen in einem einzigen menschlichen Gehirn und mehr mögliche Verbindungen zwischen ihnen, als es Atome im Universum gibt, so daß das Experiment ohnehin nirgendwo der Wirklichkeit nahe kommt.«

»Worauf kam es an?«

Ralph zuckt mit den Schultern. »Ich hab's vergessen. Noch ein anti-funktionalistisches Argument, glaube ich. Die meisten dieser Gedankenexperimente sind so. Da ist ein interessantes.«

Es ist das Bild eines weiteren fensterlosen zellenartigen Zimmers, allerdings vollgestopft mit Möbeln und Geräten – einem Tisch, Aktenschränken, Bücherregalen, Computern und einem Fernseher. Alles ist in Schwarz und Weiß oder Grauschattierungen gemalt, einschließlich der jungen Frau, die am Tisch sitzt. Sie trägt schwarze Handschuhe, schwarze Schuhe, blickdichte schwarze Strümpfe und einen weißen Laborkittel. Das Fernsehbild ist monochrom. Aber das Zimmer liegt unter der Erde, und darüber befindet sich, wie im Querschnitt gezeigt wird, eine fröhliche bukolische Landschaft voller leuchtender Farben.

»Das ist Frank Jacksons Mary, die Farbwissenschaftlerin. Die Idee ist, daß sie in einer vollkommen monochromen Umwelt geboren wurde, aufwuchs und ausgebildet wurde. Sie weiß absolut alles, was es über Farben in wissenschaftlicher Hinsicht zu wissen gibt – zum Beispiel über die Kombinationen verschiedener Wellenlängen, die die Retina bei der Farberkennung stimulieren –, aber sie hat noch nie wirkliche Farben gesehen. Man beachte, daß es in ihrem Zimmer keine Spiegel gibt, so daß sie die Pigmentierung ihres Gesichts, ihrer Augen oder ihres Haares nicht sehen kann, und daß der Rest ihres Körpers bedeckt ist. Dann wird ihr eines Tages erlaubt, das Zimmer zu verlassen, und das erste, was sie sieht, ist, sagen wir, eine Rose. Macht sie eine vollkommen neue Erfahrung?«

»Offensichtlich.«

»Das sagt Jackson auch. Es ist ein weiteres Argument dafür, daß Qualia unbeschreibbar und irreduzibel sind.«

»Das finde ich ein gutes Argument.«

»Naja, es ist besser als die meisten. Aber wieder verlangt die Prämisse von einem, daß man ganz furchtbar viel voraussetzt. Wüßte Mary absolut *alles*, was es über Farben zu wissen gibt – und das ist viel, viel mehr, als wir im Augenblick wissen –, dann wäre sie vielleicht in der Lage, die Erfahrung der Farbe Rot in ihrem Gehirn zu simulieren, zum Beispiel, indem sie bestimmte Drogen nimmt.«

»Wer sind diese Leute?« fragt Helen und deutet auf eine Gruppe von Figuren, die sitzen, stehen oder umhergehen. »Sie haben irgend etwas Merkwürdiges an sich, obwohl es schwierig ist, genau zu erkennen, was.«

»Gut für Sie«, sagt Ralph. »Und gut für Karinthy. Das sind Zombies.«

»Zombies?«

»Ja. Wir arbeiten viel mit Zombies. Zombies sind für Philosophen des Geistes das, was Ratten für Psychologen und Meerschweinchen für klinische Biologen sind. Wahrscheinlich gibt's irgendwo eine Bewegung für die Rechte der Zombies.«

»Aber sie existieren doch gar nicht!« ruft Helen.

»Für eine Romanschriftstellerin nehmen Sie alles viel zu wörtlich«, sagt Ralph.

»Ich bin eine realistische Romanschriftstellerin.«

»Zu philosophischen Zwecken ist es nicht notwendig, daß Zombies existieren, nur daß ihre Existenz logisch möglich ist. Sie sind nützlich für Gedankenexperimente, denn in Erscheinung und Verhalten kann man sie nicht von Menschen unterscheiden, außer daß sie kein Bewußtsein im menschlichen Sinne haben. Zum Beispiel diese langhaarigen Kerle da drüben«, sagt er und zeigt auf sie, »sind ein junger Philosoph namens David Chalmers und sein Zombie-Zwilling. Aber wie Sie sehen, kann man unmöglich sagen, wer wer ist.«

»Da wir gerade über die Rechte von Tieren sprechen, was passiert mit dieser Katze?« fragt Helen. Sie bleibt vor einem Bild stehen, das horizontal über eine Tür gemalt ist, die einem gewissen Professor D.C. Douglass gehört. In einer Serie von Einzelbildern, die denen eines Comic-Strips ähneln, wird ein Magier gezeigt, der eine schläfrige orangefarbene Katze in eine Holzkiste setzt, gefolgt von einem komplizierten wissenschaftlichen Apparat, worauf der Magier die Kiste schließt. Im letzten Bild ist er verschwunden, so daß nur noch die Kiste zu sehen ist.

»Das ist Schrödingers Katze, ein berühmtes Rätsel der Quantenphysik. Der Apparat in der Kiste verbindet ein Instrument, das den Spin eines Elektrons mißt, mit einer Vorrichtung, die eine tödliche Injektion freisetzt. Das Experiment geht davon aus, daß der Apparat die Katze tötet, wenn der Spin des Elektrons *up* ist. Doch laut Quantenmechanik ist der Zustand eines Elektrons weder *up* noch *down*, solange niemand es beobachtet. Deshalb ist die Katze weder lebendig noch tot, solange niemand die Kiste öffnet.«

»Der Magier ist Schrödinger?«

»Nein. Das ist Roger Penrose, der Mathematiker.«

»Irgendeine Verbindung zu Robyn Penrose?«

»Wer ist er?«

»Sie. Eine Professorin. Sie hält am englischen Fachbereich dieses Semester eine Vorlesung. Ich hatte ein Infoblatt.«

»Ich glaube nicht, daß es da irgendeine Verbindung gibt. Dieser Penrose glaubt, daß die Quantenphysik die Antwort auf das Problem des Bewußtseins bietet. Bewußtsein als Zusammenbruch der Wellenfunktion. Quantenzusammenbrüche in Mikrotubuli.«

»Ich fürchte, da komme ich nicht mehr mit«, sagt Helen.

»Naja, es ist nicht einfach zu erklären«, sagt Ralph. »Man

sagt, daß jeder, der behauptet, die Quantenmechanik zu verstehen, entweder lügt oder wahnsinnig ist.«

In diesem Augenblick öffnet sich die Tür und ein ziemlich kleiner Mann mit einem Stapel Papier in der Hand erscheint auf der Schwelle. Er hält erschrocken inne, als er sieht, daß sie ihm im Weg stehen, und blinzelt sie durch dicke Brillengläser an. Wegen seiner ergrauenden Haare sieht er aus, als wäre er mittleren Alters, doch er hat ein jungenhaftes Gesicht.

»Ah, hier ist Duggers!« sagt Ralph. »Duggers kann Ihnen das besser erklären als ich.«

»Was erklären?« sagt der Mann.

»Die Quantenmechanik«, sagt Ralph. »Das ist Helen Reed, sie ist Autorin und dieses Semester Gastdozentin am englischen Fachbereich.« Zu Helen sagt er. »Das ist mein Kollege Douglas C. Douglass, bei allen und jedem bekannt als Duggers.«

»Ich habe diesen Spitznamen nie gebilligt«, sagt Douglass säuerlich.

»Ich bin erfreut, Ihre Bekanntschaft zu machen, Professor Douglass«, sagt Helen und reicht ihm ihre Hand. Sein frostiger Gesichtsausdruck taut um ein, zwei Grad auf.

»Wolltest du mich sprechen, Messenger?« fragt er Ralph.

»Nein. Ich habe Helen das Wandgemälde gezeigt«, sagt Ralph. »Wir waren gerade bis zu Schrödingers Katze gekommen, als du aus deinem Büro aufgetaucht bist wie ein Quanteneffekt.«

»Es ist sehr interessant«, sagt Helen und deutet auf das Kunstwerk.

»Wenn's nach mir ginge, würde ich's weiß übertünchen lassen«, sagt Douglass.

»Mein Gott, warum?«

»Es ist frivol. Und es verwirrt die Besucher.«

»Helen ist von der Quantentheorie verwirrt, Duggers. Erklärst du sie uns?«

»Nicht gerade jetzt, wenn es dir nichts ausmacht. Ich muß ein paar Fotokopien machen.«

Er schließt die Tür zu seinem Büro und geht mit einem knappen Nicken davon.

»Dann werde ich versuchen müssen, sie selbst zu erklären«, sagt Ralph und seufzt.

Aber bevor er das tun kann, öffnet sich die Tür des Lifts und eine der Sekretärinnen aus den allgemeinen Büros tritt heraus und ruft: »Professor Messenger!« Auf klackenden hohen Absätzen kommt sie auf die beiden zu, ein wenig außer Atem, die Augen weit aufgerissen angesichts der Bedeutung ihrer Nachricht: »Oh, Professor Messenger – Stuart Phillips hat versucht Sie zu finden. Käpt'n Haddock ist abgestürzt.«

Ralph zieht eine Grimasse. »O mein Gott.« Er wendet sich Helen zu. »Ich fürchte, Sie werden mich entschuldigen müssen.«

»Natürlich«, sagt Helen.

»Käpt'n Haddock ist unser E-Mail-Server. Wenn wir ihn nicht bis heute abend repariert haben, leiden meine Leute unter Entzugserscheinungen.« Er lächelt schwach, um zu zeigen, daß das ein Witz ist, aber vielleicht nicht nur ein Witz.

»Es wird ohnehin Zeit, daß ich gehe«, sagt Helen. »Trotzdem vielen Dank. Es war höchst interessant.«

»Gut. Ich hoffe, daß Sie mal wiederkommen«, sagt Ralph. »Wollen wir zusammen runterfahren?« Er deutet auf den Lift.

4

Eins, zwei, drei, Test, Test … *(rülpst)* Pardon! Es ist jetzt, wie spät, sechs Uhr einundfünfzig am Mittwoch, dem 26. Februar … Ich bin noch immer in meinem Büro, statt mir zu Hause am Kamin den Hintern zu wärmen und den ersten Drink des Tages zu genießen, denn wir haben ein Problem mit dem Gehirn … Heute nachmittag erhielt ich die Nachricht, daß Käpt'n Haddock abgestürzt ist, aber es scheint sich um einen Ausfall der Hardware zu handeln oder möglicherweise der Leitungen … im Augenblick wimmelt es hier überall von Technikern und Elektrikern, die versuchen, die Ursache der Schwierigkeiten zu lokalisieren, und mir ist nicht danach, nach Hause zu gehen, solange ich nicht weiß, ob das in Ordnung gebracht wurde … der Gedanke an einen Kabelbrand im Gehirn macht mir angst, so unwahrscheinlich der auch ist … also habe ich Carrie angerufen, um ihr zu sagen, daß ich später komme, und mich darauf eingerichtet, an einigen Beurteilungen unserer Mitarbeiter zu arbeiten, was ich vor mir hergeschoben habe … so viele beschissene Formulare heutzutage … aber als ich den Aktenschrank aufschloß, in dem ich meine vertraulichen Unterlagen aufbewahre, fiel mein Blick auf den alten Pearlcorder, und ich konnte der Versuchung nicht widerstehen, das Band abzuhören, das ich letzten Sonntag morgen aufgenommen habe … bin noch nicht dazu gekommen, es zu transkribieren … ich brauche wirklich eines dieser Geräte, die die Sekretärinnen benutzen, mit Kopfhörer und einem Pedal, mit dem man das Band unterbricht und weiterlaufen läßt ... Ich weiß, sie haben eins drunten im Büro, aber ich geniere mich, es auszuleihen, sie würden sich fragen, warum ich ihnen das Band nicht zum Transkribieren gebe ... Ich habe ein Softwarepaket zur Spracherkennung namens Voicemaster bestellt, ich glaube, das ist das beste auf dem Markt, aber es ist noch nicht gekommen, und man muß es darauf trainieren, daß es erkennt, wie man die Wörter ausspricht, bevor man es benutzen kann ... Wie auch immer, gerade eben habe ich das Band auf dem Pearlcorder noch einmal abgespielt, und ich muß sagen, es war absolut fesselnd ... obwohl, mein Gott, von zweifelhaftem experimentellen Wert ... Es ist nicht nur so, daß das Experiment selbst teilweise die Richtung und den Inhalt der eigenen Gedanken bestimmt ... es ist so, daß dadurch, daß man sie artikuliert ... wie informell auch immer ... dadurch, daß man sie in Form gesprochener Sprache artikuliert, man bereits einen Schritt vom Phänomen des Bewußtseins selbst entfernt ist ... weil ... naja, weil jede Wendung, die ich äußere, wie fragmentarisch und sprunghaft sie auch immer wirken mag, bereits der Output einer komplexen Interaktion ... einer Beratung ... eines Wettbewerbs zwischen verschiedenen Teilen meines Gehirns ist ... es ist wie ein Bulletin, ein vereinbarter Text, der nach einer Nanosekunde intensiver editorischer Debatte hinter verschlossenen Türen ausgearbeitet und dann den Sprachzentren des Gehirns zur weiteren Verbreitung überlassen wird ... und es ist unmöglich, jenen editorischen Prozeß aufzuzeichnen oder zu beobachten, es sei denn als Muster elektrochemischer Aktivität zwischen Millionen von Neuronen, ein hübsches Bild in einem Scanner ... Macht nichts, es könnte wichtig sein, noch ein wenig dranzubleiben, am Aufzeichnen, es könnte sich etwas ergeben, vielleicht über das Wesen der Aufmerksamkeit … nicht daß ich jemals in der Lage wäre, viel davon in einem Aufsatz zu zitieren, es ist bei weitem zu persönlich, zu freizügig, um nicht zu sagen gelegentlich vulgär … aber es war faszinierend, die … die eigenen Gedanken sozusagen zu *belauschen* … ich habe fast bedauert, daß es zu Ende war, als ich unterbrochen wurde, oder eher abgelenkt, durch den Anblick Helen Reeds, die im Regen über den Campus spazierte wie eine verlorene Seele … Und dann stellt sich heraus, daß sie in die Kapelle gegangen ist, sie war die ganze Zeit dort, während ich sie gesucht habe, wie sie mir heute beim Mittagessen erzählt hat … Ich habe sie zufällig vor dem Personalgebäude wiedergetroffen, und wir haben zusammen Mittag gegessen … muß die Pastasauce gewesen sein, mit der ich mir den Magen verdorben habe … offensichtlich ist sie Katholikin, jedenfalls wurde sie so erzogen … nicht mehr gläubig, aber kann sich nicht dazu überwinden, den ganzen Krempel hinter sich zu lassen, sehnt sich immer noch heftig nach der Vorstellung einer persönlichen Unsterblichkeit wie so viele ansonsten intelligente Leute … sogar Wissenschaftler … Einige von Darwins engsten Kollegen zum Beispiel waren gierig auf Spiritismus … Wallace, Galton, Romanes, sie alle besuchten Séancen, konsultierten Medien … als ob sie verzweifelt bemüht wären, einen Ersatz für den christlichen Himmel zu finden, nachdem sie die Glaubwürdigkeit der christlichen Religion zerstört hatten … Galton überredete Darwin sogar, das stand in der Biographie, die ich besprochen habe, einmal an einer Séance teilzunehmen, doch es ehrt diesen alten Mann, daß er aufstand und ging und sie händchenhaltend an diesem runden Tisch im Dunkeln sitzenließ, die Vorhänge gegen das Sonnenlicht zugezogen, während sie darauf warteten, daß die Geister ihre Show abziehen würden … George Eliot und ihr Kumpel, wie hieß der noch, Lewes, waren auch dabei, ich glaube, ich erinnere mich, dieses alte Pferdegesicht, sie war es, die erklärt hatte, Gott sei, wie ging das noch gleich ... Gott sei unvorstellbar und an die Unsterblichkeit unmöglich zu glauben, oder war's andersrum ... sogar sie war bereit, den Spiritismus mal auszuprobieren ... Nachdem sie Gott getötet hatten, gerieten sie alle in Panik angesichts der Konsequenzen, sogar Darwin ... übrigens, ist das vielleicht der zweitbekannteste Satz in der Geschichte der Philosophie, Nietzsches *Gott ist tot*...? Sogar Darwin ... war seine chronisch schwache Gesundheit etwa nicht psychosomatisch? Als junger Mann war er gesund und robust, wie hätte er auch sonst die Reise der Beagle überleben können? Doch sobald er die Idee mit der Evolution hat, sobald er den *Ursprung der Arten* schreibt und anfängt, die Konsequenzen zu sehen, die das für die Religion haben wird, entwickelt er alle möglichen Symptome – Furunkel, Flatulenz, Erbrechen, Schüttelfrost, Ohnmachten ... Hämorrhoiden ... Tinnitus ... Punkte vor den Augen ... jedes verdammte Ding, das man sich nur vorstellen kann ... keiner seiner Ärzte konnte irgend etwas davon erklären oder heilen ... einer von ihnen sagte, es sei unterdrückte Gicht, unterdrücktes Schuldgefühl klingt wahrscheinlicher ... und er probierte alle möglichen Quacksalber-Mittelchen aus, die kein ernsthafter Wissenschaftler auch nur für einen Augenblick in Betracht gezogen hätte, wie zum Beispiel, was war das noch, sich mit Ketten aus Messing- und Zinkdraht einzuwickeln .. sich am ganzen Körper mit Essig einzureiben ... jeden Tag zwei Zitronen auszusaugen ... in eiskalte Bäder zu springen ... alles umsonst ... War dieser ganze Unfug denn etwa keine Selbstbestrafung dafür, daß er der Religion den Todesstoß versetzt hatte? Obwohl es nicht die Evolution war, es war der Tod seiner geliebten kleinen Annie, der den Glauben an

Gott für ihn endgültig erledigte... Man darf nicht vergessen, daß in jenen Tagen viel gestorben wurde, viel häufiger als heute, gewöhnliche Kinderkrankheiten konnten tödlich sein, Kinder zu bekommen ebenso... es war nicht so sehr das Verlangen nach eigener Unsterblichkeit, das Galton & Co. zum Spiritismus führte, es war die Sehnsucht, Verstorbene wiederzutreffen, die man geliebt hatte, besonders, wenn sie jung gestorben waren... Das ist zweifellos der Grund, warum es Helen Reed letzten Sonntag in die Kapelle zog, sie trauert noch immer um ihren Mann... Ich habe ihr gegenüber ein wenig Schocktherapie ausprobiert, indem ich mich weigerte, das konventionelle Mitleid zu zeigen, als sie beim Mittagessen im Gespräch die Trauerkarte ausspielte, und einen Augenblick lang habe ich geglaubt, sie würde beleidigt aufstehen und gehen, doch sie blieb cool... und wir haben ziemlich lebhaft über den Dualismus, das Bewußtsein, KI und so weiter gesprochen... Danach hab ich sie hierhergebracht, um ihr Karinthys Wandgemälde zu zeigen... sie ist klug, sieht auch gut aus, ihre Figur, die größtenteils unter dem Kleid versteckt war, das sie am Sonntag abend getragen hat, konnte ich heute besser erkennen in Sweater und Hosen, sie ist eindeutig gut gebaut... und ihre Haut ist bemerkenswert glatt für eine Frau, die die Blüte ihrer Jugend längst hinter sich hat... doch sie hat etwas Melancholisches an sich, für mich sieht sie so aus, als müßte man es ihr ganz dringend gründlich besorgen, ich kann mir nicht vorstellen, daß sie es seit dem Tod ihres Mannes gemacht hat, sie strahlt eine Aura aus, als hätte sie ein Keuschheitsgelübde abgelegt, wie eine Nonne... Ich frage mich, wie lange ich auf Sex verzichten könnte, sollte Carrie plötzlich sterben, nicht lange vermute ich, naja, ich *weiß,* daß es so wäre... Es ist ziemlich schockierend, aber wenn ich mir vorstelle, daß Carrie stirbt, sehe ich als erstes nicht mich selbst, verstört und voller Trauer, sondern ich denke daran, daß ich frei bin, andere Frauen zu vögeln, Marianne oder Helen Reed oder jede, die vielleicht sonst zur Verfügung steht, ohne Gewissensbisse oder Furcht vor Entdeckung … Natürlich, ich bin sicher, daß ich ernsthaft verstört und voller Trauer wäre, sollte das tatsächlich geschehen, und vielleicht würde ich eine Zeitlang alles Interesse an Sex verlieren, obwohl ich das bezweifle … wahrscheinlicher ist, daß es genau andersrum abläuft, ich suche Erleichterung in den Armen einer anderen Frau: *Bitte bleib heute nacht, ich möchte einfach nur, daß mich jemand in den Armen hält*, was für eine Zeile, unwiderstehlich … Und ich würde wenigstens einen Teil von Carries Geld erben, ich wäre reich und frei, sinnlos, so zu tun, als würde ich daran nicht auch denken, wenn ich mir ihren Tod vorstelle … Es ist ein gutes Beispiel für das, worüber wir heute nachmittag gesprochen haben, darüber, daß das Bewußtsein eine Privatangelegenheit ist, über die Heimlichkeit unserer Gedanken … es ist der Aktenschrank, zu dem nur wir selbst einen Schlüssel besitzen, und Gott sei Dank ist das so … Carrie wäre am Boden zerstört, wüßte sie, daß ich diese Gedanken jetzt denke, sie würde mir nie verzeihen … und doch hat sie, nach allem was ich weiß, ähnliche Phantasien darüber, daß ich plötzlich sterbe, schmerzlos … stellt sich vor, wie sie einen neuen Partner findet, sich wieder verliebt, vielleicht in jemanden, der jünger, zärtlicher und romantischer ist als ich … Stört mich diese Vorstellung? Nein, eigentlich nicht, denn ich glaube nicht wirklich daran, all das ist hypothetisch, ich kann nicht so in ihren Phantasien leben wie in meinen eigenen. *(Ende der Aufnahme)*

Erhielt gerade einen Anruf und erfuhr, daß sie den Grund für das Problem gefunden haben … eine Maus … keine Computermaus, eine richtige Maus, mit vier Beinen und Schnurrhaaren … sie hat ein Kabel durchgebissen und starb durch den Stromschlag – sie haben den Kadaver gefunden. Ich bin weg.

5

Donnerstag 27. Feb. Gestern um die Mittagszeit bin ich Ralph Messenger zufällig im Personalgebäude begegnet. Naja, um vollkommen ehrlich zu sein (und warum nicht, da das hier nur für meine Augen bestimmt ist), als ich von der Toilette kam, sah ich durch die Flachglasfenster, wie er die Eingangsstufen hinaufstieg, und ich lungerte vor einigen gräßlichen Bildern herum, die im Foyer ausgestellt sind, in der Hoffnung, daß er mich bemerken würde, sobald er hereinkäme – was er auch tat, und dann aßen wir zusammen zu Mittag. Er erwähnte, daß er letzten Sonntag morgen von seinem Büro aus gesehen hatte, wie ich im Regen über den Campus spazierte – eine Information, die mich verwirrte. Ich frage mich, wie ich wohl auf ihn gewirkt habe. Naß und schmutzig? Niedergeschlagen? Verrückt?

Nach dem Essen führte er mich durch sein Centre, das sich als unerwartet interessant erwies, besonders dieses sogenannte Wandgemälde von Karinthy – eine Art Zyklorama im zweiten Stock, das verschiedene Theorien und »Gedankenexperimente« zum Bewußtsein illustriert. Bewußtsein ist offensichtlich das, was Kognitionswissenschaftler erforschen – eigentlich *das* Thema schlechthin im Augenblick für alle möglichen Arten von Wissenschaftlern. Sie haben beschlossen, daß das Bewußtsein ein »Problem« ist, das »gelöst« werden muß.

Das war mir neu und nicht besonders willkommen. Vermutlich habe ich immer gedacht, daß das Bewußtsein in den Zuständigkeitsbereich der Kunst fällt, besonders der Literatur und ganz besonders des Romans. Das Bewußtsein ist schließlich das, worum es in den meisten Romanen geht, in meinen jedenfalls ganz sicher. Das Bewußtsein ist mein tägliches Brot. Vielleicht kam mir genau aus diesem Grund nie etwas am Bewußtsein als einem eigenen Phänomen problematisch vor. Das Bewußtsein ist nichts weiter als das Medium, in dem man lebt und ein Gefühl der eigenen Identität besitzt. Das Problem besteht darin, wie man es *darstellt*, besonders bei Figuren, die man selbst nicht ist. In diesem Sinne kann man Romane Gedankenexperimente nennen. Man erfindet Menschen, versetzt sie in hypothetische Situationen und entscheidet, wie sie reagieren werden. Einen »Beweis« erbringt das Experiment dann, wenn ihr Verhalten interessant und plausibel erscheint und etwas über die menschliche Natur verrät. Für wen so erscheint? Für »den Leser« – und der ist nicht Mr. Schlaumeier, der Kritiker, oder Miss Speichelleckerin, die Publicity-Managerin, oder deine voreingenommene Mutter oder dein eifersüchtiger Rivale, sondern irgendeine Art idealer Leser, gewitzt, intelligent, anspruchsvoll, aber fair, dessen Persona man anzunehmen versucht, wenn man die eigene Arbeit während des Schreibens liest und wiederliest. Irgendwie gefällt mir die Vorstellung nicht, daß die Wissenschaft ihre Nase in diese Angelegenheiten steckt, in meine Angelegenheiten. Hat die Wissenschaft nicht schon genug von der Wirklichkeit mit Beschlag belegt? Muß sie auch noch auf das ungreifbare unsichtbare unabdingbare Selbst Anspruch erheben?

Ich habe mir das Tippen mit zwei Fingern selbst beigebracht und neige zu Fehlern (weswegen ich Gott – und der Wissenschaft – für die Erfindung von Textverarbeitungssystemen danke). Aber einige Wörter scheine ich *immer* falsch zu tippen. Eines davon ist »science«, das unweigerlich auf meinem Computerbildschirm als »scince« erscheint, zusammen mit einer vorwurfsvollen roten Schlangenlinie, die das automatische Rechtschreibprogramm darunter gezogen hat. Ich korrigiere es entsprechend, doch das Wort »scince« (*skins* ausgesprochen) hat etwas onomatopoetisch Angemessenes an sich, das ich nur ungern verliere: Es drückt die kalte, mitleidlose, reduktionistische Art aus, in der die Wissenschaften die Welt erklären. Ich spüre diese harte, kalte, fast rücksichtslose Qualität auch bei Ralph Messenger. Seine Reaktion auf Martins Tod, als wir während des Essens auf dieses Thema kamen, war, als schütte einem jemand eine Schale Eiswasser ins Gesicht. Es hat mich schockiert und wütend gemacht, und fast wäre ich aufgestanden und gegangen und hätte ihn allein am Tisch sitzenlassen. Aber ich bin froh, daß ich es nicht getan habe. Ich hätte zum Beispiel vielleicht nie Karinthys Wandgemälde gesehen. Das hat mich auf alle möglichen Gedanken gebracht.

Am Ende des heutigen Workshops habe ich Kopien des Artikels aus der *Encyclopaedia Britannica* über Fledermäuse an die Studenten verteilt und sie gebeten, bis zum Seminar nächsten Dienstag ein kurzes Prosastück über *Wie ist es, eine Fledermaus zu sein?* im Stil eines bekannten modernen Romanautors zu verfassen.

Wenn ich durchlese, was ich oben geschrieben habe, kommt es mir so vor, als gäbe es nur eine Art Literatur, gegen die Ralph Messenger keine Einwände vorbringen könnte, und das wäre die Art Literatur, die erst gar nicht versucht, das Bewußtsein darzustellen. Jene Art, die an der Oberfläche bleibt, die nur das Verhalten und die äußere Erscheinung beschreibt, die berichtet, was die Leute zueinander sagen, doch dem Leser nie verrät, was die Figuren denken, nie innere Monologe oder erlebte Rede verwendet, um uns an ihren privaten Gedanken teilhaben zu lassen. Wie Ivy Compton Burnett, der verstorbene Henry Green oder einige der *nouveaux romanciers*... Aber letztlich ist diese Art Literatur unbefriedigend – man kann sie eigentlich nur als erfrischende Abwechslung von der Norm genießen. Sollten Romanautoren den Versuch, das Bewußtsein darzustellen, ganz aufgeben, würden die Leser bald unter Entzugserscheinungen leiden.

Ich glaube, ich habe auf Ralph Messenger ziemlichen Eindruck gemacht mit meinem perfekten Zitat aus *Die Flügel der Taube*. Ich habe ihm nicht gesagt, daß ich diesen Abschnitt einen Tag zuvor in meinem Seminar verwendet habe, weshalb er mir frisch im Gedächtnis war.

Freitag, 28. Feb. Heute habe ich mit der Hauspost den Sonderdruck eines Artikels aus einer wissenschaftlichen Zeitschrift namens ›Cognitive Science Review‹ erhalten, zusammen mit einem Zettel von Ralph Messenger, auf den er »Das könnte Sie vielleicht interessieren – RM« gekritzelt hatte.

Der Titel lautet *Die kognitive Architektur emotionaler Zustände unter besonderer Berücksichtigung der Trauer*, geschrieben (wenn »geschrieben« das richtige Wort ist und nicht eher »zusammengestoppelt«) von drei männlichen Akademikern der Universität Suffolk. Er beginnt mit einer Definition der Trauer: »Ein ausgedehnter Zustand kognitiver Reorganisation, charakterisiert durch das Auftreten negativ valenzierter perturbanter Zustände, verursacht durch die Reaktion einer Bindungsstruktur auf einen Todesfall.« Jetzt wissen wir's also. Das war es, was ich in den Monaten nach Martins Tod durchgemacht habe: nichts weiter als eine Phase kognitiver Reorganisation. Die Einsamkeit, die einen zur Verzweiflung treibt, das hilflose Weinen, die versteckten Sprengladungen der Erinnerung, die bei jeder Gelegenheit hochgehen (wir haben dieses Fernsehprogramm zusammen angesehen, wir haben diese Leselampe zusammen gekauft, wir haben – Gott helfe mir – *diese* Sorte von Sainsbury's tiefgekühltem Curryhuhn zusammen gegessen, nur wenige Stunden, bevor das Aneurysma zuschlug. Sogar die Zeitung, die am Morgen durch den Briefschlitz fällt, erinnerte mich daran, wie wir sie während des Frühstücks geteilt hatten, also habe ich zu einer anderen gewechselt, die mir nicht halb so gut gefällt.).

In der Mitte des Artikels befand sich ein Diagramm, das vorgab, die Architektur des Geistes darzustellen, lauter Kästchen und Kreise und Ellipsen, die sich (in einem Chaos wirbelnder Pfeile und gepunkteter Linien) als Reaktion einer Bindungsstruktur auf einen Todesfall in hektische Aktivitäten stürzten. Ich nehme an, »Bindungsstruktur« ist der kognitionswissenschaftliche Begriff für Liebe.

Samstag, 1. März. Heute bin ich zu einer kleinen Einkaufstherapie nach Cheltenham gefahren, obwohl die Tatsache, für ein paar Stunden vom Campus wegzukommen, weiß Gott Therapie genug ist.

Bisher bin ich nur einmal vor ein paar Jahren in Cheltenham gewesen, zu einer Lesung während des Literaturfestivals, und das war kaum lange genug, um viel von der Atmosphäre des Ortes mitzubekommen. Eine Zeitlang verfuhr ich mich heute morgen hoffnungslos in den Einbahnstraßen, bis ich den klassizistischen Klotz des Rathauses sah, in dem die Festivals stattfinden (ein schmuddeliges, bräunliches Steingebäude mit einem pompösen, übergroßen Säulenvorbau, der neben den Regency-Reihenhäusern aus weißem Stuck plump aussieht), und dann wußte ich, wo ich war. Ich ließ den Wagen auf dem ersten Parkplatz stehen, den ich fand, und ging Richtung Stadtzentrum.

Es war ein kalter, aber trockener und sonniger Tag, und ich verbrachte eine angenehme Stunde damit, die Promenade entlangzugehen, in Waterstone's Buchhandlung herumzustöbern, eine Bluse in einem Laura-Ashley-Laden und eine Hose bei County Casuals zu kaufen; danach aß ich ein leichtes Mittagessen in einem Café, in dem die Kellnerinnen altmodische Uniformen mit kleinen weißen Schürzen trugen. Ich sah kurz in eine lange, zweistöckige Mall, die diskret versteckt in einer Parallelstraße lag, trat aber angesichts der stickigen Luft und der klimpernden Berieselungsmusik schnell den Rückzug an. Ich folgte einem Schild zur Kunstgalerie und zum Museum, das sich auf die Geschichte von Kunst und Design im Haushalt spezialisiert hat, und das ist wirklich passend, denn überall in Cheltenham sieht man, wie alte Häuser und Reihenhäuser innen und außen in einer Art kollektivem Schöner-Wohnen-Kult restauriert und renoviert werden. Das Museum besitzt einige interessante Sachen von William Morris und dem Arts and Crafts Movement, und im Shop dort kaufte ich ein paar Jugendstil-Plakate für mein Wohnzimmer.

Ich ging die Promenade entlang zurück, vorbei an der prächtigen Regency-Fassade der Kommunalverwaltung, dem im italienischen Stil erbauten Neptun-Springbrunnen, der in der Sonne schäumte und glitzerte, den Imperial Gardens, dem Queen's Hotel, das gelassen, weiß und majestätisch wirkt wie ein Vorkriegs-Ozeandampfer an seiner Anlegestelle, bis in die Montpellier Street, die mir Caroline Messenger empfohlen hatte und die sich als wirklich bezaubernd erwies mit ihren Boutiquen, Spezialgeschäften und Galerien, die in einer gut erhaltenen georgianischen Straße passend untergebracht sind. Am Ende liegt eine Rotunde, die dem Pantheon in Rom nachgebildet ist und überaus elegant in eine Lloyd's-Bank umgewandelt wurde.

Ich dachte im stillen, wie angenehm ist das doch alles, welch schöne Zeit verbringe ich hier, und doch fehlt etwas – jemand, mit dem ich alles teilen oder dem ich davon erzählen kann. Und als ich diesen Gedanken hatte, während ich geistesabwesend in das Fenster eines Ladens mit Gesundheitsnahrung blickte und in mir das kalte, ungute Gefühl einer beginnenden Depression spürte – wer, wenn nicht Carrie, tauchte da angekündigt durch das Klingeln einer antiken Türglocke aus dem Laden auf wie die Antwort auf ein Gebet? Sie trug einen hellroten Mantel, das blonde Haar lang und offen unter einer Mohair-Strickmütze, ihre Wangen glühten rosig, und ihre sichelförmigen Lippen öffneten sich und zeigten ihre perfekten Zähne, als sie mich breit lächelnd wiedererkannte. Sie lud mich auf eine Tasse Tee zu sich nach Hause ein, und nach einem nur sehr kurzen, höflichen Zögern nahm ich an.

Carrie hatte ihren Wagen in einer Wohnstraße in der Nähe geparkt, in Lansdowne Crescent, einem prachtvollen weitgeschwungenen Bogen städtischer Reihenhäuser. »Eines davon gehört Nicholas Beck«, sagte Carrie. »Er ist dabei, es exquisit herzurichten. Natürlich sehr elegant, aber für ein modernes Familienleben nicht allzu bequem. Viele Treppen, keine Garagen und Gärten, die nicht der Rede wert sind.« Ich sagte, daß das in Badeorten die Regel ist, wo nur Häuser zum Mieten gebaut werden. »Da haben Sie absolut recht«, sagte sie, als sie losfuhr. »Unser Hof ist ziemlich klein, verglichen mit dem Haus, aber er erfüllt seinen Zweck. Und wir haben ein Cottage auf dem Land, das wir an den Wochenenden benutzen, etwa eine halbe Stunde entfernt, in der Nähe von Stow. Sie müssen uns besuchen kommen.«

Die Messengers leben in einem Stadtteil, der Pittville heißt, benannt nach dem Stadtplaner Joseph Pitt, der ihn in den 1820er Jahren entworfen hat. »Klingt für amerikanische Ohren wie irgendeine Bergarbeiterstadt namens Pitsville«, sagte Carrie. »Sie können sich vorstellen, wie meine Freunde daheim lachen, wenn ich ihnen sage, wo wir leben.« Aber ich kann mir vorstellen, daß Carrie zuletzt lacht, wenn sie sie besuchen. Pittville ist eine reizende Gartenstadt, deren Wohnsiedlungen aus edlen Häusern und eleganten Reihenhäusern bestehen, die mitten in einem landschaftsgärtnerisch gestalteten Park liegen und von einer gewaltigen klassizistischen Mineralquelle gekrönt werden. Anders als bei der Lloyd's-Bank kann man im dortigen Brunnenhaus offensichtlich noch immer Wasser schöpfen. Das Haus der Messengers ist eine prunkvolle U-förmige Villa im Stil des Greek Revival mit einem Paar massiver korinthischer Säulen, die sich zwei Stockwerke hoch erheben. Mit seinem leuchtend weißen Stuck ähnelt es einem altmodischen Hochzeitskuchen, doch es wirkt weder absurd noch vulgär, weil seine Proportionen so perfekt sind. Im Salon goß Carrie Earl-Grey-Tee aus einer Queen-Anne-Teekanne in Tassen aus Spode-Porzellan und bot mir getoastete Rosinenbrötchen und selbstgemachte Erdbeerkonfitüre an. Sie gehört zu jenen beeindruckenden Amerikanerinnen, die besser als wir selbst zu wissen scheinen, wie man die typische englische Lebensart pflegen sollte – und sie besitzt die Mittel, ihre anspruchsvollen Vorstellungen in die Tat umzusetzen. Das Haus ist im passenden Stil wunderschön eingerichtet, bis hin zu den Repliken der Messing-Wasserhähne in der Toilette im Erdgeschoß und dem frühviktorianischen Schaukelpferd im Wohnzimmer. Carrie sagte, Nicholas Beck habe ihr geholfen, einige der erlesensten Möbel zu erwerben, denn Auktionen und Antiquitätengeschäfte auf dem Land zu besuchen sei seine Lieblingsbeschäftigung. Die zahllosen Gemälde an den Wänden, vor allem amerikanische Primitive und weniger bedeutende französische Impressionisten, hat Carrie allerdings selbst gesammelt. Sie hat einen Abschluß in Kunstgeschichte, sagte sie mir; sie hat ihre Dissertation über Berthe Morisot geschrieben, »bevor sie wiederentdeckt wurde«. Ein kleines Ölgemälde von Morisot, ein junges Mädchen, das liest, ist ihr größter Schatz – es muß wirklich ein kleines Vermögen wert sein.

Das jüngste der vier Kinder, Hope, lag ausgestreckt in einem Knautschsessel im Wohnzimmer, als wir hineinschauten, und sah sich in einem tragbaren Fernseher ein Walt-Disney-Video an: eine hübsche, sommersprossige, wuschelköpfige Achtjährige in bunt gemusterten Leggins, die grinste, »Hi« sagte und dabei ihre Zahnspange sehen ließ, als ich ihr vorgestellt wurde. Das älteste Kind, Emily, eine große, auf kalifornische Art stattliche Blondine, die ihrer Mutter ähnelt, kam mit einem neuen Paar Schuhe an, das sie gerade gekauft hatte, während wir Tee tranken. Ich hatte meine Zweifel, ob bei ihrer Größe hohe Absätze und Plateausohlen wirklich eine so gute Idee waren, behielt meine Meinung jedoch für mich. Carrie verzog keine Miene, als sich herausstellte, daß die Schuhe neunundachtzig Pfund gekostet hatten. Weil sie meine Einkaufstüten bemerkt hatten, überredeten mich Mutter und Tochter, ihnen meine bescheidenen Erwerbungen zu zeigen, und wir führten eines dieser angenehm trivialen Frauengespräche über Kleider und Mode, die ich nicht mehr gehabt habe, seit Lucy von zu Hause fort ist. Als Emily kurz das Zimmer verließ, sagte mir Carrie, daß die Tochter von ihrem ersten Mann sei, von dem sie geschieden ist. Emily hat sich ein hörbares amerikanisches Näseln bewahrt, während die anderen Kinder mit englischem Akzent sprechen.

Als draußen die Dämmerung zur Nacht wurde, zog Carrie die schweren Veloursvorhänge zu und drückte einen Knopf an der Seite des Kamins, um ein gasbetriebenes Pseudo-Kohlenfeuer anzuzünden – eine Konzession an den modernen Lebensstil, die sie abzumildern versuchte, indem sie erwähnte, daß sie in Horseshoes ein richtiges Kaminfeuer hätten; »Horseshoes« ist offensichtlich der Name ihres Cottages auf dem Land. Dann kam Ralph mit seinen beiden Söhnen Mark (fünfzehn) und Simon (zwölf), die mir jedoch als »Polo« und »Sock« vorgestellt wurden. Alle Kinder haben Spitznamen, deren Herkunft mir zu gegebener Zeit erklärt wurde. »Polo« wurde zusammengezogen aus »Marco Polo«, und »Sock« kommt von »Sokrates«, womit Simon bedacht wurde, weil er unermüdlich Fragen stellt. Hope wird wegen ihrer zierlichen Figur von allen »Kätzchen« genannt und Emily »Flipper«, weil sie als Kind für Delphine schwärmte, auch wenn sie das längst nicht mehr tut. Überflüssig zu sagen, daß Ralph all diese Spitznamen verteilt hat, genauso wie bei den Computern im Holt-Belling-Gebäude. Das scheint seine Art zu sein, allem, was in seine Domäne fällt, seine Persönlichkeit aufzudrücken. Auch Carrie nennt er gelegentlich »Blondie«. Vielleicht ist die Tatsache, daß sie und die Kinder ihn »Messenger« nennen, eine Art milde Revanche dafür.

Simon und Mark gingen auf der Suche nach etwas Eßbarem sofort in die Küche, wobei sie sich die langen, gestreiften Schals vom Hals wickelten. Sie hatten sich in Bath ein Rugby-Spiel angesehen. »Bindungen unter Männern«, sagte Ralph grinsend zu mir. »Carrie nimmt das sehr ernst.«

Er war ausnehmend gut gelaunt und schien erfreut, mich bei sich zu Hause anzutreffen. »*Dir* gefällt es, hinzugehen«, sagte Carrie und schlug ihm leicht auf die Schulter. »Naja, als ich jung war, hab ich selbst gespielt«, gab er zu, und ich konnte ihn mir vorstellen, wie er sich, den Kopf gesenkt wie ein Stier, die breiten Schultern im Gewimmel gegen die der anderen gedrückt, im Schlamm nach vorne stieß und schob. Er ist ein sehr körperbetonter Mensch – er küßte Carrie, als er hereinkam, nahm Emily kurz in den Arm und ließ Hope auf seinen Knien sitzen –, und sie genossen unbefangen seine Berührungen. Ich konnte nicht anders, ich mußte später einfach die zurückhaltende Körpersprache in unserer eigenen Familie damit vergleichen. Martin und ich haben unsere Kinder nur selten in den Arm genommen, nachdem sie keine Babys mehr waren; es schien ihnen peinlich zu sein – oder waren wir es, die gehemmt waren? Wenn ich jetzt so dran denke – wir haben uns auch gegenseitig nur selten umarmt, es sei denn, wir schliefen miteinander. Plötzlich erfüllten mich Trauer und Reue bei dem Gedanken an all die verpaßten Gelegenheiten, einander zu berühren, die jetzt für immer dahin sind. Ich beneidete die Familie der Messengers um ihre selbstverständliche körperliche Intimität, das Berühren, Drücken, Tätscheln und Aneinander-Lehnen ... Dann fiel mir ein, daß ich gesehen hatte, wie Ralph Marianne Richmond geküßt hat, und ich dachte daran, daß alles seinen Preis hat. Wenigstens brauchte ich mir um Martins Treue nie Sorgen zu machen.

Ralph bot Drinks an, und ich akzeptierte einen kleinen Sherry, sagte jedoch, daß ich gleich würde aufbrechen müssen. Ich hatte keine Lust, dieses gemütliche Zimmer zu verlassen, wollte aber nicht zu lange bleiben.

»Wir sind heute abend zum Essen eingeladen, sonst

hätte ich Sie eingeladen, Ihr Glück einfach mit uns zu versuchen«, sagte Carrie, als könne sie meine Gedanken lesen, und ich glaubte ihr.

»Wir sind *wirklich* zum Essen eingeladen, Blondie?« sagte Ralph und runzelte die Stirn.

»Das solltest du eigentlich wissen, Messenger«, sagte Carrie, »beim Vizekanzler.«

»Ich hab's vergessen«, stöhnte er.

»Kommen Sie morgen mittag zum Essen nach Horseshoes«, sagte Carrie zu mir. »Oder nächsten Sonntag.«

Ich hätte die Einladung für morgen liebend gerne angenommen, doch irgendein dummes, vornehmes Prinzip, zurückhaltend zu sein, ließ mich dieses Vergnügen um eine weitere Woche aufschieben. Sie sind wirklich ein außerordentlich nettes und gastfreundliches Paar. Vielleicht ist es leicht, zu anderen nett zu sein, wenn man so reich ist und ein so erfülltes Leben hat. Oder vielleicht – ein sogar noch zynischerer Gedanke – ist das ein Weg, den Neid der anderen in Dankbarkeit zu verwandeln.

Als ich aufstand und gehen wollte, fragte mich Ralph, wo ich den Wagen geparkt hätte, und bestand darauf, mich hinzufahren, wobei ihn Carrie lebhaft unterstützte. Ich gab dankbar nach. Im Auto (einem großen Mercedes-Kombi) dankte ich ihm dafür, daß er mir den Sonderdruck geschickt hatte. Er fragte mich, was ich davon hielt. Ich sagte, ich hätte ihn einigermaßen befremdlich gefunden, der Jargon und die Diagramme schienen von einer wirklichen Erfahrung von Trauer so weit entfernt.

»Es ist nur ein Modell«, sagte er.

»Aber wenn man einen Roboter herstellen will, der wirklich Trauer empfindet ...«

»Oh, das sollte nur ein Beispiel sein, damit man die Sache leichter diskutieren kann.«

»Sie meinen, es ist in Wirklichkeit gar nicht möglich?« sagte ich.

»Es ist möglich«, sagte er. »Aber ein solches Projekt würde immense Kosten und Zeit verschlingen, und welchen Sinn hätte es? Ein Roboter, dessen kognitive Funktionen durch Zufallsereignisse drastisch eingeschränkt werden können – genauso wie bei einem Menschen?«

Was der ganze Artikel dann sollte, wollte ich wissen.

»Der Geist ist eine virtuelle Maschine. Manchmal kann man eine Menge lernen, wenn man eine Maschine beobachtet, deren Funktion gestört ist, sogar in der Theorie.«

»Dann ist Trauer also nichts als das?« sagte ich. »Eine Funktionsstörung?« Nachdem er und Carrie mir gegenüber so freundlich gewesen waren, wollte ich mich nicht auf einen Streit einlassen, aber ich konnte nicht verhindern, daß meine Stimme einen ironischen Ton annahm, und er warf mir einen kurzen, taxierenden Blick zu.

»Naja«, sagte er, »es ist schwer einzusehen, wozu sie gut sein soll, unter evolutionären Gesichtspunkten. Ich meine, verglichen mit, sagen wir, Eifersucht – die einen ebenso heftig beeinträchtigt, die ebenso unangenehm ist, die aber offensichtlich eine Funktion hat. Sicherzustellen, daß kein anderes Männchen die eigene Partnerin schwängert.«

»Und wie steht's mit weiblicher Eifersucht?«

»Ziemlich ähnlich: Sie stellt sicher, daß das Männchen ausschließlich daran interessiert ist, nur die Nachkommen dieses einen Weibchens zu ernähren und zu beschützen. Vermutlich könnte man sagen«, redete er weiter, als ob er laut nachdächte, »daß das Verlangen, den mit der Trauer verbundenen Schmerz zu vermeiden, ein Anreiz ist, sich um den Partner und die eigenen Jungen zu kümmern. Aber es gibt bereits genügend andere starke Anreize, das zu tun. Und überhaupt – zu wissen, daß man alles nur mögliche getan hat, um zu verhindern, daß man jemanden verliert, scheint den Schmerz nicht abzumildern, wenn dieser Fall dann doch eintritt.«

»Und manchmal gibt es nichts, das man hätte tun können, ihn zu vermeiden«, sagte ich voller Gefühl, doch er schien meine Anspielung auf Martin nicht zu registrieren.

»Stimmt«, sagte er. »All diese Beerdigungen, die man im Fernsehen sieht, nach terroristischen Anschlägen, Erdbeben und so weiter. Die Leute sind außer sich vor Trauer. Weinen, klagen, werfen sich hin und her. Es ist alles so *exzessiv*, es steht in keinem Verhältnis zu einer möglichen evolutionären Belohnung. Wie Darwin sagte: ›Weinen ist ein Rätsel.‹«

Die Wendung *Weinen ist ein Rätsel* machte mich betroffen. Ralph sagte, sie stünde irgendwo in Darwins Notizbüchern. Er versprach, den Abschnitt für mich herauszusuchen.

Als wir den Parkplatz erreichten, stieg er höflich aus dem Wagen aus und bot mir an, mich zu meinem zu begleiten, aber ich sagte, das sei nicht notwendig, und dieses Mal setzte ich mich durch. Wir gaben einander die Hand, und ich hatte das flüchtige Gefühl, daß er mich auf die Wange küssen würde, aber das tat er nicht.

6

Eins, zwei, drei, Test, Test ... Aber man braucht bei diesem Gerät gar keinen Test zu machen, man kann sehen, wie die Worte direkt vor den eigenen Augen auf dem Bildschirm erscheinen, aber ich nehme gleichzeitig alles auf Band auf, so daß ich den Text später durchsehen und Pünktchen für die Pausen einsetzen kann ... Ich hatte keine Ahnung, daß diese Spracherkennungs-Software so gut ist ... Man sollte meinen, ein Zentrum für Kognitionswissenschaft hätte die neuesten Informationen über derlei Dinge, doch als ich herumfragte, erfuhr ich zu meinem Erstaunen, daß keiner der Dozenten ein solches Programm besitzt oder Erfahrung damit hat, wie man es benutzt ... Sie schienen es für eine Art Spielzeug zu halten, etwas, das man vielleicht bei Dixon's den Kindern zu Weihnachten kauft, aber nichts, das von ernsthaftem Interesse wäre, da sieht man mal wieder, wie konservativ und borniert Akademiker sind ... Wie auch immer, der Voicemaster kam am Freitag, und ich habe ein paar Stunden damit verbracht, ihn zu trainieren. Ich mußte ein paar Abschnitte vorlesen, einen aus Lewis Carroll und einen aus der ›Times‹, damit er meinen Akzent lernen konnte. Am Anfang produziert er jede Menge Kauderwelsch, doch man korrigiert das am Monitor, und schrittweise lernt er, wie man die Vokale ausspricht, die die wichtigste Variable bilden, und am Ende des Tages machte er nicht mehr als etwa einen Fehler alle zwei Zeilen, was nicht schlecht ist, es ist sogar viel genauer, als wenn ich alles eintippen würde ... Die Software funktioniert so, daß sie die Phoneme, die sie als Input bekommt, mit einer Datenbank häufig auftretender Kollokationen vergleicht ... weswegen ein frei assoziierender Monolog so ziemlich die schwierigste Aufgabe darstellt, die man sich denken kann, da sich der Kontext ständig ändert ... Auch ist das Programm ein wenig prüde ... es weigerte sich zuerst, das Wort »Fick« zu transkribieren ... bot alle möglichen Alternativen an, »Blick«, »Strick«, »Schlick« und so weiter ... aber ich habe ihm diese derbe Ausdrucksweise doch noch beigebracht. Da wären wir also ... Heute ist Sonntag, der zweite März, Viertel vor neun, ja, Viertel vor neun ... denn Carrie wurde ein bißchen pampig, als ich ihr gestern nacht auf dem Weg nach Hause vom VK sagte, daß ich ... Mein Gott, was war das für ein langweiliger Abend ... die Richmonds waren da, aber keine Gelegenheit zu einer kleinen Knutscherei mit Marianne ... einmal warf sie mir einen einladenden Blick zu, als sie hinaus aufs Klo ging, doch ich kümmerte mich nicht darum, was hat sie bloß von mir erwartet, daß ich ihr nach draußen folge und an die Klotür klopfe, damit sie mich hereinläßt ...? Sie wird unvorsichtig, Carrie hätte diesen Blick leicht auffangen können, glücklicherweise plauderte sie in dem Augenblick mit Lady Viv ... Ich sprach mit Stan ... Sir Stan und Lady Viv, welche Namen für einen Vizekanzler und seine Gemahlin, klingt wie ein Duo, das im Varieté auftritt ... Aber er hat mir gesagt, daß Donaldson die Ehrendoktorwürde angenommen hat, und das ist eine gute Nachricht, war offensichtlich hoch zufrieden, das sollte uns bei der Finanzierung helfen ... Wie auch immer ... Ich bin zu dieser unchristlichen Stunde hier, weil Carrie ein bißchen pampig wurde, als ich sagte, daß ich heute morgen noch einmal hierherkommen wollte, um mit dem Experiment fortzufahren. »Um Himmels willen, verbringst du dort nicht schon genug Zeit?« Gutes Argument, das mußte ich zugeben, doch es reizte mich, diese Software bei einem neuen Versuch mit dem Bewußtseinsstrom auszuprobieren, und so versprach ich, als erstes hierherzukommen und pünktlich um zehn wieder zu Hause zu sein, um nach Horseshoes zu fahren, die Kinder stehen am Sonntag sowieso nie früher auf … Natürlich könnte ich die Software auf meinen Computer zu Hause laden und sie dort benutzen, aber ich hätte Hemmungen, hätte Angst, daß jemand mich belauscht angesichts der Dinge, die mir anscheinend in den Kopf kommen, wenn ich müßig meinen Gedanken nachhänge … selbst wenn sich derjenige dann die Treppe hinaufschleichen und sein Ohr an die Tür drücken müßte … Tatsache ist, daß man sich sehr verletzlich fühlt, bloßgestellt, wenn man seine privaten Gedanken laut ausspricht, man muß einigermaßen darauf vertrauen können, daß einen niemand belauschen kann … Also bin ich wieder hier an meinem Tisch in meinem Büro im Centre, einen Becher Cappuccino mit Zimt ohne Zucker neben mir, doch dieses Mal trage ich einen Kopfhörer mit einem Mikrofon den Instruktionen entsprechend halb vor, halb neben meinem Mund und bin bereit, anzufangen … Ich werde während der Eingabe nur die größeren Fehler korrigieren, der Text kann später in Ordnung gebracht werden … Erst vorhin im Wagen dachte ich, es könnte vielleicht interessant sein, nicht noch einmal willkürlich in den Bewußtseinsstrom einzutauchen, sondern eine spezifische Erinnerungsübung durchzuführen. Natürlich ist in gewissem Sinne alles Bewußtsein Erinnerung, wir können uns der Zukunft nicht bewußt sein, auch wenn wir versuchen können, sie vorherzusagen, und strenggenommen sind wir uns nicht einmal der Gegenwart bewußt, denn geistige Zustände hinken dem Zustand des Gehirns ständig hinterher wie dieser Kerl, dieser Neurowissenschaftler, wie hieß er noch gleich, Libet, er hat gezeigt, daß der Moment, in dem man sich der Entscheidung bewußt wird, eine Handlung auszuführen, ständig der damit verbundenen Gehirnaktivität um etwa eine halbe Sekunde hinterherhinkt, also ist in gewissem Sinne jeder Augenblick unseres Lebens bereits Vergangenheit, wenn wir ihn erleben, man könnte sagen, das Bewußtsein ist eine kontinuierlich nachgereichte Wiederholung ... Aber ich spreche hier vom Langzeitgedächtnis. Ich werde versuchen, mich an eine lange zurückliegende Erfahrung zu erinnern und so herausfinden oder versuchen, mit Hilfe des Transkripts herauszufinden, wie der Geist die Vergangenheit wiedergewinnt ... wiederherstellt ... rekonstruiert, sowie das Maß, in dem Erinnerungen aus dem Kurzzeitgedächtnis, die durch Assoziationen ausgelöst werden, diesen Prozeß beeinträchtigen oder mit ihm interagieren ... Also, was nehmen wir? Welche Langzeiterinnerung soll ich versuchen zu aktivieren?

Mein erster Fick, wie wär's damit, ja, kein Problem, ihr Schlüpfer ... Das erste, woran ich denke, ist, wie sie ihren Schlüpfer von den Hüften streift ... und mich durch die Haare, die ihr nach vorn ins Gesicht fallen, vielsagend anblickt, ich war wie gelähmt, nie zuvor hatte ich eine Frau gesehen, die sich auszog ... außer natürlich in Filmen ... obwohl, damals konnte man auf der Leinwand nie eine Frau sehen, die tatsächlich ihren Schlüpfer auszog, was das angeht, bin ich nicht sicher, daß ich jemals ... ich meine, man konnte vielleicht sehen, wie sie durch die Luft segelten, oder man sah sie in einer Großaufnahme auf dem Boden liegen, aber nicht die Frau, die tatsächlich ... vielleicht wirkt diese Handlung einfach zu unbeholfen oder zu schlicht, es ist schwierig, es so zu machen, daß es elegant oder erotisch aussieht, sich zu bücken und nach vorn zu beugen und erst auf dem einen und dann auf dem anderen Bein zu stehen … Stripperinnen zum Beispiel haben immer irgendeinen Druckknopf oder Klettverschluß, so daß sie mit einer einzigen Bewegung die Kleider von sich werfen können … hmm, dieses Mädchen in der Bar in Soho, wie war das noch, sie zog den G-String vor ihrem BH aus … sie dachte an nichts, oder vielmehr, sie dachte an etwas anderes als ans Strippen, hing Tagträumen nach, es war mitten am Nachmittag, eine tote Zeit, nur ein paar Typen in der Bar, weiß Gott, was ich da zu suchen hatte, vielleicht zwischen zwei Konferenzen, vielleicht ein bißchen angeheitert und nach einem Geschäftsessen, ich kann mich nicht mehr erinnern, aber da war ich also zusammen mit einer Handvoll einsamer Wichser, im violetten Halbdunkel hingen wir in unseren Stühlen und sahen diesem Mädchen im Kegel des Spotlights zu, die ihre Routine abspulte wie eine Schlafwandlerin, verschiedene Teile ihres Kostüms von sich warf, während sie mit den Füßen schlurfte und zur Discomusik vom Band mit den Hüften wackelte, bis sie zu BH und G-String gekommen war … und dann zog sie geistesabwesend ihren G-String vor dem BH aus, hah … und wir Männer im Publikum setzten uns auf, als ob wir einen leichten elektrischen Schlag erhalten hätten … ihr Gesicht zeigte plötzlich eine schreckliche Verlegenheit, sie stockte in ihrem Tanz, kam aus dem Takt, als ihr klar wurde, was sie getan hatte, und sie errötete, sie errötete tatsächlich und murmelte »'tschuldigung«, das erste Mal, daß sie auf dieser und ich wette auf jeder anderen Bühne ein Wort gesprochen hatte, Stripperinnen sprechen nie, und dann zog sie den G-String wieder an und machte weiter mit ihrer roboterhaften Routine. Roboterhaft, genau, wenn man die Hardware in überzeugendes synthetisches Fleisch einbauen könnte, wäre es relativ einfach, eine Roboter-Stripperin herzustellen, ich meine, das Programm wäre so simpel… Doch für einen Augenblick, nur für einen Augenblick wirkte sie wie ein richtiger Mensch, unvorhersagbar, fehlbar, verletzlich… jemand lachte im Dunkeln, ein kurzes, bellendes Lachen, das im verstreuten Publikum zu vereinzeltem Gelächter führte, und die Stimmung düsterer onanistischer Erotik war gebrochen… Denn das Striptease-Protokoll ist streng, beim Entblößen der Körperteile muß eine gewisse Ordnung gewahrt werden… jede Abweichung durchbricht den Rahmen des Ereignisses und läßt es *natürlich* erscheinen… wie wenn man sich zu Hause auszieht, um ins Bett zu gehen… jeder macht das auf seine eigene Art, hat seine eigene Reihenfolge, und manchmal ändert man die, wenn's einem paßt… Carrie zum Beispiel zieht manchmal ihre Schlüpfer, Höschen nennt sie sie, vor dem BH aus und geht im Schlafzimmer umher, als ob sie das Bidet benutzen will, wenigstens hat sie das früher getan, heute läuft sie nicht mehr so oft nackt herum, wird langsam unsicher wegen ihrer Figur… Martha zog ihren Schlüpfer zum Schluß aus, aber das war schließlich eine Art Striptease, sie sah mich die ganze Zeit an, genoß ihre Macht über mich… Ich saß auf dem Bettrand mit einer Erektion, die die Vorderseite meiner V-fömigen Unterhose in den Gipfel des Everest verwandelte, die Augen weit aufgerissen, mein Mund trocken, aber unfähig zu schlucken… meine Ohren gespitzt wegen möglicher Geräusche von draußen, obwohl ich gesehen hatte, wie Tom Beard am Morgen davongefahren war mit seinem alten Pick-up, Sol auf dem Beifahrersitz, und einen Anhänger voller Mutterschafe, die ihre besten Jahre hinter sich hatten, die er auf dem Markt loswerden wollte, wie nannten die das… »verscherbeln, weil sie zu alt sind«, ja, selbst wenn ich wußte, daß er bis spät in die Nacht fort wäre, hatte ich trotzdem Angst, daß irgend etwas passieren könnte, eine Panne zum Beispiel oder ein Unfall, und er könnte unerwartet zurückkommen ... »Mach dir keine Sorgen, Liebling«, sagte sie, als sie mich an der Hand aus der Küche zur Treppe führte, »man kann einen Wagen schon hören, wenn er noch meilenweit entfernt ist, und das alte Tor quietscht wie die Hölle ...«, sie führte mich die Treppe hinauf in ihr Schlafzimmer und zog die Vorhänge zu, aber die machten das Zimmer kaum dunkler, die Nachmittagssonne schien durch das dünne Material und tauchte sie in sanftes rosa Licht, wie eine Stripperin auf der Bühne ... und sie begann sich auszuziehen, legte jedes Kleidungsstück ab und faltete es sorgfältig über der Lehne eines Windsor-Stuhls ... »Worauf wartest du noch?« fragte sie, und ich gaffte sie an wie ein Idiot, »sei nicht schüchtern, es ist schließlich nicht das erste Mal, daß ich dich ohne Kleider sehe«, sagte sie und meinte den Nachmittag, als sie mich im Bach mit den Hunden hatte schwimmen sehen ... Ein glühendheißer Tag, wir hatten die Herde gerade auf eine neue Weide geführt, die Schafe stürzten sich auf das saftige frische Gras, Tom war mit seinem Traktor davongefahren, um sich um einen kaputten Zaun zu kümmern, und da war dieser köstlich kühle Bach, durch den wir die Herde an einer weiter oben gelegenen Furt getrieben hatten, klar floß das Wasser über die Kieselsteine und Schieferplatten, und unter einem Ufervorsprung gab es eine Stelle, die tief genug zum Schwimmen war ... Ich konnte nicht widerstehen, riß mir die Kleider vom Leib und sprang hinein, köstlich ... die beiden Border-Collies sahen mir vom Ufer aus neidisch zu, hechelten in der Hitze, die Zunge hing ihnen aus dem Maul, doch sie waren viel zu gut ausgebildet, als daß sie sich gerührt hätten, und schließlich rief ich »Kommt!«, damit sie sich mir anschlossen, und sie stürzten sich bellend ins Wasser und paddelten auf mich zu, die Nase in der Luft, und sie umkreisten mich, als ob ich ein Schaf wäre, das sich verlaufen hatte ... Ich spielte ihnen Streiche, indem ich wegtauchte und hinter ihnen aus dem Wasser schoß, und ich lachte vor Freude darüber, wie überrascht sie waren, drehte mich auf den Rücken und trieb dahin, wobei ich hinauf in das endlose Blau des Sommerhimmels starrte, ließ mich von der Strömung treiben, bis ich eine seichte Stelle erreichte und fühlte, wie mir die Steine im Bachbett leicht über den Rücken streiften ... Ich stand auf und begann, stromaufwärts zu waten, während die Hunde hinter mir herumsprangen und herumspritzten, und dann entdeckte ich plötzlich Martha am anderen Ufer, die auf ihrem Fahrrad saß, einen Fuß auf dem Boden abgestützt, und mich mit einem Lächeln beobachtete, das zu einem breiten Grinsen wurde, als ich innehielt und hastig mit meinen Händen meinen Schritt bedeckte wie ein Fußballspieler, der auf einen Freistoß wartet ... Laut rufend fragte sie, wo Tom sei, und als ich es ihr sagte, radelte sie mit einem Winken davon ... Reglos stand ich im Wasser mit den Händen über meinem Schwanz, bis sie außer Sichtweite war ... Er fing an, sich zu heben und dicker zu werden, als ich mich fragte, wie lange sie mich wohl schon mit diesem Lächeln beobachtet hatte, und nachdem ich mich rasch umgeblickt hatte, um sicher zu sein, daß niemand sonst mich beobachtete, holte ich mir einen runter, schoß meinen Samen in die sonnige Luft und den rasch fließenden Bach, und nur die geduldigen, uninteressierten, unkritischen Hunde sahen mir zu. Weil ich Martha mochte, o ja, aber bis zu jenem Tag nicht zu hoffen gewagt hatte, daß das auf Gegenseitigkeit beruhen könnte, obwohl sie immer nett zu mir war, mir am Tisch ausgesuchte Häppchen servierte und mich fragte, ob ich irgend etwas zu waschen hätte, sie bügelte meine Hemden besser als meine Mutter, na gut, ich wußte, sie mochte mich, aber schließlich war sie eine verheiratete Frau und doppelt so alt wie ich ... Tom allerdings war noch älter als sie und laut Martha nicht allzu sehr an Sex interessiert und nicht allzugut darin ... »Zehn Minuten am Samstagabend ist so ziemlich das Höchste ...« In mittlerem Alter hatte er sich eine junge Frau genommen, weil er hoffte, einen Sohn zu zeugen, dem er die Farm hinterlassen könnte, und als keine Kinder kamen, verlor er das Interesse, warf Martha vor, unfruchtbar zu sein, wie mir Martha einmal sagte, er weigerte sich, in Betracht zu ziehen, daß das Problem bei ihm liegen könnte, weigerte sich, sich untersuchen zu lassen, um seine Spermien zählen zu lassen, weigerte sich, die ganze Angelegenheit zu diskutieren, obwohl – oder gerade weil – er den größten Teil seines Arbeitstages damit verbrachte, das Kopulieren von Schafen zu organisieren ... Es war also die klassische Situation, der ältere Ehemann, die ausgelassene junge Ehefrau, der junge Mieter, strotzend vor Saft, gerade siebzehn, ein Schuljunge, aber wie Martha sagte oder vielmehr flüsterte, »groß für dein Alter, Liebling«, ein Schuljunge aus Südlondon, der auf eine Schaffarm in den Dales geschickt worden war, aus Gesundheitsgründen, der frischen Luft und der Bewegung wegen nach einem Anfall von Drüsenfieber ... ein Einfall unseres GV, Tom war ein entfernter Verwandter von ihm ... keine schlechte Idee übrigens, ich wurde kräftig und fit von der Arbeit, ging jeden Tag meilenweit durch die Dales, schritt Steigungen von zwanzig Prozent hinauf, rang mit den Schafen, wenn wir sie auf Stoppellähme untersuchten, hielt sie am Boden, damit Tom das infizierte Gewebe herausschneiden konnte ... meine Muskeln wurden härter, meine Schultern gerade, ich muß in Marthas Augen ziemlich gut ausgesehen haben, als ich splitternackt durch den Bach watete, tatsächlich sagte sie später zu mir: »Wie eine Statue in einem Museum, wie einer dieser griechischen Götter aus weißem Marmor...« Ich sah die unverstellte Bewunderung in ihrem Lächeln, als sie mich von ihrem Fahrrad aus beobachtete, also war es nicht völlig überraschend, als sie an jenem Tag in der Küche... obwohl ich mein Glück immer noch kaum fassen konnte, genaugenommen kann ich es auch jetzt kaum fassen, man stelle sich vor, ein siebzehn Jahre alter Schuljunge, dessen Körper ein Testosteronkraftwerk war, das ständig kurz vor der Kernschmelze stand, und dessen Kopf... dessen Kopf ein Pornokino war, das niemals schloß... aber dessen sexuelle Erfahrung nicht hinausging über ein paar Zungenküsse am Mittag mit den Mädchen aus unserem Partnergymnasium etwas weiter die Straße hinauf und vielleicht noch das Drücken ihrer Titten unter ihren Uniformblazern aus Serge, wenn man Glück hatte... meine Jungfräulichkeit mit einer erfahrenen, heißblütigen, ausgewachsenen Frau zu verlieren... die lachte und mir sagte, ich solle mir keine Sorgen machen, als ich zu früh kam, was natürlich unweigerlich passierte... aber ich mache das zu schnell... wo war ich, ah ja, an dem Tag fuhren Tom und Sol, sein Schäfer, zum Markt und ließen mich allein mit Martha auf der Farm zurück, und ich kam rein, um in der Küche zu Mittag zu essen, ich saß am Holztisch, jahrelanges Schrubben hatte die Maserung des Holzes in tiefe Rillen verwandelt, und sie bediente mich, und dann setzte sie sich und sah mir beim Essen zu, ich spürte, wie unerfahren ich auch immer war, ich spürte, daß eine eindeutige sexuelle Einladung in der Luft lag... ich spürte das daran, wie Martha die Hüften schwang, als sie in der Küche umherging, daran, daß die geblümte Schürze, die sie üblicherweise trug, heute fehlte, wodurch ich die Form ihres BHs unter ihrer engen Bluse sehen konnte und dort, wo ein Knopf, der eigentlich geschlossen gewesen wäre, offen war, eine ganz schwache Andeutung ihres Dekolletés, ich spürte es am Geruch des Schampoos in ihrem frisch gewaschenen Haar, als sie sich über meine Schulter beugte und einen Teller mit Schinken und Käse vor mich stellte, ich spürte es an dem leichten Lächeln, das ihre Lippen umspielte, als sie an einer Tasse Tee nippte und mir von der anderen Seite des Tisches aus beim Essen zusah, während sie ungezwungen über Dinge plauderte, von denen ich kaum etwas mitbekam... Nein, ich war nicht völlig überrascht darüber, daß sie mich zurückhielt, als ich aufstand, um wieder an die Arbeit zu gehen, und einen der ältesten Tricks der Welt benutzte: »Ralph, ich glaube, ich hab da was im Auge, würdest du bitte mal nachsehen?«, so daß ich gezwungen war, ganz dicht vor ihr zu stehen, in ihr Auge zu starren und das Augenlid mit meinem Finger vorsichtig hochzuschieben, wobei ich ihren Atem auf meiner Wange fühlte, fühlte, wie ihre Brüste sich gegen meine Brust drückten, ihre Hände in meinem Kreuz fühlte, die mich näher an sie heranzogen, und sie murmeln hörte: »Gib mir einen Kuß, Ralph, um Gottes willen...« Ich küßte sie und sie küßte mich wieder, und ich schwankte und verlor das Gleichgewicht und taumelte, und sie lachte und sagte: »Komm mit nach oben und leg dich hin, da haben wir's bequemer«, und sie nahm mich bei der Hand und führte mich zur Treppe und als ich sagte, was ist, wenn Tom zurückkommt, sagte sie: »Mach dir keine Sorgen, Liebling, an diesem gottverlassenen Ort kann man einen Wagen hören, auch wenn er noch meilenweit entfernt ist«... aber es war nicht nur Angst, es war auch Schuld, denn ich mochte Tom, gleichgültig wie düster und wortkarg er war... er war sehr anständig zu mir, hatte mir alle Arbeiten auf einer Schaffarm beigebracht und wie man den Hunden Kommandos gibt, »Komm«, »Bei Fuß«, »Sitz«, »Hierher«, wenn sie nach links laufen sollten, »Fort zu mir«, wenn sie nach rechts laufen sollten, »Das reicht«, wenn sie aufhören sollten ... es war faszinierend, die Herde so zu kontrollieren, per Fernsteuerung, als seien die Hunde eine Erweiterung meines Gehirns wie meine Arme und Beine ... Ich wollte den Mann, der mir das beigebracht hatte, nicht zum Hahnrei machen, nicht daß ich das Wort damals gekannt hätte, doch nachdem wir erst einmal in ihrem Schlafzimmer waren und sie anfing, ihre Kleider auszuziehen, gab es kein Zurück mehr ... »Worauf wartest du noch?« fragte sie. »Sei nicht so schüchtern, es ist schließlich nicht das erste Mal, daß ich dich ohne Kleider sehe«, aber ich war schüchtern und wandte ihr meinen Rücken zu, als ich mich bis auf die Unterhose auszog, wodurch ich nicht sehen konnte, wie sie ihre Strümpfe abstreifte, und als ich mich umdrehte, hatte sie ihre Hände hinter dem Rücken und öffnete ihren BH, ein altmodisches Modell mit vielen Stickereien und scharfen Konturen, und als sie ihn abschüttelte, fielen ihre Brüste aus den Körbchen und breiteten sich über ihren Rippen aus, und Halbmonde aus Schatten zeichneten ihre Umrisse nach ... Ich setzte mich auf den Rand des Bettes und sah ihr zu, wie sie sich entspannt kratzte und sich dann vorbeugte, um ihren Schlüpfer auszuziehen, einen altmodischen Schlüpfer wie ihr BH, French Knickers heißen die, glaube ich, mit weitem Beinausschnitt, Spitzenbesatz, aus pfirsichfarbener Seide oder vielleicht Satin, sie muß ihn extra angezogen haben ... Komisch, bis heute habe ich noch nie daran gedacht, ungefähr dreißig Jahre, nachdem es passiert ist. Das waren keine Schlüpfer, wie sie die Frau eines Schaffarmers an einem gewöhnlichen Tag unter der Woche trägt ... Sie trat aus ihm heraus, straffte sich, ließ ihn auf die Sitzfläche des Stuhls fallen und stand vor mir, eine nackte Frau in all ihrer Pracht ... Nicht, daß Martha eine klassische Schönheit oder schön wie die Mädchen aus Männermagazinen gewesen wäre, ihre Brüste hingen ein wenig, ihre Hüfte war zu dick, und ihre Beine waren zu kurz, aber sie war die erste nackte Frau, die ich je im Fleische gesehen hatte, und als sie sagte: »Nun, Ralph Messenger, gefällt dir, was du da siehst?« flüsterte ich heiser ja, und das meinte ich absolut ernst, und sie lachte leise und kam herüber und stand vor mir, so daß ich ihr direkt in den Schritt blickte, der mit einem Vlies aus rotblondem Schamhaar nur spärlich bedeckt war, das den rosa-braunen Spalt ihrer Möse verschleierte, aber nicht verbarg … »Ziehst du deine Hose aus, oder soll ich das für dich tun?« sagte sie, und ich stand auf, um sie auszuziehen, wobei ich den elastischen Bund wie ein Katapult spannen mußte, damit ich sie über meinen angeschwollenen Schwanz bekam … Ehrlich gesagt habe ich im Augenblick etwas Probleme mit meiner Ralph-Lauren-Unterhose … von der Erinnerung an all diese Dinge habe ich einen riesigen Ständer bekommen … Ich muß für einen Moment aufstehen und meinen Anzug richten …

Ah, so geht's besser … Der Campus sieht verlassen aus, niemand da draußen, keine Spur von Helen Reed heute morgen … faszinierende Frau, klug, begreift schnell, argumentiert gut, bereit, für ihren Standpunkt einzutreten, ich mag das, zu viele Leute glauben, über Dinge zu streiten, streiten, um zu gewinnen, beweise irgendwie schlechten Geschmack … gute Beine übrigens, ich sah, wie sie gestern abend aus dem Auto stieg, sie trug einen dieser geschlitzten Röcke, der sich öffnete, als sie sich auf dem Sitz drehte, und ein gutes Stück ihrer Schenkel sehen ließ … Ich hatte daran gedacht, sie auf die Wange zu küssen, als sie sich verabschiedete, entschied mich aber dagegen … sie hat etwas an sich, eine Art ironische Distanz … auf der Hut, wenn ihr irgendeiner dumm kommt … mir schien, es wäre ihr nicht recht, sie würde glauben, daß ich mir Freiheiten herausnehme … Nun, kein Grund zur Eile, ich denke, wir werden sie noch oft genug sehen, Carrie scheint sie zu mögen, sie muß verflucht einsam sein, wie sie da in ihrer Maisonette auf dem Campus hockt, ich sah, wie ihre Augen glänzten, als Carrie sagte, kommen Sie nächsten Sonntag zum Mittagessen … *Weinen ist ein Rätsel*, ich hab versprochen, es für sie nachzuschlagen … aber nicht jetzt, zurück an den Schreibtisch und zu Martha …

Ich habe Carrie einmal die Geschichte mit Martha erzählt, dachte, das macht sie scharf, doch statt dessen endete alles damit, daß wir Krach hatten, denn sie sagte, das sei Mißbrauch gewesen, sexueller Mißbrauch … Ich sagte, Blödsinn, ich war damals eifrig darauf aus und willig … »Das spielt keine Rolle«, sagte sie. »Sie war eine sexuell frustrierte Erwachsene, die deinen Jungenschwanz als Dildo benutzt hat …« Ich sagte, ganz im Gegenteil, sie war eine heißblütige Frau mit einem großen Herzen, die mir Dinge über Sex beibrachte, die zu lernen meine Altersgenossen noch Jahre brauchten, falls sie sie überhaupt je lernten … Jeder Junge sollte eine Martha haben, sagte ich, sie hat mir beigebracht, ein guter Liebhaber zu sein … »Du meinst, sie hat dich zu einem Sexsüchtigen gemacht«, sagte Carrie, drehte sich um und schlief ein, wir lagen damals im Bett, im Haus in Pasadena … *Sexsüchtiger* … typisch kalifornisches Psychogebrabbel, was soll das überhaupt heißen, süchtig nach Sex, Männer sind biologisch darauf programmiert, so viel Sex mit so vielen Frauen zu haben, wie sie kriegen können … nur die Kultur legt unserem Drang, wahllos zu kopulieren, Beschränkungen auf … manchmal unterdrückt sie ihn natürlich völlig, bei Priestern und Mönchen, arme, irregeleitete Idioten, oder fast völlig, wie in Tom Beards Fall … »Zehn Minuten am Samstagabend ist so ziemlich das Höchste …« Er war zu lange Junggeselle gewesen, ein enthaltsamer Junggeselle, der zusammen mit seiner verwitweten Mutter auf einer isolierten Farm gelebt hatte, seine einzige Erholung war die männliche Kameraderie im örtlichen Pub, Bier und Tabak, Darts und Domino ... aber Martha war anders, sie wuchs in einem Marktstädtchen in den Midlands auf, wo es Tanzveranstaltungen und Cafés und ein Kino und jede Menge Jungen gab ... sie hat mir erzählt, sie war gerade sitzengelassen worden, als sie Tom bei einer Hochzeit traf, und sie heiratete ihn aus Enttäuschung, sie hatte die Nase voll davon, mit fünf Geschwistern zusammen zu Hause zu leben, sich ein Schlafzimmer mit ihrer jüngsten Schwester zu teilen, Tom bot ihr ein eigenes Haus mit Farbfernseher und eine Carte blanche, eine modern ausgestattete Küche zu bestellen, und etwas an seiner langsamen, schweigenden Art und dem dunkelhaarigen, guten Aussehen zog sie an wie ein Westernheld, doch die körperliche Seite der Ehe war von Anfang an eine Enttäuschung ... »Kommt davon, daß er zuviel Zeit mit den Schafen verbringt, er bespringt mich wie ein Widder, ein schnelles Rein-Raus«, ohne an Marthas Genuß zu denken ... wobei die Betonung auf dem Wort »denken« liegt, denn der Unterschied zwischen menschlichem und tierischem Sex besteht genau darin, daß wir in der Lage sind, darüber nachzudenken, das ist der Grund, warum wir es genießen und den Genuß des anderen genießen ... Man sehe sich nur mal zwei Hunde an, die auf der Straße kopulieren, oder zwei Affen in einem Käfig oder einen Widder, der es einem Mutterschaf besorgt, die Männchen verspüren dabei vielleicht eine Art Erleichterung, wie wenn man sich an einer juckenden Stelle kratzt, wie wenn man scheißt oder pißt, aber Genuß ist kein Wort, das einem dabei einfällt, während sich die Weibchen einfach nur damit abzufinden scheinen ... Haben weibliche Tiere eigentlich Orgasmen? Das bezweifle ich, ich muß jemanden aus der Zoologie fragen, aber ich wette, der weibliche Orgasmus war eine Entdeckung des *homo sapiens*... oder der *mulier sapiens*... und wir haben aufgrund der natürlichen Selektion größere Penisse als die Menschenaffen entwickelt, Frauen neigen dazu, Partner mit großen zu wählen ... nicht daß in dieser Hinsicht irgend etwas mit Tom nicht gestimmt hätte, ich weiß das, weil ich gesehen habe, wie er draußen gegen einen Hang gepißt hat, er hatte die Ausrüstung, aber er wußte nicht, wie er sie benutzen sollte, um einer Frau Genuß zu verschaffen... Martha hat mir das beigebracht, und ich bin ihr ewig dankbar, wie auch viele Frauen danach, die nicht wußten, wem sie die schöne Zeit zu verdanken hatten, die ich ihnen gab... das kann man nicht Mißbrauch nennen, wenn sie mich nur ausgenutzt hätte, hätte sie wütend sein müssen, als ich sie überall vollspritzte, sobald sie nur meinen Penis in die Hand nahm, aber sie lachte nur und sagte: »Mach dir keine Sorgen, Liebling« und liebkoste und streichelte mich, bis er wieder steif war... gegen Ende meines Aufenthalts konnte ich ihn fünfzehn Minuten in ihr lassen ohne zu kommen, indem ich leise Physikformeln aufsagte... übrigens, selbst wenn es eine geile Schimpansenart geben sollte, die den weiblichen Orgasmus entdeckt hat, wette ich, daß die Männchen ihre Ejakulation nicht bewußt verzögern, um den Genuß der Weibchen zu verlängern... Martha genoß den Akt so sehr, daß sie danach Freudentränen in den Augen hatte... Ich glaube, daß ich reifere Frauen vielleicht wegen meiner ersten Erfahrung mit Martha lieber ficke als junge Mädchen... sie sind so dankbar, man fühlt sich so stolz deswegen... und physiologisch betrachtet sind sie zu stärkeren Orgasmen fähig... wir haben es noch sechs oder sieben Mal gemacht, am Abend, wenn Tom in den Pub ging... sobald der Lärm seines Pick-up verklungen war, wenn er über die Hügelkuppe gefahren war, gingen wir hinauf ... Aber eines Abends geschah genau das, was ich befürchtet hatte, der Laster hatte auf dem Weg zum Pub eine Panne, und Tom ging zu Fuß nach Hause zurück, um seinen Automobilclub anzurufen, und wir hörten das Tor quietschen, als wir auf meinem Bett mitten dabei waren, mein Gott, wir sind mit knapper Not davongekommen, sie konnte sich gerade noch rechtzeitig die Kleider anziehen und mir sagen, ich soll im Bett bleiben und so tun, als fühlte ich mich nicht wohl ... danach hatten wir zuviel Angst, es noch einmal zu machen, wenigstens ich ... Ich zweifle kaum daran, daß Tom mir eine Tracht Prügel verpaßt hätte, hätte er uns in flagranti ertappt, und ich sah vor mir, wie ich wegen ungebührlichen Verhaltens nach Hause geschickt wurde und meinen Eltern alles beichten mußte, was eine noch schlimmere Vorstellung war ... Nach den Ferien erzählte ich in der Schule alles meinem besten Freund, und er weigerte sich, mir zu glauben, er dachte, ich erfinde das alles, »Messenger, du verlogener Bastard«, sagte er. Ich stritt mich nicht mit ihm herum, in gewisser Weise war ich sogar erleichtert ... es zu erzählen schien irgendwie Verrat an Martha und auch an Tom, und trotzdem mußte ich es irgend jemandem erzählen, ich wäre fast geplatzt an dem Wissen über das, was ich erlebt hatte, aber es war mir nur recht, daß mir keiner glaubte, denn dadurch wurde es weniger wahrscheinlich, daß die Geschichte die Runde machte und möglicherweise bis zu meinen Eltern gelangte ... oder unserem GV. Ich schrieb Tom und Martha und dankte ihnen für meinen Aufenthalt, und wir tauschten ein paar Jahre lang Weihnachtskarten aus, doch dann verloren wir den Kontakt und ich sah und hörte nie wieder etwas von den beiden ... O mein Gott, es ist Viertel vor zehn ... *(Ende der Aufnahme)*

7

Montag, 3. März. Gestern verbrachte ich den ganzen und heute fast den ganzen Tag damit, die Arbeiten zu lesen, an denen meine Studenten gerade schreiben, ihre großen Projekte für dieses Jahr, Romane (oder in zwei Fällen Kurzgeschichtensammlungen), die sie im letzten Semester unter der Aufsicht von Russell Marsden begonnen oder als angefangene Arbeiten mit an die Universität gebracht haben. Diese Erfahrung hat mich ziemlich erschöpft. Das liegt nicht daran, daß sie schlecht geschrieben wären – im Gegenteil, sie verraten grundsätzlich großes Talent... es ist nur so, daß es einfach zu viele sind, zu viele, um alle auf einmal in sich aufnehmen zu können. Jedesmal, wenn ich eine neue Mappe aufschlage, wartet eine imaginäre Welt darauf, bewohnt zu werden, völlig neue Figuren mit Namen, an die man sich erinnern muß, Verwandtschaftsverhältnisse und andere Verbindungen, die auseinandergehalten werden wollen, Zeiten und Jahreszeiten, die notiert werden müssen, die äußere Erscheinung, die man sich vorstellen muß, Verknüpfungen von Ursachen und Folgen, die erschlossen sein wollen...

Da ist Rachel McNultys bedrückende Chronik eines Mädchens, das auf einer Milchfarm im County Armagh ihre erste Periode hat; Simon Bellamys geschickte satirische Komödie über eine Gruppe junger Leute, die in Soho ein Modemagazin gründen; Robert Draytons Erinnerungsmonolog eines verurteilten Gefangenen am Vorabend der

Hinrichtung in einem imaginären afrikanischen Staat, der von einem wahnsinnigen Diktator regiert wird; Frieda Sinclairs unerschrockene Geschichte junger Frauen, die in den Clubs von Inverness bis Ibiza tanzen, trinken, vögeln und kotzen; Gilbert Baverstocks Roman über einen pathologisch schüchternen Versicherungsvertreter, der sich in ein Mädchen aus seinem Büro verliebt und mit ihr über E-Mail kommuniziert, wobei er sich als angesagter Drehbuchautor aus Los Angeles ausgibt; Thomas Vaughans kühner historischer Roman über einen Streik in den Kohleminen des Rhondda Valley im neunzehnten Jahrhundert; Chuck Romeros Bildungsroman über einen jungen Mann, der seine Jungfräulichkeit verliert und seine wahre Berufung in Providence, Rhode Island, findet (wo Chuck herkommt); Farat Khans Kurzgeschichtenzyklus über Konflikte zwischen den Kulturen und Generationen in der asiatischen Gemeinde in Leicester (wo sie herkommt); Saul Goldmans ödipaler Streit zwischen einem jüdischen Geschäftsmann, der sich aus eigener Kraft hochgearbeitet hat, und seinem schwulen, künstlerisch veranlagten Sohn; Franny Smith' komisches, erschreckendes und aus unterschiedlichen Perspektiven erzähltes Porträt einer heruntergekommenen Schule in Liverpool und Aurora da Silvas perverses Garn über ein New-Age-Institut auf einer griechischen Insel, das Kurse in Sado-Masochismus, Piercing, tantrischem Sex und entspannendem Drogengenuß anbietet. Das macht elf selbständige fiktionale Welten. Eigentlich sollten es zwölf sein, doch Sandra Pickering hat ihre Mappe noch nicht abgegeben. Aber auch elf sind genug fürs erste. Ich bringe sie im Kopf schon durcheinander, und ich fürchte, ich werde einige schlimme Patzer machen, wenn ich mit den Studenten einzeln spreche, die Namen der Figuren verwechseln und die Handlung durcheinanderbringen.

Selbstverständlich ist das eine völlig unnatürliche Art zu lesen, so von einer unvollendeten Geschichte zur anderen zu springen, aber es brachte mich dazu, über die reiche Produktion an fiktionalen Werken in unserer Kultur nachzudenken. Ist es eine Überproduktion? Sind wir in Gefahr, einen Belletristik-Berg anzuhäufen – eine gigantische Menge überflüssiger Romane, wie die Butterberge und Milchseen der EU? Ich erinnere mich an Ralph Messengers trockenen Kommentar: »Ob die Welt noch mehr Romanautoren braucht, ist Ansichtssache.« Seine eigene Meinung war ziemlich offensichtlich.

Natürlich kann man argumentieren, daß es ein grundlegendes menschliches Bedürfnis zu erzählen gibt: Es ist eines unserer fundamentalen Werkzeuge, um unserer Erfahrung Sinn zu verleihen – das war es schon immer, wie weit man auch in der Geschichte zurückgeht. Doch muß das, frage ich mich, auch notwendigerweise zu einer endlosen Multiplikation *neuer* Geschichten führen? Vor dem Aufstieg des Romans hatte ein Geschichtenerzähler diese Verpflichtung nicht – man konnte die alten, vertrauten Geschichten immer wieder erzählen, die Geschichte Trojas, die Geschichte Roms, die Geschichte Britanniens ... und ihnen eine neue Wendung geben, wenn Zeiten und Sitten sich änderten. Aber seit den letzten dreihundert Jahren wird von Schriftstellern erwartet, daß sie *jedesmal* neue Geschichten erfinden. Nicht völlig neu, natürlich nicht – man hat schon häufig genug darauf hingewiesen, daß es auf einer ganz bestimmten Ebene nur eine begrenzte Anzahl an Handlungsmustern gibt –, aber diese Handlungsmuster müssen jedesmal mit einer Reihe neuer Figuren ausgestattet und unter einer Reihe neuer Umstände ausgearbeitet werden. Wenn man an die Milliarden wirklicher Menschen denkt, die auf dieser Erde gelebt haben, jeder mit seiner einzigartigen persönlichen Geschichte, die wir nie die Zeit haben werden kennenzulernen, scheint es außerordentlich, ja sogar pervers, daß wir uns die Mühe machen sollten, all diese zusätzlichen vorgeblichen Leben zu erfinden. Und es macht *tatsächlich* Mühe. So viel, was in der Realität einfach »gegeben« ist, muß *entschieden* werden, wenn man ein fiktionales Werk schreibt. Tatsachen müssen durch mühselig erfundene und minutiös genau beschriebene Pseudo-Tatsachen dargestellt werden. Der Leser muß diese Tatsachen registrieren und sich an sie erinnern, um der Geschichte zu folgen, aber kaum hat er das Buch beendet, werden sie auch schon hinweggespült, um Platz für eine andere Geschichte zu schaffen. Bald bleiben dem Leser nur noch ein oder zwei Namen im Gedächtnis, ein paar vage Eindrücke von Menschen, eine verschwommene Erinnerung an die Handlung und der allgemeine Eindruck, sich gut oder nicht gut unterhalten zu haben, je nachdem. Es ist erschreckend, wenn ich daran denke, wie viele Romane ich in meinem Leben gelesen haben muß und an wie wenig von deren Substanz ich mich bei den meisten von ihnen erinnere. Soll ich diese vielversprechenden jungen Leute wirklich dazu ermutigen, ihren Anteil zu diesem Müllhaufen vergessener Pseudo-Leben beizutragen? Wären sie vielleicht nicht sinnvoller damit beschäftigt, in Ralph Messengers Zentrum für Kognitionswissenschaft Computermodelle des Geistes zu entwerfen?

Dienstag, 4. März. Heute keine Post. Seit ich hierhergekommen bin, habe ich noch keinen Brief von Lucy erhalten, obwohl ich ihr geschrieben habe, um ihr die Adresse mitzuteilen. Vielleicht hat sie sie nicht rechtzeitig bekommen – sie sagte, sie wolle mit einigen Freunden einen Ausflug zum Barrier-Riff machen. Ich habe der Post mitgeteilt, daß meine Briefe hierhergeschickt werden sollen, aber vielleicht ist einer durchs Netz gerutscht. Wahrscheinlich liegt ein Brief von ihr auf der Fußmatte in der Diele von Bloomfield Crescent Nr. 58 unter einem Haufen an den Bewohner adressierter Reklame, Handzetteln für Geschäfte in der Umgebung und kostenlosen Proben Schampoo. Meine Mieter sind noch nicht angekommen – der Abflug hat sich wegen Krankheit verzögert –, so daß ich sie nicht bitten kann, nachzusehen. Auch Paul hat schon seit Ewigkeiten nicht mehr geschrieben, aber er war schon immer ein hoffnungsloser Briefeschreiber. Und er ist natürlich ein Mann. Ich mache mir Sorgen um Lucy, die so weit von zu Hause weg ist, und all diese Romane über junge Leute zu lesen, war keine große Hilfe. So viel über Drogen, Sex ohne feste Bindung, Alkohol. Natürlich habe ich schon, als sie noch jünger war, dafür gesorgt, daß sie über alle Dinge Bescheid weiß, auf die es ankommt, Verhütungsmittel und so weiter, aber genaugenommen weiß ich nicht einmal, ob sie noch Jungfrau ist. Ist das gut oder schlecht? Carrie hat mir am Samstag anvertraut, daß Emily mit ihrem Freund schläft und ihr alles darüber erzählt, was, so vermute ich, ein bewundernswertes Maß an gegenseitigem Vertrauen verrät, doch etwas in mir schreckt vor einer solchen Intimität zwischen Eltern und Kindern zurück.

Mittwoch, 5. Mai. Antwort auf die abschließende Frage gestern: ein absolut eindeutiges »Nein«.

Zufällig traf ich Ralph Messenger heute auf dem Campus und erwähnte, daß ich mir ein wenig Sorgen um Lucy mache. »Haben Sie kein E-Mail?« fragte er, und ich mußte zugeben, daß ich keines habe, und Lucy besitzt ohnehin keinen Computer. »Ich wette, sie hat Zugang zu einem«, sagte er, und er hat wahrscheinlich recht, da sie in einem Büro arbeitet. »Sie sollten sich um einen Anschluß kümmern«, sagte er. Ich denke, das werde ich.

Das Gespräch über Lucy erinnerte mich an das Projekt seines deutschen postgraduierten Studenten zur Mutterliebe, und er lud mich noch einmal ins Centre ein, damit ich es mir ansehe. Es war eine riesige Enttäuschung: nichts als ein besseres Computerspiel, wirklich. Auf dem Bildschirm befand sich ein frauenförmiges Icon, das eine Mutter darstellte, sowie drei kleinere Icons, die ihre Kinder darstellen sollten, die sie füttern und anziehen und beaufsichtigen mußte, wobei sie mit verschiedenen Gefahrensituationen konfrontiert wurde, zum Beispiel, daß eines in den Fischteich fällt oder sich an einem Kochtopf verbrüht oder aus dem Haus auf die Straße rennt, und die ganze Zeit mußte die Mutter sich entscheiden, wem sie ihre Aufmerksamkeit zuwenden sollte, weil er sie am dringendsten brauchte – die Beschäftigung mit dem hungrigen Kind A mußte auf Eis gelegt werden, während sie Kind B unter den Rädern eines herannahenden Busses hervorzog usw. usw. Die arme Frau jagte ständig hin und her, um mit einem Notfall nach dem anderen zurechtzukommen. Ich dachte an die Videospiele in der Einkaufspassage der Studentenverbindung. Man hätte seine Schwierigkeiten damit, wollte man sich irgend etwas vorstellen, das von der emotionalen Erfahrung der Mutterschaft noch weiter entfernt ist. Ich fürchte, ich habe laut gelacht. Carl sah niedergeschlagen aus und Ralph ein wenig verärgert. Er sagte, es sei nur ein experimentelles Modell und überdies in einem frühen Entwicklungsstadium.

Als ich ging, beschrieb er mir den Weg zu ihrem Cottage in der Nähe von Stow-on-the-Wold und sagte: »Bringen Sie einen Badeanzug mit. Wir haben einen heißen Pool.« Ich nehme an, das ist einer dieser riesigen Whirlpools, die es in Kalifornien im Freien gibt. Muß Anfang März in Gloucestershire ein wenig kühl sein, oder etwa nicht?

Mein Vertrauen in den Kurs in Kreativem Schreiben oder wenigstens in meine Fähigkeit, ihn zu unterrichten, ist durch die ausgezeichnete Reaktion auf meine Übung *Wie ist es, eine Fledermaus zu sein?* beträchtlich gewachsen. Gerade eben habe ich mir die Arbeiten angesehen, die gestern abgegeben wurden, und ein paar davon sind exzellente, wenn auch ein wenig unanständige Parodien oder Pastiches. Die besten stammen von Simon Bellamy, Frieda Sinclair, Aurora da Silva und Gilbert Baverstock. Ich werde sie fotokopieren und an Ralph Messenger schicken.

Donnerstag, 6. März. Meine Mieter sind in Bloomfield Crescent angekommen und haben mich den ganzen Tag über immer wieder angerufen, weil sie Fragen zum Haus haben. Wo ist die Schaltuhr für die Zentralheizung? Was sollen sie mit dem Schrott machen? Wo ist das Handbuch für die Waschmaschine? (Antwort: verloren.) Wie zündet man das Gasfeuer im Wohnzimmer an? (Antwort: mit einem Fidibus, der elektrische Anzünder ist kaputt.) Gibt es noch eine Eisbox außer der winzigen in der Küche? (Antwort: Ich fürchte, nein.) Und so weiter. Ich vermute, ich hätte ihnen viel erschöpfendere Hinweise schreiben sollen. Sie klingen ziemlich nett, Professor Otto Weismuller und seine Frau Hazel, auch wenn sie für englischen Humor kaum ein Ohr haben. Als ich Professor Weismuller sagte, daß er gegenüber dem Griff der Wasserspülung in der Toilette im Erdgeschoß hart bleiben müsse und niemals ein Nein als Antwort akzeptieren dürfe, meinte er, ich wolle ihm damit sagen, er solle den Klempner rufen.

Aber es gibt auch eine gute Nachricht: Zwei Luftpostbriefe aus Australien sind angekommen, die sie mir schnellstmöglich zuschicken werden.

Freitag, 7. März. Heute ein langer Artikel in der Zeitung über Jean-Dominic Bauby, französischer Schriftsteller, Journalist und Herausgeber der ›Elle‹, 43 Jahre alt, der eine Art Gehirnschlag hatte, wodurch er in das sogenannte Locked-in-Syndrom verfiel, er war bei Bewußtsein, konnte aber keinen Muskel mehr bewegen – bis auf einen, sein linkes Augenlid, das er dazu benutzte, um zu kommunizieren und – erstaunlicherweise – ein Buch über seine Erfahrung zu diktieren. Er und ein Freund haben eine Methode gefunden, wie er durch das Blinzeln mit diesem Augenlid die Buchstaben des Alphabets übermitteln konnte, um Worte und Sätze zu bilden. Unglaublich mühselig und zeitaufwendig, aber es hat funktioniert. Das Buch ist gerade unter großem Beifall der Kritik erschienen, und offensichtlich gab es eine Fernsehdokumentation über ihn, die einen gewaltigen Eindruck hinterließ. Kein Wunder. Es ist eine außerordentliche Geschichte, selbst in Form eines Zeitungsartikels, tragisch und inspirierend zugleich.

In gewisser Weise scheint das das Schlimmste zu sein, was einem Menschen passieren kann – im eigenen Körper eingeschlossen zu sein, vollkommen hilflos, unfähig zu sprechen oder zu gestikulieren, unfähig auch nur zu nicken oder den Kopf zu schütteln. Offensichtlich lag er vier Wochen im Koma, und es dauerte eine Weile, bevor jemand vom Klinikpersonal bemerkte, daß er das Bewußtsein wiedererlangt hatte. Sie hatten ihn abgeschrieben als jemanden, der nur noch in einer Art vegetativem Zustand existiert. Das muß so sein, als wäre man lebendig begraben worden, du hörst die Menschen, die über dein Grab gehen und bist nicht in der Lage, sie auf dich aufmerksam zu machen. Jean-Dominic Bauby selbst vergleicht es mit dem Leben in einer Taucherglocke. Sein Buch heißt *Schmetterling und Taucherglocke*, seine Gedanken sind der Schmetterling, der in der Taucherglocke umherflattert und nicht in der Lage ist herauszukommen – bis er den Code mit dem Augenlid erfunden hatte. Das ist die inspirierende Seite der Geschichte: daß er am Ende einen Weg fand, seine verzweifelte Lage mitzuteilen. Es ist ein gewaltiges Zeugnis der Stärke und Unverwüstlichkeit des menschlichen Geistes, der Weigerung, zum Schweigen gebracht zu werden.

Natürlich kann ich nicht anders, ich muß einfach an den armen Martin denken, dessen Aneurysma – so klingt es jedenfalls – dem Schlaganfall des Franzosen recht ähnlich war und das vielleicht dieselbe Wirkung hätte haben können. Ehrlich gesagt... ich hatte den entsetzlichen Gedanken, daß Martin vielleicht nicht tot war, als ich ihn im Krankenhaus sehen durfte, sondern daß er unter dem Locked-in-Syndrom litt, aber das ist natürlich Unfug, er war tot, sein Herz hatte zu schlagen aufgehört, und er atmete nicht mehr. Ich kann mir nicht wünschen, daß es anders gewesen wäre, ich glaube nicht, daß ich damit zurechtgekommen wäre, mich um jemanden in Baubys Zustand zu kümmern. Selbstsüchtig von mir, aber das ist die Wahrheit.

Samstag, 8. März. Ich habe aus London einen Badeanzug mitgebracht, weil ich dachte, ich könnte mir hier im Schwimmbad des Sportzentrums etwas Bewegung verschaffen (ein guter Vorsatz, an den ich mich bisher noch nicht gehalten habe), aber als ich ihn heute morgen auspackte und mir ansah, wirkte er schäbig, so daß ich nach Gloucester fuhr, um mir einen neuen zu kaufen. Gloucester und nicht Cheltenham, weil ich dummerweise befürchtete, durch einen bizarren Zufall Carrie im Geschäft zu begegnen, der ich dann hätte erklären müssen, daß ich nur deswegen einen neuen Badeanzug kaufte, weil ich in ihrem heißen Pool eine gute Figur machen wollte.

Einen Badeanzug zu kaufen ist immer eine etwas bange Angelegenheit, für eine Frau jedenfalls, besonders, wenn man älter wird. Kein anderes Kleidungsstück offenbart so erbarmungslos die immer zahlreicheren körperlichen Unvollkommenheiten. Als ich mich in den schräg zueinander gestellten Spiegeln der Umkleidekabine sah, war ich bestürzt über das Netz indigofarbener Venen, die sich wie Risse in Porzellan oder wie die Adern in einem dänischen Blauschimmelkäse von meinen Kniekehlen aus verbreiteten.

Nach langem Suchen fand ich einen einfachen schwarzen Einteiler mit einem Nackenband, der, wie mir schien, recht vorteilhaft aussah, doch ich probierte ihn über meiner Unterhose an, wie es das Geschäft aus hygienischen Gründen vernünftigerweise verlangte, und als ich ihn zu Hause noch einmal ohne die Unterhose anzog – o weh: Büschel von Schamhaar sprossen üppig unter dem schmal geschnittenen Schritt hervor. Ich muß mich also rasieren. Wie ärgerlich. Mir war, als würde ich für meine Eitelkeit bestraft.

Eins muß man meiner Expedition jedoch zugute halten: Ich habe zum ersten Mal die Kathedrale von Gloucester gesehen. Sie ist nicht groß, aber schön proportioniert, erbaut aus weichen Cotswold-Steinen, und sie besitzt einen bemerkenswerten, im Perpendikularstil errichteten quadratischen Turm mit zierlichem, durchbrochenem Mauerwerk, das sich wie eine Balustrade um die Spitze zieht. Die Kreuzgänge sind bezaubernd – sie gehören zu den schönsten des ganzen Landes, wie mein Reiseführer meiner Meinung nach zu Recht behauptet. Edward II. ist hier begraben. Alles, was ich über ihn weiß, stammt aus Marlowes Stück, das vielleicht nicht besonders zuverlässig ist, ihn aber als einen richtigen Menschen erscheinen läßt, der einst lebte und atmete, nicht nur wie einen Namen aus einem Geschichtsbuch. Es schien außerordentlich, neben den sterblichen Überresten von jemandem zu stehen, der vor siebenhundert Jahren gelebt hatte, und zu wissen, wer er war. Wenn Ralph Messenger recht hat, sind die Atome seines Staubes unzerstörbar. Aber es ist nur mein Geist, durch den er als Mensch weiterexistiert und der eine Verbindung zwischen uns herstellt.

Als ich über die ausgetretenen Steinböden der uralten Seitenschiffe ging und gelegentlich innehielt, um mir die großartigen Grabplatten und gemeißelten Statuen anzusehen, hatte ich eine andere literarische Assoziation. In *Die goldene Schale* beginnen Charlotte und der Fürst ihre ehebrecherische Affäre in Gloucester, wobei sie die Rückkehr nach London nach einer Gesellschaft auf dem Land unter dem Vorwand aufschieben, die Kathedrale anschauen zu wollen – und ich bin sicher, daß es einen Hinweis auf das Grab von Edward II. gibt. Haben sie sie wirklich besucht, um so ihre Geschichte mit plausiblen Details ausstatten zu können, wenn sie zurück zu ihren jeweiligen Ehepartnern kommen würden, oder haben sie jeden Augenblick, den sie für sich stehlen konnten, in ihrem Zimmer im Gasthof verbracht, das die findige Charlotte ausgesucht hatte? Ich habe den Roman nicht mitgebracht, also kann ich nicht nachsehen. Aber wahrscheinlich verrät uns James das ohnehin nicht.

Danach aß ich im Cosy Pew Café zu Mittag, das in unmittelbarer Nähe der Kathedrale um die Ecke liegt, und studierte gründlich jedes einzelne Wort in meinem Führer, denn ich hatte sonst nichts zu lesen mitgebracht. Niedergeschlagen fragte ich mich, ob das die altjüngferliche Zukunft ist, die mich erwartet: Kathedralen zu sammeln und an den Tischen spießiger Restaurants zu lesen. Vielleicht war der Kauf eines neuen Badeanzugs eine instinktive Geste des Widerstands gegenüber einem solchen Schicksal. Wenn ja, so kann das nur heißen: Rasieren – ohne zu klagen.

8

Wie ist es, eine Freischwanz-Fledermaus zu sein?
*Von M*rt*n Am*s*

Naja, wir hängen den ganzen Tag nur so rum. Wir hängen in Höhlen, Spalten, an Dachgesimsen, unter Dächern, überall, wo es dunkel ist und warm. Höhlen sind am beliebtesten. Wir hängen von der Decke und scheißen auf den Boden, nur sieht es so aus, als ob wir vom Boden hängen und an die Decke scheißen, denn wir hängen kopfüber. Zu scheißen, während man kopfüber hängt, ist eine Kunst. Die Scheiße produziert Hitze, während sie sich zersetzt und natürlich Gestank.

Wenn es dunkel wird, fliegen wir nach draußen und suchen nach Nahrung, vor allem Insekten. Wir verschlingen sie im Flug, wozu wir unsere Radarausrüstung benutzen. *Piep, piep, piep, piep, piepiepiepiep Rumms!* Das ist cool. Ich kann in einer Sekunde zwei Fruchtfliegen erledigen, im Blindflug. Da kannst du grün vor Neid werden, Tom Cruise.

Dann fliegen wir in die Höhle zurück und scheißen auf den Boden. Wir scheißen auch während des Fluges, um das Gewicht zu verringern, das wir transportieren. Man könnte sagen, daß Scheißen eine der Hauptbeschäftigungen in unserem Leben ist. Insekten fressen und scheißen.

Sex ist nicht so berauschend, um ehrlich zu sein. Wir ficken nur sechs Wochen im Jahr – die ganze Kolonie ist zur selben Zeit läufig. Sie können sich die Szene vorstellen: Tausende Jungs wuseln in der Höhle herum und versuchen wie wild, die Vögelei zwölf ganzer Monate in sechs lausige Wochen zu packen. Das kann der Gesundheit ernsthaften Schaden zufügen.

Die Frauen sind nur an einer Sache interessiert: an deinem Sperma. Sie haben so einen gynäkologischen Trick, mit dem sie es so lange in ihren Mösen verstecken, bis sie schwanger werden wollen. Dann verpissen sie sich alle an eine warme Stelle in der Wochenstube, um die Kids zu bekommen. Nur Frauen und Kinder dürfen da hinein. Wir hängen weiter in der Männerhöhle rum, und uns bleibt nichts anderes übrig, als uns mit den Klauen einen runterzuholen.

Das würde mir nichts ausmachen, wenn sich die Frauen anständig um die Neugeborenen kümmern würden. Aber wenn sie nach draußen fliegen, um zu fressen, überlassen sie die Kleinen sich selbst in unbeaufsichtigten Spielgruppen, wo sie sich inmitten von Fledermausscheiße, Insektenleichen und Obstschalen auf dem Boden herumwälzen und miteinander kämpfen – oder sie hängen sie in Reihen an die Wände und an die Decke, und manchmal fallen die kleinen Scheißer von ihren Plätzen auf den Boden oder versuchen zu fliegen, bevor ihr Radar richtig eingestellt ist, und haben Unfälle, bei denen sie gegen die Wände oder gegeneinander krachen. Die Sterblichkeitsrate unserer Kleinkinder ist eine Schande.

Wenn man allerdings die Wochenstube überlebt, hat man eine ziemlich hohe Lebenserwartung. Man darf darauf hoffen, zehn Jahre alt zu werden. Ich bin neuneinhalb.

Wie ist es, eine Vampirfledermaus zu sein?
*Von Irv*ne W*lsh*

Wir kamn fast gleichzeitig zurück in diese olle Höhle, Gamps n ich, gerade als die Sonne aufging. Scotty war schon da, hing vonner Decke n tat sich selbst leid. Ich hatte meinen Schuß von einem dieser Highland-Ochsen bekommen, die wie Zottelteppiche auf vier Beinen aussehen, n Gamps hatte dieses Schaf gefunden, dem ein Fuchs die Kehle rausgerissen hatte, diese Fotze hat echt Schwein gehabt, aber Scotty hatte garnix.

»Da war dieses Feld voller Kühe«, sacht Scotty, »aber diese Fotzen wachen dauernd auf, n ich kann ihnen nich meine Zähne reinhaun.« Ich konnt sehn, daß Gamps ihm nich glaubt. »Gib uns n bißchen von deim Blut, Gamps«, sacht Scotty, »muß doch literweise von diesm Schaf getrunken habn.«

»Verpiß dich«, sacht Gamps, »du selbs hassmir n Scheiß gegebn gestern nacht, als ich nix hatte.«

»Habs dir doch gesacht, Gamps, ich konnt nix machen, hab alles selbst verdaut gehabt, bis ich heimkam.«

»Verlogene Fotze«, sacht Gamps, »n ich glaub auch garnich, daß du letzte Nacht raus bist. Du has hier gewartet, bis wir heimkom und das Blut mitbringn.«

»Dasisnich wahr, Gamps, ich war die ganze Nacht draußn, ich hab einfach kein Glück nich gehabt.« Scotty guckt mich an. »Dannyboy«, sacht er, »gib ihm von deim, n Goddsegnedich.«

»Nix mach ich, Scotty«, sach ich.

»Sei nich so, Dannyboy, ich bin fixunfertig«, sacht er. »Ich zahls dir doppelt zurück, wenn ich nächstesmal was hab.«

Er zitterte am ganzen Leib und schüttelte die Flügel, n seine Fangzähne klapperten wie Eßstäbchen, also hab ich

Mitleid mit dem kleinen Scheißer und saug etwa fünfzehn Mill Blut hoch und pump es in seinen Schlund. Er schluckts runter und fällt mit einem Seufzer der Erleichterung in einen Haufen alter Scheiße auf dem Boden. »Goddessegen, Dannyboy«, sacht er. »Hass mir das Lehm gerettet.«

»Was is nur los mit deiner Technik, Scotty?« sach ich. »Wo hast du versucht, die Kühe zu beißen?«

»Innen Hals«, sacht er.

»Das is nix«, sach ich und blinzle Gamps zu. »Du mußt ihnen annes Arschloch gehen.«

»Annes Arschloch?« fragt er un blickt nix.

»Annen kleinen Ring aus zartem Fleisch zwischen Fell und eigntlichm Loch«, sach ich, »du kriechst hinten hoch an deinem Ochsen n leckst ihm das Arschloch mit deiner Zunge, ichsachma so wie wenns einer von seinen Kumpels ihm mitter Zunge von hinten besorgt. N dann senkst du die Fangzähne ganz voorsichtig ins Fleisch. Die Fotzen lieben das.«

»Hähä«, lacht Scotty. »Diese Ochsen, nix als beschissene Schwuchteln.«

»N'türlich sind die das«, sacht Gamps. »Jeder Fotz weiß das. Sind alle HIV-positiv.«

»Wasiss?« Scotty fing wieder an zu zittern. »Du willst damit sagen, daß dieses Blut infiziert is?«

»Warum wollt ichs denn loswerden, was glaubst du?« sach ich.

»Fotz! Du hast mich umgebracht!« schrie er und fing an zu würgen n zu würgen n steckte seine Klauen in seine Kehle n versuchte, das Blut wieder hochzusaugen. Gamps n ich bepißten uns vor Lachen.

»Du blöder Scheißer«, sacht Gamps schließlich zu Scotty. »Wie kann n Ochse denn ne Schwuchtel sein, wenn sie ihm die Eier abgeschnitten haben?«

Wie ist es, eine Fledermaus zu sein?
*Von S*lm*n R*shd***

»Was für eine Frage ist das, Sir? Mit allem gebotenen Respekt, was würden Sie sagen, wenn ich *Sie* fragte: ›Wie ist es, ein Mensch zu sein?‹ Zweifellos würden Sie erwidern: ›Es kommt ganz darauf an, was für eine Art Mensch.‹ Welche Rasse, welche Hautfarbe, welche Klasse, welche Kaste, in welcher Lebenssituation. Genau das gleiche gilt für Fledermäuse. Wir kommen in vielen verschiedenen Arten vor. Es gibt Kurzschwanz- und Langschwanz-Fledermäuse, mehrere Arten Freischwanz-Fledermäuse, Zweifarb-Fledermäuse, Glattnasen, Mopsfledermäuse, Schlitznasen-Fledermäuse, Schweinsnasen-Fledermäuse, Europäische Blattnasen, Mausschwanz-Fledermäuse, Hufeisennasen, Bulldog-Fledermäuse, Stummeldaumen-Fledermäuse, Trichterohren-Fledermäuse, Amerikanische Haftscheiben-Fledermäuse, Europäische Haftscheiben-Fledermäuse, die Große Bartfledermaus und das Braune Langohr. Wir alle haben unsere eigenen Verhaltensweisen und Habitate.

Ich selbst bin eine Tempelfledermaus. Ich gehöre zu einer Kolonie, die im Surya-Deula-Tempel in Konarak an der Bucht von Bengalen lebt. Wie es dazu kam, daß ich an einem Kleiderhaken in der Toilette des Erster-Klasse-Abteils dieses Air-India-Jumbos hänge, ist eine lange Geschichte, in der die Kameratasche eines Touristen, eine versehentlich eingenommene Schlaftablette und ein fehlerhaftes Röntgengerät am Flughafen eine Rolle spielen. Irgend jemand hatte letzten Mittwoch abend die Kameratasche leichtsinnig offen und leer auf dem Sockel einer der verzierten Säulen des Surya-Deula-Tempels stehenlassen, in der Stunde der Abenddämmerung, wenn wir Fledermäuse aus unseren Ecken und Ritzen im bröckeligen

Sandstein hervorkommen und die warme, seidige Luft nach leckeren Stechmücken, knusprigen Moskitos, saftigen Fruchtfliegen und anderen entomologischen Leckerbissen durchsieben. Die Happy-hour für Fledermäuse, könnte man sagen. Aber, mein Gott, für mich gibt es keine glückliche Stunde. Wie ist es, eine Tempelfledermaus zu sein? Es ist eine verdammte Hölle, was mich betrifft, wenn Sie diesen Ausdruck entschuldigen wollen, Sir.

Sehen Sie, meine Mitfledermäuse sind mit ihrem Leben vollkommen zufrieden, denn sie wissen nicht, daß sie Fledermäuse sind. Wie Sie bemerkt haben, besitze ich die Gabe der Sprache, wohingegen meine Brüder und Schwestern nur die Gabe des Kreischens besitzen. Darüber hinaus besitze ich ein Gedächtnis, sie jedoch nicht. Sie wissen nicht, daß sie in einer früheren Inkarnation Männer und Frauen waren und daß sie auf diese Stufe der großen Kette des Seins zurückgeworfen wurden wegen der Sünden, die sie in ihrem früheren Leben begangen haben. Aber aufgrund irgendeines Unfalls, irgendeines Knackens in der Leitung oder einer offenen Rechnung im Prozeß der Seelenwanderung wurde ich dazu verflucht, ein Bewußtsein zu besitzen, den Geist eines Menschen im Körper einer Fledermaus, was meine Strafe millionenmal härter macht.

Sir, entgegen allem, was allgemein angenommen wird, sind Fledermäuse nicht völlig blind; wir können Tag und Nacht und die vagen Gestalten der Dinge unterscheiden, doch die reichen Einzelheiten in den Formen und Farben der Welt sind für uns ein Buch mit sieben Siegeln. Ich kann das Innere dieser Toilette nur deshalb ›sehen‹, weil ich es aus der Erinnerung rekonstruiere: das Waschbecken aus Edelstahl, der auf subtile Weise beleuchtete Spiegel, der bunte Flaschen mit Proben kostenlosen Aftershaves und Eau de Colognes reflektiert, die hufeisenförmigen Papierdecken, die umsichtig zur Verfügung gestellt wurden, damit man seine Hinterbacken vor direktem Kontakt mit dem nackten Toilettensitz schützen kann – vielleicht machen Sie von dieser Annehmlichkeit selbst gerade Gebrauch. Nein, ich bitte Sie, Sir, machen Sie sich keine Umstände, es gibt keinen Grund, peinlich berührt zu sein – Ihre nackten Knie sind bei meinem so begrenzten Sehvermögen nichts weiter als fahle, verschwommene Flecken ... Ich bin nur deshalb in der Lage, mir das Innere dieser Kabine in allen Einzelheiten vorzustellen, weil ich einst selbst ein Vielflieger in diesen funkelnden Maschinen war. Als Filmproduzent, der regelmäßig zwischen Bollywood und Hollywood hin und her pendelte, lümmelte ich mich in den üppig gepolsterten Sitzen der Nabob-Klasse, verhätschelt von Stewardessen in Saris mit geschmeidigen Hüften, die mich mit Champagner, Kaviar und heißen Handtüchern versorgten. Wenn wir gelandet waren, arrangierte ich mit den Reizendsten und Leichtgläubigsten unter ihnen ein Treffen nach Dienstschluß und versprach ihnen eine Rolle in meiner nächsten Produktion, ohne zu erwähnen, daß diese Titel hatten wie *Asian Babes – Sex Slaves, Pussy Vindaloo* und *Pilau Talk*. Ja, ich war Produzent von Pornos für den indischen Markt. Shimla Pinks' Herrenabende, Freizeitunterhaltung für Geschäftsleute aus Bombay, Leihvideos für traurige, frustrierte Junggesellen ... Nichts wirklich Schmutziges, wie ich mich beeile hinzuzufügen, keine Cum-Shots, keine Gewalt, einfach nur simulierter Sex mit beiderseitiger Einwilligung und ein bißchen Masturbation. Aber nichts machte meine Kunden schneller scharf als der Anblick einer offensichtlich aus gutem Hause stammenden Inderin, die sich selbst auf diese Art erniedrigt. Nichts machte *mich* schneller scharf, um die Wahrheit zu sagen (wenn Sie so wollen, war ich ein Produzent, der selbst Hand anlegt). Ich fürchte, ich habe so manche unschuldige Maid mit Schmeichelei, Bestechung und List zu einem Leben in Schande verführt. Und jetzt leide ich deswegen … Haben Sie vielleicht Surya Deula besucht? Ja? Erinnern Sie sich an die Skulpturen? Ja, man hat mir gesagt, daß man die unmöglich vergessen kann. Unglücklicherweise habe ich es versäumt, diesen Ort in meiner früheren Inkarnation zu besuchen. Vielleicht können Sie sich die Frustration vorstellen, die es für jemanden mit meinem Geschmack und meinem Hintergrund bedeutet, angesichts des auf der ganzen Welt größten Monuments erotischer Bildhauerei das Sehvermögen einer Fledermaus zu besitzen.«

Wie ist es, eine blinde Fledermaus zu sein?
*Von S*mu*l B*ck*tt*

Wo? Wann? Warum? Kreisch. Ich bin im Dunkeln. Ich war schon immer im Dunkeln. Das war nicht immer so. Einst gab es Perioden des Lichts oder Schattierungen der Dunkelheit. Kreisch. Da war ein schwaches Leuchten am Höhleneingang. Wenn es schwand, wußte ich, bald ist es Zeit, die Höhle zu verlassen, zusammen mit den anderen, um durch die Abenddämmerung zu flattern. Kreisch. Jetzt ist es immer dunkel, gleichmäßig dunkel. Ob es zu irgendeinem bestimmten Augenblick außerhalb meines Kopfes ebenso dunkel ist wie darin, weiß ich nicht. Alles, was ich weiß, wenn wissen das richtige Wort ist, und das ist es nicht, ist, daß ich nichts sehen kann. Ich kann fühlen, hören, riechen, aber nicht sehen. Kreisch. Ich kann den Vorsprung fühlen, an dem sich die Krallen meiner Hinterbeine festhalten. Ich kann das Kreischen hören, das ich ausstoße und das die Wände zurückwerfen, und ich kann es vom ständigen Lärm des übrigen Gekreischs unterscheiden, das von den Wänden dieses Orts widerhallt. Kreisch. Ich kann den Ammoniak-Gestank riechen, der vom Boden aufsteigt, wenn es hier tatsächlich einen Boden gibt. Vielleicht hänge ich über einem Ammoniak-See, aber das glaube ich nicht, denn ich habe noch nie ein Platschen gehört, nachdem ich meinen Darm entleert habe, es sei denn, die Oberfläche des Sees befindet sich so tief unter mir, daß der Klang des aufschlagenden Kots nicht bis zu meinen Ohren getragen wird.

Ich kann mit meinen Knöchelhärchen fühlen, daß da noch jemand neben mir ist Auch er hat Knöchelhärchen, ich fühle es, wenn ich ihn gelegentlich flüchtig berühre. Kreisch. Ich sage er, aber nach allem, was ich weiß, könnte es auch eine Sie sein, das ist unmöglich zu entscheiden, es sei denn, ich fummelte mit meiner Vorderklaue unter seinen zusammengefalteten Flügeln herum, um zu sehen, ob da zwei Löcher sind oder ein Loch und ein Pimmel, und so etwas zu tun, könnte falsch interpretiert werden. Kreisch. Besser im Zustand der Unsicherheit ausharren. Unsicherheit ist unangenehm, aber Sicherheit kann schlimmer sein. Ich würde es vorziehen, mir unsicher darüber zu sein, ob ich blind bin, aber das ist das einzige, dessen ich mir sicher bin, denn es war nicht immer gleichmäßig dunkel. Kreisch. Einst gab es irgendwelche Umrisse, ich bin sicher, daß es Umrisse gab. Dunkle Umrisse vor einem weniger dunklen Hintergrund. Als ich noch sehr jung war, trug mich meine Mutter mit sich in ihrem Beutel, wenn sie auf die Jagd ging. Kreisch. Ich hielt mich an ihren Nippeln fest, wenn sie in der Abenddämmerung aufstieg und sich hinabstürzte, um Insekten zu jagen, und ich erinnere mich an die Umrisse der Dinge, zwischen, über und unter denen sie dahinflog. Jetzt gibt es keine Umrisse mehr, nur noch Berührungen, Gerüche, Töne. Ich habe die Umrisse für immer verloren. Wann? Warum? Wie? Kreisch.

9

»Vielleicht sind sie ja als Parodien ganz geschickt gemacht«, sagt Ralph. »Ich kann das wirklich nicht beurteilen, ich lese kaum zeitgenössische Literatur. Ich hab einfach nicht die Zeit dazu. Aber –«

»Du solltest Helens Romane lesen, Messenger«, sagt Carrie. »Sie sind sehr gut.«

»Davon bin ich überzeugt«, sagt Ralph, »und eines Tages werde ich mein Versäumnis nachholen.«

»Mir wäre lieber, Sie würden das lassen«, sagt Helen, »aber reden Sie weiter.«

»Ich wollte sagen, daß sie als Versuche, die Frage zu beantworten, hoffnungslos anthropomorphisch sind.«

»Anthropo – was? Was bedeutet das?« fragt Simon.

»Bzzzz!« Mark ahmt das Geräusch eines Summers nach, der zum Unterbrechen in Quizsendungen benutzt wird. »Nichtmenschliche Dinge so zu behandeln, als seien sie menschlich.«

»Sehr gut, Polo«, sagt Ralph. »Es ist wie bei den Tieren in Walt-Disney-Filmen, Sock.«

»Was war die Frage?« fragt Carrie.

»Wie ist es, eine Fledermaus zu sein?« sagt Helen. »Das ist der Titel eines philosophischen Aufsatzes.«

»Ja. So klingt er auch«, sagt Carrie.

»Ein anderer Philosoph hat kürzlich die Frage gestellt *Wie ist es, ein Thermostat zu sein?*« sagt Ralph.

»Das ist schon o.k., an oder aus«, sagt Mark und lacht leise vor sich hin.

»Gute Antwort, Polo«, sagt Ralph.

»Ich nehme an, er hat Witze gemacht, dieser Philosoph«, sagt Helen.

»Nein«, sagt Ralph, »es war ihm vollkommen ernst damit. Wenn Bewußtsein Informationsverarbeitung ist, dann könnte man vielleicht alles als bewußt bezeichnen, was – auf welch bescheidene Weise auch immer – Informationen verarbeitet. Pan-Psychismus nennt man das in meiner Branche, glaube ich. Nach dieser Vorstellung ist Bewußtsein eine der grundlegenden Eigenschaften des Universums wie Masse und Energie, die starke und die schwache Kraft. Ich glaube nicht wirklich dran.«

»Warum nicht?« fragt Helen.

»Es riecht ein wenig nach Transzendentalismus. Die Leute, die scharf darauf sind, stehen asiatischen Religionen positiv gegenüber.«

»Warum wollen Sie nicht, daß Messenger Ihre Bücher liest?« fragt Emily Helen mit unverstellter Neugierde.

Helen wirkt durch diese Frage etwas verunsichert. »Wenn Leute deine Bücher lesen, weil sie dich kennen, verzerrt das schnell ihre Leseerfahrung. Besonders, wenn sie üblicherweise keine Romane lesen.« Sie wendet sich an Ralph. »Eigentlich bin ich überrascht, daß Sie das nicht tun, da Sie so sehr am Bewußtsein interessiert sind. Die meisten modernen Romane handeln genau davon.«

»Oh, ich hab ein paar gelesen, als ich jünger war«, sagt Ralph. »Die Anfangskapitel von *Ulysses* sind beeindruckend. Danach sieht es so aus, als hätte er sich von stilistischen Spielereien und Kreuzworträtseln durcheinanderbringen lassen.«

»Was ist mit Virginia Woolf?«

»Zu vornehm, zu poetisch. Alle ihre Figuren klingen wie Virginia Woolf. Mir scheint, daß Joyce in dieser Richtung von niemandem übertroffen wurde. Hab ich recht?«

»Wahrscheinlich«, sagt Helen. »Der Roman des Bewußtseinsstroms ist überhaupt ziemlich aus der Mode.«

»Ich muß raus, ich habe genug«, sagt Carrie.

»Vom Bad oder vom Bewußtsein?« sagt Ralph.

»Von beidem«, sagt Carrie.

Die Unterhaltung findet im heißen Pool im Garten hinter dem Cottage der Messengers statt. An der Rückseite des Hauses fällt der Boden steil ab, und dort gibt es einen Balkon aus Holzbalken mit einer Treppe, die in den Garten führt. Auf halber Höhe liegt eine Art Zwischenstock, in dem sich eine Wanne aus Redwood befindet; sie besitzt einen Durchmesser von mehr als zwei Metern, ist gut anderthalb Meter tief und schließt bündig mit dem Boden ab. An ihrer Innenwand verläuft eine Bank, auf der Helen und die Familie Messenger einträchtig Hüfte an Hüfte beieinandersitzen. Heiße Wasserblasen steigen zwischen ihren Beinen auf, und Dampfschwaden schweben in der kalten Luft. Es ist spät am Nachmittag oder früh am Abend und bereits dunkel. Das einzige Licht stammt von den blauen Lampen, die unterhalb der Wasseroberfläche in der Wanne sind, sowie von den mit dicken bernsteinfarbenen Abdeckungen verkleideten Laternen, die in bestimmten Abständen auf der Treppe und den einzelnen Stockwerken befestigt sind.

Carrie klettert aus der Wanne und hält sich mit einer Hand an Ralphs Schulter fest. Das Wasser strömt an ihrem engen, dunklen Badeanzug und ihren bleichen, schweren Gliedern hinab. Sie wickelt sich in einen Frottee-Bademantel und schiebt ihre Füße in ein Paar Pantoffeln mit Kordelsohle. »Für euch Kinder wird's auch Zeit«, sagt sie.

»O Mum ...« beschweren sie sich.

»Es ist mein Ernst. Kommt raus und helft mir, den Tisch für das Abendessen zu decken.«

Ein Kind nach dem anderen steigt aus der Wanne, wickelt sich ein Handtuch um und geht die Treppe hinauf. Emily geht als letzte. »Ich glaube, ich sollte Mum helfen«, seufzt sie.

»Ich sollte wirklich aufbrechen«, sagt Helen, ohne sich von ihrem Platz zu rühren. »Ich bin zum Mittagessen gekommen, nicht auch noch zum Abendessen.«

»Oh, bitte bleiben Sie«, sagt Ralph. »Es scheint Ihnen zu gefallen.«

»Ich bin selig«, sagt sie, legt ihren Kopf in den Nacken und blickt hinauf zum Himmel. »In einem heißen Bad liegen und direkt hinauf zu den Sternen blicken! Meine Mutter würde einen Anfall bekommen, wenn sie mich so sehen könnte. ›Du holst dir noch den Tod in dieser Kälte‹, würde sie sagen.«

»Dazu kommt's nicht«, versichert ihr Ralph.

»Kann man solche Wannen in England kaufen?«

»Keine aus Redwood, soweit ich weiß. Wir haben sie zu einem enormen Preis aus Kalifornien hierherkommen und von unserem örtlichen Installateur anschließen lassen.«

»Naja, es ist eine wunderbare Erfindung«, sagt Helen, streckt ihre Beine aus und läßt sie an die Wasseroberfläche treiben. »Ich vermute, sie hat einen Thermostat. Reicht das schon aus, damit sie Bewußtsein hat?«

»Kein Bewußtsein ihrer selbst. Anders als Sie oder ich weiß sie nicht, daß sie gerade viel Spaß hat.«

»Ich dachte, so etwas wie ein Selbst gäbe es nicht.«

»Nicht als *Ding*, nein, wenn Sie damit eine feste, in sich abgeschlossene Entität meinen. Aber natürlich gibt es mehr als ein Selbst. Wir erfinden ständig welche. Wie Sie Ihre Geschichten erfinden.«

»Wollen Sie damit sagen, daß unser Leben nichts als eine Fiktion ist?«

»Gewissermaßen. Es ist eines der Dinge, die wir mit unserer zusätzlichen Gehirnkapazität machen. Wir erfinden Geschichten über uns.«

»Aber wir können unser eigenes Leben doch nicht erfinden«, widerspricht Helen. »Dinge widerfahren uns oder auch nicht, Dinge, die außerhalb unserer Kontrolle liegen. Haben Sie von diesem armen Franzosen gehört mit diesem, wie nennt man das, Locked-in-Syndrom?«

»Ja. Interessant.«

»Sie können nicht sagen, daß er seine entsetzliche Lage erfunden hat.«

»Er konstruiert eine ganz bestimmte Reaktion darauf«, sagt Ralph, »eine wirklich heroische, das gebe ich gerne zu.«

»Aber bringt Sie das nicht dazu, an so etwas wie eine Seele oder an den menschlichen Geist zu glauben?«

»Nein. Warum auch?«

»Naja, der Mut dieses Mannes, seine Entschlossenheit, sich mitzuteilen ...«

»Ja, das ist wirklich bewundernswert ... Aber es ist immer noch nichts weiter als die Informationsverarbeitung durch sein Gehirn. Daran ist nichts Übernatürliches. Kein Gespenst in der Maschine.«

»›Gespenst‹ – dieses Wort ist mit so vielen Bedeutungen befrachtet«, sagt Helen. »Es hat abergläubische und phantastische Konnotationen. Ich glaube nicht an Gespenster, aber ich glaube an die Seele.«

»An die unsterbliche Seele?«

»Ich bin nicht sicher«, sagt Helen und wirbelt mit ihrem Fuß Wasser auf.

»Na schön, dann gestehe ich Ihnen eine *sterbliche* Seele zu. Das ist einfach nur ein anderes Wort für das Ich-Bewußtsein. Aber Descartes glaubte, er habe eine unsterbliche Seele, weil er sich vorstellen konnte, sein Geist könne unabhängig von seinem Körper existieren. Behauptet man nicht genau das von Gespenstern?«

»Naja, ist das nicht das, was dieser Franzose, wie hieß er noch gleich, Bauby – ist das nicht genau das, was er macht, er denkt immer noch, unabhängig von seinem Körper. Sein Körper ist vollkommen gelähmt.«

»Er kann immer noch mit einem Auge sehen, glaube ich. Und er kann hören. Aber wie auch immer, sein Gehirn ist ein Teil seines Körpers.«

Eine Pause entsteht, und dann sagt Helen: »Was haben Sie mit ›unserer zusätzlichen Gehirnkapazität‹ gemeint?«

»Nun, unser Gehirn ist bei weitem größer als das irgendeines anderen Tieres auf unserem Planeten. Unsere DNS unterscheidet sich nur um ein Prozent von der eines Schimpansen, unseres nächsten Verwandten, aber unser Gehirn ist dreimal so groß. Offensichtlich gab das unseren primitiven Vorfahren einen großen Vorteil im evolutionären Rennen. Wir haben gelernt, Werkzeuge und Waffen herzustellen, mit Hilfe der Sprache zu kommunizieren und Probleme zu lösen, indem wir verschiedene Optionen mit unserer mentalen Software durchspielen, statt nur instinktiv zu reagieren. Wir sind über die vier Fs hinausgekommen.«

»Und die wären?«

»Feinde, Fliehen, Fressen und ... Partnersuche.«

»Oh ...« kichert Helen.

»Aber die zusätzliche Größe des menschlichen Gehirns steht in keinem Verhältnis zum evolutionären Vorteil, den wir gegenüber anderen Arten gewonnen haben. Das habe ich mit ›zusätzlicher Kapazität‹ gemeint. Der Mensch der Urzeit war wie jemand, der einen Computer auf dem neuesten Stand der Technik bekommt und damit nichts weiter tut, als simple Rechenaufgaben zu lösen. Früher oder später wird er anfangen, damit herumzuspielen, und herausfinden, daß er damit auch noch alle möglichen anderen Dinge tun kann. Das haben wir zu gegebener Zeit mit unserem Gehirn gemacht. Wir haben die Sprache entwickelt. Wir haben über unsere eigene Existenz nachgedacht. Wir wurden uns bewußt, daß wir Kreaturen sind, die eine Vergangenheit und eine Zukunft besitzen, eine individuelle und eine kollektive Geschichte. Wir haben die Kultur entwickelt: Religion, Kunst, Literatur, Gesetze ... Wissenschaft. Doch das Ich-Bewußtsein hat einen Nachteil. Wir wissen, daß wir sterben werden. Stellen Sie sich vor, was für ein entsetzlicher Schock das für den Neandertaler oder Cromagnon-Menschen war, oder wer auch immer es war, der diese fürchterliche Wahrheit zuerst entdeckte: daß er eines Tages nur noch Fleisch sein würde. Löwen und Tiger wissen das nicht. Menschenaffen wissen es nicht. Aber wir.«

»Elefanten müssen es wissen«, wirft Helen ein. »Sie haben Friedhöfe.«

»Ich fürchte, das ist ein Mythos«, sagt Ralph. »Der Mensch war das erste und einzige Lebewesen in der Geschichte der Evolution, das herausfand, daß es sterblich ist. Wie reagiert er darauf? Er erfindet Geschichten, mit denen er sich selbst erklärt, wie er in diesen Schlamassel hineingeraten ist und wie er vielleicht wieder herauskommt. Er erfindet die Religion, er entwickelt Bestattungsriten, er erfindet Geschichten über ein Leben nach dem Tod und über die Unsterblichkeit der Seele. Im Laufe der Zeit werden diese Geschichten immer ausgeklügelter. Doch in der jüngsten Phase unserer Kultur – nach evolutionärem Maßstab vor wenigen Augenblicken – übernimmt das die Wissenschaft und beginnt damit, eine völlig andere Geschichte darüber zu erzählen, wie wir dahin gekommen sind, wo wir heute sind, eine Geschichte mit einer viel größeren Erklärungskraft, durch die die Religion triumphal vom Platz gefegt wird. Heute glauben nicht mehr viele intelligente Menschen an die religiöse Geschichte, aber sie hängen immer noch an einigen ihrer tröstlichen Vorstellungen wie der Seele, dem Leben nach dem Tod und so weiter.«

»Ich glaube, das ist es, was Sie wirklich ärgert, nicht wahr?« sagt Helen. »Daß die meisten Menschen wild entschlossen sind, auch weiter daran zu glauben, daß es das Gespenst in der Maschine tatsächlich gibt – gleichgültig, wie oft ihnen Wissenschaftler und Philosophen erklären, daß es nicht existiert.«

»Daß es mich ›ärgert‹, kann man eigentlich nicht behaupten«, sagt Ralph.

»O doch, das tut es«, sagt Helen. »Es ist, als wären Sie entschlossen, es für alle Zeiten zu beseitigen. Wie ein Inquisitor, der versucht, die Häresie auszurotten.«

»Ich glaube einfach, wir sollten das, was tatsächlich der Fall *ist*, nicht mit dem verwechseln, was unserer Meinung nach der Fall sein *sollte*«, sagt Ralph.

»Aber Sie geben zu, daß wir alle private, geheime Gedanken haben, die nur wir selbst kennen.«

»Ja, natürlich.«

»Sie geben zu, daß die Art, wie ich diesen Augenblick erfahre, während ich mich hier unter den Sternen im heißen Wasser räkele, nicht exakt der Ihren entspricht?«

»Ich sehe, worauf Ihr Argument hinausläuft«, sagt er. »Sie behaupten, daß es irgendeine ganz bestimmte Art und Weise gibt, in der Sie Sie sind und ich ich bin, irgendeine Qualität der Erfahrung, die einzig und allein Ihnen oder mir gehört und die man nicht objektiv beschreiben oder mit rein physischen Begriffen erklären kann. Also kann man sie genausogut als immaterielles Selbst oder als Seele bezeichnen.«

»Ich denke schon. Ja.«

»Und ich sage, es ist immer noch eine Maschine. Eine virtuelle Maschine in einer biologischen Maschine.«

»Also ist alles eine Maschine?«

»Alles, was Informationen verarbeitet, ja.«

»Für mich ist das eine grauenhafte Vorstellung.«

Er zuckt mit den Schultern und lächelt. »Sie sind eine Maschine, die von unserer Kultur darauf programmiert wurde, nicht zu erkennen, daß sie eine Maschine ist.«

Carries Stimme ruft von oben. »Messenger! Bleibt ihr beide die ganze Nacht da draußen?«

»Wir gehen besser hinein«, sagt Helen.

»Ja, das sollten wir vielleicht«, sagt Ralph.

Sie steigen aus dem Pool und gehen die Holztreppe hinauf, die zur Rückseite des Hauses führt. In einer dunklen Ecke auf der Treppe, wo eine Glühbirne ausgefallen ist, legt Ralph eine Hand auf ihren Arm und hält sie fest.

»Helen«, murmelt er und küßt sie auf die Lippen.

Sie wehrt sich nicht dagegen.

10

Montag 10. März. Ich habe versucht, die Arbeiten zu lesen, an denen die Studenten gerade schreiben, aber ich konnte mich einfach nicht konzentrieren, weil ich die ganze Zeit über DIESEN KUSS nachdachte. Er hat mich völlig überrumpelt – wir hatten so abgehoben diskutiert, um nicht zu sagen, uns gestritten … Ich spürte, wie sein Fuß den meinen im heißen Pool ein oder zwei Mal berührte, doch ich hielt das nur für einen Zufall, ein Annäherungsversuch kam mir nie in den Sinn. Kann man diskutieren, diskutieren, um zu gewinnen – und gleichzeitig flirten? Sicher nicht. Obwohl ich mich daran erinnere, daß ich dachte, er würde mich küssen, als wir uns draußen auf dem Parkplatz in Cheltenham nach einer ebenso heftigen Meinungsverschiedenheit trennten … Vielleicht findet er es sexuell erregend, wenn ihm eine Frau in einer Diskussion die Stirn bietet. Aber bei dieser Gelegenheit hatte ich nicht mehr erwartet als einen freundlichen Kuß unter Bekannten, ein flüchtiges Streifen der Wange, wogegen er bei dem Kuß gestern seinen Mund fest auf meinen Mund drückte – nicht leidenschaftlich, nicht aufdringlich, aber eindeutig sexuell. Und ich ließ es zu. Wenigstens habe ich mich nicht dagegen gewehrt. Ich habe ihm nicht ins Gesicht geschlagen oder ihn weggeschoben oder ihn gefragt, wie er nur auf die Idee kommen konnte, so etwas zu tun. Ich habe kein Wort gesagt. Vielleicht habe ich sogar ein wenig darauf reagiert. Sicher, ich habe es genossen – mein ganzer Körper vibrierte wie die Saite einer Harfe, die jemand gezupft hat. Ich bin feucht und erregt, wenn ich diesen Augenblick jetzt noch einmal erlebe. Um Himmels willen, wie kann ein einziger Kuß so eine Wirkung haben?

Natürlich, seit einiger Zeit gibt es in meinem Leben nicht allzu viele Küsse. Nicht wahr, meine Liebe, denk dran. Du bist sehr empfänglich, sehr verletzlich im Augenblick. Du meinst sexhungrig? Nun ja, meine Liebe, vielleicht auch ein wenig das, und er ist ein sehr attraktiver Mann, egal, was du von seinen Meinungen und seiner Moral hältst. Behalte einfach einen klaren Kopf und mach nichts Unüberlegtes. Also gut, mach ich nicht.

Doch um mit dem Anfang anzufangen: Wie wir ausgemacht hatten, fuhr ich gestern zum Mittagessen zum Cottage der Messengers. Es liegt inmitten eines hübschen Streifens der Cotswolds, wie man sie von Ansichtskarten kennt – hübsch sogar in dieser Jahreszeit, wenn an den Laubbäumen kein einziges Blatt mehr zu sehen ist. In sanften Wellen wand sich die Straße durch taufeuchte Wiesen und grüne bucklige Hügel, die mit Schafen gesprenkelt waren, durch Dörfer, die die sonntagmorgendliche Stille umfing, vorbei an uralten Kirchen, hübschen Bauernhäusern und gemütlichen, strohgedeckten Cottages. Auch Horseshoes hat ein Strohdach, aber es ist eher ein Haus als ein Cottage – U-förmig, erbaut aus weichen Cotswold-Steinen, die Mauern von Glyzinien bedeckt, bei denen man sich gut vorstellen kann, wie sie im Mai über und über mit mauvefarbenen Blüten bedeckt sind. Es hat niedrige Decken mit Dachsparren und einen unebenen Fliesenboden, der mit Teppichen bedeckt ist, und einen riesigen offenen Kamin im Wohnzimmer. Überflüssig zu sagen, daß es mit einer Zentralheizung und allem anderen modernen Komfort ausgestattet ist, alles geschmackvoll in die aus dem achtzehnten Jahrhundert stammende Bausubstanz integriert.

Hier spielt die Familie der Messengers an ein oder zwei Tagen in der Woche das Leben der englischen Landbevölkerung: Carrie macht Obst ein und stellt auf dem Aga-Ölofen Konfitüren her, Emily reitet auf ihrem Pony, das in einem Stall im Ort untergebracht ist, Ralph fällt Holz für den Kamin oder macht mit den jüngeren Kindern Wanderungen und Radtouren. Die Rückseite des Hauses jedoch macht einen viel exotischeren und schwelgerischen Eindruck: Dort wurde ein zweistöckiger Balkon errichtet – oder ein »Deck«, wie sie es nennen –, auf dessen unterem Teil sich der heiße Pool aus Redwood befindet. Es wirkt ziemlich bizarr, wenn man vom englischen Teil des Gebäudes, der aus dem achtzehnten Jahrhundert stammt, in einen typisch kalifornischen Garten aus dem zwanzigsten tritt, als ginge man durch verschiedene Sets in einem Filmstudio.

Nach dem Mittagessen (eine ausgezeichnete Lammkeule aus örtlicher Schlachtung, perfekt gebraten und fein gewürzt mit Knoblauchscheibchen und Rosmarinzweigen in der Fettschicht) machten wir einen Spaziergang auf den Straßen und Wegen rund ums Haus, ich in geliehenen Gummistiefeln (sie haben sie in mehreren Größen, aus denen die Besucher wählen können). Und dann, als die rote Wintersonne unterging, zogen wir unsere Badesachen an, wickelten uns in Handtücher und Bademäntel und machten uns auf zum heißen Pool. Ich muß sagen, es war höchst angenehm, im Freien zu sitzen, bis zum Hals in sprudelndes heißes Wasser getaucht, und zuzusehen, wie die Sterne am dunkel werdenden Himmel sichtbar wurden. Die ganze Familie drückte sich hinein und saß darin im Kreis.

Es dauerte nicht lange, und Ralph war wieder bei seinem

Steckenpferd. Ich vermute, daß das Bewußtsein als Gesprächsthema den Rest der Familie langweilt, doch für mich ist es neu und überaus interessant. Nachdem die anderen gegangen und ins Haus zurückgekehrt waren, blieben er und ich noch eine Weile und sprachen über die Existenz – oder Inexistenz – der Seele. Er besitzt ein absolutes Vertrauen darin, alles evolutionär, materialistisch erklären zu können, dem schwer zu widerstehen ist – jedenfalls dann nicht, wenn man nur diesen schwankenden Halbglauben an die Transzendenz besitzt, der alles ist, was ich jetzt noch habe. Dann rief Carrie aus dem Haus, daß wir zum Abendessen hineinkommen sollten, und als wir die Treppen hinaufstiegen, küßte er mich.

Natürlich habe ich Carrie später nichts davon erzählt. Und so steht es jetzt zwischen uns, ein Geheimnis, das er und ich kennen, aber sie nicht. Als er und ich beim Abendessen Brot und Butter teilten und unsere Blicke sich trafen, teilten wir auch schweigend und unsichtbar dieses Wissen – nicht nur, daß wir uns geküßt hatten, sondern auch, daß wir uns einig waren, es zu verbergen. Nicht einmal durch das Flattern eines Augenlids oder das Zittern der Stimme verrieten wir den anderen, was geschehen war. Wie geschickt wir Menschen doch darin sind, andere zu täuschen, wie leicht es uns fällt. Haben wir die Fähigkeit dazu gleichzeitig mit unserem Ich-Bewußtsein erworben?

Ich habe absolut nicht die Absicht, mich auf eine Affäre mit Ralph Messenger einzulassen und das aus einer ganzen Reihe von Gründen. Das soll hier ganz klar sein. Und doch blieb bei mir wegen dieser Episode ein kleines, nicht zu beseitigendes Schuldgefühl zurück, das ich dadurch zu besänftigen versuchte, daß ich Carrie nach dem Essen half, die Küche aufzuräumen. Als wir in der Küche das Geschirr in den Geschirrspüler stellten, erwähnte sie, daß sie ein

Buch schreibt, einen historischen Roman, der zur Zeit des großen Erdbebens von 1906 in San Francisco spielt. Offensichtlich hat sie aus dieser Zeit einige alte Familienpapiere – Briefe und Tagebücher –, auf die sie als Material zurückgreifen kann. Sie glaubt, daß es im Kalifornien der Gegenwart, wo jeder von Erdbeben besessen ist, genügend Leser gibt, die nur darauf warten. »Das Problem ist, daß ich nicht weiß, wieviel von dem historischen Hintergrundmaterial ich einfließen lassen soll«, sagte sie. »Es ist im wesentlichen eine Familiengeschichte.« Irgendwie gelangte ich dahin, ihr anzubieten, das Manuskript zu lesen, was – um einen Ausdruck Emilys zu benutzen – ich so nötig habe wie ein Loch im Kopf. Noch eine fiktionale Welt, die ich geistig aufnehmen muß! Carrie nahm mein Angebot eifrig an. Hat sie mich durch einen Trick dazu gebracht, war das der Grund, warum ich nach Horseshoes eingeladen worden war, war das der Grund, warum Carrie die ganze Zeit über meine Bekanntschaft gesucht hat? Oder war es mein schlechtes Gewissen wegen des Kusses, das zu diesem zusätzlichen Angebot geführt hat? Ich könnte – ich kann – das nicht entscheiden. Aber warum muß ich bei allem immer nach verschlungenen Motiven suchen? Warum kann Ralphs Kuß nicht einfach eine spontane, ungeplante Handlung gewesen sein, ein simples Beispiel seiner Galanterie, das unbefangene Eingeständnis, daß er mich attraktiv findet und meine Gesellschaft genießt, nichts weiter, seine Art, eine gemeinsame Erfahrung zu besiegeln, die Diskussion über Metaphysik im heißen Pool. Und warum sollte Carrie den Roman nicht einfach zufällig erwähnt haben, und warum sollte ich meinem eigenen großzügigen Angebot, ihn zu lesen, mißtrauen? Ich vermute, es kommt daher, daß ich Romane schreibe, daß ich immer eine komplizierte Erklärung einer einfachen vorziehe.

Meine Einladung »zum Mittagessen« hatte sich sehr weit ausgedehnt, und am Ende verließen wir alle gemeinsam das Haus gegen sieben. Plötzlich beschleunigte sich das Tempo des Lebens. Von Carrie beaufsichtigt, rannte jeder geschäftig hin und her, holte verschiedene Dinge und verstaute sie, stellte den Thermostat neu ein, schaltete die Lichter aus, zog die Vorhänge zu, schloß die Fensterläden und sicherte das Haus für eine weitere Woche. Es war, als hätte sich der Vorhang über eine verträumte ländliche Idylle gesenkt und die Schauspieler stürzten sich plötzlich in hektische Aktivität, warfen ihre Kostüme von sich und verpackten ihre Requisiten, bevor sie zum nächsten Veranstaltungsort aufbrachen. Wir trennten uns auf der Straße vor dem Haus, als wir in unsere Autos stiegen. Ich verabschiedete mich und bedankte mich aufrichtig bei ihnen.

»Sie sollten mal wiederkommen«, sagte Carrie. »Sie sollten sich's zur Gewohnheit machen... Ich hasse den Gedanken daran, daß Sie Ihre Sonntage auf dem Campus verbringen.« Ralph grinste mich über ihre Schulter hinweg an. »Absolut«, sagte er. »Wir sehen uns nächsten Samstag sowieso«, sagte Carrie. Sie meinte die Party zu Ralphs fünfzigstem Geburtstag, zu der sie mich eingeladen hatten.

Später. Heute abend habe ich in den Nachrichten gehört, daß Jean-Dominique Bauby gestorben ist, nur wenige Tage, nachdem sein Buch veröffentlicht wurde. Sehr, sehr traurig, aber wenigstens hat er lange genug gelebt, um zu sehen, daß es ein riesiger Erfolg wurde. Vielleicht war es das, was ihn durchhalten ließ, die Entschlossenheit, sein Buch bis zur Veröffentlichung zu begleiten, und nachdem die erreicht war, gab sein erschöpfter Geist den Kampf auf. Wo also ist er jetzt? Nirgendwo laut Ralph Messenger, er hat einfach aufgehört zu existieren – außer im Bewußtsein der

Leser von *Schmetterling und Taucherglocke* und in den Erinnerungen derer, die ihn persönlich gekannt haben. Doch jenes Bewußtsein und jene Erinnerungen sind angeblich selbst nur Konstrukte, Fiktionen, die an zerfallende Hirnzellen gebunden sind, die ebenso dazu verurteilt sind, am Ende ausgelöscht zu werden.

Ralphs Argumente haben etwas grauenhaft Plausibles – daß die Religion aus dem einzig dem Menschen vorbehaltenen Bewußtsein seiner Sterblichkeit entstand und so weiter. Ich habe das mit den Elefanten in der *Encyclopaedia Britannica* nachgelesen, und er hat recht, verdammt. Es heißt, Tiere, die zur Schlachtbank geführt werden, spüren das Schicksal, das ihnen droht – sie treten um sich und kämpfen und scheißen sich voll, wenn sie ins Schlachthaus getrieben werden; wahrscheinlich nehmen sie den Geruch von Blut in der Luft wahr, lange bevor menschliche Nasen ihn entdecken können, oder vielleicht riechen sie die Angst der Tiere vor ihnen. Aber sie wissen nicht, *warum* sie verzweifelt sind; sie haben Angst vor dem Tod, ohne zu wissen, was er bedeutet. Wir sind die einzigen Kreaturen, die das wissen, und, von unseren allerersten Jahren abgesehen, wissen wir es *ein Leben lang*. Ist das der schreckliche Preis für das Ich-Bewußtsein?

Wenn man es so sieht, könnte die Geschichte der Erbsünde in der Genesis eigentlich ein Mythos über den Aufstieg des Ich-Bewußtseins in der Geschichte der Evolution sein. Aufgrund einer plötzlichen Steigerung der Fähigkeiten seines Gehirns begreift der Mensch, daß er sterblich ist, und er ist so entsetzt über diese Entdeckung, daß er sich eine Geschichte ausdenkt, mit der er sich, wie Ralph das nannte, »erklärt, wie er in diesen Schlamassel hineingeraten ist und wie er vielleicht wieder herauskommt«. Eine Geschichte darüber, daß er sich gegenüber einer Macht, die größer ist als er selbst, versündigt hat, die ihn für diese Sünde mit dem Tod bestraft – und die ihm, in späteren Ausschmückungen der Geschichte, eine zweite Chance anbietet, unsterblich zu werden. Es steht alles in den ersten fünf Zeilen von *Das verlorene Paradies*:

Des Menschen erste Sünde, den Genuß
Von des verbotnen Baumes Frucht, die Tod
Und alles Weh erzeugt hat und die Menschheit
Aus Eden bannte, bis ein Größrer einst
Sie wieder einführt in den Sitz des Heils –

Wenn man die Mythologie und die Theologie und die barocke Poesie streicht, findet man vielleicht eine schwache Spur davon, wie der Mensch der Urzeit zum ersten Mal bestürzt entdeckte, daß er sterblich ist, daß er in der Zeit lebt und in der Zeit stirbt. Im Mythos ist der verbotene Baum der Baum der Erkenntnis, der Erkenntnis von Gut und Böse. Eßt von seiner Frucht, so warnt Gott Adam und Eva, und ihr werdet sterben. Aber vielleicht ging es in Wirklichkeit um die Erkenntnis des Todes selbst und all der existentiellen Angst, die sie zur Folge hat. Der Niedergang des Menschen als Aufgang seines Bewußtseins und Gott eine kompensatorische Fiktion. QED.

Und doch scheint, wie jemand einmal gesagt hat, die Vorstellung eines Universums ohne Schöpfer genauso an den Haaren herbeigezogen wie die Vorstellung, daß Gott es geschaffen hat, besonders, wenn man nachts hinauf zu den Sternen sieht. Wir wissen, es gab sie nicht immer. Man kann alles bis zum Urknall zurückverfolgen, aber woher kamen die Bestandteile des Urknalls?

Vielleicht besteht unser Fehler darin, daß wir uns den Gott, der hinter allem stehen soll, so vorstellen wie uns selbst, dieses »geschaffen nach seinem Ebenbild«, wie der Katechismus sagt. Nehmen wir einmal an, Gott ist allmächtig und ewig, aber er hat kein größeres Bewußtsein seiner selbst als ein Löwe. Oder ein Ozean. Das würde eine Menge erklären – die Existenz des Bösen zum Beispiel. Vielleicht hatte Gott das nicht beabsichtigt, weil Er, oder besser Es, überhaupt nichts beabsichtigt hat. Nehmen wir an, wir sind die einzigen Geschöpfe im Universum, die Ich-Bewußtsein, Intentionalität und Schuld besitzen. Eine Vorstellung, die einen schaudern läßt. Und doch würde man ungern auf das Ich-Bewußtsein verzichten und zur unreflektierten tierischen Existenz vormenschlicher Hominiden zurückkehren, die sich von Baum zu Baum schwingen oder die weiten Savannen durchstreifen und nur auf die Befehle der vier Fs reagieren.

Wer verlöre gern,
Sei's auch von Schmerz erfüllt dies geistige Sein,

wie Milton gesagt hat. Natürlich spricht Satan. Oder wie John Stuart Mill sagte: »Lieber ein unzufriedener Mensch als ein zufriedenes Schwein.« Das war eins von Martins Lieblingszitaten.

Martin. Glaube ich, daß er zu existieren aufgehört hat? Nein, aber er scheint irgendwie ... zu verblassen, zu schwinden. In den Wochen nach seinem Tod sprach ich häufig mit ihm, manchmal laut. Wenn ich zum Beispiel beim Frühstück Zeitung las und etwas fand, das ihn interessiert oder amüsiert hätte, sagte ich: »Hör dir das an« – und dann blickte ich auf und sah den leeren Stuhl auf der anderen Seite des Tischs. Ich las es trotzdem vor, als ob er es hören könnte, wo immer er auch sein mochte. Und ich diskutierte mit ihm in meinem Kopf und manchmal laut. Wenn ich eine Entscheidung zu treffen hatte, die mir Sorgen machte, zum Beispiel was Geld oder Reparaturen am Haus betraf, fragte ich ihn, was ich tun sollte. Ich sagte etwa: »Soll ich die ganze Summe auf einmal nehmen oder sie in eine Leibrente umwandeln? Soll ich drei Kostenvoranschläge für ein neues Dach einholen oder genügen zwei?« Um diese Dinge hatte sich Martin immer gekümmert, und es erschien mir sinnvoll, auf diese Art zu einer Entscheidung zu gelangen, wie ein Kind, das seine Probleme mit einem imaginären Spielkameraden diskutiert. Aber einmal kam Lucy früher von der Schule nach Hause und hörte, wie ich in der Küche über die Erneuerung einer Versicherungsprämie redete. Sie warf mir einen besorgten Blick zu, als sie ins Zimmer kam und sah, daß ich allein war. Danach war ich vorsichtiger.

Ein Grund, warum es für mich so schwierig war, mich mit Martins Tod abzufinden, wirklich abzufinden, war, daß er so plötzlich starb, so ohne jede Warnung. In dem einen Augenblick war er noch da, und einen Augenblick später war er fort. Es war, als ob er kurz das Zimmer verlassen hätte, um irgendeine lächerliche Besorgung zu erledigen, und nicht mehr zurückgekommen wäre: Die ganze Zeit dachte ich, da muß irgendwo ein Fehler stecken, irgendein Mißverständnis, und er würde bald zurückkommen, lächelnd und mit einer Entschuldigung auf den Lippen …

Ein weiterer Grund war die gräßliche Beerdigung. Martin war Agnostiker, seine Eltern auf dem Papier Mitglieder der K von E, wenn auch keine Kirchgänger, und seine Schwester Joanna ist eine militante Atheistin, die in einer Familienberatungsstelle arbeitet und es entschieden ablehnte, daß wir unsere Kinder hatten taufen und eine katholische Grundschule besuchen lassen. »Ich hoffe, du planst keinen Gottesdienst«, sagte sie scharf, als ich ihr am Telefon

Zeit und Ort der Einäscherung mitteilte. »Martin hätte das nicht gewollt.« »Naja, keinen katholischen, wenn es das ist, was du meinst«, sagte ich ebenso scharf. (Joanna und ich sind noch nie miteinander ausgekommen.) Diese Frage hatte sich ohnehin nicht gestellt, da weder ich noch die Kinder in den Jahren zuvor praktizierende Katholiken gewesen waren und ich keinen Kontakt zu einem freundlichen Priester hatte, der ein Auge zugedrückt und sich bereit erklärt hätte, den Trauergottesdienst vorzunehmen. Wir entschieden uns für ein kleines, privates Begräbnis im Familienkreis und einen späteren Gedenkgottesdienst für seine Freunde und Kollegen. Doch trotz Joanna waren wir uns einig, daß Martins Eltern – von meinen ganz zu schweigen – bei einer rein weltlichen Veranstaltung gekränkt wären, und so wählten wir einen ganz einfachen christlichen Gottesdienst, der von einem Pfarrer durchgeführt wurde, den das Bestattungsinstitut gegen eine Gebühr vermittelt hatte. Natürlich hatte er keine Ahnung, wer Martin gewesen war, und er versuchte gar nicht erst zu verbergen, wie sehr ihn die ganze Angelegenheit langweilte und wie ungeduldig er darauf wartete, sie zu Ende bringen zu können. Die Leute vom Bestattungsinstitut waren freundlich und effizient, doch man merkte ihnen eine gewisse professionelle Enttäuschung über die wenigen Teilnehmer und die Nüchternheit des Gottesdienstes an (nur acht Trauergäste, von denen eine Frau erklärte, sie würde am Gottesdienst nicht teilnehmen, wir versuchten nicht einmal, Kirchenlieder zu singen; und ich hatte, statt um Blumen, um Spenden für die klinische Forschung gebeten). Es war ein dunkler, nasser Novembertag. Das Krematorium ließ an nichts anderes denken als an genau den Zweck, zu dem es errichtet worden war – ein düsteres Gebäude aus verrußtem Backstein, auf dessen Vorhof in Plastik verpackte, durchnäßte Kränze und

Blumensträuße von früheren Beerdigungen lagen, die die Trauernden bewundern und miteinander vergleichen konnten. Die Kapelle war überheizt, aber trostlos, bar jeder religiösen Verzierung, die jemanden hätte ausschließen oder kränken können. Wir brachten den Gottesdienst mit fast unanständiger Eile hinter uns. Der Pfarrer rasselte seine Gebete herunter, wir murmelten gelegentlich »Amen«, und dann drückte er auf den Knopf, die Musikberieselung setzte ein wie das Klaviergeklimper in alten Filmen, und der Sarg begann sich langsam zu senken. Lucy brach in Tränen aus, und ich legte meinen Arm um sie, um sie zu trösten, aber ich fühlte nichts. Ich war nur deswegen in der Lage, diese ganze grauenhafte Erfahrung durchzustehen, weil ich innerlich auf Distanz ging, wodurch sie absolut nichts dazu beitrug, mir in meiner Trauer zu helfen.

Ein paar Monate später organisierten Martins Freunde bei der BBC einen Gedenkgottesdienst in einer der von Wren erbauten Kirchen in der City, und diesen besuchte ich mit mehr Hoffnung, fast wartete ich ungeduldig darauf. Doch es war eine unbefriedigende Angelegenheit, eine merkwürdige Mischung aus Heiligem und Profanem: Die Klänge von Modern-Jazz-Stücken, die Martin am meisten geliebt hatte, hallten wider von den weißen und goldenen Wänden und den ionischen Säulen, Erinnerungen von Kollegen voll Insider-Witzen und Anspielungen, die ich nicht verstand, Ausschnitte aus Martins preisgekrönten Dokumentationen über Umweltverschmutzung und Hochseefischen, das *Ave Maria*, gesungen von einer bekannten Sopranistin, die in seinem Bericht über Covent Garden aufgetreten war ... Es war eine große Versammlung, doch nur wenige Leute hatte ich zuvor schon getroffen. Danach gab es eine Art Party im oberen Zimmer eines in der Nähe gelegenen Pubs, und mehrere Leute betranken sich, einschließlich Lucy, der im Wagen auf dem Heimweg übel wurde … Ich hatte nicht den Eindruck, daß diese Veranstaltung mehr dazu beitrug, mich mit Martins Tod zu versöhnen, als das Begräbnis oder daß sie seinem Geist erlaubt hätte, in Frieden zu ruhen.

Dienstag, 11. März. Gutes Seminar heute nachmittag. Die Arbeiten zu *Wie ist es, eine Fledermaus zu sein?* gelesen und diskutiert. Jede Menge Gelächter und allgemein gute Laune. Mir scheint, die Leute sind weniger ängstlich, weniger empfindlich, ihre Arbeiten öffentlich auseinandernehmen zu lassen, wenn es sich um eine vorgegebene Übung handelt. Richtiges Schreiben ist unweigerlich eine Art Selbstentblößung. Auch wenn es nicht unverhohlen autobiographisch ist, verrät es indirekt unsere Ängste, Begierden, Phantasien, Prioritäten. Das ist der Grund, warum feindselige Besprechungen immer so verletzend sind, so schwer abzuschütteln. Man fragt sich, ob sie nicht recht haben, was einen selbst betrifft, selbst wenn sie unrecht haben, was das Buch angeht. Den Studenten muß es in den Workshop-Sitzungen genauso gehen, aber bei einer vorgegebenen Übung steht viel weniger auf dem Spiel. Und das parodistisch-persiflierende Element bringt sie dazu, ihre literarischen Muskeln spielen zu lassen, Dinge auszuprobieren, die sie in ihren eigenen Arbeiten nicht riskieren würden. Das schien wert, wiederholt zu werden, also erzählte ich ihnen die Geschichte von Mary, der Farbwissenschaftlerin, die ihre monochrome Welt verläßt, und ich bat sie, damit etwas Ähnliches zu machen. Nur sollte es diesmal keinen Hinweis auf die Vorbilder geben – ich muß in der Lage sein, sie allein am Stil zu erkennen.

Zufällig hörte ich heute morgen Ralph Messenger im Radio – irgendein populäres Wissenschaftsmagazin. Er wurde interviewt über »Computer, die man anziehen kann«. Ich schaltete mitten in der Diskussion ein, aber soweit ich es mitbekam, hatte jemand kürzlich ein Buch geschrieben, in dem behauptet wird, daß Computer immer kleiner und billiger werden, so daß man sie in Zukunft problemlos direkt am Körper oder gar als Implantat tragen kann, um damit Puls, Temperatur, Blutdruck, Muskelspannung, Blutzuckerspiegel und so weiter zu überwachen, und jeder, der mit Hilfe eines eigenen tragbaren Computers Zugang zu diesen Informationen hätte, würde wissen, was der andere denkt und fühlt. *Ist das machbar?* wurde er gefragt. »Nun, es ist technisch machbar«, sagte er. »Computerchips werden laufend immer kleiner und immer leistungsfähiger. Sie entwickeln sich schneller als jede andere Maschine in der Geschichte. Man hat ausgerechnet, daß man – wenn sich Autos so schnell entwickelt hätten wie Computer in den letzten dreißig Jahren – heute einen Rolls Royce für weniger als ein Pfund kaufen könnte, und mit einer Gallone könnte man drei Millionen Meilen weit fahren ... Es gibt also keinen Grund, warum in nicht allzu ferner Zukunft tragbare Computer nicht billig zu haben sein sollten.« *Aber warum sollte sich jemand die Mühe machen, so eine Ausrüstung zu tragen?* wurde er gefragt. »Nun, ein Vorschlag war, daß Haushaltsgeräte auf diese Informationen reagieren und im voraus auf Ihre Bedürfnisse eingehen könnten – sagen wir, wenn man müde von der Arbeit nach Hause kommt, macht einem der Teekocher eine Tasse Tee, und der Fernseher sucht einem ein entsprechend entspannendes Programm aus, ohne daß man einen Finger rühren muß ...«, sagte er. »Aber tragbare Computer könnten auch bei gewissen Gelegenheiten vorgeschrieben werden. Nehmen wir zum Beispiel an, daß ein tragbarer Computer eine rote Lampe auf dem Dach Ihres Wagens aufleuchten läßt, wenn Ihr Blutdruck und Ihr Puls einen gewissen Wert überschreiten.« *Eine Art Meßgerät für die Aggression im Straßenverkehr?* »Genau. Dadurch könnten eine Menge Unfälle verhindert werden. Es könnte sogar zur Bedingung werden, daß man eins trägt, wenn man einen Führerschein will.« *Aber würde es durch diese tragbaren Computer möglich, wirklich zu wissen, was andere Menschen denken?* »Nein«, sagte Ralph, »denn unsere Gedanken haben einen semantischen Inhalt, der viel zu komplex und viel zu subtil ist, als daß man ihn anhand körperlicher Symptome identifizieren könnte. Der Vorschlag basiert auf einer ziemlich simplen Form behavioristischer Psychologie.«

Interessant, daß er tragbare Computer so abtat. Vielleicht gefällt ihm die Vorstellung nicht, daß man Schürzenjägerei in Zukunft elektronisch überwachen könnte. Wenn sie *wirklich* machbar wären, könnten solche tragbaren Computer dem Ehebruch ein Ende bereiten.

11

Eins oder drei, Schuh hab ich zwei … Es ist Mittwoch, der zwölfte März, halb sechs Uhr abends … Der Voicemaster läuft, und er ist brillant, er nimmt nicht nur auf, was ich ihm diktiere, ich kann auch zuvor aufgenommene Bänder direkt über Kabel eingeben, was bedeutet, daß ich den alten Pearlcorder noch verwenden kann, wo immer ich will. Das hier diktiere ich, während ich von der Universität nach Hause fahre oder besser, während ich auf der A345 im Stau stecke, irgendein Engpaß da vorne, Bauarbeiten oder ein Unfall … Es ist also nicht nötig, daß ich am Sonntagmorgen weiterhin ins Centre gehe, um mit dem Experiment fortzufahren, was mein Verhältnis zu Carrie ganz gewaltig verbessern wird … es scheint mir zu diesem Zweck sowieso kein sicherer und privater Ort mehr, seit ich letzten Sonntag Duggers getroffen habe, als er das Gebäude betrat, während ich gerade ging … Wir sahen einander gleichzeitig durch die Glastüren, er stand draußen und benutzte seine Magnetkarte, um die Tür zu öffnen, als ich von innen herantrat … wir waren gleichermaßen überrascht und starrten einander wie Einbrecher an, die sich auf der Treppe eines leeren Hauses von Angesicht zu Angesicht gegenüberstehen … Er wirkte ein wenig nervös … ich auch, zweifellos, aber nachdem er die Tür geöffnet hatte, hatten wir beide unsere Selbstsicherheit wiedergewonnen … Hallo Duggers, sagte ich, was machst du hier an einem Sonntagmorgen? »Ich komme am Wochenende oft hierher, um liegengebliebene

Arbeit nachzuholen«, sagte er frostig. »Nur um diese Zeit kann man sicher sein, an diesem Ort etwas Ruhe zu haben.« Das verstehe ich gut, sagte ich gespielt kameradschaftlich. »Und wie steht's mit dir, Messenger?« sagte er. »Auf der Flucht vor den Freuden des häuslichen Beisammenseins?« Was weißt du schon davon, hätte ich ihn beinahe gefragt. Duggers lebt mit seiner verwitweten Mutter und einer unverheirateten Schwester in einer rechteckigen viktorianischen Backsteinvilla in einem der wenigen Dörfer in diesem Teil der Welt, die absolut keinen Charme besitzen. Es gibt nur wenige, die jemals in dieses Haus eingeladen wurden, wir ganz sicher nicht, aber ich bin bei Gelegenheit schon daran vorbeigefahren, und »Freude« und »häusliches Beisammensein« sind nicht gerade die Worte, die man sofort damit verbinden würde. »O nein, ich suche nur ein paar Unterlagen zusammen, die ich vergessen habe, mit nach Hause zu nehmen«, sagte ich und tätschelte die Aktentasche, die ich bei mir trug. Instinktiv verschwieg ich die Tatsache, daß ich davor eine Stunde lang in meinem Büro gewesen war, vielleicht, weil mir nicht wohl war bei dem Gedanken, wie leicht er hätte früher kommen und sich ohne mein Wissen im Gebäude aufhalten können ... vor meinem Büro stehenbleiben, nachdem er das Murmeln meiner Stimme gehört hat ... sein Ohr an die Tür pressen ... nein, so weit würde er sich nicht erniedrigen, aber er ist mir nicht ganz geheuer, dieser Duggers, schon seit ich ihn das erste Mal traf, als ich kam, um mir die Sache hier anzusehen, und dabei selbst unter die Lupe genommen wurde, sie flogen mich aus Kalifornien ein, ich verbrachte zwei Tage damit, Mitglieder des Fachbereichs und graduierte Studenten zu treffen, ich hielt eine Vorlesung, der VK gab ein Abendessen ... die übliche Prozedur ... ich erinnere mich an die kalte Abneigung in Duggers' Augen hinter seiner runden Schülerbrille, als wir uns vorgestellt wurden ... mir war sofort klar, daß er der interne Spitzenkandidat für diesen Job sein mußte, und ihm war sofort klar, daß ich ihn bekommen würde ... naja, ich verstehe, wie er sich fühlte, sich immer noch fühlt, bis zu einem gewissen Punkt, seine Forschungspublikationen sind überragend, weniger als meine, aber origineller ... aber das hier ist nicht nur ein Forschungsjob, es ist genausogut ein Finanzmanagement-Job und ein Job, der mit Führungsqualitäten zu tun hat, und ein PR-Job – dazu braucht man nicht nur Grips, sondern auch Charisma ... und Duggers hat ungefähr so viel Charisma wie ein Streber in der Schule, und so sieht er auch aus ... Armer alter Duggers ... Ich frage mich, was so interessant an dem ist, woran er arbeitet, daß er es nicht einmal an einem Sonntag morgen ruhenlassen kann, hm? Natürlich weiß ich es in groben Zügen, evolutionäre Systeme, die Agenten beibringen können, ihrerseits solche Systeme zu benutzen, sozusagen ihre eigene Bedienungsanleitung zu schreiben, denn das ist es, womit er sich die letzten beiden Jahre beschäftigt hat ... aber hat er wirklich einen wichtigen Durchbruch erreicht ...? Wenn ja, so könnte gleichzeitig ein ungeheures kommerzielles Potential darin stecken, und es könnte theoretisch bedeutend sein ... *Das* wäre ein Test für meine professionelle Objektivität, muß ich zugeben – wenn Duggers mit einer sensationellen neuen Entdeckung Schlagzeilen macht ... Es wäre gut für das Centre, es könnte entscheidend sein, unseren Ruf als Elite-Forschungsinstitut zu sichern, also sollte ich mich darüber freuen ... aber könnte ich es ertragen, daß er solchen Ruhm einheimst? Nehmen wir an, er bekommt deshalb ein FRS ... Nein, ich glaube nicht, daß ich das ertragen könnte. Mein Gott, schon der Gedanke, ihm gratulieren zu müssen, die Wörter zwischen den Zähnen hervorpressen zu müssen, während man ihm ein Ohr abbeißen will, seine Hand schütteln zu müssen, während man ihm den Arm auskugeln will ... Nein, nein, kein FRS für Duggers, bitte ... Ich habe mich einigermaßen damit abgefunden, daß ich selbst keins bekomme ... naja, ich habe mich nicht wirklich damit abgefunden, aber ich weiß, was sie über mich sagen, »ein Popularisator, ein Professor so recht für die Medien, ein beeindruckendes Buch, das er sich zugute halten kann, aber keine ernsthafte originelle Forschungsarbeit ...« Natürlich ist das teilweise Neid ... und sowieso sind nur wenige Leute aus den Kognitionswissenschaften Fellows ... Vielleicht ist das Gebiet zu amorph, überschneidet sich mit zu vielen anderen Disziplinen, als daß es eine eigene Identität haben könnte ... ist es Mathematik, ist es Philosophie oder Psychologie ... oder Ingenieurwissenschaft? In Wirklichkeit ist es alles zugleich, und gerade das macht es so faszinierend, aber das wissenschaftliche Establishment begegnet ihm mit Mißtrauen, wie einer Art Bastard-Disziplin ... schwer, sich vorzustellen, daß ein Kognitionswissenschaftler jemals einen Nobelpreis bekommt ... selbst wenn jemand morgen früh das Problem des Bewußtseins knacken sollte, welchen Preis würden sie ihm geben? Physik? Chemie? Physiologie? Es paßt in keine dieser Kategorien ... Ich frage mich, wie es ist, wie es wirklich ist, einen Nobelpreis zu bekommen ... die Qualia des Genobeltseins ... es muß sein, als ob, wie heißt das Wort, wenn einer zum Gott wird ... *Apotheose*, ja ... plötzlich wird man unverwundbar, unsterblich ... natürlich nicht buchstäblich, aber man hat etwas erreicht, das einem selbst der Tod nicht nehmen kann ... und man muß nicht mehr kämpfen, solange man lebt ... jede weitere Leistung ist ein Bonus, dein Becher läuft über ... man hat von anderen nichts mehr zu fürchten ... man steht jenseits aller Konkurrenz ... Soll Duggers doch sein FRS bekommen, unbedingt, soll doch jeder aus dem naturwissenschaftlichen Fachbereich ein FRS bekommen … es gibt nur einen Nobelpreis … Man sonnt sich einfach nur in seinem Ruhm, sein Strahlen umgibt einen wie ein Heiligenschein, wohin man auch geht … nachts schläft man lächelnd im Wissen ein, Nobelpreisträger zu sein, und man erwacht glücklich, weiß zuerst gar nicht, warum, aber dann fällt es einem ein … an jedem Tag des Lebens ist das der erste bewußte Gedanke … *Ich habe den Nobelpreis bekommen* … Ist es wirklich so, frage ich mich. Oder sind Nobelpreisträger, genau wie wir alle, immer noch unbefriedigt, immer noch ehrgeizig, ständig voller Sehnsucht nach noch mehr Entdeckungen, noch mehr Ehrungen, noch mehr Ruhm? Nun, ich werd's nie erfahren … nicht einmal ein FRS ist eine realistische Aussicht … Vielleicht liebe ich das körperliche Leben zu sehr, Frauen, Essen, Wein … besonders Frauen … ein wahrer Wissenschaftler denkt nur an seine Wissenschaft, er lebt sie und atmet sie, er beäugt jeden Augenblick, der ihn davon ablenkt, voll Widerwillen … diese Geschichte über den Wissenschaftler, dessen Frau an die Tür zu seinem Arbeitszimmer klopft … *EHEFRAU: Alfred, wir müssen miteinander reden. WISSENSCHAFTLER* (blickt von seinem Tisch auf, runzelt die Stirn): *Worüber? EHEFRAU: Ich habe einen Liebhaber. Ich verlasse dich. Ich will die Scheidung. WISSENSCHAFTLER: Oh.* (Pause) *Wie lang dauert das?* Wenn man sich Duggers verheiratet vorstellen könnte, könnte man sich vorstellen, daß er sich so verhält … müßte er seinen Bewußtseinsstrom in den Voicemaster diktieren, kämen nur genetische Algorithmen dabei raus … Algorithmen und gelegentliches Meckern über das Centre im allgemeinen und mich im besonderen … Oder zum Beispiel Turing, ein wirklich großer Kopf, ein Genie, hat den Lauf der Zivilisation verändert, na gut, hat ihn jedenfalls beschleunigt, irgendein anderer hätte früher oder später den Computer erfunden, aber er war seiner Zeit in unglaublichem Maße voraus ... aber als Mensch völlig verkorkst, ein einsamer, unterdrückter, unglücklicher Homosexueller, der sich schließlich in einer trostlosen Wohnung in Manchester umbringt ... wenn ich die Chance bekäme, noch einmal wiederzukommen und mein Leben entweder als Turing oder als Ralph Messenger zu leben, würde ich nicht zögern ... Ich frage mich, ob sich irgend jemand dafür *entscheiden* würde, Homosexueller zu sein, wenn er die Wahl hätte? Nicht, daß ich homophob wäre, sie tun mir einfach nur leid. Welch ein Verlust, die Körper von Frauen nicht attraktiv zu finden, ihre Kurven und Mösen und all die anderen faszinierenden Dinge, die sie von Männern unterscheiden ... ständig nach Körpern zu gieren, die genauso wie der eigene sind, scheint so ... langweilig ... Und dann, machen wir uns doch nichts vor, ist das Arschloch eines männlichen Erwachsenen nicht gerade die reine Schönheit ... kein Wunder, daß Nicholas Beck enthaltsam lebt ...

Ah, gut, der Verkehr setzt sich endlich wieder in Bewegung ... ein blaues Licht blitzt auf, also muß es ein Unfall gewesen sein ... sieht aus, als wär's die Kreuzung, wo ich die Abkürzung nach Horseshoes nehme ... Ich habe sie geküßt ... Helen ... nachdem die anderen ins Haus zurückgegangen waren, blieben wir in der Wanne sitzen und plauderten ein wenig, genauer gesagt, wir haben diskutiert, ziemlich heftiges Zeug ... das ist es, was mir an ihr so gefällt, sie glaubt nicht, es sei prätentiös, über ernsthafte Themen zu sprechen ... bis uns Carrie schließlich zum Abendessen nach drinnen rief, und als wir die Stufen hinaufgingen, habe ich sie geküßt ... Ich hab's darauf ankommen lassen, aber mein Instinkt irrt sich bei diesen Dingen normalerweise nicht ... wie damals, als ich Carrie im Aufzug des MIT geküßt habe … Ich sah, daß sie sich wohl fühlte, sie mochte das Haus, ihr gefiel der heiße Pool … ihr Körper im Badeanzug erfüllte alle Erwartungen, ich hatte Gelegenheit zu einem schnellen, prüfenden Blick, als sie ihren Bademantel abschüttelte und in die Wanne stieg, die arme Carrie starrte neidisch auf ihre schlanken Hüften und ihre geschmeidigen Schenkel … die Titten hängen ein bißchen und stehen weit auseinander, aber sie sind wohlgeformt und fest … sie hüpften sichtbar aufgrund ihrer eigenen Elastizität, nicht wegen des Baumwoll-Latex, als sie in die Wanne stieg … als sie herauskletterte, konnte ich einen ausgezeichneten Blick auf ihren Hintern werfen … und es ist wirklich ein sehr hübscher Hintern, üppig, aber nicht schwabbelig … einfach so üppig, daß die Hinterbacken wie zwei mollige Halbmonde unter dem Badeanzug hervorschauten, der einen hohen Beinausschnitt hatte … eigentlich verhinderte nur ein winziger Stoffstreifen, nicht viel breiter als zweieinhalb Zentimeter, daß ich ihr direkt auf die Möse starrte … Komische Dinger, Badeanzüge … wie wenig sie verdecken, und doch, was für einen Unterschied sie machen. Es ist immer eine völlige Überraschung, wenn man eine Frau zum ersten Mal nackt sieht … manchmal eine angenehme, manchmal eine Enttäuschung … Ich frage mich, ob sie irgendwann einmal auch bereit wäre, nackt in die Wanne zu steigen, nicht *en famille*, natürlich nicht, aber bei einer Sitzung nur für Erwachsene, wie die Leute das manchmal in Kalifornien gemacht haben … Man nippt an Bechergläsern voll Napa Valley Zinfandel, der Geruch von Barbecue-Rauch liegt in der Luft, und aus dem tragbaren Stereogerät kommen Raga-Klänge … eine wunderbare Zeit … Carrie steigt nicht nackt in die Wanne, wenn die Kinder dabei sind … was nur fair ist, vermute ich, es wäre ihnen wahnsinnig peinlich, den Jungs jedenfalls … Und wir alle sind heutzutage so wachsam gegenüber sexuellem Mißbrauch, voll panischer Angst, auch nur den leisesten Grund zu einem Verdacht zu geben oder ein zukünftiges False-Memory-Syndrom zu nähren … und daß Emily nicht meine Tochter ist, macht die ganze Angelegenheit nur noch komplizierter … obwohl ich nicht sicher bin, ob es *ihr* etwas ausmachen würde … Als ich sie etwa vor einem Jahr nackt sah, als ich in das Familienbadezimmer ging, weil ich irgend etwas suchte, nahm sie gerade ein Bad. »Oh! Entschuldige!« Ich hatte nur einen flüchtigen Blick auf ihre naß glänzenden, straffen, jugendlichen Brüste mit den großen braunen Aureolen und den spitzen Nippeln geworfen, bevor ich auf dem Absatz kehrtmachte, hinausging und durch die Tür schrie: »Schließ die Tür ab, wenn du ein Bad nimmst, bitte« … Sie grinste mich ein wenig verlegen an, als sie später aus dem Badezimmer kam: »Tut mir leid wegen vorhin, Messenger« … aber sie wirkte nicht bestürzt, ich jedoch war es … denn ich würde Emily gerne ficken … ich werde es nicht *tun*, natürlich nicht, es wäre undenkbar – nein, genau das ist es, denkbar … es gibt keine sexuelle Handlung, wie pervers oder bizarr auch immer, die nicht gedacht werden kann, die nicht bereits jemand gedacht hat … aber ich habe keine Absicht, es zu tun, überhaupt keine … Auch wenn die Vorstellung fast unerträglich ist, daß ihr von Akne geplagter, schlaksiger Freund Greg dieses Privileg hat … Ich würde es nie tun … Es ist einer von diesen Gedanken, die wir im vertraulichen Aktenschrank unseres Geistes verschlossen halten … sinnlos, zu versuchen, ihn zu schreddern oder zu verbrennen oder zu leugnen, daß er existiert, man kann ihn nur verstecken, vor den eigenen Augen genausosehr wie vor denen anderer … was keineswegs dadurch leichter wird, daß man seine gut entwickelte Stieftochter beim Baden überrascht …

Wie bin ich überhaupt dazu gekommen, diese besondere Schublade des Aktenschrankes aufzuschließen ...? Helen Reed, ja, auch sie würde ich gerne ficken, aber das ist nicht nur denkbar, es ist durchaus machbar, kein Tabu hier ... ich habe sie geküßt, und sie hat sich nicht dagegen gewehrt ... sie hat den Kuß eigentlich nicht erwidert, aber sie hat sich nicht dagegen gewehrt ... es war eine gute Woche, was verbotene Küsse angeht ... Ich habe gestern mit Marianne geknutscht, ausgerechnet auf dem Parkplatz von Sainsbury's ... Ich war im Laden, um für die Party Wein zu kaufen, sie erledigte ihren eigenen Wocheneinkauf, wir trafen uns auf dem Gang, als wir unsere Einkaufswagen in verschiedene Richtungen schoben, zwischen den Säften und den Phileas Fogg Tortilla Chips ... wir plauderten eine Weile völlig unschuldig, doch als wir uns trennten, fragte ich sie, wo sie geparkt hatte, und nach einem Augenblick des Zögerns murmelte sie: »Beim Glascontainer« ... Als ich meinen Einkaufswagen mit Alkohol gefüllt und an der Kasse bezahlt hatte, schob ich ihn hinaus auf den Parkplatz und lud die Sachen in meinen Wagen ... es war dunkel und naß, ein schwacher, unsichtbarer Nieselregen fiel auf die Reihen der Autos, und ihre Fenster beschlugen ... Ich saß in meinem Wagen und blickte nach draußen, bis sie vorbeikam, ihren eigenen, bis oben mit Essen vollgepackten Einkaufswagen vor sich her schiebend ... als sie die Sachen in den Kofferraum ihres Volvo geladen hatte, setzte sie sich auf den Fahrersitz, doch sie startete den Motor nicht und schaltete die Lichter nicht ein. Es war ein hübsches, dunkles Fleckchen neben dem Glascontainer, kein anderes Auto parkte in der Nähe. Ich ging zu ihrem Wagen, öffnete die Beifahrertür und stieg ein, sie hatte die Lehne nach hinten geklappt ... wir fielen übereinander her ... wie immer ohne ein Wort zu sagen, die Zunge im Mund des anderen, grabschende Hände unter den Kleidern des anderen … ich dachte, wir würden es gleich hier und jetzt im Auto machen, wie eine Prostituierte und ihr Freier, aber dann gab es plötzlich eine Explosion berstenden Glases, als jemand eine Flaschensalve in den Glascontainer schmiß, und das erschreckte sie, sie machte sich los, wandte sich ab und ließ den Motor an … ohne ein Wort … sie legte den Rückwärtsgang ein … ich mußte in größter Eile aus dem Wagen klettern … sie ließ mich dort neben dem Glascontainer stehen, ich schnappte nach Luft und hatte eine Erektion wie ein Besenstiel …

O ja, ein schlimmer Unfall, VW-Wohnmobil umgekippt, MG im Graben, Polizeiautos, Krankenwagen … Danke, Officer … Ich bin weg, wie die Amis sagen … *(Ende der Aufnahme)*

12

Donnerstag, 13. März. Bei einer meiner Studentinnen, Sandra Pickering, bin ich auf ein merkwürdiges und ziemlich beunruhigendes Problem gestoßen. Ich hatte ihr in der Gruppe bereits die Rolle der Geheimnisvollen zugeordnet, denn während des Unterrichts sagte sie sehr wenig – sie starrte mich einfach nur auf leicht beunruhigende Art an, ausdruckslos, starr. Sie ist Ende zwanzig, hat ein glattes, ovales Gesicht, glattes, schulterlanges blondes Haar und eine üppige Oberweite, die sie üblicherweise unter einem schwarzen Lederblouson versteckt. Ihre Lippen sind voll und fleischig, die obere steht ein wenig über die untere vor, was ihr einen leicht schmollenden Ausdruck verleiht, wenn sie sie nicht bewegt. An ihrer Erscheinung ist nichts Besonderes, außer daß sie einen Metallsticker in ihrer Zunge trägt – Silber, vermute ich, oder vielleicht Edelstahl. Bei den seltenen Gelegenheiten, bei denen sie spricht, erhascht man ab und zu einen Blick darauf, wie er in ihrem Mund funkelt und glänzt. Das muß beim Essen sehr unbequem sein, könnte ich mir vorstellen.

Sie gehört zu den Studenten, die ihre Jobs aufgegeben haben, um diesen Kurs zu besuchen – sie hat in der Werbung gearbeitet, wie sie mitzuteilen geruhte, als ich an meinem ersten Tag die Gruppe durchging und alle nach ihrem Hintergrund fragte. Tatsächlich sagt sie überhaupt nie irgend etwas, außer wenn ich ihr direkt eine Frage stelle, und dann antwortet sie knapp und unverbindlich. Ich habe mich gefragt, ob irgend etwas sie bedrückt oder sie persönliche Probleme hat, und bei Simon Bellamy diskret wegen dieser Frage vorgefühlt. Er meinte zwar, ihre Stimmung sei dieses Semester gedämpft, sagte aber, daß sie noch nie ein besonders offenes oder gesprächiges Mitglied der Gruppe war, immer »bleibt sie für sich«. Sie hat alle Seminar- und Workshop-Sitzungen besucht, aber sie war die einzige, die zum Thema *Wie ist es, eine Fledermaus zu sein?* keine Arbeit abgegeben hat (zugegeben, das war freiwillig), und zu denen der anderen hatte sie nichts zu sagen, wodurch sie den Eindruck erweckte, als hielte sie das alles für ein ziemlich triviales Gesellschaftsspiel. Noch wichtiger ist, daß sie die letzte der Gruppe war, die mir zeigte, woran sie gerade arbeitet. Nachdem ich ihr eine ziemlich scharfe Ermahnung geschickt hatte, hat sie am Dienstag ein paar Kapitel eines Romans mit dem Titel *Verbrannt* abgegeben, und die habe ich gestern gelesen.

Im Roman geht es um eine junge Frau namens Laura, die in einer Werbeagentur als persönliche Assistentin eines älteren, verheirateten Mannes namens Alastair arbeitet. Sie fühlt sich zu ihm hingezogen, und es ist offensichtlich, daß sie zu gegebener Zeit eine Art Affäre haben werden. Es ist eine wohlbekannte, um nicht zu sagen banale Geschichte, die belebt wird durch einige treffsichere Beobachtungen zur Firmenpolitik und eine sichere, geschickte und sardonische Behandlung des Kontrasts zwischen der turbulenten inneren Welt der Heldin – nichts als romantische Sehnsucht, erotische Phantasien und Selbstzweifel – und ihrem gefaßten, professionellen äußeren Verhalten bei der Arbeit. Der Roman ist in der zweiten Person geschrieben: »Du ziehst die weiße Bluse an. Du ziehst die weiße Bluse aus, denn darin siehst du aus wie eine ältere Schülerin, die jüngere Schüler beaufsichtigt. Du ziehst den schwarzen Seidenbustier an. Du ziehst den schwarzen Seidenbustier aus, denn darin siehst du aus wie eine Nutte. Du ziehst die weiße Bluse wieder an und läßt die obersten drei Knöpfe offen …« Ich vermute, sie hat die Idee von Jay McInerney, aber das macht nichts. So weit, so gut, dachte ich am Ende des ersten Kapitels.

Aber dann, als im zweiten Kapitel die Figur des Alastair entwickelt wurde, hatte ich das überaus seltsame Gefühl eines *déjà-vu.* In mehr als einer Hinsicht ähnelt er der Figur des Sebastian aus *Das Auge des Sturms.* Er ist groß und schlaksig, geistesabwesend und unordentlich, kommt häufig mit zwei verschiedenen Socken oder einem falsch geknöpften Hemd zur Arbeit. Er hat die Angewohnheit, sich in seinem Drehstuhl zurückzulehnen und seine Füße auf den Schreibtisch zu legen und mit einem Bleistift oder Füller zwischen den Zähnen zu wackeln, wenn er nachdenkt. Er nimmt Anrufe mit einem ungeduldigen »Ja?« entgegen. Andauernd stößt er gegen andere Leute oder gegen Möbel, denn er geht mit gesenktem Kopf. Und es gibt andere, weniger greifbare Ähnlichkeiten, weniger leicht festzunageln, doch für mich ganz offensichtlich.

Um ein häßliches, aber ausdrucksstarkes Wort zu benutzen: Ich fühlte mich verarscht. Ich wußte nicht, was ich damit machen sollte. War das eine Art Witz? Wenn ja, dann hab ich ihn nicht verstanden. Oder hatte sie *Das Auge des Sturms* gelesen, Einzelheiten über die Figur des Sebastian in ihr kreatives Unterbewußtsein aufgenommen und sie ohne es zu wissen wiederverwertet? Das schien die wahrscheinlichste Erklärung.

Als sie zur Sprechstunde in die Leichtstein-Zelle kam, die mir als Büro dient, kam ich sofort zum Thema. »Haben Sie *Das Auge des Sturms* gelesen?« Sie sagte, ja, das habe sie, während der Weihnachtsferien. Das überraschte mich; es bedeutete, daß sie das zweite Kapitel erst vor ganz kurzer Zeit geschrieben haben konnte, und sie konnte ihre Anleihen unmöglich unbewußt gemacht haben. Ich sagte: »Es dürfte Ihnen vermutlich klar sein, daß viele der Charakterzüge Alastairs exakt denen meiner Figur des Sebastian entsprechen?« – »Ja, das ist mir aufgefallen«, sagte sie kühl. »Es ist Ihnen *aufgefallen*?« wiederholte ich verdutzt. »Wann ist Ihnen das aufgefallen?« – »Als ich Ihr Buch gelesen habe«, sagte sie und sah genauso verdutzt aus. »Aber Sie müssen das zweite Kapitel geschrieben haben, nachdem Sie *Das Auge des Sturms* gelesen haben«, sagte ich. »O nein«, sagte sie, »ich habe beide Kapitel letzten Sommer geschrieben, bevor ich mit dem Kurs angefangen habe.« Ich starrte sie an. »Haben Sie sie überarbeitet, seit Sie hier sind?« fragte ich. »Ja«, sagte sie, »im November, nachdem ich sie Russell gezeigt hatte.« – »Sie wollen also behaupten«, sagte ich langsam, »daß Sie jedes Wort davon« – ich hielt das zweite Kapitel hoch und sah ihr direkt in die Augen – »geschrieben haben, bevor Sie *Das Auge des Sturms* lasen?« Sie wich meinem Blick nicht aus – sie blinzelte kaum. »Ja, natürlich«, sagte sie. »Wie erklären Sie sich dann die außerordentlichen Ähnlichkeiten zwischen meiner Figur und Ihrer?« Ich zählte ein paar davon auf. »Nichts als Zufall, vermute ich«, sagte sie und zuckte mit den Schultern. Eine Andeutung von Verdrießlichkeit huschte über ihre glatten Züge, wie wenn Wind das Wasser eines Teiches kräuselt. »Sie wollen nicht andeuten, daß ich Ihre Figur kopiert habe, oder?« sagte sie. »Ich dachte, vielleicht haben Sie einige Einzelheiten aus meinem Buch reproduziert, ohne sich dessen bewußt zu sein«, sagte ich. »O nein«, sagte sie und schüttelte heftig den Kopf, »das ist unmöglich. Ich hab's Ihnen doch gesagt – ich habe mit meinem Roman angefangen, bevor ich Ihren gelesen habe.« – »Vielleicht hat Ihnen jemand davon erzählt? Vielleicht haben Sie eine Besprechung gelesen?« sagte ich und versuchte verzweifelt, eine Erklärung zu finden, mit der wir beide das Gesicht wahren und auf die wir uns einigen konnten, auch wenn ich nicht daran glaubte. »Nein«, sagte sie rundheraus. »Ich würde mich daran erinnern.« – »Also gut«, sagte ich und warf meine Hände in die Luft, »ich weiß nicht, was ich sagen soll, ich weiß absolut nicht mehr weiter.« Ich sollte noch erwähnen, daß sie während unseres ganzen Gesprächs, bei dem ich unbehaglich auf meinem Sitz hin und her rückte und mit meinem Stuhl von einer Seite auf die andere rollte und mit verschiedenen Dingen auf meinem Schreibtisch herumspielte, als sei *ich* diejenige, die hier beschuldigt wird, ganz ruhig und gefaßt auf ihrem Stuhl saß, Knie und Füße aneinander gedrückt, die Hände sittsam in ihrem Schoß gefaltet. »Ich sehe das Problem nicht«, sagte sie. »Sie sind ziemlich gewöhnlich, solche Männer. Wir können unmöglich die einzigen Autorinnen sein, die eine Figur erfunden haben, die manchmal verschiedene Socken trägt.« Frech fügte sie hinzu: »Eigentlich ist sie ein wenig klischeehaft.« – »Natürlich haben die Details keine Bedeutung, wenn man jedes einzelne für sich nimmt«, sagte ich gereizt. »Es ist die gleiche *Kombination*, die so ungewöhnlich ist.« Wir beide schwiegen einige Augenblicke. »Wie auch immer, was halten Sie davon?« fragte sie, als ob wir das Problem erledigt hätten. »Es fällt mir schwer, unter diesen Umständen ein Urteil abzugeben«, sagte ich. »Haben Sie noch mehr geschrieben?« Es stellte sich heraus, daß sie den Entwurf zu zwei weiteren Kapiteln geschrieben hatte. Ich sagte, ich sei sehr daran interessiert, und beendete die Sprechstunde ziemlich abrupt.

Diese Begegnung hat mich völlig aus dem Gleichgewicht gebracht, und ich war den ganzen Tag über nicht in der Lage, an etwas anderes zu denken. Ich fürchte, ich war einigermaßen unfähig, die Workshop-Sitzung heute nachmittag zu leiten – glücklicherweise war Simon Bellamy an der Reihe, seine Arbeit vorzustellen, und er kam ganz gut damit zurecht, die Diskussion zu führen. In deren Verlauf sah ich ständig zu Sandra Pickering hinüber, und ich ertappte mich beunruhigend häufig dabei, wie ich ihr direkt in die undurchsichtigen braunen Augen blickte. Einmal machte sie eine Bemerkung zu Simons Arbeit, und ich erhaschte einen Blick auf den Metallstecker, der in ihrer dunklen Mundhöhle funkelte wie ein Juwel in der Stirn einer Kröte. Diese junge Frau hat etwas leicht Reptilienartiges an sich – ihre Ausdruckslosigkeit, ihre Ruhe, ihr starrer Blick. Zweifellos projiziere ich nur meine eigene Unsicherheit auf sie. Nehmen wir mal an, sie sagt die Wahrheit. Ist es möglich, daß zwei verschiedene Autoren unabhängig voneinander dieselbe Figur erfinden? Sicher, aber nur, wenn die Figur ein vollkommenes Klischee ist. Ich vermute, das hat mich so durcheinandergebracht – die Implikation, daß sowohl Sebastian als auch Alastair Stereotypen sind, aus denselben Klischees zusammengesetzt.

Der springende Punkt ist, ich weiß, daß Sebastian *kein* Klischee ist, denn ich habe ihn teilweise Martin nachgezeichnet. Martin erkannte die Ähnlichkeit, und sie störte ihn nicht – vielmehr amüsierte sie ihn –, und so ging es auch den meisten unserer Freunde. Aber vielleicht habe ich bei der tatsächlichen Niederschrift, beim Prozeß, den wirklichen Martin in den fiktionalen Sebastian zu verwandeln, irgendwie den Sinn für das gefühlte Leben verloren (wie Henry James das nannte); faul griff ich auf die wohlvertrauten Tricks der »Charakterisierung« zurück, es gelang mir nicht, eine Sprache zu finden, die den vertrauten Zügen und Manierismen eine einzigartige individuelle Qualität verliehen hätte, und alles endete damit, daß ich irgend etwas produziert habe, das von den anfängerhaften Bemühungen Sandra Pickerings nicht zu unterscheiden ist. Eine Vorstellung, die einen bescheiden macht, um nicht zu sagen, die einen demütigt. Ich wollte, ich hätte die Mappe mit den Besprechungen zu *Das Auge des Sturms* mitgebracht, so daß ich sie jetzt durchsehen könnte, um mir selbst zu bestätigen, daß das Buch echte Originalität besitzt. Es ist jämmerlich, daß das eigene Selbstvertrauen so labil sein sollte, aber so ist das wohl, es hat noch nie viel dazugehört, meins zu unterminieren. Wie oft kam Martin von der Arbeit nach Hause und fand mich mit langem Gesicht und roten Augen, weil ich den Glauben an das, was ich schrieb, verloren hatte. Einmal – das muß gewesen sein, bevor ich einen Computer oder auch nur einen Kopierer hatte – mußte er in den Garten hinter dem Haus gehen, um ein vollständiges Manuskript wieder aus dem Mülleimer zu holen, in den ich es in einem Anfall von Verzweiflung geworfen hatte, er brachte es völlig verschmutzt und verschmiert zurück, aber es roch ganz angenehm nach den Kartoffel- und Apfelschalen, die daran klebten. Er brachte mich dazu, mich mit einem Glas Wein an den Küchentisch zu setzen und ihm die ersten paar Kapitel laut vorzulesen und überzeugte mich, daß es wert war, weiter daran zu arbeiten. Das war *Kein reiner Segen*, also hatte er recht. O Martin, wie ich dich vermisse.

Freitag, 14. März. Fuhr heute nach Cheltenham, um für Ralph Messenger ein Geschenk zu kaufen. Es war nicht leicht, etwas Angemessenes zu finden. Die beiden waren so freundlich zu mir, daß ich mehr als nur ein Pro-forma-Geschenk besorgen wollte, aber es durfte auch nicht *zu* teuer werden, denn das hätte so ausgesehen, als wolle ich sie bestechen, weiterhin freundlich zu mir zu sein. Schließlich, nach langem Zögern, entschied ich mich für ein Managerspielzeug, einen kleinen Abakus aus poliertem Edelstahl. Er war eigentlich ziemlich teuer, aber ich hoffe, sie finden ihn einfach nur witzig.

Ich habe mir zu diesem Anlaß auch ein neues Kleid gekauft, ein hübsches, oben eng, unten weit geschnittenes Samtkleid mit U-Ausschnitt. Ich wollte nicht denselben Rock und dasselbe Oberteil tragen, das ich zur Dinnerparty der Richmonds getragen hatte, und die anderen Kleider, die ich mitgebracht habe, gefallen mir aus irgendeinem Grund nicht mehr. Wie üblich hatte ich daran gedacht, mir etwas Buntes zu besorgen, und am Ende entschied ich mich für Schwarz. Das ist sicher und vielseitig verwendbar und immer noch in Mode. Und schließlich *bin* ich Witwe.

13

»Wenn ich du wäre, würde ich das ganze historische Zeug von der Geschichte um Alice und ihre Familie trennen«, sagt Helen. »Daß Alice so viel über Lokalpolitik, die Architektur der Stadt und so weiter nachdenkt, wirkt ziemlich unnatürlich.«

»Ich weiß, was du meinst«, sagt Carrie. »Aber wie?«

»Es gibt keinen Grund, warum du nicht einen allwissenden Erzähler verwenden solltest, einfach den Leser über die Köpfe der Figuren hinweg ansprechen«, sagt Helen.

»Würde das Buch dadurch nicht ziemlich altmodisch wirken?«

»Du kannst ihm eine moderne Richtung geben«, sagt Helen. »Streu eine Ladung Anspielungen auf die Gegenwart ein. Kennst du *Die Geliebte des französischen Leutnants*?«

»O ja, ich habe dieses Buch geliebt«, sagt Carrie.

»Oder gib der Geschichte von Alice eine Rahmenhandlung, die in der Gegenwart spielt: Eine Frau wie du, die Familienpapiere durchsieht, die versucht, die Geschichte ihrer Urgroßmutter zu rekonstruieren, die den historischen Hintergrund recherchiert ...«

Carrie hört auf, Garnelen zu schälen. »Das ist eine brillante Idee, Helen.«

»Naja, nichts überstürzen«, sagt Helen. »Du müßtest sehr viel überarbeiten.«

»Wenn sie was tut?« sagt Ralph, der in die Küche kommt.

»Verzieh dich, Messenger«, sagt Carrie. »Helen gibt mir Unterricht.«

»Oh. Hast du Carries Buch gelesen?« sagt Ralph zu Helen. »Wie ist es? Sie zeigt es mir nicht.«

»Es ist sehr vielversprechend«, sagt Helen.

»Komm ich drin vor?«

»Natürlich, das ist die erste Frage, die *du* stellen mußt«, sagt Carrie.

»Ich glaube nicht«, sagt Helen.

»Was willst du, Messenger?« sagt Carrie.

»Den Korkenzieher«, sagt Ralph und grinst Helen an, als wolle er sie dazu auffordern, in der Bezeichnung für dieses Werkzeug eine versteckte Anspielung zu sehen. »Der beste Freund des Gastgebers.«

»Er ist im Barschrank.«

»Nein, ist er nicht.«

»Dann ist er dort, wo du ihn zuletzt hingelegt hast. Schau in den Schubladen der Anrichte nach.«

»O.K.« Ralph steckt seinen Zeigefinger in eine Schale mit Gemüsesauce, leckt ihn ab, gibt ein zustimmendes Grunzen von sich und geht hinaus.

»Ich wollte, ich hätte deinen Kurs belegt, Helen«, sagt Carrie.

»Er würde dir vielleicht nicht gefallen«, sagt Helen. »Einige der Studenten gehen ziemlich grob mit den Arbeiten der anderen um.«

Es ist der Abend von Ralphs Geburtstagsparty. Wie zuvor ausgemacht, ist Helen früher gekommen, um bei der Vorbereitung des Essens zu helfen. Der größte Teil der Hauptmahlzeit – ganzer gedünsteter Lachs, Schinkenkeule von einem Bauernhof mit eigener Schlachterei, panaschierte Salate – wurde von einem lokalen Partyservice angeliefert und bereits im Eßzimmer neben Tellerstapeln und den in dicke Papierservietten eingewickelten Bestecksets aufgebaut. Doch Carrie bereitet die Canapés gern selbst zu.

Helen wurde mit der Aufgabe betraut, *crudités* für die pikanten Dips zu hacken und in Scheiben zu schneiden Carrie schält frische Garnelen und spießt sie auf Zahnstocher, eine von der anderen durch in Würfel geschnittene reife Paprikaschoten getrennt wie bei einem Miniatur-Fleischspieß. In die große quadratische Diele mit ihrem Boden aus schwarzen und weißen Fliesen wurde ein Tisch gestellt, der als Bar dient, auf dem sich Rot- und Weißweinflaschen befinden, die in zwei symmetrischen Phalanxen angeordnet und durch ein großes Tablett mit funkelnden Weingläsern voneinander getrennt wurden. Kurz nachdem Ralph die Küche verlassen hat, hören die beiden das regelmäßige *plopp! plopp!* der Korken, die mit Hilfe des Korkenziehers gezogen werden. Aus etwas größerer Entfernung ertönen Cool-Jazz-Klänge aus der Stereoanlage im Salon, wo Emily kleine Schalen mit Nüssen und Brezeln an strategischen Orten verteilt. Die Messengers sind erfahrene Partyveranstalter, jeder kennt seine Funktion und weiß, wie er sie zu erfüllen hat. Die Türglocke am Vordereingang läutet.

»Der erste Gast«, sagt Helen überflüssigerweise.

»Ich wette, das ist Duggers«, sagt Carrie und schaut auf die Küchenuhr. »Noch nie hat ihm jemand erklärt, daß die Einladung zu einer Party kein Pünktlichkeitstest ist. Sei ein Schatz und sprich mit ihm, tust du das, Helen?«

»Jetzt können Sie mir die Quantenmechanik erklären, Professor Douglass«, sagt Helen.

»Das ist wohl kaum der angemessene Moment«, sagt er und lächelt verkniffen.

»Aber es ist so schön ruhig«, sagt sie. »Bald wird dieses Zimmer voller Leute und Lärm sein, und man wird keine ernsthafte Unterhaltung mehr führen können.« Sie befinden sich alleine im Salon; sie stehen vor dem nachgemachten Kohlefeuer. Helen hält ein Glas kalifornischen Sauvignon blanc, Douglass ein Glas Orangensaft in der Hand. Helen bietet ihm eine Schale Macadamianüsse an. Douglass nimmt eine und nagt wie ein Eichhörnchen mit schnellen Bewegungen seiner Vorderzähne daran herum.

»Warum interessiert Sie das?« sagt er.

»Ralph sagte, sie hat etwas mit der Theorie des Bewußtseins zu tun«, sagt Helen. »Die interessiert mich.«

»Sehr kleine Partikel verhalten sich wie Wellen – auf unwillkürliche und unvorhersagbare Art und Weise«, sagt Douglass. »Wenn wir eine Messung durchführen, verursachen wir einen Zusammenbruch dieser Welle. Jemand hat vorgebracht, daß das Phänomen des Bewußtseins eine Folge kontinuierlicher Zusammenbrüche der Wellenfunktion ist.«

»Ist das dasselbe wie die Chaostheorie?«

»Nein.«

»Ich dachte nur … Zusammenbruch und Chaos …«

»Das sind ganz verschiedene Vorstellungen.«

»Aber sie machen die Naturwissenschaften so schrecklich aufregend, nicht wahr?«

Professor Douglass findet diese Bemerkung offensichtlich zu mädchenhaft-trivial, als daß sie eine Antwort wert wäre. »Einige Quantenphysiker argumentieren, daß wir das Universum, in dem wir leben, dadurch schaffen, daß wir es beobachten. Daß es nur eines von vielen möglichen Universen ist, die vielleicht existiert haben oder die – in der harten Version der Theorie – tatsächlich parallel zu dem existieren, in dem wir leben.«

»Glauben Sie das?«

»Nein«, sagt Professor Douglass. »Fraglos existiert das Universum unabhängig von uns, und es existierte schon, bevor es uns gab. Aber es ist möglich, daß wir niemals wissen werden, wie es wirklich ist, wegen der Unschärferelation.«

»Die Unschärferelation, ja...« sagt Helen. »Ich habe natürlich davon gehört, aber...«

»Heisenberg hat gezeigt, daß man die Position und die Geschwindigkeit eines Partikels nicht gleichzeitig genau bestimmen kann. Wenn man das eine richtig hinbekommt, mißt man das andere falsch.« Er blickt sich im leeren Zimmer um und schaut dann auf seine Uhr. »Habe ich mich geirrt, was den Beginn der Party angeht?« sagt er.

»Nein. Jemand muß als erster konmen«, sagt Helen. »Sie haben die Party geschaffen, sehen Sie. Von all den vielen möglichen Partys, die es vielleicht gegeben hätte! Wäre ein anderer zuerst eingetroffen, hätte sie einen völlig anderen Verlauf genommen, denn ich hätte zuerst mit ihm gesprochen und mit Ihnen vielleicht überhaupt nie, oder nicht über das gleiche Thema, und jedes Gespräch, das jetzt noch stattfinden wird, wäre anders, wären Sie nicht zuerst gekommen. Wie macht sich das als Quantentheorie von Partys?« Sie lacht, zufrieden über ihren guten Einfall.

»Eigentlich klingt das mehr nach Chaostheorie«, sagt Douglass pedantisch.

»Oh, warum?« sagt Helen.

»Die Chaostheorie behandelt Systeme, die ungewöhnlich anfällig auf Veränderungen ihrer Anfangsbedingungen reagieren oder die von einer großen Anzahl unabhängiger Variablen beeinflußt werden. Wie das Wetter zum Beispiel.«

»Oh, ich weiß, Sie meinen, wenn ein Schmetterling am einen Ende der Welt mit seinen Flügeln schlägt und am anderen einen Tornado auslöst.«

»Das ist eine grobe Vereinfachung, aber grundsätzlich, ja.«

»O gut«, sagt Helen. »Endlich habe ich etwas richtig hinbekommen.«

Die Türglocke am Vordereingang läutet, und plötzlich ertönt Stimmengewirr in der Diele.

»Da, noch ein paar unabhängige Variablen sind eingetroffen«, sagt Helen.

Langsam füllt sich das Haus. Die Gardinen vor den hohen georgianischen Fenstern wurden nicht zugezogen, und Licht strömt nach draußen auf die Auffahrt und den Fußweg. Ankommende Gäste können das Gedränge im Inneren sehen, Menschen, die lebhaft, aber lautlos plaudern und lachen und trinken und kauen wie Schauspieler im Fernsehen, wenn der Ton abgeschaltet ist. Die Tür wurde nur eingeklinkt, so daß man nicht mehr klingeln muß, doch Ralph drückt sich in ihrer unmittelbaren Nähe herum, um seine Gäste zu begrüßen und ihre Glückwünsche, Geburtstagskarten und Geschenke entgegenzunehmen. Die Männer werden aufgefordert, ihre Mäntel in der Garderobe ein Stockwerk tiefer aufzuhängen, wo einige von ihnen ein wenig länger bleiben, um sich das Muster der Tapeten anzuschauen, das aus Reproduktionen von Illustrationen aus ›La Vie Parisienne‹ besteht; die Frauen werden gebeten, ihre Mäntel auf das Doppelbett im Gästeschlafzimmer zu legen, das ein *en-suite*-Badezimmer besitzt, was angenehm praktisch ist, um in letzter Minute Haar und Make-up in Ordnung zu bringen. Ihrer Straßenkleidung entledigt, besorgen sich die Gäste Rot- oder Weißwein, Bier oder Saft vom Bartisch in der Diele, um den sich Mark Messenger kümmert, der ein stahlblaues Hemd und schwarze Dockers trägt, und danach gehen sie in den großen Salon, wo Simon und Hope sich mit Tellern voll Canapés durch das Gedränge winden, wobei sie gelegentlich zum Nachfüllen in die Küche stürzen, in der Carrie Ciabatta und Foccacia und Bio-Vollkornbrötchen im elektrischen Ofen für das Abendessen aufwärmt, während sie sich mit einigen Freundinnen unterhält, die neidisch die neuen, nach dem Baukastenprinzip zusammengestellten und aus Deutschland importierten Küchenschränke und Arbeitsoberflächen inspizieren, die erst vor ein paar Monaten eingebaut wurden.

Im Salon bilden sich Gästeknäuel, lösen sich auf und bilden sich neu. Gesprächsthemen werden von einer Gruppe auf die andere übertragen wie Viren: Der traurige Fall von Jean-Dominique Bauby; Dolly, das Klonschaf; Unfälle auf der Autobahn im Nebel zu Beginn der Woche; die Niederlage Englands gegen Italien in einem World Cup Qualifikationsspiel in Wembley; ein Lehrer aus dem nahe gelegenen Cheddar, bei dem mit einem DNS-Test bewiesen wurde, daß er der direkte Nachfahre eines prähistorischen Jägers ist, dessen Skelett in einer der Höhlen gefunden wurde; die bevorstehenden Unterhauswahlen.

»Erster Mai, ein gutes Omen für Labour«, sagt jemand.

»Wir brauchen keine Omen«, sagt ein anderer. »Wir haben die Umfragen. Wir haben die Ergebnisse der Nachwahlen. Wenn sich das Ergebnis von Wirral im Mai wiederholt, hat Labour eine Mehrheit von über zweihundertfünfzig.«

»Das ist natürlich reine Phantasie.«

»Vielleicht ... aber wenn nur die Hälfte wahr ist ...«

Laetitia Glover befindet sich angesichts der Wahlen in einem Zustand entnervter Unentschlossenheit, was sie Helen erklärt: »Natürlich will ich, daß die Tories verschwinden, das hat Priorität«, sagt sie. »Und der beste Weg, das in Cheltenham zu erreichen, ist eine taktische Wahlentscheidung zugunsten der Lib Dems – sie haben den Tories bei der letzten Wahl den Sitz abgenommen. Aber es geht mir gegen den Strich, wirklich für die Lib Dems zu *arbeiten*. Ich bin dazu verdammt, vom Spielfeldrand aus zuzuschauen.«

»Könnten Sie nicht in einem anderen Wahlkreis für Labour arbeiten?« sagt Helen.

»Naja, ich *könnte*…« sagt Laetitia, wobei sie das letzte Wort in die Länge zieht und nicht besonders dankbar für diesen Vorschlag aussieht.

»Aber es ist einem kaum danach, unter Blair und Brown für diese Partei zu arbeiten«, sagt Reginald Glover.

»Genau!« sagt Laetitia. »Sie haben jeder zukünftigen Labour-Regierung die Hände gebunden, weil sie versprochen haben, die Einkommensteuer nicht zu erhöhen.«

»Möchtest du mehr Einkommensteuer zahlen, Laetitia?« fragt Ralph sie, als er mit zwei Flaschen Wein in den Händen, die eine rot, die andere weiß, hinzukommt.

»Wenn das nötig ist, um den Gesundheitsdienst zu retten«, sagt sie steif. »Aber es sind die Geldsäcke aus der Privatindustrie, die man schröpfen sollte.«

»Soweit ich weiß, ist Bill Gates mittlerweile der reichste Mann der Welt«, sagt Ralph und füllt ihr Glas. »Er ist neunundzwanzig Milliarden Dollar schwer, und jeden Tag macht er weitere zweiundvierzig Millionen.«

»Es ist einfach obszön, daß ein einzelner Mensch solche Reichtümer besitzt«, sagt Laetitia.

»Stell dir nur mal vor«, sagt Ralph, »wenn wir ihn überreden könnten, nach England zu ziehen, und wenn wir die Ergänzungsabgabe wieder einführen würden, dann könnte er wahrscheinlich den staatlichen Gesundheitsdienst alleine finanzieren.« Er blinzelt Helen zu und geht weiter.

»Was sollte das nun wieder bedeuten?« will Laetitia wissen.

»Ich glaube, er meint, daß hohe Steuern das freie Unternehmertum hemmen«, sagt Reginald Glover mit einem leichten Kräuseln seiner haarigen Lippe. »Ich fürchte, Ralph hatte schon immer eine Schwäche für Mrs. Thatcher. Eigentlich nicht überraschend. Was war der Thatcherismus denn anderes als Wirtschaftsdarwinismus? Das Überleben der Tüchtigsten.«

Helen löst sich von den Glovers und schließt sich der kleinen Gruppe von Ralphs graduierten Studenten an, die überraschenderweise über Zola zu diskutieren scheinen. »Welcher seiner Romane gefällt Ihnen am besten?« fragt sie Jim. Doch es stellt sich heraus, daß sie über einen Fußballspieler sprechen, der am Mittwoch ein entscheidendes Tor gegen England geschossen hat. Da sie nicht viel zu diesem Thema beizutragen hat, wendet sie sich ab und begrüßt Jasper Richmond, der auf dem Weg zur Bar ist

»Hallo«, sagt er. »Kommen Sie, trinken Sie noch einen.« Er führt sie in die Diele und füllt ihre beiden Gläser. »Ich bin froh, daß Sie eingeladen wurden. Die Messengers geben die besten Partys im ganzen Umkreis.«

»Davon verstehen sie wirklich etwas«, sagt Helen.

»Sie haben das Geld und genügend Platz. Und man bekommt eine Mischung aus Kunst und Wissenschaften, die man sonst nirgendwo findet. Das liegt hauptsächlich an Carrie. Hübsches Haus, nicht wahr?« Er gestikuliert schwungvoll mit seiner freien Hand.

»Sehr hübsch.«

»Sie haben noch eins, auf dem Land, wissen Sie.«

»Ich weiß. Ich war schon dort.«

»Tatsächlich?« Er wirkt überrascht und beeindruckt. »Das ging aber schnell. Glückwunsch.«

»Wozu?« fragt Helen.

»Sie haben Sie offensichtlich adoptiert... Nur ganz besondere Freunde werden in das Cottage eingeladen. Das machen sie gelegentlich, oder besser, Carrie macht das. Jemand hat es ihr angetan, eine Frau, in der Regel ein Neuankömmling...« Er kichert. »Ich will damit nicht andeuten, daß sie eine Lesbierin ist.«

»O gut«, sagt Helen leichthin.

»Es passierte Marianne, als wir heirateten. Es ist der jungen Annabelle Riverdale passiert, als Colin die Stelle erhielt. Es passierte vielen jungen Frauen, die heute nacht hier sind. Eine Zeitlang sind Sie die Favoritin, bis eine andere Kandidatin auftaucht. Sind Sie in den heißen Pool gestiegen?«

»Ja.«

»Es ist eine Art Taufe«, sagt er und nickt. »Doch ich freue mich – das ist genau das, was Sie brauchen, solange Sie an der GU sind. Reiche, gastfreundliche Freunde.«

»Ja, sie waren sehr freundlich«, sagt Helen.

»Marianne glaubt, Carrie macht das, um einem außeruniversitären Interesse von Ralphs Seite zuvorzukommen. Bewußt oder unbewußt.«

»Was meinen Sie damit?«

»Nun, wenn eine neue, attraktive Frau auf den Campus kommt, macht Carrie sie zur Freundin der Familie. Dadurch ist es schwierig für sie, Ralphs ganz besondere Freundin zu werden.«

»Verstehe«, sagt Helen.

»Da ist der VK«, sagt Jasper und blickt über ihre Schulter. »Kommen Sie, Sie müssen ihn kennenlernen.«

Jasper Richmond stellt Helen dem Vizekanzler und seiner Frau vor, Sir Stanley und Lady Hibberd. »Stan und Viv, wie unsere Freunde uns nennen«, sagt der VK fröhlich mit einem Lancashire-Akzent. »Wir sind nicht so etepetete, was, Viv? Sehr erfreut, Sie an Bord zu haben, Helen. Wenn es Ihnen nichts ausmacht, daß ich Sie Helen nenne?«

»Überhaupt nicht«, sagt sie.

Colin Riverdale kommt hinzu und steht in der Nähe herum, an seiner Seite Annabelle, die mit beiden Händen ein großes Kelchglas voll Weißwein hält wie einen Kommunionskelch. Sir Stan nickt ihnen einen Gruß zu, unterhält sich aber weiter mit Helen.

»Ich werde ehrlich zu Ihnen sein«, sagt Sir Stan. »Als ich hierher kam, habe ich Kreatives Schreiben nicht als akademisches Fach betrachtet. Aber als ich mir die Bücher ansah, bin ich konvertiert.«

»Sie meinen, Bücher früherer Studenten?« sagt Helen.

»Nein, nein! Ich meine die Geschäftsbücher«, sagt Sir Stan und lacht herzlich. »Ich fürchte, ich habe nicht allzuviel Zeit zum Lesen. Viv ist die Leserin in der Familie, nicht wahr, Schätzchen?«

»Ihr Buch *Das Öhr einer Nadel* hat mir so gut gefallen«, sagt Lady Hibberd zu Helen.

Helen lächelt und murmelt etwas Unverständliches.

»Das ist von Margaret Drabble«, sagt Annabelle Riverdale, »und es heißt *Das Nadelöhr*.«

»Oh«, sagt Lady Hibberd.

Colin durchbohrt seine Frau mit Blicken. »Verzeihung«, sagt sie, »das kommt davon, wenn man Bibliothekarin ist.«

Sie senkt zerknirscht den Kopf und trinkt aus ihrem Weinkelch.

»Aber es war irgendwas mit Öhr oder Ohr oder Auge«, sagt Lady Hibberd.

»Ich habe ein Buch mit dem Titel *Das Auge des Sturms* geschrieben«, sagt Helen.

»Genau«, sagt Lady Hibberd. »Es beginnt mit einem Mann in einem Wein- und Spirituosengeschäft.«

»Naja, eigentlich nicht. Ich fürchte, das ist *Das Nadelöhr*«, sagt Helen entschuldigend.

Annabelle Riverdale erstickt fast an ihrem Wein. Colin führt sie weg wie ein ungezogenes Kind.

»Wissen Sie, daß Patrick White einen Roman mit dem Titel *Das Auge des Sturms* geschrieben hat?« sagt Jasper zu Helen, um von diesem Zwischenfall abzulenken.

»Ja. Ich hab's so spät herausgefunden, daß ich meinen Titel nicht mehr ändern konnte«, sagt Helen. »Wie auch immer, ich hänge an ihm.«

»Ah, gut, kein Wunder, daß dich das verwirrt hat, Viv«, sagt Sir Stan zu seiner Frau. »Ist das erlaubt?« will er von Helen wissen.

»Ja. Es gibt kein Copyright auf Titel«, sagt sie.

Der Geräuschpegel der Unterhaltung im Salon steigt. Die meisten Gäste haben mittlerweile ein oder zwei Gläser Wein getrunken. Ralph und Carrie werfen sich gegenseitig einen Blick zu. Ralph hebt fragend eine Augenbraue; Carrie nickt. Sie beginnt damit, die Gäste ins Eßzimmer zu führen, wo sich kurz darauf eine Schlange um den langen Mahagonitisch bildet, die staunende Ausrufe angesichts der appetitlichen Gerichte von sich gibt. Die Gäste nehmen ihre gefüllten Teller mit zurück in den Salon oder verteilen sich in den anderen Zimmern im Erdgeschoß – dem Frühstückszimmer, dem Fernsehzimmer, dem Wohnzimmer –, die für diese Gelegenheit geöffnet und hergerichtet wurden, wobei Stühle und Kissen und Hocker in einladenden kleinen Bögen bereitstehen.

Ralph sieht, wie Marianne Richmond hinaus in den Garten hinter dem Haus geht, um zu rauchen. Nach ein, zwei Minuten holt er einen Karton mit leeren Weinflaschen aus der Diele und folgt ihr. Er sieht, wie die rote Spitze ihrer

Zigarette im Schatten des Patios aufglüht, und geht hinüber.

»Hat dich irgend jemand gesehen, wie du hinausgegangen bist?« sagt sie.

Ralph hält inne, sagt aber nichts.

»Hat dich irgend jemand gesehen?« wiederholt sie.

»Ich hab ein paar leere Flaschen mitgenommen, als Alibi«, sagt er und stellt seine klirrende Last auf den Boden. Nach einer kurzen Pause fügt er hinzu: »Ich dachte, wir sollten nicht sprechen. Ich dachte, das sei die erste Spielregel.«

»Das Spiel ist aus«, sagt Marianne. »Naja, jedenfalls vorbei.«

»Was meinst du damit?«

»Oliver hat uns am Dienstag auf dem Parkplatz von Sainsbury's gesehen.«

»Ich wußte nicht, daß du Oliver dabei hattest!«

»Hatte ich auch nicht«, sagt Marianne. »Es war ein unglücklicher Zufall. Er war im Unterricht, in dem sie selbständig leben lernen. Dort ist er jeden Dienstagnachmittag, im F.B. College. Behinderte Kinder. Sie bringen sie in die Stadt, zeigen ihnen, wie man öffentliche Verkehrsmittel benutzt, nehmen sie mit zum Einkaufen. Am Dienstag gingen sie zu Sainsbury's, Oliver verlor irgendwie den Kontakt zur Gruppe, verirrte sich, lief über den Parkplatz und suchte den Minibus, als er uns sah, in meinem Auto.«

»Woher weißt du das?«

»Er hat es mir gestern gesagt. ›Ich habe gesehen, wie du Ralph Messenger in deinem Auto geküßt hast.‹«

»Um Gottes willen!« sagt Ralph. »Er kennt tatsächlich meinen Namen?«

»Er vergißt nie einen Namen. Besonders nicht von jemandem im Fernsehen.«

»Um Himmels willen«, wiederholt Ralph.

»Ich habe panische Angst, daß er es Jasper gegenüber erwähnt.«

»Kannst du ihm nicht sagen, daß er das nicht tun soll?«

»Er würde es nicht verstehen.«

»Naja, wenn er es tut, mußt du es abstreiten«, sagt Ralph. »Schließlich klingt es ziemlich unglaubwürdig, oder? Niemand würde es glauben, wenn dein Wort gegen seins steht.«

»Oliver lügt nie«, sagt Marianne. »Er versteht nicht, was das bedeutet.«

»Nein, natürlich, das kann er nicht«, sagt Ralph nachdenklich. »Keine TDG.«

»Was?«

»Theorie des Geistes. Wissen, daß andere Menschen die Welt vielleicht anders interpretieren als man selbst. Die Fähigkeit zu lügen beruht darauf. Die meisten Kinder erwerben sie im Alter von drei oder vier. Autisten nie.«

»Das ist alles ja furchtbar interessant, aber keine große Hilfe«, sagt Marianne. »Jasper weiß, daß Oliver niemals lügt.«

»Du mußt einfach sagen, daß er sich getäuscht hat«, sagt Ralph. »Schließlich war es dunkel, es hat geregnet.«

»Aber wir waren dort, wir drei, zur gleichen Zeit«, sagt Marianne. »Jasper könnte das herausfinden, wenn er es wirklich herausfinden will. Verdächtige Umstände, meinst du nicht auch?«

Ralph denkt einen Augenblick nach. »O.K. Nehmen wir an, Oliver hat uns gesehen, jeden einzeln, im Geschäft, dann wird er von seiner Gruppe getrennt und läuft einigermaßen verzweifelt über den Parkplatz, er sucht seine Kameraden, und er sieht ein Paar, das aussieht wie wir, vielleicht die gleiche Art Kleider trägt, im Auto knutschen, die Scheiben sind völlig beschlagen, und er denkt, das sind wir. Aber dieser Gedanke ist absurd. Ralph Messenger und Marianne Richmond, die auf dem Parkplatz von Sainsbury's knutschen? Da lachst du doch drüber. Kein Problem.«

»Naja, ich hoffe, daß du recht hast«, sagt Marianne, nimmt einen letzten Zug von ihrer Zigarette und tritt sie dann auf den Steinplatten aus. »Besser, wir gehen wieder hinein«, sagt sie. »Aber nicht zusammen.«

»Wie wär's zuerst mit einem Kuß«, sagt er und streckt die Hand nach ihr aus.

»Nein, Ralph.« Sie schiebt ihn energisch fort. »Es war ein dummes Spiel, und jetzt ist es vorbei.«

Marianne macht auf dem Absatz kehrt und geht zurück ins Haus, sich selbst umarmend und ein wenig vor Kälte zitternd.

Ralph hebt den Karton mit den leeren Flaschen auf und trägt ihn zu den Mülleimern an der Seite des Hauses.

Helen sieht, wie Professor Douglass in der Diele seinen Mantel zuknöpft.

»Müssen Sie schon gehen?« fragt Helen ihn.

»Ich fürchte ja«, sagt er. »Meine Frauen werden unruhig, wenn ich so spät am Abend noch fort bin.« Auf der Standuhr in der Diele ist es Viertel nach zehn. »Und um offen zu Ihnen zu sein, ich bin nicht so furchtbar verrückt nach Partys. Nie kann man ein Gespräch ordentlich zu Ende bringen.«

»Ich weiß, was Sie meinen«, sagt Helen.

»Nicht, daß das unserem Gastgeber irgend etwas ausmachen würde«, sagt Douglass, zieht ein Paar schwarze Handschuhe aus Ziegenleder an und streckt seine Finger. »Der Meister des wissenschaftlichen Soundclips.« Er bleckt seine Zähne zu einem Lächeln, um das wie einen freundlichen Witz klingen zu lassen. »Sagen Sie ihm und Mrs. Messenger bitte, daß ich gehen mußte. Ich konnte sie nicht finden, um mich zu verabschieden.«

»Natürlich.«

»Also dann, gute Nacht.«

Zweimal klicken die Druckknöpfe seiner Handschuhe, dann ist er verschwunden.

Helen geht in den Salon, wo sich Laetitia Glover mit Colin Riverdale über Geburtenkontrolle streitet. »Die katholische Kirche hat jede Menge auf dem Gewissen«, sagt sie. »Sich Programmen zur Empfängnisverhütung in der dritten Welt zu widersetzen ist auf kriminelle Weise unverantwortlich.«

»Es paßt den kapitalistischen Ländern der nördlichen Hemisphäre gut in den Kram, die Bevölkerungszahl auf der südlichen Hemisphäre niedrig zu halten«, sagt Colin. »Indem sie den Lebensstandard in der dritten Welt ausschließlich im materiellen Sinne heben, schaffen sie neue Märkte für ihre Konsumgüter.« Diese Bemerkung läßt Laetitia für einen Augenblick verstummen, denn sie stützt eine Argumentation, die sie in anderem Zusammenhang selbst schon verwendet hat.

»Ich rede nicht bloß über Armut und Unterernährung«, sagt Laetitia. »Da ist auch noch die Sache mit AIDS. Afrikanerinnen müssen vor den Folgen männlicher Promiskuität geschützt werden.«

»Es ist sinnlos, Kondome an Afrikanerinnen zu verteilen, solange Afrikaner sie nicht benutzen«, sagt Colin.

Annabelle Riverdale, die dieser Diskussion schweigend und niedergeschlagen zuhört, hebt ihr leeres Glas, wirft einen Blick darauf und geht schwankend zur Tür, offensichtlich, weil sie es unbedingt noch einmal füllen will. Helen folgt ihr und holt sie am Tisch in der Diele ein. »Ist alles in Ordnung mit Ihnen?« fragt sie.

»Ja. Danke«, sagt Annabelle. »Ich dachte nur, ich verzieh mich besser, bevor Colin von den Freuden periodischer Abstinenz zu erzählen beginnt.«

Helen lächelt mitfühlend. »Sie meinen die Knaus-Ogino-Methode? Meine Schwester hat mir erzählt, man hat jede Menge Ärger damit, und funktionieren tut sie sowieso nicht.«

»Bei uns funktioniert sie«, sagt Annabelle.

»Oh, gut«, sagt Helen leicht verwirrt.

»Weil ich gleichzeitig die Pille nehme«, sagt Annabelle. Sie hebt einen Zeigefinger und klopft damit an ihre Lippen. »Sagen Sie's Colin nicht.«

»Nein, natürlich nicht«, sagt Helen, mit halb offenem Mund.

»Ich glaube, mir wird übel«, sagt Annabelle. »Wo ist das nächste Klo?«

»Da drüben«, sagt Helen, nimmt sie beim Arm und führt sie ins untere Badezimmer.

Ralph begegnet Helen, als er mit seinem leeren Karton ins Haus zurückkehrt.

»Oh, hallo«, sagt sie. »Colin Riverdale hat Annabelle nach Hause gebracht. Ihr war nicht gut.«

»Ach du meine Güte. Ich hoffe, sie ist nicht wieder schwanger.«

»Ist sie nicht.«

Ralph wirkt überrascht von ihrem nachdrücklichen Ton.

»Und Professor Douglass hat dich gesucht«, sagt Helen. »Er mußte gehen.«

»Typisch Duggers. Immer der erste, der kommt, und der erste, der geht. Ich weiß nicht, warum er sich überhaupt die Mühe macht zu kommen. Er haßt Partys sowieso.«

»Hat er mir gesagt.«

»Tatsächlich ...? Ich habe dein Geschenk noch gar nicht geöffnet. Soll ich?«

»Wenn du möchtest«, sagt sie.

Neben der Eingangstür steht ein kleiner Tisch, auf den Geschenke und Karten gelegt wurden. Ralph packt Helens Geschenk aus und zieht den Edelstahl-Abakus aus seiner Schachtel. »Ah, das habe ich mir immer gewünscht«, sagt er. »Vielen herzlichen Dank.«

»Ich dachte, der könnte ganz nützlich sein, wenn zur Jahrtausendwende die fehlerhafte Computerprogrammierung zuschlägt«, sagt Helen.

»Ich habe kürzlich einen Cartoon gesehen, auf dem zwei antike Römer einen wie den hier anschauen«, sagt er und schiebt ein paar Kugeln den oberen Stab des Abakus entlang, »und einer sagt zum anderen: Ich fürchte, das Ding stürzt ab, wenn wir von v. Chr. zu n. Chr. wechseln.«

»Im Ernst«, sagt Helen, »machst du dir keine Sorgen? Ich hab irgendwo gelesen, daß am 1. Januar 2000 alles aufhört. Flugzeuge fallen vom Himmel, Schiffe drehen sich nur noch im Kreis, Theater werden während der Vorstellung dunkel, den Supermärkten gehen die Lebensmittel aus, und niemand bekommt sein Gehalt oder seine Rente.«

»Panikmache und Millenniumfieber«, sagt Ralph. »Es gibt *tatsächlich* ein Problem mit einigen der alten Großrechner, aber das wird man lösen.«

»Das tut mir fast leid zu hören«, sagt Helen. »Die Vorstellung, daß die moderne Zivilisation durch ihre eigene Technologie ausgelöscht wird, hat etwas, das auf poetische Weise befriedigend ist.«

»Naja, es würde dir nicht besonders gefallen, über Nacht ins Mittelalter zurückversetzt zu werden, das kann ich dir versichern«, sagt er. »Übrigens, ich habe das Darwin-Zitat für dich nachgeschlagen: *Weinen ist ein Rätsel.*«

»Oh, vielen Dank. Das hatte ich ganz vergessen.«

»Es ist in meinem Arbeitszimmer – oben. Vielleicht möchtest du es sehen? Das Arbeitszimmer, meine ich. Die meisten Leute meinen, es ist das Raufklettern wert.«

»Naja, in Ordnung, danke«, sagt Helen, nachdem sie einen Augenblick lang gezögert hat.

Zufällig geht Carrie in diesem Augenblick aus der Küche in das Eßzimmer. Sie trägt eine große Schale Schokoladenmousse und hat Nicholas Beck im Schlepptau, der eine ähnlich große Platte Obstsalat trägt. »Ich will Helen gerade mein Arbeitszimmer zeigen«, sagt Ralph zu Carrie. »Heb mir ein bißchen Schokoladenmousse auf.«

»Nein«, sagt sie, ohne aus dem Tritt zu kommen. »Wer zuerst kommt, mahlt zuerst.«

Nicholas Beck grinst über seine Schulter hinweg, als er Carrie ins Eßzimmer folgt.

»Möchtest du deinen Nachtisch jetzt essen?« sagt Helen zu Ralph.

»Nein. Sie macht nur Spaß. Ich wette, es ist noch eine Schale im Kühlschrank. Komm mit, so entgehen wir dem Streit ums Futter.«

Er führt sie zwei Treppen hinauf. »Es gibt zwei Lehrmeinungen zum Thema Arbeitszimmer«, sagt er. »Die eine behauptet, es sollte im Erdgeschoß liegen, so daß man mit allem in Verbindung bleibt, was im Haus vor sich geht; man kann schnell rein und raus gehen und aus dem kleinsten bißchen freier Zeit so viel wie möglich machen. Die andere behauptet, es sollte sich oben im Haus befinden, so weit wie möglich von den häuslichen Aktivitäten entfernt, ein Ort, an den man sich zurückzieht, wo man nicht gestört wird.«

»Ein einsamer Turm«, sagt Helen.

»Richtig. Und ich bin genau der Mann für einen einsamen Turm.«

Ralph Messengers Arbeitszimmer wurde aus den ehemaligen Dienstbotenzimmern errichtet, wodurch ein großer Raum entstand, der sich fast über die halbe Grundfläche des Hauses zieht; es besitzt einen hochflorigen Teppichboden, zahlreiche Bücherregale, einen gewaltigen Schreibtisch samt Drehstuhl, einen runden Tisch mit zwei Stühlen, eine Chaiselongue von Charles Eames, zahllose Stehlampen, Deckenlampen und Punktstrahler, Aktenschränke aus furniertem Holz, einen Computerturm und einen großformatigen Monitor, mehrere andere elektronische Geräte – Drucker, Scanner, Fax, eine Fernseh-Video-Kombination, eine Stereoanlage – und ein auf einem Stativ befestigtes Teleskop, das unter dem Dachfenster steht. Die ganze Einrichtung besteht aus Kirschholz und Edelstahl, die Polstermöbel aus schwarzem Leder.

»Ich würde das nicht als einsamen Turm bezeichnen«, sagt Helen. »Es ist eine Kreuzung zwischen einer luxuriösen Junggesellenbude und einem Raumfahrt-Kontrollzentrum.«

Ralph kichert. »Es ist ganz nett, oder? Doch ihm fehlt noch der letzte Schliff.« Er stellt den Abakus auf den Schreibtisch neben eine Reihe zusammengeschweißter polierter Edelstahlzylinder, die als Behälter für Federhalter und Bleistifte dienen.

»Er paßt!« sagt Helen erfreut.

»Ja. Ich dachte mir, daß du Carrie um Rat gefragt hast.«

»Nein, es war reiner Zufall. Oder mein sechster Sinn. Aber wahrscheinlich glaubst du nicht an einen sechsten Sinn.«

Er lächelt. »Nein, glaube ich nicht.« Er geht zu einem der Aktenschränke, zieht eine Schublade auf geräuschlos laufenden Kugellagern heraus und nimmt ein einzelnes Blatt Papier aus einer der Hängeakten, die Fotokopie einer Seite aus Darwins Notizbüchern. »Da hätten wir's.«

Er legt das Blatt auf den Tisch unter die Leselampe, so daß beide einen Blick darauf werfen können. »Es ist ein Abschnitt aus dem Notizbuch von 1838. Darwin ist dreißig. Die Reise der Beagle liegt zwei Jahre zurück. Er hat die Idee der Evolution fest am Schwanz gepackt. Ha, kein Wortspiel beabsichtigt... Er ist überzeugt, daß der Mensch von den Menschenaffen abstammt, ist damit aber noch nicht an die Öffentlichkeit gegangen – er weiß nur allzu gut, welchen Aufruhr das auslösen wird. Er hat über das Lachen nachgedacht – daß Menschen, wenn sie lachen, ihre Eckzähne entblößen, genau wie Paviane. Er spekuliert darüber, daß unser Lachen und unser Lächeln auf die Art und Weise zurückgeführt werden können, in der Menschenaffen dem Rest ihrer Horde mitteilen, daß sie Nahrung gefunden haben.« Ralph unterstreicht das Zitat mit seinem Zeigefinger, während er es vorliest: »›Wichtig, das Thema so zu betrachten, Lachen modifiziertes Bellen, Lächeln modifiziertes Lachen. Bellen um den anderen Tieren gleicher Art gute Neuigkeiten mitzuteilen, Entdeckung der Beute – zweifellos entstanden aus dem Bedürfnis nach Hilfe.‹ Dann kommt der nachträgliche Einfall. Er kann sich nicht vorstellen, was durch das Weinen modifiziert worden sein soll. ›Weinen ist ein Rätsel.‹«

»Sunt lacrimae rerum«, sagt Helen.

»Mein Latein ist ein wenig eingerostet«, sagt Ralph.

»›Es gibt die Tränen der Dinge.‹ Man kann es fast nicht übersetzen, aber man weiß, was er sagen will. So etwas wie: ›Weinen ist ein Rätsel.‹«

»Genaugenommen ist Lachen auch ein Rätsel«, sagt Ralph. »Darwins Erklärung trifft die Sache nicht wirklich.«

»Könnte man einen Roboter entwerfen, der über die Witze eines anderen Roboters lacht?« fragt Helen.

»Es wäre eine Herausforderung«, sagt Ralph. »Aber ich sehe nicht ein, warum nicht.«

»Ich glaube nicht, daß eine Maschine sich jemals über etwas amüsieren könnte«, sagt Helen. »Oder glücklich sein könnte, oder traurig – oder gelangweilt.«

»Gelangweilt?« Ralph lächelt, als ob er diese Möglichkeit – oder Unmöglichkeit – noch nie zuvor bedacht hätte.

»Ja. Wenn mein Toshiba-Laptop ein Mensch wäre, würde er sich zu Tode langweilen, weil ich ihn nur zur Textverarbeitung benutze. Ich vermute, ich nutze nicht einmal zehn Prozent von seinem Grips. Aber dem Computer macht das nichts aus.«

»Exakt«, sagt Ralph. »Aus diesem Grund sind Computer so befreiend für die Menschheit. Wir können die Langeweile abschaffen! Warum sollte man sie künstlich reproduzieren wollen? Ist Langeweile ein grundlegender Zug der menschlichen Natur?«

»Naja, ich denke, das ist sie möglicherweise. Glücklichsein und Traurigsein sind es jedenfalls. Ich will einen Roboter sehen, der lachen und weinen und schmollen kann, bevor ich glaube, daß er Bewußtsein hat.«

»Vielleicht mußt du nicht mehr lange darauf warten. Computer entwickeln sich mit einer unglaublichen Geschwindigkeit weiter.«

»Ich weiß. Ich hab dich kürzlich im Radio gehört.«

»Wirklich?« Ralph sieht erfreut aus. »Naja, es stimmt. Dein kleiner Laptop hat wahrscheinlich einen größeren Speicher als der erste Großrechner der Universität. Ein Megabyte Speicherplatz hat damals eine halbe Million gekostet. Jetzt kostet er etwa zwei Pfund.«

»Aber man braucht nicht mehrere Megabyte Speicherplatz, um einen Witz zu verstehen«, sagt Helen. »Sogar ein kleines Kind kann erkennen, daß etwas komisch ist. Hast du jemals ›kuckuck-da‹ mit einem Baby gespielt?«

»Richtig«, sagt Ralph. »Aber ich dachte an die Identifikation der logischen Struktur von Ereignissen, die als komisch wahrgenommen werden, so daß man sie in die Architektur einbauen könnte. Nehmen wir an, jemand hat einen Computer, der statt Zahlen Millionen von Witzen verarbeitet. Er könnte den Mechanismus entdecken, der hinter dem Lachen steht. Habe ich dir schon gesagt, daß du ein äußerst attraktives Kleid anhast?«

»Nein«, sagt Helen, »aber vielen Dank. Sollten wir nicht wieder runtergehen zur Party?«

»O.K«, sagt er. »Möchtest du das mitnehmen?« Er faltet das Papier und steckt es in einen Umschlag.

»Danke«, sagt sie und nimmt es ihm aus der Hand.

»Nun, danke für den Abakus. Bekomme ich auch noch einen Kuß?«

»Ich glaube nicht«, sagt Helen, nachdem sie einen Augenblick gezögert hat.

»Hat es dir das letzte Mal nicht gefallen?«

Helen scheint nicht gewillt, die Frage zu beantworten. »Ralph, ich möchte keine Affäre mit dir«, sagt sie schließlich.

Er reißt die Augen auf, spreizt seine Arme und grinst. »Hey, wer hat irgend etwas von einer Affäre gesagt? Alles, woran ich gedacht habe, war ein freundschaftlicher Kuß.«

»Wirklich?« Sie blickt ihm herausfordernd in die Augen. »Willst du mir damit sagen, daß es dir noch nie in den Sinn gekommen ist, daß du vielleicht gerne weitergehen würdest?«

Er starrt sie einen Augenblick lang mit halb offenem Mund an, dann lacht er. »Naja, sicher. Aber Männer denken das ständig bei allen Frauen, die sie treffen, bei attraktiven Frauen. Das heißt nicht, daß sie die Absicht haben, irgend etwas in dieser Richtung zu unternehmen.«

»Bedeutet Küssen nicht, irgend etwas in dieser Richtung zu unternehmen?«

»Nicht unbedingt. Es gibt alle möglichen Küsse. Einige sind leidenschaftlich, einige sind … einfach nur freundschaftlich.« Er lächelt. »Es gibt unendlich viele verschiedene Qualia des Küssens.«

»Nun, du mußt es ja wissen«, sagt sie. »Du scheinst viel darüber zu recherchieren.«

Ralph hört auf zu lächeln. »Was willst du damit sagen?«

»Oh, nichts.«

»Los, sag's mir.«

Helen blickt zur Seite und dann wieder zu Ralph. »Ich habe zufällig gesehen, wie du Marianne Richmond auf der Dinnerparty geküßt hast … durch das Küchenfenster … Ich bin aus Versehen in den Hinterhof geraten. Ich habe nicht spioniert.«

»Ich habe keine Affäre mit Marianne«, sagt Ralph.

»Es geht mich wirklich nichts an«, sagt Helen. »Mir wäre lieber, ich hätte es nicht erwähnt. Sollen wir nach unten gehen?«

»Wir haben nur herumgealbert. Es war ein Spiel, das wir gespielt haben, eine Art Mutprobe. Aber das ist jetzt vorbei.«

»Wie ich schon sagte, es geht mich nichts an.« Sie geht Richtung Tür. »Ich gehe jetzt hinunter.«

»Einen Augenblick.« Er schaltet die Tisch- und eine Deckenlampe aus. »Ich hoffe, das bedeutet nicht, daß wir keine Freunde mehr sein können?« sagt er.

»Nein. Im Gegenteil. Genau deswegen kann ich auch weiterhin mit euch beiden befreundet sein«, sagt sie.

»Oh, gut.« Er tritt zu ihr an die Tür. »Äh, du hast … du wirst … doch Carrie nichts davon erzählen …?«

Sie wirft ihm einen leicht verächtlichen Blick zu.

»Verzeihung«, sagt er.

Helen verläßt das Zimmer. Ralph löscht die übrigen

Lampen mit dem Hauptschalter neben der Tür und schließt diese hinter sich. Stimmengewirr brandet die Treppe herauf und schlägt ihnen entgegen, als sie hinabsteigen.

14

Montag, 17. März. Ich habe ein weiteres Wochenende im Banne der Messengers verbracht.

Zuvor hatten wir abgemacht, daß ich nach der Party am Samstag bei ihnen übernachten würde, so daß ich etwas trinken könnte, ohne mir Sorgen darüber machen zu müssen, wie ich nach Hause käme. Ich war ein wenig verlegen, als ich neben Ralph und Carrie in der Diele stand und mich von den letzten Gästen verabschiedete, als sei ich ein Mitglied der Familie – doch das bin ich wohl tatsächlich geworden. »Adoptiert«, war Jasper Richmonds Ausdruck, Seine Bemerkungen hatten mich einigermaßen beunruhigt, doch das war wohl eher bösartiger Tratsch, und man darf wahrscheinlich nicht alles ganz wörtlich nehmen, was er sagt. Falls Carrie nur nett zu mir ist, um Ralph im Auge zu behalten, dürfte das eine riskante Strategie sein. Er hat es bereits geschafft, mich einmal zu küssen, und Samstag nacht hätte er es wieder getan, hätte ich es zugelassen.

Nachdem die letzten Nachzügler gegangen waren, half ich, das schmutzige Geschirr und die Gläser aus den verschiedenen Zimmern im Erdgeschoß einzusammeln und in der Küche für die Haushaltshilfe zu stapeln, die am nächsten Morgen extra kommen sollte, um sich darum zu kümmern. Carrie machte uns dreien (die Kinder waren schon lange auf ihre Zimmer gegangen, um fernzusehen oder zu schlafen) einen köstlichen Schlummertrunk, einen mexikanischen Drink aus heißer Schokolade, Weinbrand und einem Hauch Chili, und wir saßen um den Küchentisch, nippten an dieser Mixtur und sprachen über die Höhepunkte der Party, bevor wir uns zum Schlafen zurückzogen.

Das Gästeschlafzimmer roch immer noch schwach nach dem Parfümgemisch der weiblichen Gäste an diesem Abend. Ich öffnete das Fenster, um zu lüften, bevor ich ins Bett ging. Und ich verriegelte die Tür. Warum? Erwartete ich, daß Ralph sich mitten in der Nacht in mein Bett schleichen würde? Eine absurde Idee, natürlich; und doch, als ich, mich unruhig unter der Bettdecke hin und her wälzend, daran dachte (etwas in dem mexikanischen Drink schien eher anregend als einschläfernd zu sein), fragte ich mich, was ich tun würde, hätte ich die Tür unverschlossen gelassen und er schliche sich herein. Angenommen, Carrie nimmt eine Tablette und schläft tief und fest, und er schleicht sich aus ihrem Schlafzimmer, kommt in mein Zimmer und schlüpft unter die Decke – würde ich schreien und mich wehren? So daß Carrie und die Kinder aus ihren Schlafzimmern gerannt kämen? Ralph in einer unendlich peinlichen Szene bloßstellen und mitten in der Nacht mit dem Taxi davonfahren? Nein, würde ich nicht. Was also hätte ich dann getan? Protestiert und ihm flüsternd Vorhaltungen gemacht? *Bist du wahnsinnig geworden? Verschwinde sofort aus meinem Bett, sonst werde ich… ich… ich… Was? Sonst werde ich nie wieder ein Wort mit dir reden.* Schwache Drohung. Was dann? Ihm seinen Willen lassen? Natürlich nicht. Und doch mußte ich mich fragen, ob dieser Gedanke nicht eine Variation der berühmten weiblichen Vergewaltigungsphantasie war, von der die Pop-Psychologen reden, das Verlangen, sich sexuell hinzugeben, ohne die moralische Verantwortung dafür übernehmen zu müssen. Warum sollte ich mir dieses Szenario sonst vorstellen? Ich werde mit Ralph Messenger keine Affäre anfangen, denn ich möchte nicht an einem Ehebruch beteiligt sein – der Grund ist nicht, daß ich ihn nicht attraktiv finde. Ich finde ihn attraktiv, leider.

Während ich nicht einschlafen konnte und über unser Gespräch in seinem Arbeitszimmer nachdachte, bedauerte ich (und ich bedauere es noch), daß ich mich so unverblümt ausgedrückt hatte: »Ralph, ich möchte keine Affäre mit dir.« Er war so anständig zuzugeben, daß er selbst schon einmal an so etwas gedacht hat. Aber jetzt weiß er, daß *auch ich* an so etwas gedacht habe – was ich lieber für mich behalten hätte. Und dann bin ich dämlich damit herausgeplatzt, daß ich gesehen hatte, wie er Marianne Richmond küßte – es muß der viele Wein gewesen sein, der meine Zunge gelöst und meine übliche Diskretion in Luft aufgelöst hat. Kaum waren die Worte aus meinem Mund, hätte ich sie am liebsten wieder aufgesaugt und hinuntergeschluckt. Er sah wirklich geschockt aus, dann wütend, bevor er seine übliche Selbstsicherheit wiedergefunden hatte.

Als ich am nächsten Morgen erwachte und mich an all das erinnerte, war mir etwas unwohl dabei zumute, ihn und Carrie beim Frühstück zu treffen, und ich ließ mir Zeit mit dem Waschen und Anziehen. Glücklicherweise hatte ich eine Jeans und einen Sweater mitgenommen, so daß ich mich nicht in meinem neuen Partykleid zu den bequem *deshabillés* Messengers setzen mußte. Carrie war noch im Morgenmantel, ihr Haar war zerzaust, und ihr Gesicht glänzte von ihrer Pflegecreme, und Ralph trug ein Cal-Tech-T-Shirt und Trainingshosen. Die Kinder, die schon wach waren, trugen Schlafanzüge. Sie aßen am langen Küchentisch Waffeln mit Ahornsirup – offensichtlich ein besonderer Leckerbissen, den es immer am Sonntag gibt. Ralph begrüßte mich munter ohne die geringste Verlegenheit, und Carrie goß mir frisch gepreßten Orangensaft und Kaffee ein.

Sie sagte, sie würden den Tag in Horseshoes verbringen – ob ich nicht mitkommen wolle. Ich hatte diese Einladung erwartet und wollte mich schon wegen der Manuskripte, die ich noch lesen muß, entschuldigen, aber ich wurde schwach, entschied mich um und nahm an. Es war ein strahlender, frischer Morgen, und der Gedanke an einen Tag auf dem Land war verlockend, sicher verlockender als die Einsamkeit und ein Abendessen vor dem Fernseher in der Maisonette Row.

So verbrachte ich einen weiteren angenehmen Tag mit den Messengers, ich half Carrie, das Gemüse für das Mittagessen zuzubereiten, half Emily bei ihren Französischaufgaben, spielte Trivial Pursuit mit den Kleinen, während Ralph sich in sein Arbeitszimmer zurückzog, um ein Buch zu lesen, das er für eine der nächsten Sonntagszeitungen bespricht. Ich fühlte mich ein wenig wie die Gouvernante einer reichen Familie in einem Roman aus dem neunzehnten Jahrhundert, die als Gegenleistung dafür, daß sie sich unentbehrlich macht, einige besondere Vergünstigungen dieses Reichtums genießen darf, doch das machte mir eigentlich nichts aus.

Als es Zeit wurde für den heißen Pool, entschuldigte ich mich – ziemlich wehmütig, denn der Himmel hatte sich im Laufe des Nachmittags bewölkt, und einzelne Schneeflokken begannen zu fallen. Es war aufregend, sich vorzustellen, wie man im heißen Pool sitzt, während es schneit, aber ich hatte keinen Badeanzug mitgebracht. Ralph schlug ziemlich frech vor, ich solle meine Unterwäsche tragen und sie hinterher in den Trockner werfen, aber Carrie fand ein überdimensionales T-Shirt und alte Baumwollshorts für mich, die Emily gehörten und die wunderbar ihren Zweck erfüllten, denn sie waren praktisch, ohne aufreizend zu wirken. Es war eine magische Erfahrung, im heißen Pool zu liegen und die federleichten Flocken zu beobachten, die zu Boden schwebten, dunkel am Himmel, dann weiß auf Augenhöhe und dann schmelzend im Dampf und im heißen Wasser. Als wir das Becken verließen, lag eine dünne Schneeschicht auf dem Deck, und wir hinterließen unsere warmen, nassen Fußabdrücke darin, als wir wieder ins Haus hinaufstiegen. Ich achtete darauf, daß ich nicht wieder mit Ralph in der Wanne zurückblieb.

Ich habe neue Nachbarn: Ein junges Paar ist in der Maisonette-Wohnung neben meiner eingezogen. Als ich gestern abend aus Horseshoes zurückkam, sah ich einen Wagen in der Auffahrt und Licht hinter den Vorhängen. Heute morgen sah ich, wie die neuen Bewohner joggen gingen, und als sie mit glühenden Gesichtern und schwer atmend von ihrem Training zurückkamen, schoß ich an die Tür, um mich vorzustellen. Sie heißen Ross und Jackie. Er hat gerade am Institut für kommunale Studien – was immer das sein mag – eine Dozentur für Sportwissenschaften erhalten – was immer die sein mögen –, und sie ist Physiotherapeutin und hofft, einen Job in einer Privatklinik in Cheltenham oder Gloucester zu finden. Ich lud sie auf einen Kaffee ein, doch Ross sagte, ihnen liefe die Zeit davon. Ich sagte, sie liefen doch heute ganz zeitig, aber diesen kleinen Witz bemerkten sie nicht. Doch als Ross sagte, sie sollten wohl besser gehen und duschen, kicherte Jackie, als sei das besonders gewagt. Ich habe den Eindruck, daß sie noch nicht sehr lange zusammenleben. Sie wirken ein wenig wie in den Flitterwochen. Ross hatte seinen Arm um Jackies Hüften gelegt, während wir uns unterhielten, und er tätschelte liebevoll ihr Hinterteil, als sie aufbrachen, um – zweifellos zusammen – zu duschen. Ich fürchte, es ist ziemlich unwahrscheinlich, daß sie meine Busenfreunde werden.

Heute morgen traf ich Annabelle Riverdale in der Bibliothek. Sie hatte Dienst an der Bücherausgabe, und sie warf mir einen leicht panischen Blick zu, als ich vorbeiging. also ging ich zu ihr und sagte kurz guten Tag. »Ich fürchte, ich habe mich am Samstag danebenbenommen«, sagte sie. »Machen Sie sich keine Sorgen deswegen«, sagte ich. »Ich glaube nicht, daß das irgend jemandem aufgefallen ist.« – »Colin schon«, sagte sie düster. »Ich werde auf Partys immer nervös, und dann trinke ich zuviel.« Sie sah mich fragend an. »Sie dürfen sich überhaupt nicht um das kümmern, was ich sage, wenn ich etwas getrunken habe.« – »Ich kann mich gar nicht daran erinnern, was Sie gesagt haben«, meinte ich leichthin. Sie schenkte mir ein schüchternes, dankbares Lächeln.

Mittwoch, 18. März. Gestern haben die Studenten ihre Arbeiten zum Thema *Mary, die Farbwissenschaftlerin* abgegeben. Wieder einige ausgezeichnete Texte dabei. Sandra Pickering hat eine überraschend gelungene Imitation von Fay Weldon geschrieben. Aber sie hat mir die nächsten Kapitel ihres Romans noch nicht gegeben. Ich erinnerte sie am Ende der Stunde daran, und sie murmelte etwas wie, sie müsse noch mehr daran arbeiten. Ich vermute, sie versucht, ihren Alastair weniger wie meinen Sebastian wirken zu lassen und findet das schwierig. Mir scheint jetzt offensichtlich, daß sie *Das Auge des Sturms* gelesen haben muß, gleich als der Roman herauskam, daß sie unbewußt Anleihen gemacht hat, als sie ihren eigenen Roman zu schreiben begann, und ihn dann letzte Weihnachten noch einmal gelesen hat, weil ich kommen würde, um den Kurs zu geben, worauf ihr klar wurde, was sie getan hatte. Wenn sie es nur zugeben würde, könnte ich etwas tun, um ihr zu helfen.

Ich habe meine neuen Nachbarn kaum gesehen, obwohl

ich durch die Wand zu ihrer Wohnung höre, wie sie lachen und einander rufen und energisch die Treppe hinauf und hinab poltern. Manchmal wird es nach einer Reihe schriller Schreie von Jackie plötzlich still, und ich frage mich, ob sich ihre Balgerei in das verwandelt hat, was sie, wie ich mir sicher bin, »Bumsen« nennen. Ich stelle mir vor, wie Ross Jackie auf der Treppe packt, ihr die Trainingshose hinunterzieht und sie hemmungslos auf dem Treppenabsatz nimmt. Einmal habe ich ein Ohr gegen die Wand gedrückt und nach Geräuschen ihrer sexuellen Aktivitäten gelauscht, aber ich hörte nichts als meinen eigenen Herzschlag.

15

Mary hatte ein kleines Lamm … Test, Test … Es ist zehn nach neun am Montag, dem achtzehnten März, und ich fahre zur Arbeit. Auf dem Inner Ring geht es furchtbar langsam voran, eine Kombination aus Regen und Bauarbeiten, also habe ich den alten Pearlcorder herausgeholt, um mir die Zeit zu vertreiben … das scheint zur Gewohnheit geworden zu sein … wie wenn man Tagebuch führt, obwohl, ich habe nie zuvor Tagebuch geführt, ich hatte nie Lust dazu, aber in den Voicemaster zu diktieren macht alles so leicht … und vielleicht sind das auch die mittleren Jahre, man fängt an, ziemlich besitzergreifend zu werden, möchte seine Gedanken schützen, ist eifrig darauf aus, sie auf dem Papier festzuhalten, bevor sie wieder verschwinden … die Gehirnzellen sterben unerbittlich, und die neuronalen Netze werden langsamer, man produziert weniger neue Ideen … Oder man vergißt diejenigen, die man schon gehabt hat – verbringt Stunden und Tage damit, ein Argument oder eine Theorie auszuarbeiten, und wenn sie schließlich Gestalt annimmt, wird einem klar, daß man diese Idee schon vor Ewigkeiten gehabt hat … Welch ein erfreulicher Gedanke an einem verregneten Montag morgen … kommt daher, daß ich die Fünfzig überschritten habe, keine Frage … Die Party war … interessant … Marianne, ja, es tut mir nicht leid, daß sie unser kleines Spiel beendet hat, es wurde langsam zu riskant, und wofür das alles, für gelegentlich ein bißchen *frottage* … Ich hoffe bei

Gott, daß wieheißternoch Oliver die Klappe hält … oder daß niemand sein Gefasel beachtet … Also, Marianne ist jetzt erst mal kaltgestellt, und Helen will ihren Platz nicht einnehmen … Obwohl sie sich sofort auf die Gelegenheit stürzte, einen Tag später mit nach Horseshoes zu kommen, und mein Gott, die Kleider, die sie in der Wanne trug, das T-Shirt klebte an ihren Titten, und die weißen Baumwollshorts waren halb durchsichtig, als sie aufstand und mit Carrie und den anderen hinauskletterte, ich konnte durch den Stoff hindurch die dunkle Spalte zwischen ihren Hinterbacken sehen, Jesus … Ich mußte in der Wanne bleiben, bis mein Schwanz wieder schlaff war … Kein Zweifel, das sexuelle *(Ende der Aufnahme)*

Es ist fünf nach halb zehn, und ich bin auf einem Rastplatz an der A435, parke hinter einem holländischen Schwertransporter, dessen Fahrer wahrscheinlich ein Nickerchen macht, denn es gibt keine fahrbare Imbißbude, die einen in Versuchung bringen würde, hier anzuhalten, und auch keine andere Attraktion außer einem überquellenden Abfalleimer … Auf dem Inner Ring wurde ich bei meiner Aufnahme unterbrochen, denn ich sah, wie der Beifahrer auf dem Vordersitz eines Mondeo auf der Höhe meines Wagens mich im Stau anstarrte, und ich verlor mein Selbstbewußtsein, besonders, da ich … übrigens interessant, die Verwendung dieses Wortes »das Selbstbewußtsein verlieren«, als ob man in einer solchen Situation wirklich das Bewußtsein seiner selbst verlieren könnte … In Wirklichkeit bedeutet der Ausdruck, daß man eine Art Selbstbewußtsein zweiter Ordnung *gewinnt*, man könnte es auch ein *reflektierendes* Selbstbewußtsein nennen … wenn wir uns in der Weise unser selbst bewußt werden, in der andere uns wahrnehmen, oder besser, wenn wir fühlen, daß andere sich unseres Selbstbewußtseins bewußt sind, als ob sie Zugang zu dem hätten, was üblicherweise privat ist und was nur wir selbst kennen... Ich habe mich gefragt, ob dieser Typ tatsächlich von den Lippen lesen konnte, er sah so interessiert aus, rutschte da auf seinem Sitz hin und her und starrte mich an, wie ich diktierte... Ich warf ihm einen Verpiß-dich-Blick zu, und er drehte hastig seinen Kopf zur Seite, aber mir war nicht danach, weiter zu diktieren, also schaltete ich den Pearlcorder aus... und kurz darauf floß der Verkehr wieder, und ich war wieder unterwegs... Aber weil ich noch ein bißchen Zeit übrig hatte, dachte ich, ich fahre hier für ein paar Minuten raus und nehme meine *pensée* auf, solange ich mich noch an sie erinnern kann... Was ich sagen wollte, war, daß sexuelles Verlangen der KI eine harte Nuß zu knacken gibt, obwohl ich nicht sagen könnte, daß bisher irgend jemand auch nur darüber nachgedacht hat, wie man es in die Architektur einbauen könnte... diese merkwürdige und ausschließlich menschliche Kombination aus körperlicher Reaktion auf einen Reiz und geistiger Aktivität... dieses köstlich berauschende Gebräu aus blutgefülltem Gewebe und Pheromonen und Besessenheit und Berechnung... Es ist ein Rätsel, wie Darwin sagen würde.

Gestern abend, nachdem wir aus Horseshoes zurückgekommen waren, beschloß ich, nach dem Band mit Isabel Hotchkiss zu suchen... irgend etwas an Helens Brüsten, deren Formen das triefend nasse T-Shirt nachzog, brachte mich wieder darauf, besonders die frech vorstehenden Nippel, sie erinnerten mich an Isabels Titten, und plötzlich packte mich ein starkes Verlangen, das Band zu hören, auf dem wir Sex in diesem Hotelzimmer in San Diego haben... Nicht, um mir einen runterzuholen, sondern nur, um die Erfahrung eines wilden One-Night-Stands noch einmal zu erleben, etwas, das ich schon lange nicht mehr gehabt habe … Carrie saß mit den Kindern vor dem Fernsehen, irgendein historisches Melodrama mit Pferden und Kutschen und Krinolinen, war noch nie mein Bier … Ich ging hoch in mein Arbeitszimmer, um nach dem Band zu suchen … brauchte nicht lange, dann hatte ich's gefunden … ich trug Kopfhörer, so daß die anderen im Haus mich unmöglich belauschen konnten, ich dimmte die Lampen und streckte mich auf der Chaiselongue aus … und drückte auf Play …

Das ist jetzt, wie lange, wenigstens acht Jahre her, und seither habe ich mir das Band nicht mehr angehört, so daß ich mich nur noch vage daran erinnern konnte, was darauf war, und zuerst war es eine einzige Enttäuschung … der Pearlcorder war der Sache nicht ganz gewachsen, vielleicht war die Entfernung zu groß oder, was wahrscheinlicher ist, meine Kleider haben die Geräusche gedämpft. Ich hatte, wie mir einfiel, die Maschine unter meinem Hemd versteckt … gelegentlich konnte ich schwache Sexgeräusche hören, Kichern und Grunzen und Stöhnen, doch das meiste war zischende Stille, wie Funkgeräusche aus dem Weltraum … Dann gab es einen Abschnitt, wo wir uns unterhielten, aber ich konnte die einzelnen Wörter nicht verstehen, nur die wechselnde Intonation bei Aussagen und Fragen … es war furchtbar frustrierend … Dann plötzlich sprachen wir lauter, und ich konnte alles hören … wir schrien einander an, schrien »Fick mich!« und »Ich liebe dich!« und näherten uns einem gigantischen vulkanartigen Orgasmus … Isabel schrie und ich brüllte »JAAA!«, als wir gleichzeitig kamen … und dann hörte man, wie jemand wütend an die Wand zum Nebenzimmer hämmerte, und Isabel und ich brachen in Gelächter aus, in glückliches, rücksichtsloses, triumphierendes Gelächter. Das anzuhören war unglaublich erregend. Die ganze Episode stand wieder in allen Einzelheiten vor mir, einschließlich der Unterhaltung, die auf dem Band nur ein unverständliches Murmeln gewesen war…

Es war der vorletzte Tag der Konferenz, wir beide hatten am späten Nachmittag auf der gleichen Veranstaltung unsere Referate gehalten, Referate, die gut angekommen waren, also waren wir beide zufrieden mit uns selbst, noch ganz aufgedreht vom Adrenalin in einer solchen Situation… bereit, Dampf abzulassen… bereit für ein wenig Erholung und Ablenkung… Die Konferenz fand in einem dieser riesigen amerikanischen Hotels mit Springbrunnen, Wasserfällen und einem kleinen Regenwald im Atrium statt… Expreßaufzüge, die einen mit mehreren *g* am Boden festnageln… Tausende identischer Zimmer entlang den Korridoren, die sich bis in alle Ewigkeit dahinziehen, zahllose thematisch gestaltete Bars, Coffee Shops und Restaurants… Kein Konferenzteilnehmer mußte sich hinaus auf die Straßen von San Diego wagen, und wenn man gewissenhaft war, hatte man auch nicht allzuviel Gelegenheit dazu, denn das Programm lief ohne Unterbrechung von neun Uhr morgens bis zehn Uhr abends… Isabel und ich nahmen einige Drinks zusammen mit ein paar anderen, die bei unserer Veranstaltung dabeigewesen waren, und entweder war ich besonders witzig, oder Isabel begann schon, mich anzumachen, denn sie kicherte und nickte bei allem, was ich sagte, und lächelte mir über ihr Glas hinweg zu… ich manövrierte mich durch das Gedränge, um neben ihr stehen zu können, und als die anderen dann zum Essen aufbrachen, die kleinen *carnets* ihrer Essensmarken aus ihren Brieftaschen nahmen und stirnrunzelnd betrachteten, schlug ich Isabel leise vor, auf die Plenarsitzung, die an diesem Abend stattfinden sollte, zu verzichten und zur Abwechslung außerhalb essen zu gehen… Sie nahm diesen

Vorschlag sofort an und ging davon, angeblich, um sich die Nase zu pudern. Zehn Minuten später trafen wir uns in der klimatisierten Lobby wieder, und dann gingen wir, kichernd wie ein Pärchen schwänzender Schulkinder, hinaus in die schwüle kalifornische Nacht. Ich bat den Taxifahrer, uns in das beste mexikanische Restaurant der Stadt zu bringen, das wie ein örtlicher Mafiatreff aussah, sich aber als absolut großartig erwies ... wir aßen ein scharf gewürztes Festmahl aus *borritos* und *enchiladas* und *chimichangas*, triefend von Salsa und saurer Sahne, das wir mit ein paar Flaschen kräftigem kalifornischen Rotwein hinunterspülten. Die zweite Flasche war vermutlich ein Fehler, auch wenn uns das zu dem Zeitpunkt nicht so vorkam, denn je mehr Isabel trank, um so ungehemmter wurde sie. Zunächst sprachen wir über die Arbeit, Tratsch über Forschungsprojekte und Posten, dann wurde das Gespräch persönlicher. Sie war Mitte dreißig, würde ich sagen, und sah nicht besonders gut aus – sie hatte ein Pferdegesicht, trug eine Brille mit breiter Fassung, und ihr Haar war in ihrem Nacken zu einem so straffen Knoten gebunden, daß man Kopfschmerzen bekam, wenn man nur hinsah ... Ich hatte keine Absicht, sie zu verführen, als ich ihr diese Verabredung vorschlug, ich wollte einfach nur etwas bewundernde weibliche Gesellschaft, und sie war gerade da. Aber dann, als wir etwa zwei Gläser der zweiten Flasche getrunken hatten, machte ich eine scherzhafte Bemerkung über ihre strenge Frisur, und sie griff in ihren Nacken, zog einen Kamm heraus und schüttelte sich das Haar zurecht. Es war lang und glänzend und fiel nach vorn über ihre Schultern, was sie plötzlich zehnmal femininer und attraktiver machte, etwas, dessen sie sich offensichtlich nur allzu bewußt war. Das Signal war eindeutig. Sie war außerordentliche Professorin an einer staatlichen Universität in Illinois und lebte getrennt von ihrem Ehemann, der im gleichen neurobiologischen Fachbereich arbeitete … Wie Isabel sagte, hatten sie sich getrennt, weil sie fest angestellt worden war und er nicht – »Er kam einfach nicht damit zurecht … « Sie hatten ein Kind, das abwechselnd bei einem von beiden lebte – ihr Mann kümmerte sich um das Kind, während sie an der Konferenz teilnahm. Und, traf sie sich mit jemand anderem, fragte ich. »Nein«, sagte sie. »Im Augenblick hab ich die Nase voll von längerfristigen Beziehungen … ich möchte damit nichts mehr zu tun haben. Was ich suche«, sagte sie und warf mir durch den Vorhang ihrer Haare einen betrunkenen Blick zu, »ist ein körperlich befriedigender, emotional belangloser One-Night-Stand.« – »Ich bin sicher, das ließe sich arrangieren«, sagte ich und war sofort ganz Feuer und Flamme vor Lust. Das Martha-Syndrom wurde ausgelöst – die Chance, einer reifen Frau sexuelle Wonnen zu verschaffen, die ganz scharf darauf ist. Ich fing den Blick des Kellners auf und malte einen Scheck in die Luft, um mir die Rechnung geben zu lassen.

Wir fummelten und knutschten im Taxi zurück ins Hotel und im Aufzug zu ihrem Zimmer im achtundzwanzigsten Stock … Wir rissen uns gegenseitig die Kleider vom Leib, sobald die Tür hinter uns ins Schloß gefallen war, und in Foxtrottschritten führte ich sie hinüber zum Bett, doch sie sagte, sie müsse noch ins Badezimmer, und während sie dort war, drapierte ich meine Kleider über einen Stuhl, und aus einer Laune heraus schaltete ich den Pearlcorder ein … Als sie zurückkam, legten wir uns aufs Bett und machten alles … wir saugten und lutschten und befingerten uns und fickten … und zuerst war ich stolz darauf, wie lange ich weitermachen konnte, ohne zu kommen, doch dann fing ich an, mir Sorgen zu machen, ob ich überhaupt je kommen würde … Ich bedauerte die zweite Flasche kalifornischen Rotwein … und die ganze Zeit seufzte und stöhnte und schnurrte Isabel offensichtlich voller Genuß, aber auch bei ihr gab es keine wirklichen Anzeichen dafür, daß sie kommen würde ... So taktvoll wie ich nur konnte, fragte ich sie danach, während ich auf ihr lag und mich mit den Unterarmen abstützte ... »Ich schätze, ich habe mich geirrt«, sagte sie. »Du bist ein wunderbarer Liebhaber, Ralph, aber ich schätze, Sex nur zur Entspannung ist doch nicht meine Sache.« Sie schwieg einen Augenblick. »Wenn du ›ich liebe dich‹ sagen könntest«, sagte sie, »dann könnte es vielleicht hinhauen. Du mußt es ja nicht ernst meinen.« Ich kapierte sofort. »Natürlich liebe ich dich«, sagte ich ernsthaft, ohne auch nur im geringsten unaufrichtig zu wirken, und ich fühlte, wie eine Art Schauder durch ihren Körper lief. »Junge, Junge«, murmelte sie. »Ich liebe dich, und ich liebe es, dich zu ficken«, sagte ich und setzte meine Worte in die Tat um. »Ich liebe es, wie du mich fickst«, sagte sie. Ich sagte: »Ich liebe dich, und ich liebe es zu hören, wie du dieses Wort sagst.« – »Oh, fick mich, Liebling«, sagte sie. Und so machten wir immer weiter, stimmten einen Kontrapunkt aus »liebe dich« und »fick mich« an, bis wir ein Crescendo und einen Höhepunkt erreichten, der unseren Nachbarn wütend an die Wand hämmern ließ.

Ich habe mir das Band noch einmal angehört, und beim zweiten Mal war es sogar noch erregender ... Ich war wahnsinnig geil ... Ich stand auf und suchte Carrie ... Emily und Mark, die im Wohnzimmer vor dem Fernseher saßen, sagten, sie sei ins Bett gegangen ... ich eilte die Treppe hinauf ... Ich war froh, daß ich sie noch wach fand, sie las. Ich putzte mir die Zähne und glitt neben ihr unter die Decke, nackt, und legte meine Hand auf ihren Bauch. »Was willst du, Messenger?« sagte sie. »Was denkst du denn?« sagte ich, griff nach unten und hob den Saum ihres Nachthemds hoch. Sie seufzte und legte ihr Buch beiseite. »Also gut.

Aber mach keinen Lärm, die Kinder sind noch wach.« – »Ich glaube, sie wissen, daß wir Sex miteinander haben«, sagte ich. »Trotzdem ...« sagte sie. Sie schob das Nachthemd über den Kopf und zog es aus. Ihre Brüste sind absolut umwerfend ... Den Lesern des ›Sunday Sport‹ würde allein von ihrem Anblick einer in die Hose gehen. Ich bestieg sie, sank in sie, suhlte mich in ihr ... mit Carrie zu schlafen ist in letzter Zeit, als würde man eine Hüpfburg ficken ... doch ich arbeitete hart daran, und nach einer Weile fing sie an zu reagieren und die kleinen miauenden Laute von sich zu geben, die sie immer macht ... »Sag ›fick mich‹«, sagte ich. »Pst. Fick mich«, flüsterte sie. »Lauter«, sagte ich, »so, als ob du es wirklich meinst.« Doch sie tat es nicht. »Ich liebe dich«, sagte ich. Vor Überraschung riß sie die Augen weit auf. Es ist lange her, seit ich das zu ihr gesagt habe. »Ich liebe dich auch, Messenger«, sagte sie. »Dann sag laut ›fick mich‹«, sagte ich. Doch sie tat es nicht. Ich schloß die Augen und versuchte, an Isabel zu denken. Doch es war Helen Reed, die ich vor meinem geistigen Auge sah, im nassen T-Shirt und in triefend nassen Shorts. Genau wie ich gesagt habe: Lust ist ein Rätsel.

16

Mary kommt heraus

Sie, Mary Willingdon, saß in der grauen Vorhalle, fensterlos wie jedes andere Zimmer ihres weitläufigen unterirdischen Apartments, die Hände im Schoß ihres Rocks aus grauer Serge gefaltet, und beobachtete, wie der Minutenzeiger der an der Wand montierten Ebenholzuhr den letzten Abschnitt seiner kreisförmigen Bewegung zurücklegte. Jetzt befand er sich auf gleicher Höhe – und verdeckte ihn – des Stundenzeigers, der auf die römische Ziffer elf deutete. Sobald der längere dieser beiden Zeiger fünf weitere Einheiten abgemessen haben würde, erklängen elf feierliche, volltönende Schläge; die schwarze, mit einem Fries bedeckte Tür, die – über einen langen dunklen Korridor, der in einer weiteren massiven und mit Nägeln beschlagenen Tür endete – den Zugang zur äußeren Welt darstellte, würde aus ihren geölten Angeln leise aufschwingen; und ihr Herr würde auf der Schwelle auftauchen.

Er trüge, sie war sich dessen sicher, seinen üblichen makellosen schwarzen Anzug und glänzende schwarze Stiefel, dazu eine steife weiße Hemdbrust und eine graue Seidenkrawatte um den Hals. Doch über seinem dichten Backenbart trüge er nicht mehr die mit Schlitzen versehene Gesichtsmaske aus mattem Stahl, die üblicherweise die Farbe seiner Augen und Lippen vor ihrem Gesicht verbarg. Und vielleicht hielte er heute – anstatt sie zu tragen – die engen, geschmeidigen schwarzen Handschuhe aus feinstem Kalbsleder in der Hand, die seine Hände in ihrer Gegenwart immer verbargen.

Sie blickte hinab auf ihre eigenen Hände, zusammengefaltet in der trügerischen Haltung ruhiger Gelassenheit und umhüllt von strapazierfähigem Schweinsleder, das abzulegen ihr nur nachts, in völliger Dunkelheit, mit Hilfe des blinden Dienstmädchens Lucy erlaubt war, wodurch jeder versehentliche flüchtige Blick auf das Perlmuttrosa verhindert wurde, das – wie sie es verstand – die durchsichtigen Plättchen färbte, die die rückwärtige Oberfläche ihrer Fingerspitzen bildeten.

Nun, bald würde sie ihre Fingernägel und viele andere Dinge sehen, doch in diese angenehme Überlegung mischte sich Besorgnis, unklarer und erregender zugleich, daß nicht nur ihr Gesichtssinn durch das »Herauskommen« in die Welt der Farbe erweitert würde, sondern ebenso ihr Tastsinn. In Zukunft könnte sie Professor Hubert Dearings nackte Hand in die eigenen Hände nehmen, wenn er sie begrüßte – obgleich »nackt« natürlich nicht das richtige Wort war, so wenig wie »bloß« oder »unbekleidet«. Sie entschied sich schließlich für »ihres üblichen ledernen Integuments befreit«, doch erst, nachdem die ausdrucksvolleren Epitheta, die sich zuerst ihrem Geist als Kandidaten angeboten hatten, sie hatten erröten lassen. Das soll bedeuten, sie erlebte ein brennendes, prickelndes Gefühl in ihren Wangen, von dem sie wußte, daß es durch ein plötzliches Fluten der Blutgefäße in ihrer facialen Epidermis verursacht wurde, selbst wenn der visuelle Effekt dieses Phänomens, wie jede andere Veränderung ihrer Gesichtsfarbe, etwas war, das sie nur aus der Theorie kannte. Es gab keinen einzigen Spiegel und keine einzige andere reflektierende Oberfläche in der gesamten Suite, in der sie lebte, und selbst die Oberfläche von Professor Dearings Maske war sorgfältig aufgerauht worden, so daß sie unserer Heldin nicht einmal ein verzerrtes Bild ihres eigenen Gesichts zeigen konnte.

War sie hübsch? War sie schön? Sie hoffte jedenfalls, daß sie nicht völlig unattraktiv war, und sei es auch nur um Hubert Dearings willen, denn sein Beruf verlangte von ihm, daß er so viel Zeit in ihrer Gesellschaft verbrachte. Sie konnte die arme Lucy in dieser Angelegenheit nicht nach ihrer Meinung fragen, und sie wagte nicht, sich bei Miss Calcutt zu erkundigen, der bedrohlich behelmten Matrone, die ihre Aktivitäten in den Stunden künstlichen Lichts überwachte. Es ist kaum notwendig, hinzuzufügen, daß sie lieber gestorben wäre, als diese Frage an Hubert Dearing selbst zu richten – allein der Gedanke genügte, ein erneutes Erröten in ihren Wangen aufsteigen zu lassen. Er lobte ihre Intelligenz, ihren Fleiß, ihre eifrige und rasche geistige Aufnahme wissenschaftlicher Kenntnisse. Einst hatte er ihr, als sie vierzehn war, gesagt – sie hatte diese Bemerkung in ihrem Tagebuch vermerkt – »Du bist ein bemerkenswertes Mädchen«. Doch sorgfältig hatte er jede Bemerkung über ihre Person vermieden, vielleicht weil er fürchtete, ihre Neugier anzustacheln oder gar ihre Eitelkeit – Schwächen, zu denen das weibliche Geschlecht in der großen Welt da draußen anscheinend eine Neigung verspürte –, über die Farben ihrer Augen, Haare und Lippen; wodurch er sie in Versuchung geführt hätte, ein verbotenes Stück Spiegelglas zu erlangen, was das ganze Experiment gefährdet hätte.

Er hätte keinen Grund gehabt, sich in dieser Hinsicht zu beunruhigen, dachte Mary und straffte und reckte ihren Rücken angesichts dieser hypothetischen Situation. Der lange Minutenzeiger bewegte sich einen Zentimeter weiter auf die Spitze des Zifferblattes zu.

Was sie betraf, sie betrachtete Hubert Dearing bereits als

den stattlichsten aller Männer, nachdem sie mehrere fotografische Porträts von ihm in Schwarzweiß gesehen hatte, doch sie freute sich voll ungeduldiger Erwartung darauf, ihn sozusagen im Fleische zu sehen. Tatsächlich schien es für unsere junge Freundin nichts zu geben, das noch geeigneter gewesen wäre, sich als erstes ihrem ausgehungerten Farbensinn darzubieten, als das Antlitz des großen Mannes, der bei ihrer Erziehung und Ausbildung so viele Jahre lang den Vorsitz geführt hatte. Angesichts des heroischen Backenbartes, den er trug, war es jedoch wahrscheinlich, daß auf den ersten Blick seine Augen die wichtigsten farbigen Stellen in seinem Gesicht wären. Wären sie braun, blau oder grau? Grau wäre gewiß enttäuschend – Grau hatte sie bereits im Übermaß gehabt. Sie hatte das Gefühl, daß sie braun sein würden, denn der Klang des Wortes paßte zum Timbre seiner Stimme. Aber wie würde braun *aussehen*? Bald würde sie es wissen.

Würde sie? Sie erinnerte sich, mit einem unguten, ängstlichen Gefühl, an die Mahnung, die er in ihrem letzten, nur einen Tag zurückliegenden Gespräch ausgesprochen hatte: »Es ist möglich, weißt du, daß du überhaupt nichts sehen wirst.«

»Überhaupt nichts?« Sie wiederholte es in Form einer Frage.

»Ich meine, nichts, das einer Farbe ähnelt. Das ist möglich nach einer so langen Beschränkung auf eine monochrome Umgebung …« Er überließ es ihrer lebhaften Intelligenz, selbst die Konsequenzen zu ziehen.

»Ich könnte buchstäblich farbenblind sein«, schloß sie.

Er spielte mit seinen Handschuhen herum, beugte seine Finger und drückte das straffe Leder zwischen ihnen zurecht. »Es ist möglich«, sagte er. »Sollte es so kommen, könntest du mir jemals vergeben?«

»Ich könnte immer noch der Gegenstand erheblichen

klinischen Interesses sein, nicht wahr?« sagte sie tapfer. »Das wäre ein Ausgleich.«

»Du bist wunderbar«, sagte er schlicht, und ein Schauder durchzog sie von Kopf bis Fuß, als ihr das ganze Ausmaß seiner Wertschätzung bewußt wurde. »Ich habe diesen schlimmstmöglichen Fall nur deshalb erwähnt, weil das meine Pflicht ist«, fuhr er fort. »Ich zweifle nicht daran, daß morgen der glücklichste Tag deines Lebens sein wird.«

»Das glaube ich auch«, sagte sie.

Es dämmerte schon – wie immer auch die Dämmerung aussehen mochte –, und jetzt brach die elfte Stunde an. Der Minutenzeiger sprang mit einem Ruck weiter und zeigte auf die Zwölf. Die Uhr begann zu schlagen. Noch lauter schien Mary das Schlagen ihres eigenen Herzens, das schon immer in Augenblicken heftiger Gefühle zu lautem Pochen geneigt hatte. Sie hörte den Klang der Bolzen, die auf der anderen Seite der Tür zurückgezogen wurden. Sie erhob sich von ihrem Platz und griff sich in einer unwillkürlichen Bewegung einer ihrer behandschuhten Hände an die Brust.

Die Tür schwang auf, und dort auf der Schwelle stand Professor Hubert Dearing, der sie aus seinem Bart heraus anlächelte.

»Nun, meine Liebe«, sagte er. »Bist du bereit für dein großes Erlebnis?«

Sie starrte ihn an, und ihr Gesicht war totenblaß. Sie starrte jedoch nicht auf seine bartumrandeten Lippen oder in seine dunkelbraunen Augen. Ihr Blick wurde von einem helleren Farbfleck auf dem Revers seines Jacketts angezogen, wo eine rote Rosenknospe, die er am Morgen in seinem Garten gepflückt hatte, von ein oder zwei grünen Blättern umrahmt in seinem Knopfloch steckte. Dearing folgte der Richtung ihres Blicks, sah selbstgefällig auf die Blume hinab und griff nach dem Revers seines Jacketts. »Das ist –«, begann er. Doch bevor er noch mehr sagen konnte, war sie zu seinen Füßen zusammengebrochen.

»Mary!« schrie er voll Grauen. Rasch kniete er sich neben sie, tastete nach ihrem Puls, zerriß das Oberteil ihres Kleides, löste die straffe Schnürung ihres Korsetts und drückte sein Ohr an ihre Brust. Doch es war sinnlos. Das Rot der Rosenknospe war wie ein Pfeil in ihr Gehirn eingedrungen, und ihr zerbrechliches Herz, überwältigt von der Intensität der Empfindung, hatte zu schlagen aufgehört.

Marys Rose

Das also ist die Geschichte, wie Mary zum ersten Mal eine Farbe sah, als sie eine junge Frau war, denn als sie ein Baby war wie du oder ich, hat sie keine Farbe gesehen, obwohl niemand genau weiß, wann Babys zum ersten Mal Farben sehen, denn sie sehen sie, wenn sie dir auch nicht sagen können, daß sie sie sehen, aber Babys sehen sie ganz sicher, und wenn sie anfangen, sprechen zu lernen, lernen sie die Namen der verschiedenen Farben, und die Farbe, deren Namen sie fast immer zuerst lernen, ist Rot.

Mary lernte die Namen der Farben, als sie ein kleines Kind war, aber die Farben selbst sah sie nicht, sie durfte an dem Ort, an dem sie lebte, keinerlei Farben sehen, nur Schwarz und Weiß und all die Grauschattierungen dazwischen, und als sie die Namen erlernte, bedeuteten diese deshalb nicht das, was sie für dich und mich bedeuten, wenn wir sie erlernen, sie waren wie Wörter einer Fremdsprache für Mary, als sie sie als kleines Mädchen lernte, sie konnte nur raten, was wohl im Kopf passiert, wenn man etwas sieht, das rot oder gelb oder blau ist oder eine andere Farbe hat. Sie durfte nicht mit bunten Bauklötzen oder bunten Bällen oder irgendwelchen anderen bunten Spielsachen spielen. Sie durfte keinen Malkasten und keine Buntstifte benutzen oder Bücher mit bunten Bildern lesen. Sie lebte unter der Erde in einem Haus, in dem es keine anderen Farben gab als Schwarz und Weiß und all die Grauschattierungen dazwischen, und nirgendwo gab es Spiegel, so daß sie die Farben ihrer Lippen, Augen und Haare nicht sehen konnte. Tagein, tagaus mußte sie Kleider tragen, die jeden Zentimeter ihres Körpers bedeckten, so daß sie die Farbe ihrer Haut nicht sehen konnte, und die Kleider waren schwarz oder weiß oder besaßen eine der Grauschattierungen dazwischen. Und nie durfte sie nach draußen, so daß sie nie eine grüne Wiese oder den blauen Himmel oder einen Regenbogen sah. Als sie heranwuchs, lernte sie mehr über Farben, aber sie durfte nie irgend etwas Buntes sehen. All das diente dazu, herauszufinden, was mit einem Menschen geschah, der alles über Farben wußte, außer, wie Farben aussahen, um herauszufinden, was er im Innersten fühlen würde, wenn er schließlich eine Farbe sah, wie es an dem Tag, von dem ich euch erzählen will, auch mit Mary geschah.

Vor dem Tag, als Mary zum ersten Mal eine Farbe sah, versuchte sie herauszufinden, wie die verschiedenen Farben aussahen, indem sie einfach über sie nachdachte. Als sie jung war, sagte sie sich laut Farbbezeichnungen vor und versuchte sich aufgrund dessen, wie die Wörter klangen, wenn man sie aussprach, vorzustellen, wie sie aussahen, aber als sie älter geworden war, fand sie heraus, daß es auf der Welt viele Sprachen gab und daß dieselbe Farbe verschiedene Namen haben konnte, die in den verschiedenen Sprachen absolut verschieden klangen, daß also zum Beispiel *yellow* auf französisch *jaune*, auf deutsch *gelb* und auf polnisch *żółty* hieß, obwohl ein gelber Gegenstand, sagen wir eine Zitrone oder eine Portion Butter, für einen Engländer, Franzosen, Deutschen oder Polen gleich aussah, so daß man unmöglich aus dem Namen einer Farbe darauf schließen konnte, wie sie aussah. Dann versuchte sie mit Hilfe von Wendungen und Ausdrücken, die sie in ihren Geschichtenbüchern fand, herauszufinden, wie verschiedene Farben aussahen, Wendungen und Ausdrücke wie »er war rot vor Zorn« oder »ich hab den Blues« oder »sie war grün vor Neid«, und sie versuchte, sich in diese Stimmungen zu versetzen, und wartete darauf, daß eine Farbe ihren Geist erfüllte und den Anblick der schwarzen und weißen und grauen Welt, in der sie lebte, färbte, doch so funktionierte das nicht, und als sie in anderen Büchern las, daß Leute manchmal rot vor Verlegenheit oder blau vor Kälte oder grün vor Übelkeit sind, schloß sie, daß es zwischen einer bestimmten Farbe und einem bestimmten geistigen oder körperlichen Zustand keine Übereinstimmung gab.

Was sind Farben? Nun, sie sind etwas sehr Seltsames, sie sind eine Art Licht, in Wirklichkeit besteht das, was wir Licht nennen, aus einer Mischung aller Farben des Regenbogens, Farben sind das Licht, das in die einzelnen Bestandteile zerlegt wurde, sie sind Lichtwellen, die auf verschiedene Gegenstände treffen und von ihnen zurückgeworfen werden, worauf sie in das Augeninnere fallen und verschiedene Signale zum Gehirn schicken. Durch ihre naturwissenschaftliche Ausbildung erfuhr Mary alles darüber, als sie heranwuchs, und sie erfuhr alles über die verschiedenen Wellenlängen des Lichts und die verschiedenen Wellenfrequenzen, die zu den verschiedenen Farben gehörten, und sie hörte von verschiedenen Zellen im Auge, die auf verschiedene Wellen reagierten, und wie einige Menschen einige Farben nicht sehen können, weil sie nicht alle Arten von Rezeptorzellen besitzen, und sie lernte die verschiedenen Arten von Farbenblindheit kennen, Deuteranopie und Protanopie und Tritanopie, doch sie selbst hatte bis zu dem Tag, von dem ich euch gleich erzählen werde, keine einzige Farbe gesehen. Sie hatte alles, was man über Farben wissen kann, mit Hilfe von Diagrammen gelernt, die mit weißer Kreide auf schwarze Tafeln gezeichnet worden waren, und aus wissenschaftlichen Handbüchern mit Schwarzweiß-Illustrationen.

So kam der große Tag, an dem Mary aus ihrem unterirdischen Zuhause entlassen wurde und zum ersten Mal Farben sehen durfte. Ihr könnt euch vorstellen, wie aufgeregt sie war, doch die Wissenschaftler und Philosophen, die sie erzogen und ihr alles beigebracht hatten, was es über Farben zu wissen gab, waren fast genauso aufgeregt, denn sie würden Antworten auf Fragen erhalten, die sie lange verwirrt und über die sie untereinander lange gestritten hatten, zum Beispiel Fragen, wie es *ist*, zum ersten Mal eine Farbe zu sehen, denn wie ich schon gesagt habe, man kann ein Baby nicht fragen, wie es ist, zum ersten Mal eine Farbe zu sehen, denn es kann nicht sprechen, also kann es das einem auch nicht sagen, aber Mary wäre in der Lage, es ihnen zu sagen, und sind Farben etwas, das sich nur im Kopf abspielt, oder sind sie etwas, das eigenständig in der Welt existiert, und sind Farben etwas, das man sich im Kopf vorstellen kann, ohne daß man sie gesehen hat, oder muß man sie sehen, und ist eine bestimmte Farbe für jeden dasselbe, oder unterscheidet sie sich von Individuum zu Individuum, und könnte eine Farbwissenschaftlerin wie Mary, denn das war sie inzwischen geworden, jemand, der alles über Wellenlängen und Frequenzen weiß, die erste Farbe, die sie sehen würde, allein dadurch identifizieren, indem sie mit einem Fotospektrometer eine Messung durchführte, oder müßte man ihr sagen, was sie vor sich hat? Das waren einige der Fragen, von denen die Wissenschaftler und Philosophen hofften, daß Mary in der Lage wäre, sie für sie zu beantworten, wenn sie zum ersten Mal einen farbigen Gegenstand sehen würde an dem Tag, von dem ich euch erzähle

Die Wissenschaftler und Philosophen stritten untereinander darüber, welchen farbigen Gegenstand Mary zuerst sehen sollte, denn natürlich würden sie Mary nicht nach draußen gehen lassen in eine Welt voll zahlloser Farben, sie wäre überwältigt, sie wüßte nicht, wo sie anfangen soll, es wäre unmöglich, ihre Reaktionen mit wissenschaftlicher Genauigkeit zu überwachen, weshalb man beschlossen hatte, daß sie am ersten Tag nur einen einzigen farbigen Gegenstand sehen sollte, und der wäre eine rote Rose. Rot wählten sie, weil das das am weitesten verbreitete Farbkonzept auf der Welt ist, nach Schwarz und Weiß, das soll heißen, daß jede bekannte Sprache ein Wort für rot hat, obwohl nicht alle Sprachen der Welt Wörter für alle Farben haben, die es auf der Welt gibt. Und sie entschieden sich für eine Rose und nicht für einen Ziegelstein oder eine rote Kachel, weil eine Rose ein natürlicher Gegenstand ist und ihr Rot ein natürliches Rot.

Als Mary dann an dem Tag, von dem ich euch erzähle, zum ersten Mal ihr unterirdisches Zuhause verließ und ihren Fotospektrometer bei sich trug, befand sie sich nicht unter freiem Himmel, sondern in einem anderen fensterlosen Raum, der in einem eintönigen Grau gestrichen war und von einem weißen Licht beleuchtet wurde. In die Wände waren Beobachtungsöffnungen gebohrt worden, durch die die Wissenschaftler und Philosophen Mary beobachten konnten, und sie besaßen Sprechgitter, durch die sie mit ihr reden konnten, und in der Mitte stand ein weißer Sockel auf dem Boden, und auf dem Sockel lag eine einzelnen rote, voll erblühte Rose, und das war der einzige Gegenstand, der sich in diesem Raum befand.

Mary ließ den Fotospektrometer auf den Boden fallen und ging direkt auf die Rose zu. »Was siehst du, Mary?« fragte der leitende Wissenschaftler, und alle anderen Wissenschaftler und Philosophen hielten den Atem an. »Eine Rose«, sagte sie. Sie wußte, daß es eine Rose war, denn sie hatte Schwarzweiß-Zeichnungen und Fotografien von Rosen in ihren Botanik-Lehrbüchern gesehen. Aber sie hatte noch nie zuvor eine wirkliche, dreidimensionale Rose gesehen, und noch nie zuvor hatte sie eine wirkliche Rose in der Hand gehalten, und noch nie zuvor hatte sie den Duft einer wirklichen Rose gerochen. Ganz vorsichtig hielt sie die Rose zwischen Finger und Daumen am Stengel und streichelte ihre samtigen Blütenblätter und drückte die Nase mitten hinein und atmete ihren Duft, und sie wirkte wie jemand in Ekstase. »Welche Farbe hat die Rose, Mary?« fragte der leitende Wissenschaftler, und wieder hielten all die anderen Wissenschaftler und Philosophen den Atem an.

»Das weiß ich nicht«, sagte Mary, »und es ist mir auch egal.« – »Es ist dir egal?« schrien alle Wissenschaftler und Philosophen gleichzeitig. »Es ist mir egal, welche Farbe sie hat«, sagte Mary. »Eine Rose ist eine Rose ist eine Rose ist eine Rose.«

Mary sieht rot

»Na, Dickinson, heute ist der große Tag!« Professor Horatio Stigwood reibt sich erwartungsvoll die ewig kalten Hände. Er trägt eine hellrote Krawatte unter seinem weißen Laborkittel als Zeichen seiner Zuversicht.

»Schon recht«, erwidert Professor Giles Dickinson verdrießlich. An diesem heiteren, windigen Apriltag des Jahres 2031 warten die beiden Männer im neunten Stock des Zentrums für Bewußtseinsstudien im Stanstead Airport Science Park auf den Aufzug.

»Wollen Sie Ihren Einsatz erhöhen?« sagt Stigwood.

»Nein.«

»Höre ich da so etwas wie Besorgnis in Ihrer Stimme?« fragt Stigwood mit einem schwachen, verkniffenen Lächeln.

»Ich kann Wetten nicht gutheißen«, sagt Dickinson. »Besonders keine Wetten auf das Ergebnis eines wissenschaftlichen Experiments. Ich wurde wider besseres Wissen zu dieser Wette überredet.«

Ein elektronisches *Ping!* verkündet das Eintreffen des Aufzugs. Die Türen gleiten auf, und die beiden Männer betreten den gepolsterten Würfel.

»Ich erlasse sie Ihnen, wenn Sie wollen«, sagt Stigwood.

»Nein, lassen wir's, wie's ist«, sagt Dickinson. »Ich bin mir ziemlich sicher, was dabei herauskommt.«

Der Fahrstuhl wird langsamer und hält im vierten Stock. Dickinson geht zur Tür.

»Wir sehen uns dann um elf im Beobachtungsraum«, sagt Stigwood.

»Um elf«, sagt Dickinson und verläßt den Fahrstuhl, ohne zurückzublicken.

O wunderbare Welt wissenschaftlicher Forschung! Welche Hingabe, welche Geduld, welche Aufmerksamkeit gegenüber Details! Seit einunddreißig Jahren ist Mary X in ihrer unterirdischen Zelle eingekerkert (die die Experimentatoren lieber »Suite« nennen). Als Neugeborene wurde sie direkt aus dem abgedunkelten Kreissaal geholt, die Augen bandagiert auf der Fahrt aus der Klinik, so daß nicht einmal die leiseste Ahnung über die farbliche Beschaffenheit der Welt ihr Gehirn auf dem Weg über ihr noch unentwickeltes optisches Nervensystem erreichen konnte. Ein Team maskierter Assistentinnen, von Kopf bis Fuß in Schwarz und Weiß gekleidet, das sie ernährt, mit ihr spielt und sie erzieht. Eingeführt in die große weite Welt via Virtual-Reality-Maschinen, die so programmiert sind, daß sie ausschließlich monochrom arbeiten. Eine naturwissenschaftliche Ausbildung, ermöglicht durch Fernunterricht, von Nobelpreisträgern in Optik und Neurowissenschaften ausgebildet, ausgestattet mit den allerneuesten Forschungsergebnissen zur Phänomenologie der Farbwahrnehmung – sie weiß alles über Farben, was man nur wissen kann, ohne jemals eine Farbe gesehen zu haben. Alle farbigen Illustrationen in ihren Büchern und Zeitschriften wurden beseitigt und gegen monochrome Repliken ausgetauscht. Es gibt keine Spiegel oder reflektierende Oberflächen in ihren Wohnräumen, in denen sie die Pigmentation ihrer Lippen, Augen und Haare sehen könnte. Zufällig hat sie rabenschwarzes Haar und volle rote Lippen, und ihre Augen sind kornblumenblau; sie ist wirklich eine sehr schöne junge Frau, obwohl sie das natürlich nicht weiß. Arme Mary! *Mary, Mary, solitary*. Mary, Mary, einsame Mary, was wächst in deinem Garten? Graues, graues Gras und schwarzes, schwarzes Gebüsch und tote weiße Blumen aller Arten.

Doch jetzt soll sich ihr Leben ändern. Das Experiment, im Jahre 2000 mit einem Stipendium des Millennium Fund der Nationallotterie begonnen, ist fast abgeschlossen. Der entscheidende Tag ist gekommen: Mary soll aus ihrem langen, farblosen Winterschlaf befreit werden und die große Debatte über Qualia entscheiden. Sind diese, wie Neurowissenschaftler wie Stigwood behaupten, nichts als elektrochemische Reaktionen im Gehirn; oder sind sie, wie Philosophen wie Dickinson behaupten, irreduzible subjektive Erfahrungen der individuellen menschlichen *Gestalt*, die mit ihrer Umgebung interagiert? Schon seit Monaten hat Stigwood Marys Gehirn künstlich mit Elektroden stimuliert, indem er das Muster feuernder Zellen seines eigenen Gehirns repliziert, das die Farbe Rot wahrnimmt – Muster, die durch Positronen-Emissions-Tomographie und Magnetresonanz-Spektroskopie sichtbar gemacht wurden. Sie teilte mit, was sie empfand, und ihr wurde gesagt, daß es sich dabei um Rot handelte. Man konnte unmöglich wissen, ob das der üblichen Wahrnehmung von Rot entsprach. Genau das wollen sie jetzt herausfinden. Wenn Mary genau um elf Uhr vormittags ihr farbloses Habitat verlassen wird, wird sie sich in einem kahlen, weiß gestrichenen Vorraum wiederfinden, der nur einen einzigen Farbfleck besitzt: Auf einem Tisch mit einer Glasplatte in der Mitte des Raumes befindet sich eine einzelne rote Rose in einer durchsichtigen Glasvase. Die Frage ist, wird Mary, wenn sie das sieht, wissen, daß sie eine *rote* Rose sieht?

Eine Minute vor elf warten Stigwood und Dickinson angespannt hinter dem nur von ihrer Seite durchsichtigen Fenster, das den Beobachtungsraum vom Vorraum trennt. Stigwood blickt auf seine Uhr und nickt einem Assistenten zu, der einen Knopf auf einer Konsole drückt. Eine Falltür im Boden öffnet sich automatisch. Langsam erscheinen Marys Kopf und ihre Schultern, dann der Rest ihres Körpers, während sie die Wendeltreppe hinaufsteigt, die aus ihrem Verlies führt. Sie blickt sich um, blinzelt im hellen, reflektierten Licht und sieht die Rose. Sie schnappt nach Luft und legt eine Hand auf ihr Herz; dann geht sie auf Zehenspitzen darauf zu, als sei die Rose ein lebendiges Wesen, das davonlaufen könnte, wenn man es erschreckt. Die Wissenschaftler beobachten sie, wagen kaum zu atmen. Es ist nicht die läppische Wette über einhundert Pfund, die ihnen Sorge macht, es ist die Aussicht auf beruflichen Triumph oder Scheitern.

»Mary.« Stigwood spricht sie über die Lautsprecheranlage an, und sie zuckt zusammen.

»Ja?« Sie blickt sich im Raum um und versucht zu erkennen, wo sich die Lautsprecher befinden, doch ihr wird nicht klar, daß die undurchsichtige, in die Wand eingelassene Platte ein nur von einer Seite durchsichtiges Fenster ist.

»Was siehst du auf dem Tisch?«

»Eine Rose.«

»Welche Farbe hat sie?«

Eine Pause. Die längste Pause, die beide Männer in ihrem Leben jemals erlebt haben.

»Rot«, sagt sie.

Stigwood streckt die geballte Faust nach oben. Dickinson sieht niedergeschlagen aus. Er entreißt Stigwood das Mikrofon.

»Woher weißt du das?« fragt Dickinson.

»Das ist die Farbe von Blut.«

»Blut?« Jetzt sieht Stigwood bestürzt aus. »Woher weißt du, welche Farbe Blut hat?«

Mary errötet. »Jede Frau weiß das«, sagt sie.

Stigwood schlägt sich mit der Faust gegen den Kopf. »Verdammt, das haben wir vergessen!« jammert er.

»Die Frage bleibt offen«, sagt Dickinson sichtlich erleichtert.

»Mary«, sagt Stigwood, »ich fürchte, wir müssen das Experiment mit einer anderen Farbe wiederholen. Würdest du bitte wieder in deine Suite zurückkehren?«

»Sie haben gesagt, daß ich heute hinaus in die Welt gehen darf.«

»Es wird nur noch ein paar Monate dauern.«

Mary nimmt die Rose aus der Vase, gießt das Wasser auf den Boden und zerschlägt den Hals des Gefäßes an der Tischkante. Sie hält den gezackten Glasrand an ihre Kehle. »Wenn ihr Bastarde mich nicht sofort rausläßt«, sagt sie, »zeige ich euch die Farbe meines Bluts.«

17

»Sie brauchen einen Algorithmus zur Selbstbewahrung«, sagt Ralph Messenger. »Die Mutter muß sich selbst genauso lieben wie ihre Kinder, wenn sie effizient funktionieren soll. Können Sie mir folgen?« Er befindet sich in seinem Büro im Centre für Kognitionswissenschaft; Carl, der postgraduierte Student aus Deutschland, ist bei ihm in der Sprechstunde. Es ist Freitag, der 21. März, vormittags. Carl nickt ernst und macht sich eine Notiz. Das Telefon klingelt, und Ralph nimmt ab. »Helen!« sagt er; es klingt freudig überrascht. »Einen Augenblick.« Er deckt die Sprechmuschel mit seiner Hand ab. »Ich denke, das wär's für heute, Carl. Ich sehe Sie dann nächste Woche um dieselbe Zeit. O.K?«

»Ja, natürlich, Professor Messenger. Vielen Dank«, sagt Carl. Er sieht allerdings ein wenig verärgert aus, als er seine Papiere und Disketten zusammenpackt.

»Ist es im Augenblick unpassend?« sagt Helen besorgt in Ralphs Ohr. »Ich ruf später noch mal an.«

»Nein, nein, schon O.K.« Er wartet, bis Carl das Zimmer verlassen und die Tür hinter sich geschlossen hat. »Bin gerade mit meiner Sprechstunde fertig«, sagt er. »Was kann ich für dich tun?«

»Naja, ich habe im Rechenzentrum der Universität wegen einer E-Mail-Adresse nachgefragt, genau wie du vorgeschlagen hast. Lucy hat übrigens eine E-Mail-Adresse in ihrem Büro ...«

»Gut.«

»Und jetzt haben sie mir einen Brief mit einem Paßwort und einer Menge Anweisungen geschickt, die ich nicht verstehe.«

»Wo bist du?«

»Maisonette Row Nummer sieben.«

Er lacht. »Nennt man die so?«

»Nein, ich nenne sie so.«

»Ich komme vorbei und kläre die Sache für dich«, sagt er.

»Du hast sicher furchtbar viel zu tun ... Aber ich dachte, vielleicht könnte einer deiner jungen Männer –«

»Ich komme über Mittag vorbei. Du brauchst ein Modem und verschiedene Software. Was für ein Fabrikat ist dein Computer, aus welcher Modellreihe?«

»Es ist ein Toshiba irgendwas – ich muß nachschauen ... Satellite 210. Hör zu, es ist mir furchtbar unangenehm, dich in deiner Mittagspause in Anspruch zu nehmen.«

»Hast du etwas Brot und Käse in deiner Maisonette?«

»Ja ...«

»Dann könnte ich bei dir zu Mittag essen.«

Eine kleine Pause entsteht, dann sagt Helen: »Na gut, in Ordnung.«

Viertel vor eins klopft Ralph an die Vordertür von Helens Maisonette und wird eingelassen. Die Tür führt direkt ins Wohnzimmer. Er stellt seine Aktentasche ab und sieht sich um. »Ich glaube nicht, daß ich schon mal in einer von denen war«, sagt er. »Es ist ziemlich gemütlich, oder?«

»Ich habe mein Bestes getan«, sagt sie und deutet auf die Gummibäume, die Jugendstil-Plakate an den Wänden, die bunten Kissen und Überwürfe auf Sofa und Sessel. »Aber es gibt deutliche Grenzen.«

»Möchtest du mich nicht herumführen?«

»Das ist schon alles, wirklich. Es ist offen angelegt.«

»Aber es gibt ein Obergeschoß«, sagt er und schielt nach der Treppe, die auf einer Seite des Wohnzimmers nach oben führt.

»Das ist kaum sehenswert«, sagt sie. »Aber wenn du möchtest …«

»Nun, als Mitglied des Senats sollte ich wissen, welche Unterkunft wir Gästen wie dir anbieten.«

Helen führt ihn die Treppe hinauf und bleibt auf dem winzigen Treppenabsatz stehen. »Mein Schlafzimmer«, sagt sie und öffnet eine Tür. Er tritt über die Schwelle und sieht sich in dem kleinen Zimmer um, das mit einem Ankleidetisch, einem Einbauschrank und einem Doppelbett ausgestattet ist, das an der Wand unter der schrägen Decke und dem Mansardenfenster steht. Das Bett ist ordentlich gemacht, und die Türen und Schubladen der Möbel sind geschlossen. Außer einem kleinen Bücherstapel auf dem Nachttisch ist nur wenig von Helens persönlichem Besitz zu sehen.

»Alles sehr ordentlich«, sagt er. »Würde ich hier alleine leben, wäre es nach einer Woche die reinste Müllkippe.«

»Gewohnheit«, sagt Helen und zuckt mit den Schultern. Sie deutet auf die zweite Tür, die vom Treppenabsatz abführt. »Da drin sind Bad und Toilette.«

»Dürfte ich sie sehen?«

Helen öffnet die Tür zum Bad, sieht ein Höschen auf dem Boden unter dem Handtuchhalter und stürzt hin, um es aufzuheben. Ralph lächelt, äußert sich aber nicht dazu.

»Damit wäre der Rundgang beendet«, sagt sie und wirft das Höschen in einen zylinderförmigen Plastikbehälter mit Korkdeckel, der gleichzeitig als Wäschekorb und als Hokker dient. Er dreht sich um und geht vor ihr die Treppe hinab.

»Möchtest du zu Mittag essen oder erst das mit der E-Mail erledigen?« fragt Helen. Mit einer Hand deutet sie auf den Tisch, auf dem ein rotes Tischtuch liegt und der bereits gedeckt ist, und mit der anderen auf den Schreibtisch, auf dem ihr aufgeklappter, eingeschalteter Laptop steht, auf dem sich träge ein Bildschirmschoner dreht.

»Machen wir die E-Mail zuerst«, sagt er. »Dann können wir uns entspannen.« Er nimmt ein verpacktes Modem und zwei Disketten aus seiner Aktentasche und setzt sich an den Schreibtisch.

»Sollte ich dir dafür nicht etwas bezahlen?«

»Nein. Die Software ist kostenlos.«

»Dann für das Modem.«

»Geschenk vom Centre.«

»Ich glaube, ich sollte etwas bezahlen.«

»Es wäre für mich, oder besser für Stuart Phillips, ein Riesenaufwand, dir eine Rechnung zu schicken.«

Helen gibt nach. »Also gut. Danke.«

»Welches Paßwort haben sie dir gegeben?« fragt Ralph.

Helen sieht auf einem Blatt Papier nach. »Hochsprung für den Einwahl-Service und Lippenstift für die E-Mail.«

»Hmm, ziemlich gut.«

»Gut?«

»Leicht zu merken.«

»Wie heißen deine?«

»Zum Einwählen brauche ich kein Paßwort«, sagt er, »weil ich direkten Zugang zum Netz habe, auch zu Hause. Und mein E-Mail-Paßwort sollte ich dir wirklich nicht verraten.«

»Oh, tut mir leid«, sagt sie verlegen. Dann fügt sie hinzu: »Aber jetzt kennst du meins.«

»Ich könnte dir sonst nicht zeigen, wie es funktioniert. Du kannst es später immer noch ändern.«

»Nein, es macht mir eigentlich nichts aus.«

»Meins ist Rucksack«, sagt er.

»Ich wollte es wirklich nicht wissen«, sagt sie. »Mir wäre lieber, du hättest es mir nicht gesagt.«

»Ich wollte nicht, daß du glaubst, ich vertraue dir nicht«, sagt er.

»Lippenstift und Rucksack«, grübelt Helen. »Es klingt, als ob das Rechenzentrum eine Schwäche für Geschlechterstereotypen hat.«

»Nein. Das ist reiner Zufall«, sagt Ralph. »Sie haben eine Liste mit Wörtern, die sie einfach bei Bedarf verteilen.«

Er zeigt ihr, wie man sich in das universitätseigene Netz einwählt und wie man E-Mails versendet und empfängt. Er gibt Lucys E-Mail-Adresse in Helens Adreßdatei ein und dann seine eigene. »Möchtest du mich Ralph oder Messenger nennen?« fragt er.

»Messenger«, sagt sie, nachdem sie einen Augenblick lang nachgedacht hat.

Er sieht ihr zu und hilft ihr dabei, als Helen zögernd eine Zwei-Zeilen-Nachricht an Lucy schickt und sie bittet, den Empfang zu bestätigen. Helen drückt auf ›Senden‹, und blitzschnell verschwindet der Text ihrer Nachricht.

»Theoretisch könnte das jetzt schon in Australien sein«, sagt Ralph. »Obwohl es wahrscheinlich wegen der verstopften Telefonleitungen aufgehalten wird. Trotzdem sollte Lucy es heute noch bekommen.«

»Das ist erstaunlich.«

»Und alles zum Preis eines Ortsgesprächs. Übrigens, schreib deine Briefe immer, bevor du dich einwählst. So sparst du eine Menge Telefonkosten.« Er zeigt ihr, wie man das macht.

»Vielen, vielen Dank«, sagt sie. »Ich glaube, das ist so ziemlich alles, was ich auf einmal kapiere. Ich setze die Suppe fürs Mittagessen auf.«

»Ich hoffe, du hast dir keine Umstände gemacht«, sagt Ralph. »Als ich sagte, Brot und Käse, hab ich das wörtlich gemeint.«

»Genau das ist es auch, mehr oder weniger«, sagt Helen. »Dazu etwas Pastete und grüner Salat.«

»Und Suppe.«

»Und Suppe. Solange ich sie heiß mache, könntest du dir ein paar neue Arbeiten meiner Studenten anschauen«, sagt Helen. Sie gibt ihm die drei besten Arbeiten über Mary, die Farbwissenschaftlerin.

Ralph sitzt im Sessel, liest die Manuskripte und kichert gelegentlich, während Helen zwischen der Kitchenette und dem Tisch hin und her geht. »Karinthys Wandgemälde hat dir ja eine Menge gebracht«, sagt er, als er mit dem Lesen fertig ist.

»Und den Studenten auch«, sagt sie. »Ich muß sagen, ich bin ziemlich beeindruckt davon, wie sie reagiert haben. Einige von ihnen haben sich wirklich bemüht, die wissenschaftliche Seite zu recherchieren – besonders dieser Stapel hier.«

»Bis zu einem gewissen Grad«, sagt er. »Aber sie sind reine Phantasie.«

»Natürlich sind sie das«, sagt Helen. »Aber ist das ursprüngliche Gedankenexperiment etwa keine Phantasie?«

»Ja, gut«, sagt Ralph. »Aber es illustriert ein seriöses philosophisches Argument, das diese Geschichten nicht einmal ansatzweise ansprechen.«

»Sie versuchen nicht, es anzusprechen. Ich habe sie nicht gebeten, es anzusprechen«, sagt Helen. »Sie benutzen Marys Geschichte, um etwas zu verfremden, das wir als gegeben hinnehmen – die Farbwahrnehmung –, und das macht gute Literatur immer. Und übrigens imitieren sie gewisse literarische Modelle wirklich geschickt.«

»Ja. Henry James habe ich erkannt … Und am Ende auch Gertrude Stein … Sie sind sehr gut geschrieben, das gebe ich zu. Aber sie alle dämonisieren die Wissenschaft – ist dir das aufgefallen? Die Wissenschaftler sind immer die Bösen – sie sperren die arme Mary ein, beuten sie aus, nehmen ihr alles. Töten sie sogar in einem Fall.«

»Aber das steckt alles schon im ursprünglichen Gedankenexperiment«, sagt Helen. »Daran würde ein normaler Mensch zuerst denken, wenn er zum ersten Mal davon hört – die schreckliche Not dieses armen Mädchens, von Geburt an eingeschlossen in einer monochromen Welt, bis sie erwachsen ist, nur um die wissenschaftliche Neugierde zu befriedigen. Wenn du dich an den Tisch setzen möchtest – die Suppe ist fertig.«

Es gibt Tomaten-Basilikum-Suppe mit einem Klecks saurer Sahne obendrauf und warme Ciabatta.

»Hmm, köstlich«, sagt Ralph nach dem ersten Löffel. »Die ist nicht aus der Dose oder aus dem Karton.«

»Nein«, sagt Helen. »Glücklicherweise hat die Küche einen Mixer.«

»Und was für eine Auswahl an Käse!« ruft er und blickt auf das Käsebrett.

»Nur das, was gerade im Kühlschrank war«, sagt sie. »Was möchtest du trinken? Mineralwasser?«

»Hast du zufällig ein Bier?«

Helen sieht niedergeschlagen aus. »Ich fürchte, nicht. Ich selbst trinke keins. Ich hab eine Flasche Beaujolais, wenn …«

»Warum nicht?« sagt er. »Üblicherweise trinke ich keinen Wein mitten am Tag, aber was soll's – heute ist Freitag. Und ich meine, es wäre eine Beleidigung, zu diesem Stilton Mineralwasser zu trinken.«

Helen holt eine Flasche Beaujolais Villages, und Ralph öffnet sie mit einem altmodischen Korkenzieher und schenkt zwei Gläser ein. »Prost«, sagt er.

»Prost«, sagt sie. Eine Weile essen sie schweigend, dann fragt Helen: »Wie geht's Carrie?«

»Sehr gut, danke. Taugt ihr Roman irgendwas? Du kannst ganz offen sein, ich werde ihr nichts verraten.«

»Ich denke, er ist vielversprechend«, sagt Helen. »Ganz entschieden vielversprechend.«

»Großartig«, sagt Ralph. »Das ist genau, was Carrie braucht – ein eigenes Projekt, das sie wirklich ausfüllt. Dieser Beaujolais ist ganz ordentlich. Darf ich?« Er hebt die Flasche.

»Natürlich.«

Ralph füllt ihre Gläser nach. »Arbeitest du im Augenblick selbst an etwas?« fragt er.

»Nein.«

»Du schreibst überhaupt nichts?«

»Nichts. Außer meinem Tagebuch.«

»Ein Tagebuch?«

»Seit Martins Tod bin ich nicht in der Lage, an einem Roman zu schreiben«, sagt sie.

»Verstehe«, sagt Ralph und schneidet sich noch ein Stück Stilton ab. »Du machst dir also über uns alle Notizen.«

»Nein, nein«, sagt Helen. Sie wirkt etwas nervös. »Ganz sicher nicht.«

»Willst du damit sagen, daß ich in diesem Tagebuch überhaupt nicht vorkomme?« sagt er lächelnd und schaut ihr in die Augen. »Wenn ich das glauben würde, wäre das eine ziemliche Demütigung für mich.«

»Naja, unweigerlich … die Menschen, die ich hier getroffen habe, werden erwähnt ... Menschen, die freundlich zu mir waren, wie du und Carrie, aber ...«, Helen beendet den Satz nicht. »Es ist eine Möglichkeit, meine literarischen Muskeln zu trainieren. Sonst verkümmern sie. Ich versuche, jeden Tag etwas zu schreiben. Es ist egal, worum es dabei geht.«

»Ich habe kürzlich auch eine Art Tagebuch angefangen«, sagt er.

»Wirklich?« Jetzt sieht Helen fasziniert aus.

»Alles begann als Recherche zum Bewußtsein als Phänomen der ersten Person. Die Idee war, einige Rohdaten zu produzieren. Ich habe einfach meine Gedanken auf Band gesprochen, genau so, wie sie mir eingefallen sind.«

»Laßt uns die Atome aufzeichnen, wie sie auf den Geist niedergehen, in der Reihenfolge, in der sie auf ihn niedergehen.«

»Genau so. Von wem ist das?«

»Virginia Woolf.«

»Aber ich wette, sie hat's nicht getan. Ich wette, sie hat so lange an der Reihenfolge herumgemacht, bis sie ihr paßte.«

»Ja, gut möglich.«

»Und alles in wunderschöner, mehrfach überarbeiteter Prosa beschrieben.«

»Ja. Aber ihr Ziel war, die Illusion zu schaffen –«

»Ah, gut. Aber ich habe nicht versucht, eine Illusion zu schaffen. Ich war auf die Sache selbst aus«, sagt Ralph. »Es ist allerdings schwierig – unmöglich, ehrlich gesagt. Das Gehirn ordnet und überarbeitet eine Menge, bevor die ersten Worte aus dem Mund kommen.«

»Also hast du das Experiment aufgegeben?«

»Nein. Gelegentlich diktiere ich immer noch etwas. Es ist zur Gewohnheit geworden.«

»Diktierst du Sachen über mich?« fragt sie.

»Ja«, sagt er, ohne zu zögern.

»Dann sind wir quitt«, sagt sie und leert ihr Glas. Ralph beugt sich über den Tisch, um es wieder zu füllen. »Ich möchte nichts mehr«, sagt sie, hindert ihn aber nicht daran. Er gießt den restlichen Wein in sein eigenes Glas.

»Ich bin froh, daß du mich heute eingeladen hast«, sagt er. »Ich dachte, ich hätte dich beleidigt.«

»Warum solltest du so etwas denken?«

»Naja, nach unserem Gespräch auf der Party, in meinem Arbeitszimmer ... Und dann, am nächsten Tag in Horseshoes, schienst du mir aus dem Weg zu gehen.«

»Ich wäre wohl kaum nach Horseshoes mitgekommen, wenn ich dir aus dem Weg gehen wollte.«

»Ja. Dieser Gedanke hat mich aufgemuntert«, sagt er.

Eine kurze Pause entsteht, in der Helen diese Bemerkung verdaut. »Möchtest du Kaffee?« sagt sie.

»Gleich. Genießen wir den Rest Wein.«

Helen trinkt und schluckt. »Ich bringe heute nachmittag nichts mehr zustande«, sagt sie. »Ich werde mich hinlegen.«

»Ausgezeichnete Idee«, sagt Ralph und lächelt dreist. »Ich hätte selbst nichts gegen eine Siesta.«

»Mußt du heute nachmittag nicht mehr arbeiten?« sagt sie ebenso leichthin.

»Es gibt nur noch eine langweilige Ausschußsitzung, auf die ich gut und gerne verzichten kann«, sagt er. »Wir könnten in dein gemütliches kleines Schlafzimmer hinaufgehen und uns ein wenig hinlegen.«

Helen läßt den Wein langsam in ihrem Glas kreisen. »Ich habe dir gesagt, ich will keine Affäre mit dir, Ralph.«

»Warum nicht?«

»Ich kann Ehebruch nicht billigen.«

»Naja, solange es nicht deswegen ist, weil du mich unattraktiv findest«, sagt er. Helen schweigt. »Ich finde *dich* sehr attraktiv. Ehrlich gesagt, ich glaube, ich bin drauf und dran, mich in dich zu verlieben.«

»Du scheinst dich sehr leicht zu verlieben«, sagt sie trokken. »Warst du in Marianne verliebt?«

»Das war ein dummes Spiel, ich hab's dir doch gesagt. Wir haben auf einer Party zu knutschen angefangen, nachdem wir beide ein Glas zuviel hatten, und dann wurde es eine Art geheimes Spiel zwischen uns, es jedes Mal wieder zu machen, wenn wir uns privat trafen. Wir sprachen nie darüber. Dadurch wurde die langweiligste Dinnerparty ziemlich aufregend. Es war das emotionale Äquivalent zum Bungee-Jumping – man hatte das Gefühl, sich ohne Wenn und Aber fallen zu lassen, aber in Wirklichkeit waren wir beide sicher angebunden. Es kam überhaupt nicht in Frage, mehr zu machen als Rumzuknutschen. Wenn ich mich in eine Frau verliebe, möchte ich mit ihr schlafen«, sagt er und schaut ihr ernst in die Augen. »Und ich glaube, ich bin ein guter Liebhaber.«

»Ich glaube, wir sollten dieses Gespräch beenden«, sagt Helen, aber sie steht nicht auf.

»Wir könnten nach oben gehen und unsere Kleider ausziehen und uns auf dein Bett legen und uns langsam und genüßlich lieben und einschlafen, während wir uns in den Armen halten, und erfrischt und voll neuem Schwung aufwachen. Niemand würde es je erfahren.«

»Nein«, sagt Helen. »Ich will nicht.«

»Warum nicht? Du weißt, daß wir einander anziehend finden. Es geschah am ersten Abend, als wir uns trafen, bei den Richmonds, sofort als ich dich sah. So etwas ist unmißverständlich. Dieser Elan, den man plötzlich fühlt, die einfache Freude darüber, daß da ein anderer, bezaubernder Mensch existiert … Auch du hast das gespürt, streite es nicht ab. Mehr als einmal habe ich beim Essen bemerkt, wie du mich ansiehst.«

»Wir können nicht einfach tun, was wir wollen, ohne an die anderen zu denken«, sagt Helen.

»Wenn du Carrie damit meinst ...«

»Ja, die meine ich.«

»Es würde ihr nichts ausmachen, solange wir diskret vorgehen.«

»Was meinst du damit?«

»Carrie ist nicht dumm. Sie weiß, daß die meisten Männer ihren Ehefrauen nicht hundertprozentig treu sind. Sie weiß, daß ich ein Mann bin, für den Sex eine große Rolle spielt. Aber sie schnüffelt mir nicht nach. Sie durchsucht meine Taschen nicht. Aus diesem Grund hat unsere Ehe überlebt.«

»Carrie ist meine Freundin«, sagt Helen. »Ich möchte sie nicht hintergehen.«

Ralph stöhnt. »Wir hintergehen einander ständig, Helen – du weißt das. Es gibt tausend Dinge, die du Carrie unter keinen Umständen erzählen würdest. Warum willst du aus dieser einen Sache einen Fetisch machen?«

»So bin ich nun mal. Wahrscheinlich liegt das an meiner katholischen Erziehung.«

»Aber in Wirklichkeit glaubst du diesen ganzen Blödsinn doch nicht mehr. Du glaubst nicht, daß du in die Hölle kommst, nur weil du eines Nachmittags, nach einem überaus angenehmen Essen, mit mir nach oben in dein Schlafzimmer gegangen bist und überaus genüßlich gefickt hast. Oder doch?«

»Nein, aber ...«

»Es ist keine große Sache, Helen. Die Leute ficken die ganze Zeit, überall auf der Welt, und viele von ihnen, vielleicht die meisten, sind nicht miteinander verheiratet. Es ist nichts weiter als eine sehr nette Sache, die man mit jemandem macht, den man mag. Es ist ein zutiefst menschlicher Akt, aus freien Stücken zu ficken, nicht, weil man läufig ist oder empfängnisbereit wie ein Tier, sondern um Genuß zu schenken und zu bekommen.«

Helen steht auf und fängt an, das schmutzige Geschirr abzuräumen. »Ich mache Kaffee, und dann gehst du besser zu deiner Ausschußsitzung«, sagt sie.

Ralph blickt auf seine Armbanduhr. »Wenn ich zur Ausschußsitzung gehe, werde ich auf den Kaffee verzichten müssen.«

»Wie du meinst.«

»Du bist sicher, daß du nicht willst, daß ich die Sitzung ausfallen lasse?«

»Ziemlich sicher.«

»Naja, es tut mir leid. Ich glaube, es wäre … unvergeßlich geworden.« Er steht auf und sammelt seine Sachen ein. »Dann treffen wir uns am Sonntag.«

»Ich glaube nicht, daß ich dieses Wochenende nach Horseshoes kommen werde«, sagt Helen.

»Aber du wirst erwartet! Du bist eingeladen. Du bist … eine Institution.«

»Man wird sehen«, sagt Helen.

»Danke für das Mittagessen.« Er streckt seine Hand aus, und Helen nimmt sie. Er hebt ihre Hand an seine Lippen und drückt einen Kuß auf ihre Knöchel. »Wir sehen uns am Sonntag«, sagt er.

18

Freitag, 21. März. Ralph ist gerade gegangen, nachdem er versucht hat, mich ins Bett zu bekommen – was ihm nicht gelungen ist. Es war knapp, viel knapper, als er sich vorstellen konnte, vermute ich. Hätte er sehen können, wie ich mich heute morgen hektisch auf seine Ankunft vorbereitet habe, hätte er sich wirklich Chancen ausrechnen können.

Ich rief ihn heute morgen gegen elf Uhr an und bat ihn, mir mit der E-Mail zu helfen, und prompt lud er sich selbst zum Mittagessen ein. Nur Brot und Käse, sagte er. Ich hatte noch ein Stück alten Cheddar im Kühlschrank, aber sonst nicht viel mehr, also schoß ich hinüber in den Supermarkt auf dem Campus und deckte mich mit Stilton, Gruyère und Chevre ein, dazu Ardenner Pastete, Salat und genügend Tomaten, um eine Suppe zu machen. Dann raste ich mit dem Staubsauger durch die Wohnung, machte das Wohnzimmer sauber, nahm meine trocknende Unterwäsche von der Leine über der Badewanne, wechselte die Bettlaken. (Warum? Weil sie unter der ein wenig zu kleinen Bettdecke zu sehen waren und aussahen, als sollte ich sie wechseln, jedenfalls sagte ich mir das, aber wer weiß, welche Ideen in meinem Unterbewußtsein vor sich hin brodelten – und warum nahm ich überhaupt an, daß er mein Schlafzimmer von innen sehen wollte? Doch zufällig bestand er auf einer gründlichen Führung durch meine Unterkunft, kaum daß er angekommen war, einschließlich des Badezimmers, auf dessen Boden ein getragenes Höschen lag, das meiner Aufmerksamkeit entgangen war.)

Mittlerweile schwitzte ich heftig nach all dieser Anstrengung, also duschte ich heute zum zweiten Mal und beschloß, mir die Haare zu waschen, wenn ich schon einmal dabei war, und wechselte meine Kleider – zweimal, weil der Rock und die Bluse, die ich zuerst angezogen hatte, für diesen Anlaß zu elegant wirkten, besonders angesichts meiner frisch gewaschenen Haare, also zog ich mich leger an, ich trug ein weites Denim-Hemd über einer Hose. Ich wollte einen netten Eindruck machen, ohne irgendwelche verführerischen Signale auszusenden. Nicht, daß es nötig gewesen wäre, ihn zu ermutigen. Ich bin ziemlich sicher, daß er mit der Absicht hierherkam, mich zu verführen, und daß die Bitte, sich das Haus anschauen zu dürfen, nichts weiter als ein Vorwand war, die notwendige häusliche Geographie kennenzulernen – den Laden auszubaldowern, wie Einbrecher sagen oder früher in Romanen gesagt haben.

»Verführen« ist noch so ein Wort, das heute furchtbar altmodisch und literarisch klingt und an entjungferte Maiden und ruinierte Frauen denken läßt, an Richardsons Pamela, die ihre »Tugend« gegen Mr. B. verteidigt, aber mir fällt im Augenblick kein besseres ein. Schließlich versuchte er ja, mich ins Bett zu bekommen, und ich widerstand der Versuchung. Und zweifellos war ich in Versuchung. Er ist der erste Mann seit Martins Tod, zu dem ich mich körperlich hingezogen fühle – bei dem ich mir vorstellen kann, wie wir uns nackt umschlingen, ohne daß dieses Bild lächerlich oder abstoßend erscheint. Letztes Jahr gab es einige wenige Gelegenheiten, literarische Partys und dergleichen, bei denen ich mit irgendeinem Mann ins Plaudern und durch den Alkohol ein wenig in Fahrt gekommen war, so daß ich koketter wirkte, als ich mich fühlte, und dann wurde mir mit Schrecken bewußt, daß er sich Chancen ausrechnete, mit mir zu schlafen, und sofort erstarrte ich oder winkte einem inexistenten Freund am anderen Ende des Zimmers zu, stürzte davon, um ihn zu begrüßen oder fand eine andere Ausrede … einmal ließ ich so einen armen Irren stehen, einen Buchhändler mittleren Alters mit gelben Zähnen und Haaren in den Ohren, nahm mein Glas mit auf die Toilette, doch anstatt wieder zu ihm zurückzugehen, holte ich meinen Mantel aus der Diele, schlüpfte nach draußen, rief ein Taxi und fuhr allein nach Hause, wobei ich schuldig vor mich hin kicherte.

Nach langen Jahren monogamem Sex mit Martin schien es undenkbar, mit einem anderen, fremden Mann wieder von vorne anzufangen. Wir hatten uns so sehr aneinander gewöhnt, wir waren zusammen alt geworden, wir waren geduldig gegenüber den kleinen Unvollkommenheiten des anderen, wir verstanden unsere gegenseitigen Bedürfnisse, wir kannten unsere Vorlieben, Neigungen und Abneigungen, und wenn es gelegentlich passierte, daß er seine Erektion nicht halten konnte oder ich keinen Orgasmus bekam, dann war das nicht weiter schlimm, er ließ sich dadurch nicht belasten, und ich spielte ihm nichts vor, denn wir wußten, daß es andere Gelegenheiten geben würde. Es dauert lange, so eine Beziehung aufzubauen, es ist wie eine Sprache, die man lernen muß. Was würde man tun, von Angesicht zu Angesicht, den eigenen nackten Körper an einen anderen nackten Körper gedrückt, bei einem Fremden, der nicht spricht, der eine eigene fremde Sprache besitzt? Es würde nichts nützen, an die eigene, zaghaft-promiskuitive Jugend zurückzudenken, um ein Modell zu finden, nach dem man sich richten könnte. Jene aufgeregten, schüchternen, feierlichen, ängstlichen, betrunkenen Paarungen in College-Schlafzimmern und schäbigen Wohnschlafzimmern wirken im nachhinein mitleiderregend platt. Wie eifrig die jungen Männer waren, wie ungeduldig ihre zitternden Erektionen, wie schnell sie fertig waren, wie, alles in allem, enttäuschend das war, was man selbst dabei empfand, obwohl man sich das kaum eingestand, so überwältigend war das Gefühl der Befreiung, das Gefühl, endlich erwachsen zu sein und einfach zu wissen, was Sex war. Martin war der erste Mann, der langsam mit mir schlief, der erste, durch den ich einen richtigen Orgasmus bekam – und bis heute der einzige. Er hatte eine Begabung zur Sinnlichkeit. Man konnte es in seinen Augen sehen, wenn er in Stimmung war, und im schwachen Lächeln, das um seine Mundwinkel spielte. Genau dieselbe Begabung spürte ich bei Ralph Messenger.

Ja, ich war in Versuchung – um so mehr, da er mich mit Worten umwarb wie ein Dichter der Renaissance seine spröde Geliebte. Er hat nicht versucht, mich zu küssen, obwohl ich die ganze Zeit dachte, er würde es tun, vielleicht, weil ich es selbst halb hoffte – vielleicht wußte er, daß ich halb hoffte, er würde es tun, weshalb er mich bewußt enttäuschte, um mein Verlangen zu wecken ... Aber er küßte mich nicht, als er kam, und er grabschte nicht nach mir, als wir zusammen oben waren, er schlug nicht vor, daß wir uns aufs Sofa setzen sollten, nachdem wir gegessen hatten. Er benahm sich wie ein perfekter Gentleman. Außer daß er kühl vorschlug, wir sollten nach oben gehen und, wie er das nannte, »überaus genüßlich ficken«. Oje, wenn ich diese Worte nur hinschreibe, werde ich schon naß.

Hat er recht? Habe ich mir unnötig eine angenehme Erfahrung versagt – eine, nach der ich »erfrischt und voll neuem Schwung« wieder aufgestanden wäre? Weiß Gott, ich könnte so eine Erfrischung vertragen – mein Körper sehnt sich danach, gehalten und gestreichelt und getröstet zu werden. Manchmal denke ich, ich kämpfe mit Ralph

Messenger um meine Seele – buchstäblich, denn er behauptet ja, daß sie nicht existiert. Nicht im Sinne eines unsterblichen, wesenhaften Selbst, das sich vor seinem Schöpfer für seine Taten verantworten muß. »Na schön, dann gestehe ich Ihnen eine *sterbliche* Seele zu. Das ist einfach nur ein anderes Wort für das Ich-Bewußtsein.« Und das Ich-Bewußtsein ist eine Fiktion, ein Epiphänomen der zusätzlichen Gehirnkapazität. Warum also gut sein? Warum sich den Genuß versagen? »Wenn es keinen Gott gibt, ist alles erlaubt«, sagt einer der Karamasows. Stimmt das? Warum töten, rauben, vergewaltigen und täuschen wir einander dann nicht die ganze Zeit? Aufgeklärtes Eigeninteresse, sagen die Materialisten – die Einsicht, daß wir unsere Chancen auf ein persönliches Überleben erhöhen, wenn wir soziale Einschränkungen und Sanktionen akzeptieren. Die Zivilisation gründet sich auf Verdrängung, wie Freud beobachtet hat. Aber nicht beim Sex, nicht mehr, sagen die Gottlosen. Es gibt keinen Grund, so zu tun, als müsse Sex, der nur dem Vergnügen dient, auf die monogame Ehe beschränkt sein. Richtig? Nicht, wenn man zeitgenössischen Romanen glaubt. Es scheint genausoviel Zorn, Eifersucht und Bitternis aufgrund sexueller Untreue zu geben wie je.

Wenn ich hundertprozentig sicher sein könnte, daß Carrie nie etwas herausfinden und deshalb auch nie verletzt werden würde, würde ich vielleicht mit Ralph schlafen, aber derlei mathematische Sicherheit kann in menschlichen Beziehungen nie garantiert werden. Und nicht nur ihre Gefühle fallen dabei ins Gewicht. Auf merkwürdige Art fühle ich mich, als ob ich die Erinnerung an Martin entehren würde – oder die Erinnerung an unsere Ehe –, wenn meine erste sexuelle Erfahrung nach seinem Tod einen Ehebruch darstellt. Wenn das irrational oder sogar abergläubisch ist, so sei's drum.

19

Mary hatte ein kleines Lamm … oder sollte ich Fotospektrometer sagen … und wie ging das andere noch mal? *Mary, Mary quite contrary* – nein, *solitary*, es war Helen, die widerspenstig war, leider … Ich dachte, ich hätte Glück, als sie mich heute morgen anrief und zum Mittagessen einlud … naja, ich vermute, technisch gesehen habe ich mich selbst eingeladen, und trotzdem … es war eine Art Anmache, bitte, Mister Computerwissenschaftler, können Sie mir armem kleinen Ding mit der E-Mail helfen … und sie rief von zu Hause an, nicht vom Büro … Ganz bewußt hatte ich seit dem Wochenende den Kontakt zu ihr vermieden. Einmal sah ich sie von ferne auf dem Campus, ich winkte, blieb aber nicht stehen, tat so, als hätte ich es eilig … Ich wartete und wollte sehen, ob sie den ersten Schritt macht, und das tat sie auch … Alles sah vielversprechend aus, als ich ihr Haus betrat, sie hatte es offensichtlich mir zu Ehren geputzt, alles hübsch und ordentlich wie eine Musterwohnung, die Kissen auf dem Sofa aufgeschüttelt, das Bett mit frischen, sauberen Laken bezogen – ein Doppelbett, wie ich erfreut feststellte … und im Bad hatte sie ein Höschen zufällig absichtlich liegengelassen … jedenfalls vermutete ich das in dem Augenblick, aber vielleicht irrte ich mich, vielleicht hatte sie es wirklich übersehen. Jedenfalls hat sie es flink beiseite geschafft, ich konnte gerade noch erkennen, daß es ein einfaches weißes Baumwollhöschen war, keine pfirsichfarbene Fummelausrüstung aus Satin, wie

Martha sie gehabt hatte ... Kein Zweifel, sie wollte mich sehen, aber unglücklicherweise hat sie Skrupel, mit mir zu ficken ... Schade, ich bin wirklich scharf auf sie.

Also gab es für mich statt Liebe am Nachmittag drei tödlich langweilige Stunden mit der Arbeitsgruppe des Senats zur interfakultären modularen Kompatibilität, soll heißen, wir sollen eine Formel entwickeln, die sicherstellt, daß ein Kurs, sagen wir im sozialwissenschaftlichen Fachbereich, genausoviel Arbeit verlangt und das gleiche Gewicht verdient wie, sagen wir, ein Kurs in der Elektrotechnik, so daß die Universität ihren neuen Abschluß im Bereich Interdisziplinäre Studien auf den Markt werfen kann ... unseren Bunte-Mischung-Abschluß, wie das der Kanzler gerne nennt, was uns einen Wettbewerbsvorteil auf dem Basar der jährlichen Bewerbungen bringen und helfen soll, die Gelder der Universität zu sparen ... Marktanalysen haben angeblich bestätigt, daß es eine noch nicht ausgefüllte Nische für einen Abschluß gibt, bei dem es dem Studenten möglich ist, Kurse aus dem gesamten Angebot der Universität zu kombinieren, Nuklearphysik mit der Analyse von Seifenopern, Molekularbiologie mit mittelalterlichen Mysterienspielen ... Ich glaube gerne, daß das auf dem Papier ganz verlockend aussieht, besonders auf dem Hochglanzpapier der Universitätsbroschüre, illustriert mit bunten Bildern, aber einige dieser Themen sind schwieriger als andere, und die meisten kann man nicht richtig studieren, wenn man sie von anderen isoliert, aber ich habe mir heute nachmittag keine Freunde gemacht, als ich darauf hinwies ...

Es ist jetzt halb sechs, am Freitag, dem einundzwanzigsten März, und ich bin im Büro und schlage die Zeit tot bis um sechs, wenn ich Carrie treffe, um im Arts Centre Bistro einen schnellen Happen zu essen, bevor wir in ein Konzert gehen ... Haydn und Mozart, glaube ich ... Carrie hat die Tickets besorgt ... eine Zeitverschwendung, wirklich ... Ich höre gern Musik als Hintergrund, wenn ich etwas anderes mache, aber nicht, wenn ich in einem Konzertsaal sitze ... Nach ein paar Takten bin ich weg, ich tagträume, assoziiere frei ... kein Zweifel, ich weiß nicht genug über Musik, aber ich frage mich, wie viele Leute wirklich an die Musik denken, wenn sie sie hören ... sehr wenige, wette ich ... Stell dir vor, man könnte in jedes Gehirn in einem Konzertsaal einen Draht stecken und die Muster auf einem Scanner beobachten – wären sie alle gleich? Das bezweifle ich sehr ... und ich wette, wenn man den semantischen Inhalt der Gehirnaktivität digital herunterladen, ihn dekodieren und ausdrucken könnte, würde man bei fünfhundert Leuten, die alle dasselbe Musikstück hören, fünfhundert völlig verschiedene, völlig einzigartige Gedankenströme bekommen, so wild und unzusammenhängend und überraschend wie Träume ... alle möglichen Gedanken, trivial, ernsthaft, erotisch ... *habe ich die Hintertür abgeschlossen ich mag den Schal von dieser Frau die Nase des ersten Geigers tropft er muß erkältet sein ich habe eine leichte Magenverstimmung ich darf nicht furzen ich mag dieses Stück es ist auf der CD die sie mir letztes Jahr zu Weihnachten geschenkt hat ich muß daran denken ihr eine Geburtstagskarte zu kaufen diese Cellistin irgendwas ist sehr sexy an einer Frau die genau zwischen ihren Schenkeln Cello spielt warum wischt sich der Dirigent ständig die Haare aus den Augen Scheiße warum läßt der sich nicht die Haare schneiden ehrlich gesagt ich muß sie auch schneiden lassen ich muß einen Termin mit dem Reisebüro um die Ecke ausmachen wohin sollen wir nächstes Jahr nicht schon wieder Mallorca wie wär's mit Portugal* und so weiter und so weiter ... Hmm, das war nicht schlecht, aber ich habe natürlich geschummelt ... Ich diktiere das via Voicemaster direkt in den Computer, so daß ich es korrigieren und revidieren kann, noch während ich spreche ... ich habe einige Zeit gebraucht, diese kleine Sequenz zusammenzustellen ... Wie Virginia Woolf ...

Interessant, daß Helen Tagebuch schreibt ... Ich würde alles geben, um zu erfahren, was darin steht ... Angenommen, ich schlage ihr vor, ihres und meines auszutauschen, ha, das ist eine Idee ... meine geheimen Gedanken gegen ihre ... ob sie in Versuchung käme, frage ich mich. Natürlich würde das alle Hoffnungen, sie ins Bett zu bekommen, definitiv beenden, nachdem sie meine gräßlichen Memoiren gelesen hat ... Oder andererseits vielleicht auch nicht, das kann man nie wissen, vielleicht findet sie sie erregend ... Und wer weiß, ob ihr eigenes Tagebuch nicht genauso sexy ist? Ich würde auf jeden Fall herausfinden, ob sie wirklich scharf auf mich ist und wie fest ihre Prinzipien sind ... Nein, das ist dumm, ich würde es nie wagen, jemandem dieses Zeug zu zeigen ... obwohl, andererseits ... hätte ich ihr eigenes Tagebuch, da steht ganz sicher etwas Kompromittierendes drin ... dadurch, daß wir sie austauschen, gäbe es eine Art Verschwiegenheitsgarantie ... die Drohung des Wie-du-mir-so-ich-dir ... die gegenseitige Zerstörung wäre garantiert ... nein ... zu riskant ... sie würde es jedenfalls nicht tun ... Oder?

20

Von: R. H. Messenger at glosu.ac.uk
An: H. M. Reed at glosu.ac.uk
Thema: E-Mail
Datum: Mo. 24. März 1997 9:08:31

helen, hi, will nur ausprobieren ob deine email funktioniert. hast du schon eine antwort von deiner tochter?

wir haben dich gestern in horseshoes vermißt. ich hoffe es geht dir besser mit deiner erkältung. die muß ja ganz plötzlich gekommen sein – du hast gut ausgesehen am freitag. vielen dank für das mittagessen.

beste grüße, ralph

Von: H. M. Reed at glosu.ac.uk
An: R. H. Messenger at glosu.ac.uk
Thema: E-Mail
Datum: Mo. 24. März 1997 10:31:13

Lieber Ralph,

vielen Dank für Deine freundliche Nachfrage. Ja, ich habe von Lucy gehört, und wir haben bereits zwei lange Briefe ausgetauscht. Es ist wunderbar, mit ihr so ohne jeden Aufwand in Kontakt zu sein. Vielen Dank, daß Du mir geholfen hast, ans Netz zu gehen (heißt das so?).

Meine Erkältung läßt nach, vielen Dank.

Beste Grüße,
Helen

P. S. Wofür steht das »H«?

Von: R. H. Messenger at glosu.ac.uk
An: H. M. Reed at glosu.ac.uk
Thema: dunkles geheimnis
Datum: Mo. 24. März 1997 10:50:10

helen,

herbert fürchte ich, ein dunkles geheimnis das ich verberge so gut es geht, aber die gehaltsabrechnung der uni besteht auf allen initialen und email adressen basieren auf der. es war der name meines dad. wofür steht das M?

»ans netz« ist cool aber für emails muß dein prosastil lockerer werden. geschwindigkeit ist das entscheidende kümmere dich zum beispiel nicht um großbuchst denn sie kosten nur unnötig zeit zwei anschläge statt einem und mach dir nicht die mühe tippfehler zu verbessern.

da deine erkältung nachläßt, wie wärs wenn wir morgen zusammen mittagessen, personalgebäude 12.45?

ralph

Von: H. M. Reed at glosu.ac.uk
An: R. H. Messenger at glosu.ac.uk
Thema: Dienstag
Datum: Mo. 24. März 1997 12:17:11

Lieber Ralph,

danke, aber ich habe am Dienstag nachmittag ein Seminar, und direkt davor bin ich gerne eine Stunde allein.

Ich kann die lebenslange Gewohnheit, Rechtschreib- und Zeichensetzungsfehler zu korrigieren, nicht ablegen, fürchte ich. »M« steht für Mary.

Beste Grüße,
Helen

Von: R. H. Messenger at glosu.ac.uk
An: H. M. Reed at glosu.ac.uk
Thema: M, mittagessen
Datum: Mo. 24. März 1997 12:40:03

ah das erklärt deine emotionale identifikation mit Mary der farbwissenschaftlerin.

wie wärs dann mit mittwoch? wir könnten den campus verlassen und in ein pub auf dem land gehen wenn dir das lieber ist. ralph

Von: H. M. Reed at glosu.ac.uk
An: R. H. Messenger at glosu.ac.uk
Thema: Deine Einladung
Datum: Mo. 24. März 1997 16:42:18

Lieber Ralph,

ich denke, es wäre am besten, wenn wir uns eine Weile nicht mehr treffen würden, sicher nicht »à deux« (man kann bei E-Mails anscheinend nicht kursiv schreiben). Du hast Deine Gefühle deutlich zum Ausdruck gebracht. Ich werde nicht vorgeben, daß ich sie abstoßend finde, aber ich kann sie auch nicht erwidern, aus Gründen, die Du kennst.

Beste Grüße,
Helen

Von: R. H. Messenger at glosu.ac.uk
An: H. M. Reed at glosu.ac.uk
Thema: lächerlich
Datum: Mo. 24. März 1997 16:50:49

helen, das ist lächerlich. ich kann ein nein als antwort akzeptieren. ich werde dich nicht belästigen. ich bewundere deinen geist ebenso wie deinen körper. ich genieße deine gesellschaft. ich bequatsche gern ideen mit dir.

ralph

Von: H. M. Reed at glosu.ac.uk
An: R. H. Messenger at glosu.ac.uk
Thema: Ideen
Datum: Mo. 24. März 1997 17:31:02

Lieber Ralph,
können wir die nicht via E-Mail bequatschen?

Helen

Von: R. H. Messenger at glosu.ac.uk
An: H. M. Reed at glosu.ac.uk
Thema: Ein Vorschlag
Datum: Di. 25. März 1997 09:21:25

ok ich wollte dir beim mittagessen einen vorschlag machen aber gut hier ist er. angenommen wir tauschen unsere Tagebücher aus? ich zeig dir meins und du zeigst mir deins – vollständig, unzensiert, unbearbeitet. was sagst du dazu?

ralph

Von: H. M. Reed at glosu.ac.uk
An: R. H. Messenger at glosu.ac.uk
Thema: Dein Vorschlag
Datum: Di. 25. März 1997 11:21:19

Lieber Ralph,
was für ein verrückter Vorschlag. Ich denke nicht im Traum daran. Mein Tagebuch ist privat. Ich habe keine Absicht, es je zu publizieren. Vielleicht greife ich eines Tages

für einen Roman darauf zurück, aber nur auf wenige ausgewählte Stellen und mit allen möglichen Maskierungen und Umstellungen. Niemand soll es zu Gesicht bekommen außer mir.

Helen

Von: R. H. Messenger at glosu.ac.uk
An: H. M. Reed at glosu.ac.uk
Thema: Mein Vorschlag
Datum: Di. 25. März 1997 12:26:53

helen, das gleiche gilt für mein tagebuch. als ich damit anfing dahachte ich ich könnte es für forschungsdaten benutzen um die arbeit über das bewußtsein an der ich gerade schreibe zu illustrieren aber mir wurde bald klar daß ich nie größere abschnitte daraus zitieren könnte, esist zu kompromittierend. ich denke das könnte eine fundamentale schwierickeit bei arbeiten über das bewußtsein sein, niemand wagt es den wissenschaftlichen diskurs in der dritten person auf die phänomenologie des eigenen bewußtseins im rohzustand in der ersten person zu beziehen …

wir haben über die gundlegenden merkmale des b. gesprochen, daß es geheim ist, die tatsache daß nur wir selbst unsere gedanken kennen. machmal ist das eine quelle der befriedigung, das gibt uns ein gefühl unserer eigenen identität, ich denke also bin ich. manchmal führt es zum solipsismus, der ziemlich beängstigenden vorstellung daß vielleicht nur unsere eigenen gedanken real sind … in beiden Fällen arbeitet das dem projekt der KI entgegen die unterstellen muß daß es regelmäßigkeiten in der architecktrur des menschlichen geistes gibt die nachgebaut werden können.

mir scheint daß wir hier so etwas wie eine gelegenheit haben durch den zufall daß wir beide tagebuch führen über die zeit in der wir einander kennengelernt haben. wenn wir tauschen könnten wir die einzigartige einsicht gewinnen wie der kopf eines anderen menschen funktioniert, wir könnten unsere reaktionen auf dieselben ereignisse vergleichen. Ich könnte buchstäblich »sehen was in deinem kopf vorgeht« und du was in meinem vorgeht.

ralph

Von: H. M. Reed at glosu.ac.uk
An: R. H. Messenger at glosu.ac.uk
Thema: Dein Vorschlag
Datum: Di. 25. März 1997 18:45:29

Lieber Ralph,
ich verstehe, was Dir das bringt. Was bringt es mir?

Helen

Von: R. H. Messenger at glosu.ac.uk
An: H. M. Reed at glosu.ac.uk
Thema: Mein Vorschlag
Datum: Di. 25. März 1997 22:53:02

natürlich sollte sich ein autor, besonders eine autorin, auf die gelegenheit stürzen in den kopf eines mannes zu blicken, um zu sehen was wirklich darin vorgeht. ich gehe ein schrreckliches risiko ein, ein viel größeres als du da bin ich mir sicher. du wirst schockiert, angewidert sein über viele dinge, die in meinem bewußtseinsstrom auftauchen. meistens ist er eher wie ein abwasserkanal. gut möglich daß du nie wieder mit mir reden oder mich sehen wielst wenn du mein tagebuch gelesen hast. natürlich hoffe ich das nicht, ich hoffe daß du wie ich die wahrheit mehr schätzt als alles andere.

wenn wir das tun werden wir einander besser »kennen« als liebende einander jemals kennen werden. sie dringen mit Zungen und fingern usw ein paar zentimeter oder so in den körper des anderen ein, aber wir würden in den kopf des anderen kommen, wir würden einander besitzen wie noch nie zwei menschen zuvor, findest du diese idee nicht faszinierend? ralph

Von: H. M. Reed at glosu.ac.uk
An: R. H. Messenger at glosu.ac.uk
Thema: Dein Vorschlag
Datum: Mi. 26. März 1997 10:24:42

Lieber Ralph,

Du bist sehr eloquent, aber nein, danke. Natürlich bin ich als Autorin neugierig darauf, was andere denken, darauf, was in ihnen vorgeht, und ein großer Teil der Arbeit beim Schreiben besteht darin, daß man versucht sich vorzustellen, was X oder Y in dieser oder jener imaginären Situation denken würde. Und, ja, O.K, vielleicht würde ich dadurch, daß ich Dein Tagebuch lese, einige Einsichten in die männliche Psyche im allgemeinen und in Deine im besonderen gewinnen. Doch schlußendlich habe ich das Gefühl, daß die Privatheit unserer Gedanken für unsere Existenz als Menschen entscheidend ist und daß diese aufzugeben entsetzlich gefährlich wäre. Wir alle haben schlechte, unwürdige, beschämende Gedanken, das liegt in unserer Natur und wurde einst Erbsünde genannt. Die Tatsache, daß wir sie unterdrücken, verbergen, für uns behalten, ist entscheidend, wenn wir unsere Selbstachtung bewahren wollen. Es ist entscheidend für die Zivilisation.

Warum ist Folter so grauenhaft, moralisch so abstoßend? Nicht nur wegen der Qualen, die sie zufügt, sondern auch weil sie körperliche Qualen benutzt, um dem Geist Geheimnisse zu entreißen, die unantastbar bleiben sollten.

Helen

Von: R. H. Messenger at glosu.ac.uk
An: H. M. Reed at glosu.ac.uk
Thema: Mein Vorschlag
Datum: Mi. 26. März 1997 11:10:12

helen, hey ich versuche nicht dich zu foltern, ich schlage dir nur einen handel vor, deine gedanken gegen meine, um unsere jeweilige erforschung der menschlichen natur zu fördern. ralph

Von: H. M. Reed at glosu.ac.uk
An: R. H. Messenger at glosu.ac.uk
Thema: Dein Vorschlag
Datum: Mi. 26. März 1997 12:24:42

Lieber Ralph,

es tut mir leid, aber Dein Pakt hat etwas entschieden Faustisches. Ich kann einen Hauch Schwefel dabei riechen.

Die Antwort ist Nein.

Beste Grüße,
Helen

Von: R. H. Messenger at glosu.ac.uk
An: H. M. Reed at glosu.ac.uk
Thema: Mein Vorschlag
Datum: Mi. 26. März 1997 12:40:12

naja es war einen versuch wert.

Ich hoffe du hast keine einwände dagegen dich uns nächstes wochenende in horseshoes anzuschließen. weil ostern ist bleiben wir länger. du könntest am Sonntag kommen und über nacht bleiben. carrie unterstützt diese einladung.

ralph

Von: H. M. Reed at glosu.ac.uk
An: R. H. Messenger at glosu.ac.uk
Thema: Deine Einladung
Datum: Mi. 26. März 1997 17:55:32

Lieber Ralph,

vielen Dank (auch an Carrie), aber ich habe versprochen, meine Eltern am Osterwochenende zu besuchen. Ich hoffe, Euch beide irgendwann nach den Ferien zu treffen.

Beste Grüße,
Helen

21

Donnerstag, 27. März. Komme gerade aus einem Workshop zurück. Franny war an der Reihe, ihre Sachen vorzustellen – ein Kapitel aus dem Roman, an dem sie gerade schreibt, mit dem Arbeitstitel *Klassennotizen.* Ich hatte es im voraus verteilt, doch sie bat darum, es laut vorlesen zu dürfen, und das war eine gute Idee, denn der Liverpooler Akzent machte den Dialog wirklich lebendig. Ich frage mich, ob ich sie ermutigen soll, fürs Radio zu schreiben. Ich bin mit den Studenten nicht wie üblich ins Arts Centre Café gegangen, um noch etwas zu trinken, denn das Osterwochenende steht vor der Tür, und die meisten von ihnen fahren nach Hause oder machen einen Kurzurlaub und warteten ungeduldig darauf, von hier fortzukommen. Ab morgen ist die Universität vier Tage lang geschlossen. Ich selbst fahre auch weg, ich verbringe ein paar Tage mit Mummy und Daddy. Das haben wir schon vor Ewigkeiten ausgemacht – zu Weihnachten, genaugenommen –, und ich war froh, eine Entschuldigung zu haben, diesmal eine echte, eine weitere Einladung nach Horseshoes ablehnen zu können. Mein Wochenende wird langweiliger, aber meine innere Ruhe größer sein, wenn ich für Messenger eine Weile nicht erreichbar bin, nicht einmal über E-Mail (ich lasse meinen Laptop und mein Modem hier).

Ich gehe jedoch nicht vor Samstag nach Southwold. Ich habe Mummy und Daddy gegenüber so getan, als sei ich hier bis morgen gebunden, doch die beschämende Wahrheit ist, daß ich Karfreitag nicht mit ihnen verbringen will. Karfreitag habe ich nie gemocht, schon als Kind nicht. Es war immer ein merkwürdig unangenehmer Tag. Eine Art Feiertag – die meisten Geschäfte hatten damals geschlossen, obwohl das heute nicht mehr der Fall zu sein scheint –, doch man sollte nicht glücklich oder vergnügt sein. Am Nachmittag gingen wir in die Kirche, deren Statuen mit purpurnen Überwürfen verhüllt waren, die sich vor den weißen Wänden abzeichneten wie Tintentropfen, die ein riesiger Füller verspritzt hatte; wir besuchten den düsteren Karfreitagsgottesdienst mit seinen endlosen Gebeten und der Anbetung des Kreuzes (wie ich es haßte, meine Lippen auf die Keramikfüße des Jesus zu pressen, der am großen Holzkruzifix hing, nachdem eine lange Schlange anderer Leute bereits dasselbe getan hatte; auch wenn der Ministrant jedes Mal den Speichel mit einem weißen Tuch abwischte – welchen hygienischen Schutz sollte das schon bringen nach dem hundertsten Wischen, fragte ich mich zimperlich). Und es war ein Tag des Fastens und des Verzichts – er ist es immer noch, vermute ich, so ziemlich der letzte im kirchlichen Kalender –, so daß man fast den ganzen Tag über hungrig war; und Mummy war ganz entschieden der Ansicht, daß wir die eine, richtige Mahlzeit nicht genießen sollten, also gab es ein fast geschmackloses Mahl aus gedünstetem Fisch, gekochten Kartoffeln und Kohl. Und am Abend wurde der Fernseher nicht eingeschaltet, es sei denn, es kam eine religiöse Sendung oder wenigstens etwas furchtbar Seriöses und Erbauliches. Soweit ich weiß, begehen sie den Karfreitag noch immer auf diese asketische Art, und ich respektiere sie deswegen; aber ich möchte die Karfreitagsliturgie nicht besuchen oder die beiden dadurch kränken, daß ich mich weigere, sie zu besuchen. Die Ostermesse ist etwas anderes, damit kann ich umgehen. Deshalb habe ich vor, ganz früh am Samstag morgen aufzubrechen – es ist eine entsetzlich lange Fahrt, quer durch die dicke Hüfte Englands, aber hoffentlich ist der schlimmste Osterverkehr dann schon vorbei.

Heute nachmittag kam Sandra Pickering nach dem Ende des Workshops zu mir und drückte mir einen A4-Umschlag von beträchtlichem Gewicht und Umfang in die Hand. »Das hier wollten Sie sehen«, sagte sie. »Oh, danke«, sagte ich. »Ich werde es mir das Wochenende über anschauen.« Wir waren die letzten, die den Seminarraum verließen, also machte ich Konversation, als wir zusammen den Korridor entlanggingen. »Übrigens, Ihre Arbeit über Mary, die Farbwissenschaftlerin, hat mir gut gefallen. Sehr geschickt gemacht.« – »Oh, gut«, sagte sie. »Fahren Sie übers Wochenende irgendwo hin, wo's interessant ist?« fragte ich. »Ich fliege nach Spanien«, sagte sie. »Könnte sein, daß ich nächsten Dienstag das Seminar verpasse. Ich fliege erst am Morgen zurück, und wenn sich der Flug verspätet, werde ich nicht pünktlich hierherkommen können.« – »Oh, machen Sie sich keine Sorgen. Viel Spaß«, sagte ich. »Danke«, sagte sie, ohne mein Lächeln zu erwidern, und wir trennten uns.

Der Umschlag liegt neben mir auf dem Tisch, ungeöffnet. Jetzt, nachdem ich ihr vierzehn Tage lang keine Ruhe gelassen habe, halte ich die Fortsetzung ihres Romans endlich in Händen, aber merkwürdigerweise zögere ich, sie zu lesen, fast habe ich ein ungutes Gefühl. Was soll ich machen, wenn ihre männliche Hauptfigur auch weiterhin dem Sebastian aus *Das Auge des Sturms* ähnelt? Ich habe nicht die leiseste Ahnung. Ich denke, ich lasse sie bis morgen liegen. Esse statt dessen zu Abend, trinke eine halbe Flasche Wein und schaue Fernsehen.

Karfreitag, 28. März. Es war ein grauenhafter, grauenhafter Tag. Manchmal dachte ich, ich drehe durch.

Nach dem Frühstück habe ich Sandra Pickerings Umschlag geöffnet und mich hingesetzt, um den Inhalt zu lesen – zwei Kapitel, alles in allem etwa fünfzig Seiten, fein säuberlich in doppeltem Zeilenabstand getippt. Falls ich überhaupt irgend etwas empfand, so war es wohl am ehesten Erleichterung. Noch dachte ich bei der Figur des Alastair gelegentlich an Sebastian (und indirekt an Martin), aber ich schob das auf meine Erinnerung an die ersten beiden Kapitel, denn es gab keine neuen Charakterzüge, die denen Sebastians aus *Das Auge des Sturms* nachempfunden worden wären. Und die Geschichte selbst wurde auf ziemlich lebendige Weise fortgeführt – ich genoß sie beinahe. Und dann … schlug der Blitz ein. Fast konnte ich das Feuer riechen. Nein, das ist die falsche Metapher. Ich empfand einen plötzlichen Schauder. Ich erstarrte in einer Art Entsetzen. Ich las einen Abschnitt, in dem die Heldin, Tina, und Alastair zum zweiten Mal miteinander schlafen. Nur war es nicht Alastair. Es war Martin.

Den ganzen Tag über habe ich hin und her überlegt, meistens jedoch war ich in einer Art Delirium, und erst jetzt, da sich die Dunkelheit herabsenkt, fühle ich mich in der Lage, klar, zusammenhängend und rational niederzuschreiben, was ich empfand, als ich jenen Abschnitt las, und warum ich es empfand.

Der Sexualakt ist eine so gewöhnliche, banale Handlung, von Millionen Menschen jeden Tag endlos wiederholt, wie Ralph bemerkt hat; aber jeder hat seine eigene Art, ihn vorzubereiten, ihn durchzuführen und sich wieder aus ihm zu lösen, die so individuell und unverwechselbar ist wie eine Unterschrift oder ein Daumenabdruck. Er besteht aus mehreren Dingen – aus Tempo und Abfolge zum Beispiel –

sowie aus der Art des Vorspiels oder der Stellung, die man bevorzugt. Wenn du in einer längerfristigen Beziehung lebst, wirst du vertraut mit den Reiz-Reaktions-Mustern deines Partners, und er kennt deine. Das soll nicht heißen, daß jeder Sexualakt genau gleich abläuft; aber es gibt eine Art Repertoire, das man zusammen aufbaut, Elemente, die man bei verschiedenen Gelegenheiten verschieden kombiniert. Es ist, wie ich hier kürzlich notiert habe, eine Art Sprache, die Liebende lernen. Bestimmte Bewegungen des Körpers sprechen für sich selbst: Berühre mich hier, streichle mich da, dring jetzt ein in mich. Und natürlich kann dieses Repertoire ungewöhnliche oder perverse Elemente enthalten, die es deutlich von anderen unterscheiden.

Wenn zwei Menschen eine neue Beziehung eingehen, bringen beide Gewohnheiten und Vorlieben mit, die sie mit früheren Partnern entwickelt habe; aber es ist wahrscheinlich, daß der erfahrenere Partner die Schaffung des neuen Repertoires dominieren wird, wenigstens am Anfang. Sicherlich war das so bei Martin und mir. Sandra Pickerings Heldin ist viel jünger als Alastair, und ihre sexuelle Erfahrung besteht aus unbefriedigenden kurzfristigen Affären und One-Night-Stands. Tatsächlich ist ihr erster Versuch, mit ihm zu schlafen, eine komische Katastrophe, die ich ziemlich amüsant fand. Eines Nachts nach einer Party im Büro begleitet Alastair Tina nach Hause, lehnt ihre verschlüsselte Einladung, »noch auf einen Kaffee mit hochzukommen« ab, Tina macht sich niedergeschlagen bettfertig, nimmt eine Schlaftablette, Alastair überlegt es sich anders, kehrt um und klingelt an ihrer Tür. Tina läßt ihn ein und rechnet sich aus, daß sie noch fünfzehn Minuten hat, um ihn ins Bett zu bekommen und Sex mit ihm zu haben, bevor sie unweigerlich einschlafen wird, also benimmt sie sich wie eine Nymphomanin, knöpft sein Hemd auf, öffnet den

Reißverschluß seiner Hose, zerrt ihn ins Schlafzimmer und verlangt, daß er sofort mit ihr schläft, verliert jedoch »mitten im Vögeln«, wie sie das elegant nennt, in seinen Armen das Bewußtsein. Alastair ist besorgt, bleibt über Nacht, und am Morgen, in den frühen Morgenstunden, wachen sie zusammen auf, und sie gesteht ihm, warum sie sich so töricht verhalten hat. Dann liebt er sie auf seine eigene Art.

Ich habe mir einzureden versucht, daß dieser Abschnitt erotische Szenen wiederholt, wie sie in Tausenden von Gegenwartsromanen vorkommen, aber das Tempo, die Abfolge, die Kombination der Zärtlichkeiten und der gemurmelten Liebesworte, die behutsamen Aufmerksamkeiten, die Alastairs Zunge und Finger Tinas erogenen Zonen bescherten, waren allesamt eine Wiederholung meiner eigenen Erfahrung mit Martin. Das letzte Puzzleteil, der letzte Hammerschlag (denn es war, als würde ich ersticken, als säße ich in der Falle wie jemand, dessen Sarg zugenagelt wird, während er noch lebt) stammte aus der postkoitalen Phase unseres Repertoires. Martin hatte eine merkwürdige und eigentlich liebenswerte Angewohnheit; er rollte sich – nicht immer, aber oft – auf seinen Bauch und bat mich, mich auf ihn zu legen, meine Arme und Beine symmetrisch zu seinem ausgestreckten Körper auszubreiten, meinen Beckenknochen in die weiche Kurve seiner Hinterbacken zu drükken und mich zu entspannen, so daß, weil ich mich nicht abstützte, mein ganzes Gewicht ihn in die Matratze drükken konnte. So lagen wir minutenlang da, im Halbschlaf, und atmeten ein und aus wie ein einziger Körper. Als ich die Stelle erreicht hatte, in der diese Handlung in Sandra Pickerings Manuskript beschrieben wird, schmiß ich die Seiten mit einem Schrei voller Schmerz und Bestürzung durchs Zimmer.

Überflüssig zu sagen, daß in *Das Auge des Sturms* nichts

über Martins sexuelle Gewohnheiten, Vorlieben und Manierismen vorkommt. Ich schreibe in meinen Romanen keine expliziten Sexszenen, und selbst wenn ich das tun würde, hätte ich es in diesem Buch, bei dem ich mir bereits einige Freiheiten bezüglich Martins Charakter herausgenommen hatte, nicht getan, und auch er hätte das nicht gutgeheißen. Woher also hatte Sandra Pickering dieses Material? Nachdem ich übernatürliche oder ASW-Erklärungen verworfen hatte (und immer wieder zog ich sie im Laufe dieses entsetzlichen Tages in Erwägung – Sandra Pickering als eine Art Hexe oder Hellseherin, die in der Lage war, meine Gedanken zu lesen und sich meiner Erinnerungen zu bemächtigen), nachdem ich alle irrationalen Theorien verworfen hatte, gab es nur eine mögliche Quelle: Martin selbst. Sandra Pickering muß eine Affäre mit meinem Mann gehabt haben.

Mehr als alles andere auf der Welt wollte ich Sandra Pickering damit konfrontieren. Ich wollte sie gegen die Wand drücken, auf einem Stuhl festbinden, ihr die Hände an den Hals legen, bereit, ihr die Wahrheit zu entreißen. Aber die nächsten vier Tage war sie nicht auf dem Campus, nicht in England. Ich hatte die Telefonnummer einer Wohnung in Cheltenham, die sie mit anderen teilt, und die probierte ich aus, nur für den Fall, daß sie noch nicht geflogen war oder ihre Pläne geändert hatte, doch eine Stimme dort bestätigte mir, daß sie am Abend zuvor aufgebrochen war, und, nein, sie hatten keine Nummer in Spanien, unter der ich sie hätte erreichen können.

Was mich besonders verrückt machte, war, daß ich so wenig über Sandra Pickering wußte, keine Fakten, die meinen Verdacht hätten bestätigen oder – was ein Segen gewesen wäre – entkräften können. Dann dachte ich: Akten. Es muß über sie eine Akte im Büro des englischen Fachbereichs geben, die persönliche Informationen über sie enthält. Ich ging hinaus auf den fast verlassenen Campus. Er glich einem Friedhof oder einer Geisterstadt. Jeder war über das Wochenende weggefahren, außer ein paar ausländischen Studenten, die nirgendwo sonst hätten hingehen können oder die von diesem plötzlichen Exodus überrascht worden waren. Sie sahen verwirrt und niedergeschlagen aus, als fragten sie sich, was an diesem Karfreitag so Besonderes sein sollte, an dem der Campus so verwaist zurückblieb wie nach dem Gerücht, die Pest sei ausgebrochen. Ein kalter Wind blies über die Morgen flachen Grases und kräuselte das graue Wasser des künstlichen Sees. Außer einigen vereinzelten Osterglocken und Krokussen, die im Wind zitterten, gab es kaum Anzeichen dafür, daß der Frühling begonnen hatte. Ich traf das japanische Paar aus der Eckwohnung unseres Reihenhauses, sie trugen enggeknöpfte Mäntel und machten offensichtlich einen Spaziergang. Sie lächelten und verbeugten sich und sahen so aus, als wollten sie sich dieses eine Mal tatsächlich unterhalten, aber ich war nicht in Stimmung für ein geselliges Beisammensein – ich rang mir ein Lächeln ab, gestikulierte und gab Laute von mir, die eine wichtige Besorgung andeuten sollten, und marschierte weiter auf den Turm der Geisteswissenschaften zu.

Dort stieß ich auf ein Hindernis. Die Eingangstüren waren abgeschlossen, und ich hatte keinen Schlüssel. Ich schoß hinüber ins Sicherheitszentrum in der Nähe des Haupttores und fragte, ob mich jemand in das Gebäude einlassen könnte. Die diensthabenden Männer, die zu einer privaten Sicherheitsfirma gehören, waren freundlich, aber unkooperativ. Hatte ich einen Paß, der mir erlaubte, das Gebäude außerhalb der üblichen Zeiten zu betreten? Nein, hatte ich nicht, mir war nicht klar gewesen, daß ich einen brauchte. Dann, fürchteten sie, konnten sie mir nicht helfen. Ich tobte und protestierte, und sie wurden weniger freundlich und noch unkooperativer. Am Ende stürmte ich aus dem Büro und stieß wilde und sinnlose Drohungen aus, daß ich mich beschweren würde. Ich ging zurück in die Maisonette, machte mir ungeschickt etwas zu essen, ließ die Suppe überkochen und verbrannte den Toast, würgte das Ganze hinunter, ohne irgend etwas zu schmecken, versuchte zu lesen – hoffnungslos. Dann hatte ich eine neue Idee: Jasper Richmond mußte als Leiter der Englischabteilung die Schlüssel haben, Schlüssel zu allem und jedem. Ich rief ihn an, und Marianne nahm ab. Jasper machte mit Oliver einen Spaziergang. Ob sie mir helfen könne? »Nein«, sagte ich, »ich rufe später noch mal an.« – »In Ordnung«, antwortete sie. »Ich sag's ihm, wenn er zurückkommt.« Ihre Stimme klang kühl, zurückhaltend. Vielleicht hatte sie in meiner eine Spur Hysterie bemerkt.

Jasper rief mich gegen drei an. Ich hatte Zeit gehabt, mir eine halbwegs plausible Geschichte auszudenken, warum ich seine Schlüssel zum Turm der Geisteswissenschaften, dem Büro des englischen Fachbereichs und den Aktenschränken mit den Unterlagen der Studenten ausleihen mußte. Er bot mir an, zum Campus zu fahren und mir zu helfen, aber ich bestand darauf, die Schlüssel abzuholen und sie heute abend zurückzubringen. Eine halbe Stunde später erreichte ich sein Haus. Auf dem Weg dorthin fuhr ich durch mehrere Dörfer, in denen Trauben geparkter Autos um Kirchen und Kapellen herum standen, was darauf hinwies, daß drinnen die Gottesdienste stattfanden, doch ansonsten waren die Straßen frei und ruhig. Oliver öffnete die Tür. »Hallo, Helen Reed«, sagte er, bevor ich mich vorgestellt hatte. »Hast du in letzter Zeit irgendwelche Romane geschrieben?« – »Nein, hab ich nicht«, sagte ich. »Egg auch nicht«, sagte er, »denn Milly geht mit O'Donnell aus. Und

Miles ist eifersüchtig, denn Anna ist nett zu Jerry.« Er fing damit an, mir noch viel mehr über den Stand der Dinge aus *This Life* zu erzählen, bevor Jasper aus seinem Arbeitszimmer kam und mich rettete und mir die Schlüssel gab. Ich lehnte ab, als er mir eine Tasse Tee anbot, und fuhr direkt zur Universität zurück.

Ich parkte in der Nähe des Turms der Geisteswissenschaften und blieb, versteckt hinter den getönten Scheiben, so lange in meinem Wagen sitzen, bis ein Wachmann auf seiner Runde vorbeigegangen war, denn ich fürchtete, er würde mich davon abhalten, meine geliehenen Schlüssel zu benutzen, da ich keinen Paß hatte. Dann schlich ich mich in das Gebäude wie ein Dieb und nahm den Lift in den zehnten Stock. Mir war zutiefst unbehaglich zumute in dem riesigen leeren Gebäude, in dem jedes Geräusch, das ich machte, verstärkt zu werden schien – meine Schritte auf dem Linoleumboden, das dumpfe Geräusch der Feuertüren, die hinter mir zufielen, das Klicken des Schlüssels im Schloß des Fachbereichbüros, das metallene Rattern der Schubladen des Aktenschranks. Ich atmete tief ein und aus und bemühte mich, ruhig zu bleiben.

Ich fand Sandra Pickerings Akte, nachdem ich wenige Minuten gesucht hatte. Es befand sich nicht viel darin – ihr Bewerbungsformular, ihr Lebenslauf, Russell Marsdens Bericht über ihre Arbeit im ersten Semester – doch es war genug. In ihrem Lebenslauf standen alle Beweise, die ich brauchte. Von 1993 bis 1994 war Sandra Pickering bei der BBC in London als Forschungsassistentin angestellt gewesen und hatte an Radiodokumentationen mitgearbeitet.

Montag, 31. März. Bin gerade aus Southwold zurückgekommen, nach einer langen, ermüdenden Fahrt über vom Feiertagsverkehr verstopfte Straßen. Für mich waren es kaum

Feiertage – ich war nicht in der Stimmung –, doch ich war froh, ein paar Tage lang aus dem Stalag Glosu herauszukommen. Southwold ist ein hübscher kleiner Ort, und üblicherweise genieße ich die Besuche dort. Für Mummy und Daddy ist es sicherlich der ideale Ort, um ihren Ruhestand zu verbringen. Fast während meines ganzen Erwachsenenlebens sind sie schon »im Ruhestand«, aber jetzt sehen sie langsam wirklich alt aus.

Ich wurde geboren, als meine Mutter vierzig war – ein »Unfall«, wie ich annehme, vielleicht eine der vielen Pannen der Knaus-Ogino-Methode. Es war mir immer ein Rätsel, wie es ihnen gelang, die Zahl ihrer Kinder auf zwei zu begrenzen, bevor ich kam, denn sie gehörten zu jener Generation frommer und gehorsamer Katholiken, die die Lehre der Kirche zu diesem Thema bedingungslos akzeptierte. Natürlich fragte ich nicht nach. Wir haben zu Hause nie ein persönliches Gespräch über Sex geführt. Ich vermute, für sie gab es nicht allzuviel davon – ein Großteil der Libido wurde in ihrer Ehe auf dem Altar des Glaubens geopfert, und der Akt, der zu meiner Empfängnis führte, war zu dem Zeitpunkt ihrer Ehe wohl ein ziemlich seltenes Ereignis. Es wäre faszinierend zu wissen, was dazu geführt hatte. Eine glückliche Familienfeier? Ein euphorischer Feiertagsausflug? Ein sexy Film, den sie zufällig im Fernsehen sahen? Nein, das ganz entschieden nicht – als ich zu Hause lebte, sagte meine Mutter immer zu Daddy, er solle »auf ein anderes Programm schalten«, wenn etwas auch nur leicht Schlüpfriges im Kasten kam, und das geschah nicht nur, um *meine* Unschuld zu bewahren. Weiß Gott, meine Romane sind nach modernem Maßstab ziemlich zurückhaltend, aber wegen eines merkwürdigen Kommentars weiß ich, daß Mummy und Daddy sie ziemlich schockierend finden, »ein wenig … du weißt schon, Liebes … freimütig … natürlich sind wir sehr altmodisch ...« Ich habe diese Angelegenheit nicht weiterverfolgt. Ich spreche mit ihnen nie über meine Bücher – es wäre mir lieber, wenn sie sie überhaupt nicht lesen würden, aus den Gründen, die ich Emily kürzlich erklärt habe.

Während ich heranwuchs, schienen Mummy und Daddy immer sehr viel älter zu sein als die Eltern meiner Freunde – eher wie die Großeltern der anderen Kinder. Und jetzt scheinen sie überhaupt nicht mehr in die moderne Welt zu passen – eine Welt, in der es Handys, Body-Piercing, wahllosen Geschlechtsverkehr und Partydrogen gibt ... Southwold mit seinen Reihen leuchtend bunter Strandhütten, die aufs Meer blicken, seinen pittoresken altmodischen Teeläden, seinen von Pferden gezogenen Brauereirollwagen, seinen Verordnungen gegen Hunde, Radios, die Wagen der Eisverkäufer und alles übrige, das für Lärm oder Unruhe sorgt, seiner Promenade, auf der man selbst im Hochsommer Damen sieht, die zu ihren geblümten Kleidern Strümpfe tragen, und Herren mit zusammengefalteten Taschentüchern in den Brusttaschen ihrer Blazer – dieses Southwold, dem es gelang, die Illusion zu schaffen, irgendwann in den fünfziger Jahren des zwanzigsten Jahrhunderts sei die Zeit stehengeblieben, paßt perfekt zu ihnen. Es besitzt sogar eine schöne mittelalterliche Kirche, die – wie sich Daddy zufrieden einreden darf – den Protestanten nur zeitweise und aufgrund ihrer Überredungsgabe ausgeliehen wurde. Natürlich gingen wir zur Ostermesse am Samstag abend in die weit weniger beeindruckende katholische Kirche, die allerdings ziemlich voll war – »fünfmal mehr Leute, als du dieses Wochenende in der St. Edmund finden wirst«, prahlte Daddy, und wahrscheinlich hatte er recht, obwohl die Gemeinde kleiner war, als ich sie aus früheren Jahren in Erinnerung hatte.

Die Symbolik des Osterfeuers, das in einem Kohlebekken außerhalb der Kirche angezündet und dann in Form einer Kerzenflamme in den Altarraum getragen wurde, beeindruckt mich unweigerlich immer wieder, und einige Lesungen während des Gottesdienstes, besonders aus dem Alten Testament, waren großartig. Den ganzen Tag über hatte es kaum eine Minute gegeben, in der ich nicht im stillen an Martin und Sandra Pickering dachte, doch eine Zeitlang verflogen meine eigenen Sorgen angesichts der Macht und Eloquenz der Schrift. Es schien gut und heilsam, hier zu sitzen und das Wort Gottes zu hören. Doch dann kam die Erneuerung des Taufversprechens: *Widersagst du dem Satan? Ich widersage. Und all seiner Bosheit? Ich widersage. Und all seinen Verlockungen? Ich widersage… Glaubst du an Jesus Christus, seinen eingeborenen Sohn, unseren Herrn, der geboren ist von der Jungfrau Maria, der gelitten hat und begraben wurde, von den Toten auferstand und zur Rechten seines Vaters sitzt?* Nein, das tat ich nicht, nicht wirklich. Ich konnte mich selbst nicht dazu bringen, die Antworten mitzusprechen, und ich spürte, daß sich Mummy und Daddy meiner geschlossenen Lippen bewußt waren. Und, überflüssig zu sagen, ich blieb sitzen, als sie aufstanden und zum Altar gingen, um die Kommunion zu empfangen.

Mummy war klar, daß ich deprimiert und besorgt war, doch sie führte das auf meine Trauer um Martin zurück. Wir waren zu Ostern oft nach Southwold gekommen, und offensichtlich nahm sie an, mein Besuch habe quälende Erinnerungen aufgewühlt. Sie machte mehrere Anspielungen auf die heilende Kraft der Zeit und darauf, wie ratsam es wäre, nicht über die Vergangenheit »nachzubrüten«. »Natürlich wäre es leichter, wenn du noch deinen Glauben hättest, Liebes«, seufzte sie. »Aber ich bete für dich und für Martin, jede Nacht.« Sie nimmt an, daß Martin im Fegefeuer ist, um für seine Sünden in dieser Welt zu büßen, bevor er an der ewigen Glückseligkeit teilhaben darf. Zweifellos kann er als Agnostiker nicht direkt in den Himmel gekommen sein; auf der anderen Seite wäre es zu erschrekkend, sich vorzustellen, daß der eigene Schwiegersohn in die Hölle gekommen ist, und die moderne Theologie gesteht die Möglichkeit der Erlösung auch außerhalb der Kirche zu. So muß er also seine Zeit im Fegefeuer absitzen, und sie nimmt an, daß ihre Gebete ihm dabei helfen, Vergebung zu erlangen. »Gib dir keine Mühe, Mummy«, hätte ich am liebsten gesagt. »Laß ihn noch eine ordentliche Weile brennen.« Aber natürlich habe ich das nicht gesagt – nicht nur, weil ich nicht einmal im Traum daran denken würde, sie mit der Geschichte von Sandra Pickering zu schockieren, sondern auch weil ich nicht *absolut* sicher sein kann, daß er mich mit ihr betrogen hat, bevor ich es nicht aus ihrem eigenen Mund gehört habe. Das ganze Wochenende habe ich in einem grauenhaften Schwebezustand zwischen rechtschaffener Entrüstung und Selbstzweifeln verbracht, die ich nicht beseitigen kann, bevor ich sie nicht damit konfrontiert habe. Bitte, Gott, mach, daß ihr Flugzeug keine Verspätung hat. Ich glaube nicht, daß ich weitere vierundzwanzig Stunden dieser Ungewißheit ertragen könnte.

Dienstag, 1. April. Wirklich passend, dieser Tag, an dem man Leute zum Narren hält. Ich bin mir sicher, daß ich zum Narren gehalten wurde – allerdings über Jahre hinweg, nicht nur einen Tag lang.

Heute nachmittag kam Sandra Pickering pünktlich zum Seminar zurück – offensichtlich direkt vom Flugzeug, denn sie schleppte noch ihr Reisegepäck mit sich. Nachdem der Unterricht zu Ende war, bat ich sie um ein Gespräch in meinem Büro. Sie sagte, sie sei müde, und fragte, ob das nicht bis morgen Zeit habe, doch ich bestand darauf. Ich begleitete sie schweigend, wie eine Gefangene, in den zehnten Stock. Ich denke, sie ahnte, was kommen würde. Meine Fragen schienen sie jedenfalls nicht zu überraschen, nachdem wir erst einmal in meinem Büro saßen, und sie antwortete ohne Ausflüchte. Ja, sagte sie, sie hatte Martin bei der BBC kennengelernt. Sie arbeitete 1993 mit ihm zusammen an zwei Sendungen. Er hatte sie zu seinen Recherchen mitgenommen, zu denen auch gehörte, daß sie in Hotels übernachteten, und bei einer dieser Gelegenheiten begannen sie eine Affäre, die etwa sechs Monate dauerte und hauptsächlich am Tag in ihrer Atelierwohnung in Paddington stattfand, in den Stunden, in denen sie sich beide von ihrer Arbeit freimachen konnten. Sie sagte, er habe ihr von Anfang an klargemacht, daß er wegen ihr seine Familie nicht verlassen werde, und sie dürfe sich nicht einbilden, daß er das jemals tun würde. Sie stand so sehr in seinem Bann, daß sie diese Bedingung akzeptierte. Sie las meine Romane, »natürlich«, aber *Das Auge des Sturms* wurde erst veröffentlicht, als die Affäre zu Ende war und sie die BBC verlassen hatte, um in der Werbung zu arbeiten. Dann beschloß sie, sie nicht mehr zu lesen, denn sie plante, selbst einen Roman zu schreiben, und sie wollte nicht dadurch eingeschüchtert oder abgelenkt werden, daß sie etwas von mir las. »Eigentlich war ich immer ein bißchen neidisch auf Sie. Die kluge, erfolgreiche Schriftstellerin-Ehefrau-Mutter, die er nie verlassen würde.« Sie besuchte einen Wochenendkurs in Arvon, beeindruckte Russell Marsden, der einer ihrer Dozenten war, und er ermutigte sie, sich hier um ein Studium zum Erwerb des M. A. in Kreativem Schreiben zu bewerben. Sie begann *Verbrannt* im Sommer, bevor sie hierherkam, ohne natürlich auch nur im Traum daran zu denken, daß ich sie unterrichten würde. Erst Mitte des Semesters kündigte Russell Marsden der Gruppe an, daß ich dazu ausgewählt worden war, ihn während seines Forschungssemesters zu ersetzen. »Ich wußte, es bestand ein gewisses Risiko, daß Sie Martin in Alastair wiedererkennen würden«, sagte sie, »besonders, als ich über Weihnachten *Das Auge des Sturms* las. Aber es gab nichts, was ich deswegen hätte tun können. Ich konnte nicht wieder bei Null anfangen, mit einer ganz anderen Figur.« – »Sie hätten einen ganz anderen Roman anfangen können«, sagte ich. »Was? Nach der Hälfte des Kurses?« sagte sie. »Warum sollte ich? Ich habe einen guten Job aufgegeben, um diesen Kurs zu machen. Ich habe all meine Ersparnisse abgehoben und mir Geld geliehen, um dafür zu bezahlen. Warum sollte ich all die Arbeit, die ich mir bereits gemacht hatte, zum Fenster rauswerfen, nur um Ihre Gefühle nicht zu verletzen?« Darauf wußte ich keine Antwort. Sogar in meinen eigenen Ohren klang meine Bemerkung lahm, als hätte ich es vorgezogen weiterzuleben, ohne etwas zu wissen. Vielleicht wäre es einem Teil von mir *doch* lieber gewesen. Ich fragte sie, warum die Affäre zu Ende gegangen war. »Sie ging zu Ende, als er eine neue Forschungsassistentin bekam.« Etwas an der Art, wie sie das sagte, ein leichtes Kräuseln ihrer fleischigen Oberlippe, die Betonung des Worts »neue«, warnte mich, daß noch weitere Enthüllungen folgen würden. »Ich war nicht die erste«, sagte sie, »oder die letzte.«

Es scheint, daß Martin den Ruf hatte, mit seinen Forschungsassistentinnen zu schlafen. Die meisten seiner direkten Kollegen mußten das gewußt haben, einschließlich einige derer, die ich privat getroffen habe. Viele von denen, die zum Gedächtnisgottesdienst gekommen waren, müssen das gewußt haben. Sandra selbst war an jenem Tag in der Kirche gewesen, obwohl sie später einem Treffen mit mir aus dem Weg ging, und das Mädchen, das später ihren Platz in Martins Herzen eingenommen hatte, war ebenfalls dort gewesen, wie sie mir versicherte.

Mir war schwindelig, und ich konnte kaum atmen. Die unverputzten Leichtsteinwände des winzigen Büros schienen anzuschwellen und sich zusammenzuziehen, und die ordinäre, fleischige Nackte auf dem Lucien-Freud-Poster und die schwarze, wie poliert wirkende Gestalt auf dem von Mapplethorpe schienen Falten zu werfen und obszöne Bewegungen zu vollführen. Ich bemühte mich, meine Bestürzung zu verbergen und einen Rest an Würde und professioneller Haltung zu bewahren. Als sie sagte: »Ich hoffe, das hat keinen Einfluß auf meine Note für den Kurs«, wollte ich schreien und etwas nach ihr werfen, aber ich sagte nur kalt: »Dazu sind externe Prüfer da.« Dann beendete ich das Gespräch.

Vielleicht eine Stunde lang saß ich so an jenem Tisch, ich bewegte mich kaum, blätterte langsam die Seiten meiner Ehe zurück und las sie noch einmal im Licht dessen, was ich gerade erfahren hatte. Ich war vollkommen getäuscht worden. Der Charakter und das Verhalten meines Mannes besaßen eine zusätzliche Dimension, die ich mit all meiner berühmten Einsicht und Intuition als Romanautorin nie vermutet oder erraten hätte. Wie war es nur möglich, daß ich nie das Parfüm oder den Körpergeruch dieser jungen Schlampen an ihm bemerkt hatte? Nie eine Spur Lippenstift an seinem Kragen oder eine kompromittierende Notiz oder zwei abgerissene Fahrkarten in seinen Taschen gefunden hatte? Er muß sehr, sehr vorsichtig gewesen sein. Oder vielleicht war ja auch ich nur sehr dumm, sehr unaufmerksam, sehr vertrauensvoll gewesen. Jetzt, da ich ohne den geringsten Zweifel weiß, daß er mir chronisch untreu war, fallen mir plötzlich mit aller Deutlichkeit einige kleine

Episoden und Rätsel wieder ein, die so vieles implizierten. Ein, zwei Hemden von ihm, die unerklärlicherweise verschwanden. Anrufe, bei denen aufgelegt wurde, wenn ich abhob. Die Nachricht, daß er noch länger arbeiten müsse. Wie leicht konnte man mich zum Narren halten.

Ich fragte mich, wie lange seine Schürzenjägerei wohl schon ging. Kaum hatte ich die Frage gestellt, schien mir die Antwort klar: Seit meiner großen Depression vor sieben oder acht Jahren. Sechs Monate lang vegetierte ich auf dem Grund eines tiefen Lochs vor mich hin wie in einem Brunnenschacht, der kein Wasser mehr führt, während freundliche und verwirrte Menschen, von denen Martin einer war, über den Rand der Brüstung zu mir heruntersahen und versuchten, mich aufzuheitern, oder in einem Eimer Medikamente und Ratschläge herunterließen. Während dieser Zeit war ich nicht in der Lage, zu schreiben oder Belletristik auch nur zu lesen. Meine eigenen Romane erschienen mir wertlos, banal, unecht. Ich las das überschwengliche Lob in den Fanbriefen, die ich gelegentlich erhielt, mit einer Art lustloser Verwunderung darüber, wie leicht man die Leute doch täuschen konnte. Ich las eine Menge Sachbücher – Geschichtsbücher, Biographien, Briefsammlungen; nicht daß ich sie genossen hätte, aber sie halfen mir wenigstens, die Tage herumzubringen. Ich war unfähig, irgend etwas zu genießen, einschließlich Sex. Besonders Sex. Wenn Martin die Initiative ergriff, liebten wir uns zwar gelegentlich, aber ich konnte nicht so tun, als würde ich es genießen. Ich sagte, es täte mir leid, das sei nichts Persönliches, und er war geduldig und verständnisvoll – jedenfalls dachte ich das. Nun, er verstand nur zu gut, aber offensichtlich war er doch nicht so geduldig.

Dann, nach sechs Monaten, ohne einen erkennbaren Grund, es sei denn aus schierer Langeweile, weiterhin so elend zu leben – und gleichzeitig nicht elend genug, als daß ich allem ein Ende bereitet hätte –, begann sich meine Depression aufzulösen. Durch eine Reihe rasch aufeinanderfolgender Umbrüche und glücklicher Ereignisse wurde meine Genesung gefördert, wenn auch nicht verursacht: Die französische Übersetzung von *Kein reiner Segen* bekam einen Preis, Martin begleitete mich nach Paris, um ihn entgegenzunehmen, und wir verbrachten auf Kosten anderer ein wunderbares Wochenende in einem Luxushotel; Lucy bestand die Zulassungsprüfung zum North London Collegiate mit glänzenden Noten ... Das Leben schien plötzlich wieder gut. Noch einmal schien die Sonne in meinem Kopf. Ich begann einen neuen Roman. Wir nahmen unser normales Eheleben wieder auf. Wir schliefen nicht mehr so häufig miteinander wie früher, aber ich führte das auf die im Alter nachlassende Libido zurück. Jetzt weiß ich es besser. Martin besaß noch jede Menge Libido, aber nicht mehr viel, die noch für mich übrig gewesen wäre. Er hatte Geschmack an jungem Fleisch gefunden, während der Sex bei mir abgeschaltet gewesen war.

Kann ich ihm das vorwerfen? Ja, natürlich werfe ich ihm das vor. Nicht nur, weil er unsere Ehe durch den intimen Kontakt zu anderen, fremden Körpern beschmutzt hat, sondern auch, weil er mich getäuscht hat, weil er mich betrogen hat, weil er mich zum Narren gehalten hat. Wäre er noch am Leben, würde ich mich scheiden lassen. Aber der Tod hat uns bereits geschieden. Es gibt nichts, was ich mit diesem Wissen anfangen kann, keine Möglichkeit, meiner Wut Luft zu machen, außer, daß ich es niederschreibe.

Carrie rief heute abend an. Sie fragte mich, wie es mir ginge, und ich sagte: »Gut, danke«, wie man das eben so macht, und sie sagte: »Nein, es geht dir nicht gut. Ich kann's an deiner Stimme hören.« Ich gab zu, daß ich niedergeschlagen war, nannte aber keinen Grund. »Ich weiß genau, was du brauchst«, sagte sie. »Einen Nachmittag in den Droitwich Brine Baths. Ich hol dich ab.« Das hörte sich überhaupt nicht an, als könnte es mich reizen, aber sie bestand darauf, daß es mir unendlich gut tun würde. »Wenn mir alles zuviel wird, nehme ich in den Brine Baths eine Auszeit«, sagte sie. »Du wirst es nicht bereuen.« Wir einigten uns darauf, daß sie mich morgen abholt. Ralph ist nicht da. Offensichtlich ist er ein paar Tage lang in Prag. Ich kann nicht anders, ich muß mich einfach fragen, was wohl vorletzten Freitag passiert wäre, wenn ich damals über Martin und Sandra Pickering Bescheid gewußt hätte.

Mittwoch, 2. April. Carrie kam gegen halb zwei zur Maisonette, um mich abzuholen. Ich hielt Ausschau nach ihr, so daß ich, sobald ihr Wagen draußen vorfuhr, vollständig angezogen und bereit aufzubrechen aus der Tür treten konnte. Ich wollte vermeiden, daß ich sie hereinbitten und ihr in einer ziemlich unbehaglichen Wiederholung von Ralphs Inspektionstour das Haus zeigen mußte. Ich konnte mich nicht entscheiden, ob ich Carrie gegenüber seinen Besuch erwähnen sollte. Hatte er ihn selbst schon erwähnt, konnte es merkwürdig wirken, wenn ich das nicht auch tat. Andererseits, hatte er ihn ihr gegenüber *nicht* erwähnt und ich tat es jetzt, könnte sie sich fragen, warum er ihn vor ihr verbarg. Es ärgerte mich, in all diese Berechnungen und Täuschungen verwickelt zu sein, die etwas betrafen, das im wesentlichen ein Nicht-Ereignis war. Als wir abfuhren, löste Carrie das Dilemma schließlich, indem sie sagte: »Ralph hat mir erzählt, daß du eine hübsche kleine Bude hast.« – »Ja, er kam kürzlich vorbei – er war so freundlich, mir beim Einrichten meiner E-Mail zu helfen«, sagte ich. Ich erwähnte nicht, daß er zum Mittagessen geblieben war, und Carrie tat es auch nicht, also weiß sie es vielleicht nicht.

Wir sausten in Carries sportlichem kleinen Japaner in Null Komma nichts über die M5 nach Droitwich. Offensichtlich wurde Droitwich über dem größten und tiefsten Salzlager Europas errichtet, und aus dieser Ablagerung entspringen die heißen Quellen. Schon seit Jahrhunderten baden die Leute in diesem Wasser, weil es angeblich medizinische und stärkende Eigenschaften besitzt, doch die heutigen Bäder sind überraschenderweise angenehm modern. Im Gegensatz zu dem, was ich befürchtet hatte, entsprach die Atmosphäre im Innern nicht derjenigen eines uralten städtischen Bades mit zugigen Umkleidekabinen und schmierigen, zerbrochenen Fliesen, sondern eher der eines privaten Fitness-Centers. Man zieht seinen Badeanzug an, schlüpft in einen weißen Frotteebademantel und duscht im Hauptteil des Gebäudes, in dem das Becken liegt, einem hellen, luftigen Raum mit langen Fenstern, die auf der einen Seite des Gebäudes bis zum Boden reichen. Sie sagen einem, daß man alle Kratzer und Schnitte in der Haut mit Vaseline eincremen soll, um die stechende Wirkung des Salzwassers zu vermeiden, und daß man unter gar keinen Umständen versuchen soll zu schwimmen, denn jeder Spritzer könnte für die Augen gefährlich werden.

Allerdings ähnelt das Bad einem mittelgroßen Schwimmbecken. Man geht über flache Steinstufen hinab in das warme, fast heiße Wasser, das vollkommen klar ist, und sanft sinkt man ein in etwas, das sich wie ein riesiges flüssiges Kissen anfühlt. Mühelos treibt man dahin, der Körper befindet sich halb über der Wasseroberfläche, getragen vom hohen Salzgehalt des Wassers. Es ist höchst bequem, auf dem Rücken zu liegen. Vorgeformte Styroporkissen stehen zur Verfügung, mit denen man den Nacken über

Wasser halten kann. Von ihnen gestützt, kann man absolut entspannt dahintreiben.

Schwimmbecken sind in der Regel laute Orte, an denen die Schreie der Kinder und das Spritzen der Taucher widerhallen, aber hier war das lauteste Geräusch das Murmeln der Gespräche im Café-Bereich am anderen Ende des Beckens, wo man nach dem Baden kostenlos Tee und Kekse bekommt. Die Badenden im Wasser reden nicht viel. Sie liegen da in Trance, Arme und Beine weit ausgebreitet auf dem Wasser, und treiben sacht auf dem gelegentlichen Kräuseln der Wasseroberfläche dahin, am Beckenrand verankert mit den Füßen, die sie unter dem Geländer verhaken, das die ganze Länge des Beckens entlangführt. Wäre da nicht der entspannte Gesichtsausdruck, könnte man meinen, es seien Leichen nach einem Schiffsunglück.

Ich schloß meine Augen und trieb dahin, bis ich sacht gegen den Beckenrand stieß. Ein leichter Schubs mit meinem Fuß, und ich glitt wieder zurück in die Mitte des Wassers. Versuchsweise leckte ich an einem Finger: Er schmeckte unglaublich salzig. Ich dachte an Alice im Wunderland, die zusammen mit der Maus, der Ente und dem Dodo auf der Sintflut ihrer eigenen Tränen schwimmt, und mir fiel auf, daß sie vielleicht deshalb nicht untergehen, weil Tränen salzig sind. Das Salzwasser war wie ein randvoll gefüllter Tank frischer, warmer Tränen. Dann dachte ich plötzlich: Ich werde nie wieder um Martin weinen.

Ich verlor jedes Zeitgefühl, aber als ich sah, wie sich Carrie majestätisch wie ein schönes Flußpferd aus dem Wasser erhob, den glatten Badeanzug aus Lycra straff über den üppigen Brüsten und Hüften, das Haar von einer engen Gummibadekappe bedeckt, folgte ich ihr und verließ das Becken. Ich dankte ihr für diese faszinierende Erfahrung und sagte, daß es mir deswegen schon besser ginge. Sie fragte mich, warum ich deprimiert gewesen war, und zu meiner eigenen Überraschung – nachdem ich sie beschworen hatte, Stillschweigen zu bewahren, und ohne die Quelle meiner Informationen zu verraten – sagte ich es ihr.

22

»Nun ja, ich kann verstehen, wie du dich fühlst«, sagt Carrie und schenkt sich noch eine Tasse Darjeeling ein »Aber sieh's mal von der positiven Seite. Er hat ihr von Anfang an gesagt, daß er dich wegen ihr nicht verlassen würde, richtig? Das zeigt, daß er dich wirklich geliebt hat.«

»Nicht unbedingt«, sagt Helen. »Es könnte genausogut bedeuten, daß er sich nicht mit dem ganzen Durcheinander und den Kosten einer Scheidung belasten wollte. Besonders nicht mit den Kosten – sein Gehalt bei der BBC hätte nicht ausgereicht, so einfach zwei *ménages* zu unterhalten.«

»Na gut. Aber wenigstens bedeutet es, daß er *sie* nicht geliebt hat«, sagt Carrie. »Es war nur Sex. Und wer weiß, vielleicht hat sie sich ihm an den Hals geschmissen. Es gibt nicht viele Männer, die dem widerstehen können.«

»Ich kann mir nicht vorstellen, daß junge Frauen Schlange standen, um sich Martin an den Hals zu werfen«, sagt Helen. »So attraktiv war er nun auch wieder nicht.«

Carrie seufzt. »Du wärst überrascht. In jeder Situation, in der Männer die Macht und Frauen Jugend und Schönheit haben, gibt es einen Handel. Die Männer nutzen ihre Macht aus, um Sex zu bekommen, die Frauen benutzen ihr gutes Aussehen, um befördert zu werden oder gute Noten zu bekommen oder sich einfach nur eine nette Zeit zu machen. Ich muß das wissen, denn ich hab's selbst so gemacht.«

»Du?« Helen klingt überrascht, fast schockiert.

»Sicher. Als ich Studentin in Berkeley war, schlief ich ausschließlich mit Mitgliedern des Fachbereichs. Und die mußten mindestens Assistenzprofessoren sein, keine einfachen Dozenten, die gerade erst graduiert hatten. Die Jungen in meinen Seminaren sah ich nicht einmal an.« Sie kichert, während sie daran denkt. »Ich war ein richtiges Miststück. Aber ich war schön, damals.«

»Das bist du immer noch, Carrie«, sagt Helen.

Carrie schüttelt traurig den Kopf. »Lieb von dir, daß du das sagst, Helen, aber irgendwann zwischen dem dritten und dem vierten Kind habe ich die Schlacht gegen die Zellulitis verloren. Die Sache wäre anders, wenn ich in den Tagen eines Rubens oder auch nur denen eines Renoir leben würde … Aber das heutige Ideal weiblicher Schönheit besteht aus dem Körper eines heranwachsenden Jungen, dem man Titten wie Äpfel an die Brust geklebt hat. Schau in der ›Vogue‹ nach. Messenger hat eine Theorie darüber.«

»Oh?« Helen beugt den Kopf fragend zur Seite.

»Ja. Als Fruchtbarkeit die wichtigste Eigenschaft einer Frau war, waren breite Hüften und mächtige Brüste ein Zeichen dafür, daß sie viele Kinder würde austragen können, also wurden sie selektiert. Jetzt, da Sex hauptsächlich zur Entspannung da ist, ziehen die Männer geschmeidige, athletische Partnerinnen vor, die alle Positionen aus *The Joy of Sex* einnehmen können, ohne in Schweiß auszubrechen. In ein paar hunderttausend Jahren werden alle Babys in Reagenzgläsern produziert, und eine birnenförmige Frau wird so obsolet sein wie ein Dinosaurier.«

»Du bist nicht birnenförmig, Carrie«, sagt Helen, »du bist … üppig. Du bist junoesk.«

»Naja, danke, Liebes«, sagt Carrie lächelnd. »Aber als ich einundzwanzig war … Ich konnte mich in mich selbst verlieben, wenn ich nur in den Spiegel sah. Wenn ich scharf auf einen Dozenten war, mußte ich mich im Unterricht nur in Shorts und einem engen Top in die erste Reihe setzen und ihn bewundernd anschauen, und dann, wie soll ich sagen, schmolz er vor meinen Augen. Ich konnte drauf wetten, daß er, wenn ich das nächste Mal zu ihm in die Sprechstunde kam, vorschlagen würde, wir könnten doch die Besprechung meiner Arbeit bei einem Kaffee fortsetzen, und noch vor Ende der Woche gingen wir zusammen ins Bett. Es waren die Siebziger, weißt du, vor Aids und vor der Political Correctness, und jeder auf dem Campus fickte, als ob es kein Morgen gäbe. War es in Oxford genauso?«

»Ein wenig«, sagt Helen.

»Glücklicherweise hatte sich das Klima geändert, als ich Messenger traf«, sagt Carrie. »Ich muß mir über hinreißende graduierte Studentinnen keine Sorgen machen – nicht, daß es in den Kognitionswissenschaften so viele gäbe, aber ab und zu taucht mal eine auf; in dieser Hinsicht muß ich mir über Messenger keine Sorgen machen. Es gab an den Universitäten zu viele Fälle sexueller Belästigung. Die Dozenten haben gelernt, darauf zu achten, sich nicht mit Studentinnen einzulassen – und das zu Recht. Berkeley in den Siebzigern war wie Sodom und Gomorrha. Sogar Harvard war voller Swinger – ich ging dorthin, um an meinem Abschluß zu arbeiten. Natürlich fing ich sofort damit an, meinen Doktorvater zu verführen. Ironischerweise erwies er sich jedoch als altmodischer, ehrenhafter Kerl, der darauf bestand, mich zu heiraten.«

»Wer war das?« fragt Helen.

»Alexander Higginson. Schon mal von ihm gehört?«

»Nein, ich glaube nicht.«

»Er hat mehrere Bücher über die französische Malerei des neunzehnten Jahrhunderts geschrieben und dazu Berge von Aufsätzen. Alex war um einiges älter als ich. Es war eine Art Dorothea-Brooke-und-Casaubon-Sache. Ich bewunderte ehrfürchtig seinen klugen Kopf und seinen schönen französischen Akzent. Meine Leute versuchten, es mir auszureden. Mein Vater dachte, Alex sei nur hinter meinem Geld her – mein Großvater hat mir ziemlich viel hinterlassen, weißt du. Ich glaube nicht, daß das bei Alex der Fall war, aber Daddy bestand trotzdem auf einem von seinem Anwalt aufgesetzten Ehevertrag, der einen Sicherheitszaun um mein persönliches Einkommen zog, also vermute ich, ich muß ihm dankbar sein, nach dem, wie sich die Dinge entwickelten.«

»Das ist alles absolut faszinierend«, sagt Helen. »Wie hast du Ralph kennengelernt?«

»Auf einer Party in Cambridge – Cambridge, Massachusetts. Messenger war am MIT. Ich hatte noch nie jemanden wie ihn getroffen. Die meisten unserer Freunde in Harvard waren Geisteswissenschaftler, und zu Hause trafen sich meine Eltern vor allem mit reichen Geschäftsleuten und Kunstmäzenen. Ich hatte nur wenige Naturwissenschaftler getroffen, und ich hielt sie für langweilige, nervige Typen, die von langweiligen und unverständlichen Dingen wie Elektronen und Neutronen besessen sind. Messenger war völlig anders als dieses Klischee. Zum einen glich er eher einem Rockstar als einem Wissenschaftler – damals hatte er lange Haare und trug ausgestellte Hosen und bunte Seidenhemden. Er redete mit mir mit diesem irren Michael-Caine-Akzent über Computer und Künstliche Intelligenz auf eine Art, daß ich verstand, was er sagte. Er sprach wie jemand, dem die Zukunft in den Knochen steckte. Und er wirkte unglaublich sexy. Meine Ehe lief damals nicht allzu gut. Der Altersunterschied forderte seinen Tribut. Die Dinge hatten sich nach Emilys Geburt etwas gebessert, doch nachdem der Reiz des Neuen verflogen war, wurde klar, daß Alex eigentlich keine Babys mochte. Und ich bewunderte seinen Intellekt nicht mehr so ehrfürchtig. Ich hatte erkannt, daß alle seine Bücher Variationen desselben Themas waren, und selbst das hatte er bei Gombrich entliehen. Ich hatte die Rolle der Dorothea hinter mir und war bereit für die der Madame Bovary ...«

»Du hattest eine Affäre mit Ralph?«

»Ja. Er lud mich ins MIT ein, um mir Computerkunst zu zeigen, und im Aufzug auf dem Weg nach oben küßte er mich. Das war ein Kuß! Wir schauten kein einziges Mal zurück. Ich mußte mir für unsere Verabredungen einen Babysitter besorgen, und so fand Alex es heraus. Ich denke, er hätte das irgendwie ausnutzen können, hätte er vorgehabt, das Sorgerecht für Emily zu beanspruchen, doch das wollte er nicht. Es war eine ziemlich zivilisierte Scheidung. Kurz darauf bekam Messenger einen Job an der CalTech, und wir zogen nach Pasadena. Möchtest du neuen Tee?«

»Ja, bitte.«

Carrie winkt eine Kellnerin herbei und bestellt neuen Tee. Die Kellnerin sagt entschuldigend, daß im Eintrittspreis nur eine kostenlose Kanne enthalten ist. Carrie sagt, sie sei gerne bereit, später dafür zu bezahlen, habe aber im Augenblick kein Geld bei sich. Die Kellnerin sieht besorgt aus und bietet an, kostenlos neues heißes Wasser zu bringen. Carrie gibt sich damit zufrieden. »England, ich liebe es«, sagt sie, als die Frau davongeht. »Wie geht deine Geschichte?« sagt sie zu Helen. »Wie hast du Martin getroffen?«

»Bei einer Theateraufführung, im Innenhof eines Colleges in Oxford«, sagt Helen. »An einem Sommerabend, Mauersegler flogen durch die Luft.«

»Klingt wundervoll romantisch. Habt ihr zusammen studiert?«

»Nein. Martin ging nach Durham. Ich war postgraduierte Studentin, als ich ihn traf, er war Praktikant bei der BBC in London. Er war der Bruder einer meiner Freundinnen, die die Titania in einer Studentenaufführung des *Sommernachtstraums* spielte. Sie lud ihn ein, sich die Aufführung anzuschauen, und bat mich, neben ihm zu sitzen und ihm Gesellschaft zu leisten. Ehrlich gesagt, es lief ziemlich ähnlich ab wie bei deinem ersten Treffen mit Ralph. Wir verstanden uns sofort. Er war nur wenige Jahre älter als ich, aber er wirkte viel reifer als alle Freunde, die ich zuvor gehabt hatte. Danach gingen wir zur Party der Schauspieler, saßen in einer Ecke und unterhielten uns, bis es Zeit für ihn wurde, den Nachtbus zurück nach London zu nehmen. Ich sollte diese Busverbindung noch ziemlich gut kennenlernen. Wir fingen an, uns regelmäßig zu treffen – wir verbrachten die Wochenenden abwechselnd in Oxford und in London. Ich glaube, das war die glücklichste Zeit meines Lebens, wenn ich jetzt so daran zurückdenke. Von Montag bis Freitag in der Bodleian zu arbeiten, solange sie aufhatte, und uns an den Wochenenden zu lieben. Bis ich schwanger wurde.«

»Ein Unfall?« fragt Carrie.

»Natürlich«, sagt Helen. »Ich wollte kein Kind, nicht, solange ich noch auf der alleruntersten Sprosse der akademischen Leiter stand. Aber eine Abtreibung wollte ich auch nicht – mein immer noch vorhandenes katholisches Gewissen, nehme ich an. Glücklicherweise wollte Martin auch nicht, daß ich das tat. Er schlug vor zu heiraten, was offengestanden eine gewaltige Erleichterung war, denn meine Eltern hätten ziemliche Schwierigkeiten gehabt, die Vorstellung eines unehelich geborenen Enkelkindes zu schlukken.«

»Ist das der Grund, warum du ihn geheiratet hast?« fragt Carrie.

»Nein. Ich war in ihn verliebt, ich hatte gehofft, wir würden eines Tages heiraten und Kinder haben, die üblichen Dinge. Alles kam nur ein bißchen schneller, als ich mir das vorgestellt hatte. Ich zog runter nach London. Ich dachte, ich könnte mit meinen Recherchen im British Museum weitermachen und ab und zu nach Oxford fahren, um mit meinem Doktorvater zu sprechen. Das schaffte ich auch ein paar Monate lang, aber nachdem Paul erst einmal auf der Welt war, wurden die Dinge schwierig. Ich kam mit einem Baby und einem Ehemann in unserer engen Wohnung in Balham einfach nicht zurecht. Ich bekam eine postnatale Depression.«

»Oh, das ist hart.«

»Mit der Zeit kam ich darüber hinweg, aber ich gab meinen Dr. phil. und meine akademischen Ambitionen auf.«

»Statt dessen wurdest du Romanautorin«, sagt Carrie, »was viel besser ist.«

»Naja, vielleicht.«

»Ich hab meinen Dr. phil. auch nie gemacht«, sagt Carrie.

»Bedauerst du das?«

»Eigentlich nicht. Ich wollte keine akademische Karriere machen. Mir war immer unwohl angesichts des Konkurrenzdenkens in Harvard. Ich konnte spüren, wie die anderen Studenten die ganze Zeit über dachten: ›Wozu macht sie das? Sie ist so reich, sie braucht keinen Job.‹ Was natürlich stimmte. Aber ich würde gern etwas tun, nicht nur die Kinder großziehen und mit Messenger zurecht kommen … Deshalb der Roman.«

Die Kellnerin bringt das heiße Wasser und, mit einem verschwörerischen Blinzeln, neue Kekse. Carrie gießt das Wasser in die beiden Kannen und knabbert nachdenklich an einem Keks. »Warst du Martin immer treu?« sagt sie, als die Frau außer Hörweite ist.

»Natürlich«, sagt Helen leicht entrüstet. »Sonst wäre ich nicht so verletzt. Ich hätte kein Recht dazu.«

»Sicher«, sagt Carrie. »Ich wollte nicht ... Es ist nur so, in deinen Romanen kommt jede Menge Untreue vor.«

Helen lacht ein wenig unsicher und zupft am Gürtel ihres Bademantels. »Nun, das gilt für die meisten Romane, fürchte ich. Aus einer stabilen monogamen Ehe kann man erzählerisch nicht allzuviel rausholen.«

»Ja. Wie Tolstoi am Anfang von *Anna Karenina* sagt: ›Alle glücklichen Familien ähneln einander ...‹«

»›Aber unglücklich ist jede Familie auf ihre eigene Art.‹ Ich bin nicht sicher, ob das wirklich stimmt, der erste Teil«, sagt Helen und runzelt die Stirn. »Glückliche Familien ähneln sich überhaupt nicht. Das Problem ist, sie sind nicht besonders interessant – außer natürlich, man gehört zufällig einer an. Literatur lebt vom Unglück. Sie braucht Konflikte, Enttäuschungen, Regelverstöße. Und da es in Romanen hauptsächlich um das persönliche, emotionale Leben geht, um Beziehungen, ist es nicht überraschend, daß es in den meisten von ihnen um Ehebruch geht. Untreue, sollte ich besser sagen, denn viele Paare heiraten heute nicht mehr – aber das scheint keinen großen Unterschied zu machen, wenn es um Verrat geht, wenn ein Partner den anderen betrügt, oder?«

»Nein. Aber wie hast du einen Einblick bekommen? Für *Kein reiner Segen* zum Beispiel?«

»Unter unseren Freunden in London gab es jede Menge wechselnder Beziehungen. Ich hab Augen und Ohren offengehalten. Und die Frauen, die bei mir am Morley Kreatives Schreiben studierten, sprachen ohne weiteres über ihr Intimleben ...«

»Wirklich?« Carrie lacht. »Wie war ihnen zumute, als ihre Geschichten später in deinen Büchern auftauchten?«

»Natürlich habe ich sorgfältig darauf geachtet, nichts davon so zu verwenden, daß es irgend jemanden in Verlegenheit bringen konnte«, sagt Helen und wirkt dabei ein wenig in die Defensive gedrängt. Sie gießt sich noch eine Tasse Tee ein. »Manchmal brauchst du nur ein winziges Detail aus dem richtigen Leben, und schon beginnt deine Phantasie in einer Richtung zu arbeiten, die mit der ursprünglichen Anekdote überhaupt nichts mehr zu tun hat, so daß nicht einmal derjenige sie im fertigen Roman wiedererkennt, der sie dir erzählt hat. Starr jetzt nicht hin, aber hinter dir passiert gerade etwas ziemlich Interessantes.«

Über Carries Schulter blickend, sieht Helen eine ältere Frau, die in einer Art Gerüst, das an einem kleinen Kran hängt, mit Hilfe einer Winde ins Becken hinabgelassen wird. Carrie schiebt ihren Stuhl zurecht, so daß sie es auch sehen kann. Die Frau ist dünn und knochig, ihr Badeanzug hängt schlaff über ihrem verwelkten Fleisch, ihre Gelenke sind von Arthritis geschwollen, und ihre Arme und Beine zittern, als litte sie an Parkinson. Ihre eingefallenen Züge sind zu einer Grimasse verzerrt, die ein Lächeln darstellen soll und die doch nur Verlegenheit und Unbehagen ausdrückt. Eine Freundin oder Krankenschwester steht im Wasser, spricht beruhigend auf sie ein und wartet darauf, sie in Empfang zu nehmen, während sie langsam ins Wasser hinabgelassen wird. Dann wird sie aus ihren Gurten befreit und kann frei dahintreiben, während ihre Begleiterin ihren Kopf hochhält. Langsam breiten sich ihre Arme und Beine aus, das Zittern läßt nach, und ein echtes Lächeln erscheint auf ihren Lippen.

»Das ist eine wirklich hübsche Maschine«, bemerkt Carrie. »Ich frage mich, ob sie mein Gewicht aushalten würde. Vielleicht brauche ich sie eines Tages.«

»Bitte nicht«, sagt Helen.

»Oder du. Man kann nie wissen.« Sie blickt Helen direkt

ins Gesicht. »Schau, du hast mir all diese Dinge erzählt, und deshalb sage ich dir, was ich denke. Ich verstehe den Schmerz, den du empfindest. Du hast Martin vertraut, und jetzt entdeckst du, daß er nicht der Mensch war, für den du ihn gehalten hast. Aber du kannst nichts daran ändern, du kannst ihn nicht einmal zur Schnecke machen, weil er nicht mehr hier ist. Du dachtest, du wärst sicher in der kleinen Zitadelle deiner glücklichen Ehe und könntest all die sexuellen Streitereien beobachten, die da draußen vor sich gehen, Notizen machen und die Opfer zählen, ohne selbst verletzt zu werden. Aber jetzt, wo du selbst verwundet worden bist, hast du etwas, worüber du wirklich schreiben kannst. Aus dem Herzen. Das ist eine Möglichkeit, deinem Zorn Luft zu machen.«

»Ich möchte keinen Racheroman schreiben«, sagt Helen.

»Warum nicht?«

»Rein negative Gefühle führen nie zu gutem Schreiben«, sagt Helen. »Vielleicht mit der Zeit, wenn die Wunde nicht mehr so frisch ist...«

»Richtig. Laß dir Zeit. Und bis dahin – mach was aus deinem Leben, wie man so sagt.«

»Was meinst du damit?«

»Du hast seit Martins Tod ununterbrochen um ihn getrauert, richtig. Es wird Zeit, damit aufzuhören.«

»Das hab ich schon. Es wurde mir klar, als ich im Becken dahintrieb. Ich werde nie wieder um ihn weinen.«

»Großartig. Es wird Zeit, daß du darüber nachdenkst, eine neue Beziehung einzugehen. Du bist schön, bezaubernd, intelligent –«

»O Carrie, nun übertreib nicht!«

»Nein, du hörst auf zu untertreiben, Helen. Keine falsche Bescheidenheit bitte. Es wird Zeit, daß du wieder glücklich wirst.«

»Oh, ›glücklich‹«, sagt Helen und seufzt. »Manchmal denke ich, meine Hardware ist ganz aufs Unglücklichsein eingestellt, um einen Ausdruck deines Mannes zu benutzen.«

»Messenger? Wann hat er das gesagt?«

»Im Fernsehen«, sagt Helen.

»Oh, ja«, sagt Carrie. »Naja, *seine* Hardware ist ganz aufs Glücklichsein eingestellt, denke ich. Das ist wahrscheinlich der Grund, warum ich ihn geheiratet habe.«

23

Der gute König Wenzel sah hinaus … O.K … Das Lämpchen der Batterie sieht ein bißchen schwach aus, aber sie scheint zu funktionieren … Es ist Sonntag nachmittag, der sechste April, ich bin in der Executive Lounge der British Airways im Flughafen Amsterdam … und warte auf das Flugzeug nach Birmingham weil ich den Anschlußflug nach Bristol um wenige Minuten verpaßt habe der Start in Prag hatte sich verzögert obwohl ich die ganze beschissene Strecke durch Schiphol gerannt bin, der Flughafen wird renoviert ein einziges heilloses Durcheinander … die Aktentasche unter den Arm geklemmt rannte ich dahin mit zurückgelegtem Kopf wie ein offensiver Außenverteidiger in einem schlechten Traum, der versucht, noch einen Punkt zu machen während sich das Spielfeld unendlich in die Länge zieht … der Flughafen Schiphol muß von einem bis zum anderen Ende wenigstens einen Kilometer lang sein … ich schob und schlängelte mich durch die gegnerischen Verteidigungslinien aus Reisenden Gepäckträgern Bauarbeitern Malern Stukkateuren … nur um am Gate zu erfahren, daß man nicht mehr zusteigen konnte weil das Flugzeug bereits auf die Startbahn rollte, obwohl die Abflugmonitoren anzeigten, daß man noch an Bord gehen könne … Ich war mächtig sauer, besonders als ich erfuhr, daß es heute keine weiteren Flüge nach Bristol mehr gibt …

Ich hatte keinen Direktflug von London genommen, sondern war von Bristol via Amsterdam nach Prag geflogen um die langweilige Fahrt nach Heathrow oder Gatwick und wieder zurück zu umgehen aber jetzt muß mich Carrie in Birmingham abholen und nach Bristol fahren, so daß ich den Wagen holen kann den ich dort abgestellt habe ... Ich habe sie gerade angerufen, um das mit ihr abzusprechen, und sie war nicht allzu glücklich darüber, ich kann nicht behaupten, daß ich ihr das vorwerfe ... Sie ist mit den Kleinen und Helen in Horseshoes und deswegen muß sie den Aufenthalt dort vorzeitig abbrechen ... Ich nehme an, es ist Helen leichtgefallen rauszufahren da sie wußte, daß ich weg bin ... Ich hoffe, sie geht mir in Zukunft nicht aus dem Weg, auch weil Carrie das auffallen und sie sich fragen würde, was vorgefallen ist ... vielleicht ist es nur gut so daß sie auf mein Angebot, die Tagebücher auszutauschen, nicht eingegangen ist ... Weiß Gott was passiert wäre, hätte sie eingewilligt ... und doch war es in gewissem Sinne auch deswegen so reizvoll, wegen des Risikos ... Sofort als ich am Freitag diese Idee hatte ... ich ging von ihrem Haus zurück ins Centre ... konnte ich nicht mehr aufhören daran zu denken, ich war das ganze Wochenende über besessen davon, besonders weil sie an dem Wochenende nicht mit uns nach Horseshoes kam ... sie rief Carrie am Samstag an und sagte bei ihr sei eine Erkältung im Anzug, ich hab's nicht einen Augenblick geglaubt ... dann an Ostern war sie nicht da ... Ich muß versuchen wieder ein freundliches Verhältnis zu ihr aufzubauen wenn ich zurückkomme ...

Ich muß hier zwei Stunden warten, also habe ich den alten Pearlcorder aus meiner Aktentasche genommen um ein wenig die Zeit auszufüllen und bin in dieser schalldichten würfelförmigen Telefonzelle geblieben wo niemand mich belauschen kann, obwohl es in der Lounge so still ist wie auf einem Friedhof ... nicht viele Geschäftsleute sind am Sonntag unterwegs ... Puh ... erst jetzt geht mein Atem wieder normal und mein Puls ... Aber ich habe immer noch Verdauungsbeschwerden ... kommt von den vier Tagen tschechischem Essen, das hauptsächlich aus gesättigten Fettsäuren und Kohlenhydraten zu bestehen scheint ... die tschechische Vorstellung einer ausgewogenen Mahlzeit besteht aus, sagen wir Gulaschsuppe mit Klößen, gefolgt von einer halben gebratenen Gans mit Pommes und Klößen, und als Dessert Preiselbeerklöße, die in Schlagsahne schwimmen. Was mit ein paar Litern Pils runtergespült wird. Wie überleben die dieses Essen? Warum fallen sie nicht reihenweise auf der Straße um und haben einen Herzstillstand? Naja, man sieht eine Menge Leute mit Übergewicht, besonders Männer in mittlerem Alter, aber ebenso eine überraschend große Zahl schlanker, eleganter junger Frauen ... wie Ludmila zum Beispiel, sie muß eine Fünfzig-Zentimeter-Taille gehabt haben und ihr Bauch war flach wie ein ... Nein, nicht wie ein Pfannkuchen, jedenfalls nicht wie ein tschechischer Pfannkuchen, in den sie eingemachte Pflaumen und Sahne stopfen ... obwohl sie einen gegessen hat ... sie hat zwei gegessen, sie hat alles gegessen, was ihr vorgesetzt wurde, während ich mit ihr zusammen war ... Wie machen diese Mädchen das? Vielleicht essen sie nur, wenn sie mit anderen zusammen sind, wenn ein anderer zahlt, und hungern die übrige Zeit ... oder stecken sich nach einer Schlemmerei den Finger in den Hals ... aber es ist keine Anorexie oder Bulimie, mangelnde Selbstachtung hat damit nichts zu tun, ganz im Gegenteil. Es ist ein kluges Abwägen dessen, was ihnen dabei hilft, in der Tschechischen Republik voranzukommen oder aus ihr rauszukommen ... Es genügt nicht, clever zu sein und Englisch zu sprechen, man muß auch aussehen wie Kate Moss ... Ich stelle mir vor, wie diese jungen Frauen überall in Prag in engen Apartments in miesen Betonhochhäusern leben, sich das Schlafzimmer mit einer jüngeren Schwester teilen, das Badezimmer mit der ganzen Familie, ohne Privatsphäre, ohne Geld, nur ein wirklich gutes Kleid im Schrank und eine Figur, die sie sorgfältig umhegen wie eine unbezahlbare Pflanze, denn sie wissen, ihre Aussichten hängen allein davon ab, daß sie nicht so wie ihre Mütter aussehen... Denn trotz der Samtrevolution oder vielmehr gerade deswegen leben viele in diesem Land arm, aber vornehm, wie man das vielleicht nennen könnte. Oberflächlich gesehen scheint Prag eine lebendige, blühende Stadt zu sein, aber das liegt hauptsächlich an den Touristen, den Unternehmern und den Gangstern (falls zwischen den beiden letzteren ein Unterschied besteht), die sich hier amüsieren... viele Menschen sind schlechter dran als unter dem Kommunismus, besonders wenn sie auf dem staatlichen Sektor arbeiten. Ludmilas Eltern zum Beispiel, beide berufstätig, der Vater Pathologe, die Mutter Zahnarzthelferin, aber sie hat mir gesagt, daß die beiden am Abend Schulkindern Nachhilfeunterricht geben, um sich über Wasser zu halten, denn ihr zuvor festgelegtes Gehalt wurde durch die Inflation entwertet... Kaum überraschend, daß die Leute mit ein wenig lustlosem Zynismus reagieren, wenn man anerkennend über die Samtrevolution spricht. »Sicher steht es uns jetzt frei zu reisen«, sagte mir Ludmila, »aber wir können es uns nicht leisten.« Da waren wir im Bett und hatten einen kleinen postkoitalen Tratsch. Ich sehnte mich nach Schlaf, aber es wäre wohl unfreundlich gewesen, hätte ich sie rausgeschmissen, und es gab nicht genug Platz, daß wir beide hätten schlafen können, es war ein Einzelbett, kaum groß genug für uns, um nebeneinanderzuliegen... Das British Council hatte für mich ein Zimmer gebucht in einem hübschen alten Gasthof mit Ausblick auf die Karlsbrücke mit ihren einunddreißig Heiligenstatuen auf der Brüstung, die herumfuchteln wie versteinerte Buchmacher ... Ich vermute, sie dachten, mir würde das historische Ambiente dieser Unterkunft gefallen, die schiefen Treppen, die niedrigen Türbalken, gegen die man mit dem Kopf knallt, die dunkel getäfelten Wände und die kabinenartigen Zimmer, wo doch alles, was ich wirklich mag, wenn ich von zu Hause fort bin, so was wie ein Hilton oder Hyatt ist – Platz, Luxus ... ein Bad, das groß genug ist, um sich darin treiben zu lassen, eine Dusche, die so kräftig ist, daß man sich damit Löcher in die Haut bohren kann ... eine gut ausgerüstete Minibar, mehrere Pornokanäle im Fernsehen ... und ein Bett, das groß genug für Neunundsechzig ist, ohne daß man dabei gleich auf den Boden fällt oder sich am Nachttisch die Zehen anschlägt. Nicht, daß ich irgend etwas in dieser Richtung mit Ludmila versucht hätte, es war ein Fick der einfacheren Art ... kein Oralsex, und ich habe ein Kondom benutzt, es war also sicher genug, aber ... irgendwie mechanisch ... Keine Nacht, an die man mit großer Befriedigung zurückdenkt ... Eigentlich sollte man sowieso erwarten, daß ich diese Dinge aufgegeben hätte, One-Night-Stands auf Auslandsreisen, besonders mit Frauen, die halb so alt sind wie ich ... Es war zum Teil Langeweile, zum Teil Galanterie, wegen dieser Bemerkung, die ich gemacht habe, »Ich kann mir da verschiedene Dinge vorstellen«, die sie falsch verstanden hat. Komisch, aber ich dachte, sie wäre vielleicht beleidigt, wenn ich keinen Annäherungsversuch machen würde, als der Abend sich dem Ende näherte ... das war es, und weil es mich anödete, mich weiter durch Prag zu schleppen ... Alle schwärmen von dieser Stadt, aber auf mich wirkte sie eher wie eine Art besserer Themenpark zur Lokalgeschichte, vollgestopft mit den Leuten, die man auch in Disneyland sieht, Touristen in Turnschuhen, ausgeleierten Shorts und T-Shirts ... denn das Wetter war warm, der Frühling hat Mitteleuropa erreicht, fast eine Hitzewelle ... und das war noch ein Grund, die meiste Zeit über war mir zu heiß, ich hatte die falschen Kleider mitgebracht, zu viele Wollsachen, es juckte mich, und ich war verschwitzt, besonders in diesen stickigen Restaurants, in denen man Gulaschsuppe in sich hineinschaufelte und Gänsebraten mit Klößen, oder zur Abwechslung Rinderbrühe mit Klößen und Schweinebraten mit Sauerkraut und Klößen ... das Problem ist, in Wirklichkeit mag ich dieses Essen, und ich bin von Natur aus gierig, so daß ich zuviel davon esse ... besonders auf einer Reise wie dieser hier, wo die Leute einen zweimal am Tag in Restaurants führen, zum Mittag- und zum Abendessen, jedesmal drei oder vier Gänge ...

Ich glaube, Osteuropa gefiel mir besser, als es noch kommunistisch war und es noch nicht soviel zu essen gab, als es von überhaupt nichts viel gab, selbst wenn man als Besucher mit harter Währung ankam ... Man erlebte eine Art anregende Befriedigung, wenn man sich für kurze Zeit einem Leben in Armut aussetzte. Ich erinnere mich noch daran, wie ich fast ekstatisch an einem Winterabend durch die Straßen von Lodz ging, das muß in den Siebzigern gewesen sein, angesichts des durch nichts gemilderten Elends, wohin man auch blickte, die dreckigen, baufälligen Apartmentblocks, der schmutzige gefrorene Schnee, der sich im Rinnstein anhäufte, die Straßenbahnen, die in den Kurven auf ihren Schienen quietschten und stöhnten, voller graugesichtiger Passagiere, die Runzeln unförmiger, ausdrucksloser Frauen in Stiefeln und Mänteln, die stoisch vor Lebensmittelgeschäften mit völlig leeren Auslagen und kahlen Regalen Schlange standen ... danach war man wirklich dankbar für den britischen Paß und das Flugticket, das man sicher verstaut in der Tasche trug ... diesen belebenden Kontrast gibt es nicht mehr ...

Die ursprüngliche Einladung zu dieser Reise kam von meinem tschechischen Verleger, anläßlich der Publikation ihrer Ausgabe von *Die Maschine des Geistes*... Ich vermute, ich war geschmeichelt, weil sie fanden, mein zehn Jahre altes Buch sei eine Übersetzung wert, und ich dachte, sie verdienen, daß man sie ermutigt, also habe ich akzeptiert... dann bewarb sich der Verleger sofort um eine Finanzierung durch das British Council, und die stimmten unter der Bedingung zu, daß ich eine Vorlesung und ein Seminar an der Universität abhalte, also sagte ich zu, und am Ende kam ein volles Programm dabei heraus, mit der Vorlesung und dem Seminar und den Zeitungsinterviews und den Signierstunden und sogar einem dreiminütigen Interview für eine landesweite Nachrichtensendung im Fernsehen... Mein Verleger, Milos Palacky, den ich nie zuvor getroffen habe, erwies sich als typisches Produkt im neuen postmarxistischen Geist kapitalistischen Unternehmertums, ein freundlicher, aber gerissener Typ, der für all diese Publicity gesorgt hatte, ohne selbst auch nur eine einzige *koruna* auszugeben, abgesehen davon, daß er einmal die Rechnung fürs Mittagessen übernahm (Blumenkohlsuppe mit Klößen, Wildschweinbraten mit Klößen, Obstklöße mit Klößen)... Wie mir ein tschechischer Schriftsteller, den ich traf, sagte, ist Palacky berüchtigt dafür, fällige Tantiemen nicht zu bezahlen, und ich solle nicht erwarten, mehr Geld zu bekommen als die ziemlich bescheidene Vorauszahlung, die ich bereits erhalten habe. Es konnte mich kaum beruhigen, daß ich meiner Übersetzerin vorgestellt wurde, einer Dame mittleren Alters, die nicht sehr gut Englisch sprach und die keinen wissenschaftlichen Hintergrund zu besitzen schien, aber ich war nicht in der Lage, bei Palacky deswegen nachzufragen, denn auch er spricht kaum Englisch... überall, wo er hinging, begleiteten ihn zwei breitschultrige Schlägertypen in schwarzen Anzügen und Sonnenbrillen, die die Türen öffneten und Leute zurückhielten, wenn er aus seinem Auto in ein Gebäude ging… vermutlich sollten sie ihn vor den Angriffen wütender Gläubiger schützen… Nun, es dauerte nicht lange, bis ich erkannte, daß ich ausgenutzt wurde, aber ich machte weiter, zog vor den Medien und den Buchhändlern meine Nummer ab wie ein Profi, hielt meine schon oft wiederholte Allzweck-Überblicksvorlesung über das Problem des Bewußtseins an der vollbesetzten Karls-Universität… Levines Erklärungslücke, Cricks Erstaunliche Hypothese, Chalmers Schwierige Frage, Dennett, Searle, Minsky, Penrose, die üblichen Verdächtigen, ein kleiner Seitenhieb auf die Neurowissenschaft als neue Phrenologie, ein kleiner Seitenhieb auf den Behaviorismus – *Wie war es für mich?* sorgt immer wieder für Heiterkeit… zum Schluß Werbung für die KI, durch Phänomenologie ergänzt, das Modellieren sowohl affektiver als auch kognitiver Prozesse, wobei man besser *bottom up* statt *top down* arbeiten sollte… Das war am Freitag nachmittag… worauf ein Empfang und ein Abendessen folgten, bei dem es Klöße gab… dann hielt ich am Samstag morgen ein Seminar mit begrenzter Teilnehmerzahl am Fachbereich Philosophie und Psychologie über unsere experimentellen Arbeiten am Centre, und danach stellte mir der verantwortliche Prof Ludmila Lisk vor, eine junge Forschungsassistentin aus der Psychologie… Für den Rest des Tages waren laut Plan des British Council »Freizeit – Besichtigungen« angesetzt, und Ludmila war dazu bestimmt worden, mir als Führerin zu dienen. Was ich in diesem Augenblick wirklich wollte, war, mit dem ersten verfügbaren Flug nach Hause abzuhauen… aber da war diese eifrige, lächelnde, nicht schlecht aussehende und unglaublich schlanke junge Frau, die mir die Hand hinstreckte, die ich schütteln sollte… es wäre grausam gewesen, ihre Dienste zurückzuweisen ... Ich schwöre, ich habe in dem Moment nicht damit gerechnet, wie weit diese Dienste gehen würden ...

Sie hatte eine gewisse Summe erhalten, um unsere Ausgaben zu bezahlen, also führte sie mich als erstes in ein »typisch tschechisches Restaurant«, wo wir ein typisch tschechisches Mittagessen bestellten ... dann schleppte ich meinen aufgeblähten Magen in der Nachmittagshitze quer durch die Prager Altstadt, folgte Ludmila in die Kathedrale und das Schloß und in Kirchen und Kunstgalerien und bewunderte gotische dies und Rokkoko das und Jugendstil jenes, bis Ludmila sagte, es sei Zeit für ein frühes Abendessen, denn sie habe Karten für die Oper, irgend etwas von Janácěk ... »Würde es Ihnen sehr viel ausmachen, wenn wir nicht in die Oper gingen?« sagte ich ... Sie sah besorgt aus. »Es gefällt Ihnen nicht?« sagte sie. »Ich hasse es«, sagte ich. Sie biß sich auf die Lippen, um ein Lächeln zu unterdrükken, als ob ich etwas gesagt hätte, was sich nicht gehörte. »Was möchten Sie statt dessen machen?« sagte sie ... »Naja, ich kann mir da verschiedene Dinge vorstellen«, sagte ich lächelnd ... wenigstens versuchte ich zu lächeln, aber vielleicht kam es irgendwie wie ein lüsternes Grinsen rüber, denn sie errötete und machte so aus meiner unschuldigen Bemerkung eine *double entente* ... »Zum Beispiel«, sagte ich und versuchte dieses Mißverständnis zu beseitigen, »könnten wir eine hübsche kühle Bar suchen und ein paar eiskalte Biere trinken und dann könnten wir uns vielleicht in einem klimatisierten Kino einen Film anschauen und dann bin ich vielleicht wieder zu einem leichten Abendessen fähig.« Und das taten wir dann. Wir fanden eine Bar, in der ein Jazzgitarrist leise im Hintergrund spielte ... und dann einen alten Woody-Allen-Film mit englischen Dialogen und tschechischen Untertiteln ... und dann ein kleines vietnamesisches

Restaurant, das Mahlzeiten ohne die obligatorischen Klöße anbot … Während wir zu Abend aßen und eine Flasche ganz ordentlichen ungarischen Riesling tranken, erzählte mir Ludmila von ihren Forschungen, einem Teamprojekt zur Modellierung des Lernprozesses, bei dem sie versuchen, den Wissenserwerb durch Erfahrung, durch den Austausch mit und die Nachahmung von anderen Lernenden sowie durch den Erwerb von Regeln in das Modell einzubauen, wobei sie Simulationen von Kinderspielen wie etwa ›Tier, Pflanze oder Mineral‹ verwenden … für mich klang das alles ziemlich hoffnungslos, zu viele Variablen, aber ich ermutigte sie freundlich … und natürlich verhielt sie sich geradezu kriecherisch angesichts meiner Reputation, schmeichelte mir auf Teufel komm raus, aber sie hatte ihre Hausaufgaben gemacht, kannte *Die Maschine des Geistes* gut genug, um daraus zitieren zu können … und wie Sprechblasen mit dem Wort »Denkt« darin schwebten die ganze Zeit über Spekulationen über unserem Gespräch, wie der Abend wohl enden würde – *Will er mit mir schlafen?* und *Erwartet sie von mir, daß ich mit ihr schlafe?* Der offizielle Plan hatte vorgesehen, daß sie mich sicher zurück in mein Hotel bringen würde, bevor sie selbst ein Taxi nach Hause nahm … Es war eine laue Nacht … wir schlenderten über den Wenzelsplatz und sahen uns noch einmal die astronomische Uhr an, die zufällig gerade Mitternacht schlug, sahen die beweglichen Figuren, den Türken, den Reichen und die Eitelkeit, die angesichts des Todes ihre Köpfe schütteln, der ihnen nur ein Ja zurückgibt … und blieben auf der Karlsbrücke stehen, um das von Flutlichtern angestrahlte Schloß anzusehen oder den Palast oder was immer es auch sein mag, was da auf dem Hügel steht und herunter auf die Stadt blickt, und das durch den nächtlichen Himmel zu schweben schien wie eine Luftspiegelung … Schließlich wirkte der Zauber des Ortes auch auf mich, und es schien nur natürlich, die anderen Paare nachzuahmen, die in den Schatten herumknutschten, die die einunddreißig Heiligenstatuen warfen, und so legte ich meinen Arm um ihre Taille, machte eine Bemerkung darüber, wie schlank die doch sei, und fragte mich laut, ob sich meine Fingerspitzen wohl berühren würden, wenn ich beide Hände um sie legen würde, und Ludmila lachte und schlug vor, es doch zu versuchen ... Sie berührten sich nicht, aber ich hielt ihren jungen Körper in meinen Händen, hart und elastisch und geschmeidig wie ein junger Baum, und ich zog sie an mich und drückte ihren Kopf mit einem Kuß nach hinten ... eins führte zum anderen ... Nachdem wir erst einmal in meinem Zimmer waren, verschwendete sie keine Zeit, im Nu hatte sie ihre Kleider ausgezogen, nicht, daß sie allzuviel angehabt hätte – ein Baumwollkleid, ein Slip, kein BH, sie brauchte keinen, ihre Brüste waren so klein, zu klein für meinen Geschmack ... das Gegenteil von Carrie ... wie ging diese Werbung noch mal, als ich ein Kind war, ich hab vergessen, wofür, *Nicht zu klein, nicht zu viel ... genau richtig* ... Sie glitt zwischen die Laken und lag dort und sah mir zu, wie ich mich auszog, was ich beunruhigend fand ... mein Körper wirkte fett und voller Falten, die Haut unrein, verglichen mit ihrem schlanken Torso und ihren schlanken Armen und Beinen ... Ich schaltete das Licht aus und zog die Vorhänge auf, um die Fenster zu öffnen, angeblich weil das Zimmer stickig war, doch in Wirklichkeit, um meine Verlegenheit und meinen Mangel an sichtbarer Leidenschaft zu verbergen ... Ich zeigte mich zu gegebener Zeit der Situation gewachsen ... aber ich könnte nicht beschwören, daß sie mir ihren Orgasmus nicht vorgespielt hat ...

Nein, es war ganz eindeutig keine Nacht, an die man mit großer Befriedigung zurückdenkt ... es ging alles zu leicht … Wäre es in den Siebzigern geschehen, hätte ich möglicherweise eine Intrige vermutet, Tonbänder und Kameras versteckt in der Holztäfelung, um mich dazu zu erpressen, daß ich als Spion arbeite … Obwohl am Ende tatsächlich der Zeitpunkt gekommen war, da ich mich gewissermaßen revanchieren mußte … irgendwann tagsüber hatte ich unvorsichtigerweise die Konferenz Ende Mai erwähnt, und als sie sich anzog, um nach Hause zu gehen, fragte sie mich, ob sie ein Referat halten könne, denn dann könnte sie sich beim British Council um ein Reisestipendium bewerben … Ich sagte, das Programm stehe bereits fest (eine Lüge), aber wenn sie wolle, könne sie ein Schaubild machen … Ich konnte kaum weniger sagen, nachdem ich sie gerade gefickt hatte … aber das Council wird wohl kaum meinen, daß ein Schaubild ein Reisestipendium wert ist … hoffe ich …

24

Sonntag, 6. April. Bin gerade aus Horseshoes zurückgekommen, nachdem ich die Messenger-Kinder in Pittville Lawn abgesetzt habe. Wir aßen eben zu Mittag, als Ralph vom Flughafen Amsterdam anrief und sagte, er habe den Anschlußflug nach Bristol verpaßt und flöge statt dessen nach Birmingham, also muß Carrie hinfahren und ihn abholen. Ich bot an, die Kinder nach Hause zu bringen, um Carrie die Fahrt abzunehmen, was sie dankbar akzeptierte. Ich war froh über die Gelegenheit, zur Abwechslung mal etwas für sie tun zu können.

Diese Änderung der Pläne verkürzte unseren Tag in Horseshoes, was schade war, denn das Wetter war großartig, warm genug, um draußen auf dem Deck zu sitzen. Jetzt ist es sechs Uhr abends und immer noch hell. Letztes Wochenende wurden die Uhren umgestellt, aber ich war viel zu beschäftigt, als daß mir das aufgefallen wäre oder ich das zusätzliche Tageslicht abends hätte genießen können. Ich bin jetzt ruhiger, was die Sache mit Martin angeht. Es war eine Erleichterung, mit jemandem darüber zu sprechen, und Carrie war eine einfühlsame Zuhörerin, obwohl eine gewisse Ironie in ihrem Rat lag, ich solle mir einen anderen Mann suchen, denn der einzige, der sich im Augenblick für mich interessiert, ist ihr Ehemann.

Eine Folge der Enthüllungen über Martin besteht darin, daß er schließlich »gegangen« ist. Seine unsichtbare Gegenwart schwebt nicht länger an den Grenzen meines Bewußtseins. Ich fühle mich nicht gedrängt, seinen Geist zu beschwören und ihn anzuklagen oder ihm Vorwürfe zu machen. Auch will ich nicht wirklich, daß er im Fegefeuer brennt, noch weniger in der Hölle. Ehrlich gesagt, ich kann mir nicht vorstellen, daß er irgendwo weiter existiert, denn er hat sich als eine Art Hochstapler erwiesen, dessen wahres Selbst ich nie kennen werde. In gewisser Weise bin ich froh darüber, daß ich die Wahrheit hier und nicht zu Hause, umgeben von Kindern und Freunden, herausgefunden habe. Wenn ich wieder nach London zurückkomme, wird es ganz natürlich wirken, daß ich aufgehört habe, um ihn zu trauern oder ihn auch nur zu erwähnen.

Montag, 7. April. Es scheint nun endgültig Frühling geworden zu sein. Noch ein schöner Tag, die Sonne schien spürbar warm auf meinen Rücken, als ich über den Campus ging. Überall steigen deutlich sichtbar die Säfte. Die Bäume um die Bibliothek tragen rosa Kirschblüten, und die Studentinnen und Studenten sitzen draußen auf den Stufen, sonnen sich und haben dabei die Träger ihrer Kleider abgestreift oder die Hemden ausgezogen, sie flirten, küssen sich und halten Händchen, hilflose Teilnehmer der Frühlingsriten.

Welch ein Rätsel der Sexualinstinkt doch ist, welch enormes Spektrum an Gefühlen er auslöst. Ekstase am einen Ende, Entsetzen am anderen. In der Zeitung stand eine grauenhafte Geschichte über eine Gruppenvergewaltigung, die ich beim Kaffee im Gemeinschaftsraum für die Dozenten las – es geschah letzten September, aber der Fall ist gerade erst vor Gericht gekommen. Eine Österreicherin, eine Touristin in London, kam mit einigen Jugendlichen zwischen vierzehn *(vierzehn!)* und siebzehn ins Gespräch, sie wirkten freundlich auf diese Frau, und so machte sie mit ihnen einen Spaziergang. Was vielleicht ein wenig naiv war, aber es war hellichter Tag, und wahrscheinlich betrachtete sie sie als Kinder (sie ist zweiunddreißig, hieß es), und weil sie Ausländerin war, verstand sie möglicherweise nicht allzugut, was sie sagten, oder konnte ihre Körpersprache nicht deuten, ihren Tonfall, ihre Mimik usw., denn sie müssen Knüffe, Blinzeln, Seitenblicke, Kichern und *sotto voce* Kommentare ausgetauscht haben. Sie führten sie an eine verlassene Stelle, wo sie sie auszogen und vergewaltigten, »mehrfach«, wie es in dem Zeitungsbericht hieß, und dann warfen sie sie nackt in einen Kanal, obwohl sie sie anflehte, es nicht zu tun, und sie ihnen sagte, sie könne nicht schwimmen – was ihr wahrscheinlich das Leben rettete, denn sie konnte es, und es gelang ihr, sich auf der anderen Seite aus dem Kanal zu schleppen. Ich stelle sie mir vor, schluchzend und zitternd, voll blauer Flecken und blutend, mit Dreck und Schlamm beschmiert, wie sie den Treidelpfad entlanghumpelte, bis sie jemanden fand, der ihr half. Mir fiel auf, daß sie sagte, sie habe dieses entsetzliche Martyrium dadurch überlebt, »daß sie ihren Geist von ihrem Körper abtrennte, so gut sie nur konnte«. Ich frage mich, was Ralph Messenger dazu sagen würde. Es scheint mir ein gutes Argument für den Dualismus.

Jasper Richmond kam in den GFDD, als ich dort war, und begleitete einen Pförtner mit einem Servierwagen, der mit Weinkisten und Schachteln voller Weingläser für den Empfang heute abend beladen war. Professor Robyn Penrose von der Walsall University kommt und hält die H. H. Crosbie Memorial Lecture, eine jährliche Veranstaltung, die von der Witwe eines früheren Professors hier gestiftet wird. Ich wurde zu dem Empfang und dem späteren Essen mit ihr eingeladen. Die Vorlesung heißt *Interrogating the Subject*. »Ich fürchte, es könnte ganz schön mühsam werden«, sagte Jasper. »Jede Menge Jargon. Sie ist eine von diesen Theorietypen.« – »Warum haben Sie sie eingeladen?« fragte ich. »Das war nicht meine Idee«, sagte er. »Aber einige meiner jüngeren Kollegen waren scharf darauf, sie hier zu haben.« Er entblößte die Zähne in einem reflexhaften lüsternen Grinsen. »Ich meine, als Rednerin. Obwohl sie, wie ich höre, auch ziemlich gut aussehen soll.«

Die Nachrichten werden von den Meldungen über die Wahl beherrscht. Laut Umfragen kann Labour einen Vorsprung von zwanzig Punkten halten, was einen Erdrutschsieg am ersten Mai wahrscheinlich macht. Ich glaube, ich habe zu lange gewartet, um mich als Briefwählerin eintragen zu lassen, und da die Wahl an einem Dienstag stattfindet, ein Tag, an dem ich unterrichte, sieht es so aus, als würde ich die Möglichkeit verlieren, mich an der Wahl zu beteiligen. Auch wenn es theoretisch möglich wäre, am Morgen nach London und wieder zurück zu fahren, wäre das eine furchtbare Schinderei, und um ehrlich zu sein, bin ich nicht motiviert genug, diese Mühen auf mich zu nehmen.

Ich habe schon immer Labour gewählt, seit meiner Studienzeit, als beinahe jeder, den ich kannte, automatisch links war, doch mit der Zeit mit immer weniger Enthusiasmus und Überzeugung. Hätte Martin mich nicht auf Linie gehalten, wäre ich zur SDP übergelaufen, die er immer höhnisch als »die Partei für Leute, die eigentlich keine Politik mögen« beschrieb. New Labour kann man kaum mehr von der SDP unterscheiden, was mir nichts ausmacht, aber in meinem Wahlkreis hat Labour den Sitz bereits sicher, und sie werden kaum meine Stimme brauchen, um diesmal zu gewinnen. Sogar Daddy, der, außer 1945, sein ganzes Leben lang die Tories gewählt hat, spricht davon, diesmal die Lib Dems zu wählen oder sich wenigstens der Stimme zu enthalten. Er ist von der Inkompetenz dieser Regierung und von den Skandalgeschichten, die sie belasten, zutiefst angewidert. Wenn Southwold an Labour geht, stünde die Welt allerdings wirklich kopf.

Dienstag, 8. April. Das Wort *subject* im Titel von Robyn Penroses Vorlesung erwies sich als eine Art Wortspiel auf mehreren Ebenen. Gemeint waren das »Subjekt« im Sinne des Individuums, das Erfahrungen macht, und das »Subjekt« eines Satzes sowie, in politischer Hinsicht, der »Untertan«, aber auch das »Fach« englische Literatur auf dem Lehrplan einer Universität. Soweit ich der grundsätzlichen Argumentation folgen konnte, war das *subject* in allen diesen Bedeutungen eine üble Sache; angeblich gab es eine Art Äquivalenz zwischen der privilegierten Position des Ich in der klassischen Psychoanalyse, der Fetischisierung formaler Korrektheit in der traditionellen Grammatik, der Ausbeutung und Unterdrückung der durch die Kolonialisierung unterworfenen Rassen und der Vorstellung eines literarischen Kanons: Allesamt sind sie repressiv und tyrannisch und phallozentrisch und müssen dekonstruiert werden... Auf seine Art war es ein ziemlich überwältigender Diskurs, mit all diesen Vorstellungen wie mit Bällen in der Luft zu jonglieren, besonders, da er von einer so großen, stattlichen, noch immer jungen Frau in einem eleganten schwarzen Samt-Hosenanzug kam, deren feuerrotes Haar im Nacken von einem Silberkamm gebändigt wurde und deren lange Silberohrringe hin und her baumelten und funkelten, als sie ihre Blicke vertrauensvoll über das Publikum schweifen ließ. Doch es deprimierte mich, daß diese ehrfürchtig wirkenden jungen Leute im Publikum eine so trockene und unfruchtbare Botschaft zu hören bekamen. Wo blieb bei alledem die Freude am Lesen? Wo blieben persönliche Entdeckungen und persönliche Weiterentwicklung? Doch die Argumentation ließ ein Selbst gar nicht zu, die bloße Vorstellung eines Selbst ist offensichtlich ein Miss-Verständnis (oder ein Mister-Verständnis oder ein Myster-Verständnis) der Subjektivität. Im Strom der Semiose, in den das Individuum durch den Spracherwerb geworfen wird, wird es unablässig konstruiert, dekonstruiert und rekonstruiert (das habe ich, glaube ich, richtig mitbekommen, ich habe mitgeschrieben). Die Strom-Metapher erinnerte mich an die arme Österreicherin, die vom Pack, das sie gerade vergewaltigt hatte, in den Kanal geworfen wurde, und ich dachte, für sie wäre es kaum ein Trost, sollte sie erfahren, daß für diese Tat – über welch verworrene und verschlungene Umwege auch immer – die Tatsache verantwortlich war, daß Shakespeare auf dem Lehrplan zur englischen Literatur verbindlich vorgeschrieben ist ... Gegen Ende ihrer Vorlesung begann Professor Penrose Computer-Analogien zu verwenden. Die Fenster, die einem erlauben, sich mühelos zwischen verschiedenen Programmen hin und her zu bewegen, die gleichzeitig ablaufen, schlug sie als Metapher für das dezentrierte Selbst vor. Als ich das hörte, fiel mir die merkwürdige Entsprechung auf zwischen dem, was sie sagte, und dem, was Ralph Messenger sagt. Beide leugnen, daß das Selbst eine feste Identität besitzt, irgendein »Zentrum«. Er sagt, es ist eine Fiktion, die wir erfinden; sie sagt, die Kultur erfindet es für uns. Es ist beunruhigend, daß die am weitesten fortgeschrittenen Überlegungen in den Natur- und den Geisteswissenschaften sich in diesem Punkt so einig sind.

Ich saß beim Dinner (einem ziemlich grausigen Essen in einem privaten Speisesaal des Personalgebäudes) neben

Professor Penrose und fand sie weitaus verständnisvoller, als ich erwartet hatte. Ich glaube wirklich nicht, daß das daran lag, daß sie einige meiner Romane gelesen hatte und intelligent darüber sprach. Sie hat eine vierjährige Tochter, deren Vater keine Rolle mehr zu spielen scheint, und ist vollauf mit den logistischen Problemen beschäftigt, die es mit sich bringt, gleichzeitig eine alleinerziehende Mutter und Leiterin des Fachbereichs Kommunikation und Kulturelle Studien an der Walsall zu sein. Es ist eine dieser neuen Universitäten (seltsamer Gedanke, daß Gloucester einst diesen Status hatte, die Gebäude scheinen von außen so abgenutzt und verwittert und von innen so verschrammt und fadenscheinig), die aus den alten Fachhochschulen entstanden sind. Robyn Penrose erhielt erst vor ein paar Jahren einen Ruf dorthin, wobei, wie sie das nannte, »die Firmenphilosophie darin bestand, ein Upgrade beim Quality-Assessment in Lehre und Forschung« sicherzustellen. Sie verwendet diesen Management-Jargon mit derselben souveränen Kompetenz, die sie auch in der Literaturtheorie gezeigt hat. Ich hatte den Eindruck, daß sie gegenüber den Dozenten, zumeist aufsässigen und unwilligen älteren Männern, ein hartes Regiment führt und sie zu immer größerer Produktivität antreibt wie ein altmodischer Firmenchef. Doch es schien sie mehr zu interessieren, mit Annabelle Riverdale, die ihr beim Essen gegenübersaß, Kinderkrankheiten und Geschlechterstereotypen im Kindergarten zu diskutieren. Es gibt merkwürdige Widersprüche zwischen ihrer literarischen Theorie und ihrer beruflichen Praxis auf der einen und ihrem Privatleben auf der anderen Seite. Aber wahrscheinlich betrachtet sie eine Persönlichkeit ohne Widersprüche als eine längst überwundene Vorstellung.

Auf dem Empfang nach der Vorlesung sprach mich Marianne Richmond an und überredete mich, für fünf Pfund ein Los für das Entenrennen zu kaufen, das sie am Sonntag in Bourton-on-the-Water organisiert, um Geld für eine Wohltätigkeitsorganisation aufzutreiben, die irgendwie mit Oliver in Verbindung steht. Es ist eine Art weiterentwickeltes Hindernisrennen. Viele numerierte Plastikenten werden von einer Brücke in den Fluß geworfen und treiben stromabwärts, und dabei gewinnt derjenige einen Preis, dessen Ente mit der entsprechenden Losnummer als erste den Zielpfosten passiert. Für mich hörte sich das lustiger an als die üblichen Tombolas, also zückte ich vergnügt meinen Fünfer. Wir diskutierten über die Vorlesung, und ich sagte, ich wollte, Ralph Messenger wäre hiergewesen, denn ich würde gerne wissen, was er davon hielte, worauf sie mich ziemlich scharf ansah, als hätte ich eine engere Bekanntschaft mit ihm verraten, als sie ihr bewußt war. Sie hat natürlich keine Ahnung davon, daß ich über ihr »Spiel« mit ihm Bescheid weiß – noch, so hoffe ich, daß sich in der Zwischenzeit seine Aufmerksamkeit mir zugewandt hat. Die Glovers waren da, und sie konnten über nichts anderes reden als über die Wahl. Jetzt, da Blair wahrscheinlich einen Erdrutschsieg erzielen wird, spricht Laetitia wohlwollender über New Labour und richtet sich darauf ein, sich im Glanz des Sieges zu sonnen. Sie veranstalten eine Wahlparty, und sie versprach, mir eine Einladung zu schicken.

Mittwoch, 9. April. Ralph Messenger rief mich heute morgen an – ich arbeitete zu Hause. »Siehst du nicht nach, ob du E-Mails hast?« sagte er. »Doch, jeden zweiten Tag«, sagte ich. Er gab ein dröhnendes Gelächter von sich. »Die meisten meiner Kollegen sehen alle zwanzig Minuten nach«, sagte er. »Ich habe dir gestern morgen eine Nachricht geschickt.« – »Tut mir leid«, sagte ich, »soll ich nachsehen?« – »Nein, spar dir die Mühe«, sagte er, »ich wollte nur vorschlagen, daß wir heute zusammen Mittag essen. Ich möchte dich um einen Gefallen bitten.« »Was für einen Gefallen?« fragte ich mißtrauisch. »Nichts, was du mißbilligen könntest«, sagte er.

Ich zögerte einen Augenblick, dann nahm ich an. Abzulehnen wäre mir wie eine übertriebene Geste vorgekommen. Es ist genug Zeit vergangen, seit er mich gefragt hat, ob ich mit ihm schlafen würde, und ich habe mich damals und auch danach in unserer Korrespondenz per E-Mail absolut eindeutig ausgedrückt. Nachdem die Situation geklärt ist, gibt es keinen Grund mehr, warum wir nicht wieder freundschaftliche Beziehungen aufnehmen sollten. »Personalgebäude oder Pub?« sagte er, und vorsichtig entschied ich mich für ersteres.

Später. Schade, daß ich mich für das Personalgebäude entschieden habe. Vom Essen abgesehen war das Treffen angenehm und interessant. Ralph erzählte sehr amüsant von der überaus reichhaltigen Küche Prags, aber wenigstens klang das nicht nur schwer verdaulich, sondern auch vergnüglich. Bei dem Gefallen, um den er mich hatte bitten wollen, handelte es sich um meine Teilnahme an einer Konferenz, die sein Centre am Ende des Semesters ausrichtet. Sie heißt International Conference on Consciousness Studies, unter den regelmäßigen Teilnehmern auch als Con-Con bekannt. Ralph beschrieb sie mir als Wanderzirkus, der jeden Sommer irgendwo anders seine Zelte aufschlägt, und dieses Jahr ist Gloucester an der Reihe. »Es ist keine streng akademische Konferenz, wo die Spezialisten eines einzigen Fachgebiets die Sachen miteinander durchkauen«, sagte er.

»Es ist wirklich interdisziplinär, und man trifft einige Leute aus den Randbereichen, einige Irre und Spinner, aber auch einige der ganz hohen Tiere aus den Kognitionswissenschaften. Ich glaube, das könnte interessant für dich werden.« Offensichtlich ist es üblich, jemanden einzuladen, der ganz am Ende der Konferenz eine kurze Rede hält – das sogenannte »Schlußwort« –, in der er seine Eindrücke von der Veranstaltung zusammenfaßt, und Ralph wollte, daß ich das mache. Ich war wirklich geschmeichelt, aber ich sagte, ich sei nicht qualifiziert, ich wäre nicht in der Lage, auch nur die Hälfte dessen zu verstehen, worüber die Redner sprechen würden. »Das macht nichts«, sagte er. »Die Idee beim Schlußwort ist gerade, eine Ansicht kennenzulernen, die man auf der Konferenz noch nicht gehört hat. Letztes Jahr zum Beispiel war es ein buddhistischer Mönch. In einem anderen Jahr war es ein Zoologe. Literarischen Input hatten wir noch nie.« – »Für eine Konferenz über das Bewußtsein ist das eine schwere Unterlassung«, sagte ich, »aber warum lädst du keine richtige Akademikerin ein, wie zum Beispiel Robyn Penrose?« Ich erzählte ihm von der Vorlesung.

»Oh, ich ertrage diese Leute nicht«, sagte er, »diese Postmodernisten oder Poststrukturalisten oder wie immer sie sich auch nennen. In letzter Zeit haben sie die Con-Con infiltriert und machen nichts als Ärger.« Ich war überrascht, daß er so feindselig war, und fragte ihn, warum. »Weil sie den Naturwissenschaften im Grunde feindselig gegenüberstehen. Sie haben ein paar moderne naturwissenschaftliche Ideen aufgeschnappt, ohne sie wirklich zu verstehen, und protzen damit herum wie mit einem Kartentrick. Sie glauben, daß ihnen Heisenbergs Unschärferelation, Schrödingers Katze und Gödels Theorem die Erlaubnis geben zu behaupten, daß es so etwas wie einen wissenschaftlichen

Beweis nicht gibt und daß die Naturwissenschaften nur eine mögliche Interpretation der Welt unter anderen, ebenso gültigen darstellen.« – »Naja, stimmt das denn nicht?« sagte ich, nur um ihn zu provozieren. »Ganz sicher nicht«, sagte er. »Ihre Erklärungskraft hat einen völlig anderen Rang als, zum Beispiel, der Animismus, die Religion Zarathustras oder die Astrologie.« – »Gut, das gebe ich zu«, sagte ich, »aber diese Beispiele sind ziemlich extrem.« – »Such dir deine eigenen Beispiele aus«, sagte er und reckte herausfordernd das Kinn in die Höhe. So schnell fielen mir keine ein. »Seit der Aufklärung«, sagte er und verfiel in einen Vorlesungston, »haben sich die Naturwissenschaften als einzig wahre Form des Wissens etabliert. Das hat die rivalisierenden Formen in Bedrängnis gebracht – entweder mußten sie sie mit an Bord nehmen und versuchen, selbst nach naturwissenschaftlichen Prinzipien zu arbeiten, und das Risiko eingehen zu entdecken, daß ihre Vorstellungswelt kein Fundament hat – wie die seriöse Theologie zum Beispiel –, oder sie mußten den Kopf in den Sand stecken und so tun, als hätte es die Naturwissenschaften nie gegeben – wie die fundamentalistischen Religionen. Diese Postmodernisten versuchen, ihre Fächer in einem letzten, verzweifelten Versuch zu verteidigen, indem sie behaupten, daß alle im selben Boot sitzen – auch die Naturwissenschaften – und daß es keine Fundamente gibt und keinen Sand. Aber das stimmt nicht. Die Naturwissenschaften sind echt. Sie haben mehr Lebensbedingungen des Menschen verändert als alle vorhergehenden Jahrtausende unserer Geschichte zusammengenommen. Denk nur mal an die Medizin. Vor zweihundert Jahren haben die Ärzte die Leute noch bei allen möglichen Beschwerden zur Ader gelassen. Wenn du Krebs hättest, würdest du einen postmodernen Onkologen aufsuchen, der glaubt, Reflexzonenmassage und Aromatherapie seien genausoviel wert wie Chirurgie und Chemotherapie?« – »Nicht, wenn du das so ausdrückst«, sagte ich. »Aber gibt es nicht Gebiete menschlicher Erfahrung, auf denen naturwissenschaftliche Methoden nicht anwendbar sind?« – »Qualia, meinst du?« sagte er. »Vermutlich«, sagte ich. »Ich dachte an Glück oder Unglück. Den Sinn für das Erhabene. Liebe.« »Natürlich ist das das große, ungelöste Problem«, sagte er. »Wie verbindet man Gehirnzustände, die man beobachten kann, mit Geisteszuständen, die, zum gegenwärtigen Zeitpunkt, nur mitgeteilt werden können? Aber wenn man Naturwissenschaftler ist, muß man daran glauben, daß die Antwort gefunden werden kann. Aus diesem Grund gibt es das Centre.« Ich fragte ihn, ob er glaube, daß irgend jemand – ein neuer Einstein – eines Morgens aufwacht und eine Idee wie die Relativität hat, die das Problem des Bewußtseins auf einen Schlag löst. »Um ehrlich zu sein, nein. Ich glaube, es ist wahrscheinlicher, daß das Problem von einem Computer gelöst wird, nicht von einem Menschen. Die Frage ist, erkennen wir es, wenn wir es sehen?«

Donnerstag, 10. April. Gute Workshop-Sitzung heute nachmittag. Saul Goldman stellte ein Kapitel vor, in dem der Held seinen Vater zum ersten Mal mit in eine Schwulenbar nimmt. Sehr lustig. Doch das Beste an der Sitzung war meiner Meinung nach die Tatsache, daß Sandra Pickering daran teilnahm. Sie hatte in den beiden Seminaren zuvor gefehlt – jedes Mal seit dem Showdown letzte Woche –, und ich begann zu fürchten, daß sie deprimiert oder beleidigt ist oder den Kurs ganz aufgegeben hat und es ein Theater geben würde, bei dem die ganze Geschichte herauskäme. Aber heute kam sie wieder – und nicht nur das, sie machte sogar ein, zwei intelligente Bemerkungen. Der

Metallsticker blitzte und funkelte in ihrem Mund, wenn sie sprach. Ich hing einigen Gedanken nach, wie man ihn möglicherweise als sexuelles Hilfsmittel einsetzen könnte, aber das war eher satirisch als eifersüchtig. Ich habe nicht mehr das überwältigende Verlangen, ihr die Augen auszukratzen.

Alles in allem scheinen sich die Dinge zu beruhigen. Ralph benahm sich tadellos am Mittwoch, so daß ich keine Bedenken mehr habe, ihn und Carrie zum Mittagessen am Sonntag in Horseshoes zu besuchen. Am Nachmittag wollen wir alle Mariannes Entenrennen sehen, das in Bourton-on-the-Water veranstaltet werden soll. Und morgen mache ich selbst einen kleinen Ausflug. Jetzt, da wir sonniges Wetter haben und die Tage länger sind, habe ich mich entschlossen, den Campus häufiger zu verlassen und einige der vielen interessanten Orte der Umgebung zu besuchen. Ich habe eine neue Sammlung der Briefe von Henry James gelesen, und besonders faszinierte mich einer, den er im Frühling des Jahres 1870 aus Malvern, das nicht weit von hier liegt, an Charles Eliot Norton geschrieben hat. Er ging aus Gesundheitsgründen dorthin, nachdem er einige Zeit in Florenz verbracht hatte (es war das Jahr seiner *grand tour* in Europa, bezahlt von seinem Vater). Besonders dieser Abschnitt war mir aufgefallen:

»Gestern morgen, hätte ich da an Florenz gedacht, so wäre das fast aus Barmherzigkeit geschehen. Ich ging über Land zur uralten Stadt Ledbury, eine Stunde Weg über Hänge voller Rehe & durch die sonnengesprenkelten Alleen von Eastnor Park (des Grafen Somers) – ein riesiger & wunderbarer Besitz & so unendlich still & bezaubernd & vernachlässigt wie nur irgendeiner in Italien. Und in Ledbury sah ich eine edle alte Kirche (mit einem freistehenden Campanile & einem Kirchhof), so erfüllt von antiker Süße und so glücklich in der Anlage und den charakteristischen Details, daß mir dies (in diesem Augenblick) – wie bei so vielen Dingen – als einer der unvergeßlichsten Anblicke meiner europäischen Erfahrung erschien.«

Eine Kirche mit einem freistehenden Campanile klingt sehr idyllisch und unenglisch, und ich bin ungeheuer gespannt darauf, sie selbst zu sehen, also werde ich morgen hinfahren. Daumen drücken, daß sie immer noch so ist, wie James sie gesehen hat.

Freitag, 11. April. Heute ist etwas ganz Außergewöhnliches geschehen. Gerade, als ich dachte, mein Leben hätte seine alltägliche und wenig aufregende Routine wiedergefunden, hat sich etwas ereignet, wodurch alles erneut unsicher wird und ich mich frage, ob überhaupt irgend etwas am menschlichen Verhalten jemals ist, was es scheint. Ein bemerkenswerter Aspekt dieser Erfahrung bestand darin, daß das, was als eine Art Jamessche Pilgerfahrt begann, sich in eine Szene verwandelte, die aus einem seiner Romane hätte stammen können. So will ich denn alles mit der »Solidität genau beobachteter Einzelheiten« berichten, die den Beifall des Meisters gefunden hätte.

Von hier aus ist Ledbury mit dem Auto ganz einfach zu erreichen: Man biegt an der Ausfahrt 9 auf der M5 einfach ab auf die A348 und bleibt für den Rest der Strecke darauf. Ich erhaschte einen Blick auf die großartige normannische Abtei, als ich durch Tewkesbury fuhr, und beschloß, auf der Rückfahrt anzuhalten und sie mir näher anzusehen. Von dort führt eine schnelle, freie Straße durch sanft gewelltes Hügelland (weniger Grün und nicht so gepflegt wie die Cotswolds), die zu gegebener Zeit wie eine Rampe einen langgezogenen Hügel erklimmt, auf dem das Stadtzentrum von Ledbury liegt. Was die Architektur betrifft, so ist das eine Fachwerk-Gegend, und Ledbury hat auf der High Street einige herrliche Exemplare – besonders das Markthaus, ein schön proportioniertes Tudorgebäude, das auf stelzenartigen Holzsäulen balanciert, und The Feathers, ein Tudor-Gasthaus mit einer wunderbar unregelmäßigen Fassade, zu der ich mir im Kopf sofort die Notiz machte, daß ich dort zu Mittag essen könnte. Ich ging kurz in das kleine Tourist Information Centre und versorgte mich mit einigen Prospekten über die Stadt. Es zeigte sich, daß sie literarische Verbindungen hat, die weitaus tiefer verwurzelt und weitaus gewichtiger sind als James' flüchtiger Besuch (der in den Informationen für die Touristen nicht erwähnt wurde). Vermutlich ist John Langland in Ledbury geboren – John Masefield jedenfalls ganz sicher, und er hat hier gelebt, bis er durchbrannte und zur See fuhr. Elizabeth Barrett wuchs in der Nähe auf, in einem ungewöhnlichen Haus mit türkischen Minaretten (mittlerweile zerstört, unglücklicherweise, aber Fotos haben überlebt), und es gibt – fast direkt gegenüber dem Markthaus – eine gräßliche viktorianische Schule aus Backstein und Holz mit einem Uhrenturm, der nach ihr benannt ist. Eine Gedenktafel in der Wand teilt mit, daß sie 1898 von Sir Rider Haggard eröffnet wurde.

Wie mir das alles gefiel! Metaphorisch gesprochen: Ich habe mich vor Freude umarmt. Ich liebe es, mich mit den großen und nicht so großen Schriftstellern der Vergangenheit verbunden zu fühlen, indem ich auf jenen Wegen gehe, auf denen sie gingen, und die Dinge sehe, die sie sahen. Viele meiner Freunde in London machen sich lustig über die Heritage-Industrie, aber ich bin ungeheuer dankbar dafür, daß so viel Geld und Mühe aufgewendet wird, das Gewebe der Vergangenheit zu bewahren. Zum Beispiel muß der Aufstieg zur Gemeindekirche von Ledbury für James mehr oder weniger genau so ausgesehen haben wie für mich – nicht so blitzblank vielleicht, zu seiner Zeit, und zweifellos hat es mehr gestunken –, aber im wesentlichen hat man ihn vor einer Modernisierung bewahrt. Während man die schiefe Kopfsteinpflasterstraße hinaufklettert, die von der High Street mit ihren niedrigen schwarzweißen Häusern, die sich auf beiden Seiten dicht aneinanderdrängen, abzweigt, kann man sehen, wie oben der Kirchturm von St. Michael and All Angles über den Dächern schwebt, dessen »goldene Wetterfahne die halbe Grafschaft überblickt«, wie Masefield schrieb (laut meinem Führer jedenfalls – ich kann nicht viel von Masefield auswendig). James' Wort »Campanile« hatte mich fälschlicherweise dazu gebracht, mir einen Turm im Stil der italienischen Renaissance vorzustellen, einen wie den in Siena in reduziertem Maßstab, aber natürlich ist es ein – ursprünglich normannischer – Kirchturm, dessen Spitze im achtzehnten Jahrhundert ausgetauscht wurde. Er ist jedoch *tatsächlich* vom Hauptgebäude getrennt, ganz wie James behauptet hatte, er steht frei inmitten grünen Grases und verwitterter Grabsteine, und ich glaube nicht, daß ich irgendwo anders in England etwas Ähnliches schon gesehen habe. Die Kirche selbst ist von großem historischen und architektonischen Interesse. Die großen Holztüren tragen Einschußlöcher wie Pockennarben, die aus der Schlacht von Ledbury stammen (wann immer die war, meine Prospekte sagen nichts dazu), und über dem großen Ostfenster gibt es ein kleines rotes Fenster, das angeblich im sechzehnten Jahrhundert als eine Art Ersatz für das Altarlicht, das die protestantischen Reformatoren verbannt hatten, in die Wand eingelassen wurde (etwas, das ich Daddy erzählen kann, es ist eines dieser Informationsbröckchen, an denen er seine Freude hat).

Nachdem ich die Kirche gründlich inspiziert hatte und gemächlich zwischen den Grabsteinen umhergegangen war und die Inschriften gelesen hatte, schlenderte ich auf der Straße zurück, war vollkommen zufrieden mit mir und hatte Appetit aufs Mittagessen. The Feathers erwies sich als genau richtig. Manchmal kann es für eine Frau, die allein unterwegs ist, unangenehm sein, in einem Pub etwas zu essen, aber dieses Lokal glich eher einem großen, wenig förmlichen Restaurant. Das ganze Erdgeschoß war offen gestaltet, und die meisten Wände waren herausgebrochen worden, doch man hatte die dicken, vertikalen Balken stehenlassen; sie glichen Säulen und schufen einen großen, unregelmäßig geformten Raum voller Alkoven und Erker. Holzscheite brannten im großen, offenen Kamin, und auf jedem Tisch gab es Frühlingsblumen – solide, unpolierte Holztische mit bequemen Windsor-Sesseln. Tafeln über der langen Bar bildeten die verlockende und abenteuerliche Speisekarte ab. Ich bestellte Tagliatelle mit Knoblauch, Kräutern und Garnelen und sonnengetrocknete Tomaten und dachte, ich würde mich später vielleicht noch für die Orangentrüffel mit Grand-Marnier-Sauce als Dessert entscheiden. Eine mütterliche, lächelnde Kellnerin nahm meine Bestellung entgegen, wobei ich noch ein großes Glas ihrer Chardonnay-Hausmarke hinzufügte. Als der erste Gang kam, erwies sich der als so köstlich, wie seine Beschreibung versprochen hatte. Ich konnte mein Glück kaum fassen.

Und dann passierte es. Ich war gerade fertig mit meinen Tagliatelle und den Garnelen; die Kellnerin hatte meine Teller abgeräumt und meine Dessert-Bestellung aufgenommen. Ich nahm den letzten Schluck Wein, lehnte mich mit einem zufriedenen Seufzer zurück in die Lehne meines Windsor-Sessels und ließ meine Blicke müßig durch das Erdgeschoß des Restaurants schweifen. Auf der anderen

Seite des Raumes, in einem der gemütlich aussehenden Erker mit gepolsterten Sitzbänken, war jetzt ein Tisch besetzt, auf dem bei meiner Ankunft noch eine »Reserviert«-Karte gestanden hatte; er war besetzt von Caroline Messenger und Nicholas Beck.

Meine erste Reaktion war: Was für eine nette Überraschung, was für ein glücklicher Zufall, an einem so bezaubernden Ort unerwartet Freunde zu treffen. Die Erklärung für ihre Anwesenheit schoß mir im gleichen Augenblick durch den Kopf (es ist erstaunlich, wie schnell das Gehirn in solchen Augenblicken arbeitet), als ich mich daran erinnerte, wie Carrie bei meinem ersten Besuch in ihrem Haus in Pittville Lawn erwähnt hatte, daß Nicholas Beck ihr half, antike Möbel zu kaufen, indem er mit ihr zu Auktionen und Antiquitätengeschäften auf dem Land fuhr. Auf genau so einer Expedition müssen sie heute wieder sein, nahm ich an.

Mein nächster Impuls war, hinüberzugehen und sie zu begrüßen, vielleicht sogar, mich ihnen einen Augenblick lang anzuschließen, um mit ihnen meine Entdeckung der bezaubernden Kirche und des Kirchturms von Ledbury zu teilen. Zweifellos waren sie bereits damit vertraut, aber sie werden die Verbindung zu Henry James nicht kennen, und ich wartete ungeduldig darauf, sie mit diesem Wissenskrümel beeindrucken zu können, wie man das mit kultivierten Freunden so macht. Aber als ich schon im Begriff war, von meinem Platz aufzustehen, nahm Nicholas Beck Carries Hand, beugte sich über die Ecke des Tischs und küßte sie voll auf die Lippen.

Es war der Kuß eines Liebhabers. Daran zweifelte ich nicht. Sofort schaltete mein Gehirn wieder den Turbo ein (es muß an meinen Gesprächen mit Ralph liegen, daß ich angefangen habe, mir meine eigenen Denkprozesse mit Begriffen aus dem Maschinenbau vorzustellen), ging Möglichkeiten durch, löste Widersprüche auf, revidierte Annahmen, führte Deduktionen aus. Die unvermeidlichen Schlüsse lauteten, daß Nicholas Beck weder enthaltsam lebte noch homosexuell war, wie mir Jasper Richmond anvertraut hatte, und daß Carrie Ralph nicht treuer war als er ihr.

Was nun?

Ich wollte sofort fliehen, bevor sie mich sahen. Aber konnte ich die Kellnerin wieder zurückrufen, auf meinen Nachtisch verzichten und die Rechnung bezahlen, ohne die Aufmerksamkeit auf mich zu lenken? Ich zögerte. Carrie, die ihre halbmondförmigen Lippen sacht von Nicholas' Lippen gelöst hatte, doch mit ihrem Kopf noch einen Augenblick nahe an seinem Kopf geblieben war, lehnte sich jetzt auf ihrer Bank zurück und sah sich im Restaurant um, wobei noch immer ein zufriedenes, verliebtes Lächeln auf ihrem Gesicht zu sehen war. Ihr Lächeln schwand abrupt wie eine Lampe, die ausgeschaltet wird, als sie mich erblickte und sah, wie ich sie von der anderen Seite des Raumes anstarrte.

Oh, das glich so sehr jener Szene aus *Die Gesandten*, in der Lambert Strether in jenem Gasthaus am Fluß auf dem Land bei Paris in jenem Paar, das er zuerst für zwei unbekannte junge Verliebte in einem Ruderboot gehalten hatte, Chad Newsome und Mme. de Vionnet erkennt und ihm klar wird, daß ihr Verhältnis, das er für platonisch gehalten und das er unerschütterlich auch stets so bezeichnet hatte, eine verbotene sexuelle Liaison ist. Einen Augenblick lang gab es die gleiche Bestürzung und Verwirrung auf beiden Seiten, die schnell hinter guten Manieren und mit Hilfe rascher Improvisation verborgen wurde. Fast sofort fand Carrie ihr Lächeln wieder, obwohl es anders und entschieden gezwungen war, als sie mich anstrahlte und wortlos Freude und Überraschung ausdrückte und mir winkte, ich solle zu ihnen herüberkommen. Ich winkte und lächelte sicherlich genauso offensichtlich künstlich zurück, wie Strether, der am Flußufer »mit Hut und Stock herumfuchtelt«. Nicholas hatte mittlerweile seine Augen scharf in meine Richtung gewandt, nachdem ihm Carrie etwas zugeflüstert hatte. Um ihm und mir eine peinliche Situation zu ersparen, senkte ich den Kopf und griff unter meinem Sessel nach meiner Handtasche. Dann stand ich auf und ging zu ihrem Tisch, wobei ich vorsichtig wie ein Modell auf dem Laufsteg einen Fuß vor den anderen setzte.

Als ich sie erreichte, hatte Nicholas seine Fassung wiedergewonnen. Er stand vom Tisch auf, begrüßte mich verbindlich und bot mir einen Platz an. Carrie und ich küßten uns auf beide Wangen – was merkwürdig war, denn das hatten wir zuvor nie gemacht, doch es war eine instinktive gegenseitige Geste, die, wenn ich versuche, sie zu analysieren, wohl das erotische Signal des Kusses, dessen Zeuge ich gerade geworden war, abschwächen sollte: ihn sozusagen in einen Code gesellschaftlichen Verhaltens einordnen sollte, als gehörten wir beide zu jenem Typ theatralischer Frauen, die einander bei jeder Gelegenheit umarmen.

Naja, wir spielten die folgende Szene recht gut, heuchelten Freude und Überraschung über den Zufall unserer Begegnung in dieser idyllischen kleinen Stadt. Ich fragte, ob sie Antiquitäten auf der Spur seien, und Carrie nahm schnell das Stichwort auf und beschrieb mir genau die Kommode, nach der sie suchte, und ich plapperte enthusiastisch über die Kirche und wartete mit meiner Henry-James-Anekdote auf. Glücklicherweise zog sich unsere Prüfung nicht so sehr in die Länge, wie das bei den Figuren aus *Die Gesandten* der Fall ist, die dazu verpflichtet sind, in angespannter Fröhlichkeit gemeinsam zu speisen und dann zusammen mit dem Zug nach Paris zurückzukehren, um die Fiktion aufrechtzuerhalten, daß Strethers Freunde nur einen Tagesausflug gemacht hätten, wo sie doch eindeutig geplant hatten, die Nacht in einem Liebesnest auf dem Lande zu verbringen. Ich habe keine Ahnung, ob Carrie und Nicholas Beck für den Nachmittag ein Schlafzimmer in The Feathers gemietet hatten, und ich blieb nicht lange genug, um das herauszufinden. Als die Kellnerin ihren ersten Gang brachte, wollte ich aufstehen und an meinen Tisch zurückkehren, doch Carrie bestand darauf, daß ich meinen Nachtisch mit ihnen zusammen aß. Doch ich verzichtete auf den Kaffee und brach auf, sobald ich das tun konnte, ohne unhöflich zu wirken. Ich eilte zu meinem Wagen und floh aus Ledbury, so schnell dessen Räder mich tragen konnten. Ich fuhr direkt zurück zum Campus und vergaß meine Absicht, Tewkesbury Abbey zu besuchen, denn ich spielte die Szene im Restaurant noch einmal in meinem Kopf ab und kicherte gelegentlich laut und leicht hysterisch.

Das, was ich unabsichtlich entdeckt hatte, besaß ja *wirklich* etwas Komisches und zugleich Schockierendes. Wie bekannt kann Ehebruch in der Literatur sowohl in der Komödie als auch in der Tragödie zum Thema werden, von einer Farce von Feydeau am einen Ende des Spektrums bis zu *Anna Karenina* am anderen, und dasselbe gilt auch im Leben, je nach Kontext und Standpunkt. Ich hatte wahrhaftig nichts Amüsantes daran gefunden, daß Martin mich mit Sandra Pickering betrog. Aber die Vorstellung, daß ausgerechnet Ralph Messenger von – ausgerechnet – Nicholas Beck zum Hahnrei gemacht wird, war unwiderstehlich komisch. Ich fragte mich, ob Beck bewußt die Gerüchte gefördert hatte, er sei ein enthaltsam lebender Homosexueller. Was für eine wundervolle Geschichte zur Tarnung – sie war so gut wie Homers angebliche Impotenz in *Die Frau vom Lande*. Vielleicht beglückte er alle Ehefrauen auf dem Campus vor den Augen ihrer Männer. Aber schließlich kam der gesunde Menschenverstand wieder zu Wort. Ich erinnerte mich an eine Reihe kleiner Vorfälle, die eine richtige Affäre nahelegten, die schon eine ganze Weile im Gange war. Carries Auto, das in Lansdown Crescent an jenem Nachmittag im Februar vor Nicholas Becks Stadthaus geparkt war, als wir uns zufällig in Cheltenham trafen. Das merkwürdige, kleine, selbstzufriedene Grinsen in Nicholas' Gesicht, als er bei Ralphs Geburtstagsparty hinter Carrie durch die geflieste Diele ging und eine Obstschale für sie trug. Und wie sie im Gespräch immer wieder nebenbei seinen Namen fallenließ und meinte, er sei ein Kenner. Vielleicht haben sie sich auf einem ihrer Ausflüge ineinander verliebt, als sie wieder einmal nach Antiquitäten stöberten – auf jeden Fall lieferte ihnen diese Suche ein wunderbares Alibi dafür, stundenlang zusammen zu verschwinden. Was für ein Paar, dachte ich, und schüttelte über dem Steuer den Kopf.

Was für eine Welt, denke ich jetzt nüchterner, wenn ich das hier durchlese. Was für eine Welt geheimer Untreue. Martin und Sandra Pickering, Carrie und Nicholas, Ralph und Marianne – und ich, hätte ich ihm seinen Willen gelassen. Sogar die kleine Annabelle Riverdale täuscht ihren Ehemann mit einer Schachtel Pillen (nicht daß ich ihr das vorwerfe). Wie viele Täuschungen werde ich noch aufdecken? Ist jeder, den ich kenne, ein Betrüger? Bin ich die einzige mit Skrupeln und Prinzipien, die so überholt und unpraktisch sind wie viktorianische Krinolinen? Verpasse ich irgendwas? Ich bin jedenfalls entschlossen, nicht zuzulassen, daß *mir* wegen dieser Episode unbehaglich zumute ist. Ich habe mir überlegt, noch einmal eine Erkältung oder eine andere Ausrede vorzuschieben, damit ich am Sonntag nicht nach Horseshoes gehen muß, habe mich dann aber entschlossen, alles so zu lassen, wie wir es abgesprochen haben.

25

»Jeder hier in der Gegend rümpft die Nase über Bourton-on-the-Water«, sagt Emily zu Helen. »Aber ich mag's irgendwie.« Helen sitzt am Steuer ihres Wagens und folgt Ralph Messengers großem Mercedes-Kombi mit Carrie und den anderen Kindern an Bord. Emily fährt mit Helen, für den Fall, daß sie getrennt werden und sie sich auf den schmalen, von hohen Böschungen eingefaßten Landstraßen zwischen Horseshoes und Bourton verfährt.

»Warum rümpfen sie die Nase?« fragt Helen.

»Oh, weil's irgend so'n Touristenort ist. Es hat jede Menge Teegärten und Andenkengeschäfte und solches Zeug. Ein Modelldorf. Vögel in Käfigen. Im Sommer kommen ganze Busladungen Amerikaner und Japaner. Aber es ist wirklich hübsch. Der Fluß fließt mitten durch.«

»Wie heißt der Fluß?« sagt Helen.

»Oh … hab ich vergessen«, sagt Emily.

»Windrush«, sagt Carrie.

»Was für ein wunderbarer Name für einen Fluß!« ruft Helen. Sie und die Messengers haben die Autos geparkt und sich einer kleinen Gruppe Leute angeschlossen, die sich in der Mitte des Dorfs am Fluß versammelt haben. Der Windrush fließt klar und funkelnd zwischen den Uferbefestigungen aus Backstein dahin, Rasen und Gärten befinden sich auf der einen Seite, die Hauptstraße auf der anderen, er stürzt über eine Serie flacher Wasserfälle, fließt unter einer

Reihe verzierter Fußgängerbrücken hindurch, bis er zwischen den Wiesen außerhalb des Dorfes breiter und langsamer wird.

»Das ist bezaubernd«, sagt Helen. »Und ein perfekter Tag für das Entenrennen, meiner Meinung nach.«

»Marianne hat Glück gehabt, daß sie die Erlaubnis bekommen hat, es hier durchzuführen«, sagt Jasper. »Aber sie kennt ein paar Leute im Gemeinderat.«

»Warum sollten die so was verbieten?« sagt Laetitia Glover. »Das paßt doch perfekt zu Bourton.«

»Wo fängt das Rennen an?« fragt Reginald Glover, vielleicht, um von dieser etwas unhöflichen Bemerkung abzulenken.

»Am anderen Ende des Dorfes«, sagt Jasper und deutet flußaufwärts. »Marianne ist oben. Es gibt Horden von Tagesausflüglern, die lautstark nach Losen rufen. Leider ist es verboten, sie in der Öffentlichkeit zu verkaufen.«

»Kommt mit«, sagt Colin Riverdale zu seiner Frau und seinen kleinen Kindern. »Wir wollen den Start nicht verpassen.« Er setzt sich ein Kind auf die Schultern, nimmt das andere bei der Hand und marschiert los, gefolgt von Annabelle, die einen Buggy schiebt. Helen und die Messengers und die Glovers folgen in gemächlicherem Tempo.

Freunde und Bekannte der Richmonds, besonders aus der geisteswissenschaftlichen Fakultät, haben sich als loyal erwiesen und Mariannes Unternehmen unterstützt, und, wie Jasper berichtet hat, stehen auch noch eine ganze Reihe zufälliger Sonntagnachmittagsbesucher an der Startlinie, die für die unerwartete Ablenkung dankbar sind. Einige von ihnen, die keine Lose mehr kaufen konnten, spenden trotzdem für Mariannes Wohltätigkeitsorganisation. Sie strahlt voller Selbstzufriedenheit – es ist klar, daß die Veranstaltung schon jetzt ein Erfolg ist. Oliver ist außer sich vor Aufregung.

»Hallo, Helen Reed«, sagt er. »Welche Nummer hast du?«

Helen sieht sich ihr Los an. »Achtundvierzig.«

»Ich habe vierzehn«, sagt Oliver. Er geht herum und fragt jeden, den er kennt, was für eine Nummer er hat.

Etwa hundert Enten – identische gelbe Badeenten aus Plastik, die mit Zahlen beschriftet wurden – befinden sich in einem großen Netz, das von einer Gruppe Pfadfinder über die Brüstung einer Brücke gehalten wird. Auf ein Zeichen von Marianne hin lassen sie die Enten mit einem Platschen ins Wasser fallen, und die Zuschauer brechen in Beifallsrufe aus. Die meisten von ihnen gehen den Fußweg neben dem Fluß entlang, wobei sie mit den schwimmenden Enten Schritt halten. Einige Kinder rennen voraus und stellen sich auf die Brüstung der nächsten Brücke, um zu sehen, wie die Enten darunter hindurchtreiben. Zuerst bewegen sich diese in einer zusammengeballten gelben Masse, doch schnell strömen sie auseinander und teilen sich in verschiedene Gruppen, Grüppchen, Paare und einzelne Enten. Bei der Markierung der halben Strecke hat eine Ente gegenüber den restlichen zwanzig Meter Vorsprung.

»Das ist erstaunlich«, kommentiert Helen, die neben Ralph geht, »bedenkt man, daß sie alle identisch und mehr oder weniger gleichzeitig gestartet sind.«

»Ein gutes Beispiel für die Chaostheorie«, sagt Ralph.

»Ah, darüber weiß ich Bescheid«, sagt Helen. »Die hat mir Professor Douglass erklärt.«

»Tatsächlich?« Ralph klingt überrascht. »Wann?«

»Bei deiner Geburtstagsparty. Es ist der Schmetterlingseffekt. Zu viele Variablen.«

»Sehr gut«, sagt Ralph. »Besonders am Anfang, wenn alle Enten völlig willkürlich gegeneinanderstoßen. Und dann gibt es im Fluß alle möglichen Strömungen, Strudel, Variationen der Windgeschwindigkeit über dem Wasser. Diese kleine Ente dort«, sagt er und deutet auf die führende Ente, »hat jede Menge Glück gehabt.«

»Bis jetzt«, sagt Helen.

»Stimmt«, sagt Ralph. »Sie könnte weiter vorne in einem Strudel hängenbleiben, oder an einem Hindernis unter einer Brücke. Aber das einzige, das jetzt noch verhindern kann, daß sie gewinnt, ist eine Katastrophe.«

»Genau wie beim großen Entenrennen des Lebens«, sagt Helen.

Oliver Richmond rennt in größter Aufregung den Fußweg auf und ab. Helen ruft ihm zu: »Welche Nummer führt, Oliver?«

»Dreiundsiebzig«, sagt Oliver und wird langsamer, um neben ihnen gehen zu können.

»Leider nicht meine«, sagt Helen.

»Meine auch nicht«, sagt Ralph und schaut sich seinen Stapel aus fünf Losen an.

»Und zweiundvierzig ist zweite und neun ist dritte und zweiundachtzig ist vierte und vierundzwanzig ist fünfte«, sagt Oliver, ohne zu stocken. »Meine Ente hat Nummer vierzehn, sie ist siebenundzwanzigste.«

»Du solltest Kommentator bei Pferderennen werden, Oliver«, sagt Ralph scherzhaft.

Oliver blickt zu Ralph. »Du bist Ralph Messenger«, sagt er.

»Ja«, sagt Ralph.

»Hast du eine Kundenkarte von Sainsbury's?«

Ralph sieht beunruhigt aus. »Meine Frau hat vielleicht eine.«

»Welche Nummer hat die?«

»Ich hab keine Ahnung«, sagt Ralph.

»Meine Mum hat eine Kundenkarte von Sainsbury's. Die Nummer ist sechs drei vier eins sieben vier null null acht sechs fünf eins zwei drei neun sieben sieben null.«

»Sehr gut«, sagt Ralph.

Oliver rennt davon. Ralph starrt ihm nachdenklich hinterher.

»Wie macht er das?« will Helen wissen.

»Autisten haben oft ungewöhnliche Spezialbegabungen«, sagt Ralph. »*Idiots savants* hießen sie vor den Tagen der Political Correctness.«

»Ein wenig sind Computer auch so, oder?« sagt Helen.

Viele Enten scheitern auf unterschiedliche Weise – einige sitzen unter den Wasserfällen fest, stoßen gegen Brückenpfeiler, oder sie geraten dort, wo der Fluß breiter wird, im Schilf in Schwierigkeiten. Die Pfadfinder fischen sie aus dem Wasser, wozu sie Netze benutzen, die an langen Bambusstöcken befestigt sind, und nehmen sie aus dem Rennen. Die Mehrheit jedoch schwimmt weiter, schaukelt und dreht sich auf dem Wasser, vorbei an den echten Enten, die im Fluß paddeln, diesen Eindringlingen den Rücken zuwenden und es für unter ihrer Würde halten, ihnen Beachtung zu schenken. Das älteste Kind der Riverdales fällt bei dem Vesuch ins Wasser, eine gelbe Ente zu befreien, die sich in einem überhängenden Zweig verfangen hat, und muß von seinem Vater gerettet werden, der sich bei diesem Unternehmen nasse Schuhe und einen nassen Hosenboden holt und die ganze Familie äußerst aufgebracht nach Hause bringt. Ente Nummer dreiundsiebzig baut ihren Vorsprung immer weiter aus und schwimmt gelassen eine ganze Minute vor ihrer schärfsten Konkurrentin am Zielpfosten an der Dorfgrenze vorbei. Als Besitzer der siegreichen Nummer erweist sich Professor Douglass, den Jasper Richmond im Personalgebäude eines Tages in die Enge getrieben und überredet hat, ein Los zu kaufen.

»Wie schade, daß er nicht da ist«, sagt Helen.

»Oh, das ist nichts für Duggers«, sagt Ralph. »Er ist ein einsiedlerischer Typ. Ich weiß nicht, warum er zu meiner Party gekommen ist. Er hält nichts von mir.«

»Ja, das habe ich mir fast gedacht«, sagt Helen.

»Warum?«

»Oh, wegen etwas, das er gesagt hat.«

»Was?«

»Etwas ziemlich Belangloses.«

»Sag's mir«, bittet er sie mit einigem Nachdruck.

»Etwas in der Richtung, daß du der Meister des wissenschaftlichen Soundclips bist.«

Ralph gibt ein kurzes, freudloses Lachen von sich. »Ich kann nichts dafür, daß die Medien jedes Mal mich anrufen, wenn sie einen Kommentar zur Künstlichen Intelligenz wollen, und nicht ihn.« Als Helen nichts dazu sagt, spricht er weiter. »Es gibt da eine Geschichte über Duggers, die passierte, bevor ich hierherkam. Immer hat er über Professoren in den Medien die Nase gerümpft, damals wie heute, aber eines Tages kam er in den Gemeinschaftsraum, strahlte wie ein Schneekönig und ließ beiläufig die Bemerkung fallen, er sei gegen ein Honorar von fünfzig Pfund eingeladen worden, bei einer Radiodiskussion aufzutreten. ›Und was machst du nun, Duggers?‹ fragt ihn jemand. ›Oh, ich dachte, ich kann genausogut zusagen‹, sagt er. ›Also hab ich denen meine fünfzig Pfund geschickt.‹«

Helen lacht. »Das glaube ich nicht«, sagt sie.

»Ich auch nicht, leider«, sagt Ralph grinsend. Er hat seine Haltung wiedergewonnen.

Die restlichen Enten kommen an und werden von den Pfadfindern in einem Netz gesammelt, aus dem Wasser gezogen und als großes, triefendes Bündel weggebracht. Die Menge an der Ziellinie löst sich langsam auf. Carrie kommt und bittet Ralph, mit den Kindern loszugehen und Eis zu besorgen, und er macht sich gehorsam auf den Weg. »Und bring uns auch eins«, ruft sie ihm nach.

Er dreht sich um. »Was für eins?«

»Such aus«, sagt Carrie. »Überrasch uns und mach uns eine Freude.«

»Das ist Bourton-on-the-Water, Blondie«, sagt er. »Wir reden hier von Dorfläden mit einer Kühltruhe voller abgepackter Eistüten und Eis am Stiel mit Schokoüberzug, nicht von einem Howard Johnson's.«

»Ich weiß«, sagt Carrie. »Bring irgendwas.« Zu Helen sagt sie: »Weißt du, das vermisse ich mehr als alles andere von zu Hause, das Eis.«

Auf seinem Weg zur Eisdiele trifft Ralph Stuart Phillips und Marianne, die die Pfadfinder dabei beaufsichtigen, wie sie die Plastikenten in Pappschachteln verpacken.

»Hallo Stuart, daß du neben all deinen anderen Fähigkeiten auch noch Gruppenführer bei den Pfadfindern bist«, sagt Ralph.

»Doch. Es wird dich freuen zu hören, daß ich dabei bin, Auszeichnungen für den Umgang mit Computern einzuführen«, sagt Stuart und grinst.

Mit einer Bewegung seines Kopfes winkt Ralph Marianne zur Seite, um privat mit ihr zu sprechen. »Oliver hat mich gerade gefragt ob ich eine Kundenkarte von Sainsbury's habe. Was sollte das denn?«

»Hat er für dich die Nummer meiner Karte zitiert?« fragt Marianne.

»Ja, hat er«, sagt Ralph.

»Das ist ein beliebter Partytrick von ihm.«

»Oh. Dann war es also keine Anspielung darauf, daß er uns neulich auf dem Parkplatz gesehen hat?«

»Oliver weiß nicht, wie man auf irgend etwas anspielt«, sagt Marianne.

»Hat er etwas zu Jasper gesagt?«

»Nicht, daß ich wüßte«, sagt Marianne.

»Dem Himmel sei Dank«, sagt Ralph. »Wie geht's dir überhaupt, Marianne?«

»Ich bin in Ordnung, danke.« Sie wendet ihren Blick von ihm ab und sieht zu den Pfadfindern.

»Dann geh ich wohl besser. Ich soll Eis besorgen.«

»Mitchell's ist am besten. Die halbe Straße hoch auf der rechten Seite.«

»Danke«, sagt Ralph. »Soll ich den Pfadfindern welches mitbringen?«

»Nein. Ich habe ihnen einen Nachmittagstee versprochen.«

»Gut«, sagt Ralph und geht weiter.

Helen und Carrie sitzen im Schatten einer großen Eiche auf einer rustikalen Bank und blicken auf den Fluß. Die Zuschauer sind alle zurück ins Dorf gegangen.

»Wegen letzten Freitag«, sagt Carrie.

»Du mußt mir überhaupt nichts erklären, Carrie«, sagt Helen schnell.

»Du mußt dich gefragt haben, was los war.«

»Das geht mich nichts an.«

»Nun, vielleicht nicht«, sagt Carrie. »Aber ich möchte sowieso, daß du ein paar Dinge weißt.«

»Ich habe niemandem davon erzählt, und ich habe nicht vor, es zu tun.«

»Ich weiß, daß du das nicht tust, Helen. Du bist keine Klatschbase. Du bist Schriftstellerin. Du sammelst diesen ganzen Schmutz und verarbeitest ihn in deinen Romanen.«

Helen wirft Carrie einen Blick zu, als wolle sie abschätzen, welche Gefühle hinter dieser Bemerkung stecken. »Wenn es das ist, worüber du dir Sorgen machst, dann kann ich dir versichern –«

»Das brauchst du nicht, Helen«, sagt Carrie lächelnd. »Du hast mir neulich schon in den Brine Baths gesagt, daß du nichts schreiben würdest, das irgend jemanden in Verlegenheit bringen könnte.«

»Oh. Ja. Gut.«

»Aber ich war zu dir nicht ganz so ehrlich«, sagt Carrie. »Ich sagte, ich vertraue darauf, daß Messenger nichts mit seinen graduierten und postgraduierten Studentinnen anfängt. Und das stimmt auch. Er ist viel zu klug, um auf diese Weise in die Falle zu tappen. Aber ich traue ihm auch nur so weit – und keinen Zentimeter weiter. Ich weiß, daß er andere Frauen hat, wenn er von zu Hause fort ist.«

»Woher weißt du das?« sagt Helen.

»Ich habe einen Instinkt dafür entwickelt. Zum Beispiel, wenn er Sex will, kaum daß er von einer Reise zurückgekehrt ist, ist das ein sicheres Zeichen. Er versucht zu beweisen, daß er mich vermißt hat, während er weg war.«

Helen lächelt. »Du mußt doch noch mehr Anhaltspunkte haben.«

»Sicher. Manchmal erzählen Dozenten, die dieselben Konferenzen wie Messenger besuchen, ihren Kollegen oder Ehefrauen, was er im Schilde führte, und schließlich erfahre ich davon. Manchmal bekomme ich anonyme Briefe. Die sind wahrscheinlich von Typen aus Messengers Fachgebiet, die ihn hassen, oder sie sind von Frauen, die mich hassen, oder von Leuten, die uns beide hassen. Es gibt jede Menge Neid und Böswilligkeit da draußen. Als ›Private Eye‹ eine Notiz darüber brachte, daß Messenger ein Schürzenjäger sei, haben mir drei anonyme Informanten den Ausschnitt geschickt, nur für den Fall, daß ich sie übersehen hätte. Ich habe sie aber nicht übersehen – ein aufmerksamer Freund hatte sie auf einer unserer Partys in mein Fanny-Farmer-Kochbuch gesteckt.«

»Wie gräßlich«, murmelt Helen.

»Das Wichtigste ist, sich keinen Augenblick lang gegenüber irgend jemandem anmerken zu lassen, daß man verletzt ist, oder auch nur, daß man die Nachricht erhalten hat. Man ignoriert sie einfach. Gönnt ihnen die Befriedigung nicht.«

»Das muß manchmal ziemlich schwierig sein«, sagt Helen.

»Einmal schrieb mir eine Frau, mit der er in Australien eine Affäre hatte. Sie unterschrieb den Brief. Sie hatte das Gefühl, nur benutzt worden zu sein. Sie wollte Rache.«

»Was hast du gemacht?«

»Ich hab ihn zerrissen.«

»Du hast Ralph nicht damit konfrontiert?«

»Welchen Sinn hätte das gehabt? Er wird sich nie ändern, und ich will mich nicht von ihm scheiden lassen. Wir sind ein gutes Team. Er ist ein guter Vater. Für die Kinder wäre es eine Katastrophe, wenn wir uns trennen würden.«

»Ich glaube nicht, daß ich so tolerant sein könnte. Ich *weiß*, daß ich es nicht könnte«, sagt Helen.

»Naja, ich habe Messenger klargemacht, daß ich diese Dinge in meinem eigenen Hinterhof nicht dulden würde, soll heißen in der Universität, in Cheltenham, überall in der näheren Umgebung. Ich hab das explizit nie so gesagt, doch es war klar zwischen uns. Dann begann mir zu dämmern, daß das ein sehr einseitiges Arrangement war. Ich meine, es gab keine Möglichkeit, daß *ich* gelegentlich zu einem Abenteuer gekommen wäre, denn ich fahre nicht allein ins Ausland, und ich gehe auch nicht eben mal nach London, um Verleger zu treffen oder Fernsehfilme zu machen, bei denen vor Ort gedreht wird und man anderswo Zwischenstation einlegen muß. Dann erschien Nick auf der Bildfläche. Wir hatten eine Menge gemeinsam. Kunstgeschichte, Innenarchitektur, antike Möbel. Er ist ein guter Gesellschafter. Und er ist sehr freundlich, sehr aufmerksam. Er denkt voraus, an kleine Dinge, die einem gefallen könnten, und die tut er dann. Wir wurden enge Freunde. Dann wollte Nick mehr als Freundschaft, und ich dachte, warum soll ich nicht? Das geht nun seit über einem Jahr so, und du bist der erste Mensch, der uns ertappt hat, weil wir nicht aufgepaßt haben. Glücklicherweise warst du das. Ich vermute, wir sind ein bißchen unvorsichtig geworden.«

»Wußtest du«, sagt Helen, »daß die Leute ihn für einen Schwulen halten, der enthaltsam lebt?«

Carrie lacht fröhlich. »Ja. Nick und ich haben schon mehr als einmal darüber gelacht. Er weiß nicht, wer das in die Welt gesetzt hat – *er* sicher nicht. Aber er hat sich auch nicht die Mühe gemacht, es abzustreiten. Messenger glaubt es, was irgendwie bequem ist. Nein, Nick ist nicht schwul, obwohl er als junger Mann sexuell verwirrt war. Die englischen Public Schools, du weißt schon. Er läßt sich gerne schlagen. Davon abgesehen ist er völlig normal.«

»Er läßt sich gerne schlagen?« sagt Helen mit weit aufgerissenen Augen.

»Ja. Und weißt du was? Irgendwie macht es auch mich scharf. Es macht Spaß, zur Abwechslung mal im Schlafzimmer der dominierende Partner zu sein.«

»Verstehe«, sagt Helen.

Carrie lacht. »Schau nicht so schockiert. Es ist nur ein Spiel.«

»Ich bin nicht schockiert – wirklich nicht. Es ist nur so ... überraschend.«

»Was ist mit der Szene in *Das Auge des Sturms*, der mit der Schnur und den Masken?«

»Das ist Literatur«, sagt Helen, ein wenig verlegen.

»Du hast so etwas noch nie gemacht?«

Helen schüttelt den Kopf.

»Du solltest es irgendwann mal probieren«, sagt Carrie. »Da kommt Messenger. Wir wechseln besser das Thema.«

Helen sieht sich um, als suche sie nach einem. Sie bemerkt ein gelbes Leuchten auf dem Fluß. »Oh, schau«, sagt sie und deutet darauf. »Die letzte Ente.«

Ralph stößt zu ihnen und verteilt die Eishörnchen.

»Ich nehm alles zurück«, sagt er. »Ich hab einen kleinen Laden gefunden, wo sie eigenes Eis machen.«

»Hmm, köstlich!« sagt Carrie, als sie ihres probiert.

»Auf was hast du gezeigt?« fragt Ralph Helen.

»Eine Ente«, sagt Helen. »Ein Nachzügler.«

Sie gehen an den Uferrand und sehen dem kleinen Spielzeug zu, das auf einer trägen Strömung auf und nieder hüpft. Wer weiß, warum es so weit hinter allen anderen zurückliegt? Vielleicht hat es sich stromaufwärts in einem Hindernis verfangen und wurde von den Pfadfindern übersehen, konnte sich aber losmachen. Wie auch immer, hier kommt es, schwimmt auf die Ziellinie zu und überquert sie als letztes.

»Sollten wir nicht versuchen, sie rauszufischen?« sagt Helen.

Ralph schaut sich um, sieht einen abgebrochenen Zweig auf dem Boden liegen, lehnt sich gefährlich weit über das Ufer hinaus, während Helen ihn am Gürtel festhält, schiebt die Ente an den Rand des Flusses und holt sie heraus.

»Welche Nummer ist es?« sagt Carrie.

»Achtundvierzig«, sagt Ralph.

»Meine Nummer«, sagt Helen.

Als die Messengers zurück in ihr Haus in Pittville Lawn kommen, leuchtet das kleine rote Lämpchen des Anrufbeantworters in der Küche und zeigt an, daß mehrere Nachrichten eingegangen sind, während sie unterwegs waren. Ralph drückt den Abspielknopf, und Carrie füllt den elektrischen Kocher, um Tee zu machen.

»Carrie, hier ist Mom«, sagt die Stimme von Carries Mutter so deutlich, als käme sie vom anderen Ende Cheltenhams statt aus Kalifornien. »Schlechte Neuigkeiten, fürchte ich, Liebling. Dein Vater ist krank. Sie glauben, es war ein Herzanfall.«

»O mein Gott«, sagt Carrie und läßt den Kocher mit einem lauten Klappern zu Boden fallen. Sie geht hinüber, stellt sich neben Ralph und hört gespannt den Nachrichten von Carries Mutter, ihrer Schwester und ihrem Schwager zu, die über den ganzen Tag verteilt aufgezeichnet wurden. Die Kinder, die pfeifend oder mit Fragen und Bitten ins Zimmer kommen, bekommen ein »Pst!« zu hören und müssen schweigend und ohne sich zu rühren warten, bis die Nachrichten abgespielt sind. Sie werden ernst und fügen sich, als sie die Information aufnehmen, daß ihr Großvater einen schweren Herzanfall gehabt hat und im Krankenhaus ist, auf der Intensivstation.

»Ich muß morgen fliegen«, sagt Carrie, während sie wählt. Sie ruft ihre Mutter und ihre Schwester an. Beide sind im Krankenhaus, aber sie spricht mit ihrem Schwager Gary, der ihr sagt, daß ihr Vater einen zweiten Herzanfall gehabt hat und daß sein Zustand kritisch ist. »Ich komme, sobald ich kann«, sagt Carrie und legt den Hörer auf. Sie wendet sich an Ralph. »Kann man am Sonntagabend einen Flug buchen?« sagt sie.

»Natürlich. Wenn man die Fluglinie direkt anruft. Du möchtest nicht bis morgen früh warten? Um zu schauen, wie die Dinge stehen?«

»Nein. Bitte erledige das für mich.«

»Ich kann nicht mit dir kommen. Wir haben die ganze Woche über Bewerbungsgespräche für die neue Stelle.«

»Ich weiß. Du mußt dich sowieso um die Kinder kümmern.«

Ralph ruft British Airways an und bucht für Carrie einen Flug in der Business Class von Heathrow nach Los Angeles für den nächsten Tag um die Mittagszeit. Carrie und Emily bereiten ein improvisiertes Essen aus Rührei und Schinken vor.

Sie essen in der Küche. Hope bricht das Schweigen.

»Wird Opa sterben?«

»Nein, Schätzchen«, sagt Carrie.

»Vielleicht«, sagt Ralph im gleichen Augenblick.

Carrie wirft Ralph einen wütenden Blick zu.

»Es hat keinen Sinn, sich etwas vorzumachen«, verteidigt er sich.

»Und es hat keinen Sinn, das Schlimmste anzunehmen.«

»Ich habe nicht das Schlimmste angenommen. Aber es wäre vielleicht gut, sich auf diese Möglichkeit vorzubereiten.«

»Was passiert mit Menschen, die sterben?« fragt Hope.

»Sie werden begraben«, sagt Simon. »Oder verbrannt.«

»Simon!« sagt Carrie und runzelt die Stirn.

»Versuch dich nicht wie ein Arschloch zu benehmen, Simon«, sagt Emily.

»Und Schluß jetzt mit diesen Ausdrücken«, sagt Carrie zu Emily.

»Sock hat allerdings völlig recht«, sagt Ralph.

»Nicht unbedingt«, sagt Mark. »In Indien legen sie Leichen auf Hausdächer, so daß die Geier die Knochen abnagen können.«

»Das ist so widerlich«, sagt Emily.

»Stimmt das, Daddy?« sagt Hope.

»Könnten wir bitte das Thema wechseln«, sagt Carrie.

»Ich denke schon«, sagt Ralph zu Hope. »Aber es ist nur eine ganz bestimmte Kaste, die das macht. Hier und in Kalifornien ist es nicht erlaubt, also brauchst du dir keine Sorgen darüber zu machen, Kätzchen.«

»Shirley Blakes Opa starb letztes Jahr, und Miss Hackett hat gesagt, er ist in den Himmel gekommen«, sagt Hope.

»Das stimmt«, sagt Carrie.

»Nein, das stimmt nicht«, sagt Ralph. »Einige Leute glauben das, Kätzchen, aber sie haben unrecht. So etwas wie einen Himmel gibt es nicht. Das ist eine nette Idee, aber es ist bloß erfunden. Es ist wie ein Märchen.«

»Messenger, ich muß hier wirklich heftig widersprechen«, sagt Carrie mit ruhiger, aber eiserner Stimme.

»Wohin kommt Opa dann, wenn er stirbt?« sagt Hope.

»Er kommt überhaupt nirgendshin, Schatz«, sagt Ralph. »Sein Körper wird in der Erde begraben, oder er wird, wie Sock sagt, verbrannt, aber das ist dann nicht mehr wirklich Opa. Opa existiert nicht mehr, außer in unseren Köpfen. Wir werden an ihn denken und uns an all die lieben Dinge erinnern, die er für uns getan hat, und an die Geschenke, die er uns gegeben hat, und an die Geschichten, die er uns erzählt hat.«

Carrie steht auf und verläßt die Küche, ohne zu Ende gegessen zu haben. Ralph spricht weiter, als sei nichts Schlimmes passiert, aber die Kinder schweigen und fühlen sich nicht wohl. Er überläßt es ihnen, das Geschirr wegzuräumen und verläßt das Zimmer. Er findet Carrie im Schlafzimmer, am Telefon, wo sie mit British Airways spricht, die Einzelheiten des Fluges, die Ralph notiert hat, in der Hand und vor sich ihre eigene Kreditkarte. Ein halbvoller Koffer liegt offen auf dem Bett.

»Was tust du da?« fragt er.

Carrie beendet ihr Gespräch und legt den Hörer auf. »Ich habe für Hope ein Ticket für diesen Flug gekauft. Ich nehme sie mit.« Carrie fährt fort, ihren Koffer zu packen, wobei sie zwischen Bett, Einbauschrank und Kommode hin und her geht.

»Warum?«

»Ich konnte einfach nicht glauben, was du da vorhin gesagt hast. Du hast geredet, als sei Daddy schon tot.«

»Ich hielt es für eine gute Gelegenheit, Hope eine Vorstellung davon zu geben, was der Tod bedeutet. Wenn Kinder diese Fragen stellen, heißt das, daß sie die Wahrheit wissen möchten.«

»Die Wahrheit! Wer kennt schon die Wahrheit? Wer weiß wirklich, was mit uns passiert, wenn wir sterben? Du nicht, Messenger, nicht sicher.«

»Ich weiß, daß es so etwas wie einen Himmel nicht gibt.«

»Wenn ein Kind daran glauben möchte, warum läßt du es nicht? Bis es diesen Glauben von selbst verliert – wie einen Milchzahn. Warum mit Gewalt?«

»Ich werde mich nicht mit dir streiten, Carrie.«

»Ich dachte, wir streiten uns schon längst.«

»Du bist durcheinander, das verstehe ich. Sag mir einfach nur, warum du Hope den ganzen weiten Weg bis nach Kalifornien mitschleppst.«

»Sie hatte schon immer eine Schwäche für Daddy, und er für sie. Vielleicht tut es ihm gut, sie zu sehen.«

»Du willst allen Ernstes ein kleines Kind mit auf die Intensivstation nehmen, damit es einen alten Mann sieht, der an diesen Infusionen und Schläuchen hängt? Du mußt verrückt sein!«

»Wer versucht jetzt, sie vor der Wahrheit zu schützen? Messenger, dein Problem ist, daß du ganz scharf auf Fakten bist, solange sie abstrakt bleiben, aber nicht, wenn sie dir leibhaftig vor Augen geführt werden.«

»Sie wird wenigstens eine Woche lang nicht in die Schule können.«

»Wie furchtbar ... Und wenn das Schlimmste eintritt, naja, dann habe ich lieber sie bei mir als dich. Du machst dich nicht besonders gut als Beistand in einem Trauerfall, Messenger.«

Ralph schweigt einen Augenblick und grübelt schmollend nach.

»O.K., mach's, wie du willst«, sagt er. »Ich fahre dich am Morgen nach Heathrow.«

»Bemüh dich nicht«, sagt Carrie.

»Bis zum Nachmittag hab ich nichts Wichtiges zu erledigen.«

»Ich miete einen Wagen mit Fahrer. Das ist mir lieber so. Es ist weniger Stress.«

»Wie du meinst«, sagt Ralph, zuckt mit den Schultern und verläßt das Zimmer.

26

Es ist Mittwoch, der sechzehnte April, abends um fünf Minuten nach neun. Ein denkwürdiger Tag. Ein Tag, den man festhalten muß – wenn auch nicht mit dem Pearlmaster. Ich bin zu Hause in meinem Arbeitszimmer und schreibe das hier direkt in meinen Computer. Die Kinder sind in ihren Zimmern, machen ihre Hausaufgaben oder sehen fern oder vielleicht beides zugleich (das Verhalten von Teenagern ist der beste Beweis für das Bewußtsein als Parallelverarbeitung, den ich kenne; einmal habe ich gesehen, wie Mark in seinem Schlafzimmer ein Football-Spiel mit abgedrehtem Ton ansah, auf seinem CD-Walkman Oasis hörte *und* einen Aufsatz über die Getreidezölle im 19. Jahrhundert schrieb – alles gleichzeitig und anscheinend ohne Schwierigkeiten); aber auch so ist mir nicht danach, das hier zu diktieren, nur für den Fall, daß einer von ihnen mit irgendeiner Frage oder Bitte leise die Treppe hochkommt und zufällig hört, wie ich sage, daß ich heute nachmittag eine der großartigsten englischen Romanautorinnen der Gegenwart gefickt habe. So wird sie jedenfalls auf der Rückseite von Carries Taschenbuchausgabe von *Das Auge des Sturms* genannt, die im Augenblick auf meinem Schreibtisch liegt. »Ein Roman von exquisiter Sensibilität und raffiniert zurückhaltendem Ton«, wie der ›Spectator‹ behauptet. Naja, heute nachmittag war sie überhaupt nicht zurückhaltend, und ich habe Liebesbisse auf meiner Schulter, die das beweisen. Beinahe wäre Blut geflossen.

Ich kann bloß hoffen, daß die Abdrücke verschwinden, bevor Carrie zurückkommt.

Zum Glück sieht es so aus, als sei sie noch mindestens eine weitere Woche fort. Daddy Thurlows Zustand hat sich stabilisiert, und es sieht so aus, als ob er durchkäme, doch ob das ein Grund zum Jubeln ist, bleibt abzuwarten. Er könnte schwer behindert sein. Jedenfalls bleibt Carrie noch ein wenig, um zu sehen, wie sich die Dinge entwickeln, und um ihrer Mutter zu helfen. Ich habe nichts dagegen. Ich bin froh, daß der alte Mann nicht gestorben ist, denn wäre er gestorben, hätte mich Carrie auf irgendeine irrationale Art dafür verantwortlich gemacht oder wenigstens meinen angeblich grausamen und herzlosen Umgang mit Hopes Fragen beim Abendessen am Sonntag damit in Verbindung gebracht. Überflüssig zu sagen, daß ich mich dafür nicht entschuldigt habe. Carrie fuhr am nächsten Morgen mit einem riesigen gemieteten Daimler und einem Fahrer in dunklem Anzug nach Heathrow, als ginge sie zu einer Beerdigung, in schwarzem Mantel und mit grimmiger Miene. Beim Frühstück sprach sie ausschließlich über praktische Dinge, und als wir uns trennten, hielt sie mir ihre Wange zum Kuß hin, nicht ihre Lippen. Hope sah verängstigt aus, denn sie spürte die schlechten Schwingungen, also umarmte ich sie ganz besonders fest und riß einen Witz, um sie zum Lachen zu bringen. Sie winkte mir durch die Heckscheibe zu, als der Wagen aus der Auffahrt bog, doch Carrie hielt den Kopf eisern nach vorn gerichtet.

Ich erinnere mich, wie ich später auf dem Weg zur Universität dachte, jetzt, da Carrie fort ist, am anderen Ende der Welt, wären die Bedingungen ideal gewesen, um etwas mit Helen Reed anzufangen; wie schade nur, dachte ich, daß sie mich vor wenigen Wochen so unmißverständlich zurückgewiesen hatte, ich machte mir Vorwürfe, weil ich zu früh aufs Ganze gegangen war, zu früh in unserer Beziehung, oder vielleicht war ich auch einfach nur zu grob gewesen. In Bourton-on-the-Water hatte sie so attraktiv ausgesehen in ihren weißen Jeans, die ihren gutgebauten Hintern vorteilhaft zur Geltung brachten, und ihre Brüste hatten sich unter ihrem Sweater auf eine so interessante Art bewegt. Und sie nahm mich ein bißchen auf den Arm mit ihren schnippischen Bemerkungen über »das große Entenrennen des Lebens« und daß Computer autistisch seien (obwohl das ehrlich gesagt eine kluge Beobachtung ist, typisch von ihr, so etwas einfach nebenbei fallenzulassen, vielleicht verwende ich das; Computer zum Beispiel haben phantastische Speicher, aber keinen gesunden Menschenverstand, sie haben ein affektives Defizit, sie können Wahrheit und Erfindung nicht unterscheiden, sie wissen nicht, wie man lügt...), ja, mit diesen *bons mots* hat sie mich ganz eindeutig ein wenig aufgezogen, und dann zitierte sie auch noch Duggers' abfälligen Kommentar, »der Meister des wissenschaftlichen Soundclips«, und blickte mich an, um zu sehen, wie ich das aufnehme, aber sie war überhaupt nicht nervös, und sie flirtete noch weniger. Offensichtlich fühlte sie sich wohl in meiner Gegenwart, während es mir gefällt, wenn sich die Frauen in meiner Gegenwart – und sei's nur ein klein wenig – bedroht fühlen.

So sah es aus am Montag morgen: Die Katze war nicht im Haus, aber die Maus, an der ich interessiert war, wollte nicht spielen. Als ich in mein Büro kam, dachte ich, ich rufe sie trotzdem an, denn ich hatte den absolut plausiblen Vorwand, daß ich ihr die Sache mit Carries Vater erzählen wollte. Natürlich war sie sehr einfühlsam und fragte, wie ich die Dinge mit dem Haus und der Familie organisieren würde, solange Carrie nicht da war. Ich sagte ihr, Edna würde ein paar Stunden länger kommen, und in der Tiefkühltruhe stapele sich das vorgekochte Essen. Sie bot mir an, rüberzukommen und an einem Abend zu kochen, und ich nahm sofort für nächsten Freitag an. Dann fragte ich zaghaft, ob sie am Mittwoch mit mir im Personalgebäude zu Mittag essen würde, wobei ich erwartete, sie würde ablehnen, doch zu meiner Überraschung sagte sie ja. »Und warum gehen wir diesmal nicht in ein Pub, das Essen im Personalgebäude ist grauenhaft.« Natürlich stimmte ich zu und bemühte mich sehr, nicht den Eindruck zu erwecken, daß ich vor Freude mit dem Schwanz wedelte und mir die Lefzen leckte.

Mein erster Gedanke war, mit ihr ins King's Head zu gehen, ein hübsches kleines Pub in der Nähe von Horseshoes, wo wir am Sonntag oft zu Mittag essen, wenn Carrie keine Lust hat zu kochen. Doch als ich darüber nachdachte, wollte ich Helen nicht in ein Lokal einladen, in dem man mich gut kannte und von dem aus bösartiger Tratsch zu Carrie gelangen könnte. Also rief ich ein Pub auf dem Land in der Nähe von Burford namens Anvil an, wo ich nur einmal zuvor gewesen war – ohne Carrie – und reservierte einen Tisch in ihrer Gaststube. Ich erinnerte mich daran, daß es ziemlich überladen gewesen war mit historischen landwirtschaftlichen Geräten, die an den Wänden hingen, doch das Essen war gut, und es war angenehm leer gewesen. Es wird in *The Good Pub Guide* aufgeführt, aber es ist so schwer zu finden, daß ich sicher bin, viele potentielle Gäste geben verzweifelt auf und gehen statt dessen in ihre Lokale zu Hause.

Ich sagte einige Sprechstunden ab, die ich für den Nachmittag in meinem Terminkalender stehen hatte – aber nicht deshalb, weil ich eine Ahnung gehabt hätte, womit das alles enden sollte, sondern weil ich mich mit dem Essen nicht beeilen wollte, und vom Campus bis zum Anvil fährt man gute vierzig Minuten. Helen machte eine Bemerkung über die Entfernung, die wir auf dem Weg dorthin anscheinend zurücklegen mußten, und ich sagte, ich hoffe, sie mache sich keine Sorgen, rechtzeitig zurückzukommen. »Nein, überhaupt nicht«, sagte sie. Ich sagte, ich hätte den Nachmittag frei. »Ich auch«, sagte sie, und diese banale kleine Bemerkung steckte plötzlich voller Bedeutung. Es war wie jener Augenblick in Prag, als ich sagte: »Ich kann mir da verschiedene Dinge vorstellen«, und Ludmila errötete. Helen wurde nicht rot und ich auch nicht, aber wir schwiegen ein, zwei Minuten. Die »Denkt«-Sprechblasen über unseren Köpfen füllten sich. Ich fragte mich: »Ist es möglich, daß ich heute nachmittag Glück habe? Hat sie aus irgendeinem Grund ihre Meinung über mich geändert?« Ich habe jedoch keine Ahnung, was in ihrer Sprechblase stand, und deshalb entschloß ich mich, mit allergrößter Vorsicht weiterzumachen. Wenn das die zweite Chance war, wollte ich sie nicht vermasseln. Ich wartete, bis sie das Schweigen brach. »Was für ein wunderbarer Tag!« sagte sie, wandte den Kopf und sah aus dem Autofenster. »Wie ich den Frühling liebe.« Was das typischste Gesprächsfüllsel war, das mir je untergekommen ist.

Ich blickte rasch zu ihr hinüber. Sie trug ein rotes Hemd und einen locker um den Hals geknüpften Seidenschal, eine rehbraune Strickjacke um die Schultern und passende maßgeschneiderte Hosen. Goldohrringe und eine nobel aussehende Brosche. Sie ist immer tadellos gekleidet, aber mir schien, als habe sie sich mit ihrem Aussehen heute besondere Mühe gegeben. Ein gutes Zeichen.

Das Anvil war noch so, wie ich mich daran erinnerte, außen weiß getünchte Backsteine und Stroh, innen freistehende Balken und Dachsparren und landwirtschaftliche Geräte aus Eisen. Wir setzten uns an einen gemütlichen

Ecktisch. »Paß auf die Sense an der Wand auf«, sagte ich, »und fuchtle nicht mit den Armen herum, wenn du sprichst, oder sie müssen dieses Pub in *Die Amputierte* umbenennen.« Sie lachte herzlicher über diesen Witz, als er es wert gewesen wäre. Noch ein gutes Zeichen. Ebenso, daß wir spontan dasselbe Gericht auf der Speisekarte wählten, *moules marinières* als Vorspeise, gefolgt von in der Pfanne zubereiteter Entenbrust. Zu den Muscheln schlug ich ein Glas Weißwein vor und eine Flasche Pomerol zur Ente. Die *moules* waren exzellent. »Das nenne ich wirklich eine Feinschmeckermahlzeit für ein Pub«, sagte sie und schlürfte die Muscheln mit Genuß.

Ich erzählte ihr das Neueste über Carries Vater. Sie sprach ein wenig über ihre eigenen Eltern, die sich wie ein typisches Paar schrulliger alter Leute anhörten, und sie fragte mich nach meinen. Ich sagte ihr, daß beide tot seien. Sie sagte: »Oh, das tut mir leid.« Ich verzichtete auf die Details. Ich wollte das Gespräch so schnell wie möglich von diesem düsteren Thema fortlenken, und glücklicherweise hatte ich noch ein anderes im Ärmel.

Ich hatte mir die Mühe gemacht, die Nacht zuvor *Das Auge des Sturms* im Schnelldurchgang zu lesen. Es ist die ziemlich langweilige Geschichte einer Frau, die in eine klinische Depression verfällt und sich wieder daraus befreit, sowie über die Wirkungen, die das auf die Menschen in ihrer Umgebung hat, ihren Ehemann, ihre Kinder, Eltern und Freunde. Ihre Depression löst sich plötzlich auf, während sie mit ihrem Mann eine Reise nach Paris macht, wo beide vor Jahren ihre Flitterwochen verbracht haben. Der größte Teil dieser Episode ist typische frankophile Schwärmerei über das Wiederfinden des vergessenen Zaubers von Paris – die Cafés auf den Boulevards, das Aroma von Knoblauch und frisch gebackenem Brot, das Geräusch der Reifen auf dem Kopfsteinpflaster, die Bücherstände am linken Seineufer, usw. usw., typischer Franzosenkitsch, aber es gab einen interessanten Abschnitt über das wiedererwachende Interesse der Heldin an Sex, das während ihrer Krankheit auf einen Tiefpunkt gesunken war. Das Paar wohnt in einem Fünf-Sterne-Hotel, das dem Ritz ähnelt, denn der Ehemann befindet sich auf einer kostenlosen journalistischen Recherchereise, und eines Tages, als er unterwegs ist, findet die Heldin, sie heißt Anna, in einer Schublade in ihrem weißen und goldenen Seconde-Empire-Schlafzimmer einige faszinierende Gegenstände, die offensichtlich von den Vorbewohnern zurückgelassen wurden: zwei schwarze Samtmasken und ein Stück dicke Seidenschnur. Sie nimmt sie heraus, hält sie mit pochendem Herzen in den Händen und fragt sich, was sie damit machen soll – abgeben an der Rezeption? In den Abfalleimer werfen? Am Ende legt sie sie in die Schublade zurück und zeigt sie ihrem Mann, als er wiederkommt. Zuerst lacht er und macht ein paar schmutzige Witze, doch Anna kann sehen, daß ihn die Entdeckung ziemlich erregt. Als sie ins Bett gehen, nimmt er die Masken aus der Schublade und reicht ihr eine. »Zieh sie an«, sagt er, geht ins Badezimmer und nimmt die andere mit. Anna zieht die Maske an, die die obere Hälfte ihres Gesichts bedeckt, und sieht sich im Spiegel an. »Eine verdorbene Fremde starrte sie an durch die Augenschlitze der Maske«, wie es im Text heißt. Anna zieht ihr Nachthemd aus und posiert, nackt bis auf die Maske, vor den langen Spiegeln des Zimmers. Ihr Ehemann kommt herein, ebenfalls maskiert, nackt – und erigiert. Sie sehen einander an mit »einem Lächeln lüsterner Komplizenschaft«. Anna nimmt die schwere, aufgerollte Seidenfessel aus der Schublade und hält sie ihm hin. »Fessle mich«, sagt sie. Ärgerlicherweise endet das Kapitel damit, doch uns wird mit Hilfe eines Rückblicks, in dem wir Annas Gedanken erfahren, zu verstehen gegeben, daß sie eine Nacht voll beispiellos orgiastischem Sex genießen, aus der Anna als neue Frau auftaucht, am Ende innerlich gereinigt und befreit von ihrer Angst.

Als ich sagte, daß ich einen ihrer Romane gelesen habe, warf Helen nervös den Kopf zurück und machte ein langes Gesicht. »Mir wäre lieber, du hättest das nicht«, sagte sie. »Aber andererseits bin ich überrascht, daß du so lange dazu gebraucht hast. Die meisten Menschen, die ich treffe, rennen sofort los und leihen sich meine Bücher aus. Dann legen sie großen Wert darauf, mir das mitzuteilen und scheinen zu glauben, daß ich dankbar sein soll.«

»Ich habe damit gewartet, deine Bücher zu lesen, für den Fall, daß sie mir nicht gefallen«, sagte ich. »Ich bin nicht gut darin, mit meiner Meinung hinter dem Berg zu halten.«

»Warum hast du es dir dann anders überlegt?«

»Mir scheint, wir kennen uns inzwischen so gut, daß das keine Rolle mehr spielt.«

»Welches hast du gelesen?« wollte sie wissen. Ich sagte es ihr.

»Und, hat es dir gefallen?«

»Gefallen wäre nicht das richtige Wort«, sagte ich. »Um ehrlich zu sein, es ist nicht mein Ding. Es ist das, was man früher einmal ein ›Frauenbuch‹ genannt hat, aber das darf man ja jetzt nicht mehr sagen. Doch ich habe es bewundert. Ich weiß das technische Können zu schätzen.«

»Danke, Sir, sagte sie.« Dies mit einer kleinen ironischen Verbeugung.

»Nein, wirklich, es ist schön geschrieben«, sagte ich. »Und da gab es eine Szene, die mich wirklich aufhorchen ließ. Gegen Ende, als sie in Paris sind.«

Sie lachte ein wenig unsicher. »Du meinst die Schlafzimmerszene? Mit den Masken? Ich fürchte, das gefällt jedem am besten«, sagte sie, »außer meinen Eltern.«

Ich fragte sie, ob es dafür irgendeinen realen Hintergrund gab.

»Oh, Messenger!« sagte sie, »ich bin enttäuscht von dir. Jeder fragt mich das.«

Ich sagte, das täte mir leid und ich käme mir wie ein Idiot vor; aber was mich mehr beeindruckt hatte, war, daß sie mich »Messenger« genannt hatte. Ich konnte mich nicht daran erinnern, daß sie das jemals zuvor getan hatte. Nur die Familie und sehr förmliche Kollegen wie Duggers nennen mich »Messenger«. Dadurch schienen wir eine neue Stufe der Vertrautheit erreicht zu haben. Ich weiß nicht, ob sie sich dessen bewußt war. Da ich hinterher fahren würde, hatte ich ihr Glas häufiger als mein eigenes nachgeschenkt, und sie war ein wenig rot im Gesicht und beschwipst.

»Das lange Wochenende in Paris beruht auf eigener Erfahrung«, sagte sie, »und das Luxushotel. Aber nicht, wie sie die Seidenschnur in der Kommode findet. Das habe ich erfunden.«

»Du selbst hast nie mit so etwas experimentiert?« Sie schüttelte den Kopf. »Du solltest es eines Tages versuchen«, sagte ich.

»Das hat mir kürzlich schon einmal jemand gesagt«, sagte sie mit einem ziemlich merkwürdigen Lächeln.

»Da siehst du's.«

Sie schüttelte wieder den Kopf. »Ich bin zu alt für so verrücktes Zeug.«

»Blödsinn«, sagte ich. »Das ist die einzige Möglichkeit, dem Alter die Stirn zu bieten. Nähre die Flamme des Sex. Sorge unter allen Umstanden dafür, daß sie weiterbrennt.«

Das Mädchen, das uns das Essen gebracht hatte, kam mit der Rechnung.

»Können wir die teilen?« sagte Helen und griff nach ihrer Handtasche.

»Nein. Ich lade dich ein«, sagte ich. Ich zahlte bar und gab dem Mädchen ein großzügiges Trinkgeld.

»Nun, vielen Dank«, sagte Helen. »Es war köstlich.«

Es war das erste Mal, daß sie mir erlaubt hatte, ihr Essen zu bezahlen. Noch ein gutes Zeichen. Ich beschloß, den Sprung zu wagen – wörtlich und im übertragenen Sinne.

»Der Nachmittag ist viel zu schön, um wieder zur Arbeit zu gehen«, sagte ich. »Warum fahren wir nicht rüber nach Horseshoes und steigen in den heißen Pool?«

»Ich habe keinen Badeanzug dabei«, sagte sie.

»Du brauchst keinen«, sagte ich. »Niemand ist da. Man kann das Deck nicht einsehen.«

Unsere Unterhaltung hatte den Punkt erreicht, an dem sie üblicherweise sagt, daß sie keine Affäre mit mir haben wird, doch diesmal tat sie das nicht. »Vielleicht könntest du mir die Sachen wieder besorgen, die ich das letzte Mal angehabt hatte«, sagte sie.

»In Ordnung«, sagte ich. »Aber eigentlich ist es viel hübscher, wenn man nichts anhat.«

»Ja, das kann ich mir vorstellen«, sagte sie.

Es ist nicht leicht zu fahren, wenn man eine Erektion hat. Man muß sich über das Steuer lehnen, so daß das Kinn praktisch das Armaturenbrett berührt, als sei man kurzsichtig. Ich weiß nicht, ob Helen ihre Augen schloß, um mir die Peinlichkeit zu ersparen, aber nach einer Weile sah ich, daß sie eingeschlafen war, und ich konnte mich entspannen. Sie erwachte erst, als ich vor Horseshoes vorfuhr. »Ach du meine Güte, ich bin eingenickt«, sagte sie. »Das müssen der Wein und das Essen sein.«

»Naja«, sagte ich, »vielleicht sollten wir uns ein wenig

ausruhen, bevor wir in die Wanne steigen. Das Mittagessen verdauen.«

»Du meinst, uns ein wenig hinlegen?« sagte sie, meine eigenen Worte nach dem Mittagessen bei ihr wiederholend.

»Genau«, sagte ich.

Wie üblich war Horseshoes still und verlassen. Nur das Dröhnen eines fernen Traktors störte den tiefen ländlichen Frieden, und das Kreischen der Alarmanlage in der Diele, als ich die Vordertür öffnete. Ich brachte den Alarm zum Schweigen und schloß die Tür hinter uns. Dann küßte ich Helen lange und hart. Sie wehrte sich nicht. Tatsächlich war ich es, der den Kuß beenden mußte. »Laß uns miteinander schlafen«, sagte ich.

»Ich habe vergessen, wie man das macht«, sagte sie. »Es ist so lange her.«

»Ich werde dir helfen, dich zu erinnern«, sagte ich und nahm ihre Hand. Ich führte sie die Treppe hinauf in das Schlafzimmer. »Zuerst mußt du alle Kleider ausziehen«, sagte ich.

»Dann mußt du die Vorhänge zuziehen«, sagte sie. »Ich habe Hemmungen.«

Ich zog die Vorhänge zu und dachte an den Nachmittag in den Yorkshire Dales vor so vielen Jahren, als Martha die dünnen Baumwollvorhänge vor dem Fenster in meinem Zimmer auf der Farm zugezogen hatte, das sich mit weichem rosa Licht erfüllt hatte. Diese hier waren dicker, doch das Licht war noch so hell, daß ich Helens nackten Körper sehen konnte und nicht enttäuscht war. Ich nahm ein Kondom aus dem Nachttisch und sorgte dafür, daß sie sehen konnte, wie ich es einsatzbereit in Griffweite legte.

Der Sex war kurz, aber süß. Ich wollte ihr nicht die Zeit lassen, es sich anders zu überlegen, und schon bald entdeckte ich, daß kein ausgefeiltes Vorspiel nötig war. Tatsächlich kam sie erstaunlich schnell, fast im selben Augenblick, als ich in sie eindrang. Ich nehme an, es gibt da keinen Unterschied zwischen Männern und Frauen: Durch Abstinenz empfindet man intensiver, wenn man dann wieder mit jemandem schläft, und in ihrem Fall hatte die Trockenzeit sehr lange gedauert. Sie kam wie eine Überschwemmung, und ich selbst sah keinen Grund, mich zurückzuhalten. Ich schlief fast sofort ein. Als ich erwachte, sah ich, daß sie uns mit einem Laken zugedeckt hatte. Sie lag auf dem Rücken, den Kopf auf dem Kissen, und ihr Gesicht hatte den weichen, verschwommenen Ausdruck einer befriedigten Frau. Sie warf mir ein merkwürdiges kleines Lächeln zu, schüchtern und ironisch zugleich. »So, wie war's für mich?« sagte sie.

Ich hatte mir den heißen Pool als Vorspiel zum Sex vorgestellt, doch in diesem Fall stiegen wir danach hinein – was die bei weitem bessere Reihenfolge ist, man lümmelt zufrieden und matt im blubbernden Wasser herum. Nach einer Weile jedoch fing ich an, herumzualbern und wieder scharf zu werden. Ich wollte mit ihr draußen in der Wanne schlafen, unter freiem Himmel, aber sie wollte nicht. Ich bot ihr an, sie ins Haus zu tragen und zu fesseln. Das war der Moment, in dem sie mich biß.

Emily ruft die Treppe herauf wegen etwas, das die Jungs getan oder nicht getan haben, und will, daß ich einschreite. Wird Zeit, daß ich das hier speichere.

27

Mittwoch, 14. Mai. Seit meinem letzten Tagebucheintrag ist einige Zeit vergangen. Mir war nicht danach, etwas über die Ereignisse der letzten drei Wochen zu schreiben, selbst wenn nur ich es zu Gesicht bekomme. Ich war viel zu sehr damit beschäftigt, sie zu erleben. Nein, das ist nicht der wahre Grund. Ein Tagebuch ist eine Art Spiegel, in dem man sich jeden Tag offen und unerschrocken ins Gesicht blickt – ohne die schützende Verkleidung einer Maske oder auch nur ein schmeichelndes Make-up – und ehrlich zu sich ist. Das zu tun, hatte ich keine Lust, seit Messenger und ich ein Verhältnis angefangen haben. Ich wollte nichts darüber schreiben, wie ich mich verhalten habe, denn ich hatte Angst, Gewissensbisse und Hemmungen angesichts meiner Freude. (Ehrlich gesagt, schrecke ich noch immer davor zurück, diese Erfahrung mit dem direkten, unerschrockenen Blick in der ersten Person zu betrachten. Versuchen wir's anders …)

Denn das war sie geworden, ein Freudenmädchen, eine Ehebrecherin, eine Frau, die leicht zu haben war, eine Frau, die nicht besser war, als sie sein sollte – jedenfalls wäre sie so auf den Seiten eines alten Romans beschrieben worden. In einem modernen natürlich nicht. Sie tat nur, was offensichtlich jeder andere auch tat: befriedigte ihr Verlangen, schmiedete das Eisen, solange es heiß war, preßte jeden Tropfen der Freude aus ihrem alternden Körper, bevor es zu spät war, denn *Das ist das einzige Leben, das du je haben wirst* usw. usw. Und was auch immer geschehen mochte, sie würde es nie bedauern, denn es war so erregend gewesen.

Gelegentlich auch nervenaufreibend, denn sie waren enorme Risiken eingegangen. Zweimal war sie in das Haus in Pittville Lawn gekommen, um für die Familie zu Abend zu kochen und hatte dort übernachtet unter dem Vorwand, daß sie zuviel Wein getrunken habe und nicht nach Hause fahren könne, und beide Male war er – genau so, wie sie es sich in der Nacht nach seiner Geburtstagsparty ausgemalt hatte – mitten in der Nacht in ihr Zimmer und ihr Bett geschlichen; sie hatten miteinander geschlafen, und das war um so sinnlicher und leidenschaftlicher, als sie nicht wagten, irgendein Geräusch zu machen, damit keines der Kinder aufwachen und sie hören würde. Wie zwei Tänzer mußten sie schweigend dem anderen ihre Ekstase alleine durch die Bewegungen ihrer Körper und den Ausdruck ihrer Gesichter zeigen. Sie lagen auf dem Bettvorleger aus Schaffell, denn das Bett quietschte, und er legte ihr die Hand auf den Mund, als sie ihren Höhepunkt erreichte. Damit sie nicht aufschrie, biß sie in das fleischige Kissen seines Daumenballens, als sei es ein Zaumzeug oder ein Knebel, und sie hörte, wie er scharf einatmete und den Schmerz aushielt. (Er nannte sie »Beißer«, wenn sie im Bett miteinander redeten. Es schien ihm zu gefallen, aber sie hörte damit auf, da Carrie bald nach Hause kommen würde und ihren Ehemann nicht sichtlich angenagt und angeknabbert vorfinden durfte, als hätte eine Maus seine Gelenke angegriffen.) Nach dem schweigenden, ballettartigen Sex mußte sie die Tür aufschließen und hinausspähen auf den Treppenabsatz, um festzustellen, ob es sicher für ihn war, sich in sein Schlafzimmer zurückzuschleichen, denn es war immer möglich, daß eins der Kinder aufstehen, auf die Toilette gehen und ihn dabei sehen würde, wie er aus dem Gästezimmer käme.

Eines Nachmittags lagen sie in Horseshoes im Bett, als draußen ein Wagen vorfuhr und jemand an der Tür klingelte. Nackt schlich sich Messenger zum Fenster und sah durch einen Spalt zwischen den Vorhängen. »Es ist der VK!« flüsterte er. »Es sind Sir Stan und Lady Viv. Verdammt noch mal, was wollen die hier?« Helen fand diesen ungelegenen Besuch schrecklich komisch und fing an herumzukichern, doch Messenger fürchtete, sie könnten entdeckt werden, und zischte ihr zu, sie solle still sein. Sein Wagen stand in der Auffahrt, also wußten die Besucher, daß er im Haus oder nicht weit davon entfernt sein mußte. Im Schlafzimmer mit den vorgezogenen Vorhängen ließen Helen und Messenger nichts von sich hören, bis die Besucher genug davon hatten, an der Tür zu klingeln und über die Gartenmauer zu rufen, und davonfuhren. Messenger ging nach unten und kam mit einer hinkritzelten Notiz zurück, die er auf der Fußmatte gefunden hatte: »Wir kamen zufällig vorbei und sahen deinen Wagen vor der Tür stehen, aber offensichtlich warst du nicht da. Ein andermal, hoffe ich. Stan.« Er erinnerte sich vage daran, daß Carrie beiden angeboten hatte, wann immer es ihnen passen würde, beim Cottage vorbeizuschauen. »Sie waren sehr daran interessiert, den heißen Pool zu sehen«, sagte er. »Sie wären noch viel interessierter daran gewesen, hätten sie gesehen, wie wir beide drinsitzen, splitternackt«, sagte Helen.

»Beim Sex«, fügte er grinsend hinzu, denn einmal hatte sie ihm nachgegeben und diesen Wunsch erfüllt. Es war kein besonderer Erfolg, jedenfalls nicht für sie, aber er freute sich sehr. Er mochte Sex an ungewöhnlichen Orten, sogar an öffentlichen Orten. Das Risiko, entdeckt zu werden, schien seinen Genuß zu erhöhen.

Eines Sonntags besuchte Helen ihn und die Kinder in Horseshoes, und es gelang ihnen, am Nachmittag alleine einen Spaziergang zu machen. Die Jungs wollten im Fernsehen ein Rugby-Spiel anschauen, und Emily war zu träge, sich der Expedition anzuschließen, die Messenger vorschlug: Er wollte Helen ein prähistorisches Hügelgrab namens Belas Knapp zeigen. Emily kannte es bereits und wußte, wie schwierig der Aufstieg dorthin war. Überflüssig zu sagen, daß Messenger sich keine Mühe gab, sie zu überreden.

Es war tatsächlich eine anstrengende Wanderung, besonders der letzte Teil; der Weg führte etwa eine Meile von der nächstgelegenen Straße entfernt einen steilen, grasbewachsenen Hügel hinauf. Die Schafe hörten auf zu grasen und starrten sie an, als ob sie in dieser Höhe noch nie einen Menschen gesehen hätten. Messenger sagte, daß sie zur langhaarigen Cotswold-Rasse gehörten, deren Wolle bei der Herstellung von Teppichen und strapazierfähiger Kleidung sehr beliebt war. Mit dem Thema Schafe schien er sich überraschend gut auszukennen. Als sie eine Bemerkung darüber machte, erzählte er ihr, daß er als Teenager in Yorkshire mehrere Monate lang als Schäfer gearbeitet hatte. Auf der Hügelkuppe befand sich ein schmaler Fußweg, der sich zwischen den Bäumen zu einer Allee erweiterte, und am Ende der Allee lag das Hügelgrab, ein walförmiger, etwa vierzig Meter langer Erdhügel, der mit Gras bewachsen war. Man hatte ihn teilweise abgetragen, um einige Bruchsteinmauern und eine Art Vorbau freizulegen, der von einer großen Steinplatte versperrt wurde. Eine in der Nähe aufgestellte Informationstafel des English Heritage erläuterte, daß an dieser Grabungsstätte die Knochen von etwa dreißig Menschen aus der späten Steinzeit sowie die Überreste einiger Tiere und Tonscherben gefunden worden waren. Sie waren vor etwa viertausend Jahren hier begraben worden.

Helen war beeindruckt davon, daß sich so primitive Menschen die Mühe gemacht hatten, ihre Toten an diesem schwer zugänglichen Ort zu begraben. War das deshalb geschehen, weil man sich hier auf einer Hügelkuppe befand, wo die Erde dem Himmel am nächsten war? Hatten sie eine Vorstellung vom Himmel als einem Ort hoch droben, wohin der Geist eines Menschen nach seinem Tod ging, fragte sie sich. Messenger küßte ihr diese Fragen von den Lippen. Die Abgeschiedenheit des Ortes, die Abwesenheit irgendwelcher Zeichen menschlicher Zivilisation, abgesehen von den Relikten dieser fernen Vorfahren, schienen ihn sexuell zu erregen. Nichts anderes konnte ihn befriedigen, als seinen Anorak auf den Hang des Hügelgrabes zu legen und mit ihr zu kopulieren wie ein Mann aus der Steinzeit, der seine Partnerin kurz und heftig nimmt. »Nein, nein«, protestierte sie, halb amüsiert und halb verärgert, als er an ihren Kleidern herumfummelte. »Nein, tu's nicht, Messenger, ich bin nicht Lady Chatterley, und diese Rolle paßt auch nicht zu mir.« Doch bei ihm verschwendete sie nur ihre literarische Schlagfertigkeit. Sie schlug mit ihren Fäusten gegen seinen Kopf und seine Schultern, als er sie nach unten drückte. »Hör auf, Messenger, es könnte jemand kommen.« Doch er kümmerte sich nicht um ihren Protest und ihre schwachen Schläge, und am Ende wurde sie lockerer und schamlos, spreizte ihre Beine und ließ ihm sein Vergnügen, geduldig und mit offenen Augen wie ein Schaf, das von einem Widder besprungen wird (obwohl auf dem Hang keine Schafe waren, die dieser Beschäftigung ebenfalls nachgegangen wären, anscheinend war es die falsche Jahreszeit, die Lammungszeit war vorbei), und sie sah auf zu den Schäfchenwolken, die langsam über den blauen Himmel zogen, als er stieß und grunzte, und fühlte sich völlig losgelöst von der Realität und merkwürdig glücklich. Zweifellos waren sie nicht das erste Paar, das sich hier liebte, dachte sie hinterher, als sie ihr Höschen hochzog und ihren Rock glattstrich – seit Jahrhunderten mußte Liebenden dieser Ort gefallen haben, so entlegen, so geschützt, so geheim. Auf ihrem Rückweg durch das Wäldchen trafen sie eine Gruppe Wanderer mittleren Alters mit Landkarten und Wanderstöcken, die ihnen zulächelten und sie grüßten. »Nur gut, daß sie nicht fünf Minuten früher gekommen sind«, flüsterte Helen Messenger zu. »Wir hätten gehört, wie sie kommen«, sagte Messenger und grinste, aber sie war sich dessen nicht sicher.

Ihr selbst war es lieber, wenn sie im Haus miteinander schliefen, in einem Bett, bei zugezogenen Vorhängen, um danach stundenlang zu schlafen – obwohl sie letzteren Luxus nur einmal genießen konnten, als Messenger über Nacht in London bleiben mußte, weil er am nächsten Morgen im Frühstücksfernsehen auftrat. Er kommentierte den Sieg eines Computers über den Schachweltmeister Gary Kasparow. Helen nahm am selben Tag einen früheren Zug nach London und teilte jedem, der es hören wollte, nebenbei mit, daß sie ihre Mieter treffen mußte, um mit ihnen zu besprechen, ob der Geschirrspüler repariert oder ersetzt werden sollte. Das traf in gewissem Sinne auch wirklich zu, selbst wenn man die Angelegenheit wahrscheinlich am Telefon hätte klären können.

Tatsächlich war es das erste Mal, daß sie nach London zurückkam, seit sie ihren Job an der Universität angetreten hatte. In den frühen Wochen der Depression und Entfremdung hatte sie sich davor gefürchtet zurückzufahren, und sei es auch nur einen Tag lang, falls sich herausstellen sollte, daß sie es nicht ertragen könnte, auf den Campus zurückzukehren, und versucht wäre, alles im Stich zu lassen. Dann, als ihr Leben in Gloucestershire interessanter, verwickelter wurde, dachte sie immer weniger an London. Es war ein ziemlicher Schock, in Paddington aus dem Zug zu steigen und sich im Lärm und in der Hektik eines großen Bahnhofs wiederzufinden und dann in das höllische Labyrinth der U-Bahn hinabzutauchen und sich mitten zwischen die dichtgedrängten Körper im U-Bahn-Waggon zu pressen. Ihr war, als ließe sie der Lärm der Maschinen ertauben, als ersticke sie an der abgestandenen Luft, und sie wurde nervös angesichts der großen Nähe so vieler schweigender, gelassener Fremder. Noch nie war ihr so nachdrücklich klargeworden, wie die Leute in der U-Bahn jeden Augenkontakt vermieden, wie entschlossen sie versuchten, sich von dieser schrecklichen Art zu reisen innerlich zurückzuziehen, indem sie ein Buch lasen – es mit einer Hand haltend, wenn es sein mußte, während sie mit der anderen an der Halteschlaufe hingen – oder indem sie Musik aus dem Walkman hörten oder einfach den Streckenplan der U-Bahn über den Gesichtern gegenüber anstarrten. Nur die Touristen plauderten miteinander. Die erfahrenen Reisenden versuchten wie das unglückliche Vergewaltigungsopfer, von dem sie gelesen hatte, soweit als möglich den Geist vom Körper zu trennen und sich in ersteren zurückzuziehen.

Ebenso merkwürdig war die Erfahrung, ihr eigenes Haus nach einem Zeitraum von fast drei Monaten wiederzusehen. Ihr erster Eindruck war, wie schäbig alles von außen aussah, wie dringend die Holzteile einen neuen Anstrich nötig hatten. Drinnen war alles gleichzeitig vertraut und auf leicht beunruhigende Weise verändert. Möbel waren umgestellt worden; seltsame Mäntel hingen in der Flurgarderobe; Bücher und Zeitschriften, die anderen gehörten, lagen auf den Regalen und den Beistelltischen im Wohnzimmer; Gerüche von Speisen, die sie selbst nie kochte, hingen in der Küche in der Luft. Die Weismullers waren verantwortungsbewußte Mieter, aber sie hatten das Beste aus ihrem Aufenthalt gemacht, und sie nahmen sie mit auf einen Rundgang durchs Haus und wiesen sie in einem freundlich-vorwurfsvollen Kontrapunkt auf diverse Mängel und Makel hin. Helen beruhigte sie, indem sie zustimmte, den kränkelnden Geschirrspüler zu ersetzen, und ging sofort zu ihrem örtlichen Discounter, um einen neuen zu kaufen und die Lieferung und Installation zu arrangieren.

Dann ging sie in das Hotel, in dem die BBC Messenger untergebracht hatte, und nahm selbst ein Zimmer. Er hatte ihr vorgeschlagen, sie solle sich als Mrs. Messenger ausgeben und sein Zimmer mit ihm teilen, aber Helen meinte, das ginge zu weit. So speisten sie im Hotelrestaurant wie zwei alte Freunde, die sich zufällig getroffen hatten, verabschiedeten sich in der Bar, gingen getrennt auf ihre Zimmer und trafen sich später in Messengers Zimmer wieder (falls eines der Kinder versuchen sollte, ihn anzurufen), wo sie eine orgiastische Nacht hatten. Am nächsten Morgen schickte die BBC um halb sieben einen Wagen. Als sie ihn später in ihrem eigenen Zimmer im Fernsehen sah, wie er luzide erklärte, wie das Programm von Deep Blue funktionierte – es berechnete innerhalb von Sekunden die Konsequenzen von Millionen möglicher Züge – und wie sehr sich das von den intuitiven Methoden eines menschlichen Spielers unterschied, war sie erstaunt darüber, wie frisch und gelassen er wirkte und keine Spur der Exzesse der letzten Nacht zeigte.

Sein Stil als Liebhaber war ganz anders als der Martins. Das Vorspiel mit Martin war häufig sehr ausgefeilt und umfangreich, und der Akt selbst ziemlich schnell vorbei. Bei Messenger war es genau umgekehrt. Er wollte schnell in sie kommen, und es gefiel ihm, mit ihr in verschiedenen Positionen zu schlafen, bevor er einen Orgasmus hatte, während er Helen unterdessen mehrere verschaffte. Er hatte unglaublich kräftige Arme und Schultern, und er drehte sie mühelos über und unter sich in die eine oder andere Richtung, wie ein Ringer, der »Griffe« übt. Manchmal schien es ihr, als strenge er sich zu sehr an, als wolle er sie auf ein hilflos zitterndes Gefühlsbündel reduzieren, um ihrer Kehle erstaunte, sprachlose Töne des Genusses zu entlocken, sie dazu zu bringen, um Gnade zu flehen und wie ein besiegter Ringer auf die Matratze zu schlagen.

Gestern allerdings war er es, der eine Niederlage eingestehen mußte. Auf dem Weg nach Hause sah er in ihrer Maisonette vorbei und brachte ihr, nur für den Fall, daß er zufällig jemandem begegnete und ein Alibi brauchte, Literatur über die Bewußtseinskonferenz mit. Er konnte nicht lange bleiben, weil Emily das Abendessen kochte und er nicht wagte, zu spät zu kommen, also fing er an, Helen auszuziehen, kaum daß er die Tür hinter sich geschlossen hatte. Sie gingen nach oben ins Schlafzimmer und legten sich aufs Bett, doch diesmal war er impotent. Er war ein Bild der Niedergeschlagenheit. »Mach dir keine Sorgen darüber«, sagte sie. »Das ist psychisch. Es war eine schlechte Idee, gegen die Uhr miteinander schlafen zu wollen.« – »Wir mußten uns auch früher schon beeilen«, sagte er. »Naja, vielleicht hast du's in letzter Zeit übertrieben«, sagte sie scherzhaft. »Für einen Mann von fünfzig.« Entrüstet wehrte er sich dagegen. »Blödsinn«, sagte er. »Es ist höchstwahrscheinlich das Curryhuhn, das ich im Personalgebäude zu Mittag gegessen habe. Ich habe schon den ganzen Nachmittag Verdauungsbeschwerden.« – »Du klagst ständig über Verdauungsbeschwerden«, sagte sie. »Du solltest etwas dagegen unternehmen.« Plötzlich merkte sie, daß sie wie eine Ehefrau klang, und der Schock dieser Einsicht ließ sie abrupt schweigen. Aber ihm schien das nicht aufzufallen. »Alles, was ich brauche, sind ein paar Rennies«, sagte er. Er zog sich rasch an, küßte sie und ging.

Helen nahm ein Bad. Verliebte sie sich in Messenger, fragte sie sich, als sie sich im Wasser räkelte, wobei sie gelegentlich heißes Wasser nachlaufen ließ, indem sie mit ihrem Zeh am Hahn drehte. Vom ersten Augenblick an, als sie sich im Wohnzimmer der Richmonds getroffen hatten, hatte sie sich zu ihm hingezogen gefühlt, aber sie hätte das weder gegenüber sich selbst noch gegenüber einem anderen Liebe genannt, nicht im traditionellen, romantischen Ich-kann-nicht-ohne-dich-nur-mit-dir-leben-Sinn des Wortes. Und sie hatte nicht einen Augenblick lang angenommen, daß er dieses Gefühl ausdrücken wollte, als er an jenem Tag, da er ihr das Modem brachte und sie für ihn zu Mittag kochte, meinte, er sei drauf und dran, sich in sie zu verlieben. Als sie das erste Mal mit ihm ins Bett ging, war das rein opportunistisch und nur ein Versuch. Noch immer schwirrte ihr der Kopf von der Begegnung mit Carrie und Nicholas Beck in Ledbury und Carries Enthüllungen am Fluß in Bourton. In diesem neuen Licht schien es plötzlich überflüssig, Messengers Avancen prinzipiell zurückzuweisen, wie sie es noch in den Wochen zuvor getan hatte. Wenn Carrie und Nicholas Beck ein Verhältnis hatten, schien es keinen vernünftigen Grund zu geben, warum sie mit Messenger keine Affäre haben sollte. Der Umstand, daß Carrie genau in diesem Moment nach Kalifornien flog, machte es leichter, den Entschluß in die Tat umzusetzen. Und die Tatsache, daß Carries Abwesenheit, die zunächst wenige Tage dauern sollte, sich wochenlang hinzog (während sich der Zustand ihres Vaters langsam besserte), hatte es möglich gemacht, daß sich die Affäre zu einem eigenständigen und sehr sinnlichen Verhältnis entwickelte. Drei Wochen lang hatten sie kaum an etwas anderes gedacht – wenigstens hatte *sie* kaum an etwas anderes gedacht – als daran, Möglichkeiten zu finden, um miteinander zu schlafen. Helen war überrascht darüber, daß niemand aus ihrem Bekanntenkreis sie bei dem, was sie vorhatten, zu verdächtigen schien. Waren ihren Studenten denn nicht die Züge befriedigten Verlangens in ihrem Gesicht aufgefallen? Hatten Messengers Kollegen denn nicht den Geruch nach Sex an ihm wahrgenommen, wenn er nach einer Verabredung am Mittag in eine Besprechung geeilt war? Hatte überhaupt niemand bemerkt, daß sie oft beide gleichzeitig nirgendwo zu finden waren? Anscheinend nicht. Nur Sandra Pickering, dachte sie, könnte eine subtile Veränderung in ihrem Verhalten gespürt haben. Manchmal tauchte Helen mitten im Unterricht aus einem erotischen Tagtraum auf und bemerkte, wie die junge Frau sie fragend ansah, so als ob sie sich darüber klarzuwerden versuchte, was sich verändert hatte. Ansonsten schien jeder zu sehr mit seinen eigenen Angelegenheiten – den beruflichen wie privaten – beschäftigt, als daß ihm an Helens und Ralphs Verhalten irgend etwas aufgefallen wäre oder daß er irgendwelche Schlüsse daraus gezogen hätte.

Zweifellos hatte es ihnen geholfen, daß in diesen Tagen die Unterhauswahlen Gegenstand so großer Aufregung und Aufmerksamkeit waren. Sie und Messenger besuchten in der Wahlnacht die Party der Glovers, sprachen aber kaum miteinander. Dann schlichen sie sich einzeln und unauffällig davon, sobald die ersten Ergebnisse das ganze Ausmaß des Siegs von Labour erkennen ließen, und trafen sich in Helens Haus. Als die Leute sie in den Tagen danach fragten: »Hast du noch auf Portillo gewartet?«, womit sie auf die sensationellste Tory-Niederlage in jener Nacht anspielten, mußte sie ein wenig verlegen antworten: »Nein, ich war im Bett« und hoffen, daß sie dabei nicht rot wurde.

Nachdem Messenger in den frühen Morgenstunden jenes Tages gegangen war, um nach Hause zu fahren, zog Helen ihren Morgenmantel an, machte eine Tasse Tee und setzte sich eine Stunde oder so vor den Fernseher. Sie sah die ausgelassenen Feiern der Labour-Anhänger an der South Bank und den triumphalen Auftritt des neuen Premierministers mit seiner Frau und fühlte einen Stich des Bedauerns darüber, daß sie an diesem großen historischen Ereignis nicht teilgenommen hatte. Sie hatte keine Wahlwerbung gemacht, hatte nicht gewählt, sie hatte nicht einmal viel ferngesehen, denn sie war zu sehr in ihrem eigenen erotischen Abenteuer aufgegangen. Möglicherweise wurde ihre Schuld noch verstärkt durch die Aura tugendhafter ehelicher Liebe, die die händchenhaltenden Blairs ausstrahlten. Messenger hatte sich wenigstens die Mühe gemacht zu wählen (eine taktische Entscheidung zugunsten des Kandidaten der Lib Dems in Cheltenham), doch für ihn bedeutete das Ergebnis nichts weiter als das kleinere von zwei Übeln. Politik und Politiker verachtete er zutiefst. Politik, behauptete er, sei der Fluch der Moderne, wie Religion der Fluch der Vergangenheit gewesen sei. Denk bloß mal an das schiere Maß menschlichen Elends, das in diesem Jahrhundert von der Politik verursacht wurde – in Mitteleuropa, Rußland, China, Afrika –, sagte er gerne rhetorisch. Dann bist du also Anarchist, fragte sie. Aber natürlich war er keiner. Er schien dem ziemlich altmodischen Glauben der Aufklärung anzuhängen, daß die Gesellschaft mit Hilfe der Naturwissenschaften verbessert werden kann. Scharf trennte er zwischen dem Streben nach Wissen, was Wissenschaft sei, und dem Streben nach Macht, was Politik sei. Sämtliche Formen des Pseudo-Wissens, von der Theologie bis zur Dekonstruktion, behauptete er, mußten anderen ihr falsches Weltbild dadurch aufzwingen, daß sie politisch wurden. Das klang recht plausibel in der Glut postkoitalen Sichwohlfühlens (denn das war der übliche Rahmen ihrer Gespräche).

Aber jetzt, da Carrie zurückkam (ihr Vater war aus dem Krankenhaus entlassen worden, obwohl er zu Hause rund um die Uhr gepflegt werden mußte), konnte Helen nicht länger in dieser erotischen Trance verharren und nur an ihre nächste Verabredung denken. Ganz abgesehen von den praktischen Schwierigkeiten, sich weiterhin heimlich sozusagen unter den Augen Carries zu treffen, würde ihre Anwesenheit die Affäre in einen völlig neuen moralischen und psychischen Rahmen stellen. Solange Carrie fort war, war es Helen möglich gewesen, sie nicht als Rivalin oder auch nur als Hindernis zu betrachten. Aber jetzt, da Carrie als Ehefrau, Mutter, Organisatorin und Hüterin des Hauses wieder ins Bild trat, wurde Helens Position sofort marginal und problematisch. Daß Carrie selbst einen Liebhaber hatte, machte keinen Unterschied. Deshalb die Dringlichkeit der Frage, die Helen sich im Bad stellte: War sie dabei, sich in Ralph Messenger zu verlieben? Und wenn ja, welche Bedeutung hatte das für die Zukunft, nicht nur kurzfristig, sondern auch langfristig? Wäre sie damit zufrieden, wenn die Affäre zu Ende ginge, sobald sie ihren Job in Gloucester zum Semesterschluß beendet hätte und nach London zurückgekehrt wäre? Nein, antwortete ihr Herz sofort.

Wäre sie damit zufrieden, eine Gelegenheitsgeliebte zu sein, die Messenger einige leidenschaftliche Stunden lang in London trifft, wenn er sich zwischen seinen Besprechungen und Auftritten in den Medien freimachen kann, oder zu planen, ihn auf einer seiner Reisen irgendwo im Ausland zu begleiten? Sie sah sich in einem luxuriösen Hotelzimmer sitzen – auf der Frisierkommode stehen ein Obstkorb und eine Flasche Champagner in einem Kübel mit schmelzendem Eis –, während sie ungeduldig darauf wartet, daß sich Messenger aus einem Seminar auf der Konferenz oder einem offiziellen Empfang freimachen kann, und dieses Bild gefiel ihr nicht. Dann dachte sie – sie konnte nicht anders –, nehmen wir an, Messenger und Carrie lassen sich scheiden, und er heiratet mich? Die Idee war verlockend, doch sie mußte sich nur die Bestürzung der kleinen Hope vorstellen, um sie zurückzuweisen. Zum ersten Mal seit Wochen hüllte eine düstere Stimmung sie ein. Sie fragte sich, ob es nicht der Schatten von Carries unmittelbar bevorstehender Rückkehr war, der Messengers Leidenschaft plötzlich abgekühlt und ihn impotent gemacht hatte.

28

Als Ralph nach Hause kommt, ist Emily zusammen mit ihrem Freund Greg in der Küche, einem schlaksigen Achtzehnjährigen, der vor Ralph großen Respekt hat und in dessen Gegenwart so wenig wie möglich sagt. Sie sitzen in der Hocke und starren durch die Glastür in den Ofen auf den Hackbraten, den Emily zum Abendessen gemacht hat.

»Ich glaube, er ist fertig«, sagt Emily. »Ich habe nur vergessen, die Uhr zu stellen. Ich will nicht, daß er anbrennt.«

»Für mich sieht er fertig aus«, sagt Ralph und geht neben ihnen in die Hocke. »Aber macht man Hackbraten nicht aus Rindfleisch?«

»Ich hab Lammhack genommen«, sagt Emily.

»Ein Luxushackbraten. Gut. Essen wir.«

Der Hackbraten ist ausgezeichnet. Ralph nimmt zweimal und gratuliert Emily. Während die anderen nach dem Essen aufräumen, bittet sie Ralph um einen Gefallen, da sie bei ihm wegen des Kochens noch etwas guthat.

»Kann Greg heute nacht hier schlafen, Messenger?«

Ralph unterdrückt einen Rülpser. »Du meinst, in deinem Zimmer? Ich glaube nicht, Flipper.«

Emily runzelt die Stirn. »Warum nicht? Mom erlaubt es.«

»Ich kann die Verantwortung dafür nicht übernehmen.«

Emily rollt verzweifelt die Augen. »Ich kann dem nun mal nicht zustimmen, aber darauf kommt's nicht an. So etwas entscheidet Carrie, und sie ist nicht da.«

»Du stimmst nicht zu?« sagt Emily in skeptischem Ton.

»Nein. Ich denke, es bringt die Jungs durcheinander. Sie sind in einem sensiblen Alter.«

»Du glaubst aber nicht, daß es sie durcheinanderbringt, wenn Helen hier schläft?« sagt Emily.

Ralph erstarrt. »Das ist etwas völlig anderes. Sie war hier zu Gast, und sie hat im Gästezimmer geschlafen.«

»Yeah«, sagt Emily ein wenig unverschämt und schleppend. Sie sieht Ralph an, als könnte sie noch mehr sagen, wenn er es darauf ankommen läßt.

Das Telefon klingelt. Es ist Carrie, die bestätigt, daß sie und Hope morgen nacht L. A. verlassen und ganz früh am Freitag morgen in Heathrow ankommen werden. Ralph bietet an, sie vom Flugplatz abzuholen. Carrie sagt, nein, er brauche sich keine Umstände zu machen. Sie hat in Cheltenham bereits Wagen und Chauffeur bestellt. Sie erwartet, am Vormittag wieder zurück zu sein.

»Wunderbar«, sagt Ralph. »Wir haben dich vermißt.«

»Mich oder meine Kochkünste?« sagt Carrie.

»Naja, beides«, sagt Ralph. »Obwohl Emily für uns heute abend einen wunderbaren Hackbraten gemacht hat...« Ralph fängt Emilys Blick auf, als er das sagt. »Übrigens, Greg ist hier. Er hat ihr mit dem Essen geholfen. Ist es in Ordnung, wenn er hier schläft?«

»Wenn es für dich in Ordnung geht, von mir aus«, sagt Carrie.

»O.K., gut. Wir sehen uns morgen. Grüße von allen.«

Ralph legt den Hörer auf und sagt zu Emily: »Deine Mutter sagt, es ist in Ordnung.«

»Danke, Messenger«, sagt Emily. Sie verläßt lächelnd das Zimmer.

Ralph legt eine Hand an seine Seite und rülpst noch einmal. Er geht ins Badezimmer und holt eine Schachtel Rennies aus dem Medizinschrank. Er schluckt zwei Tabletten.

Am Freitagmorgen, bevor Carrie und Hope zurückkommen, geht Ralph zu seinem Hausarzt, einem Iren namens O'Keefe, dessen Praxis im Erdgeschoß eines hohen, schmalen georgianischen Reihenhauses liegt, nicht weit vom Haus der Messengers entfernt. »Ich lebe direkt über dem Laden«, sagt er gerne. Er ist etwa in Ralphs Alter, ein wenig korpulenter, mit rotem ledernen Teint und großen Händen. In den mit Haaren bedeckten Sportjacketts, die er am liebsten trägt, sieht er eher wie ein Bauer aus als wie ein Doktor, doch für die Familie ist er ein guter Hausarzt. Es gibt nur sehr wenige Gelegenheiten, bei denen Ralph ihn aufsuchen muß.

»Was kann ich für Sie tun, Professor?« fragt er, nachdem die Begrüßungsformalitäten beendet sind. Es scheint O'Keefe zu gefallen, Ralph in dieser Weise anzusprechen.

»Es sind nur Verdauungsbeschwerden«, sagt Ralph. »Sie kommen und gehen, aber ich scheine sie einfach nicht loszuwerden. Die Rennies scheinen nicht mehr zu wirken.«

»Irgendwelche anderen Symptome?«

»Eine Art Völlegefühl, genau hier.« Ralph legt eine Hand unmittelbar rechts unter seinen Brustkorb.

»Gut, sehen wir's uns an. Ziehen Sie Ihre Kleider aus. Sie können die Unterhose anlassen.« O'Keefe deutet auf eine Couch hinter einem Wandschirm in einer Ecke des Zimmers. Während Ralph sich auszieht, wäscht er sich sorgfältig die Hände an einem Waschbecken und plaudert über das Wetter.

O'Keefe nimmt eine sehr gründliche Untersuchung von Ralphs Unterleib vor, wobei er leise durch die Zähne pfeift, während er das Fleisch palpiert.

»Hab mit den mittleren Jahren ein bißchen zugelegt, fürchte ich«, sagt Ralph leichthin.

O'Keefe nickt. »War zu erwarten.« Er schiebt, drückt

und untersucht ihn mit seinen großen, spatelförmigen Fingern. »In Ordnung«, sagt er. »Sie können Ihre Sachen wieder anziehen.«

Er geht zurück an seinen Schreibtisch und notiert etwas in Ralphs Akte, wozu er einen Füllfederhalter mit Goldspitze benutzt.

»Und?« sagt Ralph und setzt sich auf den Stuhl für die Patienten.

»Sie haben eine Geschwulst auf der Leber«, sagt O'Keefe und schreibt weiter.

»Was für eine Geschwulst?«

»Das weiß ich nicht. Sie werden zu einem Spezialisten gehen müssen.« O'Keefe sieht Ralph ins Gesicht. »Sind Sie privat versichert, Professor?«

»Ja.«

»Es gibt einen guten Gastroenterologen in Bath, Dick Henderson. Ich hab mit ihm schon Golf gespielt. Ich könnte ihn anrufen, wenn's Ihnen recht ist. Möglich, daß er Sie am Montag noch dazwischenschieben kann.«

»Dann ist es also dringend?« sagt Ralph.

»Es ist sinnlos, Zeit zu verschwenden«, sagt O'Keefe.

»Wollen Sie damit sagen, es könnte ernst sein?«

O'Keefe sieht Ralph gelassen an. »Die Leber ist ein lebenswichtiges Organ, Professor.«

»Ja, natürlich, idiotische Frage. Könnte es Krebs sein?«

O'Keefe schweigt einen Augenblick, bevor er antwortet. »Ich wäre ein Lügner, würde ich nein sagen«, sagt er schließlich.

»Was könnte es sonst sein?«

»Ich habe keine Ahnung«, sagt O'Keefe. »Deshalb ist es um so besser, je früher wir Sie zu einem Spezialisten schaffen. Er wird dafür sorgen, daß Ihnen ein Stein vom Herzen fällt.«

»Oder auch nicht, je nachdem«, sagt Ralph. Worauf O'Keefe nichts erwidert.

Kurz nachdem Ralph zu Hause angekommen ist, ruft O'Keefes Sprechstundenhilfe an und sagt ihm, daß Mr. Henderson ihn am Montag morgen um halb zwölf im Abbey Hospital in Bath untersuchen kann. Ralph bestätigt den Termin.

Im Haus ist es still, da Emily und die beiden Jungs in der Schule sind. Ralph macht sich in der Küche einen Becher Kaffee, setzt sich an den Tisch, nippt an seinem Getränk und starrt aus dem Fenster auf den leeren Hof. Dann geht er hinauf in sein Arbeitszimmer und erledigt einige Arbeiten an seinem Computer. Manchmal halten seine Finger mitten in der Bewegung inne, und er starrt ein, zwei Minuten lang auf den Bildschirm, ohne den Text wirklich ins Auge zu fassen. Dann schließt er seinen Arbeitsplatz und loggt sich ins Internet ein. Er geht zu einer Suchmaschine und tippt »+Leber+Krebs« ins Eingabefeld. Etwa eine halbe Stunde später hört er durch das offene Fenster, wie drunten ein Wagen in die Auffahrt einbiegt, eine Autotür geöffnet und geschlossen wird und den Klang von Hopes aufgeregter Stimme. Er beendet die Internetverbindung und eilt nach unten.

In der Diele umarmt Ralph Hope, reißt sie in die Höhe und wirbelt sie im Kreis über den schwarz-weiß gemusterten Boden. Das Kind lacht begeistert. Dann küßt er Carrie und sieht sie an.

»Was ist los?« sagt sie.

Ralph wartet, bis Hope in ihrem Zimmer verschwunden ist, um ihre Lieblingspuppen und Lieblingsspielzeuge zu begrüßen. Dann erzählt er ihr von seinem Besuch bei O'Keefe.

»Wer ist dieser Henderson?« ist Carries erste Frage.

»Ich weiß nicht. O'Keefe schätzt ihn sehr.«

»Ich denke, du solltest zu einem Spezialisten in der Harley Street gehen. Dem besten.«

»Gerade jetzt habe ich keine Zeit, zwischen London und hier hin und her zu pendeln«, sagt Ralph. »Es sollen Tests gemacht werden, und so weiter. Bis zur Con-Con sind es nur noch drei Wochen. Ich habe wahnsinnig viel Arbeit.«

»Delegier sie.«

»Das ist leicht gesagt. Mein Stellvertreter ist Duggers. Soziale Organisation ist nicht seine starke Seite. Und überhaupt, wir wollen nichts dramatisieren. Wahrscheinlich ist es nichts.«

»Jesus«, sagt Carrie, »ich dachte, ich hätte einige Zeit Ruhe vor Ärzten und Krankenhäusern.«

»Laß dir davon nicht das Heimkommen verderben«, sagt Ralph. »Wir vergessen das einfach bis Montag, o k.?«

»Wenn du's sagst, Messenger«, sagt Carrie mit einem verkrampften Lächeln.

Später, als sie beim Mittagessen das Wochenende planen, fragt Carrie, ob sie Helen für Sonntag nach Horseshoes einladen soll.

»Nein, ich glaube nicht«, sagt Ralph.

»Es ist nur, weil du gesagt hast, sie hat euch geholfen, als ich weg war –«

»Das Wochenende soll uns alleine gehören. Nur der Familie«, sagt Ralph.

»Gut«, sagt Carrie.

Am Nachmittag legt sich Carrie ein wenig hin, und Ralph fährt in die Universität, um einige Verwaltungsarbeiten nachzuholen. Von seinem Büro aus ruft er Helen an und erzählt ihr von der Geschwulst.

»Meine Güte«, sagt sie, »das ist beunruhigend.«

»Naja, es war schon ein bißchen ein Schock, das muß ich zugeben«, sagt er. »Ich ging mit Verdauungsbeschwerden zum Arzt und komme möglicherweise mit Krebs wieder zurück.«

»Ich bin sicher, daß es das unmöglich sein kann«, sagt Helen. »Du hast dich in den letzten Wochen nicht wie ein kranker Mann benommen.«

»Außer letzten Mittwoch«, sagt er.

»Das war nichts«, sagt sie. »Es kann nichts Ernstes sein.«

»Naja, ich werd's bald rausfinden«, sagt er. »Ich muß mich bei dir bedanken, weil du mich dazu gebracht hast, zum Arzt zu gehen. Weißt du noch, du hast irgend etwas in der Richtung gesagt, daß ich das mit meinen Verdauungsbeschwerden klären soll?«

»Ja«, sagt sie.

»Hattest du irgendeinen Verdacht ...«

»Überhaupt keinen. Das war nur so dahingesagt. Es ist dumm und irrational – aber jetzt wünsche ich mir, ich hätte nichts gesagt.«

»Nein, ich bin dir sehr dankbar. Wirklich.«

»Ich weiß.«

»Ich hätte ohnehin irgendwann zu einem Arzt gehen müssen – je früher, desto besser.«

»Ja.«

Ihre Unterhaltung gerät einen Augenblick ins Stocken, so als wüßte keiner, was er als nächstes sagen soll.

»Wann sehe ich dich wieder?« sagt Helen schließlich.

»Das weiß ich nicht«, sagt er. »Dieses Wochenende nicht, wenn es dir nichts ausmacht.«

»Natürlich nicht«, sagt sie schnell.

»Ich würde dich gerne bitten, nach Horseshoes zu kommen, aber Carrie ist ein wenig durcheinander. Ich vermute, es ist ihr lieber, wenn wir allein sind.«

»Natürlich. Das verstehe ich vollkommen.«

»Was wirst du dann machen?«

»Ich habe jede Menge Arbeit. Beurteilungen der Studenten. Das Ende des Semesters scheint plötzlich so nahe.«

»Ich weiß. Diese Sache hätte nicht zu einer unpassenderen Zeit kommen können, jetzt, wo die Con-Con vor der Tür steht.«

»Sag mir, wie's gelaufen ist am Montag.«

»Mach ich. Könnte allerdings sein, daß ich dich nicht vor Dienstag anrufen kann.«

»In Ordnung.«

»Also, bis dann.«

»Mach's gut, Messenger.«

Trotz ihres Mittagsschlafes ist Carrie noch immer müde von ihrer Reise. Ralph und sie sitzen nach dem Abendessen alleine im Wohnzimmer, lesen Zeitungen und trinken Kräutertee, als sie ihm sagt, daß sie ins Bett geht.

»Ich komme auch«, sagt Ralph und wirft seine Zeitung zur Seite. Carrie sieht überrascht aus. »Ich habe dich vermißt«, sagt er.

»Wirklich?«

»Natürlich.«

Carrie erhebt sich schwerfällig. »Ich bin erschöpft, Messenger. Warten wir besser bis morgen nacht.«

»O.K.«, sagt er. »Dann arbeite ich noch ein bißchen.«

Vor der Tür ihres Schlafzimmers gibt er ihr einen Gutenachtkuß und steigt die restlichen Stufen zu seinem Arbeitszimmer hinauf. Dann loggt er sich wieder ins Internet ein.

Am folgenden Montag fährt Ralph nach Bath, um sich von Mr. Henderson, dem Spezialisten, untersuchen zu lassen. Das Abbey-Privatkrankenhaus ist ein neues Gebäude aus glattem glasierten Backstein, hat braungetönte Fenster und liegt am Stadtrand im Grünen. In der Patientenaufnahme und den Wartezimmern ist es leise und bequem; sie besitzen Teppichböden und gepolsterte Sofas und ähneln der Business Class Lounge in einem Flughafen. Nach kurzem Warten wird Ralph in ein Sprechzimmer geführt, wo ihn Henderson mit einem Lächeln begrüßt und seine Hand schüttelt. Der Facharzt scheint jünger zu sein als O'Keefe. Er trägt einen dunkelblauen Nadelstreifenanzug, in dessen Brusttasche mehrere Füller und Bleistifte stecken sowie etwas, das aussieht wie die Krawatte eines Golfclubs. Seine strahlend weißen Zähne stehen ein wenig vor, besonders, wenn er lächelt, und das macht er ziemlich oft.

Noch einmal zieht sich Ralph zur Untersuchung bis auf die Unterhose aus. Noch einmal wird sein Unterleib von erfahrenen Fingern gedrückt und zusammengepreßt und untersucht. Henderson bestätigt das Vorhandensein einer Geschwulst.

»Könnte es Krebs sein?« fragt Ralph.

»Kann ich nicht ausschließen«, sagt Henderson und lächelt dabei, als sei das eine gute Nachricht. »Ich muß noch ein bißchen mehr darüber herausfinden. Ich würde Sie gerne so bald wie möglich zum Ultraschall anmelden und gleichzeitig eine Endoskopie durchführen. Das ist eine visuelle Untersuchung des Magens und des Zwölffingerdarms mit Hilfe von Faseroptik.«

»Schlüsselloch-Chirurgie?« fragt Ralph.

Henderson lacht herzlich. »O nein. Man macht es via Mund und Hals. Klingt unbequem, aber Sie werden überhaupt nichts spüren. Sie werden örtlich betäubt. Aber es wäre besser, wenn Sie danach nicht selbst nach Hause fahren.«

»Heißt das, ich kann am gleichen Tag noch nach Hause?«

»Absolut. Sie dürfen einen Tag vorher nichts essen, und Sie müssen ein Abführmittel nehmen, damit die Schatten Ihrer Eingeweide dem Ultraschall nicht in die Quere kommen.«

»Ich werde meine Frau bitten mitzukommen.«

»Ausgezeichnet«, sagt Henderson. »Haben Sie am Mittwoch Zeit?«

»Ich kann's einrichten«, sagt Ralph. »Wann bekommen Sie die Resultate?«

»Am selben Tag«, sagt Henderson.

Am späten Dienstag vormittag ruft Helen Ralph im Büro an.

»Helen! Es tut mir leid – ich wollte dich anrufen, aber ich hatte keinen einzigen Augenblick –«

»Das ist schon in Ordnung. Ich will dir nicht auf die Nerven gehen, aber –«

»Natürlich gehst du mir nicht –«

»Es ist einfach nur so, daß ich für den Rest des Tages nicht mehr zu erreichen bin«, sagt Helen, »ich unterrichte. Ich wollte wissen, wie die Untersuchung lief.«

»Naja, er hat bestätigt, daß ich eine Geschwulst habe.«

»Oh.« Helen klingt niedergeschlagen.

»Kaum überraschend.«

»Nein. Vermutlich nicht. Ich konnte nicht anders, ich mußte einfach hoffen, daß sich dein Hausarzt geirrt hat.«

»In dem Fall wäre er ein ziemlich lausiger Hausarzt«, sagt Ralph. »Sonst gibt es nicht viel zu berichten. Ich muß am Mittwoch noch einmal hin wegen ein paar Tests.«

»Verstehe. Gibt es irgend etwas, das ich tun kann?«

»Eigentlich nicht. Carrie kommt mit mir in die Klinik.«

»Oh. Gut.«

»Ich ruf dich irgendwann diese Woche noch an.«

»Gut. Ich werde an dich denken.«

»Danke. Bis dann, Helen.«

»Bis dann, Messenger.«

Er fügt hinzu: »Danke, daß du angerufen hast«, aber sie hat schon aufgelegt.

Früh am Mittwoch morgen fahren Ralph und Carrie in die Klinik; Ralph sitzt am Steuer. Er ist ziemlich spät gestartet, und in Cheltenham ist der Verkehr zur Rush-hour so dicht, daß er auf der hügeligen zweispurigen Landstraße nach Bath schnell fährt, um die Zeit aufzuholen. »Bring uns nicht um auf dem Weg ins Krankenhaus«, sagt Carrie, als er im letzten Augenblick, bevor ihnen ein Sportwagen über einer Hügelkuppe entgegenkommt, einen langen Lastwagen mit Anhänger vom Kontinent überholt.

»Naja, es wäre eine Möglichkeit, der Spannung ein Ende zu bereiten«, sagt Ralph.

»Mach keine Witze drüber, Messenger«, sagt Carrie.

Vor der Endoskopie erhält Ralph ein leichtes Beruhigungsmittel und ein örtlich betäubendes Mundspray, und er ist immer noch ein wenig benommen, als er und Carrie in Hendersons Sprechzimmer gehen und die Ergebnisse der Tests erfahren. Der Facharzt liest den Bericht vor: »Eine ungewöhnliche zystische Veränderung mit geringer Echogenität im Zentrum ist im rechten Leberlappen erkennbar. Das Vorhandensein könnte auf sekundär nekrotisches Gewebe hindeuten. Zur Beurteilung wird ein CT empfohlen ...« Henderson blickt auf von dem Bericht. »Ich glaube, das ist eine gute Idee. Sie wissen natürlich, was ein CT ist?«

»Ja«, sagt Ralph.

»Ich nicht«, sagt Carrie.

Henderson erklärt es lächelnd.

»Oh, Sie meinen diese Dinger, die in Messengers Fernsehserie vorkamen«, sagt sie. »Wo man die Querschnitte von Gehirnen sieht.«

»Genau«, sagt Henderson. »Nur geht es in diesem Fall um den Oberbauch.«

»Und was war dieses Sekundärding?« fragt Ralph.

»Ihre Geschwulst könnte Sekundärkrebs sein, metastasiert aus dem Darm. Es ist noch gar nicht so lange her, da hatte ich so einen Patienten. Ein CT gibt uns vielleicht nicht genügend Informationen, um diese Möglichkeit auszuschließen, deshalb würde ich mit Ihrer Zustimmung gerne auch gleich noch eine Koloskopie vornehmen lassen.«

»Wie lange wird das dauern?«

»Einschließlich der Vorbereitungen drei oder vier Tage.«

»Im Krankenhaus?«

»Naja, Sie könnten die vorbereitende Diät auch zu Hause durchführen, aber es wäre leichter in der Klinik. Es sei denn, Sie sind gut darin zu fasten.«

»Ist er nicht«, sagt Carrie.

»Ich kann mich in den nächsten drei Wochen nicht drei oder vier Tage lang freimachen«, sagt Ralph.

»Doch, das kannst du«, sagt Carrie. »Wie schnell können Sie es machen?« fragt sie Henderson.

»Ich könnte es für Anfang nächster Woche ansetzen«, sagt er. Er sieht Ralph fragend an. »Wenn Sie am Samstag hierherkommen, könnten wir die Vorbereitungen am Wochenende erledigen.«

»In Ordnung. Setzen Sie's an«, sagt Ralph.

Während der Rückfahrt nach Cheltenham sitzt Carrie am Steuer. »Was hältst du von diesem Henderson?« sagt sie nach einer Weile.

»Er wirkt ziemlich professionell«, sagt Ralph. »Zieht alle Möglichkeiten in Betracht. Läßt nichts unversucht.«

»Warum lächelt er ständig?«

»Ich vermute, das ist eine unbewußte Angewohnheit. Eine Art nervöser Tick. Kommt wahrscheinlich daher, daß er so oft für so viele Leute schlechte Nachrichten hat.«

»Ich traue ihm nicht.«

»Warum nicht?«

»Weiß ich nicht. Ich habe in den letzten Wochen mit so vielen Ärzten zu tun gehabt ... Man bekommt ein Gespür für die wirklich cleveren und die, die nur soso sind. Henderson ist hundertprozentig soso.«

»Henderson ist in Ordnung. Schließlich kommt es nur auf die Tests an.«

»Ich denke, du solltest in die Harley Street.«

»Im Augenblick bleibe ich bei Henderson. Hoffentlich sind die Tests positiv. Ich meine, negativ. Wenn nicht, können wir uns immer noch um eine zweite Meinung kümmern.«

Carrie legt ihre linke Hand auf Ralphs Oberschenkel. »Ich möchte dich nicht verlieren, Messenger«, sagt sie, ohne den Blick von der Straße zu nehmen.

Ralph sieht sie kurz an. »Hey! Red nicht schon übers Verlieren.«

»Tut mir leid. Es ist nur ...«

»Ich weiß.« Ralph bedeckt ihre Hand mit seiner und drückt sie. Carrie legt sie wieder auf das Lenkrad und fährt eine Weile schweigend.

»Was immer es auch kostet, wir werden alles bezahlen, damit du die allerbeste Behandlung bekommst«, sagt Carrie. »Was immer es auch kostet.«

Als sie nach Hause kommen, ist eine Nachricht für Ralph von seiner Sekretärin auf dem Anrufbeantworter, die ihm mitteilt, daß das Büro des VK den ganzen Tag über versucht hat, ihn zu erreichen. »Ich denke, es geht um die Studentenzeitung«, endet die Nachricht geheimnisvoll.

Ralph geht in sein Arbeitszimmer, um das Büro des VK anzurufen, und wird sofort zu Sir Stan durchgestellt.

»Oh, hallo, Ralph. Ich habe gehört, daß du den ganzen Tag im Krankenhaus warst. Nichts Ernstes, hoffe ich.«

»Nein, nur ein paar Tests.«

»Gut. Ich vermute, du hast die heutige Ausgabe von ›On Campus‹ noch nicht gesehen?«

»Nein.«

»Nun, es ist eine Geschichte über Donaldsons Ehrendoktorwürde drin.«

»Warum um alles in der Welt?«

»Es gibt so eine Art Friedensgruppe innerhalb des Studentenbundes, die Ärger macht. Ich lese dir ein paar Zeilen vor. ›Universität wird Mandarin aus dem Verteidigungsministerium ehren ... Verbindungen zum Holt Belling Centre ... Regierung bezahlt in Gloucester Untersuchungen zu Gehirnwäschetechniken und Lenkwaffen ...‹ Ist da irgendwas Wahres dran?«

»Naja, du weißt, daß das VM einen Teil unserer Arbeiten finanziert, Stan.«

»Zur Gehirnwäsche?«

»Ich nehme an, die beziehen sich auf ein interaktives Virtual-Reality-Programm –«

»Langsam, langsam, Ralph, nicht soviel Jargon.«

»Tut mir leid, Stan«, sagt Ralph. »Es gibt zum Beispiel ein sehr bekanntes Programm namens Eliza, das wie ein Psychotherapeut funktioniert. Man loggt sich ein, und es fragt einen: *Wie fühlen Sie sich heute?,* und man gibt ein: *Ich fühle mich beschissen,* und Eliza fragt: *Warum fühlen Sie sich beschissen?* und so weiter, und bevor man weiß, wie einem geschieht, hat man ihr seine ganze Lebensgeschichte erzählt und fühlt sich viel besser.« Sir Stan kichert am anderen Ende der Leitung. »Das VM will, daß wir ein Programm entwickeln, das sich wie ein Vernehmungsbeamter verhält, um damit Mitglieder der Armee darauf zu trainieren, wie sie reagieren sollen, wenn sie gefangengenommen und verhört werden. Ich nehme an, das meinen sie mit Gehirnwäschetechniken.«

»Und die Lenkwaffen?«

»Das Ministerium unterstützt unsere Forschungen zur Robotik im Hinblick auf eine mögliche Anwendung bei Operationen zum Minenlegen und Minenräumen«, sagt Ralph.

»Minen*legen*? Zu dumm, Ralph. Minen*räumen* ist in Ordnung.«

»In Ordnung?«

»Politisch korrekt. Diese Friedensgruppe hat eine Demonstration angedroht. Eine Demonstration vor der Ratssitzung nächste Woche.«

»Was? Ich dachte, das ist mit den Schlaghosen und den Jesusbärten aus der Mode gekommen?«

»Anscheinend nicht. Es ist nur eine kleine Minderheit, aber sie könnten uns ziemlich in Verlegenheit bringen. Wenn Donaldson davon Wind bekommt, könnte er einen Rückzieher machen. Das könnte die ganze zukünftige Finanzierung gefährden.«

»Ich red mit dem Herausgeber dieses Käseblatts«, sagt Ralph.

»Nun, sei vorsichtig. Wenn du etwas für sie schreiben könntest, so daß die Tatsachen in einem etwas günstigeren Licht erscheinen ...«

»Ich will mal sehen, was ich tun kann«, sagt Ralph.

»Guter Junge«, sagt Sir Stan. »Übrigens, Viv und ich haben dich kürzlich in deiner ländlichen Zuflucht leider verpaßt.«

»Ja, wie schade. Ich hab gerade einen Spaziergang gemacht. Hab deine Notiz gefunden, als ich zurückkam.«

»Den Nachmittag freigenommen, was? Sollten wir alle viel häufiger machen.«

»Ich hab rausgefunden, daß ich auf dem Land klarer denken kann.«

»Aber natürlich. Wie geht's Carrie?«

»Gut. Sie ist gerade aus den Staaten zurückgekommen. Ihr Vater war krank.«

»Tut mir leid, das zu hören… Dann warst du also allein?«

»Was?«

»Im Cottage?«

»O ja. Allein.«

»Ich muß los, Ralph. Antrittsvorlesung des neuen Leiters der Metallurgie.«

Ralph legt den Hörer auf und sagt laut: »Scheiße!« Er geht hinunter und sagt Carrie, worum es bei dem Anruf des VK ging.

»Ein Unglück kommt selten allein«, sagt sie.

»Ich frage mich, wer die Geschichte an dieses Käseblatt hat durchsickern lassen«, sagt Ralph.

Am Donnentag morgen ruft Helen Ralph im Büro an.

»Helen! Ich wollte dich gerade anrufen –«

»Wirklich?«

»Es ist nur so, daß hier alles ein bißchen angespannt ist.«

»Wie liefen die Tests?«

»Ohne eindeutiges Ergebnis. Ich muß am Montag noch mehr Tests machen.«

»Das ist ärgerlich.«

»Das ist es wirklich. Zuerst die Konferenz und jetzt dieser Sturm im Wasserglas wegen Donaldsons Ehrendoktorwürde. Hast du diese Woche ›On Campus‹ gelesen? Dieses Käseblatt, das die Studenten machen?«

»Nein. Was steht denn drin?«

»Zu kompliziert, um das jetzt zu erklären. Ich hab in ein paar Minuten ein Treffen mit dem Herausgeber.«

»Wann kann ich dich sehen?«

»Komm am Sonntag nach Horseshoes. Nein, Scheiße, ich komme am Samstag in die Klinik –«

»Ich meine, wann kann ich dich *alleine* sehen, Messenger?«

»Oh.« Ralph schweigt einen Augenblick »Ah ... Ich glaube nicht, daß ich gerade jetzt in der Stimmung bin, Helen.«

»Ich hab nicht gemeint, wegen Sex, Messenger«, sagt Helen. »Ich möchte einfach nur mit dir reden.«

»Tut mir leid ... Nun, schauen wir mal. Ich habe Carrie gesagt, daß ich heute abend länger arbeite. Ich komme auf dem Weg nach Hause bei dir vorbei. Gegen sieben. O.k.?«

Helens direkte Nachbarn verlassen gerade das Haus in Tenniskleidung und die Schläger schwingend, als Ralph in die Zufahrtsstraße vor den Reihenhäusern einbiegt. Er bleibt im Wagen und tut so, als studiere er irgendwelche Unterlagen, bis sie außer Sichtweite sind. Dann klingelt er bei ihr. Sie läßt ihn sofort ein und schließt schnell die Tür. Sie umarmen sich, wobei sie sich an die Tür lehnen.

»O Messenger«, sagt sie. »Ich hatte eine so elende Woche.«

»Sie war auch für mich nicht gerade wundervoll«, sagt er.

»Nein, armer Kerl. Erzähl mir von den Tests.« Sie führt ihn ins Wohnzimmer. »Möchtest du einen Drink?«

»Etwas Saft, wenn du hast. Henderson hat Alkohol verboten.«

»Henderson?«

»Mein Facharzt.«

»Oh. Ich hab ihn mit dem anderen verwechselt, dem in der Zeitung. Ich hab mir heute nachmittag ein Exemplar besorgt.«

»Das ist Donaldson«, sagt Ralph und folgt Helen in das kleine Wohnzimmer. Er macht sich in einem Sessel breit, als sie einen Karton Orangensaft aus dem Kühlschrank holt, ihn öffnet und zwei Gläser einschenkt. »Ich habe heute morgen den Herausgeber getroffen«, sagt Ralph. »Ein kleiner Klugscheißer aus den Kulturwissenschaften, der auf eine Karriere in der Boulevardpresse spekuliert. Ich habe ihn gefragt, woher er die Geschichte hat. Er hatte die Frechheit zu behaupten, das sei alles allgemein bekannt.«

»Ist es das nicht?«

»Naja, es ist natürlich allgemein bekannt, daß Donaldson ein hohes Tier im VM ist. Und es gibt in den Unterlagen des Senats Hinweise darauf, daß sie einige unserer Forschungen finanzieren – wenn man weiß, wo man suchen muß, auch wenn deren Verbreitung angeblich beschränkt ist. Aber wer hat die Verbindung hergestellt? Wer hat dieses Käseblatt auf die richtige Spur gebracht? Der Klugscheißer wollte es nicht sagen. Vielleicht weiß er es nicht – es könnte ein anonymer Tip von jemandem sein, der das Centre nicht mag. Oder der mich nicht mag. Danke.« Er nimmt Helen das Saftglas ab. Sie setzt sich aufs Sofa.

»Erzähl mir mehr von dem, was sie in der Klinik gemacht haben«, sagt sie.

Ralph beschreibt die Tests, die am Tag zuvor durchgeführt wurden, und berichtet von seiner Unterhaltung mit Henderson.

»Was ist eine Koloskopie?«

»Sie schieben dir eine kleine Fernsehkamera ins Rektum und sehen sich deine Därme von innen an«, sagt er. »Es ist das medizinische Äquivalent zu Channel Five.«

Helen zieht eine Grimasse. »Armer Kerl.«

»Allerdings. Ich kann nicht behaupten, daß ich mich darauf freue.« Er sieht auf die Uhr und stellt das Glas ab.

»Ich geh dann besser.«

»Schon?«

»Ich muß. Vielleicht hat Carrie im Büro angerufen und fragt sich, wo ich bin.«

»Messenger …«

»Was?« Helen antwortet nicht. Sie wird rot, und es sieht so aus, als würde sie gleich anfangen zu weinen. »Was ist?« fragt er zärtlicher, steht auf und geht hinüber zum Sofa. Er legt ihr einen Arm um die Schulter.

»Ich bin durcheinander«, sagt sie. »Ich weiß nicht, was du von mir willst.«

»Was ich von dir will?« wiederholt er und runzelt die Stirn.

»Drei Wochen lang hatten wir eine wahnsinnig leidenschaftliche Affäre. Wir haben uns beinahe jeden Tag getroffen. Wir haben praktisch jeden Tag miteinander geschlafen. Dann plötzlich, rums, gehen die Rolläden runter. Mehrere Tage lang sehe ich dich nicht. Ich sitze herum und warte auf einen Anruf, der nie kommt. Ich –«

»Liebling, es tut mir leid. Ich muß ständig an dieses verdammte Ding denken …«

»Ich weiß, ich weiß.«

»Ich liebe dich, Helen, und diese drei Wochen waren wundervoll, wirklich, aber … mir ist im Augenblick einfach nicht nach Sex.«

»Mir auch nicht, Messenger, mir auch nicht.« Sie sieht ihn nur groß an. »Das war also alles, was du von mir gewollt hast?« sagt sie. »Wäre es dir lieber, wenn ich einfach aus deinem Leben verschwinden würde, jetzt, wo du krank bist? Mich einfach verziehen?«

»Natürlich nicht.«

»Dann schließ mich nicht aus. Laß mich an deinen Gedanken teilhaben. Sag mir, wie du dich fühlst. Laß mich helfen.«

Ralph sieht sie einige Augenblicke schweigend an. »Du möchtest mir wirklich helfen?«

»Natürlich. Ich würde alles tun. Wenn es irgend etwas gibt…«

»Alles? Ist das wirklich dein Ernst?« Er sieht sie durchdringend an.

»Warum sagst du das so?« sagt Helen ein wenig ängstlich.

»Ich werde dir etwas anvertrauen, das ich niemandem sonst anvertrauen würde«, sagt er. »Du mußt versprechen, es für dich zu behalten.«

»In Ordnung«, sagt sie.

»Wenn sich herausstellt, daß diese Geschwulst bösartig ist, werde ich nicht einfach solange rumhängen, bis sie ihr Ding durchgezogen hat. Ich weiß, was du sagen willst. Ich weiß, was die Ärzte sagen werden. Heutzutage stehen so viele Behandlungsmöglichkeiten zur Verfügung, die laufend verbessert werden, blablabla. Aber Leberkrebs ist eine schlechte Nachricht. Ich hab im Internet nachgeschaut. Mit Chemotherapie erreicht man möglicherweise eine gewisse Remission, aber eine Heilung ist unmöglich. Transplantate sind riskant, und es ist wahrscheinlich, daß sie vom selben Krebs befallen werden. Ich habe nicht vor, mich heldenhaft zur Wehr zu setzen. Ich will nicht ein oder zwei Jahre lang krank sein und dann hilflos, verbraucht, inkontinent und kahl sterben. Nein, danke. Ich habe miterlebt, wie mein Vater an Krebs starb, und ich möchte das nicht durchmachen.

Sobald ich wirklich sicher bin, daß ich irreversiblen Krebs im Endstadium habe, sehe ich zu, daß ich abtrete, solange ich noch ohne fremde Hilfe gehen kann. Naja, vielleicht nicht ganz ohne fremde Hilfe.« Er unterbricht sich und sieht Helen vielsagend an.

»Du willst, daß ich ...?« Helen sieht schockiert aus. Sie schüttelt den Kopf. »Nein.«

»Carrie wird mir nicht helfen, das weiß ich«, sagt Ralph. »Immer, wenn ein Unglück zuschlägt, besteht ihre Reaktion darin, es unter einem Haufen Geld zu begraben. Ich sehe jetzt schon vor mir, welche Pläne in ihrem Kopf entstehen. Die ganze Harley Street zusammentrommeln. Mich in die Mayo-Klinik fliegen. Mir auf dem Schwarzmarkt eine Leber kaufen ... Alles, um mich am Leben zu erhalten, wenn es sein muß, im Rollstuhl.«

»Messenger, das ist grauenhaft. Ich möchte nichts mehr davon hören.«

»Ich dachte, du wolltest mir helfen.«

»Was soll ich dann deiner Meinung nach tun«, sagt sie und hebt ihre Stimme. »Dir eine Plastiktüte über den Kopf halten? Den Hocker unter deinen Füßen wegtreten?«

»Beruhige dich, Helen. Ich habe über die Mittel und Wege noch nicht nachgedacht. Vielleicht kommt es nie dazu. Ich hoffe verzweifelt, daß es nicht dazu kommt. Ich habe ein gutes Leben gehabt. Es würde mir leid tun, es beenden zu müssen, sehr leid. Aber ich werde es tun, wenn ich muß. Und naheliegenderweise will ich alles so organisieren, daß die Familie darunter am wenigsten leidet. An dem Punkt wäre es dann vielleicht nützlich, jemanden zu haben, der mir hilft.«

»Ich weiß«, sagt Helen fröhlich. »Ich könnte es so hindrehen, daß ich dich auf der University Avenue überfahre. Daß es wie ein Unfall aussieht. Du könntest im vereinbarten Augenblick hinter einem Baum hervorkommen. Nur müßten wir zuvor die Uhren vergleichen.«

»Ich mache keine Witze, Helen«, sagt Ralph.

»Nein. Mir wäre lieber, du würdest Witze machen«, sagt sie. »Und was ist damit, daß du mich leiden läßt?«

»Ich weiß, ich verlange viel von dir. Aber es wäre ein … ein Liebesbeweis.«

»*Liebe*?« Helen lacht leicht hysterisch.

»Nehmen wir an, jemand, den du liebst – deine Mutter, dein Vater oder sogar eins deiner Kinder –, würde unter unerträglichen Qualen sterben. Würdest du ihm nicht beim Sterben helfen, wenn du die Mittel dazu hättest?«

»Möglicherweise. Aber das ist etwas anderes.«

»Ich verstehe diese Logik nicht. Warum zwingt man die Leute, Höllenqualen auszustehen, bevor man ihnen hilft, dem ein Ende zu setzen? Warum hilft man ihnen nicht einfach, sie zu vermeiden, wenn es das ist, was sie wollen?«

»Mir ist schlecht«, sagt Helen. »Ich möchte nicht mehr darüber reden.«

»Du wirst mir nicht helfen?«

»Nein.«

»Aber du wirst mich auch nicht daran hindern? Du wirst niemandem davon erzählen?«

»Ich hab's dir versprochen.«

»Gut.« Er sieht wieder auf die Uhr. »Ich muß gehen.«

»Messenger«, sagt Helen. »Es ist, weil ich dich liebe.«

»Ich weiß«, sagt er und küßt sie leicht auf die Wange. »Ich finde selbst raus.«

»Du bist spät dran«, sagt Carrie, als Messenger in die Küche kommt. »Du hast gesagt halb acht. Das Essen ist verkocht.«

»Tut mir leid«, sagt Ralph. Er küßt sie auf die Wange. »Ich hab unterwegs bei Helen Reed vorbeigeschaut.«

»Oh?« Carrie wirkt leicht überrascht.

»Ich mußte ihr ein paar Sachen für die Konferenz bringen. Weißt du, daß sie einverstanden ist, das Schlußwort zu halten?«

»Das ist nett von ihr.«

»Ich hab die Gelegenheit genutzt und ihr erklärt, warum wir sie letzte Woche nicht getroffen haben.«

»Gut«, sagt Carrie. »Vielleicht rufe ich sie an und lade sie für Sonntag nach Horseshoes ein. Oder möchtest du, daß ich dich im Krankenhaus besuche?«

»Nein, bitte nicht. Mich besuchen, meine ich. Hast du heute etwas Interessantes gemacht?«

»Ich war ein wenig einkaufen. Ich habe Nicholas in der Montpellier Street getroffen, und wir haben im Petit Blanc zusammen Mittag gegessen.«

»Der Glückliche. Ständig hat er Zeit«, sagt Ralph. »Ich hoffe, ihr habt nicht über meinen Gesundheitszustand diskutiert.«

»Ich hab erwähnt, daß du ein paar Tests machst. Du kannst es nicht geheimhalten, Messenger.«

»Ich weiß. Ich möchte nur nicht, daß mich die anderen voller Mitleid und morbider Neugierde betrachten. Je weniger unserer Freunde Bescheid wissen, um so besser.«

»Wieviel hast du Helen Reed gesagt?«

»Nicht viel. Und es war sowieso vertraulich.«

Von: ludmila.lisk at carolinum.psy.cz
An: R. H. Messenger at glosu.ac.uk
Thema: Konferenz
Datum: Donnerstag, 22. Mai 1997 20:35:28

Hi, Professor Messenger,

hier ist Ihre tschechische Freundin Ludmila. Erinnern Sie sich noch an mich? Das hoffe ich.

Bevor drei Wochen habe ich Ihnen einen Brief gesendet aber ich glaube Sie haben ihn nicht bekommen weil ich bekomme keine Antwort. Also habe ich im Internet Gloucester University herausgesucht und finde Ihre Email Adresse. Ich immer wünsche ich hätte früher daran gedacht.

Mein Brief bat Sie um Bestätigung daß ich eingeladen bin auf Ihrer Konferenz dieses Maiende ein Schaubild vorzustellen. Das British Council wird mir ein Reisestipendium geben aber sie brauchen Ihre Bestätigung. Da Zeit ist kurz hätte ich gerne wenn Sie sind schnell. Bitte entschuldigen Sie mein schlechtes Englisch.

Hochachtungsvoll,
Ludmila Lisk

Von: R. H. Messenger at glosu.ac.uk
An: ludmila.lisk at carolinum.psy.cz
Thema: Bewußtseinskonferenz VI
Datum: Freitag, 23.Mai 1997 9:25:15

liebe ludmila,

vielen dank für deine email. Natürlich erinnere ich mich an dich, wie auch nicht? Es tut mir schrecklich leid, aber die

Konferenz ist absolut voll. Wir können nur eine streng begrenzte Anzahl von Leuten unterbringen. Vielleicht könntest du die Konferenz nächstes Jahr besuchen. Ich glaube, sie findet in Florida statt könnte nett werden. Ich maile dir die Informationen, sobald ich sie bekomme, damit du dich rechtzeitig bewerben kannst

beste wünsche

Ralph Messenger

Von: ludmila.lisk at carolinum.psy.cz
An: R. H. Messenger at glosu.ac.uk
Thema: Konferenz
Datum: Freitag, 23. Mai 1997 11:14:02

lieber Ralph,

ich hoffe du dir nicht denkst ich bin unhöflich weil ich so anfange aber du gesagt hast ich darf dich Ralph nennen während unserer schönen Zeit in Prag. Ich bin sehr traurig, daß die Konferenz voll ist. Tatsächlich ich weine wenn ich lese deine email. Es ist nicht einfach in der Tschechischen Republik Reisestipendien zu bekommen. Ich glaube nicht das British Council wird für mich zahlen daß ich gehe nach Florida. Bitte laß mich zu deiner Konferenz in Gloucester kommen. Es macht mir nichts aus auf dem Boden zu schlafen. Ich bringe Schlafsack. Ich erwarte nicht ein so nettes bequemes Bett wie wir hatten in Prag.

Deine Freundin Ludmila

Von: R. H. Messenger at glosu.ac.uk
An: ludmila.lisk at carolinum.psy.cz
Thema: Bewußtseinskonferenz VI
Datum: Freitag, 23. Mai 1997 12: 15: 10

liebe ludmila,

mein Gott, nicht die Übernachtungsmöglichkeiten sind das Problem. In unseren größten Vorlesungssaal passen nur 200 Leute und es gibt alle möglichen Regeln und Vorschriften, die uns verbieten mehr Leute zur Konferenz anzumelden. Es tut mir leid dich enttäuschen zu müssen aber es gibt nichts was ich in diesem fall daran ändern kann unglücklicherweise.

Beste Wünsche,
Ralph Messenger

PS: Ich bin im Beratergremium des AI Newsletter, der in Winnipeg erscheint. Wenn du einen Kurzartikel über dein Forschungsprojekt schreiben möchtest sehe ich zu daß sie den in ihrer Rubrik Noticeboard aufnehmen.

Von: ludmila.lisk at carolinum.psy.cz
An: R. H. Messenger at glosu.ac.uk
Thema: Konferenz
Datum: Freitag, 23. Mai 1997 13:14:02

Lieber Ralph,

vielen dank für deine email. Es ist nett von dir den Kurzartikel im AI Newsletter anzubieten aber es ist wichtiger für mich an deiner Konferenz teilzunehmen und meine Forschungen all den Topleuten auf diesem Gebiet zu erklären. Ich glaube du kannst für mich einen Platz in deiner

Konferenz finden wenn du es wirklich wünscht. Ich denke vielleicht wünscht du nicht daß ich nach Gloucester komme. Fürchtest du daß ich deinen Kollegen und vielleicht deiner Frau sage, was für eine schöne Zeit wir zusammen in Prag hatten? Ich verspreche dir ich werde nichts sagen. Aber wenn ich nicht zur Konferenz kommen kann und mein Reisestipendium verliere werde ich sehr traurig und wütend sein. Vielleicht werde ich alles über was wir in Prag zusammen gemacht haben schreiben und es ins Internet stellen.

Deine Freundin Ludmila

Von: R. H. Messenger at glosu.ac.uk
An: ludmila.lisk at carolinum.psy.cz
Thema: Bewußtseinskonferenz VI
Datum: Freitag, 13. Mai 1997 15:35:18
Kopie an: scirep at britcoun.cz

Sehr geehrte Miss Lisk,

vielen Dank für Ihre E-Mail. Bedauerlicherweise ging Ihr ursprünglicher Brief verloren. Ich freue mich, Ihnen bestätigen zu können, daß es uns möglich ist, Sie zur Präsentation des Schaubildes »Modellierung des Lernverhaltens mit autonomen Agenten« als Delegierte zu unserer Konferenz einzuladen. Ein Informationspaket zur Konferenz geht Ihnen schnellstmöglich per Luftpost zu. Eine Kopie dieses Briefes schicke ich an das British Council in Prag.

Ich freue mich, Sie Ende des Monats bei uns begrüßen zu dürfen.

Hochachtungsvoll,
R. H. Messenger
Konferenzleitung

»Miststück«, murmelt Ralph leise vor sich hin, als er auf »Senden« drückt, um seine Nachricht loszuschicken. Das Telefon auf seinem Schreibtisch klingelt. Es ist der VK.

»Oh, hallo, Stan«, sagt Ralph. »Gestern habe ich den Herausgeber von ›On Campus‹ getroffen. Er hat versprochen, in der Ausgabe nächste Woche einen Brief von mir zu drucken. Das sollte die Wogen glätten.«

»Freut mich zu hören, Ralph«, sagt Sir Stan, »aber das ist nicht der Grund, warum ich dich anrufe.«

»Oh.«

»Neben mir steht Detective Sergeant Brian Agnew, von der Gloucestershire Police. Welche Abteilung?« Die letzte Frage richtet sich nicht an Ralph, der eine gedämpfte Unterhaltung zwischen Sir Stan und seinem Besucher hört, bevor ersterer wieder ins Telefon spricht. »Von der Abteilung Pädophilie und Pornographie. Er möchte mit dir reden.«

»Worüber?«

»Ich glaube, das erklärt er dir besser selbst«, sagt Sir Stan. »Kannst du dich heute nachmittag mit ihm treffen? Zum Beispiel jetzt gleich?«

»Naja, ich denke schon, wenn's so dringend ist.«

»Guter Junge. Ich schick ihn rüber. Bleib dran.« Es folgt noch eine gedämpfte Unterhaltung zwischen dem VK und Detective Sergeant Agnew. »Ja – bist du immer noch dran, Ralph? Der springende Punkt ist, er kann sich nicht als Polizist zu erkennen geben, wenn er rüberkommt. Er sagt einfach, daß er Brian Agnew ist und daß du ihn erwartest. In Ordnung?«

»In Ordnung«, sagt Ralph. Er legt den Hörer auf. »Jesus Christus«, murmelt er vor sich hin. »Was denn noch?«

»Wir haben Grund zur Vermutung«, sagt Detective Sergeant Agnew, »daß jemand in Ihrer Abteilung über das universitätseigene Netz Kinderpornographie aus dem Internet herunterlädt.«

»Wer?« sagt Ralph.

»Das wissen wir noch nicht, Sir.«

»Welche Anhaltspunkte haben Sie dann?«

»Es steht mir nicht frei, Ihnen das mitzuteilen, Sir«, sagt Detective Sergeant Agnew. Er ist ein großer, starkknochiger Mann Mitte dreißig mit einem Schnurrbart, der an den Enden herabhängt, so daß er ständig schwermütig aussieht; er trägt einen marineblauen Blazer, ein blaues Hemd und eine schlichte Krawatte. Er spricht mit lokalem Akzent. »Das ist Teil einer umfangreicheren Ermittlung gegen einen Ring von Leuten, die illegales Material austauschen und verbreiten«, sagt er. »Wir glauben, daß einer von ihnen hier arbeitet. Haben Sie vielleicht irgendeine Idee, wer das sein könnte?«

»Nein. Überhaupt keine.«

»Kein Mitglied Ihres Instituts hat zu irgendeinem Zeitpunkt Interesse an dieser Art Material gezeigt?«

»Nicht daß ich wüßte. Natürlich glaube ich nicht, daß es im ganzen Land auch nur einen einzigen Menschen mit Internetzugang gibt, der sich nicht irgendwann mal eine Porno-Site angeschaut hat. Das ist natürliche menschliche Neugierde.«

»An dem Zeug, mit dem wir uns befassen, ist überhaupt nichts natürlich, Sir«, sagt Detective Sergeant Agnew.

»Genau darauf will ich hinaus. Einer unserer postgraduierten Studenten hat letztes Jahr eine Art Wettbewerb organisiert, um das unanständigste Bild im Internet zu finden, für das man nicht bezahlen muß . . .« Ralph lacht in Erinnerung daran, aber Detective Sergeant Agnew verzieht seine Miene nicht einmal zu einem winzigen Lächeln. »Es war nichts als ein machohafter Streich. Aber einige Frauen im Centre haben sich bei mir darüber beschwert, also habe ich dem ein Ende gemacht.«

»Wer war das, Sir?«

»Jim Bellows, aber ich bin sicher, daß er mit Kinderpornographie nichts zu tun hat. Die Bilder, die ich gesehen habe, zeigten Erwachsene. Sehr gut entwickelte Erwachsene, wenn ich so sagen darf.« Wieder versucht Ralph dem Polizisten ein Lächeln zu entlocken, und wieder hat er keinen Erfolg damit.

Detective Sergeant Agnew schreibt den Namen in sein Notizbuch. »Wir werden ihn überprüfen«, sagt er.

»Ich bin sicher, daß er nicht der Mann ist, den Sie suchen.«

»Wahrscheinlich nicht, aber wir müssen jedem Hinweis nachgehen. Wir können wohl kaum jede Festplatte in diesem Gebäude überprüfen.«

»Um Himmels willen, nein. Das würde das Centre vollkommen lahmlegen.«

»Obwohl Sie sich selbst, wenn Sie möchten, von den Ermittlungen ausschließen könnten, Sir«, sagt Detective Sergeant Agnew.

»Was meinen Sie damit?«

»Wenn Sie mir erlauben würden, Ihre Festplatte zu überprüfen.«

»Naja, ich weiß nicht ... Haben Sie einen Durchsuchungsbefehl oder so was?«

»Was ich Ihnen vorschlage, wäre vollkommen freiwillig, Sir.«

»Verstehe ...« Ralph runzelt die Stirn und denkt einen Augenblick nach. »Sieht so aus, als stecke ich hier in einer Doppelbindung. Einerseits sehe ich nicht ein, warum ich das tun sollte, andererseits – wenn ich es nicht mache, werden Sie vermuten, daß ich etwas zu verbergen habe.«

»Das liegt ganz bei Ihnen, Sir.«

»Auf meinem Computer befindet sich jede Menge vertrauliche Informationen.«

»Selbstverständlich würde die Vertraulichkeit gewahrt bleiben.«

Ralph denkt einen Augenblick nach. »Also gut, in Ordnung, legen Sie los.«

»Vielen Dank, Sir. Aber ich möchte Ihnen im Augenblick keine Umstände machen.«

»Oh. Ich dachte ...«

»Wer ist Ihr leitender Systemverwalter, Sir?«

»Stuart Phillips.«

»Ist er vertrauenswürdig?«

»Absolut, würde ich sagen.«

»Ein guter Mensch?«

»Absolut. Mit einer Lehrerin verheiratet. Sie haben zwei Kinder. Er ist Glöckner in seiner Kirche, glaube ich. Läuft bei Wohltätigkeitsveranstaltungen Marathons. Ist Führer einer Pfadfindergruppe.« DS Agnew, der zustimmend genickt hat, hört plötzlich auf zu nicken. »Vielleicht hätte ich das nicht erwähnen sollen«, sagt Ralph.

»Warum nicht, Sir?«

»Naja, ich vermute, daß ihn das verdächtig macht, oder? Ehrlich gesagt, ich frage mich, wie man heutzutage überhaupt noch jemanden findet, der als Pfadfinderführer arbeitet. Stuart Phillips ist wirklich das Salz der Erde.«

»Sie hatten recht, es zu erwähnen, Sir. In diesem Spiel kann man unmöglich zu viele Informationen haben. Ich würde Mr. Phillips gerne treffen. Glauben Sie, Sie können ihn gleich erreichen?«

Ralph ruft Stuart Phillips' Anschluß an und erfährt, daß er gerade nach Hause gegangen ist. Detective Sergeant Agnew sagt, er werde nächste Woche wiederkommen, um die Systeme des Centre zu untersuchen, wozu er Stuart Phillips' Hilfe brauchen wird.

»Werden Sie ihn ins Vertrauen ziehen?« fragt Ralph.

»Kommt darauf an«, sagt Agnew. »Ich muß ihn zuerst mal treffen.«

Sie verabreden einen provisorischen Termin am kommenden Mittwoch, weil Ralph am Montag und am Dienstag im Krankenhaus sein wird.

»Falls Sie etwas herausfinden, lassen Sie es mich bitte sofort wissen.«

»Natürlich, Sir«, sagt Agnew.

»Es könnte uns furchtbar schaden, was die PR angeht.«

»Natürlich wird das allgemein bekannt, wenn eine Straftat begangen und eine Verhaftung durchgeführt worden ist.«

»Nun, je länger das hinausgezögert wird, um so besser«, sagt Ralph. »Wir veranstalten hier nächstes Wochenende eine große internationale Konferenz.«

»Ich glaube kaum, daß es bis dahin schon irgendwelche bedeutenden Entwicklungen gibt, Sir«, sagt Detective Sergeant Agnew.

»Wie war dein Tag?« fragt Carrie, als Ralph nach Hause kommt.

»Frag nicht«, sagt er. »Egal, was Henderson sagt, ich brauche einen Drink.«

»Lieber nicht, Messenger«, sagt Carrie besorgt.

»Ein Drink wird mich schon nicht umbringen«, sagt er.

»Na schön. Einer«, sagt sie voller Zweifel. »Ich mach ihn dir. Was möchtest du?«

Ralph denkt nach. »Du hast früher wunderbare Dry Martinis gemacht«, sagt er.

»Weißt du was? Ich hab schon seit Jahren keinen Dry Martini mehr getrunken«, sagt Carrie. »Ich schließ mich dir an.«

29

Ene, mene, muh … Test, Test … Es ist Sonntag nachmittag der, äh, fünfundzwanzigste Mai, und ich bin im Abbey Hospital in Bath. Ich war fast froh darüber, daß ich gestern hier eingeliefert wurde, so daß ich wegkam vom Centre, von zu Hause, den E-Mails, Faxgeräten, Telefonen … neben meinem Bett steht ein Telefon, aber das weiß kaum jemand … wegzukommen, bevor es noch mehr unangenehme Überraschungen für mich gab. Das Abbey ist wie ein Hafen im Sturm, ein Hort der Ruhe … ein idealer Ort, um sich ein paar Tage lang zu verkriechen, um wieder zu Atem zu kommen und einige Arbeiten zu erledigen. Ich habe eine Menge Bücher und mein IBM-Thinkpad mitgenommen. Guter Name … Unglücklicherweise war der Grund, warum ich hier bin, die unangenehmste Überraschung, und bisher fiel es mir schwer, mich auf etwas anderes zu konzentrieren.

Ich kann mich über meine Unterbringung nicht beklagen. Ich habe ein eigenes klimatisiertes Zimmer mit einem großen Panoramafenster, unter dem ein landschaftsgärtnerisch gestalteter Parkplatz liegt … Teppichboden … Reproduktionen impressionistischer Gemälde an den Wänden … ein Sessel mit hoher Lehne, in dem ich im Augenblick sitze … zwei stapelbare Besucherstühle und ein Beistelltisch. Auf einem Wandarm ist ein Fernseher montiert. Ein Krankenhausbett auf dem neuesten Stand der Technik, das man, falls nötig, hoch-, herunter- und zusammenklappen oder schräg stellen kann. Ein eigenes Badezimmer mit Dusche und Toilette ... Es ist fast wie ein Vier-Sterne-Hotelzimmer, nur daß man kein *Bitte-nicht-stören*-Schild an die Tür hängen kann. Die Krankenschwestern und Hilfskräfte sehen ständig nach einem, schreiben irgendwelche Kleinigkeiten auf oder prüfen Puls, Temperatur und Blutdruck oder bringen einem etwas zu essen oder fragen bloß, ob alles in Ordnung ist. Natürlich ist immer alles in Ordnung. Nur mit einem selbst nicht.

Jetzt sind alle Aktivitäten unterbrochen worden. Es ist Besuchszeit ... Also habe ich den alten Pearlcorder herausgeholt. Ich weiß nicht genau, warum ... aber weil ich keinen Besuch bekommen werde, dachte ich, ich könnte genausogut mit mir selbst reden, und ich kann einigermaßen darauf vertrauen, daß ich in der nächsten Stunde oder so nicht unterbrochen werde, weil eine Schwester ins Zimmer platzt ... Sie haben hier allerdings bemerkenswert gut aussehende Schwestern, die angezogen sind wie in einem feuchten Traum: enge, kurze Uniformen aus blauem oder weißem Popelin ... mit breiten Gürteln und hauchdünnen schwarzen Strümpfen. Irgendwie weiß man, daß es Strümpfe sind und keine Strumpfhosen. Das alles gehört zum Vier-Sterne-Service ... Schwester Pomeroy ist besonders attraktiv. Blonde Locken, Pfirsichhaut, ein perfektes Lächeln, großartige Titten unter dem gestärkten Uniformlatz ... und wenn das, was sich unter ihrem Rock befindet, so gut gebaut ist wie das, was man unterhalb des Saums sehen kann, naja ... Schwester Pomeroy war sehr freundlich und aufmerksam. Sie hat mich im Fernsehen gesehen und betrachtet mich irgendwie als Star ... Wäre ich in anderer Stimmung, würde ich mir bei Schwester Pomeroy Chancen ausrechnen, manchmal hat sie ein anzüglich einladendes Funkeln in ihren Augen ... aber in Wirklichkeit liegt meine

Libido im Augenblick auf Eis. Seit O'Keefe jene sieben Worte aussprach, »Sie haben eine Geschwulst auf der Leber«, habe ich das Interesse an Sex verloren ... Sex zu haben, meine ich, ich bezweifle, ob ich jemals aufhöre, daran zu denken ... *Ich denke an Sex, also bin ich* ... Ich habe versucht, mich dazu zu zwingen, in der zweiten Nacht nach ihrer Ankunft aus Kalifornien mit Carrie zu schlafen, aber es hat nicht funktioniert. Sie war sehr verständnisvoll ... Mit Helen habe ich es gar nicht erst versucht, seit meine Krankensaga anfing. Wenn sich herausstellt, daß die Geschwulst bösartig ist, habe ich vielleicht nie wieder Sex. Ein deprimierender Gedanke. Aber wenigstens kann ich sagen, daß ich aus allen Rohren feuernd untergegangen bin in unserer bemerkenswerten dreiwöchigen Affäre ... Außer beim letzten Mal, als ich impotent war. Schade drum.

Es ist nicht Appetit auf Sex, der mir im Augenblick zu schaffen macht, es ist gewöhnlicher Appetit ... Ich wurde auf eine besonders leichtverdauliche Diät gesetzt, die aus geschmacklosem Brei besteht. Schritt für Schritt leeren sich meine Därme, so daß sie sich am Dienstag bequem darin umschauen können, und ich habe die ganze Zeit über Hunger. Am Mittag konnte ich das Roastbeef riechen, das auf dem Servierwagen den Gang entlang zu den anderen Patienten in diesem Flügel geschoben wurde ... ein Duft, bei dem mir das Wasser im Mund zusammenlief ... er sickerte unter der Tür durch, und meine ausgehungerten Sinne fingen ihn auf. Wie sehnte ich mich nach einer großzügigen Portion, mit goldbraunen Röstkartoffeln und massenhaft Sauce über dem Yorkshire Pudding. Sicher, im Prinzip esse ich jetzt kein Rindfleisch mehr, aber wenn man eine möglicherweise bösartige Geschwulst auf der Leber hat, erscheint einem die Eins-zu-einer-Million-Chance, BSE zu bekommen, nicht gerade als besonders drängendes Problem … wenn man mir erlauben würde, normal zu Mittag zu essen, würde ich mich nicht für den gedünsteten Lachs oder die vegetarische Lasagne entscheiden, sondern ohne zu zögern fürs Rindfleisch. Zufällig kenne ich die ganze Speisekarte, denn ein gedankenloser Pfleger hat sie mir heute morgen gegeben. Muß aufhören, ans Essen zu denken.

Ich habe versucht, die Geschwulst selbst zu ertasten, aber es gelang mir nicht … Ich muß aufpassen, daß ich nicht zu fest darauf herumdrücke, um nicht noch irgendeinen Schaden anzurichten. Es tut nicht weh … was nicht unbedingt ein gutes Zeichen ist … Oft hat man bei Leberkrebs im Anfangsstadium keine Schmerzen. Aber es ist merkwürdig, möglicherweise in Lebensgefahr zu schweben und nichts zu spüren außer ein wenig Verdauungsbeschwerden … Selbst die sind mit der leichtverdaulichen Kost verschwunden. »Ein lebenswichtiges Organ«, hat O'Keefe gesagt … Irgendwo hab ich gelesen, daß die alten Assyrer glaubten, die Leber sei der Sitz der Seele. Interessant. Die Ägypter dachten, das sei das Herz, und die Griechen, die Lunge, glaube ich … und Descartes dachte, seine Seele befinde sich in der Zirbeldrüse … aber die Assyrer entschieden sich für die Leber, obwohl sie keine Ahnung haben konnten, wozu sie dient – metabolisch gesprochen.

Draußen scheint strahlend die Sonne, reflektiert von den Windschutzscheiben der Autos der Besucher … die Frauen sehen aus, als kämen sie zu einer Hochzeit, steigen in Sommerkleidern aus den Autos, greifen nach den Blumensträußen … Ich wollte jetzt, ich hätte Carrie nicht davon abgebracht, heute zu kommen. Ohne Besucher komme ich mir ein bißchen wie eine Waise vor. Sie und die Kinder werden in Horseshoes sein und sich nach dem Mittagessen im Garten sonnen. Denken wir lieber nicht ans Essen. Helen allerdings nicht, sie hat Carrie gesagt, sie sei zu sehr mit dem Notengeben beschäftigt. Natürlich nicht der wahre Grund... Sie ist nervös, weil sie Carrie wiedersehen soll, eine Mischung aus Schuld und Rivalität, vermute ich. Ich kann nicht sagen, daß mir das leid tut. Wer weiß, was vielleicht passiert wäre, hätten sich die beiden dieses Wochenende alleine getroffen und über mich geredet. Nehmen wir an, Helen verspürt plötzlich den Drang zu beichten. Jesus.

So unangenehm die letzte Woche auch war, eins ist mir klargeworden: Ich möchte mit Carrie verheiratet bleiben, egal, was bei den Tests rauskommt... Das alte Klischee, daß diese Dinge ein Paar fester aneinander binden, erweist sich als wahr... Wenn ich zurückschaue, sehe ich, daß es sehr dumm von mir war, mit Marianne rumzumachen und mich danach ernsthaft mit Helen einzulassen... Ich habe meinen unausgesprochenen Vertrag mit Carrie gebrochen, in ihrer unmittelbaren Umgebung keine Affäre anzufangen. Wenn sie das herausfindet, könnte sie Gott weiß was machen... Zum Glück wird Helen Gloucester bald verlassen. Aber in der Zwischenzeit muß ich sorgfältig darauf achten, daß die Dinge im Lot bleiben.

Das Problem ist, ich habe Angst, daß sie sich möglicherweise ernsthaft in mich verliebt... An jenem Abend kürzlich hat sie überaus emotional reagiert. Im nachhinein war es ein Fehler, sie zu bitten, daß sie mir hilft, mich umzubringen, wenn es zum Äußersten kommt. Das war etwas, über das ich nachgedacht habe, und dann ist es mir einfach so rausgerutscht, ohne daß ich's vorsätzlich geplant hätte. Ich hab laut nachgedacht, das war fast schon alles. Es ist wichtig für mich, alle Eventualitäten in Betracht zu ziehen, um dafür gerüstet zu sein, wenn sie eintreten, dann habe ich das Gefühl, mein Leben unter Kontrolle zu haben... Aber alles ist nur hypothetisch... abstrakt... Sie dagegen ist Schriftstellerin, sie hat eine lebhafte Phantasie, sie sieht sich sofort als Teil in einem blutrünstigen Szenarium und regt sich auf...

Andererseits, wenn alles gut ausgeht, fürchte ich, wird sie die Affäre fortsetzen wollen... Naja, wenn sie wieder in London ist, könnten wir uns gelegentlich treffen, aber es wäre besser, die Angelegenheit eines natürlichen Todes sterben zu lassen... nicht gerade die glücklichste Metapher... Es war großartig, solange es dauerte, der Sex gehörte zum besten, den ich je hatte... aber ich möchte Carrie keinen Grund geben, irgend etwas in der Richtung zu vermuten, was zwischen uns abgelaufen ist, als sie nicht da war... Das Risiko ist groß genug, daß sie es aus anderer Quelle erfährt. Ich vermute, Emily hat einen Verdacht... wie sie mich an jenem Abend ansah, als ich sagte, daß Greg nicht bei uns schlafen könne... vielleicht hat sie etwas gehört in den Nächten, die Helen bei uns blieb, egal, wie leise wir waren... oder es ist einfach nur weibliche Intuition... Und dann schauen Sir Stan und Viv in Horseshoes vorbei, als wir oben im Schlafzimmer sind... etwas in seinem Tonfall am Telefon neulich ließ vermuten, daß er mir nicht geglaubt hat, als ich ihm sagte, ich hätte einen Spaziergang gemacht. Ich frage mich, ob es irgendwelche Hinweise darauf gab, daß Helen bei mir war... etwas, das ihr gehört und das sie auf dem Beifahrersitz im Auto liegenlassen hat... eine Jacke, ein Schal? Ich kann mich nicht daran erinnern, was sie an dem Tag anhatte, verdammt... Klar, wenn Stan einen Verdacht hat, würde er Carrie nichts davon erzählen... aber Viv vielleicht, aus weiblicher Solidarität oder auch nur aus reiner Bosheit... Wie auch immer, ich fürchte, ich bin nicht mehr der Goldjunge des VK angesichts der Horseshoes-Episode und dem Streit um Donaldsons Ehrendoktorwürde... und jetzt zu allem Überfluß auch noch diese Pornographiesache.

Das war ein angespannter Moment am Freitag nachmittag, als Agnew mich fragte, ob er meine Festplatte überprüfen dürfe … Schwierige Frage, und ich mußte mich schnell entscheiden … auf meiner Festplatte befindet sich keine Kinderpornographie, überhaupt keine Pornographie … Gelegentlich bin ich schon mal zu den Porno-Sites im Web gesurft, aber nur von zu Hause aus … also hatte ich in der Hinsicht nichts zu befürchten … Aber in meinem Computer im Büro habe ich die Transkripte all meiner experimentellen Monologe und meine Tagebucheinträge … mit sämtlichen anzüglichen Details meines Verhältnisses zu Marianne und Helen und eine Menge anderes kompromittierendes persönliches Material … zum Beispiel, wie ich Emily im Bad sah … Die Vorstellung, daß Detective Sergeant Agnew in diesen Dateien rumschnüffelt, gefiel mir gar nicht … Aber schließlich dachte ich, er sucht Bilder, keine Texte … und wenn ich mich weigere zu kooperieren, schöpft er vielleicht Verdacht … und wenn er sich einen Durchsuchungsbefehl besorgen muß, um sich meine Festplatte anzusehen, dann wird er sie viel gründlicher unter die Lupe nehmen, als wenn ich ihm jetzt erlaube, sie zu überprüfen … Also habe ich zugestimmt – und er ließ mich vom Haken … Vielleicht war es nur ein Bluff; vielleicht hatte er gar nicht die Absicht, die Festplatte hier und jetzt zu überprüfen … vielleicht hat die Tatsache, daß ich zugestimmt habe, schon ausgereicht, um mich von der Untersuchung auszuschließen … schlauer Bastard … Nachdem er gegangen war, habe ich mir überlegt, ob ich die sensiblen Dateien nicht löschen soll, aber was sollte das bringen? Man kann die Daten auf einer Festplatte niemals vollständig löschen, es sei denn, man zerstört sie …

Was das Theater um Donaldsons Ehrendoktorwürde angeht … wer hat diesem Käseblatt die Informationen über unsere Verbindungen zum VM geliefert? Es muß jemand sein, der Zugang zu den Unterlagen des Senats hat ... und ein Motiv ... Jasper Richmond, zum Beispiel ... Wenn Oliver darüber geredet hat, daß er uns auf dem Parkplatz von Sainsbury's gesehen hat, könnte Jasper versuchen, sich zu rächen ... Oder könnte es jemand aus dem Centre selbst sein? Könnte es möglicherweise Duggers sein? Er war nie scharf auf unsere Kontakte zum VM – hat darüber gemault, daß die Gesetze zur Geheimhaltung die akademische Freiheit unterminieren usw. usw., obwohl er in Wirklichkeit nur auf die Knete neidisch war, die ich an Land zog und von der nichts an sein Postdoc-Team ging ... Aber würde er sein eigenes Institut sabotieren? Ich würde es ihm zutrauen ... sagen wir, es gibt einen solchen Wirbel, daß ich gezwungen werde, meinen Posten aufzugeben ... oder, was wahrscheinlicher ist, ihn angewidert selbst aufgebe ... dann würde er in meine Fußstapfen treten, jedenfalls dürfte er sich das so vorstellen ... er wäre lieber Leiter eines verarmten Centre als Nummer zwei in einem florierenden ... Ich hoffe, er findet nicht heraus, warum ich diese Tests machen muß ... Ich kann mir genau vorstellen, in welch erwartungsvolle Erregung ihn das versetzen würde ...

Ich werde ein wenig paranoid ... aber es war eine anstrengende Woche, eine verdammte Krise nach der anderen ... gerade dann, als ich etwas Ruhe und Frieden nötig gehabt hätte, um mich auf die Konferenz vorzubereiten ... was mich an ein anderes kleines potentielles Problem erinnert, das am Himmel seine Schleife zieht und darauf wartet zu landen ... Ludmila Lisk ... Was mir jetzt gerade noch fehlt, ist ein tschechisches Groupie, das mir auf der Konferenz auf Schritt und Tritt folgt ... bei jeder Gelegenheit auf Schmusekurs geht und in Erinnerungen an unsere romantische Nacht in Prag schwelgt ... Carrie auf die Nerven geht und möglicherweise auch Helen ... Wenn alles schiefgeht, was schiefgehen kann, dann könnte die nächste Woche so aussehen: Man diagnostiziert bei mir Krebs im Endstadium ... drei Frauen schlagen sich in aller Öffentlichkeit um mich ... eine von ihnen droht mit der Scheidung ... das Centre wird in einem Pornoskandal bloßgestellt .. die Forschungsgelder werden gestrichen ... mein Status beschädigt ... meine Feinde triumphieren ... Natürlich, sollte die erste dieser Möglichkeiten eintreten, zählen die übrigen nicht mehr sehr viel ... oder sehr lange. Was vielleicht der Grund ist, warum ich überraschend ruhig bin ... Entscheidend ist, daß man Verteidigungsmaßnahmen ergreift, wo man kann, und stoisch auf das wartet, was sich wohl ergeben mag, wo man das nicht kann.

30

Dienstag, 27. Mai. Messenger hat heute seine Tests. Ich habe ihn gestern abend angerufen, um ihm Glück zu wünschen. Ich hatte zuvor mit Carrie gesprochen, also wußte ich, daß sie nicht bei ihm war. Offensichtlich hatte er ihr gesagt, er wolle in der Zeit, in der alles vorbereitet werde, von niemandem besucht werden. Ich vermute, so fühlt er sich weniger krank. Carrie fährt heute nach Bath, um bei ihm zu sein, wenn sie die Ergebnisse der Tests bekommen, und um ihn später nach Hause zu fahren. Die Aufgabe einer Ehefrau. Er sagte, er würde versuchen, mich heute abend anzurufen, um mir zu sagen, wie alles gelaufen ist, doch wahrscheinlich könne er mich erst morgen von seinem Büro aus erreichen. Er ruft mich nicht gerne von zu Hause an, weil er vermeiden will, daß Carrie zufällig den Hörer vom anderen Anschluß abnimmt und hört, wie wir uns unterhalten. Er hat kein Handy – er sagt, hätte er eins, hätte er keine ruhige Minute mehr –, also können wir nur miteinander sprechen, wenn er im Büro ist.

Er klang gestern abend ein wenig gereizt, was kaum überraschend ist. Er ist gelangweilt, hungrig und besorgt. Und alles, was ich tun konnte, war, ihm Glück zu wünschen. Denn das ist alles, woran ich jetzt noch glaube: Glück. Zufall. Willkürlichkeit. Chaos. Und wir wissen, daß wir die nicht kontrollieren können, also ist »jemandem Glück wünschen« eine besonders leere Geste. Früher hätte ich gesagt: »Ich bete für dich.« Früher, vor recht langer Zeit, wäre ich in eine

Kirche gegangen und hätte in der Marienkapelle eine Kerze angezündet und darum gebetet, daß die Jungfrau Maria und ihr göttlicher Sohn eingriffen und Messengers Geschwulst verschwinden ließen. Wie bizarr erscheint mir heute diese Vorstellung – teilweise wegen Messenger selbst. Er hat es mir unmöglich gemacht, für ihn zu beten. Sollte ich es vorschlagen, würde er sich über mich lustig machen. Ich kann mir genau vorstellen, wie er sagt: »Verrat mir, wie dieses Gebetsding genau funktionieren soll. Nehmen wir mal rein theoretisch an, daß es einen Gott gibt – wie entscheidet er, welche Gebete erhört werden? Warum sollte er meinen Krebs heilen und andere arme Kerle, die in derselben Verfassung sind, sterben lassen, ganz zu schweigen von den Kindern mit Leukämie auf der Kinderstation? Nachdem er erst einmal angefangen hat, in den Ablauf der Natur einzugreifen – wie entscheidet er, wann er wieder aufhört?«

Ich hatte selbst so meine Schwierigkeiten mit der Vorstellung eines Bittgebets, sogar schon, als ich noch eine fromme Schülerin in der Klosterschule war. Ständig habe ich die alte Nonne, Schwester Rita, die uns in der fünften Klasse in Religion unterrichtete, mit kasuistischen Fragen geplagt, wie zum Beispiel: »Was macht Gott, wenn ein Bauer um Regen für sein Getreide betet, während wir gleichzeitig darum beten, daß das Wetter während des Schulsportfests gut ist?« Oder, kühner: »Haben die deutschen Katholiken ihre Zeit verschwendet, als sie im Zweiten Weltkrieg um den Sieg gebetet haben?«

»Diese Dinge sind ein Mysterium, Helen Driscoll«, sagte Schwester Rita immer und errötete ein wenig. »Sie werden uns in unserem nächsten Leben offenbart werden.« Diese Art Gebet scheint mir heute reinster Aberglaube, und doch vermisse ich sie. Durch sie hatte man etwas Positives, das man in bedrohlichen Situationen tun konnte, sie erleichterten einen. Ich hasse diesen Zustand, hilflos darauf warten zu müssen, wie die Würfel fallen.

Und ehrlich gesagt kann ich ein Gefühl der Schuld nicht völlig unterdrücken, das Gefühl, daß wir durch unser Verhalten selbst die Katastrophe über uns gebracht haben. Weil wir der Lust nachgaben. Carrie betrogen (wobei es keine Rolle spielt, daß sie ihrerseits Messenger betrügt). Im Grunde, machen wir uns nichts vor, kommt es mir so vor, als hätten wir gesündigt und verdienten es, bestraft zu werden. In dem Augenblick, in dem Messenger sagte: »Ich habe eine Geschwulst auf der Leber«, empfand ich kalte, üble Furcht, doch keine Überraschung – es war, als hätte ich unbewußt so einen Schlag erwartet, und jetzt hatten wir ihn bekommen. Das nenne ich Aberglaube. Messengers Geschwulst existierte wahrscheinlich schon, bevor wir uns überhaupt begegnet sind, doch es macht keinen Unterschied, wenn ich mir das sage. Die Sünde hat sie hervorgebracht, hat sie genährt und schneller wachsen lassen. Das sagt mein abergläubisches Selbst. Ich kann seine dumme, hysterische Stimme nicht zum Schweigen bringen, auch wenn ich versuche, mir die Ohren zuzuhalten. Sie gefällt mir nicht. Mein Elend könnte größer nicht sein: Ich glaube noch immer an die Sünde, aber nicht mehr an die Möglichkeit der Vergebung.

Beruhige dich, Helen Reed. Reiß dich zusammen. Betrachte die Tatsachen mit klarem Blick. Messenger hat eine Geschwulst. Sie ist wahrscheinlich gutartig. Nein, streich das, sei genau: Sie *könnte* gutartig sein. Bis jetzt weiß das noch niemand. Wenn sie gutartig ist, kann sie behandelt, geheilt werden. Das Leben wird weitergehen wie zuvor. Die gleichen moralischen Probleme von Liebe und Lust, Treue und Betrug bestehen auch weiterhin und wollen gelöst sein, müssen aufgearbeitet werden, haben aber nichts mit dem

Zustand von Messengers Leber zu tun. Wie dumm wirst du dir dann wegen diesem Panikanfall vorkommen. Wenn die Geschwulst andererseits ein Tumor ist … Ja? Was dann? Nun, auch das hat nichts zu tun mit Liebe, Lust, Treue usw. Es ist ein körperlicher Zustand mit körperlichen Ursachen, etwas, das jedem hätte passieren können – das dir hätte passieren können, aber das zufällig ihm passiert ist. Es gibt keinen Grund, irgendeine moralische Botschaft hineinzulesen.

Naja, das ist ja alles gut und schön, aber wenn er unheilbar an Krebs erkrankt ist, hat er vor, sich das Leben zu nehmen, bevor der Krebs ihn umbringt, und er will, daß ich bereit bin, ihm dabei zu helfen. Er hat mich gebeten, und ich habe abgelehnt. Weil ich über diese Idee schockiert war, verängstigt, entsetzt. Im Grunde bin ich ein Feigling. Ich habe nicht den Mut, der zum Unglauben gehören soll. Also gibt es nichts, was ich für Messenger tun kann, außer ihm Glück zu wünschen und zuzusehen, wie die Ereignisse ihren Lauf nehmen. Zusehen, aber nicht beten.

Mit fünfzehn las ich Graham Greenes *Das Ende einer Affäre*, heimlich, denn ich war mir ziemlich sicher, daß Daddy das für unpassend halten würde. In Wirklichkeit war es natürlich das perfekte Buch für eine fromme heranwachsende Katholikin, die sich eben erst ihrer eigenen Sexualität bewußt wurde. Die Anspielungen auf die leidenschaftliche Liebe des ehebrecherischen Paares, besonders auf Sarahs Orgasmusfähigkeit, ihre »seltsamen Schreie der Hingabe« faszinierten und erregten mich, während ihre darauffolgende spirituelle Entdeckungsreise mich inspirierte. Monatelang wurde ich in meiner Phantasie zu Sarah, die mit Bendrix ekstatischen fleischlichen Verkehr genoß (die Einzelheiten blieben eher vage) und die dann Gott versprach, diesen Mann aufzugeben, wenn er bei der Bombenexplosion nicht sterben würde, und später würde ich auf Kosten meines eigenen irdischen Glücks mein Versprechen halten, an einer schweren Erkältung sterben und am Ende in die ewige Glückseligkeit eingehen, und zurück bliebe eine Spur kleiner Wunder, die den Unglauben meines Liebhabers in Bedrängnis bringen würden. Meine Güte, wie ich über diesem Buch geweint habe! Wie ich mich danach gesehnt habe, als Erwachsene wie Sarah zu sein, um all das zu erfahren und für meine Sünden in einer großen, heroischen Geste zu büßen, indem ich mich selbst opferte. Jetzt befinde ich mich in einer Situation, die der ihren sehr ähnelt, aber ich habe ihren Glauben nicht.

Es ist elf Uhr abends. Messenger hat nicht angerufen. Ich gehe ins Bett.

Mittwoch, 28. Mai. Messenger hat mich heute morgen angerufen, sobald er ins Büro kam. Ich habe auf seinen Anruf gewartet, und doch bin ich zusammengezuckt, als das Telefon läutete, und vor lauter Nervosität ließ ich den Hörer fallen, als ich abnahm. Die Ergebnisse der Tests haben kein eindeutiges Ergebnis gebracht. Die Koloskopie hat nichts Ungewöhnliches gezeigt, was gut ist, aber das CT zeigte »eine zystenartige Masse« von etwa zehn Zentimetern im Durchmesser auf dem rechten Leberlappen. Gerade eben habe ich mein Maßband herausgeholt, und zehn Zentimeter sehen erschreckend groß aus. Sie beeinträchtigt ihn überhaupt nicht, was anscheinend erklärt, warum er keine Schmerzen hat, aber Messenger sagte, Henderson wirkte deswegen ein wenig verwirrt. »Er schien fast enttäuscht, daß es keine durch Dickdarmkrebs verursachte Metastase war, denn das hatte er vermutet.« Henderson will, daß er eine Leberbiopsie machen läßt, um eindeutig festzustellen, ob es Leberkrebs oder etwas anderes ist. Henderson schlug vor, ihn an einen Leberchirurgen in Bristol zu überweisen, doch offensichtlich hat Carrie die Angelegenheit in die Hand genommen. Sie scheint überhaupt kein Vertrauen zu Henderson zu besitzen, und deshalb ruft sie im Augenblick alle und jeden an, der ihr einfällt, um herauszufinden, wer der Top-Leberspezialist im Land ist. Messenger scheint damit zufrieden, ihr die Dinge zu überlassen.

Ich komme mir vor wie in einer Geschichte ohne Pointe. Ich hatte angenommen, die Ergebnisse der gestrigen Tests seien eindeutig, und als ich heute in den frühen Morgenstunden wach lag und mir alles noch einmal durch den Kopf gehen ließ, entschloß ich mich dazu, Messenger zu sagen, daß er doch auf meine Hilfe zählen könne, gäbe es schlechte Nachrichten, gleichgültig was auch immer er von mir verlangen würde. Mir schien, wenn er von mir verlangen sollte, daß ich Wort hielte, würde ich genau das tun; und die Tatsache, daß ich vor den möglichen Konsequenzen Angst hatte, machte das auf eigentümliche und perverse Weise zu einem Akt der Großmut, der Liebe, zu einer Tat, die derer Sarahs ähnelte. Ich versuchte, mich in seine Lage zu versetzen, mir vorzustellen, ich sei er, wenn er erfährt, daß er Krebs im Endstadium hat, und mir schien, ich verstand, warum er dem Unvermeidlichen zuvorkommen wollte. Für Christen hat Leiden einen gewissen Sinn und Zweck – es kann »dargebracht« werden, es kann eine Möglichkeit sein, »einen guten Tod zu haben«, wie die Nonnen früher sagten. Und es gibt Menschen, die sich selbst in der elendesten Lage ans Leben klammern, weil sie *nicht* glauben, daß es ein zweites gibt, für die jeder Sonnenaufgang und Sonnenuntergang, jeder Augenblick, den sie mit ihren Lieben verbringen, kostbar ist, gleichgültig, in welcher Verfassung sie sind. Aber Messenger nicht. Ich kann mir nicht vorstellen, wie er langsam verfällt, verkümmert, dahinschwindet, zuerst auf Krücken, dann im Rollstuhl und schließlich im Bett, während er mit Schläuchen und Kathetern und Gott weiß was allem verbunden ist. Messengers Persönlichkeit hat, ebenso wie sein Profil, etwas Römisches: Er ist ein Kämpfer, aber wenn sich die Niederlage nicht länger vermeiden läßt, würde er sich lieber in sein Schwert stürzen, anstatt in Ketten vorgeführt zu werden. Ich verstand das, und so beschloß ich zu tun, was auch immer er verlangen sollte – gleichgültig, was auch immer mich das kosten würde.

Nachdem ich an diesem Punkt meine ganze Entschlossenheit aufgebracht hatte, wartete ich voller Angst auf seinen Anruf. Als er mir sagte, die Resultate seien unklar, fühlte ich mich einigermaßen erleichtert, daß es keine schlechten Neuigkeiten waren, doch ich war auch enttäuscht darüber, daß sie nicht besser waren. Die Anspannung geht weiter. Natürlich sagte ich nichts über meine privaten Qualen und den Entschluß, zu dem ich gekommen war. Ich nahm nur Anteil an seiner noch länger andauernden Unsicherheit. Er sagte, er habe glücklicherweise genügend andere Dinge am Hals, die ihn beschäftigten. Er fragte, ob ich die heutige Ausgabe von ›On Campus‹ gesehen habe. Offensichtlich hat die Zeitschrift einen Brief von ihm gebracht. Er schien gar nicht daran zu denken, daß ich das Haus erst verlassen würde, nachdem ich seinen Anruf erhalten hätte. Er sagte mir auch, daß die BBC ein Kamerateam schicken wird, das während der Konferenz für eine Dokumentation über Künstliche Intelligenz einen Film drehen will. Er ist überaus erfreut über diese Entwicklung, denn sie verschafft dem Centre Publicity, aber meine Bedenken, am Ende der Konferenz eine Rede zu halten, werden dadurch nur noch größer. Jetzt wäre mir lieber, ich hätte nie zugesagt.

7.30 Uhr abends. Ich habe versucht, mich heute nachmittag mit Arbeit abzulenken, und die Benotungen der Studenten im MA-Kurs für die Besprechung der Prüfer nächste Woche geschrieben. Es scheint unglaublich, daß wir schon die letzte Unterrichtswoche des Semesters erreicht haben. Ich habe heute die Zeugnisse des auswärtigen Prüfers erhalten. Es ist Austin Osgood, ein Dichter und Autor von Kurzgeschichten, der einen ähnlichen Kurs an der Lincoln University leitet. Ich habe ihn einmal in Hay-on-Wye getroffen, aber wir kamen nicht allzugut miteinander aus. Er besitzt ein lautes, ausgelassenes Lachen, das nicht zu seinen zu eng stehenden, berechnenden Augen zu passen scheint. Aber er äußerte sich überaus lobend über die Arbeiten der Studenten und gab ihnen allen gute Noten, keine schlechter als Zwei plus. Als ich ihm die Manuskripte schickte, bat ich ihn, sich das von Sandra Pickering besonders sorgfältig anzuschauen, natürlich ohne daß ich ihm erklärt hätte, weshalb. Zu meiner Überraschung gab er ihr eine Eins minus, eine der besten Noten. Nun, so hat sie wenigstens keinen Grund, sich über meine persönliche Abneigung zu beklagen. Gerechterweise muß ich zugeben, daß, so scheint mir, sie sich Mühe gegeben hat, *Verbrannt* weniger peinlich für mich zu machen. In den zwei Kapiteln, die sie während der letzten Woche geschrieben hat, nimmt die Geschichte eine neue Wendung, und die Figur des Alastair wurde von einer anderen ersetzt, an der die Heldin erotisch interessiert ist. Morgen treffe ich die Gruppe zum letzten Mal. Ich kann ihnen die Ergebnisse noch nicht mitteilen, aber ich werde ihnen zu verstehen geben, daß jeder bestanden hat, und hinterher werde ich für sie eine kleine Party organisieren. Ich wollte, ich wäre in besserer Stimmung dafür.

Heute nachmittag habe ich mir eine Ausgabe von ›On

Campus‹ gekauft und Messengers Brief über die Verbindung seines Centre mit dem VM gelesen. Es ist ein sehr geschickter Brief, genau das, was man erwarten würde, aber er steht nicht gerade an auffälliger Stelle. Die Titelgeschichte dreht sich ausschließlich um die angedrohten Mieterhöhungen für die Studenten. Es scheint, die Universität wollte die Erhöhungen während der Ferien bekanntgeben, wenn niemand hier ist, aber die Zeitung hat von diesen Plänen erfahren. Der Studentenbund ist empört und hat zu einer Demonstration noch vor Ende des Semesters aufgerufen. Wie in alten Zeiten.

Freitag, 29. Mai. Messenger ist unterwegs nach London, um sich vom besten Leberspezialisten des Landes untersuchen zu lassen, und meine eigene Leber kann heute morgen auch nicht gerade in glänzender Verfassung sein. Ich habe einen schlimmen Kater.

Der Tag gestern war mit allem möglichen vollgepackt. Ich verbrachte den Vormittag damit, das Essen für die Studenten vorzubereiten, und aß dann mit Messenger zu Mittag. Ich rief ihn an und beschwerte mich darüber, daß ich ihn fast eine Woche lang nicht zu Gesicht bekommen hatte. Er zögerte, meinte, er habe schrecklich viel zu tun, sagte aber am Ende zu. Wir inszenierten ein lächerliches Zufallstreffen im Personalgebäude und aßen im Speisesaal, in dem die Kellnerinnen bedienen. Zufällig hatten wir denselben Tisch am Fenster wie vor Monaten bei unserem ersten Treffen. Jetzt verriet ich ihm, daß ich an jenem Tag gesehen hatte, wie er auf das Gebäude zugekommen war, und ich mich in der Lobby vor den gräßlichen Landschaftsbildern herumgedrückt hatte, in der Hoffnung, er würde mich sehen, und daß ich nur vorgegeben hatte, überrascht zu sein, als er mich ansprach. Er lächelte über dieses Geständnis, doch er wirkte ein wenig verärgert. Ich glaube, er vermutet, daß er in solchen Affären immer selbst die Initiative ergreift, und es beunruhigte ihn zu entdecken, daß eine Frau ihm gegenüber ihren Charme spielen ließ, ohne daß er sich dessen bewußt war. Er sah ein wenig dünner aus als sonst, dachte ich, zweifellos wegen seiner Krankenhausdiät. Zu Mittag aß er Bratfisch, wobei er vorsichtig den Teig entfernte und ihn auf dem Tellerrand liegen ließ; dazu Broccoli, aber keine Pommes.

Er sagte mir, daß Carrie stundenlang herumtelefoniert habe und in einer Reihe, die von hier bis nach Kalifornien und wieder zurück reichte, von einem Freund eines Freundes eines Arztes zum anderen weitergereicht wurde, am Ende aber herausfand, daß der beste Leberspezialist in England ein Mann namens Halib ist. Irgendwie setzte sie Mr. Halib so unter Druck oder bestach ihn so hoch oder bezauberte ihn so sehr, daß er sich Messenger morgen früh in seiner Praxis in der Harley Street ansehen wird. Die beiden nehmen den Frühzug und kommen gerade noch rechtzeitig zur Eröffnung der Konferenz zurück. Ich sagte, das höre sich nach einem furchtbar anstrengenden Zeitplan an, aber er sagte, das sei ihm viel lieber, als im Krankenhaus herumzusitzen. »Obwohl ich sagen würde, das erlebe ich zu gegebener Zeit noch häufig genug«, fügte er hinzu und schnitt eine Grimasse.

Das Mittagessen war kurz, denn wir beide hatten am Nachmittag noch einiges zu erledigen, und es war frustrierend, denn es fand in aller Öffentlichkeit statt. Es mußte wie ein zufälliges, belangloses Treffen wirken, und wir mußten leichthin über Dinge sprechen, bei denen es um Leben und Tod ging, oder andere Themen finden. Messenger fragte nach Lucy, und ich sagte ihm, daß ich eben erst eine E-Mail von ihr erhalten hatte, in der sie mir schrieb, daß sie Ende

Juni nach Hause fliegen wird. Paul geht nach Mexiko, bevor er zurückkommt. Auch er hat herausgefunden, daß ich ans Netz gegangen bin, und er hat tatsächlich angefangen, mir Briefe zu schreiben. Messenger fragte mich, ob ich jemals das Internet benutzt hätte, und ich sagte, nicht allzu oft, es sieht so aus, als könne ich nie finden, was ich suche. Ich sagte ihm, daß Gil Baverstock, einer meiner Studenten, mir erzählt hat, daß ein geisteswissenschaftliches College in Wyoming eine Website hat, die meinen Büchern gewidmet ist, doch als ich »Helen Reed« in die Alta-Vista-Suchmaschine gab, lieferte mir die eine Million dreihunderttausend Seiten. Willkürlich wählte ich irgendeine, und es stellte sich heraus, daß sie von einer jungen Dame stammte, die Fotos von sich selbst mit »erhobenem Röckchen« anbot, auf denen sie kein Höschen trug. Messenger lachte und sagte, es gäbe Möglichkeiten, die Suche einzugrenzen, er würde mir zeigen, wie. Er fragte mich, ob ich eines der Bilder heruntergeladen hätte, und ich sagte, nein. Er fragte mich, ob ich jemals Pornos im Internet angeschaut hätte, und ich sagte, natürlich nicht. Er sagte, nicht viele Menschen wissen, daß alles, was man aus dem Internet herunterlädt, für immer auf der Festplatte gespeichert bleibt. Ich sagte: »Wie der Engel, der unsere Sünden in ein großes Buch schreibt?« Und er sagte: »Genau. Der Engel mit dem großen Buch ist eine Festplatte.«

Während wir Kaffee tranken, hörten wir von draußen Stimmengewirr, zuerst schwach, dann immer lauter, und schließlich erschien eine lange Prozession von Studenten, die Sprechchöre anstimmten und Transparente trugen. Immer wieder marschierten sie um das Personalgebäude. Im obersten Stock gab der VK ein Essen für Mitglieder des University Court – ein Gremium, das aus der Prominenz des Landes, lokalen Geschäftsleuten usw. besteht und dessen Funktion innerhalb der Universitätsverwaltung fast nur Symbolwert hat –, und die Studenten nutzten die Gelegenheit, um gegen die angedrohten Mieterhöhungen zu protestieren. Ich sagte, da hätte Messenger aber Glück gehabt, daß es gerade jetzt zu diesem Streit gekommen sei, denn er hatte eindeutig die Aufmerksamkeit von der Sache mit der Ehrendoktorwürde für den Mann aus dem Verteidigungsministerium abgelenkt. »Glück hat damit nichts zu tun«, sagte er. »Ich habe die neuen Mieten gegenüber diesem Käseblatt durchsickern lassen.« Ich starrte ihn nur an. »Woher kennst du die?« sagte ich. »Nicht so laut«, sagte er. »Ich sitze im Finanzausschuß des Senats.« Ich vermute, ich muß ein wenig schockiert ausgesehen haben, denn er fügte hinzu: »Jemand hat die Verbindungen des Centre mit dem VM durchsickern lassen. Wenn deine Feinde zu unsauberen Mitteln greifen, mußt du dasselbe tun.« – »Wer sind die?« fragte ich. »Weiß ich nicht«, sagte er, »aber sie sind nicht mehr auf dem laufenden. Die Studenten kümmern sich heute mehr um das, was ihrem Geldbeutel schadet, als um irgendwelche Prinzipien.«

Wir trennten uns auf den Stufen zum Personalgebäude – natürlich ohne uns zu küssen und sogar ohne uns zu berühren. Da niemand in Hörweite war, meinte ich, er hätte ruhig: »Ich liebe dich« oder so etwas murmeln können, doch das tat er nicht, und deshalb tat ich es auch nicht. Und doch fürchte ich, daß ich diesen Mann liebe – ich fürchte es, weil ich dabei keine großen Aussichten auf Glück erkennen kann. Ich ging zum Turm der Geisteswissenschaften, um meine letzte Workshop-Sitzung mit der MA-Gruppe abzuhalten, und bemühte mich, für den Rest des Tages nicht mehr an Messenger zu denken.

Um das Ende des Kurses zu feiern, hatte ich die Studenten gebeten, jeweils nicht länger als zehn Minuten aus ihren Arbeiten vorzulesen, und nach dem Vorlesen sollte es keine Diskussion geben, nur Applaus. Das lief wunderbar. Sandra Pickering las einen Abschnitt, den sie diplomatischerweise aus dem ersten Kapitel ausgewählt hatte. Dann begaben wir uns in die Maisonette Row, wo ich Dips und Salate und Quiches und einen großen Vorrat an Wein und Bier vorbereitet hatte. Es war ein milder Abend, und ich öffnete das Schiebefenster im Wohnzimmer, das auf einen kleinen, gepflasterten Patio führt, der zu dieser Gelegenheit mit einem Gartentisch, Stühlen und einem Sonnenschirm, die ich von meinen direkten Nachbarn geliehen hatte, aufgepeppt worden war. Ich hatte Ross und Jackie eingeladen, sich uns auf einen Drink anzuschließen, aber ich war ziemlich erleichtert, als sie sich entschuldigten, weil sie auf dem See Kajak fahren wollten. Die Party war für die Studenten ein richtiger Übergangsritus. Es war süß von ihnen, wie sie zusammengelegt hatten, um mir ein Geschenk zu kaufen, eine Erstausgabe von Virginia Woolfs *The Common Reader*, 2. Teil, Hogarth Press 1932, mit dem Umschlag von Vanessa Bell, der nur leicht eingerissen war; das war nicht nur sehr großzügig von ihnen, sondern auch mit Bedacht ausgewählt. Ich muß gegenüber einem von ihnen erwähnt haben, daß ich eine Lithographie von Vanessa Bell besitze. Simon Bellamy überreichte mir das Geschenk, während er eine witzige Rede hielt, in der er mir im Stil zehn verschiedener Autoren von Alexander Pope bis J.D. Salinger als Dozentin Komplimente machte und meine Vorliebe veralberte, ihnen entsetzlich schwierige Übungen zur Nachahmung fremder Schreibstile aufzugeben. Im Gegenzug hielt ich eine ziemlich tränenreiche Rede, in der ich ihnen sagte, welch wundervolle und talentierte Menschen sie waren und wie sehr ich mich darauf freute, die Kritiken zu ihren ersten Büchern zu lesen und ihre glänzenden Karrieren zu verfolgen. Zu dem Zeitpunkt hatten wir alle bereits eine Menge getrunken, und nach den Reden tranken wir noch mehr. Es war eine dieser lauen Sommernächte, die in England so selten sind, wo man nach Einbruch der Dunkelheit im Freien sitzen kann, ohne daß man vor Feuchtigkeit und Kälte fröstelt. Die Studenten trugen weitere Stühle und Kissen hinaus und saßen im Kreis. Bob Drayton hatte eine Akustikgitarre mitgebracht, zupfte in der Dunkelheit leise vor sich hin und sang mit sehr angenehmer Tenorstimme gelegentlich einen Folksong. Jemand ließ ein, zwei Joints rumgehen. Es war eine überaus erfolgreiche Party; doch ich fragte mich verzweifelt, wann sie jemals gehen würden, also sammelte ich als zarte Andeutung die schmutzigen Teller zusammen und stapelte sie in der Spüle. Sandra Pickering half mir dabei, was mich ein wenig überraschte, und dann sagte sie, daß sie gehen würde. »Vielen Dank für die Party«, sagte sie. »Und vielen Dank für den Kurs.« – »Glauben Sie, daß Sie irgend etwas gelernt haben durch ihn?« sagte ich. »O ja«, sagte sie, ohne das weiter auszuführen. »Es tut mir leid, daß Sie das mit Martin von mir erfahren mußten«, fügte sie hinzu, »aber es war wohl Schicksal.« – »Ja, das war es wohl«, sagte ich. Recht förmlich gaben wir einander die Hand. »Viel Glück mit *Verbrannt*«, sagte ich heuchlerisch. »Danke«, sagte sie. »Und wie steht's mit Ihnen? Schreiben Sie an irgendwas?« – »Nein, eigentlich nicht«, sagte ich. »Ich war zu sehr mit Ihnen allen beschäftigt.« – »Warten Sie nicht zu lange damit«, sagte sie. Mir schien das ein wenig überheblich von ihr, und ich vermute, mein Gesichtsausdruck zeigte das. Sie sagte: »Das ist das Wichtigste, was ich im Kurs gelernt habe. Man muß weiterschreiben, egal, was passiert.« Und damit ging sie.

Ich ging wieder in den Garten und sagte den übrigen, es täte mir leid, aber ich müsse ins Bett gehen, sonst würde ich noch im Stehen einschlafen; sie sollten einfach leise das Haus verlassen, wenn sie so müde wären wie ich. Worauf sie mir alle fröhlich gute Nacht wünschten und sich noch ein paar Stunden zusammensetzten. Am Morgen aber waren alle verschwunden, und neben der Spüle standen die Teller und Gläser gespült und abgetrocknet, als wäre eine Fee hiergewesen.

11.25 Uhr abends. Endlich gute Neuigkeiten. Naja, wenigstens ermutigende. Ich habe das Gefühl, ich darf mich nicht zu sehr freuen, für den Fall, daß sich herausstellen sollte, daß ich mir umsonst Hoffnungen gemacht habe. (Aberglaube, schon wieder.) Messenger war heute abend blendend in Form, als er den Vorsitz bei der Eröffnung der Konferenz übernahm – im wesentlichen eine gesellschaftliche Veranstaltung; ein Empfang, bei dem es Drinks gab, gefolgt von einem Abendessen, gefolgt von einem Gang in die Bar, in der man allerdings bezahlen mußte. Die Konferenz wird im Chiltern House abgehalten, einem Gebäude auf der Westseite des Campus, das eher einem Flughafenhotel gleicht. Es wurde eigens dazu errichtet, um Veranstaltungen wie diese zu beherbergen sowie einige Kurse »im nachhinein«, die Geld bringen sollen. Sofort, als ich in die große Lounge kam, wo der Empfang stattfand, und sah, wie Messenger sich inmitten der Delegierten bewegte, lächelte, Hände schüttelte, auf Schultern schlug, lachte und Witze machte, wußte ich, daß in der Harley Street alles gut gegangen sein mußte. Auch Carrie war dort, in einem ihrer bauschigen Seidenkaftane, sie sah müde und weniger begeistert aus, aber sie lächelte ruhig. Als ich durch die Menge auf die beiden zuging, sah ich Professor Douglass – man konnte ihn kaum übersehen in seinem dunklen Anzug und seinen schwarzen, polierten Schuhen. Die meisten Delegierten –

die Männer ohnehin, und Frauen waren nicht viele da – waren leger, um nicht zu sagen schlampig angezogen: Sie trugen Sporthemden mit offenem Kragen oder T-Shirts und ausgebeulte Baumwollhosen. Einige trugen sogar Turnschuhe. Ich hatte mich an den Grunge-Stil gewöhnt, den Messengers Studenten und die meisten seiner Kollegen bei ihrer Kleidung zu bevorzugen scheinen, aber das scheint ebenso der internationale Stil in den Kognitionswissenschaften und den verwandten Disziplinen zu sein.

»Herzlichen Glückwunsch«, sagte ich zu Douglass. Er sah erschrocken aus und errötete. »Wozu?« sagte er. »Zum Sieg beim Entenrennen natürlich.« – »Ach *das*«, sagte er abschätzig. »Der Preis bestand aus einer Kiste Champagner, und ich trinke nicht.« – »Die Konferenz scheint einen guten Start gehabt zu haben«, sagte ich und sah mich um. »Hatten Sie viel Arbeit mit der Planung?« – »Mehr, als mir lieb war«, sagte er. »Unser großer Boss war fast die ganze Woche über nicht da. Ich habe gehört, er war zu einigen Tests im Krankenhaus.« Seine Stimme hatte einen aufdringlich-neugierigen Ton, der mir nicht gefiel. »Das weiß ich wirklich nicht«, sagte ich und ging durch die plaudernde Menge auf Messenger zu.

Es gelang ihm, mir ins Ohr zu flüstern: »Gute Neuigkeiten. Halib glaubt, daß es wahrscheinlich eine Hydatide ist.« Aber als ich sagte: »Was ist das?«, wurde er von einem bärtigen Amerikaner in einem hellgrünen Sportjackett und einem roten Poloshirt angesprochen. »Erklär ich dir später«, sagte Messenger und stellte mich dann Saul Rosenbaum von der University of Colorado vor, der ein Referat über den »Bau eines funktionierenden Geistes« halten wird. »Bauen Sie wirklich so etwas?« fragte ich. »Sicher«, sagte er voller Überzeugung. »Und worüber denkt der nach?« fragte ich. »Im Augenblick nur über Autoteile«, sagte er. »Wir bauen ihn für General Motors.« – »Helens Interesse am Geist sieht anders aus«, sagte Messenger. »Sie schreibt Romane.« – »Wirklich? Krimis?« sagte Professor Rosenbaum. Ich sagte, nein, ich fürchte, ich lese nicht mal welche. »Elmore Leonard ist mein Lieblingsautor«, sagte er. »Sollten Sie auch mal ausprobieren.« Ich sagte ihm, das würde ich, und ging hinüber, um Carrie guten Abend zu sagen.

Wir küßten uns auf beide Wangen. Es war das erste Mal, daß wir uns trafen, seit sie nach Kalifornien geflogen war, und in gewisser Weise war es eine Erleichterung für mich, daß das bei einer so großen gesellschaftlichen Veranstaltung geschah. So viel war inzwischen geschehen, von dem sie nichts wußte, von dem sie nichts wissen durfte, und ich war mir nicht allzu sicher, ob ich noch in der Lage wäre, auch weiterhin überzeugend die Rolle der Freundin und Vertrauten zu spielen. Es war leichter, das zuerst in aller Öffentlichkeit zu versuchen. »Ich habe von Ralph gehört, daß alles gut ging bei der Konsultation in London«, sagte ich. (Ich konnte mich gerade noch bremsen und ihn nicht allzu vertraulich »Messenger« nennen.) »Ja«, sagte sie. »Man soll zwar den Tag nicht vor dem Abend loben, aber es sieht vielversprechend aus. Dieser Kerl flößt einem Vertrauen ein.« Sie wollte mir keine weiteren Informationen geben, und ich konnte ihr kaum mit noch mehr Fragen zusetzen, so daß ich auch weiterhin frustriert und angespannt blieb. Beim Abendessen saß ich mit Carrie und Messenger an einem Tisch, aber nicht in ihrer Nähe. Ich saß zwischen zwei Neurobiologen, die den Versuch aufgaben, mit mir Konversation zu machen, kaum daß wir die Hälfte unserer Suppe gegessen hatten, worauf sie sich um mich herum über ihre jeweiligen Experimente an Affen unterhielten. Dazu gehörte offensichtlich auch, Stücke aus ihren Gehirnen herauszuschneiden, um zu sehen, welchen Unterschied im Verhalten das mit sich brachte. Als ich ihnen gegenüber bemerkte, das klänge entsetzlich grausam, versicherten sie mir, daß das Gehirn schmerzunempfindlich sei. Ein merkwürdiges Paradox, daß das Organ, das uns mitteilt, daß wir Schmerzen haben, selbst keinen Schmerz empfindet.

Messenger hielt eine Rede voller Insider-Witze, die mir zu hoch waren, die meisten anderen Anwesenden jedoch zu amüsieren schienen. Bald nach dem Abendessen ging Carrie nach Hause. Als wir uns trennten, sagte ich, ich würde noch ein wenig bleiben, um mir Konferenzbeine zu verschaffen. Sie sah zu Recht verwirrt aus über diese schwerfällige Trope. »Beine, auf denen man eine lange Konferenz durchhalten kann«, erklärte ich. »O ja, richtig. Naja, ich bin groggy. Es war ein langer Tag. Tu mir einen Gefallen, Helen, bitte. Sorg dafür, daß Messenger nicht lange bleibt.« Ich versprach es voller Eifer – es war die beste Entschuldigung für mich, ihn in der Bar aufzusuchen.

Er saß an einem Tisch mit einer Gruppe Delegierter und winkte mir, ich solle mich zu ihnen setzen. Es waren nur Männer, bis auf ein schlankes, dunkelhaariges Mädchen, das neben ihm saß. Das Namensschildchen an ihrem Revers wies sie als Ludmila Lisk aus, von der Karls-Universität in Prag. Sie sagte nichts, doch sie verfolgte leidenschaftlich die Unterhaltung, wobei ihre dunklen, aufmerksamen Augen von Redner zu Redner sprangen. Die Gruppe am Tisch wechselte, denn immer wieder kamen und gingen verschiedene Leute, aber sie blieb sitzen und nippte genügsam an ihrem Glas Lager. Messenger stellte sie scherzhaft als jemanden vor, der ihn durch Prag geführt habe. Ich fragte sie, ob sie auf der Konferenz ein Referat halten würde. Sie schüttelte ihren Kopf und sagte: »Nein, ich habe ein Schaubild.« Ich vermute, daß irgendwann im Verlauf des Programms die jüngeren und weniger berühmten Konferenzteilnehmer illustrierte Darstellungen ihrer Forschungen vorstellen, die Schaubilder genannt werden. Nach einer Weile fragte Messenger, der selbst nichts als Tonicwater trank, ob noch jemand einen Drink wolle. Ich sagte: »Ich gehe, Ralph, und ich habe Carrie versprochen, daß ich dich vorher nach Hause schicke.« – »Ja, vielleicht sollten wir für heute Schluß machen«, sagte er. Ludmila sah mich mit offener Feindseligkeit an, als wir gute Nacht sagten und die Bar verließen.

»Hast du in Prag mit diesem Mädchen geschlafen?« sagte ich, als wir das Gebäude verließen. »Nein, natürlich nicht«, sagte er. »Warum fragst du?« – »Sie schien sich an dich zu hängen wie ein Blutegel«, sagte ich. »Sie hofft, daß ich ihr hier einen Postdoc-Job besorge«, sagte er. »Und, machst du's?« – »Vielleicht«, sagte er, »wenn's mich dann noch gibt.« Sofort schämte ich mich dafür, daß die erste Frage, die ich ihm gestellt hatte, nachdem wir endlich alleine waren, nicht diejenige gewesen war, die ich ihm den ganzen Abend lang hatte stellen wollen, sondern ein kleiner Eifersuchtsausbruch. »Du hast gesagt, die Konsultation hätte gute Neuigkeiten gebracht«, sagte ich. »Nun, sie war ermutigend«, sagte er. »Aber erst nächste Woche weiß ich, wie ermutigend.« – »Erzähl's mir«, sagte ich. »Ich bring dich noch zu deinem Wagen.«

Wir gingen über den Campus zum Centre, wo er den Wagen geparkt hatte. Es war eine milde, trockene Nacht, der Mond schien. Das Dröhnen von Bässen drang aus dem Gebäude des Studentenbundes herüber, wo ein Ball zum Semesterende stattfand, und drunten am See schmusten junge Leute in langen trägerlosen Kleidern und Smokings und alberten herum. Ein Mann in Hemdsärmeln bog seinen Kopf zurück, um aus einer Weinflasche zu trinken, und dann schleuderte er die Flasche in den See, wo sie die Spiegelung des Mondes auseinanderriß. »Halib ist ein kleiner, runder, kahlköpfiger Asiate«, sagte Messenger. »Er wirkt nicht allzu beeindruckend, wenn man ihn zum ersten Mal sieht. Er ist so klein, daß ich glaube, er muß auf einem Hokker stehen, wenn er operiert. Aber sobald er in die Gänge kommt, vertraut man ihm. Er nahm die Röntgenaufnahmen, das CT und die Ultraschallbilder, die ich aus Bath mitgebracht hatte, und studierte sie eine ganze Weile lang gründlich. Dann hat er mich untersucht. Es war die gründlichste körperliche Untersuchung, die ich je hatte. Seine Finger schienen tief in meine Bauchhöhle einzudringen, es war, als könnte ich fühlen, wie sie sich in mir bewegten. Als ich mich angezogen hatte, warteten Carrie und ich – sie war diesmal die ganze Zeit über bei mir – darauf, daß er etwas sagen würde. Du kannst dir die Spannung vorstellen. Seine erste Frage war: ›Hatten Sie jemals engen Kontakt zu Hunden oder Schafen, Professor Messenger?‹ Carrie sagte hinterher, daß das so ziemlich das letzte auf der Welt war, womit sie gerechnet hatte. Aber natürlich lautete die Antwort ja, ich hab's dir kürzlich erzählt, ich habe auf einer Schaffarm in Yorkshire gearbeitet, als ich in die sechste Klasse ging. Er sah zufrieden aus, als ich ihm das sagte. ›Ich denke, es könnte eine Hydatide sein‹, sagte er. ›Sie entsteht dadurch, daß man die Eier des Hundeparasiten *Echinococcus granulosus* verschluckt – allgemein bekannt unter dem Namen Hundebandwurm. Wenn Sie zufällig infiziertes Wasser geschluckt haben ...‹ – ›Ich bin mit den Hunden geschwommen‹, sagte ich. ›Ausgezeichnet‹, sagte er. ›Das erhöht die Wahrscheinlichkeit. Es gibt einen einfachen Bluttest, der die Angelegenheit klären sollte.‹ Er nahm mir eine Blutprobe ab, bevor wir gingen. Wir sollten das Ergebnis Anfang nächster Woche bekommen«, schloß Messenger.

»Und was ist, wenn es dieses Hydatidending ist?« sagte ich. »Was dann?«

»Das kann man durch eine Operation entfernen. Aber zuerst bringen sie es mit Medikamenten zum Schrumpfen, und Halib sagt, sie haben kürzlich mit einem neuen gute Resultate erzielt. Manchmal verschwindet die Hydatide vollständig.«

»Und es ist wirklich möglich, daß du das all die Jahre hinweg gehabt haben sollst?« sagte ich.

»Offensichtlich«, sagte er.

»Nun, das sind wunderbare Neuigkeiten«, sagte ich.

»Wenn's stimmt«, sagte er.

»Hätte dieser andere, dieser Henderson, nicht daran denken müssen?«

»Ja, hätte er«, sagte Messenger. »Carrie hatte absolut recht, was ihn betrifft.«

Wir näherten uns dem Parkplatz des Centre. Im zweiten Stock, unter dem Kuppeldach, schien hinter der halbgeschlossenen Jalousie Licht aus einem einsamen Fenster. »Duggers, der an seinen Algorithmen arbeitet«, sagte Messenger.

»Küß mich, Messenger«, sagte ich. Er antwortete nicht und starrte zum Fenster hinauf.

»Messenger«, sagte ich.

»Was?« sagte er geistesabwesend.

»Küß mich.«

Er sah sich um, um sicherzugehen, daß wir nicht beobachtet werden, dann zog er mich in den Schatten einer Mauer, und wir küßten uns. Aber er schien mit seinen Gedanken woanders zu sein. Bei der Hydatide wahrscheinlich.

Sonntag, 1. Juni. Es ist spät, halb elf. Ich bin gerade in die Wohnung gekommen und fühle mich erschöpft und leicht panisch. Erschöpft von zwei Tagen ununterbrochener Diskussionen über das Bewußtsein und leicht panisch angesichts der Vorstellung, morgen nachmittag in der letzten Sitzung etwas sagen zu müssen.

Das Konferenzprogamm umfaßt den ganzen Tag, von morgens um halb zehn bis abends um sechs, wobei sich Vorlesungen für alle Teilnehmer, die im größten Auditorium stattfinden, abwechseln mit kleineren Seminaren, die gleichzeitig zu bestimmten Themen stattfinden und bei denen man sich zwischen Referaten über Künstliche Intelligenz, Kognitionspsychologie, Neurobiologie und einer allgemeinen Kategorie, die als »alternative Ansätze« bezeichnet wird, entscheiden muß. Die Wahl fällt schwer, besonders wenn man wenig oder gar nichts über die Redner und ihre Themen weiß, und folglich geriet ich in einige völlig unverständliche und langweilige Veranstaltungen. Ich glaube allerdings nicht, daß ich die einzige bin, die dieses Pech hat, denn gelegentlich steht jemand, der kühner ist als ich, mitten in der Diskussion auf und verläßt den Raum, weil er vermutlich hofft, irgendwo sonst im Gebäude ein interessanteres Seminar zu finden, aber ich habe nicht den Mumm, seinem Beispiel zu folgen.

Es gibt Pausen für den Vormittagskaffee, das Mittagessen und den Nachmittagstee, aber auch während dieser Unterbrechungen gehen die Diskussionen unermüdlich weiter. Daß Leute vom Fernsehen dabei sind, hat zur Atmosphäre fieberhaften Debattierens beigetragen. Zwischen den Vorlesungen und Seminaren gehen sie in den Vorräumen und Korridoren auf und ab, interviewen die Redner und hören Unterhaltungen zu. Man kann beobachten, wie den Leuten bewußt wird, daß sie gefilmt werden, wenn der lange Galgen, an dem das verkleidete Mikrofon hängt wie ein totes Tier, über ihren Köpfen schwebt und sie anfangen, wegen der Kamera wie Schauspieler aufzutreten. Um die Plenarveranstaltungen zu filmen, waren zusätzliche Lampen nötig, die das Auditorium heiß und stickig machten, was alle nur noch mehr erschöpfte. Manchmal sehnte ich mich danach, zu gehen und mich irgendwo an einem kühlen, dunklen Ort hinzulegen, aber pflichtbewußt schleppte ich mich weiter auf und ab über die Korridore und Treppen der Avon Hall (in der unglücklicherweise zwei Aufzüge nicht funktionieren), um etwas zu lernen über Themen wie »Der präfrontale Cortex als Basiskomponente des Selbst«, »Die Vereinigung kognitiver und phänomenologischer Modelle des Bewußtseins«, »Emergenz emotionaler Expression bei Robotern«, »Die Relativitätstheorie und das kognitive Bindungsproblem« usw. usw. Es gab ein Referat, das ich verpaßt habe, aber gerne gehört hätte, mit dem Titel: »Ist das Gehirn wie ein Eimer Schrotkugeln oder eher wie eine Schale Gelee?« Am Ende des ersten Tages war mein eigenes definitiv eher wie Gelee. Ich machte mir Notizen, aber als ich sie mir hinterher ansah, konnte ich sie kaum verstehen oder mich daran erinnern, worauf sie sich bezogen. »Afferenz, Efferenz, Ex-afferenz, Re-afferenz … Schema = reproduzierbare Koaktivation von Neuronen … Synergetische Sicht des Gehirns im Gegensatz zur Cartesianischen. Dynamischer Prozeß, Interaktionen, Selbststeuerung … Buddhistische Meditation feuernde Neuronen gemessen mit 40 Hz …« Was konnten diese Notizen bedeuten? Gelegentlich gab es einige klare Sätze, meist anekdotischer Art. »Phantomschmerzen in chirurgisch unter Narkose amputierten Gliedmaßen weniger heftig als wenn bei Verletzung durch Unfall verloren … Sprecherin aus dem Publikum behauptet, sie habe eine neue Vorstellung ihres ›Selbst‹ entwickelt, nachdem sie von Amerika nach Norwegen gezogen war und Norwegisch gelernt hatte…« Und, am besten von allen: »Korrespondent von Lewis Carroll nach der Lektüre von Jabberwocky: ›Es scheint meinen Kopf mit Ideen zu füllen, aber ich weiß nicht, mit welchen.‹« Ich empfinde am Ende des ersten Tages genau dasselbe.

Heute gab es weitere Vorlesungen und Seminare und am Abend die Vorstellung der Schaubilder, bei der etwa dreißig oder vierzig zusätzliche Untersuchungen zum Bewußtsein zusammengefaßt und auf freistehenden Informationstafeln illustriert wurden, während die Autoren zur Beantwortung von Fragen daneben standen wie Budenbesitzer, die eifrig darauf aus sind, ihre Waren auf einer Art Basar der Informationen an vorbeischlendernde Kunden zu verkaufen. »Phasenporträts in der Quanten-Neurodynamik und ihre Verbindung zu raumzeitlichen Funktionsbereichen neuronaler Kodierungsmechanismen.« »Subjektiver Ablauf der Zeit: Wirkungen von präoperativer Medikation und Vollnarkose.« »Von Quanten zu Qualia.« »Die Wirkungen von Krija-Yoga auf die elektrochemische Aktivität des Gehirns.« »Modellierung des Lernverhaltens mit autonomen Agenten.« Letzteres gehörte Ludmila Lisk, dünn und scharf wie ein Messer im engen schwarzen Kleid und hochhackigen Schuhen. Es schien etwas mit der Simulation von Kinderspielen zu tun zu haben. Lebhaft erklärte sie es Professor Rosenbaum, wobei sie mir über seine Schulter ein flüchtiges, oberflächliches Lächeln zuwarf, als ich vorbeiging. Rosenbaum hielt heute sein Referat über den »Bau eines funktionierenden Geistes«. Es scheint sich um ein Computerprogramm zu handeln, das einige Funktionen menschlicher Manager übernehmen kann, und schließlich sogar alle. Auf Fragen hin gab er zu, daß es nie in der Lage wäre, zu sehen, zu hören oder umherzugehen, und nur per E-Mail kommunizieren könne. »Aber, hey, viele meiner Freunde sind genauso«, witzelte er. Je mehr ich auf dieser Konferenz höre, um so überzeugter bin ich, daß die Kognitionswissenschaften Lichtjahre davon entfernt sind, das wahre Wesen des Denkens nachzubauen, aber ich habe einfach nicht die Kompetenz und das Selbstvertrauen, so etwas öffentlich zu sagen.

Ich ging zu Messenger und versuchte, die Rede in der letzten Sitzung loszuwerden. »Erlaß sie mir«, beschwor ich ihn. »Ich weiß nicht, was ich sagen soll. Ich habe nicht einmal die Hälfte von dem verstanden, was ich gehört habe. Ich werde mich zum Narren machen, und die Fernsehleute werden alles filmen.« – »Mach dir keine Sorgen«, sagte er. »Sag einfach nur, was du über das Problem des Bewußtseins denkst.« – »Das ist schon alles?« sagte ich ironisch. »Verrate uns, wie es aus literarischer Perspektive aussieht«, sagte er. »Die Leute werden interessiert sein. So etwas hatten sie noch nie. Sie werden dich schon nicht ausbuhen.« – »Aber sie werden Fragen stellen«, sagte ich, »und ich werde nicht in der Lage sein, sie zu beantworten.« – »Nein, das werden sie nicht«, sagte er. »Für Fragen ist keine Zeit.« Nun, ich war jedenfalls erleichtert, das zu erfahren. Und ich muß nur fünfzehn Minuten lang sprechen.

Was ich brauche, ist ein Text, etwas, worin ich meine Gedanken verankern kann, was mich daran hindert, ins Schwafeln zu kommen. Sagen wir, ich nehme etwas von Henry James und analysiere das, als Beispiel für die literarische Darstellung des Bewußtseins. Strether am Fluß ...? Nein, hat schon jemand gemacht. Dann Kate Croy am Anfang der *Flügel.* Nein, das ist zu einfach, zu wenig, was man dabei rausholen kann. Welch ein Abstieg nach drei Tagen wissenschaftlicher Diskussion auf hohem Niveau, nichts als ein Stück routinierter Literaturkritik. Der Text sollte das Bewußtsein *zum Thema* haben, nicht nur eine Darstellung des Bewußtseins sein.

Seltsam, wie wichtig einem diese Dinge werden, wie verzweifelt man sich bemüht, einen guten Eindruck zu machen, wie sehr man sich davor fürchtet zu versagen. Natürlich ist das nichts als Eitelkeit. Oder, um sich selbst gegenüber etwas freundlicher zu sein, professioneller Stolz. Es gibt so viele wichtigere Dinge in meinem Leben, über die ich mir Sorgen machen muß, und doch zählt für mich im Augenblick am meisten, daß mir etwas Kluges einfällt, das ich morgen auf der Konferenz sagen kann. Messenger geht es genauso – er geht völlig auf in dieser Konferenz, er ist voller Aufmerksamkeit gegenüber jedem Redner, sorgt dafür, daß alles glatt läuft, schmeichelt seinen Starrednern, sorgt dafür, daß die Fernsehleute zufrieden sind. Niemand würde vermuten, daß er auf das Ergebnis eines Bluttests wartet, der für ihn den Unterschied zwischen Leben und Tod bedeuten kann. Ich glaube, es ist wirklich ein Segen, daß wir beide etwas haben, das uns ablenkt.

Ich habe beschlossen, morgen über Mittag in meine Wohnung zu gehen, auf die Seminare am frühen Nachmittag zu verzichten und die Zeit zu nutzen, mich auf meine Rede vorzubereiten. Aber wenn ich sie um einen Text herum aufbaue, muß ich dafür sorgen, daß ich den bis morgen früh kopiert habe. Oder besser noch, auf Folien übertragen. Jeder Redner bei der Konferenz hat einen Overhead-Projektor benutzt. Unter Naturwissenschaftlern ist das offensichtlich Standard, aber für mich ist das neu. Ich glaube nicht, daß ich in all meinen Jahren in Oxford auch nur eine Vorlesung zur englischen Literatur besucht habe, in der der Dozent einen Overhead-Projektor benutzt hat, um ein illustrierendes Diagramm oder eine Liste mit Daten oder Zitate aus dem besprochenen Werk zu zeigen, oder irgendein anderes visuelles Hilfsmittel eingesetzt hat. Wenn man Glück hatte, bekam man ein verschwommenes, auf Matrize geschriebenes Handout. Die Redner auf dieser Konferenz haben jedoch alle eine Zusammenfassung ihres Vortrages vorbereitet, die auf diesen Folien steht, die sie mit größter Leichtigkeit von den daran klebenden Rückenblättern herunterziehen und Seite für Seite auf den OHP legen, während sie mit ihrem Vortrag fortfahren; dabei sprechen sie halbwegs frei und leger über das, was man gleichzeitig sehen kann. Das Aussehen der Folien wechselt. Manchmal sind sie makellos bedruckt und besitzen ein schönes Layout wie die Seiten in einem Buch, und manchmal sind sie nur in verschiedenen Farben mit einem Filzstift dahingekritzelt, kaum lesbar, doch sie vermitteln den aufregenden Eindruck, sie seien in einem Anfall von Kreativität in der Nacht zuvor geschrieben worden. Ich habe nicht die Absicht, ohne ein sorgfältig vorbereitetes Skript zu sprechen, besonders nicht vor den Fernsehkameras, aber es wäre nett, wenn ich auch solche Folien hätte, und sei es auch nur, um gelegentlich die Aufmerksamkeit von mir selbst abzulenken.

31

»Einige von Ihnen fragen sich vielleicht, was ich auf diesem Podium mache und wie ich so vermessen sein kann, zu Ihnen über das Thema dieser Konferenz zu sprechen. Ich darf Ihnen versichern, daß niemand über diese Vermessenheit überraschter sein könnte als ich. Bitte geben Sie nicht mir die Schuld, sondern Ralph Messenger, dessen Idee das war.

Bevor ich an die Gloucester University kam, ihn traf und mir sein Centre gezeigt wurde, hatte ich nicht einmal gewußt, daß sich Naturwissenschaftler mit dem Bewußtsein beschäftigen. Jetzt verstehe ich wenigstens ihr Interesse an diesem Thema. In gewisser Weise ist es das faszinierendste Thema überhaupt, denn das Bewußtsein zu erforschen bedeutet, erforschen, was uns zu Menschen macht und wie es dazu kommt, daß wir wissen, was wir wissen. Oder zu wissen glauben. Sind wir Tiere oder Maschinen oder eine Kombination aus beiden oder etwas, das sich von beiden unterscheidet? Das Verständnis des Bewußtseins, so hatte ich dieses Wochenende den Eindruck, ist für die modernen Naturwissenschaften das, was der Stein der Weisen für die Alchimie war: der höchste Lohn bei der Suche nach Wissen.

Die Suche nach einer Substanz, die unedle Metalle in Gold verwandeln würde, war natürlich eitel, weil eine solche Komponente weder existiert noch hergestellt werden konnte; doch durch diese Experimente wurden viele echte

Entdeckungen gemacht – vom Porzellan bis zum Schießpulver. Vielleicht werden wir das Bewußtsein niemals vollständig verstehen – soviel ich weiß, gibt es Experten, die dieser Ansicht sind, und ich muß sagen, daß ich mich davon intuitiv angesprochen fühle –, aber die Bemühungen um ein Verständnis haben bereits viele faszinierende Entdeckungen über das Gehirn und den Geist hervorgebracht, und einige davon wurden uns in den letzten drei Tagen vorgestellt.

Während dieser Veranstaltung jedoch kam die Literatur kaum zur Sprache. Das überrascht mich, denn Literatur ist ein Dokument des menschlichen Bewußtseins – wohl das umfangreichste, das wir besitzen. Ich werde meine Beobachtungen anhand eines kurzen literarischen Textes darstellen, eines Gedichts – genauer gesagt, dreier Strophen aus dem Mittelteil eines Gedichts. Das Gedicht heißt *Der Garten*, stammt von Andrew Marvell, einem englischen Dichter des 17. Jahrhunderts, und ist so etwas wie eine begeisterte Ode an die Freude, die darin liegen kann, die Natur im Zustand der Kultivierung zu erfahren. Die erste der drei Strophen beschreibt den sinnlichen Genuß eines idealen Gartens. Wenn alles klappt, sollte sie jetzt auf dem Schirm zu sehen sein … Oh. Entschuldigung. Ich bin diese Geräte nicht gewohnt. So.

Welch wundersames Leben führ ich doch!
Die Äpfel fallen reif mir auf den Kopf,
Die prallen Trauben dort am Zweig,
Sie pressen ihren Saft von selbst mir in den Mund,
Köstliche Pfirsiche und Nektarinen
Ragen von selbst mir in die Hand.
Über Melonen stolpre ich beim Gehn und
Über Blumenschlingen, und ich fall ins Gras.

In den letzten drei Tagen haben wir viel über *Qualia* gehört. Soweit ich verstanden habe, herrscht Uneinigkeit darüber, ob sie Ereignisse sind, die im Geist oder im Gehirn stattfinden, ob sie Phänomene der ersten Person sind, die dem wissenschaftlichen Diskurs in der dritten Person für immer unzugänglich bleiben, oder ob sie regelmäßige Muster neurologischer Aktivität darstellen, die nur dann zum Problem werden, wenn wir sie in Wortsprache übersetzen. Ich bin nicht kompetent, diesen Streitpunkt zu entscheiden. Aber lassen Sie mich auf ein Paradox in Marvells Versen hinweisen, das für Lyrik im allgemeinen gilt. Obwohl er in der ersten Person spricht, spricht Marvell nicht nur für sich selbst. Wenn wir diese Strophe lesen, erweitern wir unsere eigene Erfahrung der Qualia von Früchten und Fruchtbarkeit. Wir sehen das Obst, wir schmecken es und riechen es, und gleichzeitig mit ihm genießen wir das, was ›Schock plötzlicher Einsicht‹ genannt wurde, und doch ist es nicht da. Wir haben das Obst nur in Form virtueller Realität, die durch die Qualia des Gedichts selbst heraufbeschworen wurde, durch seine subtile und einzigartige Kombination von Klängen und Rhythmen und Bedeutungen, die ich zu analysieren versuchen könnte, hätten wir Welt und Zeit genug, um ein anderes Gedicht Marvells zu zitieren, aber die haben wir nicht.

In der nächsten Strophe wendet sich Marvell der privaten, subjektiven Natur des Bewußtseins zu. Ich hoffe, daß ich's diesmal richtig hinbekomme. Ach du meine Güte. So.

Doch solch geringe Freuden läßt mein Geist zurück
Und macht sich auf in sein ganz eignes Glück.
Geist, dieser Ozean, wo jedes lebend Wesen
Sein Gegenstück kann finden.

Und noch vielmehr als das: Er schafft
Ganz andre Welten, andre Meere.
Und alles, alle Schöpfungstaten sind ausgelöscht, sind
Nichts: Grüner Gedanke nur in einem grünen Schatten.

Die vierte Zeile enthält eine Anspielung auf die kuriose, aber weit verbreitete Ansicht jener Zeit, daß alle Landlebewesen ihre Gegenstücke im Meer hätten, was das Gedicht in ein vorwissenschaftliches Zeitalter datiert. Aber das ist nur eine Trope, die, so scheint mir, die Stichhaltigkeit der grundlegenden Aussage dieser Strophe nicht beeinflußt: daß das menschliche Bewußtsein auf einzigartige Weise in der Lage ist, sich Dinge vorzustellen, die den Sinnen nicht physisch präsent sind, in der Lage, sich Dinge vorzustellen, die nicht existieren, in der Lage, imaginäre Welten (wie Romane) zu schaffen, und in der Lage, abstrakt zu denken – zum Beispiel zwischen dem Konzept einer Farbe (»grüner Gedanke«) und der Erfahrung einer Farbe (»in einem grünen Schatten«) zu unterscheiden.

Ist das Dualismus? Nun, wenn es Dualismus ist, zwischen Geist und Körper einen Unterschied zu machen, dann vermute ich schon, auch wenn es mir schwer vorkommt, den Dualismus zu vermeiden, so tief ist er in unserer Sprache und unseren Denkgewohnheiten verwurzelt. Ich könnte mir vorstellen, daß selbst die eifrigsten Gegner des Gespensts in der Maschine uns zähneknirschend erlauben würden, die Begriffe *Geist* und *Körper* zu verwenden, solange klar ist, daß ersterer eine Funktion des letzteren ist und beide nicht voneinander zu trennen sind.

Marvell jedoch war, wie alle seine Zeitgenossen, in einem viel radikaleren Sinne Dualist, was in der nächsten Strophe deutlich wird. Endlich klappt's.

Hier an der Quelle stets veränderlichem Fluß
Oder des Obstbaums Wurzel moosbedeckt
Wirft meine Seele ab ihr körperlich Gewand
Und schwebt hinauf in das Gezweig.
Dort sitzt sie wie ein Vogel, und sie singt
Und putzt und spreizt die Silberflügel.
So lange, bis sie dann zu längrem Flug bereit,
Läßt spielen sie in immer neuem Licht ihr Federkleid.

Man hat mir gesagt, daß Descartes deshalb an die Unsterblichkeit der Seele glaubte, weil er sich vorstellen konnte, daß sein Geist unabhängig von seinem Körper existieren kann. Marvell drückt diese Vorstellung sehr schön mit dem Bild des Vogels aus. Er stellt sich vor, daß seine Seele vorübergehend seinen Körper verläßt, um sich auf dem Zweig eines Baumes niederzulassen, wo sie sich, in Erwartung ihres letzten Flugs in den Himmel, putzt und die Flügel spielen läßt. Ich erwarte nicht, daß ich Sie dazu bringen kann, ihm hierin zu folgen. Diese Vorstellung von der Seele käme heute sogar gläubigen Christen abstrus vor. Aber die christliche Vorstellung von der Seele findet ihre Fortführung in der humanistischen Vorstellung des Selbst, das soll heißen, in der Erfahrung einer persönlichen Identität, in der Erfahrung, daß das geistige und emotionale Leben eines Menschen Einheit, zeitliche Dauer und ethische Verantwortung besitzt, die manchmal Gewissen genannt wird.

Diese Vorstellung des Selbst steht heute unter Beschuß, nicht nur in vielen naturwissenschaftlichen Diskussionen des Bewußtseins, sondern auch in den Geisteswissenschaften. Man sagt uns, es sei eine Fiktion, ein Konstrukt, eine Illusion, ein Mythos. Jeder von uns sei ›nur ein Bündel Neuronen‹ oder nur ein Schnittpunkt konvergierender Diskurse oder nur ein parallelverarbeitender, selbständig laufender Computer, den niemand bedient. Als Mensch und als Schriftstellerin finde ich diese Vorstellung des Bewußtseins abstoßend – und intuitiv unbefriedigend. Ich möchte an der traditionellen Vorstellung eines autonomen, individuellen Selbst festhalten. Vieles von dem, was wir in unserer Zivilisation wertschätzen, scheint davon abzuhängen – Gesetze zum Beispiel und die Menschenrechte – einschließlich des Copyright. Marvell schrieb *Der Garten*, als die Vorstellung eines Copyright noch nicht existierte, doch die Tatsache bleibt bestehen, daß niemand sonst das Gedicht hätte schreiben können und niemand es je wieder schreiben wird – außer in dem banalen Sinne, daß jemand es Wort für Wort abschreibt.

Das Gedicht ist eine Feier, also konzentriert es sich auf das Bewußtsein als Zustand des Glücks. Sein Thema ist Glückseligkeit. Doch das Bewußtsein besitzt auch eine tragische Dimension, die auf dieser Konferenz ebenfalls kaum angesprochen wurde. Es gibt Wahnsinn, Depressionen, Schuld und Furcht. Es gibt die Angst vor dem Tod und – das ist das Merkwürdigste – die Angst vor dem Leben. Wenn Menschen die einzigen Lebewesen sind, die wirklich wissen, daß sie sterben werden, dann sind sie auch die einzigen, die sich bewußt das Leben nehmen können. Für einige Menschen wird das Bewußtsein unter bestimmten Umständen so unerträglich, daß sie Selbstmord begehen, um dem ein Ende zu bereiten. ›Sein oder nicht sein?‹ ist eine zutiefst menschliche Frage. Die Literatur kann uns auch dabei helfen, die dunkle Seite des Bewußtseins zu verstehen. Ich danke Ihnen.«

Am Ende von Helens Rede gibt es anerkennenden, wenn auch nicht stürmischen Beifall. Ralph schließt sich ihm an und klatscht in die Hände, als er auf die Bühne tritt. »Vielen

Dank, Helen«, sagt er, als der Applaus nachläßt. »Das war wirklich interessant und regt zum Nachdenken an.« Er wendet sich dem Publikum zu. »Wie ich schon gesagt habe, wird es keine Gelegenheit geben, Fragen zu stellen. Die Idee beim Schlußwort ist, den Vorhang über die diesjährige Konferenz zu ziehen und vielleicht einige lose Enden übrigzulassen, die nächstes Jahr aufgenommen werden können. Und ich glaube, Helen hat das auf bewundernswerte Art gemacht. Mit den unsterblichen Worten von Tom und Jerry: Das war's, Leute! Bis auf das Galadinner heute abend, das um halb acht beginnt und das Sie nicht verpassen sollten. Ich werde dann ein paar Worte sagen, um allen zu danken, die diese Konferenz zu einem so großen Erfolg gemacht haben, aber ich verspreche, mich kurz zu fassen.«

Noch einmal gibt es Applaus, schwächer diesmal, gefolgt von Stimmengewirr, als die Delegierten aufstehen, sich strecken, gähnen, ihre Sachen zusammensuchen und nacheinander das Auditorium verlassen. Die Fernsehleute schalten ihre Lampen aus, und der Toningenieur spult das Band zurück, wobei er über Kopfhörer die Tonqualität prüft. Als Helen von der Bühne tritt, wird sie von einigen Zuhörern angesprochen, die ihr für die Rede danken. Eine Frau, die ein Kopftuch und einen langen Baumwollrock trägt, fragt, ob Helen sie veröffentlichen wird.

»Oh, das bezweifle ich sehr«, sagt Helen.

»Wenn Sie es doch tun, wäre ich Ihnen sehr dankbar, wenn Sie mir eine Kopie schicken könnten«, sagt die Frau. »Es war eine so inspirierende Rede.« Sie gibt Helen ihre Karte, auf der »Zara Mankevitz, holistische Therapeutin« und eine Adresse in Sausalito, Kalifornien, steht.

Helen und Ralph sind die letzten, die das Auditorium verlassen. »Danke«, sagt er, »das war großartig.«

»War es wirklich in Ordnung?«

»Es war genau das, was ich mir von dir erhofft hatte.«

»Aber du stimmst keinem einzigen Wort davon zu«, sagt Helen.

»Richtig, mach ich nicht«, sagt er lächelnd. »Aber du hast das so gut gemacht, es war ein Genuß, dir zuzuhören.«

»Ich habe mich nicht getraut, den Zuhörern ins Gesicht zu schauen«, sagt Helen, »weil ich nicht sehen wollte, wie sie möglicherweise empört oder gelangweilt oder eingeschlafen sind.«

»Sie waren fasziniert«, sagt er.

»Lügner.«

»Na gut, sehr interessiert. Das hat man an den Leuten gemerkt, die hinterher kamen, um mit dir zu sprechen.«

»Ich bezweifle allerdings, daß ich irgendeinen Naturwissenschaftler bekehrt habe. Mein größter Fan ist eine New-Age-Therapeutin aus Kalifornien«, sagt Helen und zeigt ihm die Karte.

»Ja, naja, diese Konferenz zieht alle möglichen Leute an. Wie du gesagt hast, es ist das Thema aller Themen. Darf ich dich zu einem Drink einladen?«

»Nein. Ich gehe nach Hause, um zu duschen und mich für das Galadinner umzuziehen.«

»Erwarte nicht zuviel. Es ist dasselbe Essen, mit einem Gang zusätzlich und kostenlosem Wein.«

In der Lobby der Avon Hall wartet ein großer Mann mit gespreizten Beinen und hinter dem Rücken verschränkten Händen. Sein marineblauer Blazer und seine graue Hose mit Bügelfalten heben ihn heraus unter den Delegierten, die bunte Sweatshirts und T-Shirts und Jeans tragen. Er trägt einen sorgfältig gestutzten Schnurrbart, dessen Enden herabhängen. Er scheint Ralph zu erkennen und schickt ihm quer durch die Halle eine wortlose Botschaft zu.

»Da drüben ist jemand, mit dem ich sprechen muß«, sagt

Ralph zu Helen. »Ich seh dich später.« Er geht hinüber zu dem Mann, und nach einem kurzen Gespräch verlassen sie zusammen das Gebäude.

Ralph und Detective Sergeant Agnew gehen Seite an Seite über den Campus zum Holt-Belling-Gebäude. Es ist ein warmer und sonniger Abend. Studenten ergötzen sich im Gras, lesen, reden, trinken aus Dosen, spielen mit Bällen und Frisbees. Einige fahren Kanu auf dem See oder surfen sehr langsam in der schwachen Brise.

»Es sieht eher wie ein Ferienlager aus als wie eine Universität, oder?« bemerkt DS Agnew.

»Das ist die letzte Semesterwoche«, sagt Ralph. »Die Kurse und die Prüfungen sind vorbei. Die Studenten warten nur noch auf die Ergebnisse.«

»Das erinnert mich an Gladeworld, wo wir letzten Sommer im Urlaub hinfuhren«, sagt DS Agnew. »Waren Sie schon mal dort, Sir?«

»Nein«, sagt Ralph. Er blickt um sich, um sicherzugehen, daß sie außer Hörweite sind. »Also, was haben Sie mir zu sagen?«

»Ich habe einen Namen für Sie.«

»Wer ist es?«

»Professor Douglass.«

»Sind Sie sicher?«

»Etwa siebzig Prozent sicher.«

»Verstehe«, sagt Ralph.

»Sie wirken nicht sehr überrascht«, sagt DS Agnew.

»Nein. Naja, es ist merkwürdig, aber kürzlich hatte ich plötzlich so eine Vermutung, daß er es sein könnte. Das war, nachdem wir miteinander gesprochen hatten, und ich hatte sowieso keine Beweise ... Es war nur so eine Ahnung. Er ist ein seltsamer Mann. Was werden Sie jetzt unternehmen?«

»Nun, ich würde mir gerne seine Festplatte ansehen.«

»Er hat mehr als eine«, sagt Ralph. »Er hat jede Menge Geräte in seinem Büro. Haben Sie einen Durchsuchungsbefehl?«

»Nein. Ich könnte wahrscheinlich einen bekommen, aber das möchte ich zum jetzigen Zeitpunkt lieber nicht.«

»Wie werden Sie dann vorgehen?«

»Ich würde ihn gerne bitten zu kooperieren. Ich denke, seine Reaktion wird mir verraten, was ich wissen will. Wann könnten Sie für mich ein Treffen arrangieren?«

»Vielleicht ist er noch in seinem Büro«, sagt Ralph. »Ich habe ihn auf der letzten Veranstaltung der Konferenz nicht gesehen.«

Das Centre ist geschlossen und größtenteils verlassen, und Ralph muß seine Magnetkarte benutzen, um die Glastüren zu öffnen. Die Sekretärinnen sind alle nach Hause gegangen, und die Dozenten und die postgraduierten Studenten haben an der Konferenz teilgenommen. Als Ralph jedoch Douglass' Anschluß anruft, erhält er eine Antwort. »Würde es dir etwas ausmachen, in mein Büro zu kommen, Duggers?« sagt er. Eine Minute später hört man, wie jemand an die Tür klopft, und ohne darauf zu warten, bis er hereingebeten wird, betritt Douglass das Zimmer. »Ich hoffe, das dauert nicht lange, Messenger?« sagt er gereizt. »Ich bin sehr beschäftigt.« Er wirft DS Agnew, der in einem Sessel schräg vor Ralphs Schreibtisch sitzt, einen fragenden Blick zu.

»Das ist Detective Sergeant Agnew von der Gloucester Police«, sagt Ralph, »von der Abteilung Pädophilie und Pornographie.«

Douglass erbleicht. »Ja?« sagt er nach einem Augenblick.

»Die Polizei glaubt, daß jemand aus diesem Gebäude

Kinderpornographie aus dem Internet herunterlädt«, sagt Ralph.

»Was hat das mit mir zu tun?« sagt Douglass.

»Ich dachte, daß du als stellvertretender Direktor des Centre darüber informiert werden willst.«

»Ja, natürlich«, sagt Douglass errötend. Er wendet sich an DS Agnew. »Wen verdächtigen Sie?«

»Wir haben bis jetzt noch keinen Namen, Sir«, sagt DS Agnew.

»Es ist eine delikate Angelegenheit, Duggers«, sagt Ralph, »und Detective Sergeant Agnew ist auf unsere Zusammenarbeit angewiesen. Zuerst muß er uns beide aus seinen Ermittlungen ausschließen. Er hat meine Festplatte überprüft, und jetzt muß er deine überprüfen.«

»Wenn Sie nichts dagegen haben, Sir«, sagt DS Agnew.

»Und ob ich etwas dagegen habe«, sagt Douglass. »Dieser Vorschlag ist unerhört.«

»Jetzt komm schon, Duggers«, sagt Ralph. »Es ist bloß eine Formalität. Mit meiner ist er schon fertig.«

»Das ist deine Sache, Messenger. Auf meiner Festplatte ist eine Menge vertraulicher Daten.«

»Welche Art Daten, Sir? Wenn ich mir die Frage erlauben darf«, sagt DS Agnew.

»Forschungsdaten.«

»Ich glaube nicht, daß DS Agnew deine Forschungsergebnisse stehlen würde, Duggers«, sagt Ralph mit einem schwachen Lächeln.

»Hör endlich auf, mich Duggers zu nennen!« schreit Douglass. Sein Körper ist starr, sein Gesicht gerötet, und groß treten seine Augen hinter den dicken Brillengläsern hervor.

Angespannte Stille erfüllt das Zimmer; sie wird unterbrochen vom Klingeln des Telefons auf Ralphs Schreibtisch. Er nimmt ab.

»Professor Messenger?« sagt eine weibliche Stimme.

»Ja. Könnten Sie später noch mal anrufen?«

»Ich bin Mr. Halibs Sekretärin, Professor. Er wollte Sie unbedingt noch sprechen, bevor er nach Hause geht.«

»Oh. In Ordnung.« Ralph deckt den Hörer ab. »Tut mir leid, aber das nehme ich wohl besser entgegen«, sagt er zu den beiden Männern. Douglass schaut auf seine Füße, Agnew schaut auf Douglass. Ralph dreht sich in seinem Stuhl so, daß er ihnen den Rücken zuwendet. Er hört Halibs weiche, ein wenig zischende Stimme.

»Professor Messenger? Halib hier. Wie geht's Ihnen?«

»Ich bin im Augenblick sehr beschäftigt, Mr. Halib, aber wenn Sie irgendwelche Neuigkeiten –«

»Die habe ich tatsächlich. Gute Neuigkeiten. Der Bluttest ist positiv.«

»Es *ist* also eine Hydatide?«

»Das ist es.«

»Gottseidank. Was nun?«

»Ich habe Ihnen mit der Post ein Rezept geschickt. Nehmen Sie's wie vorgeschrieben. Die Behandlung dauert achtundzwanzig Tage. Vereinbaren Sie einen Termin gegen Ende nächster Woche, und dann schauen wir, wie sehr die Hydatide geschrumpft ist. Wie ich Ihnen gesagt habe, besteht eine große Chance, daß wir nicht operieren müssen. Wenn doch, gibt es keinen Grund, sich Sorgen zu machen.«

»Nun, das ist großartig. Ich kann Ihnen nicht genug danken.«

»Absolut keine Ursache. Rufen Sie mich an, wenn Sie Fragen wegen dem Rezept haben.«

Ralph legt den Hörer auf und dreht sich in seinem Stuhl, um die beiden Männer anzusehen; sie haben sich nicht bewegt.

»Würden Sie mich bitte in Ihr Büro führen, Professor Douglass?« fragt DS Agnew freundlich.

Wortlos macht Douglass auf dem Absatz kehrt und verläßt das Büro, worauf Agnew ihm folgt. An der Tür dreht sich der Polizist um. »Sind Sie noch eine Weile hier, Sir?« sagt er.

»Ich kann bis halb acht bleiben«, sagt Ralph.

Agnew nickt und verläßt dann das Zimmer. Ralph wendet sich wieder dem Telefon zu und wählt eine Nummer. »Carrie?« sagt er. »Halib hat gerade angerufen. Der Test war positiv. Nein, nein, das ist *gut*! Ja!« Überglücklich unterhalten sie sich ein paar Minuten lang. Schließlich sagt Ralph: »Bis dann. Ich seh dich beim Dinner. Ich liebe dich auch.« Er legt den Hörer auf, erhebt sich und geht ruhelos im Zimmer hin und her. Er schlägt die Faust in die flache Hand. Er schaut aus dem Fenster, scheint sich aber auf nichts Besonderes konzentrieren zu können. Er geht zurück an seinen Schreibtisch und hebt noch einmal den Hörer ab. Er wählt eine Nummer und trommelt ungeduldig mit seinen Fingern auf den Schreibtisch, während er darauf wartet, daß jemand abnimmt. »Helen? Gute Nachrichten.«

Ralph hat schon einige Minuten lang mit Helen gesprochen, als plötzlich Detective Sergeant Agnew ins Zimmer platzt. Er steht auf der Schwelle, öffnet seinen Mund, um etwas zu sagen, und schließt ihn wieder, als er sieht, daß Ralph telefoniert. Ralph deckt die Sprechmuschel ab. »Was ist?«

»Sie kommen besser, Sir«, sagt Detective Sergeant Agnew. »Es ist Professor Douglass.«

»Was ist mit ihm?«

»Ich fürchte, er ist tot, Sir.«

Ralph sagt ins Telefon: »Ich muß los« und legt den Hörer auf.

32

Eins, zwei, drei, Test ... Heute ist Dienstag, der dritte Juni, es ist halb sechs Uhr abends. Erst jetzt bin ich zum ersten Mal allein. Es gab eine Besprechung nach der anderen, der VK, die Polizei, der Leiter der Öffentlichkeitsarbeit, die Belegschaft des Centre ... Jeder steht unter Schock ... außer mir. Ich frage mich, warum. Es ist nicht deshalb, weil ich ihn nicht mochte. Ich *freue* mich nicht darüber, daß er tot ist. Ehrlich gesagt, er tut mir leid, wahrscheinlich zum ersten Mal im Leben. Aber ich stehe nicht unter Schock, obwohl ich das natürlich behaupte wie jeder andere auch ... »Es ist ein Schock«, sage ich. Würde ich das nicht tun, würden die Leute glauben, ich sei ein Monster an Gefühllosigkeit.

Der arme Agnew steht wirklich unter Schock. Er macht sich Vorwürfe, auch wenn ich nicht einsehe, warum. Wer hätte erwarten können, daß sich Duggers auf diese Art umbringt – so schnell, ohne zu zögern, sobald ihm klar war, daß sie ihn erwischt hatten? Nach dem ersten Ausbruch in meinem Büro schien er seine Selbstkontrolle wiedergefunden zu haben. Er führte Agnew zu seinem Büro, schloß die Tür auf und deutete auf die verschiedenen Teile seiner Computerausrüstung, beantwortete ein paar Fragen mit kühler Höflichkeit und entschuldigte sich dann, weil er auf die Toilette gehen wollte. Agnew fand nichts Ungewöhnliches dabei ... die Leute, die er befragt, machen sich oft beinahe in die Hose, wie er das nannte. Er setzte sich an den PC auf dem Schreibtisch und begann, die Internet-Dateien durchzukämmen, und erst nach zehn oder fünfzehn Minuten wurde er unruhig, weil Duggers so lange fortblieb, und er ging und sah in der Herrentoilette im zweiten Stock nach. Er sah unter die Türen der einzelnen Toiletten, erkannte ein Paar Füße in schwarzen Schuhen, die in der Luft hingen, trat die Tür ein und fand Douglass, tot. Er hatte sich am Ventilatorengitter mit einem Computerkabel erhängt. Hatte es sich um den Hals gebunden, sich auf den Toilettensitz gestellt und dann einen Schritt ins Leere gemacht. Ins Vergessen.

Er muß das geplant haben. Muß über alle Eventualitäten im voraus nachgedacht haben … wie ich, mit meiner Geschwulst … Er muß sich gesagt haben, *wenn sie es jemals herausfinden, wenn sie kommen, um mich zu holen, werde ich nicht darauf warten, bis man mich bloßstellt, festnimmt, vor Gericht bringt* … vielleicht hat er den Fall sogar berechnet und ein Kabel griffbereit in einer Schublade aufbewahrt … Ich kann mir nicht helfen, ich bewundere seine Entschlossenheit. Sie verleiht mir neuen Respekt für ihn. Theoretisch war ich darauf vorbereitet, es selbst zu tun, aber glücklicherweise wurde ich nicht auf die Probe gestellt. Irgendwie kommt es mir fast so vor, als sei er an meiner Stelle gestorben … Nein, das ist dumm, lösch das … Und doch, wenn ich abergläubisch wäre … wenn ich an Schicksal, Vorhersehung, die Sterne glauben würde … Die Ereignisse gestern abend besaßen eine merkwürdige Symmetrie, die Art, wie mir Halib sagte, daß ich noch einmal davongekommen war, während gleichzeitig über Duggers die Katastrophe hereinbrach. Es war, als befänden wir uns auf einer Waage im Gleichgewicht, und Halibs Anruf war der Daumen, der meine Schale sicher hinab auf die Erde drückte und Duggers hoch in die Luft fliegen und dort droben mit einem Kabel um den Hals hängen ließ …

Sie zeigten mir einiges von dem Zeug, das sie in seinem Aktenschrank gefunden hatten. Hunderte von Fotos. Nichts wirklich Widerliches, sagte Agnew, und der muß es ja wissen … Zumeist Fotos von Mädchen vor der Pubertät, nackt, oder beinahe nackt, manchmal zusammen mit Jungen im gleichen Alter, aber niemals Jungen allein. Pissend, ihre Hinterbacken entblößend, ihre Genitalien entblößend … kindisches Zeugs … teilweise kunstgewerblerisch wie die, die Lewis Carroll gemacht hat … Man könnte sie beinahe harmlos nennen, solange man nicht daran denkt, wie die Fotos zustande kamen … Es gibt keine Hinweise darauf, daß Duggers selbst welche aufgenommen oder direkten körperlichen Kontakt zu irgendwelchen Kindern gehabt hat … Er gehörte zu einem Ring von Leuten, die diese Bilder untereinander über das Internet austauschten, wozu sie irgendeine Software zur Verschlüsselung benutzten, es war gewissermaßen eine Art Fahrbücherei oder eine Art Coop … Wahrscheinlich hat er das alles lieber im Büro anstatt zu Hause gemacht, damit seine Mutter oder seine Schwester nicht durch Zufall etwas herausfinden … Ich habe ihnen einen Kondolenzbrief geschickt. War nicht leicht zu schreiben … Natürlich wird es eine gerichtliche Untersuchung der Todesursache geben … und vermutlich eine Trauerfeier, in privatem Rahmen wahrscheinlich. Einen Gedenkgottesdienst wird es nicht geben, das steht fest …

Als ich letzten Freitag abend auf dem Parkplatz zum Fenster seines Büros hinaufsah, dem einzigen im ganzen Gebäude, hinter dessen Jalousie noch Licht brannte, schoß mir plötzlich durch den Kopf, daß er der Mann war, den Agnew suchte. Ich weiß nicht, warum ich zuvor nicht an ihn gedacht hatte. Ich vermute, für mich war er immer nur eine Art Asket, der ausschließlich an seinem Fachgebiet interessiert war, ein sexuelles Neutrum ... Immer ein Fehler, zu glauben, daß man weiß, was im Kopf eines anderen vor sich geht. Aber als ich zu diesem Fenster hinaufsah und Helen gegenüber Witze machte, daß Duggers so spät noch an seinen Algorithmen arbeitet, fiel mir ein, wie ich ihn getroffen hatte, als er eines Sonntagmorgens ins Centre kam, als ich gerade ging, und mir fiel der überraschte und wütende Blick ein, den er mir durch die Glastür zugeworfen hatte, und der Groschen fiel ... Er hatte einen ähnlichen Gesichtsausdruck, als er gestern abend auf dem Boden der Herrentoilette lag, ähnlich, aber übertriebener ... die vortretenden Augen, das bluterfüllte Gesicht, die Lippen verzerrt zu einer Art Knurren ... und er hatte einen tiefen, roten Striemen um den Hals, wo Agnew das Plastikkabel abgemacht hatte ...

Ich verließ Agnew, um einen Arzt zu rufen, den Krankenwagen, um die örtliche Polizei zu informieren und den Sicherheitsdienst auf dem Campus. Ich kam zu spät zum Empfang, aber nicht zum Essen. Ich hatte Carrie bereits rasch telefonisch informiert und sie schwören lassen, daß sie nichts verraten würde. Ich wollte nicht, daß die Nachricht beim Abendessen die Runde macht. Es hätte die Atmosphäre vergiftet, und ich wußte, würden die Fernsehleute davon erfahren, wäre das die Hauptattraktion in ihrem Bericht über die Konferenz. Es ist genau das, was sie lieben. Aber niemand wußte und niemand ahnte, daß etwas Schlimmes passiert war. Duggers' unbesetzter Platz beim Essen erregte nicht viel Aufmerksamkeit – seine Abneigung gegen gesellschaftliche Veranstaltungen war allgemein bekannt. Der schwierigste Augenblick kam, als ich meine Rede halten und jedem, der bei der Organisation der Konferenz geholfen hatte, danken mußte. Was hätte ich sagen können? *Und mein Dank geht an Professor Douglass, der un-*

glücklicherweise heute abend nicht bei uns sein kann... aus persönlichen Gründen... aufgrund unvorhersehbarer Umstände... Mir fiel einfach keine Formulierung ein, die für mich nicht wie ein kranker Witz geklungen hätte, oder für Carrie, oder am Ende, wenn die Wahrheit herausgekommen ist, für jeden anderen ebenso. Also erwähnte ich ihn in meiner Rede überhaupt nicht. Später kam Helen zu mir und sagte leicht vorwurfsvoll: »Hättest du nicht Professor Douglass danken sollen? Auf dem Empfang hat er sich bei mir darüber beklagt, wieviel zusätzliche Arbeit er erledigen mußte.« – »Ich hab's vergessen«, sagte ich. Später nahm ich sie beiseite und sagte ihr, was geschehen war... Natürlich war sie schokkiert.

Helen, ja... Was soll ich mit Helen machen? Im Augenblick stehe ich an meinem Bürofenster und sehe hinaus auf das naturwissenschaftliche Ende des Campus und spreche in den Pearlcorder, genauso wie an jenem regnerischen Sonntagmorgen im... wann war das? Februar... als ich sie um die Ecke der Biologie kommen sah, eine einsame Gestalt in wadenhohen Stiefeln und einem eleganten Regenmantel, deren Gesicht ich wegen des Regenschirms zuerst nicht sehen konnte... Seit damals ist viel passiert.

Ich fühle mich ziemlich gut im Augenblick. Zum einen fühle ich mich körperlich wohl, obwohl ich mit Halibs Behandlung noch nicht einmal angefangen habe. Das ist vielleicht die Wirkung der psychischen Erleichterung, oder es könnte, wie Carrie halb im Scherz sagte, daran liegen, daß ich in den letzten zwei Wochen den Alkohol und totes Fleisch aufgegeben habe. Wir haben uns letzte Nacht geliebt, das erste Mal seit Wochen. Ich habe das nicht initiiert, genausowenig wie sie, das war nicht nötig; ohne es auszusprechen waren wir uns schon im Wagen einig, als wir nach Hause kamen, deutete irgend etwas darauf hin in der Art, wie ich leise die Schlafzimmertür schloß, und in der Art, wie sie mich ansah, als sie ihre Arme hinter den Nacken hob, um die Halskette zu öffnen ... vielleicht wollte keiner von uns darüber sprechen, weil der andere möglicherweise denken würde, es sei irgendwie unschicklich, miteinander zu schlafen, während Duggers' Leiche noch nicht einmal kalt war. Aber genau das war der Grund, warum wir ficken mußten ... um den Kopf frei zu bekommen ... um zu feiern, daß ich noch einmal davongekommen bin ... um das Leben zu bestätigen angesichts des Todes. Danach schliefen wir wie Babys.

Heute abend fühle ich mich, als hätte ich etwas erreicht, ich empfinde Befriedigung und Gelassenheit. Ich spüre, wie ich mein Leben wieder unter Kontrolle habe. Ich habe keine lebensbedrohliche Krankheit. Die Konferenz war ein Erfolg, ein Ruhmesblatt für mich, und es gelang mir zu verhindern, daß Duggers' Selbstmord den letzten Abend überschattete. Sogar heute morgen sind die meisten Delegierten weggefahren, ohne zu wissen, was passiert ist. Natürlich wird es in den Medien einigen Wirbel geben, läßt sich nicht vermeiden ... aber da nächste Woche die großen Ferien beginnen, werden weniger Leute hier sein, um die Sache am Kochen zu halten ... Der Protest gegen Donaldsons Ehrendoktorwürde hat sich im Sand verlaufen ... und es war gar nicht Duggers, der die Unterlagen des Senats an ›On Campus‹ weitergegeben hatte – es war fast sicher Reginald Glover ... der Herausgeber dieses Käseblatts hat's mir so gut wie gesagt. Er war heute nachmittag hier, um von mir einen Kommentar über Douglass zu bekommen, und ich hab's aus ihm rausgekriegt. Ob Glover das aus Prinizip getan hat oder aus Nostalgie für die sechziger Jahre oder um mir eins auszuwischen, weil ich seine Frau auf der Dinnerparty der Richmonds gedemütigt habe, weiß ich nicht, und es interessiert mich auch nicht ... Donaldson bekommt seinen Dr. phil. und das Centre fette Forschungsaufträge vom VM ... O ja, und ich habe Ludmila einen Postdoc-Job in Boulder verschafft ... Ich habe Saul Rosenbaum gesagt, er müsse sich unbedingt ihr Schaubild ansehen, und sie hat sich auf ihre Weise um ihn gekümmert. Also wird sie mir nicht mehr auf die Nerven gehen ... obwohl man die Entschlossenheit dieses Schätzchens bewundern muß ...

Wodurch Helen als einziges Problem übrigbleibt. Sie wird am Freitag nach London zurückfahren, und sie wird von mir erwarten, daß ich etwas über die Zukunft sage, bevor wir uns voneinander verabschieden ... Was soll ich sagen? Ich könnte sagen, daß ich wegen Duggers' Tod noch unter Schock stehe und im Augenblick nicht klar denken kann ... aber sie würde mir nicht glauben ... Ich weiß, wie sehr sie sich letzte Nacht über meine Selbstbeherrschung gewundert hat, die Art, wie ich mich während des ganzen Dinners so verhielt, als sei nichts geschehen ... Ich könnte sagen: *Ich habe nicht den Eindruck, daß ich gesundheitlich schon überm Berg bin, vielleicht müssen sie mich noch immer operieren ... lassen wir unser Verhältnis ruhen, bis ich wirklich wieder gesund bin ... dann klären wir das irgendwie* ... Ja, klingt plausibler ... Ich muß allerdings den richtigen Augenblick abpassen. Nicht am Telefon oder während wir im Restaurant des Personalgebäudes sitzen ... irgendwann, wenn wir zusammen allein sein können ... ein letzter liebevoller Kuß ... Vielleicht mehr als ein Kuß, wer weiß? Es ärgert mich immer noch, wenn ich an unser letztes Mal im Bett denke, als ich impotent war ... Ich möchte nicht, daß sie sich so an mich erinnert. *(Ende der Aufnahme)*

33

Mittwoch, 4. Juni. Messenger hat gerade angerufen und gefragt, ob er morgen nachmittag vorbeikommen kann, »um auf Wiedersehen zu sagen«. Schnell fügte er hinzu: »Ich meine, du gehst doch am Freitag, oder, und es ist möglich, daß wir uns eine Zeitlang nicht mehr sehen können.« Ich sagte, daß ich morgen nachmittag an der Besprechung der Prüfer des englischen Fachbereichs teilnehmen muß und nicht weiß, wie lange die dauert, also sagte er, ich solle meinen Schlüssel unter den losen Backstein neben der Tür legen, er würde gegen vier kommen und in die Wohnung gehen, falls ich noch nicht zurück wäre. Wir haben das schon ein oder zwei Mal gemacht, während unserer wilden Zeit. Er sagte, er habe selbst den ganzen Vormittag über Besprechungen, und Carrie käme am Abend zurück. Ich sagte: »Zurück von wo?« und er sagte, sie begleite Emily zu einer Matinee in Stratford, wo sie sich *Wie es euch gefällt* ansehen wollen, das Pflichtlektüre bei Emilys Abiturprüfung sei. Jetzt wußte ich also, warum er so scharf darauf war, mich morgen nachmittag zu sehen, wenn Carrie aus dem Weg wäre. Er will unsere Affäre fortsetzen. Was ironisch ist, denn ich dachte, er wolle sie beenden, und nachdem ich mein Herz gründlich befragt hatte, war ich zu dem Schluß gekommen, daß das auch besser so wäre.

Ich ging gestern keinen Schritt vor die Tür, weil ich das Haus zur Vorbereitung auf meine Abreise putzte. Es gehört zum Vertrag, den man unterschreibt, wenn man einzieht, daß man beim Auszug die Wohnung sauber und ordentlich verläßt, aber ich tat weit mehr als das, wozu ich vertraglich verpflichtet war, ich schrubbte und saugte und wusch und polierte voll hektischer Betriebsamkeit, ich beschäftigte meinen Körper, während ich alles hin und her überlegte. Es schien mir, als seien wir unglaubliche Risiken eingegangen und hätten unglaubliche Gefahren überlebt, und wir sollten es nicht zu weit treiben. Douglass' Selbstmord hatte zwar nichts mit unserem Verhältnis zu tun, sehr viel aber mit meiner Entscheidung. Er versetzte mich in Furcht und Zittern. Er öffnete einen solchen Abgrund an Unglück und Missetaten und Schmerz, in den man so leicht hineinfallen kann, wenn man einmal aufgehört hat, auf sein Gewissen zu hören. Irgendwo bei James steht ein sehr kluger Satz über verbotene Liebe, ich glaube, in *Die goldene Schale*, etwas in der Richtung, daß Glück und Recht des einen Elend und Unrecht des anderen sind. Irgendwie so. Ich kann nicht leugnen, daß unsere Affäre eine Zeitlang voller Glück war, doch je länger sie andauert, um so wahrscheinlicher wird es, daß sie Unheil anrichtet. Jetzt ist der Zeitpunkt gekommen, um sie zu beenden. Und wenn Carrie nur halbwegs bei Verstand ist, wird sie nach all den Aufregungen und Krisen der letzten Wochen zum selben Schluß kommen.

Ich weiß, was er morgen nachmittag tun wird. Er wird versuchen, mich ins Bett zu bekommen, und mich dazu überreden, daß ich meine Meinung ändere. Ich hoffe, ich habe genug Willensstärke, um zu widerstehen. Ich muß zugeben, daß ich als erste Reaktion auf seinen Anruf tief im Innern freudig erregt war, weil ich wußte, daß er mich noch begehrt.

34

Am Ende mußte Helen doch nicht gegen die Versuchung ankämpfen – die ohnehin viel weniger Folgen gehabt hätte, als sie sich vorstellte, denn Ralph hatte nicht die Absicht, ihre Affäre fortzuführen; er wollte nur noch ein letztes Mal mit ihr schlafen.

Am Donnerstag nachmittag verließ Ralph etwa um zwanzig vor vier sein Büro und ging über den Campus zu den kleinen Reihenhäusern, die Helen Maisonette Row nannte, wobei er nicht zum ersten Mal daran dachte, daß diese glücklicherweise so versteckt in einer entlegenen Ecke des Campus lagen, daß es nur wenig wahrscheinlich war, daß jemand ihn beobachtete, der ihn kannte. Die Zufahrtsstraße war wie üblich verlassen. Er klingelte einmal an der Tür, und als er keine Antwort erhielt, nahm er den Ersatzschlüssel aus dem Versteck unter dem losen Backstein, wohin Helen ihn gelegt hatte, schloß auf und betrat das Haus. Die kleine Diele roch angenehm nach Politur und Desinfektionsmitteln, und das Wohnzimmer sah besonders sauber und ordentlich aus, was er für ein gutes Zeichen hielt, denn er nahm an, daß es ihm zu Ehren auf Hochglanz gebracht worden war. Zufällig erblickte er sich in einem strahlenden Wandspiegel, und er trat heran, um sein Spiegelbild genauer zu betrachten, wobei er seinen Kopf zur Seite drehte, um nach grauen Haaren zu suchen. Ihm schien, als habe er noch ein paar mehr bekommen, was kaum überraschend war, wie er meinte, bedachte man, was er in letzter Zeit durchgemacht hatte.

Es war warm im Zimmer, denn durch das Patiofenster strömte die Nachmittagssonne herein. Ralph öffnete das Fenster gute dreißig Zentimeter und zog den Vorhang ein wenig vor. Er zog sein Jackett aus und drapierte es über einen Stuhl. Er setzte sich aufs Sofa, schlug die Beine übereinander und sah sich müßig im Zimmer um. Sein Blick blieb an Helens Schreibtisch hängen und an den Dingen, die darauf lagen: ein paar Bücher, eine Zeitschrift, einige Briefe und Rechnungen, die in einem Briefhalter steckten, eine Porzellantasse, die Bleistifte und Kugelschreiber enthielt, ein kompakter Tintenstrahldrucker und Helens Toshiba-Laptop. Ralph dachte daran, wie er die Software für Helens E-Mail auf dem Computer installiert hatte. Der war im Augenblick geschlossen und abgeschaltet, nur das Kabel steckte in der Steckdose.

Ralph fiel ein, daß dieser flache, langweilige, graue Plastikkasten, der die Größe und die Form eines gebundenen Buches hatte, Helens Tagebuch enthalten mußte, die detaillierten Aufzeichnungen ihrer privaten Gedanken und damit auch eine Art Spur oder ein Abdruck dessen, was sie ihr Selbst oder ihre Seele nannte. Er hatte einmal versucht, sie zu überreden, es ihn lesen zu lassen, und ihr im Tausch dafür die Transkripte seiner auf Band gesprochenen Bekenntnisse angeboten, und sie hatte abgelehnt. Aber in der Zwischenzeit hatten sie ein Verhältnis angefangen, und jetzt wäre der Inhalt ihres Tagebuches von unermeßlich größerem Interesse für ihn. Wenn er das Undenkbare tun würde ... wenn er durchs Zimmer gehen und sich an den Schreibtisch setzen und den Deckel des Computers öffnen und ihn einschalten und die Dateien von Helens Tagebuch aufrufen würde, dann würde er herausfinden, warum sie sich anders entschieden hatte, nachdem sie wiederholt behauptet hatte, daß sie mit ihm keine Affäre wolle; er würde erfahren, was diese *volte face* ausgelöst hatte, was sie gefühlt hatte, als sie sich zum ersten Mal liebten, und was sie bei den darauffolgenden Gelegenheiten gefühlt hatte, was sie ihm und ihrer beider Verhältnis gegenüber wirklich empfand und welche Zukunft sie sich dafür vorstellte.

Sein Herz schlug schneller vor Aufregung über diese Gedanken. Würde er es wagen? Wieviel Zeit hatte er? Er sah auf seine Uhr. Es war Viertel nach vier. Er konnte unmöglich wissen, wann sie zurückkommen würde. Diese Besprechungen konnten stundenlang dauern, aber es könnte sein, daß sie vor dem Ende ging. Sie konnte jeden Augenblick zurückkehren. Er würde jedoch ihren Schlüssel in der Tür hören. Er stand vom Sofa auf und näherte sich dem Schreibtisch wie ein Dieb, langsam, leise, und setzte sich auf den Schreibtischstuhl, wobei er sorgfältig darauf achtete, nichts auf dem Tisch durcheinanderzubringen oder die Position des Computers zu verändern. Er öffnete den Verschluß und machte den Deckel auf, so daß der Bildschirm freilag. Mit dem Knopf an der Seite schaltete er die Maschine ein. Er hörte das schwache Surren der Festplatte, während Windows 95 geladen wurde, und dann aus den Lautsprechern das muntere Klimpern elektronisch erzeugter Harfenkläge, als das Microsoft-Desktop auf dem Bildschirm erschien und die Programm-Icons wie Drachen vor dem Hintergrund eines blauweißen Himmels dahintrieben. Er klickte das Word-95-Icon an, und fast im selben Augenblick erschien die leere Seite einer Textdatei mit der Leiste zur Textbearbeitung in Word darüber.

Jetzt zögerte er. Es war falsch, was er da tat, absolut falsch. Er hätte jetzt aufhören sollen, den Computer herunterfahren, den Deckel schließen und zurück zum Sofa auf der anderen Seite des Zimmers gehen sollen, um auf Helen zu warten. Aber er konnte der Versuchung nicht widerstehen. Es war nicht nur persönliche Neugierde, sagte er sich, es war auch wissenschaftliche Neugierde. Es war eine einzigartige Gelegenheit, das Siegel des Bewußtseins eines anderen Menschen aufzubrechen. Es war, könnte man sagen, ein Forschungsprojekt. Einen Augenblick lang hatte er tatsächlich den Gedanken, den gesamten Inhalt von Helens Festplatte auf Floppy-Disks zu kopieren und sie mitzunehmen, um sie zu analysieren; doch das Ungeheuerliche einer solchen Verletzung der Privatsphäre war sogar für Ralph zuviel, und er erwog es nicht länger; außerdem gab es ohnehin praktische Hindernisse – weder schien sie ein Zip-Laufwerk zu besitzen, noch konnte er in den Schubladen ihres Schreibtischs irgendwelche leeren, formatierten Disketten finden ... die Zeit wurde knapp ... sie würde bald zurückkommen ... Er sah auf die Uhr: sechzehn nach vier. Es bliebe ihm nur die Zeit, einen schnellen Blick auf das Tagebuch zu werfen, den Inhalt rasch zu überfliegen. Jetzt oder nie.

Ralph ließ sich vom Pull-down-Menü die Dateien zeigen und sah sich die Dateinamen der neun zuletzt gespeicherten Dokumente an. Ganz oben auf der Liste stand: »C:/Meine Dokumente/TAGEBUCH/4. Juni.« Er klickte es an. Sofort erschien der Text. Er begann mit: »Mittwoch, 4. Juni. Messenger hat gerade angerufen und gefragt, ob er heute nachmittag vorbeikommen kann, um auf Wiedersehen zu sagen.« Schnell las Ralph den Tagebucheintrag und lächelte schwach vor sich hin, bis er zu der Stelle kam, an der es hieß: »Und wenn Carrie nur halbwegs bei Verstand ist, wird sie nach all den Aufregungen und Krisen der letzten Wochen zum selben Schluß kommen.« *Carrie?* Sein Lächeln verschwand. Eine Flüchten-oder-standhalten-Reaktion versetzte seinem Körper einen Adrenalinstoß. Ein, zwei panikerfüllte Augenblicke lang glaubte Ralph, diese

Bemerkung müsse bedeuten, daß Carrie über seine Affäre mit Helen Bescheid wußte, daß Helen ihr davon erzählt hatte. Wenn ja, wann? Wie lange hatte sie es gewußt, und was hatte ihr Schweigen zu bedeuten? Langsam, langsam, sagte er sich, wischte sich mit dem Unterarm die Stirn ab (er schwitzte, obwohl er die Hemdsärmel hochgerollt hatte, er konnte fühlen, wie der Schweiß seinen Oberkörper hinabrann), langsam, da kann etwas nicht stimmen. »Wenn Carrie nur halbwegs bei Verstand ist, wird sie zum selben Schluß kommen ...« Aber logischerweise konnte Carrie zu keinem Schluß kommen, der das Ende der Affäre *mit Helen* betraf. Nur, was das Ende einer Affäre betraf, die sie selbst hatte.

Ralph schloß die Datei und sah sich Helens Unterverzeichnisse an. Er öffnete dasjenige, das mit »Tagebuch« bezeichnet war, und scrollte sich durch eine lange Liste von Dateinamen, die bis zurück zum 17. Februar datiert waren. Er öffnete die erste Datei, klickte im Editor-Menü auf »Suchen« und tippte »Carrie« in das Eingabefeld. Schnell klickte er sich durch das Dokument, wobei er mit höchster Geschwindigkeit die Abschnitte las, in denen ihr Name vorkam. Dann schloß er die Datei, öffnete das chronologisch nächste »Tagebuch«-Dokument und wiederholte den ganzen Vorgang.

Unterdessen ging Helen vom Turm der Geisteswissenschaften über den Campus in Richtung Maisonette Row. Die Prüferbesprechung hatte länger gedauert, als sie erwartet hatte, doch sie beeilte sich nicht. Sie wußte nicht, was geschehen würde, wenn sie mit Ralph zusammmenkäme, und noch beunruhigender war, daß sie nicht wußte, was ihrer Meinung nach geschehen sollte. Gestern hatte sie beschlossen, ihm zu sagen, daß ihre Affäre ein Ende haben müsse. Doch wenn das so war, warum hatte sie heute morgen dann ihr Haar gewaschen und ihre hübscheste Unterwäsche angezogen und ein Kleid, das Ralph besonders bewundert hatte? Es war, als hätte ihr Körper all diese Dinge von selbst getan, während ihr Geist dabei mißbilligend, aber unfähig einzugreifen, zugeschaut hatte. Also ließ sie sich Zeit und schlenderte in der späten Nachmittagssonne dahin, wobei sie fast hoffte, daß Ralph die Zeit ausginge und er zurück zu Frau und Familie gehen mußte, ohne daß er Gelegenheit zu einem Versuch hätte, sie dazu zu bringen, mit ihm ins Bett zu gehen.

Als Helen die Tür aufschloß und das Haus betrat, hatte Ralph gerade seine Lektüre des Tagebucheintrags vom 11. April beendet. Als er hörte, wie der Schlüssel im Schloß gedreht wurde, schaltete er hastig den Computer aus, ohne sich die Mühe zu machen, die Datei zu speichern, und schloß den Deckel. »Messenger?« rief Helen, als sie die Tür hinter sich schloß. »Bist du noch da?« Rasch entfernte sich Ralph vom Schreibtisch. Als Helen aus dem engen Gang ins Wohnzimmer trat, stand er vor dem Sofa, als sei er gerade eben aufgestanden. Aber Helen sah sofort, daß er auf merkwürdige Art unruhig war. »Was ist los?« sagte sie.

Er starrte sie mehrere Augenblicke lang an, bevor er zu sprechen begann, hin und her gerissen zwischen dem Instinkt zu verheimlichen, was er getan hatte, und dem Verlangen, auf die Frage, die ihm quälend durch den Kopf ging, eine Antwort zu erhalten. Am Ende war seine Eifersucht stärker als sein Selbsterhaltungstrieb. »Warum hast du mir nichts von Carrie und Nicholas Beck erzählt?« sagte er.

Die Frage traf Helen völlig unvorbereitet, und sie ließ sich Zeit, bis sie darauf antwortete. Sie war erleichtert darüber, daß dieses Geheimnis sie nicht länger belastete, und zugleich war sie besorgt über all die Komplikationen, die das möglicherweise mit sich bringen würde. »Weil ich dachte, daß mich das nichts angeht«, sagte sie schließlich. »Und ich habe Carrie mein Wort gegeben.«

»Also hat sie mit dir darüber geredet?« sagte Ralph und wartete gierig auf eine Antwort.

»Ja. Einmal.«

»Dann war das also nicht bloß ein Verdacht von dir – irgendeine Phantasie, ein Szenarium für einen deiner Romane?«

Helen runzelte die Stirn, verwirrt über diese Frage und seinen inquisitorischen Ton. »Ich weiß nicht, was du meinst«, sagte sie. »Wie hast du das überhaupt rausgefunden?«

Er antwortete nicht, doch sein Blick huschte hinüber zum Laptop und wieder zurück. Helen folgte seinem Blick. »Du hast mein Tagebuch gelesen!« sagte sie ungläubig.

»Ja«, sagte er.

»Das fasse ich nicht. Das ist verabscheuungswürdig.«

»Ich weiß«, sagte er. »Es ist verabscheuungswürdig und unentschuldbar und unverzeihlich.«

»Warum?«

Er zuckte mit den Schultern. »Ich konnte mich einfach nicht zurückhalten.«

»Wieviel davon hast du gelesen?«

»Ich kam bis zu deinem Ausflug nach Ledbury«, sagte er. »Fickt sie diesen langweiligen Wichser wirklich? Was sieht sie nur in ihm?«

»Das fragst du sie wohl besser selbst«, sagte Helen. »Und jetzt wäre ich dir dankbar, wenn du einfach gehen und mich allein lassen würdest.«

Ralph nahm das Jackett von der Stuhllehne und legte es über den Arm. »Es tut mir leid, Helen ...«

»Geh einfach«, sagte sie.

»Also dann, auf Wiedersehen«, sagte er und verließ das Haus.

Auf der Fahrt zurück nach Cheltenham hatte Ralph zuerst nichts anderes vor, als das zu tun, was Helen ihm empfohlen hatte – Carrie damit zu konfrontieren, die Wahrheit aus ihr herauszupressen und dann rüberzufahren zu Nicholas Becks noblem Haus in Lansdown Crescent und ihm die Scheiße aus dem Leib zu prügeln. Doch nach einer Weile sah er ein, wie schwach seine Position war. Sollte er Carrie Untreue vorwerfen, würde er einen Gegenangriff provozieren, und selbst wenn sie nichts über sein Verhältnis mit Helen wußte, bestand immer noch das Risiko, daß sie es herausfinden konnte, möglicherweise von Helen selbst, die ihm jetzt völlig entfremdet war. Darüber hinaus war er sich ziemlich sicher, daß Carrie viele gute Gründe hatte, ihn zu verdächtigen, ihr in der Vergangenheit untreu gewesen zu sein, Gründe, die sie beschlossen hatte, im Interesse der ehelichen Harmonie für sich zu behalten, die sie jedoch ohne Zögern zur Selbstverteidigung verwenden würde, sollte sie dazu herausgefordert werden. Hier handelte es sich, würde sie mit einigem Recht behaupten, um eine Wie-du-mir-so-ich-dir-Situation. Sie hatte ihn verraten, weil sie wußte, daß er sie verraten hatte. Und welchen Sinn oder welchen Nutzen hätte es, all diesen Schmutz ans Tageslicht zu zerren und ein Riesentheater zu provozieren, das leicht ihre ganze Ehe zerstören konnte? Er wollte keine Scheidung. Genausowenig wollte er die emotionale Zermürbung und den materiellen Schaden, den das mit sich brächte. Dank Daddy Thurlows kluger Verwaltung war Carries persönliches Vermögen noch immer von einem Sicherheitszaun umgeben, und Ralph war sich durchaus darüber im klaren, daß er nach dem Scheidungsurteil wenig mehr bekommen würde als den halben Anteil am Haus und ein eingeschränktes Besuchsrecht gegenüber seinen Kindern.

Ralph formulierte diese Argumente nicht so explizit, wie sie hier ausgedrückt sind, doch er hatte sie, wie wir sagen, in seinem Hinterkopf, während er innerlich raste über Carries Betrug, ihre entsetzliche Wahl eines Liebhabers und die Beleidigung, die das für seinen Stolz und seine Selbstachtung darstellte. Schritt für Schritt übten sie einen kühlenden Einfluß auf seine Vergeltungs- und Rachegedanken aus. Er wurde ruhiger und nachdenklicher; als er sich auf den Weg gemacht hatte, war er gefährlich schnell gefahren, doch als er die Außenbezirke von Cheltenham erreichte, hatte er seinen Fahrstil wieder unter Kontrolle; als er das Haus in Pittville Lawn betrat, war seine Stimmung eher verdrießlich als wütend. Carrie und Emily waren gerade von ihrem Ausflug nach Stratford zurückgekommen. Ralph war nicht in der Lage, auf ihr lebhaftes Geplauder über die Aufführung, die sie gesehen hatten, einzugehen, aber Carrie schrieb seine Wortkargheit dem verzögerten Schock über Douglass' Tod zu und ließ sich davon nicht beunruhigen. Nach dem Abendessen ging er in sein Arbeitszimmer, lud seinen Computer und arbeitete bis spät in die Nacht an dem Buch, das er gerade schrieb.

Unterdessen packte Helen alle ihre persönlichen Besitztümer für ihre Abreise von der Gloucester University zusammen. Sie konnte es kaum erwarten, diesen Ort zu verlassen. Sie schlief schlecht und wachte vor Tagesanbruch auf. Anstatt zu warten, bis der Wecker klingelte, stand sie auf, duschte, zog sich an, trank eine Tasse Kaffee und lud ihre Sachen in den Wagen. Sie tat das leise, fast verstohlen, denn sie wollte ihre Nachbarn nicht stören, deren Schlafzimmervorhänge noch zugezogen waren. Ihr fiel ein, daß sie die Phantasie in die Tat umsetzte, der sie in den ersten deprimierten Wochen auf dem Campus nachgehangen war – in den frühen Morgenstunden wegzulaufen. Damals hatte sie sich vorgestellt, im Schutz der winterlichen Dunkelheit zu fliehen; jetzt war es hellichter Tag, als sie von ihrem Haus wegfuhr, aber auf dem Campus war noch alles still, und die einzigen beiden menschlichen Gestalten, denen sie begegnete, waren ein einsamer Jogger und der Wachmann an der Schranke, dem sie die Schlüssel zu ihrem Haus in einem braunen Umschlag gab. Dann hieß es, die Zufahrtsstraße hinab bis auf die Hauptstraße, auf die M5, die M42, die M40, London … Dort blieb sie am Ende der Rush-hour im Stau stecken, aber Viertel vor zehn war sie zu Hause.

Sie schloß die Tür auf, betrat das Haus und ging von Zimmer zu Zimmer, um ihre Bekanntschaft mit ihm zu erneuern wie mit einem alten Freund. Die Weismullers waren zurück nach Amerika geflogen und hatten alle ihre Besitztümer mitgenommen. Vera, Helens Putzfrau, die regelmäßig kam und das Haus gut kannte, hatte wie zuvor vereinbart nach ihrer Abreise überall saubergemacht und aus eigener Initiative die meisten Möbel und die meisten Nippsachen wieder an ihre gewohnten Plätze zurückgestellt. Helen legte ein Vivaldi-Konzert in den CD-Spieler, und eine frische Streicherkaskade erfüllte die Zimmer mit den hohen Decken mit einem so klaren Widerhall, daß sie fast nach Luft schnappte. Jetzt fühlte sie, wie sehr sie diesen Genuß vermißt hatte. Leise folgten ihr die Klänge der Musik, als sie durch das Haus und dann die Treppe hinaufging. Mit liebevoller Sorgfalt und immensem technischen Fachwissen hatte Martin die einzelnen Teile der CD-Anlage zusammengestellt. Tatsächlich erinnerte fast alles im Haus an ihn. Zusammen hatten sie es gekauft, restauriert und ausgebaut, und dabei hatten sie die gräßlichen modernen Panoramafenster herausgebrochen und durch Schiebefenster ersetzt, die Holzdielen abgeschmirgelt und poliert, jahrhundertealte braune Farbe von den Geländern abgeschleift, bei Liberty's Stoff für die Vorhänge und bei Heal's Teppiche gekauft. Zuletzt kam sie in ihr Schlafzimmer. Auf der Frisierkommode stand ein gerahmtes Foto von Martin, das sie selbst aufgenommen hatte, als sie in Griechenland im Urlaub waren. Sie hatte es weggepackt, als sie das Haus vermietet hatte, aber Vera hatte es in einer Schublade gefunden und wieder zurückgestellt. Helen nahm das Foto in die Hand. Martin sah jung und gesund und glücklich aus, wie er da in einem Hemd mit offenem Kragen an einem Cafétisch saß und in die Sonne blinzelte. Das Bild löste eine Flut von Erinnerungen an die glückliche Zeit aus, die sie miteinander verbracht hatten. Sie begann leise zu weinen. Sie vergab Martin, und sie weinte um ihn.

Ralph Messenger mußte sich schließlich doch noch operieren lassen, um die Hydatide zu entfernen. Die Operation war ein Erfolg, aber Leute, die ihn kannten, machten Bemerkungen darüber, daß er etwas geschockt wirke und daß er seither sichtlich weniger bestimmt auftrete und stiller sei, eher wie ein Mann in mittleren Jahren. Er verlor seinen Ruf, auf Konferenzen und ähnlichen Veranstaltungen hinter Frauen her zu sein. Er konfrontierte Carrie nie wegen Nicholas Beck, aber sie spürte die Schwingungen seines Verdachts und beendete klug diese Affäre, die niemals tiefe Gefühle in ihr ausgelöst hatte. Carrie schrieb ihren Roman über das Erdbeben in San Francisco nie zu Ende, doch sie fing an zu bildhauern, wobei sie vor allem mit Ton arbeitete, und sie eröffnete eine noble Kunstgalerie in der

Montpellier Street, um ihre eigenen Arbeiten und die ihrer Freunde auszustellen. Unter großem Medienecho veröffentlichte Ralph *Die lebende Maschine*, und das Buch verkaufte sich erfreulich gut. 1999 setzte ihn Sir Stanley Hibbert an die Spitze der Empfehlungsliste der Universität bei den Titel- und Rangverleihungen, und er erhielt den Rang eines Commander of the Order of the British Empire für seine Verdienste um Forschung und Ausbildung auf der Millenium Honours List.

Ein Jahr nach ihrer Rückkehr nach London traf Helen Reed einen Autor literarischer Biographien im Café der neuen British Library, und sie begannen, miteinander auszugehen. Er ist geschieden und hat drei Kinder im Teenageralter. Sie sehen einander häufig und fahren zusammen in Urlaub, aber jeder hat sein eigenes Haus behalten. Im ersten Jahr des neuen Jahrtausends hat Helen einen Roman veröffentlicht, von dem ein Kritiker behauptete, er sei »in seiner Form so altmodisch, daß er fast schon wieder experimentell ist«. Er ist in der dritten Person geschrieben, in der Vergangenheitsform, mit einem allwissenden und manchmal sich einmischenden Erzähler. Er spielt in einer nicht mehr ganz so neuen Universität auf der grünen Wiese und hat den Titel *Weinen ist ein Rätsel.*

Danksagung

Zum ersten Mal, einigermaßen spät, wurde ich auf die gegenwärtige wissenschaftliche und philosophische Debatte über das Bewußtsein aufmerksam gemacht durch einen Artikel von John Cornwell mit dem Titel »From Soul to Software«, der im Juni 1994 in ›The Tablet‹ veröffentlicht wurde und zwei Schlüsselwerke diskutierte: Daniel Dennetts *Consciousness Explained* (1991; *Philosophie des menschlichen Bewußtseins*, 1994) und Francis Cricks *The Astonishing Hypothesis* (1994; *Was die Seele wirklich ist. Die wissenschaftliche Erforschung des Bewußtseins*, 1994). Ich danke John für diese Anregung, für seine nachfolgenden Arbeiten auf demselben Themengebiet und für die interdisziplinäre Konferenz zum Thema »Consciousness and Human Identity«, die er am Jesus College Cambridge im September 1995 organisierte und die ich besuchte. (Die Protokolle wurden von John Cornwell herausgegeben und unter dem gleichen Titel 1998 von der Oxford UP veröffentlicht.)

Es wäre unangemessen, hier alle Bücher und Artikel aufzulisten, die ich zur Vorbereitung beim Schreiben dieses Romans gelesen habe; ich fand jedoch, zusätzlich zu den oben zitierten Titeln, folgende Werke besonders erhellend oder zum Nachdenken anregend: David Chalmers, *The Conscious Mind* (1996); Rodney Cotterill, *No Ghost in the Machine* (1989); Richard Dawkins, *The Selfish Gene* (rev. edn 1989; *Das egoistische Gen*, Neuausg. 1998) und *The Blind Watchmaker* (1986; *Der blinde Uhrmacher. Ein neues Plädoyer für den Darwinismus*, 1987); Antonio Damasio, *The Feeling of What Happens: Body, Emotion and the Making of Consciousness* (2000; *Ich fühle, also bin ich. Die Entschlüsselung des Bewußtseins*, 2000); Daniel Dennetts *Darwin's Dangerous Idea* (1995; *Darwins gefährliches Erbe. Die Evolution und der Sinn des Lebens*, 1997) und *Kinds of Minds* (1996; *Spielarten des Geistes. Wie erkennen wir die Welt*, 1999); Adrian Desmond und James Moore, *Darwin* (1991; *Darwin*, 1992); Robin Dunbar, *The Trouble with Science* (1995) und *Grooming, Gossip and the Evolution of Language* (1997; *Klatsch und Tratsch. Wie der Mensch zur Sprache fand*, 1998); Gerald Edelman, *Bright Air, Brilliant Fire* (1992; *Göttliche Luft, vernichtendes Feuer. Wie Geist im Gehirn entsteht*,

1995); Susan Greenfield, *The Human Brain* (1997; *Reiseführer Gehirn*, 1999); John Horgan, *The End of Science* (1996; *An den Grenzen des Wissens. Siegeszug und Dilemma der Naturwissenschaften*, 1997); Steven Pinker, *How the Mind Works* (1997; *Wie das Denken im Gehirn entsteht*, 1998); Matt Ridley, *The Origins of Virtue* (1996; *Die Biologie der Tugend. Warum es sich lohnt, gut zu sein*, 1997); V.S. Ramachandran und Sandra Blakeslee, *Phantoms in the Brain* (1998); John Searle, *The Rediscovery of the Mind* (1992; *Die Wiederentdeckung des Geistes*, 1993); Galen Strawson, »The Sense of Self«, ›London Review of Books‹, 18. April 1996; Tom Wolfe, »Sorry, But Your Soul Just Died«, ›Sunday Independent‹, 2. Februar 1997; Lewis Wolpert und Alison Richards, *Passionate Minds: the inner world of scientists* (1997). Auch Ken Campbells lebendige und informative Fernsehserie für Channel 4, *Brainspotting*, die 1996 gezeigt wurde, verdient es, erwähnt zu werden.

Den größten Dank schulde ich Aaron Sloman, Professor of Artificial Intelligence and Cognitive Science von der School of Computer Science an der University of Birmingham. Geduldig hat Aaron meine grundsätzlichen Fragen beantwortet, mir Kopien seiner Publikationen überlassen, mich seinen Kollegen vorgestellt, mir ermöglicht, an den Seminaren seines Fachbereichs teilzunehmen, mich auf eine internationale Konferenz über das Bewußtsein begleitet, die mir die Augen öffnete (und die passenderweise in Elsinore stattfand); und er diente mir in jeder Hinsicht als unverzichtbarer Führer durch Forschungen zum Bewußtsein im allgemeinen und zur Künstlichen Intelligenz im besonderen. Obwohl er einige der Ansichten meiner Figur des Ralph Messenger teilt, wird jeder, der ihn kennt, bestätigen, daß sie ansonsten nichts gemeinsam haben. Ich danke seinen Kollegen, die mir erlaubt haben, bei einem Kaffee oder via E-Mail ihre Köpfe anzuzapfen, und besonders Russell Beale für praktische Hinweise zur Spracherkennungs-Software. Vijay Raichura fand trotz der vielen Arbeit, die sein Beruf mit sich bringt, großzügigerweise die Zeit, mich bei den medizinischen Aspekten meiner Geschichte zu beraten, wofür ich ihm besonders dankbar bin.

D. L.
Birmingham, August 2000

Quellennachweise

James, Henry: *Die Flügel der Taube.* Roman. Deutsch von Herta Haas unter Mitarbeit von Leslie MacEwen. Frankfurt/M; Berlin; Wien: Ullstein, 1985.

Keats, John: *Werke und Briefe.* Ausgewählt und übertragen von Mirko Bonné unter Verwendung der Briefübersetzungen von Christa Schuenke. Stuttgart: Reclam, 1995.

Milton, John: *Das verlorene Paradies.* Übertragen von Bernhard Schuhmann (1855). Herausgegeben von Günther Klotz. Berlin: Rütten & Loening, 1984.

GERD HAFFMANS
BEI ZWEITAUSENDEINS

DIE KOMISCHEN DEUTSCHEN
881 gewitzte Gedichte aus 400 Jahren.
Herausgegeben und mit einem Nachwort von Steffen Jacobs.

DIE KOMISCHEN DEUTSCHEN: DAS HÖRBUCH
104 gewitzte Gedichte aus 400 Jahren.
Komponiert, dirigiert & vorgetragen von Steffen Jacobs mit
Katharina Thalbach, Harry Rowohlt und Gerd Haffmans.

KYRIL BONFIGLIOLI
Charlie Mortdecai in Das große Schnurrbart-Geheimnis.
Ein komischer Fall für Zwei. Deutsch von Steffen Jacobs.

CHRISTOPHER BUCKLEY
Florence von Arabien.
Der Roman der Frauen-Schicksale im Nahen Osten.
Deutsch von Martin Richter.

WILHELM BUSCH
Die Gedichte.
Herausgegeben und mit einem Nachwort
»Ein deutscher Klassiker der Komik« von Gerd Haffmans.

JENNY ECLAIR
Vorstadt-Schönheit. Vom Treiben & Paaren in den Großen Städten.
Deutsch von Juliane Zaubitzer.

GUSTAVE FLAUBERT
Der Briefwechsel mit den Brüdern
EDMONDE & JULES DE GONCOURT.
Alle erhaltenen Briefe und alle Eintragungen zu Flaubert
aus dem Tagebuch der Brüder erstmals deutsch.
Übersetzt und mit Anmerkungen von Cornelia Hasting.

GUSTAVE FLAUBERT
Bouvard und Pécuchet.
Roman vom Mangel an Methode in den Wissenschaften.
Mit dem »Wörterbuch der Gemeinplätze«. Vollständig neu übersetzt
und mit Anmerkungen von Caroline Vollmann.

GUSTAVE FLAUBERT
Salambo. Der Roman Karthagos.
Vollständig neu übersetzt und mit Anmerkungen von Petra-Susanne Räbel.

THOMAS GSELLA
Generation Reim. Gedichte & Moritat.
Mit Zeichnungen von Greser & Lenz.

WOLFGANG HERRNDORF
In Plüschgewittern. Ein deutscher Hauptstadtroman.

LUDWIG HOMANN
Ein deutsches Leben.
Zwei Romane: »Der weiße Jude« und »Der Hunne am Tor«
erstmals in einem Band.

DAVID HUGGINS
Ein einziger Hit. Ein Hard-Rock-Thriller.
Deutsch von Karsten Singelmann.

RUDI HURZLMEIER & HARRY ROWOHLT &
ROGER BOYLAN
Happy Birds-Day. Die bunte Vögel-Welt in Bild & Vers. Deutsch & English.

RUDI HURZLMEIER & HARRY ROWOHLT
Wahre Engel und andere Geister der Weihnacht in Bild & Vers.

STEFFEN JACOBS
Angebot freundlicher Übernahme.
Lyrik der Lust, Liebes- & Lebenspein. Mit CD, belesen vom Dichter.

GABRIEL JOSIPOVICI

Nur ein Scherz. Ein Kunst-, Räuber-, Liebes- und Glücks-Roman im Gespräch. Deutsch von Gerd Haffmans.

KARIN KUSTERER

Märchen von der unmöglichen Liebe. Roman von werdendem Leben und einer Reise ins Herz der Finsternis Afghanistans.

PHILIP LARKIN

Wirbel im Mädcheninternat Willow Gables.
Der bezaubernde Mädchenroman eines großen Lyrikers.
Deutsch von Steffen Jacobs.

CHARLES LEWINSKY

Der A-Quotient. Theorie und Praxis des Lebens mit Arschlöchern.
Ein Lehrbuch mit Zeichnungen von Thomas di Paolo.

GEORG CHRISTOPH LICHTENBERG

Die Aphorismen-Bücher. Vollständige Ausgabe in einem Band, herausgegeben von Albert Leitzmann.

DAVID LODGE

Autor, Autor. Ein Roman über Leben, Werk und Bedeutung des Schriftstellers Henry James und einige seiner Zeitgenossen.

DAVID LODGE

Therapie & Denkt.
Zwei Tagebuch-Romane über Liebe, Lust und Wissenschaft.

TILL R. LOHMEYER

Unter Zoologen. Von Vögeln, Käfern & Karrieren und tödlichen Liebes-Trieben.

GRAHAM LORD

Leider sehen wir uns gezwungen, Ihnen mitzuteilen … (Sie sind gefeuert!)
Die Komödie vom harten Los: arbeitslos. Deutsch von Miriam Carbe.

LUDGER LÜTKEHAUS

NICHTS.
Abschied vom Sein. Ende der Angst. Ein Lebenswerk.

JENNY McPHEE

Der Kern der Dinge. Eine sexy Geschichte vom klassischen Kino, um Klatschpresse, Quantenmechanik und Mr. Right.

XAVIER DE MAISTRE
Reise um mein Zimmer & Nächtliche Expedition um mein Zimmer.
Ein kleiner Klassiker. Deutsch von Caroline Vollmann.
Mit Reise-Bildern von Andy Wildi.

AXEL MARQUARDT
Anselm im Glück. Ein europäischer Reise- & Schelmenroman.

CHRISTIAN MORGENSTERN
Die Galgenlieder. Vollständige Ausgabe. Mit drei Briefen des Dichters.
Herausgegeben von Gerd Haffmans.

FANNY MÜLLER
Keks, Frau K. & Katastrophen. Die fehlten noch: Alle Geschichten.

FANNY MÜLLER
liest aus Keks, Frau K. & Katastrophen.
CD, mit einer gedruckten Rede von Frank Schulz.

WOLF VON NIEBELSCHÜTZ
Die Kinder der Finsternis.
Der Roman vom leuchtend lebendigen Mittelalter.

M. A. NUMMINEN
Tango ist meine Leidenschaft. Ein Tanz- und Liebesroman
aus dem heißen Norden. Deutsch von Eike Fuhrmann.

M. A. NUMMINEN
Der Kneipenmann. Eine Reise zu den Bier-Bars in Finnland von Helsinki
bis zum Nordkap. Deutsch von Eike Fuhrmann.

M. A. NUMMINEN
sings Wittgenstein & Helena est libertas.
Die CD eines intellektuellen Entertainers.

M. A. NUMMINEN
singt wüste wilde Weihnachtslieder.
Eine CD mit festlichem Liedgut.

JAN GRAF POTOCKI
Die Handschrift von Saragossa oder Die Abenteuer in der Sierra Morena.
Ein verzaubernder Jahrhundertroman von Grafen, Gaunern und Geliebten.
Deutsch von Werner Creutziger.

RAINER MARIA RILKE

Das dichterische Werk. Die Lyrik & Prosa in einem Band, getreu nach ersten Werkausgabe von 1927. Mit einer Rede von Robert Musil.

JOACHIM RINGELNATZ

Die Gedichte. Vollständige Ausgabe in einem Band, getreu nach den Erstausgaben und Ausgaben letzter Hand herausgegeben von Fritz & Katinka Eycken mit Jakob Winter.

HARRY ROWOHLT

Pooh's Corner complett. Sämtliche Kolumnen, Rezensionen, Berichte und Filmkritiken in einem Band. Dazu: Der Harry-Rowohlt-Rabe. Herausgegeben von Gerd Haffmans.

SARAH SANDS

Spielchen spielen. Ein Fernseh- und Zicken-Roman. Deutsch von Sabine Lohmann.

ARTHUR SCHOPENHAUER

Eristische Dialektik oder Die Kunst Recht zu behalten. Ein Lehrbuch mit 38 Kunstgriffen. Herausgegeben von Gerd Haffmans.

FRANK SCHULZ

Morbus fonticuli oder Die Sehnsucht des Laien. Ein großer Roman der deutschen Hochkomik.

FRANK SCHULZ

Kolks blonde Bräute. Roman vom rechten Reden & Trinken, von wahrer Liebe & echter Freundschaft und kleinen Taten & großen Träumen.

FRANK SCHULZ

Kolks blonde Bräute. Der ganze Roman als Hörbuch eingerichtet vom Verfasser, gelesen von Harry Rowohlt, Fanny Müller, Marion von Stengel, Gerd Haffmans und Frank Schulz. 7 CDs oder 1 MP-3.

DAVID SEDARIS

Gute-Nackt-Geschichten. Alle Geschichten aus »Naked« und »Ich ein Tag sprechen hübsch« in einem Band. Deutsch von Harry Rowohlt und Georg Deggerich. So wurde David über Nackt berühmt.

LINDA VERHAELEN

Mein Leben als Schlampe. Sex and the City in den Siebzigern.